JOHN SINCLAIR Jubiläums-Bände
im BASTEI-LÜBBE-Programm:

JASON DARK

JOHN SINCLAIR

Flüche aus dem Jenseits

Acht spannende Grusel-Abenteuer

JUBILÄUMS BAND

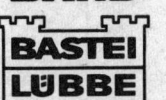

BASTEI LÜBBE

BASTEI-LÜBBE-TASCHENBUCH
Band 73 904

Erste Auflage:
Juli 1993
Zweite Auflage:
November 1993

© Copyright 1993 by
Bastei-Verlag
Gustav H. Lübbe GmbH & Co.
Bergisch Gladbach
All rights reserved
Lektorat: Rainer Delfs
Titelillustration: Les Edwards/
Agentur Thomas Schlück
Innenillustrationen:
Fabian Fröhlich
Umschlaggestaltung:
Quadro Grafik, Bensberg
Satz: VID Verlags- und
Industriedrucke GmbH & Co. KG,
Villingen-Schwenningen
Druck und Verarbeitung:
Brodard & Taupin, La Flèche,
Frankreich
Printed in France

ISBN 3-404-73904-3

Inhalt

Liebe Grusel-Freunde,

es ist vollbracht – zwanzig Jahre John Sinclair. Ein Wahnsinn, unglaublich, nicht zu fassen.

Das schoß mir durch den Kopf, als ich darüber nachdachte. Ich konnte es zuerst nicht glauben. Wo ist nur die Zeit geblieben?

War es gestern, als ich den ersten Sinclair-Roman ›Die Nacht des Hexers‹ schrieb? Beinahe kommt es mir so vor, doch mittlerweile sind zwanzig Jahre vergangen. Ich habe mich verändert, aus den blonden wurden graue Haare, und auch an John und seinen Freunden ist die Zeit nicht spurlos vorübergegangen. Was haben sie nicht alles erlebt? Aber sie haben sich gut gehalten und ihren Humor nicht verloren.

Als kleines Extra und in limitierter Auflage erscheinen nun vier Taschenbücher mit jeweils acht Heftromanen pro Band. Es sind die ersten zweiunddreißig Heftromane mit John Sinclair – im ersten Band plus der Geschichte aus dem Paperback HEXENKÜSSE, in der John und Bill Conolly sich kennenlernen. Ein einmaliges Jubiläumsgeschenk für die unzähligen Sinclair-Fans im mittlerweile vereinten Deutschland.

Was bringt die Zukunft? Noch einmal zwanzig Jahre John Sinclair? Ich weiß es nicht, ich will es auch nicht beschwören. Statt dessen möchte ich mit dem Satz aufhören, den ich mir immer sage, wenn ich einen Roman beendet habe:

Auf ein Neues!

In diesem Sinne grüßt Sie alle sehr herzlich und in tiefer Dankbarkeit für ihre Lesetreue

Ihr

Jason Dark

Der Irre hockte hinter einem Gebüsch!

Sein Mund stand halb offen. Schaum rann über die Unterlippe, tropfte vom Kinn und benetzte den hochgeschlossenen grauen Kittelkragen.

Bald war es wieder soweit.

Immer wenn der Vollmond sein bleiches Licht auf die Erde sandte, spürte er die Erregung.

Er stand auf, schob sich mit raubtierhaften Schritten hinter dem Gebüsch hervor und sprang auf die kleine Lichtung.

Hier traf ihn das Mondlicht voll.

Der Irre begann sich zu verwandeln.

Zuerst spürte er das mörderische Brennen, das Stück für Stück seinen gesamten Körper erfaßte.

Der Irre schrie auf. Mit wilden, abgehackten Bewegungen torkelte er über die Lichtung. So weit es ging, riß er den Kopf in den Nacken. Aus seiner Kehle drangen schaurige Laute, die an das Heulen eines Tieres erinnerten.

Von einer Sekunde zur anderen veränderte sich die Haut des Mannes. Sie färbte sich dunkel, als hätte jemand den Kopf in eine Tinktur getaucht.

Der Kittel platzte auf. Die Hornknöpfe sprangen auf den Boden, wo sie vom hohen Gras verschluckt wurden.

Haare begannen zu wachsen. Zuerst nur klein und weich, doch in Sekundenschnelle veränderten sie sich zu festen, biegsamen Borsten.

Auch das Gesicht machte eine Verwandlung mit. Die Nase trat zurück. Dafür sprang der Mund vor, wurde lang und spitz und veränderte sich zu einer Wolfsschnauze.

Gleichzeitig dehnte sich der Körper noch weiter aus. Längst war die Hose aus den Nähten geplatzt. Mit einer wilden Bewegung schleuderte der Wolfsmensch die Schuhe von den Füßen. Seine Hände formten sich zu Pranken. An Stelle der Finger wuchsen lange, gekrümmte Nägel. Die Füße erinnerten an Tatzen. Überall war der Körper jetzt mit dichtem, braunschwarzem Fell bedeckt.

Die Verwandlung zum Werwolf war vollendet.

Jegliches menschliches Fühlen war ausgeschaltet worden. Hier stand ein Tier, das sich nur von einem tierischen Instinkt leiten ließ.

Der Werwolf hob den Kopf, richtete die spitze Schnauze gegen den nachtdunklen Himmel.

Schaurig hallte sein Heulen durch den Wald.

Es war eine Warnung. Eine Warnung für die Menschen, die auf der Opferliste des Werwolfs standen.

Das Ungeheuer schüttelte seinen zotteligen Körper. Es machte ein paar ungelenke Bewegungen, wie ein Baby, das erst richtig laufen lernt.

Schwerfällig tappte der Werwolf über die Lichtung, erreichte den kleinen Wildwechselpfad und verschmolz mit dem Schatten der hohen Bäume.

Die Bestie war unterwegs. Nichts konnte sie jetzt noch aufhalten.

Mit jedem Schritt wurden die Bewegungen flüssiger, die Geschwindigkeit schneller.

In unregelmäßigen Abständen stieß das Ungeheuer wieder das schaurige Heulen aus. Die Pranken wischten durch die Luft, knickten Zweige und kleinere im Weg befindliche Äste mit wütenden Hieben weg. Schon jetzt konnte man ahnen, welch eine Kraft in diesem Untier steckte.

Die Tiere des Waldes flohen. Nicht einmal Vögel wagten sich in die Nähe des Werwolfes.

Angst regierte. Eine Angst, die auch bald die Menschen überfallen sollte.

Der Wald lichtete sich und hörte schließlich ganz auf. Felder und Wiesen breiteten sich vor den gelben, tückisch funkelnden Augen des Werwolfes aus.

Parallel zum Waldrand verlief eine schmale Straße, mehr ein Weg. Er führte zum Dorf und war mit Schlaglöchern und ausgefahrenen Reifenrillen übersät. Ein Wagen mußte eine gute Federung haben, um die Strecke hinter sich bringen zu können.

Der Werwolf wandte sich nach rechts, von einem unerklärlichen Instinkt geleitet. Meter für Meter legte er zurück. Immer näher kam er seinen ahnungslosen Opfern.

Bald fiel der Weg etwas ab, endete in einer großen Mulde, in der das Dorf lag.

Der Werwolf blieb stehen.

Wie Scherenschnitte hoben sich die Häuser gegen das gelbweiße

Mondlicht ab. Deutlich sah man den spitzgiebligen Kirchturm, der alle Gebäude überragte.

Der Werwolf öffnete seine Schnauze.

Ein wildes, schauriges Heulen hallte weit über das Land. Es schien hinauf in den Himmel zu treiben, um in der Unendlichkeit zu verklingen.

Die Bestie kündigte ihr Kommen an . . .

Max Doyle zuckte zusammen, als er das Heulen hörte. Blitzschnell schlug er einige Kreuzzeichen. Seine Lippen bewegten sich, murmelten Gebete.

Doyle trat an das Fenster und schob die Gardine ein Stück zur Seite.

Menschenleer war die Dorfstraße vor ihm. Nirgendwo brannte Licht. Auch er stand im Dunkeln, und deshalb erschien ihm die Nacht doppelt so finster.

Gespenstisch bleich leuchtete der Vollmond.

Max Doyle wischte sich über die Augen. Er bemerkte, daß sein Gesicht schweißnaß war. Es war Angstschweiß.

Doyle wandte sich ab. Schwer stützte er sich gegen die Wand. Seine rechte Hand fuhr unter die Jacke, berührte das geweihte Holzkreuz, das er in der Innentasche stecken hatte. Dieses Kreuz würde ihm die Kraft geben, seine Aufgabe zu meistern. Und einer mußte es tun. Es ging nicht mehr so weiter.

Seit Monaten terrorisierten die Werwölfe das gesamte Dorf. Acht Menschen waren ihnen schon zum Opfer gefallen. Man hatte ihre Leichen gefunden. Bis zur Unkenntlichkeit verstümmelt.

Und niemand wollte an die Werwölfe glauben. Man dachte an einen irren Mörder. Die Toten wurden begraben, heimlich, in aller Stille. Kein Sterbenswort drang aus dem Dorf nach draußen. Selbst der Pfarrer sagte nichts. Die Menschen hielten zusammen und duckten sich unter dem Terror der Bestien.

Nur Max Doyle nicht.

Doyle war der Küster des Ortes. Über zwanzig Jahre betrieb er diesen Beruf schon. Doyle war nicht verheiratet. Er hatte Zeit gehabt, sich seinen Hobbys zu widmen. Alles Übernatürliche hatte ihn fasziniert. Er kannte sich aus in der Welt des Übersinnlichen

13

und wurde deshalb von den übrigen Einwohnern des Ortes als Spinner belächelt und gemieden.

Doch Max Doyle ließ sich nicht beirren. Er trieb weiter seine Studien, und dann geschahen in der Umgebung die gräßlichen Morde. Doyle hatte die Toten gesehen. Jeden von ihnen. Selbst vor Frauen machten die Bestien nicht halt. Doyle hatte genug über Werwölfe gelesen, um zu wissen, wer für die Tat verantwortlich war.

Er hatte es den Leuten mitgeteilt.

Ausgelacht hatte man ihn, und Max Doyle war noch schweigsamer, noch in sich gekehrter geworden.

Schließlich hatte er sich entschlossen, den Kampf aufzunehmen. Er allein wollte die Brut ausrotten. Doch gleichzeitig hatte er sich Rückendeckung verschafft. Ein Brief war vor zwei Tagen nach Scotland Yard abgegangen. In diesem Schreiben hatte Doyle alles geschildert, peinlich genau. Er hoffte, daß man ihn im fernen London nicht auslachen würde.

In einer schottischen Zeitung hatte Max Doyle einmal etwas über einen Inspektor Sinclair gelesen. Dieser Mann hatte damals in Schottland den Fall der mordenden Schädel gelöst, und Doyle erhoffte sich von dem Inspektor Hilfe.

Der Küster blickte auf seine Uhr. Schon zehn Minuten nach Mitternacht. Er mußte sich beeilen.

Max Doyle verließ das Zimmer, betrat den schmalen Flur und nahm seinen Mantel von der Garderobe. Das Kreuz steckte in der rechten Tasche.

Die Nächte waren schon empfindlich kühl. Schließlich zeigte der Kalender Anfang September. Die ersten Herbstnebel würden bald aufziehen und das Land wie mit einem dicken Wattebausch überdecken.

Max Doyle verließ das Haus.

Niemand sah ihn auf die Straße treten. Sorgfältig schloß der Küster die Tür ab. Er warf noch einen letzten, fast abschiednehmenden Blick auf das einstöckige Steinhaus und wandte sich dann ab.

Mit ruhigen Schritten ging er die Straße hinab. Schon nach einer halben Minute hatte er das Dorfende erreicht. Vor ihm lag das freie Land.

Ein leichter Nachtwind strich durch die große Mulde und

14

wirbelte Doyles Haar durcheinander. In einiger Entfernung war eine dunkle Wand zu erkennen. Dies war der Wald, der sich etliche Meilen weit hinzog, direkt bis zur Klinik.

Doyle ging weiter. Es hatte lange nicht mehr geregnet. Der Boden war trocken und verkrustet.

Der Küster hielt sich am Wegrand. Er wollte nicht sofort gesehen werden.

Nach einigen hundert Metern schlug er sich rechts von der schmalen Straße in die Büsche. Ein ausgetrockneter Graben bot ihm Deckung. Durch die Halme der Gräser konnte Max Doyle die Straße gut beobachten.

Der Küster nahm das Kreuz aus der Tasche. Es war kunstvoll geschnitzt und mit Weihwasser besprengt worden. Max Doyle wußte nicht, ob es eine hundertprozentig wirksame Waffe gegen den Werwolf war, aber Silber hatte er nicht zur Verfügung gehabt. Er hoffte aber, damit den Werwolf zurücktreiben zu können.

Die Minuten verrannen.

Plötzlich richtete sich Max Doyle in seinem Versteck auf. Er hatte Schritte gehört.

Schwere Schritte.

Schnell näherten sie sich der Stelle, wo Max Doyle lauerte.

Der Küster hielt den Atem an. So fest umkrampften seine Finger das Kreuz, daß die Knöchel weiß hervortraten.

Eine unheimliche Gestalt tauchte auf. Breit und wuchtig, mit Pranken wie Schaufelräder.

Max Doyle spürte wie sein Herz schneller schlug. Auf einmal hatte er Angst. Doch er durfte nicht aufgeben. Jetzt nicht mehr.

Vorsichtig richtete sich der Küster auf. Die Grashalme bewegten sich unruhig.

Schon hörte Doyle das Keuchen des Werwolfs.

Jetzt war die Bestie mit ihm auf gleicher Höhe.

In diesem Augenblick sprang der Küster vor . . .

Der Werwolf war überrascht. Nie hätte er damit gerechnet, schon hier auf einen Menschen zu treffen. Doch dann meldete sich sein Mordinstinkt.

Wild fauchte er auf und riß die Schnauze auseinander. Die spitzen, dolchartigen Zähne bleckten. Der Werwolf hatte ein mörderisches Gebiß. Wehe demjenigen, der diesen Reißzähnen ausgeliefert war.

Max Doyle stand vor der Bestie. All seinen Mut hatte er zusammengerafft, um dem schrecklichen Treiben Einhalt zu gebieten. Er zitterte am ganzen Körper. Stromstoßartig kam die Angst, jagte Schauer durch seine Adern.

Max Doyle hielt das Kreuz mit beiden Händen fest umklammert. Er hatte die Arme vorgestreckt, präsentierte der Bestie das geweihte christliche Symbol.

»Weiche, Bestie! Hinweg mit dir!« rief Doyle mit hallender Stimme.

Max Doyle glaubte an die Macht des Guten, doch in den nächsten Augenblicken zweifelte er daran.

Die Pranke des Werwolf schnellte vor. Mit einem heftigen Ruck fegte sie dem Küster das Kreuz aus den Händen. Ratschend ging der Mantelärmel in Fetzen.

Doyle begriff nichts mehr. Aus übergroßen Augen starrte er auf das am Boden liegende Kreuz. Er hatte all seine Hoffnung darauf gesetzt und jetzt . . .

Der Werwolf nutzte die Chance, die ihm Max Doyle durch seine Bewegungsunfähigkeit bot.

Er sprang den Küster an.

Doyle spürte einen ungeheuren Schlag gegen die Brust und kippte nach hinten. Hart schlug er auf dem Boden auf. Er stieß sich irgendwo den Hinterkopf an, und für einen Sekundenbruchteil verschwamm alles vor seinen Augen.

Der Werwolf triumphierte. Er hielt sein Opfer auf der Erde fest.

Noch hatte der Küster beide Arme frei. Wild schlug er um sich, traf auch ein paarmal den Schädel der Bestie.

Die Schläge steigerten deren Wut.

Die haarige Tatze bohrte sich in Doyles Mund, erstickte jeden Schrei.

Der Küster bekam keine Luft mehr. Ein weiterer Schlag gegen seinen Kopf löschte das Bewußtsein aus.

Es war gut für Max Doyle. Ohne noch einmal aus der Ohnmacht zu erwachen, starb er einen schrecklichen Tod.

Wenige Minuten später zog der Werwolf sein Opfer in das nahe Gebüsch. Die Tatzen fuhren nervös durch die Luft.

16

Er sprang zurück auf den Weg und stieß ein schauriges Heulen aus.

Langgezogen hallte die Siegesmelodie der Bestie über das weite Land.

Und die Menschen in dem naheliegenden Ort atmeten auf, froh darüber, daß es diesmal nicht sie erwischt hatte.

Aber der Werwolf würde zurückkommen.

Vielleicht schon in der nächsten Nacht . . .

Wieder lief der Werwolf durch den Wald. Doch diesmal waren die Bewegungen matter. Die Bestie torkelte mehr, als sie ging. Von Minute zu Minute floß die Kraft aus dem zottigen Körper. Der Werwolf konnte sich nur für eine Stunde verwandeln, dann nahm er wieder seine alte Gestalt an.

Mit letzter Kraft erreichte er die Lichtung. Dort fiel er zu Boden.

Wieder drang das seltsame Brennen in seinen Körper. Der Werwolf jaulte schmerzerfüllt, doch in dieses Jaulen mischte sich schon der erste menschliche Ton.

Dann begann die Rückverwandlung. Der Körper schrumpfte zusammen, die Haare lösten sich wie welke Blätter, die Schnauze trat zurück, die Konturen eines menschlichen Gesichts entstanden.

Aber davon merkte die Bestie nichts. Eine tiefe Ohnmacht hielt sie umfangen, aus der sie erst wieder erwachte, als die Verwandlung vollständig abgeschlossen war.

Verwirrt richtete sich der Mann auf. Er blickte an seinem Körper hinunter und erschrak.

Er war nackt.

Ungläubig schüttelte der Irre den Kopf. Vergeblich versuchte er, die letzten Minuten oder Stunden zu rekonstruieren. Es fiel ihm nichts ein. In seinem Gehirn war eine absolute Leere.

Der Irre lebte zwar in einer Anstalt, doch er selbst hielt sich für gesund. Was sogar stimmte. Denn dieser Mann, der völlig normal in eine Heilanstalt eingeliefert worden war, konnte nicht ahnen, welch ein schmutziges Spiel man mit ihm getrieben hatte. Ja, man wollte ihn zum Wahnsinn treiben, aber auf eine ganz gerissene Art und Weise.

Doch davon ahnte der Mann nichts.

Ihn fröstelte. Der kühle Nachtwind strich über seinen Rücken. Wie ein Häufchen Elend hockte der Mann auf der Lichtung. Er wandte den Kopf und entdeckte seine Kleider.

Er griff nach den Sachen und zog sie über, ohne darüber nachzudenken, weshalb alles so gekommen war.

Das Unterzeug war zerrissen, es fehlten auch die Knöpfe an dem grauen Anstaltskittel. Sie lagen verstreut im Gras zwischen dichten, braunschwarzen Haarbüscheln.

Der Mann stutzte.

Wie kamen die Büschel hierher? Er ließ ein paar Haare durch seine Finger gleiten. Der Pelz fühlte sich irgendwie borstig und widerstandsfähig an.

Der Mann zuckte mit den Achseln und zog seinen Gürtel fest. Zum Glück war dieser nicht beschädigt worden.

Der Mann wußte genau, wohin er sich zu wenden hatte. Zielsicher schlug er sich in die Büsche und gelangte wenig später auf einen schmalen, kaum erkennbaren Pfad.

Jetzt konnte er schneller laufen.

Wie ein großes Tier huschte der Mann durch den Wald. Ein Mensch, dessen Erinnerung für eine halbe Stunde ausgesetzt hatte und der in dieser Zeit zu einem bestialischen Mörder geworden war.

Der Mann hielt den Dauerlauf durch und erreichte eine Viertelstunde später einen zwei Meter hohen, aus dickem Draht geflochtenen Zaun.

Der Mann wußte, daß es riskant war, den Zaun zu berühren. Er stand unter Strom, und er wäre nicht der erste gewesen, der sein Leben dort ausgehaucht hätte.

Er hütete sich, dem Zaun zu nahe zu kommen und gelangte schließlich an eine kleine Tür, die harmonisch in den Maschendrahtzaun eingefügt worden war.

Die Tür war offen.

Man konnte sie ohne weiteres berühren, da dieser Teil des Zauns gut isoliert war.

Sorgfältig schloß der Mann die Tür hinter sich.

Ein gepflegter Rasen breitete sich vor ihm aus, der leicht anstieg und an der Rückseite eines großen bungalowähnlichen Gebäudes endete.

Das Gebäude war L-förmig gebaut. Der längere Teil beherbergte die Zellen und Untersuchungsräume. Im schmaleren Teil waren die Zimmer der Ärzte und des übrigen Personals untergebracht. Außerdem gab es noch einen Kellertrakt, der gefürchtet und berüchtigt war.

Hinter den Fenstern des Gebäudes brannte kein Licht. Alles war still, und nur der keuchende Atem des Mannes drang durch die Stille.

Ein niedriger Buschgürtel zog sich um die Rückseite des Hauses. Der Mann wußte, daß dort immer einer der gefürchteten Aufpasser steckte.

So war es auch diesmal.

Urplötzlich löste sich ein Schatten aus den Büschen. Ein Mann in der weißen Kleidung der Wärter ging auf den Ankömmling zu.

»Na, wieder zurück, Rick?«

Der mit Rick Angeredete blieb stehen. Er keuchte noch vom schnellen Laufen.

»Ja«, japste er, »ich bin wieder zurück.«

Der Wärter fixierte den Mann aus kalten gelben Raubtieraugen. Dann faßte er nach dessen Schulter. Der Griff war schmerzhaft, doch Rick gab keinen Ton von sich.

»Los, komm mit.«

Der Wärter schob Rick auf das Haus zu, öffnete eine Tür und betrat mit seinem »Opfer« das Innere.

Durch einen schmalen Korridor erreichten sie einen langen Betongang, zu dessen beiden Seiten die einzelnen Zellen lagen. Kaltes Leuchtstoffröhrenlicht erhellte den Gang. Die grüngestrichenen Metalltüren glänzten. Sie trugen jeweils Nummern. Rechts des Ganges die geraden, links die ungeraden.

Vor der Nummer zwölf blieb der Wächter mit Rick stehen. Der Aufpasser holte einen Universalschlüssel aus der Tasche und schloß die Tür auf.

Rick ging schnell in die Zelle. Man liebte es hier nicht, wenn jemand langsam war. Strafen wären die Folge gewesen, und manche Nacht hatte Rick das Schreien der Gefolterten schon gehört.

Ein Bett, mehr eine Pritsche, ein Schemel und ein Waschbecken, das war die gesamte Einrichtung. Die Lampe an der Decke war durch ein Maschendrahtgitter geschützt.

Wuchtig warf der Wärter die Tür hinter Rick ins Schloß, blickte noch einmal durch das Guckloch und überzeugte sich davon, daß der Patient ruhig auf seinem Schemel saß.

Dann ging er weg.

Die mit Eisenplättchen versehenen Absätze seiner Schuhe knallten auf dem glatten Beton. Die Echos wurden von den kahlen Wänden zurückgeworfen.

Der Wärter ging bis zu einer großen Tür und schloß diese mit einem Spezialschlüssel auf. Dahinter befand sich der andere Teil der Klinik.

Hier war alles wesentlich freundlicher eingerichtet. Teppiche bedeckten den Boden, die Wände waren farbenfroh tapeziert, und Reproduktionen moderner Künstler gaben den letzten Schliff. Im großen und ganzen konnte man sich hier schon wohl fühlen.

Der Wärter zündete sich eine Zigarette an. Er paffte hastig und hätte sich bald an dem Rauch verschluckt. Ihm paßte die Geschichte nicht mehr. Man war in dieser verdammten Klinik zu sehr isoliert. Keine Frauen, kein Vergnügen – nichts. Nur immer aufpassen und manchmal – alle vier Wochen, wenn Vollmond war – einen der Irren wieder auf das Anstaltsgelände lassen. Jedesmal war es ein anderer gewesen. Der Wärter hatte sowieso das Gefühl, daß diese Leute gar nicht hierher gehörten, aber er kümmerte sich nicht weiter darum. Die Bezahlung stimmte, und das war für ihn die Hauptsache. Nur eben die kleinen Vergnügen, die man als richtiger Mann eben brauchte, die gab es hier nicht.

Der Wärter hatte lange nachgedacht und war zu der Überzeugung gelangt, einmal mit Doktor Cazalis, einem der leitenden Ärzte, zu reden.

Cazalis' Büro befand sich im Mitteltrakt des kleinen Flügels. Die Fenster lagen nach vorn hinaus. Cazalis hatte heute Nachtdienst, und der Wärter mußte sowieso zu ihm, um Bericht zu erstatten.

Er blieb für einige Sekunden vor der Tür stehen, fuhr sich noch einmal durch die Haare und klopfte dann gegen das braun gebeizte Holz.

»Ja, bitte«, ertönte eine Stimme.

Der Wärter trat ein.

Dr. Cazalis saß hinter seinem Schreibtisch. Er hatte ein Buch vor sich liegen und klappte es jetzt zu, als der Wärter das Zimmer betrat.

Cazalis war noch relativ jung und doch schon eine respektable Erscheinung.

Er hatte dunkles Haar, das immer sorgfältig gekämmt war. Die langen Koteletten hatten einen Stich ins Graue, und Spötter sagten, daß Cazalis sie immer färben ließ. Seine Eitelkeit war berühmt und berüchtigt. Er war der Typ, der jeder Frau nachstieg, und wenn er sie erst einmal rumgekriegt hatte, sie auch dann wieder fallen ließ wie eine leere Tüte.

Cazalis' Gesicht strahlte Härte und Energie aus. Eckig sprang sein Kinn vor. Für eine immer braune Hautfarbe sorgte die Höhensonne. Die Augen waren kalt und von undefinierbarer Farbe. Sie verschwanden fast in den tiefliegenden Höhlen.

Dr. Cazalis trug einen weißen Kittel. Im Kragenausschnitt leuchtete die rote Krawatte wie ein großer Blutstropfen.

Der Wärter blieb dicht vor dem Schreibtisch stehen und lächelte verlegen, während er nicht wußte, was er mit seinen Händen anfangen sollte.

Das Büro war modern eingerichtet, mit Schiebeschränken, optimaler Beleuchtung und einer Sitzgruppe aus schwarzem Leder.

Cazalis sah den Wärter von unten herauf an. Seine kräftigen Finger spielten mit einem Bleistift. Der Wärter konnte erkennen, daß auf dem Handrücken des Mannes dichte, schwarze Härchen wuchsen.

Dr. Cazalis wirkte irgendwie desinteressiert. Doch das war nur äußerlich. In Wirklichkeit war er gespannt wie immer. Er zeigte es nur nicht.

Die Schreibtischlampe gab dem nüchtern eingerichteten Büro einen leicht gemütlichen Anstrich, der jedoch durch Dr. Cazalis' Erscheinung getrübt wurde.

»Hat alles geklappt?« fragte Cazalis. Seine Stimme klang befehlsgewohnt. Man konnte ihr anmerken, daß Cazalis es gewohnt war, niemals etwas zweimal zu sagen.

»Ja, Doktor. Der Mann ist zurückgekommen.« Der Wärter bestätigte durch ein kräftiges Nicken seine Worte.

»Gut, Sie können dann gehen. Und zu niemandem ein Wort, verstanden?«

»Klar, Doktor. War ich schon jemals geschwätzig?« Der Wärter versuchte sich anzubiedern.

»Das möchte ich Ihnen auch nicht geraten haben.« Für Cazalis war das Gespräch beendet. Er widmete sich wieder seinem Buch.

Cazalis hob den Kopf. »Ist noch was?«

Der Wärter faßte sich ein Herz. »Ja, Sir, ich . . . äh . . . ich hätte da noch ein Problem.«

»Sagen Sie es.«

»Danke, Sir, danke.« Der Wärter lächelte.

»Geschenkt.«

»Es ist nämlich so, Sir. Ich meine, ich tu hier meinen Dienst. Tag und Nacht, und ich . . .«

»Sind Sie mit der Bezahlung unzufrieden? Die ist doch wohl gut genug«, unterbrach Cazalis den Mann.

»Nein, Sir. Um Himmels willen. Davon rede ich ja gar nicht. Geld verdiene ich hier reichlich.«

»Was ist es dann?«

»Nun, Sir, ich weiß nicht so recht, wie ich es erklären soll. Also, ich bin schon über sechs Wochen in der Klinik und nie in der Zwischenzeit rausgekommen. Ich habe keine Kneipe gesehen, keine Frau gehabt. Das ist es, was mich am meisten stört.«

Der Wärter atmete auf. Endlich war es heraus.

Cazalis sagte erst mal nichts. Doch dann legte sich ein spöttisches Lächeln um seine Mundwinkel. »Eine Frau wollen Sie also. Mehr nicht. Ja, sind Sie denn des Wahnsinns? Sie gehören wohl bald selbst zu den Irren. Sie haben einen Vertrag unterschrieben, mein lieber Mann. Und den müssen Sie einhalten. Wenn nicht, haben sie sich die Folgen selber zuzuschreiben. Sie haben über alles, was Sie sehen, strengstes Stillschweigen zu bewahren, darüber sind wir uns doch einig. Oder?«

Der Wärter nickte.

»Gut. Und wie ich Leute Ihres Schlages kenne, laufen Sie in die nächste Kneipe, lassen sich vollaufen und riskieren eine große Lippe. Wahrscheinlich, um irgendeinem Weib zu imponieren. Sie reden von der Anstalt und von dem, was Sie hier gesehen haben. Es würden sich bestimmt bald einige Leute für uns interessieren, die wir hier nicht gern sehen. Ich wüßte daher sehr bald, wem ich diesen Besuch zu verdanken hätte. Was schätzen Sie, würde mit Ihnen geschehen?«

Der Wärter war bei den Worten des Arztes blaß geworden. Er schluckte krampfhaft. Sein Adamsapfel hüpfte hin und her. »Ich weiß es nicht, Sir«, preßte er hervor.

Cazalis lächelte. »Sie kämen nie mehr dazu, auch nur noch ein Wort zu sagen. Ich hoffe, wir haben uns verstanden. Und jetzt gehen Sie.«

Der Wärter hatte die versteckte Morddrohung wohl verstanden. Er nickte schnell und sagte: »Ich werde Ihnen keine Schwierigkeiten machen, Sir.«

Dann drehte er sich auf dem Absatz um und ging mit hastigen Schritten aus dem Büro. Draußen auf dem Flur merkte er, daß er in Schweiß gebadet war.

Dr. Cazalis aber blickte nachdenklich auf das Türblatt. Der Wärter wurde zum Risiko. Und Risiken mußte man von vornherein ausschalten.

Mit einem Ruck zerbrach der Arzt den Bleistift in seiner Hand und schleuderte die beiden Hälften in einen Papierkorb.

In den Morgenstunden hatte sich Nebel gebildet. Wie dicke Watteschleier krochen die Schwaden über den Boden und näßten Wiesen und Wälder.

In Hawick – so hieß der kleine Ort nahe der Klinik – schliefen die meisten noch.

Nur die Holzfäller waren schon auf den Beinen. Sie wollten mit ihrem Wagen hinaus in den Wald fahren, um einige Baumriesen zu fällen.

Drei Männer waren es. Kräftige Burschen mit wettergegerbten Gesichtern mit schwieligen Händen. Sie trafen sich am Ortsausgang. Zigaretten glühten.

Die Männer waren schweigsam. Man kannte sich, und am frühen Morgen gab es sowieso nicht viel zu erzählen.

»Dann mal los«, sagte der kräftigste unter ihnen. Er schwang sich auf den grünlackierten Trecker und ließ die Maschine kommen. Die Scheinwerfer kämpften vergeblich gegen den Nebel an. Die beiden anderen Männer kletterten auf die Ladefläche des

Anhängers, wo auch die Werkzeuge lagen. Die große Motorsäge, mehrere Beile und auch Schaufeln.

Die Holzfäller auf dem Anhänger brüteten vor sich hin. Sie hingen ihren Gedanken nach.

Die Holzfäller waren Angestellte des staatlichen Forstamtes, das allerdings über zwanzig Meilen weit weg lag. Früher waren die Männer selbständig gewesen, aber der Druck der Konkurrenz war zu groß geworden, als daß sie hätten weiter existieren können. So waren sie dann in den Dienst des Staates getreten.

Der plötzliche Ruck, mit dem der Fahrer stoppte, warf die beiden auf der Ladefläche durcheinander. Sie rollten bis gegen den Rand und stießen sich schmerzhaft die Köpfe.

Fluchend sprangen sie auf die Erde.

»Kannst du nicht aufpassen, du Esel? Sag uns nächstens . . .«

Der Mann verstummte, als er plötzlich den Fahrer auftauchen sah. Er hatte Augen und Mund aufgerissen. Ein gequältes Stöhnen drang über seine Lippen. Trotz des Nebels war zu erkennen, daß sein Gesicht eine gelbgrüne Farbe angenommen hatte. Der Fahrer sah aus, als müsse er sich jeden Augenblick übergeben.

»Was ist los, Ben?« rief einer seiner Kollegen und faßte den Fahrer an beide Schultern.

»Dort . . . dort . . . im Gebüsch. Ich – ich sah zuerst nur die Hand, und dann . . .«

Der Fahrer riß sich los, taumelte zur Seite und übergab sich.

Die beiden anderen Männer sahen sich schweigend an. Langsam stahl sich die Angst in ihre Gesichter.

»Das neunte Opfer«, flüsterte der älteste von ihnen und konnte nicht vermeiden, daß ihm eine Gänsehaut über den Rücken lief.

Ben, der Fahrer, kam zurück. Er hatte die letzten Worte gerade noch mitgehört. »Ja«, würgte er. »Der Irre war wieder am Werk.«

»Wer ist es denn?«

»Max Doyle, der Küster.«

»Himmel, ausgerechnet Max.« Der Holzfäller, der die Frage gestellt hatte, faßte sich an den Kopf. »Max hat doch immer von den Werwölfen erzählt. Das ist die Rache. Jetzt hat es ihn selbst erwischt. Er hätte nicht soviel reden sollen.«

»Vielleicht war es ein Wolf«, warf Ben ein. »Wenn du die Verletzungen siehst . . .«

»Glaubst du jetzt auch noch an den Quatsch? Nein, das waren die Irren aus der Klinik.«

»Und wenn, dann dürfen wir nicht mehr länger schweigen«, sagte Ben. »Es muß endlich was geschehen. Das ist jetzt der neunte Mord. Wir werden nicht mehr den Mund halten. Die rotten ja das ganze Dorf aus.«

»Warte erst mal ab«, erwiderte sein Kollege. »Wir fahren zurück und melden den Fall.«

Die Männer schwangen sich wieder auf den Trecker und fuhren denselben Weg zurück.

Sie hielten an der Kirche.

Ben war es, der beim Pfarrer Sturm läutete.

Der Pfarrer kam nach fünf Minuten. Er war sehr unwirsch über die frühe Störung.

»Was gibt es denn?«

Ben berichtete mit zitternder Stimme. Der Pfarrer hörte dem Holzfäller zu. Entsetzen breitete sich auf seinem Gesicht aus.

»Wir dürfen jetzt nicht mehr länger schweigen!«, rief Ben wild. »Es muß einfach etwas geschehen.«

Der Pfarrer blickte den Holzfäller an. »Nichts wird weitergemeldet, nichts. Wir werden den Toten begraben, und alles geht wieder seinen gewohnten Gang.«

Ben schüttelte den Kopf. »Das verstehe ich nicht. Verdammt noch mal. Ich bin hier in Hawick geboren, lebe jetzt sechsunddreißig Jahre hier – und . . .« Ben brach ab. »Sagen Sie mir den Grund, Pfarrer. Sagen Sie mir, warum Sie den oder die Mörder decken.«

»Nein!«

Ben atmete gepreßt aus. »Es gibt aber einen Grund.«

Der Pfarrer wandte sich ab. »Ich muß mich jetzt umziehen. Ich fahre dann mit nach draußen.«

Ben ballte die Hände zu Fäusten. Etwas stimmte im Dorf nicht. Es mußte irgendein Geheimnis geben, von dem die meisten nichts wußten.

Aber welches?

Der Holzfäller Ben schwor sich in diesen Augenblicken, das Geheimnis zu lüften.

Der Pfarrer war schnell fertig. Er hatte sich nur noch einen langen Mantel übergeworfen.

»Wir gehen noch beim Bürgermeister vorbei«, sagte er. »Und den Leichenbestatter nehmen wir auch gleich mit.«

Ben nickte. Er beschloß, vorerst mal den Mund zu halten. Zuviel fragen war auch nicht gut. Aber dafür würde er in Zukunft die Augen besser offenhalten.

Vielleicht kam er dem Geheimnis auf die Spur.

John Sinclair war befördert worden!

Oberinspektor stand jetzt neben seiner Bürotür. Säuberlich in Normschrift gepinselt. Und mehr Geld gab es auch. John war mit der Beförderung eine Gehaltsklasse höher gerutscht.

Die offizielle Feier fand am Vormittag statt. Superintendant Powell, Johns Chef und direkter Vorgesetzter, hielt eine seiner berühmt-berüchtigten Reden. Er sprach lange und viel und hob immer wieder Johns Verdienste hervor. Insbesondere wurde der Kampf gegen Dr. Tod mehrmals erwähnt. Das war auch der Grund, warum man John befördert hatte.

Die Yard-Prominenz war versammelt. Mit gerührter Stimme las Powell ein Telegramm des Innenministers vor, der von Johns Erfolgen immer unterrichtet wurde.

Und wieder wechselten sich die Redner ab. Einer versuchte den anderen zu übertrumpfen.

John saß in der ersten Reihe und mußte sich gewaltsam wachhalten. Es wäre zu sehr aufgefallen, wenn er hier eingenickt wäre. Außerdem saß Superintendant Powell neben ihm, wenn er nicht gerade am Rednerpult stand.

Für Powell war dieser Vormittag ebenfalls ein großer Triumph. Wie oft waren er und seine Abteilung belächelt worden. Man hatte sie nie ganz ernst genommen, bis die ersten Erfolge nachgewiesen werden konnten. Und von diesem Zeitpunkt an nahm die Abteilung Powell eine Sonderstellung ein.

Fall für Fall wurde gelöst. Wo andere aufgaben und sich nicht zuständig fühlten, fing John Sinclair erst an. Ihm hatten sie es zu verdanken, daß die Schrecken der Dämonenwelt noch nicht in das Leben auf der Erde eingegriffen hatten. John Sinclair – auch scherzhaft Geisterjäger genannt – und einige seiner Freunde hatten die Mächte des Bösen immer in ihre Schranken zurückgetrieben.

Trotzdem war Oberinspektor Sinclair kein Mann, der viel Aufsehen um seine Person machte. John kam eigentlich mit jedem gut aus und hatte immer einen Witz auf der Zunge. Er war knapp über dreißig und Junggeselle, zur Freude vieler Verehrerinnen.

Superintendant Powell stieß John von der Seite an. »Na, wie gefällt Ihnen das, Oberinspektor?«

»Mäßig bis regelmäßig.«

Powell verzog das Gesicht, als hätte er wieder einen Schluck von seinem Magenwasser genommen.

»Solch eine Ehrung hat es noch nie für einen Beamten gegeben«, flüsterte Powell. »Und Sie nehmen das hin, als wäre es eine Stehparty.«

»Das wäre mir, ehrlich gesagt, lieber, Sir.«

Nach dieser Antwort zog Powell es vor zu schweigen.

Noch eine Stunde dehnte sich der offizielle Teil. Dann kamen die Gratulationen. John schüttelte viele Hände. Manch ältere Kollegen machten ein säuerliches Gesicht. Sie hatten sich eher eine Beförderung ausgerechnet.

Dann ging man essen, und anschließend hatte John frei. Er mußte sich ausruhen, denn am Abend begann erst die richtige Beförderungsfeier.

Bill Conolly – Johns bester Freund – hatte sein Haus und Garten zur Verfügung gestellt. Der alte Haudegen hatte es sich nicht nehmen lassen, John diesen Abend zu verschönern.

Gegen neunzehn Uhr traf John bei den Conollys ein. Sheila, Bills Frau, begrüßte ihn. Einige Gäste waren schon da, unter anderem auch Jane Collins, eine Privatdetektivin, die John bei einem seiner Abenteuer kennengelernt hatte.

Der Geisterjäger war wirklich überrascht, als er Jane sah.

»Teufel, damit habe ich nicht gerechnet«, sagte er mit rauher Stimme.

Bill Conolly grinste im Hintergrund.

Jane Collins sah toll aus. Sie trug ein eng anliegendes buntes Kleid, das bis zu den Füßen reichte. Der Ausschnitt war gewagt und stellte eine Herausforderung dar. Das blonde Haar fiel Jane bis auf die Schulter, und über ihr Gesicht flog ein herzliches Lächeln, als sie John erkannte.

»Gratuliere, Herr Oberinspektor«, sagte sie und hängte sich bei John Sinclair ein.

Der frisch Beförderte wandte den Kopf. »Irgendwann haben wir uns doch mal den Bruderkuß gegeben, oder irre ich mich da?«

»Nein, ganz bestimmt nicht.«

»Na also.« John zog Jane Collins weiter in den Garten. »Komm, laß uns eine Runde tanzen. Ich brauche etwas Bewegung.«

Einschmeichelnde Musik klang aus den Lautsprechern. Bill hatte den großen Garten mit Lampions schmücken lassen. Es sollte eine richtige Sommerfete werden.

Auf diesen Tanz hatte Jane lange gewartet. Sie schmiegte sich so eng an John Sinclair, daß diesem heiß und kalt zugleich wurde. Sanft fuhren Janes Lippen über Johns Wangen.

»Du hattest mir doch etwas versprochen, großer Geisterjäger.«

John räusperte sich die Kehle frei. »Was denn?«

»Wollte mich ein gewisser John Sinclair nicht mal in meiner Wohnung besuchen?«

». . . damit du ihm die Briefmarken zeigen kannst?« spann John den Faden weiter.

»Muß es gerade die Briefmarkensammlung sein?«

Das war deutlich. Und John gab auch eine ebenso deutliche Antwort.

Nach zehn Minuten Nahkampf trennte Bill die beiden Tanzenden. »Mensch, ihr habt's nötig«, rief er vergnügt.

»Du bist ja verheiratet«, meinte John lachend.

Bill Conolly trug den linken Arm immer noch in der Schlinge. Ein Andenken an den letzten Fall.

John blickte sich im Garten um. »Fast so wie bei der Horror-Fete auf Schloß Darwood.«

»Mensch, hör ja auf!« rief Bill. »Aber etwas anderes. Weißt du, wer gerade gekommen ist?«

»Nein.«

»Erstens – dein Chef.«

»Das gibt es doch nicht.«

»Wie du siehst – ja. Und zweitens ein Telegramm.«

»Von wem?«

»Hier lies selbst.« Bill zog das Telegramm aus der Innentasche seines Jacketts.

John öffnete den Umschlag. Er senkte den Blick, las und hob dann den Kopf.

28

»Das ist von Tony Ballard, dem alten Horror-Knaben. Woher weiß der denn, daß ich befördert worden bin?«

Bill lächelte verschmitzt. »Tja, so etwas spricht sich herum.«

»Das war doch deine Idee – oder?«

»Wenn du schon so fragst. Sie war es.«

»Na denn«, sagte John und ging auf Sheila Conolly zu, die mit einem Tablett voll Sektgläsern ankam.

Bills Frau hatte Superintendant Powell im Schlepptau. Sheila brauchte sich hinter Jane Collins nicht zu verstecken. Sie trug ein flaschengrünes Gartenkleid und hatte eine flammendrote Perücke über ihr natürliches Haar gestülpt.

»Die tizianrote Bestie«, sagte John und hob sein Glas.

Auch die anderen hatten inzwischen die Sektgläser genommen. Sogar Superintendant Powell – sonst Sprudelfan – ließ es sich nicht nehmen, einen kräftigen Schluck auf Johns Beförderung zu trinken.

Der Abend wurde ein Erfolg. Einmal fragte Bill Conolly: »Sag mal, soll ich dich jetzt eigentlich Obergeisterjäger nennen?«

»Untersteh dich«, drohte John. »Du weißt, ich habe noch den Silbernagel. Der wird dir bestimmt als drittes Auge gut zu Gesicht stehen.«

»Ich sag's ja immer«, stöhnte Bill. »Mit der Zeit stumpft man ab.«

»Das sieht man bei dir am besten.«

Die Flachserei ging hin und her. Der würzige Duft von gegrilltem Fleisch lag über dem Garten und heizte immer wieder den Appetit der Gäste an.

Selbst Superintendant Powell griff kräftig zu. Bill, der sein loses Mundwerk natürlich nicht halten konnte, fragte: »Soll ich Ihnen etwas einpacken, damit Sie zu Hause auch noch etwas haben?«

Der Blick, mit dem Powell den Reporter anschließend bedachte, hätte eine ganze Kompanie töten können. Doch Bill war eine Frohnatur. Er zog sich lachend zurück.

Die Zeit verging wie im Flug. Und ehe man sich versah, war Mitternacht schon vorbei.

»Heute ist schon morgen«, sagte John laut und hob noch mal sein Glas.

Er war in einer blendenden Stimmung. Noch ahnte er nicht, was ihn in den nächsten Tagen alles erwartete. Und das war auch gut so.

Gegen drei Uhr wurde Jane Collins auf einmal müde. Sie wollte nach Hause. Da John sich nicht mehr traute zu fahren, besorgte Bill Conolly ein Taxi.

»Du kannst ja noch hierbleiben«, meinte der Reporter, als Jane mal kurz weg war, um sich frischzumachen.

»Ich kann mir auch einen Ring irgendwo durchstecken«, erwiderte der Geisterjäger.

»Was wird denn Jane dazu sagen?« fragte Bill grinsend.

Ehe John eine Antwort geben konnte, kam die Privatdetektivin zurück.

Sie war schon etwas beschwipst und drohte schelmisch mit dem Zeigefinger.

»Wenn zwei Männer flüstern, geht es meistens um Thema Nummer eins.«

»Aber wo denkst du hin«, sagte John, »wir haben uns über Dämonen unterhalten.«

»Wer's glaubt, wird selig«, erwiderte Jane. »Kommen Sie, Herr Oberinspektor, das Taxi wartet.«

John kam zwar in dieser Nacht noch ins Bett, aber von Schlafen konnte keine Rede sein . . .

Am nächsten Morgen schien die Sonne, aber trotzdem hatte John einen leicht trüben Blick.

Er rief im Yard an und wollte sich einen Tag Urlaub nehmen. Doch daraus wurde nichts. Superintendant Powell verlangte nach ihm.

Also ließ sich John Sinclair von Jane Collins zum Yard fahren.

»Dein Chef hat auch kein Verständnis«, sagte sie.

John zuckte mit den Schultern. »Bestimmt ist wieder irgendwo eine Schweinerei passiert. Sehr fröhlich hörte sich Powells Stimme nicht gerade an.«

John fuhr sofort hoch zu Powells Büro. Der Superintendant hatte wieder sein Mineralwasser vor sich stehen und zog ein noch saureres Gesicht. Wahrscheinlich war ihm der gestrige Abend doch nicht so gut bekommen.

Zur Begrüßung präsentierte er dem Oberinspektor einen drei Seiten langen Brief.

»Lesen Sie.«

John las Wort für Wort. Und je länger er las, um so mehr verschloß sich sein Gesicht.

In dem Brief war die Rede von einer Mordserie in dem kleinen Ort Hawick, im Nordwesten der Insel. Der Schreiber äußerte den Verdacht, daß hier Werwölfe im Spiel waren. Er hatte heimliche Aufnahmen von den Opfern gemacht und die Bilder dazugelegt. John, der schon sehr viel gesehen hatte, mußte hart schlucken, als er die Fotos sah. Das konnte nur die Tat eines Wahnsinnigen oder eines Tieres gewesen sein. Der Schreiber – Max Doyle mit Namen – hatte die Verhältnisse in Hawick genau geschildert, und John wurde den Verdacht nicht los, daß in diesem Ort nicht alles geheuer war.

Langsam ließ der Oberinspektor den Brief sinken.

»Nun?« fragte Superintendant Powell knapp.

»Ich werde hinfahren, Sir«, sagte John.

»Das hatte ich mir auch schon gedacht. Finden Sie diese Bestie. So etwas dürfen wir uns nicht bieten lassen. Wann fahren Sie ab?«

John wischte sich über sein Gesicht. »Ist es zuviel verlangt, wenn ich erst noch eine Mütze voll Schlaf nehme? Außerdem ist mein Wagen noch nicht da. Bill Conolly wird ihn im Laufe des Tages zurückbringen. Ich fahre dann am späten Abend los und bin morgen früh in Hawick.«

Superintendant Powell nickte. »Viel Glück, John«, sagte er, »und sehen Sie sich vor. Ich habe da so ein komisches Gefühl.«

»Wird schon schiefgehen, Sir.«

Es regnete.

Ein warmer, unangenehmer Sommerregen fiel aus den tiefhängenden Wolken. Wie unzählige graue Bindfäden schienen die Regenschleier auf die Erde niederzugehen.

Das Wetter machte die Umgebung des kleinen Ortes Hawick noch trostloser. Die Häuser verschwammen in einem verwaschenen Grau. Schon am Tage mußte das Licht angezündet werden, und die erleuchteten Fenster wirkten wie verwaschene Flecke.

Ausgerechnet an diesem Tag war Max Doyles Beerdigung. Fast

alle Dorfbewohner hatten sich in der kleinen Kirche versammelt, um an der Trauerfeier teilzunehmen.

Die Gebete des Pfarrers wurden nur ab und zu von dem Schluchzen der Frauen unterbrochen. Max Doyle hatte keine Angehörigen gehabt. Angeblich sollte da zwar noch eine Cousine existieren, doch niemand kannte ihren Wohnsitz. So kam es, daß kein Verwandter an Doyles Beerdigung teilnahm.

Nach dem Requiem gingen die Menschen zum Friedhof. Sechs Männer trugen den Sarg mit den sterblichen Überresten des Küsters. Die schweigende Prozession zog sich wie eine lange Schlange durch das Dorf.

Der Friedhof lag nicht nahe der Kirche, sondern in der entgegengesetzten Richtung. Umgeben von einer mannshohen Steinmauer und mit einem breiten Eisentor, das jedoch immer offenstand.

Der Pfarrer ging mit den beiden Meßdienern voran. Die Männer waren naß bis auf die Haut, sie trugen keine Schirme. Die Wege auf dem Gottesacker waren mit Kies bestreut. Er glänzte vor Feuchtigkeit.

Max Doyles Grab war schon ausgehoben worden. Seile lagen bereit, um den Sarg in die Tiefe zu lassen.

Schweigend machten sich die Männer an die makabre Arbeit. Der schwere Sarg rutschte über die Seile und hatte dann festen Grund unter sich.

Die sechs Männer traten zurück und falteten ihre Hände.

Pfarrer Harker begann mit seiner kurzen Predigt. Er hob nur die Verdienste des Küsters hervor und erwähnte mit keinem einzigen Wort dessen schreckliches Ende.

Die Frauen weinten unter ihren großen dunklen Schirmen. Es war nicht so sehr die Trauer um Max Doyle, sondern vielmehr die Angst vor einer ungewissen Zukunft. Niemand wußte, wie es weitergehen sollte.

Die Männer verbargen ihre Gefühle besser. Auch sie bewegte eine ohnmächtige Wut und manch einer stand da mit zu Fäusten geballten Händen.

Pfarrer Harker hatte seine Predigt beendet, segnete den Sarg und nahm als erster die Schaufel zur Hand, um Lehm in die Grube zu werfen.

Die Männer taten es ihm nach. Die Frauen warfen Blumen in das

Grab. Ein paar Kränze, deren Schleifen naß auf dem Lehmboden lagen, waren der letzte Gruß der Dorfgemeinschaft.

Bevor der Pfarrer sich abwandte, blickte er jeden einzelnen an. Es schien, als wolle er sich die Gesichter noch einmal einprägen. Auf Ben Strom, dem Holzfäller, blieb sein Blick etwas länger haften.

Ben senkte nicht den Kopf. Im Gegenteil, er sah dem Pfarrer fest in die Augen.

Die Menschen wandten sich ab, schweigend, in sich gekehrt.

In diesem Augenblick ertönte ein häßliches Geheul. Es schien von überall her zu kommen und hallte wie eine schaurige Melodie über den kleinen Friedhof. Das Geheul zerrte an den Nerven der Menschen und ließ die Anwesenden stocksteif stehenbleiben.

Noch einmal steigerte sich dieser häßliche Ton und verklang dann langsam in einer unendlichen Ferne.

Die Menschen atmeten auf. Doch niemand wagte ein Wort zu sagen. Selbst der Pfarrer hielt seinen Mund. Es schien, als lägen unsichtbare Fesseln über den Menschen.

Langsam zerstreuten sich die Mitglieder der Beerdigungsgesellschaft. Man ging nach Hause, schweigend. Es bildeten sich kaum Gruppen, und wenn, dann gehörte man zur Familie.

Ben Strom war allein gekommen. Er lebte mit seiner älteren Schwester zusammen, die jedoch zu Hause geblieben war, da sie sich nicht wohl fühlte.

Strom verließ die Gesellschaft als einer der letzten. Er verdrückte sich in einen kleinen Seitenweg und blieb hinter einem Strauch stehen.

Er holte aus seiner Jackentasche eine Blechschachtel mit den Selbstgedrehten, steckte sich die Zigarette zwischen die Lippen und zündete sie an.

Tief zog er den würzigen Rauch in seine Lungen.

Von seinem Standpunkt aus konnte er den Weg, der zum Grab führte, gut beobachten.

Ben Strom wartete auf den Pfarrer. Diesmal würde er sich nicht so ohne weiteres abspeisen lassen.

Wassertropfen liefen ihm in den Nacken, und Ben zog unbehaglich die Schultern hoch.

Dann kam der Pfarrer. Der blaue Regenumhang glänzte vor Nässe.

Ben warf die Zigarette weg und trat aus seiner Deckung.

Pfarrer Harker wurde durch das plötzliche Auftauchen des Holzfällers überrascht.

Erschreckt blieb er stehen.

»Tut mir leid, Herr Pfarrer«, sagte Ben, »aber ich muß mit Ihnen reden.«

Pfarrer Harker blickte Ben ein paar Sekunden an und erkannte wohl, daß der Holzfäller sich jetzt nicht mehr abwimmeln ließ. Er sagte: »Komm mit, mein Sohn.«

Die Männer gingen zum Pfarrhaus. Sie nahmen Schleichwege, denn man brauchte sie nicht unbedingt zusammen zu sehen.

Im Pfarrhaus war es anheimelnd warm. Ben zog seine nasse Jacke aus und setzte sich an den klobigen Eichentisch.

Der Pfarrer entschuldigte sich einen Moment und kam wenig später mit selbstgebranntem Schnaps zurück. »Der wird uns guttun«, sagte er, als er die Gläser füllte.

Die Männer tranken noch ein zweites Glas, und dann schlug Ben Strom mit der flachen Hand auf den Tisch.

»Ich will endlich wissen, was los ist, Herr Pfarrer!«

Strom war ein kräftiger Mann mit feuerrotem Haar. Seine Augenbrauen waren seltsamerweise dunkel und wuchsen dicht über der Nasenwurzel zusammen, was Ben Strom immer ein etwas finsteres Aussehen gab. Die Hände des Holzfällers waren breit wie Schaufeln und mit Schwielen bedeckt. Man sah es diesem Mann an, das er zupacken konnte.

Der Pfarrer, ein schon älterer schlanker Mann mit rauchgrauen ernsten Augen und schütterem Haar, blickte den Holzfäller nachdenklich an.

»Gut, ich will es dir sagen, Ben. Vorausgesetzt, du behältst es für dich.«

»Das ist selbstverständlich, Herr Pfarrer.«

»Ich glaube dir, mein Sohn.« Der Pfarrer richtete seinen Blick in eine unendliche Ferne und begann zu reden. »Es stimmt nicht, daß hier in der Gegend ein irrer Mörder umgeht. Es sind Wölfe gewesen, die unsere Freunde ermordet haben. Werwölfe, genauer gesagt. Max Doyle hat mit seinen Aussagen recht gehabt. Diese Bestien existieren tatsächlich.«

Ben Stroms Augen waren immer größer geworden. Jetzt fragte

er: »Warum rottet man sie nicht aus? Wenn wir uns alle zusammentun, müßte es gehen.«

Der Pfarrer schüttelte den Kopf. »Nein, Ben. Nur du und ich wissen davon. Die anderen im Dorf ahnen es nicht einmal. Sie glauben weiter an den irren Mörder aus der Anstalt.«

»Und weshalb hat man keine Polizei geholt?« Ben Strom sprang auf.

»Beruhige dich«, sagte der Pfarrer. »Ich habe es versucht, doch man hat mir einen Drohbrief zugeschickt. Wenn ich die Polizei hole, werden die Werwölfe das gesamte Dorf ausrotten.«

»Aber das können sie doch gar nicht!« Ben Strom lief unruhig in dem Zimmer auf und ab. »Wir wissen, woher sie kommen, und es muß für die Polizei eine Kleinigkeit sein, mit dieser Brut fertig zu werden. Mein Gott, was war ich bisher für ein Idiot.« Ben schlug sich gegen die Stirn.

»Diese Gedanken habe ich auch gehabt«, sagte der Pfarrer. »Aber es kommt noch schlimmer. Die Werwölfe halten bereits viele unserer Mitbürger in ihren Krallen. Was ich dir jetzt erzähle, habe ich selbst gesehen. In Vollmondnächten gehen sie los wie Schlafwandler. Zwölf Personen habe ich gezählt. Ihr Ziel ist der Wald, und dort versammeln sie sich auf einer Lichtung. Sie stimmen ein Klagegeheul an und verwandeln sich in diese schrecklichen Bestien. Nach einer Stunde etwa kommen sie zurück, gehen wieder in ihre Häuser und wissen am nächsten Morgen nicht, was geschehen ist. Bis jetzt haben sie zum Glück noch nicht gemordet. Ahnst du nun, in welch einer Zwickmühle ich stecke?«

»Mein Gott«, flüsterte Ben Strom und konnte nicht verhindern, daß er bleich wurde. »Bin – bin ich etwa auch bei diesen Menschen gewesen?« fragte er stockend.

»Nein, du nicht. Aber andere. Leute, die du sehr gut kennst. Die Namen werde ich dir nicht nennen. Aber laß dir gesagt sein, mein Sohn, dieses Dorf ist verflucht. Die Polizei würde hier auf eine Mauer stoßen. Übrigens waren es nur Männer, die nachts zu der Lichtung gegangen sind.«

Ben hatte sich wieder hingesetzt, den Kopf in den Nacken gelegt und mit beiden Händen sein Gesicht bedeckt. Für einen Augenblick hatte der Pfarrer Angst, daß der Holzfäller die Wahrheit nicht ertragen konnte, doch dann hatte sich Ben Strom wieder gefangen.

»Und trotzdem, Herr Pfarrer, wir müssen diese Bestien bekämpfen. Wir können das nicht so ohne weiteres hinnehmen. Das Morden wird dann nie ein Ende haben. Wir müssen dagegen angehen. Sie und ich, wir beide werden diese Brut bekämpfen. Und der Herrgott möge uns die Kraft dazu geben.«

Pfarrer Harker lächelte verloren. »Ich bin einverstanden. Wir können es versuchen.«

»Wissen Sie schon, wer dahintersteckt, Herr Pfarrer? Ich meine, wer ist der Anführer dieser Werwölfe?«

»Ich möchte niemanden verdächtigen, aber ich nehme an, es ist Doktor Cazalis.«

»Der Irrenarzt, nicht wahr?«

»Ja.«

»Ich hätte es mir bald gedacht. Aber weshalb tut er so etwas? Welches Motiv hat er?«

»Ich weiß es nicht, mein Sohn.«

Ben Strom erhob sich. »Aber ich werde es herausfinden. Und wenn ich diesem Cazalis die Würmer einzeln aus der Nase ziehen muß.«

»Keine voreiligen Aktionen«, warnte der Pfarrer.

»Sie brauchen keine Sorgen zu haben«, erwiderte Strom. »Ich weiß, was ich mir zutrauen kann.« Der Holzfäller nahm seine Jacke, nickte dem Geistlichen noch einmal zu und verließ das Haus.

Pfarrer Harker blickte nachdenklich auf die Tischplatte. »Wenn das nur gutgeht«, murmelte er . . .

John Sinclair war kurz nach Mitternacht losgefahren. Bill Conolly hatte ihm den Wagen zurückgebracht und war noch auf einen Drink mitgekommen.

John hatte sich gewundert, daß Bill trotz seines Armes fahren konnte, aber der Reporter hatte nur gegrinst und gemeint: »Alles nur Tarnung. Als Verletzter wird man viel mehr verwöhnt.«

Der silberfarbene Bentley fraß die Meilen wie ein unersättlicher Moloch. Es ging in Richtung Norden. Die Autobahn war leer, und so konnte John ständig aufdrehen.

In den frühen Morgenstunden begann es zu regnen. John hatte die Stadt Leeds schon hinter sich gelassen und durchquerte das

Pennine-Chain-Bergland. Zu dem Regen kam auch noch Nebel, der sich in den weiten Tälern eingenistet hatte.

John mußte mit der Geschwindigkeit herunter. Es war eine unwirtliche, romantische Gegend, durch die er fuhr. Dichter Wald, schroffe Felsen, Berge und grüne Täler.

Der Tag war schon angebrochen. Die Sonne lauerte hinter den Dunstschleiern. John sah sie als verwaschenen, hellen Fleck.

Der Regen ließ nach, und es klarte auf. Schlagartig besserte sich auch Johns Laune.

Der Oberinspektor spielte mit dem Gedanken, irgendwo zu frühstücken, ließ es dann aber bleiben. Er wollte nicht noch mehr Zeit verlieren.

Bald hatte er das Bergland hinter sich gelassen. Auf einer Landstraße ging es in Richtung Westen weiter, der Küste zu.

Und prompt begann es wieder zu regnen. Die beiden großen Wischblätter des Bentley waren jetzt in ständiger Aktion.

John mußte jetzt aufpassen, daß er den Weg nicht verfehlte. Weit konnte es bis Hawick nicht mehr sein. Die Straße war schmal. Wald und Wiesen bestimmten die Landschaft, über der wie ein großes graues Tuch der Regenschleier lag.

Fünf Meilen waren es noch bis zu dem Zielort, als John in eine Kurve fuhr. Die Reifen des Wagens schmatzten über die nasse Straße. Schmutzwasser spritzte auf. Hinter der Kurve hörte die Asphaltdecke auf. Die Straße wurde matschig. John fluchte, hielt aber Sekunden später den Mund, als er den kanariengelben Jaguar am Straßenrand sah.

Der Wagen interessierte den Oberinspektor allerdings nicht so sehr. Es war vielmehr die Frau, die vor der geöffneten Motorklappe stand und jetzt zur Seite trat, als sie den Bentley heranfahren sah.

John bremste.

Er hatte Mühe, seine Überraschung zu verbergen, denn die Frau paßte in diese Gegend wie eine Nachtigall an den Südpol.

Das Wesen hatte feuerrotes Haar, das zur Hälfte unter einem grünen Kopftuch verborgen war. Sie steckte in einem gelben Ledermantel, aus dem zwei rassige Beine ragten. Insgesamt machte sie einen hilflosen Eindruck, was sich in diesem Fall auf die Technik des Jaguars bezog.

John zog den Kragen seiner Wildlederjacke hoch und stieg aus.

Augenblicklich nieselte ihm der Regen ins Gesicht. Trotzdem setzte der Oberinspektor sein Sonntagslächeln auf, als er fragte: »Kann ich Ihnen irgendwie behilflich sein, Madam?«

Die Schöne lächelte zurück. John sah, daß sie einen etwas zu breiten Mund hatte und blitzende ebenmäßige Zähne. Ihre Augen waren groß und von einer faszinierenden gelbgrünen Farbe. Tausend Funken schienen darin zu sprühen. John mußte sich mit Gewalt von dem Anblick losreißen.

»Etwas stimmt nicht mit meinem Motor«, sagte die Schöne, und John stellte fest, daß sie eine weiche, einschmeichelnde Stimme hatte.

John nickte. »Ich bin zwar kein Automechaniker, aber nachschauen kann ich ja mal.«

Der Oberinspektor ging dicht an der Frau vorbei. Ein Hauch von französischem Parfüm streifte ihn.

John beugte sich in den Motorraum. Während er einige Kontakte überprüfte, fragte er: »Wie kommt eine Frau wie Sie in diese verlassene Gegend?«

Die Rothaarige lächelte. »Sie sind nicht der erste, der mich das fragt. Es ist der Beruf, Mister . . .«

»O pardon, mein Name ist John Sinclair.«

»Und ich bin Vivian Delano. Doktor Delano. Ich bin Ärztin in einer Heilanstalt. Damit ist Ihre Frage wohl beantwortet.«

John ließ sich seine Überraschung nicht anmerken. Von einer Heilanstalt hatte auch Max Doyle geschrieben. Sollte der Zufall John direkt auf die richtige Spur gebracht haben? Jetzt hatte er sogar einen Grund, Dr. Delano zu besuchen. Schließlich hatte er sich um ihren Wagen gekümmert.

»Und was treibt Sie in diese Gegend, Mister Sinclair?«

John drehte den Kopf. Er sah die rassigen Beine der Frau und einen Teil des Oberkörpers.

»Ich möchte mal richtig ausspannen. Wissen Sie, ich bin einer von denjenigen, die der Streß Tag für Tag fertigmacht. Ich habe mir sagen lassen, hier soll die Zivilisation noch nicht so fortgeschritten sein. Aber wenn ich Sie und den Wagen sehe . . .«

Dr. Delano lachte. »Ich bin die berühmte Ausnahme. Aber Spaß beiseite. In dieser Gegend können sie sich tatsächlich noch entspannen. Kein Touristenrummel, keine Hetze – nichts. Nur Ruhe, Entspannung – und mieses Wetter.«

»Das nehme ich gern in Kauf.«

John kroch wieder unter der Motorhaube hervor. »Starten Sie mal«, sagte er.

Vivian Delano setzte sich hinters Steuer, drehte den Zündschlüssel, und der Wagen sprang an.

»Na, wunderbar!«, rief die Frau. »Besser hätte es ein Automechaniker auch nicht machen können.«

John lächelte geschmeichelt und wischte sich die Hände an einem Tuch ab, daß er im Motorraum gefunden hatte. Dann klappte er die Haube wieder zu.

Vivian Delano hatte die Seitenscheibe heruntergekurbelt. »Ich weiß gar nicht, wie ich Ihnen danken soll«, sagte sie. »Aber – wenn Sie mal nichts vorhaben, Mister Sinclair, können Sie mich ja besuchen. Den Weg zur Klinik wird Ihnen hier jeder zeigen können. Wir könnten dann etwas rausfahren. Ich kenne hier fast jeden Stein. Die Gegend ist wirklich sehr schön.«

»Das glaube ich Ihnen, Doc«, sagte John. Er hatte sich mit dem rechten Arm gegen das Wagendach des Jaguars gestützt. »Ich werde mich bestimmt an Ihr Versprechen erinnern.«

»Ich hoffe es«, sagte Vivian Delano leise, und John entging nicht der wilde Ausdruck in ihren Augen.

Der Oberinspektor trat zurück.

Die Ärztin schoß mit einem Kavalierstart davon. Die Hinterreifen drehten durch, und John hatte das Glück, daß ihn der Schlamm nicht besprenkelte.

Mit gemischten Gefühlen blickte er dem kanariengelben Jaguar nach.

Eine genauso rätselhafte wie schöne Frau, das war Dr. Vivian Delano. Sie paßte nicht in diese Gegend. Sie war der Typ einer Modeärztin, wie es sie in London nicht nur einmal gab. Weshalb hatte sie sich in diese Einöde verzogen? War es wirklich nur Idealismus?

John glaubte nicht so recht daran. Irgendwie würde er schon noch dahinterkommen. Schließlich hatte er sie ja nicht zum letztenmal gesehen.

John kletterte wieder in seinen Bentley und fuhr weiter. Er wollte um die Mittagszeit in Hawick eintreffen und sich erst mal ein Zimmer suchen.

Bis zum Ort waren es nur noch einige Meilen. Zuerst sah John den Kirchturm aus dem Regendunst auftauchen, dann die ersten Häuser. Es waren alte Bauten, aus dicken Steinen errichtet. Wegen des trüben Wetters brannte hinter vielen Fenstern Licht.

Menschen kamen John entgegen. Sie waren schweigsam und schienen irgendwie bedrückt zu sein.

Der Oberinspektor stoppte, kurbelte das Fenster herunter und rief einen Mann an.

Der Mann schaute sich kurz nach dem Wagen um und ging dann schnell wieder weiter.

»Dann eben nicht«, murmelte John.

Bei zwei weiteren Einwohnern erlebte er das gleiche.

Dieses Dorf schien wirklich nicht ganz geheuer zu sein. Wenigstens hatte John so etwas noch nicht erlebt.

Er fuhr weiter und sah ein Gasthaus auftauchen.

Der Wirt stand vor der Tür. Ein kleines Holzdach schützte ihn vor dem Regen.

John stieg aus.

Der Wirt blickte dem Oberinspektor mißtrauisch entgegen. Er trat sogar einen Schritt zurück. Es sah aus, als wolle er verschwinden.

John war schnell bei ihm.

»Guten Tag«, begrüßte er. »Gehört Ihnen das Gasthaus hier?«

Der Mann nickte zögernd.

John fiel auf, daß die Augen des Wirtes einen ängstlichen Ausdruck angenommen hatten. Zudem trug der Mann dunkle Kleidung, als wäre er eben von einer Beerdigung gekommen.

»Kann ich ein Zimmer haben?« fragte John freundlich.

Der Wirt schüttelte den Kopf. »Tut mir leid, Mister. Ich vermiete nicht.«

John blieb weiterhin ruhig. »Demnach haben Sie Zimmer?«

Der Wirt hob die Schultern.

John zückte eine große Pfundnote. »Ich möchte mich gern zwei Tage ausruhen«, sagte er und ließ den Schein zwischen Zeige- und Mittelfinger knistern.

Der Ausdruck in den Augen des Mannes wechselte. Geldgier bestimmte jetzt seinen Blick.

»Ich könnte mal eine Ausnahme machen«, sagte er und griff nach dem Schein, »aber nur für zwei Nächte.«

»Geht in Ordnung«, erwiderte John. Er hatte sich bereits abgewandt und holte die Reisetasche aus dem Bentley.

Der Wirt war schon vorgegangen.

John folgte ihm. Der Gastraum war dunkel und roch muffig. Nur wenige Lampen brannten.

Durch eine Hintertür gelangten sie in einen engen Gang, von dem aus eine Treppe in die obere Etage führte, wo Johns Zimmer lag.

Eine trübe Funzel ließ soeben noch die Türen der anderen Zimmer erkennen. Es waren drei.

Der Wirt schloß die Tür auf. »Hier ist es, Mister . . .«

»Sinclair, John Sinclair.«

Der Oberinspektor quetschte sich an dem Wirt vorbei.

Das Zimmer war ein besseres Loch. Besser, weil ein wackliges Bett, ein Schrank und ein von Holzwürmern frequentierter Stuhl darin standen.

»Gefällt es Ihnen?« fragte der Wirt und seine Stimme klang nicht einmal schadenfroh.

John wandte sich um. »Ich habe schon schlechter geschlafen«, erwiderte er und dachte dabei an seine Militärzeit und wie er damals oft im Freien kampiert hatte. Der Oberinspektor klopfte eine Zigarette aus der Packung. »Sagen Sie, kann man auch bei Ihnen essen?« Er bot dem Wirt ein Stäbchen an. Doch der Mann schüttelte den Kopf.

»Sicher, Mister. Sie müssen nur nach unten kommen. Mein Sohn kocht. Er ist mal zur See gefahren und hat es dort gelernt.«

»Vielen Dank.« John stieß den Rauch durch die Nasenlöcher aus. »Warum sind die Leute hier so unfreundlich?« wollte der Oberinspektor wissen. »Ich hatte einige nach einem Gasthaus gefragt, doch niemand wollte mir Auskunft geben.«

Das Gesicht des Wirtes verschloß sich. »Wir sind hier keine Fremden gewöhnt, Sir. Wir leben für uns und möchten auch nicht, daß sich jemand um unsere Angelegenheiten kümmert. Ich hoffe, Sie haben mich verstanden, Sir.«

»Es war ja deutlich genug«, gab John lächelnd zurück.

Ohne noch ein weiteres Wort zu sagen schloß der Wirt die Tür von außen.

John Sinclair aber hob die Schultern. »Das kann ja noch heiter werden«, sagte er. Er nahm seine Reisetasche und begann auszupacken.

John wechselte die Kleidung und überprüfte dann seine Pistole. Es war eine außergewöhnliche Waffe. Sie sah ganz normal aus, doch in dem Magazin steckten spezialangefertigte, geweihte Silberkugeln. Geschosse, die Vampire und Höllenmonster kaum verkrafteten. Auch nicht Werwölfe . . .

Mit einem lauten Geräusch knallte die Tür hinter Dr. Cazalis zu.

Der Arzt befand sich jetzt im Trakt der Irren.

Langsam ging er den kahlen Betongang entlang. Hinter den einzelnen Türen spielten sich grausame Szenen ab. Das Schreien und Ächzen der Kranken erzeugte bei einem normalen Menschen eine Gänsehaut.

Nicht bei Dr. Cazalis. Für ihn war es Musik.

Er hob an jeder Tür eine Klappe hoch und blickte für wenige Sekunden durch den Spion.

Entstellte Gesichter stierten ihn an.

Cazalis lächelte wie ein Teufel. »Ja«, flüsterte er rauh. »Bald seid ihr soweit. Bald werdet ihr sämtliche Hemmungen fallenlassen und nur noch so denken und fühlen wie ein Werwolf.«

Cazalis war mit seinem Werk zufrieden. Dieser Trakt der Anstalt war von dem anderen getrennt. Hier konnte Cazalis ungestört seinen teuflischen Experimenten nachgehen.

Er hatte geforscht. Jahrelang. Und dann war es ihm gelungen, ein Serum zu entwickeln, daß Menschen zu Werwölfen machte. An den Irren hatte er es zuerst ausprobiert. Die Erfolge hatten ihm recht gegeben. Dann waren die Gesunden an die Reihe gekommen. Cazalis hatte kurzerhand Menschen entführen lassen und sie mit dem Serum geimpft.

Es schlug an.

Gesunde und völlig normale Menschen wurden zu reißenden Bestien.

Acht Tote hatte es bisher gegeben. Ein ganzes Dorf duckte sich unter dem Terror der Bestien.

Cazalis war zufrieden. Aber er wollte trotzdem noch mehr. Er wollte eine Armee von Ungeheuern schaffen, die nur seinem Befehl gehorchten. Noch setzte immer die Rückverwandlung ein.

Noch brauchten sie das Licht des Vollmondes, doch bald würde auch das nicht mehr nötig sein.

Eine halbe Stunde dauerte Cazalis' Rundgang. Dann zog er sich wieder in sein Büro zurück.

Eine Zeitlang stand er am Fenster und blickte nach draußen in den Park.

Trotz des Regens hielten sich einige Anstaltsinsassen dort auf. Sie gingen spazieren, die dunklen Regenschirme glänzten. Auch diese Leute sollten irgendwann an die Reihe kommen. Er durfte nur nichts überstürzen.

Die Bürotür wurde aufgestoßen.

Cazalis fuhr herum.

Vivian Delano betrat den Raum. Sie riß sich das Tuch vom Kopf und schüttelte die flammendrote Haarmähne aus.

»Wie oft habe ich dir gesagt, du sollst anklopfen«, fauchte Cazalis.

»Hör auf«, sagte Vivian und ließ sich auf einen Stuhl fallen. Genußvoll zündete sie sich eine Zigarette an.

Cazalis blieb vor seiner Kollegin stehen. »Wo hast du so lange gesteckt?«

»Ich hatte eine Autopanne.«

»Oh! Hast du den Wagen selbst repariert?«

Vivian lächelte überlegen. »Es gibt zum Glück noch Kavaliere.«

»Was heißt das? Hat irgendein Trottel aus dem Dorf dir den Jaguar wieder flott gemacht?«

»Nein, kein Dorftrottel, sondern ein Fremder. Ein gewisser John Sinclair. Er kam zufällig vorbei.«

Cazalis wurde mißtrauisch. »Zufällig?« fragte er.

»Genau. Ein interessanter Mann.« Vivian blies den Rauch durch ihre gespitzten Lippen. »Wenn ich ehrlich sein soll, er könnte mir gefährlich werden.«

»Das heißt, du siehst ihn wieder?«

»Ja, er will wohl hier seinen Urlaub verbringen. Er kommt übrigens aus London, wie ich am Nummernschild des Wagens feststellen konnte.«

Ramon Cazalis lachte auf. »Und du glaubst, daß jemand aus London hier nur Urlaub macht? Wie naiv bist du eigentlich. Das ist ein Schnüffler, laß dir das gesagt sein.«

»Und was sollte er hier suchen?«

»Muß ich dir das noch groß erzählen?«

»Nein, natürlich nicht, mein lieber Ramon.« Vivian Delano streifte die Asche in einer Kristallschale ab. »Wenn er tatsächlich hierher kommt, kannst du ja herausfinden, ob er ein Schnüffler ist. Ich werde euch beide miteinander bekannt machen. Aber eins sage ich dir jetzt schon, Ramon. Überlaß ihn mir. Verstehst du?«

Ramon Cazalis brauchte nur in die Augen der Frau zu sehen, um zu erkennen, was sie mit John Sinclair vorhatte. Und plötzlich war auch der Arzt einverstanden. »Gut, Vivian, es bleibt dabei. Er gehört dir.«

»Das wollte ich dir auch geraten haben.«

Dr. Vivian Delano stand auf. »Wir sehen uns später«, sagte sie und ging mit schnellen Schritten zur Tür.

Ramon Cazalis zerbiß einen Fluch zwischen den Zähnen. Er wollte sich gerade eine Zigarette anzünden, als das Telefon auf dem Schreibtisch summte.

Cazalis hob ab. »Ja«, knurrte er wütend.

Die Frau von der Anmeldung war am anderen Ende der Leitung. »Da möchte Sie jemand sprechen, Doktor.«

»Wer ist es?«

»Ein gewisser Mister Strom.«

»Nie gehört den Namen.«

»Er sagt, er käme aus Harwick, und die Angelegenheit wäre sehr dringend.«

Cazalis überlegte einen Moment. Dann meinte er: »Bringen Sie den Mann zu mir.«

»Gut, Doktor.«

Cazalis rieb sich über das Gesicht. Was wollte der Mann von ihm? Es kam doch sonst nicht vor, daß jemand freiwillig aus dem Dorf die Klinik aufsuchte. Es mußte also einen besonderen Grund geben.

Cazalis war gespannt.

Es dauerte einige Minuten, bis gegen die Tür geklopft wurde. Die Frau ließ den Mann eintreten und zog sich diskret zurück.

Ramon Cazalis setzte sein Sonntagslächeln auf und ging dem Besucher mit ausgestrecktem Arm entgegen. »Ich bin Doktor Cazalis. Was kann ich für Sie tun, Mister Strom?«

Der Holzfäller hatte seine rechte Hand in die Tasche seines Parkas gesteckt.

»Für mich können Sie gar nichts tun, Cazalis. Höchstens für sich.«

»Wie soll ich das verstehen?«

»Das werden Sie gleich merken.«

Ben Strom hatte den Satz kaum ausgesprochen, da riß er seine rechte Hand aus der Tasche. Zwischen seinen Fingern schimmerte das Metall einer Pistole.

»Jetzt können Sie nur noch beten, Cazalis«, sagte Ben Strom mit rauher Stimme . . .

Ramon Cazalis blieb erstaunlich ruhig. Unter hochgezogenen Augenbrauen blickte er auf die Pistole, während ein spöttisches Lächeln seine Mundwinkel kerbte. Er setzte sich wieder.

»Sie wollen mich also töten?« Es war mehr eine Feststellung als eine Frage.

»Ja«, erwiderte Ben Strom, und man hörte seiner Stimme an, daß er sich kaum noch beherrschen konnte. Schweißperlen hatten sich auf seiner Stirn gesammelt und liefen in fingerbreiten Bächen in die buschigen Augenbrauen.

Cazalis nickte. Doch dann hob er ruckartig den Kopf. »Darf ich wenigstens den Grund erfahren?«

Strom lachte hart und wütend. »Da fragen Sie noch, Sie Bestie? Sie sind es doch, der hinter all den grausamen Morden steckt. Sie sind der Anstifter. Und glauben Sie nur nicht, daß ich nicht Ihr Geheimnis kenne. Sie programmieren die Irren zu Werwölfen um, machen Sie zu reißenden Untieren, die nur noch töten wollen. Töten um jeden Preis.«

Jetzt war es Cazalis, der lachte. »Sie sind wirklich von Sinnen, Mister Strom. Wenn ich ja nicht schon vieles in meinem Leben erlebt und gehört hätte, würde ich Sie glatt hierbehalten und der Polizei übergeben.« Cazalis wurde schlagartig ernst. Er beugte seinen Oberkörper vor. Ohne daß Ben Strom es sehen konnte, berührten Cazalis' Finger den kleinen Knopf unter der Kante des Schreibtisches. Ein Alarmsignal wurde im Wärterzimmer ausgelöst. Und die beiden bulligen Typen wußten sofort Bescheid. »Haben Sie eigentlich schon mal jemanden umgebracht?« spann Cazalis den Faden weiter.

Er war ein guter Psychologe und wußte, wie er Strom packen und hinhalten konnte.

Wild schüttelte der Holzfäller den Kopf. »Nein! Bis jetzt habe ich noch nicht getötet. Aber Sie werden der erste sein. Und Gott möge mir verzeihen.«

Stroms Hand mit der Pistole zitterte. Es kostete den Mann sichtlich Mühe, sich unter Kontrolle zu halten.

»Beim erstenmal ist es immer schwer«, meinte Cazalis. Er sprach jetzt im Plauderton, wollte den Holzfäller nicht noch im letzten Moment zu einer Panikreaktion verleiten.

»Ich werde es schon schaffen. Keine Angst.« Strom trat einen Schritt vor.

Cazalis erhob sich. Er hielt die Hände gegen die Decke gestreckt. »Dann schießen Sie«, sagte er ruhig.

Strom war für einen Augenblick überrascht. Seine Augen weiteten sich. »Und Sie haben keine Angst?«

»Wovor? Vor einer Kugel? Vielleicht schießen Sie daneben. Ich weiß nicht, wie gut Sie im Zielen sind. Und darauf baue ich. Es kann auch sein, daß Sie mich nur verletzen.«

Dr. Cazalis redete und redete. Er lenkte den Holzfäller ab, denn hinter Stroms Rücken öffnete sich die Bürotür.

Kein Geräusch entstand, als sie nach innen gedrückt wurde. Die muskelbepackten Körper der beiden Wärter tauchten auf. Cazalis gab mit keiner Bewegung zu erkennen, daß er die Männer bemerkt hatte. Er hielt durch sein Reden den Holzfäller weiterhin zurück.

Schließlich wurde Ben Strom die Sache zu bunt. Vielleicht ahnte er auch die Gefahr. Auf jeden Fall riß er die Hand mit der Pistole um eine Winzigkeit hoch und drückte ab.

Im selben Augenblick fegte ein brettharter Handkantenschlag seinen Waffenarm nach unten. Dicht vor Cazalis' Schreibtisch fuhr die Kugel in den Boden.

Kräftige Fäuste packten zu, wanden Ben Strom die Pistole aus den Fingern.

Ein weiterer Schlag dröhnte in seinen ungeschützten Nacken. Ben Strom fiel nach vorn und knallte aufs Gesicht. Den Schmerzensschrei verschluckte der Teppichboden.

»Aufhören«, sagte Cazalis, als einer der Wärter erneut ausholte.

Schnaufend traten die Wärter zurück. Ihre Gesichter waren gerötet. Schweiß bedeckte ihre Stirnen.

Cazalis schob einen Fuß unter Stroms Körper und drehte den Holzfäller auf den Rücken. Einer der Wärter reichte dem Arzt Stroms Waffe. Cazalis steckte sie in seine Kitteltasche, die durch das Gewicht nach unten gezogen wurde.

»Sollen wir ihn umlegen?« fragte der Wärter, der Cazalis am nächsten stand. Er war ein breitschultriger muskelbepackter Typ mit öligen schwarzen Haaren. Sein Kumpan war etwas größer, dafür aber auch schmächtiger. Aber beide waren sie gemeine, hinterhältige Schläger.

Cazalis dachte einen Moment nach. Dann schüttelte er den Kopf. In seinen Augen leuchtete es auf wie bei einem, dem gerade eine blendende Idee eingefallen ist.

Und das war bei Cazalis tatsächlich der Fall.

»Wir werden ihn nicht töten«, sagte er. »Wenigstens nicht auf die übliche Weise. Wenn uns die Versuchskaninchen schon freiwillig zulaufen, brauchen wir uns gar nicht erst groß anzustrengen. Er kommt in unsere Spezialabteilung.«

Ben Strom lag noch immer am Boden und krümmte sich vor Schmerzen. Er hatte zwar die Worte gehört, doch ihren Sinn nicht genau verstanden. Er wunderte sich nur, daß er noch am Leben war.

Cazalis machte eine knappe Bewegung mit der rechten Hand. »Fesselt ihn!«

Die Wärter bückten sich. Einer zog aus einer Metallöse am Gürtel ein Paar Handschellen. Hart riß er Stroms Hände in die richtige Stellung. Einen Atemzug später schnappten die Stahlspangen zu.

Ben Strom war gefangen.

Die Wärter zogen Strom brutal auf die Füße. Der Holzfäller wand sich in ihrem Griff.

»Stell dich nicht so an«, fauchte Cazalis. »Vorhin, als du mich umbringen wolltest, hast du dich noch ganz anders benommen. Ein Typ wie du sollte mehr vertragen können. Kommt mit!«

Cazalis ging vor bis zur Tür und öffnete sie. »Ab in die Spezialabteilung.«

Die beiden Wärter schleiften den Holzfäller über den Gang auf eine Fahrstuhltür zu.

Der Lift mußte erst noch geholt werden.

Ben Strom bekam alles nur halb mit.

Dann glitten die Türen auseinander.

Strom, die beiden Wärter und Dr. Cazalis gingen in die schmale Kabine. Cazalis drückte auf den untersten Knopf, neben dem das Wort »Notsignal« stand.

Der Lift sank nach unten.

Nach Sekunden hatten die Männer die Spezialabteilung erreicht. Diese Abteilung lag noch unter dem Trakt der Irren, und die meisten wußten nicht mal von ihrer Existenz. Eine große Eisentür mit einem Sicherheitsschloß verwehrte den Zutritt.

»Ihr könnte jetzt gehen«, sagte Cazalis zu den beiden Wärtern. Selbst sie durften nicht wissen, was sich hier unten verbarg. Das ging nur Cazalis etwas an.

Die Wärter trollten sich.

Cazalis wartete noch, bis der Lift endgültig verschwunden war, und holte dann einen kompliziert angefertigten Schlüssel aus der Hosentasche. Diesen steckte er in das dazu passende Schloß in der Tür.

Ben Strom lehnte an der Wand. Der Holzfäller hatte Mühe, das Gleichgewicht zu halten. Noch immer ging sein Atem stoßweise und keuchend. Er hielt die gefesselten Hände gegen seinen Leib gepreßt.

»Was – was haben Sie mit mir vor?« ächzte er.

Cazalis lachte. »Das wirst du gleich sehen, mein Junge. Aber eines sagte ich dir jetzt schon. Man bedroht keinen Ramon Cazalis mit einer Waffe. Ich werde da sehr ärgerlich. Die Strafen sind meistens tödlich. Auch bei dir mache ich keine Ausnahme.«

Ben Strom würgte. Er hatte nun begriffen, daß er sterben sollte.

Sterben! Wie ein Brandmal setzte sich das Wort in seinem Gehirn fest.

Nein! schrie es in ihm. Um alles in der Welt. Nicht sterben. Nicht sterben!

Cazalis war noch mit dem Schloß beschäftigt und achtete nicht auf den Gefangenen.

Trotz der Schmerzen, die in seinem Körper wüteten, stieß sich Ben Strom von der Wand ab. Er taumelte auf Cazalis zu und wollte ihm den Kopf in den Magen rammen.

Doch Strom war zu langsam. Viel zu langsam.

Cazalis sah den Holzfäller von der Seite her kommen, trat

schnell einen Schritt zurück und schlug dem Holzfäller von unten her die Faust ins Gesicht.

Strom wurde zurückgeschleudert und brach an der Wand zusammen. Seine Nase blutete. Tränen liefen ihm aus den Augen.

»Idiot«, knurrte Cazalis.

So schnell es ging, schloß er die Tür auf. Er wollte diese verdammte Sache endlich hinter sich bringen.

Lautlos und gut geölt schwang die Tür zurück. Ein stockdunkles Verlies tat sich auf.

Cazalis' Hand fuhr an der Wand entlang. Die Finger fanden den Lichtschalter und drückten den Kipphebel herum.

Das Licht flammte auf.

Es war ein kaltes Leuchtstoffröhrenlicht, das alles in einer geradezu brutalen Deutlichkeit heraushob.

In der Mitte des Verlieses befand sich ein stabiles Eisengitter. Zugang zu der Zelle dahinter bildete eine Eisentür, die innerhalb des Gitters harmonisch eingelassen war.

Ein paar alte Matratzen lagen auf dem Boden.

Und auf den Matratzen hockten sie.

Die Produkte einer Wahnsinnszucht.

Drei Werwölfe!

Gelblich leuchteten die Augen der Ungeheuer. Die Bestien wurden unruhig, als sie den Arzt sahen.

Mit ein paar Sprüngen standen sie am Gitter. Klauen krallten sich um die Stäbe. Gelbe Raubtieraugen funkelten mordlüstern.

Cazalis lachte. »Keine Angst, meine Freunde. Ihr bekommt, was ihr braucht. Los, zurück!«

Die Werwölfe gehorchten ihrem Meister aufs Wort.

Cazalis ging wieder durch die offene Tür und zog Ben Strom in das Verlies.

Der Holzfäller wehrte sich jetzt nicht mehr. Er hatte schon mit dem Leben abgeschlossen.

Die Werwölfe hatten sich in den Hintergrund des Verlieses verzogen. Dort harrten sie auf ihr Opfer.

Cazalis öffnete die Gittertür.

Noch einmal versuchte Ben Strom sich gegen den Griff des Arztes zu stemmen, doch es blieb ein erfolgloses Unterfangen.

Roh stieß Cazalis den Mann in den Käfig.

Ben Strom blieb auf dem nackten Betonboden liegen. Er lag auf der Seite, den Kopf hin zur Tür gerichtet, und er hatte die Bestien wahrscheinlich noch gar nicht gesehen.

Ramon Cazalis warf noch einen Blick in den Käfig und ging dann mit schnellen Schritten davon. Für ihn war der Holzfäller Ben Strom schon gestorben.

Als Cazalis die Tür hinter sich schloß, näherte sich die erste Bestie dem wehrlosen Ben Strom . . .

Am Nachmittag hörte es auf zu regnen.

John Sinclair hatte sich für eine Stunde hingelegt. Da die Tropfen nicht mehr auf die schmale Fensterbank trommelten, wurde der Oberinspektor von der herrschenden Stille wach.

John stand auf und öffnete das Fenster.

Kühle Luft strömte in das kleine Zimmer. Der Himmel war verhangen, doch im Westen klärte er schon auf, und John war sicher, daß nachts der Himmel wie blankgeputzt sein würde.

Das Zimmer lag an der Rückseite des Hauses. Der Blick fiel auf kleine Gärten, morsche Zäune und auf ein Waldgebiet, das sich bis zum Horizont hinzog.

Es war still. Seltsam um diese Stunde, wo in den meisten Orten viel Betrieb herrschte. Kein Lachen, kein Kindergeschrei – nichts. Es schien, als hätten sich die Menschen in ihren Häusern verkrochen.

Fließendes Wasser gab es zum Glück. John wusch sich das Gesicht und zog sich dann seine Kleidung über. Er verzichtete auf seinen Mantel. Er wäre ihm nur hinderlich gewesen. Die Pistole verschwand in einer Halfter aus weichem Rindsleder.

John trat auf den Gang und schloß die Tür. Die trübe Funzel brannte noch immer.

Über die ausgetretenen Stufen der Treppe ging John Sinclair nach unten.

Er traf den Wirt im Gastraum. Der Mann saß am Tisch und las eine vergilbte Zeitung. Beim Nähertreten sah John, daß Bier oder Limonade über das Papier gelaufen sein mußte.

Der Oberinspektor grüßte freundlich.

Der Wirt hob den Blick und sah dann auf seine Uhr. »Zum Essen ist es noch zu früh.«

»Das will ich auch noch nicht.« John setzte sich zu dem Wirt an den Tisch, was dieser nicht gerade freundlich aufnahm. Mißgelaunt verzog er das Gesicht.

»Viel Abwechslung haben Sie ja hier nicht«, begann John das Gespräch.

Der Wirt hob die Schultern. »Wir sind zufrieden.«

John fragte nach einem Whisky. Der Wirt stand auf und brachte sofort die ganze Flasche. Außerdem noch zwei Gläser.

Er schenkte ein, und die Männer prosteten sich zu.

»Guter Stoff«, sagte John und nickte anerkennend.

Der Wirt grinste geschmeichelt. »Selbst gebrannt«, meinte er im Verschwörerton.

»Verstehe.« John beugte sich vor. »Sagen Sie mal, Mister. Als ich kurz vor Hawick war, stand am Straßenrand ein gelber Jaguar. Eine rothaarige Frau fummelte unter der Motorhaube herum. Ein Prachtweib, sage ich Ihnen. Hätte nie gedacht, daß es so etwas in dieser Gegend gibt. Mal ehrlich, kennen Sie die näher?«

»Nein.«

»Schade.« John lehnte sich zurück und spielte mit seinem Whiskyglas. »Ich hätte gern mehr von ihr erfahren. Ob Sie's glauben oder nicht, die Puppe hat mich sogar eingeladen. In eine Klinik oder Sanatorium. Ist die etwa Ärztin?«

Der Wirt nickte. »Ja, sie ist sogar stellvertretende Leiterin der Irrenanstalt.«

»Eine Irrenanstalt ist das?«

»Und was für eine. Nur schwere Fälle. Ausgerechnet in unserer Gegend. Die hätten das Ding auch auf einer Insel bauen können.«

»Das klingt ja, als ob Sie etwas gegen die Anstalt hätten.«

»Habe ich auch.«

»Darf man den Grund erfahren?«

»Nein. Das geht Sie nichts an. Am besten ist, sie bleiben die zwei Tage hier und kümmern sich um nichts. Legen Sie sich meinetwegen in Ihr Bett, oder besuchen Sie die rothaarige Ärztin. Aber lassen Sie uns in Ruhe.«

»Entschuldigen Sie«, sagte John. »Ich wollte Ihnen nicht zu nahetreten. Aber solch eine Einladung lasse ich mir nicht entgehen. Die Puppe ist nämlich Superklasse. Ich werde gleich zur Klinik fahren. Können Sie mir denn den Weg beschreiben?«

Der Wirt tat es. Ziemlich umständlich, aber hinterher wußte John genau, wo er dran war.

Der Oberinspektor stand auf und tippte an seine imaginäre Hutkrempe.

»Dann werde ich mal.«

Der Wirt nickte. »Viel Vergnügen.«

John grinste wissend. »Das werde ich schon haben. Schließlich ist man nur einmal Junggeselle.«

Fröhlich vor sich hin pfeifend marschierte der Oberinspektor nach draußen. Er hatte bewußt die Rolle eines Schürzenjägers gespielt. Man sollte direkt den richtigen Eindruck von ihm bekommen.

Doch draußen änderte sich Johns Miene schlagartig. Ziemlich nachdenklich stieg er in seinen Bentley. Neugierige Blicke starrten ihn aus manchen Fenstern an.

Der silbergraue Wagen rollte langsam durch den Ort. Kaum ein Mensch befand sich auf der Straße. Am Rand einer dicken Wolkenbank lugte die Sonne hervor. Ein paar Strahlen kitzelten die Erde. Feuchtigkeit stieg in dicken Schwaden vom Boden hoch und formte sich zu seltsamen Gebilden.

Die Luft dampfte.

John hatte die Scheibe heruntergedreht. Der kühle Fahrtwind tat gut.

Der Oberinspektor ließ sich Zeit. Außerdem war die Wegstrecke schlecht. Nach zwanzig Minuten tauchte die Abzweigung auf, die zur Klinik führte.

Ein asphaltierter Weg führte jetzt durch den Wald. Und schon bald sah John die Gebäude auftauchen. Der Wald ging in eine kleine, aber gepflegte Parklandschaft über. Zwischen den einzelnen Rasenflächen gab es Parkbuchten. Die meisten davon waren leer.

John lenkte seinen Bentley in eine der Parkboxen und stieg aus.

Der Komplex war L-förmig angelegt und im Bungalowstil gebaut. Eine breite Glastür nahm einen Teil der Vorderfront ein. Ein gepflegter Vorgarten zierte den Eingang.

John schob die Glastür auf.

Er gelangte in eine große Halle. Terrazzofliesen bedeckten den

Boden. Rechter Hand lag die Eingangsloge. Eine ältere Frau blickte den Oberinspektor an.

John trat bis vor die Frontscheibe und beugte sich gegen das Sprechloch.

»Ich möchte zu Vivian Delano.«

Die Frau setzte Ihre Brille auf. »Sind Sie angemeldet? Ein neuer Patient?«

John grinste. »Sehe ich so aus? Und angemeldet bin ich auch nicht. Ich möchte Vivian in einer privaten Angelegenheit sprechen, wenn Sie verstehen, was ich meine.«

Die Frau verstand. Sie kriegte einen roten Kopf und beugte sich über ihr Schaltpult, wo sie einige Knöpfe drückte. John erhielt erst nach einer Minute Bescheid. »Doktor Delano kommt gleich, Mister. Außerdem habe ich Ihren Namen nicht verstanden.«

»Ach ja, das hatte ich ganz vergessen. Sagen Sie, der Pannenhelfer wäre hier.«

»Ich werde es ausrichten.«

Die Empfangsdame beugte sich nochmals über ihre Tastatur und sprach ein paar Worte. Dann wandte sie sich wieder an John. »Sie können hier in der Halle warten.«

»Das hatte ich sogar vor.«

John ließ sich in einem Ledersessel nieder. Davor stand ein kleiner Tisch, auf dem lagen einige Fachzeitschriften. Um sich die Langeweile zu vertreiben, blätterte John darin herum.

Plötzlich stutzte er. Ein Artikel war ihm ins Auge gefallen.

»Lykanthropie: Ist es möglich, Werwölfe zu züchten?«

Johns Pupillen verengten sich. Doch ehe er dazu kam, den Artikel zu lesen, riß ihn eine Frauenstimme aus seinen Gedanken.

»Nanu, so vertieft, Mister Sinclair?«

John konnte gerade noch den Namen des Verfassers entziffern. Dr. Ramon Cazalis. Dann stand der Oberinspektor auf.

»Verzeihen Sie, Doktor.« John legte die Zeitschrift wieder auf den Tisch.

Vivian Delano trug einen blütenweißen Kittel. Deshalb fielen John die Blutspritzer besonders auf . . .

Dr. Vivian Delano lauerte in einer Nische. Sie sah Ramon Cazalis, die beiden Wärter und Ben Strom in dem kleinen Lift verschwinden und wußte im selben Augenblick, woran sie war.

Cazalis' Wölfe hatten wieder ein Opfer.

In Vivians gelbgrünen Augen blitzte es auf. Mit einem wütenden Ruck warf sie die rote Mähne in den Nacken. Sie würde Cazalis einen Strich durch die Rechnung machen. Zu lange hatte sie sein Treiben geduldet, wußte von Cazalis' Geheimnis. Ihr war bekannt, daß der Arzt ein Serum entwickelt hatte, das Menschen zu Werwölfen umfunktionierte.

Eine grauenhafte Vorstellung. Jedoch nicht so sehr für Vivian Delano. Auch sie verbarg ein Geheimnis, von dem niemand eine Ahnung hatte. Nicht umsonst hatte sie sich in die Einsamkeit des Nordwestens zurückgezogen.

Und sie wußte auch, daß ihr Cazalis regelrecht verfallen war. Es war ihm noch nicht gelungen, sie zu erobern, und das wurmte den Arzt. Immer wieder hatte er es versucht, doch Vivian Delano war standhaft geblieben. Allerdings hatte sie mit ihrer Taktik eines erreicht.

Ramon Cazalis war ihr gegenüber sorglos geworden.

Eiskalt hatte die Ärztin ihre Chance genutzt.

Ein Wachsabdruck des geheimen Schlüssels war schnell hergestellt. Und bis zur Anfertigung des Nachschlüssels war es dann nur ein Kinderspiel.

Ramon Cazalis hatte keine Ahnung davon, daß sich Vivian in den Besitz dieses Schlüssels gebracht hatte.

Es war ein böses Spiel, daß zwischen den beiden Ärzten getrieben wurde. Der brutale Cazalis war auf die weibliche Raffinesse der rothaarigen Ärztin hereingefallen. Denn nicht er war der eigentlich Chef der Klinik.

Während sich Vivian Delano noch von ihren Gedanken treiben ließ, stoppte der Lift.

Summend schwangen die beiden Türhälften auseinander.

Nur drei Männer verließen die Kabine.

Cazalis und die beiden Wärter.

Jetzt mußte sich Vivian beeilen, sonst war es für den armen Teufel zu spät.

Denn er wurde noch gebraucht . . .

Die Ärztin wartete, bis die Männer nicht mehr zu sehen waren, und huschte dann auf den Lift zu.

Schnell zog sie die Türen zur Seite.

In der Kabine drückte sie auf den bewußten Knopf.

Der Lift jagte nach unten.

Vivian hielt den Schlüssel schon in der Hand, als sie sich der Eisentür näherte.

Ihre Finger zitterten, während sie den Schlüssel ins Schloß schob.

Die Tür war kaum offen, da hörte sie die Schreie.

Für einen winzigen Augenblick hatte die Ärztin das Gefühl, zu spät zu kommen.

Panik keimte in ihr hoch. Der Schweiß brach ihr aus den Poren. Zwei schnelle Sprünge brachten sie an die dicken Gitterstäbe.

War das Opfer noch zu retten?

Fast sah es nicht so aus . . .

Ein zorniges, wildes Fauchen riß Ben Strom wieder in die Wirklichkeit zurück.

Mühsam rollte sich der Holzfäller auf den Rücken.

Schlagartig umklammerte ihn das nackte Entsetzen.

Vor ihm stand ein Werwolf.

Geifer troff aus dem Maul des Untieres. Es hatte die Zähne gefletscht. Die gelben Raubtieraugen funkelten mordlüstern.

Der Wolf war so groß wie ein Mensch. Er stand auf den Hinterbeinen. Die Vorderpranken hatte er halb erhoben, bereit, die mörderischen Schläge zu führen.

Ben Strom konnte im ersten Augenblick noch nicht mal schreien. Die nackte Angst schnürte ihm die Kehle zu. All der Schrecken, das Grauen stürmte in diesem Moment auf ihn ein wie ein plötzliches Ungewitter.

Und er war hilflos!

Im Hintergrund des großen Käfigs erkannte Ben noch zwei Werwölfe, die ihren Artgenossen interessiert beobachteten.

Ben Strom sammelte all seine Kräfte. Er stemmte sich mit den Handflächen vom Boden ab und rutschte zurück.

Es waren nur Zentimeter, und bald spürte Ben die Gitterstäbe in seinem Rücken.

Aus, vorbei!

Der Werwolf sprang auf ihn zu. Seine rechte Pfote zuckte vor, verkrallte sich in Bens Kleidung und riß den Mann vom Boden hoch.

Ganz dicht sah der Holzfäller das geifernde Maul vor sich. Heißer Atem traf sein Gesicht.

Aber Ben Strom wollte nicht sterben. Seine Schmerzen waren im Angesicht dieser neuen tödlichen Gefahr vergessen.

Ben riß die Arme hoch. Mit beiden Fäusten trommelte er gegen die haarige Brust des Untieres.

Gleichzeitig trat er mit den Beinen, versuchte, empfindliche Stellen zu treffen.

Der Werwolf wurde noch wütender.

Er schüttelte den Holzfäller durch wie eine Strohpuppe. Bens Kopf knallte gegen die Stäbe.

Sterne zerplatzten vor seinen Augen. Sein Schädel schien in tausend Stücke zu zerspringen.

Trotzdem wehrte er sich.

Da fetzte ihm die Pranke der Bestie den Parka vom Körper. Ein Teil des rechten Hemdsärmels wurde ebenfalls zerrissen. Und die Kratzspur grub sich in den Arm.

Auch die beiden anderen Bestien setzten sich jetzt in Bewegung.

Ben Strom sah die Ungeheuer als kompakte Schatten. Langsam glitt Strom an den Gitterstäben hinunter. Er hatte sich damit abgefunden, einen gräßlichen Tod zu erleiden.

Ben Stroms Schreie waren in ein klägliches Wimmern übergegangen.

Schon näherte sich die Schnauze des Werwolfes seinem Hals. Schon schien er die höllischen Reißzähne zu spüren, da hallte ein peitschender Befehl durch das Verlies.

»Zurück!« gellte die Stimme. »Zurück, ihr Bestien!«

Die Werwölfe erstarrten mitten in der Bewegung.

Vivian Delano stand am Gitter. Sie hatte beide Fäuste um die Stäbe gekrallt. In ihren Augen lag ein seltsames Flimmern. Es war ein hypnotischer Strahl, der die Ungeheuer auf der Stelle bannte.

»Geht!« befahl die rothaarige Ärztin. »Laßt diesen Mann in Ruhe!«

Die Werwölfe begannen zu winseln. Sie duckten sich unter den Worten wie unter unsichtbaren Stromstößen.

Doch sie gehorchten.

Langsam, Schritt für Schritt zogen sie sich zurück.

Die Monsterbestien – geschaffen von einem Arzt – gehorchten dem Willen einer Frau.

Es war schier unbegreiflich.

Welches Rätsel verbarg sich hinter der rothaarigen Vivian Delano?

Mit demselben Schlüssel wie vorhin schloß die Ärztin die Gittertür auf.

»Kommen Sie! Schnell!« rief sie Ben Strom zu.

Der Holzfäller hatte den Kopf gewandt. In seinen Augen lag ein ungläubiges Staunen. Er konnte nicht begreifen, daß er noch einmal mit dem Leben davongekommen war.

»Beeilen Sie sich!« schrie Vivian.

Als der Holzfäller nicht sofort reagierte, riß die Delano ihn an der Schulter hoch.

Ben Strom taumelte nach draußen. Allein der Überlebenswille hielt ihn noch aufrecht.

Vivian hatte die Eingangstür offengelassen. Sie zog sie wieder hinter sich zu, vergaß jedoch in der Eile, sie abzuschließen, genau wie die Gittertür.

Vivian wollte später noch einmal in den Keller zurückkommen, um das nachzuholen.

Sie hatte die Lifttür blockiert.

In schneller Fahrt ging es nach oben.

»Ich werde Sie jetzt aus der Klinik schleusen«, sagte Vivian. »Aber erzählen Sie nirgendwo, was Sie hier erlebt haben. Verstanden?«

Ben Strom nickte.

»Ich – ich weiß nicht, wie ich Ihnen danken soll, Miss. Was Sie für mich getan haben, das ist . . .«

»Unsinn!« Vivian schnitt ihm das Wort ab. »Aber umsonst habe ich es nicht getan.«

Sie öffnete die Lifttüren und überzeugte sich mit einem Blick, ob der Gang frei war.

»Los raus!«

Das ließ sich Ben Strom nicht zweimal sagen.

Vivian zog ihn über den Flur zu einem Hinterausgang, wozu sie auch den Schlüssel besaß.

»Sie gehen jetzt einfach um dieses Gebäude herum und kurzerhand durch das Haupttor nach draußen. Verstanden?«

Ben nickte.

»Und sprechen Sie mit niemandem. Auch wenn Sie einer anspricht, laufen Sie weiter.«

»Sie können sich auf mich verlassen«, krächzte der Holzfäller.

»Nur noch eine Kleinigkeit wäre zu regeln«, sagte Vivian Delano.

»Und welche?«

»Sie sprachen vorhin von Dankbarkeit. Jawohl, Sie können sich dankbar erweisen. Ich erwarte Sie heute um Mitternacht auf der kleinen Waldlichtung. Sie wissen, von welcher Lichtung ich spreche?«

»Ja.«

»Gut.« Vivian stieß die Tür auf. »Bis Mitternacht dann. Und kommen Sie, sonst kann ich für nichts garantieren.«

Ben nickte heftig und rannte nach draußen. Er dachte über die letzten Worte der Ärztin gar nicht nach. Er hätte es lieber tun sollen.

Vivian Delano ging unterdessen zurück in ihr Büro. Sie war aufs Äußerste erregt. Ihre Finger zitterten, als sie sich eine Zigarette anstecken wollte. Zwei Streichhölzer knickten ab. Vivian konnte die Zeit bis Mitternacht kaum noch erwarten.

In gierigen Zügen sog sie den Rauch in die Lunge. Unruhig lief sie im Zimmer auf und ab. Bis die Sprechanlage summte.

Zuerst wollte Vivian nicht antworten, meldete sich dann aber doch.

Die Frau vom Empfang war am anderen Ende der Leitung. Sie teilte Vivian mit, daß ein Besucher auf sie wartete.

»Wer ist es denn?«

Die Empfangsdame fragte noch einmal zurück, und dann kam heraus, daß der Besucher John Sinclair, ihr Pannenhelfer, war.

Vivians Augen leuchteten auf. »Sagen Sie, der Herr soll warten.«

John Sinclair, er kam ihr gerade recht . . .

»Haben Sie sich verletzt?« fragte John Sinclair lächelnd.

»Wieso?«

John deutete auf die Blutspritzer, die sich etwa in Hüfthöhe auf dem Kittel befanden.

Vivian senkte den Blick. »Ach so, das meinen Sie.« Die Ärztin lachte gekünstelt. »Eine kleine Ungeschicklichkeit. Ich hätte den Kittel wechseln sollen. Entschuldigen Sie.«

»Aber das macht doch nichts, Doktor.«

»Tja.« Vivian Delano legte die Finger ihrer Hände gegeneinander und sah sich mit einem raschen Blick in der Halle um. »Hier ist es mir zu unbequem. Ich schlage vor, wir gehen in mein Büro. Außerdem habe ich dort einen zwölf Jahre alten Whisky. Sie trinken doch einen mit?«

»Wüßte nicht, was ich lieber täte, und dazu in Gesellschaft einer Frau wie Sie.«

John trug extra dick auf, spielte seine Rolle als mädchenjagenden Junggesellen weiter.

»Dann darf ich bitten.«

Dr. Vivian Delano ging vor. Das Büro lag in der ersten Etage. Da der Lift im Augenblick unterwegs war, nahmen sie die Treppe. John Sinclair konnte Vivians aufregende Rückenpartie bewundern und die phantastisch gewachsenen Beine. Geradezu provozierend stieg die rothaarige Ärztin die Stufen hoch. Aber dafür hatte der Oberinspektor im Moment gar keinen Sinn. Schließlich wollte er eine grausame Mordserie aufklären, und hier hoffte er, auf eine heiße Spur zu stoßen.

Die Klinik war modern eingerichtet. Große Lichthöfe sorgten innerhalb des Treppenhauses für genügend Helligkeit. Die Wände waren bemalt. Moderne Künstler hatten dort ihre Spuren hinterlassen. Pastellfarben herrschten vor.

Vivian Delanos Büro war beinahe ein Wohnraum. Es gab zwar einen Schreibtisch, aber auch eine Couch und die dazu passende kleine Sesselgruppe. Auf dem niedrigen Glastisch stand eine Glasvase mit frischen Blumen.

Die Hausbar befand sich in einem Wandschrank.

»Nehmen Sie doch Platz, Mister Sinclair«, sagte Vivian und deutete auf einen Sessel.

»Ich bin so frei.«

Die Ärztin ging unterdessen an die Hausbar und holte eine

Flasche Whisky und zwei Gläser. Reichlich schüttete sie von dem edlen Getränk ein.

»Auf Ihr Wohl, Mister Sinclair.«

»Ich heiße John.«

»Dann bin ich für Sie Vivian.«

Sie tranken sich zu.

Vivian Delano hatte sich auf die Couch gesetzt und zurückgelehnt. Ihr Kittel klaffte dabei auseinander, und John konnte die Andeutung eines roten Slips sehen.

Vivian Delano hatte den Blick wohl bemerkt. Sie schob die Kittelhälften jedoch nicht zusammen, sondern lächelte kokett. Nur ihre Augen, die lächelten nicht mit. Die Ärztin musterte John mit einem taxierenden Blick. Wie ein Stück Schlachtvieh, bei dem der Preis noch festgelegt werden muß.

John tat, als hätte er nichts bemerkt. »Nett haben Sie es hier«, plauderte er unverbindlich.

»Es geht. London ist sicherlich angenehmer.«

»Sagen Sie das nicht. Die Klinik befindet sich doch in einer richtigen Idylle. Wald, Wiesen, gute Luft, was wollen sie mehr?« John nahm noch einen Schluck bevor er weitersprach. »Allerdings habe ich im Dorf so einiges gehört.«

Vivian beugte sich gespannt vor. »Was denn?«

»Hier soll es Werwölfe geben.«

»Was?«

John winkte ab. »Es ist ja auch nur ein Gerücht, was ich gehört habe. Sie wissen ja, was in den Kneipen geredet wird. Ich habe das natürlich nicht geglaubt. Stellen Sie sich vor«, John lachte schallend, »man hat mich sogar gewarnt, hierher in die Klink zu gehen. Angeblich sollen die Werwölfe hier gezüchtet werden.«

»Jetzt hört doch alles auf. Es ist klar, die Dorfbewohner stehen der Klinik negativ gegenüber. Irgendwie sogar verständlich. Aber diese Werwölfe, die sich angeblich hier herumtreiben sollen – ich bitte Sie, John. Glauben Sie diesen Quatsch etwa?«

John hob die Schultern. Was alles, aber auch nichts bedeuten konnte.

Unwirsch schüttelte Vivian Delano den Kopf. Ruckartig stand sie auf und lief im Zimmer hin und her.

John Sinclair steckte sich gelassen eine Zigarette an. Er war sicher, daß die Frau schauspielerte. John grinste, als er daran dachte, daß er noch einen Trumpf in der Hinterhand hielt.

Vivian Delano regte sich gekünstelt auf. »Das ist es ja, was unsere Arbeit immer erschwert. Wenn irgend etwas in dieser Gegend geschieht, was nicht in den normalen Alltagskram paßt, schiebt man es uns in die Schuhe. Wir sind dazu da, um den armen Menschen zu helfen. Wenn Sie wollen, John, können Sie sich die Leute ansehen. Aber Sie müssen verdammt starke Nerven haben.«

John winkte ab. »Um Himmels willen, verschonen Sie mich bitte damit.«

»Ist doch wahr. Was werden Sie für einen Eindruck von uns haben. Ich bitte Sie nur um eines, John. Seien Sie objektiv.«

»Das bin ich in jedem Fall«, erwiderte John zweideutig.

Vivian setzte sich auf die Sessellehne. John roch das Parfüm. Es roch irgendwie wild und herb, paßte aber zu einer Frau wie Vivian Delano.

Die rotlackierten Fingernägel der Ärztin strichen über Johns Wange, fuhren über den Hals und kraulten das Nackenhaar.

»Nicht wahr, John, du wirst doch diesen ganzen Unsinn nicht glauben?«

John Sinclair drehte den Kopf und blickte Vivian direkt an. »Ob Unsinn oder nicht. Ich las vorhin, als ich auf dich wartete, in einer Frauenzeitschrift. Und weißt du, was ich dort gefunden habe? Einen Artikel über den Werwolf. Als Verfasser zeichnete ein . . .«

»Das ist doch . . .« Vivian Delano sprang auf.

»Laß mich ausreden. Als Verfasser zeichnete ein gewisser Doktor Ramon Cazalis. Zufällig habe ich den Namen auf der Anzeigetafel in der Halle gelesen. Das mit der Werwolftheorie scheint mir doch nicht ganz unbegründet zu sein.«

»Du hast geschnüffelt?«

»Wer spricht denn von schnüffeln? Ich habe mir die Zeit vertrieben. Außerdem lagen die Zeitschriften da so herum.«

Dr. Vivian Delano wollte etwas erwidern, ließ es dann jedoch bleiben. Schließlich sagte sie: »Das hat nichts zu bedeuten. Doktor Cazalis ist ein Kollege von mir. Er beschäftigt sich mit dem Werwolfthema. Ein reiner Zufall.«

Vivians Stimme klang schrill, aber nicht überzeugend.

»Ich glaube gar nicht so an den Zufall«, meinte John.

»Wenigstens dann nicht, wenn so viele Zufälle zusammentreffen. Etwas ist hier faul, meine Liebe.«

»Bist du deshalb zu mir gekommen, um mir das zu sagen?«

»Unter anderem.«

»Was heißt das?«

»Es ist eigentlich mein Beruf, Fragen zu stellen. Ich bin nicht der, den . . .«

John wollte gerade seine Identität preisgeben, als die gellenden Schreie ihn zusammenfahren ließen. Sie kamen draußen vom Gang her und hörten sich an, als würden Menschen Todesängste ausstehen.

John stand einige Augenblicke stocksteif. Schon hörte er das hastige Trampeln von Schritten, und eine sich überschlagende Stimme brüllte: »Wölfe! Die Wölfe kommen . . .!«

Die beiden Aufpasser, die mit Ramon Cazalis und dem Holzfäller nach unten gefahren waren, hießen Jack Quayle und Rick Dobie.

Quayle war ein Bursche mit öligen schwarzen Haaren, und er hatte auch meistens das Kommando.

Im Moment hatten die Wärter frei. Sie hockten in ihrer Bude und pokerten. Der Raum lag ebenfalls in einem Kellertrakt. Er war quadratisch angelegt, und die Aufpasser hatten die blanken Betonwände mit Aktfotos beklebt.

Es gab zwei Betten, nur einen Schrank, einen Tisch und zwei Stühle. Die Lampe an der Decke war mit Spinnweben überzogen.

»Mensch, einmal wieder 'ne Puppe im Arm haben«, sagte Dobie und bekam feuchte Augen, während er auf das Bild der drallen Blondine an der gegenüberliegenden Wand starrte.

»Red keinen Quatsch«, knurrte Quayle. »Paß lieber auf dein Blatt auf.«

Dobie seufzte. Er schielte in seine Karten, wischte sich den Schweiß von der Stirn und schob ein Geldstück in die Mitte des Tisches.

»Ich erhöhe um zehn Shilling.«

Quayle grinste. »Die zehn und ein Pfund.«

Dobie riß die Augen auf. »Ich passe. Verdammt noch mal, immer habe ich Pech.«

»Du hättest ja mitziehen können. Vielleicht bluffe ich nur. Na, wie ist es?«

»Nein«, knurrte Dobie und warf die Karten auf den Tisch, daß sie fächerförmig auseinanderfielen.

Quayle grinste. Genußvoll legte er sein Blatt weg und kassierte.

Quayle stammte aus den Staaten und hatte dort fast ausschließlich vom Glücksspiel gelebt. Zweimal hatte man ihn wegen Falschspiels anständig verprügelt, aber Quayle hatte nicht im Traum daran gedacht, das Spielen aufzugeben. Und er fand immer wieder Leute, denen er das Geld abnehmen konnte.

Wie Rick Dobie.

Quayle mischte erneut. »Und auf geht's«, sagte er grinsend.

»Aber ohne mich. Denkst du, ich will mein ganzes Moos an dich verlieren? Nee. So haben wir nicht gewettet.«

»Feiger Hund.«

»Egal. Lieber feige als blank.«

»Na, du mußt es wissen.«

»Und ob.«

Dobie griff nach der Whiskyflasche, die neben seinem kärglichen Geldhaufen stand. Der Wärter nahm erst mal einen tiefen Zug. Dann wischte er sich über den Mund und rülpste.

»Was Cazalis wohl mit dem Knaben gemacht hat«, sagte er.

»Interessiert mich nicht.«

»Ob der noch lebt?«

Quayle beugte sich vor und deutete mit dem Zeigefinger auf die Brust seines Kumpans. »Ich will dir mal was sagen, Rick. Mach dir nicht zu viele Gedanken über Dinge, die dich nichts angehen. Das ist verdammt ungesund. Du kriegst dein Geld, damit fertig. Und wenn du nachts mal ab und zu einen der Idioten reinlassen mußt, dann mach die Augen zu. Du weißt, was ich meine.«

»Natürlich. Ich bin ja nicht blöde. Das ist mir auch egal. Aber hier gehen noch andere Dinge vor.«

»Und welche sind das deiner bescheidenen Meinung nach?«

Dobies Stimme senkte sich zu einem Flüstern. »Hast du nicht auch schon die Geräusche aus dem Keller gehört? Ich meine, hinter der verschlossenen Tür. Das klang doch so als wären da Tiere eingesperrt. Bestimmt züchtet Cazalis irgendein Monster.«

»Du bist ja bescheuert«, antwortete Quayle lakonisch.

»Wir werden es ja noch sehen. Man munkelt nämlich etwas über geheime Experimente, die Cazalis durchführen soll. Ganz gefährliche Sachen, sage ich dir.«

»Wenn du schon so gut Bescheid weißt, dann melde dich doch bei Cazalis. Vielleicht kannst du sein Assistent werden.« Quayle lachte, als ob er einen guten Witz gehört hätte.

Dobie nahm wieder einen Schluck. »Ich kriege das schon noch raus«, sagte er.

»Und wenn ich dich verpfeife?«

Dobie schlug mit der flachen Hand auf den Tisch. »Das tust du doch nicht.«

»Man kann nie wissen.«

Dobie wollte gerade eine Antwort geben, als er die Geräusche draußen auf dem Gang hörte.

»Was war das, Jack?«

»Was?« fragte Quayle unwillig. Er hatte nichts gehört.

»Dieses Fauchen. Da, jetzt schon wieder.«

Die Männer lauschten gespannt. »Du hast recht«, sagte Quayle. Seine Stimme klang rauh.

Dobie stand auf. »Ich seh' mal nach. Bestimmt haben sich ein paar Irre wieder selbständig gemacht.« Dobie zog mit einem tausendmal geübten Griff seinen Hartgummiknüppel aus der Schlaufe am Hosengürtel. Hiebe mit diesem Schlagstock taten ihre Wirkung, und die beiden Wärter gingen nicht gerade zimperlich damit um.

Dobie lauschte noch einmal, bevor er die Tür aufzog.

Merkwürdig, jetzt war wieder alles ruhig.

Dobie legte seine Hand auf die Klinke, drückte sie nach unten und riß mit einem Ruck die Tür auf.

Der Gang vor der Tür war leer.

Dobie sprang über die Schwelle, wandte den Kopf und erstarrte.

Zwei Werwölfe hatten sich links und rechts neben der Tür aufgebaut. Ein dritter lauerte am Ende des Ganges.

»Nein«, krächzte Dobie, dem die Angst auf einmal die Kehle zuschnürte, »das – das gibt es nicht.«

Die Bestien waren mannshoch. Sie standen aufrecht und hatten die Pranken angewinkelt. Halboffen waren die Mäuler, in denen spitze Reißzähne bleckten.

Da packte der erste Wolf zu. Es war der, der hinter Dobie stand.

Ein Schlag traf den Nacken des Wärters. Dobie flog nach vorn, genau in die mordbereiten Klauen der zweiten Bestie.

Rick Dobie kam nicht einmal mehr dazu, einen Todesschrei auszustoßen.

Er starb lautlos.

»He, Rick, verdammt, was ist denn da los?«

Jack Quayle war ungeduldig geworden. Außerdem hatte er ein ungutes Gefühl. Dobies Vermutungen hatten ihn doch mehr beunruhigt, als er sich eingestehen wollte.

Quayle sprang auf.

In diesem Augenblick stapfte der erste Werwolf ins Zimmer. Seine Schnauze war halb geöffnet.

Quayle vereiste. Innerhalb von Sekundenbruchteilen wußte er, daß sein Kumpan nicht mehr lebte. Und diese Erkenntnis traf ihn wie ein Schock.

»Nein!« Quayle brüllte auf und riß gleichzeitig den Gummiknüppel aus der Schlaufe. Leicht wollte er es dieser Bestie nicht machen.

Der Werwolf rückte einen Schritt auf Quayle zu. Mit einem einzigen Hieb fegte er den Tisch zur Seite. Das Möbelstück prallte gegen die Wand und zerbrach.

Allein dadurch konnte Quayle ermessen, welch eine Kraft in diesem Ungeheuer steckte.

Aber noch gab sich Quayle nicht geschlagen.

Er griff an.

Schreiend hob er den Arm und schmetterte dem Werwolf den Gummiknüppel auf die Schnauze.

Die Bestie brüllte.

Noch einmal drosch der Wärter zu.

All seine Wut und Verzweiflung legte er in diesen Schlag. Wieder traf er den Kopf des Ungeheuers.

Die Bestie wurde zurückgedrängt. Schaurig heulte sie auf.

Quayle hatte sich für Sekunden Luft verschafft. Der Weg zur Tür war frei.

Er sprintete los.

Quayle hatte die Türschwelle kaum erreicht, da tauchte die zweite Bestie auf. Der Wärter konnte seinen Lauf nicht mehr stoppen oder ihm eine andere Richtung geben. Er rannte dem Werwolf genau in die Fänge.

Stahlharte Pranken umschlossen seinen Körper. Beißender Atem traf sein Gesicht.

Quayle stemmte sich gegen den Griff.

Ohne Erfolg.

Er rammte dem Werwolf den Knüppel in den Leib, doch das zottige Fell hielt auch diese Schläge aus.

Quayle merkte, wie ihm die Luft knapp wurde. Lange konnte er das nicht mehr aushalten. Vielleicht noch eine Minute, dann . . .

In seiner Verzweiflung warf Quayle den Kopf hin und her. Seine Stirn krachte gegen die empfindliche Schnauze der Bestie.

Für winzige Augenblicke lockerte sich der Griff.

Mit einer geschickten Drehung gelang es Quayle, sich aus den Klauen zu winden.

Er war wieder frei.

Aus den Augenwinkeln sah Quayle den dritten Werwolf heranjagen. Er kam von dort, wo sich der Fahrstuhl befand.

Blieb nur noch die Treppe. Sie lag in der anderen Richtung.

Quayle rannte los.

Es war mehr ein Taumeln, denn der Kampf mit dem Ungeheuer hatte viel Kraft gekostet.

Und die Bestie holte auf.

Der Wärter erreichte die Stufen. Am Geländer zog er sich hoch, nahm fünf Stufen auf einmal.

Er hatte noch einmal alle Reserven mobilisiert. Hinter seinem Rücken hörte er das Fauchen des Werwolfs. Wenn er jetzt nicht aufpaßte, dann . . .

Quayle brauchte gar nicht weiterzudenken. Die Pranke wischte durch die Luft und zerfetzte den Stoff seines Hemdes. Das ratschende Geräusch ging Quayle durch Mark und Bein. Er spürte, wie die Tatzen ihm die Haut aufrissen, und bevor der Schmerz kam, hatte er das Bild seines furchtbar zugerichteten Kollegen vor Augen. Für einen Moment nur hatte er Rick Dobie gesehen. Ein gräßlicher Anblick.

Quayle rannte weiter.

Er ignorierte die Schmerzen, die sich über seinen gesamten Rücken zogen.

Er hatte nur einen Gedanken: Flucht! Weg aus dieser Hölle.

Schreiend nahm Quayle Stufe für Stufe.

Wieder wischte die Pranke durch die Luft.

Diesmal traf sie die Schulter des Wärters. Quayle wurde wie eine Puppe herumgefegt und krachte gegen die Wand.

Die Bestie schoß vor.

Im letzten Augenblick warf sich Quayle zur Seite und entging nur um Haaresbreite dem tödlichen Hieb.

Aber auch der Werwolf war aus dem Gleichgewicht geraten. Es dauerte etwas, bis er sich gefangen hatte.

Da rannte Quayle schon weiter. Er wußte selbst nicht, was ihn aufrecht hielt. Verschwommen sah er die Türen zu beiden Seiten des Flures vorbeihuschen. Hier befanden sich die Büro- und Privaträume des Arztpersonals.

Hier muße es jemanden geben, der ihm helfen konnte.

Quayle öffnete den Mund zu einem Schrei.

»Wölfe!« brüllte er. »Die Wölfe kommen!«

John Sinclair flog förmlich aus dem Büro in den Gang. Er riß die Tür auf, prallte gegen die Wand und wirbelte herum.

Da sah er den Mann.

Blutüberströmt taumelte er dem Oberinspektor entgegen. Der Kleidung nach zu urteilen, mußte es einer der hier in der Klinik angestellten Wärter sein.

Der Mann hatte den Mund aufgerissen. Immer noch brüllte er: »Wölfe!«

Überall flogen jetzt Türen auf.

Menschen schrien in wilder Panik auf. Zum Glück schlugen sie die Türen hinter sich wieder zu.

John sah die gräßliche Bestie, die den Wärter schon fast eingeholt hatte. Die Raubtieraugen blitzten mordlüstern. Am Ende des Ganges tauchte ein zweiter Werwolf auf.

Der Wärter wankte an John vorbei. Er blutete aus vielen Wunden. Es war ein Wunder, daß er überhaupt noch aufrecht ging. Aber wahrscheinlich hielt ihn nur der Überlebenstrieb auf den Beinen.

John versperrte der Bestie den Weg.

Der Werwolf stoppte und stieß ein zorniges, gieriges Fauchen aus.

Der Oberinspektor sah nicht, daß der Wärter hinter ihm zusammenbrach.

Der Werwolf war für einen Moment irritiert. Wahrscheinlich hatte er nicht damit gerechnet, daß sich ihm jemand in den Weg stellen und zum Kampf herausfordern würde.

Die Bestie drehte den Kopf und hielt nach ihrem Gefährten Ausschau.

Der zweite Werwolf war schon heran. Er hatte die Zähne gefletscht und fauchte siegessicher.

John Sinclair blieb kalt bis ins Mark.

Beinahe gelassen zog er seine mit geweihten Silberkugeln geladene Pistole.

Ruhig, wie festgewachsen lag die Waffe in seiner Rechten.

Der Werwolf hatte wohl seine Überraschung überwunden. Er stieß noch einmal ein scharfes Fauchen aus und griff an.

John feuerte.

Es gab einen peitschenden Knall. Das Silbergeschoß drang in den Körper des Werwolfs ein und traf genau die Stelle, wo das Herz saß.

Der Werwolf stieß ein markerschütterndes Brüllen aus. Sein Angriff wurde mitten in der Bewegung gestoppt. Wild warf er den Kopf hin und her.

Geifer troff aus seiner Kehle. Und plötzlich brach er in die Knie.

John Sinclair konnte die Bestie nicht weiter beobachten, denn der zweite Werwolf griff ihn an. Er sprang kurzerhand über seinen am Boden liegenden Artgenossen.

John zog den Stecher der Waffe durch.

Die Kugel klatschte in das Fell des Tieres, bereitete der Bestie zwar entsetzliche Schmerzen, tötete sie aber nicht.

Im Gegenteil. Sie wurde nur noch wütender.

John sah den Koloß auf sich zufliegen und warf sich auf der Stelle zurück, weiter nach hinten in den Gang.

Der Werwolf verfehlte ihn.

Mit seinem gesamten Gewicht krachte er gegen die linke Gangwand.

Brüllend riß er sich wieder hoch.

Aber auch John Sinclair stand schon wieder auf den Beinen. Und diesmal zielte er besser.

Das Projektil aus geweihtem Silber tötete die Bestie auf der Stelle.

Der braunschwarze Körper zuckte noch einmal und rutschte dann an der Gangwand hinab zu Boden.

John wischte sich den Schweiß von der Stirn. Er hatte den Kampf gewonnen.

John stakste über den erledigten Werwolf hinweg und sah sich die Bestie an, die er zuerst getötet hatte.

Die Nackenhaare sträubten sich dem Oberinspektor.

Der tote Werwolf hatte sich verwandelt. Er war wieder zu dem geworden, was er einmal war.

Zu einem Menschen.

John mußte den unsichtbaren Kloß hinunterwürgen, der auf einmal in seinem Hals saß.

Vor ihm auf dem Boden lag ein nackter, schon älterer Mann. In Höhe des Herzens, wo ihn Johns Kugel getroffen hatte, befand sich ein roter Fleck.

Der Mann hatte schütteres Haar. Das rechte Bein hatte er angewinkelt. Die Augen starrten blicklos gegen die Decke.

John Sinclair wandte sich ab und trat zu dem zweiten Werwolf.

Hier war die Verwandlung noch im Gange.

Das braunschwarze Fell verschwand. Es löste sich einfach auf. Die Haare am Kopf traten zurück und ließen ein noch junges Gesicht entstehen.

Rasend schnell ging diese Rückverwandlung vor sich.

Als die ersten Türen geöffnet wurden, lagen zwei nackte Leichen auf dem Gang.

Stimmen wurden laut. Ärzte liefen herbei.

John hielt einen an der Schulter fest. »Kümmern Sie sich um den Mann dort«, sagte der Oberinspektor und zeigte auf den am Boden liegenden blutenden Wärter.

Der Arzt nickte.

John ging ein paar Schritte zurück und öffnete die Tür zu Vivian Delanos Büro.

Die Frau war nicht mehr da.

John fluchte.

Vivian mußte während des Kampfes verschwunden sein. Hatte sie ein schlechts Gewissen?

Wahrscheinlich. Bestimmt steckte sie tief in dem Fall drin. John nahm sich vor, noch einige Worte mit der rothaarigen Ärztin zu reden. Weglaufen würde sie ihm bestimmt nicht.

Aber erst war Dr. Cazalis an der Reihe.

John ging wieder zurück auf den Gang. Er hielt einen der Pfleger an.

»Wo kann ich Dr. Cazalis finden?«

Der Pfleger blickte ihn an und knurrte: »Was wollen Sie denn von ihm?«

»Das werde ich ihm selber sagen.«

Der Pfleger zuckte mit den Achseln. »Gehen Sie ein Stockwerk höher. Dort hat Doktor Cazalis sein Büro.«

»Danke.«

Man hatte die beiden Toten inzwischen weggeschafft. Auch der verletzte Wärter war nicht mehr zu sehen. John schnappte Gesprächsfetzen auf. Es war fraglich, ob der Mann durchkommen würde.

Über die Treppe ging John Sinclair ein Stockwerk nach oben. Hier sah alles so aus wie auch schon eine Etage tiefer.

Dr. Cazalis' Büro war schnell gefunden.

John wollte gerade anklopfen, als er Schritte vernahm.

Er wandte sich um.

Ein Mann im blütenweißen Arztkittel kam ihm entgegen. Die rote Krawatte leuchtete wie frisches Blut. Und ohne daß John den Mann gekannt hatte, ahnte er, daß ihm Ramon Cazalis gegenüberstand.

Auch Cazalis wußte, mit wem er es zu tun hatte. Ein spöttisches Lächeln umspielte seine Lippen.

»John Sinclair, nehme ich an.«

»Erraten.«

»Bitte. Kommen Sie doch herein.«

Ramon Cazalis öffnete die Bürotür und ließ John vorgehen. Der Oberinspektor sah nicht den tückischen Ausdruck in den Augen des Mannes.

Dr. Cazalis hatte John schon als neues Opfer angesehen . . .

»Aber nehmen Sie doch Platz, Mister Sinclair.«

Ramon Cazalis tat sehr verbindlich, spielte den freundlichen und aufmerksamen Gastgeber.

»Einen Whisky?«

»Nein danke, ich möchte im Augenblick nichts.«

Cazalis lachte. »Angst, daß der Whisky vergiftet ist?«

John hob die Augenbrauen. »So primitiv werden Sie doch wohl nicht sein.«

»War ja auch nur eine Frage. Auf Ihr Wohl, Mister Sinclair.«

Cazalis setzte sich hinter seinen Schreibtisch. John hatte es sich auf einem Stuhl bequem gemacht. Er wollte nicht unbedingt in der schwarzen Ledercouch versinken.

»Tja, Mister Sinclair, was kann ich für Sie tun?«

»Woher wissen Sie eigentlich meinen Namen?«

Cazalis lachte. Unecht, wie es John schien. »Sie sind ein begehrter Mann, Mister Sinclair. Eine Kollegin, Doktor Delano, hat schon von Ihnen berichtet. Sie hat übrigens nur in den höchsten Lobtönen von Ihnen gesprochen. Sie müssen sehr viel Eindruck auf unsere Vivian gemacht haben.«

»Lassen wir Miss Delano aus dem Spiel«, sagte John, »um sie geht es im Moment nicht, sondern . . .«

Das Summen des Telefons unterbrach Johns Erklärung.

»Entschuldigen Sie«, sagte Cazalis und hob ab.

Er lauschte einige Minuten, gab hin und wieder einen knappen Kommentar und legte schließlich ziemlich unsanft den Hörer auf die Gabel.

Cazalis sah ihn aus halb zusammengekniffenen Augen an. »Man hat ein Stockwerk tiefer zwei Tote gefunden. Die Männer sind erschossen worden. Haben Sie da mitgemischt?«

»Ja«, erwiderte John. »Und damit wären wir gleich beim Thema.« Der Oberinspektor griff in die Tasche und holte seinen Ausweis hervor.

»Damit Sie wissen, mit wem Sie es zu tun haben«, sagte John und überreichte Cazalis die Klarsichthülle, in der der Ausweis steckte.

Cazalis' Gesicht blieb unbewegt, als er sich den Ausweis ansah. Dann gab er ihn John zurück. »So«, sagte er, »Sie sind also ein Schnüffler.«

»Es steht Ihnen frei, mich so zu bezeichnen«, erwiderte John.

»Und was wollen Sie hier? Ich meine, Sie kommen doch nicht ohne Grund in die Klinik. Vorhin habe ich noch geglaubt, Sie wollten Miss Delano besuchen, aber jetzt sehe ich den Fall anders. Was führt Sie also zu mir?«

»Können Sie sich das nicht denken?«

»Nein.«

»Dann muß ich eben deutlicher werden.«

»Bitte, tun Sie das.« Cazalis steckte sich in aller Ruhe eine Zigarette an. »Ich warte, Oberinspektor.«

»Es geht um Werwölfe.«

»Ach, Sie spielen auf meinen Artikel an.«

»Das auch. Ich interessiere mich aber vorrangig für die Mordserie, die in Hawick passiert ist.«

Cazalis lächelte schmal. »Und Sie nehmen an, jemand aus unserer Klinik hat das getan?«

»Die Möglichkeit besteht durchaus.«

Cazalis schüttelte tadelnd den Kopf. »Ich will Ihnen mal was sagen, Herr Oberinspektor. Sie können sich die Sicherheitsmaß- nahmen in dieser Klinik ansehen. Hier kommt niemand hinaus, ohne daß wir es merken. Das Gelände ist durch einen elektrischen Zaun gesichert. Der Strom wird nachts eingeschaltet, und ich möchte den sehen, der diese Sperre ohne Hilfsmittel überwindet.«

»Er braucht es ja nicht allein zu tun. Er kann ja ohne weiteres Helfer haben.«

»Sie meinen hier in der Klinik.«

»Genau.«

»Das ist eine Unterstellung, Oberinspektor, die Sie durch nichts beweisen können.«

»Um Beweise zu sammeln, bin ich ja hier.«

»Dann wünsche ich Ihnen viel Erfolg«, entgegnete Cazalis spöttisch.

»Aber Doktor, tun Sie doch nicht so scheinheilig.« John sprach beinahe milde. »Sie wissen doch genau, was gespielt wird. Ich bin es übrigens gewesen, der die beiden Männer erschossen hat. Es waren Werwölfe, verstehen Sie?«

»Jetzt geht aber die Phantasie mit Ihnen durch. Ich habe hier noch keinen Werwolf gesehen. Haben Sie Zeugen für Ihre Behauptungen? Und wenn Sie auf meinen Artikel anspielen, bitte, es gibt viele Wissenschaftler, die sich mit außergewöhnlichen Themen beschäftigen. Wenn Sie jeden deshalb anklagen würden, hätten Sie verdammt viel zu tun.«

»Es geht nicht um jeden. Es geht um Sie, Doktor Cazalis.«

»Gut. Was werfen Sie mir also vor?«

»Verbotene Experimente. Sie funktionieren Menschen zu Monstren um. Glauben Sie nicht, Doktor Cazalis, Sie hätten es mit einem Schuljungen zu tun. Ich beschäftige mich schon seit einigen Jahren mit Dämonologie und allem, was dazugehört. Dazu gehört auch die Lanthropie, also die Werwolfskunde. Sie haben sich den falschen Mann ausgesucht, Doktor. Die beiden Toten waren vorher Werwölfe. Einer Ihrer Leute wird es bezeugen können. Zwei der Bestien habe ich erledigen können. Leider weiß ich nicht, wie viele Werwölfe sich noch in der Klinik herumtreiben. Und deshalb werden Sie mich bei meinem Rundgang begleiten.«

»Sie wollen also eine Durchsuchung vornehmen?«

»Ja.«

»Haben Sie eigentlich einen Durchsuchungsbefehl?«

»Wenn Sie nichts zu verbergen haben, ist dieses Papier doch überflüssig.«

»Das stimmt natürlich auch, Herr Oberinspektor. Also gut, gehen wir.«

Cazalis erhob sich von seinem Stuhl. »Hinterher werden Sie merken, wie lächerlich Ihre Verdächtigungen waren. Bitte.« Cazalis deutete auf die Tür.

»Nach Ihnen, Doktor.«

»Ganz wie Sie wollen. Als Polizist muß man wohl von Natur aus mißtrauisch sein«, sagte Cazalis, als er an John vorbeiging.

»Ja, dann lebt man länger.«

Und dann wurde John doch noch überrascht.

Cazalis war schon an der Tür, als er urplötzlich herumwirbelte. Alles ging so schnell, daß John gar nicht richtig reagieren konnte.

Wie ein Fallbeil raste Cazalis' Arm auf ihn zu. John sah zwischen den Fingern der Hand etwas blitzen. Er versuchte, sich im letzten Moment zur Seite zu werfen, doch es war zu spät.

Cazalis' Hand knallte gegen seine Schulter. John spürte einen Stich, und im nächsten Augenblick erfaßte ihn ein Schwindel.

Die Wände, das Zimmer, die Möbelstücke – alles drehte sich vor seinen Augen.

Dann raste der Boden mit einer ungeheuren Geschwindigkeit auf John Sinclair zu.

Bevor er aufprallte, war der Oberinspektor schon bewußtlos.

Cazalis war einen Schritt zur Seite getreten, um nicht von dem stürzenden Körper gestreift zu werden. Jetzt blickte er lächelnd auf seine rechte Hand. Zwischen Mittel- und Zeigefinger hatte er eine kleine Spritze versteckt gehabt, nicht größer als der Daumen. Wie die Spritze wirkte, daß sah man an John Sinclair, der leblos auf dem Boden lag.

Cazalis bückte sich. Seine Hand fuhr unter Johns Jackett und kam mit der Spezialpistole wieder zum Vorschein.

»Das hattest du dir so gedacht«, sagte Cazalis, ging zu seinem Schreibtisch und legte die Waffe in die Schublade. Einen Augenblick lang starrte er auf die geöffnete Lade.

Zwei Spritzen befanden sich darin. Sie enthielten das von Cazalis hergestellte Serum, das Menschen zu Bestien machte.

Cazalis nahm eine Spritze an sich. Er lächelte zynisch, als er sagte: »Mal sehen, ob dieses Serum auch bei einem Oberinspektor anschlägt . . .

Der dritte Werwolf war noch frei!

Ungesehen hatte er es geschafft, aus der Klinik zu entkommen. Jetzt trieb er sich im Parkgelände herum. Es waren einige Patienten unterwegs, und die Mordgier überfiel den Werwolf wie ein heftiger Rausch.

Doch er hielt sie zurück.

Irgend etwas warnte ihn. Ein Instinkt, ein Gefühl. Wenn er sich jetzt zeigte, konnte es unter Umständen das Ende für ihn bedeuten. Es waren zu viele Menschen da.

Nein, seine Chance würde noch kommen.

Die Bestie hielt sich immer im Schatten der Büsche. Einmal liefen ihm zwei Frauen über den Weg. Der Werwolf konnte nicht mehr ausweichen.

Die Frauen erstarrten vor Schreck. Doch nur für Sekunden, dann fingen sie an zu schreien.

Jetzt mußte er sie töten.

Doch auch diesmal spielte das Schicksal der Bestie einen Streich. Mehrere Spaziergänger, alarmiert durch die Schreie, tauchten plötzlich auf.

Der Werwolf zog sich blitzschnell zurück und verschwand hinter einer Baumgruppe.

Schon bald hatte er den Zaun erreicht, der tagsüber nicht unter Strom stand. Tatzen kratzten über das Gitter. Dann begann der Werwolf, daran hochzuklettern.

Er war gewandt wie ein Artist. Geschmeidig überkletterte er die obere Kante und ließ sich an der anderen Seite hinuntergleiten. Den letzten Meter sprang er. Es gab einen dumpfen Laut, als er auf dem Boden landete.

Die Horrorgestalt lauschte. Niemand hatte etwas bemerkt. Schnell verschwand der Werwolf in dem schützenden Wald.

Ein Reh kreuzte seinen Weg.

Der Werwolf stieß ein höllisches Fauchen aus und schnappte nach dem Tier.

Das Reh konnte nicht mehr ausweichen. Qualvoll starb es unter den Krallen der Bestie.

Die tierische Mordmaschine lief weiter. Mit Brachialgewalt stürmte sie durch das Unterholz.

Die Tiere des Waldes flohen in panischem Schrecken. Sie spürten immer als erste die drohende Gefahr.

Immer tiefer drang der Werwolf in den Wald ein.

Plötzlich blieb er stehen.

Seltsame Geräusche waren an seine Ohren gedrungen. Axtschläge hallten durch den Wald. Dazwischen das grelle Kreischen einer Motorsäge.

Vorsichtig bewegte sich der Werwolf weiter. Er achtete jetzt auf jedes Geräusch.

Der weiche Humusteppich dämpfte die Schritte des zottigen Ungeheuers.

Weit öffnete die Bestie ihren Rachen, drehte den Kopf gegen den Wind.

Der Geruch von Menschen war ihm in seine empfindliche Nase gedrungen.

Der Werwolf wurde jetzt noch vorsichtiger.

Und plötzlich sah er das Holzfällerlager.

Es befand sich auf einer Lichtung. Vier Männer arbeiteten dort. Zwei schlugen mit ihren Äxten auf einen Baumriesen ein. Die anderen beiden schnitten einen gefällten Stamm mit einer Kettensäge zurecht. Alle vier Menschen waren so in ihre Arbeit vertieft, daß sie den Werwolf nicht bemerkten.

Sie ahnten nicht einmal, wie nahe ihnen der Tod bereits war . . .

Ben Strom taumelte dem Dorf entgegen. Noch immer steckte ihm der Schrecken in den Knochen. Er begriff einfach noch nicht richtig, daß er gerettet war.

Immer wieder sah Ben Strom sich um. Doch niemand war hinter ihm, keiner hatte die Verfolgung aufgenommen. Und je weiter er lief, desto stärker wurde seine Überzeugung, daß er es jetzt geschafft hatte.

Die Frau fiel ihm wieder ein. Die rothaarige Ärztin, dieses Prachtweib, mit dem er sich für Mitternacht auf der Lichtung verabredet hatte.

Himmel, nie hätte er gedacht, einmal solch eine Frau zu besitzen. Sie hatte ihm das Leben gerettet und sich ihm einfach angeboten.

Um Mitternacht . . .

Ben Strom lief unwillkürlich schneller. Die Vorstellung, bald mit der Ärztin allein zu sein, beflügelte seine Schritte.

Ben Strom hatte seine Wunden notdürftig an einem Bach gereinigt. Seinen Parka hatte er verloren, und sein Hemd war ebenfalls hinüber. Aber das spielte weiter keine Rolle. Hauptsache, er hatte sein Leben gerettet.

Der Holzfäller überlegte, was er den Leuten im Dorf sagen sollte. Die Wahrheit? Unmöglich. Niemand würde ihm glauben, und außerdem ging seine Verabredung auch keinen etwas an.

Die ersten Häuser von Hawick tauchten auf. Eine fahle Nachmittagssonne schickte ihre Strahlen auf das Dorf und zog die Feuchtigkeit aus dem Boden.

Es war schwül. Die Luft war drückend und schwer. Irgendwie roch es nach Gewitter. Mückenschwärme tanzten vor den Gesichtern der Menschen.

Am Dorfeingang traf Ben Strom zwei Bekannte. Die Männer blickten ihn staunend an.

»Was ist denn mit dir passiert, Ben?«

Der Holzfäller grinste verlegen. »Ich hatte eine kleine Auseinandersetzung.«

»Aber du blutest ja!«

Ben blickte auf seinen Arm. »Nicht weiter schlimm. Nur ein Kratzer.«

»Wer hat dich denn angegriffen?« Die Männer ließen nicht locker.

»Ist doch egal.« Ben wurde ärgerlich und ließ die beiden kurzerhand stehen.

Zwei nachdenkliche Augenpaare blickten ihm nach. Vermutungen entstanden, Gerüchte.

Während Ben Strom schnell zu seinem Haus lief, gingen die Männer zum Gasthof, um die Nachricht zu erzählen.

Der Holzfäller wohnte mit seiner Schwester zusammen. Wanda Strom war einige Jahre älter und genau wie ihr Bruder nicht verheiratet. Sie würde auch wohl kaum noch einen Mann finden, denn sie hatte sich im Laufe der Jahre zu einer keifenden Alten entwickelt.

Wanda Strom hatte ein verkniffenes Gesicht und trug die unmodernste Kleidung, die man sich vorstellen konnte. Sie hatte meistens schlechte Laune und an allem etwas herumzunörgeln. Bei den Dorfbewohnern war sie so beliebt wie eine Klapperschlange.

Doch das störte Wanda Strom nicht.

Als Ben das Haus betrat, putzte sie gerade die einfach eingerichtete Küche.

»Ben?« rief sie über die Schulter zurück. Ihre Stimme klang ein wenig schrill.

Ben Strom kümmerte sich nicht um den Ruf, sondern ging die schmale Treppe hoch. Sein Zimmer lag in der ersten Etage.

Der Holzfäller zog sich erst einmal die Sachen aus. Jetzt merkte er doch, daß sein Arm noch verflucht schmerzte. Die Pranken der Bestie hatten tiefe Kratzwunden hinterlassen. Das Blut war getrocknet und hatte eine harte Kruste gebildet.

Wanda Strom betrat Bens Zimmer, ohne anzuklopfen. Ben war gerade dabei, sein Unterhemd auszuziehen. Jetzt wandte er den Kopf und blickte seine Schwester an, die auf der Türschwelle stehengeblieben war.

»Wo hast du dich denn herumgetrieben?« lautete ihre erste Frage.

»Das ist meine Sache.«

»So, meinst du?« Wanda Strom fletschte die Zähne. Ihr magerer Arm schoß vor, und der dürre Zeigefinger zeigte auf Bens Wunde. »Und woher hast du das? Du hast dich doch nicht selbst in den Arm gebissen.«

»Ach, laß mich doch in Ruhe.«

»Nein! Ich will wissen, was geschehen ist. Schließlich habe ich ein Recht darauf.«

»Ein Recht?« Ben lachte auf. »Wenn ich dir schon etwas erzähle, dann tue ich das freiwillig.«

»Ich höre.«

Ben resignierte. Es war immer das gleiche. Seine Schwester war die Stärkere. Sie machte mit ihm, was sie wollte.

Ben erzählte ihr, daß er auf eigene Faust Nachforschungen angestellt hätte. Er veränderte die Geschichte allerdings ein wenig und sagte nichts von den Werwölfen. Die Verletzung schob er auf eine Auseinandersetzung mit zwei Irren.

Wanda Strom schüttelte den Kopf. »Ich habe dir ja immer gesagt, daß du mal reinfällst. Heute hast du noch mal Glück gehabt. Sei froh, daß diese Ärztin dazwischengekommen ist. War es die Rote?«

»Ja.«

»Hüte dich vor ihr.«

»Wieso?«

»Die ist falsch wie eine Schlange.«

»Das sagst du von jeder, die besser aussieht als du.«

Wanda Strom schluckte den Vorwurf, ohne mit der Wimper zu zucken.

»Ich habe dich jedenfalls gewarnt.«

»Ist schon gut.« Ben winkte ab. »Hol mir lieber ein Pflaster, und laß heißes Wasser in die Wanne laufen.«

»Willst du jetzt baden?«

»Ja, zum Teufel.«

Wanda Strom zuckte mit den Schultern und trollte sich. Ben Strom schloß seine Zimmertür von innen ab und legte sich aufs Bett. Es dauerte noch etwas, bis das Wasser heiß war.

Ben kam ins Grübeln, und ehe er sich's versah, war er in einen leichten Halbschlaf hinübergeglitten.

Er träumte von Monstern, Werwölfen und von der Rothaarigen. Er sah sich mit ihr zusammen auf einem Bett liegen. Beide waren sie nackt. Und plötzlich verwandelte sich die Frau in ein schreckliches Monster.

Vier Arme schienen nach Ben zu greifen. Hände umklammerten seine Kehle und drückten ihm die Luft ab.

Ben röchelte.

Urplötzlich wurde er wach. Schweißgebadet setzte er sich auf. Verwirrt blickte er sich im Zimmer um.

Da war niemand. Er hatte alles nur geträumt. Eigenartig, dieser Traum. Sollte er vielleicht eine Warnung gewesen sein?

Ben stand auf und wusch sich das Gesicht. Dann verließ er sein Zimmer und ging nach unten. Das Badewasser mußte bereits fertig sein.

Kreischend fraß sich die Säge durch den Holzstamm. Sie zerschnitt ihn wie Butter.

Die fertigen Stücke – etwa armlang – wurden an der Seite gestapelt.

Die Holzfäller arbeiteten nun schon seit den frühen Morgenstunden. Nur noch wenige Minuten, dann würde der Wagen der Holzfabrik kommen und die zugeschnittenen Stämme abholen. Man hatte einen Weg zur Straße geschaffen, damit der Wagen mit seinem Anhänger durchkam.

Den vier Holzfällern lief das Wasser vom Körper. Besonders stark schwitzten die beiden, die mit ihren Äxten einen Baumriesen bearbeiteten.

Der riesige Stamm war schon mit einer Motorsäge angesägt worden. Es ging jetzt darum, den letzten Rest so zu schlagen, daß der Baum auch in die gewünschte Richtung kippte. Eine Arbeit, die Erfahrung und Fingerspitzengefühl erforderte.

Immer wieder holten die beiden Holzfäller aus. Die höllisch scharfen Schneiden der Äxte blitzten auf, bevor sie mit einem dumpfen Geräusch in das Holz schlugen.

Bei jedem Schlag traten die Muskeln der Männer wie gebündelte Stahltrossen hervor. Die braungebrannten nackten Körper glänzten schweißnaß.

»Noch ein paar Schläge, dann haben wir's.«

Die beiden Holzfäller machten für einen Augenblick Pause und besahen sich den Keil.

»Verdammt, war das ein Brocken.«

»Wir schlagen ihn so, daß er direkt zur Seite kippt. Ich schätze, noch zehn Schläge, dann haben wir's.«

Die Holzfäller machten sich wieder an ihre Arbeit. Sie wollten den Baum unbedingt noch an diesem Tag fällen.

Ein Knirschen deutete an, daß es bald soweit war.

Die beiden anderen Männer an der Motorsäge hatten ihre Arbeit unterbrochen und sahen dem gigantischen Schauspiel zu. Keiner der vier Holzfäller hatte den Werwolf entdeckt, der hinter einem Busch lauerte und das Treiben der Männer aus mordlüsternen Augen beobachtete.

Doch etwas wußte die Bestie nicht.

Sie befand sich genau in der Fallrichtung des Baumriesen.

Ein letztes Mal schlugen die beiden Männer zu. Jetzt aus einer Richtung.

Langsam, wie bei einer Zeitlupenaufnahme, neigte sich der Baumriese zur Seite.

Die beiden Holzfäller sprangen zurück. Ein häßliches Knirschen lief durch den Stamm.

Der Riese wankte.

Und dann kippte er um.

Der Werwolf, der noch immer in seiner Deckung kauerte, wurde von dem krachenden Geräusch aufgeschreckt.

Er riß den Kopf in den Nacken.

Ein riesiges Laubdach neigte sich ihm entgegen. Er sah den gewaltigen Stamm, der auf ihn zukippte und kleinere, schwächere Bäume wie Grashalme unter sich begrub.

Der Instinkt warnte die Bestie vor der Gefahr. Mit einem gewaltigen Sprung jagte sie aus ihrer Deckung, brach durch das Unterholz und versuchte, dem fallenden Baumriesen zu entgehen.

Fast hätte der Werwolf es geschafft.

Doch der Baum war schneller. Je tiefer er fiel, um so rascher wurde er.

Das ohrenbetäubende Krachen erfüllte die Luft. Die mächtige Baumkrone fegte den Boden. Ein Netz von Ästen und Zweigen flog auf den Werwolf zu.

Ein Ast streifte seinen Kopf, ließ ihn taumeln. Zwei weitere Äste drückten ihn zu Boden.

Der Werwolf brüllte.

Eingeklemmt von Ästen und Zweigen wurde er am Boden niedergedrückt. Mit Gewalt bekam er eine Pranke frei. Wild schlug er um sich, fetzte Laub und kleine Äste zur Seite.

Doch befreien konnte er sich nicht. Noch nicht . . .

Während der Werwolf darum kämpfte, aus der Falle zu

gelangen, rannten die Holzfäller los. Sie wollten sich den gefällten Baum ansehen und die dicksten Äste abschlagen.

Die Männer hatten sich getrennt.

Bob Fisher, einer der Axtträger, bahnte sich einen Weg zu der riesigen Baumkrone. Immer wieder mußte er mit der Axt zuschlagen. Er handhabte dieses Werkzeug wie ein Zauberkünstler seinen Stab. Die schwere Axt pfiff durch die Luft. Wo die Klinge hintraf, flogen Äste und Blätter zur Seite.

Plötzlich blieb Bob Fisher stehen.

Ein anderes Geräusch war durch das hämmernde Klopfen der Axt gedrungen.

Wütendes Kreischen und Heulen. Es mußte direkt vor ihm sein.

Aber wer konnte das sein? Ein Tier? Wahrscheinlich. Bestimmt hatte es sich nicht so schnell in Sicherheit bringen können.

Bob Fisher war ein Tierfreund. Vielleicht konnte er der Kreatur noch helfen, sie aus der mißlichen Lage befreien. Es wäre nicht das erstemal gewesen. Einmal hatte er sogar schon ein Reh retten können. Er hatte das dann mit nach Hause genommen und es gesund gepflegt. Noch heute kam das Reh im Winter zur Fütterung.

Der Holzfäller ging weiter. Er schlug jetzt keine Äste mehr ab, um das gefangene Tier nicht unnötig zu erschrecken. Die Hindernisse bog er mit der Hand zur Seite.

Ein paarmal mußte er sich tief ducken, um überhaupt weiterzukommen.

Plötzlich blieb Bob Fisher stehen.

Er vernahm dicht vor sich das Brechen und Knacken von Ästen. Noch verwehrte ihm ein Laubdach den Blick.

Und wieder hörte er das schreckliche Geheul.

Eine Gänsehaut lief dem Holzfäller über den Rücken. Er hatte solch ein Geräusch noch nie gehört.

Der Holzfäller bekam auf einmal Angst. Er dachte nicht mehr daran, weiterzugehen.

Aber da war es schon zu spät.

Die Äste vor ihm wurden mit Brachialgewalt zur Seite gedrückt. Es splitterte und knackte.

Und dann sah Bob Fisher die Bestie.

Im ersten Augenblick glaubte er, in einen Horrorfilm versetzt zu sein.

Unglaublich war das, was er sah.

Hochaufgerichtet stand ein Werwolf vor ihm. Die Zähne gefletscht und mit mordbereiten Pranken.

Sekundenlang standen sich Mensch und Bestie gegenüber.

Dann griff die Bestie an. Wütend und fauchend stapfte der Werwolf los. Wie lose Blätter Papier wischte er einige lästige Zweige zur Seite. Er hatte nur noch einen Drang: töten.

Bob Fisher wollte sich zurückwerfen, wollte weglaufen, doch er übersah den Ast, der quer auf dem Boden lag.

Fisher stolperte.

Mit einem überraschten Schrei kippte er zur Seite, genau in ein Gewirr von Zweigen und kleineren Ästen. Irgendwo schrammte er sich den Kopf, und mit der Hüfte knallte er gegen einen vorspringenden Ast.

Bob Fisher wälzte sich auf den Rücken. Die schwere Axt hielt er nach wie vor umklammert. Er hatte im Moment der Überraschung nicht mehr an diese Waffe gedacht.

Schon war der Werwolf da!

Er sah ein Opfer am Boden liegen und stieß ein siegessicheres Geheul aus.

Doch so leicht gab sich Bob Fisher noch nicht geschlagen.

Während der Werwolf auf ihn zustürzte, riß er noch am Boden liegend die Axt hoch. Die scharfe Schneide zerschnitt die Luft und traf den Werwolf in die rechte Schulter.

Der Schmerz fraß die Bestie fest auf.

Bob Fisher hatte den Schlag mit ungeheurer Wucht ausgeführt. Er brachte den Werwolf aus der Fallrichtung, so daß der schwere Körper neben ihm zu Boden krachte.

Nervenzerfetzend war das schaurige Geheul der Bestie. Sie warf sich auf die Seite. Die gefährlichen Pranken schlugen nach Bob Fisher, rissen ihm die Haut auf und brachten ihm tiefe Wunden bei.

Der Holzfäller wußte selbst nicht, wie er auf die Beine gelangte. Es war wohl mehr ein Reflex, der nackte Überlebenswille. Auf jeden Fall stand er plötzlich, und die Bestie hockte noch immer am Boden.

Bob Fisher brüllte auf, als er weit mit der Axt ausholte. Er ließ dem Werwolf keine Chance.

Fisher taumelte schließlich zur Seite. Nur weg hier! Weg von diesem Ort des Schreckens.

Rote Kreise tanzten vor seinen Augen. Zweige und Äste klatschten gegen sein Gesicht. Bob hatte die Axt fallen lassen. Er hatte den Mund zu einem Schrei aufgerissen, doch aus seiner Kehle drang nur ein schluchzendes Krächzen.

Irgendwann knallte er mit dem Kopf gegen einen weit vorspringenden Ast.

Etwas funkte noch in seinem Gehirn auf, und dann verlor Bob Fisher das Bewußtsein.

So fanden ihn seine Kollegen.

Sie schleppten ihn zu dem inzwischen eingetroffenen Wagen der Holzfabrik.

Ratlos standen die Männer um ihren bewußtlosen Kollegen herum. Einer hatte eine Taschenflasche Whisky bei sich. Er flößte Bob etwas von dem Alkohol über die Lippen.

Der Whisky schaffte es. Er holte Bob Fisher aus der Bewußtlosigkeit zurück.

»Mensch, Bob, was ist passiert?«

Bob Fisher richtete sich auf. Schmerzhaft verzog er das Gesicht.

»Was ist geschehen? Los, red schon, Bob!« Die Fragen der Kollegen stürmten auf ihn ein.

Und der Holzfäller erzählte. Zuerst waren die Gesichter der Männer gespannt, doch dann machten sich Zweifel und Entsetzen gleichzeitig breit.

Schließlich rannten zwei Männer los, um die Stelle zu suchen, wo alles geschehen war.

Es dauerte einige Minuten, bis sie zurückkamen. Ihren Gesichtern sah man an, daß Bob nicht gelogen hatte.

»Er – er hat die Bestie getötet«, sagte der eine und hatte Mühe einen Brechreiz zu unterdrücken. »Es – es sah schrecklich aus. Ich glaube, das war der Mörder, der die neun Leute umgebracht hat.«

Die Männer antworteten nicht. Sie blickten ihren Kollegen nur schweigend an. Und in ihren Augen stand das Grauen.

»Oberinspektor!« Ramon Cazalis lachte auf. »Auch solche Schnüffler, wie du einer bist, können mir nicht das Wasser reichen.«

Triumphierend starrte der verbrecherische Arzt auf den reglosen

John Sinclair hinab. In einem plötzlichen Anfall von Wut wollte Cazalis den Mann von Scotland Yard in die Rippen treten, ließ es aber dann bleiben.

»Du hast ja doch nichts davon«, murmelte er.

Durch das Fenster fiel ein schmaler Streifen Sonnenlicht. Staubpartikelchen flirrten in der Luft. Die Sonne stand schon tief, bald würde die Dämmerung einsetzen.

Ramon Cazalis trat ans Fenster. Er hatte keine Eile. Seine Bewegungen waren langsam und bedacht. Dieser Sinclair war ihm sicher.

Hinter den Vorhängen befanden sich die Laufbänder für die Rolläden.

Cazalis zog das Band an.

Rasselnd glitten die Rolläden nach unten. Cazalis ließ eine Spalte frei, um noch genügend sehen zu können.

Cazalis hatte, bevor er die Rolläden nach unten gezogen hatte, die bewußte Spritze wieder auf den Tisch gelegt. Jetzt nahm er sie abermals an sich und hielt sie prüfend hoch.

Es war gerade noch hell genug, um erkennen zu können, daß der Zylinder restlos gefüllt war. Die Flüssigkeit hatte einen leichten Stich ins Gelbliche. Sie sah harmlos aus, war aber höllisch gefährlich.

Mit kritischem Blick prüfte Cazalis noch einmal den Inhalt. Ja, es war alles in Ordnung.

John Sinclair lag noch immer bewegungslos am Boden. Die Betäubungsspritze hatte ihn ganz schön geschafft.

Cazalis kniete sich nieder. Gekonnt hielt er die Spitze mit der teuflischen Flüssigkeit in der rechten Hand.

Mit der linken Hand knöpfte er Johns Hemd auf. John Sinclair trug ein weit ausgeschnittenes Unterhemd, das einen großen Teil der Brust freiließ.

Das reichte Cazalis.

Er setzte die Spritze an.

Nichts konnte John Sinclair mehr vor einem grausamen Schicksal retten . . .

In diesem Augenblick klopfte es gegen die Tür.

Drängend, fordernd.

Ramon Cazalis verschluckte einen Fluch.

»Ja, zum Teufel, was ist denn?«

84

»Öffnen Sie, es ist etwas Schreckliches geschehen.«

Cazalis stand auf. Sicher, er hätte sagen können, der Mann könne sich zum Teufel scheren, aber dann wäre Cazalis aufgefallen, hätte sich unter Umständen verdächtig gemacht.

So erhielt John Sinclair noch eine Galgenfrist . . .

Cazalis hatte vorher abgeschlossen. Jetzt drehte er den Schlüssel zweimal und öffnete die Tür.

Das schweißüberströmte und von nacktem Entsetzen gezeichnete Gesicht eines Pflegers starrte ihn an.

»Doktor«, preßte der Mann hervor. »Unten – unten im Keller . . .«

»Was ist dort unten?« Cazalis wurde ärgerlich.

»Eine Leiche, Doktor! Eine gräßlich zugerichtete Leiche. Das – das muß das Tier getan haben.«

»Wer ist es denn?« schnappte Cazalis.

»Rick Dobie, Doktor.« Der Mann schnappte nach Luft. »Wenn Sie selbst kommen wollen und sich die Sache ansehen. Ich glaube, wir müssen die Polizei holen.«

»Keine Polizei«, erwiderte Cazalis scharf.

Und als der Mann ihn ungläubig anstarrte, lenkte er ein. »Wenigstens vorläufig nicht.«

»Ja, Doktor.«

»Und jetzt gehen Sie, Mann«, sagte Cazalis. »Zu niemandem ein Wort, verstanden? Ich regle die Sache schon. Auch mit der Polizei. Wir müssen dabei behutsam zu Werke gehen. Schließlich steht der gute Ruf der Klinik auf dem Spiel. Und wenn dieser Mord – äh, diese Tat an die Öffentlichkeit dringt, verlieren wir unter Umständen beide unseren Job.«

Der Pfleger nickte eifrig.

Ramon Cazalis schlug dem Mann auf die Schulter. »Das wär's dann wohl.«

»Ja, Doktor. Und entschuldigen Sie nochmals, daß ich . . .«

»Aber das war doch Ihre Pflicht. Ich hätte es Ihnen sehr übelgenommen, wenn Sie mir diese abscheuliche Tat nicht gemeldet hätten.«

Der Pfleger ging beruhigt davon.

Cazalis wartete noch, bis er um die nächste Biegung verschwunden war, und huschte dann wieder zurück in sein Büro. Er hatte die Tür während des Gesprächs geschlossen gehalten, daß der Pfleger keinen Blick in das Zimmer werfen konnte.

Cazalis, dieser Teufel, hatte sich den Pfleger schon als neues Opfer ausgewählt.

Nach John Sinclair.

Der Oberinspektor lag noch immer so auf dem Boden, wie Cazalis ihn verlassen hatte.

Cazalis hatte die Spritze, als es klopfte, wieder in seine Kitteltasche gesteckt. Jetzt holte er sie hervor.

»Nun hilft dir niemand mehr, Oberinspektor.« Cazalis kicherte böse.

Der Arm mit der Spritze näherte sich Johns zum Teil entblößter Brust.

Da explodierte der Oberinspektor im wahrsten Sinne des Wortes.

Mit ungeheurer Wucht fegte seine Handkante gegen den Arm mit der Spritze.

Cazalis wurde völlig überrascht. Die Spritze flog ihm aus den Fingern, prallte gegen die Wand und zerbrach mit einem satten Geräusch auf dem Boden. Die gelbliche Flüssigkeit hinterließ überall kleine Flecken.

John hatte viel Wucht in den Schlag gelegt. Cazalis war zurückgeworfen worden. Er lag keuchend am Boden und hielt sich den Arm.

Aber auch der Oberinspektor war noch nicht voll da. Er war erst vor wenigen Augenblicken aus der Bewußtlosigkeit erwacht. Und dies hatte er auch nur seiner eisernen Konstitution zu verdanken. Ein Schwächerer wäre länger bewußtlos geblieben.

John versuchte mit aller Kraft, auf die Beine zu gelangen. Noch drehte sich alles vor seinen Augen.

Er quälte sich auf die Knie, stützte sich mit beiden Händen ab.

Aber auch Cazalis erkannte, in welch einer Lage sich sein Gegner befand. Er verbiß die Schmerzen und taumelte hoch. Es mußte ihm gelingen, an seinen Schreibtisch zu kommen. Dort lagen seine und Johns Pistole.

John Sinclair bemerkte die Absicht und hechtete vor. Seine Finger umklammerten Cazalis' rechten Knöchel.

Der Arzt verlor das Gleichgewicht. Er ruderte mit den Armen und fiel.

Genau auf seinen Arm.

Schmerzgebrüll hallte durch das Büro.

John ließ den Knöchel nicht los. Er drehte daran, und Cazalis mußte sich zwangsläufig auf den Rücken werfen.

Er trat mit dem anderen Bein nach John und traf ihn am Kopf.

John Sinclair konnte nicht schnell genug ausweichen. Die Schuhsohle ratschte an seinem Ohr entlang. Es tat höllisch weh. Trotzdem ließ der Oberinspektor nicht los.

Die beiden Männer kämpften verbissen. Wäre John im Vollbesitz seiner Kräfte gewesen, hätte ihm ein Mann wie Cazalis keine Schwierigkeiten bereitet. So aber wurde es ein mörderischer, mit allen Tricks geführter Kampf.

Schließlich gelang es John, Cazalis auf den Boden zu drücken. Er hatte seinen rechten Unterarm gegen Cazalis' Hals gepreßt. Vergeblich stemmte sich der Arzt gegen den Griff an.

»Gib auf«, keuchte John.

Cazalis spie ihm ins Gesicht.

John wollte den Kopf noch wegdrehen. Es gelang ihm aber nicht. Durch diese Bewegung lockerte er unwillkürlich den Griff. Mit zwei blitzschnellen und gemeinen Kniestößen konnte sich Cazalis aus dem Würgegriff befreien.

John Sinclair stöhnte vor Schmerz auf. Mit beiden Händen hielt er sich den Unterleib.

Dr. Cazalis stieß ein Hohngelächter aus. Er schnellte auf die Beine. Es war ein Wunder, wieviel Kraft noch in dem Mann steckte.

Mit Riesensätzen hetzte er auf den Schreibtisch zu, griff in die offenstehende Lade und hielt plötzlich John Sinclairs Pistole in der Hand.

»Jetzt bist du dran!« brüllte er.

Cazalis sprang um den Schreibtisch herum und legte auf John Sinclair an.

Es ging um Sekundenbruchteile.

Und nun zeigte sich, welch ein Fighter John Sinclair war. Er sah, daß Cazalis auf einer Teppichbrücke stand und daß das eine Ende des Teppichs sich direkt vor John befand.

Mit einem gewaltigen Ruck zog John Sinclair an dem Teppich. Seine Bewegung war so schnell, daß Cazalis sie kaum verfolgen konnte.

Wie vom Katapult abgefeuert, flog er nach hinten. Sein überraschender Schrei ging in dem Laut unter, mit dem er auf den Boden prallte.

Ehe sich Cazalis herumwälzen konnte, war John heran. Er hatte all seine Kräfte konzentriert und jagte Cazalis mit einem Tritt die Pistole aus der Hand.

Dann war der verbrecherische Arzt selbst an der Reihe. Mit drei gezielten, wirkungsvollen Schlägen verrschaffte John Ramon Cazalis eine kostenlose Reise ins Traumland. Schweratmend blieb der Inspektor einige Sekunden in seiner Stellung. Dieser Kampf hatte ihn mehr gefordert, als er zugeben wollte. John entdeckte in dem Büro ein Waschbecken und wankte darauf zu. Er hielt erst mal den Kopf unter das kalte Wasser. Dann nahm er seine Pistole an sich und lud sie nach. Erst jetzt war ihm wohler.

Anschließend schleppte John Sinclair den bewußtlosen Ramon Cazalis zu einem Stuhl.

Mit einer Ladung Wasser brachte er den Arzt wieder zu sich.

Cazalis schnappte nach Luft wie ein Fisch auf dem Trockenen. Er öffnete die Augen und erkannte durch den Wasserschleier seinen Gegner John Sinclair.

Der Oberinspektor hielt die Pistole in der Rechten. Die Mündung zeigte auf Cazalis' Brust.

Der Arzt schielte auf die Schreibtischschublade.

John lächelte wissend. »Falls Sie Ihre Pistole suchen, ich habe mir erlaubt, sie einzustecken.« John klopfte auf seine Jackentasche. Er hatte die Waffe tatsächlich eingesteckt, bevor er gegangen war, um das Glas Wasser zu holen.

»Und jetzt werden Sie mir doch bestimmt einiges zu erzählen haben, Doktor Cazalis«, sagte John und hob die Pistole ein wenig an, damit der Arzt genau in die Mündung blicken konnte.

Ramon Cazalis fing sich überraschend schnell. Er zauberte sogar so etwas wie ein Lächeln auf seine strichdünnen Lippen. Einen spöttischen Blick auf die Pistole werfend, meinte er: »Das ist Aussageerpressung, Herr Oberinspektor.«

John hob die Schultern. »Nehmen Sie es, wie Sie wollen. Die Waffe soll Sie nur vor weiteren Dummheiten bewahren. Aber in diesem Fall geht es um mehr als um Aussageerpressung. Neun

Menschen sind bestialisch ermordet worden. Und Sie, Doktor Cazalis, hängen in dieser Mordserie drin. Ich nehme sogar stark an, daß alles nur nach Ihrem Willen geschehen ist. Daß der oder die Mörder gar nichts davon gewußt haben. Und da kommen Sie mir noch mit einer bürokratischen Lappalie. Für wen halten Sie mich, Doktor?«

»Für einen miesen Schnüffler, das habe ich Ihnen ja schon gesagt.«

John überhörte diese Antwort. Scharf sagte er: »Also, was wird hier gespielt? Oder wollen Sie es erst auf eine Durchsuchung ankommen lassen?«

Cazalis' Sicherheit blätterte ab wie der Putz von einem alten Haus. Er senkte den Kopf und preßte die Lippen zusammen. John ahnte förmlich, wie es hinter der Stirn des Mannes arbeitete. Gab er jetzt auf?

Der Oberinspektor ließ ihm Zeit.

Still war es in dem Büro. Die Minuten tropften dahin. Draußen ging bereits die Sonne unter. John stand auf, trat ans Fenster und zog die Rolläden hoch. Jetzt drang wenigstens noch etwas Tageslicht in das Zimmer.

John setzte sich wieder. Er wollte gerade eine Frage stellen, da hob Cazalis den Kopf. Ein schwerer Atemzug durchbrach die Stille. »Ich habe mich entschlossen zu reden. Was wollen Sie wissen?« Cazalis' Stimme klang belegt.

»Alles.«

Cazalis schluckte schwer und rieb sich über das schweißnasse Gesicht. »Ja«, sagte er, »ich habe ein Serum entwickelt, das aus Menschen Werwölfe macht. Jahrelang habe ich mich mit dem Gebiet der Lykanthropie beschäftigt. Zuerst nur aus reinem Hobby, aber dann wurde es zu einer Besessenheit. Ich habe dafür gesorgt, daß ich in diese Klinik hier kam. Sie ist sehr abgelegen, und niemand fragt danach, womit man sich beschäftigt. Ich bin auch mit einigen Artikeln an die Öffentlichkeit getreten, habe jedoch nur Hohn und Spott geerntet.«

Cazalis legte eine kleine Pause ein und redete dann weiter. »Schließlich war es soweit. Ich hatte das Serum. Ich spritzte es dem ersten Menschen ein. Es war ein Irrer. Das Serum schlug auf der Stelle an. Der Irre begann sich zu verwandeln. Er wurde zu einem Werwolf. Ich ließ ihn frei, raus aus der Klinik. Er kam zurück und hatte gemordet. Das gab mir Mut. Jetzt probierte ich das Serum an völlig normalen Menschen aus. Ich hatte sie kurzerhand gekidnappt. Auch hier hatte ich Erfolge. Allerdings dauerte es bei den Gesunden etwas länger. Erst beim dritten- oder viertenmal schlug das Serum richtig an. Aber auch sie mordeten. Nach einer Stunde jeweils setzte dann immer die Rückverwandlung ein. Die Werwölfe wurden wieder zu normalen Menschen. Sie hatten alles vergessen. Und ich war der ungekrönte König. Es ging einige Zeit gut. Die Menschen im nahen Dorf hatten Angst. Natürlich verdächtigte man die Insassen der Klinik, aber einen konkreten Beweis gab es nicht. Ja, die Leute hüteten sich sogar, die Polizei einzuschalten. Denn sogar sie hingen mit drin.«

»Wie soll ich das verstehen?«

»Werden Sie gleich, Herr Oberinspektor. Aber wie sind Sie eigentlich auf meine Spur gekommen?«

»Durch den Brief eines Küsters. Der Mann stammte aus Hawick. Soviel ich von den Dorfbewohnern gehört habe, ist er tot.«

»Ja, er war das letzte Opfer. Er wollte wohl besonders schlau sein. Genau wie dieser Ben Strom.«

»Wer ist das schon wieder?«

»Ein junger Mann aus Hawick. Er suchte mich vor einigen Stunden auf und bedrohte mich mit der Waffe. Wie Sie. Nur hatte er schlechte Nerven. Ich habe unter meinem Schreibtisch ein Alarmsignal gedrückt, und dann sind zwei meiner Leute gekommen.«

Johns Haltung spannte sich unwillkürlich.

Cazalis lächelte. »Keine Angst, Herr Oberinspektor. Bei Ihnen würde der Trick nicht ziehen. Ich habe meine Chance verspielt, ich weiß es. Aber weiter. Dieser Strom wurde also von meinen Leuten überwältigt. Ich hatte diesmal allerdings nicht vor, ihn zu meinem Opfer zu machen, sondern ich wollte meinen drei speziellen Freunden eine Freude gönnen. Ich hatte drei Werwölfe. Bei diesen früheren Menschen ist das Serum so angeschlagen, daß sie für immer Werwölfe geblieben sind. Für sie gibt es kein Zurück mehr. Und Ben Strom wollte ich ihnen praktisch schenken, um sie bei Laune zu halten.«

Cazalis begann zu lachen.

John Sinclair preßte die Zähne zusammen. Er mußte sich beherrschen. Diesem Mann bedeutete ein Menschenleben gar nichts. Nicht mehr als eine leere Konservendose, die man mit den Füßen aus dem Weg tritt.

Ramon Cazalis redete weiter. »Strom überlebte. Aber nicht durch eigene Kraft, wie ich jetzt weiß. Jemand hat ihn befreit. Und wissen Sie wer?«

John schüttelte den Kopf.

»Ihre Freundin. Vivian Delano, dieses Biest. Sie wollte Ben Strom für sich haben.«

»Wie hängst das denn zusammen?«

Cazalis lachte. »Das müssen Sie schon selbst herausfinden. Während ich Ihnen davon erzählt habe, habe ich eine Zyankalikapsel zerbissen. Ich habe nur noch Sekunden zu leben. Denken Sie daran. Vivian Delano, sie ist . . . auch das Dorf . . . die Männer . . .«

Cazalis begann plötzlich nach Luft zu schnappen.

John sprang auf. Er wollte einen Arzt holen.

»Nein«, keuchte Cazalis mit letzter Kraft. »Ich – ich weiß, was Sie vorhaben. Mir – mir nützt kein Arzt mehr. Ich . . .«

Cazalis' Gesicht lief blau an. Weit traten seine Augen aus den Höhlen. In einer Reflexbewegung riß sich der Arzt die obersten Hemdknöpfe auf. Gleichzeitig bäumte er sich auf seinem Stuhl hoch, sackte jedoch gleich darauf wieder zusammen. Noch ein letztes verzweifeltes Luftholen, dann war es vorbei.

Langsam kippte Cazalis' Oberkörper nach vorn. Mit der Stirn fiel er auf die Schreibtischplatte.

John Sinclair steckte seine Pistole weg. Dann schob er den toten Cazalis etwas zur Seite, um an die Schublade zu gelangen.

Er zog sie auf.

Noch zwei Spritzen fielen ihm ins Auge. Sie sahen so aus wie die, mit der er behandelt werden sollte.

John nahm die Spritzen und warf sie in das Waschbecken. Er ließ das Wasser laufen, so daß die gefährliche Flüssigkeit in den Ausguß gespült wurde.

Dann rief John die nächste Polizeidienststelle an. Er redete etwa zwanzig Minuten, bis er die Zusicherung des zuständigen Inspektors hatte, mit einer Anzahl Bereitschaftsbeamten anzurükken. John hatte nämlich vor, die Klinik hier unter Quarantäne zu halten, bis alles restlos geklärt war.

Ein Verzeichnis der in der Klinik arbeitenden Ärzte fand John unter der Schreibtischunterlage. Er wählte die Nummer eines gewissen Dr. Morrow. John hoffte nur, daß Cazalis auf eigene Faust gearbeitet hatte.

Dr. Morrow versprach, so schnell wie möglich zu kommen.

Der Arzt entpuppte sich als ein mittelgroßer Mann mit einer Halbglatze. Als er den toten Cazalis sah, verlor sein Gesicht die Farbe.

John gab die wichtigsten Erklärungen.

Dr. Morrow konnte nur immer wieder mit dem Kopf schütteln.

»Sie sind mir dafür verantwortlich, daß niemand dieses Zimmer hier betritt«, sagte John. »Es sei denn, jemand von der Polizei.«

Dr. Morrow sah John ungläubig an. »Ja, wollen Sie denn nicht hierbleiben?«

»Nein. Ich habe noch etwas zu erledigen, komme aber im Laufe der Nacht wieder.«

»Wissen die Beamten denn genau Bescheid?«

»Ja.«

»Entschuldigen Sie, aber ich bin ziemlich durcheinander.«

John lächelte dem Arzt aufmunternd zu und verließ dann das Büro.

In der Klinik herrschte Unruhe. Schwestern und Pfleger liefen aufgeregt umher. John wurde mehrmals aufgehalten und gefragt, doch er gab keine Antwort.

Der Oberinspektor hatte es eilig.

Er fühlte, wie seine Narbe auf der rechten Wange wieder zu brennen begann. Bei John immer ein Zeichen innerlicher Erregung. Dieser Fall war noch längst nicht abgeschlossen. Noch gab es ein anderes Rätsel. Das Rätsel um Ben Strom, einen jungen Mann. Was hatte er mit der Geschichte zu tun?

Als John die Klinik verließ, war es bereits dunkel. Der Oberinspektor blickte auf seine Uhr. Schon bald halb elf.

John Sinclair setzte sich in seinen Wagen. Die quälende Unruhe wurde immer stärker.

Was mochte diese Nacht noch bringen?

Immer mehr spürte Ben Strom diesen Drang. Unruhig ging der Holzfäller in seinem Zimmer auf und ab. Er konnte die Zeit bis Mitternacht kaum erwarten. Er befand sich in einem regelrechten Rausch.

In der unteren Etage hörte er seine Schwester in der Küche hantieren. Sie hatte das Radio eingeschaltet. Der Sender brachte Schlagermusik. Die Melodien waren hier oben so gut wie kaum zu hören.

Ben Strom rauchte. Etwas, was er sonst selten tat. Aber dieses rothaarige Weib hatte ihn verrückt gemacht. Sein normaler Verstand war völlig lahmgelegt.

An die warnenden Worte des Pfarrers dachte er nicht mehr. Mein Gott, wie lange war das schon her?

Schließlich hielt es Ben nicht mehr aus. Draußen war es bereits dunkel, als er die Zimmertür hinter sich schloß.

Unten im Flur wartete seine Schwester. Sie hatte gehört, daß Ben die Treppe hinuntergestiegen war.

»Wo willst du hin?« fragte Wanda Strom lauernd.

»Das habe ich dir doch schon gesagt.«

»Du hast also nicht auf meinen Rat gehört.«

»Nein und nochmals nein. Ich bin mein eigener Herr. Und versuche nur nicht, mich zu hindern. Es würde dir schlecht bekommen.«

Wanda Strom wich ein paar Schritte zurück. Diesen Ton hatte sie bei ihrem Bruder noch nie gehört. Ungläubig riß sie die Augen auf. »Himmel, Ben, das Weib hat dich ja völlig verrückt gemacht.«

»Ach, was weißt du schon davon«, knurrte der Holzfäller und stieß seine Schwester zur Seite. »Geh aus dem Weg, zum Teufel.«

Ben Strom lief auf die Haustür zu.

Gerade als Ben sie aufriß, schlug die altmodische Klingel an. Der Pfarrer stand auf der Schwelle.

Ben war so überrascht wie er.

Doch der Holzfäller fing sich schneller. »Lassen Sie mich durch!«, rief er böse.

Der Pfarrer trat zur Seite.

Ben rannte an ihm vorbei in die Nacht hinaus.

Wanda Strom rang die Hände. »Holen Sie ihn zurück, Herr Pfarrer. Bitte, holen Sie ihn zurück.«

Pfarrer Harker lächelte. »Nun beruhigen Sie sich, Miss Strom. Was ist denn überhaupt geschehen?«

»Was geschehen ist?« wiederholte die Frau schrill. »Er läuft weg. Und wissen Sie wohin. Zu dem rothaarigen Weib. Zu dieser Ärztin. Er will sie heute nacht treffen. Diese Frau bringt Unglück. Ich spüre es.«

Den Pfarrer trafen die Worte wie Keulenhiebe. Er wurde wachsbleich unter der gebräunten Gesichtshaut.

»Lassen Sie uns erst mal ins Haus gehen, Miss Strom«, sagte er. »Da wollen wir alles bereden.«

Trotz der tröstenden Worte kam sich der Pfarrer hilflos wie niemals in seinem Leben vor. Hier standen Mächte gegen ihn, denen er im Augenblick nichts entgegenzusetzen hatte.

John Sinclair fand das Haus, in dem Ben Strom wohnte erst nach einigem Suchen. Er hatte ein paar Dorfbewohner gefragt, doch die unfreundlichen Auskünfte hatten ihm kaum weitergeholfen.

John fuhr langsam. Der Bentley wirkte in dem gottverlassenem Ort wie ein Fremdkörper. Hier bestimmten noch Traktoren oder uralte Pkw-Modelle das Straßenbild.

Die Scheinwerfer rissen ein großes Loch in die Dunkelheit. Wie gierige lange Finger strichen sie an den Hauswänden entlang. Im Dorf selbst war es ruhig. Sogar der Gasthof hatte geschlossen. Vereinzelt brannte in den Häusern Licht. Und als fahles Zentrum prangte die Scheibe des Vollmondes am Firmament.

John Sinclair ließ seinen Wagen langsam ausrollen. Er brachte ihn direkt vor Stroms Haus zum Stehen. Das Haus selbst war einstöckig, wie fast alle Gebäude hier. Es war auch jemand da. John konnte die Umrisse zweier Personen hinter dem erleuchteten Fenster im Erdgeschoß sehen.

Der Oberinspektor löschte die Scheinwerfer und stieg aus. Mit tiefen Zügen sog er die frische Nachtluft in die Lungen.

Die Haustür hatte eine altmodische Drehklingel. Das schrille Geräusch war sogar hier draußen gut zu hören.

Schnelle Schritte näherten sich.

Dann wurde die Tür aufgezogen. »Ben, ein Glück . . .«

Die Frauenstimme verstummte. Schreckhaft geweitete Augen starrten John Sinclair an.

John lächelte freundlich und zeigte dann seinen Ausweis. Die schon etwas ältere Frau las ihn im Licht der Flurlampe.

»Sie sind von der Polizei?« fragte sie und gab John den Ausweis zurück.

»Ja, Madam. Aber darf ich reinkommen?«

»Bitte.« Die Frau gab den Weg frei.

John bedankte sich mit einem Kopfnicken.

Aus dem Hintergrund des Flures trat ein Mann auf John Sinclair zu. An der Kleidung erkannte der Oberinspektor in ihm einen Pfarrer.

Beide, sowohl der Pfarrer als auch die Frau, wirkten verstört.

John beschloß, ohne große Vorrede direkt zur Sache zu kommen. »Ist Mister Strom zu sprechen?« fragte er.

Die Frau schüttelte den Kopf und senkte dann den Blick.

John merkte an der Stimme, daß etwas nicht stimmte. »Wissen Sie denn, wann er zurückkommt?«

»Nein!«

Johns fragender Blick traf den Pfarrer, doch auch der zuckte mit den Schultern.

»Dieser Herr ist von der Polizei«, sagte Wanda Strom, und zu John Sinclair gewandt: »Ich bin Ben Stroms Schwester.«

Bei dem Wort Polizei hellte sich das Gesicht des Pfarrers auf. »Aber kommen Sie doch herein, Mister . . .«

»Oberinspektor Sinclair.«

»Bitte, Herr Oberinspektor.«

Der Pfarrer und Wanda Strom führten John in das Wohnzimmer der Familie. Es war einfach eingerichtet, doch alles blitzte vor Sauberkeit.

»Tja, Herr Oberinspektor, was können wir für Sie tun?« fragte der Pfarrer.

»Ich hätte ja lieber mit Mister Strom persönlich gesprochen, aber das ist wohl nicht möglich. Es geht um folgendes.« Schnell und präzise berichtete John von seinen Erlebnissen und Vermutungen.

Die beiden Menschen hörten schweigend zu. Hin und wieder nickte der Pfarrer bestätigend.

Wanda Strom hatte sich in einen Sessel gesetzt und die Hände in den Schoß gelegt. Ihr Blick schien in unendliche Fernen zu schweifen.

Schließlich war John fertig.

Es entstand eine kleine Pause. Dann begann der Pfarrer zu reden. »Ich wußte nicht, daß mein Küster einen Brief an Sie geschrieben hat. Ich hätte auch nie gedacht, daß er dazu den Mut aufbringen würde. Mut, der mir gefehlt hat. Aber das spielt jetzt keine Rolle. Sie haben Glück, Mister Sinclair, daß ich gerade hier war. Ich wollte Ben Strom ebenfalls warnen, nichts Unüberlegtes zu tun. Ich hatte ein langes Gespräch mit ihm. Aber lassen wir das. Dieses Dorf, Herr Oberinspektor, ist verflucht. Ein grausames Schicksal hat zwölf unserer männlichen Einwohner getroffen. Vielleicht ist Ben Strom jetzt der dreizehnte. Ich will es Ihnen erklären. Vor Jahren hat es hier in der Gegend einmal Werwölfe gegeben. Man hat sie dann irgendwie ausgerottet, doch den Anführer nicht gefaßt. Es heißt, daß der Anführer mit einer Frau ein Kind gezeugt habe, und dieses Kind sei auch zur Welt gekommen. Es muß im Wald gelebt haben, denn manchmal haben die Holzfäller Kinderschreien gehört. Dann war plötzlich alles vorbei. Keine Wölfe, kein Kinderrufen – nichts, es war wie eine Erlösung. Bis vor einigen Monaten.«

Der Pfarrer tat einen tiefen Atemzug und wischte sich mit einem Tuch den Schweiß von der Stirn. Dann redete er weiter. »Eine grausame Mordserie begann. Immer waren es Menschen aus diesem Dorf oder der näheren Umgebung. Der Verdacht fiel auf die Irrenanstalt, die vor zwei Jahren gebaut worden war. Ihren Aussagen nach, Herr Oberinspektor, hat er sich auch bestätigt. Doch das ist noch nicht alles. Wochen später fiel mir bei einem nächtlichen Rundgang auf, daß sich einige Männer aus unserem Dorf in Richtung Wald zurückzogen. An und für sich nichts Besonderes. Doch es wiederholte sich. Und immer in Vollmondnächten. Schließlich habe ich einen Mann verfolgt. Bis zum Ziel. Sie hatten sich auf einer Lichtung getroffen. Alle waren sie keine Menschen mehr, sondern Werwölfe. Ein Feuer loderte auf der Lichtung. Und mitten in den Flammen stand die Werwölfin.«

»Hatte sie rotes Haar oder einen roten Pelz?« fragte John gepreßt.

»Ja.«

»Dann ist es Vivian Delano«, flüsterte der Oberinspektor rauh.

Der Pfarrer nickte. »Sie war das Kind, das damals gezeugt worden ist. Die Natur hat ein grausames Spiel getrieben. Und der

Wille des Satans hatte diese Frau mit Doktor Cazalis zusammengeführt.«

»Dabei bin ich noch gar nicht sicher, ob Cazalis etwas von dem Treiben gewußt hat«, meinte John.

»Es waren nur Männer auf der Lichtung«, sagte der Pfarrer. »Ich habe gesehen, wie sie sich zurückverwandelten. Ich war wie gelähmt und konnte nur noch beten.«

John schüttelte immer wieder den Kopf. Unglaubhaft war das, was hier geschehen war. Erst der verbrecherische Arzt, der ein Serum entwickelt hatte, und dann eine Frau halb Mensch halb Tier. Eine grausame Theorie des Schicksals.

Dr. Vivian Delano! John hatte geahnt, daß mit dieser Frau einiges nicht stimmte. Aber daß sie die Anführerin war . . .

Er mußte sie töten!

Leises Schluchzen schreckte ihn aus seinen Gedanken. John wandte den Kopf und sah Wanda Strom, die ihr Gesicht in beide Hände vergraben hatte.

Der Pfarrer trat zu der Frau und legte ihr behutsam die Hand auf den Kopf.

»Keine Angst, es wird schon alles gut werden.«

»Und Ben? Wenn ihm was passiert? Ich würde mir ein Leben lang Vorwürfe machen, daß ich ihn nicht zurückgehalten habe.«

Der Pfarrer hatte Mühe, die weinende Frau zu beruhigen. John Sinclair brannte die Zeit auf den Nägeln. Noch eine knappe halbe Stunde bis Mitternacht.

Er wandte sich an den Pfarrer. »Können Sie mir den Weg beschreiben?«

Der Pfarrer blickte John erstaunt an. »Was heißt beschreiben? Ich werde mit Ihnen gehen. Zu lange habe ich gezögert. Jetzt möchte ich dabei sein, wenn der Satan verliert.«

»Dann dürfen wir keine Sekunde mehr verlieren.«

»Einen Augenblick noch«, sagte der Pfarrer und verschwand in einem anderen Zimmer.

Als er wieder zurückkam, hielt er ein schlichtes, etwa ein Meter großes Holzkreuz zwischen den Fingern. »Hiermit werden wir die Brut zur Hölle schicken«, sagte er.

Seine Worte klangen wie ein heiliger Schwur.

Nicht nur Ben Strom war in dieser Nacht unterwegs. Auch zwölf weitere Männer huschten wie Schatten durch den nachtdunklen Wald. Wie von einem Magnet angezogen, näherten sie sich ihrem Ziel.

Die einsame Lichtung!

Sie kamen aus den verschiedensten Richtungen und gingen wie in Trance. Wenn sie sich trafen, sprachen sie nicht mal miteinander. Es schien, als hielten unsichtbare Fesseln sie gefangen.

Ben Strom war bei den ersten. Seine Augen waren seltsam verdreht. Auf seinem Gesicht lag ein glücklicher Zug. Er dachte nur noch an die Frau, die er heute nacht ganz zu besitzen hoffte. Vergessen war sein früheres Leben, vergessen seine Schwester, seine Kollegen – für ihn zählte nur noch Vivian Delano.

Er spürte nicht mal die Zweige, die ihm während des schnellen Gehens ins Gesicht schlugen.

Stockfinster war es in dem großen Waldgebiet. Das Mondlicht schaffte es nicht, das Laubdach der Bäume zu durchbrechen. Und doch fand jeder der Männer mit traumwandlerischer Sicherheit sein Ziel.

Die Lichtung war ein großer Kreis, wie mit einer Schere geschnitten. Ein dicker Grasteppich bedeckte den Boden. Um Mitternacht, bei Vollmond, fiel das Licht des Himmelskörpers nahezu senkrecht auf diese kleine Lichtung und beleuchtete sie mit seinem fahlen, gespenstischen Schein.

Der Holzfäller erreichte den Fleck als erster. Andächtig blieb er stehen, das Gesicht dem Mond zugewandt.

Er hatte die Augen halb geschlossen und schien das fahle Mondlicht geradezu in sich aufsaugen zu wollen.

Innerhalb der nächsten Minute waren auch die anderen da. Schweigend verteilten sie sich am Rand der Lichtung. Jeder hatte in diesem Kreis seinen bestimmten Platz. Nur Ben Strom blieb in der Mitte stehen. Er mußte noch das Aufnahmeritual hinter sich bringen.

Und plötzlich war sie da.

Vivian Delano!

Niemand hatte sie gehört. Wie ein Schatten war sie aufgetaucht.

Schön wie eine Göttin stand sie vor Ben Strom. Die roten Haare fielen als Vlies über ihre Schultern. Sie trug ein weites Gewand weißer Farbe. Ihr Gesicht war bleich, und die Lippen schimmerten dunkelrot.

Ben Strom vergaß zu atmen.

Die Schönheit dieser Frau raubte ihm das letzte menschliche Denken.

Vivian Delano lächelte, und Ben Strom hatte das Gefühl, daß dieses Lächeln nur ihm allein galt.

Es war in der Tat so. Denn Ben Strom war der dreizehnte Mann. Dreizehn Opfer mußten es sein, damit Vivian Delano von ihrem grausamen Fluch erlöst werden konnte.

Dreizehn Männer!

War diese Zahl erreicht, konnte sie wieder ein normales Leben führen, doch ihre Opfer blieben immer mordende Bestien.

Ein Werk, wie es nur der Satan selbst inszenieren konnte.

Vivian Delano hob beide Arme. Sie legte sie hinter ihren Nacken und öffnete mit einer kleinen Drehung den Verschluß ihres Gewandes.

Das Gewand rauschte zu Boden.

Darunter trug Vivian Delano nichts. Völlig nackt stand sie auf der vom Mondlicht überflossenen Lichtung.

Wie eine Flamme stieg das Verlangen in dem jungen Holzfäller hoch.

»Vivian«, stöhnte er. Seine Fäuste öffneten und schlossen sich krampfhaft.

»Komm! Komm her zu mir«, lockte die Frau den willenlosen Holzfäller.

Und Ben Strom gehorchte. Geblendet von der Schönheit und beseelt von dem Willen, diese Frau nur einmal zu besitzen, ging er vorwärts.

Vivian Delano trat nicht einen Schritt zurück. Im Gegenteil, sie kam Ben Strom sogar noch entgegen.

Weiche Arme umschmiegten seinen Nacken. Der nackte Körper preßte sich gegen den seinen.

Ben Strom vergaß alles. Er sah nicht, wie sich die Gesichtszüge der Frau verzerrten und das Grauen seinen Anfang nahm . . .

Nach einer Viertelstunde machte Pfarrer Harker schlapp. Der schon ältere Geistliche war diesem Marschtempo nicht mehr gewachsen. Er lehnte sich an einen Baumstamm und rang nach Luft. »Ich kann nicht mehr, habe mir wohl zuviel zugemutet. Gehen Sie allein weiter.«

John Sinclair, der einige Schritte voraus ging, war stehengeblieben. Er überlegte noch eine Sekunde und sagte dann: »Gut, Herr Pfarrer.«

»Ich komme dann nach«, keuchte Pfarrer Harker. »Und alles Gute, mein Junge«, fügte er noch leise hinzu. »Gott möge Sie beschützen.«

John lächelte zuversichtlich und ging weiter. Nach drei Schritten war schon nichts mehr von ihm zu sehen. Der Wald und die Dunkelheit hatten ihn verschluckt.

Auch John atmete schwer. Der Schweiß klebte ihm am Körper. Aber der Oberinspektor hatte eine eiserne Konstitution, und er verfügte über große Kraftreserven.

Der Wald lebte.

Überall hörte John Geräusche. Ein Uhu strich haarscharf über seinen Schädel hinweg. Für einen Augenblick sah John die hellen Augen. Rechts von ihm huschte ein Tier aus dem Unterholz. Alles ging so schnell, daß John nicht erkennen konnte, was es war.

Große Angst hatte er davor, sich zu verlaufen. Aber Pfarrer Harker hatte unterwegs die genaue Richtung erklärt. Es durfte einfach nichts mehr schieflaufen.

Der Oberinspektor warf einen Blick auf das Leuchtzifferblatt seiner Uhr.

Noch zehn Minuten bis Mitternacht!

Der Oberinspektor verdoppelte seine Anstrengungen. Zweige und vom letzten Regen feuchte Blätter klatschten ihm ins Gesicht. Aus dem Boden ragende Baumwurzeln bildeten rutschige Hindernisse.

Und trotz aller Widrigkeiten schaffte es John Sinclair.

Plötzlich sah er den Feuerschein. Wie ein rotes Tuch lag er über den Baumwipfeln.

Das Ziel war nah.

Vorsichtig pirschte John sich weiter. Längst lag die mit geweihten Silberkugeln gefüllte Pistole in seiner rechten Hand.

Wie ein Tier der Nacht glitt John Sinclair immer näher an die Lichtung heran.

Kein Laut war zu hören. Die gräßlichen Vorgänge mußten sich in gespenstischer Stille abspielen.

Nur noch wenige Meter trennten ihn von der Lichtung. Die Flammen warfen tanzende Lichtbahnen zwischen die Bäume. Die dicken Äste und Zweige erschienen John wie Gebilde aus der Urzeit.

Die Stille war nervenzermürbend.

Kein Tier hielt sich in der Umgebung auf. Es war, als spürte jede Kreatur die Anwesenheit des Bösen.

Und dann stand John am Rand der Lichtung. Die freie Fläche begann praktisch ohne Übergang.

Schnell duckte sich der Oberinspektor hinter einem Baumstamm. Die plötzliche Helligkeit hatte ihn geblendet, und es dauerte etwas, bis sich seine Augen an die neuen Lichtverhältnisse gewöhnt hatten.

Vorsichtig schob John seinen Kopf hinter dem Baumstamm hervor.

Mit einem Blick konnte er das Geschehene übersehen.

Was er sah und hörte, ließ ihm die Haare zu Berge stehen . . .

Urplötzlich zuckte eine Flammenwand aus dem Boden. Im selben Augenblick stieß Vivian Delano den Holzfäller zurück. Blitzschnell hüllte das Feuer die Frau ein.

Wie hungrige Zungen leckten die Flammen an Vivians Körper hoch, glitten über Arme, Beine und trafen sich oberhalb ihres Kopfes zu einer blaurot schimmernden Lohe.

Ben Strom, der durch den unerwarteten Stoß zu Boden gefallen war, sah mit weit aufgerissenen Augen, wie sich die Ärztin zu verwandeln begann.

Während sie in der feurigen Lohe eingeschlossen war, begann ihr Körper zu wachsen. Er streckte sich, veränderte seine Form. Haare wuchsen, lange rote Haare, die aussahen wie Seide. Zuerst entstanden sie nur an den Beinen, doch dann wuchsen sie in Windeseile weiter, erreichten die Hüften, den Oberkörper, den Hals – und das Gesicht.

Innerhalb von Sekunden verdichteten sie sich zu einem rötlich schimmernden Pelz.

Eine gräßliche Wolfsschnauze stach aus den Flammen hervor.

Vivian Delano war zu einer Werwölfin geworden!

Gleichzeitig fielen die Flammen zusammen. Das kalte Höllenfeuer flackerte noch ein letztes Mal und verlöschte.

Kein Grashalm war verbrannt. Nichts. Nach wie vor lag die Lichtung so, wie sie vorher gewesen war, im Schein des Mondes.

Die Werwölfin schüttelte sich. Das seidige Fell geriet in Bewegung und warf die glitzernden Reflexe des Mondlichtes zurück.

Die Wölfin wandte den Kopf. Rote Augen funkelten triumphierend, als sie über ihre zwölf Diener blickte.

Auch sie hatten sich verwandelt, waren zu Werwölfen geworden!

Wie auf Kommando standen sie auf.

Schrittweise zogen sie den Kreis um die Werwölfin und den Holzfäller enger.

Nun war die Entscheidung gekommen.

Die Sekundenzeiger der Uhren näherten sich der Geisterstunde. Jetzt triumphierte die Hölle.

Die Werwölfe blieben stehen. Sie hatten den Kreis so eng gezogen, daß Ben Strom keine Möglichkeit mehr blieb, zu entkommen. Er hatte sich entschieden und sollte nun den Preis zahlen.

Er war das dreizehnte Opfer, das Vivian Delano brauchte, um von dem grausamen Fluch erlöst zu werden.

Die Wölfin fletschte die Zähne. Und dann drang Vivian Delanos Stimme aus dem gräßlichen Körper.

»Willst du mich immer noch, Ben Strom?«

Der Holzfäller hatte sich aufgerichtet. Sein Blick fieberte. Er hatte beide Arme ausgestreckt.

»Ja!«, rief er.

»Dann komm!«

»Halt!« Wie das Grollen eines Donners hallte John Sinclairs Stimme über die Lichtung.

Der Oberinspektor stürmte vor, durchbrach mit zwei wuchtigen Stößen den Kreis der Bestien.

Und dann stand er vor Vivian Delano.

Mit einer blitzschnellen Bewegung riß er ihr Ben Strom aus den Pranken.

John wußte, daß er hier einer Überzahl von Gegnern gegenüberstand. Ein Befehl nur von der Wölfin, und sie würden ihn zerfleischen.

Deshalb mußte er die Initiative an sich reißen und das Schlimmste verhindern.

»Du Narr!« schrie die Wölfin. »Du hirnverbrannter Narr. Glaubst du im Ernst, gegen mich ankämpfen zu können? Dieses lächerliche Spielzeug in deiner Hand wird dir nichts nützen! Gar nichts!«

»Dieses lächerliche Spielzeug ist mit geweihten Silberkugeln geladen«, sagte John.

Die Wölfin zuckte zusammen. John spürte, daß sie seine Worte getroffen hatten. Ihr Blick – vorhin noch siegessicher – wurde ängstlich.

»Du bluffst, John Sinclair!«, rief sie.

»Nein«, erwiderte John. »Ich bin nicht zufällig hier. Und du bist auch nicht die erste Höllenkreatur, die mir über den Weg läuft. Man nennt mich den Geisterjäger, und ich werde auch diesmal meine Pflicht erfüllen.«

Da griff die Wölfin zum letzten Mittel.

Sie wollte ihre Helfer einsetzen.

»Packt ihn!« brüllte sie. »Bringt ihn um . . .«

John feuerte.

Zweimal.

Die peitschenden Echos übertönten die Worte der Wölfin. Beide Kugeln hatten getroffen.

Mit einem gellenden Schrei brach Vivian Delano zusammen. Das Fell, vor wenigen Sekunden noch dicht und fest, schrumpfte zusammen.

Ein nackter Frauenkörper kam zum Vorschein.

John Sinclair wirbelte herum. Noch waren die anderen da.

Doch das makabre Spiel war schon beendet.

Nach dem Tod der Werwölfin hatten auch die anderen Bestien wieder ihre normale Gestalt angenommen.

John Sinclair sah in ratlose Gesichter, in denen sich Angst, Hilflosigkeit und Grauen spiegelte.

Die Männer sahen an sich hinab. Ihre Kleidung war zum Teil aufgeplatzt, die Nähte gerissen.

John Sinclair warf noch einen letzten Blick auf die tote Vivian Delano. Er bückte sich und schloß ihre Augen. »Jetzt hast du deinen Frieden«, sagte er.

Und dann gab er einige Erklärungen ab. Er war gerade damit fertig, als Pfarrer Harker die Lichtung betrat.

Der Pfarrer brauchte Sekunden, um zu begreifen. Doch dann begannen seine Augen zu leuchten.

»Der Fluch ist getilgt, das Böse ist besiegt. Hawick kann wieder aufatmen.«

Man brauchte kein Spezialist zu sein, um zu erkennen, daß in der Stimme des Pfarrers der Glaube an das Gute in dieser Welt wie eine Fanfare mitschwang.

Und so sollte es auch sein.

Für John Sinclair gab es noch viel Arbeit. Er hatte sein Hauptquartier in der Heilanstalt aufgeschlagen. Plötzlich war auch die Presse da. Sogar aus dem fernen London waren die Reporter gekommen.

Aber der Oberinspektor hatte Zeit genug gehabt, sich eine plausible Geschichte einfallen zu lassen. Er schob alles auf Dr. Cazalis und dessen teuflische Experimente. Natürlich erwähnte er nichts von den Werwölfen. Er sprach im allgemeinen über verbrecherische Tierversuche, die dieser Mann gemacht hatte.

John wohnte während der Zeit in Hawick. Der Pfarrer hatte ihm ein Zimmer überlassen. John war aus dem Hotel ausgezogen.

Vivians Leiche war in das gerichtsmedizinische Institut von London überführt worden. Der Werwolf, den die Holzfäller im Wald getötet hatten, war begraben worden. Nur John Sinclair und der Pfarrer kannten die Stelle.

Nach fünf Tagen fuhr der frischgebackenen Oberinspektor wieder in Richtung London. Dort wurde er bereits erwartet. Von Bill Conolly.

Johns Freund war leicht ärgerlich, daß er diesmal nicht informiert worden war. Dafür jedoch war Sheila Conolly um so erfreuter, denn diesmal hatte sie ihren Mann ganz für sich gehabt. Und das kam selten genug vor, wie sie immer behauptete.

Seine Feuertaufe als Oberinspektor hatte John Sinclair jedenfalls glänzend bestanden. John freute sich auf einige etwas ruhigere Tage.

Doch diese Freude sollte ihm schon nach dem zweiten Tag vergehen. Da hatte er nämlich bereits einen neuen Fall am Hals. Einen Fall, der ihn zu einem Dämonengrab führen sollte.

Aber das ist eine andere Geschichte.

ENDE

Die Geisterhöhle

TF 93

Der Dämon tobte!

Klauenhände krallten sich um die Gitterstäbe. Rot glühten die Augen in dem schwarzen, häßlichen Gesicht. Gelbe Schwefelwolken drangen stoßweise aus dem weit geöffneten Maul. Ein mörderisches Kreischen erfüllte die Höhle.

Es war die Hölle!

Sechs Männer waren ausgezogen, um den Dämon zu besiegen. Sie hatten es geschafft. Formeln der Weißen Magie hatten das schreckliche Ungeheuer gebannt.

Jetzt war der Dämon gefangen. Und nichts konnte ihn mehr retten.

Die Männer hielten brennende Pechfackeln in den schwieligen Händen. Das Licht erfüllte die Höhle mit tanzenden, zuckenden Schatten.

Die Männer hatten die große Höhle durch Zufall entdeckt. In tagelanger Arbeit hatten sie die Höhle mit einem stabilen Eisengitter abgetrennt. Es wies eine hüfthohe Klappe auf, durch die man den Dämon ins Innere gestoßen hatte.

Magische Zeichen und Formeln waren auf den Steinboden gemalt worden. Denn es bestand durchaus die Möglichkeit, daß der Dämon das Gitter auseinanderriß. Seine Kraft war übermenschlich.

Doch jetzt war der Terror vorbei. In einem Umkreis von vielen Meilen konnten die Menschen wieder frei atmen.

Die Gesichter der Männer waren bleich und mit Schweiß bedeckt. Man konnte es den Mutigen ansehen, daß sie versuchten, ihre Angst zu unterdrücken.

Einer hielt in der freien Hand eine kleine Kanne mit geweihtem Wasser.

Der Mann trat einen Schritt vor, übergab die Fackel einem Nachbarn und tauchte seine rechte Hand in das Weihwasser. Er wölbte die Handfläche zur Mulde und riß gedankenschnell den Arm hoch.

Das Weihwasser spritzte durch die Gitterstäbe. Die Tropfen sahen aus wie eine schimmernde Perlenkette.

Der Dämon konnte nicht schnell genug ausweichen. Ein Großteil des geweihten Wassers benetzte seinen Körper.

Der Höllenbote schrie gräßlich auf. Er tauchte zurück in die Dunkelheit seines Verlieses, um dem Weihwasser zu entgehen.

Wieder schleuderte der Mann das geweihte Wasser.

Der Dämon wand sich am Boden. Dort, wo ihn die Tropfen getroffen hatten, enstanden dicke, qualmende Flecken.

Die Männer waren jetzt allesamt an das Gitter getreten. Mit fiebernden Blicken beobachteten sie den Todeskampf des Dämons.

Über zehn Minuten starrten sie in das Verlies.

Dann wandten sie sich ab.

Das geweihte Wasser hatte das Böse vernichtet. Nur noch ein dunkler Schatten war von dem Dämon zu erkennen.

Aber war die Höllenbestie tatsächlich tot?

Die Männer nahmen es an und kamen nun zum zweiten Teil ihres Planes.

Schnell empfing sie die Nacht.

Der scharfe Seewind schnitt durch ihre Kleidung. Vier Fackeln wurden gelöscht. Die anderen wurden noch gebraucht, damit die Männer etwas erkennen konnten.

Die schweren Steine lagen schon bereit.

Während der Wind dunkle Wolkenberge über den Himmel jagte, die das Licht der Sterne und des Mondes verdeckten, machten sich die vier kräftigsten Männer an die Arbeit.

Stein für Stein schleppten sie vor die dunkle Höhlenöffnung. Schon bald war von dem Eingang nichts mehr zu erkennen. Aber das war noch nicht genug. Für die Nachwelt sollte noch ein besonderes Mahnmal dort hingestellt werden.

Ein Kreuz!

Es war ein stabiles, selbst gezimmertes Holzkreuz, das doppelt so groß wie ein normal gewachsener Mann war. Man hatte es mit einem Pferdefuhrwerk herauftransportiert.

Das Loch war schon gegraben, in dem das Holzkreuz seinen Halt finden sollte.

Unter großen Anstrengungen wuchteten die Männer das Kreuz hoch. Erst beim zweiten Anlauf gelang es ihnen, das Kreuz in die dafür vorgesehene Öffnung zu rammen.

Zu dritt mußten sie dann das Kreuz festhalten.

Doch plötzlich geschah etwas Seltsames.

Von einer Sekunde zur anderen legte sich der Wind. Nicht mal das leiseste Säuseln war zu hören. Die Wolkendecke riß auf. Sterne funkelten in voller Pracht.

Die Männer standen einige Minuten still und schickten stumme Gebete zum Himmel.

Dann sagte einer: »Kommt, laßt uns weitermachen! Wir müssen in dieser Nacht noch fertig werden.«

Die Männer häuften Lehm, Steine und Erde in das Loch, in dem das Kreuz stand.

Mit fortschreitender Zeit bekam es mehr Standfestigkeit. Durch unten angesetzte Querhölzer hatte es dann den entsprechenden Halt. Nun würde es auch der wildeste Sturm nicht mehr herausreißen können.

Einer der Männer holte ein Messer aus seiner Tasche und klappte es auf.

Mit ruhigen Bewegungen schnitzte er magische Bannsprüche in das Holz des Kreuzes.

Die Männer konnten zufrieden sein. Ihr Werk war vollbracht. Der Dämon war vernichtet.

Für immer.

Wirklich für immer?

Gemeinsam gingen die sechs Männer den Hügel hinab. Am Fuß dieses kleinen Berges lag ein Dorf, ein kleiner Ort, dessen Bewohner von der Landwirtschaft und vom Fischfang lebten.

Hier glaubte man noch an Geister und Dämonen. Und wie recht man daran tat, hatte der letzte Fall angeblich bewiesen.

Niemand warf mehr einen Blick zurück. Der Hügel war von nun an tabu. Keiner würde sich dort oben blicken lassen.

Die Gruppe erreichte den Dorfeingang.

Angstvolle Gesichter sahen den Tapferen entgegen. Der Anführer, ein großer Mann mit schwarzem Haar, trat vor. Er sah seine Mitmenschen einige Sekunden lang an. Dann sagte er: »Der Dämon ist vernichtet. Er wird keinen von euch zu sich in sein finsteres Reich holen.«

Die Menschen atmeten auf. Und dann ging plötzlich ein Jubelsturm durch das Dorf.

Kirchenglocken begannen zu läuten und trugen den Sieg des Guten weit über das Land.

Für die Menschen in dem kleinen Ort war heute die Nacht der Freude.

Über drei Jahrhunderte vergingen. Zeit und Natur deckten den Mantel des Vergessens über das Dämonengrab.

Neue Generationen wuchsen heran. Sie hatten andere Probleme, mußten die Tücken der aufkommenden Technik bewältigen.

Nur manchmal, besonders an langen Herbst- und Winterabenden, sprach man in den umliegenden Ortschaften noch von dem Dämonengrab. Meist waren es die Alten, die diese Geschichten erzählten. Sie wurden von den Jungen belächelt, doch auf den Hügel wagte sich keiner. Selbst die Schäfer mit ihren Herden mieden den Ort.

Strauchwerk, Moos und Flechten hatten die Steine im Laufe der Zeit mit einem grünen Mantel bedeckt. Und der ewige Westwind bog das Gras wie mit einem riesigen Kamm.

Unten rauschte die Brandung gegen die Klippen. Das Meer war rauh und wild und die nächste schützende Bucht eine gute Meile entfernt.

Als warnendes Mal stand das verwitterte Holzkreuz auf dem Hügel. Es hatte die Jahrhunderte überstanden, als letzte Erinnerung an die Vernichtung eines schrecklichen Dämons.

Über lange Zeit hinweg hatte alles seinen normalen Gang genommen. Bis zum Jahr 1975.

Damals sollten noch einmal die Schrecken einer vergangenen Zeit beschworen werden. Grausamer und teuflischer als je zuvor.

Alles begann an jenem denkwürdigen Samstag in London.

Überlaut röhrten die schweren Motoren auf. Grauweißer Qualm drang aus den silberglänzenden Auspuffrohren. Der Krach pflanzte sich an den tristen Häuserzeilen fort und kehrte als verstärktes Echo wieder zurück.

Die Bewohner verschwanden schnell von der Straße. Sie zogen sich in ihre Wohnungen zurück und schlossen die Fenster.

Sie wußten, was folgte, und bebten innerlich vor Angst.

Die Rocker waren in ihrem Element.

Fünf Typen waren es. Sie hatten sich am Anfang der Straße aufgebaut und hockten auf ihren schweren Maschinen wie festgewachsen. Rücksichtslos versperrten sie die Fahrbahn, nicht mal ein Fahrrad kam mehr durch.

Grellrote Helme bedeckten ihre Köpfe. Nur der Anführer trug einen gelben. Die schwarzen Lederjacken glänzten. Mit weißer Farbe aufgepinselte Totenköpfe grinsten höhnisch. Die Gesichter der Rocker waren unter Brillen nur zu ahnen. Wohl konnte der Beobachter die Kinnpartien sehen und Lippen, die sich fest zusammenpreßten.

Die ebenfalls aus Leder bestehenden Hosen lagen eng an den Beinen. Handschuhe schützten die Hände.

Die Rocker waren startklar.

Der Anführer hob den Arm. Der Bursche fuhr eine Harley Davidson 1200 Electra Glide.

Die anderen vier Rocker nickten. Sie hatten verstanden.

Und dann ging es los.

Wie vom Katapult geschnellt, zogen die Maschinen ab. Ein infernalischer Krach jagte durch die enge Straße. Fensterscheiben begannen zu vibrieren.

Die Rocker fuhren wie vom Teufel besessen. Sie jagten über Bürgersteige und rasten dicht an den Hauswänden vorbei. Manch ängstliches Gesicht zuckte hinter den Scheiben zurück.

Zehn Sekunden nur, dann hatten sie die Straße geschafft.

Die Rocker wendeten.

Und wieder röhrten die Motoren.

Doch nun fuhren die Rocker hintereinander. Langsam, beinahe gesittet.

Der Schein trog.

Jeder der fünf Rocker hielt plötzlich einen faustgroßen Stein in der Hand. Diese Steine hatten sie unter den Lederjacken verborgen. Sie dienten einem bestimmten Zweck.

Die Wurfgeschosse fegten durch die Luft.

Sekunden später zerklirrten Fensterscheiben.

Jeden Wurf begleiteten die Rocker mit einem gellenden Lachen. Für sie war es ein Siegesgebrüll.

»Jetzt die andere Seite!« brüllte der Anführer, als sie die Straße wieder durchfahren hatten.

Die Rocker wendeten. Langsam fuhren die Maschinen an der rechten Straßenseite vorbei.

Die nächsten Steine flogen. Ein Brocken knallte in die Schaufensterscheibe eines kleinen Lebensmittelgeschäfts. Der Besitzer hatte neben der Theke gestanden und nicht schnell genug in Deckung gehen können.

Der Stein streifte ihn am Kopf.

Mit klaffender Wunde fiel der Mann gegen ein Regal und rutschte daran zu Boden.

Kein Anwohner stellte sich der Rockerhorde entgegen. Alle hatten sie Angst, denn diese Typen kannten keine Gnade.

Sie waren wie Bestien auf ihren heißen Feuerstühlen. So pflegten sie sich meistens selbst zu nennen.

Insgesamt zehn Fensterscheiben waren zerstört worden. Doch das war erst der Auftakt gewesen.

Wie Raubkatzen glitten die Rocker von den Sätteln. Nebeneinander bockten sie ihre Maschinen auf.

Ihr Anführer stellte sich mitten auf die Straße. Er hatte beide Arme in die Hüften gestützt und die Beine leicht gegrätscht. Diese Stellung hatte er mal bei einem Filmheld bewundert und fand sie äußerst eindrucksvoll.

Der Rocker lockerte den Kinnriemen des Helms und brüllte: »Ich warte!«

Es war immer das gleiche Spiel. Die Leute, bei denen die Fensterscheiben zertrümmert worden waren, mußten zahlen. Eine bestimmte Summe. Im Laufe eines Jahres kam dann jeder nochmals an die Reihe. Einmal war die Polizei aufgekreuzt. Da waren die Rocker wie der Blitz verschwunden. Aber sie waren zurückgekehrt. Ein Mann hatte ihre Rache nicht überstanden. Er lag jetzt schon drei Monate unter der Erde.

Der Rockerchef hieß Tom Tarras. Tarras war siebenundzwanzig Jahre alt und gewalttätig bis in den letzten Nerv. Aber er hatte auch noch andere negative Qualitäten. Er war gemein, verschlagen und tückisch. Er kannte alle Tricks. Unzählige Schlägereien hatten ihn abgestumpft.

Tarras hatte eine Idealfigur. Er war breit in den Schultern und schmal in den Hüften. Dabei befand sich kein überflüssiges Gramm Fett an seinem Körper.

Sein Gesicht glich dem eines Indianers. Markant und von harten Linien durchfurcht. Die Augen waren von einer undefinierbaren Farbe. Eine lange Messernarbe zog sich quer über die Stirn des Rockers. Der Typ, der ihm dieses Zeichen beigebracht hatte, lebte heute auch nicht mehr.

»He! Soll ich hier versauern?« schrie Tarras.

Seine vier Kumpane lachten.

»Wir könnten den Mistkerlen ja noch mal Zunder geben«, schlug Soccer vor.

Soccer war ein Mischling. Seine Mutter hatte sich einmal mit einem Schwarzen eingelassen, und aus dieser Verbindung entstammte Soccer. Er war ein Meister in der Handhabung der Fahrradkette. Wo Soccer hinschlägt, wächst kein Knochen mehr, hieß ein geflügeltes Sprichwort in Rockerkreisen.

Soccers wulstige Lippen waren stets feucht. Auch ein Grund, warum er noch nie eine richige ›Braut‹ hatte. Außerdem strotzte sein Gesicht vor Pickeln. Soccer übernahm die Aufgaben, die andere ablehnten.

Zögernd traten die ersten Menschen aus ihren Häusern. Es waren meist ältere Leute, die in dieser tristen Londoner Vorstadtstraße lebten und sich jetzt unter dem Terror der Rocker duckten. Es war bezeichnend, daß in der Straße kein einziger Wagen parkte.

Tarras ließ die Menschen regelrecht antreten. Sein spöttischer Blick glitt über die Männer und Frauen, und Tarras fühlte sich als Herr der Welt.

Ja, sie hatten Angst. Das konnte man ihnen ansehen. Angst vor ihm und seinen Kumpanen.

»Da fehlt einer«, sagte Tarras. »Es sind nur neun.«

Die Menschen blickten sich an.

»Wir wissen es nicht, Sir«, meinte ein älterer Mann mit zitternder Stimme.

»Haltet ihr mich für dämlich?« brüllte Tarras los. »Verdammt, ich will wissen, wo die letzte von euch Memmen ist! Wenn ich in drei Sekunden nicht Bescheid weiß, nehmen wir euch auseinander.«

»Ich glaube, es ist der Lebensmittelhändler«, sagte der ältere Mann wieder.

»Und warum ist er nicht gekommen?«

»Wir wissen es nicht, Sir.«

Tarras überlegte einen Augenblick und gab dann einen knappen Befehl. »Los, Soccer, sieh nach!«

Soccer setzte sich in Bewegung. Sein Gang war wiegend und ganz auf Schau eingestellt. Im Vorbeigehen rempelte er eines der

Opfer an. Es war eine Frau. Sie stürzte zu Boden und schlug sich den Ellenbogen auf.

Die anderen Rocker lachten.

Zwei Männer halfen der Frau hoch, die Mühe hatte, ihre Schmerzen zu unterdrücken.

Soccer kehrte nach einer Minute zurück. Auf seinem Gesicht lag ein dreckiges Grinsen. Er hatte seine Brille abgenommen und schwenkte triumphierend einige Geldscheine.

»Der Alte war dem Stein im Weg«, sagte er. »Er liegt vor einem Regal und schläft sich aus.«

»Tot?« fragte Tarras.

»Keine Ahnung. Hab' nicht nachgesehen.«

»Ist auch egal.« Tarras wandte sich wieder an die schreckensstarren Menschen. »Los, her mit dem Geld!«

Nacheinander überreichten die Erpreßten dem Rockerboß das Geld. Es kam eine schöne Summe zusammen. Sie würde den Rockern helfen, sich das Wochenende kurzweiliger zu gestalten.

Die Übergabe war schnell vollzogen, und die Menschen durften sich wieder in ihre Wohnungen begeben.

»Laßt die Scheiben ersetzen!« rief ihnen Tarras nach. »Sonst finden wir beim nächstenmal zu wenig Ziele.«

Die Rocker grölten.

Dann wurde das Geld geteilt.

»Und was machen wir jetzt, Tom?« fragte Red Bull, Tarras' Stellvertreter und Unterführer der Bande.

»Wir holen erst mal Ginny ab.«

Ginny war Tarras' ›Braut‹. Das Girl war neunzehn und verkommen durch und durch. Sie paßte zu der Bande wie die Faust aufs Auge. Ginny – manchmal auch Mutter genannt – machte alles mit.

Red Bull nickte. Er war der Typ, der Befehle brauchte. Denken war nicht seine größte Stärke. Red Bull wog über zwei Zentner und fuhr eine Motoguzzi 850 California. Die pflegte er besser als ein Soldat sein Gewehr. Red Bull hatte brandrotes Haar und stammte aus Irland. Sein Vater war von Beruf Knastologe, seine Mutter hatte er nie gesehen. Er selbst hatte auch schon eine Zelle von innen kennengelernt, bevor er sich den Rockern angeschlossen hatte. Durch einige ›Mutproben‹ war er dann bis zum Unterführer aufgestiegen.

Der vierte im Bunde hieß Fabio Tosta. Er war Italiener und wurde nur Stiletto genannt. Tosta war der schmalste von allen. Er wurde oft unterschätzt, aber das war ein Fehler, denn niemand konnte mit dem Messer so gut umgehen wie Tosta. Daher auch sein Spitzname. In Italien fahndete man nach ihm wegen Polizistenmordes.

Fehlte nur noch Skipper. Er wußte selbst nicht mehr, wie er wirklich hieß. Da er zwei Jahre zur See gefahren war, nannte man ihn einfach Skipper. Hatte er mal keinen Helm auf, so trug er eine Matrosenmütze, die ihm meistens weit im Nacken hing. Skipper war ein Schläger. Seine Fäuste erinnerten an Dampfhämmer, und es gab niemanden, vor dem Skipper Angst gehabt hätte. Nur vor Tom Tarras, dem Karatekünstler, hütete er sich.

Skipper war es auch, der den Vorschlag machte. »Ich bin dafür, wir fahren heute mal aufs Land. Dort wissen die Leute doch noch gar nichts von uns. Was meint ihr, wie die sich freuen. Na, wie ist es?«

Der Vorschlag wurde begeistert aufgenommen, und Skipper sonnte sich in seinem Ruhm.

Auch Tom Tarras war einverstanden.

»Auf geht's!«, rief er. »Dann wollen wir die alten Farmer mal ein bißchen auf Trab bringen!«

Johlend stürzten sich die Rocker auf ihre Maschinen. Sie ahnten noch nicht, daß Skippers Vorschlag für sie grausame Folgen haben würde . . .

Ginny wartete vor der Haustür.

Sie stand dort wie eine Prostituierte und ließ ihren Kaugummi von einem Mundwinkel in den anderen wandern. Sie hatte beide Hände in die Hüften gestemmt und blickte sich immer wieder provozierend um.

In gewisser Weise ähnelte Ginny auch den Straßenmädchen. Der Minirock war giftgrün und wurde von einem breiten Gürtel gehalten. Dazu stand die quittengelbe Farbe des Pullovers in einem perfekten Kontrast. Der Inhalt hätte einer Brigitte Bardot zur Ehre gereicht. Auf gewisse Weise war Ginnys Gesicht hübsch zu nennen, wäre nicht der ordinäre Zug um die Mundwinkel gewesen.

Ginnys Nase war klein und wurde umrahmt von einigen Sommersprossen, die bisher jeder Entfernungscreme getrotzt hatten. Am auffälligsten waren Ginnys Haare. Die langen, rotblonden Strähnen hingen bis auf den Rücken und flatterten – wenn Ginny auf der Maschine ihres Freundes saß – wie eine lange Fahne hinter ihr her.

Im großen und ganzen war Ginny die Attraktion der tristen Londoner Vorstadtstraße. Die Neunzehnjährige war in dieser Slumgegend aufgewachsen. Ihren Vater hatte sie höchstens dreimal im Leben gesehen, und dann war er betrunken gewesen. Die Mutter verdiente ihr Geld in Soho. Früher als Stripperin, heute als Zufallsbraut für Ausgeflippte, die höchstens zehn Schillinge zahlen konnten. Klar, daß dieses Leben auf Ginny abgefärbt hatte. Erziehungsanstalten kannte sie besser als das Alphabet. Als ihr vor einem Jahr ein Zuhälter zu nahe auf den Leib rücken wollte, war Tom Tarras aufgetaucht. Hinterher hatte sich der Zuhälter in aller Form entschuldigt und schleunigst das Weite gesucht.

Tarras hatte Ginny augenblicklich in Besitz genommen. Und Ginny war froh darüber gewesen. Sie hatte jetzt immer Geld und konnte sich kaufen, was sie wollte. Auf die Straße brauchte sie nicht mehr zu gehen, und anfassen ließ sie sich auch nicht mehr.

Ginny gefiel das Leben. An die Gegend hatte sie sich so gewöhnt, daß sie von hier nicht mehr weggehen wollte.

Auf der Straße war an diesem sonnigen Samstag einiges los. Arbeitslose Männer schlichen mit gesenkten Köpfen herum. Frauen keiften sich an, und Kinder spielten in der Gosse. Was noch an Pflastersteinen im Erdreich steckte, war herausgerissen worden. Niemanden kümmerte es.

Ginny fühlte die Blicke der Männer beinahe wie tastende Finger. Doch keiner wagte es, die Rockerbraut anzusprechen. Zu groß war die Furcht vor Tom Tarras.

Ginny lächelte verächtlich. So hatte sie sich das immer vorgestellt. Diese geilen Kerle sollten selbst sehen, wo sie blieben. Ungeduldig blickte Ginny auf die Uhr. Die Rocker waren schon seit zehn Minuten überfällig. Sie hatten noch etwas zu ›erledigen‹ gehabt und wollten Ginny dann abholen.

Das Girl spuckte den Kaugummi aus und klemmte sich eine filterlose Zigarette zwischen die kirschrot geschminkten Lippen.

Tom mochte nicht, wenn sie Filterzigaretten rauchte. Und was Tom wollte, war für sie ein Befehl.

Ein sechsjähriger Steppke gab ihr Feuer. Dafür revanchierte sich Ginny mit einer Zigarette, die sich der Junge hinter das rechte Ohr klemmte.

Ginny stieß den Rauch durch die Nasenlöcher aus. Dann ging sie zwei Schritte zur Seite, weil die Spätsommersonne sie blendete.

Lässig schnippte Ginny den Zigarettenstummel nach einigen Minuten in den Rinnstein.

Und da hörte sie schon den Lärm.

Die Rocker kamen.

Wie die Höllenhunde des Satans rasten sie um die Ecke und bogen in die schmale Straße ein.

Blitzartig flüchteten die Menschen auf die Bürgersteige. Es wäre nicht das erstemal gewesen, daß die Rocker einen über den Haufen gefahren hätten.

Tom Tarras hielt die Spitze. Er war der unumschränkte Rockerkönig von London. Wenigstens bildete er sich das ein. Seine vier Vasallen folgten in einer Kette, jagten über die Breite der Straße.

Ginny bekam glänzende Augen und trat einen Schritt vor.

Tom Tarras – oder auch der Vollstrecker, wie er von Ginny genannt wurde – raste auf den Bürgersteig und bremste direkt vor dem Girl ab. Die schwere Maschine driftete zur Seite, wurde von Tarras jedoch gekonnt gehalten.

»Hallo, Baby«, sagte er nur und blieb auf der Harley sitzen. Seine Füße berührten den Boden.

Die anderen hatten einen Halbkreis gebildet.

Tarras nahm seine Brille ab und bleckte die Zähne. Es war Gesetz bei den Rockern, keine Helme mit Sichtklappen zu tragen, sondern weiterhin altmodische Motorradbrillen.

Ginny flog auf ihren Freund zu. Die beiden demonstrierten das große Liebespaar. Tarras ließ seine Hände ungeniert über Ginnys Körper wandern. Es machte ihm auch nichts aus, seine Finger unter den Pullover zu schieben.

Ginny kicherte wie eine schüchterne Jungfrau und schmiegte sich noch enger an Tom Tarras.

»Du Vollstrecker«, hauchte sie ihm ins Ohr, und Tarras grinste geschmeichelt, weil er genau wußte, wie Ginny das meinte.

119

Doch dann schob er Ginny ziemlich abrupt zur Seite. »Schluß jetzt«, sagte er. »Wir wollen den Affen hier keine Schau bieten. Ich habe was anderes vor.«

»Was denn?« Ginnys Augen hingen gebannt an Tarras' Lippen.

»Wir werden eine Tour aufs Land machen.«

»Aufs Land? Aber wohin denn?«

Tarras wandte sich grinsend um. »Brauchen wir ein Ziel, Boys?«

Red Bull war es, der antwortete. »Wir werden die Bauern mal 'n bißchen auf Trab bringen, und das können wir überall.«

»Zufrieden, Ginny?« Tarras' dünne Stimme klang lauernd.

»Und wie«, jubelte das Girl. »Wann geht's los?«

»Sofort.«

Begeistert schwang sich Ginny auf den Rücksitz.

»Wir pflügen die Felder«, sagte Tarras.

Er ließ den Motor aufheulen. Die anderen taten es ihm nach, und Sekunden später brauste die Rockerhorde davon. Manch einer atmete auf, und die meisten wünschten die Rocker zum Teufel. Sie ahnten nicht, wie schnell und direkt sich ihr Wunsch erfüllen sollte . . .

Die Rocker fuhren natürlich nicht quer über die Felder, sondern nahmen die gut ausgebaute Autobahn nach Southampton. Es herrschte reger Betrieb, doch die Rocker gaben ihren Öfen die Sporen und überholten alles, was sich ihnen in den Weg stellte.

Ginny genoß die Fahrt. Eng klammerte sie sich an den vor ihr sitzenden Tom Tarras. Trotzdem schnitt der Fahrtwind durch ihre Kleidung, und Ginny machte sich Vorwürfe, nicht den Lederanzug angezogen zu haben.

Der Rock war noch höher gerutscht. Ein mit Spitzen besetzter roter Slip schimmerte unter dem Mini hervor.

Hundertfünfzig Meilen jagten sie über die Autobahn. Dann lenkte Tarras die Maschine auf eine Abfahrt. Sie durchquerten eine mittelgroße Stadt und rissen die Bewohner aus ihrer Nachmittagsruhe.

Und weiter ging es.

Wiesen, Felder und Waldgebiete flogen an ihnen vorbei. Sie jagten in haarsträubendem Tempo in gefährliche Kurven und hatten oft Glück, daß ihnen niemand entgegenkam.

Die Luft wurde frischer. Von der See her wehte ein böiger Sommerwind.

Der Geruch von frisch gemähtem Gras lag über dem Land. Der Abend kündigte sich an. Die Sonne stand schon tief am Himmel. Einige Wolken hatten sich gebildet, und vorwitzige Sonnenstrahlen lugten dahinter hervor wie helle Speere.

Es war ein friedliches Bild.

Irgendwo läuteten Kirchenglocken, doch der Klang ging in dem Geräusch der donnernden Motoren unter.

Eine Ortschaft tauchte auf. Scalford, stand auf einem Schild. Tarras fuhr langsamer. Die anderen schlossen auf.

»Hier werden wir den Teufel loslassen!«, brüllte er seinen Kumpanen zu.

Die Rocker nickten begeistert. Und auch Ginny war froh. Sie dachte bereits an die Nacht und daran, wie sie mit Tom im Heu liegen würde.

Im Zehn-Meilen-Tempo fuhren die Rocker durch den Ort.

Es war ein gepflegtes Dorf. Die Häuser waren sauber und die Vorgärten mit Liebe angelegt. Ein paar Wagen parkten am Straßenrand. Menschen standen auf den Bürgersteigen und sprachen miteinander. Ängstliche, aber auch wütende Blicke wurden den Rockern zugeworfen, und man war froh, als die Maschinen am Dorfausgang verschwanden.

Tarras lachte. »Die werden sich wundern, wenn wir zurückkommen. Wir geben den Spießern noch eine Stunde Zeit, dann geht es rund.«

»Ich habe auch schon 'ne Pinte entdeckt! schrie Skipper, der Alkohol wie Wasser trank.

»Und ich 'ne Mutter!« brüllte Soccer.

Red Bull sagte nichts. Dafür entdeckte er aber den Hügel mit dem Kreuz auf der Spitze.

»He, Leute! Was ist das denn?«

»Da oben wurde bestimmt der Dorfpfarrer begraben«, sagte Ginny und kicherte. Es hatte sie jedoch niemand verstanden, da sie zu leise gesprochen hatte.

»Nichts wie hin!«, rief Tarras und drehte auf.

Ein Feldweg führte den Hügel hinauf. Die Maschinen zogen lange Staubfahnen hinter sich her, und schon bald waren die Rocker mit einer feinen Pulverschicht bedeckt.

Skipper kam mit seiner BMW einmal vom Weg ab und raste in den Graben. Er konnte die Maschine noch im letzten Augenblick herumreißen und hing schon bald wieder auf der Spur seiner Kumpane.

Als Skipper die Hügelkuppe erreichte, hatten die anderen ihre ›Öfen‹ schon aufgebockt.

Skeptisch betrachteten sie das Kreuz. Auch Ginny ließ ihren Blick an dem verwitterten Holz auf- und abwandern. Plötzlich spürte sie ein komisches Gefühl in der Magengegend.

So etwas wie Angst.

Irgend etwas stimmte hier nicht. Die ganze Atmosphäre wirkte unheimlich. Ginny konnte nicht vermeiden, daß eine Gänsehaut über ihren Rücken kroch.

»Und nun?« fragte Stiletto und trat gegen das Holz des Kreuzes. Danach verzog er schmerzhaft das Gesicht.

»Wir reißen es raus!« brüllte Red Bull. »Was soll das überhaupt?«

»Mensch!«, rief Soccer plötzlich. »Sieht aus, als wäre hier der verschüttete Eingang einer Höhle. Seht euch mal den Steinhaufen an, den haben bestimmt Menschen aufgeschichtet.«

»Vielleicht sogar 'ne Schatzhöhle«, sagte Skipper. »Ich kannte mal einen, der hatte einen ganz alten Plan, und . . .«

»Interessiert uns nicht, was der hatte«, knurrte Tom Tarras. »Aber die Höhle, die sehen wir uns an. Habt ihr Taschenlampen mit?«

»Sicher.«

»Gut. Aber erst schaffen wir die Steine weg.«

»Und das Kreuz?« fragte Soccer. »Irgendwie stört es mich.«

»Räumen wir auch weg!«

»Nein«, wollte Ginny sagen, hielt aber dann doch den Mund, um sich nicht lächerlich zu machen.

Ginny beobachtete, wie die Rocker darangingen, das Kreuz, das jahrhundertelang den Dämon gebannt hatte, aus dem Boden zu reißen . . .

»Verdammt, ist das Ding schwer!«

Die vier Rocker keuchten. Gemeinsam stemmten sie sich gegen das wuchtige Holzkreuz, das die Zeiten überdauert hatte und sich auch jetzt gegen die menschliche Kraft wehrte.

Tom Tarras sah zu. Schließlich hielt er es nicht mehr aus. »Ich pack' mit an«, sagte er.

»Nein, nicht!« Ginny war es, die das rief.

Überrascht und wütend drehte sich Tarras um. In seinen schmalen Augen blitzte es gefährlich. »Hast du was gesagt?«

Ginny schluckte. Die anderen Rocker hatten innegehalten und beobachteten mit schmutzigem Grinsen die sich anbahnende Auseinandersetzung. Dem Girl stand einiges bevor, denn es hatte gegen den absoluten Gehorsam verstoßen.

»Ich – ich bitte dich, Tom. Hilf nicht dabei mit. Dieses Kreuz – es ist mir nicht ganz geheuer.«

»Weibergewäsch«, zischte Tarras. Plötzlich hielt er ein Messer in der rechten Hand. Ein Sonnenstrahl brach sich blitzend in der Klinge.

Das Messer zerschnitt die Luft. Dicht vor Ginnys Gesicht fegte die tödliche Klinge vorbei.

Das Girl stand zitternd auf dem Fleck. Es hatte die Augen weit aufgerissen und erwartete den schnellen Schnitt in eine ihrer Wangen.

Doch Tarras trat zurück.

Er grinste wölfisch und ließ die Klinge verschwinden. »Freu dich, Baby, daß ich heute gute Laune habe.«

Ginny atmete auf. Sekunden später lag sie in Tarras' Armen, Tränen füllten ihre Augen. »Ich – ich habe es doch nur gut gemeint«, schluchzte sie.

Tarras stieß sie weg. »Okay, wir machen weiter.«

Wieder stemmten sich die Rocker gegen das schwere Holzkreuz. Sie schufteten verbissen. Schon knirschte das erste Querholz. Die Rocker stimmten ein Triumphgeheul an. »Weiter«, keuchte Tarras. »Gleich haben wir es.«

Das Kreuz wankte.

Wieder brach ein Querholz. Augenblicke später das nächste.

Und dann neigte sich das schwere Kreuz zur Seite. Wie ein riesiger Schornstein, der durch eine Sprengung aus dem Fundament gerissen wird.

Die Rocker sprangen aus der Fallrichtung.

Erde und Steine wurden aus dem Boden gerissen. Die letzten Querbalken knickten weg, als wären es nur Streichhölzer.

Mit einem dumpfen Laut krachte das schwere Kreuz auf den Boden. Staub wallte hoch.

Und im selben Moment geschah etwas Seltsames.

Urplötzlich wurde der Himmel dunkel. Wind begann zu heulen und zerrte an den langen Haaren der Rocker. Drei, vier Blitze spalteten den Himmel. Die Gesichter der Rocker leuchteten fahlgelb.

Die Kreuzschänder sahen sich an. Angst lag auf einmal in ihren Blicken. Hier war etwas geschehen, was sie sich nicht erklären konnten, was nicht mit ihrem Verstand zu fassen war. Sollte es eine Warnung gewesen sein?

»Ich habe es geahnt«, flüsterte Ginny. »Ich habe es geahnt. Dieser Ort ist verflucht.«

Niemand hörte auf ihre Worte.

Die ganze Erscheinung dauerte nur Sekunden. Dann war alles wieder wie vorher.

Eine tiefstehende Sonne stand am Himmel und versuchte vergeblich gegen die hereinbrechende Dämmerung anzukämpfen. Mücken tanzten ihren ewigen Reigen.

Die Natur schien sich wieder beruhigt zu haben. Allerdings stand das Kreuz nicht mehr.

Geschändet lag es auf dem Boden. Die Rocker ahnten nicht, welche Kräfte sie in Bewegung gesetzt hatten.

Tom Tarras war es, der die Initiative wieder übernahm. »Los, jetzt räumen wir die Steine weg. Ich will endlich wissen, was in dieser verdammten Höhle liegt.« Der Anführer wandte sich an Ginny. »Du kannst auch mithelfen«, sagte er.

Die fünf Rocker machten sich an die Arbeit. Von den unheimlichen Vorfällen sprach niemand. Und doch steckte eine unerklärliche Angst in den Knochen dieser brutalen Kerle. Sie zeigten sie nur nicht.

Stein für Stein wurde weggeräumt. Der Schweiß lief den Rockern wie Wasser vom Körper. Soccer und Stiletto zogen ihre Lederjacken aus.

Stilettos Körper war vernarbt. Andenken zahlreicher Messerstechereien.

Auch Ginny mußte kräftig mit anpacken. Sie hütete sich, noch ein Wort zu sagen. Noch einmal traf sie Tarras nicht bei so guter Laune an.

Es war wie beim Kohleschaufeln. Die Rocker hatten das Gefühl, es würden immer mehr Steine, statt weniger.

Skipper schrie nach Whisky. Er tat, als hätte er keine Lust mehr. Dafür kassierte er von Tarras zwei knallharte Karateschläge. Danach schrie Skipper nicht mehr, da er jetzt genug damit zu tun hatte, seine Schmerzen zu verbeißen.

Längst hatte die Dunkelheit die Rocker eingeholt. Und die Höhle war immer noch nicht freigelegt.

Doch schließlich – nach weiteren zehn Minuten – hatten sie den ersten Erfolg zu verzeichnen. Ein Stück des Höhleneingangs tauchte auf.

Die Rocker arbeiteten verbissen weiter. Längst brannten die starken Taschenlampen.

Auch unten im Dorf waren die Lichter angezündet worden. Sie bildeten Lichtinseln im Meer der Dunkelheit.

Und dann lag die Höhle offen vor den Rockern.

Dunkel und unergründlich gähnte ihnen der Eingang entgegen. Unwillkürlich wichen die Rocker zurück. Diese Höhle strömte etwas Unheimliches aus, etwas Gefährliches, das sie nicht genauer erklären konnten.

Tom Tarras zündete sich eine Zigarette an. Mit einer herrischen Bewegung warf er einen Blick in die Runde.

»Wir machen ein Feuerchen«, sagte er. »Holz gibt es ja genug.«

Soccer und Red Bull sammelten trockene Äste.

Skipper ging zu Tom Tarras. Die Prügel hatte er schon vergessen. »Sag mal, willst du hier übernachten?«

Tarras schüttelte den Kopf. »Sehe ich so aus? Aber zum Teufel, wir gehen nicht alle in die Höhle. Ein paar müssen ja auf die ›Öfen‹ aufpassen.«

»Wer bleibt denn draußen?« fragte Skipper und legte den Kopf schief.

»Wir losen.«

Ginny hatte das Gespräch mit angehört. Schnell faßte sie nach Tarras' Arm. »Bleib du doch hier, Tom, bitte.«

»Und weshalb?«

Ginny lächelte. »Ich habe ja noch etwas gutzumachen. Wir beide allein – das Lagerfeuer . . .«

Tarras lachte blechern. Und auch Skipper grinste schief.

»Seit wann machst du auf Romantik?« fragte der Rockerboß.

»Es kam mir eben in den Sinn.«

Die übrigen Rocker hatten das Holz schon bereitgelegt. Feuerzeuge klickten.

Das trockene Holz fing Feuer.

Wie lange, gierige Finger züngelten die Flammen an den Zweigen und Ästen hoch. Wind trieb den dünnen Rauch weg. Es wurde richtig gemütlich.

Soccer und Stiletto hatten ihre Jacken wieder angezogen. Die Rocker hielten Taschenlampen in den Händen.

Tarras gab das Startsignal. »Okay, seht mal nach, was ihr da findet. Hoffentlich Gold.«

Noch ahnte niemand von ihnen, welches Geheimnis die Höhle tatsächlich barg . . .

Red Bull ging als erster. Es war klar, daß er als stellvertretender Anführer die Spitze übernommen hatte.

Modrige, abgestandene Luft strömte den Rockern entgegen und legte sich beklemmend auf die Atemwege. Die vier Taschenlampen stachen helle Lichtbahnen in die Dunkelheit.

Die Höhle war zum Glück hoch genug, so daß niemand von ihnen mit dem Kopf an die Decke stieß.

Totenstill war es.

Noch erreichte die Rocker der Schein des kleinen Feuers, doch schon bald wurden sie von der Dunkelheit verschluckt.

»Hier finden wir höchstens ein paar tote Ratten«, knurrte Red Bull, »aber kein Gold.«

»Man kann nie wissen«, flüsterte Stiletto, der von Natur aus abergläubisch war und dem die ganze Sache langsam zu unheimlich wurde. Er hätte lieber draußen Wache gehalten.

Unter den Stiefeln der Rocker knirschte Dreck. Das waren die einzigen Geräusche, die die Stille durchbrachen.

Selbst die abgebrühten Rocker hielten den Atem an.

Plötzlich blieb Red Bull stehen. Soccer, der nicht achtgab, rannte auf.

Red Bull zischte einen wütenden Fluch und rammte seinen Ellenbogen in Soccers Magen.

»Mistkerl!« ächzte Soccer, unternahm aber nichts.

Red Bull beschrieb mit seiner rechten Hand einen Kreis. Und jetzt sahen es auch die anderen.

Ein Eisengitter verhinderte ein Weitergehen.

»Mann, dahinter liegt bestimmt ein Schatz«, flüsterte Skipper. »Das Gitter werden wir auch noch schaffen.«

Er wollte losrennen, doch Red Bull hielt ihn zurück. »Ich vertrete hier den Boß. Oder willst du ein paar Zähne verlieren?«

»Kannst es ja mal versuchen.«

Red Bull antwortete nicht, sondern ging weiter. Nach fünf Schritten stand er vor dem Gitter.

Es war völlig verrostet und bestand aus armdicken Eisenstangen. Auch die anderen Rocker waren an das Gitter getreten und leuchteten mit ihren Taschenlampen in das dahinter liegende Verlies.

Eine seltsame Kälte lag plötzlich in der Luft. Es war ein eisiger Hauch, der die vier Rocker umwehte.

Noch merkten sie nichts, ahnten nicht, daß sie bereits in der Falle des Dämons saßen.

Die Lichtfinger der Lampen erhellten das Verlies. Stück für Stück tasteten sie es ab, leuchteten auch in den letzten Winkel.

Und dann sahen sie die Gestalt.

Sie lag auf dem Boden, und ein gräßliches Stöhnen drang aus ihrem Mund.

Lange Totenfinger tasteten über den Boden. Ein schreckliches Gesicht schälte sich aus der Dunkelheit.

Es war nicht das Gesicht eines Menschen. Es gehörte einem Ungeheuer.

Rote Augen glühten in der Physiognomie. Augen, die die Rocker auf der Stelle bannten. Gleichzeitig wurde der Hauch noch kälter, umklammerte die Körper der Eindringlinge und ließ sie fast zu Eis erstarren.

Der Dämon lachte schaurig. Seine Arme schlugen magische Zeichen. Sein Mund formte Worte.

»Ihr habt mich befreit, und deshalb werde ich euch am Leben lassen und zu Dienern des Teufels machen.«

Die Totenhände schoben sich durch die Gitterstäbe, malten seltsame Symbole der Schwarzen Magie auf die Gesichter der Rocker.

Und dann geschah das Grauenhafte.

Die Köpfe der Rocker begannen sich zu verwandeln. Die Haut trat zurück und gab die blanken Knochen frei. Die langen Haare fielen ab. Kahl glänzten die Schädel.

Der Dämon hatte den ersten Teil seiner Rache vollendet. Er hatte die Köpfe der Rocker in Totenschädel verwandelt, zum Brandmal eines besessenen Teufels . . .

Tom Tarras war am Höhleneingang stehengeblieben. Angewidert verzog er das Gesicht. Die herausströmende modrige Luft schlug ihm auf den Magen. Jetzt war er froh, nicht mitgegangen zu sein.

Die Umrisse der vier Rocker verschmolzen im Innern der Höhle mit der Dunkelheit. Dann und wann huschte nur noch der schwache Strahl einer Taschenlampe durch die Dunkelheit.

Tom Tarras drehte sich um. Mit dem Jackenärmel wischte er sich den Schweiß von der Stirn. Das Lagerfeuer warf zuckende Schatten auf sein kantiges Gesicht.

Lässig schnippte sich Tarras ein Stäbchen aus der Packung.

»Gib mir auch eine«, hörte er Ginnys Stimme.

Das Girl hockte am Feuer. Ginny hatte es sich auf einem Stein bequem gemacht und das rechte Bein lang ausgestreckt. Das linke hatte sie angewinkelt. Der Minirock war weit hochgerutscht, und die sonst weißen Schenkel wurden von dem Feuer mit einem rötlichen Schimmer übergossen.

Es lag auf der Hand, was Ginny wollte. Und daran ließ auch ihre Haltung gar keinen Zweifel.

Tom warf ihr einen Glimmstengel zu, den Ginny geschickt auffing. Sie griff nach einem brennenden Zweig und zündete sich die Zigarette an.

Würziger Rauch kräuselte in den Nachthimmel.

Tom Tarras legte sich neben Ginny. Er hatte die Augen halb geschlossen und blinzelte in den dunklen Himmel. Die Zigarette verqualmte zwischen seinen Lippen.

Ginny beugte sich zur Seite. Leicht stieß sie den Rockerboß an. Tarras wandte nicht mal den Kopf. »Was willst du?«

»Kannst du dir das nicht denken?«

»Deshalb sollten wir also allein bleiben.«

»Genau.«

128

Tom Tarras wälzte sich träge herum. »Ich hab' aber keine Lust. Vielleicht nachher.«

»Wer weiß, was dann ist«, maulte Ginny.

Sie konnte sich diesen Ton erlauben, da Tom und sie allein waren. Wenn Toms großkotzige Freunde nicht in der Nähe waren, konnte er manchmal ganz zugänglich sein.

Tom legte die Zigarettenkippe auf seine Mittelfingerkuppe und schnippte den Glimmstengel mit einer lässigen Bewegung seines Daumennagels ins Feuer.

Auch Ginny warf ihre Zigarette weg. Ihre Hände fuhren mit einer spielerischen Handbewegung unter Toms Lederjacke. Die Fingerspitzen streichelten seine behaarte Brust.

Dicht über sich sah Tom die verlockenden Lippen seiner Braut. Und er spürte, wie er schwach wurde.

»Nun, du Vollstrecker? Jetzt zeig mal deine Kunst«, hauchte Ginny und knabberte an Toms Ohrläppchen herum.

Der Rockerboß war in seiner Eitelkeit gefordert. Er wollte seinem Namen alle Ehre machen.

Mit einem gekonnten Griff hatte er Ginnys Pullover hochgeschoben. Das Girl kicherte und drehte sich zur Seite. Es war wie immer. Sie zierte sich bewußt, weil das Tom noch mehr anstachelte.

Und Tarras reagierte prompt.

Seine Hände schnappten nach Ginny. Dabei mußte er sich ein Stück zur Seite wälzen.

Im selben Augenblick erstarrte er zur Salzsäule. Sein Blick war auf den Höhleneingang gefallen und auf die Gestalt, die dort stand.

»Aber, Tom, was ist . . .«

Da sah es auch Ginny.

Zwei, drei Sekunden lähmte sie das Entsetzen. Sie saugte das Bild förmlich in sich auf, das sich ihren Augen bot.

Die Gestalt trug die Kleidung der Rocker. Doch der Kopf war verschwunden.

Er hatte einem Totenschädel Platz gemacht!

Die Flammen des Feuers tanzten über das beinerne Gebilde. Die Augenhöhlen glühten in einem seltsamen Licht. Der Mund klaffte auseinander. Das Gebiß bestand aus lückenhaften, spitzen Zahnstummeln.

Und da entlud sich Ginnys Entsetzen in einem gellenden

Angstschrei, der wie ein Trompetenstoß in die Nacht hinausjagte, sich überschlug und mit einem Wimmern erstarb.

Das Girl schlug beide Hände vors Gesicht und warf sich in Toms Arme.

Auch Tarras war geschockt. Er konnte nicht begreifen, was er dort sah.

Diese Gestalt, dieses Ungeheuer – das mußte Red Bull sein!

Tarras stöhnte. Ohne daß er es wollte, gruben sich seine Fingernägel tief in Ginnys Fleisch. Ein gequälter Atemzug drang aus seinem offenen Mund.

Ginny zitterte wie Espenlaub. Sie hatte ihr Gesicht an Toms Schulter vergraben.

Nur Sekunden waren seit dem Auftauchen der ersten Gestalt vergangen. Doch diese Zeit kam Tom Tarras wie eine Ewigkeit vor. Das Grauen umfaßte ihn mit einer Riesenkralle.

Red Bull bewegte sich.

Er stakste unsicher aus der Höhle wie ein von Mordgier besessener Roboter. Aus dem gräßlichen Totenmund drang ein schauriges Heulen, das sich in der Weite des Landes verlor.

Die Horrorgestalt ging auf Tom und Ginny zu. Langsam, aber unaufhaltsam.

Auch die zweite Gestalt hatte sich in Bewegung gesetzt. Tom erkannte, daß es Soccer war.

Mittlerweile hatte der Rockerboß seine Fassung wiedergewonnen. Er hielt alles für einen üblen Scherz. Übel, weil es diesmal ihn betraf.

»Laß den Mist, Red Bull«, rief er, »sonst schlage ich dir den dämlichen Schädel von den Schultern!«

Red Bull konnte oder wollte nicht hören. Er hatte sich schon bis auf drei Schritte dem Rockerboß genähert.

Da wurde es Tom Tarras zuviel.

Mit einer schnellen Bewegung warf er Ginny zur Seite und rammte seine Karatefaust gegen den blanken, grinsenden Totenschädel.

Es gab ein hohles Geräusch, und gleichzeitig brüllte Tom Tarras schmerzerfüllt auf.

Er hatte sich beinahe seinen Mittelfingerknochen gebrochen.

Und nun schlug Red Bull zu.

Eine stahlharte Pranke dröhnte gegen Tarras' Brust und

schleuderte den Rockerboß gegen den Steinhaufen. Tarras fluchte und rollte sich ab.

Schon war die Horrorgestalt bei ihm. Sie hielt einen faustgroßen Stein zwischen den Fingern, hob beide Hände über den Schädel und wollte Tom den Stein auf den Kopf schmettern.

Der Rockerboß besaß glänzende Reflexe.

Wie ein Wiesel schnellte er zur Seite.

Der Stein pfiff über ihn hinweg.

Sofort war Tarras wieder auf den Beinen.

Da stieß Ginny einen gellenden Angstschrei aus.

Tarras riß den Kopf herum. Sein Herzschlag drohte zu stocken.

Die zweite Horrorgestalt hatte Ginny gepackt. Zwei gnadenlose Hände preßten ihren Hals zusammen.

Tom Tarras hetzte los. Er flog förmlich über den Boden und schmetterte seine geballten Fäuste in Soccers Rücken.

Soccer wurde zur Seite geschleudert und ließ Ginny los. Das Girl fiel zu Boden, doch Tarras riß es sofort wieder auf die Beine.

»Komm! Wir müssen weg hier!« Seine Stimme überschlug sich.

Wie ein Stoffbündel zog er Ginny hinter sich her. Der Körper des Mädchens schleifte über den Boden. Rock und Pullover rissen auf. Spitze Steine zogen blutige Schrammen über Ginnys Körper, doch das Girl spürte den Schmerz nicht.

Tarras keuchte.

Zum Glück hatte er seine Maschine günstig abgestellt. Er brauchte nicht zu drehen, um hinunter ins Dorf fahren zu können.

Doch auch Red Bull hatte erkannt, was Tarras vorhatte. Er schnitt dem Rockerboß den Weg ab.

Wieder drang dieses schreckliche Geheul aus seinem Mund. Die Arme weit vorgestreckt, stürzte er auf Tom Tarras zu.

Tom ließ Ginny los.

Er wirbelte herum und sprang den Unheimlichen mit gestreckten Beinen an.

Seine Füße krachten gegen die Brust des Monsters. Hinter dem Stoß lag eine ungeheure Wucht, und Red Bull wurde einige Meter zurückgeschleudert.

Er prallte auf den Boden und überschlug sich mehrere Male.

Sofort setzte Tarras nach. Er wußte mit einemmal, daß er es nicht mehr mit Menschen zu tun hatte, sondern mit modernen Ungeheuern.

Red Bull war schon halb wieder hoch. Er war sich seines Sieges sicher, denn mit normalen Waffen konnte man ihn nicht bezwingen.

Abermals traf Tom Tarras richtig.

Wie vom Katapult geschleudert, segelte der Unheimliche nach hinten. Genau auf das Feuer zu.

Brennende Zweige und Äste brachen unter seinem Gewicht. Funken stoben auf. Gierig griffen die Flammen nach der ledernen Kleidung. Im Nu stand das Monster in Flammen.

Tarras wandte sich ab und rannte zu Ginny zurück.

Auf halbem Weg erreichte ihn Red Bulls Todesschrei. Tarras drehte sich nicht um. Er wollte das Ungeheuer nicht mehr sehen.

Ginny hatte sich gegen die Maschine gestützt. Der Schrecken war in ihrem Gesicht wie eingemeißelt.

Tarras kickte den Ständer weg, schwang sich auf den ledernen Sattel.

»Rauf, verdammt!« brüllte er.

Ginny gehorchte automatisch. Sie kletterte auf den Rücksitz, während Tom schon den Starter durchtrat.

Die Harley kam sofort.

Tarras gab Gas. Wuchtig preschte die Maschine vor. Der Scheinwerfer jagte eine helle Lichtbahn in die Nacht und streifte den Höhleneingang, als Tarras einem Felsbrocken ausweichen mußte.

Für einen Sekundenbruchteil sah er die beiden anderen Rocker auftauchen. Auch auf ihren Schultern saßen die schrecklichen Totenschädel.

Dann war der Spuk vorbei.

In halsbrecherischer Fahrt jagte Tom Tarras den Weg hinunter. Ihm saß im wahrsten Sinne des Wortes der Teufel im Nacken.

Tarras sah jedoch nicht, daß die drei Monster-Rocker zu ihren Maschinen liefen und sich auf die Sättel schwangen.

Sekunden später dröhnten die Motoren. Die Monster-Rocker waren zu einer gnadenlosen Hetzjagd aufgebrochen.

Sie wollten nur noch eins.

Töten!

So fest es ging, klammerte sich Ginny an den vor ihr sitzenden Tom Tarras. Sie hatte den Kopf schützend gegen den breiten Rücken des Rockers gepreßt und konnte trotzdem das heiße Angstgefühl nicht überwinden.

Ja, Ginny hatte Angst, höllische Angst vor diesen unheimlichen Gestalten.

Das Girl zitterte am ganzen Leib. Ihre Zähne schlugen wie im Schüttelfrost aufeinander, und sie tat das, was sie seit langer Zeit nicht mehr gemacht hatte – beten.

Tom Tarras fuhr wie der Teufel persönlich. Noch nie hatte er seine Harley Davidson so schnell einen schmalen Weg hinuntergejagt. Es war ein regelrechtes Glücksspiel. Nur die kleinste unbedachte Drehung, und die beiden würden im Graben landen. Was das bei der Geschwindigkeit bedeutete, war jedem klar.

Tom Tarras wollte weg von diesem Ort. Er hatte vor, direkt nach London durchzufahren und sich dort erst mal von den schaurigen Erlebnissen zu erholen.

Doch innerhalb von Sekunden mußte er diesen Entschluß ändern.

Ginny war es, die plötzlich aufschrie. »Sie kommen hinter uns her, Tom!« brüllte sie gegen den heulenden Fahrtwind an. »Tom, fahr schneller! Ich bitte dich!«

Und Tarras gab noch mehr Gas.

Ginny hatte den Kopf gewandt. Sie sah die drei Scheinwerfer der Rockermaschinen. Die Kegel kamen ihr vor wie leuchtende Fratzen.

»Wir werden im Dorf Schutz suchen!« schrie Tarras. »Bis London schaffen wir es nicht mehr. Wenigstens nicht mit der Tankfüllung. Und wenn wir erst mal aufgehalten werden, ist sowieso alles vorbei.«

Ginny gab keine Antwort. Statt dessen stieg ein trockenes Schluchzen in ihrer Kehle hoch.

Die Ortschaft rückte näher.

Schon konnte man deutlich die ersten Lichter erkennen. Noch eine Kurve, und dann waren sie da.

Der Rockerboß ging vom Gas. Dann kam die Kurve. Der breite Scheinwerferstrahl schwenkte und glitt über ein aufgestelltes Plakat.

›Feuerwehrfest in Scalford‹ war dort in bunten Buchstaben aufgepinselt.

Schlagartig hatte der Rockerboß eine Idee. Wo Menschen waren, konnten sie sich verstecken.

Tom Tarras drosselte die Geschwindigkeit noch weiter. Er kniff die Augen zusammen und hielt nach einem Wegweiser Ausschau, der ihn zu dem Festplatz führen sollte.

Er fand ihn. Es war ein Transparent, geschmückt mit einem grünen Pfeil.

Tarras lenkte die Maschine durch mehrere kleine Seitenstraßen und erreichte schließlich das Ortsende.

Bis hier war der Lärm des Festes zu hören.

Tarras stoppte. »Aus dem Sattel!« rief er seiner Braut zu.

Ginny sprang auf den Boden, während Tarras seine Harley Davidson in eine schmale Gasse schob. Er stellte sie kurzerhand an einer Hauswand ab.

Dann lief er wieder zu Ginny zurück. Beide waren in Schweiß gebadet. Es war nicht nur die Hitze, sondern auch die Angst, die ihnen das Wasser aus den Poren trieb.

»Und jetzt?« fragte Ginny bibbernd.

Tarras blickte sich kurz um. Mit einer automatischen Handbewegung wischte er sich den Schweiß von der Stirn. »Wir werden uns unter die Leute mischen. Dann warten wir ab, bis alles ruhig ist, und verschwinden hinterher. Ich möchte noch in dieser Nacht in London sein.«

Ginny faßte nach Toms Hand und drückte sie. Der Rockerboß erwiderte den Druck. Er spürte plötzlich, daß dieses Girl etwas für ihn übrig hatte. Ein seltsames, nie gekanntes Gefühl bemächtigte sich seiner. Bisher hatte er alle Bräute nur fürs Vergnügen genommen, aber das hier war anders. Das Wissen um die Gefahr hatte die beiden jungen Leute zusammengeschweißt, und Tom Tarras wurde klar, daß er Ginny jetzt beschützen mußte.

Er zog das Girl mit sich fort. »Komm, gehen wir.«

»Aber wie ich aussehe. Ich kann doch nicht so . . .«

»Denkst du, darauf können wir jetzt Rücksicht nehmen? Es geht um unser Leben, verstehst du?«

»Ja, Tom, du hast recht«, erwiderte Ginny leise und nickte tapfer.

Der Ort Scalford hatte an diesem Samstag seinen großen Tag. Heute sollte das jährlich stattfindende Feuerwehrfest gefeiert werden.

Alles, was Rang und Namen hatte, war auf den Beinen. Der Bürgermeister nebst den übrigen Honoratioren des Ortes, eine Tanzgruppe und natürlich die Einwohner.

Dafür hatte man das große Zelt aufgebaut. Es stand am östlichen Rand des Dorfes und faßte einige hundert Personen. Zwei Musikkapellen waren engagiert worden, die schon am frühen Nachmittag damit angefangen hatten, die Leute durch ihre Marschrhythmen in Stimmung zu bringen.

Doch das richtige Programm begann erst am Abend. Der Nachmittag gehörte den Kindern, die sich um die beiden Karussells geschart hatten und für einige Pennys damit ihre Runden drehen konnten.

Pünktlich um neunzehn Uhr begann das Fest. Jeder Platz in dem großen Zelt war besetzt. Die gestaute Hitze trieb den Gästen den Schweiß auf die Stirn, und je mehr die Leute tranken, um so größer wurde ihr Durst und um so stärker gerieten sie ins Schwitzen. Doch das alles tat der Stimmung keinen Abbruch. Im Gegenteil, es ging erst richtig los.

Es war wie beim Aufmarsch der Gladiatoren. Hintereinander zogen die Mitglieder der zwei Kapellen ein. Stolz hielten sie ihre Musikinstrumente in den Händen. Blinkende Blechorden prangten auf den Uniformröcken, und man sah es den Gesichtern der Männer an, wie ergriffen die Musiker waren.

Kaum hatte der erste das Zelt betreten, als jemand einen Klatschmarsch anstimmte. Schon bald hallte das rhythmische Händeklatschen durch das Dorf.

Militärisch zackig marschierten die Musiker durch die engen Tischreihen bis zu ihrem Podium an der langen Querseite des Zeltes.

Ein Tusch dröhnte durch den Saal.

Und dann trat der erste Redner an das Mikrophon. Es war der Leiter der Freiwilligen Feuerwehr.

Seine Ansprache war weitschweifig und beinhaltete letzten Endes nichts. Die Menschen begannen sich zu langweilen, und einige jüngere Gäste stießen schon die ersten Pfiffe aus.

Auch Dave Lipton gefiel die Selbstbeweihräucherung nicht. Er saß mit Jenny Sheer ziemlich am Ende der langen Tischreihe.

Dave kam aus London, war aber hier in Scalford geboren. Nach der Schule war er in die Hauptstadt gegangen, da dort die Chancen wesentlich besser für ihn waren. Und Dave hatte es geschafft. Er war zur Polizei gegangen und schon mit achtundzwanzig Jahren stellvertretender Leiter eines kleinen Vorstadtreviers. Sein Verdienst war nicht schlecht, und so konnte Dave Lipton auch ans Heiraten denken.

Befreundet war der gutaussehende, schlanke Dave schon seit einiger Zeit mit Jenny Sheer, der Tochter eines Tierarztes. Sie kannten sich seit ihrem Kindesalter, und daraus hatte sich dann im Laufe der Jahre eine Freundschaft entwickelt, die schließlich mit einer Verlobung geendet hatte. Heiraten wollte man im nächsten Jahr, denn dann war es Dave erst möglich, eine geeignete Wohnung zu mieten.

Obwohl Jenny, wie man im Volksmund sagt, auf dem flachen Land aufgewachsen war, sah sie wahrhaftig nicht aus wie die Hauptfigur aus einem Heimatroman. Jenny war aufgeschlossen und stets nach der neuesten Mode gekleidet. Sie trug ihr dunkelbraunes Haar in kunstvolle Locken gelegt und hatte eine Figur zum Anbeißen. Jedenfalls pflegte das Dave immer zu sagen, und der mußte es wissen.

Natürlich langweilte sich Jenny ebenfalls. Dave sah es an ihrem Gesichtsausdruck, aber da Jennys Vater zugleich einer der führenden Bürger der Stadt war, konnte sie es sich nicht leisten, einfach wegzugehen.

Im Gegensatz zu Dave Lipton. Er beugte sich nach rechts und brachte seinen Mund dicht an Jennys Ohr. »Ich werde mal für ein paar Minuten verschwinden. Halt mir solange den Platz warm. Das Geschwafel ist ja nicht zum Aushalten.«

Jenny nickte. »Ist gut.«

Dave erhob sich behutsam und schlich über die dicken Holzbohlen des Zeltbodens nach draußen. Seinen Eintritt hatte er bezahlt und als äußeres Zeichen dafür blinkte eine kleine Plakette an seinem Hemd.

Die Zeltwächter, die das Eintrittsgeld kassiert hatten, hockten auf ihren Stühlen und zählten die Einnahme.

»Laßt sie euch nur nicht stehlen«, meinte Dave und grinste.

»Keine Angst. Wir wissen ja, daß du Polizist bist und auf uns achtgibst.«

Dave lachte. »Ich bin außer Dienst.«

»Ein Polizist ist immer im Dienst.«

»Wenn ihr das meint«, sagte Dave und schlenderte weiter.

Die Luft draußen war eine richtige Wohltat gegen den stickigen Mief im Zelt. Dave Lipton reckte sich, als wolle er damit seine Müdigkeit aus den Knochen schütteln. Dann fischte er nach seinen Zigaretten.

Vorhin im Zelt hatte er nicht geraucht. Die Luft war sowieso schon schlecht genug. Dave kam der Gedanke, sich Jenny zu schnappen und einfach zu verschwinden. In irgendeinen Wald gehen und dort den Rest der Nacht verbringen. Das Wetter war dafür ideal. Es hatte lange keinen so schönen Sommer gegeben.

Gedankenverloren blies Dave Lipton den würzigen Rauch in den Himmel. Er hatte sich einige Schritte vom Zelt entfernt, paßte nicht auf und stolperte über eines der Halteseile.

Dave konnte sich im letzten Augenblick noch an der Zeltplane festhalten. Die Zigarette fiel zu Boden. Der Polizist trat sie mit dem Absatz aus. Er hob den Kopf und wollte sich gerade wieder umdrehen, da sah er die beiden Gestalten.

Es waren ein Mann und eine Frau. Sie hatten sich beide mit dem Rücken gegen die Zeltwand gepreßt und beobachteten Dave aus schmalen Augen.

Dave Lipton kannte sie nicht. Aber das hatte nichts zu bedeuten, schließlich lebte er die meiste Zeit des Jahres in London und kam nur zu Besuch nach Scalford.

»Wollt ihr nicht ins Zelt gehen?« rief er.

»Ich weiß nicht, ob wir eingeladen sind«, erwiderte der Mann und trat näher.

Jetzt erkannte Dave, daß er in seinem Alter war, wenn nicht noch jünger. Und Dave kannte auch die Lederkleidung. Er wußte haarscharf, wo er den Kerl einzustufen hatte.

Sofort stellte sich der Polizist auf Abwehr ein. »Was wollt ihr hier?«

Tarras grinste schmal. Er ließ Ginny los und stand plötzlich mit zwei Sprüngen vor Dave Lipton.

»Wir brauchen ein Versteck, Kumpel, verstehst du? Nur für

diese eine Nacht. Du brauchst es auch nicht umsonst zu tun. Ich bezahle es dir.«

Lipton lachte spöttisch. »Ein Rocker, der für etwas bezahlt? Sehr merkwürdig.«

In Tarras schoß die Wut hoch. Aber er mußte sich beherrschen. »Okay, Kumpel, ich habe jetzte keine Lust, mit dir darüber zu diskutieren, aber uns sitzt die Angst im Nacken, und wenn du nicht aufpaßt, wird es dir ebenso ergehen. Glaub mir das.«

Tarras' Stimme klang beschwörend, und Dave war Menschenkenner genug, um zu wissen, daß dieser Rocker nicht bluffte.

»Was ist geschehen?«

»Wenn ich dir das erzähle, glaubst du es mir doch nicht. Wir werden verfolgt. Von sogenannten Rockern. Aber es sind keine normalen Menschen, sondern . . .« Tarras' Gesicht wurde plötzlich zur Maske. »Verdammt, da kommen sie schon!«

Dave Lipton riß den Kopf herum.

Zuerst hörte er das Dröhnen der Motoren, dann sah er die drei hellen Lichtbahnen, die von den Scheinwerfern in die Dunkelheit gestochen wurden und den Platz vor dem Zelt taghell erleuchteten.

»Was soll das? Was . . .«

»Weg hier!« Tarras packte den jungen Polizisten an der rechten Schulter und zog ihn gegen die Zeltwand.

Doch da waren die Rocker schon heran.

Wie Monster aus einer anderen Welt tauchten sie auf und rasten genau auf den Zelteingang zu . . .

Die Monster-Rocker entfesselten die Hölle!

Drei mörderische Todesboten jagten in einem halsbrecherischen Tempo auf den Zelteingang zu. Der infernalische Krach der Motoren übertönte sogar den Lärm, der aus dem Zelt drang.

Auch die beiden freiwilligen Kassierer hatten den Lärm gehört. Wie aufgescheuchte Hühner sprangen sie nach draußen.

In der nächsten Sekunde schon wurden sie von grellen Scheinwerferstrahlen geblendet. Schützend rissen die Männer ihre Arme vor die Gesichter.

Die Monster-Rocker jagten auf die Kassierer zu. Staub und

Dreck wurde von den durchdrehenden Rädern in dicken Wolken aufgewirbelt.

Die Männer hatten keine Chance.

Zwei gräßliche Schreie mischten sich in den Lärm der fahrenden Maschinen. Wie Puppen flogen die Männer zur Seite und blieben bewegungslos liegen.

Die Rocker rasten in das Zelt.

Die schweren Maschinen fegten die kleine Holzkasse zur Seite, als wäre sie eine Streichholzschachtel. Geldmünzen klirrten über den Boden.

Dann waren die Rocker auf der Tanzfläche. Alles ging rasend schnell, und kaum einer der Festgäste begriff, was geschah.

Die Monster-Rocker jagten über die leere Tanzfläche und fuhren genau auf die Reihen zwischen den langen Tischen zu.

Vorn am Podium hatten die Musiker noch nicht bemerkt, was geschehen war. Sie spielten weiter, bis der Motorenkrach ihre Musik übertönte.

Jenny Sheer saß am Ende der Tischreihe. Sie war genau wie die anderen aufgesprungen.

Ein Rocker – es war Stiletto – fegte auf das schreckensstarre Girl zu.

Jenny kam nicht mehr dazu, auszuweichen. Sie sah den grellen Lichtkegel und einen kompakten Schatten dahinter, der ihr so groß wie ein urweltliches Ungeheuer vorkam.

Dann traf ein mörderischer Schlag ihre linke Hüfte.

Von der Wucht des Stoßes wurde Jenny quer über den Tisch katapultiert. Sie riß mit ihrem Körper einige Gläser um, prallte an der anderen Seite gegen zwei Stühle und fiel wimmernd zu Boden.

Die anderen Menschen waren zur Seite gesprungen, um nicht von Jenny umgestoßen zu werden.

Und die Höllenfahrt der Monster-Rocker ging weiter. Inzwischen hatten auch die letzten Besucher gemerkt, was die Stunde geschlagen hatte.

Blitzartig breitete sich Panik aus.

Ein Schrei aus über hundert Kehlen jagte gegen das hohe Zeltdach. Viele Menschen sprangen auf die Tische, um sich vor den rasendem Rockern in Sicherheit zu bringen.

Die drei Teufelsdiener machten ihrem Namen wirklich alle Ehre.

Sie hatten die Scheinwerfer ausgeschaltet. Und jetzt waren ihre gräßlichen Schädel deutlich zu sehen.

Der Anblick steigerte die Hysterie der Menschen bis an die Grenze des Erträglichen. Einige Frauen wurden ohnmächtig.

Und immer noch jagten die Monster-Rocker zwischen den Stuhlreihen auf und ab. Einer fuhr dicht an der langen Bar entlang und räumte dort Flaschen und Gläser ab.

Ein unheimliches Leuchten ging von den beinernen Schädeln aus. Die Münder in den Totenschädeln klafften weit auf, und das schaurige Heulen klang wie ein Trompetenstoß aus der Hölle.

Soccer jagte hinter das Podium und stoppte dort. Er sprang von seiner Maschine und hetzte die beiden Stufen hoch.

Panikartig flohen die Musiker. Sie ließen die Instrumente einfach zu Boden fallen.

Stiletto hatte sich inzwischen vor den Eingang gestellt, so daß niemand herein oder hinaus konnte. Er hielt keine Waffe in der Hand, aber allein schon sein Anblick reichte aus, um Fluchtgedanken gar nicht erst aufkeimen zu lassen.

Skipper hatte das Tempo gedrosselt, fuhr jedoch weiter durch die engen Gänge. Einige Männer zerrten hastig drei ohnmächtig gewordene Frauen zur Seite, damit sie nicht von dem gnadenlosen Teufel überfahren wurden.

Langsam kehrte Ruhe ein. Der erste heiße Schreck war überwunden. Jetzt lag die Angst wie ein riesiges Tuch über dem Festzelt.

Was wollten diese Monster? War alles nur ein übler Scherz? Einige Leute erinnerten sich, daß sie die Rocker schon hatten in den Ort fahren sehen. Waren sie zurückgekehrt, um jetzt ihre grausamen Spiele zu treiben?

Niemand ahnte, daß die Rocker nicht maskiert waren. Daß die Totenschädel durch dämonischen Einfluß entstanden und lebendig waren wie das Gesicht eines normalen Menschen. Diese Rocker konnten sehen und fühlen wie normale Personen – nur konnte man sie nicht töten. Wenigstens nicht mit normalen Mitteln. Sie waren durch die Verwandlung ihrer Köpfe schon gestorben und lebten nur durch einen unheilvollen dämonischen Geist.

Aber das konnte niemand im Zelt wissen. Auch nicht der

Bürgermeister. Denn er war es, der sich als erster faßte. Außerdem mußte er mit gutem Beispiel vorangehen.

Mutig trat der Bürgermeister vor.

Es war ein noch relativ junger Mann. Wenigstens für diesen Posten. Er war knapp über vierzig und erst seit einem Jahr im Amt.

Kurz vor dem Podium blieb er stehen. Er mußte den Kopf heben, um den Monster-Rocker ansehen zu können.

Scheußlich glotzten ihn die Augenhöhlen an, und der Bürgermeister vermeinte, tief im Innern ein gefährliches Glühen zu sehen. Und plötzlich war der Mann gar nicht mehr so sicher, hier einen verkleideten Rocker vor sich zu haben. Er brauchte sich nur den Schädel anzusehen, der mit dem Hals des Rockers verwachsen war.

Angst überfiel den Bürgermeister, doch zurück konnte er beim besten Willen nicht mehr.

»Was wollt ihr?« fragte er und bemühte sich, seiner Stimme einen festen Klang zu geben.

Der Monster-Rocker streckte den Arm aus. Die Hand steckte in einem schwarzen Stulpenhandschuh. Das dunkle Leder glänzte im Licht der Scheinwerfer.

»Rache wollen wir«, sagte der Monster-Rocker. »Rache an denjenigen Familien, die damals den Dämon töten wollten. Du!« Er schwenkte den Arm ein Stück zur Seite und zeigte auf einen schon älteren Mann. »Sag mir die Namen!«

Der Mann erstarrte vor Angst und Grauen. Er trug eine Uniform mit vielen Orden, doch jetzt war er nur ein Häufchen Elend.

»Ich warte nicht lange!«

Skipper hatte die Szene genau beobachtet. Er gab etwas mehr Gas und fuhr auf den Mann zu. Ehe der sich versah, hatte ihn Skipper am Kragen gepackt, hochgerissen und gegen das Podium geschleudert.

Verzweifelt schnappte der Mann nach Luft.

»Ich will die Namen wissen!«

Der Bürgermeister hob den Arm. »Ich werde sie dir sagen.« Er hatte sich dazu entschlossen, weil er sah, daß der alte Mann nicht mehr in der Lage sein würde, zu antworten.

»Gut. Rede!«

Der Bürgermeister überlegte einen Augenblick. Er mußte sich erst an die alten Chroniken erinnern.

Die Geschichte damals war in den Kirchenbüchern aufgezeichnet worden, und praktisch jeder Einwohner hatte sie gelesen. Sechs mutige Männer waren ausgezogen und hatten den Dämon vernichtet. Jedenfalls hatten sie das geglaubt.

Sechs Männer, die auch Familien hatten. Diese Familien hatten wieder Kinder gezeugt. Generationen hatten sich abgewechselt. Und heute?

Mit leiser Stimme zählte der Bürgermeister die Namen auf, die der Monster-Rocker auf dem Podium jeweils wiederholte.

Und er hatte Glück.

Jeweils ein Mitglied der aufgerufenen Familien war im Zelt anwesend. Und es war immer ein Mann.

Die Männer mußten vortreten und sich neben dem Podium aufbauen.

Fünf waren es zum Schluß.

»Wo ist der sechste?« dröhnte die Stimme des Rockers.

Der Bürgermeister gab sich einen innerlichen Ruck. »Diese Familie ist schon vor langer Zeit ausgezogen.«

»Wohin?«

»Nach London.«

Der Rocker stieß ein bellendes Lachen aus. »Wenn es nicht stimmt, werden wir kommen und dich holen. Das gleiche geschieht, wenn du versuchst, diesen Mann zu warnen. Ich hoffe, das hat jeder gehört. Wir werden uns den Verfluchten holen, damit der Dämon seine Rache vollenden kann. Sollte er jedoch in London nicht zu finden sein, werden es die Menschen in diesem Ort büßen. Wie lautete der Name des Mannes?«

»Conolly. Bill Conolly!«

Dave Lipton riß sich mit einer blitzschnellen Bewegung los. »Ich muß ins Zelt!« schrie er und wollte wegrennen.

Tom Tarras reagierte blitzartig. Aus dem Stand hechtete er Dave in den Rücken.

Gemeinsam gingen sie zu Boden. Dave wollte wieder hoch, doch Tarras' Tricks war er nicht gewachsen.

»Hör zu!« keuchte der Rockerboß, der über dem Polizisten lag und dessen Handgelenke umklammert hielt. »Du kannst da nicht rein. Jetzt nicht. Das sind Monster, Dämonen. Die warten nur darauf, daß du dich ihnen in den Weg stellst! Wir müssen so schnell wie möglich von hier verschwinden.«

»Aber meine Verlobte!« stöhnte Dave.

»Ihr passiert schon nichts. Die Kerle sind vielmehr auf mich scharf. Also reiß dich jetzt zusammen.«

Dave Lipton wußte überhaupt nicht, was er denken sollte. Alles war zu plötzlich geschehen. Wie ein Sturmwind war das Grauen über ihn hinweggefegt.

Tom ließ Dave Lipton los.

Ächzend erhob sich der junge Polizist. Dabei fiel sein Blick auf die beiden Kassierer, die am Boden lagen.

»Himmel, sie sind doch nicht . . .«

»Nein, sie leben noch«, erwiderte Tarras. »Sie haben Glück gehabt.«

Dave lehnte sich gegen die Zeltwand. »Aber was sollen wir denn jetzt tun? Ich bin selbst Polizist. Und ich . . .«

Tarras lachte auf. »Ein Bulle. Daß mir das auch noch passieren mußte. Hast du das gehört, Ginny?«

»Das ist doch jetzt egal, Tom. Bitte, laß uns von hier wegfahren.«

»Was meinst du, was ich vorhabe.« Tarras wandte sich wieder an Dave. »Hast du einen Wagen? Ich kann dich nicht mit auf meine Maschine nehmen.«

Der junge Polizist nickte. »Aber wo wollen wir hinfahren?«

»Am besten nach London. Da kann man sich wenigstens verstecken.«

»Aber sie werden uns verfolgen.«

»Laß nur. Ich kenne da einige Kameraden, die auch mit denen fertigwerden. Ich bringe fünfzig Leute auf die Beine.«

Dave Lipton schüttelte den Kopf. »Ich glaube kaum, daß du es auf diese Art schaffst.«

»Hast du eine bessere Idee?«

»Ja. Sie ist mir gerade eingefallen. Es gibt beim Yard einen Mann, der Spezialist für solche Dinge ist. Er ist übrigens der jüngste Oberinspektor bei uns. Der ist genau richtig.«

»Bist du davon wirklich überzeugt?«

»Ja. Wenn es einer schaffen kann, dann nur John Sinclair.«

Die Drohung der Monster-Rocker lag wie eine unsichtbare Wolke über dem Festzelt.

Doch am schlimmsten waren die fünf Männer betroffen. Sie gehörten schon zur älteren Generation, kannten zwar die Geschichte ihrer Vorväter, wußten jedoch nicht, was jetzt mit ihnen geschehen sollte.

Und die Ungewißheit trieb die Angst in ihnen hoch. Man wich ihren Blicken aus, als schämten sich die Menschen wegen ihres schlechten Gewissens.

Tote hatte es zum Glück nicht gegeben.

Soccer, der Monster-Rocker auf dem Podium, sprang leichtfüßig die Stufen hinunter. Sein beinerner Schädel war starr auf die fünf Gefangenen gerichtet.

»Ihr werdet mitkommen«, sagte der Höllenbote. »Mit zu dem Grab des Dämons, um dort auf den sechsten Mann zu warten. Geht jetzt!«

Die Männer drehten sich um. Kreidebleich waren ihre Gesichter und von einer klebrigen Schweißschicht überzogen.

Der Bürgermeister wollte noch etwas sagen, unterließ es aber dann, weil ihm nicht die richtigen Worte einfielen. So wandte auch er sich ab und überließ die fünf Opfer ihrem Schicksal.

Soccer schwang sich wieder auf seine Maschine. Noch einmal wandte sich der Schädel dem Bürgermeister zu. »Vergiß es nicht! Keine Polizei. Das Dorf würde es nicht überleben. Der Dämon will nur seine Rache. Sechs Opfer braucht er, um weiterleben zu können.«

Der Rocker lachte gellend und fuhr weiter.

Die fünf Männer ergaben sich mutlos in ihr Schicksal. Noch hielten sie sich überraschend gut.

Doch dann kam es zu einem Zwischenfall. Sie hatten etwa die Hälfte des Zeltes durchquert, als plötzlich ein junger Mann aufsprang und sich mit einem gewaltigen Sprung auf Stiletto stürzte.

Der Monster-Rocker wurde von der Maschine gefegt und fiel mit dem Rücken zuerst auf den Holzboden. Das Motorrad – eine BSA 600 – fuhr weiter. Genau in die kleine Bar an der Seite hinein. Es splitterte und krachte. Die Maschine fiel um. Der Motor röhrte, und die Räder drehten sich weiter.

Alles war blitzschnell gegangen, doch noch schneller folgte der nächste Angriff des jungen Mannes.

Ein Messer blitzte in seiner Rechten.

Er heulte auf und jagte Stiletto das Messer mit voller Wucht zwischen die Rippen.

Der Rocker zuckte hoch. Bis zum Heft war die Scheide in seinen Leib gedrungen, doch kein Tropfen Blut quoll aus der Wunde.

Jetzt ging Stiletto zum Gegenangriff über. Mit einer knappen Handbewegung schleuderte der den Angreifer von sich und sprang auf die Beine.

Entsetzen packte die Menschen. Jeder hatte gesehen, wie das Messer in Stilettos Leib gedrungen war, und jetzt stand dieser Höllenhund auf einmal unverletzt vor ihnen.

Unbegreiflich!

Aber schon hatte Stiletto sein Messer in der Hand. Nicht umsonst trug er seinen Spitznamen.

Mit zwei schnellen Schritten drängte er den Angreifer zurück.

Dieser stand noch völlig unter dem Schock. Wie ein Stück glühendes Eisen ließ er sein Messer fallen.

Da schnellte Stilettos Arm vor. Die Bewegung war so schnell und blitzartig geschehen, daß sie keiner der Anwesenden mit den Augen verfolgen konnte.

Der junge Mann preßte plötzlich beide Hände auf die Brust. Ein röchelnder Schrei drang aus seiner Kehle, während er langsam zusammensackte. Verkrümmt blieb er am Boden liegen.

Stiletto ließ sein Messer verschwinden. »Es sollte als Warnung genügen«, sagte er. »Kennt einer von euch diesen Typ?«

Die schrecklichen Augen in Stilettos Totenkopf schienen jeden einzelnen bis in die Tiefe seiner Seele zu durchforschen.

Es war wieder der Bürgermeister, der antwortete. »Ja, es war der Sohn des Mannes, den ihr vorhin zusammengeschlagen habt und der an meiner Stelle antworten sollte.«

Der Bürgermeister beugte sich zu dem Mann nieder und drehte ihn auf den Rücken.

»Er ist tot«, sagte der Bürgermeister.

Stiletto hob die Schultern.

Der Bürgermeister stand langsam auf. Fest blickte er den bleichen Totenschädel an. »Ich weiß, daß ihr im Augenblick stärker seid, aber eins schwöre ich euch. Für diesen Mord werdet ihr büßen. Die Hölle bleibt nicht immer Sieger. Und ich verfluche dich und deine Kumpane bis in alle Ewigkeiten!«

Die Stimme des Bürgermeisters hatte sich bei den letzten Worten gesteigert. Wie ein Gewitterdonner hallte sie durch das Zelt und erreichte selbst den letzten Winkel.

Die Menschen hielten den Atem an. Zwei, drei Sekunden geschah nichts, dann sagte Soccer: »Wir gehen!«

Stiletto hob seine Maschine auf und schwang sich in den Sattel. Unbeirrt setzten die Monster-Rocker ihren Weg fort und waren wenig später in der Dunkelheit der Nacht untergetaucht.

Erst jetzt löste sich die Erstarrung der Festgäste. Alles schrie durcheinander. Vorwürfe wurden laut, daß man sich nicht gegen die Rocker gewehrt hatte.

Doch das nutzte nun niemandem mehr. Das Grauen hatte einen Sieg errungen.

Man kümmerte sich um die Verletzten. Jenny Sheer hatte den Zusammenprall gut überstanden. Bis auf stechende Schmerzen in der Hüfte war sie okay.

Immer wieder fragte sie nach ihrem Verlobten, doch Dave Lipton war nirgends aufzutreiben.

Gerüchte entstanden. Einige wollten wissen, daß Dave aus lauter Angst davongelaufen sei. Andere meinten wiederum, daß er sich auf den Weg zur Höhle gemacht habe, um dort den Kampf aufzunehmen. Doch niemand ahnte die wahren Zusammenhänge.

Den beiden Kassierern ging es schlechter als Jenny Sheer. Sie waren noch nicht bei Bewußtsein. Man nahm an, daß sie innere Verletzungen erlitten hatten. Ein Krankenwagen brachte die Männer in das nächste Hospital.

Unterdessen befanden sich die Rocker mit ihren Opfern bereits auf dem Weg zur Höhle.

Die Höllenboten saßen auf ihren Maschinen und trieben die Männer vor sich her. Wenn jemand das eingeschlagene Tempo nicht mithalten konnte, wurde er brutal angetrieben.

Es war eine dunkle Nacht. Nicht mal der Mond stand am Himmel. Große Wolkenberge verdeckten die Sterne. Es war kühler geworden, und der Seewind erfrischte die erhitzten Gesichter.

Schaurig glühten die Augenhöhlen in den Totenschädeln. Die Monster-Rocker schienen im Dunkeln sehen zu können wie Katzen.

Dann war die Höhle erreicht.

Mit Schrecken sahen die Geiseln, daß das große Holzkreuz zerstört worden war. Zerbrochen lag es auf dem Boden. Auch der Eingang zum Grab war freigelegt worden.

Angstschauer jagten den Menschen über den Rücken, als sie in die stockfinstere Höhle getrieben wurden.

Unwillkürlich verlangsamten sie ihre Schritte. »Nein«, flüsterte einer, »das könnt ihr nicht machen, das . . .«

Ein harter Stoß trieb ihn weiter voran.

Die Rocker saßen noch immer auf ihren schweren Maschinen. Sie hatten jetzt die Scheinwerfer angeschaltet, und die breiten Lichtspeere vertrieben die Finsternis aus dem schrecklichen Gewölbe.

Schon konnte man die Gitter sehen.

Die Monster-Rocker lachten. »Dort ist euer Gefängnis!«

Plötzlich erfüllte ein schreckliches Stöhnen die Höhle. Es war so grausam und gräßlich, daß es nicht von einem Menschen stammen konnte.

Der Dämon hatte es ausgestoßen!

Eine schreckliche Gestalt klammerte sich an die Gitterstäbe. Es war ein unförmiges Etwas, verbrannt und zerstört vor Jahrhunderten, aber doch noch von einem satanischen Leben besessen.

Der Dämon sah die Opfer. Ein Triumphgeschrei drang aus seinem Maul. Jetzt endlich war die Zeit der Rache da! Die Nachkommen der sechs Männer, die ihn damals hier begraben hatten, waren nun in seiner Hand.

Er würde sie töten!

Die Monster-Rocker trieben ihre Geiseln gegen das Gitter. Zwei Männer brachen beim Anblick des Dämons zusammen und wurden ohnmächtig.

Der Dämon fuhr zurück.

Er hatte nur fünf Opfer gezählt.

Ein gräßlicher Wutschrei ließ die Höhle in ihren Mauern erzittern.

»Es waren sechs!« brüllte das Ungeheuer und wand sich wieder unter Schmerzen. »Wo ist der sechste?«

Soccer redete. »Die Familie wohnt nicht mehr in Scalford. Schon die Urgroßeltern des Mannes sind nach London gezogen. Wir werden hinfahren und auch ihn holen.«

»Ja, fahrt. Aber schnell. Die Schmerzen, sie fressen mich auf. Ich kann es nicht mehr lange aushalten.«

Es war tatsächlich so. Über Jahrhunderte hinweg hatte sich der Dämon mit den fürchterlichen Wunden, die damals das Weihwassser verursacht hatte, herumgequält. Nie waren die Wunden verheilt. Nur sechs Opfer konnten den Dämon retten. So wollte es die Schwarze Magie. Mit diesen fünf Geiseln konnte er nichts anfangen. Im Gegenteil, er mußte weiter leiden und die Schmerzen ertragen.

»Los, legt euch hin!« befahl Soccer.

Wer nicht sofort gehorchte, wurde kurzerhand zu Boden gestoßen. Handschellen blinkten. Die Rocker hatten so etwas immer bei sich. Sekunden später waren die fünf Opfer an die Gitterstäbe gekettet. Und zwar so, daß sie immer den Dämon ansehen mußten.

Soccer lachte. »Noch habt ihr eine Galgenfrist. Aber in der nächsten Nacht werden wir zurückkommen und das sechste Opfer bringen. Dann ist euer Schicksal entschieden.«

Die Monster-Rocker drehten ihre Maschinen und fuhren wieder zurück.

Stockfinster wurde es.

Und in dieser Dunkelheit lagen fünf wehrlose Menschen. Sie waren dem Dämon ausgeliefert. Wenn nicht ein Wunder geschah, waren sie rettungslos verloren . . .

Dave Lipton hatte Tom Tarras überreden können, mit dem Wagen zu fahren.

Dave hatte sich vor drei Monaten einen wendigen Morris zugelegt. Der Wagen war zwar klein, aber drei Personen fanden darin immer Platz.

Dave fuhr, Tom Tarras hockte auf dem Beifahrersitz, und Ginny saß hinten im Fond.

Die jungen Leute sprachen kaum ein Wort. Aber man sah Tarras' Gesicht an, mit welchen Gedanken er sich beschäftigte.

Ginny war ebenfalls schweigsam. Sie blickte starr aus dem Fenster. Zu tief saß der Schock in ihren Knochen.

Zum Glück waren die Straßen um diese Zeit leer, und so konnte Dave aufdrehen.

Im Osten tauchten schon die Lichter der ersten Londoner Vorstädte auf.

»Wir haben es gleich geschafft«, preßte Dave zwischen zusammengebissenen Zähnen hervor.

Tarras gab keine Antwort. Er war zu sehr mit seinen Rachegedanken beschäftigt.

Verfolgt wurden sie nicht. Dave hatte genau darauf geachtet. Er machte sich nur Sorgen um Jenny. Immer wieder fragte er sich, ob es richtig gewesen war, Jenny allein zurückzulassen. Doch ändern konnte er seinen Entschluß nicht mehr. Er mußte es durchstehen.

Es war vier Uhr morgens, und die ersten Arbeitskolonnen der Stadtreinigung waren schon unterwegs.

»Willst du direkt zum Yard fahren?« fragte Tom Tarras. Es war der erste Satz, den er nach langem Schweigen endlich hervorbrachte.

»Ja.«

Tarras lachte. »Glaubst du denn, daß dein Oberinspektor zu dieser Zeit schon auf den Beinen ist? Der liegt noch im Bett und träumt von Monstern.«

»Und wenn schon. Dann werden wir ihn eben wecken.«

»Da bin ich mal gespannt.«

Sie fuhren bereits durch die Londoner Innenstadt, und wenig später tauchte das Gebäude von New Scotland Yard vor ihnen auf.

Hinter vielen Fenstern des Hochhauses brannte Licht. Es gab keine Pause, keinen Leerlauf. Hier wurde oft die Nacht zum Tag gemacht, denn Gangster und Ganoven halten sich nicht an feste Arbeitszeiten.

Für Dave war es immer ein imponierender Anblick, diesen Bau zu sehen. Er war jedesmal stolz darauf, dem Gesetz dienen zu können.

Einen Parkplatz fanden sie schnell. Tarras wollte erst mit Ginny im Wagen bleiben, doch Dave überredete die beiden, ihn zu begleiten.

Die Halle war groß und modern. An der Anmeldung saßen zwei Personen. Allerdings herrschte jetzt um diese Stunde wenig Betrieb.

Dave Lipton übernahm das Reden. Er zeigte seine Dienstmarke und äußerte den Wunsch, Oberinspektor Sinclair zu sprechen.

Der Nachtdienstbeamte hob die Schultern. »Tut mir leid, Kollege, aber Oberinspektor Sinclair ist hier nicht zu erreichen.«

»Dann rufen Sie ihn zu Hause an.«

Der Beamte blickte auf seine Uhr. »Können Sie nicht noch einige Stunden warten?«

»Nein, zum Teufel, das kann ich nicht. Es geht um Leben oder Tod.«

»Tja, wenn das so ist.« Der Beamte überlegte und meinte dann: »Ich gebe Ihnen erst mal Inspektor Wilson. Er ist heute unser Nachtdienstleiter. Soll der entscheiden.«

Wilson erschien drei Minuten später. Es war ein im Dienst ergrauter Beamter, der kurz vor der Pensionierung stand. Er hatte Tränensäcke unter den Augen und einen leidenden Zug um beide Mundwinkel.

Wilson bat die drei Leute in sein Büro. Aus einem Automaten konnten sie sich Kaffee holen. Die Pappbecher waren glühend-heiß. Als Wilson den Grund hörte, weshalb Dave Lipton John Sinclair sprechen wollte, reagierte er sofort.

»Sie brauchen gar nicht weiterzusprechen, junger Mann. Ich werde Oberinspektor Sinclair anrufen.«

Johns Telefonnummer hatte man in der Zentrale.

Wilson sprach ein paar Worte mit seinem Kollegen und legte dann auf.

»Sie haben Glück gehabt. Oberinspektor Sinclair wird bald hier sein. Sie können solange draußen warten. Dort ist eine Bank.«

Die drei gingen wieder hinaus. Dave blickte auf seine Uhr. »Jetzt haben wir hier schon bald eine Stunde vertrödelt.«

Tom Tarras lachte. »Hältst du immer noch so viel von deinem Yard?«

»Du wirst lachen – ja. Schließlich kennst du Inspektor Sinclair noch nicht.«

Natürlich war John Sinclair nicht gerade begeistert, als in dieser frühen Morgenstunde das Telefon schrillte. Der Oberinspektor hob nach dem vierten Läuten ab.

Eine Minute später war er hellwach. Sein Kollege Wilson erzählte irgend etwas von drei Personen, die sich mit Monstern herumgeschlagen hätten. So konfus der Bericht auch war, John

Sinclair sprang jedoch darauf an wie eine Zündkerze beim Start des Motors.

»Ich bin in spätestens einer halben Stunde da«, sagte John und jumpte schon aus dem Bett.

Eine intensive Dusche – mal heiß, mal kalt – brachte ihn wieder in Form. Mit dem Elektrorasierer mähte sich der Oberinspektor die paar Bartstoppeln aus dem Gesicht und sprang dann in seinen Anzug.

John Sinclair war tatsächlich der richtige Mann für diesen Fall. Er war inzwischen schon eine lokale Berühmtheit beim Yard geworden. Alle Fälle, die ins Übersinnliche spielten, lagen bei John in der richtigen Hand. Das bewies schon die hundertprozentige Erfolgsquote.

John hatte gegen eine Welt zu kämpfen, die oft jenseits des normalen Verstandes lag. Er hatte erfahren müssen, daß es Vampire, Werwölfe und Monster tatsächlich gab und daß man sie nicht als billige Phantasieprodukte abtun konnte. Nur stand er mit seiner Meinung so ziemlich allein da. Berichte über die Fälle, die er gelöst hatte, gelangten nie an die Öffentlichkeit. Sie verschwanden in den Tresoren von Scotland Yard. Und das war gut so, wollte man Panik und Angst in der Welt vermeiden.

John Sinclair war kein Exorzist. Er kannte jedoch keinen Pardon, wenn es darum ging, das Böse in der Welt zu bekämpfen. Unterstützung fand er oft bei seinem Freund Bill Conolly, einem freien Reporter und Millionär, der es sich ebenfalls zur Aufgabe gemacht hatte, Dämonen und Geister zu jagen. Dies allerdings sehr zum Leidwesen seiner jungen hübschen Frau.

John war nicht verheiratet. Er war knapp über dreißig und zu dem Entschluß gelangt, daß für eine Frau das Leben an seiner Seite zu gefährlich war. Das hieß allerdings nicht, daß er den Freuden des Lebens abgeneigt gewesen wäre. Im Gegenteil. John Sinclair ließ nichts anbrennen. Momentan hatte er eine Freundin namens Jane Colllins. Jane war Privatdetektivin, und John hatte sie auf der Hochzeit der Vampire kennengelernt und sie aus den Klauen eines Ungeheuers befreit.

John fuhr noch mit dem Kamm durch sein kurzgeschnittenes blondes Haar und band sich die Halfter für seine Pistole um. Es war eine mit geweihten Silberkugeln geladene Waffe. Sie hatte John schon manch guten Dienst erwiesen.

Der Bentley des Oberinspektors stand unten in der Tiefgarage. Der Wagen war silbergrau metallic und John Sinclairs großes Hobby. Um diese Zeit war in der Garage noch nichts los. Die Wohlstandsschlitten standen alle noch in den Boxen.

Die Fahrt zum Yard hatte John Sinclair schnell geschafft. Der Beamte an der Anmeldung sagte ihm, daß Inspektor Wilson schon auf ihn warte.

John bedankte sich und fuhr mit dem Lift nach oben.

Wilson kam ihm auf dem Gang entgegen. Die beiden Männer verstanden sich nicht besonders. Wilson war ein konservativer Beamter, der von Johns Methoden nichts hielt. Außerdem ärgerte er sich, daß John bereits Oberinspektor war.

»Die drei warten draußen«, sagte Wilson und verzog das Gesicht. »Also, wenn Sie mich fragen – ich schätze, es sind Spinner. Einer heißt Dave Lipton und ist übrigens Polizeibeamter.«

»Dann holen Sie die ›Spinner‹ mal her«, sagte John. »Wir werden in mein Büro gehen und dort den Fall besprechen.«

»Falls es ein Fall wird.«

»Das lassen Sie mal meine Sorge sein.«

Die beiden Beamten gingen nach draußen. Dave Lipton, Tom Tarras und Ginny warteten noch immer. Ginny war dabei eingeschlafen. Ihr Kopf ruhte auf Toms Schulter.

Inspektor Wilson verschwand in seinem Büro, und John ging auf die drei zu.

»Ich bin Oberinspektor Sinclair«, sagte er.

In Dave Liptons Augen leuchtete es auf. »Ein Glück«, sagte er nur und lächelte, während Tarras weiterhin mißtrauisch blieb.

»Wenn Sie die Dame wecken, können wir in mein Büro gehen«, sagte John. »Dort sprechen wir dann alles in Ruhe durch.«

Etwa zur selben Zeit, als die drei jungen Leute das Yard Building erreichten, summte in einem repräsentativen Bungalow am südlichen Londoner Stadtrand das Telefon.

Bill Conolly hörte es trotz seines tiefen Schlafs sofort. Mit einer wütenden Bewegung wälzte er sich im Bett herum, verfehlte den Hörer beim ersten Zugriff und schaffte es aber doch noch.

»Ja?« brummte der Reporter.

152

Nichts geschah. Keine Antwort.

»Verdammt noch mal«, knurrte Bill, »wenn das ein Scherz sein soll, dann ist es ein verdammt schlechter.«

Bill hatte kaum ausgesprochen, da hörte er hastige Atemzüge. Kurz danach ein irres, kicherndes Lachen. Dann war die Verbindung auf einmal unterbrochen.

Nachdenklich legte der Reporter den Hörer auf die Gabel. Eine steile Falte kerbte seine Stirn. Bill schaute auf die Uhr. Vier Stunden nach Mitternacht. Eigentlich zu früh, um aufzustehen. Aber auch zu früh für derartige Scherze.

»Wer war das, Bill?«

Bill fluchte innerlich. Verdammt, jetzt war Sheila auch noch wach geworden.

Der Reporter rollte sich auf die Seite. »Beruhige dich, Darling. Eine falsche Verbindung.«

»Nein, Bill, dafür hat das Gespräch aber ziemlich lange gedauert. Was ist also wirklich geschehen? Komm, lüg mich nicht an.«

Bill Conolly kannte seine Frau und deren Hartnäckigkeit. »Irgendein Verrückter hat angerufen. Erst hörte ich ihn nur atmen, dann hat er gekichert und aufgehängt.«

Sheila tastete nach Bills Arm. »Du steckst doch nicht wieder in einem Fall drin, Bill? Du hast mir versprochen . . .«

»Nein, ganz bestimmt nicht. Schließlich will ich mein erstes Buch fertig kriegen. Da können mir diesmal Geister und Dämonen gestohlen bleiben. Und jetzt denk nicht weiter darüber nach, sondern schlaf noch ein paar Stunden.«

»Ist gut, Bill, entschuldige«, sagte Sheila sanft, hauchte ihrem Mann einen Kuß auf die Wange und befand sich schon wenig später wieder in Morpheus' Armen.

Im Gegensatz zu Bill Conolly. Ihn hatte der Anruf mehr beunruhigt, als er zugeben wollte . . .

»Mein Büro ist zwar nicht gerade komfortabel, aber für unsere Zwecke reicht es«, sagte John Sinclair und besorgte noch zwei Stühle.

Der Oberinspektor hatte eine Art an sich, die auch Tarras' Misstrauen schwinden ließ. Solch einen ›Bullen‹ hatte er noch nie kennengelernt, und auch Ginny fand den Kriminalisten äußerst sympathisch.

»Ich glaube, einen Schluck könnten wir jetzt alle vertragen«, sagte John, bückte sich und holte aus dem linken Schreibtischfach eine noch fast volle Flasche Whisky. Gläser hatte er auch. Nach dem ersten tiefen Schluck kam man dann zur Sache. Tom Tarras wollte erzählen.

»Alles fing mit der Idee an, einmal Weekend auf dem flachen Land zu verbringen. Das war gestern.«

Nun berichtete Tarras von Anfang an. Er ließ nichts aus und beschönigte auch nichts. Er konnte es sich selbst nicht erklären, aber irgendwie imponierte ihm dieser John Sinclair.

Der Oberinspektor war ein geduldiger Zuhörer. Er stellte auch keine Zwischenfrage.

Schließlich hatte Tarras seinen Bericht beendet. Abwartend blickte er John an. »Sie lachen mich ja gar nicht aus, Oberinspektor.«

»Warum sollte ich?«

»Nun, also . . .« Tarras wurde verlegen.

»Sie meinen, daß es so etwas nicht geben kann, was es nicht geben darf. Machen Sie sich von dieser Vorstellung völlig frei. Wir haben es hier mit Mächten zu tun, die keinen irdischen Gesetzen unterliegen. Nein, nein, ich nehme Ihnen die Geschichte schon ab, Tom. Aber mich würde noch die Vergangenheit interessieren. Das Kreuz stand ja nicht zum Spaß dort. Wer hat es aufgestellt und warum genau?«

»Da kann ich Ihnen wohl behilflich sein, Oberinspektor«, sagte Dave Lipton. »Ich weiß so einiges über die Vergangenheit von Scalford, und dort wird auch der Schlüssel für das übrige Geschehen liegen.«

Dave Lipton erzählte, was er von seinen Eltern und auch Großeltern gehört hatte. Es war kein Geschwafel dabei. Der junge Polizist war es gewohnt, sich klar und präzise auszudrücken.

Langsam konnte sich John Sinclair ein genaues Bild von der Sache machen.

»Ich danke Ihnen, Dave«, sagte er zum Schluß. »Bleibt nur noch die große Frage offen, was die drei Monster jetzt vorhaben. Es ist klar, daß sie nicht aus eigenem Antrieb handeln. Dieser Dämon wird sie leiten. Er will seine Rache. Und wie ich die Sache sehe, haben Ihre drei ehemaligen Kumpane ja schon angefangen. Was sich in dem Festzelt abgespielt hat, das bleibt immer noch die große Frage.« Nachdenklich zündete sich John eine Zigarette an. »Unser Vorteil ist, daß noch nicht viel Zeit vergangen ist. Wir können nach Scalford fahren und den Dämon töten.«

»Wie wollen Sie das denn machen?« fragte Tom Tarras.

John lächelte. »Ich habe da so meine Spezialmethoden, keine Angst. Es gibt gewisse Waffen, denen auch ein Dämon nicht gewachsen ist. Man muß sie nur kennen.«

»Das hört sich schon gut an«, meinte Tarras. »Das heißt aber auch, daß Sie Soccer, Stiletto und Skipper umbringen müssen.«

»Nicht unbedingt«, widersprach John. »Es kann sein, daß durch den Tod des Dämons die drei Menschen erlöst werden. Die Chancen stehen fünfzig zu fünfzig.«

»Und wenn sie schon gemordet haben?« fragte Dave Lipton leise.

»Können wir sie nicht zur Rechenschaft ziehen, da sie für ihre Taten nicht verantwortlich waren. Sie sehen, wie gut es ist, daß Sie schnell gekommen sind. So befindet sich der Fall noch im Anfangsstadium.« John stand auf. »Wir fahren mit meinem Wagen.«

»Und was wird mit Ginny?« fragte Tom Tarras.

Das Girl sprang auf und klammerte beide Arme um Tarras' Nacken. »Ich fahre mit.«

»Nein«, sagte John Sinclair. »Es wäre zu gefährlich für Sie. Sie müssen untertauchen, Ginny.«

Ginny wandte John ihr Gesicht zu. Die Tränen hatten dicke Spuren in der Schminke hinterlassen. Auch die Augenschminke war verlaufen und hatte ein Muster aus schwarzen Strichen auf beide Wangen gezeichnet.

»Ich will aber jetzt nicht in meine Bude. Ich – ich habe Angst, verstehen Sie. Ich kann nicht allein bleiben.«

John Sinclair lächelte ihr beruhigend zu. »Das brauchen Sie auch nicht, Ginny. Für solche Fälle haben wir immer einige Verstecke bei guten Freunden.«

»Und wo wollen Sie mich hinbringen?« Ginny war noch immer mißtrauisch.

»In ein schönes Haus und zu einem besonders guten Freund. Er ist verheiratet, und seine Frau wird sich um Sie kümmern.«

Ginny senkte den Blick. »Meinetwegen. Wie heißt der Mann denn?«

»Bill Conolly!«

John Sinclair ahnte nicht, daß Ginny durch diesen Entschluß vom Regen in die Traufe geriet . . .

Die drei Monster-Rocker hatten alle Tricks angewendet und waren ungesehen nach London gelangt.

An der ersten Telefonzelle hatten sie angehalten und sich Bill Conollys Adresse aus dem Buch gesucht.

»Verdammt vornehme Gegend«, knurrte Soccer. »Der Kerl scheint Geld zu haben.«

Dann wählte er Bills Nummer.

Stiletto und Skipper warteten draußen vor der Zelle. Nach einer Minute war Soccer wieder bei ihnen.

»Er ist zu Hause«, sagte er. »Jetzt werden wir ihn uns schnappen.« Die Augen in dem gräßlichen Totenschädel leuchteten siegessicher. Die Rocker kannten nun keinen Pardon mehr. Der Geist des Dämons hatte völlig von ihnen Besitz ergriffen.

Noch hatte sie niemand gesehen. Die Monster-Rocker waren so schlau gewesen, nur Schleichwege zu fahren. Wenigstens innerhalb des Londoner Stadtgebietes. Und wer ihnen über den Weg gelaufen wäre, hätte wohl an einen vorbeirasenden Spuk oder eine Sinnestäuschung geglaubt.

Wieder dröhnten die Motoren auf. Der Himmel färbte sich langsam rot.

Die Sonne ging auf.

Für die Rocker wurde es Zeit, etwas zu unternehmen. Schließlich mußten sie noch nach Scalford zurück.

Soccer hatte die Führung übernommen. Die anderen hatten nichts dagegen gehabt. Schließlich war er der brutalste von ihnen.

»In zehn Minuten sind wir da«, sagte Soccer und gab seinem Feuerstuhl die Sporen.

Hintereinander jagten die Todesboten durch den anbrechenden Morgen.

Sie brachten das Grauen!

Als das Telefon zum zweitenmal innerhalb einer Stunde summte, war Bill Conolly ernstlich sauer.

»Verdammt noch mal, wer stört mich denn . . .?«

»Halt die Luft an, Junge.«

»Ach, du bist es, John. Himmel, seit wann rufst du bei anständigen Leuten mitten in der Nacht an. Schließlich . . .«

»Halt jetzt keine Volksreden«, unterbrach der Oberinspektor seinen Freund, »sondern hör mir zu.«

»Ich bin ganz Muschel«, meinte Bill.

John erzählte in drei, vier Sätzen.

»Aber sicher kannst du die Kleine bei uns unterbringen«, meinte Bill. »Ist sie wenigstens hübsch?«

»Laß das Sheila nicht hören.«

»Hat schon. Au, verdammt.« Sheila hatte ihrem Mann einen kräftigen Rippenstoß versetzt. »Okay, John, dann bis gleich.«

Bill legte auf und sprang aus dem Bett. »Aufstehen, du Schlafratte. Wir kriegen Besuch.«

»Hab's schon mitgekriegt. Eine junge Dame, was!«, sagte Sheila spitz.

»Jetzt tu aber nicht so«, sagte Bill und schlüpfte aus seiner Schlafanzughose.

Nackt ging er aus dem Schlafzimmer und betrat die kleine Dusche. Schon bald rauschten die Wasserstrahlen über seinen Körper. Fünf Minuten später sprang Sheila unter die Dusche.

Bill Conolly spürte indes, wie ihn die Erregung packte. Da lag wieder was in der Luft. Schließlich brachte ihm John so mir nichts dir nichts einen Schützling ins Haus. Worum es ging, das würde Bill noch herausfinden. Und er nahm sich vor, auch in diesem Fall mitzumischen.

Der Reporter konnte nicht ahnen, wie sehr er mit dem Fall konfrontiert werden sollte.

Der Bungalow der Conollys war großzügig angelegt und mit allem Komfort ausgestattet. Es gab hinter dem Haus einen Swimmingpool, ein Hallenbad, eine Sauna und ein Solarium. Bill schlüpfte in bequeme Hosen, zog sein Hemd über und ging in sein Arbeitszimmer.

Dieser Raum hatte – genau wie das riesige Wohnzimmer – eine große Panoramascheibe, durch die man in den Garten sehen konnte.

Das Gelände war künstlich angeschüttet worden und mit Rasen und Zierbäumen bepflanzt. Eine gewundene Auffahrt führte zum Haus hoch.

Bill wollte gerade Licht machen, als er zufällig nach draußen blickte.

Im selben Moment zuckte er zusammen.

Im Garten war jemand!

Deutlich hatte er eine Bewegung gesehen.

Bill Conollys Augen verengten sich. Im toten Winkel des Zimmers huschte er zum Fenster.

Vorsichtig peilte er nach draußen.

Es herrschte ein für die Augen unangenehmes Zwielicht. Aber Bill war sicher, daß er sich nicht getäuscht hatte.

»Bill?«

Das war Sheilas Stimme.

Der Reporter gab keine Antwort.

Kurz darauf hörte er die Schritte seiner Frau. »Also, Bill, ich finde es . . .«

Sheilas Schatten tauchte im Türrechteck auf.

»Bleib da!« zischte Bill Conolly.

Sheila zuckte erschrocken zurück.

»Was ist denn?«

»Jemand ist in unserem Garten.«

»Bist du sicher?«

»Ja, zum Teufel!«

Bill Conolly duckte sich und huschte zu seinem Schreibtisch. Aus der mittleren Schublade holte er eine Pistole hervor.

»Willst du nach draußen?«

»Und ob. Will doch mal sehen, wer unseren Garten mit einem Spielplatz verwechselt.«

In Sheilas Augen blitzte es ängstlich auf. »Paß nur auf, Bill.«

Der Reporter grinste. »Keine Angst. Wer mit Monstern fertig geworden ist, der schafft auch einen kleinen Einbrecher.«

Bill drückte sich an seiner Frau vorbei und blieb in der geräumigen Diele einige Sekunden stehen.

Durch das kleine Fenster peilte er nach draußen.

Gerade im richtigen Augenblick. Der Eindringling lief quer über den Rasen auf einen Zierbusch zu und verschwand blitzschnell dahinter.

Bill hatte nicht viel erkennen können. Er ahnte aber, daß es ein Mann war.

Leise schloß der Reporter die Haustür auf. Er drückte behutsam dagegen und schlich nach draußen.

Einen Herzschlag später verschmolz Bill Conolly mit dem Schatten der Hauswand.

Er hielt den Atem an.

Deutlich bewegten sich die Zweige des Gebüsches, hinter dem der Eindringling hockte.

Bill ging in die Hocke. Die Pistole hielt er längst in der Hand. Dann – mit drei schnellen langen Sprüngen – hatte er das Stück zwischen Haustür und Vorgarten überwunden. Wie ein Sprinter in seinen besten Tagen rannte Bill auf den bewußten Busch zu.

Etwa einen Meter vor dem Strauch stoppte er. Langsam hob er den Arm mit der Waffe.

»Komm raus!«

Die Zweige bewegten sich wieder. Etwas schimmerte hell wie ein verwaschener weißer Fleck.

Ein Gesicht?

Und dann hörte Bill Conolly das Lachen. Es klang hämisch, triumphierend und widerlich zugleich.

Plötzlich wurde dem Reporter klar, daß es kein normaler Einbrecher war, der dort hinter dem Strauch hockte. Daß der Bursche irgend etwas anderes im Sinn hatte.

Die Schritte hinter sich vernahm Bill, als es bereits fast zu spät war.

Der Reporter wirbelte herum.

Augenblicklich sprang ihn das Grauen an.

Auf dem Rasen stand ein Rocker mit einem Totenschädel. Gräßlich glühten die Augen in dem beinernen Gebilde. Das gefährliche Stilett in der Hand des Monsters blitzte.

Bill Conolly wußte etwas sicher. Sie waren hier, um ihn zu töten!

Und er schoß.

Die Pistole in seiner Hand bäumte sich auf. Hart klatschte die Kugel in die Brust des Monster-Rockers.

Von der Wucht des Geschosses wurde der Unheimliche zurückgeworfen und fiel auf den Rasen. Schon drehte sich Bill auf der Stelle.

Da stürzte ihm der andere entgegen. Und er hielt eine Fahrradkette in der rechten Hand.

Die Kette pfiff durch die Luft und wickelte sich um Bill Conollys rechten Arm.

Der Reporter stöhnte auf. Die Pistole wurde ihm mit einem ungeheuren Ruck aus den Fingern gefegt. Ein gemeiner Tritt traf Bill in den Magen und schleuderte ihn zu Boden.

Mit beiden Füßen zuerst sprang der Rocker auf ihn zu.

Im letzten Moment drehte sich Bill Conolly zur Seite. Die Absätze des Monster-Rockers pflügten neben ihm das Gras auf. Mit der linken Hand packte Bill die Beine des Unheimlichen.

Der Monster-Rocker verlor das Gleichgewicht, ruderte mit den Armen und fiel.

Aber schon war der Messerstecher wieder da.

Bill Conolly riß die Beine hoch.

Der Monster-Rocker segelte zurück. Bill rappelte sich auf. Er suchte seine Pistole, die er vorhin verloren hatte.

Vielleicht hatte er vorhin den Rocker nicht richtig getroffen. Er mußte auf den Schädel zielen, um dieses Monster endgültig zu besiegen.

Bill sah das brünierte Metall schimmern.

Doch im selben Moment fegte wieder die Fahrradkette heran. Mit rasender Geschwindigkeit wickelte sie sich um Bill Conollys Hals.

Der Reporter röchelte.

Mit einem gewaltigen Ruck zog ihn der Monster-Rocker zu sich heran.

Übergroß erschien Bill der schreckliche Totenschädel. Tief in den Augenhöhlen lauerte der Tod.

Bill wurde die Luft knapp.

Wild riß er den Kopf herum. Er sah, daß der zweite Monster-Rocker auf das Haus zulief, und hörte in der nächsten Sekunde Sheilas gellenden Schrei . . .

Sheila Conolly hatte sich in ihr Schlafzimmer zurückgezogen, als Bill nach draußen gegangen war. Das Zimmer lag nach hinten hinaus. Die schweren Vorhänge waren noch zugezogen.

Sheila zog ihr Negligé aus, schlüpfte in bequeme Jeans und in einen leichten Pulli.

Die junge Frau war nervös. Eine innere Unruhe hatte sie gepackt. Sie ahnte, daß hinter dem Auftauchen des Fremden im Garten mehr steckte.

Nachdenklich biß sich Sheila auf die Lippe. Ihre rechte Hand umklammerte die Kordel.

Ein kurzer Zug, und die Vorhänge glitten auseinander.

Sheila trat an die Scheibe – und stieß einen markerschütternden Schrei aus.

Von draußen starrte sie ein Totenschädel an!

Der Schädel saß auf den Schultern eines Rockers. Der schreckliche Mund klaffte halb auf und bewegte sich im Rhythmus der schnell herausgestoßenen Worte.

Sheila wußte nicht, was sie tun sollte. Der Schreck bannte sie auf der Stelle.

Da hob der Monster-Rocker die Hand.

Noch im selben Atemzug klirrte die große Scheibe. Unzählige Scherben sprangen ins Zimmer. Es waren auch große Stücke dabei, und Sheila hatte mehr als Glück, daß sie nicht verletzt wurde.

Der Monster-Rocker lachte.

Geschickt turnte er durch die entstandene Öffnung. Ehe Sheila etwas unternehmen konnte, packten sie zwei gnadenlose Hände an den Hüften und hoben sie hoch.

Da begann Sheila zu schreien. Gleichzeitig trommelte sie mit den Fäusten auf die Schultern des Rockers.

Soccer – der Monster-Rocker – warf die Schreiende aufs Bett. Doch Sheila hatte Geistesgegenwart genug, sich herumzurollen und auf den Boden fallen zu lassen.

Damit hatte der Eindringling nicht gerechnet.

Eine kurze Galgenfrist für Sheila Conolly.

Die Frau hetzte zur Tür.

Der Unheimliche flog quer durch die Luft. Er erwischte Sheila, als sie gerade den Türgriff in der Hand hielt.

Brutal riß er die Frau zurück.

Sheila stöhnte herzerweichend.

»Du Miststück!« keuchte der Monster-Rocker und stieß die wehrlose Sheila vorwärts.

»Los, mach die Tür auf!« befahl der Rocker und lockerte den Griff ein wenig.

Sheila gehorchte.

Der Unheimliche drängte die Frau durch das Türrechteck.

»Nach draußen!« brüllte er.

Sheila stolperte los. Immer wenn sie dem Unheimlichen zu langsam ging, verstärkte dieser den Griff.

Nur mit Mühe unterdrückte die Frau einen Schrei. Dann standen sie vor der Haustür.

»Mach sie auf!«

Zum Glück hatte Bill nicht abgeschlossen. Sheila brauchte nur die Klinke nach unten zu drücken.

Die Haustür schwang nach innen.

Mit Sheila als lebendem Deckungsschild vor sich, bewegte sich der Monster-Rocker nach draußen.

Sie hatten gerade die ersten Schritte zurückgelegt, als Sheila ihren Mann sah.

Wehrlos hing er in dem brutalen Griff der Kette.

Die Erkenntnis, daß ihrem Mann etwas geschehen sollte, ließ Sheila alle Angst vergessen. Sie kümmerte sich auch nicht um den zweiten Monster-Rocker, der geradewegs auf sie zulief, sondern stieß einen gellenden Schrei aus . . .

Sheilas Schrei mobilisierte in Bill Conolly noch einmal alle Kräfte.

Seine Fäuste fuhren von unten hoch und krachten gegen das Kinn des Totenschädels.

Der beinerne Schädel flog dem Monster-Rocker in den Nacken. Für Augenblicke verlor der Unheimliche die Übersicht.

Bill packte die Kette. Mit raschen Drehungen wand er sich aus dem tödlichen Würgegriff.

Und er schaffte es.

Ehe sich der Monster-Rocker auf die neue Situation eingestellt hatte, traf ihn Bills Schuhspitze.

Der Rocker flog zurück, sprang jedoch katzengewandt wieder auf die Beine und rannte davon.

Bill keuchte wie eine altersschwache Lokomotive. Er spürte nicht das Blut, das an seinem Hals hinablief. Ihn beherrschte nur ein Gedanke: Du mußt Sheila retten.

Doch Bills Kampf mit den Monster-Rockern hatte schon zuviel Zeit gekostet. Sheila war bereits verschwunden.

»Sheila!«

Bills Ruf gellte durch den Garten.

Da hörte der Reporter das Dröhnen von Motoren. Es war hinter dem Haus aufgeklungen. Bill rannte wie von allen Teufeln gehetzt. Er kam zu spät.

Drei gleißende Lichtfinger strichen durch die Nacht, streiften für einen Lidschlag den jetzt wie erstarrt dastehenden Bill Conolly und waren verschwunden.

Die Monster-Rocker hatten ihre schweren Maschinen draußen abgestellt und waren fluchtbereit. Ihr Ziel, Bill Conolly zu kidnappen, hatten sie nicht erreicht, doch Sheila Conolly befand sich in ihren Klauen . . .

Ginny und Tom Tarras saßen im Fond des Bentley. Dave Lipton hockte auf dem Beifahrersitz, und John steuerte.

Der schwere Wagen schnurrte satt und sicher über die Straßen. Sie fuhren in den beginnenden Morgen hinein. Es war ein phantastischer Sonnenaufgang, doch die vier Menschen hatten keinen Blick dafür. Ihre Gedanken drehten sich um andere Probleme.

Wären sie fünf Minuten früher losgefahren, so hätte es noch zu einer Begegnung mit den drei Rockern kommen können. So aber waren die Rocker schon vorher nach Osten abgebogen, und John Sinclair näherte sich nichtsahnend mit seinen Begleitern dem Haus der Conollys.

Schon bald erreichten sie die schmale Zufahrtsstraße, die zum Grundstück hinaufführte.

John wunderte sich, als im Scheinwerferlicht das offenstehende schmiedeeiserne Tor auftauchte. Sollte Bill weggefahren sein? In John Sinclair breitete sich ein ungutes Gefühl aus. So kannte er seinen Freund gar nicht.

Der Oberinspektor bog auf den gepflegten Kiesweg ein und fuhr geradewegs zum Haus hoch.

Und da sah er seinen Freund.

Mit beiden Armen rudernd schwankte er aus dem Haus.

Der Oberinspektor bremste. Ohne eine weitere Erklärung abzugeben, sprang er aus seinem Bentley.

»John«, krächzte Bill Conolly.

Der Geisterjäger faßte seinen Freund an beiden Schultern. Er sah Bills blutenden Hals, das schmerzverzerrte Gesicht und keuchte: »Was ist geschehen?«

»Sie – sie haben Sheila!«

»Wer hat Sheila?«

»Rocker.« Bill hustete. »Rocker mit Totenköpfen auf den Schultern. Gräßliche Monster, John!«

Der Oberinspektor hatte das Gefühl, von einem Hammerschlag getroffen zu werden. Bill sprach von Monster-Rockern. Und eben hinter diesen Rockern waren sie her.

»Komm erst mal ins Haus, Bill«, sagte John Sinclair und stützte seinen Freund. Den anderen bedeutete er durch Handzeichen, ihnen zu folgen.

Im Bungalow ließ Bill sich in einen Sessel fallen. John holte aus dem Bad die Hausapotheke und verband notdürftig die Wunden des Reporters. Dann goß er ihm einen dreifachen Whisky ein.

»Trink das.«

Bill schluckte dankbar. Langsam kehrte Farbe in sein blasses Gesicht zurück.

Ginny, Dave Lipton und Tom Tarras standen schweigend im Hintergrund. Sie ahnten wohl die Zusammenhänge, wußten jedoch nichts zu sagen.

Und dann berichtete Bill. Er legte immer wieder Pausen ein und verzog das Gesicht. Die Schmerzen an seinem Hals mußten doch stärker sein, als er zugeben wollte.

»Ich verstehe das einfach nicht«, meinte der Reporter zum Schluß. »Welches Motiv haben diese Monster-Rocker gehabt? Die kommen doch nicht ohne Grund her und greifen wildfremde Leute an. Was sagst du dazu, John?«

Der Geisterjäger zuckte mit den Schultern. »Ich tappe ebenfalls im dunkeln.« Der Oberinspektor warf Dave Lipton einen fragenden Blick zu, doch der junge Polizeibeamte hob nur die Schultern. Auch ihm war das Ganze ein Rätsel.

Dann erzählte John. Bill Conolly war überrascht, daß John an demselben Fall arbeitete. Der Zufall hatte hier seine Fäden gesponnen. John Sinclair und Bill Conolly hatten sich in dem Netz verstrickt und mußten es nun entwirren. Eine weitere unbekannte Größe war Sheila. Was hatten die Monster-Rocker mit ihr vor? John hatte – bevor Bill sein Erlebnis berichtet hatte – die zuständigen Stellen telefonisch verständigt. Inzwischen war schon eine Großfahndung angelaufen. Ob sie Erfolg brachte, mußte sich erst noch zeigen. Auf jeden Fall war es für die Rocker gefährlich, sich am Tag irgendwo öffentlich zu zeigen. Sie mußten sich schon versteckt halten und konnten nur nachts operieren. Aber es gab Tausende von Verstecken in der Riesenstadt London, und die Jagd glich der berühmten Suche nach der Stecknadel im Heuhaufen.

John überlegte schon die ganze Zeit. Mit langen Schritten ging er in Bills Arbeitszimmer hin und her. Gedankenverloren drehte er das Whiskyglas in seiner Hand. »Irgendwie muß es eine Verbindung zwischen den Vorfällen in Scalford und hier geben, Bill. Ich kann mir einfach nicht vorstellen, daß sich die Rocker aus purer Lust und Laune dieses Haus ausgesucht haben, um Sheila so mir nichts dir nichts mitzunehmen. Nein, Bill, es muß ein Motiv geben.«

»Aber welches?« rief der Reporter verzweifelt. »Was habe ich mit Scalford zu tun und mit diesem Dämonengrab? Du kennst den Ort doch schließlich auch nicht. Oder hast du dort schon mal einen deiner Fälle gelöst?«

»Nein!« John Sinclair schüttelte den Kopf. »Ich kann mir das auch nicht erklären. So schrecklich es sich anhört, Bill, aber wir müssen auf eine Nachricht der Rocker warten, falls sie nicht vorher eingefangen werden.«

Plötzlich meldete sich Dave Lipton. »Sie heißen Conolly, nicht wahr, Sir?«

»Ja«, krächzte Bill.

»Ich stamme ja selbst aus Scalford und kenne unsere Dorfchronik ganz gut, selbstverständlich auch die Geschichte von dem Dämonengrab. Und je länger ich darüber nachdenke, um so sicherer bin ich, daß bei den sechs Personen damals auch ein gewisser Conolly war. Stammen Sie aus Scalford?«

»Das kann ich Ihnen wirklich nicht sagen«, erwiderte Bill betroffen. »Es ist möglich, aber ich habe noch nie Ahnenforschung betrieben.«

»Das würde ich an deiner Stelle einmal tun«, sagte John Sinclair. »Wahrscheinlich finden wir dann dort die Lösung des Rätsels.«

»Aber was nutzt uns das im Augenblick?«

Das Telefon summte. John hob ab. Die ersten Meldungen wurden durchgegeben. Fahndungsergebnis negativ.

John Sinclair hatte es auch fast erwartet. Wäre auch zu schön gewesen.

»Wir können nur warten«, sagte der Oberinspektor leise. »Nichts als warten. Diese verdammte Höllenbrut muß den ersten Zug machen.«

»Und Sheila?« fragte Bill leise. Man hörte die Sorge heraus, die in seiner Stimme mitschwang.

Darauf gab John keine Antwort.

Der einsame Schrottplatz kam den Monster-Rockern wie gerufen. Er lag in einer verlassenen Gegend, dicht am Ufer der Themse, wo die Wellen in immerwährendem Rhythmus gegen die Böschung klatschten.

Hier lagerten die Vorräte für den großen Schrotthafen. Wie große Hügel türmten sich die Abfälle der Industriegesellschaft auf, um auf eine neue Verarbeitung zu warten.

Ein schmales Bahngleis schlängelte sich zwischen den Schrotthügeln hindurch und wurde am Ende durch einen Prellbock abgegrenzt.

Die Gegend war einsam und von einer Tristheit, die bei einem sensiblen Menschen Beklemmung hervorrufen konnte.

Nicht so bei den drei Rockern. Sie hatten ihr ideales Versteck gefunden.

Mit einem weißroten Strahlenkranz ging die Sonne auf und vergoldete selbst noch die braunen Schrottberge. Majestätisch pflügten die großen Schlepper das Wasser der Themse. Die Schiffe kamen sogar vom europäischen Festland, um im Londoner Hafen ihre Waren zu löschen.

Die Monster-Rocker bewegten sich völlig frei und ungeniert. Menschen hielten sich in dieser Gegend bestimmt nicht ohne besonderen Grund auf. Und da das Gelände nicht abgesperrt war, gab es auch keine Wächter. Wer stehlen wollte, konnte es tun, doch diese Art von Schrott brachte ihm kaum einen Penny.

Sheila Conolly hing hinter Soccer auf dem Sattel. Ob sie wollte oder nicht, sie mußte sich an dem Monster-Rocker festklammern.

Flucht hatte keinen Sinn, denn die beiden anderen Ungeheuer befanden sich direkt hinter ihr.

Die Monster-Rocker hatten sogar noch mehr Glück. Wie aus heiterem Himmel tauchte plötzlich eine Wellblechbude auf. Sie lag versteckt zwischen zwei Schrotthügeln. Wem die Bude als Unterkunft gedient hatte, war nicht zu sagen. Auf jeden Fall stand sie leer und war der ideale Unterschlupf.

Soccer hielt auf die Hütte zu. Hinter ihm lachte Stiletto auf. »Wir scheinen doch wohl noch Glück zu haben«, sagte er.

»Wie meinst du das?« zischte Soccer.

»Nach dem mißglückten Kidnapping.«

»Das werden wir noch ausbügeln.«

Soccer stoppte und stieg aus dem Sattel. »Los, runter mit dir«, fauchte er Sheila Conolly an.

Bills Frau gehorchte zitternd. An die schrecklichen Schädel hatte sie sich ja inzwischen notgedrungen gewöhnt. Sorge machte ihr vielmehr die ungewisse Zukunft. Was hatten die Ungeheuer mit ihr vor? Töten? Vielleicht. Aber warum? Welch ein Motiv gab es? Sheila grübelte hin und her und fand keine Lösung.

Soccer bockte seine Honda 850 auf.

Skipper war inzwischen ebenfalls von seiner Maschine gestiegen und ging auf die Hütte zu.

Mit dem Fuß trat er gegen die Tür.

Kreischend schwang sie nach innen.

Breitbeinig stand Skipper auf der Schwelle. Kein Schrei des Entsetzens, kein Angstruf – nichts erfolgte. Die Hütte schien tatsächlich unbewohnt zu sein.

Skipper wandte sich um und nickte Soccer beruhigend zu.

»Geh rein!« Soccer stieß Sheila Conolly vorwärts.

Bills Frau sah aus, als hätte sie drei Nächte nicht mehr geschlafen. Sie war kalkweiß, und das blonde Haar hing wirr in der schweißverklebten Stirn.

In der Hütte war es stickig. Außerdem roch es nach altem Metall. Der Geruch legte sich beklemmend auf die Atemwege. Sheila mußte husten.

Es gab nur einen Raum. Keinen Tisch, keinen Stuhl. Nur einen alten Strohsack, dessen Füllung widerlich stank und in der es von Ungeziefer nur so wimmelte. Bestimmt hausten hier auch

Legionen von Ratten. Schon der Gedanke daran trieb in Sheila Ekel hoch.

Soccer sah dies wohl ihrem Gesicht an, und er lachte. »Gefällt dir wohl nicht hier, was?«

Sheila gab keine Antwort.

Soccer lachte. »Egal, du brauchst ja auch keine Ewigkeit hier zu verbringen. Sobald sich dein Alter vernünftig zeigt, lassen wir dich frei. Wenn er jedoch Dummheiten macht, wird deine Leiche in der Hütte vermodern. Darauf kannst du Gift nehmen.«

Soccer winkte den anderen. »Fesselt sie und legt sie aufs Lager.«

Stiletto hatte noch ein Paar Handschellen. Mit einer schnellen Bewegung riß er Sheilas Arme nach hinten und ließ die stählerne Acht um die Gelenke schnappen.

Dann warf er Sheila Conolly auf das dreckige Lager.

Sheila rollte sich auf den Rücken. Sie hatte Ekel davor, mit ihrem Gesicht diesen widerlichen Strohsack zu berühren.

Die Monster-Rocker standen um das Lager herum. Drei Totenschädel grinsten auf die Liegende nieder.

Welch eine Höllenmacht hatte hier ihre Hand im Spiel gehabt?

Soccer ergriff wieder das Wort. »Jetzt werden wir uns mal um Teil zwei unseres Planes kümmern. Wäre doch gelacht, wenn dein lieber Gatte sich nicht regen wird.«

Harold Ganter war Lokführer, allerdings nicht auf einem Schnellzug. Er fuhr eine alte Dampflok, die an die zwanzig Kipploren hinter sich herzog. Die Loren waren bei jeder Fahrt bis zum Rand mit Schrott beladen, der am ehemaligen alten Schrotthafen, wo jetzt die Reserven lagerten, auf die rostroten Hügel gekippt wurde.

Es war ein gemütlicher Job, den Harold Ganter hatte. Gemächlich dampfte er von einem großen Sammelschrottplatz Tag für Tag zu den riesigen Schrotthalden. Alles hätte längst rationalisiert werden können, aber wie das nun mal so war, mußten in England auch die Gewerkschaften ihre Zustimmung geben, und die hatten sie eben noch nicht erteilt.

Harold Ganter war das nur recht. Wer weiß, wo er sonst noch gelandet wäre. Bestimmt hätte man ihn an ein Band gestellt oder zur Straßenreinigung gesteckt. Nein, dann schon lieber Schrott fahren.

Ganter war ein gemütlicher Mensch. Er hatte ein rosiges Gesicht und kleine Schweinsäuglein, in denen es immer lustig funkelte. Ganter hatte eine Frau und zwei Kinder. In acht Wochen sollte er sogar Großvater werden. Er freute sich jetzt schon auf das Fest.

Der Sonnenaufgang faszinierte den Lokführer immer wieder von neuem. Es war schon ein Schauspiel, wie die Sonne am Horizont auftauchte, um mit ihrem Weg über das Firmament zu beginnen.

Wie jedesmal, so lehnte sich Harold Ganter heute, so weit es ging, aus dem engen Fenster der Lok. Der Fahrtwind rauschte ihm trotz der geringen Geschwindigkeit um die Ohren, und Ganter mußte seine Mütze fest auf den Kopf pressen, damit sie nicht wegflog.

Die Pfeife steckte wie immer zwischen seinen Zähnen. Es war ein Tag wie jeder andere, und Ganter war auch völlig zufrieden, bis zu jener Sekunde, als ihm das Grauen begegnete.

Ganter hatte gerade die Hälfte des Schrottplatzes hinter sich gelassen, als er die Gestalt sah.

Wie ein Wesen der Nacht tauchte sie zwischen zwei Schrotthalden auf.

Ganter dachte, sein Verstand würde aussetzen.

Die Gestalt saß auf einem Motorrad, und auf ihren Schultern thronte ein Totenkopf.

Vor Schreck fiel dem Lokomotivführer die Pfeife aus dem Mund. Instinktiv zog Ganter den Kopf ein.

Wie richtig er damit gehandelt hatte, bewies die nächste Sekunde.

Der Rocker richtete den Blick plötzlich auf die Lokomotive.

Zwei, drei Herzschläge lang starrte er die Lokomotive an, dann verschwand er mit einer blitzschnellen Drehung hinter dem nächsten Schrotthügel.

Als Harold Ganter wieder aus seiner Versenkung auftauchte, war von dem Rocker mit dem Totenkopf nichts mehr zu sehen.

Der Lokführer überlegte fieberhaft. Was sollte er tun?

Daß er sich nicht getäuscht hatte, lag auf der Hand. Ganter war immer stolz auf seine Augen gewesen. Eine Brille hatte er bisher nicht gebraucht.

Also keine Täuschung!

Ganter sah, daß seine Hände zitterten. Plötzlich war er am

ganzen Körper schweißnaß. Das Grauen hatte ihn gestreift, und Ganters Reaktion war nur zu normal und menschlich.

Oder hatte sich jemand einen Scherz erlaubt? Klar, der Unheimliche hatte eine Lederkluft getragen, die Uniform der Rocker. Trotzdem, er mußte den Vorfall melden. Auch Rocker hatten hier nichts zu suchen, und irgendwie fühlte sich Harold Ganter für den alten Schrottplatz verantwortlich.

Er tat das einzig richtige. Harold betätigte den Bremshebel.

Ein heftiger Ruck ging durch die Lok. Blauweiße Funken sprühten zwischen den Rädern und den Schienen auf. Die zwanzig Loren rumpelten laut.

Aber schließlich war es geschafft.

Der Zug stand.

Ganter wischte sich den Schweiß von der Stirn. Was er jetzt tun würde, war strengstens verboten, aber es gab keine andere Möglichkeit. Außerdem wurde die Strecke ja nur von ihm befahren.

Harold Ganter schaltete auf den Rückwärtsgang. Normalerweise hatte er am Ende der Strecke ein Rangiergleis zur Verfügung, aber bis dorthin wollte er nicht mehr fahren.

Der Zug setzte sich rumpelnd in Bewegung.

Hoffentlich ging alles gut. Die einzelnen Loren waren nicht gerade für eine solche Fahrt geschaffen.

Doch es ging alles glatt.

Nach zwanzig Minuten tauchte der große Schrottplatz wieder auf.

Als die Arbeiter dort sahen, daß Harold Ganter vollbeladen wieder zurückkam, liefen sie ihm schon entgegen.

Der Lokführer bremste.

Der Zug stand kaum, da sprang Ganter bereits aus der Lokomotive.

»Was ist los?« schrie ihn einer an.

Ganter war bleich im Gesicht. »Ich muß telefonieren!« keuchte er und rannte los.

Bis zur Verwaltungsbaracke war es ein ganz schönes Stück zu laufen, und Ganter schnaufte wie sonst seine Lokomotive.

In der Baracke war es leer. Das Telefon stand auf dem altersschwachen Schreibtisch.

Die wichtigsten Rufnummern waren unter der Klarsichthülle auf der Schreibtischplatte aufgeschrieben worden.

Polizeirevier, las Ganter.

Mit zitternden Fingern wählte er die Nummer.

Urplötzlich summte das Telefon.

John Sinclair, Bill Conolly, Tom Tarras, Dave Lipton und Ginny saßen noch immer im Arbeitszimmer des Reporters und berieten.

Mit einem Satz schnellte Bill von seinem Stuhl.

»Conolly«, meldete er sich.

»Hör genau zu«, vernahm er eine kratzige Stimme. »Wir haben deine Alte, das weißt du ja.«

»Ja, natürlich. Aber was . . .«

»Laß mich ausreden!« fauchte der Anrufer. »Wir wollen allerdings dein Weib nicht. Wir wollen *dich*. Verstehst du?«

»Ja«, sagte Bill. »Was soll ich tun?«

»Das sagen wir dir noch. Warte auf unseren Anruf.«

Bill wollte noch etwas sagen, doch der Unbekannte hatte schon aufgelegt.

Langsam wandte sich der Reporter um.

»Und?« fragte John Sinclair.

»Wie wir uns schon gedacht haben. An Sheila sind die gar nicht interessiert. Die wollen mich.«

Der Oberinspektor sprang aus dem Sessel. »Und was genau? Haben Sie Bedingungen gestellt? Was sollst du tun?«

Bill lachte hart. »Nichts soll ich tun. Warten. Warten auf den nächsten Anruf.«

John unterdrückte einen Fluch. Vom Warten hatten sie nichts. Selten hatte sich John so hilflos gefühlt wie dieses Mal.

Mitten in seine trüben Überlegungen hinein summte abermals das Telefon.

Wie ein Panther nach der Beute schnappt, so riß Bill den Hörer an sich.

Dann verschloß sich sein Gesicht. »Für dich, John. Die Fahndungsabteilung.«

Der Oberinspektor hatte hinterlassen, wo er zu erreichen war.

John lauschte einige Sekunden. Dann legte er wortlos auf. »Wir wissen jetzt, wo sich die Kerle befinden«, sagte der Kriminalist.

»Auf einem Schrottplatz an der Themse. Ein Lokführer hat einen von ihnen entdeckt.«

Bills Gesicht strahlte. »Und jetzt?« fragte er und konnte seine Aufregung kaum unterdrücken.

»Jetzt werden wir mal den Finger am Drücker haben«, sagte John und begann, die Nummer der Fahndungsabteilung zu wählen.

Soccer erwartete Stiletto vor der Hütte. Die Tür hatte er zugezogen, damit Sheila nicht hörte, was draußen geredet wurde.

»Alles klar?« fragte der Boß der Monster-Rocker.

Stiletto stieg von der Maschine und bockte sie auf. »Sicher, es ist nichts schiefgegangen. Der Knabe ist schon verdammt aufgeregt. Hat Angst um seine Puppe.«

Soccers Totenschädelgesicht verzog sich zu einem Grinsen. »Um so besser für uns.«

Selbstverständlich hatte Stiletto ein schlechtes Gewissen. Schließlich war er gesehen worden.

Soccer blickte auf seine Uhr. »Der nächste Anruf folgt in zwei Stunden. So lange wollen wir den Kerl noch braten lassen.«

»Und wie willst du vorgehen?« fragte Skipper, der bisher an der Hüttentür gelehnt hatte. Mit wiegenden Schritten kam er näher. Skipper konnte den früheren Seemann nicht verleugnen.

»Conolly soll herkommen«, sagte Soccer. »Wir werden ihn hier in Empfang nehmen.«

»Und die Mutter da in der Hütte?«

Aus Soccers häßlichem Mund drang ein noch häßlicheres Lachen. »Mit der werden wir eine ganz besondere Party feiern.«

Stiletto und Skipper stimmten in das Lachen mit ein.

Es war mittlerweile eine Stunde vergangen. Für Anfang September war es noch ziemlich heiß. Die Sonne meinte es heute besonders gut. Sie heizte jetzt schon das Metall auf, das hinterher die Wärme doppelt wieder abgab. Auch die Hütte würde sich in einen Brutofen verwandeln. Sheila Conolly war jetzt zu bedauern.

Träge kroch die Zeit dahin. Die Monster-Rocker saßen auf dem Boden und dösten.

Schließlich stand Soccer auf. »Okay, Stiletto«, sagte er. »Es ist soweit. Fahr wieder los. Aber laß dich nicht erwischen!«

Stiletto schüttelte den Totenschädel. »Keine Angst, die Zelle liegt einsam genug.«

»Dann hau ab.«

Stiletto schwang sich wieder auf seine BSA 600. Er trat den Starter durch, und Sekunden später röhrte der Motor auf. Geschickt kurvte Stiletto zwischen den Blechhügeln hindurch. Noch lange war das Echo des Motorengeräusches zu hören.

Stiletto war siegesgewiß. Er dachte an nichts Böses und auch nicht daran, daß Soccers Plan eventuell schiefgehen konnte. Deshalb kurvte er unbesorgt über den Schrottplatz.

Er fuhr gerade an einer langen Schrotthalde vorbei, als es geschah.

Urplötzlich sprang ein Mann hinter dem Schrotthügel hervor.

Es war John Sinclair!

Eine Stunde nach dem bewußten Anruf bei Bill Conolly hatten die Beamten einen dichten Ring um den Schrottplatz gezogen. Keine Maus konnte jetzt noch ungesehen entwischen.

John Sinclair hatte die Einsatzleitung übernommen. Alle Fäden liefen bei ihm zusammen. Die Baracke des nächstliegenden Schrottplatzes war zur Zentrale umfunktioniert worden. Alle Arbeiter aus der Gefahrenzone wurden abgezogen.

Bill Conolly hatte natürlich mitkommen wollen. Doch John hatte davor gewarnt. Erstens war Bill persönlich betroffen, und dabei verliert man meistens die Objektivität, und zweitens mußte er ja noch auf den zweiten Anruf warten. Schließlich sollten die Entführer nicht mißtrauisch werden.

John Sinclair hatte sich eingehend mit dem Lokführer unterhalten. Der Mann hatte seine Beobachtungen nochmals wiederholt und auch zu Protokoll gegeben.

John – ein guter Menschenkenner – hatte den Eindruck, hier keinen Spinner vor sich zu haben.

Der Oberinspektor wußte um die Schwere der Aufgabe. Schließlich ging es um Sheila Conollys Leben. Was die Sache verschlimmerte, war folgendes: Sheila befand sich nicht in der Hand von normalen Gangstern, sondern von Bestien, die ein dämonischer Geist leitete und denen sämtliche Gefühle fremd waren. Das mußte man alles mit einkalkulieren.

Noch einmal rief John die einzelnen Gruppenleiter zu sich.

Dann erörterte er seinen Plan.

»Meine Herren«, sagte der Oberinspektor, »Sie wissen, worum es geht. Diese Monster-Rocker existieren tatsächlich, da beißt keine Maus den Faden ab. Ich möchte Sie jedoch nochmals bitten, Ihren Beamten einzuschärfen, daß sie auf keinen Fall schießen sollen, wenn Mrs. Conolly noch nicht befreit worden ist. Haben Sie mich verstanden?«

Die Männer nickten.

»Dann ist ja alles klar.« John zündete sich eine Zigarette an. »Noch etwas: Eigentlich ist dies hier ein Ein-Mann-Job. Deshalb werde ich versuchen, das Mädchen zu befreien.« John griff in die Tasche und holte eine Pfeife hervor. »Sie schreiten nicht eher ein, als bis Sie meinen Pfiff gehört haben oder genau eine Stunde seit meinem Weggehen vergangen ist. Auch dann müssen Sie noch mit den Rockern verhandeln und vor allen Dingen Bill Conolly herholen.«

John gab noch ein paar Details bekannt und verließ die Baracke dann.

Von den Polizisten war nichts zu sehen. Sie hockten gut versteckt hinter den Schrottbergen.

Johns mit geweihten Silberkugeln geladene Pistole steckte griffbereit in der Halfter. Er würde sie innerhalb eines Herzschlags ziehen können.

Die Sonne machte dem Oberinspektor bereits allerhand zu schaffen. Er kam sich zwischen den Schrotthügeln vor wie in einem Ofen. Schon bald klebten ihm die Sachen am Körper.

John mußte aufpassen, daß er nicht zu viele Geräusche verursachte. Das war gar nicht mal so einfach. Überall lagen sperrige, verrostete Teile herum. Manche mit höllisch spitzen Kanten und Schneiden, für die sogar das Leder der Schuhe kein Hindernis war.

Immer tiefer drang John in diese Landschaft aus verrostetem Metall vor.

Ein paarmal kullerten Büchsen und Eimer dicht vor seine Füße. Jedesmal wenn John den Kopf herumriß, sah er eine weghuschende Ratte, die diese Bewegung verursacht hatte.

Doch dann blieb John wie angewurzelt stehen.

Er hatte Motorengeräusch gehört. Zunächst noch leise, doch es wurde schnell lauter. Und es schien genau auf John Sinclair zuzukommen. Sollte sich jetzt schon eine Entscheidung anbahnen?

John Sinclair ging instinktiv in Deckung. Er hatte sich einen günstigen Platz ausgesucht, direkt am Ende einer Schrotthalde.

Durch einige Lücken konnte John ein Stück des Weges neben der Halde erkennen.

Da sah er das Motorrad – und die Gestalt, die darauf saß.

Es war einer der Monster-Rocker.

John Sinclair zog blitzschnell die Pistole und sprang hinter der Deckung des Schrottberges hervor . . .

Tom Tarras schlug plötzlich mit der Faust auf den Tisch. Überrascht rissen Bill Conolly und Dave Lipton die Köpfe herum. Ginny war ins Bad gegangen, um sich frisch zu machen.

»Ich spiel da nicht mehr mit, Kameraden«, sagte Tarras. »Ich werde fahren, und wenn ihr euch auf den Kopf stellt.«

Bill Conolly sprang auf. »Sie bleiben hier!«

Tarras lachte. »Willst du das etwa bestimmen?«

»Genau!«

Der Rocker erhob sich ebenfalls. »Mach keinen Unsinn, Sonny. Ich müßte sonst sehr ungemütlich werden. Und dann sieht deine Bude hier aus wie ein Schlachtfeld. Sei also lieber friedlich.«

Bill schüttelte beharrlich den Kopf. Schließlich mischte sich Dave Lipton ein, der einen Streit unbedingt vermeiden wollte. »Lassen Sie ihn fahren, Mister Conolly. Meine Kollegen lassen ihn sowieso nicht durch.«

Bill überlegte einige Sekunden und trat zur Seite. »Also gut, meinetwegen.«

Tarras lächelte. »Na, bitte. Ich hätte mich auch ungern geschlagen, ob Sie es glauben oder nicht.«

Er reckte sich und ging zur Tür.

Da kam ihm Ginny entgegen. »Wo willst du denn hin?«

»Zum Schrottplatz. Schließlich habe ich mit den Kameraden auch noch ein Hühnchen zu rupfen.«

Ginnys Augen wurden groß. »Bitte, Tom, bleib hier. Überlaß das Oberinspektor Sinclair.«

»Unsinn!« knurrte der Rocker und schob Ginny kurzerhand zur Seite. »Ich weiß mich schon meiner Haut zu wehren.«

»Aber, Tom . . . ich«, Ginny wußte nicht, wie sie weitersprechen sollte. »Ich – ich liebe dich doch und habe Angst um dich.«

Da blieb Tarras stehen. In seinen Augen stand plötzlich etwas zu lesen, was Ginny noch nie bei ihm gesehen hatte. »Du bedeutest mir auch sehr viel, Ginny«, sagte Tom Tarras leise. »Aber glaube mir, ich kann nicht anders.«

Das Girl senkte den Kopf. »Ja, Tom«, sagte sie leise. »Tu, was du für richtig hältst. Ich werde dich nicht aufhalten.«

Schluchzend warf sich Ginny in Toms Arme. Der Rockerboß streichelte die langen rotblonden Haare und schob Ginny dann sanft zurück. »So, jetzt wird es aber wirklich Zeit.«

Er nickte den Männern noch einmal zu und ging nach draußen.

Tom Tarras, ein junger Mann, den die letzten vierundzwanzig Stunden völlig geändert hatten. Zum Positiven hin. Auch das gibt es noch.

Ginny, Toms Freundin, ließ sich in einen Sessel fallen und preßte die Hände vor ihr Gesicht. Auch sie hatte eine Verwandlung mitgemacht, hatte erkannt, daß ihr dieser junge Mann alles bedeutete.

Als der Motor der Harley Davidson draußen aufbrummte, hob Ginny den Kopf.

»Laß ihn leben, lieber Gott«, flüsterte sie, »laß ihn leben . . .«

Stiletto wurde völlig überrascht.

Er reagierte so wie ein normaler Mensch auch. Stiletto stieg voll in die Bremse.

Die Maschine rutschte zur Seite weg, und der Monster-Rocker konnte sie nicht mehr halten.

Sie kippte um.

Stiletto rollte sich aus dem Sattel und kam katzengewandt wieder auf die Beine, während die Maschine neben ihm mit durchdrehenden Rädern und heulendem Motor lag.

Alles hatte nur Sekunden gedauert. John Sinclair war von Stilettos Reaktion ebenfalls überrascht worden. Er hatte damit gerechnet, daß der Rocker Gas geben und auf ihn zurasen würde.

Vielleicht war das der Grund, weshalb John nicht so aufpaßte.

Als Stiletto auf ihn zusprang, reagierte er um eine Zehntelsekunde zu spät.

Der Schädel des Monster-Rockers dröhnte in Johns Magengrube.

Sinclair flog nach hinten. Wild ruderte er mit den Armen, konnte das Gleichgewicht jedoch nicht halten und landete auf einem Schrotthaufen.

Es schepperte und kreischte. Der ganze Hügel geriet in Bewegung. Etwas war unheimlich hart gegen Johns Nacken geprallt. Für einen Augenblick sah der Oberinspektor eine Anzahl greller Sterne vor seinen Augen flimmern.

Und da polterte schon der ganze Salat von oben herunter.

Konservendosen, Blechteile und anderes Metall. Einiges löste sich scheppernd und begrub John Sinclair fast unter sich.

Stiletto war stehengeblieben. Aus seinem häßlichen Mund drang ein widerliches Lachen. Im Geist sah er John Sinclair schon tot vor sich liegen.

Doch John war nicht der Typ, der so leicht aufgab. So gut es ging, rollte er sich zusammen, so daß der größte Teil des verrosteten Materials von seinem Rücken abprallte.

Nur der rechte Arm war irgendwo eingeklemmt. Und ausgerechnet in der Hand hielt John seine Pistole.

Endlich kam der Schrotthügel zur Ruhe. Es rutschte nichts mehr nach.

John wühlte sich frei. Staub und Rostpulver waren in seine Nasenlöcher und in die Mundhöhle gedrungen.

Da wurde Stiletto aktiv. Er sah, daß John Sinclair nicht, wie er gehofft hatte, bewußtlos war, sondern durchaus noch kämpfen konnte. Und das machte Stiletto rasend.

Der Mordtrieb erwachte in dem Monster-Rocker.

Mit stoßbereitem Messer warf er sich dem Gegner entgegen.

John sah die Horrorgestalt herankommen. Bewegen konnte er nur den linken Arm.

Es ging um Bruchteile von Sekunden, wenn John es schaffte, den ersten Angriff abzuwehren, dann war schon viel gewonnen.

Die Finger seiner freien Hand krallten sich um ein Stück Blech. Es hatte die Form eines Rohres.

John riß den Arm hoch.

Der Monster-Rocker wurde mitten im Hechtsprung getroffen. Das Rohr traf seine Schulter und brachte ihn aus der Flugrichtung.

Dicht neben John Sinclair prallte der Rocker in den Blechhügel. Das Messer ratschte mit häßlichem Geräusch über die rostigen Eisenteile.

John warf sich herum und schlug abermals zu. Diesmal traf er den Totenschädel.

Es gab ein klatschendes Geräusch. Der Monster-Rocker zuckte einmal zusammen und lag dann still.

John nahm an, daß der Rocker bewußtlos war. Der Oberinspektor quälte sich aus dem Blechhaufen. Das war gar nicht so einfach, zumal sein rechter Arm noch eingeklemmt gewesen war. Aber schließlich ging es doch. Nur von dem Jackettärmel war nicht mehr viel übriggeblieben.

Die schwere BSA 600 lag noch immer mit drehenden Rädern am Boden. John ging hin und stellte den Motor ab.

Eine wohltuende Stille legte sich über den Schrottplatz.

John Sinclair wollte auf keinen Fall schießen. Man hätte die Detonationen kilometerweit hören können, und das war zu gefährlich. Die übrigen Monster-Rocker wären gewarnt worden und Sheilas Überlebenschancen dann auf ein Minimum zusammengeschrumpft.

John zog den Monster-Rocker an der Schulter hoch. Er hatte ihn zweimal hart getroffen, und Stiletto mußte normalerweise bewußtlos sein.

Doch zwei Sekunden später trat genau das Gegenteil ein. Aus dem Stand flog Stiletto herum, riß sich aus John Sinclairs Griff und ließ im selben Atemzug seinen rechten Arm vorschnellen, um dem Oberinspektor die Klinge des Stiletts in den Magen zu rammen.

Es war eine Bewegung, die man kaum mit den Augen verfolgen konnte. Auch John Sinclair nicht.

Seine Reaktion war aus einem Reflex geboren. Vielleicht kam auch noch so etwas wie ein siebenter Sinn für Gefahren hinzu, den John Sinclair sich im Laufe der Jahre angeeignet hatte.

Auf jeden Fall warf er sich zurück.

Hautnah wischte die Klinge an seinem Körper vorbei. Er hörte noch, wie der Stoff des Hemdes riß, dann war John selbst wieder am Ball.

Ein Karatetritt traf den Monster-Rocker.

Stiletto heulte auf und wurde regelrecht durch die Luft geschleudert. Er krachte in den Blechhaufen, in dem John auch schon gelegen hatte.

Wieder geriet der Hügel in Bewegung. Aber diesmal war es schlimmer. Stiletto war mit wesentlich größerer Wucht hineingefallen als vorher John Sinclair.

Der Oberinspektor erkannte die Gefahr.

Er hetzte vor, und ehe Stiletto ganz unter den rostigen Teilen verschwinden konnte, hatte John ihn zurückgezogen.

Der Oberinspektor hatte den Monster-Rocker unter beiden Achseln gepackt. So schnell es eben ging, schleifte er ihn aus der Gefahrenzone.

Und John mußte sich verdammt beeilen. Der ganze Blechhügel brach zusammen. Ein paar Rostteile knallten John Sinclair und Stiletto noch in die Fersen.

John blieb stehen. Er war völlig verdreckt. Aber das spielte im Augenblick keine Rolle. Wichtig war, daß dem Rocker nichts passiert war, denn von ihm erhoffte sich John einige Informationen.

Stiletto war wieder bei Bewußtsein, wenn er auch noch den Ohnmächtigen spielte.

John hakte eine Handschelle von seinem Gürtel los und ließ sie mit routinierten Bewegungen um die Gelenke des Rockers schnappen.

Davon war Stiletto überrascht worden. Er spuckte Gift und Galle, während John ihn ungestört durchsuchte. Er förderte noch ein Messer zutage. Andere Waffen hatte Stiletto nicht mehr bei sich.

John Sinclair hockte sich neben Stiletto auf einen verrosteten Blecheimer. Beiläufig spielte er mit seiner Waffe. »Die Pistole hier ist übrigens mit Silberkugeln geladen, mein Freund. Sogar Vampire haben die Kugel nicht überstanden.«

Die Augen in dem Totenschädel blickten John Sinclair bohrend an. Man konnte nicht in ihnen erkennen, welche Gefühle den Monster-Rocker jetzt erfaßten, aber der Oberinspektor war sicher, daß es keine guten waren.

»Und ich gehe jede Wette ein, mein Freund, daß du eine Silberkugel auch nicht verdaust. Oder?«

John hatte lässig gesprochen, und wie unabsichtlich zeigte die Mündung auf den Totenschädel.

Stiletto zuckte zusammen. Er sagte aber nichts.

»Was ist denn?« fragte John lächelnd. »Hast du etwa Angst?«

»Wovor denn?« Stiletto rückte ein winziges Stück zur Seite. »Ich stehe unter dem Schutz des Dämons. Auch deine Silberkugel wird mir nichts antun können.«

»Möchtest du es auf einen Versuch ankommen lassen?« fragte John direkt.

Der Rocker mit dem Totenschädel schwieg. Fieberhaft suchte er nach einer Ausrede, doch John ließ ihn gar nicht erst dazu kommen. Er drückte die Mündung der Pistole gegen den häßlichen Totenschädel.

»Willst du es tatsächlich riskieren?« fragte John Sinclair leise.

Der Monster-Rocker stöhnte.

»Ich habe keine Zeit mehr!« zischte John. »Und dein Dämon, der dir angeblich helfen kann, ist weit vom Schuß. Er hat dir zwar Schutz gegen normale Kugeln gegeben, aber unsterblich bist du nicht. Ich werde es in drei Sekunden wissen, falls nicht . . .«

»Falls nicht was?« unterbrach ihn der Rocker.

»Falls du nicht redest.«

»Was willst du wissen?«

»Wo die junge Frau ist. Beschreibe mir den Ort, wo ihr sie hingebracht habt.«

»Das kann ich nicht«, preßte Stiletto hervor. »Sie würden mich töten.«

»Ich töte dich bestimmt«, sagte John und spielte damit einen Bluff aus. »Ob die anderen dich bekommen, ist fraglich. Vielleicht können wir dich sogar heilen . . .«

Der Monster-Rocker überlegte. Der Geist des Dämons hatte ihn zwar gefangengenommen, doch Stiletto war noch nicht so davon besessen, daß er jeden Befehl ohne Überlegung ausführen wollte. Außerdem hatte der Dämon noch nicht seine gesamte Kraft entfalten können. Erst wenn die sechs Opfer versammelt waren, würde er mit seiner Blut- und Schreckensherrschaft beginnen.

»Ja«, sagte Stiletto. »Ich rede.«

John Sinclair nahm die Pistole vom Schädel des Monster-Rockers. »Ich höre«, meinte der Oberinspektor lässig und tat uninteressiert.

Und Stiletto packte aus. Er erzählte alles, beschrieb den Weg zur Hütte und die genaue Lage. »Soccer und Skipper sind jetzt nur noch da«, sagte er zum Schluß. »Aber vorsichtig, Mister, sie sind beide gefährlich.«

»Danke für den Rat«, erwiderte John, »aber ich werde schon aufpassen.«

Dann holte er die Signalpfeife aus der Tasche und stieß einen schrillen Pfiff aus.

Nur Sekunden später tauchten fünf Polizisten auf.

John deutete auf den Monster-Rocker. »Nehmt ihn mit«, sagte der Oberinspektor. »Und paßt höllisch auf. Er ist gefährlich.«

Stiletto begann zu schreien. Er fühlte sich von John hereingelegt. Ungerührt wurden ihm auch noch Fußschellen verpaßt. Dann schafften die Beamten ihn weg.

John wartete, bis sie nicht mehr zu sehen waren. Er überprüfte noch einmal seine Waffe und machte sich auf den Weg zur Hütte. Dort würde es bestimmt nicht so gut ausgehen wie hier, da war John völlig sicher.

Die Luft in der verdammten Hütte war kaum noch zu ertragen. Dazu kam noch der Gestank des alten Strohlagers, der bei einem empfindlichen Menschen schon bei normalen Verhältnissen Ekel erzeugte.

Doch auch diese widrigen Umstände hatten Sheilas Willen nicht brechen können. Im Gegenteil. Sie hatte gelernt, niemals aufzugeben. Und in vielen mit ihrem Mann gemeinsam bestandenen Abenteuern hatte sie dies auch bewiesen.

In Bächen lief ihr der Schweiß von der Stirn. Ein paar Käfer krochen langsam über ihre Hosenbeine oder hatten es sich dort bequem gemacht.

Sheila war es endgültig leid. Sie hatte schon seit geraumer Zeit die Stimmen der Rocker nicht mehr vernommen, und deshalb hoffte sie, daß ihre Entführer eingeschlafen waren oder zumindest ihre Aufmerksamkeit nachgelassen hatte.

Kurzentschlossen rollte sich Sheila von dem stinkenden Strohlager. Der Boden war schmutzig, und schon bald klebte der Dreck wie eine zweite Schicht an ihrem Körper.

Sheila blieb ein paar Minuten steif liegen und lauschte. Doch draußen rührte sich nichts. Die Monster-Rocker hatten wohl nichts gehört.

Bills Frau atmete keuchend und durch den geöffneten Mund. Sie zog die Beine an, richtete ihren Oberkörper auf und rutschte mit abgehackten Bewegungen nach hinten, auf die Hüttenwand zu.

Sie brauchte diese als Stütze, um sich aufraffen zu können. Ihre Hände waren gefesselt, und Sheila hatte nicht genügend Kraft, sich durch eigenen Körperschwung in die Senkrechte zu bringen.

Dann spürte sie die Wand.

Jetzt kam es darauf an, daß die Wand hielt!

Sheila versuchte es. Sie sammelte alle Kräfte, konzentrierte sich und schob sich langsam höher.

Es klappte. Sogar beim erstenmal.

Sheila fiel ein Stein vom Herzen. Stück für Stück erhob sie sich. Und mit der Zeit ging es immer besser.

Schließlich hatte sie es geschafft.

Sheila Conolly stand.

Ein befreiender Atemzug drang aus ihrem Mund. Den ersten Teil hatte sie glücklich hinter sich gebracht.

Zum Glück hatten die Monster-Rocker Sheilas Beine nicht gefesselt. Diesen Vorteil konnte Bills Frau jetzt ausnutzen.

Vorsichtig schlich sie in Richtung Tür.

Die Tür ließ sich nicht ganz schließen. Ein schmaler Lichtbalken fiel von draußen in die Hütte.

Vor der Tür blieb Sheila stehen.

Noch einmal atmete sie tief durch. Wenn sie jetzt etwas verkehrt machte oder überstürzte, war alles verloren.

Die Tür hatte eine verrostete Klinke. Sheilas Finger schlossen sich um das Metall.

Gewaltsam zwang sich Sheila Conolly zur Ruhe. Sie hörte, wie ihr Herz gegen die Rippen hämmerte.

Es war ein Spiel auf Leben und Tod, was Sheila vorhatte. Wenn die Rocker sie erwischten, war sie geliefert. Sie ahnte aber auch, daß man sie – falls Bill auf die Bedingungen einging – ebenfalls töten würde.

Behutsam zog Sheila Conolly die Tür auf. Das war gar nicht so einfach, denn mit gefesselten Händen hatte man nicht das gleiche Gefühl wie bei einer normalen Haltung.

Millimeter für Millimeter glitt die Tür nach innen.

Noch quietschte sie nicht . . .

Sheila hielt inne. Durch den größer gewordenen Spalt blickte sie nach draußen.

Von den Monster-Rockern war nichts zu sehen. Verständlich, denn der Platz vor der Hütte war der prallen Sonne ausgesetzt. Wahrscheinlich hielten sich die Ungeheuer im Schatten auf, und daß Sheila einen Befreiungsversuch unternehmen würde, damit rechnete niemand.

Also weiter.

Wieder zog Sheila Conolly.

Totenstill war es, und in der Stille hörte sich das plötzliche Knarren der Tür doppelt so laut an.

Ein heißer Schreck durchfuhr die Frau. Sie ließ die Klinke los wie ein glühendes Stück Eisen.

Die Sekunden vertropften.

Nichts geschah.

Die Monster-Rocker hatten tatsächlich nichts gehört.

Ein riesiger Stein fiel Sheila Conolly vom Herzen.

Sie machte weiter. Noch war der Durchlaß zu klein, noch konnte sie nicht nach draußen schlüpfen.

Doch Sekunden später hatte sie es geschafft. Wie eine Schlange zwängte sie sich durch den entstandenen Türspalt.

Ihr Blick flog hin und her. Keine Spur von den Monster-Rockern.

Das freudige Gefühl durchschoß Sheila Conolly wie ein Blitzstrahl. Sie machte zwei schnelle Schritte.

Obwohl die Luft hier draußen auch warm war, kam es ihr doch so kühl vor wie in einem Keller.

Sheila Conolly kniff die Augen zu schmalen Schlitzen zusammen. Die Blech- und Schrotthügel, von denen die Hütte eingerahmt war, erinnerten sie an unheimliche Gebilde aus einem Science-fiction-Film.

Sheila begann zu laufen. Wankend, torkelnd. Sie hatte Mühe, das Gleichgewicht zu behalten.

Plötzlich hörte sie das Lachen.

Es klang so siegessicher, schadenfroh und triumphierend, daß Sheila ein eisiger Angstschauer über den Rücken lief.

Abrupt blieb sie stehen.

Und dann sah sie die beiden Rocker. Sie traten hinter der Hütte hervor. Sie mußten alles beobachtet haben und hatten Sheila eiskalt in die Falle laufen lassen.

Im Nu hatten sie die Frau umzingelt.

Soccer stand hinter ihr, um den Rückweg abzuschneiden. Skipper hatte sich vor Sheila in Positur gestellt. Er wippte auf den Zehenspitzen. Wie ein Zirkusartist.

Doch ein Artist hielt keine Fahrradkette in der Hand!

»Jetzt mach' ich dich so fertig, Puppe, daß du dich selbst hinterher nicht mehr wiedererkennst«, keuchte Skipper und ließ die Kette durch die Luft pfeifen.

Sheila stand auf ihrem Platz wie angeklebt. Sie sah das Glitzern der blanken Fahrradkette und wußte, daß sie kaum eine Chance hatte.

Zwei Schritte trennten Skipper noch von der Frau.

Der Totenschädel des Rockers hatte sich zu einem häßlichen Grinsen verzogen. Wie angeklebt lag die Mörderkette in Skippers Hand.

Noch wartete er und genoß die Angst der Frau.

Da brüllte Soccer los. »Schlag endlich zu, verdammt!«

Und Skipper holte zu einem mörderischen Schlag aus . . .

Tom Tarras jagte durch London. Wie ein Teufel fuhr er durch die südlichen Vororte, um hinterher nach Osten einzubiegen, damit er das Ufer der Themse erreichte und damit auch den Schrottplatz.

Tarras hatte wahrhaftig schon einiges hinter sich und war auch nie zimperlich gewesen. Ein ganzes Viertel hatten er und seine Kumpane in Angst und Schrecken versetzt. Es hatte harte Auseinandersetzungen gegeben, vor allen Dingen mit der Polizei.

Und während Tarras auf seiner Harley Davidson dahinjagte, lief sein vergangenes Leben wie ein Film vor seinen Augen ab. Schlechtes Elternhaus, Jugendstrafen, wieder entlassen, Gefängnis. Damals zwei lange Jahre. Doch die hatten Tarras noch brutaler gemacht, hatten den Haß auf die bürgerliche Gesellschaft noch verstärkt. Doch mit einemmal war die Wandlung gekommen. Über Nacht. Tom Tarras, der sich gern der Vollstrecker nennen ließ, sah die Dinge des Lebens jetzt anders. Und daran war zu einem großen Teil auch ein Mädchen namens Ginny schuld. Sollte er diese Sache mit heiler Haut überstehen, würde er Ginny heiraten. Das nahm er sich fest vor.

Die Gegend wurde einsamer. Schon konnte Tom Tarras linker Hand den großen Fluß erkennen. Schiffe durchpflügten das graugrüne Wasser. Einige Kinder standen am Ufer und winkten. Es war ein friedliches Bild, doch Tarras hatte dafür keinen Blick.

Er mußte weiter. Er wollte seine ehemaligen Kumpane eiskalt zur Rechenschaft ziehen. Sie hatten sich mit einem Dämon verbündet, waren zu Mordrobotern geworden. Tarras hatte das Grauen am eigenen Leib gespürt, und auch Ginny, die ihm alles bedeutete.

Nach weiteren fünf Minuten Fahrt tauchte der Schrottplatz auf. Man merkte es daran, daß alles öder, ausgestorbener wurde. Das Gras war verbrannt, Büsche und Gestrüpp abgeholzt.

Verbrannte Erde!

Und dann sah Tom Tarras die Polizeiwagen. Die grelle Sonne spiegelte sich auf dem Lack. Mehrere Beamte standen herum und diskutierten.

Tom Tarras ging vom Gas.

Doch seine Ankunft war schon gehört worden. Zwei Männer liefen auf ihn zu.

Tarras fuhr mit einem wilden Lachen an ihnen vorbei und stoppte erst dicht neben den Polizeiwagen.

Er sprang vom Sattel und bockte die Maschine auf. »Wo ist Oberinspektor Sinclair?« schrie er.

Tom Tarras hatte kaum ausgesprochen, da war er bereits eingekreist worden. Pistolenmündungen glotzten ihn an.

»Was soll das, zum Teufel?« fauchte Tom Tarras.

»Die Fragen stellen wir hier«, sagte ein rothaariger Polizist. Er war ein Bulle von Mann, mit einem kleiderschrankbreiten Kreuz.

»Ich bin Sergeant O'Hara. Also, spuck's aus, Bursche. Was ist los?«

Tarras wurde wütend. »Verdammt, das kann ich Ihnen nicht so einfach erklären. Ich muß den Oberinspektor sprechen. Ich . . .«

Plötzlich stockte Tarras. Er hatte vier Polizisten gesehen, die einen Monster-Rocker in ihrer Mitte führten.

Ehe einer der übrigen Beamten überhaupt reagieren konnte, stieß Tarras zwei Leute zur Seite und rannte auf den gefesselten Stiletto zu.

»Ich bring dich um!« brüllte Tarras. »Du Schwein, ich bring dich um!«

Blitzschnell hatte Tom Tarras eine Waffe gezogen. Er feuerte noch im Laufen.

Drei Kugeln klatschten in Stilettos Körper. Der Monster-Rocker bäumte sich auf. Ein gellendes Lachen entrang sich seiner Kehle. Er hatte die Kugeln geschluckt, ohne daß ihm etwas passiert war. Ein dämonischer Geist hielt ihn weiterhin am Leben.

Zu einem vierten Schuß kam Tom Tarras nicht mehr. Plötzlich hingen zwei kräftige Beamte an seinem Waffenarm. Die Schußhand wurde Tarras nach oben geschleudert. Ein knallharter Schlag traf seine Magengrube.

Tarras knickte zusammen. Aber noch war er nicht fertig.

Er kämpfte mit Händen und Füßen. Doch die Übermacht war zu stark. Dann traf ein harter Schlag seinen ungeschützten Kopf. Stöhnend brach Tom Tarras zusammen.

Ich hätte doch den Helm mitnehmen sollen, dachte er. Das letzte, was er hörte, war Stilettos triumphierendes Gelächter. Dann wurde es um Tom Tarras Nacht.

Die Polizisten ließen ihn los. »Gebt auf ihn acht«, befahl Sergeant O'Hara und wischte sich den Schweiß von der Stirn. »Wer weiß, was er von Oberinspektor Sinclair wollte. Kann ihn ja wirklich gekannt haben.«

O'Hara, der Ire, war genauso geschockt wie seine Kollegen. Er hatte gesehen, daß die Kugeln dem Monster-Rocker nichts hatten anhaben können, und ein nie gekanntes Grauen streifte ihn und seine Kollegen wie ein kalter Hauch.

Trocken peitschte der Schuß!

Skipper hielt mitten in der Bewegung inne. Sein zum Schlag erhobener Arm fiel zurück. Beide Hände preßte er auf den Totenschädel. Und dann drang ein markerschütterndes Heulen aus seinem Mund. Wie die Melodie des Jüngsten Gerichts pflanzte es sich zwischen den Schrotthalden fort und verklang in der Ferne.

Skipper brach zusammen. Er schüttelte sich wie unter Stromstößen. Der schwere Totenschädel zerbröckelte zwischen seinen Händen und wurde zu Staub.

Was von Skipper übrigblieb, war ein kopfloser Torso.

John Sinclair stand mit angeschlagener Pistole auf dem Platz vor der Hütte.

Er hatte keinen Warnruf mehr ausstoßen können, hatte schießen müssen, um Sheilas Leben zu retten.

Noch stand Soccer dicht bei Sheila Conolly. Zu dicht, denn das sollte John Sinclair in der nächsten Sekunde erfahren.

Ehe er den Arm mit der Waffe herumschwenken konnte, hatte Soccer die junge Frau gepackt und an sich gerissen. Der linke Arm lag in einem gnadenlosen Würgegriff um Sheilas Hals, mit dem rechten fingerte Soccer nach seinem Messer.

Gedankenschnell setzte er die Spitze gegen Sheilas Kehle.

Die Frau versteifte.

Soccer lachte häßlich. »Jetzt sind die Karten schon ganz anders verteilt«, sagte er. »Ich weiß nicht, wie du es geschafft hast, meine Freunde zu erledigen, aber mich legst du so nicht um. Vorher stirbt diese Puppe hier. Und pfeif deine Leute zurück!« brüllte Soccer.

Tatsächlich waren jetzt überall die Polizisten aufgetaucht. Sie hielten die Waffen auf Soccer angelegt und konnten doch nicht schießen.

John machte ein paar Handzeichen. »Geht zurück«, sagte er dabei.

»Nein!« schrie Soccer. »Sie sollen ganz verschwinden. Ich will keinen Bullen mehr hier in der Nähe sehen. Und wenn ich auch nur einen rieche, wird es die Puppe hier bereuen.«

Soccer erging sich in Einzelheiten, was er tun würde, wenn John seine Anordnungen nicht befolgte.

Der Oberinspektor atmete gepreßt. »Ihr habt gehört, was er will!«, rief er den Polizisten zu. »Das Leben der Frau ist wichtiger.«

Soccer lachte. »Genauso hatte ich euch eingeschätzt«, sagte er verächtlich.

Sheila stand noch immer starr. Sie atmete nur ganz flach. Jede Bewegung vermied sie tunlichst. Der Rocker hätte es unter Umständen falsch auslegen können.

Sheila peilte mit verdrehten Augen von oben her auf die blanke Messerklinge. Sonnenstrahlen brachen sich darauf und zauberten ein paar glitzernde Lichtreflexe auf einen der Schrotthügel.

Die Umgebung schien in panischem Entsetzen erstarrt zu sein.

Auch John Sinclair verhielt sich ruhig. Er wußte, daß der

Monster-Rocker übernervös war. Eine hastige Bewegung seinerseits, und die Horrorgestalt konnte zustechen.

»Und jetzt laß deine Knarre fallen!« befahl Soccer.

John, der noch immer seine Pistole in der Hand hielt, öffnete die Finger.

Die Waffe fiel zu Boden.

»Stoß sie weg!«

John kickte mit der Fußspitze gegen die Spezialwaffe.

Der Monster-Rocker lachte. »So stehen die Chancen schon besser«, kicherte er. »Hör jetzt genau zu, was ich dir sage. Dieser Conolly soll kommen. Aber nicht mehr hierher, sondern nach Scalford. Ich erwarte ihn dort am Dämonengrab. Die Puppe hier nehme ich mit. Sie wird mir garantieren, daß die Bullen keinen Mist bauen.« Soccer lachte. »Und jetzt geh ein Stück zurück, Oberbulle!«

Damit war John Sinclair gemeint.

Der Oberinspektor gehorchte. Er hatte in ohnmächtiger Wut die Hände zu Fäusten geballt.

Der Monster-Rocker nahm das Messer von Sheilas Kehle, ging mit der Frau im Würgegriff drei Schritte vor, bückte sich blitzschnell und hob Johns mit geweihten Silberkugeln geladene Pistole auf.

Das heißt, er wollte sie aufheben. Doch kaum hatten seine Finger das Metall berührt, als der Rocker wütend aufschrie. Das geweihte Silber wirkte auf ihn ein. Die Kraft der Kugeln drang auch nach außen.

Seine Haut begann plötzlich zu brennen. Für einen Moment achtete er nur auf seinen Schmerz und nicht auf Sheila.

Trotz aller Erregung hatte Bills Frau noch die Nerven bewahrt. Sie sah das Messer nicht mehr in unmittelbarer Nähe ihres Körpers und tat das für sie einzig Richtige.

Sie ließ sich fallen.

Der Monster-Rocker konnte sie nicht halten. Sheila rutschte aus seinem Griff und tauchte zur Seite weg.

Für einen Moment verlor der Monster-Rocker die Übersicht.

Wie vom Katapult abgeschossen, flog John Sinclair durch die Luft. Seine Fäuste bohrten sich in Soccers Magengrube.

Die Horrorgestalt taumelte zurück, verwandelte den Sturz jedoch in eine Rolle rückwärts, war gedankenschnell wieder auf den Beinen und erreichte mit zwei langen Sprügen seine Maschine.

Das Messer hatte er zwischen sein grinsendes Totengebiß geklemmt.

Der Monster-Rocker trat den Starter.

Der Motor kam sofort, röhrte auf.

Soccer gab Gas.

Da peitschten die Schüsse. Die Kugeleinschläge warfen Soccer auf der schweren Maschine hin und her. Doch anhaben konnten sie ihm nichts. Im Gegenteil, sie steigerten nur noch seine Wut.

»Feuer einstellen!« brüllte John.

Da preschte Soccer los.

John hechtete auf seine Pistole zu, warf sich herum, wollte feuern . . .

Soccer war schon verschwunden.

John schnellte auf die Füße. Von allen Seiten rannten Polizisten auf ihn zu. »Kümmert euch um die Frau!« rief John den Beamten zu und holte ein kleines Walkie-talkie aus seiner Jackentasche, um mit der Zentrale Verbindung aufzunehmen.

Es klappte nicht.

John Sinclair zerbiß einen Fluch. Und der Unheimliche gewann immer mehr Vorsprung.

Da peitschten wieder Schüsse. Jetzt weiter entfernt. Es waren die Kollegen des zweiten Ringes, die den Monster-Rocker entdeckt hatten.

»Es hat keinen Zweck!«, rief John und fand zum Glück den Einsatzleiter dieser Polizeigruppe. Der hatte ein Sprechfunkgerät.

John riß es ihm sofort aus den Händen.

Einen Lidschlag später hatte er die Verbindung.

»Sergeant O'Hara!« rief John.

»O'Hara hier!« hörte John die aufgeregte Stimme des Sergeanten. »Hier ist der Teufel los. Wir haben einen Rocker niedergeschlagen, der sich . . . verdammt . . ., was ist das denn . . .?«

Deutlich hörte John das Dröhnen eines schweren Motorrades. Soccer mußte O'Hara und seine Gruppe erreicht haben.

»O'Hara!« brüllte John. »Hören Sie mich . . .?«

»Ich – ha . . .«

Das letzte, was John Sinclair vernahm, war ein Schrei. Dann war die Verbindung unterbrochen.

John Sinclair handelte auf der Stelle. Er warf dem Beamten das Sprechgerät zu und rannte auf die zweite Maschine zu, die dem Monster-Rocker gehört hatte, der jetzt tot am Boden lag.

John wußte, wie man mit einer BMW umgehen mußte. Er schwang sich auf den Sattel und brauste Sekunden später los.

Der rothaarige O'Hara sah die Horrorgestalt auf sich zurasen. Sekundenlang schockte ihn dieser Anblick. Und dann war es zu spät, um sich noch rechtzeitig in Sicherheit zu bringen. Übergroß wuchs die Maschine vor ihm auf.

Dann folgte der Aufprall. O'Hara spürte einen stechenden Schmerz, der ihm die Luft raubte, und wurde wie ein Blatt Papier zur Seite gefegt.

Hart krachte er auf den Boden. Bevor er bewußtlos wurde, hörte er noch die Schüsse, dann wurde es stockfinstere Nacht um den rothaarigen Sergeanten.

Die Polizisten zielten schlecht. Zu sehr waren sie von dem Anblick des Monster-Rockers aus der Fassung gebracht worden.

Geduckt hockte Soccer auf dem Sattel, bot so wenig Ziel wie möglich.

Die meisten Kugeln flogen an ihm vorbei. Ein paar Streifschüsse fuhren über seinen Rücken, über die Soccer nur lachen konnte.

Schnell hatte er den Platz hinter sich gebracht. Ein siegessicheres Lachen drang aus seinem häßlichen Maul. Die Polizisten hatte er abgeschüttelt.

Doch hier irrte sich Soccer.

Es gab noch jemanden außer John Sinclair, der vor dem Monster-Rocker keine Angst hatte.

Tom Tarras!

Er war schon längst aus seiner Ohnmacht erwacht. In dem allgemeinen Durcheinander hatte man nicht mehr auf ihn geachtet. Und die Unaufmerksamkeit nutzte Tarras eiskalt aus.

Seine Harley Davidson stand startbereit. Die Beamten, die ihn umringt hatten, waren durch das Auftauchen des Monster-Rockers abgelenkt worden.

Tarras nutzte seine Chance. Er war zwar noch nicht hundertprozentig fit, doch der Haß auf seinen ehemaligen Kumpan trieb ihn voran.

Wie ein Tiger hechtete Tom Tarras in den Sattel der Harley Davidson.

Die schwere Maschine sprang an.

Ehe die Polizisten überhaupt begriffen, was eigentlich los war, raste Tom Tarras schon davon. Eine riesige Staubwolke zog wie eine Fahne hinter ihm her.

Soccer hatte einen nur knappen Vorsprung. Außerdem war die Harley Davidson um einiges schneller als Soccers Honda 850.

Parallel zur Themse rasten sie dahin. Von den Schiffen aus konnte man nicht erkennen, was für eine Gestalt auf der ersten Maschine hockte. Und wenn es jemand bemerkt hätte, er hätte es bestimmt für eine Sinnestäuschung gehalten.

Tom Tarras hatte die Lippen zusammengepreßt. Sein halblanges Haar flatterte im Wind. Weit nach vorn gebeugt hockte er im Sattel, bot so wenig Luftwiderstand wie möglich.

Die Straße war schmal, kurvenreich, aber gut asphaltiert.

Und hier in den Kurven spielte Tom Tarras sein ganzes fahrerisches Können aus.

Meter für Meter holte er auf.

Jetzt blickte sich Soccer zum erstenmal um und wandte Tarras seinen häßlichen Totenschädel zu.

Keine Regung war in dem beinernen Gesicht zu erkennen, doch Soccer drehte noch mehr auf.

Er schnitt die Kurven mit einer lebensgefährlichen Tollkühnheit. Und Tom Tarras stand ihm in nichts nach.

Dann tauchte plötzlich der Lastwagen auf. Er war hochbeladen und wollte wohl zum Schrottplatz.

Soccer raste mitten auf der Fahrbahn. Wie ein Geschoß näherte er sich dem Lastwagen.

Der Fahrer in der Führerkabine bekam plötzlich schreckensstarre Augen.

Er sah das Motorrad mit der Totenkopfgestalt auf sich zudonnern und verlor fast den Verstand.

Er reagierte genau falsch.

In einer Panikreaktion zog er das Steuerrad nach links, um der Honda doch noch auszuweichen.

Der Lastwagen schlingerte, wurde übersteuert, kam von der Straße ab und rasierte mit den Vorderrädern einen Graben.

Dann ging alles blitzschnell.

Den Lastwagen warf es um die eigene Achse. Sein Heck schleuderte zurück auf die Fahrbahn. Der Schrott löste sich, flog scheppernd und krachend auf die Straße.

Da war Soccer heran.

Er griff in die Bremsen.

Zu spät.

Mit ungeheurer Wucht knallte der Monster-Rocker in das Heck des Lastwagens.

Soccer flog, wie vom Katapult abgeschossen, durch die Luft, überschlug sich mehrmals und krachte gegen die Böschung der rechten Straßenseite.

Im selben Moment fing seine Honda Feuer.

Es war auch der Augenblick, an dem Tom Tarras den Lastwagen erreichte, der sich jetzt langsam zur Seite neigte und dann krachend umkippte.

Reifenprofil kreischte über den Asphaltbelag. Die Harley Davidson schleuderte, stellte sich quer, rutschte weiter. Genau auf die brennende Honda zu.

Mit einem tollkühnen Hechtsprung flog Tom Tarras aus dem Sattel. Er prallte auf die Straße, verwandelte den Sturz in eine Rolle, schrammte sich das Gesicht auf und blieb im Straßengraben liegen.

Plötzlich explodierte der Tank der Honda. Es gab eine grelle Stichflamme, die auch die Harley Davidson erfaßte. Beide Maschinen wurden Opfer des Feuers.

Tom Tarras lag im Graben und hatte die Arme schützend über seinen Kopf gebreitet. Für ihn war es sowieso ein Wunder, daß er sich nicht den Schädel aufgeschlagen hatte.

Zwei, drei Herzschläge lang blieb Tom Tarras so liegen, versuchte, seinen Körper wieder zu beruhigen. Rasend schlug sein Herz. Er spürte, wie er am gesamten Körper zitterte. Aus der aufgeplatzten Haut im Gesicht strömte das Blut.

Soccers Stimme riß ihn hoch.

»He, Tarras!« brüllte der Monster-Rocker. »Jetzt bist du dran!«

Tom Tarras schwieg. Statt dessen stemmte er sich ächzend hoch und drehte mühsam den Kopf.

Breitbeinig stand Soccer über ihm. Er hatte beide Arme in die Hüften gestemmt. Zwischen seinen häßlichen Totenkopfzähnen blitzte ein Messer.

»Nun, Tarras? Immer noch der große Boß?«

Tarras verzog schmerzhaft das Gesicht. »Was willst du, Soccer?«

Der Monster-Rocker lachte. »Kannst du dir das nicht denken, Tom? Ich will dich killen!«

Tarras lachte hart auf. »Und weshalb willst du mich umbringen?«

»Weil du feige warst!« zischte Soccer. »Du bist als einziger nicht in das Dämonengrab gegangen. Wir tragen das Brandmal des Dämons. Und du nicht. Deshalb wirst du sterben.«

Tom Tarras blieb überraschend ruhig. Er wunderte sich selbst darüber. »Und du glaubst im Ernst, damit durchzukommen? Mein Tod nutzt dir nichts. Man wird dich hetzen und jagen. Dieser Oberinspektor Sinclair wird dich zur Strecke bringen, egal, was auch geschieht.«

Soccer winkte ab. »Den habe ich hinter mir gelassen. Aber ich werde meinen Auftrag erfüllen. Sechs Menschen braucht der Dämon, um seine Rache zu vollenden. Ich werde den sechsten holen, verlaß dich drauf.«

Mit einer schnellen Bewegung nahm Soccer das Messer in die Hand. »Komm raus, Tarras. Komm aus deinem Loch!«

Tom Tarras stemmte sich hoch. »Okay, ich bin nicht feige!« Er sammelte all seine Kräfte und sprang auf die Straße.

Erst jetzt war zu erkennen, wie ramponiert Tom Tarras war. Seine Lederkleidung war verschmutzt und blutig, genau wie sein Gesicht. Aber er war noch nicht am Boden. Er konnte noch kämpfen.

Ein kurzer Ruck, und Tarras hielt ebenfalls ein Messer in der Hand.

Soccer lachte gellend auf. »Willst du dich tatsächlich mit mir anlegen?« blaffte er. »Hier, stoß doch zu!« Soccer breitete beide Arme aus. »Du wirst sehen, ich bin unverletzbar!«

Tom Tarras zögerte. Soccers Sicherheit machte ihn nervös. Er wußte, daß der Monster-Rocker nicht bluffte. Hatte er sich zuviel vorgenommen?

Flucht! Urplötzlich kam Tom Tarras der Gedanke, doch er verwarf ihn ebenso schnell wieder, wie er aufgeblitzt war.

Nein, diesmal würde er nicht weglaufen. Und er würde es auch nicht vor Soccer tun. Irgendwie tauchte in seiner Erinnerung auch

193

Ginny auf. Ginny, die er liebte. Er sah ihr besorgtes Gesicht noch genau vor sich, als er abgefahren war.

Wieder kamen Tarras Zweifel.

»Du hast wohl Angst vor deiner eigenen Courage«, höhnte Soccer und ließ den Messerarm ansatzlos vorschnellen.

Die Klinge schlitzte Tarras die Jacke auf.

Soccer kicherte. »Der nächste Stich sitzt!« schrie er und tänzelte ein Stück zur Seite.

In diesem Moment hörten sie beide das Motorengeräusch. Soccer, hinter dessen Rücken das Gedröhn aufgeklungen war, riß den Kopf herum.

Für Augenblicke stand er wie vereist. Dann drang aus seinem Maul ein gellender Schrei.

»Sinclair!« Der Monster-Rocker heulte den Namen wie ein getretener Hund.

»Jetzt mach dein Testament!« brüllte Tom Tarras und sprang vor . . .

Der Geisterjäger sah die Szene schon von weitem. Die beiden Rocker, die brennenden Maschinen und den umgekippten Lastwagen. John brauchte sich nicht erst groß zusammenreimen, was geschehen war. Die Fakten sprachen für sich.

Rasend schnell näherte er sich den beiden Gestalten.

Durch den Motorenlärm hörte er Soccer seinen Namen schreien. Und da hechtete Tom Tarras auch schon vor. Er knallte genau in Soccers Rücken.

Der Monster-Rocker krachte zu Boden, warf sich jedoch sofort herum und sprang wieder auf die Beine.

Eine wischende Bewegung, und Tarras brüllte auf. Soccer hatte ihm das Messer in den Oberschenkel gestoßen.

Tarras brach zusammen.

Soccer lachte wild und wollte ihm den Rest geben.

Da war John heran.

Er raste dem Monster-Rocker genau in die Flanke und fegte ihn zur Seite.

Soccer krachte gegen den Lastwagen, doch das sah John nicht mehr, denn er hatte Mühe, die BMW unter Kontrolle zu halten und abzubremsen.

194

Noch während der Fahrt ließ sich der Geisterjäger aus dem Sattel fallen.

John prallte auf die Straße, überschlug sich zweimal, nutzte den Schwung aus und schnellte wieder hoch.

Soccer hatte sich bereits erholt.

Er wankte auf John zu. Seine Lederjacke war von Kugellöchern zerfetzt. Es war ein makabrer Anblick.

Tom Tarras lag am Boden und verbiß den Schmerz, den die Messerwunde ausstrahlte.

Mit einer glatten, tausendmal geübten Bewegung zog John Sinclair die mit geweihten Silberkugeln geladene Pistole. »Bleib stehen, Soccer«, sagte der Geisterjäger, »du hast nicht den Schimmer einer Chance.«

Soccers Totenkopfgesicht verzog sich zu einem Grinsen. »Ich weiß, Sinclair. Aber ich möchte Ihnen ein Geschäft vorschlagen.«

»Legen Sie ihn doch um!« rief Tarras.

John ging nicht auf den Zwischenruf ein. »Und welches Geschäft willst du mir vorschlagen?«

»Ich bringe dich zu dem Dämonengrab, und du läßt mich anschließend laufen.«

John schüttelte den Kopf. »Nie. Das Dämonengrab finde ich auch ohne dich. Es hat keinen Zweck, Soccer. Ich lasse mich nicht auf Geschäfte ein.«

John Sinclair hatte in diesem Fall nur auf Soccer geachtet und Tom Tarras aus den Augen gelassen.

Tarras wurde von seinem Haß auf die Monster-Rocker fast aufgefressen. Er verbiß sich den Schmerz und richtete sich halb auf. Nur noch ein halber Meter trennte ihn von dem Geisterjäger.

Und dann schlug Tarras zu.

Es war ein brettharter Karateschlag, der den Arm des Oberinspektors traf.

John ließ die Waffe fallen, als wäre sie ein glühendes Stück Eisen.

Die Pistole prallte auf den Boden, und ehe John Sinclair reagieren konnte, hatte sich Tarras die Waffe geschnappt.

Soccer brüllte auf. Er ahnte, daß er von Tarras keine Gnade zu erwarten hatte.

Tarras feuerte im Liegen.

Drei Kugeln jagte er aus dem Magazin. Alle Geschosse trafen den häßlichen Totenschädel des Monster-Rockers.

Zu einem vierten Schuß kam Tarras nicht mehr. Da hatte John ihm mit einem Tritt gegen das Handgelenk die Waffe aus den Fingern gefegt.

»Sind Sie wahnsinnig?« brüllte der Oberinspektor.

Doch Tarras lachte nur. Sein irres Gelächter gellte über die Straße und brach plötzlich ab wie ausgeblasen.

»Er ist tot«, keuchte Tarras. »Ich habe ihn erledigt. Er ist . . .«

»Halten Sie den Mund!« zischte John und spürte, wie ein bitteres Gefühl in ihm hochstieg. Er wollte keinen Mord, doch durch einen unglücklichen Zufall hatte er ihn auch nicht verhindern können.

Soccer lag auf dem Rücken. Sein Schädel war völlig zerfallen. Der Wind blies die Staubteilchen von der Straße.

John wandte sich schweigend ab und lief zu dem Lastwagen, der im Graben hing. Mit der Linken zog John die verklemmte Tür auf, die Rechte war noch von dem Schlag gelähmt.

Der Fahrer hing verkrümmt hinter dem Steuer. Doch er lebte.

John Sinclair wischte sich über das Gesicht und ging zurück. »Die anderen werden wohl gleich hier sein«, sagte er leise.

Bill Conolly saß wie auf glühenden Kohlen. Er wartete auf den zweiten Anruf der Monster-Rocker.

Doch die Zeit verging.

Im Aschenbecher häuften sich die Zigarettenkippen. Auch Dave Lipton und Ginny wurden von Bills Nervosität angesteckt. Ein paarmal hatte Dave Lipton versucht, den Reporter zu beruhigen.

Ohne Erfolg.

Und dann summte plötzlich das Telefon.

Wie ein Geier schnappte Bill den Hörer.

»Conolly«, keuchte er.

»Bill?«

»Sheila, mein Gott!« Bill schrie den Namen seiner Frau heraus. »Was ist los? Bist du okay?«

»Ja, ja, es ist alles in Ordnung«, unterbrach Sheila den Redestrom ihres Mannes. »John hat mich hier rausgeholt.«

196

Eine Tonnenlast fiel Bill Conolly vom Herzen. »John, dieser Himmelhund«, flüsterte er. »Wo steckt er jetzt?«

»Ich weiß es nicht, Bill. Ich bin hier in einem Einsatzwagen der Polizei. Es wird noch etwas dauern, bis ich nach Hause komme. Protokolle und so weiter.«

»Schon gut«, sagte Bill. »Warte bitte auf mich, bis ich dich abhole.«

»Was hast du vor?«

»Ich will nach Scalford und mich dem Dämon stellen.«

»Bist du wahnsinnig, Bill? Begib dich nicht in Gefahr. Sie werden dich töten.«

»Nein, Sheila, das schaffen sie nicht. Das Faustpfand ist ihnen ja genommen. Keine Angst, mir geschieht schon nichts. Ich hoffe, schon in der nächsten Nacht wieder zurück zu sein.«

Bill tröstete seine Frau noch und legte dann den Hörer auf.

Dave Lipton war überrascht. »Sie wollen tatsächlich in die Höhle des Löwen?« fragte er.

»Ja«, erwiderte Bill. Seine Stimme klang endgültig. »Schließlich bin ich eine der Hauptpersonen, wenn nicht sogar die Hauptperson.«

»Aber was geschieht mit mir? Und was ist mit Tom?« rief Ginny verzweifelt.

»Sie können so lange hierbleiben, Ginny«, sagte Bill Conolly und lächelte zuversichtlich. »Ihnen wird keiner etwas tun, und Dave . . .«

»Nein, Mister Conolly. Ich fahre mit nach Scalford«, sagte Dave Lipton. »Mein Entschluß steht genauso fest wie der Ihre.«

Bill war einverstanden. Bevor sie jedoch losfuhren, gab der Reporter Ginny noch einige Anweisungen. »Und wenn Oberinspektor Sinclair anruft«, meinte er zum Schluß, »sagen Sie ihm die Wahrheit.«

Fünf Minuten später saßen die beiden Männer in Bills Porsche.

»Wir besuchen den Bürgermeister«, schlug Dave Lipton vor. »Er weiß über die verdammte Sache am besten Bescheid. Ich habe übrigens vorhin in Scalford angerufen. Meiner Verlobten geht es gut. Sie hat auch den Terror der Rocker zu spüren bekommen.«

»Dann wollen wir nur hoffen, daß wir den Dämon packen«,

sagte Bill. »Außerdem werde ich das verdammte Gefühl nicht los, daß wir in Scalford noch einen Bekannten treffen.«

»Wen denn?«

»John Sinclair natürlich.«

Bill Conolly hatte tatsächlich richtig gelegen mit seiner Voraussage.

John Sinclair war unterwegs nach Scalford.

Er hatte sämtliche Formalitäten erledigt, so schnell es ging. Die Rocker waren weggeschafft worden. Sie sollten im Gerichtsmedizinischen Institut untersucht werden. Sergeant O'Hara war aus seiner Bewußtlosigkeit noch nicht erwacht. Die Ärzte dachten an innere Verletzungen.

Nur noch Stiletto lebte von den Monster-Rockern. Er saß in einer sicheren Zelle und wurde außerdem noch von zwei Beamten bewacht. Auf Johns Anraten hin hatte man vor der Zelle magische Symbole aufgemalt. Sie bildeten einen weiteren undurchdringlichen Ring.

Die Straße nach Scalford war nicht stark befahren. John hatte die Autobahn schon hinter sich gelassen und näherte sich Scalford im Siebzig-Meilen-Tempo.

Nach zehn Minuten zügiger Fahrt tauchte der kleine Ort auf.

Scalford war ein gepflegtes Städtchen, das sah man sofort. Aber irgendwie war auch die Unruhe zu spüren, die die Bewohner überfallen hatte.

Man sah kaum jemanden auf der Straße. Und wenn – ging derjenige mit gesenktem Kopf.

John fand das Rathaus, indem er den Hinweisschildern folgte. Er hatte die gleiche Idee gehabt wie Bill Conolly. John hatte bei Bill angerufen und von Ginny erfahren, daß der Reporter nach Scalford gefahren sei. Ginny war allein in Bills Haus zurückgeblieben. Jetzt wartete sie sehnsüchtig auf Tom Tarras, dessen Beinverletzung jedoch noch behandelt werden mußte.

Den Kleinkram hatten die zuständigen Polizeibehörden übernommen. Mit solchen Dingen brauchte sich John Sinclair – dank seiner Sonderstellung – nicht mehr herumzuschlagen.

Seinen Chef – Superintendent Powell – hatte John auch schon über alles informiert. Powell erwartete natürlich wie immer einen Erfolgsbericht.

198

Es gab einige Parkplätze vor dem Rathaus, wo John seinen Bentley abstellen konnte.

Er war kaum ausgestiegen, als die breite Holztür geöffnet wurde. Nach draußen trat Bill Conolly. In seinem Schlepptau befanden sich Dave Lipton und ein John unbekannter Mann.

Der Reporter entdeckte John Sinclair sofort. »Dann sind wir ja wieder zusammen!«, rief er freudig und stellte John seinen Begleiter vor. »Das ist Mister James Rickett. Er ist der Bürgermeister von Scalford. Wir wollten gerade etwas essen gehen. Komm doch mit, dann kannst du dir die Geschichte anhören.«

Dave Lipton zog sich zurück. Er wollte zu seiner Verlobten, was durchaus verständlich war.

Bill hatte seinen Wagen hiner dem Rathaus abgestellt. Jetzt fuhr er ihn auch auf den Vorderparkplatz und stellte ihn neben Johns Bentley.

Der Bürgermeister lächelte John zu. »Sie sind also der berühmte John Sinclair.«

Der Geisterjäger winkte ab. »Halb so schlimm.«

»Na, was Ihr Freund so alles von Ihnen erzählt hat.«

»Bill übertreibt gern.«

»Sprecht ihr von mir?« fragte Bill Conolly, der plötzlich neben den beiden stand.

»Ja«, sagte John, »aber nur Gutes.«

»Das wollte ich auch gehofft haben. So, und jetzt werden wir erst mal unsere Mägen füllen, ehe es zum letzten Akt geht.«

Die fünf Angeketteten vegetierten dahin. Sie wußten nicht, ob es Tag oder Nacht war. Sie hatten jedes Gefühl für Zeit verloren.

Die Luft in der Höhle war schwer und drückend. Die Männer konnten sie kaum atmen. Wenn sie den Kopf drehten, stießen sie an die rostigen Eisenstäbe, an denen die Handschellen befestigt waren.

Ihr Dasein glich einer Stippvisite in der Hölle.

Und am schlimmsten war der Durst. Quälend und peinigend. Die Männer hatten das Gefühl, überhaupt keine Zunge mehr zu haben. In ihrem Mund schien nur ein dicker, atemversperrender Klumpen zu liegen.

Der Dämon triumphierte. Oft kam er an das Gitter und überzeugte sich, daß die fünf Gefangenen noch da waren.

Dann strichen jedesmal kalte Totenfinger über die Körper der Angeketteten.

»Bald werden es sechs ein«, ächzte der Dämon zwischen Triumph und Schmerz. »Dann kann ich meine Rache endlich vollenden.«

Er sagte immer die gleichen Sätze und zog sich anschließend ins Innere des Gefängnisses zurück, um seine Wunden zu pflegen, die ihm das geweihte Wasser vor über dreihundert Jahren beigebracht hatte.

Es waren gräßliche, kaum zu beschreibende Schmerzen, die den Dämon alle Qualen der Hölle durchlaufen ließen. Dieses Dahinvegetieren war für ihn schlimmer als der Tod. Nur die Hoffnung darauf, daß sich mal jemand in die Höhle verirren würde, hatte ihn noch aufrecht gehalten.

Beschreiben konnte man den Dämon kaum. Er hatte keine eigentliche Gestalt. Sein Körper war formlos, konnte sich verändern. Nur Arme und Hände hatten mit denen der Menschen Ähnlichkeit. Sein Gesicht war schwarz, und aus der Öffnung, die den Mund darstellen sollte, drangen in unregelmäßigen Abständen dicke, nach Schwefel riechende Wolken.

Höllenatem!

Die fünf Gefangenen hatten sich daran gewöhnt. Apathisch lagen sie auf dem Boden. Manchmal wünschten sie sich sogar den Tod herbei. Aber dann gab es wieder Momente, in denen sie Hoffnung schöpften. Jeder im Ort wußte doch, wo sie waren. Bestimmt hatte einer den Mut gefaßt und Hilfe geholt.

Ja, das versuchten sie sich immer wieder einzureden.

Doch der Dämon zerstörte jedesmal ihre Hoffnungen. Er malte ihnen die schrecklichsten Todesarten aus. Jeder von ihnen sollte auf eine andere Art und Weise sterben. Es waren Foltermethoden dabei, wie sie nur in den Dimensionen des Wahnsinns und des Schreckens geboren werden konnten.

Plötzlich horchte der Dämon auf.

Schritte waren an sein Gehör gedrungen.

Sie kamen. Endlich. Jetzt würde die Qual ein Ende haben. Das sechste Opfer war da!

Der Dämon krallte beide Klauenhände um die Stäbe und stieß ein infernalisches Brüllen aus.

Es war der Gesang des Teufels . . .

Und wieder kam die Dämmerung.

John Sinclair, Bill Conolly und der Bürgermeister hatten lange zusammengesessen. John kannte jetzt die ganze Geschichte von Anfang an. Trotzdem hatte er noch viele Fragen gestellt und auch Antworten darauf erhalten.

Der Geisterjäger vertraute völlig seiner mit Silberkugeln geladenen Spezialwaffe. James Rickett wollte natürlich bei der Auseinandersetzung dabei sein. Doch John hatte ihm abgeraten.

»Sie werden noch woanders gebraucht«, hatte sein Kommentar gelautet. »Außerdem würde ich an Ihrer Stelle eine Versammlung aller Dorfbewohner einberufen. Mein Freund und ich kommen anschließend zu Ihnen und werden Bericht erstatten.«

Der Bürgermeister hatte sich einverstanden erklärt. Sein Gesicht war von tiefen Sorgenfalten gezeichnet. Man sah es ihm an, daß er eine schlaflose Nacht hinter sich hatte.

Die Ankunft der beiden Männer aus London hatte sich schnell herumgesprochen. Das Lokal, in dem sie saßen, war überfüllt. Immer wieder sahen die Gäste verstohlen zu dem Tisch hinüber, an dem die Fremden mit dem Bürgermeister saßen und in eifrige Gespräche vertieft waren. Schließlich stand James Rickett auf. Er drückte John und Bill die Hand und wünschte ihnen viel Glück.

Der Geisterjäger und Bill Conolly erhoben sich ebenfalls. Den Weg hatte man ihnen genau beschrieben. Auch hatten sie sich noch starke Taschenlampen besorgt, um nicht blind in der Höhle herumzutappen.

Sie fuhren mit Johns Bentley. Die Luft war frisch. Man spürte schon das Ende eines herrlichen Sommers.

Wie ausgestorben wirkte das Dorf. Jetzt waren auch die Schatten der Dämmerung in den letzten Winkel gekrochen.

Die Menschen hielten den Atem an. Würden die Männer es schaffen?

John steuerte. In seinem Gesicht regte sich kein Muskel. Der Oberinspektor war völlig konzentriert. Die Riesenfinger der Scheinwerfer erhellten den Weg, der zum Hügel hinaufführte. Die gute Federung des Bentley verdammte jede Unebenheit des Bodens zur Wirkungslosigkeit.

Sie ließen den Wagen etwas unterhalb des Dämonengrabs stehen. Dumpf schwappten die Türen ins Schloß, als die beiden Männer ausgestiegen waren. Der Lack ihrer Taschenlampen glänzte.

Bis zum Eingang waren es noch gut zwanzig Meter.

John nickte seinem Freund zu. »Komm.«

Als erstes erreichten sie die Feuerstelle, um die sich die Rocker gestern versammelt hatten. Das Holz war niedergebrannt. Der Wind hatte die Asche verstreut.

Und dann sahen sie den Rocker. Oder das, was von ihm übriggeblieben war.

Das Feuer hatte bei Red Bull kräftige Nahrung gefunden. John und Bill wandten sich ab.

Der Oberinspektor ging ein paar Schritte zur Seite und zeigte auf den Boden. »Hier hat das Kreuz gestanden«, sagte er zu dem Reporter.

Jetzt lag es zersplittert neben dem Höhleneingang. Ein Mahnmal, das hinterher, wenn alles vorbei war, wieder aufgebaut werden sollte.

John und Bill knipsten ihre Lampen an. Das finstere Maul des Höhleneingangs wurde aus der Dunkelheit gerissen.

John blickte noch einmal zurück. Unten – am Fuß des Hügels – lag Scalford. Die vereinzelten Lichter wirkten wie Zeichen aus einer anderen Welt. Sie gaben John aber auch Hoffnung und das Gefühl, daß das, was er jetzt tat, nicht umsonst war. Daß er es für Menschen tat, die von den Mächten der Finsternis bedroht wurden. Es gab nicht viele Leute vom Schlage eines John Sinclair. Für die meisten war die Welt der Geister und Dämonen reiner Unsinn. Doch John wußte es besser. Zuviel hatte er schon erlebt. Bill Conolly gehörte auch zu den Personen, auf die John Sinclair immer zählen konnte. Wie auch Mandra Korab, sein indischer Freund. Diese Gedanken gingen John durch den Kopf, als er auf den Ort blickte. Dann wandte sich der Oberinspektor ruckartig um. »Los, Bill, laß uns ein Ende machen!«

Die Männer betraten die Höhle. Rissiges, feuchtes Gestein bedeckte die Wände. Irgendwo tropfte Wasser. John bekam einen Spritzer in den Nacken.

Die Luft war modrig und verbraucht. Sie roch sogar nach Schwefel.

Vorsichtig gingen die Männer weiter. Jeden Augenblick damit rechnend, eine makabre Überraschung zu erleben.

Doch nichts geschah. Noch nicht . . .

Sie hatten die Taschenlampen vorn mit der Hand verdeckt. So bekamen sie nur das Licht, was gerade nötig war, um sich zu orientieren.

John hatte die Führung übernommen. Für einen winzigen Moment nahm er die Hand von der Taschenlampenspitze.

Wie ein Messer bohrte sich der Lichtstrahl in die Dunkelheit. Weit reichte sein Schein, bis . . .

Im selben Augenblick hörten die Männer das Gebrüll. Es war so grauenhaft und infernalisch, daß John und Bill das Mark in den Knochen gefror.

Nur langsam ebbte das Heulen ab.

»Das war der Dämon«, flüsterte Bill. Seine Stimme zitterte unmerklich.

Der Geisterjäger nickte. »Wahrscheinlich war es ein Freudenge- heul. Sicher denkt er, seine Helfer kommen zurück. Na ja, die Suppe werden wir ihm versalzen.« Sie gingen weiter. Dreck und Steine knirschten unter ihren Schuhsohlen. Noch hatten sie die Taschenlampen abgeblendet.

Der Geisterjäger zog seine frisch geladene Pistole. Die Taschen- lampe hatte er sowieso in die linke Hand genommen.

»Los jetzt!«

Gleichzeitig rissen die Männer ihre Taschenlampen hoch.

Zwei breite Lichtspeere fraßen sich in die Dunkelheit, glitten über die am Boden liegenden angeketteten Männer hinweg und trafen den Dämon voll.

Der Dämon war eine Ausgeburt an Häßlichkeit. Zwei Arme wuchsen aus dem unförmigen Körper. Die Hände bedeckten das entstellte Gesicht. Anscheinend tat das Licht dem Ungeheuer weh. Auch die am Boden liegenden Männer hatten die Köpfe gedreht. Wenigstens so gut es ging.

Einer begann zu schluchzen. Er hatte die Augen zu Schlitzen zusammengekniffen, da das Licht schmerzte. Er konnte nicht erkennen, wer die Träger der Lampen waren, rechnete aber damit, daß es die Rocker waren.

»Bitte«, sagte er. »Laßt uns am Leben! Wir haben doch . . .«
Seine Stimme, die mehr ein Flüstern war, brach ab.

»Keine Angst«, sagte John. »Wir sind gekommen, um den Dämon endgültig zu vernichten!« Ein Aufschluchzen war die Antwort. Die Männer konnten es kaum begreifen, daß all die Angst und der Schrecken jetzt ein Ende haben sollten.

Dafür aber der Dämon.

Er wußte, was ihm bevorstand. Bis zum Gitter war er vorgetreten und hatte seine Hände um die Stangen gekrallt.

Jetzt warf er sich aufheulend zurück. Gräßliche, unartikulierte Laute drangen aus seinem Maul. Augenblicke später hüllte er sich in eine rauchende Schwefelwolke ein.

John Sinclair trat vor.

Vor dem Gitter blieb John stehen. Die fünf Gefangenen lagen auf dem Boden, und John hörte ihr erregtes Atmen.

Der Dämon hockte in der hintersten Ecke seines Verlieses. Gnadenlos wurde sein entstellter Körper von den hellen Strahlen der Lampen aus der Dunkelheit gerissen. John konnte jede Einzelheit erkennen.

Noch einmal brüllte der Dämon auf. Legte all seine Angst und Verzweiflung in diesen Schrei. John Sinclair drückte ab. Zweimal ruckte die Waffe in seiner Hand. Und zweimal bohrte sich eine Silberkugel in den häßlichen Schädel des Dämons.

Der Schrei verstummte wie abgeschnitten. Nur die Echos der Schüsse rollten noch durch die Höhle.

Intervallweise sackte der Dämon zusammen. Im gleichen Rhythmus zerfiel auch sein Körper. Der Dämon starb lautlos. Zurück blieb eine Flüssigkeit, die nach Schwefel und Hölle roch.

»Es ist vorbei«, sagte John Sinclair und wandte sich den fünf Gefangenen zu.

Es gab keinen Freuden- oder Jubelschrei, dafür waren die Männer viel zu erschöpft. Doch einige Lippen murmelten Dankgebete.

Der Bürgermeister hatte es tatsächlich geschafft, die Bewohner von Scalford in dem großen Festzelt zu versammeln. Die ›Gefangenen‹ waren ebenfalls da. Sie lagen auf Tragen und waren völlig erschöpft. John Sinclair berichtete von den letzten Ereignissen. Ein

Fluch war von dem Ort genommen. Die Menschen konnten wieder aufatmen.

John Sinclair und Bill Conolly fuhren noch in der Nacht zurück nach London.

Bill holte Sheila ab, die das Abenteuer ebenso glücklich überstanden hatte wie ihr Mann. Für den Geisterjäger gab es noch einiges zu tun. Er wollte sich noch mit dem letzten Monster-Rocker unterhalten. Als er an die Zelle trat, in der man den Monster-Rocker untergebracht hatte, war dieser tot. Stiletto war gestorben, als auch sein Meister in das Reich der Hölle gegangen war.

John war enttäuscht. Er hatte sich von dem Monster-Rocker noch einige Informationen erhofft. Vor allen Dingen über das Reich der Geister und Dämonen.

Der Oberinspektor zündete sich eine Zigarette an und verließ das Yard Building. Die Nacht war bald vorbei. Ein kühler Wind umschmeichelte Johns Körper. John Sinclair war froh, daß der Herbst kam, denn dieser Sommer war so heiß gewesen, daß man sich lange an ihn erinnern würde. Zwei Menschen hatte dieser schreckliche Fall sogar für immer zusammengebracht.

Ginny und Tom Tarras. Es geschah nicht häufig, daß ein Rockerboß seinen Weg in die bürgerliche Gesellschaft zurückfand. Und daß es Tom und Ginny geschafft hatten, darüber freute sich John Sinclair besonders. Und er wußte noch etwas. Er hatte wieder ein paar Freunde mehr auf der Welt.

Davon konnte man ja nie genug haben.

ENDE

Der Fluch aus dem Dschungel

Der Mann rauchte seine Zigarette in der hohlen Hand. Wie ein Denkmal stand er in der Einfahrt zwischen zwei alten, windschiefen Häusern.

Irgendwo schlug eine Uhr zwölfmal.

Mitternacht, Geisterstunde!

Der Mann warf seine Zigarette auf den Boden und trat sie mit dem rechten Absatz aus. Dann stellte er den Mantelkragen hoch und zog sich eine Strickmütze über den Kopf.

Regennaß glänzte die Straße entlang der Häuserzeilen. Immer noch trieb ein feiner Sprühregen über die Fahrbahn. Im nahen Licht der einzelnen Laterne sahen die feinen Tropfen aus wie glitzernde Perlen. Die Straße war leer. Nicht einmal Katzen wagten sich bei diesem Wetter nach draußen. In ewigem Rhythmus klatschten die Wellen der Grachten-Kanäle gegen die Kaimauer. Bootskörper rieben aneinander. Irgendwo tutete die Sirene eines Dampfers. Das Geräusch klang seltsam hohl. Es wurde durch die über dem Wasser hängenden Nebelschwaden gedämpft.

Der Mann in der Einfahrt ging einen Schritt vor und blickte die Straße hinab.

Niemand war zu sehen. Der Mann lächelte schmal. Wie ein Aal wand er sich aus der schmalen Einfahrt. Jetzt war er in seinem Element. Seine Schritte wurden durch die dicken Kreppsohlen unter den Schuhen fast bis zur Geräuschlosigkeit gedämpft. Der Atem des Mannes stand als weiße Wolke vor seinem Mund.

Ungefähr dreißig Meter hatte der Mann zu laufen. Dann stand er vor seinem Ziel.

Es war eines der alten Amsterdamer Kaufmannshäuser, mit viel Stuck an der Fassade und großen, hohen Fenstern. Neben der doppelflügeligen Eingangstür glänzte ein Messingschild.

CORNELIUS COMMER
Ex- und Import von Stoffen aller Art

Der Mann grinste. Stoffe, dachte er, daß ich nicht lache. Commer handelte mit Antiquitäten, die er unverzollt nach Holland schaffte. Und gerade darum hoffte der Mann einiges in dem Haus zu finden.

Der Dieb kannte sich bestens aus. Er hatte Tage gebraucht, um alles auszukundschaften. Nur in der Wohnung, da war er noch nicht gewesen. Er hoffte allerdings, dort die wertvollsten Gegenstände zu finden, die er hinterher zu gutem Geld machen konnte.

Das Schloß der Haustür bereitete ihm keine Schwierigkeiten. Die breiten Flügel knarrten nicht mal, als der Eindringling in den Flur huschte.

Das Treppenhaus war schmal und die Stufen aus Stein. Sie waren blankgeputzt, und der Strahl der Bleistiftlampe, die der Dieb in der Hand hielt, wurde reflektiert.

Geschmeidig huschte der Eindringling die Treppe bis zum ersten Stock hoch. Nicht das leiseste Geräusch verriet ihn.

Vor der Wohnungstür blieb der Mann stehen. Er klemmte sich die Lampe zwischen die Zähne und hantierte mit seinem Spezialschlüssel an dem Schloß herum.

Mit einem leisen Laut schnappte es zurück.

Der Dieb atmete auf. Schweißperlen hatten sich auf seiner Stirn gesammelt. Er wischte sie mit dem Handrücken fort.

Ein finsterer Korridor lag vor ihm. Eine irgendwie bedrückende Stille lastete über der Wohnung. Vom Korridor zweigten mehrere Türen ab. Eine führte in das Kontor, das auch gleichzeitig Commers Arbeitszimmer war.

Die Tür war offen.

Der Dieb huschte in das Zimmer und ließ den dünnen Strahl der Lampe kreisen.

Ein Schreibtisch, zwei Wandschränke, das war die gesamte Einrichtung. Die Fenster waren durch Rolläden gesichert.

Der Dieb biß sich auf die Unterlippe. Er hatte hier etwas ganz anderes erwartet. Zumindest einen Tresor.

Aber auch in den übrigen Räumen fand der Mann nichts, was er hätte mitnehmen können.

Wütend und enttäuscht stand er schließlich wieder in dem Kontor. Er tastete die Wände ab, vielleicht entdeckte er noch einen Hohlraum, der einen kleinen Tresor verbarg.

Nichts!

Doch plötzlich stutzte der Dieb. Der Strahl seiner kleinen Lampe war auf eine dunkle Maske gefallen.

Auf eine Totenmaske!

Sie hing hinter der Tür in einem versteckten Winkel. Man konnte sie nur sehen, wenn man mitten im Raum stand oder hinter dem Schreibtisch saß.

Als der nadelfeine Strahl über die Maske glitt, hatte der Eindringling das Gefühl, von einem eisigen Hauch gestreift zu werden. Unwillkürlich blickte er sich um, doch er befand sich weiterhin allein in der Wohnung.

Er wandte sich wieder der Maske zu.

Leer glotzten die Augenhöhlen, und trotzdem hatte der Dieb das Gefühl, als wäre sie von einem unheilvollen Leben erfüllt. Gesichtszüge der Maske schienen zu zerfließen und von Sekunde zu Sekunde ihr Aussehen zu verändern.

Der Dieb schüttelte den Kopf. Unsinn, sagte er sich. Du bist überreizt, die Maske ist ein totes Stück, sie lebt nicht. Der Eindringling ging bis zur Wand vor und faßte mit der rechten Hand nach der Maske.

Sie war aus schwarzem Holz. Und sie schien zu leben. Der Dieb hatte das Gefühl, in ein Gesicht gefaßt zu haben, in dem das Blut durch die Adern pulsierte.

Die Maske war nicht groß. Sie hatte ungefähr die Länge eines halben Armes. Der Eindringling konnte sie bequem in die große Innentasche seines Mantels stecken.

Wenigstens etwas, dachte er, als er das Haus des holländischen Kaufmanns verließ. Fünfzig Gulden wird das Ding schon bringen. Mal sehen, was Lizzy dazu sagt.

Der Dieb ahnte nicht, daß er den Tod mit nach Hause brachte . . .

Lizzy wartete in der bescheidenen Zwei-Zimmer-Wohnung, wobei das Wort *Wohnung* eigentlich übertrieben war, wenn man sich die Bude genauer ansah. Die Wände waren feucht, und das Muster der Tapeten vom Schimmel gebleicht. Die Einrichtung war billig, und einzig der Fernsehapparat taugte etwas, dafür jedoch das Programm wieder nicht.

Es war schon zum Heulen.

Das fand auch Lizzy, als sie vor dem wackligen Tisch saß, die Arme auf die Platte gestützt hatte und eine Zigarette qualmte. Von der billigsten Sorte versteht sich, denn Geld war so gut wie keines mehr da. Wenn Piet heute nicht etwas herbeischaffte, sah es böse aus. Lizzy wunderte sich selbst, warum sie immer noch mit dem Gelegenheitsdieb Piet Dreesen zusammenwohnte. Aber sie war schließlich auch nicht mehr die Jüngste, und wenn sie an die beiden Zuhälter vor Piets Zeit dachte – nein danke, dann lieber so.

Die Frau stand auf. Ihre Bewegungen wirkten träge, abgekämpft. Sie hatte in den Jahren Fett angesetzt, und der grüne Kittel malte jedes Fettpölsterchen nach.

Lizzy ging ans Fenster und preßte ihr Gesicht gegen die Scheibe. Draußen nieselte es noch immer. Vom Wasser her trieben Nebelschwaden durch die Gassen.

Mit einem heftigen Ruck zog Lizzy das Fenster auf. Es klemmte. Wie immer.

Die Frau beugte sich nach draußen und schnippte die Zigarettenkippe in die Tiefe. Der Stummel beschrieb einen glühenden Halbkreis und verlosch zischend.

Eine Gestalt tauchte am Ende der Gasse auf. Sie hatte den Mantelkragen hochgestellt und die Arme vor der Brust verschränkt.

Das war Piet Dreesen. Lizzy erkannte ihn am Gang. Und er schien es eilig zu haben. Sollten ihm die Bullen auf den Fersen sein?

Lizzy schloß das Fenster. Sie hatte plötzlich ein ungutes Gefühl. Unten klappte die Haustür. Lizzy stand schon im Flur, als Piet die wacklige Treppe hochkam.

»Na, hast du was?« Lizzys Stimme klang hoffnungsvoll.

»Ach, hör auf«, knurrte Piet und drängte sich an Lizzy vorbei.

»Also wieder nichts«, keifte die Frau und schloß wütend hinter Piet die Tür.

Dreesen war bereits im Wohnraum und schlüpfte aus seinem Mantel. Die Maske hatte er auf den Tisch gelegt.

»Ist das deine Beute?« fragte Lizzy und bekam große Augen.

Piet nickte, daß seine strähnigen Haare flogen. »Ja, das ist sie.«

Da begann Lizzy schrill zu lachen. »Ich glaub', ich werd' verrückt«, gluckste sie. »Und für solch einen Mist warst du drei Stunden weg? Diese blöde Maske lockt nicht mal den miesesten Trödler von ganz Amsterdam aus dem Bau.«

»Bist du dir da so sicher?« fragte Piet und sah Lizzy schräg von der Seite an.

»Ja, zum Teufel.«

»Dann gehen unsere Meinungen auseinander. Diese Maske

212

bringt mir mindestens . . .« Dreesen überlegte und kratzte sich am Kopf. »Also mindestens fünfzig Gulden.«

Lizzy prustete los. »Wie blöd muß man eigentlich sein, um das zu glauben?« fragte sie.

Piet Dreesen wirbelte herum. Er hatte schon den Arm zum Schlag erhoben, ließ ihn aber wieder sinken. »Du bist es doch gar nicht wert, daß ich mir an dir die Finger dreckig mache.«

»So, das ist also deine Meinung. Na, dann will ich dir mal was sagen. Ich haue ab. Morgen früh packe ich meine Klamotten. Dann kannst du sehen, wo du eine herkriegst, die dir deine Sachen wäscht und auch noch mit dir ins Bett geht. Ich finde schon einen anderen.«

Piet Dreesen grinste verächtlich. »Sieh dich doch nur mal im Spiegel an«, erwiderte er.

»Oh, du – du . . .« Lizzy fiel das passende Wort im Augenblick nicht ein. Das war auch gar nicht mehr nötig, denn Piet war schon im Nebenraum verschwunden.

Wütend zündete sich Lizzy eine Zigarette an. Es war die letzte aus der Packung. Hastig stieß die Frau den Rauch aus. Dann besah sie sich die Maske.

Und plötzlich bekam sie Angst. Die leeren Augenhöhlen schienen mit einem unheilvollen Leben erfüllt zu sein. Das trübe Licht in der Wohnung warf Schatten auf das rissige Holz, und Lizzy hatte das Gefühl, die Maske würde sie anstarren und ihr Denken beeinflussen.

»Was – was ist das?« ächzte Lizzy. Ihre Augen wurden groß. Das Zimmer, die Möbel – alles drehte sich vor ihren Augen, der Fußboden schwankte, und die Zigarette fiel der Frau aus der Hand. Lizzy riß beide Hände vor ihr Gesicht. Riesengroß kam ihr die Maske plötzlich vor, ein gefährlicher Trieb nahm von ihrem Körper Besitz und . . .

Urplötzlich rannte Lizzy zum Fenster. Mit einem gewaltigen Sprung stieß sie sich vom Boden ab. Wie vom Katapult abgefeuert, durchbrach die Frau die Scheibe.

Und während der Fensterrahmen knirschend zerbrach, prallte Lizzys Körper unten auf das schmutzige Pflaster . . .

Piet Dreesen hatte soeben seinen alten wollenen Pullover über den Kopf gestreift, als er das Splittern der Fensterscheibe hörte.

Dreesen zuckte zusammen. Zwei, drei Sekunden lang stand er unbeweglich, doch dann raste er zur Zimmertür und riß sie hastig auf.

Aus weit aufgerissenen Augen starrte er auf die zersplitterte Scheibe. Er sah den Rahmen, der nach draußen pendelte, und spürte den kühlen Wind, der in das Zimmer pfiff.

Dreesen rannte los. Mit zwei Sprüngen hatte er das Fenster erreicht. Er merkte nicht, daß Glasstücke in seine Handballen drangen, und beugte sich weit nach draußen.

Auf dem nassen Pflaster lag Lizzy.

»O Gott«, stöhnte der Gelegenheitsarbeiter und hatte plötzlich das Gefühl, als sei ihm der Boden unter den Füßen weggezogen worden. Dann warf sich Piet herum. Mit Riesensätzen rannte er aus dem Zimmer, stürzte nach draußen in den Flur, sprang die Treppenstufen hinunter, kam auf dem ersten Absatz zu Fall, raffte sich wieder auf und hetzte weiter.

Piet Dreesen fiel neben Lizzy auf die Knie.

»Lizzy«, flüsterte Piet Dreesen, »mein Gott, sag doch etwas. Ich konnte doch nichts dafür. Ich wollte dich nicht kränken, weißt du. Warum mußtest du dich aus dem Fenster stürzen? Lizzy, bitte, es ist doch alles wieder gut. Ich – Ich . . .« Piet Dreesen wischte sich die Tränen aus den Augen. »Ich hole einen Krankenwagen, und alles wird wieder gut. Warte es nur ab!«

Lizzy röchelte. Sie versuchte einen Arm zu heben, doch die Bewegung erstarb schon im Ansatz.

Piet Dreesen sprang auf. Wild sah er sich um. Mit zu Fäusten geballten Händen stand er da. »Polizei!« brüllte er. »Polizei! Holt denn keiner die Polizei und einen Krankenwagen. Meine Lizzy. Sie stirbt, sie verblutet, sie . . .«

Irgendwo wurde ein Fenster aufgerissen. »Halts Maul!« keifte eine Frauenstimme.

Piet Dreesen biß die Zähne zusammen. »Ich weiß«, keuchte er. »Ja, wer hier wohnt, hat keine Lust, die Bullen zu holen.« Ein hartes Lachen drang aus dem Mund des Diebes. Dann setzte er sich in Bewegung. Im Laufschritt rannte er die Gasse hoch. Er mußte zur nächsten Telefonzelle. Laut hallten seine Schritte auf einer der schmalen Holzbrücken wider, die über einen stillgelegten Kanal führte. Zwei Betrunkene kamen ihm entgegen. Piet wich ihnen aus. Die Betrunkenen grölten hinter ihm her.

Endlich hatte Piet die Zelle erreicht. Er stürzte sich in das Häuschen und fand in seiner Hosentasche noch einige Münzen. Mit fliegenden Fingern wählte Piet den Notruf und haspelte seine Meldung herunter.

Wie ein Betrunkener schwankte Piet Dreesen zurück. Als er in die Gasse einbog, sah er Lizzy schon liegen. Ein Fremdkörper auf dem nassen Kopfsteinpflaster.

Das Glas knirschte unter Piets Schuhen. Behutsam hob er Lizzys Kopf an und bettete ihn in seinen Schoß.

»Bald kommt Hilfe, Lizzy«, sagte er und streichelte ihre bleichen Wangen. »Du mußt ruhig liegenbleiben, dann ist alles gut.«

Und dann hörte er die Sirene. Wenig später bog ein Krankenwagen in die Gasse ein. Der Wagen paßte in der Breite gerade zwischen die Häuserzeilen. Ein Streifenwagen folgte.

Während sich die Sanitäter um die Verletzte kümmerten, wandten sich die beiden Polizisten an Piet. Piet kannte die Beamten vom Ansehen. Einer hatte ihn mal für einige Tage eingebuchtet.

»Hast du das getan, Piet?« fragte der Polizist.

Dreesen hob beide Hände. »Ich schwöre es, nein. Sie ist . . . Ich weiß auch nicht. Ich war im anderen Zimmer, da hörte ich ein Klirren und dann . . .« Piet schluckte. »Ich lief zurück und sah, was geschehen war.«

»Na ja«, meinte der Beamte, »das alles werden wir auf dem Revier feststellen. Komm, steig ein.«

Piet kletterte in den Streifenwagen, der rückwärts aus der Gasse fuhr, genau wie der Krankenwagen.

Das Revier war klein und überheizt. Ein Protokoll wurde aufgenommen, und Piet Dreesen mußte alles genau erzählen. Dann bat er, das Krankenhaus anrufen zu dürfen, in das Lizzy eingeliefert worden war. Es wurde ihm gestattet.

Bange Minuten vergingen, doch dann hatte Piet Dreesen Gewißheit, Lizzy würde durchkommen. Aufatmend legte er den Hörer auf die Gabel, und die Polizisten, die ihn beobachtet hatten, kamen zu dem Schluß, daß er mit dem Unfall nichts zu tun hatte. Solch ein guter Schauspieler war Piet Dreesen nicht.

Aufseufzend verließ Piet das Revier. Es war jetzt beinahe drei

Uhr morgens. Piet überlegte, ob er noch irgendwo etwas trinken sollte, entschloß sich dann aber, nach Hause zu gehen und sich ins Bett zu legen.

In der Wohnung war es trotz der zerbrochenen Fensterscheibe noch relativ warm, denn der Kanonenofen gab genügend Hitze ab.

Piet schaltete das Licht an, und sofort fiel ihm wieder die Totenmaske ins Auge.

Der Gelegenheitsdieb starrte sie an. »Du bist an allem schuld!« zischte er und prallte im nächsten Augenblick zurück.

Piet Dreesen hatte das Gefühl, als hätte sich der Mund der Totenmaske zu einem zynischen Grinsen verzogen . . .

Wo die Amsterdamer Altstadt am düstersten war, lag versteckt in einer kleinen Seitengasse ein Trödlerladen.

Der Besitzer des Ladens hieß Abraham Kuz, war bald siebzig Jahre alt und galt als Schlitzohr unter seinen Berufskollegen. Kuz hatte es im Laufe der Zeit verstanden, ein riesiges Vermögen zu horten, das wohlgesichert auf einer Bank in der Schweiz lag und dort Jahr für Jahr dicke Zinsen brachte.

Sein Laden war in der Amsterdamer Unterwelt bekannt. Kuz kaufte alles und war auch verschwiegen. Manche seiner Kollegen, die ihren Mund nicht gehalten hatten, hatte man aus den Kanälen gefischt. Das war Kuz eine Warnung gewesen.

Das Geschäft lag in einem Haus, das an eine hochgekippte Streichholzschachtel erinnerte und anscheinend nur durch die beiden Nebenhäuser gehalten wurde. Drei Steinstufen führten zum Laden hinunter, der wie ein zu groß geratenes Kellerloch wirkte.

In der Gasse gab es außer dem Hehler- und Trödlerladen noch einige Sex-Shops, und als Kuz gegen neun Uhr vormittags seine Bude öffnete, hingen an den Schaufenstern der Porno-Läden schon die ersten Gaffer.

Wie ein buckliger Zwerg aus einem Märchen stand Kuz vor seiner Ladentür und rieb sich die mageren Hände. Listig funkelte es in seinen kleinen Augen, und auch das naßkalte, trübe Wetter konnte seine Laune nicht schmälern.

Erst als der Gelegenheitsdieb Piet Dreesen den Laden ansteuerte, verzog sich Kuz' Gesicht. Er mochte Dreesen nicht, denn was der Mann anschleppte, taugte meist nicht viel.

Dreesen blieb vor dem Hehler stehen.

»Haben Sie Zeit?« fragte der Dieb.

»Eigentlich nicht. Ich erwarte einen guten Kunden.«

»Es dauert nur fünf Minuten. Und ich habe diesmal etwas, was Sie wirklich interessieren wird.«

»Was kannst du mir schon bringen, du Nichtsnutz.«

»Lassen Sie sich doch überraschen.«

»Also gut, komm rein«, sagte der Hehler. Er ließ Dreesen vorgehen, denn er hatte es nicht gern, wenn sich jemand hinter ihm befand.

Piet Dreesen betrat den muffigen Laden. Obwohl er schon mehr als einmal hier gewesen war, hatte er immer das Gefühl, in eine andere Welt zu treten. Der Laden war vollgestopft mit allem möglichen Kram.

Im Hintergrund des Raumes gab es einen Durchschlupf, der mit einem dunklen Vorhang abgedeckt war. Was Piet Dreesen am meisten störte, war der Geruch in dem Laden. Er schien aus einer Mischung von Mottenpulver, faulendem Holz und Knoblauch zu bestehen.

Platz hatte man in der Bude kaum. Man konnte sich gerade noch umdrehen.

Abraham Kuz schloß die Tür, und das Glockenspiel, das bei Dreesens Eintreten geläutet hatte, verstummte.

»Was hast du also zu bieten?« fragte Kuz lauernd.

»Das hier!« Dreesen griff unter seinen Mantel und holte die Maske hervor. Er hatte sie in vergilbtes Zeitungspapier eingewikkelt, und als er sie jetzt auspackte, begann der Hehler zu kichern.

»Und das Ding soll ich dir abkaufen?«

»Sehen Sie sich die Totenmaske doch erst mal an«, meinte Dreesen und gab sie dem Trödler in die Hand.

Beinahe widerwillig faßte Kuz sie an. Seine Mundwinkel zogen sich nach unten. »Hast du die auf dem Müll gefunden?« fragte er geringschätzig.

Piet Dreesen stieg die Zornesröte ins Gesicht. »Nein, die hat mir jemand geschenkt«, erwiderte er mühsam beherrscht.

»Ja, ja, es gibt doch noch gütige Menschen«, murmelte Kuz, »und wieviel willst du für dieses Ding haben?«

»Fünfzig Gulden!« Wie aus der Pistole geschossen kam diese Antwort.

Der Hehler begann zu kichern. »Fünfzig Gulden«, prustete er, »daß ich nicht lache. Glaubst du, ich bin wahnsinnig?«

»Aber es ist eine exotische Maske!« begehrte Dreesen auf. Er wußte, daß er sich in der schlechteren Position befand, er wollte jedoch so viel wie möglich herausholen. Aber bei Abraham Kuz war das ein schwieriges Unterfangen. Dieser Hehler war mit allen Wassern gewaschen und bot selbst Gangsterbossen die Stirn.

Kuz ging mit der Maske bis zur Tür, betrachtete sie dort noch einmal, wiegte den Kopf und meinte dann: »Höchstens zwanzig Gulden, Piet. Aber nur, weil du es bist.«

»Nein!« Dreesen schüttelte demonstrativ den Kopf. »Unter dreißig Gulden nicht.«

»Dann nimm die Maske wieder mit.«

Ehe Dreesen sich versah, hatte der Hehler ihm die Totenmaske wieder in die Hand gedrückt. Mit sanfter Gewalt schob er den Dieb in Richtung Ausgang. »Versuch es bei einem Kollegen, mein Freund. Vielleicht bietet er dir mehr.«

Dreesen fluchte lautlos. Er wußte, daß ihn dieser alte Geier geschafft hatte. »Schön«, sagte er, »zwanzig Gulden.«

»Ich sehe, du bist doch noch vernünftig geworden«, sagte der Hehler und schlug Dreesen auf die Schulter. Dann wühlte er in den unergründlichen Taschen seiner abgetragenen Jacke und holte zwei Geldscheine hervor. »Hier, zwanzig Gulden.«

Zähneknirschend gab Piet Dreesen die Maske ab. Er war schon an der Tür, als Kuz' Stimme ihn noch einmal zurückhielt. »Wenn du noch mal so etwas wie diese Maske hast, komm ruhig vorbei. Ich werde sehen, daß ich sie dir dann abkaufen kann.«

»Ach?« Dreesen zog die Augenbrauen hoch. »Plötzlich soviel Mitleid? Womit habe ich das verdient?«

»Ich mag dich eben gut leiden«, sagte der Hehler.

Darauf gab Dreesen keine Antwort. Er riß die Tür auf und war Sekunden später verschwunden.

Abraham Kuz aber rieb sich die Hände. Er hatte ein tolles Geschäft gemacht. Kuz hatte sofort erkannt, was er in der Hand gehalten hatte. Es war eine wertvolle, handgearbeitete afrikanische Totenmaske, für die man unter Brüdern bestimmt siebenhundert Gulden bezahlte. Und unter diesem Preis würde er sie auf keinen Fall verkaufen, das war sicher. Kuz war guter Laune, als er die Maske an eine noch freie Stelle der Wand hängte. Hier befand sie sich genau im Blickpunkt.

Zur Feier des Tages nahm der geizige Hehler eine Prise Schnupftabak. Wenn der Tag so weiterging, wie er angefangen hatte, war bestimmt noch einiges zu erwarten.

Abraham Kuz ahnte nicht, wie sehr er sich täuschen sollte . . .

»Amsterdam war herrlich«, sagte Sheila Conolly und warf ihre blonden Haare mit Schwung in den Nacken. »Leider war die Zeit nur zu kurz. Vier Tage, was ist das schon?«

»Besser als nichts«, meinte Bill, ihr Ehemann.

Dafür kassierte er einen Ellenbogenstoß in die Seite.

Bill lachte. »Okay, du hast gewonnen. Unser Flugzeug startet erst am Nachmittag. Wir haben noch Zeit, uns die Stunden um die Ohren zu schlagen. Hast du einen Vorschlag?«

»Ja.«

»Ich höre.«

»Laß uns doch mal durch die Altstadt bummeln, anschließend indonesisch essen und dann . . .«

»Schon gut, schon gut. Soviel Zeit haben wir auch wieder nicht.«

Bill Conolly hatte sich mit seiner Frau Sheila einige Urlaubstage in Amsterdam gegönnt. Nach dem Streß der letzten Wochen tat diese Zeit doppelt gut. Bill war Reporter, allerdings freiberuflich tätig. Ihn interessierten besonders die Fälle, in die das Übersinnliche, Okkulte mit hineinspielte. Der Reporter hatte zusammen mit seinem Freund, Oberinspektor John Sinclair von Scotland Yard, schon manche Schlacht gegen die Mächte der Finsternis gewonnen, doch nach dem Fall mit dem Höhlendämon in Scalford war es ruhig geworden, und Bill konnte sich mehr seiner Frau widmen.

Sheila Conolly paßte das Hobby ihres Mannes überhaupt nicht, obwohl sich die beiden durch einen makabren Fall kennengelernt hatten. Aber das lag schon sehr lange zurück, und Sheila – seit dem Tod ihres Vaters Alleinbesitzerin einiger chemischer Werke – hatte geheiratet und die Leitung der Firmen völlig in sichere Managerhände gelegt.

Sheila war eine Frau, die so manchen Filmstar in den Schatten stellte. Sie besaß einen natürlichen Charme, und mit ihrem Aussehen hätte sie bei jeder Miss-Wahl einen der ersten Plätze belegt. An diesem grauen Herbstmorgen trug Sheila ein rotes, figurbetontes Reisekostüm und einen Damentrench in modischer Länge. Ihre tiefblauen Augen blitzten unternehmungslustig, als sie Bill mit sich zog.

Vom Hotel aus war es nicht allzuweit bis zur Altstadt. Sheila und Bill bummelten durch die Straßen, genossen den Trubel und Touristenrummel und landeten schließlich in der Gasse, in der auch Abraham Kuz' Trödlerladen lag.

Die schmale Gasse hatte sich inzwischen mit Menschen bevölkert. Ein gewitzter Kaufmann hatte sogar an der Ecke einen Fischimbißstand aufgebaut und machte schon zu dieser Stunde sein großes Geschäft.

Auch Sheila und Bill aßen zwei Matjesheringe.

»Frisch aus der Nordsee«, meinte der Reporter und schluckte den letzten Bissen hinunter.

Ihm hatten die letzten Tage ebenfalls gutgetan. Er war richtig froh gewesen, nicht mit Geistern und Dämonen konfrontiert zu werden.

»Himmel, Bill«, unterbrach Sheilas Stimme seine Gedanken, »wir haben etwas vergessen.«

»Und was?«

»Ein Souvenir!«

»Für wen? Verwandte haben wir nicht und auch noch keine Kinder.«

Sheila blickte ihren Mann vorwurfsvoll an. »Aber dafür sitzt in London ein gewisser John Sinclair, der sich bestimmt freuen wird, wenn du ihm ein Andenken aus Amsterdam mitbringst. Du weißt doch, daß John diese Dinge sammelt.«

»Natürlich, Mensch, da hätten wir bald eine Unterlassungssünde begangen.« Bill blickte sich tatendurstig um. »So, was sollen wir ihm mitbringen? Vielleicht einen scharfen Hering, oder eine heiße Makrele . . .«

»Bill, sei doch mal ernst.«

»Entschuldige. Aber ich mußte gerade an das lustige Lied denken. Ein Hering und eine Makrele, die waren ein Herz und eine Seele.«

Als Bill sang, mußte Sheila, ob sie wollte oder nicht, lachen.

Dann jedoch zog sie ihren Mann weiter, denn sie hatte auf der gegenüberliegenden Seite einen Trödlerladen entdeckt.

Als die beiden näher kamen, konnte Sheila auch den Namen auf der Schaufensterscheibe lesen. »*Abraham Kuz*«.

»Scheint der richtige Händler zu sein«, meinte Bill und grinste. Die beiden stiegen die Stufen hinunter, und als sie die Tür öffneten, läutete melodisch eine Glocke.

Mit großen Augen sahen sich Sheila und Bill in dem kleinen Laden um. Sie waren überrascht, daß jemand es geschafft hatte, soviel Kram in einem einzigen Raum unterzubringen.

»Kann ich Ihnen helfen?« klang hinter ihnen eine Stimme auf.

Sheila und Bill wandten sich gleichzeitig um. Vor ihnen stand ein mickriges Männchen mit listigen Augen und einem Geiergesicht.

Sheila übernahm die Initiative. »Ja, Sie können uns helfen«, sagte sie. »Wir hätten gern ein Souvenir, das es nicht alle Tage gibt. Sie verstehen, es sollte etwas Besonderes sein.«

Sheila hatte Englisch gesprochen und wunderte sich, wie gut der Mann sie verstand.

»Aber sicher, Madam«, sagte Kuz, »alles, was Sie in meinem Geschäft finden, ist etwas Besonderes.«

»Nun machen Sie's mal halblang«, sagte Bill, der Typen wie Kuz zur Genüge kannte.

Sheila sah sich inzwischen um. Vor einem Spiegel blieb sie länger stehen, überlegte, wiegte ein paarmal den Kopf und sah sich anschließend eine alte Pistole an.

Bill hatte inzwischen die Totenmaske entdeckt, die Piet Dreesen vor einigen Stunden verkauft hatte.

»Wäre das nicht etwas?« rief der Reporter.

Sheila drehte sich um. »Wo?«

»Hier die Maske.«

»Oh!«, rief Abraham Kuz. »Sie ist ein ganz besonderes Stück. Sehr kostbar und sehr teuer.« Der Trödler wieselte zur Wand und nahm die Maske herunter. »Hier, sehen Sie selbst, Sir. Afrikanische Künstlerarbeit. Die Totenmaske ist mindestens dreihundert Jahre alt. Ich habe sie einem Häuptling im Sudan abgekauft. Sie hat mich viel gekostet. Nerven und Geld.«

»Reden Sie nicht, sagen Sie mir lieber, wieviel das Ding kostet«, sagte Bill.

Kuz blickte den Reporter treuherzig an. »Siebenhundert Gulden.«

»Ich glaub', ich steh' im Wald«, erwiderte Bill. »Sie bekommen von mir allerhöchstens dreihundert.«

Abraham Kuz wurde noch weißer, als er ohnehin schon war. »Unmöglich!«, rief er und machte Anstalten, die Maske wieder an die Wand zu hängen. »Fünfhundert, sagten Sie«, fragte er lauernd.

»Dreihundert!« Bill beharrte auf seinem Standpunkt.

Man einigte sich schließlich auf vierhundertfünfzig Gulden. Obwohl Kuz jammerte, rieb er sich im Geiste die Hände. Auch Bill war zufrieden, und so war beiden Seiten gedient.

»Ich packe sie Ihnen noch ein, Sir«, sagte Kuz und verschwand durch den Vorhang.

Dahinter lag sein kleines Büro. Es beherbergte einen wackligen Tisch und einen Monitor, der das Bild des Ladens zeigte. Die Kameras waren versteckt angebracht, und mit ihrer Hilfe hatte Kuz schon so manchen Dieb ertappt.

Die Hälfte des Büros wurde noch durch alten Kram und Plunder eingenommen. Kuz legte die Totenmaske auf den Tisch und holte aus der Schublade einen passenden Bogen Packpapier.

Plötzlich erstarrten die Bewegungen des Hehlers. Magisch wurde sein Blick von den Augen der Maske angezogen. Sie, die sonst tot und leer waren, erlebten den Beginn eines unheilvollen Lebens. Ströme drangen aus den Augenhöhlen und bohrten sich in Abraham Kuz' Gehirn. Wie ein tödlicher Hauch breitete sich der Atem des Bösen aus.

Gefährliche Befehle durchdrangen den Geist des Trödlers.

Töte! hallte es in seinem Gehirn wider. Töte!

Kuz blickte sich um. Sein Gesicht war nur noch eine Grimasse. Der Blick des Mannes fiel auf ein Schwert, das in einer Scheide steckte und an der Wand hing.

Es gab ein schleifendes Geräusch, als Kuz die Waffe aus der Scheide zog.

Auf Zehenspitzen näherte er sich dem Vorhang.

Die beiden Fremden waren ahnungslos. Und sie wandten ihm den Rücken zu . . .

»Ich glaube, in solch einem Laden würde ich eingehen«, sagte Sheila Conolly zu ihrem Mann. »Wenn ich diesen Kram nur sehe, den Staub, die Spinnweben . . .«

Sheila verstummte. Zufällig war ihr Blick in einen der zahlreichen Spiegel gefallen. Sie konnte den Hintergrund des Landes sehen, einen Teil des Vorhangs . . .

»Bill!« Sheilas Schrei riß den Reporter herum.

Im allerletzten Augenblick. Mit blutunterlaufenen Augen stürmte Abraham Kuz aus seinem Büro. Er hetzte genau auf Sheila Conolly zu und hielt ein Schwert in der rechten Hand.

Bill handelte reflexartig. Er gab Sheila einen Stoß, der sie bis gegen die Wand trieb. Zwei Degen und eine Pistole fielen polternd zu Boden. Gleichzeitig warf sich auch Bill Conolly zur Seite und entging nur mit knapper Mühe dem gefährlichen Todesstoß.

Kuz brüllte wütend auf, weil er sein Opfer verfehlt hatte. Sofort kreiselte er wieder herum. Das Schwert in seiner Hand pfiff durch die Luft.

Da traf ihn der Stuhl. Bill Conolly hatte das Möbelstück im Liegen hochgerissen und es Abraham Kuz entgegengeschleudert. Das Schwert klirrte gegen das Holz, und Kuz verlor das Gleichgewicht.

Bill Conolly hechtete auf den Trödler zu. Beide Fäuste rammte er in den Leib des Hehlers.

Kuz brüllte markerschütternd und fiel gegen eine Kommode. Bill setzte ihm nach und stemmte seinen Fuß auf das Handgelenk des schwertbewehrten Armes.

»Laß los!« keuchte Bill.

Langsam öffnete der Hehler die Hand.

Bill trat das Schwert zur Seite und riß Abraham Kuz hoch.

Wie eine Puppe schüttelte der Reporter den mickrigen Hehler durch. »So, mein Freund, jetzt erzählst du mir mal, was dieser Spaß sollte. Weshalb wolltest du uns umbringen?«

»Lassen Sie mich los!« kreischte der Hehler und begann zu trampeln. Bill erhielt einen schmerzhaften Tritt gegen das Schienbein und verzog das Gesicht. Zwei Ohrfeigen klatschten in Kuz' Gesicht.

»Ich hoffe, wir reden jetzt vernünftig miteinander«, zischte Bill Conolly, »sonst werde ich nämlich ungemütlich.«

»Laß ihn los, Bill«, sagte Sheila, die neben ihren Mann getreten war.

Der Reporter schleuderte den Trödler in eine Ecke, wo er stöhnend liegenblieb.

Bill ging an die Ladentür und schloß von innen ab. »Damit uns niemand stört«, sagte er.

Kuz begann zu jammern. »Was – wollen Sie von mir? Mich überfallen? Ich habe kein Geld. Bitte, nehmen Sie die Kasse, aber gehen Sie.«

Sheila und Bill blickten sich an. »Da stimmt irgend etwas nicht«, meinte der Reporter leise. Er stellte sich breitbeinig vor Kuz hin, der im Begriff war, sich wieder aufzurappeln. Seine beiden eingefallenen Wangen glühten feuerrot.

»Bleib liegen!« befahl Bill. »Und jetzt noch mal von vorn. Wir sollen dich überfallen haben? Hör zu, du Geier, ich habe ja schon manches erlebt, aber daß mir einer so etwas unter die Weste reiben will, das ist doch die Höhe. Ich kann mich genau erinnern, daß du uns aufspießen wolltest. Mit diesem Schwert da.« Bill deutete auf die Stichwaffe, die jetzt neben der Tür zum Hinterzimmer lag. »Und dann willst du uns weismachen, wir hätten dich überfallen wollen. Das Lügenmärchen kannst du der Polizei erzählen.«

»Nein, Sir, bitte keine Polizei.«

»Das sind wohl nicht gerade deine Freunde, was?« knurrte Bill. »Okay, und jetzt spuck aus.«

Der Hehler wand sich wie ein Wurm. Seine Blicke flogen zwischen dem Schwert, Sheila und Bill hin und her. Anscheinend wußte er nicht, wie er anfangen sollte.

»Brauchst du eine Extraeinladung?« Bill platzte langsam der Kragen.

»Ich kann mich wirklich nicht erinnern Sir«, jammerte der Trödler. »Ich ging in mein Büro, wollte die Maske einpacken, und plötzlich – ich weiß nicht mehr, ich kam erst wieder richtig zu mir, als Sie mich schlugen.«

Bill stieß schnaufend die Luft aus. »Entweder sind Sie wirklich geistesgestört oder der beste Schauspieler, der mir je begegnet ist. Man sollte Sie wirklich nicht mehr frei herumlaufen lassen. Aber wir sind den letzten Tag in Amsterdam und wollen uns nicht weiter ärgern. Was meinst du, Sheila? Lassen wir den Knaben in Ruhe?«

»Meinetwegen ja.«

»Okay!« Bill nickte. »Aber die Maske, die nehmen wir mit.« Bill ging auf den dunklen Vorhang zu. Kurz davor drehte er sich noch einmal um. »Achte auf den Kerl, Sheila, damit er nicht noch mehr Unsinn anstellt.«

Bill Conolly schüttelte den Kopf, als er die Maske einwickelte. Was war nur in diesen Hehler gefahren? Wenn er so seine Käufer behandelte, war er bald pleite. Aber Bill wollte sich nicht länger aufregen. Es war ja alles noch mal gutgegangen.

Bill klemmte sich die Totenmaske unter den Arm und ging wieder zurück in den Laden.

Kuz hockte noch immer am Boden und rieb sich das Gesicht.

»Er war ganz friedlich«, sagte Sheila.

»Das wollte ich ihm auch geraten haben.« Bill griff in seine Hosentasche und holte einige Banknoten hervor. Er knallte sie auf den Ladentisch. »Eigentlich sollte man die Maske überhaupt nicht bezahlen. Als Schmerzensgeld sozusagen.«

»Ich schenke Sie Ihnen, Sir!«, rief der Trödler.

»Danke, wir verzichten. Komm, Sheila.«

Bill schloß die Tür auf und ließ seine Frau vorgehen. Der Reporter warf nicht einen einzigen Blick zurück. Draußen hatte niemand etwas von der Auseinandersetzung bemerkt, dafür war der Laden zu dunkel, und die Scheiben waren zu schmutzig.

»Jetzt müssen wir uns aber beeilen«, meinte Bill. »Am besten ist, wir nehmen ein Taxi.«

Hinterher – als sie im Wagen saßen –, meinte Sheila: »Ich weiß nicht, Bill, aber ich werde das Gefühl nicht los, daß dieser Mann nicht aus eigenem Antrieb gehandelt hat. Seine Gedächtnislücke – irgendwie war es merkwürdig.«

»Ach, du redest dir da etwas ein«, erwiderte Bill. »Je länger ich darüber nachdenke, um so mehr ärgere ich mich, daß ich nicht die Polizei informiert habe. So etwas wie dieser Kuz gehört hinter Gitter.« Bill Conolly klopfte sich eine Zigarette aus der Packung. »Oder meinst du, er hätte es auf unser Leben abgesehen?«

»Nein.«

»Ja, was dann?«

»Ich weiß es nicht, Bill, noch nicht. Aber jetzt laß uns nicht mehr darüber reden, schließlich war der Urlaub zu kurz, um ihn sich letztes Endes doch noch vermiesen zu lassen. Heute abend sind wir wieder in London. John will auch kommen, und dann machen wir ein Faß auf.«

»Einverstanden.« Bill blickte seine Frau an und lachte. »Und wenn das Fest seinen Höhepunkt erreicht hat«, sagte er, »werden wir John in einem feierlichen Akt die Totenmaske überreichen.«

Das Ehepaar Conolly konnte nicht ahnen, daß sie Oberinspektor Sinclair den Tod ins Haus brachten . . .

Das Hinterzimmer der Kneipe war genauso mies wie die drei Typen, die sich darin aufhielten. Die Lampe unter der Decke war durch ein kleines Drahtgitter gesichert, und die Fenster des Raumes hatte man sicherheitshalber vernagelt. Entsprechend war auch die Luft, da man aus Kostengründen an der Ventilation gespart hatte.

Allerdings tranken die drei Männer nichts. Sie mußten einen kühlen Kopf bewahren, denn die Aufgabe, die vor ihnen lag, verlangte einen präzise arbeitenden Verstand.

Der Boß dieser Typen hieß Jason Lamont, in der Londoner Unterwelt nur als »Gentleman«, bekannt. Lamont bevorzugte elegante, dezente Kleidung und haßte alles, was irgendwie mit Schmutz auch nur entfernt zu tun hatte. Und deshalb auch dieses verkommene Hinterzimmer. Aber es gab augenblicklich keine andere Lösung, schließlich wollten die drei Ganoven ungestört sein.

So gut und männlich Jason Lamont auch aussah, die beiden kurzläufigen Colts in den Schulterhalftern machten ihn jedoch zum Raubtier. Lamont war ein gnadenloser Killer, wenn es die Situation erforderte. Sein blondes Haar war wohlgeschnitten, und sein Gesicht wirkte wie eine Maske aus Stein. Meist waren die schmalen Lippen etwas nach unten gezogen, was Lamonts Gesicht einen zynischen verächtlichen Ausdruck verlieh.

Jason Lamont ließ seine Blicke nochmals über die beiden Männer wandern. »Ihr wißt also Bescheid«, sagte er mit fast sanfter Stimme. »Wir treffen uns um drei Uhr nachmittags. Und keine Minute später.«

Lem Dayton nickte. Er war das genaue Gegenteil von Lamont. Wenigstens körperlich. Dayton war ein gewichtiger Bursche mit pechschwarzen Haaren, die wie ein buschiger Kranz seinen Kopf umstanden. Dayton sprach wenig, doch was er sagte, hatte Hand und Fuß. Er war ein Mann, auf den man sich verlassen konnte, auch in schwierigen Situationen.

Anders Achmed Radu, genannt der Araber. Radu war ein schmaler Bursche und hatte das Temperament einer Klapperschlange. Seine wieselflinken Augen schienen überall zu sein, und auch seine Hände waren fortgesetzt in Bewegung. Meistens spielten sie mit einem der gefährlichen Wurfmesser, die Radu in einem Spezialgürtel unter der Jacke trug.

Wäre der Araber nicht solch ein ausgezeichneter Fachmann für Diamanten gewesen, hätte Lamont völlig auf ihn verzichtet. So war er aber zu seinem Leidwesen auf Radu angewiesen. Der Araber lebte erst acht Monate in London, hatte aber als Fachmann schon einen spektakulären Ruf in der Branche.

Radus düsteres Gesicht mit den kohlschwarzen Augen verschloß sich noch mehr, als er Jason Lamonts Blick spürte. »Sollen wir die Sache doch nicht lieber nachts starten?«

»Auf keinen Fall«, erwiderte Lamont scharf. »Nachts ist das Haus viel zu gut abgesichert. Van Haarem wird an nichts Böses denken, wenn er heute aus Amsterdam zurückkommt. Wir können ihn ohne Schwierigkeiten packen. Wie es morgen aussieht, wissen wir nicht.«

»War ja auch nur eine Frage.«

Lamont lächelte kalt. »Und noch etwas, Achmed«, sagte er. »Bis zu unserem Treffen verhältst du dich still. Das heißt, keine Extratouren, kein Besäufnis und keine Weiber. Kapiert?«

Radus Augen schienen Blitze zu verschießen, doch er nickte nur. »Gut, Boß, du wirst dich schon nicht über mich zu beklagen brauchen. Aber irgendwann geht mir deine Bevormundung auf die Nerven. Und dann möchte ich doch mal feststellen, wer der bessere von uns beiden ist. Man sagt, mein Messer wäre schneller als eine Kugel, Boß!«

Lamont grinste verächtlich. Dann zuckte plötzlich seine Faust vor. Der Schlag war genau dosiert. Er reichte gerade aus, um Achmed Radu zu Boden zu schicken.

Der Araber gurgelte, rollte sich blitzschnell um die eigene Achse und hielt plötzlich ein Messer in der Hand.

Doch mitten in der Bewegung erstarrte er. Das dunkle Loch einer Revolvermündung glotzte ihn an.

»Ich würde es lieber nicht tun«, meinte Jason Lamont lässig. Er hielt die Waffe wie ein Geigenkünstler sein Instrument.

Lem Dayton, der der Auseinandersetzung bisher unbeteiligt gefolgt war, lachte leise. »Du bist eben noch eine Nummer zu klein, Radu«, sagte er.

Der Araber stieß einen Fluch durch die Zähne und ließ sein Messer verschwinden, mit schmerzverkrümmtem Gesicht kam er wieder auf die Beine.

Jason Lamont schloß die Tür auf. »Vergeßt die Zeit nicht!«

Sekunden später knallte die Tür hinter ihm ins Schloß. Achmed Radu aber starrte mit haßfiebernden Augen auf das Holz. »Das zahle ich ihm heim«, flüsterte er heiser . . .

Auf dem Flughafen Schipol herrschte wie immer Hochbetrieb. Man konnte kaum die Maschinen zählen, die hier Tag für Tag landeten. Dementsprechend sah es auch in der Halle aus. Sheila und John hatten Glück gehabt, noch zwei freie Plätze auf den Wartesesseln zu ergattern.

Sie hatten noch dreißig Minuten Zeit bis zum Abflug. Bill war leicht sauer, denn aus der kleinen Party am Abend wurde wohl nichts. Er hatte in London angerufen. John Sinclair hatte keine Zeit. Er mußte dienstlich zu einem Empfang und dort die Stunden totschlagen. Aber aufgeschoben war ja nicht aufgehoben. An einem der nächsten Tage würde es dann bestimmt gehen.

»Entschuldigen Sie, aber darf ich Sie wohl um Feuer bitten, Sir?«

Bill wandte den Kopf. Ein Mann mit Goldrandbrille und Wildlederhut hatte den Reporter angeredet.

»Aber natürlich, bitte sehr!« Bill holte sein Feuerzeug hervor und schnippte es an.

Der Mann nahm ein paar Züge aus seinem Zigarillo, stieß ein paar Rauchwolken aus und fragte. »Fliegen Sie auch nach London?«

»Ja.«

»Dann werden wir wohl ordentlich durchgeschüttelt. Über dem Kanal hängt mal wieder ein Tief.«

»Ich werde nicht flugkrank«, erwiderte Bill und lächelte.

»Seien Sie froh. Ich dagegen . . .«

Der Mann beendete den Satz nicht und blickte einer gut

gewachsenen Blondine nach. »Tja«, meinte er dann, »man hat leider viel zu wenig Zeit für die angenehmen Dinge des Lebens. Statt dessen fliege ich zwischen Johannisburg, Amsterdam und London hin und her.«

»Sie sind Kaufmann?« fragte Bill, dem ein Gespräch ganz angenehm war, da es half, die Wartezeit zu verkürzen.

»Ja. Diamantenhandel, wenn Sie verstehen. Ein verflucht hartes Geschäft. Ich bin Holländer, wohne aber in London.«

»In London, sagen Sie?«

»Ja.«

»Dann können Sie eigentlich nur Josh van Haarem sein.«

»Genau! Woher wissen Sie das?«

Bill lachte. »Wenn ich als freier Reporter nicht mal die Namen der lokalen Londoner Berühmtheiten kennen würde, könnte ich meinen Job aufgeben.«

Sheila hatte den letzten Teil des Gesprächs mitbekommen. »Mister van Haarem«, sagte sie. »Das ist eine Überraschung.« Sheila warf Bill einen schnellen Blick zu. »Du weißt, daß ich schon lange auf einen Ring scharf bin.«

Josh van Haarem lachte. »Ihre Gattin, Sir?«

»Ja. Sie gestatten, daß wir uns bekannt machen. Conolly. Meine Frau Sheila.«

»Es ist mir ein Vergnügen!« Der Diamantenhändler erhob sich. »Mrs. Conolly!« Mit der Geste eines weltgewandten Kavaliers küßte er Sheila die Hand. Dann zwinkerte er Bills Frau zu. »Wenn Sie wirklich Interesse an außerordentlich guten und kostbaren Stücken haben, kommen Sie am besten zu mir nach Hause. Wie wäre es gleich nach der Ankunft in London? Morgen habe ich eine Konferenz, und die nächsten Tage sind ebenfalls ausgebucht.«

Sheila warf Bill einen schnellen Blick zu. Der Reporter nickte lächelnd.

Josh van Haarem strahlte. »Ich freue mich wirklich, Ihnen die erlesensten Stücke meiner Sammlung zeigen zu können. Sie sind in meinem Privathaus untergebracht und eigentlich unverkäuflich, aber für Sie mache ich mal eine Ausnahme.«

»Wie steht es denn mit den Sicherheitsmaßnahmen? Ich meine, ist das nicht etwas riskant, solche teuren Stücke einfach zu Hause aufzubewahren?« fragte sich Bill.

»Kaum!« Van Haarem schüttelte den Kopf. »Ich habe die besten

Alarmanlagen. Hat mich ein Vermögen gekostet. Außerdem wird die gesamte Anlage ständig verbessert, so daß es nahezu unmöglich ist, daß sich ein Dieb bei mir einschleicht. Wissen Sie, mir geht es wie manchem Bildersammler. Ich kann die wertvollen Stücke nicht irgendeiner Bank übergeben. Ich muß sie einfach immer um mich haben, um sie zu jeder Tag- und Nachtzeit betrachten zu können.«

»Ja«, sagte Bill, »es gibt solche Menschen.«

Wenig später wurde der Flug nach London aufgerufen. Die Passagiere sollten sich am Flugsteig vier einfinden. Die Kontrollen verliefen reibungslos. Durch den langen Passierschlauch ging es direkt bis in den Jet.

Sheila und Bill flogen genau wie Josh van Haarem erster Klasse. Sie streckten sich in den weichen Polstern aus, und Sheila ließ sich von der Stewardeß einen Martini bringen. Bill und van Haarem bestellten Whisky.

»Und was haben Sie so in Amsterdam getrieben?« fragte van Haarem, als sie den ersten Schluck genommen hatten.

Bill stellte sein Glas ab. »Ob Sie es glauben oder nicht, wir haben Urlaub gemacht.«

»Das finde ich vernünftig. Wenn ich an meinen letzten Urlaub denke, Himmel, wie lange liegt das schon zurück.« Der Diamantenhändler deutete auf den Handkoffer. »Haben Sie sich ein Souvenir mitgebracht?«

»Ja. Und zwar eine . . .«

Bill wurde unterbrochen, da das Schild *Bitte anschnallen* aufleuchtete.

Wenige Minuten später war die übliche Prozedur vorbei, und der Reporter kam wieder auf das Andenken zurück.

»Wir haben eine Maske erworben«, sagte er und ließ die Schlösser des Koffers aufschnappen. Da die Maske flach war, paßte sie bequem hinein. Behutsam wickelte Bill sie aus.

Interessiert beugte sich der Diamantenhändler über den Koffer.

»Mein Gott«, sagte van Haarem, »die Maske. Wo haben Sie die her?«

»Aus einem Trödlerladen!«

»Unmöglich«, flüsterte der Mann, und plötzlich standen Schweißperlen auf seiner Stirn. »Das ist eine afrikanische Totenmaske, die einen ungeheuren Wert darstellt. Ich war lange genug auf diesem Kontinent, um das beurteilen zu können. Da haben Sie wirklich einen Fischzug gemacht. Aber da ist noch etwas . . .«

»Ja?«

»Diese Totenmaske ist mit einem Fluch behaftet.«

Bill hatte Mühe, einen Pfiff zu unterdrücken. »Und woher wissen Sie das?« fragte er statt dessen.

»Ich beschäftige mich mit der Geschichte Afrikas und habe auch einiges an Literatur darüber. Und in einem der Bücher ist diese Maske abgebildet. Wie sie allerdings nach Amsterdam gelangt ist, weiß ich nicht. Darf ich mal sehen?« fragte Josh van Haarem höflich.

»Bitte sehr.«

Der Diamantenhändler nahm die Maske in beide Hände. Er hielt sie wie eines seiner kostbarsten Schmuckstücke, und seinem Gesicht war abzulesen, wie erregt er innerlich war. »Ja«, sagte der Mann leise, »das ist sie, die Totenmaske des Magiers Zombola. Er lebte in dem Gebiet, das wir heute Sudan nennen.« Van Haarem verstummte. Er konnte sich an der Maske einfach nicht sattsehen.

Bill Conolly hatte auf das Gerede des Diamantenhändlers nicht geachtet. Er dachte daran, daß über der Maske ein Fluch liegen sollte. Und plötzlich sah er das Benehmen des Trödlers in einem völlig anderen Licht. Sollte die Totenmaske eine magische Ausstrahlung haben? Äußerlich anzusehen war ihr davon nichts. Nur wenn man sie in der Hand hielt, konnte man fühlen, wie warm das Holz war.

Als würde es leben . . .

Bill tauschte mit Sheila einen schnellen Blick und bemerkte, daß sich auch seine Frau ihre Gedanken machte. Und noch etwas kam dem Reporter seltsam vor.

Schlagartig schien sich die Atmosphäre in der Kabine verändert zu haben. Irgend etwas lag in der Luft. Nichts Greifbares, aber es war wie die trügerische Ruhe vor einem Gewitter.

Der Diamantenhändler starrte noch immer fasziniert auf die Totenmaske.

Bill Conolly drehte langsam den Kopf. Von den anderen Passagieren war nicht viel zu sehen. Die hohen Rückenlehnen verdeckten die Sicht. Einige Leselampen brannten, das war auch alles.

Merkwürdig war nur die Stille.

Der Reporter erhob sich.

»Wo willst du hin, Bill?« fragte Sheila und legte ihre Hand auf Bills Arm.

»Mich nur ein wenig umsehen.«

»Bleib hier, ich habe Angst.« Sheilas Stimme zitterte unmerklich.

»Ja, es ist ein sehr schönes Stück«, sagte in diesem Augenblick Josh van Haarem und legte die Totenmaske wieder in den Koffer, den Bill auf dem Boden abgesetzt hatte.

»Das ist sie in der Tat«, gab der Reporter zu und verschloß sorgfältig den Deckel. Anschließend ließ er sich wieder in den Sitz fallen. Den Koffer stellte er zwischen seine Beine.

Die Situation schien sich wieder zu entspannen. Plötzlich waren auch wieder die Unterhaltungen im Gang. Gläser klirrten, und die Stewardeß servierte drei Plätze weiter ein Glas Sekt.

Bill griff nach der Zigarettenschachtel.

»Gib mir auch eine«, sagte Sheila.

Bill reichte ihr ein Stäbchen, hinüber, und sie steckte es sich zwischen die blaßrosa geschminkten Lippen. Während Bill sich vorbeugte und seiner Frau Feuer reichte, murmelte Sheila: »Irgend etwas ist geschehen, Bill Ich fühle es. So stark, daß es mir bereits körperliches Unbehagen bereitet.«

»Du wirst dich täuschen«, sagte Bill und lehnte sich wieder zurück.

Er bemerkte Josh van Haarems Blick von der Seite und drehte den Kopf.

Der Diamantenhändler war ziemlich aufgeregt. Nur mühsam konnte er ein Zittern seiner Finger vermeiden.

»Stimmt etwas nicht mit Ihnen?« fragte der Reporter besorgt.

»Nein, nein es ist alles in Ordnung. Nur – ich weiß nicht, wie ich mich ausdrücken soll.«

»Reden Sie ruhig«, ermunterte ihn Bill Conolly.

»Schön. Liegt Ihnen sehr viel an der Totenmaske, Mister Conolly?«

»Sie wollen sie kaufen?«

»Ja.«

Bill schob die Unterlippe vor und bemerkte auch, daß Sheila instinktiv den Kopf schüttelte. »Wissen Sie, Mister van Haarem, diese Maske ist ein Andenken, das ich nicht gern aus der Hand geben möchte. Ich bin Sammler und . . .«

»Aber Mister Conolly«, unterbrach ihn der Diamantenhändler. »Das ist doch alles nur eine Sache des Preises. Ich zahle Ihnen, was Sie wollen. Ja, ich gehe sogar noch weiter. Ich biete Ihnen ein Tauschgeschäft an. Ihre Frau, Mister Conolly, kann sich aus meiner Sammlung aussuchen, was sie will. Sie geben mir dafür die Totenmaske.«

»Puh«, sagte Bill Conolly, »das ist wirklich ein verlockendes Tauschgeschäft. Ich kenne Sie zwar noch nicht lange, Mister van Haarem, habe Sie jedoch als harten und cleveren Geschäftsmann eingeschätzt. Ich weiß auch aus Ihren Erzählungen, wie wertvoll Ihre Sammlung ist. Sie müssen meiner Meinung nach deshalb schon einen ganz besonderen Grund haben, daß Sie einen Diamanten gegen die in einem Trödlerladen erworbene Maske eintauschen wollen. Sie werden Verständnis dafür haben, daß dies mein Misstrauen weckt.«

»Ja, das habe ich. Nur geht es mir bei diesen Dingen genauso wie mit meinen Schmuckstücken. Ich muß diese Maske besitzen.«

Bill hatte sich schon längst entschlossen. Deshalb sagte er: »Sie ist unverkäuflich.«

Er hatte mit einer scharfen Reaktion des Diamantenhändlers gerechnet, doch van Haarem lachte nur. »Noch ist nicht aller Tage Abend, Mister Conolly. Ich glaube, wir werden bei mir noch über den Fall reden.«

»Wie Sie meinen.«

Plötzlich legte sich die schwere Maschine in eine weite Rechtskurve. Bills Körper wurde nach links gepreßt, und auch den anderen Passagieren erging es nicht anders.

Die Kurskorrektur dauerte vielleicht eine halbe Minute. Die Stewardeß, die ebenfalls davon überrascht worden war, hatte sich gerade noch auf einen nicht besetzten Platz fallen lassen können. Jetzt stand sie langsam auf und ordnete unbewußt ihre Uniform. Ihr Gesicht war bleich wie ein Bettlaken.

Bill Conolly merkte es und stand auf. Er faßte den Arm der Stewardeß. »Ist Ihnen nicht gut?« fragte der Reporter.

Das dunkelhaarige Girl mit dem Puppengesicht lächelte verkrampft. »Danke, es geht schon.«

Bill schüttelte den Kopf. »Da stimmt doch etwas nicht. Sagen Sie, weshalb haben wir vorhin eine Kurskorrektur vorgenommen?«

Die Stewardeß sah den Reporter aus großen Augen an. Unwillkürlich dämpfte sie ihre Stimme, ehe sie eine Antwort gab. »Wir sind einige Zeit im Kreis geflogen«, sagte sie. »Es ist mir unverständlich, und auch der Kapitän weiß keine Erklärung. Der Co-Pilot und der Funker ebenfalls nicht. Etwas ist geschehen, was wir nicht begreifen können, Sir. Deshalb werden wir auch später in London ankommen.«

»Danke«, erwiderte Bill und ging wieder an seinen Platz. Jetzt war er sich völlig sicher, daß die Maske die Menschen unter einen magischen Bann gezwungen hatte. Das Flugzeug hätte auch genausogut abstürzen können.

Und bei dieser Vorstellung lief dem Reporter Bill Conolly eine Gänsehaut über den Rücken.

»Verdammt«, knurrte Achmed Radu, »der Kerl ist längst überfällig. Und das war alles dein Plan, Lamont.«

Jason Lamont erwiderte nichts. Wie ein Denkmal saß er hinter dem Lenkrad und hatte die Arme vor der Brust verschränkt. Neben ihm hockte Lem Dayton und rauchte. Er hatte die Scheibe zur Hälfte heruntergekurbelt und blickte unbeteiligt den träge abziehenden Qualmwolken nach.

Nur Achmed Radu rutschte im Fond des Volvo aufgeregt hin und her. Er hatte seine Nerven wieder einmal nicht unter Kontrolle. Aber das hatte er schon bei seinem älteren Bruder bewiesen, der mit Achmeds Freundin ein Verhältnis angefangen hatte und den der Araber dann in einem Anfall von Tollwut erstochen hatte. Danach hatte er sich dann in Richtung London abgesetzt.

»Ja, merkt ihr denn nicht, daß uns der Kerl reingelegt hat«, schimpfte Radu. »Der hat was gerochen und ist gar nicht geflogen. Bestimmt lacht er sich in Amsterdam über uns halb tot.«

»Du redest irre«, entgegnete Lem Dayton lakonisch und drückte die Zigarette im Ascher aus. »Die Maschine kann Verspätung haben, das ist bei diesem Wetter geradezu normal. Und jetzt halts Maul!«

Achmed Radu schwieg verdrossen. Er kochte innerlich und hätte am liebsten vor Wut die Polster aufgeschlitzt.

Die drei Gangster parkten in einer Sackgasse. Hier standen nur fünf Häuser, zwei auf der linken und drei auf der rechten Seite. Die Grundstücke waren so groß, daß die einzelnen Häuser von der Straße her nicht zu sehen waren. Wer hier wohnte, hatte Geld. Zumeist umgaben dicke Mauern oder Zäune die Grundstücke, und nicht selten waren noch elektrische Sicherheitsanlagen eingebaut.

Der Volvo stand schräg in einem schmalen Weg, der zwischen zwei Grundstücken hindurchführte. Der Wagen konnte von der Straße her nicht sofort gesehen werden. Doch Lamont konnte Josh van Haarems Haus beobachten. Er brauchte nur den Kopf nach links zu drehen und durch die kahlen Zweige der Büsche zu peilen, dann hatte er genau das breite Eingangstor im Blickfeld.

Das Wetter war naßkalt. Auf der Frontscheibe des Volvo glänzten Wassertropfen, die manchmal in schmalen Rinnsalen nach unten der Kühlerhaube entgegenliefen.

Der Wind hatte die letzten Blätter von den Bäumen geweht und sie zu einem Rutschbelag auf Straßen und Gassen gefegt. Die Natur machte sich für den Winter bereit, dementsprechend traurig sah sie aus.

In der Sackgasse herrschte so gut wie kein Betrieb. In den letzten fünfundvierzig Minuten war außer dem Volvo nicht ein Wagen eingebogen. Alles wirkte tot, leer, verlassen . . .«

Immer wieder blickte Achmed auf seine Uhr. Unhörbar zählten seine Lippen die Minuten mit. Er hielt es einfach nicht mehr aus.

»Ich glaube, ich schnappe mal frische Luft«, sagte er plötzlich.

»Du bleibst hier!« Scharf wie ein Peitschenknall war Jason Lamonts Antwort.

Der Araber wollte etwas erwidern, doch in diesem Augenblick hörten sie das Brummen eines Motors.

Die Haltung der drei Gangster spannte sich.

Da bog ein hochrädriges Londoner Taxi um die Ecke, wurde abgebremst und stoppte vor Josh van Haarems Haus.

Die Türen des Taxis schwangen auf.

Schon hielten die drei Gangster ihre Waffen in den Händen. Jason Lamont stieg als erster aus dem Volvo, Lem Dayton folgte.

Im selben Augenblick versteifte sich Jason Lamont. Ungläubig weiteten sich seine Augen. Josh van Haarem war nicht allein. In seiner Begleitung befanden sich ein Mann und eine Frau.

»Verdammt«, flüsterte Achmed Radu. Er ließ die Pistole

verschwinden und fingerte nach seinem Messer. »Die steche ich ab!«

Lamont packte ihn an der Schulter.

»Nichts machst du! Wenigstens noch nicht. Es geschieht alles genauso, wie wir es besprochen haben.«

Jason Lamont und seine beiden Kumpane warteten noch, bis das Taxi verschwunden war.

Dann gingen sie zum Angriff über . . .

Die Maschine aus Amsterdam hatte genau neunzehn Minuten Verspätung gehabt. Klare Angaben hatte der Pilot nicht machen können, und ehe eine genauere Untersuchung vorgenommen wurde, wollte man alles auf das Wetter schieben.

Aber davon ahnten das Ehepaar Conolly und Josh van Haarem nichts. Die Abfertigung der Passagiere war normal verlaufen, wenn auch mit starken Kontrollen.

Ein Taxi war schnell gefunden, und als sie sich in den Wagen schwangen, begann es zu regnen. Ein typischer Londoner Herbsttag.

Josh van Haarem nannte das Ziel und lehnte sich behaglich in den Sitz zurück. Er hatte seine alte Sicherheit wiedergefunden, war davon überzeugt, daß er Bill Conolly die Maske noch im Laufe des Tages abkaufen würde.

Er ahnte allerdings nichts von Bills Gedanken. Der Reporter hatte hin und her überlegt, ob er überhaupt mitfahren sollte, aber schließlich hatte seine Neugier gesiegt, und auch Sheila war gespannt darauf, die Diamantensammlung zu sehen.

Bill hatte dabei auch noch einen Hintergedanken. Daß mit der Maske etwas nicht stimmte, war ihm klar. Jetzt galt es herauszufinden, was. Und da van Haarem ein Kenner der afrikanischen Kultur war, hoffte Bill, von ihm die entsprechenden Informationen zu erhalten. Außerdem interessierten ihn die alten Schriften, die der Diamantenhändler besaß. Schließlich wollte Bill Conolly seinem Freund John Sinclair am nächsten Tag nicht unvorbereitet gegenübertreten.

Das Taxi quälte sich durch die Londoner Innenstadt. Es war wirklich eine Tortur. Bill hatte das Gefühl, daß sich sämtliche zugelassene Wagen im Londoner Stadtbereich auf den Straßen befanden. Nur dem Fahrer machte es nichts aus. Er behielt weiterhin seine Ruhe.

Doch schließlich näherten sie sich dem Ziel.

Josh van Haarem wohnte an der Peripherie der City, in einer Gegend, die so vornehm war, daß man fast Angst hatte, mit schmutzigen Schuhen über die Straße zu gehen. Hier wohnten superreiche Geschäftsleute, sogar ein bißchen Adel und ein Stahlproduzent. Unter ihnen war Josh van Haarem der einzige, der fast ohne festangestelltes Personal auskam. Brauchte er Leute, schaltete er eine Vermittlungsagentur ein, was letzten Endes bequemer war. Nur eine Köchin war fest angestellt und erschien auch nur, wenn van Haarem längere Zeit zu Hause weilte.

Der Wagen ächzte bedenklich in der Federung, als der Fahrer in die schmale Seitenstraße einbog. Und schon tauchte auch van Haarems Grundstück auf. Es war durch eine dicke Steinmauer gesichert, die über zwei Yards hoch war und auf der Spitze noch eine elektrische Sicherung hatte. Das Tor war aus solidem Stahl und lief auf gut geölten Rollen.

Das Taxi stoppte. Während van Haarem den Fahrpreis beglich, stiegen Sheila und Bill aus. Die Conollys hatten ihr Gepäck einem Schließfach auf dem Flughafen anvertraut, wo sie es am nächsten Tag abholen wollten. Bill trug nur seinen Handkoffer.

Gewohnheitsmäßig glitt sein Blick über die Straße. Die kahlen Äste der Bäume ragten wie lange Finger in den regenverhangenen Himmel. Ein kühler Wind schnitt durch die Kleidung. Unter Bills Sohlen klebten verfaulte Blätter. Zum Glück hatte es aufgehört zu regnen, nur noch von den Bäumen fielen dicke Tropfen.

Aus dem Auspuff des Taxis drangen dicke Benzinwolken, als es Fahrt aufnahm. Rumpelnd verschwand es hinter der nächsten Biegung.

»Dann wollen wir mal«, sagte Josh van Haarem. »Ich hoffe, im Haus wird es richtig . . .«

Bill und Sheila erfuhren nicht mehr, was der Mann noch sagen wollte. Er brach mitten im Satz ab und stieß einen erschrockenen Ruf aus.

Bill Conolly kreiselte herum. Gleichzeitig schrie Sheila auf.

Auch sie hatten die drei Männer gesehen, die mit schußbereiten Waffen herankamen. Ihre Schritte glichen denen von Raubtieren, lautlos und geschmeidig.

Instinktiv zuckte Bills Hand hoch, doch im letzten Augenblick fiel ihm ein, daß er keine Waffe bei sich hatte.

Die Männer waren heran.

Matt glänzten die Waffen.

»Eine falsche Bewegung, und Sie sind tot«, sagte ein Kerl mit blonden Haaren und einem Gesicht wie aus Stein gehauen.

Sein Kumpan, ein windiger schwarzhaariger Typ, war inzwischen an van Haarem herangetreten und klopfte ihn gedankenschnell nach Waffen ab. Er fand nichts.

Der dritte Gangster stand auf der Straße wie festgeleimt. Nur seine Augen waren in ständiger Bewegung. Er beobachtete mit der Schärfe eines Adlers.

»Kann mir mal jemand verraten, was der Spaß hier soll?« fragte van Haarem mit scharfer Stimme.

Als Antwort erhielt er von Achmed, dem Araber, einen Schlag in den Nacken. »Hier reden wir, mein Freund.«

Van Haarem war zusammengezuckt wie unter einem Stromstoß. Nur mühsam hielt er sich auf den Beinen.

»Schließ das Tor auf!« forderte Jason Lamont. »Und dann rein mit euch, auch die beiden Hübschen hier, wir wollen nämlich eine Party zu sechst feiern.«

»Bill«, flüsterte Sheila, »was wollen die von uns?«

»Keine Ahnung. Aber ich schätze, das gilt van Haarem. Na ja, mal sehen.«

Die wahren Gedanken verschwieg der Reporter seiner Frau, denn wenn Gangster einen Überfall ohne Masken durchführten, bestand immer die Gefahr, daß sie die Zeugen hinterher beseitigten.

Das Tor schwang zur Seite. Lautlos, wie von Geisterhand geschoben.

Van Haarem übernahm die Spitze. Sheila ging in der Mitte zwischen den beiden Männern. Schräg neben ihr hielt sich Radu, der Araber. Er zog Sheila mit seinen Blicken förmlich aus, und Bill war klar, daß dieser Mann die erstbeste Gelegenheit wahrnehmen würde, um Sheila etwas anzutun.

Wie Gefangene zur Hinrichtung, so marschierten sie durch den Park. Krähen saßen auf den glatt gefegten Ästen und glotzten aus unbeteiligten Augen nieder.

Van Haarem keuchte. Der Schlag vorhin hatte ihn hart

238

getroffen. Es ging bergauf über einen künstlich angeschütteten Hügel. Die Wege waren gepflegt und mit Kies bestreut, bis auf den Hauptweg. Ihn hatte man asphaltiert, und er führte direkt bis zum Haus.

Haus war der falsche Begriff. Van Haarem wohnte eher in einer kleinen Burg. Es war ein altes Gebäude mit hohen Fenstern, verschnörkelter Fassade und vielen Türmchen und Erkern. Das Dach war erneuert worden. Schiefer glänzte regennaß.

Die Treppe zum Eingang war breit und einladend. Ehe van Haarem die Tür aufschließen konnte, wurde er von Jason Lamont gestoppt. »Sollte Ihnen einfallen, irgendeine Sicherheitsanlage einzuschalten, sind Sie augenblicklich ein toter Mann.«

»Ich habe verstanden!« preßte der Diamantenhändler hervor. »Ich bin nicht lebensmüde.«

Lamont lachte freudlos. »Ich sehe, wir verstehen uns.«

Van Haarem schloß die Tür auf und machte Licht. Eine große Wohnhalle nahm sie auf. Jedes Teil, was darin stand, war eine Kostbarkeit für sich. Knöcheltief versanken die Füße in echten Teppichen. Die Fensterstores bestanden aus einem kostbaren Material.

Alles atmete Gemütlichkeit und Wärme aus, zu denen die drei Gangster paßten wie die Faust aufs Auge. Eine freischwebende, dunkel gebeizte Holztreppe führte in die obere Etage.

Eine Standuhr schlug viermal. Hell schwangen die Echos durch die Halle, und Achmed verlor den letzten Rest seiner Nerven. Er fegte herum und jagte zwei Kugeln in das Uhrwerk. Der letzte Schlag verhallte mit einem schrillen Misston.

»Du verschenkst Munition«, sagte Lamont nur und wandte sich dann dem Händler zu. »Und wir beide sehen uns mal deine Sammlung an, mein Freund.«

Van Haarem hatte den Koffer abgestellt. Sein Gesicht wirkte seltsam bleich. »Von welcher Sammlung reden Sie?«

Lamont schlug zweimal zu. Sekunden später krümmte sich der Diamantenhändler am Boden.

Für Augenblicke war die Aufmerksamkeit der anderen Gangster erloschen.

Bill Conolly sah seine Chance.

Sein Schlag fegte dem überraschten Achmed die Pistole aus der Hand. Gleichzeitig packte Bill Radus anderen Arm, zog den

Araber zu sich heran, bückte und drehte sich, und schleuderte den Kerl über seine Schulter.

Achmed prallte genau gegen Lem Dayton.

Beide gingen zu Boden.

Bill flog zur Seite, stieß Sheila aus der Gefahrenzone und riß Achmeds Pistole an sich.

»Wenn Sie schießen, ist er tot!«

Jason Lamonts kalte Stimme zerschnitt die Stille.

Pfeifend atmete Bill Conolly aus. Ein, zwei Herzschläge lang blieb er in seiner geduckten Haltung stehen, saugte das Bild in sich auf.

Lamont hatte van Haarem die Mündung des Revolvers an die Schläfe gesetzt. Sein Gesicht zeigte eine gewisse Gleichgültigkeit, die Profikillern eigen ist. Achmed und Lem hockten am Boden. Lem hielt seine Waffe noch in der Hand, doch die Mündung wies nach unten. In den Augen der Männer stand die reine Mordlust.

Sheila Conolly war bis zur Treppe gelaufen. Sie hatte ihre Hände um das halbrunde Geländer gekrallt. Ihre Blicke flogen zwischen den Personen hin und her.

»Geduld ist nicht gerade meine starke Seite, Mister«, sagte Jason Lamont.

Bill grinste kalt. Er hielt mit der Pistole die beiden anderen Gangster in Schach. »Wenn Sie van Haarem erschießen, kommen Sie auch nicht an die Diamanten. Denn nur er ist schließlich in der Lage, die Sicherungen auszuschalten.«

»Das ist richtig«, erwiderte Lamont. »Aber dann lassen wir den Coup sausen.«

Die Situation stand wirklich auf des Messers Schneide. Wie Bill sich auch entschied, es konnte auf jeden Fall falsch sein. Und er mußte an Sheila denken. Ein Funke genügte, und hier war die Hölle los.

Doch die Entscheidung wurde dem Reporter vorerst abgenommen, denn in diesem Augenblick läutete das Telefon . . .

Schlagartig änderte sich die Situation. Es war, als hätte ein unsichtbarer Regisseur eine andere Bühneneinstellung befohlen. Die Anwesenden hielten den Atem an. Jeder spürte das Gefühl der hochkeimenden Spannung in sich, die wie eine Last drückte.

Acht Augenpaare starrten Jason Lamont und Josh van Haarem an.

Wieder schrillte es, und die angespannte Stille wurde jäh unterbrochen.

Jason Lamont atmete aus. »Geh ran«, sagte er, »aber kein falsches Wort.«

Van Haarem nickte schwer. Mit müden Schritten schleppte er sich zum Apparat, der auf einem kleinen Tischchen stand.

Beim vierten Läuten hob er ab. Jason Lamont war wie ein Schatten neben ihm aufgetaucht. Das kühle Metall der Waffe berührte van Haarems schweißfeuchten Nacken.

»Ja bitte«, sagte der Diamantenhändler und gab sich Mühe, seiner Stimme einen normalen Klang zu geben.

»Hallo, Josh. Da habe ich aber Glück gehabt, daß du schon zu Hause bist. Ich dachte mir, versuch es einmal. Okay, Josh, wann können wir uns sehen? Mir paßt es am besten heute abend.«

Der unbekannte Anrufer sprach es laut, daß die Anwesenden ihn verstehen konnten.

Lamont deckte mit der freien Hand die Sprechmuschel zu. »Sag ihm, daß du keine Zeit hast!« zischte er.

»Josh, warum meldest du dich denn nicht? Zum Teufel, was ist?«

»Entschuldige, Jan, aber ich habe gerade nachgedacht. Weißt du, heute abend paßt es mir nicht. Ich bin zu müde, muß mich unbedingt hinlegen. Die Reise ist mir doch in die Knochen gefahren.«

»Schade. Na ja, dann nicht. Aber ruf mich morgen früh mal an.«

»Wird gemacht, Jan.«

»Nichts für ungut. Bis morgen dann.«

Der Anrufer legte auf. Josh van Haarem stand noch einige Sekunden unbeweglich. Mit der linken Hand hielt er den Hörer umklammert und konzentrierte sich auf den kalten Druck in seinem Nacken.

»Leg auf!« erklang Lamonts leise Stimme.

Der Diamantenhändler gehorchte.

Jason Lamont warf einen blitzschnellen Blick zu Bill Conolly hinüber. »Laß lieber fallen, Mister. Die Chancen haben sich für dich wesentlich verschlechtert.«

Das hatten sie sich in der Tat. Denn Jason Lamont stand jetzt halb hinter dem Diamantenhändler und hatte so einen idealen Schutzschild.

Bill öffnete die Hand. Die schwere Pistole fiel auf den Teppich. Augenblicklich löste sich Achmed Radu vom Boden und riß die Waffe an sich. Mit einem Schrei federte er zurück, brachte die Kanone in Anschlag und brüllte: »Jetzt leg ich dich um, du Schwein!«

Bill Conolly sah dem Tod ins Auge. Doch da griff Lem Dayton ein. Mit einem gezielten Schlag holte er den Araber von den Beinen. Radu jaulte auf, und Dayton entwand ihm die Pistole. Dabei sagte er: »Laß ja deine Messer stecken, du Held.«

»Irgendwann zahle ich es dir noch heim!« knurrte der Araber. Mit einem Sprung stand er wieder auf den Füßen.

Jason Lamont kam auf Bill Conolly zu, während Dayton auf einen Wink hin die Bewachung des Diamantenhändlers übernahm.

Zwei Schritte vor Bill blieb Jason Lamont stehen. »Wer bist du?« fragte er.

»Ein Kollege von Mister van Haarem.«

Lamont lächelte. Es war ein zynisches, gefährliches Lächeln, das wie Eiskristalle unter die Haut drang. »Achmed kennt sämtliche Diamantenhändler hier in London. Mal sehen, was er sagt. Achmed, hast du ihn schon mal gesehen?«

»Nein!«

»Das hatte ich mir fast gedacht, Mister. Bei der nächsten Lüge geht es dir schlecht, nur damit wir uns verstehen. Wenn du also kein Diamantenhändler bist, was dann? Wie kommst du an van Haarem?«

»Wir haben uns im Flugzeug kennengelernt.«

Lamont senkte die Waffe um zwei Millimeter. »Du bist wohl ein Typ, der gern Schmerzen erleidet, was? Also bitte, wenn du nicht willst.«

»Aber das stimmt doch!« schrie van Haarem. »Wir haben uns tatsächlich im Flugzeug kennengelernt.«

Lamont zögerte. »Und dann bringen Sie ihn schon mit in die Wohnung?«

»Ich wollte ihm meine Sammlung zeigen. Ja, wir hatten sogar vor, ein Tauschgeschäft zu machen. Er hat in Amsterdam eine wertvolle Totenmaske erworben, und ich wollte sie gegen einen Brillanten oder Diamanten eintauschen.«

»Das sind aber wirklich interessante Neuigkeiten«, sagte Lamont. Mit der freien Hand zeigte er auf den Koffer, den Bill bei dem Handgemenge vorhin fallen gelassen hatte. »Ist die Maske da drin?«

»Ja«, knirschte der Reporter.

»Fein«, erwiderte Lamont. »Muß ja ein sehr wertvolles Stück sein, wenn der gute van Haarem sich dafür von einem seiner Steine trennt, mal sehen.«

»Lassen Sie die Totenmaske in Ruhe«, sagte Bill, und seine Stimme klang beschwörend. »Sie ist verhext. Es liegt ein Fluch auf ihr.«

Lamont lachte. »Aus der Märchenzeit bin ich schon heraus. Los, gib die Maske her!« Lamonts Stimme wurde schneidend.

Bill zuckte mit den Achseln. »Auf Ihre Verantwortung«, sagte er.

In diesem Augenblick stieß Radu einen Fluch aus. »Boß«, sagte er. »Die Puppe ist weg!«

Jason Lamont reagierte innerhalb von Sekundenbruchteilen. Er riß den Arm mit der Waffe hoch und schlug Bill Conolly den Lauf gegen die Schläfe.

Ächzend sackte der Reporter zusammen. Wie dicke Wolken überschwemmten ihn die Wogen der Bewußtlosigkeit, und verzweifelt stemmte er sich gegen die Ohnmacht.

Schwach hörte er die Stimmen der Gangster. »Lem, paß du auf die beiden auf! Radu, du suchst die Frau! Sie kann noch nicht weit sein.«

Lamont rannte durch die Halle. Er packte Josh van Haarem am Kragen seines Jacketts. »Gibt es oben ein Telefon?«

»Ja. Mehrere Apparate!«

»Wo ist der Verteilerkasten? Zum Teufel, reden Sie schon!«

»Hier in der Halle. Unter dem rechten Fenster in der kleinen Nische.«

Jason Lamont stieß den Diamantenhändler in einen Sessel, hetzte zum Fenster, riß den Vorhang weg und sah den kleinen grauen Kasten.

Mit dem Fuß trat er die Kunststoffverkleidung weg. Es splitterte und knirschte. Dann lagen die Drähte, Spulen und Relais vor ihm.

Lamont hob die Waffe, kniff die Augen leicht zusammen und feuerte zwei Schüsse ab.

Blitze zuckten, Drähte schmorten durch. Grauweiße Rauchspiralen stiegen von den geschmolzenen und verbogenen Drähten hoch. Es war geschafft. Die Anlage funktionierte nicht mehr.

Lamont atmete auf. Ein zynisches Lächeln grub sich in seine Mundwinkel.

Jetzt saß die Blonde in der Mausefalle. Und Radu würde schon dafür sorgen, daß sie ihm nicht entkam . . .

Sheila Conolly war eine Frau, die auch in den gefährlichsten Situationen die Nerven behielt. Als Bill sie zur Seite gestoßen hatte, hatte sie sich noch mehr Schwung gegeben und war erst dicht neben der Treppe stehengeblieben. Im nicht gerade hellen Licht der Halle waren nur die ersten drei Stufen gut zu erkennen. Die übrigen verschwanden in einem verwaschenen Dämmerlicht.

Eiskalt beobachtete Sheila die Männer und merkte, daß die Leute auf sie nicht mehr achteten.

Diese Chance mußte sie nutzen. Bestimmt befanden sich in den oberen Räumen mehrere Telefonapparate. Wenn es ihr gelang, sich die Treppe hinaufzuschleichen und die Polizei zu alarmieren . . .

Sheila dachte den Gedanken nicht zu Ende, sondern setzte ihn augenblicklich in die Tat um.

Sie nahm die erste Stufe. Wenn das Holz jetzt knarrte, dann . . .

Nichts geschah.

Sheila Conolly atmete auf.

Die zweite Stufe, die dritte.

Rasend hämmerte ihr Herz gegen die Rippen. Schweiß lag auf ihrem Körper, und Sheila atmete durch den Mund.

Wie ein Schemen verschwand ihre Gestalt in dem Dämmerlicht. Dann hatte sie das Ende des ersten Absatzes erreicht. Von unten tönten die Stimmen der Männer hinauf. Jetzt, wo die Nervenspannung etwas nachgelassen hatte, spürte Sheila die Angst um ihren Mann. Gefühlsmäßig kam sie sich wie eine Verräterin vor, doch sagte ihr der kühle Verstand, daß sie richtig gehandelt hatte. Hoffentlich wurde ihr Verschwinden nicht zu früh bemerkt.

Vor Sheila Conolly lag ein langer Flur. Trübes Spätnachmittagslicht fiel durch die Fenster. Auf der rechten Gangseite zweigten fünf Türen ab. Der Boden war mit einem langen Teppich belegt. Unter einem Fenster stand ein kleines Tischchen mit einer handgearbeiteten leeren Blumenvase darauf. Irgendwie wirkte es verloren.

Die Stimmen unten aus der Halle waren nur noch gedämpft zu vernehmen. Trotzdem schlich Sheila auf Zehenspitzen weiter.

Vor der ersten Tür blieb sie stehen. Die Klinke war aus Metall und gebogen.

Sheila drückte sie nach unten.

Die Tür war verschlossen.

Ärgerlich biß sich Sheila Conolly auf die Unterlippe. Wenn es ihr mit den anderen Türen auch so ging, dann war alles umsonst.

Die junge Frau ging weiter. Und an der nächsten Tür hatte sie Glück. Sheila schlüpfte in das dahinterliegende Zimmer.

Es war ein großer Raum. Seidentapeten bedeckten die Wände. An der Decke hing ein kostbarer Lüster, und an der Stirnseite stand ein französisches Bett. Die gelbe Decke war glattgezogen, und die drei bunten Kissen wirkten wie große Farbtupfer.

Doch am meisten faszinierte Sheila Conolly das Telefon. Es war ein Drucktastenapparat, und er stand auf einer kleinen Ablage über dem Kopfende des Bettes.

Sheila verlor keine Sekunde mehr. Sie beugte sich über das Bett und zog den Apparat zu sich heran.

Und da hörte Sheila die Schüsse.

Sie hatte den Hörer schon in der Hand gehalten, und das Freizeichen brach ab wie ausradiert.

Sheila brauchte keine große Gedankenleserin zu sein, um sich vorstellen zu können, was geschehen war. Man hatte ihre Flucht entdeckt und sofort die richtigen Schlüsse gezogen.

Sheila sprang auf und rannte aus dem Zimmer.

Ein Mann stürmte die Treppe hoch. Es war Radu, der Araber.

Jetzt ging es um Bruchteile von Sekunden!

Sheila warf sich auf dem Absatz herum und rannte, wie von Furien gehetzt, den Gang entlang.

»Stehenbleiben!« gellte hinter ihr eine Stimme auf.

Sheila dachte nicht daran.

Da zog Achmed Radu den Stecher der Waffe durch. Hautnah jaulte die Kugel an Sheila vorbei und klatschte am Ende des Ganges in die Wand.

Panik erfaßte die junge Frau. Mit einem gewaltigen Hechtsprung warf sie sich nach rechts, schlug mit dem angewinkelten Arm auf eine Türklinke und drückte mit ihrem Körpergewicht die Tür auf.

Durch diese Reaktion jagte auch die nächste Kugel an ihr vorbei.

Sheila war in das Zimmer gefallen. Sofort rollte sie sich herum, schmetterte die Tür zu, sah, daß der Schlüssel von innen steckte, und drehte ihn herum.

Dann sprang sie aus der Schußlinie.

Gerade noch rechtzeitig, denn die nächsten zwei Bleihummeln stanzten Löcher in das Holz.

Sheila war in einem Eßzimmer gelandet. Und während sie zum Fenster hetzte, hörte sie draußen vom Gang her Radus verbissenes Fluchen. Der Araber hatte sich verschossen, aber das wußte die Frau nicht. Sie ahnte allerdings auch nichts von Radus gefährlichen Messern . . .

Sheila stieß in ihrer Eile einen Stuhl um, erreichte das Fenster und riß es auf.

Still und verlassen lag der Garten unter ihr. Im ersten Augenblick dachte sie daran, einfach hinabzuspringen, doch ob sie mit heilen Knochen unten ankommen würde, war sehr fraglich. Immerhin betrug die Distanz fast drei Meter.

Aber Sheila entdeckte einen Sims, der sich an der Fassade entlangzog. Wenn sie auf den Sims kletterte und dort ein Stück weiter balancierte, konnte sie einen Baum erreichen, dessen Äste bis dicht an das Fenster reichten.

Sheila wagte es. Sie mußte es einfach wagen, denn hinter ihr hämmerten schwere Schläge gegen die Tür. Radu setzte alles auf eine Karte.

Sheila schwang sich auf die Fensterbank. Im ersten Augenblick schwindelte ihr, als sie nach unten blickte, doch dann faßte sie sich ein Herz, drehte ihren Körper und berührte mit dem rechten Fuß zuerst den schmalen Sims.

Wenn das Gestein nur hielt . . .

Gewaltsam zwang sich Bill Conollys Frau zur Ruhe. Nur nicht schlappmachen, nur jetzt nicht.

Eng preßte sich Sheila gegen die Wand. Die Kälte des Gesteins drang durch ihre Kleidung. An Ritzen und Fugen in der Mauerwand fanden Sheilas Finger immer wieder etwas Halt. Die Strümpfe waren längst aufgescheuert. Blut lief von den Knien herab, doch Sheila verbiß sich tapfer den Schmerz.

Stück für Stück schob sie sich weiter.

Sie hatte das Gefühl, schon eine Ewigkeit hier zu stehen, doch in Wirklichkeit waren es nur Sekunden.

Sheila Conolly sah nicht, was sich hinter ihrem Rücken abspielte. Radu hatte es aufgegeben, die Tür aufzubrechen. Statt dessen war er in ein anderes Zimmer gelaufen, hatte das Fenster aufgerissen und sah Sheila Conolly wie ein übergroßes Insekt an der Hauswand kleben.

Sein Opfer!

Radus Lächeln war mörderisch, als er eines seiner gefährlichen Messer hervorzauberte. Er mußte sich weit aus dem Fenster beugen und seinen Körper nach links drehen, wenn er Sheila treffen wollte.

Radu spielte erst noch mit dem Gedanken, sie auf sich aufmerksam zu machen, ließ es aber dann bleiben. Ein Warnschuß – es war der erste draußen auf dem Gang gewesen –, hatte schließlich gereicht.

Ungefähr zwanzig Schritte betrug die Distanz zwischen Sheila und dem Killer.

Noch einmal nahm Radu Maß. Schon in der nächsten Sekunde würde sich der lautlose Tod in Sheilas Rücken bohren . . .

Bill Conolly war nicht bewußtlos geworden. Mit eiserner Energie hatte er es geschafft, gegen die Wellen der Ohnmacht anzukämpfen.

Noch immer lag er auf dem Boden. Sein Schädel erinnerte ihn an einen Brummkreisel. Der Brandgeruch aus dem zerstörten Verteilerkasten kitzelte seine Nase.

Jason Lamont hatte sich wieder gefangen. Seine Kaltschnäuzigkeit war wirklich sagenhaft. Mit knappen Sätzen erteilte er die nächsten Befehle.

»Sie gehen mit Lem Dayton in den Keller, van Haarem. Und versuchen Sie keine Tricks. Lem ist Elektrospezialist. Er wird darauf achten, daß Sie die Alarmanlage ausschalten. Und Sie, mein lieber Conolly, gehen mit. Los, hoch mit Ihnen!«

Bill quälte sich ächzend auf die Beine. Zu seinen Kopfschmerzen kam noch die Sorge um Sheila. Wenn ihr etwas geschah – er wüßte nicht, was er dann tun würde.

Unwillkürlich warf Bill einen Blick zur Treppe hinüber. Lamont merkte es und lachte« »Radu wird die Kleine schon einfangen«, sagte er gelassen.

Bill wandte den Kopf. »Wenn Sie ihr etwas antun, dann bringe ich Sie um!«

Lamont zuckte nur mit den Achseln. »Fragt sich nur – wie. Noch sitzen wir am Drücker. Und jetzt reden Sie nicht mehr lange herum, sondern kommen Sie mit.«

Lamont winkte mit dem Revolver.

Josh van Haarem und Lem Dayton waren inzwischen im Hintergrund der Halle verschwunden. Hier war in einer Nische eine kaum zu erkennende Holztür eingebaut, die den direkten Zugang zum Keller darstellte. Van Haarem hatte sich den Zugang nach seinem Einzug extra mauern lassen. Er wollte nicht immer erst um das Haus herumgehen, um in den Keller zu gelangen.

Die Tür war verschlossen. Hinter einem Bild befand sich die zentrale Stelle der Sicherungsanlagen. Der Kasten war in die Wand eingearbeitet worden und durch ein Spezialschloß gesichert, das außerdem mit einer Zahlenkombination versehen war, die nur van Haarem kannte.

Mit kalkweißem Gesicht und zitternden Fingern stellte der Diamantenhändler die Kombination ein.

Noch ehe er fertig war, peitschten Schüsse durch das Haus.

Mit einem Aufschrei fuhr Bill Conolly herum. Die Schüsse waren oben gefallen,

Und dort befand sich Sheila!

Hart rammte Lamont Bill den Lauf der Waffe in die Magengrube. »Bleib ganz ruhig!« zischte der Killer. »Wenn Radu deine Puppe erledigt hat, dann war sie selbst schuld.«

Bill Conolly würgte vor Schmerz und Enttäuschung. Jason Lamonts Gestalt verschwamm vor seinen Augen. Der Reporter wurde in einen höllischen Taumel gerissen, er war nicht mehr

Herr seiner Sinne, und in einem verzweifelten Anfall von Wut und Wahnsinn warf er sich herum und schlug zu.

Jason Lamont flog zurück. Ein Schuß löste sich, doch die Kugel fegte in die Decke. Ein zweitesmal abzudrücken, schaffte Lamont nicht mehr, da hatte ihm Bill bereits den Kopf in den Leib gerammt. Gemeinsam krachten sie gegen die Wand. Lamonts sonst glattes Gesicht verzog sich zu einer schmerzverzerrten Grimasse.

Und wieder schlug Bill zu. Mit der Wucht eines Dampfhammers traf er Lamont und trieb ihm die Luft aus den Lungen.

Der Killer stöhnte auf. Er versuchte, mit der Waffe zuzuschlagen, doch Bill wehrte den Hieb ab. Er war wie in einem Rausch, er sah in diesem Moment rot.

Bis Lem Dayton angriff. Ein Schlag traf Bill Conollys Genick.

Der Reporter zuckte hoch und brach dann zusammen. Er blieb auf dem Boden liegen.

»Warum hast du ihn nicht erschossen?« keuchte Lamont und wischte sich das Blut aus dem Mundwinkel.

»Ich dachte, du würdest selbst mit ihm fertig«, erwiderte Dayton gelassen.

»Quatsch nicht!« Lamont atmete schwer. »Du wolltest sehen, wie ich zusammengeschlagen werde, das war es. Verdammt, wo Radu nur bleibt. Er müßte längst mit der Puppe hier unten sein.«

»Vielleicht hat er sie gar nicht erwischt«, bemerkte Lem Dayton.

»Das wäre natürlich 'ne Sache. Macht aber auch nichts, dann legen wir den Kerl eben zusammen mit seiner Frau um.«

Plötzlich hörten sie den gellenden Schrei.

»Das war draußen!« rief Lamont und rannte los . . .

Greifbar nahe tauchten die Äste des Baumes vor Sheila Conolly auf. Noch einen Schritt, dann . . .

Sheila stemmte sich um eine Winzigkeit vor der Hauswand ab und löste die Finger ihrer rechten Hand aus einer Fuge, um nach dem nächsten armdicken Ast zu greifen.

Da warf Radu das Messer!

Manchmal ist es nur eine winzige Zeitspanne, die über das Leben eines Menschen entscheidet.

So auch hier.

Dadurch, daß Sheila ihre Haltung verändert hatte, bot sie nicht mehr das Ziel, das Radu soeben vor Augen gehabt hatte. Das Messer fegte wie ein tödlicher Blitz an der Hauswand vorbei und streifte Sheilas linke Schulter.

Sheila fiel vom Sims.

Der Schock, der Fall – sie waren die auslösenden Faktoren für Sheilas gellenden Angstschrei. Instinktiv riß sie die Arme hoch, bekam mit der rechten Hand den ins Auge gefaßten Ast zu packen, klammerte sich daran fest und baumelte für Sekunden über dem Boden.

Angst, Selbsterhaltungstrieb und der letzte Rest von Verstand trieben Sheila dazu, sich fallen zu lassen.

Sie prallte auf den Boden.

Bis ins Gehirn spürte sie die stechenden Schmerzwellen. Nicht eine Sekunde blieb sie auf der Stelle liegen, sondern schnellte mit einem wahren Panthersatz auf ein Gebüsch zu.

Das nächte Messer verfehlte sie. Zitternd blieb es schräg neben ihr im feuchten Erdreich stecken.

Sheila hetzte weiter. Nur weg hier! Weg aus diesem höllischen Haus! Sie rannte wie noch nie in ihrem Leben. Sie lief im Zickzack wie ein Hase. Bäume und Gestrüpp gaben ihr genügend Deckung. Aus den Augenwinkeln sah sie, wie Lamont aus dem Haus stürzte. Er feuerte im Laufen. Die Kugel ging daneben.

Immer näher kam das Tor.

Jason Lamont und der Araber schrien sich gegenseitig Befehle zu. Der Araber stand im Fensterrechteck und versuchte, die fliehende Sheila mit dem Messer zu stoppen.

Bills Frau rannte geduckt und fand immer wieder natürliche Deckungsmöglichkeiten. Schon sah sie das Tor auftauchen. Noch einmal mobilisierte sie sämtliche Kraftreserven.

Das Tor war zu!

Sheila schrie auf. Es war ein Schrei, geboren aus höchster Verzweiflung und Enttäuschung. All ihre Hoffnung, ihre Kraft zerplatzten wie eine schillernde Seifenblase.

Trotzdem taumelte Sheila auf das Tor zu. Ihr Schrei erstickte in einem Wimmern.

Aus, vorbei!

Fünf, sechs Yards waren es noch, dann war sie am Ende.

Doch plötzlich geschah etwas, womit Sheila nie im Leben gerechnet hatte.

Das breite Tor schwang zur Seite. Es war wie eine Fügung des Schicksals. Sheila wußte nicht, wieso das plötzlich geschah, sie sah nur die Lücke, die immer breiter wurde.

Sheila stürmte hindurch, stolperte, fing sich wieder und hetzte auf die Straße.

Und da sah sie den Wagen! Es war ein schwerer Mercedes, der langsam in die Sackgasse einbog.

Sheila wankte darauf zu. Sie schrie, schluchzte und weinte in einem. Sie sah nicht mehr, daß Jason Lamont mit einem wütenden Fluch die Pistole wegsteckte und in einem nahen Gebüsch untertauchte.

Sheila sah nur den Wagen, der immer größer wurde und ihr wie ein Geschenk des Himmels erschien.

Plötzlich versagten die Beine ihr den Dienst. Mit einem Seufzer sackte Sheila zusammen und fiel der Länge nach auf das Pflaster der Straße.

Auch Lem Dayton war nervös. Sein Blick flog zwischen dem Diamantenhändler und dem bewußtlosen Bill Conolly hin und her. Er wußte nicht genau, wie er sich verhalten sollte, und befahl van Haarem deshalb, den Kasten für die Sicherung zu öffnen.

Van Haarem tat es. Dayton hatte ihm die Waffe in den Rücken gebohrt, und der schmerzhafte Druck erinnerte den Diamantenhändler daran, wie winzig seine Chancen waren.

Langsam zog er die kleine, aber einbruchsichere Tür auf.

Eine Unzahl von Knöpfen und Schaltern präsentierte sich den Männern. Grünes Licht ließ die Anlage geheimnisvoll erscheinen.

»Schalt sie ab!« sagte Dayton.

Van Haarem zögerte einen Augenblick, dann legte er den größten Hebel um.

Das grüne Licht in dem Sicherungskasten erlosch. Vorher hatte van Haarem jedoch mit dem kleinen Finger einen Knopf berührt, der in einem Kontakt zum Eingangstor stand.

Das Tor würde jetzt langsam aufgleiten . . .

Van Haarem gratulierte sich innerlich, daß er vieles doppelt gesichert hatte. Es gab verschiedene Kontaktmöglichkeiten, mit denen er das Eingangstor öffnen konnte. Diese hier war praktisch seine letzte Sicherung.

»Dreh dich wieder um«, befahl Dayton.

Van Haarem gehorchte. Gleichzeitig umspielte ein schmales Lächeln seine Lippen. Wenn es die Frau tatsächlich geschafft hatte zu entkommen, dann bestand noch eine kleine Chance.

Irgendeine scharfe Flüssigkeit rann zwischen Sheilas Lippen, tropfte zum Teil über das Kinn und lief am Hals entlang.

Sheila Conolly schluckte. Dann mußte sie husten.

»Na endlich«, hörte sie eine Stimme. »Ich wußte doch, daß Whisky in solchen Situationen Wunder wirkt.«

Sheila öffnete die Augen. Über sich sah sie das freundliche Gesicht eines Mannes mit buschigen Augenbrauen. Der Mann lächelte, schraubte die Taschenflasche wieder zu und meinte: »Sie haben uns einen ganz schönen Schrecken eingejagt, Lady.«

»Ich?« hauchte Sheila und räusperte sich, um das Kratzen aus ihrer Stimme zu bekommen. »Wo bin ich überhaupt?« Jetzt erst merkte Sheila, daß sie lag, und sie wollte sich aufrichten, doch der unbekannte Helfer drückte sie zurück.

»Das wollen wir lieber bleibenlassen. Erst mal sehen, was der Arzt sagt.«

»Arzt?«

»Ja. In Ihrem Zustand müssen Sie zu einem Arzt. Sie sind ja völlig erschöpft. Hätte mein Chauffeur nicht so gut reagiert, wären Sie jetzt unter Umständen tot.«

Sheila schluckte. »Was ist denn genau geschehen?« Plötzlich wurden ihre Augen groß. »Himmel, Bill«, flüsterte sie, »und die Killer. Ich darf ihn nicht zurücklassen. Sie müssen helfen, verstehen Sie? Wir müssen die Polizei alarmieren.«

»Alles der Reihe nach«, erwiderte der Mann, und diesmal gelang es ihm nicht, Sheila wieder zurückzudrücken.

Sheila saß im Fond des Mercedes. Es war der Wagen, der sie beinahe überfahren hatte. Am Steuer saß ein Schwarzer, der sich jetzt kurz umdrehte und sein prächtiges Gebiß zeigte.

Sheila merkte, daß die Aufregung wieder von ihr Besitz ergriff. Sie faßte nach dem Arm des neben ihr sitzenden Mannes. »Sagen Sie mir, was genau passiert ist.«

»Nun, Sie rasten aus dem Garten, als wäre der Teufel persönlich hinter Ihnen her. Sahen nicht nach links oder rechts, sondern rannten genau vor unseren Wagen. Es ging wirklich um Bruchteile von Sekunden. Mein Chauffeur bremste, sprang aus dem Wagen und merkte, daß Sie ohnmächtig waren. Wir haben Sie dann auf den Rücksitz gelegt, und alles weitere wissen Sie.«

»Ja«, sagte Sheila leise. »Ich danke Ihnen, denn Sie haben mir das Leben gerettet. Hinter mir war ein Mörder her.«

Das freundliche Gesicht des älteren Mannes wurde schlagartig ernst. »Ein Mörder, sagen Sie. In dieser Gegend?«

»Ja, Mister. Ein Killer.«

»Unmöglich.«

»Haben Sie denn nichts gesehen? Ich meine den Mann, der mich verfolgt hat?«

»Nein. Oder hast du etwas bemerkt, Bob?«

»Nein, Sir.« Der Chauffeur schüttelte den Kopf. »Ich habe nur gesehen, daß das Tor weit offen stand. Die Lady kann natürlich recht haben.«

»Ja – kann. Oh, entschuldigen Sie, daß ich mich noch nicht vorgestellt habe. Mein Name ist Ransome. William P. Ransome.«

»Von Ransome Steel?« fragte Sheila.

»Ja.«

Sheila atmete auf. »Und ich dachte schon, ich wäre vom Regen in die Traufe geraten. Ich heiße Sheila Conolly. Mein Mann Bill wird in Josh van Haarems Villa gefangengehalten. Drei Killer sind dort. Sie haben es auf van Haarems Diamantensammlung abgesehen.«

Ransome lehnte sich aufseufzend in die weichen Polster des Mercedes 600 zurück. »Ich habe es kommen sehen. Wie oft habe ich van Haarem gesagt, er solle seine Sammlung einer Bank übergeben. Nein, er konnte oder wollte nicht hören. Jetzt hat er die Quittung. Und was sollen wir tun? Polizei?«

»Genau.«

»Aber gefährden wir damit nicht die Geiseln. Kein Diamant auf der Welt wiegt das Leben eines Menschen auf.«

»Sie haben völlig recht, Mister Ransome. Nur – der Mann, dem ich Bescheid gebe, ist Oberinspektor bei Scotland Yard und unser bester Freund. Er wird schon die richtige Entscheidung treffen.«

»Gut, dann wollen Sie zum New Scotland Yard Building.«

»Ja, das heißt nein. John ist ja gar nicht da.« Sheila wirkte plötzlich sehr aufgeregt. Dann sagte sie: »Fahren Sie doch am besten hin. Irgendein Kollege wird wissen, wo ich John erreichen kann.«

»Hoffentlich haben Sie Glück«, sagte William P. Ransome. »Aber sollten Sie sich nicht hinterher in ambulante Behandlung begeben, Mrs. Conolly?«

Sheila blickte an sich hinab. Ihre Kleidung war zerfetzt. Die Knie waren aufgescheuert, und das Blut war an den Beinen hinuntergelaufen. Jetzt war es eingetrocknet und mit einer Kruste überzogen. Mit Sheilas Händen sah es nicht besser aus.

»Vielleicht später«, sagte Sheila. »Ich muß erst meinen Mann da rauskriegen. Diese Killer sind zu allem fähig. Hoffentlich erschießen sie Bill nicht aus Rache, weil ich ihnen entkommen bin. Es wäre immerhin möglich.«

William P. Ransome konnte Sheilas Ängste verstehen. Er gab seinem Chauffeur die Anweisung, schneller zu fahren. »Möchten Sie noch einen Schluck trinken?« fragte er Sheila.

Bills Frau schüttelte den Kopf. Im selben Augenblick schlug sie sich gegen die Stirn. »Himmel, daß ich da nicht dran gedacht habe. Sie haben doch ein Autotelefon?«

»Natürlich.«

Ransome drückte auf einen Knopf. Aus der Lehne des Vordersitzes löste sich eine Klappe. In dem dahinter liegenden Hohlraum befand sich ein Telefon.

Die Nummer von Scotland Yard kannte Sheila auswendig. Wie sie sich schon gedacht hatte, war John Sinclair nicht anwesend.

»Und wo ist er?« fragte Sheila. Ihre Stimme klang drängend. »Der Herr Oberinspektor befindet sich auf einer Konferenz beim Vertreter des Herrn Innenministers.«

»Und wie kann ich ihn dort erreichen?«

»Überhaupt nicht. Oberinspektor Sinclair kann und darf nicht gestört werden. Sein Vertreter ist Inspektor . . .«

»Ach hören Sie mir doch damit auf«, rief Sheila ärgerlich. »Es geht schließlich . . .«

Sie brach ab und legte wütend den Hörer auf. »Mein Gott, was sind das sture Typen. Ich kann nicht den gesamten Fahndungsapparat in Bewegung setzen.«

William P. Ransome legte Sheila seine Hand beruhigend auf die

Schulter. »Keine Angst, Mrs. Conolly. Sie werden Oberinspektor Sinclair heute noch sprechen. Dafür garantiere ich. Schließlich habe ich auch meine Beziehungen.«

Und diesmal griff William P. Ransome zum Telefon . . .

Es gab etwas, was Oberinspektor Sinclair haßte wie die Pest. Das waren die langweiligen Konferenzen im Innenministerium, die sich oft bis in die Nacht hinzogen.

Meistens ging es um die Verbrechensstatistik. Neue Zahlen waren errechnet worden und wurden nun interpretiert. Trockene Beamte, die sich plötzlich für den Nabel der Welt hielten, blühten förmlich unter den Zahlen auf, und war die Verbrecherquote in einem bestimmten Bereich einmal gesunken, taten sie, als wäre es ihr Verdienst allein gewesen. Stieg sie aber, so suchten sie die Schuld bei den anderen. Es war ein ewiger Kreislauf.

Sicher, die Herren kamen vom Ministerium und wollten vor dem Minister glänzen. Bisher hatte ihnen auch niemand zu widersprechen gewagt, bis John Sinclair ihnen einmal einige Tatsachen ins Gesicht geschleudert hatte. Das war vor einigen Monaten gewesen, und seitdem galt John Sinclair bei den Herren vom Innenministerium als schwarzes Schaf, und manchem tat jetzt noch die Beförderung zum Oberinspektor leid.

Aber sie hatten nun mal nicht an Johns Erfolgen vorbeigehen können. Denn was John Sinclair schon aufgeklärt hatte, lag in der Nähe der Hundert-Prozent-Quote. Und es waren immer die Fälle gewesen, wo andere Polizisten versagt oder gar nicht mal angefangen hatten.

John Sinclair führte praktisch einen Ein-Mann-Krieg gegen die Mächte der Finsternis. Man hatte ihm nicht umsonst den Spitznamen Geisterjäger gegeben. Überall dort, wo normale Methoden versagten, trat John Sinclair auf den Plan. Mehr als einmal war er nur knapp mit dem Leben davongekommen, denn die höllischen Wesen kannten keinen Pardon. Das letzte Jahr war besonders schlimm gewesen, denn John Sinclair hatte in einem mörderischen Kampf Dr. Tod, den fast genialen Verbrecher, stellen können. Als Andenken daran hatte er eine Narbe auf der rechten Wange zurückbehalten, die ihn immer wieder an diesen Supergegner erinnern würde.

John Sinclair war ein Mann, dem man seinen Beruf nicht ansah. Er hätte genausogut als Public-Relations-Manager irgendeines Großkonzerns auftreten können. John Sinclair war noch nicht einmal fünfunddreißig Jahre, groß, schlank und sportlich. Ein lockeres Grinsen lag meistens um seine Mundwinkel, worüber sich die Vorgesetzten schon mehr als einmal geärgert hatten. Aber daß John Sinclair kämpfen konnte, hatte er schon oft mit aller Deutlichkeit bewiesen.

Heute war mal wieder ein Tag, an dem die Stunden zu Kaugummi wurden. John rutschte unruhig hin und her, und am liebsten wäre er aufgestanden und hätte sich an den Tresen der nächstbesten Kneipe gestellt. Aber das hätte hier wohl niemand verstanden. Nicht mal sein Chef, Superintendent Powell, der an der Stirnseite des langen Konferenztisches saß und Mineralwasser trank, wenn er nicht gerade Zahlen verglich.

Mineralwasser stand auch vor John Sinclair. Eine Flasche hatte er schon geleert. Zu einer zweiten konnte er sich nicht entschließen. Er wäre viel lieber bei seinen Freunden, dem Ehepaar Conolly, gewesen, die heute von einer Reise aus Amsterdam zurückgekehrt waren. Das wäre wieder ein echtes Fest geworden, anders als das stinklangweilige Gerede der Statistiker.

Neben John saß ein Beamter des Rauschgiftdezernates. Ihm erging es nicht viel besser als John, allerdings war der Mann gewitzter als er. Er konnte während der Ausführungen schlafen, ohne daß die anderen es merkten. Nur war der Kollege wesentlich älter als John, und der Oberinspektor tröstete sich damit, daß er in einigen Jahren bestimmt auch dieses Training hatte.

Im Augenblick redete ein EDV-Fachmann, der die Beamten mit seinen Studenten verwechselte. Sein Fach-Chinesisch verstand niemand.

Der Knabe war gerade mit dem Problem der Vorausberechnung von Verbrechern beschäftigt, als der Saaldiener leise die Tür öffnete. John warf dem Menschen mit dem konservativen Anzug der Leichenbittermiene eines Beerdigungsunternehmens einen amüsierten Blick zu, wurde jedoch stutzig, als der Saaldiener seinen Platz ansteuerte.

Der EDV-Fachmann hatte sich in Ekstase geredet und bekam von alldem nichts mit.

Der Saaldiener beugte sich über Johns linke Schulter, und der

Oberinspektor stellte fest, daß der wackere Staatsdiener leichten Mundgeruch hatte.

»Entschuldigen Sie die Störung, Herr Oberinspektor, aber Sie werden dringend am Telefon verlangt.«

John grinste. »Von entschuldigen kann keine Rede sein. Wer ist es denn?«

»Eine junge Dame. Sie heißt Sheila Conolly und behauptet, es wäre dringend. Ich wollte sie erst abwimmeln, aber da war noch Mister Ransome und . . .«

»Unterstehen Sie sich«, sagte John. »Wenn ich hier angerufen werde, geht es immer um Leben und Tod«, fügte er mit dumpf klingender Stimme hinzu.

Der Saaldiener trat vor Schreck einen Schritt zurück. Es war John Sinclair ganz recht, wegen des Mundgeruchs.

Sogar Johns Nachbar war wach geworden. Er flüsterte: »Den Trick muß ich mir merken.«

»Leider ist es keiner«, erwiderte John und stand auf.

Vorsichtig schob er den Stuhl zurück. Die Blicke der übrigen Teilnehmer bohrten sich wie Messer in seine Arme, und Superintendent Powells Miene verriet auch nichts Gutes.

Der Oberinspektor grinste verunglückt in die Runde und verließ hinter dem Saaldiener auf Zehenspitzen den Raum.

Draußen atmete er erst einmal auf und steckte sich eine Zigarette zwischen die Lippen.

»Die Dame hatte im Vorzimmer des Staatssekretärs angerufen. Ich habe das Gespräch auf meinen Apparat legen lassen«, sagte der Saaldiener.

»Sie sind ja Klasse«, meinte John und klopfte dem Mann auf die Schulter.

Das Büro des Mannes – falls man es überhaupt als solches so bezeichnen konnte – glich einer übergroßen Streichholzschachtel. Das Telefon stand auf dem kleinen Schreibtisch. Der Hörer lag neben dem Apparat.

»Sinclair«, meldete sich John und schickte den Saaldiener mit einer knappen Handbewegung aus dem Büro.

»Endlich, John«, hörte er Sheilas aufgeregte Stimme. »John, hör jetzt genau zu. Bill befindet sich in den Händen von Mördern. Ich konnte gerade noch fliehen. Mister Ransome hat mich gerettet, und jetzt weiß ich nicht, was . . .«

»Erst mal Ruhe bewahren«, sagte John. »Wo bist du im Augenblick?«

»Ganz in der Nähe. Auf dem kleinen Parkplatz an der Westminster Hall. Ich rufe aus Mister Ransomes Wagen an. Es ist ein Mercedes 600. Bitte, John, komm sofort. Ich bin verzweifelt, ich weiß nicht, was ich noch machen soll. Bill – diese Leute sind gefährliche Killer. Sie würden Bill, ohne mit der Wimper zu zucken, erschießen.« Sheila begann zu weinen.

John sprach noch ein paar tröstende Worte und legte auf. Wie weggewischt war das jugendliche Grinsen aus seinen Mundwinkeln. Auch die stahlblauen Augen hatten den spöttischen Ausdruck verloren. John wirkte ernst und konzentriert.

Als Sinclair das Büro verließ, stand der Saaldiener draußen und sah gegen die Decke. Der Oberinspektor war fast sicher, daß der Knabe gelauscht hatte. Aber das spielte im Augenblick keine Rolle.

Johns Mantel hing in einem Garderobenschrank. Der Oberinspektor warf sich den Trench über und wollte gerade loseilen, als ihn Superintendent Powells Stimme zurückhielt.

»Einen Moment noch, Oberinspektor!«

Wütend drehte sich John um. Powell hatte sich den schlechtesten Augenblick ausgesucht.

Der Superintendent schnaufte. Die Augen hinter seinen dicken Brillengläsern blitzten böse. »Also, wenn das wieder einer von ihren verdammten Tricks war, Oberinspektor, dann war es ein schlechter.«

John atmete tief ein. Gewaltsam zwang er sich zur Ruhe. »Okay, Sir«, sagte er. »Es ist keiner von meinen Tricks. In diesem Fall geht es um Leben und Tod. Man hat Bill Conolly gekidnappt, soviel ich bisher weiß. Sheila Conolly ist den Gangstern im letzten Augenblick entwischt.«

Powells Mund klappte zu. Von einem Augenblick zum anderen wurde der Mann wieder der kühle Stratege. »Was gedenken Sie zu unternehmen, Oberinspektor?«

»Ich muß erst mal mit Sheila reden. Dann kann ich weitersehen.«

»Sie halten mich auf dem laufenden!«

»Ja, Sir.«

John drehte sich um und verschwand. Er nahm nicht den Aufzug, sondern lief mit Riesenschritten die Treppe hinunter. Es hatte wieder angefangen zu nieseln, und John stellte den Kragen seines Burberrys hoch.

Überall patrouillierten Sicherheitsbeamte. Nach den Terroranschlägen wurde das gesamte Regierungsviertel doppelt gut bewacht.

Auf der Betonfläche des Parkplatzes standen nur wenige Wagen. John entdeckte den Mercedes sofort.

Ein Mann stieg aus, als er den Oberinspektor heranlaufen sah. Der Unbekannte mußte dieser Ransome sein. Er trug einen dunklen Hut und einen Mantel von ebensolcher Farbe. Ransome hatte ein gutmütiges, leicht rosiges Gesicht mit scharf blickenden Augen. Sein Händedruck war kräftig.

»Sie sind Oberinspektor Sinclair?«

»Ja.« John zeigte seine Legitimation.

»Bitte. Mrs. Conolly sitzt im Wagen.«

John Sinclair stieg ein. Augenblicklich fiel ihm Sheila weinend um den Hals. »John«, flüsterte sie unter Schluchzen, »es war so schrecklich.«

Was Sheila durchgestanden hatte, konnte man ihr ansehen. Und langsam stieg in Oberinspektor Sinclair die Wut hoch.

William P. Ransome hatte neben seinem Chauffeur Platz genommen. »Sie muß viel durchgemacht haben«, sagte er, und es klang Mitleid in seiner Stimme mit.

Dann begann Sheila zu erzählen. Von Anfang an. Sie ließ nichts aus und beschönigte nichts.

John hörte konzentriert zu. Sein sechster Sinn witterte geradezu den Fall des Übersinnlichen, Okkulten.

Sheila sprach über zehn Minuten, in denen sie John nicht ein einziges Mal unterbrochen hatte. Dann trocknete sie sich die Tränen ab und fragte: »Was sollen wir jetzt tun?«

»Auf keinen Fall eine Großaktion starten«, sagte John Sinclair. »Das ist ein Ein-Mann-Job. Ich werde mich um die Sache kümmern.« Die Stimme des Oberinspektors klang entschlossen, und wer John kannte, wußte, daß er nicht nur leere Worte machte.

»Entschuldigen Sie, daß ich mich einmische«, meinte William P. Ransome, »aber ist Ihr Vorhaben nicht zu gefährlich? Ich meine für Sie und auch für Mister Conolly.«

»Das stimmt«, gab John zu. »Aber ich sehe keine bessere Möglichkeit. Wenn wir mit einem großen Polizeiaufgebot antanzen, sind die Gangster gewarnt, und das kann für die beiden Geiseln – man muß Mister van Haarem ja schließlich auch dazu rechnen –, sehr üble Folgen haben. Daß diese Leute selbst vor einem kaltblütigen Mord nicht zurückschrecken, haben sie ja bei Mrs. Conolly hinlänglich bewiesen.«

Ransome lächelte. »Es war nur eine Frage, Herr Oberinspektor. Entschuldigen Sie.«

»Bitte sehr, aber weshalb? Sie haben das nur aus Ihrer Sicht gesehen. Nun etwas anderes. Darf ich mal Ihr Telefon benutzen?«

»Selbstverständlich.«

John nahm den Hörer und ließ sich mit Superintendent Powell verbinden. Ihr Gespräch dauerte fünf Minuten, dann waren alle Weichen gestellt.

Oberinspektor Sinclair hoffte, wenn alles gutging, Bill noch in dieser Nacht befreien zu können. John hatte allerdings nicht mit den Mächten der Finsternis gerechnet, die auch noch ein Wörtchen mitzureden hatten. Denn während John hier die ersten Fäden zog, entwickelte sich die Totenmaske in der Villa des Diamantenhändlers zu einem Gehilfen des Teufels . . .

Regen trommelte gegen die Fensterscheiben. Dunkle Wolken ballten sich am Himmel zusammen. Ein steifer Wind fegte von Westen her über das Land und bog die Zweige und kleineren Äste der Bäume wie Gummifinger.

Ein Gewitter kündigte sich an. Eines der seltenen Herbstgewitter, die jedoch die des Sommers oft an Heftigkeit übertrafen.

Schon zuckten die ersten Blitze. Wie glühende Zickzack-Speere jagten sie der Erde zu. Krachend splitterte ein Baumriese auseinander. Ein Blitz hatte ihn gespalten.

Noch stärker wurde der Regen. Die Erde begann zu dampfen. Urplötzlich legte sich der Wind, die Temperatur stieg. Die Luft wurde drückend und schwer.

Es war ein Wetterparadoxon, das über der Stadt London lag. Kalte und warme Luft knallten aufeinander. Elektrizität entstand, mußte sich entladen.

Blitz auf Blitz zuckte herunter. Explosionsartig krachten die Donnerschläge. Sie folgten so schnell hintereinander, daß sie sich wie ein einziger berstender Knall anhörten. Die Hölle schien ihre Pforten geöffnet zu haben.

Das Unwetter tobte wie ein Gigant über der Stadt. Menschen flüchteten, die Gullys konnten die Wassermengen nicht sofort fassen, es gab Überschwemmungen. Selbst die Feuerwehr hatte Mühe, durchzukommen.

In manchen Häusern wurden Kerzen angezündet. Angstvolle Gesichter preßten sich gegen die Scheiben. Lippen murmelten Gebete.

»Hier sind die Kräfte der Hölle am Werk«, flüsterte eine alte Frau, die in einem Altenwohnheim lebte. »Ich spüre es. Die Luft riecht nach Schwefel. Der Teufel ist auf die Erde gekommen. Himmel, steh uns bei.«

Die alte Frau ahnte nicht, wie sehr ihre Worte zutrafen. Denn das Böse sollte geweckt werden und wiederkehren.

Die Totenmaske! Für sie war das Gewitter wie Balsam. Noch lag sie in Bill Conollys Koffer, doch die Ströme des Teufels drangen auch in dieses Versteck zu ihr hin.

Immer stärker wurde der dämonische Geist. Die Maske begann in dem Koffer zu strahlen. Die Form veränderte sich. Mund, Augen – ja das gesamte Gesicht bekam ein Eigenleben.

Die Totenmaske lebte!

Ein Alptraum war in Erfüllung gegangen.

Wie von Geisterhänden geführt, schnappte der Deckel des Koffers hoch. Flach lag die Maske auf dem Boden. Eine rotviolette Aura lag einem Schleier gleich über der Totenmaske. Seltsame, kehlige Laute drangen aus dem halb geöffneten Mund. Es waren düstere Beschwörungsformeln, die ein afrikanischer Voodoo-Priester in einer Gewitternacht aufgeschrieben hatte.

Es war die Sprache des Satans!

Die Lichtaura verbreitete sich, wurde größer, voller, nahm plötzlich Gestalt an.

Die Form eines Menschen?

Noch war nichts Genaues zu erkennen, noch war sie zu formlos. Doch von Sekunde zu Sekunde schälte sich eine hochgewachsene Gestalt hervor. Eine Gestalt, die fremdartig aussah und – die durchsichtig war.

Der Geist des unseligen Voodoo-Priesters war aus der Totenmaske gestiegen. Ein Geist, für den weder Raum noch Zeit galten, für den die irdischen Gesetze gar nicht existierten.

Ein rotvioletter Hauch schwebte über den Boden und näherte sich der Kellertür . . .

Jason Lamont bekam vor Staunen seinen Mund gar nicht wieder zu. »Ich glaub', ich träume«, flüsterte er und stieß Lem Dayton in die Seite, nur um sich zu überzeugen, daß das Bild, das sich seinen Augen bot, auch Wirklichkeit war.

In Josh van Haarems Keller lagerte ein Vermögen!

Punktstrahler warfen ihr Licht auf die prächtigsten Geschmeide. Diamanten, Brillanten und wertvolle Ringe funkelten und gleißten in unzähligen Farben. Die Männer waren geblendet von der Schönheit und Pracht dieser Schmuckstücke.

Selbst Bill Conolly hielt den Atem an. Nie hätte er gedacht, daß ein einzelner Mensch solch eine wertvolle Sammlung sein eigen nennen konnte. Unwillkürlich fiel dem Reporter der Vergleich mit den alten Pharaonen ein. Auch sie hatten sich mit Gold und Edelsteinen umgeben.

Und alles gehörte jetzt den Gangstern. Es lag auf der Hand, daß bei dieser Pracht menschlicher Verstand und Geist ausgeschaltet wurden. Es gab nur noch den Rausch.

Fasziniert starrten die Männer die Schmucksammlung an. Bill hätte jetzt die Chance zur Flucht gehabt, doch er fühlte sich nach den vergangenen Strapazen noch zu matt.

Die wertvollen Geschmeide wurden unter Glasvitrinen aufbewahrt, die oft wie Kuppeln wirkten und das Gleißen der Schmuckstücke nochmals verstärkten.

Der Atem der Männer ging schwer. So etwas hatten sie noch nie gesehen. Man wußte nicht, wohin man zuerst schauen sollte, und selbst Jason Lamont verlor seine kühle Ruhe und Überlegung.

Josh van Haarem hatte Tränen in den Augen. Seine Hände waren zu Fäusten geballt, und er spielte mit dem Gedanken, sich trotz der drohend auf ihn gerichteten Waffen auf die Gangster zu stürzen.

Bill Conolly, der neben van Haarem stand, bemerkte dessen Zustand. »Lassen Sie es lieber bleiben«, sagte er leise.

»So haben wir vielleicht noch eine Chance.«

Achmed Radu fuhr herum. In seinen Augen stand ein irres Leuchten. »Eine Chance?« keuchte er. »Ihr? Niemals! Ich persönlich werde euch die Haut in Streifen schneiden. Ich werde . . .«

»Halt den Mund!« Lamonts Stimme klang rauh.

Achmed Radu verstummte, doch seine haßerfüllten Blicke sprachen Bände.

»Los, an die Arbeit«, befahl Lamont. »Du, Achmed, suchst erst mal die wertvollsten Stücke aus. Die verpacken wir zuerst!«

»Aber sie sind alle wertvoll!« keuchte Achmed. »Man kann alles nehmen. Hier, hier . . .«

Radus Arm schoß vor. Seine Finger zeigten auf die Vitrinen. »Wir können alles nehmen. Alles!«

»Um so besser. Dann fang an!«

Radu trat an die erste Vitrine. Er steckte seine Waffe weg und holte einen Plastikbeutel aus der Innentasche seines Jacketts. Dann hob er den ersten Deckel.

Radu konnte ein Stöhnen nicht unterdrücken, als er beinahe ehrfürchtig die beiden Armreifen aus ihrem Samtbett nahm, sie in der Hand drehte und dann in dem Plastikbeutel verschwinden ließ. Seine Lippen murmelten unhörbare Worte.

Die zweite Vitrine. Hier lagen Ringe und eine kostbare Platinuhr. Achmeds Finger spielten mit den Stücken, schienen sie regelrecht zu liebkosen.

Während dieser Arbeit hielten Lamont und Dayton weiterhin die beiden Gefangenen in Schach. Nicht einen Zoll rückten die Waffen zur Seite, und Bill Conolly, der fieberhaft nach einer Chance suchte, mußte feststellen, daß sich diese Profis keine Blöße gaben.

Nicht eine Sekunde ließ Jason Lamont Bill Conolly oder Josh van Haarem aus den Augen, und trotzdem beobachtete er weiterhin Achmed Radu, der Vitrine für Vitrine leerräumte.

Nur einmal öffnete Lamont den Mund, um eine Frage an den Diamantenhändler zu stellen. »Sagen Sie mal, Mister van Haarem, haben Sie diesen Schmuck ehrlich erworben?«

»Ja«, preßte van Haarem hervor.

Lamont lachte blechern. »Das können Sie Ihrer Großmutter erzählen. Aber das ist nicht mein Bier. Mich interessiert nur eins. Der Schmuck. Und den habe ich jetzt. Nicht umsonst haben wir

Sie monatelang beobachtet, um einen günstigen Zeitpunkt abzuwarten. Nun, die Arbeit hat sich gelohnt.«

»Ich bin fertig«, sagte Achmed Radu in diesem Augenblick und hielt triumphierend den Plastikbeutel hoch. Der Beutel bestand aus einem besonders vestärkten Kunststoff, der auch einiges an Gewicht aushielt.

Jason Lamont ließ noch einen schnellen Blick über die Vitrinen gleiten. »Vergessen haben wir ja nichts«, meinte er spöttisch.

»Doch«, erwiderte Radu.

»Und was?«

Der Araber fletschte die Zähne. »Wir müssen diese beiden Typen hier noch umlegen.«

Lamont verzog das Gesicht. »Stimmt, das hätte ich fast vergessen.« In seiner Stimme schwang unüberhörbarer Zynismus mit.

»Nein!« brüllte van Haarem plötzlich los. »Bitte nicht! Lassen Sie uns leben! Sie haben doch den Schmuck und die Steine. Wir werden nichts verraten Wir . . .« Van Haarem fiel auf die Knie und hob flehentlich beide Hände. »Bitte«, flüsterte er, »bitte!«

»Du widerst mich an, Mistkerl!« sagte Radu und zog mit der freien Hand seine Waffe. Nur noch eine Handbreit war der Stahl vom Genick des Diamantenhändlers entfernt.

Van Haarem war in Tränen ausgebrochen. Er war mit seinen Nerven völlig am Ende und zitterte am ganzen Körper.

Bill Conolly ging es auch nicht viel besser. Nur hatte er sich besser in der Gewalt. Der Reporter hatte schon mehr als einmal dem Tod ins Auge gesehen, und er riß sich mit einer nahezu übermenschlichen Anstrengung zusammen.

»Bis jetzt war es nur schwerer Raub«, sagte er leise. »Aber wenn Sie uns töten, ist es Mord. Man wird Sie jagen. Sie werden keine ruhige Minute mehr haben. Ist das den Preis wirklich wert?«

»Sie sind ein Schwätzer«, entgegnete Jason Lamont. »Unsere Flucht in einen anderen Erdteil ist längst organisiert. Wir haben die Brücken hier in London abgebrochen. Man wird uns nicht fangen – uns nicht!«

»Das haben schon viele gesagt«, keuchte Bill und merkte plötzlich, wie sehr die Angst in ihm hochstieg. Er sah die gefühllosen Gesichter der Männer, die eiskalten Augen und wußte, daß sein und das Leben des Diamantenhändlers nicht mehr einen Penny wert war.

Bill Conolly und Josh van Haarem warteten auf die tödlichen Kugeln . . .

Sekunden wurden zu Ewigkeiten. Bills Magen krampfte sich zusammen. Wie aufgereiht standen die drei Killer. Van Haarem lag noch immer auf dem Boden und wimmerte.

Und plötzlich geschah das Unwahrscheinliche.

Eine Gestalt tauchte auf!

Bill sah die Konturen durch die offenstehende Kellertür im Gang schweben. Die Gestalt trug einen langen Mantel, dessen äußere Ränder verwischten, als würden sie von der Luft absorbiert. Ein Federbusch schmückte den Kopf des Unheimlichen, und in der Hand hielt er einen Fetisch, einen Stock mit drei bunten Wedeln daran.

Lautlos schwebte der Unheimliche auf den Keller zu. Manchmal war sein Körper durchscheinend, und Bill hatte das Gefühl, als würde die Gestalt jeden Augenblick verschwinden.

Doch sie blieb!

Die Gangster, deren Finger schon um die Abzugsbügel ihrer Waffen lagen, spürten auf einmal den eisigen Hauch im Nacken.

Sie zögerten.

Jason Lamont war es, der sich als erster umwandte. Kurz nur, doch dann stockte ihm der Atem.

Das Gesicht des Voodoo-Priesters starrte ihn an.

Lamont stieß einen röchelnden Laut aus. Mit unsichtbaren Krallen griff das nackte Grauen nach ihm.

Die Gestalt hatte das Gesicht einer Maske!

Noch hatte Jason Lamont die Maske nicht gesehen. Er ahnte aber, daß das Auftauchen des Geistes damit zusammenhing.

Lamont feuerte.

Dreimal riß er den Stecher der Waffe durch. Jeden Schuß begleitete er mit einem schrecklichen Fluch.

Die Kugeln pfiffen durch die Gestalt hindurch, knallten gegen die Wand des Kellerganges und jaulten als Querschläger umher. Vergessen waren Bill Conolly und Josh van Haarem. Lamont sah nur den unheimlichen Voodoo-Priester, der jetzt mit einer majestätischen Geste den Arm hob und Lamont mit seinem Fetisch berührte.

Der Killer begann zu brüllen.

Schrecklich hallten seine Schreie durch den Keller. Die Haut auf seinem Gesicht begann sich zu verändern, wurde weiß, schimmerte dann milchig und verschwand.

Genau wie Jason Lamont. Von einer Sekunde zur anderen war er nicht mehr da.

Lem Dayton und Achmed Radu konnten nicht fassen, was ihre Augen sahen. Was sich vor ihnen abgespielt hatte, war Hexerei, Spuk. So etwas gab es nicht, durfte es nicht geben.

Diesmal feuerte Lem Dayton. Rasend schnell entlud sich seine Waffe, doch auch seine Kugeln konnten dem Voodoo-Priester nichts anhaben.

Wieder wischte der Fetisch durch die Luft.

Dayton brüllte auf, als die Federn ihn streiften. Für Sekunden hatte er das Gefühl, mit glühender Lava übergossen zu werden. Und mit ihm geschah das gleiche wie mit Jason Lamont. Sein Körper begann sich aufzulösen, zuckte noch ein paarmal konvulsivisch und war verschwunden.

»Aaaaahhhh!« Radus gellender Schrei fegte wie ein Sturmwind durch den Keller.

Der Killer hatte die Nerven verloren. Er ließ den Beutel mit den Schmuckstücken kurzerhand fallen, tauchte blitzschnell unter dem nach ihm zielenden Fetisch hinweg und rannte brüllend die Kellertreppe hoch.

Ihm saß wahrlich der Teufel im Nacken.

Auch Bill Conolly wollte fliehen, doch der unheimliche Voodoo-Priester schnitt ihm mit zwei schnellen Schritten den Weg ab.

Der Reporter starrte in das Gesicht! Er sah haargenau die Maske vor sich, erkannte jede Linie des einst hölzernen Antlitzes. Doch diesmal war die Maske von einem unheilvollen Leben erfüllt. Die Hölle selbst hatte es ihr eingehaucht und den Geist des Voodoo-Priesters aus den Dimensionen des Schreckens auferstehen lassen.

»Ihr werdet die Opfer!« hörte Bill eine Stimme, die ihm unendlich weit entfernt vorkam.

Und dann spürte er die Berührung mit dem Fetisch. Es war ein huschendes, fast streichelndes Tasten, und doch schien Bills Körper Sekunden später in hellen Flammen zu stehen.

Er hatte das Gefühl, als wäre ihm der Boden unter den Füßen weggezogen worden und als läge er in einem Meer aus Feuer.

Das Gesicht der Maske verschwamm, die Umgebung wurde grau, milchig.

Tief im Unterbewußtsein hörte Bill einen gellenden Schrei und ahnte nicht, daß er geschrien hatte.

Die Flammen traten zurück. Ein unendlich tiefer und dunkler Schacht tat sich auf. Bill Conolly raste in die ungewisse Schwärze und konnte nicht wissen, daß er durch die Berührung des Voodoo-Priesters das Tor der Dimensionen aufgestoßen hatte.

Zeit und Raum wurden eins. Bill Conolly fühlte nichts mehr. Sein Denken war völlig ausgeschaltet. Er fiel der unheimlichen Schwärze entgegen, durch den Tunnel der Zeiten, in denen er nach dem Willen des Voodoo-Priesters für ewig verschollen sein würde . . .

Es war ein Wolkenbruch, wie ihn John Sinclair selten erlebt hatte. Die Wassermassen schütteten nur so vom Himmel. Wo man hinblickte, sah man nur dicke graue Regenschleier.

Die Scheibenwischer des Bentley wurden der Massen kaum Herr. John hatte sich vorgebeugt und hockte vor der Scheibe wie ein Affe hinter dem Gitter.

Die Reifen des Wagens warfen Wasserfontänen hoch, die bis auf den Bürgersteig und dort gegen die Hauswände klatschten. Die meisten Fahrer, die genau wie John von dem Regen überrascht worden waren, hatten ihre Wagen am Straßenrand geparkt. Sie wollten das Ende des Unwetters abwarten.

Doch John mußte fahren. Es ging um das Leben von Bill Conolly, der dazu noch Johns bester Freund war. Hart trommelte der Regen auf das Wagendach. Kniehoch stand manchmal das Wasser in den Straßen, und ständige Begleitmusik war das Jaulen der Feuerwehrsirenen und Ambulanzwagen.

Selbst die Scheinwerfer schafften es kaum, den dichten Regenvorhang zu durchdringen, und John brauchte für die Fahrt bald viermal so lange wie normal.

Mittlerweile brach auch noch die Dunkelheit herein. Sie war ein Verbündeter des Unwetters und erschwerte die Sicht noch mehr.

John hatte die City bereits hinter sich gelassen, und der Verkehr wurde dünner.

Einmal passierte er einen Lastwagen, der mit seiner Kühlerschnauze im Straßengraben hing. Der Fahrer stand völlig durchnäßt draußen und winkte. John mußte leider vorbeifahren, seine andere Aufgabe war wichtiger.

Von William P. Ransome hatte er sich das Grundstück des Diamantenhändlers in groben Zügen beschreiben lassen. John hatte vor, sich anzuschleichen, um eventuell einen Überraschungsangriff zu riskieren.

Endlich erreichte er die schmale Straße, in der der Diamantenhändler wohnte.

Noch immer goß es wie aus Kübeln. John ließ seinen Bentley dicht vor dem Grundstück stehen und stieg aus.

Innerhalb von Sekunden war er bis auf die Haut durchnäßt.

John Sinclair passierte das offenstehende Tor. Wassermassen rauschten ihm entgegen. Es waren braungelbe lehmige Fluten, und der Geisterjäger hatte den Verdacht, daß das Wasser die Hälfte des Gartens unterspült hatte.

John kämpfte sich durch den Regen. Das Haus war noch nicht zu sehen. Es lag hinter den dichten Regenschleiern verborgen.

John blieb nicht auf dem Hauptweg, sondern schlug sich in die Büsche. Er wollte – wenn es eben möglich war –, versuchen, durch ein Fenster zu schauen und die Lage peilen. Zumindest hoffte er, durch das Fenster einsteigen zu können, das Sheila offengelassen hatte. Er wollte dann genau den umgekehrten Weg nehmen, den Baum hinauf und dann ins Haus.

Endlich sah John Sinclair die dicken Mauern der alten Villa aus dem Regenvorhang auftauchen. Von Gebüsch zu Gebüsch springend, näherte sich der Oberinspektor der Burg des Diamantenhändlers. Noch hatte er von der Anwesenheit der Gangster nichts bemerkt.

Dann stand er vor der Hauswand.

Vorsichtig ging John Sinclair noch einen Schritt vor und lugte durch eines der Fenster.

Er konnte nichts sehen. Man hatte von innen die Vorhänge zugezogen.

Wütend biß sich John auf die Lippen.

Und da hörte er den Schrei.

Er war so laut und gellend, daß er selbst das Rauschen des Regens übertönte und eine Gänsehaut über John Sinclairs Rücken jagte.

Johns Rechte verschwand im Ausschnitt seines Mantels. Er war bereit, sofort zu ziehen, falls es die Situation erforderte.

Mit schnellen Schritten näherte sich John Sinclair der Eingangstür. Er wollte sie passieren, um unter das Fenster zu gelangen, durch das Sheila geflohen war.

In diesem Augenblick wurde die Tür aufgerissen.

John Sinclair kreiselte herum.

Er sah in die angstgeweiteten Augen eines Mannes.

Der Oberinspektor erkannte den Kerl sofort. Es war Achmed Radu. Sheila hatte alle drei Männer genau beschrieben.

Radu stand in dem Türrechteck und starrte John an wie einen Geist. Regenfäden klatschen dem Araber ins Gesicht, er schien sie kaum zu spüren.

John nahm seine Hand bewußt langsam aus dem Mantelausschnitt. Er wollte den Gangster jetzt nicht provozieren.

Radu bewegte die Lippen, und in seinen Augen leuchtete der blanke Irrsinn. Er mußte Schreckliches erlebt haben und noch jetzt unter einem Schock stehen.

»Gehen Sie ins Haus«, sagte John, vom Regen völlig durchnäßt.

Achmed schien ihn nicht gehört zu haben. Er brach urplötzlich in ein schrilles, geiferndes Gelächter aus. »Der Teufel!« kreischte er. »Es war der Teufel! Er ist unten im Keller. Ja, geh nur hinein, Mister.«

John machte kurzen Prozeß. Er schob Radu einfach über die Schwelle.

Der Gangster kreischte noch immer. Dieser Mann schien den Verstand verloren zu haben.

Die große Wohndiele nahm die beiden Männer auf. John überflog den Raum mit einem Blick. Er konnte nichts Verdächtiges entdecken. Niemand wartete, niemand hielt sich versteckt.

»Was ist geschehen?« fuhr John Achmed Radu an.

Noch immer gellte das Gelächter des Arabers durch das Haus. Es brach sich an den Wänden zu einem schaurigen Echo und steigerte sich von Sekunde zu Sekunde.

Johns flache Hand klatschte in Radus Gesicht. Das Gelächter endete wie abgeschnitten. Radu ließ die Arme sinken und starrte den Oberinspektor groß an. Mit einer schnellen Bewegung warf er seine tropfnasse Haarmähne aus der Stirn.

Dort, wo John Sinclair stand, hatte sich eine Lache gebildet, die vom Rand des Teppichs langsam aufgesaugt wurde.

»Ich frage dich noch mal. Was ist geschehen? Wo sind deine Kumpane? Und wo sind Mister Conolly und Mister van Haarem.«

Radu fleschte die Zähne. »Der Teufel hat sie geholt!« zischte er bösartig. »Alle hat er geholt. Er hat sie in die Hölle gezogen, und nur ich – ich bin ihr entkommen.«

Der Oberinspektor ahnte, daß etwas Schreckliches, Unbegreifliches geschehen sein mußte.

»Rede«, sagte er. »Aber alles der Reihe nach!«

Wild schüttelte Radu den Kopf, daß seine nassen Haare gegen die Stirn klatschten. »Geh doch selbst. Geh in den Keller. Dort wirst du alles finden.«

»Was werde ich finden?«

»Den Teufel«, flüsterte Radu. »Ja, den Herrn der Hölle. Aber ich, ich werde gehen. Mich hat er nicht gewollt.« Achmed Radu orientierte sich in Richtung Tür.

»Stopp!« Johns Stimme hielt ihn auf.

Radu kannte solche Befehle und blieb auch prompt stehen. »Willst du Ärger machen?« fragte er flüsternd und mit heiser klingender Stimme.

»Ich kann Sie nicht laufenlassen«, antwortete John. »Ich bin Oberinspektor Sinclair von Scotland Yard. Sie sind verhaftet, Achmed Radu.«

»Ich bin . . .« Radu war für einen Moment sprachlos. »Du willst mich verhaften, Bulle? Einsperren?«

»Genau das hatte ich vor«, erwiderte John kalt. »Und jetzt spielen Sie hier nicht den wilden Mann, sonst muß ich von der Waffe Gebrauch machen.«

Wieder begann Radu zu lachen. Doch diesmal war es ein zynisches, gemeines Gelächter.

Und dann zauberte er plötzlich eines seiner Messer hervor.

Wie ein Blitz flirrte der Stahl durch die Luft. John hatte die Bewegung kaum sehen können, mit der Radu geworfen hatte. Er spürte nur plötzlich einen mörderischen Schlag an der linken oberen Brustseite und wurde zu Boden geschleudert.

Jetzt ist es aus! schrie es in John. Jetzt haben sie dich erwischt.

John hörte noch Radus Gelächter und sah, wie der Gangster durch die offenstehende Tür nach draußen lief. »So geht es allen Bullen!« brüllte Radu noch zum Abschied.

Im selben Augenblick wurde John bewußt, daß er gar nicht tödlich verletzt war. Er hatte zwar den Aufprall gespürt, aber keinen Schmerz. John Sinclair rollte sich zur Seite. Und da merkte er, was ihm das Leben gerettet hatte.

Seine Waffe!

Das Messer war an der Beretta in seiner Schulterhalfter abgeprallt und neben John zu Boden gefallen. Radu, der sich des Treffers völlig sicher gewesen war, war geflüchtet.

Solch ein Glück kann man auch nur einmal haben, dachte John und rappelte sich auf.

Dort, wo das Messer getroffen hatte, schmerzte seine Brust. Wahrscheinlich hatte er dort eine Prellung.

Der Oberinspektor lief auf die offene Tür zu, die von der großen Halle aus in den Keller führte. Sicher, er hätte Radu verfolgen müssen, aber Bill Conolly war jetzt wichtiger.

John flog förmlich in den Keller. Die Beretta hielt er in der Rechten.

Der Keller war leer!

In Sekundenschnelle nahm John das Bild auf, das sich seinen Augen bot. Er sah leere Schmuckvitrinen, auf denen die roten und blauen Samtbetten deplaziert wirkten. Eine Plastiktüte lag auf dem Boden. Sie war halb geöffnet, und ein Teil des geraubten Schmuckes war herausgerutscht.

Mehrere Punktstrahler erhellten den Raum bis in den letzten Winkel. Was hatte Radu gesagt? Die anderen hat der Teufel geholt. Fast schien es so, denn nichts, aber auch gar nichts wies auf die Anwesenheit von Menschen hin.

John Sinclair biß die Zähne zusammen.

Ein paar Sekunden überlegte er, dachte an Radu, an dessen Worte, und ihm war klar, daß er den Gangster fassen mußte. Er war die einzige Spur, die er im Moment hatte.

John machte auf dem Absatz kehrt und rannte in Riesensätzen die Treppe hoch. Er stürmte durch die Halle nach draußen.

Der Regen packte ihn mit voller Wucht. Gegen die Wassermassen ankämpfend, lief John durch den Garten. Oft gelang es ihm nur mit Mühe, das Gleichgewicht zu halten. Selbst der asphaltierte Weg zum Haus war spiegelglatt.

Von Radu war nicht ein Zipfel zu sehen. Sollte er es tatsächlich geschafft haben, das Weite zu suchen?

Der Oberinspektor machte sich die bittersten Vorwürfe, daß er den Gangster nicht verfolgt hatte. Aber wer konnte das vorher wissen? Wie Bachwasser lief der Regen über John Sinclairs Gesicht. Seine Kleidung war schwer geworden, und das Laufen strengte zusehends mehr an.

Aber auch Radu erging es nicht anders, und das war Johns Trost.

Endlich hatte er das breite Tor erreicht. Sein Blick flog zu beiden Seiten die Straße hoch. Aber nur die dichten Regenvorhänge waren zu sehen, die schon nach wenigen Yards von der Dunkelheit verschluckt wurden.

Plötzlich hörte John ein Geräusch. Ein Wagen fuhr die Straße entlang. Der Oberinspektor dachte sofort an Radu und reagierte entsprechend.

Er sprang einige Schritte vor, bis zum Rand der Straße und wartete mit angeschlagener Waffe.

Wie helle, verwaschene große Augen wirkten die beiden Scheinwerfer. Die Räder warfen das Regenwasser in hohen Fontänen zur Seite. John sprang ein Stück zurück, er wollte nicht von einem Schwall übergossen werden.

Für Augenblicke war John Sinclair in den schmalen Lichtkreis der Scheinwerfer geraten. Und die Zeit hatte dem Fahrer des Wagens gereicht.

Er trat auf die Bremse.

Warum, konnte er selbst nicht sagen. Aber wahrscheinlich vor Schreck, weil er einen Totgeglaubten vor sich sah.

Die Reaktion des Fahrers zeigte John Sinclair, daß etwas nicht stimmte. Ehe Radu wieder Gas geben konnte, war der Oberinspektor heran und riß die Fahrertür auf.

Radu warf sich ihm entgegen. In jeder Hand hielt er ein Messer.

John hechtete im letzten Augenblick zurück und prallte auf die Straße. Aber auch der Killer hatte die Übersicht verloren. Er war zwar aus dem Wagen gekommen, aber nicht schnell genug, so daß John Zeit gehabt hatte, auf die Beine zu gelangen.

Ein knallharter Schlag mit der Beretta traf Radu gegen die Brust und warf ihn zurück bis gegen die Karosserie. Sofort setzte John nach. Er packte Radus rechtes Handgelenk, zog den Killer vom Wagen weg und drehte ihn im Kreis.

Radu kam nicht mehr dazu, seine Messer einzusetzen. John Sinclair ließ plötzlich los. Der Killer zischte ab wie eine Rakete, stolperte über den Bordstein und fiel lang aufs Gesicht.

Blitzschnell war John bei ihm, kniete sich auf seinen Rücken. Dabei preßte er Radu den Lauf der Beretta ins Genick.

»Ganz ruhig«, sagte John Sinclair. »Und laß ja deine Spielzeuge fallen.«

Radu öffnete die Hände. Die beiden Messer glitten ihm aus den Fingern.

John Sinclair riß Radu wieder auf die Füße. Der Araber war ziemlich schmächtig. An Körperkräften hatte er dem Oberinspektor nichts entgegenzusetzen.

John Sinclair nahm Radu noch drei weitere Messer ab.

»Hast du auch noch eine Kanone?« fragte John.

Achmed Radu schüttelte den Kopf, während Johns flinke Finger an seinen Hosenbeinen entlangfuhren.

Der Araber stand mit dem Rücken zu John und stützte sich mit beiden Händen an der Grundstücksmauer ab.

Achmed Radu war tatsächlich sauber. John holte die Handfesseln heraus und ließ die stählerne Acht um die Gelenke des Killers schnappen. Dann gab er dem Mann einen Stoß. »So, wir beide werden jetzt zurückgehen. Den Weg kennst du ja.«

»Was haben Sie mit mir vor?« keuchte der Killer.

»Ich will nur ein paar Fragen stellen. Das ist doch wohl noch erlaubt, oder?«

Mit dem Fuß knallte John Sinclair die Tür ins Schloß. Achmed Radu zuckte zusammen wie unter einem Peitschenhieb, so nervös war der Killer.

John grinste. Er hielt den Gangster am Genick gepackt und stieß ihn jetzt durch die Halle auf einen Sessel zu. Radu stolperte über die eigenen Beine, schaffte es aber noch, sich in das Sitzmöbel fallen zu lassen.

Anklagend hielt er die gefesselten Hände hoch. »Das ist Freiheitsberaubung, Herr Oberinspektor«, jammerte er. »Ich verlange einen Anwalt. Der steht mir zu.«

John zog seinen nassen Mantel aus und warf ihn kurzerhand in eine Ecke. »Den Anwalt bekommst du, mein Junge. Schließlich kenne ich die Rechte genau. Aber erst wirst du reden, verstanden?«

»Nichts sage ich. Nichts!« greinte der Killer.

»Da wäre ich an deiner Stelle gar nicht mal so sicher.« John ließ sich ebenfalls in einen Sessel fallen und wischte sich die Haare aus der Stirn. Dann trocknete er sich das nasse Gesicht mit einem Taschentuch ab. Der Oberinspektor fror erbärmlich. Er war naß bis auf die Haut. In der rechten Jackentasche befand sich noch eine Schachtel Zigaretten. Die Schachtel war feucht, die Zigaretten zum Glück nicht.

Über die Flamme des Feuerzeugs hinweg blickte John den Killer an. Er sah, daß Radu nach einem Stäbchen gierte.

John stand auf. Gelassen drehte er eine frische Zigarette zwischen seinen Fingern. »Du willst auch eine?«

Der Araber nickte.

John warf ihm das Stäbchen in den Schoß. Radu griff danach wie ein Ertrinkender nach dem berühmten Strohhalm. Er hob beide Hände und klemmte sich das Stäbchen zwischen die Lippen. John gab dem Mann Feuer. »Ich hoffe, daß das deine Redefreudigkeit für . . .«

Im selben Augenblick zuckte der Oberinspektor zurück. Radu schleuderte die Zigarette gegen Johns Gesicht. Sinclair drehte zwar noch den Kopf zur Seite, konnte aber nicht vermeiden, daß ihn die Glut an der linken Schläfe streifte.

Mit der Wucht einer Kanonenkugel raste Achmed Radu aus dem Sessel. Sein Kopf prallte in Sinclairs Magen. Pfeifend jagte die Luft aus den Lungen des Oberinspektors. Die beiden Männer flogen zurück und gingen zu Boden.

»Du Hund!« brüllte Radu. Er versuchte, die gefesselten Hände gegen Johns Kopf zu schmettern.

Sinclair zog die Beine an. Der Killer gurgelte auf, sein Schlag ging fehl. Dicht neben John schlugen die Fäuste auf den Teppich.

Augenblicklich rollte sich der Oberinspektor zur Seite. Radu, durch die Fesseln behindert, fiel von John Sinclairs Körper. Wie ein Artist zog er die Beine an und sprang wieder auf die Füße.

Da traf ihn Johns Faustschlag. Radu taumelte durch den Raum und wurde erst von einer halbhohen Kommode aufgehalten.

Radu hob beide Hände. »In Ordnung, Bulle, Sie haben gewonnen!«

Trotzdem zog John seine Waffe. »Los, in den Sessel!«

Der Araber schlich los wie ein begossener Pudel. Die beiden Zigaretten hatten Löcher in den Teppich gebrannt. John trat die Glimmstengel aus.

Radus Auge schwoll allmählich zu. Sein Kinn färbte sich schon blau, und an der linken Wange hatte Radu eine blutige Schramme.

»Können wir nun vernünftig reden?« fragte John. Gelassen steckte er seine Waffe weg. »Deine Lage sieht übrigens schlecht aus, Radu. Das gerade war Angriff auf einen Polizisten, wenn ich das mal so ausdrücken darf. Kostet wieder einige Monate. Bei dir vielleicht sogar Jahre. Also, wie ich die Sache sehe, wirst du wohl dein restliches Leben in einer soliden Zelle verbringen. Denn mir schwant, daß du noch einiges mehr auf dem Kerbholz hast. Ich habe noch keine Zeit gehabt, unseren Computer einzuschalten, bestimmt wird er einige Zeit brauchen, um dein Vorstrafenregister auszuspucken. Und dann dieser Überfall hier. Tja, man wird dir alles in die Schuhe schieben. Du bist als einziger greifbar.«

»Das könnt ihr nicht machen«, zischte Radu.

»Wieso denn nicht? Es sei denn, du sagst uns, wo deine Kumpane sind.«

Radu lachte schrill. »Das habe ich dir doch schon gesagt, Bulle. Sie sind weg. Weg! Verstehst du? Der Teufel hat sie geholt.«

John spielte den Ungläubigen. »Paß nur auf, daß dich nicht auch noch der Teufel holt.«

»Sie glauben mir also nicht, was?«

»Nein.«

»Verdammt, was soll ich denn tun?« Angst flackerte in Radus Augen.

»Erzählen«, erwiderte John. »Und zwar von Beginn an. Ich bin ein geduldiger Zuhörer. Außerdem sitzen wir hier im Trockenen. Richtig gemütlich, was?«

John Sinclair betete innerlich, daß es ihm gelingen möge, den

Mann zu bluffen. Viel Zeit hatte er nicht. Es ging um das Leben von zwei Menschen.

Falls sie noch am Leben waren . . .

»Lange warte ich nicht mehr«, sagte John, als er sah, daß Radu sich noch immer nicht bequemte, mit dem Erzählen anzufangen. »Du hast wohl kein Interesse, den Kronzeugen zu spielen, was?«

Damit legte John seine letzte Karte auf den Tisch.

Radu zuckte hoch. »Den Kronzeugen?«

»Ja. Das ist ein Angebot. Aber lange gilt es nicht mehr«, fuhr John den Araber an. »Ich bin es nämlich bald leid.«

»Schon gut, Bulle«, erwiderte Radu. »Stellen Sie Ihre dämlichen Fragen.«

»Ich würde mir an deiner Stelle auch einen anderen Ton angewöhnen«, entgegnete John gelassen. »Aber das nur nebenbei. Wie heißen deine Komplizen?«

»Wir waren zu dritt. Jason Lamont ist der Boß, dann war noch Lem Dayton, der Schweiger, dabei.«

John pfiff durch die Zähne. »Ein hübsches Trio«, meinte er sarkastisch. »Da waren ja die Spitzenganoven von London versammelt. Und wo sind die anderen jetzt?«

»In der . . .«

John stoppte Radu mitten in der Antwort. »Erzähle mir nicht wieder: in der Hölle. Ich will jetzt alles wissen. Von Beginn an.«

Und Radu redete wie ein Buch. So gesprächig war er noch nie in seinem Leben gewesen. Er erzählte von den Vorbereitungen des Coups und davon, was sich in dem Haus abgespielt hatte. Als Radu von Sheilas Flucht zu sprechen begann, wurden Johns Gesichtszüge hart. Er wußte, daß der Araber Sheila, ohne mit der Wimper zu zucken, umgebracht hätte. Dann kam Radu auf die Szene im Keller zu sprechen. Und hier wollte John alles haarklein erfahren.

»Es tauchte plötzlich ein Geist auf«, sagte Radu, und jetzt noch begann seine Stimme zu zittern.

»Wie sah der Geist aus?«

Radu druckste herum. »Unheimlich«, stieß er hervor. »Ich – ich weiß auch nicht so recht.«

»Reiß dich zusammen!« fuhr John den Killer an.

Der Araber wischte sich den Schweiß von der Stirn. Unverhohlene Angst stand in seinen Augen zu lesen. »Ich habe mal einen

Film gesehen«, sagte er mit leiser Stimme. »Einen Film, der in Afrika spielte. In dem Streifen spielte auch ein Medizinmann mit, so ein Zauberer, wissen Sie. So ähnlich sah auch der Geist aus. Er trug einen langen Mantel und auf dem Kopf einen Federbusch. Der Kerl war durchsichtig, konnte durch Wände und Türen gehen, glaube ich.«

»Was heißt, glaube ich?«

»Wir – das heißt, ich wollte ihn anfassen, doch ich griff durch seinen Körper. Und in der Hand trug er einen komischen . . .« Radu stockte. »Es sah so aus wie ein Staubwedel.«

»Einen Fetisch?«

»Kann sein, daß man es so nennt. Es war ein Stab oder Stock mit Federn daran. Er berührte Jason und Lem mit dem Fetisch, und plötzlich lösten sich die beiden auf. Wie Zucker, den man in den Kaffee schüttet. Sie waren auf einmal nicht mehr da – weg!«

Radus Stimme überschlug sich. Nachträglich noch trieb ihm die Erinnerung den Schweiß aus allen Poren.

»Und weiter? Was geschah mit dir?«

»Mich wollte er auch berühren«, sagte Radu. »Aber ich war schneller. Ich konnte dem Fetisch ausweichen und die Flucht ergreifen. Ich rannte die Treppe hoch, und alles Weitere kennen Sie ja. Das ist alles, was ich Ihnen sagen kann.«

Im Gegensatz zu vielen anderen Menschen nahm John Sinclair die Erzählungen des Gangsters sehr ernst. Er wußte, daß es Dinge zwischen Himmel und Erde gab, die nahezu unglaublich waren und deshalb von den meisten Menschen strikt abgelehnt wurden. John Sinclair hatte schon oft das Gegenteil erlebt, er war in Situationen geraten, in denen andere den Verstand verloren hätten. Wenn er den Bericht des Gangsters richtig interpretierte, so war diesmal der Geist eines afrikanischen Medizinmannes erschienen. Im ersten Moment dachte John an Voodoo, doch den Gedanken verwarf er schnell wieder. Bei Voodoo-Zauber wären die Vorzeichen andere gewesen.

John blickte Radu an, der dumpf vor sich hinstarrte. Er hockte zusammengesunken im Sessel und hatte die Augen auf den Boden gerichtet.

»Reiß dich mal zusammen«, sagte John. »Du hast doch bestimmt nach einer Erklärung gesucht. Oder?«

»Ja, das habe ich.«

»Und?«

»Ich glaube, das hängt mit dieser Maske zusammen, die der Reporter mitgebracht hatte. Jason Lamont wollte sie unbedingt besitzen, doch Conolly hatte den Mann gewarnt. Auf dieser Maske läge ein Fluch, hat er gesagt. Und das scheint tatsächlich zu stimmen.«

»Und wo ist die Maske jetzt?«

»Sie liegt da hinten in dem Koffer.« Radu deutete mit dem Kopf in Richtung eines Eckfensters.

John stand auf. Er hatte den Koffer noch gar nicht bemerkt, sah aber jetzt, daß das Gepäckstück tatsächlich seinem Freund Bill Conolly gehörte. Neben dem Koffer lag Sheilas Handtasche.

Überrascht blieb John stehen und runzelte die Stirn. Die Maske lag auf den Kleidungsstücken. Sie war vorher eingepackt gewesen. Jemand hatte jedoch das Packpapier zusammengeknüllt und neben den Koffer gelegt.

Der Oberinspektor bückte sich und nahm die Totenmaske hoch. Nachdenklich betrachtete er sie einige Sekunden und wandte sich dann um.

»Das ist also die berühmte Maske«, sagte er und hielt sie hoch, damit Radu sie genau sehen konnte.

»Ja, das ist sie.« Plötzlich wurden Radus Augen groß. Sie weiteten sich nahezu vor Entsetzen. »Aber – aber das gibt es doch nicht«, flüsterte der Gangster.

»Was gibt es nicht?« fragte John lauernd.

»Die Totenmaske – sie hat ja gar kein Gesicht mehr!«

John Sinclair ließ dem Gangster etwas Zeit, sich von dem Anblick zu erholen. »Ja«, sagte der Oberinspektor dann, »das ist mir auch aufgefallen. Sie sieht aus, als wäre sie ein einfaches Stück Holz. Nichts Besonderes. Hier!«

John warf die Totenmaske dem Killer zu.

»Nein!« brüllte Radu. »Ich . . .« Instinktiv fing er die Maske auf. Er wollte sie gerade wegwerfen, doch John fing seinen Arm ab. »Einen Augenblick, Radu. Hast du die Totenmaske vorher genau gesehen?«

»Nicht genau«, bibberte der Killer.

»Aber du hast mir gesagt, daß sie vorher ein Gesicht hatte.«

»Ja, das stimmt.«

»Gut. Und wie sah das Gesicht des Medizinmannes aus? War es mit dem der Maske identisch?«

»Ich – ich weiß nicht!«

»Nimm dich zusammen, Radu! Wir erzählen hier keine Kindermärchen. Das ist blutiger Ernst. Waren das Gesicht des Medizinmannes und das Aussehen der Totenmaske nun identisch? Ja oder nein?«

»Ich glaube – ja.«

John atmete auf. »Das wollte ich nur wissen.«

»Und was machen Sie jetzt?« fragte Radu.

»Ich werde dich erst mal abliefern. Der Haftbefehl wird nachgereicht. Ich hoffe, du machst keinen Ärger.«

Achmed Radu schüttelte den Kopf.

John zog den Killer aus dem Sessel, und sie verließen gemeinsam das Haus.

Es hatte aufgehört zu regnen. Nur noch ein kalter Wind pfiff. John ließ den Killer vor sich hergehen. In der einen Hand hielt er die Maske, in der anderen seine Waffe. Er traute Radu nicht.

Der Volvo stand noch immer auf der Straße. Die Scheinwerfer warfen breite Lichtbahnen auf den Asphalt. John verfrachtete den Araber in seinen Bentley und ließ sich über Autotelefon mit der zuständigen Stelle im Yard verbinden. John sprach einige Minuten. Er beorderte die Spurensicherung zu van Haarems Villa und ließ auch gleichzeitig dem nächsten Revier Bescheid geben, damit der Volvo abgeholt wurde und anschließend untersucht werden konnte.

Achmed Radu hockte wie ein Häufchen Elend auf dem Beifahrersitz des Bentley. Seine sonst braune Gesichtshaut war blaß. Über seiner Oberlippe lag ein Schweißfilm.

John blickte den Killer von der Seite her an. »Willst du noch eine Zigarette?«

»Ja.«

John klopfte ihm ein Stäbchen aus der Packung. Dabei grinste er hart. »Denk daran, mein Gesicht ist kein Aschenbecher!«

Radu gab keine Antwort, er verzog nur die Mundwinkel. Der Araber ließ seine Zigarette zwischen den Lippen, während er rauchte. »Sie hätten mich niemals erwischt, Sinclair«, sagte er. »Niemals.«

John lachte leise und stützte seinen linken Ellenbogen auf den unteren Rand des Lenkrades. »Das sagen sie alle. Und hinterher sitzen sie in der Zelle und heulen.«

»Trotzdem, ohne diese verdammte Maske hätten Sie mich nicht erwischt.«

»Mag sein.«

John wollte noch etwas sagen, doch in diesem Augenblick bog der große Kastenwagen der Spurensicherung um die Ecke oben an der schmalen Straße.

Die Dunkelheit wurde erhellt, als die Lichtfinger der Scheinwerfer über die Straße strichen.

John stieg aus. Er kannte den Leiter der Spurensicherung. Es war Inspektor Caldwell, ein sehr fähiger Mann.

Sinclair gab einige Erklärungen ab, soweit sie nötig waren.

»Sollten noch Fragen sein, Inspektor, Sie finden mich vorerst im Yard-Gebäude.«

»Geht in Ordnung, Kollege.«

Als John wieder in seinen Wagen stieg, sagte Achmed Radu plötzlich: »Irgendwie fühle ich mich unwohl.«

»Kann ich verstehen«, meinte John und drehte den Zündschlüssel. »Aber in den Zellen ist es wenigstens geheizt«, fügte er noch hinzu, was Achmed Radu mit einem Fluch quittierte.

Dumpf hämmerten die Urwaldtrommeln. Feuchtwarme Luft legte sich schwer und drückend auf die Atemwege. Unzählige Insekten schwirrten durch die heiße Tropenluft. Sumpffieber und Malaria grassierten in diesem Landstrich.

Hier, im Gebiet der Nilquellen, inmitten der feuchtheißen Sümpfe, lag der Eingang zur Hölle.

Bill Conolly hörte das dumpfe Schlagen der Trommeln im Unterbewußtsein. Er hatte das Gefühl, aus dem tiefsten Meeresgraben hinauf an die Oberfläche zu steigen. Ein ungeheurer Druck lastete auf seinem Körper und schien die Atemwege zusammenzupressen.

Bill Conolly stöhnte. Unruhig wälzte er sich auf der harten Erde hin und her. Ein fingernagelgroßes Insekt setzte sich auf seine schweißfeuchte Stirn, biß zu und begann das Blut des Menschen zu saugen.

Der Reporter spürte den Stich, schlug instinktiv mit der flachen Hand gegen die Stirn. Das Insekt flog summend weg.

Bill öffnete die Augen.

Zuerst konnte er nichts erkennen. Das dämmrige Halbdunkel ließ sämtliche Konturen zerfließen, machte sie zu verwaschenen Schatten.

Bill wischte sich über die Augen. Intervallweise kehrte seine Erinnerung zurück. London fiel ihm ein, Josh van Haarem, die Gangster, das Haus, der Keller – und . . .

Plötzlich stutzte Bill. Siedend heiß wurde ihm bewußt, was geschehen war. Nahezu überdeutlich sah er die Treppe, sah, wie der Geist in den Kellerraum schwebte, ihn berührte . . . Und dann?

Hier setzte die Erinnerung des Reporters aus. Es war wie bei einem Mann, der am Abend zuviel getrunken hatte und morgens feststellen mußte, daß ihm einige Stunden fehlten.

Bill Conolly biß die Zähne zusammen. Jetzt vernahm er auch das ständige Summen und Surren der umherfliegenden blutsaugenden Insekten. Der Reporter schlug mit beiden Armen um sich, doch seine Bewegungen waren matt und kraftlos.

Bills Augen hatten sich inzwischen an das dämmrige Licht in der Hütte gewöhnt. Seine Blicke tasteten die Decke ab. Sie war gewölbt und schimmerte grünlich. Lianen oder Bänder hielten breite Pflanzenblätter zusammen.

Pflanzenblätter?

Bill zermarterte sein Gedächtnis. Diese Art von Hütten gab es nicht in Europa, die gab es nur in Südamerika oder in Afrika. Dazu das Klima, die Insekten . . .

Er mußte sich auf einem anderen Erdteil befinden. Es gab keine andere Erklärung.

Der Gedanke trieb in dem Reporter die heiße Angst hoch. Aber wie kam er hierher? Wieviel Zeit war überhaupt vergangen? Das Wort Zeit erinnerte Bill an den Begriff Zeitreise. Hatte er tatsächlich eine Zeitreise hinter sich? Es wäre nicht das erste Mal gewesen, der Reporter hatte dieses Phänomen in Tibet schon zusammen mit seinem Freund John Sinclair erlebt.

Bill Conolly lag auf dem Rücken. Zum Glück war er nicht gefesselt, aber seine Glieder waren schwer wie Blei.

Mühsam drehte er den Kopf nach links. Ein paar Füße gerieten in sein Blickfeld, dann der untere Teil der Hosenbeine.

Bill erkannte, wer da neben ihm lag. Josh van Haarem, der Diamantenhändler. Demnach hatte er die gleiche Reise hinter sich wie Bill Conolly. Der Reporter drehte den Kopf zur anderen Seite. Er ahnte, daß er dort Jason Lamont und Lem Dayton sehen würde.

Seine Vermutung bestätigte sich. Die beiden Gangster lagen mit dem Gesicht nach unten auf dem harten Lehmboden. Kriechtiere – manche fingerlang – krabbelten über den Rücken der beiden Männer.

Bill atmete pfeifend. Und jeder Atemzug bedeutete in dieser feuchtschwülen Luft eine Qual. Der Reporter hatte keinen trockenen Faden mehr am Leib. Sämtliche Sachen waren schweißdurchtränkt.

Die vier Männer lagen ungefähr in der Mitte der Hütte. Die Behausung war ziemlich geräumig, und Bill entdeckte sogar eine kleine Feuerstelle.

Sie bestand aus kantigen Steinen, die man zu einem Kreis zusammengelegt hatte. In der Mitte häufte sich kalte Asche. Ferner entdeckte Bill Conolly seltene Kultgegenstände. Es waren Masken oder Totems. Sie hingen an der Innenwand der Hütte. Schreckliche Fratzen starrten Bill an, und der Reporter wußte, daß diese Gegenstände die Dämonen und Geister der Finsternis symbolisieren sollten.

Einen Eingang konnte Bill nicht entdecken, dafür aber eine kleine kreisrunde Öffnung im Dach, durch die ein wenig Tageslicht fiel.

Die anderen Männer waren noch bewußtlos, aber ihr Atem ging regelmäßig.

Schlagartig verstummte draußen der Trommelwirbel.

Der Reporter hielt den Atem an. Er hatte sich aufgesetzt und starrte aus brennenden Augen auf die Hüttenwand. Bill erwartete jeden Moment, daß jemand die Hütte betreten würde, um einen von ihnen oder alle vier gleichzeitig abzuholen.

Die Stille war bald körperlich spürbar. Es war wie die Ruhe vor dem Sturm, man wartete auf ein Ereignis, das kommen mußte.

Und doch wurde der Reporter überrascht, als das Geschrei aufklang. Es war ein wildes, schrilles Geheul, begleitet vom Stampfen nackter Füße auf hartgetretenem Boden. Das Geheul wurde von Sekunde zu Sekunde lauter, steigerte sich in eine Ekstase hinein, die schon dem Wahnsinn nahekam.

Gebannt starrte der Reporter auf die an den Wänden hängenden Masken. Leben erfüllte sie plötzlich. Augen begannen zu glühen. Manche tiefrot, andere wieder in einem dunklen Grün. Die Fratzen veränderten sich. Mäuler wurden aufgerissen, und Dampfwolken drangen daraus hervor, die sich wie Nebelschleier in der Hütte verteilten und die Atemwege reizten.

Bill wischte sich über die Augen. Hatte er das alles nur geträumt?

Nein, das Bild blieb.

Immer wilder wurde draußen das Geschrei, immer heftiger das Trampeln nackter Füße.

Bill merkte, wie der Boden unter seinem Körper zu vibrieren begann. Vor der Hütte schien die Hölle los zu sein.

Bills Angstgefühl verstärkte sich von Sekunde zu Sekunde. Immer schrecklichere Formen nahmen die Fratzen der Masken an, wurden zu Sendboten der Hölle, die Bill Conolly das Grauen lehrten.

Diese Masken schienen auf Bill zuzuschweben, schienen nach ihm greifen zu wollen.

Der Reporter riß seinen Arm hoch, um die Augen zu schützen, und zuckte plötzlich heftig zusammen.

Etwas hatte seine Hüfte berührt.

Eine Hand!

Bill fühlte die Finger, die sich in seine Haut krallten.

Sollte dieser gräßliche Maskenalptraum bereits Realität angenommen haben?

Bill drehte sich langsam um – und atmete im nächsten Augenblick auf. Josh van Haarem war wieder zu sich gekommen. Es war seine Hand, die Bills Hüfte berührt hatte.

Der Diamantenhändler sah schlecht aus. Tief lagen die Augen in den Höhlen. Die Lider waren entzündet, und van Haarem blinzelte krampfhaft.

»Was ist geschehen, Mister Conolly?« flüsterte er. »Was hat man mit uns gemacht?«

»Ich weiß es auch nicht«, erwiderte Bill wider besseres Wissen.

»Man hat uns verschleppt, nicht wahr?« Van Haarems Stimme klang besorgt.

»So ungefähr.«

»Und? Was will man von uns? Lösegeld?« Van Haarem rückte näher an den Reporter heran. Seine Blicke irrten durch die primitive Hütte. »Diese Masken«, sagte er plötzlich. »Sie werden uns den Tod bringen. Es sind Totenmasken. Sie werden den verstorbenen Medizinmännern mit auf den Weg gegeben. Die Luft, diese Hütte, Mister Conolly, das erinnert mich an Afrika. Sagen Sie, sind wir in diesem Erdteil?«

»Es sieht so aus, Mister van Haarem.«

»Dann sind wir verloren.«

»Unsinn. Es gibt immer noch eine Chance.«

»Aber nicht hier. Sie kennen das Land nicht, Mister Conolly. Hier ist alles anders. Auch im zwanzigsten Jahrhundert gibt es auf diesem Erdteil noch Gebiete, die kaum eines Menschen Fuß betreten hat.«

»Sind Sie sicher, daß wir uns im zwanzigsten Jahrhundert befinden?« fragte Bill, und seine Stimme klang ein wenig sarkastisch.

»Was soll das denn nun wieder heißen?«

»Ganz einfach, Mister van Haarem. Es besteht durchaus die Möglichkeit, daß wir eine Zeitreise hinter uns haben.«

»Zeitreise? Aber das ist unmöglich! Das ist doch Phantasie.«

»Wirklich?« fragte Bill nur.

»Ach, zum Teufel, ich verstehe gar nichts mehr. Sehen Sie sich doch nur die beiden Kerle da an. Die scheint's stärker erwischt zu haben. Sie sind noch immer bewußtlos. Aber wo ist der dritte Mann?«

»Vielleicht entkommen.«

»Ja, das ist möglich. Aber dann bestünde ja auch die Möglichkeit, daß er seinen Komplizen helfen will und damit zwangsläufig auch uns.«

»Glauben Sie an den Weihnachtsmann?« fragte Bill.

»Warum sind Sie so pessimistisch?«

»Ich bin kein Pessimist, sondern ein Realist. Und wenn man uns nicht bald hier rausholt, werde ich selbst mal nachsehen.«

»Man wird Sie draußen töten«, warnte van Haarem. »Hören Sie nicht die Schreie? Das sind Opfergesänge. Sie gelten dem großen Magier Zombola.«

»Zombola? Wir hatten doch dessen Totenmaske!«

»Ja, Mister Conolly. Das ist das Rätsel dieser Maske. Zombolas Geist lebt in ihr. Durch irgendeinen Zufall hat er sie verlassen. Denken Sie an die Verspätung des Flugzeuges. Das waren die ersten Geburtswehen, wenn ich das mal so sagen darf. Man sollte Zombola nicht unterschätzen. Er war besonders für seine Grausamkeit bekannt. Der Stamm, der ihn verehrte, stellte von seinen Gegnern Schrumpfköpfe her. Ich hoffe, das gibt Ihnen zu denken, Mister Conolly.«

»Schätze, wir werden aus dir mal 'nen Schrumpfkopf machen, Alter«, hörten die Männer im Hintergrund der Höhle eine Stimme.

Jason Lamont war aus seiner Bewußtlosigkeit erwacht und hatte den letzten Teil der Unterhaltung mit angehört.

»In Afrika sollen wir sein?« höhnte Lamont und begann zu lachen. »Wahrscheinlich hat man uns in irgendein Filmstudio geschleppt, das ist alles. Aber den Brüdern werde ich es zeigen.«

Lamont stand wankend auf. Plötzlich entdeckte er seinen Kumpan Lem. »He, hoch mit dir«, knurrte er und trat Dayton in die Seite.

Der Killer stöhnte wütend, und Lamont mußte ihn erst wachrütteln.

Hastig sprach er danach auf Lem Dayton ein, der immer wieder nickte. »Ich hoffe, du hast mich verstanden«, sagte Lamont.

»Okay, okay.«

»Dann steh auf.«

Lem Dayton rappelte sich hoch. Mit stierem Blick sah er sich in der Hütte um, glotzte auf die Masken und schlug plötzlich wild um sich. »Diese verdammten Dinger!« Mit wenigen Schlägen fetzte er die Masken von den Wänden und schrie einen Augenblick später gellend auf.

»Meine Hand!« brüllte Dayton. »Ich habe mir meine Hand verbrannt!«

Der schwere Gangster preßte seine Rechte unter die linke Achsel. Sein Gesicht war schmerzverzerrt. Und in das Brüllen hinein erklang plötzlich ein zynisches, hämisches Kichern.

Bösartig hallte es durch die Hütte.

Unwillkürlich wichen die Männer zurück. So weit, daß sie die Wand im Rücken spürten.

Die Totenmasken stießen dieses Kichern aus. Es drang aus den offenen Mäulern wie eine Melodie der Hölle.

»Dieser verdammte Spuk«, ächzte Lamont. »Verdammt, wir müssen etwas tun!« Lamont kreiselte herum. Hart packte er Bill am Kragen seines Jacketts. »Los, sitzen Sie hier nicht so untätig herum wie eine beleidigte Primadonna. Tun Sie was!«

»Mister Conolly! Sehen Sie doch!«

Van Haarems Stimme unterbrach Lamonts Gezeter.

Bill wandte sich um. Auch Lamont drehte den Kopf.

Ein Teil der Hüttenwand war zurückgeklappt worden und gab jetzt einen Eingang frei.

Der flackernde Widerschein eines Lagerfeuers drang in die Hütte und überzog die Wände mit grotesk tanzenden Schatten.

Doch nur für einen Augenblick konnten die Gefangenen das Lagerfeuer sehen, dann wurde der Eingang von vier Kriegern verdunkelt.

Sie standen dort wie Denkmäler.

Sekundenlang starrten sich die ungleichen Parteien an.

Einer der Krieger trat einen Schritt vor. Es war wohl der Anführer. Er sagte etwas in einer Sprache, die keiner der Männer verstand. Die Laute waren kehlig, und auch van Haarem, der ja Afrikakenner war, konnte sie keinem Dialekt zuordnen.

Als keiner der Gefangenen reagierte, sprang der Krieger plötzlich vor und riß Lem Dayton an sich. Der Killer konnte nicht schnell genug reagieren, da hatte ihn der Krieger schon an sich vorbeigeschleudert, genau in die Arme der anderen.

Zwei Speerspitzen bohrten sich links und rechts in seinen Körper.

Dayton stand steif wie ein Brett.

Die beiden anderen Krieger hatten sich Jason Lamont ausgesucht. Doch der Gangster wollte sich nicht so einfach überwältigen lassen. Er trat dem ersten Krieger mit dem Fuß in die Magengrube und schlug dem zweiten die geballte Faust gegen die Nase.

Innerhalb von Sekunden war der Teufel los. Bill Conolly wollte ebenfalls in den Kampf eingreifen, da sah er den Speer durch die Luft flirren.

Die Spitze bohrte sich in Jason Lamonts rechten Oberschenkel. Einer der Krieger, die Lem Dayton bewachten, hatte die Waffe geworfen und sein Ziel genau getroffen.

Schreiend brach Lamont zusammen.

Die Krieger schleppten Lamont und Dayton hinaus. Bill Conolly und Josh van Haarem blieben zurück. Zwei Menschen auf verlorenem Posten.

John Sinclairs Finger zitterten unmerklich, als er die Telefonnummer wählte. Sie gehörte einem Mann, der zur Zeit in London weilte und eine international anerkannte Kapazität auf dem Gebiet der Grenzwissenschaften war.

Professor Zamorra!

Es ging bereits auf Mitternacht zu und bestimmt lag der Professor schon im Bett, aber John sah im Augenblick keine andere Möglichkeit weiterzukommen. Professor Zamorra war im Savoy-Hotel abgestiegen, einer Nobelherberge der ersten Klasse. John Sinclair kannte den Professor vom Hörensagen, wußte jedoch, daß er ein äußerst fähiger Mann war und eine Sekretärin namens Nicole Duval hatte.

Der Empfangsportier des Hotels meldete sich.

John bat um eine Verbindung mit Professor Zamorra.

»Ja, bitte.«

John Sinclair redete nicht um den heißen Brei herum, sondern kam sofort zur Sache.

»Aber natürlich bin ich bereit, Oberinspektor, Sie zu empfangen. Ich werde hier im Hotel Bescheid geben lassen, daß man Sie auf mein Zimmer führt.«

»Ich bin Ihnen zu sehr großem Dank verpflichtet«, sagte John Sinclair und legte auf.

John Sinclair benötigte zehn Minuten, dann konnte er seinen Bentley auf dem Hotelparkplatz abstellen. Ein Page riß vor John die breite Eingangstür auf.

Das prächtige Foyer dieses Renommierhotels nahm den Oberinspektor auf. Teppiche, Glas, Chrom, Mahagoni. Man hatte an nichts gespart.

Der Nachtportier, mit dem John vorhin am Telefon gesprochen hatte, schien einen Blick für Polizisten zu haben, denn er verließ seine Loge und kam dem Oberinspektor entgegen.

»Oberinspektor Sinclair?« fragte er flüsternd.

»Genau.«

»Der Herr Professor erwartet Sie. Ein Page wird Sie begleiten. Und bitte kein Aufsehen.«

»Keine Angst«, erwiderte John. »Ihr guter Ruf leidet schon keinen Schaden.«

Der Portier – er erinnerte an einen pensionierten Oberst – lächelte verkrampft.

Mit dem Aufzug fuhr John in den dritten Stock. Der Page führte den Oberinspektor bis vor die Tür mit der Nummer 20. Die Zahl stand in Messingbuchstaben auf dem Holz.

»Bitte, Sir«, sagte der Page und verbeugte sich leicht.

John gab ihm ein Trinkgeld und klopfte dann.

»Ja, bitte«, ertönte eine sonore Männerstimme.

John Sinclair trat ein.

Professor Zamorra kam dem Oberinspektor mit ausgestreckten Händen entgegen.

Zamorra war ein Mann in den besten Jahren und machte einen kultivierten und gepflegten Eindruck. Er trug einen seidenen Hausmantel und um den Hals einen Schal. Zamorra hatte in einem Buch gelesen. Es lag aufgeklappt auf dem Tisch, um den sich eine bequeme Sitzgruppe verteilt. Wandleuchten verbreiteten ein gemütliches einheimelndes Licht. Das gesamte Zimmer wirkte wie eine Oase in einer Welt aus Streß und Hetze.

Die Männer drückten sich die Hände. Zamorra hatte noch nie direkt mit John Sinclair zu tun gehabt, gehört hatten sie allerdings schon voneinander.

»Ich freue mich wirklich, einen berühmten Kollegen kennenzulernen«, sagte der Professor und deutete auf einen Sessel. »Aber nehmen Sie doch Platz, Mister Sinclair.«

»Danke sehr.«

»Möchten Sie etwas trinken?«

»Ein Tonic-Water vielleicht.«

Zamorra lächelte. »Das steht sogar im Kühlschrank. Einen Moment bitte, ich hole es nur.«

Zamorra verschwand im Nebenraum. Unterdessen nahm John die Totenmaske aus dem kleinen Koffer und legte sie auf den Tisch.

»Meine Sekretärin, Miss Duval, ist schon zu Bett gegangen. Wir sind deshalb ganz unter uns, Mister Sinclair.«

Zamorra nahm auch ein Glas Tonic-Water. Die Männer prosteten sich zu.

Und dann begann John zu erzählen. Der Professor war ein

aufmerksamer Zuhörer. Er unterbrach Sinclair mit keinem Wort, machte sich nur ab und zu Notizen. Als John fertig war, deutete Zamorra auf die Maske. »Das ist sie also«, meinte er gedankenversunken und nahm sie in die Hand.

Zamorra betrachtete die Maske einige Sekunden und legte sie dann wieder zurück. »Sie hat kein Gesicht mehr«, murmelte er. »Ein Zeichen, daß das Böse aus ihr gewichen ist. Sie ist nur noch ein altes Stück Holz, wenn ich das mal so sagen darf.« Zamorras Finger strichen die Konturen nach, formten bestimmte Linien und Symbole, doch die Maske zeigte keine Reaktion.

»Sie erwärmt sich nicht mal«, sagte Zamorra, und sein Gesicht nahm einen nachdenklichen Ausdruck an.

»Besteht überhaupt eine Chance, die Männer wieder zurückzuholen? Sie sind im Tunnel der Zeiten verschwunden und in einer Zeit aufgewacht, die vielleicht Hunderte von Jahren zurückliegt. Zombola ist zurückgekommen. Um ihn zu bannen, müssen wir ihn wieder in die heutige Zeit holen.«

»Oder selbst eine Zeitreise unternehmen«, sagte Zamorra leise.

»Aber das braucht Vorbereitungen. Wir müssen das Tor zur anderen Dimension finden. Wir müssen . . .«

»Ich weiß, ich weiß. Die Zeit steht uns nicht zur Verfügung. Wir müssen es eben auf eine andere Weise versuchen.«

»Und wie?«

»Mit meinem Amulett.«

»Ja, das wäre eventuell eine Möglichkeit.«

Professor Zamorra erhob sich und nahm seinen Koffer aus dem Schrank. Er hatte das Amulett in einem Geheimversteck liegen und holte es jetzt hervor.

Das Erbe seiner Ahnen lag in einem kleinen, mit rotem Samt ausgelegten Kästchen. Das Amulett war schon Jahrhunderte alt und ein Meisterstück der Feinschmiedekunst. Es war aus Silber und zeigte in der Mitte einen Drudenfuß, um den sich der innere Ring mit den Tierkreiszeichen gruppierte. Der äußere Ring zeigte geheimnisvolle Hieroglyphen, deren magische Kraft selbst Professor Zamorra nicht genau kannte.

John Sinclair hatte schon von dem Amulett gehört, es jedoch nie gesehen. Als Zamorra die Schatulle öffnete und John seinen Talisman präsentierte, spürte der Oberinspektor die Kraft, die von dem Amulett ausging. Als John es mit seiner Hand berührte, merkte er, daß sich das Metall erwärmt hatte.

Behutsam nahm Zamorra das Amulett aus dem Samtbett. Wie gemalt lag es auf seinem Handteller.

Zamorra war in höchster Konzentration versunken.

Plötzlich sah er auf. »Wir müssen das Licht löschen.«

John erhob sich und knipste die Lampen an der Wand aus. Die Vorhänge waren bereits vor die Fenster gezogen worden.

John Sinclair tastete sich zu seinem Sessel zurück. Noch immer hatte Zamorra das Amulett auf der Handfläche liegen. Über seine Lippen drangen leise, murmelnde Sprüche.

Und plötzlich begann das Amulett zu strahlen. Wie ein Kranz legte sich ein grünsilber schimmerndes Licht um Zamorras Hand und hatte sogar noch die Intensität, die linke Gesichtshälfte des Gelehrten zu beleuchten, während die rechte im Schatten lag.

Vorsichtig streckte Zamorra den Arm aus und näherte sich der Totenmaske.

Das Leuchten wurde stärker. John konnte deutlich die Maske und ein Stück des Tisches erkennen.

Atemlose Spannung hatte die Männer gepackt. Zamorra wollte einen phantastischen Versuch starten. Er wollte Amulett und Totenmaske zusammenbringen.

Zwei Pole sollten aufeinandertreffen. Gut und Böse. Wer war letzten Endes stärker?

Zamorra neigte die Hand zur Seite. Das Amulett rutschte herunter, berührte die Totenmaske.

Gebannt starrte John Sinclair auf die Totenmaske. Weich wie Butter wurde das Holz plötzlich, und das Amulett drang in die Totenmaske ein.

Im selben Augenblick zuckte ein Blitzstrahl auf. Er schoß aus der Maske hervor und raste in die Decke des Zimmers.

Professor Zamorra, der noch immer die Kette in der Hand hielt, brüllte auf. Ein tanzender bläulicher Flammenschein umhüllte für winzige Augenblicke seine Gestalt.

Dann sackte der Professor kraftlos zusammen. Wie tot blieb er in seinem Sessel liegen, während das Amulett immer tiefer in die Totenmaske des Zauberers schnitt.

John Sinclair war aufgesprungen. Sein Blick flog zwischen dem Amulett und Professor Zamorra hin und her. Plötzlich begann die

Luft in dem Zimmer zu flimmern. Eine unsichtbare Leinwand baute sich auf. Eine Leinwand, die die Gesetze der Zeit auslöschte und John Sinclair ein Geschehen zeigte, das weit zurücklag.

Doch die Hauptdarsteller in diesem Zeitfilm waren andere Menschen, die heute lebten und durch einen unglückseligen Zufall in den Mechanismus von Raum und Zeit geraten waren.

Es waren Bill Conolly, Josh van Haarem und die beiden Killer Jason Lamont und Lem Dayton.

Und John Sinclair sah Szenen, die er nie in seinem Leben vergessen würde.

Er wurde Zeuge, wie man zwei Menschen hinrichtete . . .

»Sehen Sie etwas?« flüsterte Josh van Haarem, der Diamantenhändler rauh.

Bill Conolly winkte ab. Er kniete auf dem Boden und hatte sein rechtes Auge gegen einen Schlitz gepreßt, der ihm ein begrenztes Sichtfeld gestattete.

Eine Flammenwand loderte hoch. Halbnackte, gräßlich bemalte Männer tanzten in einem höllischen Reigen um das Feuer. Ihre Körper glänzten ölig, die Gesichter waren verzerrt, die Bewegungen unkontrolliert.

Immer weiter steigerte sich der wahnsinnige Rhythmus der dumpfen Trommeln. Die Bewegungen der Männer wurden noch wilder, noch aggressiver. Und Bill Conolly ahnte, daß sie sich in einem Mordrausch befanden. In einem Mordrausch, der von Zombola, dem großen Magier, gesteuert wurde.

Josh van Haarem war hinter Bill getreten und legte ihm die Hand auf die Schulter.

»Was ist denn nur, Mister Conolly? Was geschieht mit den beiden Gangstern?« Van Haarems Stimme klang drängend und ängstlich zugleich. Das, was sich hier abspielte, überstieg seine Nervenkraft.

Bill drehte den Kopf vom Guckloch weg und rieb sich die Augen. »Ich kann nichts Genaues sehen«, antwortete er. »Wir müssen noch abwarten.«

»Bis sie uns holen?« fragte van Haarem und lachte freudlos.

»So lange nicht.«

»Wieso?«

»Wir werden fliehen. Oder es zumindest versuchen«, sagte Bill Conolly mit fester Stimme.

»Und wie haben Sie sich das vorgestellt?«

Bill stand auf. »Wir müssen noch ein paar Minuten warten, bis die Krieger sich auf die beiden anderen konzentrieren. Ich weiß, die Männer wird man töten, und ich würde ihnen mit allen Mitteln helfen. Aber wir können es nicht. Unser Leben wäre dann genauso verwirkt.«

Van Haarem hatte den Blick gesenkt. »Sie wollen in den Dschungel. Wissen Sie, was das bedeutet?«

»Das weiß ich genau. Und ich kann mir auch vorstellen, daß wir keinen Weißen antreffen werden, falls wir tatsächlich eine Zeitreise in die Vergangenheit gemacht haben. Wann genau hat dieser Magier gelebt?«

»Vor ungefähr dreizehnhundert Jahren«, erwiderte van Haarem. »Wenigstens besagen das die Schätzungen.«

»Dann werden wir in diesem Gebiet wohl keinen Weißen finden«, sagte Bill.

»Also hat unsere Flucht keinen Sinn.«

»Wieso denn das?« Der Reporter brauste auf. »Werfen Sie immer so schnell die Flinte ins Korn? Wir können uns zur Küste durchschlagen. Wir müssen sogar. Und eins sage ich Ihnen, van Haarem. Ich verrecke lieber im Sumpf, als daß ich mir von den Wilden den Kopf abschlagen lasse.«

»Beides ist ein unangenehmer Tod«, erwiderte van Haarem. In seiner Stimme lag bissiger Galgenhumor.

»Welcher Tod ist schon angenehm?« entgegnete Bill und schlug dem Diamantenhändler aufmunternd auf die Schulter.

Dann ging der Reporter wieder in die Knie und preßte sein Auge an den Spalt.

Das Feuer war schon etwas heruntergebrannt. Auch die Trommeln waren verstummt.

Niemand achtete mehr auf die Hütte mit den Gefangenen.

Bill hielt sein Taschenmesser bereits in der Hand. Die Eingangsklappe konnte er nicht öffnen. Sie war von außen raffiniert befestigt worden. Aber einen Sehschlitz hatte er schon mit dem Messer geschnitten. Jetzt kam es darauf an, die Öffnung schnell genug zu erweitern.

Bill arbeitete verbissen. Das Material war äußerst widerstandsfähig, und der Reporter mußte mehrmals ansetzen, um ein erstes Loch in die Wand zu schneiden.

Bald hatte er in die Hüttenwand einen senkrechten Schnitt von etwa einem Meter Länge hineingegraben.

Auch das schaffte Bill mit verbissener Energie. Einmal rutschte das Messer ab, und die Klinge fuhr ihm in den Handballen.

»Mist«, zischte Bill, setzte aber seine Bemühungen fort.

Urplötzlich klang draußen der Schrei auf!

Er war gellend, unmenschlich und markerschütternd. Den beiden Männern fuhr dieser Schrei durch Mark und Bein. Bill kniff die Augen zusammen und preßte die Zähne aufeinander. Josh van Haarem hielt seine Hände gegen die Ohren gedrückt.

Genauso plötzlich brach der Schrei wieder ab.

Und dann brandete das Triumphgeheul der Krieger auf. Das infernalische Gebrüll stieg in den Nachthimmel und vereinigte sich zu einer schaurigen Melodie.

Jetzt war die Chance zur Flucht gekommen! Bill riß mit beiden Händen die schmale Öffnung auseinander.

»Sie zuerst!« fuhr er van Haarem an.

Der Diamantenhändler schlüpfte nach draußen. Augenblicklich folgte Bill Conolly.

Blitzschnell sah sich Bill um. Die Krieger hatten sich um etwas geschart, was auf dem Boden lag. Bill konnte sich denken, was es war, und ein Schauer lief über seinen Rücken.

Die nächste Hütte befand sich zwei Schritte weiter. Bill mußte sich nach links wenden, um sie zu erreichen. Der Reporter zog Josh van Haarem kurzerhand mit sich.

Sie tauchten im Schatten der Hütte unter. Sofort wurden sie von unzähligen Insekten umsummt. Die Luft war schwül und kaum zu atmen. Ein Stück weiter sah Bill die dunklen Schatten hoher Bäume gegen den mit Tausenden von Sternen übersäten Himmel aufragen. Diese Bäume mußten sie erreichen.

Am Feuer war der Singsang wieder aufgeklungen. Wahrscheinlich sollte jetzt die zweite Opferung vorbereitet werden.

Den Magier hatten die Männer noch nicht zu Gesicht bekommen. Vielleicht konnte die Flucht tatsächlich gelingen?

Bills Gedankenkette zerbrach. Aus dem Nichts war plötzlich vor ihm eine riesige Gestalt aufgetaucht.

Zombola!

Bill packte sein Taschenmesser fester und wußte doch, daß es nur eine lächerliche Waffe war.

Zombola sah schrecklich aus. Er war in ein Gewand aus Federn gehüllt, das in allen Farben glänzte und schillerte. Seinen Kopf krönte ebenfalls eine Federhaube, und in der Hand hielt er wieder seinen geheimnisvollen Fetisch. Nur das Gesicht hatte sich verändert. Es glich zwar immer noch der Maske, doch auf die Haut hatte sich der Magier seltsame Zeichen gemalt, die blutrot leuchteten.

Zombola streckte die Hand mit dem Fetisch aus. Dann schrie er einen Befehl.

Aus allen möglichen Ecken tauchten sie plötzlich auf. Halbnackte Krieger, bewaffnet mit Speeren und Lanzen. Bill und Josh van Haarem hatten nicht den Hauch einer Chance, sich zu wehren. Innerhalb von Sekunden lagen sie am Boden.

Männer warfen sich auf sie. Bill roch das ranzige Öl, mit dem die Wilden ihre Körper eingerieben hatten, und ihm wurde schlecht. Man riß seine Arme auf den Rücken und drehte ihm eine Schnur um die Handgelenke.

Mit Josh van Haarem geschah das gleiche.

Dann wurden die Männer hochgezogen und in einem Triumphmarsch zum Feuer gestoßen, um dort geopfert zu werden.

Geopfert einem Magier und Zauberpriester, dem die Eingeborenen mit hündischer Ergebenheit dienten.

»Ich glaube, jetzt haben wir endgültig verloren«, sagte Josh van Haarem und hatte Mühe, ein Schluchzen zu unterdrücken.

»Ja. Es tut mir leid«, erwiderte Bill Conolly und senkte den Kopf. Wenn jetzt nicht ein Wunder geschah, konnte sie nichts mehr retten . . .

Gedankenschnell wechselten die Szenen. John sah Bilder von blutigen Ritualen, sah seltene fremdartige Tänze und blickte dann gebannt auf den Zauberer in seinem langen, mit Federn geschmückten Gewand.

Zombola war der wahre König. Mit weit ausgebreiteten Armen stand er vor dem flackernden Feuer und dirigierte seine Untertanen wie Marionetten.

Dann sah John Sinclair wieder die beiden Weißen. Apathisch

hingen sie in den Armen der grellbemalten Wilden. Ein Krieger, der eine unförmige Figur und eine gespaltene Oberlippe hatte, trat ehrfürchtig in den Kreis. In der Hand hielt er eine gefährliche Waffe.

Ein Krummschwert!

Zombola lachte und deutete dann auf die beiden Weißen. Der Henker nickte zum Einverständnis. Die Flammen malten drohende düstere Schatten auf sein Gesicht und ließen ihn wie einen Teufel aussehen.

Das Bild verwischte.

John Sinclair hielt die Hände geballt. Sein Mund bildete einen dünnen Strich. Wut über seine eigene Hilflosigkeit keimte in ihm hoch. Was er hier sah, lag weit in der Vergangenheit, und doch spielten Personen aus der Gegenwart die Hauptrolle. Ein Zeitparadoxon, das dem menschlichen Verstand entgegenwirkte.

Und doch war es eine Tatsache.

Das Bild wurde wieder deutlicher. So, als hätte man einen Schleier weggezogen.

Wieder sah John Sinclair das Feuer, doch jetzt war es schon etwas heruntergebrannt. Dicht vor den Flammen stand der Henker. Sein nackter Oberkörper glänzte ölig. Nach wie vor hielt er das Krummschwert in seiner Rechten.

Die Klinge war blutverschmiert . . .

Das grausame Geschehen war bereits vorbei.

John Sinclair hörte sich nicht mal stöhnen. Die eigene Hilflosigkeit ließ ihn fast wahsinnig werden. Doch es waren vier Männer gefangen. Noch lebten Bill Conolly und Josh van Haarem. Sie würden das gleiche Schicksal erleiden wie die beiden Gangster.

Das Bild wechselte. Dunkelheit breitete sich aus. John sah die Umrisse zahlreicher Hütten und die Schatten der hohen Dschungelbäume. Und er sah Bill Conolly.

Die Lippen des Oberinspektors bebten, als der Reporter in sein Blickfeld geriet. Bill hatte es mit Josh van Haarem geschafft, aus einer Hütte zu entkommen. Sie standen jetzt mit dem Rücken an einer Hüttenwand, warteten auf einen günstigen Augenblick, um fliehen zu können.

Doch Bill und Josh van Haarem sahen nicht die zahlreichen Schatten, die die Hütte eingekreist hatten.

Zombolas Krieger waren auf der Hut!

Johns Lippen formten unhörbare Worte. Er wollte Bill etwas zurufen, doch er wußte im selben Augenblick, daß es nutzlos war. Die beiden hatten keine Chance, nicht in diesem Land und nicht in diesem Dorf.

Und da hatten die Krieger die Männer auch schon entdeckt. Ein Dutzend dunkler Körper stürzte sich auf die beiden Fremden. Bill und Josh van Haarem wurden zu Boden geschlagen und blitzschnell gefesselt.

Pfeifend drang die Luft über John Sinclairs Lippen. Was vor ihm wie ein Film ablief, war zuviel für seine Nerven. Hilflos würde er mit ansehen müssen, wie man seinen besten Freund tötete.

Ein schweres, rasselndes Atmen riß John Sinclair wieder in die Wirklichkeit zurück.

Er drehte den Kopf.

Professor Zamorra lag noch immer in seinem Sessel. John konnte erkennen, daß sein Gesicht kalkweiß war, irgendwie durchsichtig wirkte und daß die Adern dick hervortraten.

Gleichzeitig verschwamm auch das Bild auf der imaginären Leinwand. Nur noch ein dichtes Flimmern war zu sehen.

Professor Zamorras Atem ging flach und heftig. John Sinclair faßte den Professor an beiden Schultern.

»Was ist mit Ihnen?«

Der Professor schüttelte den Kopf. Mühsam bewegte er die Lippen. »Das – das Amulett«, hauchte er. »Sie – Sie müssen es aus der Totenmaske ziehen. Es ist ein Teil von mir, und die Totenmaske entzieht ihm all die Kraft. Nehmen Sie es weg, sonst passiert etwas Schreckliches.«

Professor Zamorra wollte sich aufbäumen. Doch es blieb nur beim Versuch. Er war viel zu schwach.

John Sinclair war von dem Geschehen an der »Leinwand« so in Anspruch genommen worden, daß er nicht mehr auf die Maske geachtet hatte. Jetzt sah er sie wieder an.

Ein silberfarbener Schleier hatte sich wie ein Reif um die Totenmaske verteilt. Das Amulett war in das Holz eingedrungen und hatte mit jedem Millimeter mehr von seiner Kraft verloren.

»Beeilen Sie sich«, flüsterte Professor Zamorra rauh.

John faßte die silberne Kette, die noch nicht verschwunden war. Wenn sie jetzt riß . . .

Der Oberinspektor durfte gar nicht daran denken.

Er hatte ein Stück der Kette um seinen Zeigefinger gewickelt. Vorsichtig zog er an dem Metall.

Und schon spürte er Widerstand. Es schien, als hielte die Maske ihre Beute fest – wie ein Raubtier das Opfer.

Doch John gab nicht auf. Er konzentrierte all seine Kräfte auf diese Aufgabe. Und Stück für Stück entriß er das Amulett den »Klauen« der Totenmaske.

Schon tauchte der äußere Ring mit den seltsamen Hieroglyphen auf. Die fremdartigen Symbole, deren genaue Wirkungsweise nicht einmal der Professor kannte, glühten plötzlich rot auf. Es war ein geisterhaftes Glühen, das sogar den silberfarbenen Schimmer, der um die Maske lag, überlagerte.

Wurden hier Kräfte befreit, die seit Urzeiten geschlummert hatten?

John wußte keine Antwort. Er wollte auch jetzt keine wissen, er spürte nur, wie die Kraft des Amuletts Überhand gewann.

John blieb weiterhin vorsichtig, obwohl er den geheimnisvollen Talisman am liebsten gewaltsam aus dem unheilvollen Bereich der Totenmaske gezogen hätte.

Dann hatte er es geschafft. Als wäre nichts geschehen, so lag das Amulett vor John Sinclair auf dem Tisch. Mit dem Handrücken wischte sich der Oberinspektor den Schweiß von der Stirn. Er faßte das Amulett mit der linken Hand und übergab es dem Professor.

Zamorra hatte sich im Sessel aufgesetzt. Es war jetzt dunkel im Zimmer. John sah nur Zamorras Schatten.

»Machen Sie bitte Licht«, sagte der Professor.

John knipste zwei Wandkerzen an. Im selben Augenblick schrie er auf.

»Mein Gott, Bill Conolly!«

Für Sekunden verlor der Oberinspektor die Beherrschung, sah sich wild um.

Die ›Leinwand‹ war verschwunden.

Durch die Trennung von Totenmaske und Amulett war auch die Zeitbrücke verschwunden.

John Sinclair wollte etwas sagen, doch Professor Zamorra schnitt ihm schon vorher mit einer Handbewegung das Wort ab.

»Ich weiß, was geschehen ist«, sagte der Professor leise. »Ich habe durch das Amulett telepathischen Kontakt gehabt. Man will die beiden Männer hinrichten.« Zamorras Stimme klang tonlos. Sein Gesicht wirkte wie aus Marmor gehauen.

»Ja!« schrie John Sinclair plötzlich. »Man will sie hinrichten. Und wir sitzen hier und können nichts tun! Sind hilflos, verstehen Sie, Professor?«

John Sinclair hatte beide Hände auf den Tisch gestützt. Das Blut war ihm in den Kopf gestiegen, und seine Lippen bebten. »Oder sehen Sie noch eine Möglichkeit, Professor?« Zamorra hob den Kopf. Seine graublauen Augen blickten John Sinclair hart an. »Vielleicht gibt es noch eine Chance«, sagte er.

»Und die wäre?« fragte John hastig.

»Sie haben eine mit Silberkugeln geladene Pistole?«

»Ja.«

»Dann zerstören Sie die Maske!«

Bill Conolly stemmte sich verzweifelt gegen die stahlharten Griffe seiner Peiniger. Er rammte seine Absätze in den Boden, doch Schläge und Tritte, die seinen Rücken trafen, trieben ihn wieder voran.

Josh van Haarem ging es nicht besser.

Auch er versuchte sich zu wehren, doch seine Bemühungen wurden ebenfalls schon im Ansatz erstickt.

Gnadenlos zerrte man sie in die Nähe des Feuers.

Zu ihrer Hinrichtungsstätte.

Die anderen Krieger hatten eine Gasse gebildet, durch die Zombola wie ein König schritt. Die Federn bewegten sich im Wind und ließen den Zauberer aussehen wie einen übergroßen Vogel.

Bill stolperte mehr, als er ging. Die grellen Fratzen der Krieger zu beiden Seiten der Gasse wurden zu verschwommenen Flecken. Der eintönige Singsang hatte wieder eingesetzt. Er brauste in Bills Ohren.

Und dann sah der Reporter den Henker!

Wie ein drohender, unheimlicher Scherenschnitt stand er vor den zuckenden Flammen. Die Klinge des Krummschwertes war noch blutbesudelt.

Bills Atem stockte. Mit diesem Schwert hatte der Henker Jason Lamont und Lem Dayton umgebracht.

Und jetzt waren sie an der Reihe!

Auch Josh van Haarem hatte den Henker gesehen. Plötzlich brüllte er los. Seine Nerven spielten nicht mehr mit. Es war zuviel gewesen.

»Ich will nicht sterben!« brüllte er. »Ich will nicht! Neiiinnn!«

Ein harter Faustschlag traf seinen Mund. Van Haarems Schrei erstickte.

Zombola hatte sich nicht ein einziges Mal umgedreht. Er war sich seiner Sache völlig sicher.

Dicht vor dem Feuer blieben Bill und Josh van Haarem stehen. Obwohl ihre Hände gefesselt waren, wurden sie immer noch von jeweils zwei Kriegern gehalten.

Jemand streute etwas in das Feuer. Augenblicklich schossen die Flammen hoch, und Bill zuckte mit dem Kopf zurück, als eine Hitzewelle ihn streifte.

Der Zauberer wandte sich um. Er hob jetzt beide Arme, um zu seinem Volk zu sprechen.

Ob Bill wollte oder nicht, er mußte in dieses bemalte Gesicht des Dämons blicken.

Es war eine gräßliche Fratze, mit Zeichen und Symbolen überdeckt, die Bill noch nie gesehen hatte. Der Reporter wußte nicht, daß sie nicht von dieser Welt stammten, daß sie Symbole der Hölle waren oder Überlieferungen eines Volkes, das vielleicht mal vor Tausenden von Jahren die Erde besucht hatte.

Seltsam, welche Gedanken mir im Augenblick des Todes kommen, dachte Bill.

Sein Schicksal stand für ihn fest. Die Angst, die Hoffnung, beides war verflogen wie ein Staubkorn im Wind. Zurückgeblieben war eine gewisse Gleichgültigkeit, eine Lethargie, die wohl irgendwann jeden Delinquenten erfaßte.

Bill hörte nicht auf die Worte des Magiers. Er dachte plötzlich an Sheila, seine Frau. In einer Vision tauchte ihr Gesicht auf. Sheilas Lippen schienen etwas zu sagen, schienen ihm Mut zusprechen zu wollen, und Bill Conolly lächelte plötzlich, während er gleichzeitig mit den Tränen kämpfte.

»Sheila«, flüsterten seine Lippen. Es war ein letzter Gruß, den ein Mann seiner Frau über Zeit und Raum hinweg schicken wollte.

Das brutale Geschrei des Zauberers durchbrach Bills Gedanken. Der Krieger, die ihn gehalten hatten, stießen ihn nach vorn, direkt auf Zombola zu.

Der Magier faßte in Bills Haar. Gnadenlos zog er ihm den Kopf nach unten, damit Bill den Oberkörper beugte.

Hinter sich hörte der Reporter Josh van Haarem schreien und toben.

Ein gräßliches Lachen drang plötzlich aus der Kehle des Magiers. Er gab seinem Henker ein Zeichen.

Der Krieger gehorchte. Fest packte er den Griff des Schwertes und hob es an, um zu einem präzisen Schlag ansetzen zu können . . .

Im ersten Moment dachte John Sinclair, ihn träfe der Schlag. Er sollte die Maske zerstören, das einzige Glied in der Verbindungskette zu Bill Conolly.

Unmöglich! schoß es dem Oberinspektor durch den Kopf.

»Was ist? Weshalb zögern Sie?« Professor Zamorras Stimme klang drängend und fragend zugleich.

»Ich . . .« John Sinclair hob die Schultern, wollte etwas erklären, schwieg aber dann, weil er zu der Überzeugung gelangte, daß es doch keinen Zweck hatte.

Wie unter einer schweren Last stehend, holte der Oberinspektor seine Waffe aus der Halfter.

Oft genug hatte ihm diese Pistole das Leben gerettet, und jetzt konnte sie unter Umständen daran schuld sein, wenn sein bester Freund starb. Aber es gab keine andere Möglichkeit mehr. John Sinclair mußte das Risiko eingehen.

John ließ das in der Waffe steckende Magazin herausgleiten. Es war noch mit normalen Bleikugeln gefüllt. John legte das Magazin auf den Tisch und zog ein neues aus der Hosentasche. Dieses war mit spezialangefertigten, geweihten Silberkugeln geladen. Mit dem Ballen der rechten Hand stieß John das neue Magazin in den Kolben der Waffe.

Er war bereit!

Im Zimmer war es totenstill. Auch aus den Nachbarräumen war kein Laut zu hören. Die Wände waren schallisoliert. John Sinclair und Professor Zamorra fühlten sich als die einsamsten Menschen auf dem Erdball.

Langsam hob John den Arm mit der Waffe.

Wie festgeklebt lag John Sinclairs Zeigefinger um den Abzug der

Waffe. Die Finger seiner linken Hand spannten sich um das rechte Handgelenk, stützten es ab.

Professor Zamorra hatte sich in seinem Sessel vorgebeugt. Auch ihn hatte die Spannung gepackt.

Da zog John durch!

Ein peitschender Knall zerschnitt die Stille des Zimmers. Die Kugel jagte aus dem Lauf der Pistole und traf genau in das Zentrum der Totenmaske.

Doch die Maske schluckte die Silberkugel wie ein Teig und zeigte keine Reaktion.

»Schießen Sie!« schrie Zamorra.

Wieder feuerte John. Zweimal hintereinander. Beide Kugeln jagte er an der Stelle in die Maske, wo sich vorher die Augen befunden hatten.

Noch schwebten die Echos der Schüsse durch das Zimmer, als ein gräßliches Aufstöhnen die Männer erstarren ließ.

Die Totenmaske hatte es ausgestoßen!

Etwas Makabres geschah. Das tote Holz der Maske begann zu leben, verformte sich. Die Linien eines Gesichtes zeichneten sich ab, der klaffende Mund hohlte das Holz nach innen aus und stieß gellende Schreie aus.

Unendliche Qual zeichnete sich auf dem Gesicht der Totenmaske ab. Die Luft über dem Tisch, verdichtete sich plötzlich, war auf einmal wie mit Elektrizität aufgeladen und nahm die Konturen eines Menschen an.

Ein Geist schwebte im Raum. Ein gesichtsloser Geist, bekleidet mit einem Umhang aus Federn.

Es war der Geist des Magiers Zombola!

Er schwebte über der Totenmaske, wiegte sich nach einer unhörbaren Musik, formte dann eine Spirale und drang wie ein Pfeil in die Totenmaske ein.

Gebannt hatten John Sinclair und Professor Zamorra dem Schauspiel zugesehen.

Schon war der Geist verschwunden, war völlig in die Maske hineingesaugt worden.

Noch immer war das von Qualen gezeichnete Gesicht zu sehen, und noch immer bewegten sich die Lippen.

Doch plötzlich gab es ein splitterndes Geräusch. Ehe die beiden Männer etwas unternehmen konnten, war die Maske in der Mitte auseinandergebrochen und von einer Sekunde zur anderen zu Staub zerfallen.

Erschöpft ließ sich John Sinclair in einen Sessel fallen. Die Totenmaske existierte nicht mehr. Das Böse war wieder einmal getilgt worden, doch John Sinclair konnte keinen rechten Triumph empfinden. Er dachte an Bill Conolly und Josh van Haarem. Würde er sie jemals wiedersehen?

Bill Conolly erwartete den tödlichen Hieb!

Der Reporter hielt die Augen geschlossen, dachte an das Pfeifen des Krummschwerts, wenn es die Luft durchschnitt und . . .

Nichts geschah!

Sekunden vertropften . . .

Und dann hörte Bill Conolly ein schreckliches Röcheln. Zuerst dachte er an Josh van Haarem, doch dann riß ihn die Stimme des Diamantenhändlers aus seiner Erstarrung.

»Mensch, Conolly! Sehen Sie nur!«

Bill erhob sich aus seiner gebückten Haltung. Was er sah, ließ ihn an seinem Verstand zweifeln.

Das Feuer flackerte nur noch schwach. Die Flammen erreichten kaum die Kniehöhe und fielen immer weiter zusammen. Doch das Licht reichte noch aus, um Zombola zu erkennen. Er hielt beide Hände gegen das Genick gepreßt. Zwischen seinen gespreizten Fingern quoll eine dunkle Flüssigkeit hervor und rann an dem Federmantel hinunter.

Schwarzes Dämonenblut!

Auch die zahlreichen Krieger standen wie festgeleimt auf der Stelle. Selbst der Henker war erstarrt. Seine Rechte war zum Schlag erhoben und umklammerte immer noch das Krummschwert. Die Schneide befand sich etwa eine Armlänge von Bill Conollys Nacken entfernt.

Was war geschehen?

Irgendein Ereignis hatte die Zeit angehalten.

Nur noch Zombola, Bill Conolly und Josh van Haarem konnten sich bewegen.

Doch auch die Zeit des Zauberers neigte sich dem Ende zu. Die Gestalt wurde auf einmal durchscheinend, ein heller Schemen stieg aus der Gestalt empor, und das Federkleid fiel auseinander.

Und mit diesem unbegreiflichen Vorgang wurde auch der Eingang zum Tunnel der Zeiten wieder geöffnet.

Unter Bill Conolly und Josh van Haarem öffnete sich ein unendlich tiefer Schacht, in den sie mit unwiderstehlicher Gewalt hineingerissen wurden.

Bill Conolly und Josh van Haarem kamen nicht mehr dazu, einen Schrei auszustoßen. Eine andere Macht nahm sie gefangen und löschte ihr Bewußtsein aus.

Der Reporter spürte keine Schmerzen, als er wieder zu sich kam. Nur ein seltsamer, unerklärbarer Druck lastete auf seinem Kopf.

Bill ächzte und schlug die Augen auf.

Sein Blick traf auf eine mit edlem Holz getäfelte Decke. Der Reporter runzelte die Stirn.

Diese Decke kannte er doch.

Da fiel es ihm wieder ein. Sicher, er hatte sie in Josh van Haarems Keller gesehen, in dem sich auch der Schmuck befand.

Bill wollte sie erheben, doch er stellte fest, daß er gefesselt war. Grüne Bänder umspannten seine Handgelenke.

Bänder?

Schlagartig kehrte bei Bill Conolly die Erinnerung zurück. Die Zeitreise, der Magier Zombola, der Henker . . .

Bill drehte den Kopf. Neben ihm lag Josh van Haarem. Er war bewußtlos. Genau wie in der Hütte.

Mit einem Schwung setzte sich der Reporter auf. Er zerrte und riß an seinen Fesseln. Ohne Erfolg, sie saßen zu fest. »Mister van Haarem!«, rief Bill und stieß den Diamantenhändler mit dem Fuß an.

Van Haarem rührte sich nicht. Nur seine Brust hob und senkte sich unter schweren Atemzügen.

Plötzlich hörte Bill Conolly Stimmen und Schritte. Es waren zwei Männer, die die Treppe zum Keller hinunterstiegen und sich dabei unterhielten.

Bill Conolly konnte nicht wissen, daß die beiden Scotland-Yard-Beamte waren.

»Die Diamanten haben wir in Sicherheit gebracht«, sagte der eine soeben. »Wir haben auch einige Prints im Keller gefunden. Was ich allerdings noch gerne wissen will, ist . . .«

Der Mann verstummte. Er hatte mit seinem Kollegen den Keller erreicht. Beide starrten sie ungläubig auf die am Boden liegenden Männer.

Bill konnte nicht anders. Er mußte grinsen, als er die Gesichter der Männer sah.

»Wo kommen Sie denn her?« fragte einer der Beamten und starrte auf Bills gefesselte Hände.

»Ob Sie's glauben oder nicht, direkt aus Afrika«, gab der Reporter zurück und erntete dafür einen bitterbösen Blick. Bill hielt seine Arme hoch. »Was ist, Gentlemen, wollen Sie mir nicht die Fesseln abnehmen? Ich muß unbedingt meine Frau anrufen. Sie macht sich schließlich Sorgen . . .«

Noch in derselben Nacht wurden John Sinclair und Professor Zamorra informiert. Natürlich dachte niemand an Schlaf. Man saß im Hotelzimmer des Professors beieinander und besprach den Fall in allen Einzelheiten. Sheila wich dabei nicht von der Seite ihres Mannes. An die Öffentlichkeit sollte kein Wort dringen. Und auch van Haarem gelobte zu schweigen.

Nur einmal noch konnte sich Sheila Conolly eine Frage nicht verkneifen. »Wie stehen Sie zu Ihrem Wort, Mister van Haarem? Darf ich mir immer noch ein Schmuckstück aus Ihrer Sammlung aussuchen?«

»Ja, Mrs. Conolly«, erwiderte der Diamantenhändler spontan. »Aber eine afrikanische Totenmaske brauchen Sie mir nicht mehr anzubieten. Davon habe ich die Nase voll.«

ENDE

Der
Hexenclub

Der Seemann war stockbetrunken!

Wie ein Rohr im Wind, so schwankte er in die enge Sackgasse, die im düstersten Viertel von Soho lag. »Rolling home . . . Rolling home . . . Rol . . .« Ein krächzendes Husten unterbrach den nicht gerade schönen Gesang des Seelords.

»Teufel«, murmelte der Skipper, »bin wohl nicht mehr so in Form. Ja, ja, man wird alt, und auch die Stimme läßt nach.« Mit einer fahrigen Bewegung wischte er sich über die schweißnasse Stirn und setzte seinen Weg fort.

Der Seelord kam genau drei Meter weit, bis zur nächsten Laterne. Er wollte sich noch an dem Pfahl festhalten, als er die Füße sah.

Sie pendelten direkt vor seinen Augen.

Schlagartig wurde der Seelord nüchtern.

»Allmächtiger Klabautermann«, murmelte er, kniff die Augen zu und riß sie wieder auf.

Doch das Bild blieb.

Unwillkürlich duckte sich der Seemann und trat vorsichtig einen Schritt zurück. Dann legte er den Kopf in den Nacken, sein Blick wanderte höher − und . . .

Der Anblick des Gehängten trieb dem Seelord die letzten Alkoholreste aus dem Hirn.

Der Tote war ein Mann in mittlerem Alter. Das trübe Licht der Laterne beleuchtete sein Gesicht, in dem die Augen weit aufgerissen waren und wie Glasmurmeln wirkten. Seltsamerweise war der Mund des Mannes geschlossen.

Die Schlinge hatte sich tief in den Hals des Gehängten geschnürt. Der Mann trug einen dunklen Anzug mit modisch ausgestellten Hosenbeinen. Die Arme hingen steif an seinem Körper herab.

Der Seemann schüttelte den Kopf. Das Bild des Gehängten hatte ihn schlagartig nüchtern gemacht.

Flucht! war der erste Gedanke des Seemanns. Er wollte schon kehrtmachen, da fiel ihm ein, daß ihn unter Umständen jemand beobachtet haben könnte.

Vorsichtig blickte der Sailor sich um.

Keine Menschenseele war zu sehen. Stumpf und grau sahen die Häuserfassaden aus. Das Licht der wenigen Laternen reichte kaum, um sie zu beleuchten. Auch der Himmel über der engen Straßenschlucht war düster. Nicht ein Stern blinkte.

Ein paar Seitenstraßen weiter begann das Vergnügungsviertel. Von dort drangen schwache Musikfetzen an die Ohren des Seemanns. Irgendwo kreischte ein Girl. Sekunden später brüllte eine Männerstimme.

Es waren die üblichen Geräusche hier in Soho, dem Londoner Laster- und Vergnügungsviertel.

»Oh, verdammt, was mach' ich nur?« fragte sich der Seelord, und seine Stimme klang zittrig wie die eines Greises. Die Polizei kam ihm in den Sinn. Sicher, die mußte er benachrichtigen. Aber die Bullen fragten einem ein Loch in den Bauch, und außerdem lief am übernächsten Tag sein Schiff aus.

Es war schon zum Heulen.

Der Seemann hatte sich so hingestellt, daß er den Gehängten nicht sehen konnte. Jetzt hätte er einen Schluck gebrauchen können. Statt dessen fingerte er nach einer Zigarette.

Als er sie aufgeraucht hatte, stand sein Entschluß fest. Er wollte doch die Polizei alarmieren. Lieber jetzt den Ärger als hinterher.

Der Seelord ging los. Sein Gang war wieder normal, zwar etwas breitbeinig, aber so bewegten sich viele seiner Berufskollegen.

Wenn ich nur wüßte, wo die nächste Polizeistation ist, überlegte der Sailor. Verdammt, ich . . .

Er lief einfach weiter, merkte sich aber den Weg, den er genommen hatte.

Und dann sah er den Bobby. Es war zwar nur ein einfacher Verkehrspolizist, aber den konnte man ja fragen.

Der Bobby stand an einer Straßenecke und beobachtete mit stoischer Ruhe den Menschenwirrwarr in diesem Teil von London. Vergnügungssüchtige aller Rassen hatten sich eingefunden. Sprachfetzen schwirrten über die engen Straßen. Dazwischen jaulten die Musikboxen. Die Türen der Kneipen standen offen, und Wolken aus Tabaksqualm drangen wie Nebelschwaden daraus hervor.

»He, Sir«, sagte der Seelord und tippte den Bobby an.

Der Polizist hatte die Ruhe weg. Gemächlich wandte er sich um.

Der Seelord drehte seine Mütze verlegen zwischen den Fingern.

»Ja?« fragte der Bobby, und seine Augen blickten streng.

»Ich — äh, ich habe einen Toten gefunden, Sir.«

Der Blick des Bobbys änderte sich nicht. Der Polizist fragte nur: »Sind Sie betrunken, Mister?«

»Nein – doch, Unsinn, das heißt, ich war es.«

»Was ist denn nun?«

»Als ich den Toten sah, wurde ich wieder nüchtern. Glauben Sie mir. Da haben sie einen aufgehängt. An solch einer Laterne.« Der Seemann deutete auf eine trübe Funzel direkt neben der Straßenecke.

Unwillkürlich blickte der Bobby hoch. »Wenn Sie gelogen haben, Freundchen . . .«

»Ich schwöre es beim Andenken meiner Mutter.«

»Das tun viele«, erwiderte der Bobby trocken und setzte sich mit steifen Schritten in Bewegung.

Der Seelord hatte Mühe, mitzuhalten. Mit japsender Stimme gab er immer wieder seine Anweisungen.

Nach einigen Minuten bogen sie in die schmale Sackgasse ein.

»Hier ist es, Sir. Dahinten an der Laterne. Sie müßten eigentlich den Kerl schon sehen können.«

Der Bobby gab keine Antwort. Er war schon losgegangen.

Beim Anblick des Gehängten bekam er genauso einen Schock wie der Seelord, obwohl er darauf vorbereitet gewesen war. Zum erstenmal in seinem Leben verlor der Bobby seine sprichwörtliche Bierruhe.

Er schnappte nach Luft wie ein Ertrinkender, riß sich den Helm vom Kopf und wischte sich mit einem großen Taschentuch über die spiegelblanke Glatze.

Der Seelord hatte sich gegen eine Hausmauer gelehnt und den Blick zur anderen Seite gewandt.

Das schrille Geräusch der Alarmpfeife ließ den Seemann zusammenzucken. Der Bobby hatte die Pfeife zwischen die Lippen geklemmt und blies das vorgeschriebene Signal.

Und nun konnte der Seelord nur staunen. Innerhalb weniger Minuten tauchten fünf Polizisten auf. Zwei liefen sofort wieder weg und alarmierten die Mordkommission.

Hier muß irgendwo ein Bullennest sein, dachte der Seemann. Um ihn kümmerte man sich auch.

Er mußte erst einmal seine Personalien angeben. Zum Glück hatte er einen Ausweis bei sich.

Der Seelord hieß Fred Wagoner und war Schotte. Er fuhr auf einem Kohlenfrachter.

Und dann trudelte die Mordkommission ein. Fred Wagoner wunderte sich, daß die beiden schweren Wagen überhaupt in die schmale Gasse paßten, aber die Fahrer hatten hier wohl nicht zum erstenmal zu tun.

Leiter der Mordkommission war ein gewisser Inspektor Simmons. Eine Viertelstunde kümmerte sich niemand um den Seelord. Simmons und sein Team arbeiteten konzentriert. Sie waren eingespielt wie ein gut funktionierendes Uhrwerk.

Fred Wagoner hatte Muße, sich den Beamten zu betrachten. Am meisten wunderte er sich über die erkaltete Pfeife, die im rechten Mundwinkel des Inspektors hing und die er noch nicht einmal beim Sprechen in die Hand nahm oder in die Tasche steckte. Simmons trug keinen Hut. Sein Haar war fahlblond und früher auch einmal dichter gewesen. Der helle Trench schlotterte um Simmons Körper und hatte auch schon bessere Tage gesehen. Ein Freund hatte Wagoner jedoch einmal gesagt, man solle sich von dem äußeren Eindruck mancher Londoner Polizisten nicht täuschen lassen. Die Burschen verstanden ihr Fach.

Der Inspektor baute sich vor Wagoner auf und nickte. »Sie sind also Fred Wagoner, der Mann, der den Toten entdeckt hat.«

»Ja, Sir.«

Simmons deutete ein Lächeln an, als er die Unsicherheit des Seelords bemerkte. »Damit Sie wissen, mit wem Sie es zu tun haben, ich bin Inspektor Simmons und dafür bekannt, daß ich oft unangenehme Fragen stelle. Aber das läßt sich nun mal nicht vermeiden, es gehört zu meinem Beruf. Am besten, wir unterhalten uns im Wagen.«

Wagoner schlüpfte mit dem Inspektor in den großen Kastenwagen der Mordkommission. Eine kleine Lampe brannte, und ein Beamter saß vor einer Koffermaschine, in die ein Formular eingespannt worden war.

Wagoner mußte nochmals seine Personalien angeben und anschließend die Geschichte erzählen. Das dauerte ungefähr zehn Minuten.

Inspektor Simmons hörte schweigend zu. Schließlich fragte er: »Sagen Sie mal, guter Mann, wie kommen Sie eigentlich in diese

Gegend? Die Vergnügungsecken liegen doch einige Straßen weiter.«

Wagoner verzog das Gesicht und fuhr sich durch sein dichtes schwarzes Haar. »Also, das ist eine ganz komische Geschichte. Ich war mit einigen Kumpels unterwegs, und da sind wir in eine Prügelei geraten. Ich war schon ziemlich voll und hab' zugesehen, daß ich mich aus dem Staub machte. Nicht daß Sie denken, ich wäre feige, Inspektor, aber wenn man ein Whiskybad genommen hat, dann ist man doch nicht mehr so in Form.«

»Verständlich. Aber weiter.«

»Was soll ich da erzählen? Ich . . .«

»Ist Ihnen etwas aufgefallen? Haben Sie vielleicht irgend jemand gesehen?«

»Nee, Inspektor. Nichts. Und dabei habe ich mich noch genau umgesehen. Ich hatte Angst . . . na ja, wer weiß, man hätte mir ja auch den Mord in die Schuhe schieben können.«

»Woher wissen Sie denn, daß es Mord war?«

»Inspektor, jetzt werden Sie aber spitzfindig. Das sieht doch ein Blinder. Wenn ich Selbstmord begehen will, dann hänge ich mich doch nicht an eine Straßenlaterne, dann . . .«

Einer von Simmons Mitarbeitern steckte seinen Kopf durch den Türspalt. »Inspektor, können Sie mal kommen?«

»Muß das sein?«

»Ja, es ist wichtig.«

»Gut, Waymire!«

»Sir?« Der Corporal an der Schreibmaschine wandte den Kopf.

»Nehmen Sie schon mal die Fingerabdrücke von Mister Wagoner.«

»Geht in Ordnung, Sir.«

»Aber warum denn das?« rief der Seelord erschrocken. »Ich habe ihn doch nicht umgebracht.«

»Davon redet auch keiner«, erwiderte der Inspektor. »Sie haben aber doch bestimmt den Laternenpfahl angefaßt.«

»Das stimmt allerdings.«

»Na bitte. Und den Pfahl werden wir jetzt auf Prints untersuchen. Dann müssen Ihre ja dabeisein.«

»Ja, jetzt verstehe ich.«

Seufzend stieg Inspektor Simmons aus dem Wagen. Sein Mitarbeiter erwartete ihn schon ungeduldig.

»Hier, Inspektor, das haben wir bei dem Erhängten gefunden. Es steckte in einer Geheimtasche.«

Der Mann reichte Simmons eine Plastikhülle, die man auseinanderklappen konnte.

Inspektor Simmons betrachtete prüfend die beiden Hälften. Und dann wäre ihm bald vor Schreck die Pfeife aus dem Mund gefallen. Das war kein gewöhnlicher Ausweis, den er in der Hand hielt. Diesen Ausweis erhielten nur Leute vom Secret Service, dem britischen Geheimdienst.

»Jack Tanner«, murmelte Inspektor Simmons. »Ein Geheimdienstmann.« Entschlossen klappte Simmons den Ausweis wieder zu. »Also, wenn das keinen Ärger gibt, fange ich glatt bei der Straßenreinigung an. Aber eins ist sicher.« Der Inspektor wandte sich mit einem spitzbübischen Lächeln an seinen Mitarbeiter. »Den Fall, den sind wir los, denn wenn einer ihrer Leute umgebracht wird, dann spielt der Geheimdienst verrückt. Und ehrlich gesagt, in der Haut des Mörders möchte ich jetzt nicht stecken.«

Der Inspektor ahnte nicht, daß dieser Mord der Auftakt zu einem Fall war, der ganz London in Atem halten sollte . . .

»Na, haben Sie sich bei uns gut eingelebt, Mister Jagger?«

Dean Jagger blickte auf. Er hatte sich mit einer Akte beschäftigt und war so in sein Studium vertieft gewesen, daß er den eintretenden Mister Robinson nicht bemerkt hatte.

»Entschuldigen Sie, Sir!« Jagger sprang auf. »Aber ich habe tatsächlich nicht gehört, daß Sie hereingekommen sind.«

Paul Robinson lachte. »Aber das macht doch nichts. Arbeit adelt, so sagt man doch, nicht wahr.«

Paul Robinson war Dean Jaggers Chef. Beide Männer arbeiteten im Wirtschaftsministerium, Abteilung Export. Während Paul Robinson Chef dieser Gruppe war, mußte sich Dean Jagger erst noch hocharbeiten. Er arbeitete seit drei Monaten im Staatsdienst und kam frisch von der Wirtschaftsakademie. Dean Jagger hatte sich vorgenommen, innerhalb der nächsten zwei Jahre seinen Doktor zu machen. Er war ein Fachmann auf dem Gebiet der Statistik.

Paul Robinson ließ sich auf einen freien Stuhl fallen, holte sein goldenes Zigarettenetui aus der Tasche, klappte es auf und bot Dean Jagger ein Stäbchen an.

Der junge Diplom-Kaufmann bekam einen roten Kopf. »Danke, Sir, ich rauche nicht.«

»Sie gefallen mir«, sagte Robinson spontan. »Endlich jemand, der auf seine Gesundheit achtet. Ich hätte auch längst aufhören sollen zu rauchen, aber Sie wissen ja selbst, wie das ist. Am letzten Tag des Jahres nimmt man es sich immer vor, und wenige Stunden später sind die guten Vorsätze wieder vergessen.«

Dean Jagger nickte. Er wollte seinen Chef schließlich nicht verärgern.

Paul Robinson schlug die Beine übereinander, steckte das Zigarettenetui wieder weg und zog seine Hosenbeine hoch, damit die Bügelfalten nicht zerknautscht wurden. Robinson war ein Typ, dem korrekte Kleidung über alles ging. Er hatte die Fünfzig schon erreicht, und ein Kranz schloßweißen Haares lag auf seinem Kopf. Sein Gesicht war scharf geschnitten und von der Höhensonne gebräunt. Die fast weißen Augenbrauen stachen deutlich hervor. Robinson war nicht verheiratet, allerdings ging das Gerücht um, daß er keine Frau in Ruhe lassen könne.

»Tja, Mister Jagger, Sie sind jetzt schon einige Wochen hier, und wie ich aus Ihren Personalunterlagen ersehen habe, kommen Sie aus einer kleinen Stadt an der schottischen Grenze und sind noch immer Junggeselle. Stimmt's?«

»Das ist richtig, Sir«, erwiderte Dean Jagger höflich. Er war kein agressiver Typ, eher der bescheidene Wissenschaftler, der die Arbeit tat und andere den Lohn einkassieren ließ. Jaggers Gesicht war schmal, und die dunkelbraunen Augen lagen etwas zu tief in den Höhlen. Meistens trug Jagger eine Hornbrille, die ihn noch älter machte und ihm nicht besonders gut stand. Auf übermäßig gute Kleidung legte Jagger keinen Wert, hatte sich aber, nachdem er den neuen Job bekommen hatte, einige preiswerte Anzüge gekauft. Jagger war der Typ, den man übersah, er wußte das auch selbst und wunderte sich, daß sich plötzlich sein Chef für ihn interessierte. So etwas war noch nie vorgekommen.

»Haben Sie denn schon mal daran gedacht, zu heiraten?« fragte Paul Robinson direkt.

Dean Jagger hob die Schultern. »Natürlich habe ich daran

gedacht. Immerhin gehe ich auf die Dreißig zu. Außerdem habe ich eine feste Freundin. Eine Kollegin aus meiner Studienzeit.«

»Kompliment«, sagte Paul Robinson, »ich hatte Sie immer für einen Einzelgänger gehalten.«

»Nun ja, Freundin ist vielleicht nicht der richtige Ausdruck«, meinte Dean Jagger, »es ist eine Bekannte, mehr nicht. Wir treffen uns mal ab und zu, und von einer Heirat haben wir eigentlich noch nie so richtig gesprochen.«

Dean Jagger hatte höflich geantwortet. Überhaupt war er ein junger Mann, dem eine Mutter augenblicklich ihre Tochter anvertraut hätte. Jagger machte einen ruhigen, netten und bescheidenen Eindruck.

Paul Robinson erhob sich und begann, im Büro auf- und abzuwandern. Dean Jaggers skeptische Blicke verfolgten ihn.

Plötzlich blieb Robinson stehen. »Sie werden sich über die Fragen, die ich Ihnen hier gestellt habe, sicherlich gewundert haben. Aber das hatte alles seinen Grund.«

»Daran habe ich nie gezweifelt, Sir«, erwiderte Dean Jagger.

»Sehen Sie mal, Mister Jagger, Sie sind hier in London. In einer Millionenstadt. Kennen kaum jemanden, werden eins mit der Anonymität dieses Molochs. Irgendwann kommt der Punkt, da brauchen Sie Freunde oder gute Bekannte. Vielleicht quält Sie auch die Langeweile. Die Abende ziehen sich hin, und wie das englische Fernsehprogramm manchmal aussieht, das brauche ich Ihnen ja nicht zu sagen. Also kurz gesagt, Mister Jagger, hätten Sie Lust, mit in einen Club zu kommen?«

»In einen Club, Sir? Wenn ich ehrlich sein soll, ich war bisher niemals ein Freund von Clubunterhaltungen. Die Atmosphäre, wissen Sie, es war mir alles zu langweilig.«

Paul Robinson lächelte wissend. »Aber wer spricht denn von einem normalen Club, mein lieber Jagger? Nein, nein, damit geben wir uns selbstverständlich nicht ab. Aber sagen Sie mal, glauben Sie an Dämonologie oder andere okkulte Phänomene?«

Dean Jagger atmete tief aus. Er sah seinen Vorgesetzten skeptisch an und fragte dann: »Erwarten Sie eine ehrliche Antwort von mir, Sir?«

»Ja.«

»Ich glaube an diese Sachen nicht. Ich weiß, daß in letzter Zeit die Horrormasche ihre Blüten treibt, aber für mich ist das alles

314

purer Unsinn oder Altweibergewäsch. Gerade dort, von wo ich herkomme, erzählt man sich die schaurigsten Dinge. Auf dem Land glaubt man ja noch an Geister und Spukgestalten, aber ich habe nie etwas davon gehalten. Außerdem habe ich auch noch keinen Geist gesehen. Und wenn, würde ich mir zutrauen, ihn zu vertreiben. Aber mit normalen irdischen Mitteln.«

»Das war eine informative Antwort«, sagte Paul Robinson. »Und ich respektiere auch ohne weiteres Ihre Haltung. Aber hätten Sie nicht doch mal Interesse, unseren Hexenclub zu besuchen?«

Paul Robinson hatte absichtlich langsam gesprochen. Er wollte seine letzten Worte wirken lassen. Er sah es Jaggers Gesicht an, daß dieser mit sich kämpfte.

Einerseits weigerte sich Jaggers kühler Verstand, sich auf solch einen Firlefanz einzulassen, andererseits wollte er seinen Chef nicht vor den Kopf stoßen. Es war schon eine verzwickte Situation, in der sich der junge Wirtschaftswissenschaftler befand.

»Ich bin Ihnen nicht böse, wenn Sie absagen, aber viele Ihrer Kollegen sind ebenfalls Clubmitglieder und auch Realisten, wie Sie es sind.«

»Tja.« Unschlüssig drehte Dean Jagger einen Bleistift in der Hand. »Wann findet dieses Treffen denn statt?«

»Morgen abend.«

Dean Jagger überlegte schnell. Für den folgenden Tag hatte er sich nichts Besonderes vorgenommen, sah man einmal von seinen Studien für die Doktorarbeit ab. Eigentlich könnte es klappen.

»Gut, Sir«, sagte Dean Jagger, »ich bin einverstanden.«

Paul Robinsons Gesicht hellte sich auf. »Es freut mich wirklich, Mister Jagger. Sie werden bestimmt nicht enttäuscht. Über die Einzelheiten reden wir morgen noch. Wir werden dann mit meinem Wagen fahren. Und worum ich Sie noch bitten möchte — sagen Sie zu niemandem ein Wort. Es braucht nicht breitgetreten werden, Sie verstehen?«

»Selbstverständlich, Sir.«

»Dann wünsche ich Ihnen noch einen guten Tag«, sagte Robinson und reichte Dean Jagger die Hand, die dieser kräftig drückte.

Paul Robinson verließ das kleine Büro, und Dean Jagger sah nicht das triumphierende Lächeln auf dem Gesicht seines Vorgesetzten . . .

Dean Jagger konnte sich die restlichen Stunden nicht mehr so konzentrieren wie sonst und war froh, als endlich Feierabend war. Sonst hatte er immer noch länger im Ministerium gesessen, doch heute wollte er so schnell wie möglich nach Hause.

Sein Morris stand auf dem ministeriumeigenen Parkplatz. Im Strom von vielen Angestellten und Beamten verließ auch Dean Jagger seine Arbeitsstelle.

Im Lift wurde er von einigen Sekretärinnen eingeklemmt. Die jungen Mädchen lachten und scherzten, während Dean Jagger seinen Blick zu Boden gerichtet hatte.

Wenig später stieg er in seinen Morris und fuhr nach Hause.

Dean Jagger bewohnte zwei Zimmer in einem modernen Apartmenthaus, das die Regierung gebaut hatte und dessen Mieten entsprechend niedrig waren.

Dean Jagger nickte dem Portier flüchtig zu und fuhr nach oben in den sechsten Stock.

Draußen war es schon dunkel, und er mußte das Licht einschalten. Dean Jagger briet drei Eier, legte etwas Speck dazu und aß das Ganze mit zwei Scheiben Weißbrot.

Dann las er die Zeitung. Langsam vergingen die Minuten. Jagger wollte sich eigentlich mit seinen Studien befassen, doch ihm fehlte die rechte Lust dazu. Im Fernsehen lief auch nichts Gescheites, und so setzte sich Jagger in seinen Sessel und beschäftigte sich mit einem guten Buch.

Er las unkonzentriert und legte mehrmals Pausen ein. Als das Telefon schrillte, zuckte er regelrecht zusammen.

»Jagger«, meldete er sich.

»Ich bin's, Dean«, sagte eine helle Mädchenstimme. »Du hast doch nicht schon geschlafen?«

»Wieso das denn?«

»Deine Stimme hört sich so anders an.«

»Ich bin wohl etwas abgeschlafft.«

»Schade, ich wäre so gern noch gekommen. Weißt du, ich habe da ein Problem, mit dem ich nicht so recht fertig werde.«

Jagger lachte. »Aber natürlich kannst du kommen, Ruth.«

»Fein, dann bis in einer halben Stunde.«

Nachdenklich legte Dean den Hörer auf die Gabel. Ruth Foster war schon ein patentes Mädchen. Sie studierte noch und stand kurz vor dem Abschluß zum Betriebswirt. Dean Jagger hatte ihr schon mit manchem Tip geholfen, und auch menschlich waren sie sich nähergekommen.

Ruth war keine Schönheit, wie man sie immer auf Titelblättern von Sexmagazinen und Illustrierten sieht. Dafür war sie natürlich und ein Kumpel. Man konnte mit ihr durch dick und dünn gehen.

Etwas zu trinken hatte Dean noch im Haus.

Ruth kam nach genau zwanzig Minuten. Wie ein Wirbelwind stürmte sie ins Zimmer. »Grüß dich, Dean«, sagte sie und hauchte ihrem Freund einen Kuß auf die Wange, ehe sie sich aus dem Parka wand und das Kleidungsstück dann in die Ecke warf.

»Na, wie gefalle ich dir?« fragte Ruth und stellte sich etwas provozierend hin, indem sie eine Hand in die Hüfte stemmte.

»Wieso? Warum fragst du das?«

Ruths Gesicht verschloß sich. »Siehst du denn nicht, daß ich einen neuen Pullover anhabe?«

»Nein, tut mir leid.«

»Ach, ihr Männer.« Ruth winkte ab und schüttelte den Kopf, daß ihre feuerroten Locken nur so flogen. Ruth Foster trug das Haar modisch geschnitten in einem Lockenwirrwarr. Das Girl hatte unzählige Sommersprossen im Gesicht, die sich bei heißem Wetter noch verdoppeln konnten. Ihre Nase war etwas zu klein geraten und der Mund um eine Spur zu breit. Dafür hatte sie die schönsten Augen, die Dean Jagger jemals zu Gesicht bekommen hatte. Die Augen waren von brauner Farbe und wirkten sanft wie die eines Rehes. Dean war unweigerlich gefangen, wenn er in diese Augen sah.

»Setz dich doch«, sagte der junge Mann und wies auf die kleine Couch.

Mit Schwung ließ sich Ruth in die Polster fallen. »Ah, das tut gut«, sagte sie und reckte sich wie eine Bauchtänzerin. Deutlich zeichneten die hautengen Jeans ihre Formen ab.

Die beiden jungen Leute tranken erst mal einen Whisky, wobei Dean seine Augen nicht von Ruths Figur lösen konnte. Aber auch Ruth war der junge Mann nicht gleichgültig, und sie gab ihm das auch mit einem gewissen Blick zu verstehen.

Doch plötzlich stand Dean Jagger auf. Er trat an das Fenster und schob die Gardine zur Seite.

Und da sah er das Gesicht!

Drohend und unheimlich schwebte es draußen vor der Scheibe.

Gleichzeitig fühlte Dean Jagger, wie etwas von seinem Körper Besitz ergriff und ihn auf der Stelle bannte. Ein unheimlicher Kreislauf begann sich zu drehen, und Dean Jagger mußte dies tatenlos mit ansehen . . .

Waren es Stunden, Minuten oder nur Sekunden? Dean Jagger wußte es nicht zu sagen, wie lange er auf einem Fleck stand. Er hatte beide Hände auf die schmale Fensterbank gestützt, und sein Blick wurde magisch von dem Gesicht angezogen.

Das Gesicht gehörte einer Frau! Einer berückend schönen Frau.

Langes blauschwarzes Haar umrahmte ein Gesicht, das dazu in seiner kalkigen Blässe in direktem Gegensatz stand. Grellrot war der Mund, und er leuchtete wie ein übergroßer Blutstropfen. Dunkel, ja verheißungsvoll, blickten die Augen, doch tief in ihrem Innern schien das Feuer der Hölle zu glosen.

Unbeirrbar starrte das Gesicht den jungen Mann an. Jetzt öffneten sich die Lippen, begannen Worte zu formen.

Dean Jagger verstand sie.

Sag nichts! teilten ihm die Lippen mit. *Du hast versprochen zu schweigen. Denke immer daran!*

Dean Jagger nickte. Auch dies tat er unter einem Zwang. Er merkte nicht einmal, daß er überhaupt seinen Kopf bewegte.

Er zuckte nur zusammen, als er die Berührung an der Schulter spürte.

Mit einemmal löste sich der Bann. Immer noch ein wenig verwirrt drehte sich Dean Jagger um.

Ruths braune Augen blickten ihn nachdenklich an. Es war aber auch etwas Besorgnis darin zu lesen.

»Was ist mir dir, Dean?« fragte das junge Mädchen leise.

Dean Jagger wischte sich über die Stirn. Kalter Schweiß klebte an seinen Fingern. Dean setzte zweimal an, ehe er sprechen konnte. »Da war ein Gesicht«, sagte er stockend.

»Ein Gesicht?«

»Ja. Direkt vor dem Fenster. Ein Frauengesicht. Es — es schwebte in der Luft.« Dean Jagger war noch immer ganz durcheinander.

Ruth Foster lachte. »Ich glaube, Darling, du träumst. Wo soll denn das komische Gesicht hergekommen sein?«

»Ich weiß es auch nicht. Aber es war da. Und ich kann schwören, daß ich es . . .« Dean Jagger brach ab. Es war ihm wohl zu Bewußtsein gekommen, wie irreal seine Erklärung klang.

»Das werden wir ja gleich feststellen«, sagte Ruth. Ihre Stimme klang sehr energisch. Das Mädchen schob Dean Jagger kurzerhand zur Seite und drückte den Fensterriegel nach unten. Dann zog sie die Scheibe zurück.

Kühle Abendluft drang in das Zimmer. Von der Straße her war schwach der Verkehrslärm zu hören. Im Haus gegenüber waren zahlreiche Fenster erleuchtet. Ab und zu sah man den Schatten eines Menschen hinter den Scheiben auftauchen.

Ruth beugte sich über die Brüstung und drehte den Kopf nach beiden Seiten.

»Also, ich sehe nichts«, sagte sie. »Bestimmt hast du dir das Gesicht nur eingebildet. Oder von unten hat sich jemand einen Scherz erlaubt.« Ruth beugte sich wieder zurück. »Du weißt das doch selbst. Früher haben wir immer Luftballons angemalt, sie an einem Band hochgelassen und damit die Nachbarn erschreckt. Genau wie wir es mit ausgehöhlten Kürbisköpfen gemacht haben. Ja, das wird es gewesen sein.«

Ruth lachte und schloß das Fenster. »Ich wußte gar nicht, daß du so schreckhaft bist«, sagte sie und drückte Dean einen Kuß auf den Mund.

Augenblicke später zuckte Ruth zusammen. »Was sind deine Lippen kalt.« Das Girl schüttelte den Kopf. »Also, irgend etwas stimmt mit dir nicht.« Ruth krauste die Stirn, und eine steile Falte bildete sich. »Entweder bist du krank, Dean, oder völlig überarbeitet. Ich nehme eher das letztere an. Komm, leg dich hin.« Sie faßte den jungen Mann an der Schulter und führte ihn tiefer in das Zimmer hinein.

»Willst du dich auf die Couch legen?«

»Das ist mir egal.«

»Na, dann legst du dich am besten ins Bett. Aber warte noch einen Augenblick.« Ruth holte ihre Handtasche, kramte darin herum und zog ein Röhrchen mit Beruhigungstabletten hervor. »Hier, davon nimmst du zwei.« Sie hielt das Röhrchen hoch.

Aus dem Bad holte Ruth ein Glas Wasser. Die Tabletten hatten sich schon zur Hälfte aufgelöst, als Dean Jagger das Wasser trank. Er schluckte, schüttelte sich und stellte das Glas zur Seite.

»So, und jetzt nichts wie ins Bett«, sagte Ruth.

Das Schlafzimmer war klein und beherbergte außer einem alten Metallbett noch einen wackeligen Schrank. Beides hatte Dean von seinen Eltern geerbt.

Dean Jagger zog sich aus, schlüpfte in seinen Pyjama und legte sich hin. Die Springfedern ächzten verdächtig.

Ruth deckte ihren Freund bis zum Hals zu.

»Du kannst ruhig gehen«, sagte Dean, »ich merke schon, wie die Tabletten wirken.«

Ruth strich ihrem Freund noch einmal über das Haar, hauchte ihm einen Kuß auf den Mund und verschwand, allerdings nicht ohne vorher versprochen zu haben, ihn am nächsten Morgen wieder zu besuchen. Das Licht hatte sie eingeschaltet gelassen.

Dean Jagger hörte die Tür ins Schloß fallen. Das Geräusch klang für ihn anders als sonst, irgendwie endgültig.

Ein tiefer Atemzug hob Dean Jaggers Brust. Er hatte gelogen, als er gesagt hatte, er wäre müde gewesen. Es stimmte nicht. Dean Jagger wollte nur allein sein. Allein mit sich und seinen Gedanken.

Er fand keinen Schlaf. Immer wieder mußte er an das Gesicht denken.

Existierte es tatsächlich, oder war es nur Einbildung? Automatisch stellte Dean Jagger sich die Frage, und er hatte auf einmal das Gefühl, an der Schwelle des Wahnsinns zu stehen . . .

Immer wenn John Sinclair sich an seinem Morgenkaffee verschluckte, war das für ihn ein böses Omen. Meistens gab es dann Ärger, oder es lag ein neuer Fall in der Luft.

Und so war es auch am heutigen Tag. John Sinclair hatte kaum sein Büro betreten und sich die erste Zigarette angezündet, da schrillte das Telefon.

»Andere Leute haben Apparate, die summen dezent«, brummte John, hob ab und meldete sich mit einem knappen: »Sinclair.«

»Powell. Kommen Sie doch mal in mein Büro, Oberinspektor.«

»Ja, Sir.«

Ehe John noch eine weitere Frage stellen konnte, hatte Superintendent Powell schon wieder eingehängt. Er schien schlechte Laune zu haben. Powell hatte nicht einmal einen ›Guten Morgen‹ gewünscht.

Da mußte er sich auf einiges gefaßt machen.

Was soll's? dachte John, zog seinen Krawattenknoten zurecht und verließ das Büro.

Zwei Sekretärinnen begegneten ihm auf dem Gang und warfen ihm heiße Blicke zu. John – kein Kostverächter – blickte ebenso heiß zurück. Er hätte noch gern mit den beiden ein wenig geplaudert, aber die Zeit reichte mal wieder nicht. Wie schon so oft.

Powells Vorzimmerdiva schielte über ihre Brillengläser hinweg und wünschte John mit unfreundlicher Stimme einen guten Morgen. Anscheinend hatte Powells Laune sie angesteckt.

Die Doppeltür zu Powells Zimmer stand offen. John trat ein und schloß die Tür leise hinter sich.

Wie immer saß Powell hinter seinem Schreibtisch. Er hatte die Arme auf die Platte gelegt und funkelte John durch seine dicken Brillengläser an.

John ließ sich auf einen Stuhl fallen, lehnte sich bequem zurück und fragte ziemlich optimistisch: »Was liegt an, Sir?«

Powell schluckte. Er hatte es wie so oft am Magen. »Wir bekommen mal wieder Ärger«, sagte er. »Aber diesmal ist es ein verdammt komischer Fall. Er geht uns eigentlich nichts an, aber wenn der Geheimdienst pfeift, müssen auch wir tanzen.«

»Spionage?« fragte John.

»Vielleicht. Vielleicht auch nicht. Es geht um folgendes. Zuerst muß ich Ihnen sagen, daß zwar eine Akte existiert, ich sie aber noch nicht habe. Ich werde Ihnen den Fall in groben Zügen umreißen und möchte anschließend hören, was Sie davon halten. Ein betrunkener Seemann hat vor einigen Tagen den Secret-Service-Agenten Jack Tanner gefunden. Man hatte den Mann an einer Laterne aufgehängt.«

»Ziemlich makaber«, meinte John und faßte sich unwillkürlich an den Hals.

»Das steht jetzt hier nicht zur Sache. Interessant ist der Fall, an dem Tanner zuletzt gearbeitet hatte. Es ist dem Geheimdienst zu Ohren gekommen, daß sich hohe Staatsbeamte ein neues Hobby ausgesucht haben. Den Okkultismus. Angeblich haben sie einen Club gegründet und treffen sich einmal in der Woche an einem unbekannten Ort mitten in London. Dagegen wäre ja noch nicht mal soviel zu sagen, wenn plötzlich nicht gewisse Informationen in die Hände von Leuten gelangt wären, die mit unserem Staat auf nicht gerade gutem Fuß stehen. Ich meine damit feindliche Mächte.«

John Sinclair hob die Schultern. »Aber das ist doch eigentlich ein Fall für die Spionageabwehr.«

»Das ist eben die Frage. Wie Sie gehört haben, spielt dieser geheimnisvolle Club eine große Rolle, und da man beim Secret Service auch schon von Ihren Erfolgen gehört hat, hat der Innenminister persönlich bei mir interveniert.«

»Dann habe ich die Sache also am Hals.«

»Genau. Ist vielleicht auch mal was anderes.«

»Das kann man nie wissen.«

Oberinspektor Sinclair schmeckte der Auftrag gar nicht. Alles, was in das Abwehrmilieu hineinspielte, war ihm nicht ganz geheuer. Die Leute waren nie offen, versteckten sich immer hinter irgendwelchen Ausreden und Dienstvorschriften. Aber da war nichts zu machen. Man hatte John Sinclair den Fall nun mal auf den Tisch gelegt, und er mußte sich damit abfinden.

»Aus welcher Ecke kamen denn die Informationen? Ich meine, betraf das nur ein bestimmtes Ressort? Die Rüstung oder Finanzen, was weiß ich?«

»Ja. Die Informationen stammten samt und sonders aus dem Wirtschaftsministerium. Hier müßte man den Hebel ansetzen. Am besten, Sie treten mit Mister Paul Robinson in Verbindung. Er ist einer der führenden Männer und wird Ihnen sicher behilflich sein. Ich kenne ihn noch von früher. Ein sehr fähiger Mann. Wenn einer den Laden kennt, dann ist er es. Ich habe Sie übrigens schon avisiert.«

»Danke für die Vorarbeit«, erwiderte John und erhob sich. »Well«, sagte er, »das wäre dann wohl alles.«

»Und halten Sie mich auf dem laufenden«, meinte Powell. »Sie können sich vorstellen, daß der Mord einiges Aufsehen erregt hat.«

John grinste. »Das kann ich mir allerdings denken.«

Wenig später befand er sich wieder in seinem Büro. Robinson, dachte er. Nie gehört den Namen. John überlegte. Er hatte sich immer an den Grundsatz gehalten, den Partner vorher zu kennen, bevor er mit ihm sprach. Dabei war das ›kennen‹ nicht im persönlichen Sinne gemeint. John wollte vielmehr Informationen haben.

Und da gab es einen Mann, der sich sehr gut auskannte.

Bill Conolly, sein Freund und Mitstreiter.

John grinste, als er den Telefonhörer von der Gabel nahm. Bill würde sich wundern, wenn er ihm die Fragen stellte.

Der Reporter wunderte sich tatsächlich.

»Was willst du denn von dem?« fragte er.

»Geheime Kommandosache«, erwiderte John.

»Ich verstehe. Allerdings, viel helfen kann ich dir auch nicht. Soviel ich weiß, ist Robinson Junggeselle, wohnt in einem eleganten Bungalow und verdient viel Geld. Man sagt, daß er noch einige Geschäfte nebenbei tätigt. Aber legal.«

»Das ist wirklich nicht viel, alter Knabe. Aber gib mir doch die Adresse, dann brauche ich sie mir nicht aus dem Telefonbuch zu suchen.«

»Faulpelz«, knurrte Bill, tat John aber den Gefallen.

Oberinspektor Sinclair schrieb sich die Anschrift auf, bedankte sich nochmals und ließ auch Bills Frau Sheila Grüße ausrichten.

Dann zündete er sich eine Zigarette an und überlegte sein weiteres Vorgehen.

Im Ministerium selbst wollte er Paul Robinson nicht aufsuchen. Die Leute wirkten an ihren Arbeitsplätzen immer viel zu gehemmt. Nein, John wollte zur Privatwohnung des Beamten fahren und dort mit dem Mann reden. Vielleicht fand er bei ihm tatsächlich Unterstützung.

Irgendwie mußte John grinsen. Er hatte lange keinen »normalen« Fall mehr zu bearbeiten gehabt. In den letzten zwei Jahren hatten ihn die Mächte der Finsternis laufend in Trab gehalten. Bestimmt tat solch eine Aufgabe mal ganz gut.

Wie sehr sich John Sinclair irren sollte, konnte er zu diesem Zeitpunkt noch nicht ahnen . . .

Dean Jagger hatte die Nacht über kaum geschlafen. Erst in den Morgenstunden war er eingedöst, dann aber wieder durch schwere Träume aus dem Schlaf gerissen worden. Noch immer spukte das Frauengesicht in seinem Kopf herum. Er konnte die Erscheinung einfach nicht vergessen.

Ob es etwas mit diesem geheimnisvollen Club zu tun hatte? Bestimmt, man brauchte nur an die Warnung zu denken, die die Lippen ausgesprochen hatten.

Eine graue Morgendämmerung drang durch das Fenster. Ruth Foster hatte die Vorhänge nicht zugezogen, und Dean konnte sehen, daß noch einige Nebelschleier in der Luft lagen.

Plötzlich schrillte das Telefon. Unwillkürlich blickte Dean Jagger auf seine Armbanduhr.

Es war sieben Uhr morgens.

Wieder läutete es. Wer mochte ihn zu dieser Zeit anrufen? Während sich Dean Jagger aus dem Bett schwang, dachte er automatisch an Paul Robinson. Er wußte auch nicht, wieso ihm der Gedanke gekommen war, doch als er den Hörer abhob, klang ihm Ruths Stimme entgegen.

»Na, hast du gut geschlafen?«

Dean Jagger räusperte sich die Kehle frei. Er fühlte sich schlecht. An seinen Beinen schienen Bleigewichte zu hängen, und er hatte einen schlechten Geschmack im Mund.

»Na ja, es geht«, erwiderte er ausweichend.

»Besonders gut klingt deine Stimme ja nicht«, meinte Ruth. »Soll ich nicht besser kommen? Die Vorlesung heute morgen ist sowieso nicht so wichtig für mich.«

»Nein, nein, Ruth. Bleib ruhig zu Hause. Ich bin ja schließlich kein Baby Ich werde auch zum Dienst gehen. Arbeit lenkt ab, weißt du.« Dean Jagger lachte gekünstelt.

Am anderen Ende der Leitung hörte er Ruth schwer atmen. Dann sagte das Girl: »Schön, dann geh meinetwegen. Aber wenn sich dein Zustand verschlechtert, fahr lieber wieder nach Hause. Es ist besser, glaub mir.«

»Ich werde deinen Ratschlag befolgen, Ruth. Bis später dann . . .«

Dean wollte auflegen, doch Ruths Stimme hielt ihn zurück. »Ich komme aber heute abend vorbei und bringe dir einige Lebensmittel mit.«

Dean Jagger zögerte ein wenig mit der Antwort. Dann meinte er: »Das geht nicht, Ruth.«

»Wieso? Hast du heute abend etwas vor?«

»Nein, aber ich muß an einer Konferenz teilnehmen. Und das

kann sich bis in die Nacht hineinziehen. Es geht um Währungsprobleme. Du verstehst schon.«

»Aber du bist doch krank«, rief Ruth Foster.

»Unsinn.«

Ruth Foster stieß die Luft aus. Dean hörte deutlich ihren langen Atemzug. »Wie du meinst, Dean. Aber tu mir einen Gefallen. Mute dir um Himmels willen nicht zu viel zu.«

»Keine Angst.«

Ruth Foster legte auf.

Dean wischte sich über die Stirn, die schweißnaß war. Eigentlich müßte er jetzt frühstücken, doch er hatte keinen Appetit. Er stürzte nur zwei Tassen Schnellkaffee hinunter.

Dean Jagger wußte selbst nicht, warum er Ruth einen Korb gegeben hatte. Und die Lüge mit der Konferenz? Himmel, wie glatt war sie ihm über die Lippen gekommen. Er spürte plötzlich, daß ihm Ruth mehr bedeutete. Daß er sie liebte.

Und dann dachte er wieder an Paul Robinson und den geheimnisvollen Club.

Ja, er hatte einmal zugesagt. Und dabei würde er auch bleiben.

Dean Jagger fuhr zum Ministerium. Er war etwas zu früh da und konnte sich noch mit seinen eigenen Problemen beschäftigen.

Seine Sekretärin war strahlender Laune, als sie ihm die Morgenzeitung brachte.

»Sie sehen schlecht aus, Mister Jagger«, sagte die Frau. »Soll ich Ihnen einen starken Kaffee kochen?«

Dean Jagger lächelte verzerrt. »Danke, das ist nett, aber ich habe schon zwei Tassen getrunken.«

»Dann eben nicht, Mister Jagger«, sagte die schon ältere Frau, hob die Schultern und verließ das Büro.

Dean Jagger lehnte sich zurück, schloß für einige Minuten die Augen und griff dann nach den Zeitungen, die ihm seine Sekretärin auf den Schreibtisch gelegt hatte.

Es waren die führenden Blätter der westlichen Welt dabei. Die Lektüre der Zeitungen gehörte zu Dean Jaggers Job. Besonders intensiv las er den Börsen- und Aktienteil.

Doch heute konnte er sich nicht so recht konzentrieren. Schon nach wenigen Minuten legte er die Financial Times wieder zur Seite.

Jetzt bestellte er sich doch einen Kaffee.

Von Robinson hörte Dean Jagger nichts. Und so verging der Vormittag.

In der Kantine aß Dean Jagger ein Sandwich, das ihm aber nicht schmeckte. Dann verzog er sich wieder in sein Büro.

Fünfzehn Uhr war schon vorbei, als das Telefon auf seinem Schreibtisch klingelte.

Diesmal war Robinson am Apparat. »Na, wie geht es Ihnen, Mister Jagger?« fragte er.

Dean zögerte mit der Antwort. Er hatte das Gefühl, als läge in Robinsons Stimme ein lauernder Unterton.

»Es geht mir so weit ganz gut«, entgegnete Jagger nach einer Weile.

»Das freut mich für Sie. Und Sie haben den heutigen Abend doch nicht vergessen?«

»Nein, nein, ich denke schon dran.«

»Das ist gut. Sie warten am besten in Ihrem Büro. Ich werde Sie abholen.«

Robinson hängte ein. Nachdenklich starrte Dean Jagger auf den Telefonapparat. Viele Gedanken kreisten in seinem Kopf. Doch etwas kristallisierte sich immer deutlicher hervor. Irgendwie war er gespannt auf den geheimnisvollen Club. Er hatte schon einiges in den letzten Stunden erlebt und wollte es jetzt genau wissen.

Die Stunden vergingen Dean Jagger plötzlich viel zu langsam, und es war kurz vor neunzehn Uhr, als Paul Robinson in das Büro trat.

Der Abteilungschef trug einen Staubmantel. Auf seinem Kopf saß ein moderner Hut mit einer etwas breiteren Krempe. Der Anzug war dezent wie das Krawattenmuster. Paul Robinson war vom Scheitel bis zur Sohle ein Gentleman.

»Wir können«, sagte er nur.

Dean Jagger sprang auf. Ihm entging der prüfende Blick, mit dem er gemustert wurde.

Im Paternoster fuhren die beiden Männer nach unten. Sie sprachen über Belanglosigkeiten, und erst als sie im Wagen saßen — einem flaschengrünen Jaguar — kam Robinson zur Sache.

»Sie werden über das, was Sie jetzt sehen, absolutes Stillschweigen bewahren. Ich darf Sie nochmals darauf hinweisen?«

»Ja, Sir«, sagte Dean Jagger und fiel unwillkürlich in den dienstlichen Tonfall zurück.

»Ja, Sir«, sagte Dean Jagger und fiel unwillkürlich in den dienstlichen Tonfall zurück.

Robinson startete. Dean Jagger lehnte sich in die echten Lederpolster zurück. Der Wagen war neu, und Jagger fragte sich, wie Robinson ihn nur unterhalten konnte. Er kannte die Besoldungsgruppe genau, und soviel verdiente auch ein Paul Robinson nicht.

Robinson saß schweigend und konzentriert am Steuer.

»Wohin geht es denn?« fragte Jagger.

»Das werden Sie noch früh genug merken.«

Auf der Oxford Street fuhren sie in Richtung Hyde Park, änderten jedoch dann die Richtung und nahmen Kurs auf das British Museum. Hier fand Robinson einen Parkplatz. Sie stiegen aus und gingen zur U-Bahn-Haltestelle Baker Street.

Die Männer liefen nebeneinander her und ließen sich vom Passantenstrom treiben. Auch auf der Rolltreppe herrschte ein reges Gedränge.

Paul Robinson löste zwei Tickets.

Alle fünf Minuten fuhr hier ein Zug ein. Es herrschte ein unwahrscheinliches Gedränge auf dem Bahnsteig, und Dean Jagger kam der Gedanke, einfach zu verschwinden.

Doch er fand nicht den Mut dazu.

Ein Zug brauste heran. Sekunden später quietschten Bremsen. Türen öffneten sich zischend.

Paul Robinson und Dean Jagger betraten einen der Wagen. Obwohl der Andrang groß war, benahmen sich die Leute vorbildlich.

Die Türen schlossen sich mit einem satten Geräusch. Dean Jagger fragte sich, weshalb sie nicht gleich die U-Bahn genommen hatten. Warum der Umweg?

Die Männer standen dicht nebeneinander und hielten sich an den Haltegriffen fest. Der Wagen schaukelte wie ein Schiff auf See. Die meisten Fahrgäste lasen Zeitung. Niemand kümmerte sich um den anderen.

»Wir steigen an der nächsten Station aus«, sagte Robinson.

»Aber wieso denn das?« Jagger wunderte sich wirklich.

»Ich werde Ihnen schon noch eine Erklärung geben«, antwortete Robinson und fügte hinzu: »Irgendwann.«

Schon jagte die Bahn aus der dunklen Schachtröhre hinaus

und verlangsamte ihre Fahrt. Lampen blinkten. Egdware Road hieß diese Station. Sie gehörte zu den großen, auf denen man auch umsteigen konnte.

Der Zug hielt.

Wieder das gleiche Spiel.

»Kommen Sie«, sagte Robinson und faßte nach Jaggers Arm. »Wir müssen uns beeilen.«

Sie schafften den nächsten Zug gerade noch. Diesmal dauerte die Fahrt etwas länger und ging in Richtung Süden. Bis zur Haltestelle Earl's Court.

Dort stiegen die Männer wieder aus. Dean Jagger wollte sich schon der Rolltreppe zuwenden, als ihn Robinson am Ärmel festhielt.

»Nicht dahin«, sagte er.

»Aber . . .«

»Kein aber. Kommen Sie.«

Robinsons Stimme klang drängend.

Die Männer drückten sich an einem Kassenhaus vorbei, übersprangen eine Sperre, die nicht besetzt war, und gelangten in einen kaum belebten Teil dieser U-Bahn-Station.

Hier hatte man seit Jahren nichts mehr getan. Alles war vergammelt oder verrottet. Drohend gähnte ein stillgelegter U-Bahn-Schacht den Männern entgegen.

»Was sollen wir denn hier?« fragte Dean Jagger erstaunt, als Paul Robinson stehenblieb.

»Wir werden uns hier mit jemandem treffen«, erwiderte der hohe Beamte.

Dean Jagger beschlich ein unbehagliches Gefühl. Erst diese seltsame Zickzackfahrt, und jetzt dieses Warten auf einen Unbekannten. Irgend etwas war nicht geheuer.

Nur leise hörten sie den Lärm der Station. Große Schilder warnten vor dem Betreten des Tunnels. Die gekachelten Wände waren mit Schmutz und Dreck überzogen. Fetzen von vergilbten Plakaten klebten noch daran.

Plötzlich spürte Dean Jagger hinter sich eine Bewegung. Hastig drehte er sich um.

Im selben Augenblick hatte er das Gefühl, von einem Hammer-schlag getroffen zu werden.

Vor ihm stand eine Frau!

Eine Frau, die er kannte und deren Gesicht er vor seiner Fensterscheibe hatte schweben sehen . . .

Dean Jagger spürte, wie sein Herz anfing, schneller zu schlagen. Die Gedanken wirbelten in seinem Kopf. Er versuchte, sie zu ordnen. Es gelang ihm nicht.

Die Frau lächelte. Sie war noch schöner, als Dean sie in Erinnerung hatte. Und jetzt wußte er auch, was ihn nicht losgelassen hatte. Es war die Schönheit dieser Frau gewesen. Sie hatte ihn, den nüchternen Wissenschaftler, regelrecht verhext.

»Ich bin Lukretia«, sagte die Schöne und reichte Dean die rechte Hand.

Ihre Finger fühlten sich kalt an, wie tot. Dean zuckte zusammen, als er sie berührte.

Immer wieder mußte er die Frau ansehen. Dieses Gesicht, die Haare. Deans Blick wanderte tiefer, glitt wie eine Sonde über ihre Figur.

Lukretia trug einen eng anliegenden Mantel, der ihre üpppigen Formen zur Geltung brachte. Die Füße steckten in hochhackigen grünen Schuhen. Die schwarze Haarflut fiel bis über die Schultern.

Dean atmete gepreßt. Er fühlte, daß er von dieser Frau magisch angezogen wurde.

»Wollen Sie meine Hand nicht loslassen?« fragte Lukretia und lächelte dabei.

»Oh, entschuldigen Sie.« Hastig zog Dean Jagger seine Hand zurück. Er konnte nicht vermeiden, daß er rot wurde.

Lukretia blickte wieder Dean an, der nicht wußte, was er sagen sollte. »Bin gespannt, ob er sich einfügen kann«, meinte Lukretia und gab Paul Robinson ein Zeichen mit der Hand.

Und dann ging alles blitzschnell. Dean Jagger sah plötzlich einen Schatten auf sich zurasen, und ehe er merkte, daß es Robinsons totschlägerbewehrte Hand war, spürte er den mörderischen Schlag an der Schläfe.

Für Dean Jagger versank die Welt in einer abgrundtiefen Schwärze.

Irgendwann kam Dean Jagger wieder zu sich. Schuld daran waren vor allem die stechenden Kopfschmerzen. Sie waren nicht zu lokalisieren, sondern verteilten sich über seinen gesamten Schädel. Überall pochte und hämmerte es, und Dean hatte Mühe, einen Brechreiz zu unterdrücken.

Mit Schrecken dachte er an eine Gehirnerschütterung und blieb erst einmal ruhig liegen.

Langsam sortierte er seine Gedanken. Stück für Stück kehrte die Erinnerung zurück. Da war die Fahrt im Jaguar gewesen, dann die kurze Reise mit der U-Bahn. Der stillgelegte Schacht. Die Frau, die ihn fasziniert hatte. Wie hieß sie noch gleich? Lukretia! Ja, Lukretia. Allein dieser Name war schon eine Sünde wert.

Dean Jagger stöhnte auf. Wer ihm den Schlag auf den Schädel gegeben hatte, wußte er nicht. Urplötzlich war das totale Blackout gekommen. Und jetzt dieses Erwachen.

Er lag auf dem Steinboden, von dem die Feuchtigkeit hochkroch und sich in seine Kleidung setzte. Außerdem war es völlig dunkel. Dean Jagger konnte noch nicht einmal die berühmte Hand vor Augen sehen.

Gefesselt hatte man ihn nicht. Deshalb nahm Dean an, daß er sich in einem abgeschlossenen Raum befand, aus dem es kein Entkommen für ihn gab.

Dean Jagger dachte an eine Entführung. Aber was konnte er schon ausplaudern? Sicher, er arbeitete im Wirtschaftsministerium, und er hatte Zugang zu geheimen Sachen. Für diese Dinge war jedoch Paul Robinson viel besser geeignet.

Als Dean der Name Robinson einfiel, stutzte er. Was war mit ihm geschehen? Hatte man ihm auch einen Schlag auf den Schädel gegeben? Auf die Idee, daß Robinson mit den Unbekannten unter einer Decke stecken konnte, kam Dean Jagger nicht. Für ihn war sein Vorgesetzter weiterhin ein völlig unbescholtener Mann.

Die Schmerzen in seinem Schädel hatten mittlerweile etwas nachgelassen. Dean riskierte es, sich aufzusetzen.

Er tat es langsam und biß dabei die Zähne zusammen. Doch er schaffte es. Dean Jagger war ein Typ, der gefordert werden mußte. Im Beruf und auch in solchen Situationen wie dieser hier.

Dean streckte die Hände aus und drehte, so gut es seine Lage erlaubte, seinen Körper.

Die Fingerspitzen berührten nichts. Keine Wand – keine Tür.

Demnach war das Gefängnis doch größer, als er angenommen hatte. Dean Jagger biß sich auf die Lippen. Er hatte Mühe, das plötzlich aufsteigende Gefühl der Panik zu unterdrücken. Etwas zu heftig versuchte er auf die Füße zu gelangen. Schon schienen ihm die Kopfschmerzen seinen Schädel sprengen zu wollen.

Ein leises Lachen ließ Dean Jagger erstarren. Das Lachen war böse und zynisch. Es schien von überall herzukommen, kreiste Dean Jagger völlig ein.

Dean preßte seine Fäuste gegen die Ohren. »Aufhören«, krächzte er, »aufhören. Ich . . .«

Das Lachen brach ab.

Langsam ließ Dean die Arme sinken. Er zitterte. Seine Nerven waren angegriffen.

Sekundenlang war es still. Selbst Dean Jagger hielt den Atem an, lauschte in die Finsternis hinein.

»Angst, Mister Jagger?« fragte plötzlich eine Männerstimme. Sie klang verzerrt, wie bei einem Menschen, der telefonierte und die Sprechmuschel mit einem Taschentuch abgedeckt hatte.

»Ich warte auf eine Antwort, Mister Jagger!«

Wieder diese Stimme, die Dean bis ins Mark traf.

»Ja, ich habe Angst«, flüsterte er.

Der Unbekannte lachte. »Das sollen Sie auch, Mister Jagger. Wir wollen Sie vorbereiten, denn die Angst gehört zu den Schrecken der Hölle, die wir für Sie vorgesehen haben.«

Dean zuckte zusammen. *Schrecken der Hölle!* Die Worte dröhnten in seinem Kopf. Was hatte das zu bedeuten? Wollte man ihn töten?

Dean nahm allen Mut zusammen. »Was haben Sie mit mir vor?« fragte er. Seine Stimme war kaum wiederzuerkennen. Sie klang fremd, so als gehöre sie einem anderen.

Die Stimme begann wieder zu lachen. »Das werden Sie schon sehen, Mister Jagger. Eins sei Ihnen jedoch jetzt schon gesagt. Sie haben sich freiwillig in eine Situation hineinmanövriert, aus der es kein Zurück gibt. Wer einmal dem Club beigetreten ist, wird die Lehren der Hölle in die Welt tragen. Haben Sie mich verstanden, Mister Jagger?«

»Ja«, erwiderte Dean leise.

»Das ist gut. Wir werden Sie jetzt noch für einige Minuten allein lassen. Denken Sie die Situation, in der Sie sich befinden, noch einmal durch. Gleich werden die Diener bei Ihnen sein und Sie abholen.«

Es gab ein kurzes Knacken im Lautsprecher, und die Stimme verstummte.

Dean Jagger schüttelte den Kopf. In welch eine Lage war er da hineingeraten? Schrecken der Hölle, hatte die Stimme gesagt. Was meinte sie damit? Dean hatte schon einiges über Satansmessen gelesen. Er wußte, daß es geheime Hexenclubs gab. Täglich stand etwas über Okkultismus in den Zeitungen. Geheime Sekten und Orden hatten einen nie gekannten Zulauf. Ja, das mußte es sein. Robinson hatte von einem Club gesprochen. Es konnte sich nur um einen dieser Okkultclubs handeln.

Dean Jagger stieß den Atem aus. Seine Angst wandelte sich langsam in Neugierde um. Er war plötzlich gespannt, was ihn erwartete.

Die Minuten verrannen. Jagger blickte auf das Leuchtzifferblatt seiner Uhr.

Nur noch eine Stunde bis Mitternacht. Mein Gott, wie lange war er denn dann bewußtlos gewesen?

Deans Gedanken wurden unterbrochen, als er das Geräusch eines sich drehenden Schlüssels hörte. Dann wurde eine Tür aufgezogen. Die Scharniere quietschten häßlich.

Ein schmaler Lichtbalken fiel in Dean Jaggers Gefängnis, der einen winzigen Augenblick später von zwei kompakten Schatten unterbrochen wurde.

Man kam, um ihn abzuholen!

Schritte klangen auf. Die Atmosphäre war unheimlich und rätselhaft. Dean Jagger spürte, wie ihm eine Gänsehaut über den Rücken lief.

Die beiden Schatten blieben dicht vor ihm stehen. Das Licht, das aus dem Gang in das Verlies fiel, ließ Dean Jagger ihre Umrisse erkennen.

Die Unbekannten trugen lange Umhänge, die Dean an die Kutten von Mönchen erinnerten. Von den Gesichtern war nichts zu sehen. Sie lagen im Schatten der Kapuzen.

»Steh auf!« hörte Dean einen der Unbekannten sagen.

Dean Jagger gehorchte. Wieder spürte er die Kopfschmerzen, und einen Moment schwankte er wie ein Rohr im Wind.

Einer der Unbekannten hielt Dean fest. Der Griff war hart, beinahe schon schmerzhaft. Dean unterdrückte ein Stöhnen.

Die Kuttenträger nahmen ihn in die Mitte, als sie das Gefängnis verließen.

Ein Gang nahm sie auf. Er war gerade so breit, daß drei Menschen nebeneinander gehen konnten. In unregelmäßigen Abständen brannten Fackeln an den Wänden. Es waren düstere rauchlose Flammen, die tanzende Schatten in den Gang warfen und ihn mit einem geisterhaften Leben füllten.

Dean Jaggers Nerven waren bis zum Zerreißen gespannt. Wohin würde man ihn führen?

Der Gang endete vor einer hohen Tür. Sie bestand aus Metall und war dunkel gestrichen.

Einer der Kuttenträger schlug mit der Faust dagegen. Dreimal hallten die Echos der Schläge nach.

Dann wurde von innen ein Riegel zurücklgeschoben, und wenig später schwang die Tür auf.

Fremdartiger, monotoner Singsang drang an Deans Ohren. Der junge Mann sah nicht den Kuttenträger, der die Tür geöffnet hatte, er hatte nur Augen für das riesige Gewölbe, das vor ihm lag.

Dean Jagger war in eine Welt eingetreten, wie er sie nicht einmal aus Büchern kannte.

Mehr als zwei Dutzend Menschen saßen mit übereinandergeschlagenen Beinen auf der nackten Erde und wiegten ihre Körper im Rhythmus des monotonen Gesanges. Die Felswände des Gewölbes strahlten ein seltsames Licht aus, das in sämtlichen Farben des Spektrums funkelte und doch so dezent war, daß es nicht einmal die Augen schmerzte. Im Gegenteil, Dean Jagger empfand das Licht als wohltuend und angenehm.

Seine beiden Bewacher ließen Dean Zeit, den Eindruck der Felsenhöhle in sich aufzunehmen.

Vorn, an der Seite, die der Tür genau gegenüberlag, führten breite Steinstufen zu einem Podest hoch. Es war ebenfalls aus Stein. Ein Metallkorb stand dort, in dem ein Feuer schwelte.

Es war dunkelrot und erschien Dean Jagger wie ein glühendes Auge. Die übrigen Menschen hatten von dem Neuankömmling keine Notiz genommen. Sie wandten Dean weiterhin den Rücken zu. Ihr Geist befand sich in einer fremden, weit entrückten Welt.

Die beiden Kuttenträger schoben Dean voran. Automatisch

setzte Jagger seine Schritte. Die Atmosphäre in der Höhle hielt ihn wie ein unsichtbarer Mantel umfangen.

Dean Jagger erreichte mit seinen beiden Bewachern die Steinstufen.

Unwillkürlich zuckte er zurück. Jetzt, wo er dicht vor dem Feuer stand, spürte er die gefährliche Ausstrahlung. Ja, er merkte deutlich das Vorhandensein des Bösen in diesem unheimlichen Gewölbe.

Sein Geist rebellierte, wollte die dunklen Ströme der Hölle abwehren, doch er war zu schwach.

Hier unten herrschte der Teufel, und die Menschen waren seine Diener.

Die Kuttenträger zwangen Dean, die Stufen hinaufzugehen. Fünf waren es, und Dean konnte nun auch die seltsamen Zeichen sehen, die in den Stein eingemeißelt waren.

Es waren kabbalistische Symbole und Beschwörungen. Sie stammten aus uralten Überlieferungen und waren nur noch wenigen Eingeweihten bekannt.

Jetzt, wo Dean auf dem Podest stand, merkte er, daß es für ihn kein Zurück mehr gab. Der magische Kreis hatte sich geschlossen. Durch das Betreten der mit Symbolen bedeckten Steinstufen war auch der letzte Rest Widerstandswillen in Dean Jagger getilgt worden.

Die Kuttenträger traten zurück. Dean Jagger hatte nicht einmal ihre Gesichter sehen können.

Wie zwei Schattenwesen verschwanden die Unheimlichen im Hintergrund des Gewölbes und schienen mit der Felswand zu verschmelzen.

Dean wartete. Er stand vor dem Feuer und blickte in die höllische Glut.

Und plötzlich hatte Dean das Gefühl, in einer anderen Welt zu sein. Das rauchlose magische Feuer geriet in Bewegung. Bilder formten sich. Dean Jagger sah Gestalten und Szenen, wie sie schrecklicher nicht sein konnten. Die Hölle hatte ihre Pforten geöffnet, um einem Menschen ihre Geheimnisse zu präsentieren.

Doch dann verschwammen die Bilder. Die Gestalten lösten sich auf wie Rauch, der vom Wind fortgetrieben wurde! Dean hatte das Gefühl, in einen unendlich tiefen Schacht zu blicken. In einen

Schacht, der im Nichts endete und aus dessen Tiefe plötzlich ein winziger Punkt nach oben stieg.

Der Punkt wurde größer, verwandelte sich.

Dean Jagger hielt den Atem an. Die Züge eines Gesichts schälten sich aus dem Punkt, wurden von Sekunde zu Sekunde deutlicher.

Dean Jagger stöhnte auf. Er ballte seine Hände zu Fäusten. Die Fingernägel schnitten in seine Handballen. Dean spürte den Schmerz nicht. Er starrte immer nur das Gesicht an, das er schon zweimal gesehen hatte und das ihn jetzt wieder aufs neue faszinierte.

Es gehörte Lukretia, der schwarzen Hexe!

Ein leises, spöttisches Lachen ließ Dean Jagger herumfahren. Er hatte plötzlich das Gefühl, von einem Blitzstrahl getroffen zu sein.

Vor ihm stand Lukretia!

Urplötzlich war sie aufgetaucht. Wie ein Geist aus einer anderen Dimension.

Dean Jagger verstand die Welt nicht mehr. Der Bann, der ihn vorhin noch gefangen hatte, zerbrach. Für ihn war unbegreiflich, daß die Frau plötzlich vor ihm stand.

Er wußte nicht, über welche Kräfte Lukretia verfügte, ahnte nichts von Schwarzer Magie und von der Macht des Teufels.

Dean Jaggers Augen saugten sich an Lukretias Gestalt fest. Die Hexe war eingehüllt in einen blutroten Umhang, der mit schwarzen magischen Symbolen bestickt war, die Dean Jagger noch nie in seinem Leben gesehen hatte. Der Stoff spannte sich bei jeder Bewegung um Lukretias Körper und knisterte, als wäre er mit Elektrizität geladen.

Das bleiche Gesicht der Hexe wurde von den Flammen des magischen Feuers angestrahlt, und die sonst dunklen Augen hatten die Farbe gewechselt und versprühten ein grünes, alles verzehrendes Feuer.

Lukretia streckte beide Arme aus und umfaßte Dean Jaggers Hände.

Wieder zuckte der junge Mann im ersten Augenblick vor der Kälte zurück, doch dann empfand er die Berührung plötzlich als angenehm und wünschte sich, die Hexe würde ihn niemals mehr loslassen.

Der Singsang war verstummt. Die Menschen hatten sich aufgerichtet. In ihren Augen lag ein fiebriger Glanz, als sie zu Lukretia und Dean Jagger hochstarrten.

Die Hexe ließ Dean los. Sie trat hinter das Feuer und breitete beide Arme aus. Der Umhang bauschte sich auf, und Lukretia sah aus wie eine riesige Fledermaus.

Dean Jagger konnte von hier oben aus die Gesichter der Menschen nicht erkennen. Bei der unwirklichen Beleuchtung verschwammen sie zu hellen, verwaschenen Flecken.

Und dann begann Lukretia zu sprechen. Ihre Stimme peitschte auf die Menschen herunter oder wurde zu einem Säuseln, wenn es die Situation erforderte.

Die Hexe sprach vom Satan, von der Hölle und vom großen Sieg der Schwarzen Magie.

Seltsamerweise fühlte Dean Jagger, daß ihm diese Worte nichts ausmachten. Früher hätten sie ihn abgestoßen, aber heute — innerhalb der gesamten beklemmenden Atmosphäre — saugte er sie wie Balsam in sich ein.

Sie fielen bei Dean Jagger auf fruchtbaren Boden. Die Saat des Bösen schien aufzugehen . . .

»Und wieder ist einer unserer Diener zu uns gekommen, um mit uns zu kämpfen und zu streiten«, rief Lukretia zum Schluß. »Er, der vor wenigen Tagen noch nicht wußte, daß es uns gab, will nun für immer zu uns gehören. Ich habe es beschlossen, und ich frage euch: Seid ihr einverstanden?«

»Wir sind es«, murmelten die Stimmen im Chor.

»Gut!« Lukretia drehte sich zu Dean Jagger um. »Du hast viel gehört und gesehen! Bist du bereit, uns für immer zu dienen?«

»Ich bin bereit!«

»Und bist du auch bereit, für die Schwarze Magie dein Leben zu opfern?«

»Ja!«

»Dann ist es gut«, sagte die Hexe und wandte Dean Jagger voll ihr Gesicht zu.

Im ersten Augenblick hatte Dean das Gefühl, als würde er in einen unendlich tiefen Schacht versinken. Der Körper der Hexe, das Gesicht — alles wurde zu einem konturlosen Schemen, aus dem nur die Augen übergroß hervorstachen.

Gelbrote Flammen schossen wie Blitze daraus hervor, drangen

in Deans Gehirn und lähmten seinen Widerstandswillen völlig. Sein eigenes Denken — sein Ich — es wurde ausgeschaltet.

Für Dean Jagger gab es nur die Augen!

Tellergroß schwebten sie vor ihm in der Luft, waren von einem unheilvollen Leben erfüllt.

Plötzlich sah Dean vor sich zwei Hände. Die gekrümmten Finger hielten einen goldenen Becher umklammert, in dem eine Flüssigkeit dampfte.

»Trink!« drang Lukretias Befehl in Dean Jaggers Bewußtsein.

Wie eine Marionette streckte Dean die Hände aus, umfaßte den Becher, führte ihn zum Mund . . .

Dean Jaggers Lippen berührten das Metall.

Einen Herzschlag später trank er die heiße, bitter schmeckende Flüssigkeit.

Einem Lavastrom gleich rann das Getränk in Dean Jaggers Magen. Ein nie gekanntes Gefühl der Schwerelosigkeit stieg in ihm hoch. Als hätte der Zaubertrank sämtliche Poren in seinem Körper geöffnet, so leicht und berauscht fühlte sich Dean Jagger.

Bunte Bilder kreisten vor seinen Augen. Der Becher entfiel seinen Händen, landete auf dem Felsboden und rollte zur Seite. Dicht neben dem magischen Feuer blieb er liegen.

Die Welt begann sich vor Deans Augen zu drehen. Das Gesicht der Hexe verschwamm, die gesamte Gestalt wurde durchscheinend, zerfaserte in einer Wolke aus Rauch und Dampf.

Dean Jagger torkelte wie ein Betrunkener. Er fühlte das Elexier der Verdammnis in sich. Seine Eindrücke wurden zu einem immensen Strudel, der alles mit sich in eine unauslotbare Tiefe riß.

Und aus dem Strudel tauchte übergroß, wie auf einem bombastischen Gemälde, das Zeichen der Vernichtung — der Vergänglichkeit auf.

Der Tod!

Riesengroß stand der grinsende Sensenmann vor Dean Jaggers Augen. Er trug das blutrote Gewand der Hexe und schwang seine Sense triumphierend über dem blanken, schrecklichen Schädel.

»Dean Jagger!« dröhnte die Stimme des Tods in Deans Bewußtsein. »Du hast deine Seele verkauft. Ich bin es, der von nun an dein Begleiter sein wird. Und ich werde es auch sein, der bestimmt, wann du endgültig in das Reich der Schatten einkehren wirst.«

Dean Jagger wollte etwas sagen, dem Tod antworten. Er bewegte wohl die Lippen, doch kein Wort drang hervor. Der Teufelstrank hatte ihn willenlos gemacht.

Dean sah, wie sich der Mantel des Todes bauschte. Die Sense beschrieb einen blitzenden Halbkreis und fegte auf Jagger nieder.

Dean Jagger hatte das Gefühl, aufzubrüllen, doch nicht einmal ein leises Röcheln drang aus seiner Kehle. Er sah die Sense, die mit tödlicher Präzision auf seine Brust zielte, und im selben Augenblick breitete eine gnädige Ohnmacht den Mantel des Vergessens über Dean Jagger aus . . .

Paul Robinson wohnte in einer stillen Seitenstraße. Er hatte sich in den Londoner Süden zurückgezogen, direkt an den Stadtrand.

John Sinclair fand das Haus ziemlich schnell. Als er in die schmale Straße einbog, senkte sich bereits die Dunkelheit über das Land. Ein paar Laternen brannten. Ihr milchiges Licht erreichte kaum den Boden. Den Rand der Straße säumten hohe Pappeln, deren Kronen sich im Herbstwind bogen.

Oberinspektor Sinclair ließ seinen Bentley langsam ausrollen. Er hatte seinen Besuch bewußt nicht angemeldet, er wollte Paul Robinson völlig unvorbereitet überraschen.

John Sinclair parkte vor dem Haus zwischen zwei Bäumen. Er hatte schon ein komisches Gefühl, als er einen Blick auf die Villa warf.

Hinter keinem der Fenster brannte Licht.

John Sinclair stieg aus. Eine Mauer umgab das Grundstück. Dahinter stieg das Gelände leicht an. Das Haus lag erhöht und wirkte in der Dunkelheit wie eine Burg. Zum Haus führte eine breite Steintreppe, die sich harmonisch in den Gesamteindruck des Gartens einfügte.

John entdeckte auch eine Schelle.

Er drückte auf den Messingknopf und wartete ab.

Es geschah nichts. Niemand öffnete.

John schellte zum zweitenmal, und wieder reagierte niemand. Paul Robinson schien tatsächlich nicht zu Hause zu sein.

Ein älteres Ehepaar kam den Bürgersteig entlang. Der Mann warf John einen mißtrauischen Blick zu, löste sich dann von seiner Frau und blieb stehen.

»Wollen Sie zu Mister Robinson?«

John lächelte gewinnend. »Ja, Sir.«

»Da werden Sie wohl kein Glück haben. Mister Robinson ist abends fast nie zu Hause.«

»Sie wissen nicht zufällig, wo er zu finden ist?« hakte der Oberinspektor nach.

»James, komm endlich!« rief die bessere Hälfte des Mannes. »Du kannst doch nicht mit einem Wildfremden über die Nachbarn sprechen.«

Der Mann zuckte die Achseln. »Sie hören selbst, Sir. Wer vierzig Jahre verheiratet ist, hat gelernt zu gehorchen. Auch wenn er früher mal Offizier war.«

John bedankte sich noch einmal für die Auskunft und setzte sich wieder in seinen Wagen. Er gönnte sich eine Zigarette. Während er den Rauchwolken nachsah, die langsam durch das spaltbreit geöffnete Seitenfenster abzogen, dachte er an Paul Robinson.

Der Mann hatte eine Bilderbuch-Karriere hinter sich. Studiert in Oxford und anschließend promoviert zum Doktor der Wirtschaftswissenschaften. Noch während seines Studiums war er in eine Partei eingetreten, hatte sich jedoch politisch nicht groß betätigt. Dafür war seine Karriere im Ministerium um so steiler nach oben gegangen. Durch Können und Glück hatte er es bis zum Abteilungsleiter gebracht, und Robinson war, wie John aus zuverlässigen Quellen erfahren hatte, auch für größere Aufgaben vorgesehen.

Über das Privatleben des Mannes wußte man wenig. John mußte sich schon auf das stützen, was ihm sein Freund Bill Conolly erzählt hatte. Und demnach sollte Paul Robinson gewisse Nebeneinkünfte haben. Was das genau war, wußte niemand zu sagen. Man schrieb diese Nebeneinkünfte nur seinem Lebensstil zu.

Der Oberinspektor lehnte sich in seinem Sitz zurück. Diese Aufgabe schmeckte ihm überhaupt nicht. Seine Laune war schon am Vormittag auf den Nullpunkt gesunken. John Sinclair — von seinen Freunden auch Geisterjäger genannt — hatte sonst andere Fälle zu bewältigen. Er kämpfte gegen die Mächte der Finsternis und des Bösen, und die Erfolgsquote, die der jüngste Oberinspektor von Scotland Yard erreicht hatte, gab ihm recht.

Schon manches Mal war John Sinclair nur haarscharf dem Tod

entronnen. Von einem seiner schwersten Kämpfe zeugte auch die Narbe auf seiner rechten Wange. Sie war ein Andenken an Doktor Tod, einen Gegner, wie er nur alle hundert Jahre auftauchte.

John Sinclair war vom Äußeren her beileibe nicht der Typ eines finsteren Dämonentöters. Er war genau das Gegenteil. Groß, schlank, blondhaarig. Mit einem offenen Gesicht. John Sinclair war der Typ Mensch, zu dem man sofort Vertrauen faßte.

John drückte seine Zigarette im Ascher aus. Er wollte gerade wieder starten, als er die Gestalt sah, die über die Straße huschte und hinter einem Baum in Deckung ging.

Misstrauen keimte in dem Oberinspektor auf.

John duckte sich. Er behielt nur gerade soviel an Sichtfeld, daß er eben über das Armaturenbrett hinweg durch die Scheibe sehen konnte.

Sinclair peilte den Baum an, hinter dem die Gestalt in Deckung gegangen war.

Einige Minuten lang geschah nichts. Die Person sondierte wohl erst noch das Terrain.

John machte sich jetzt Vorwürfe, daß er seinen Wagen direkt vor Robinsons Haus abgestellt hatte. Er hätte ihn lieber ein Stück weiter parken sollen, der Unbekannte konnte zu leicht mißtrauisch werden.

Doch jetzt war nichts mehr zu ändern.

Plötzlich löste sich die Gestalt aus dem Schatten des Baumstamms. Mit schnellen Schritten lief sie auf Paul Robinsons Haus zu. John konnte nun erkennen, daß er einen Mann vor sich hatte.

Der Unbekannte blieb vor dem Eingang stehen. Er trug einen Hut, dessen Krempe das Gesicht beschattete. Der Mann griff in die Tasche und holte einen hellen Briefumschlag hervor. Hastig warf er ihn in den Briefkastenschlitz, der in dem Mauertor eingelassen war. Ein kurzer Blick noch, und einige Lidschläge später lief der Mann mit schnellen Schritten den Weg zurück, den er gekommen war.

John Sinclairs Misstrauen war nun endgültig da. Was hatte der Unbekannte zu dieser Zeit hier zu suchen? Welche Nachricht hatte er Paul Robinson überbracht?

John drehte den Zündschlüssel. Leise und sicher sprang der Motor des Bentley an. Durch einen raschen Blick in den Rückspiegel überzeugte John sich, daß hinter ihm auf der Straße kein Verkehr war. Dann scherte er den Wagen aus der Lücke zwischen den beiden Bäumen.

John fuhr ohne Licht. Er nahm an, daß der Unbekannte irgendwo in der Nähe sein Fahrzeug stehen hatte.

Und der Oberinspektor hatte richtig gefolgert.

Ein breiter Scheinwerferstrahl zerschnitt plötzlich die Dunkelheit. Gleichzeitig wurde ein Motor angelassen. Das Geräusch klang überlaut in der Stille.

Ein Motorrad rumpelte vom Bürgersteig her auf die Straße. Der Fahrer hockte wie ein schwarzer, unförmiger Klumpen im Sattel. Er gab augenblicklich Gas und beschleunigte wie ein Rallye-Fahrer.

Aber auch John Sinclair war nicht faul. Die beiden Scheinwerfer des Bentley jagten ihre Lichtfinger in die Nacht. John konnte gerade noch erkennen, daß der Motorradfahrer an der nächsten Querstraße rechts abbog.

John machte sich an die Verfolgung, hielt aber immer soviel Abstand, daß er nicht auffiel.

Der Bursche schien sich ziemlich sicher zu fühlen. Er blickte sich nicht ein einziges Mal um, hielt sich jedoch auch peinlich genau an die Geschwindigkeitsbegrenzungen, um nur nicht unliebsam aufzufallen.

Die Verfolgung ging quer durch London. Die Themse wurde überquert, und langsam näherten sich das Motorrad und der Bentley dem Vergnügungsviertel Soho.

John war dichter aufgeschlossen. Es herrschte wesentlich mehr Betrieb auf den Straßen, und für den Motorradfahrer war es schwer, überhaupt einen Verfolger auszumachen.

Sie durchquerten eines der alten Londoner Wohnviertel, und dann bog der Verfolgte plötzlich in eine schmale Straße ein.

Dunkle Mietskasernen säumten zu beiden Seiten die Fahrbahn. Es brannten nur vereinzelte Laternen. Ein paar waren schon von Rowdys zerstört worden.

Wer hier wohnte, gehörte zur untersten Klasse − oder aber er hatte etwas zu verbergen. John zählte den Motorradfahrer zur letzten Kategorie.

John war nicht in die Seitenstraße eingebogen. Er hatte, als er an der Einmündung vorbeigefahren war, das Rücklicht der Maschine aufflackern sehen.

Demnach war der Motorradfahrer hier zu Hause. Zumindest hatte er in dieser Straße einen Bekannten wohnen.

Es gab genügend freie Parkplätze. Die Menschen, die hier wohnten, hatten meist keinen Wagen. Sie konnten sich den Luxus nicht leisten.

John schloß seinen Bentley sorgfältig ab, als er ausgestiegen war. Ein aufsehenerregendes Girl trat aus einer schmalen Hausnische und lockte mit eindeutigen Angeboten.

John ignorierte sie.

Wie ein Schatten tauchte er in der Seitengasse unter. Unter seiner linken Achsel spürte er den beruhigenden Druck seiner Beretta.

Der Motorradfahrer war verschwunden. Die Maschine jedoch lehnte an einer rissigen Hauswand. Der Oberinspektor nahm an, daß der Unbekannte in dem Haus wohnen würde.

Zum Eingang führten drei ausgetretene Steintreppen hoch. Die Haustür stand offen. Sie hing schief in den Angeln. Ein widerlicher Geruch strömte John aus dem Hausflur entgegen.

Unter Sinclairs Füßen knirschte Dreck, als er den Flur betrat. Nach einem Lichtschalter suchte er vergebens. Er wäre höchstens Gefahr gelaufen, sich an der rissigen Wand seine Finger aufzuschürfen.

»He, mal nicht so eilig, Bruder!« hörte John eine vom Alkohol angerauhte Stimme. »Hier mußt du Wegegeld bezahlen.«

Der Oberinspektor holte sein Feuerzeug hervor und schnippte es an. Ein unrasiertes Gesicht grinste ihm entgegen. Der speckige Hut, der auf dem Schädel des Penners saß, war ihm bis über die Augen gerutscht. Zwischen den Füßen des Mannes stand eine leere Flasche.

John nickte. »Allright, Kumpel, ich bezahle Wegegeld. Aber nur, wenn du mir auch einen Gefallen tust.«

Die Augen des Penners begannen zu strahlen. »Und der wäre?«

»Ich suche einen Mann.« John gab sich bei der Beschreibung des Motorradfahrers Mühe.

Der Penner schob sich den Hut in den Nacken und schielte John von unten herauf ins Gesicht. »Wieviel ist dir das denn wert?«

John wiegte den Kopf. »Sagen wir — ein Pfund?«

»Abgemacht, Mister.« Der Penner zeigte auf die Flasche. »Die wartet nämlich darauf, daß die Luft herausgelassen wird. Also, der

Kerl, den Sie suchen, Mister, der wohnt in der ersten Etage. Direkt die erste Tür auf der linken Seite. Aber passen Sie auf, Slicky läßt nicht mit sich spaßen. Er ist sehr schnell mit der Kanone.«

»Danke für den Rat«, sagte John und drückte dem Penner seinen Lohn in die Hand.

Noch bevor der Oberinspektor die wacklige Treppe erreicht hatte, war der Penner schon mit seiner ›Beute‹ weg.

Sinclairs Augen hatten sich inzwischen an die Lichtverhältnisse gewöhnt. Er konnte deutlich auf der ersten Etage einige Türen erkennen. Die erste Tür links, hatte der Penner gesagt.

John blieb davor stehen. Trotz der Dunkelheit sah er, daß sämtlicher Lack von der Tür abgeblättert war. Ein Namensschild war natürlich auch nicht vorhanden.

Johns Faust dröhnte gegen die Tür, da der Oberinspektor vergeblich nach einer Klingel gesucht hatte.

»Verdammt noch mal, wer ist denn das schon wieder?« brüllte eine Frauenstimme, und schnelle Schritte näherten sich der Tür.

John trat sicherheitshalber einen halben Yard zurück.

Ruckartig wurde die Tür aufgerissen. »Mensch, du verdammter Penner, kannst du nicht . . .«

Die keifende Frauenstimme verstummte.

»Guten Abend«, sagte John Sinclair höflich und setzte ein gewinnendes Lächeln auf.

Die Frau atmete tief ein, so daß sich ihr übermäßig großer Busen noch mehr spannte. Durch das Licht, das vom Korridor nach draußen fiel, konnte John die Frau genau mustern.

Sie schien die richtige Soho-Pflanze zu sein. Das Haar war blond gefärbt und hing strähnig bis auf die Schultern. Unter den Augen lagen dicke, dunkle Lidschatten, und auch sonst hatte die Maid alles getan, um ihr wahres Alter zu vertuschen.

Ein paar Sekunden hatte die Frau John angestarrt. Dann zog sich ihr geschminkter Mund in die Breite. »Endlich ein Gentleman«, sagte sie. »Wollen Sie zu mir . . .?«

John hob die Arme. »Leider nicht. Ich hätte gern Slicky gesprochen. Das heißt, wenn er da ist.«

Die Blonde verzog das Gesicht. »Ich weiß nicht so recht. Ich . . .«

»He, was ist denn da los?« brüllte eine Stimme aus dem

Hintergrund der Wohnung. »Ich hab' dir doch gesagt — wenn ich da bin, hat hier kein anderer was zu suchen!«

Die Blonde hob die Schultern. Dann rief sie über die Schulter zurück: »Slicky, da ist einer, der dich sprechen will.«

»Wer ist es denn?«

»Weiß ich auch nicht.«

»Frag ihn, zum Teufel!«

John amüsierte dieses Spiel, sagte aber dann auf den fragenden Blick der Blonden hin: »Sagen Sie Slicky einfach, ich wäre ein Freund von ihm.«

Die Blonde überlegte. Dann meinte sie: »Gut, kommen Sie rein, Mister. Aber eins sage ich Ihnen: Slicky ist heute sehr reizbar. Ich würde mich an Ihrer Stelle vorsehen.«

»Ein Held war ich noch nie«, meinte John und drückte sich an der beachtlichen Oberweite der Frau vorbei.

»Immer geradeaus, dort, wo die Tür offen ist«, rief die Blonde ihm nach.

»Danke, ich hab's schon gemerkt.«

John trat in das Zimmer. Slicky hockte auf dem Bett. Er trug eine lange Hose und ein Unterhemd. Was John nicht paßte, war die Waffe in seiner Hand, denn die Mündung zeigte genau auf Johns Brust . . .

Dean Jagger spürte den rohen Fußtritt. Dann hörte er auf einmal eine Stimme. »Er scheint wieder zu sich zu kommen. Mensch, muß der einen geladen haben.«

»Nach einem Penner sieht der mir aber gerade nicht aus«, meinte eine andere Stimme.

»Auf jeden Fall schmeißen wir ihn erst mal von der Baustelle runter.«

Die beiden Männer packten Dean an den Schultern und an den Füßen. Schwerfällig und spaltbreit nur öffnete Dean Jagger seine Augenlider.

Das bärtige Gesicht eines Bauarbeiters tanzte vor ihm.

»Nicht«, stöhnte Dean. »Bitte, lassen Sie mich los.«

»Ach, der kann ja auch reden«, sagte der Bauarbeiter, der Dean an den Schultern gepackt hielt. »Paß auf, wenn du ihn hinstellst«, meinte er zu seinem Kollegen. »Ich will nicht, daß er sich noch das Genick bricht.«

»Von mir aus soll er doch. Für Säufer habe ich nicht viel übrig.«

Trotz dieser Reden wurde Dean — ohne daß etwas passierte — auf die Füße gestellt. Zuerst drehte sich alles vor den Augen des jungen Mannes. Dean taumelte und fand zum Glück an einer Gerüstleiter Halt.

Tief atmete er die kühle Morgenluft ein. Langsam schwand das Schwindelgefühl aus seinem Kopf, und allmählich sah er wieder klarer.

»Blau ist er nicht«, meinte einer der Arbeiter.

Dean Jagger lachte gequält. »Sie haben recht«, erwiderte er, »ich habe keinen Tropfen Alkohol getrunken.«

»Was ist es denn dann?« fragte der Bärtige.

»Das kann ich Ihnen auch nicht sagen«, entgegnete Dean Jagger leise und wischte sich den Schweiß von der Stirn. »Ich wäre Ihnen sehr verbunden, wenn Sie mir sagen könnten, wo ich mich überhaupt befinde.«

»In Mayfair. An der Großbaustelle Bruton Lane.«

»Danke sehr.« Dean fühlte nach seiner Brieftasche. Sie war noch da, genau wie die Geldbörse. Nur seine Brille, die in einem Etui in der Innentasche des Jacketts steckte, war zerbrochen. Fahrig strich Dean Jagger über sein dunkelblondes Haar. »Sagen Sie, Gentlemen, ein Taxi, wo kann ich das denn hier bestellen?«

»Nicht weit von hier ist eine Telefonzelle. Gehen Sie einmal links und dann in die nächste Querstraße.«

»Danke.« Dean setzte sich in Bewegung.

»Und fallen Sie nicht wieder hin«, rief ihm der Bärtige noch nach, doch Dean Jagger gab keine Antwort.

Er fand die Telefonzelle. Im Osten graute schon der Morgen, und die ersten Frühaufsteher fuhren bereits zu ihrer Arbeitsstelle.

Die Frau in der Zentrale versprach Dean Jagger, so schnell wie möglich einen Wagen vorbeizuschicken.

Trotzdem dauerte es einige Zeit, bis der Wagen kam. Der Fahrer wollte Dean im ersten Moment nicht mitnehmen, doch als Jagger die Fahrt schon im voraus bezahlte, ließ sich der Mann umstimmen. Dean konnte ihm seinen ersten Entschluß nicht einmal übelnehmen. So wie er aussah, mußte man sich ja fürchten.

Der Nachtportier wurde gerade abgelöst, als Dean durch den

Eingang des Apartmenthauses eilte. Jagger fuhr nach oben, schloß die Wohnungstür auf und stand schon zwei Minuten später unter der Dusche.

Die Wechselbäder waren eine Wohltat. Sie schienen förmlich die Mattheit aus seinem Körper hinwegzuspülen. Jetzt erst kam Dean Jagger dazu, sich über die vergangene Nacht Gedanken zu machen.

Hatte er alles tatsächlich erlebt? Die Hexe – den Tod mit der Sense – den Trank? Dean konnte es kaum glauben. Und wie war er auf diese Baustelle gekommen? Unbegreiflich.

Dean drehte die Brause ab. Ein Blick auf die Uhr zeigte ihm, daß es Zeit wurde, zum Ministerium zu fahren. Aber in seinem Zustand?

Jagger blickte in den Spiegel und erschrak vor sich selbst. Dunkle Ringe lagen unter seinen Augen. Die Lider waren gerötet, wie bei jemandem, der viel geweint hatte. Ein kratziger Bart bedeckte seine Wangen.

Automatisch begann sich Dean zu rasieren. Er bevorzugte die Naßrasur und konnte nicht vermeiden, daß er sich zweimal schnitt. Er fluchte nicht einmal darüber, sondern tupfte mit blutstillender Watte die Schnittstellen ab.

In seiner Beschäftigung wurde er durch das Schrillen des Telefons unterbrochen.

»Jagger«, meldete er sich mürrisch.

»Na endlich erreiche ich dich«, hörte er Ruths aufgeregte Stimme. »Was ist denn los? Ich versuche schon die ganze Nacht hindurch, dich anzurufen. Ich habe nicht geschlafen.«

»Glaubst du, ich?«

»Wie war das?«

»Ach nichts.«

»Schön, mein lieber Dean. Du bist mir ja keine Erklärung schuldig, wir sind ja schließlich nicht verheiratet, aber daß eine Konferenz die ganze Nacht hindurch dauert, das kannst du mir nicht weismachen. Die Ausreden haben früher gezogen. Heute nicht. Wenn du schon irgendwo hingehst, dann sei wenigstens ehrlich und sage es.«

»Du hast ja recht, Ruth«, sagte Dean Jagger. »Aber ich kann dir wirklich nicht sagen, was vergangene Nacht geschehen ist. Vielleicht später einmal. Du mußt mir glauben, Ruth, ich habe nichts Schlimmes getan, und ich werde das, was ich getan habe, auch wieder ins rechte Lot rücken. Glaube mir.«

»Hm.« Ruth dachte nach. Dann sagte sie. »Das fällt mir aber verflixt schwer.«

»Ich weiß, Ruth. Und ich kann dich auch völlig verstehen. Nun hab Vertrauen. Es ist vieles geschehen, ich weiß. Aber ich bin mir auch darüber klargeworden, daß ich dich liebe, Ruth. Und das ist am wichtigsten.«

Nach Deans Worten war es einen Augenblick lang still. Dann drang Ruths Schluchzen durch die Leitung. »Stimmt das wirklich, Dean?« preßte Ruth Foster hervor.

»Ja, es ist mein völliger Ernst.«

»Dann wird alles gut werden, Dean«, sagte Ruth mit flüsternder Stimme und legte auf.

Auch Dean Jagger ließ den Hörer auf die Gabel fallen. Er kam sich plötzlich wie ein Schuft vor. Er hatte Ruth seine Liebe gestanden. Durfte er das in seiner Situation überhaupt? Unwillkürlich drängte sich ihm das Bild der Hexe auf.

Nein! Das eine hatte mit dem anderen nichts zu tun. Dieser Hexenclub sollte von ihm aus zum Teufel gehen. Und das würde er auch Mister Robinson sagen.

Dean Jagger holte ein frisches Hemd aus dem Schrank und schlüpfte anschließend in seinen Anzug. Auf ein Frühstück verzichtete er. Großen Hunger hatte er sowieso nicht.

Unterwegs fiel ihm ein, daß sein Wagen ja noch am Ministerium parkte.

Um mit der Bahn oder dem Bus zu fahren, dazu war es zu spät. Also wieder ein Taxi.

Dean Jagger schaffte es soeben noch, pünktlich zu sein. Diesmal trank er den Kaffee, den seine Sekretärin ihm anbot. Die Frau blickte den jungen Beamten prüfend an, sagte jedoch keinen Ton.

Mehrmals griff Dean Jagger zum Hörer, um Dr. Paul Robinson anzurufen. Doch immer wieder zögerte er den letzten Schritt hinaus. Irgend etwas hielt ihn davon ab.

Als das Telefon läutete, schreckte er regelrecht zusammen.

»Jagger!«

»Guten Morgen, Mister Jagger«, ertönte Paul Robinsons Stimme. »Ich hoffe, Sie haben eine angenehme Nacht gehabt.«

Der Zynismus war aus Robinsons Worten klar herauszuhören.

Dean Jagger mußte sich beherrschen, um nicht kurzerhand den Hörer auf die Gabel zu schmettern.

Dean atmete durch. »Ich werde zu Ihnen kommen, Mister Robinson.«

»Ja, mein lieber Jagger. Darum wollte ich Sie eben bitten.«

»Ich bin nicht Ihr lieber Jagger!« schrie Dean und unterbrach wütend die Verbindung.

Wie ein Sturmwind fegte Dean durch das Vorzimmer, und seine Sekretärin konnte ihm nur einen fassungslosen Blick nachwerfen. So hatte sie ihn noch nie gesehen.

Die Tür zu Robinsons Büro stand offen. So brauchte Dean nicht erst durch das Vorzimmer zu laufen.

»Schließen Sie die Tür, und setzen Sie sich«, sagte Paul Robinson kalt.

Augenblicklich wurde Dean um einige Nummern kleiner. Er brauchte nur in Robinsons kalte Augen zu blicken, um zu wissen, daß ihm keine Teestunde bevorstand. Trotzdem nahm er allen Mut zusammen. »Sir«, zischte er mit zusammengebissenen Zähnen, »die vergangene Nacht, die . . .«

»Nun?« höhnte Robinson. »Was ist damit? Die Nacht war gut, und es werden noch zahlreiche Nächte folgen, in denen Sie, gerade Sie, Mister Jagger, dabeisein werden.«

»Das denken Sie auch nur, Sir.«

Paul Robinson lachte. »Was sind Sie nur für ein armer Wicht, Jagger? Sie werden Ihre Meinung gleich so schnell ändern, wie Sie es im Moment kaum für möglich halten.«

»Da bin ich aber mal gespannt.«

»Das können Sie auch, Jagger.« Robinson beugte sich zur Seite und holte aus seiner Schreibtischschublade einen Kassettenrecorder hervor. »Und nun hören Sie mal zu, Mister Jagger, Sie werden sich bestimmt wundern . . .«

»Komm ruhig näher, Bruder«, sagte Slicky und wippte mit dem rechten Fuß.

»Das hatte ich sowieso vor.« John deutete auf die Pistole. »Ihr Argument ist eben zu überzeugend.«

»Das meine ich auch«, erwiderte Slicky und grinste. Er fühlte sich völlig als Herr der Lage.

348

John hatte Zeit, ihn genau zu betrachten.

Slicky war ein mieser Typ mit verschlagenem Blick. Sein Haar war dunkel und glänzte vor Fett. Er hatte es nach hinten gekämmt, sogar über die Ohren. Slickys Oberlippe war dick und stieß fast mit der breiten Nase zusammen. Auf seiner Stirn glänzten Schweißtropfen. Schwarzes Kraushaar wucherte aus dem Ausschnitt des nicht mehr allzu sauberen Unterhemdes.

Die Blonde kam und schloß die Tür.

»Stell dich an die Wand«, sagte Slicky, »und misch dich nur nicht ein, denn was wir zu bereden haben, sind Männersachen. Stimmt doch, Bruder, oder?«

»Das kann man wohl sagen«, entgegnete John. Er spielte weiterhin den Gelassenen.

Die Blonde gehorchte, trippelte zur Wand und achtete dabei peinlich genau darauf, nicht in die Schußlinie zu geraten. Slicky und seine Biene waren eben Profis.

»So«, sagte Slicky und zeigte braune, von Nikotin gefärbte Zähne. »Was willst du Pinscher eigentlich von mir? Oder willst du Blondy? Wenn ja, wer hat dir den Tip gegeben?«

John verzog das Gesicht. »Können wir nicht ohne diese Kanone reden?«

»Kommt gar nicht in Frage. Das ist mein Argument. Ob ich es einsetzen werde, hängt davon ab, wie du dich benimmst. Also los. Spuck's endlich aus.«

»Nun gut«, sagte John, »ich wollte mit Ihnen reden, Slicky.«

»Das weiß ich bereits, verdammt. Aber was?«

John startete einen Bluff. »Ich bin ein guter Freund von Paul Robinson«, sagte er.

Slicky blieb vor Staunen der Mund offenstehen. »Du bist − Sie sind ein Freund von Robinson? Welchen meinen Sie denn? Sugar Ray, den Boxer?«

John Sinclair verzog das Gesicht. »Jetzt tun Sie mir aber wirklich leid, mein Freund. Sie wissen schließlich genau, von welchem Robinson ich spreche.«

»Laß dich nur nicht reinlegen, Slicky!« keifte die Blonde von der Wand her. »Der will dich doch nur aufs Glatteis führen. Der . . .«

»Halts Maul!« bellte Slicky. Seine Augen hatten sich zu Schlitzen verengt. »Nehmen wir mal an, Mister, es stimmt, was du mir da erzählt hast.« Slicky war wieder in die kumpanhafte Anrede gefallen. »Was will dieser Robinson dann von mir?«

John Sinclair hatte sich schon längst eine passende Ausrede zurechtgelegt. »Nun — er will sich mit Ihnen treffen. Es geht um . . .«

Slicky ließ den Oberinspektor gar nicht ausreden. Er begann schallend zu lachen. »Langsam habe ich das Gefühl, du spinnst, Kumpel. Ich kann mich gar nicht mit diesem Robinson treffen, ich kenne ihn nämlich nicht. Aber mich würde verdammt interessieren, wie du auf diese komische Idee kommst. Und nicht nur mich, sondern auch einige meiner Freunde. Sie haben es gar nicht gern, wenn man mich verdächtigt. Verstehst du das?«

»Vollkommen«, sagte John und ärgerte sich, daß sein Bluff danebengegangen war. Dieser Slicky war doch schlauer, als er angenommen hatte. Jetzt hieß es vorsichtig sein.

Mit einer geschmeidigen Bewegung erhob sich Slicky von seinem Bett.

Die Waffe rückte keinen Millimeter aus ihrer ursprünglichen Richtung. »Du mieser Pinscher«, knurrte Slicky und ging ein paar Schritte zur Seite, um an das Telefon zu gelangen, das auf einer kleinen dreibeinigen Kommode stand.

Mit der linken Hand nahm Slicky den Hörer ab, klemmte ihn zwischen Schulter und Kinn fest und wählte dann ebenfalls mit der linken Hand eine Nummer, die John aus seiner Sicht nicht feststellen konnte.

Es läutete dreimal durch, bis Slicky die Verbindung bekam. »Ja, ich bin's, Slicky. Hör mal zu, hier ist ein Typ, der dumme Fragen stellt. Ich habe das Gefühl . . .«

Slicky stockte. Der andere Teilnehmer hatte ihn unterbrochen. Er schien Slicky anzupfeifen, denn er bekam einen roten Kopf. Schließlich sagte Slicky: »All right. Ich werde das dann so machen, wie du es gesagt hast.«

Slicky legte den Hörer auf und machte einen schnellen Schritt zur Seite. »So, Bruder«, sagte er, »dann pack mal aus!«

»Was soll ich auspacken?«

»Deine Kanone oder Brieftasche, verdammt noch mal.«

»Gut. Wenn's weiter nichts ist.« John tat, als wolle er sich in sein Schicksal fügen. Er streckte seine rechte Hand in die Innentasche des Jacketts, beugte sich dabei leicht zur Seite und beobachtete Slicky aus den Augenwinkeln.

Der Ganove war nervös. Wahrscheinlich hatte er von seinem Boß einen Anpfiff bekommen. Jetzt wollte er alles wiedergutmachen.

John holte die Brieftasche hervor. Er wollte sie Slicky schon zuwerfen, da sagte dieser: »Stopp. Blondy, sieh nach, ob er eine Knarre hat.«

Die Blonde setzte sich in Bewegung. Unwillkürlich verfolgte Slicky sie mit den Augen. Für einen winzigen Moment nur ließ seine Konzentration nach.

Und das nützte John Sinclair aus.

Wie eine Rakete schoß sein rechtes Bein vor. Die Fußspitze knallte gegen Slickys Handgelenk. Der Tritt war mit solcher Wucht geführt worden, daß dem Ganoven die Pistole aus den Fingern gewirbelt wurde.

Augenblicklich setzte John nach. Ein knallharter Schlag gegen die Brust trieb Slicky quer durchs Zimmer. Er fiel auf das Bett und dann mit dem Hinterkopf gegen die Wand. Schlapp sackte er in sich zusammen.

Blondy blickte den Oberinspektor aus großen Augen an und begann plötzlich zu heulen. Die Tränen schossen wie Sturzbäche aus ihren Augen und bildeten mit der Schminke eine dicke Brühe.

»Hör auf«, sagte John zu der Blonden, hob seine Brieftasche auf und beförderte die heulende Maid zu einem Stuhl. »Da bleibst du schön sitzen, mein Täubchen.«

Blondy nickte.

John nahm Slickys Pistole an sich. Er bekam große Augen, als er sah, daß sie nicht einmal geladen war.

»Macht er das immer so?« wandte sich John an die Blonde.

Sie hob das verheulte Gesicht. »Was?«

»Daß er seine Kanone nicht lädt.«

»Weiß ich nicht.«

John hob die Schultern. »Ist auch nicht mein Bier.« Er trat ans Bett, hakte die Handschellen von seinem Hosengürtel los und legte Slicky die stählerne Acht um die Gelenke.

Als Blondy die Handschellen sah, begann sie wieder zu heulen. »Sie — Sie sind von der Polizei?« schluchzte sie.

»Sogar vom Yard.«

»Ach du meine Güte. Dann kann Slicky einpacken. Und ich auch«, fügte sie mit sehr viel Selbstmitleid hinzu.

John Sinclair grinste. »Ausnahmsweise sind wir mal derselben Meinung.«

Dann mußte er sich um Slicky kümmern, der gerade wieder zu sich kam.

Der Ganove bot wirklich ein Bild des Jammers. Sein fettiges Haar war zerzaust und hing in Strähnen herab. Außerdem begann aus dem Haarwirrwarr langsam eine Beule zu wachsen. Sie hatte schon die Größe eines Taubeneis.

John packte Slicky am Kragen und warf ihn auf das Bett. Dann hob er Slickys Arme. Die Handschellen blinkten dicht vor den Augen des Ganoven.

»Damit Sie genau wissen, mit wem Sie es zu tun haben«, sagte John Sinclair.

»Du – äh – Sie sind ein Bulle?« stöhnte Slicky.

»So nennt man mich auch. Mein richtiger Name ist allerdings John Sinclair, und ich bin Oberinspektor bei Scotland Yard.«

»Auch das noch«, flüsterte Slicky.

»Können Sie aufstehen?« fragte John.

»Weiß nicht.«

John tippte dem Mann mit dem Finger gegen die Brust. »Ich würde an Ihrer Stelle nicht patzig werden. Wenn das die Richter erfahren, werden sie komisch.«

»Die Richter?« staunte Slicky.

»Aber sicher. Sie werden angeklagt. Tätlicher Angriff auf einen Staatsbeamten.«

»Woher sollte ich das denn wissen?« stammelte Slicky.

»Das andere ist bald noch schlimmer. Ein harmloser Bürger hätte sich nicht so wehren können wie ich.«

Slicky resignierte. »Also gut«, sagte er, »was wollen Sie wissen?«

John schüttelte den Kopf. »Nicht hier. Wir werden zum Yard fahren und dort ein Protokoll aufnehmen. Sie können sich unterwegs schon überlegen, was Sie alles erzählen wollen. Und lassen Sie ja nichts aus.«

John zog Slicky vom Bett. Er ließ den Ganoven vor sich hergehen. Als sie an Blondy vorbeikamen, blieb John stehen. »Lassen Sie sich nur nicht einfallen, zu verschwinden. Es könnte sein, daß wir Sie brauchen.«

»Nein, nein, ich bleibe schon hier«, jammerte Blondy.

»Ich sehe, wir verstehen uns.«

Im Flur war es immer noch dunkel.

»Gibt es hier kein Licht?« wollte John wissen.

»Es brennt nicht«, antwortete Slicky.

Die anderen Mieter hatten ihre Wohnungstüren aufgezogen und lugten neugierig in den Flur. Manche kicherten schadenfroh. Slicky schien nicht sehr beliebt zu sein.

John Sinclair kam mit seinem Fang heil unten an. Auf der Straße atmete der Oberinspektor erst einmal tief frische Luft ein.

Er wandte sich mit Slicky nach rechts, um zu seinem Bentley zu gehen.

In diesem Augenblick bog ein Wagen in die Seitenstraße ein. Die grellen Lichtfinger der Scheinwerfer nagelten John und Slicky auf der Stelle fest.

Im Bruchteil einer Sekunde wurde sich John Sinclair der Gefahr bewußt.

»Hinlegen!« gellte seine Stimme.

Und dann war die Hölle los!

Paul Robinson stellte den Recorder auf seinen Schreibtisch. Das Gerät war kaum größer als eine Brieftasche, aber äußerst leistungsstark.

Robinson drückte auf den kleinen Starterknopf. Dabei blickte er Dean Jagger höhnisch an.

Die Spulen begannen sich zu drehen. Erst war nur ein leises Rauschen zu hören, doch dann flüsterte eine Stimme. Eine Männerstimme.

Dean Jagger zuckte zusammen. Die Stimme kannte er nur zu gut. Sie gehörte ihm.

»Hören Sie genau zu«, sagte Robinson, und in seinen Augen funkelte ein kaltes Feuer.

Dean Jagger saß leicht vornübergebeugt in angespannter Haltung auf dem Stuhl. Er konnte seinen Blick nicht von dem kleinen Gerät auf dem dunklen Schreibtisch wenden.

Jaggers Stimme klang ruhig, beinahe schläfrig. Er berichtete von seiner Kindheit, seiner Jugend und kam dann automatisch auf seinen Job zu sprechen, ohne daß ihn jemand dazu aufgefordert hätte. Er erzählte von seiner Dienststelle, den Vorgesetzten, den Kollegen und plötzlich – Dean hielt den Atem an.

Klar und deutlich gab das Band Dienstgeheimnisse wieder, die Dean ausgeplaudert hatte. Er berichtete von Beschlüssen, die nicht für die Öffentlichkeit bestimmt waren, die reine Verschlußsachen waren. Jagger gab Pläne preis, an denen die britische Regierung momentan arbeitete. Dann war das Band abgelaufen.

Mit einer lässigen Bewegung schaltete Paul Robinson es ab. Er lachte höhnisch. »Na, Mister Jagger, ist die kleine Überraschung gelungen?«

Dean konnte keine Antwort geben. Kreidebleich hockte er auf seinem Stuhl. Vor seinen Augen begann sich alles zu drehen, der Schreibtisch, sein Vorgesetzter, das Fenster . . .

Dean atmete tief durch und schloß die Augen. Allmählich ebbte der Schwächeanfall ab. Nur seine Hände – die zitterten, als stünden sie unter Strom.

Paul Robinson ließ Dean Jagger Zeit, sich wieder zu erholen. Er bot ihm sogar eine Tasse Kaffee an, doch Dean schüttelte den Kopf. Dann sagte er leise: »Gut, Mister Robinson, Sie haben mich in der Hand. Ich habe vorher nicht gewußt, auf was ich mich einließ.«

Robinson lachte. »Ich weiß, danach ist man immer klüger. Aber sagen Sie ehrlich, hat Lukretia Ihnen nicht gefallen?«

»Spielt das jetzt noch eine Rolle?«

»Eine sehr große sogar. Erinnern Sie sich an den Trank? Er bestand aus einer gefährlichen Mischung. Er wird Ihre Sehnsucht wecken, Jagger. Die Sehnsucht nach Lukretia. Ich gebe zu, Sie werden sich am Anfang dagegen auflehnen, aber der Drang in Ihnen wird stärker sein. Lukretia lockt, und Sie werden alles tun, um diese Frau wiederzusehen. Alles, Mister Jagger.«

»Nein, niemals«, beteuerte Dean Jagger. »Diese verdammte Hexe kann mir gestohlen bleiben, Sie . . .«

»Beherrschen Sie sich«, sagte Robinson kalt. »Sie können sich darauf verlassen, es wird alles so eintreffen, wie ich es vorausgesagt habe. Aber wenn Sie Lukretia dann sehen wollen, müssen Sie zu mir kommen, denn nur ich weiß, wo Sie sie finden können.« Robinsons letzte Worte hörten sich an wie das Zischen einer Schlange. »Und ich werde Sie dann auch hinführen. Ich bin schließlich kein Unmensch. Nur tue auch ich nicht alles umsonst. Jeder hat seinen Preis.«

»Und welchen soll ich zahlen?«

»Sie werden für mich arbeiten«, sagte Paul Robinson.

Dean Jagger deutete mit dem Zeigefinger auf seine Brust. »Ich verstehe nicht. Ich soll für Sie . . . Aber ich arbeite doch schon als Ihr Assistent . . .«

Paul Robinson unterbrach ihn mit einer knappen Handbewegung. »Nicht wie Sie sich das vorstellen, Jagger. Sie werden für mich spionieren, um mal im Klartext zu reden.«

»Nein!« Dean Jaggers Antwort kam wie aus der Pistole geschossen.

Robinson winkte ab. »Das haben schon einige vor Ihnen gesagt. Verlassen Sie sich darauf, Sie werden noch angekrochen kommen. Ich habe Ihnen sogar schon ein neues Aufgabengebiet eingeteilt. Sie werden erst einmal in eine Partei eintreten. In welche, das sage ich Ihnen noch. Dann werden Sie . . .«

Dean Jagger sprang auf. »Nichts werde ich!« brüllte er. »Nichts! Ich gehe höchstens zur Polizei oder zum Secret Service, damit Ihnen Ihr schmutziges Handwerk gelegt wird.«

»Sie sind übermütig, Jagger«, sagte Paul Robinson kalt. »Aber ich halte das Ihrer Jugend zugute. Die Polizei oder die Abwehr werden Ihnen nicht helfen können — und auch nicht glauben. Haben Sie denn Beweise?«

»Die beschaffe ich mir schon noch.«

Paul Robinsons Lächeln war süffisant. »Und wo, wenn ich fragen darf? Wissen Sie überhaupt, wo Sie in der vergangenen Nacht gewesen sind? Sie waren irgendwo in einem Gewölbe. Klar. Aber können Sie auch beschreiben, wo sich das Gewölbe befindet? Und wie ist es gekommen, daß man Sie auf einer Baustelle gefunden hat? Das müssen Sie erst einmal erklären. Nein, mein lieber Jagger, Sie stecken mit drin. Aussteigen können Sie nicht.«

Dean Jagger ballte die Hände zu Fäusten. Noch immer war er puterrot im Gesicht. »Sie werden verstehen, Sir, daß ich unter diesen Umständen nicht weiterarbeiten kann. Wenigstens heute nicht. Ich werde nach Hause fahren.«

»Bitte. Ich hindere Sie nicht daran.« Robinsons Stimme klang glatt und höflich.

Dean Jagger machte auf dem Absatz kehrt und verließ das Büro grußlos. Er ging in sein Zimmer, packte dort einige Akten zusammen, sagte seiner Sekretärin Bescheid, daß er etwas zu erledigen hätte, und fuhr nach unten.

Sein Morris stand so, wie er ihn verlassen hatte, auf dem Parkplatz. Dean fingerte die Autoschlüssel aus der Tasche und schloß die Tür auf.

Aufatmend ließ er sich auf den Sitz fallen. Automatisch warf er einen Blick in den Innenspiegel und zuckte wie elektrisiert zusammen.

Aus dem engen Raum zwischen Vorder- und Rücksitz erhob sich eine Frau.

Es war Lukretia, die Hexe!

Dean Jagger hatte plötzlich das Gefühl, von innen her zu vereisen. Weiche Finger strichen über sein Haar, berührten seinen Nacken und verharrten auf den Schultern.

»Kennst du mich nicht mehr, Dean Jagger?« lockte eine leise Stimme. »Du hast meinen Trank in dir und gehörst nun zu den Auserwählten. Freue dich, Dean Jagger. Ich werde dir all das geben, was du dir in deinen verborgensten Träumen immer gewünscht hast.«

Die Hexe verstummte. Mit schlangengleichen Bewegungen überwand sie die Lehne und saß wenig später neben Dean auf dem Beifahrersitz.

Noch immer war Dean Jagger nicht fähig, sich zu bewegen. Erst als Lukretia magische Gesten vollführte, wich die Starre von ihm.

Dean wandte den Kopf.

Die Augen der Hexe waren eine einzige Verlockung. Sie schienen alles zu versprechen und waren doch so unergründlich wie die Frau selbst.

Dean Jagger riß sich zusammen. Er versuchte, an etwas anderes zu denken, doch er konnte sich nicht konzentrieren.

Es war der Einfluß der Hexe.

»Heute nacht«, flüsterte Lukretia, »heute nacht werden wir uns wiedersehen. Und es wird der Hexensabbat gefeiert, bei dem Satan persönlich das Zepter schwingen wird. Bist du bereit, Dean Jagger?«

In Dean Jagger bäumte sich noch ein letzter Rest von Widerstandswillen auf. Sag nein! schrie es in ihm. Laß dich nicht einfangen! Denk an deine Zukunft, an Ruth und . . .

Und doch hatte Dean nicht mehr die Kraft. Er flüsterte nur: »Ja, Lukretia, ich werde kommen!«

Die Hexe lachte. »Ich wußte es, Dean Jagger. Und du wirst es nicht bereuen. Wir werden ein Fest feiern, wie es selbst die Mächte der Finsternis noch nicht erlebt haben. Aber wenn du mich betrügen willst, Dean Jagger, wirst du für immer ein Verlorener sein. Lukretias Strafe ist grausam. Wehe demjenigen, der mich zum Feind hat. Denke immer daran.«

Dean nickte schwerfällig. »Wie komme ich zu dir?« fragte er und erkannte seine Stimme kaum wieder.

»Dein Freund wird dich mitbringen.«

»Wen meinst du damit?«

»Aber Dean. Es ist doch Paul. Paul Robinson. Geh nur zu ihm, er weiß Bescheid. Also bis heute abend.«

Dean Jagger wollte noch eine Frage stellen, doch plötzlich geschah etwas Unbegreifliches. Die Gestalt der Hexe wurde durchscheinend wie Glas. Dean sah für einen Moment ein blankes, grinsendes Knochengesicht, und dann war auch das verschwunden.

Der Platz, auf dem Lukretia gesessen hatte, war leer!

Dean Jagger wischte sich über die Augen. Er hatte das Gefühl, geträumt zu haben. Hatte hier tatsächlich die Hexe gesessen? Dean schüttelte den Kopf. Unglaublich, er mußte geschlafen haben.

Der Streit mit Paul Robinson fiel ihm wieder ein, und er dachte daran, daß er nach Hause fahren wollte. Dann kam ihm der Gedanke, Ruth Foster abzuholen. Ja, das würde er tun. Es war gerade die richtige Zeit.

Dean lächelte, als er an Ruth dachte. Er wollte mit ihr in irgendein nettes Restaurant fahren, dort gut essen und dann – na, das würde sich schon ergeben. Und Paul Robinson, der konnte ihm heute gestohlen bleiben.

Dean drehte den Zündschlüssel und kurvte wenige Minuten später vom Parkplatz. Geschickt ordnete er sich in den fließenden Verkehr ein.

An Lukretia dachte er nicht mehr. Und erst recht nicht an ihre Drohung . . .

Der Wagen schoß auf sie zu wie ein gefräßiges Raubtier. John blieb keine Zeit, um erst noch große Überlegungen anzustellen. Er rammte Slicky seine recht Faust gegen die Brust, und der Ganove fiel um wie ein Brett. Er brüllte, als er auf den Boden knallte.

John reagierte noch im selben Atemzug. Während Kugeln an seinem Kopf vorbeifegten, prallte der Oberinspektor schon auf das Pflaster. Schalldämpfer, dachte er noch, dann war der Wagen vorbei.

John Sinclair rollte sich auf den Rücken. Mit einer tausendmal geübten Bewegung zog er seine Pistole.

Der Killerwagen bremste. Reifen jaulten häßlich über den Asphalt. Links und rechts des Wagens flogen die Türen auf. Die Schießer verstanden ihr Geschäft, sie gingen hinter den offenstehenden Wagentüren in Deckung.

John Sinclair feuerte im Liegen. Die Schüsse zerrissen die Stille der schmalen Straße. Das Blei klatschte in die linke Autotür. Der Killer dort machte sich klein.

John sprang auf, wechselte den Standort. Wie richtig er damit gehandelt hatte, bewiesen die nächsten Sekunden, denn dort, wo er eben noch gelegen hatte, rissen Bleihummeln Funken aus der Straßendecke.

John Sinclair flog förmlich auf Slicky zu, packte ihn mit der freien Hand am Kragen und versuchte, ihn in einen Hauseingang zu zerren.

Slicky war vor Angst wie von Sinnen. Er strampelte mit den Beinen und schlug wild um sich. Dabei brüllte er immer wieder: »Ihr Schweine! Ihr Schweine!«

John achtete nicht auf das Geschrei, sondern feuerte rückwärtsgehend auf den Gangsterwagen.

Seine Kugeln zerfetzten das Blech.

Aber auch die Killer waren nicht faul. Einer von ihnen flog plötzlich mit einem wahren Panthersatz über die Straße, rollte sich geschickt ab und zog dreimal den Stecher seiner Waffe durch.

Die Schußgeräusche waren kaum zu hören, und doch schlug der Tod mit gnadenloser Präzision zu.

Urplötzlich bäumte sich Slicky auf. Sein Schrei verstummte in einem Gurgeln.

Alles war höllisch schnell gegangen. Der Killer, der Slicky

erwischt hatte, sprang auf und rannte schießend auf John Sinclair zu.

Der Hechtsprung des Oberinspektors war zirkusreif. Mit einem gewaltigen Satz schnellte er zur Seite, schrammte gegen eine Hauswand und knallte auf das Pflaster. Feurige Kreise zerplatzten vor Sinclairs Augen, doch John gab sich nicht geschlagen.

Er schoß aus der Drehung.

Der Killer, der John die Kugeln nachgeschickt hatte, wurde tödlich von dem Blei in die Brust getroffen. Er riß beide Arme hoch, preßte seine Hände auf die Einschußwunde und brach zusammen.

John rannte wie ein Wiesel auf die andere Straßenseite. Fieberhaft fingerte er nach einem Ersatzmagazin, schob es in den Pistolenkolben und warf sich in eine schmale Einfahrt.

Der Oberinspektor sprang wieder auf die Füße und peilte vorsichtig um die Hausecke.

Der zweite Killer hetzte zurück, zu seinem Wagen. John konnte jetzt erkennen, daß es ein schwerer Citroën war.

»Stehenbleiben!« gellte Johns Stimme.

Der Killer dachte nicht daran.

John Sinclair jagte ihm einen Warnschuß neben die Füße.

Da kreiselte der Killer herum. Er streckte beide Arme vor, hatte demnach zwei Waffen in den Händen.

Jetzt kam es auf Bruchteile von Sekunden an. John schoß den berühmten Herzschlag früher.

Der Killer wurde von der Wucht des Kugelaufpralls zurückgestoßen, konnte zwar selbst noch abdrücken, doch das Blei jaulte in den Nachthimmel.

Der Killer kippte rücklings gegen den Wagen, verlor den Stand und rutschte wie im Zeitlupentempo am hinteren Kotflügel des Citroëns zu Boden. Er blieb auf der Straße sitzen.

Mit schußbereiter Waffe näherte sich John den beiden Killern. Der Mann am Wagen war tot. Sein Kumpan, der auf der Straße lag, starb, als John sich gerade neben ihn kniete.

Um Slicky war es nicht viel besser bestellt. Er lag halb in dem Hauseingang und hatte seine rechte Hand auf die Schußwunde in der Brust gepreßt. Zwischen seinen gespreizten Fingern sickerte Blut hervor.

Slicky war bewußtlos.

Jetzt trauten sich die ersten Menschen aus den Häusern. Die Stille des Todes wurde durch hysterische, schreiende Stimmen unterbrochen. Zwei Polizisten tauchten auf. Ihr Atem flog.

»Rufen Sie einen Krankenwagen und die Mordkommission«, ordnete John an und wies sich aus.

»Sofort, Herr Oberinspektor.« Einer der Beamten rannte weg.

Eine schreiende Frau lief über die Straße. Es war Blondy. Als sie den schwerverletzten Slicky im Hauseingang liegen sah, wollte sie sich auf ihn stürzen.

John konnte sie gerade noch zurückhalten. »Aber es ist Slicky«, heulte die Blonde. »Was haben sie mit ihm gemacht?«

John zog die schreiende Frau weg. Immer mehr Menschen hatten sich angesammelt. Sie verstopften die enge Straße.

»Machen Sie doch Platz!« brüllte der Oberinspektor, als er das Blaulicht eines Krankenwagens aufblitzen sah. Die Menge schob sich nur widerwillig zur Seite.

Zwei Sanitäter kümmerten sich auf Johns Anweisung sofort um den schwerverletzten Slicky. Die beiden Killer würden von der Mordkommission abgeholt und in einem Zinksarg wegtransportiert werden.

Blondy hatte sich noch immer nicht beruhigt. Sie wollte unbedingt mit in den Krankenwagen.

John Sinclair schrie sie schließlich an. Jetzt endlich gab Blondy Ruhe.

Der Krankenwagen fuhr weg. Die Sirene jaulte, und das Blaulicht rotierte aufgeregt.

John Sinclair hielt Blondy am Handgelenk gepackt. Er suchte sich mit ihr eine relativ stille Ecke. »So, Blondy«, sagte der Oberinspektor, »Sie wollen doch auch, daß die Männer zur Rechenschaft gezogen werden, die Slicky angeschossen haben.«

Blondy nickte unter Tränen.

»Schön. Die beiden Killer leben nicht mehr. Aber auch als Tote können sie uns unter Umständen noch Hinweise geben, und zwar auf die Hintermänner. Wollen Sie mir und uns dabei helfen?« fragte John.

»Ja, Sie können sich auf mich verlassen.«

»Fein. Wir werden uns jetzt gemeinsam die beiden Toten ansehen. Vielleicht kennen Sie die Männer.«

»Ich hatte mit Slickys Freunden kaum Kontakt.«

»Aber ein Versuch kann nicht schaden.«

Blondy nickte schweigend.

John hätte der Blonden den Anblick liebend gern erspart, aber im Moment war es die einzige Chance, in dem Fall weiterzukommen.

Blondy starrte auf den ersten Toten, der neben dem Wagen saß. Die Frau hatte die Handknöchel gegen den Mund gepreßt und schluckte krampfhaft. Dann schüttelte sie den Kopf. »Nein«, preßte sie hervor, »ich kenne den Mann nicht.«

John Sinclair umfaßte Blondys Schulter. »Jetzt noch den zweiten«, sagte er und bemerkte, daß inzwischen mehrere Wagen mit Bereitschaftspolizei eingetroffen waren. Die Beamten räumten die Straße. Gleichzeitig hielten sie eventuelle Zeugen fest.

Auch den zweiten toten Killer kannte Blondy nicht.

»Es ist schon gut«, sagte John und gab die Frau in die Obhut einiger Polizisten.

Er selbst zündete sich eine Zigarette an. Sie tat ihm gut nach all der durchgestandenen Anstrengung. Dann sah sich John die Toten noch einmal ganz genau an.

Die Vermutung, die er schon vorher gehabt hatte, wurde zur Gewißheit. Die Killer waren Ausländer. John tippte auf einen vorderasiatischen Staat. Es schien tatsächlich der Fall zu sein, daß es sich hier um eine Spionageaffäre handelte.

John wußte von anderen Kollegen, daß dies immer ein verdammt heißes Eisen war. Meist liefen sogar die Fäden in irgendeiner Botschaft zusammen. Hier hockten dann die Drahtzieher, beriefen sich auf ihre Immunität, und man kam an sie nicht heran.

Wenig später nahm die Mordkommission ihre Arbeit auf. Zum Glück fand man bei den Toten Papiere. Die Männer hießen Achmed Naida und Ben Sachat. Sie hatten die libanesische Staatsbürgerschaft und besaßen nur ein befristetes Aufenthaltsvisum für die Britischen Inseln.

Welche Verbindung hatte Slicky zu den beiden gehabt? John nahm an, daß der kleine Ganove nur als Bote fungiert hatte. Sein Anruf vorhin war ein höllischer Fehler gewesen. Die Killer brauchten nur zwei und zwei zu addieren, um herauszufinden, daß Slicky eine Gefahr darstellte.

Es war eine verteufelte Situation, in der John Sinclair steckte. Die

Spur Slicky war vorerst abgerissen. Auch wenn Slicky durchkam, würde es Tage dauern, bis man ihn wieder vernehmen konnte. Aber da war noch die Spur Paul Robinson. John war sicher, daß der Mann Dreck am Stecken hatte. Er mußte ihn einfach sprechen.

John blickte auf seine Uhr. Die Nacht neigte sich schon dem Ende zu. Ein neuer Tag graute im Osten. John regelte noch alles Notwendige mit dem Leiter der Mordkommission. Dann rief er Superintendent Powell in dessen Privatwohnung an. Er brauchte jetzt Rückendeckung, wenn er mit Robinson ein ernstes Wort reden wollte.

Powells Stimme klang nicht einmal verschlafen. John erklärte mit einigen kurzen Sätzen die Sachlage und erhielt von Powell schließlich die Vollmachten.

Zufrieden legte der Oberinspektor auf. Er hatte vom Wagen der Mordkommission aus angerufen. Die Beamten waren noch immer im Einsatz. Vor allen Dingen wurden die Zeugen vernommen. Wie John jedoch am Rande mitbekam, war es ein nutzloses Unterfangen. Niemand hatte oder wollte etwas gesehen haben.

»Es dauert natürlich noch einige Zeit, bis wir sämtliche Spuren ausgewertet haben«, sagte der Chef der Abteilung zu John. »Wir schicken Ihnen dann eine Kopie zu.«

»Tun Sie das.«

Der Inspektor stieß John Sinclair an. »Sagen Sie ehrlich, Kollege, da steckt doch mehr dahinter als nur ein normaler Bandenmord.«

Sinclair hob die Schultern. »Sie haben recht, aber leider darf ich Ihnen nichts sagen.«

»Na ja, schon gut. Ich wunderte mich nur, daß Sie auf einmal hier mitmischen. Geister und Dämonen scheinen doch nicht im Spiel zu sein.«

»Wie es aussieht, nicht. Aber was nicht ist, kann noch werden. Egal, Inspektor, es bleibt bei unserer Absprache.«

»Ja.«

John nickte zufrieden, ging dann zu seinem Bentley und fuhr los. Er wollte nach Hause, sich dort zwei Stunden hinlegen, um Paul Robinson am Vormittag doch in seinem Büro aufzusuchen. Denn mittlerweile hatten sich die Vorzeichen zu stark geändert.

Dean Jagger wußte, daß sich Ruth immer um die Mittagszeit in einem kleinen Stundentencafé aufhielt. So war es auch heute.

Ruth saß inmitten einer Clique von jungen Leuten. Die Stimmung war großartig, trotz Orangenflips und Cola.

Dean Jagger blieb draußen vor der Scheibe stehen. Er beobachtete Ruth Foster einige Minuten und winkte dann ein paarmal mit der Hand.

Einer von Ruths Freunden hatte Dean gesehen und stieß das Girl an. Ruth sah in Richtung Scheibe, stutzte einen Moment, sprang dann auf und lief aus dem Lokal.

»Warum kommst du denn nicht rein?« sagte sie zur Begrüßung. »Die anderen werden dich schon nicht fressen. Es sind alles sehr nette Leute.«

»Das glaube ich dir«, erwiderte Dean und blickte Ruth an. Sie trug ein modisch langes Kleid mit roten Tupfen auf blauem Grund. Das Kleid war auf Figur gearbeitet worden, und Dean konnte erkennen, daß Ruth auf einen BH verzichtet hatte.

Sie hatte wohl Deans Blick bemerkt und fragte kokett: »Gefalle ich dir?«

»Und wie.«

Ruth lachte. Für einen winzigen Augenblick schienen leuchtende Funken in ihren Augen zu tanzen, doch dann wurde Ruth schlagartig wieder ernst.

»Wieso bist du hier?« fragte sie und schob Dean ein Stück zur Seite, weg von den Blicken ihrer Freunde.

»Ich habe mir freigenommen.«

Ruth war überrascht. »Das ist ja noch nie passiert. Hattest du einen Grund?«

»Ich wollte dich zum Essen einladen.«

»Prima Idee. Ich habe nämlich großen Hunger. Warte, ich hole nur eben meine Jacke.«

Ruth lief zurück in das Café, wechselte mit ihren Freunden noch ein paar Worte, zahlte und zog sich ihre Wildlederjacke über.

»Mein Wagen steht in einer Seitenstraße«, sagte Dean. »Dort ist auch gleich eine Pizzeria.«

»Du weißt, wie man mich herumkriegt, was?« Ruth hängte sich lachend bei Dean ein.

Auf dem kurzen Wegstück erzählte sie von der Vorlesung, doch Dean hörte ihr gar nicht richtig zu.

Das Lokal war gut besucht, und die beiden hatten Glück, daß sie noch einen freien Tisch fanden. Beide bestellten eine große Pizza und italienischen Salat dazu.

Das Essen kam nach zehn Minuten. Ruth hatte wirklich Hunger. Sie schaffte ihre Pizza, während Dean die Hälfte übrigließ.

»Hat es dir nicht geschmeckt?«

Dean lächelte verkrampft. »Schon.«

»Klang aber nicht gerade überzeugend.« Ruth legte beide Unterarme auf die Tischplatte. »Dean, irgend etwas stimmt mit dir nicht. Ich spüre das. So schlecht wie heute hast du noch nie ausgesehen.«

Dean wiegte den Kopf. »Ich habe eben nicht besonders gut geschlafen.«

»Das ist doch eine faule Ausrede. Denk nur mal an gestern abend. Glaubst du im Ernst, ich habe dir die Konferenz abgenommen? Wer weiß, wo du dich herumgetrieben hast. Dean, du verschweigst mir etwas, da bin ich mir vollkommen sicher.«

»Und was sollte ich dir verschweigen?«

»Das werde ich schon noch herausfinden. Hast du Ärger? Sorgen? Du bist nicht der Typ, der sich die Nächte um die Ohren schlägt. Etwas ist faul, und dabei bleibe ich.«

»Da kann ich dir auch nicht helfen«, sagte Dean.

Ruth trank ihr Glas leer und bestellte sich ein neues.

»Wenn der Ober kommt, können wir dann auch gleich zahlen«, meinte Dean.

»Meinetwegen Aber hast du noch etwas Bestimmtes vor?«

»Eigentlich nicht. Wir könnten aber zu mir fahren.«

Ruth drohte mit dem rechten Zeigefinger. »Ah, so hast du dir das vorgestellt. Du bist ja ein ganz Schlimmer. Erst eine Frau zum Essen einladen und dann die Briefmarkensammlung zeigen.«

Dean grinste verschmitzt. »Ich sammle aber keine Marken.«

»Dann zeig mir eben etwas anderes«, meinte Ruth und streichelte Deans Hand.

Ehe Dean Jagger antworten konnte, erschien der Ober mit der Rechnung. Der junge Mann bezahlte und verließ Arm in Arm mit Ruth Foster die Pizzeria.

Es war noch ein herrlicher Herbsttag geworden. Der Wind hatte die Wolken des Vormittags vertrieben, und am postkartenblauen Himmel lachte eine gelbweiße Sonne.

Ruth Foster setzte sich in den Morris und verschränkte beide Hände im Nacken. »Weißt du was, Dean, ich bin so richtig froh, daß du mich abgeholt hast. Diesen Tag werden wir nie vergessen.«

Das Girl hatte recht. Den Tag würde sie auch nicht vergessen . . .

Sie erreichten Dean Jaggers Wohnung innerhalb von zwanzig Minuten. Als der Portier des Apartmenthauses die beiden durch die Halle gehen sah, lächelte er verständnisvoll und dachte an seine eigene Jugend, die auch ziemlich stürmisch gewesen war.

Im Fahrstuhl hauchte Ruth dem jungen Mann einen Kuß auf die Lippen. Wiegend bewegte sie ihren Oberkörper.

»Ich hätte mal richtig Lust, wieder tanzen zu gehen. Machst du mit?«

»Wenn du möchtest.«

»Bravo!« Ruth klatschte in die Hände. »So kenne ich dich gar nicht. Du hast dich wirklich zu deinem Vorteil verändert.«

Der Lift hielt.

Dean drückte die schmale Tür auf und ließ seiner Freundin den Vortritt.

»Du mußt schon entschuldigen«, sagte er, »aber es ist nicht aufgeräumt. Ich hatte heute morgen keine Lust mehr dazu.«

»Zeig mir eine Junggesellenwohnung, die in Ordnung ist«, erwiderte Ruth.

Dean Jagger schloß auf.

Ruth krauste die Nase. »Hm, hier riecht es wirklich nicht gut. Ich werde erst mal lüften.«

Innerhalb weniger Augenblicke hatte sie die Fenster aufgerissen. Frische Herbstluft strömte in die Wohnung.

Dean hatte inzwischen sein Jackett ausgezogen und die Krawatte abgenommen. Als er in den Living-room kam, lag Ruth auf der Couch. Ein Bein hatte sie über die Lehne gelegt.

Das Girl drehte den Kopf. »Legst du eine Platte auf, Dean?«

»Sicher. Was willst du hören?« Dean ging zum Plattenschrank. Es war eine Truhe, die er von seinen Eltern geerbt hatte. Mit Radio und Tonband. Allerdings kein Stereo.

»Nimm irgendeine Scheibe, Dean. Etwas, wonach man tanzen oder träumen kann.«

Dean lächelte, als er sich seine LP-Sammlung ansah. »Hier ist noch eine alte Mantovani-Scheibe.«

»Ja, laß die laufen. Das ist annehmbare Nostalgie.«

Wenig später füllte die süßlich-sentimentale Geigenmusik den Living-room.

»Entschuldige mich einen Augenblick«, sagte Dean, »aber ich möchte mir nur eben die Hände waschen.«

Ruth schien ihn nicht gehört zu haben. Sie achtete nur auf die Musik, die ihrer augenblicklichen Stimmung so sehr entgegenkam.

Dean betrat das Bad. Es gab kein Fenster, nur eine Lüftung. Das Gitter befand sich im oberen Teil der Wand. Das Bad war klein. Wanne, Waschbecken und Toilette paßten soeben hinein. Kacheln gab es nicht, dafür einen mit Ölfarbe gestrichenen Sockel.

Dean hatte sich die Hemdsärmel schon hochgekrempelt und Licht gemacht. Er wandte sich dem Spiegel über dem Waschbecken zu und faßte automatisch nach dem Wasserhahn.

Im selben Augenblick griff das Grauen nach ihm.

Aus dem Spiegel starrte ihn ein Gesicht an. Das Gesicht der Hexe!

Stocksteif verharrte Dean Jagger mitten in seiner Bewegung. Sein Blick wurde von dem Frauengesicht angezogen, als wäre es ein Magnet.

»Hast du mich vergessen, Dean Jagger?« tönte die Stimme der Hexe.

Dean schüttelte den Kopf.

»Was macht dann die Frau in deiner Wohnung?«

Dean öffnete den Mund, wollte antworten, doch kein Laut drang über seine Lippen.

»Du brauchst nichts zu sagen«, flüsterte Lukretia wieder. »Ich weiß schon, sie gefällt dir. Aber das darf sie nicht. Du gehörst mir. Hast du das vergessen? Denk an den Trank der Hexe, der in deinen Adern fließt. Dadurch hast du dich für immer in meinen Bann begeben.«

»Ja«, hauchte Dean Jagger. Er spürte, daß er wieder klarer denken konnte. Er hörte sogar die Geigenmusik aus dem Living-room.

Das Gesicht im Spiegel verzog sich zu einem triumphierenden Lächeln. »So ist es gut, Dean Jagger. Und damit du ein für allemal weißt, zu wem du gehörst, mußt du mir jetzt noch einen Gefallen tun.«

Dean atmete schwer. »Welchen?« fragte er dann rauh.

»Siehst du das Rasiermesser auf dem kleinen Brett hier unter dem Spiegel?«

Dean nickte.

»Nimm es!«

Dean streckte seinen rechten Arm aus, öffnete die Hand, und seine Finger umfaßten den schmalen Griff des Messers.

»Klapp es auf!« forderte Lukretia.

Auch das tat Dean. Das Licht der Deckenlampe brach sich funkelnd auf der höllisch scharfen Klinge.

»So ist es gut, mein Freund. So, und jetzt geh! Geh zu ihr, zu dem Weib, und töte sie!«

Wie Hammerschläge dröhnten die Worte in Deans Gehirn wider.

»Töte sie! Töte sie!«

Dean erschrak. Wen sollte er töten? Ruth?

Die Hexe schien seine Gedanken lesen zu können. »Ja!« zischte sie Dean entgegen. »Du sollst Ruth Foster töten!«

Und wieder sprühten die hellroten Höllenflammen aus den Augen der Hexe. Teuflische Ströme bohrten sich nadelgleich in Dean Jaggers Gehirn, vernichteten seinen Willen.

»Ja«, sagte er plötzlich. »Ja, ich werde es tun! Und niemand wird mich aufhalten! Niemand!«

Dean riß den Kopf herum, wandte sein Gesicht wieder dem Spiegel zu, doch er war leer.

Dean sah nur sein eigenes Gesicht mit den Augen, in denen die blanke Mordlust loderte.

Dean Jagger packte das Messer fester und drückte mit der freien Hand auf die Klinke.

Langsam zog er die Tür des Badezimmers auf . . .

»Hast du im Bad ein Rendezvous?« rief Ruth Foster lachend. Sie mußte laut sprechen, um die Musik zu übertönen.

Dean gab keine Antwort.

Ruth hob die Schultern. »Dann eben nicht«, murmelte sie, ließ sich nach hinten fallen und schwang die Beine hoch. Der Rock rutschte in die Höhe.

Ruth machte sich nichts daraus. Diese Pose war sogar beabsichtigt. Sie hatte sich vorgenommen, heute bei Dean Jagger zu bleiben. Und sie wollte ihm das auch deutlich genug zeigen, denn Dean gehörte leider zu den Typen, die von sich aus kaum den Anstoß gaben.

Immer noch schwang die süßliche Geigenmusik durch das Zimmer.

Ruth schwang die Beine zur Seite und setzte sich auf. Sie hatte Durst und wollte sich einen Drink nehmen. Dean hatte immer einige Flaschen in einer kleinen Kommode stehen.

Auf Nylons ging Ruth Foster durch den Living-room. Zufällig fiel ihr Blick durch den Korridor auf die Badezimmertür.

Ruth stutzte.

Langsam, wie in Zeitlupe, bewegte sich die Türklinke nach unten.

»Willst du mich erschrecken, Dean?« rief Ruth Foster und machte ein paar Schritte auf die Badezimmertür zu.

Mit einem Ruck wurde sie aufgestoßen. Dean Jagger stand im Türrechteck. In der rechten Faust hielt er ein Rasiermesser.

Ruths Augen weiteten sich vor Schreck. Ihr Herzschlag drohte auszusetzen. Sie sah das mordgierige Funkeln in den Augen ihres Freundes und wußte, daß der Tod vor ihr stand.

Dean Jagger stieß einen unmenschlichen Laut aus. Dann sprang er auf die wehrlose Ruth Foster zu.

Ein gellender Schrei löste sich aus der Kehle des Girls . . .

Es war, als würde der Schrei Dean Jagger aus seinem Mordrausch reißen. Für Augenblicke wurde sein Blick wieder normal. Er stoppte, starrte auf das Messer in seiner Hand, sah dann Ruth an und öffnete den Mund, um etwas zu sagen.

Doch die Worte erstarben.

Plötzlich hörte Dean die Stimme der Hexe. Sie schien aus unendlicher Ferne zu kommen, verscheuchte seine eigenen Gedanken und lähmte den Widerstandswillen.

Der Trank fließt in deinen Adern, Dean Jagger! Du gehörst mir! Denk an deinen Auftrag!

Dean schüttelte den Kopf. Der junge Mann wurde hin und her gerissen, versuchte gegen die Signale des Bösen anzukämpfen.

Ruth Fosters Schrei brach ab. Das Mädchen zitterte am gesamten

Körper. Es hatte die Arme halb erhoben und die Hände zu Fäusten geballt. Sie begriff nicht, konnte nicht verstehen, was mit ihrem Freund vorgefallen war. Ruth Foster war ein aufgeschlossenes modernes Mädchen, das trotz allem Leid und Elend in der Welt immer noch an das Gute glaubte.

Und jetzt das!

Dean Jagger keuchte. In Strömen lief der Schweiß von seinem Gesicht. Er hatte Ruth den Weg zur Tür abgeschnitten. Breitbeinig stand er in dem kleinen Korridor, dem Verbindungsgang zwischen Living-room und Badezimmer.

»Ja«, keuchte Dean plötzlich. »Ich werde es tun. Ich gehöre dir, Lukretia! Nur dir!«

Lukretia? Ruth Foster schauderte. Wer war diese Person? Und was hatte sie mit Dean Jagger zu tun?

Ruth kam nicht mehr dazu, sich weitere Gedanken zu machen, denn Dean griff plötzlich an.

Das Rasiermesser beschrieb einen flirrenden Halbkreis, raste mit ungeheurer Geschwindigkeit auf das Mädchen zu.

Ruth sprang zurück. Sie stieß mit dem Rücken gegen die Türfüllung, strauchelte durch den Anprall und fiel hin.

»Aaaahhh!« Dean Jaggers Wutschrei gellte durch die Wohnung. Die Klinge des Messers hatte sich in das Holz der Füllung gebohrt. Tief steckte es darin.

Ruth sprang auf die Füße. Soeben hob sich der Tonarm des Plattenspielers, und Stille kehrte ein.

Dean Jagger zerrte an seinem Messer. Mit einem singenden Geräusch brach die Klinge entzwei.

Jagger heulte vor Wut. Ehe er sich auf die neue Situation eingestellt hatte, war Ruth an ihm vorbeigehuscht und rannte auf die Flurtür zu.

Ihre Hand knallte auf die Klinke. Mit einem heftigen Ruck riß Ruth die Tür auf und warf sich nach draußen in den Flur.

Die Tür prallte innen gegen die Dielenwand, schwang wieder zurück und fiel ins Schloß.

Ruth Foster hatte Sekunden gewonnen.

Schreiend hetzte sie über den langen schmalen Flur. Türen wurden aufgerissen. Erstaunte und erschreckte Gesichter sahen das Mädchen an.

Doch auch Dean Jagger stand schon auf dem Flur. Er sah Ruth

auf eine Wohnungstür zulaufen. Mit beiden Fäusten stieß das Mädchen die vor der Tür stehende Frau ins Innere der Wohnung. Dann warf sie sich selbst hinein, knallte die Tür zu und preßte sich mit dem Rücken gegen die Wand.

»Um Himmels willen, was ist geschehen?« rief die Frau. Sie war schon älter und trug Lockenwickler im Haar.

Schwere Schläge hämmerten draußen gegen die Tür. Dean Jagger tobte wie ein Irrer.

In Ruths Augen stand die Panik. Sie deutete auf die Tür. »Er — er will mich umbringen. Wir müssen die Polizei anrufen!«

Die Frau war ganz verstört. »Ja, ja«, sagte sie hastig. »Kommen Sie. Das Telefon steht im Living-room. Mein Gott — Mister Jagger. Ich hätte nie gedacht, daß er . . .« Sie verstummte.

Ruth wählte mit zitternden Fingern den Notruf.

Die ruhige Stimme des Beamten drang an ihr Ohr.

»Kommen Sie schnell«, keuchte Ruth. »Er — er will mich umbringen. Er ist schon . . .«

»Wer will Sie umbringen? Und nennen Sie Ihren Namen und Ihre Adresse.«

Ruth gab alles durch. Der Beamte versprach, augenblicklich den nächsten Streifenwagen zu alarmieren.

Die Schläge draußen hatten aufgehört. Die Wohnung der Frau hatte die gleichen Maße wie die von Dean Jagger. Obwohl Ruth keine Schuhe trug, schlich sie auf Zehenspitzen zur Tür.

Die fremde Frau war ihr gefolgt. »Ist er noch da?«

Ruth hob die Schultern.

Es war jetzt still, und deshalb konnten die Frauen auch das Heulen der Polizeisirene unten auf der Straße hören.

»Sie kommen«, sagte Ruth mit matter Stimme. »Ein Glück. Haben Sie vielleicht eine Zigarette?« fragte sie die Frau.

»Aber natürlich.« Die Frau ging in den Wohnraum und kam mit einer Schachtel Players zurück.

»Danke!« Ruth griff mit zitternden Fingern nach dem Stäbchen. Die Frau gab ihr Feuer. Ruth legte den Kopf zurück und atmete den Rauch tief in die Lungen. »Ich verstehe das nicht«, murmelte sie. »Ich kann es einfach nicht begreifen.« Tränen schimmerten plötzlich in ihren Augen.

»Sie kennen ihn schon lange?« fragte Ruths Retterin.

Ruth hob die Schultern. »Einige Monate. Bisher war die

Verbindung ziemlich locker, aber jetzt haben wir beide gespürt, daß wir mehr füreinander empfinden. Aber kennt man seinen Partner wirklich? Oder kann man jemals einen Menschen richtig kennen? Ich glaube nicht. Ich meine vielmehr, daß es nur die Gewöhnung ist, die . . .«

Das Schrillen der Türklingel unterbrach ihren Redefluß. Fäuste hämmerten gegen die Tür. »Öffnen Sie? Polizei!« rief eine Männerstimme.

Die Wohnungsinhaberin machte auf. Zwei Uniformierte drangen in den kleinen Flur. Es waren kräftige Männer, die auch zupacken konnten.

»Wo ist er?« fragte der eine von ihnen, ein Sergeant.

Ruth drängte sich vor. »Ich weiß es nicht. Ich bin in diese Wohnung geflüchtet. Ich selbst wohne nicht in diesem Haus.«

Der Beamte nickte. »Das hatten wir uns schon gedacht. Sie haben sogar noch vergessen, den Namen der Mieterin anzugeben. Aber zum Glück haben andere Hausbewohner aufgepaßt.«

Der Kollege des Sergeants hatte sich inzwischen in der Wohnung umgesehen.

»Der Kerl wird abgehauen sein«, meinte er.

»Den werden wir schon finden«, beruhigte ihn der Sergeant. Dann wandte er sich an Ruth Foster. »So, ich brauche einige Auskünfte von Ihnen. Name, Wohnort und Arbeitsstelle des Mannes.«

Ruth gab die Daten mit monotoner Stimme durch. Ihr Blick ging ins Leere, erst jetzt schien der Schock zu kommen. Nur mit Mühe hielt sich das junge Mädchen aufrecht. Ruth bemerkte, wie die Gestalt des Sergeants plötzlich verschwamm und sich dann wie ein Kreisel drehte.

»Paß auf, Bob«, hörte sie noch eine Stimme, dann gaben ihre Beine nach.

Die Polizisten fingen Ruth Foster auf. Sie trugen sie in den Living-room und legten sie dort auf eine Couch. »Es ist wohl zuviel für sie gewesen«, meinte der Sergeant. »Ich rufe am besten einen Arzt an.«

Die Beamten hielten sich noch einige Minuten in der Wohnung auf. Sie schärften der Inhaberin ein, niemandem zu öffnen außer dem Arzt.

»Mister Jagger fährt übrigens einen grünen Morris«, sagte die

Frau noch. »Er parkt ihn immer unten auf dem Platz. Wenn der Wagen da noch steht, ist Jagger bestimmt noch im Haus.«

»Wir werden nachsehen, Madam.«

Der Morris war verschwunden. Die beiden Polizisten taten das, was in solchen Fällen üblich war. Sie kurbelten eine Fahndung an.

Dean Jagger schäumte. Speichel stand vor seinen Lippen. Er hatte das abgebrochene Rasiermesser auf den Boden geworfen und hämmerte mit beiden Fäusten gegen die Tür.

Immer noch befand er sich in seinem Rausch.

Die übrigen Bewohner der Etage hatten sich in ihre Wohnungen zurückgezogen. Es waren meist Frauen, die einem Wahnsinnigen wie Dean Jagger nichts entgegenzustellen hatten.

Auf einmal trat Dean von der Tür zurück. Schlaff baumelten seine Arme zu beiden Seiten des Körpers. Er warf den Kopf in den Nacken und schien auf irgend etwas zu lauschen.

Ja, jetzt hörte er es ganz deutlich. Unten auf der Straße jagte ein Polizeiwagen heran. Die Sirene jaulte durchdringend.

Und dieser Besuch galt ihm. Dean Jagger spürte es mit hundertprozentiger Gewißheit.

Er machte auf dem Absatz kehrt, rannte zurück in seine Wohnung, warf sich das Jackett über und hetzte zum nächstbesten Lift. Zufällig war der Aufzug gerade oben.

Dean riß die Tür auf, sprang in die enge Kabine und drückte den Knopf zum Erdgeschoß.

Der Lift rauschte ab und hielt Sekunden später in der großräumigen Halle.

Schon durch die schmale Scheibe sah Dean die beiden Polizisten in die Halle stürzen. Während sie mit dem Portier sprachen und Dean dabei den Rücken zuwandten, huschte er schnell aus der Kabine und lief eiligen Schrittes durch die breite Glastür nach draußen.

Die Polizisten hatten nichts bemerkt.

Dean Jagger hatte seinen Wagen schnell erreicht. Kaum saß er hinter dem Steuer, da war der Drang wieder in ihm. Er mußte Lukretia sehen. Es ging einfach nicht anders. Er konnte ohne sie nicht mehr sein.

Dean Jagger keuchte. Er war mit den Nerven am Ende. Lukretia! Lukretia? Nur dieser eine Gedanke beherrschte ihn.

Aber der Weg zu ihr führte über Paul Robinson, einen Mann, den Dean Jagger haßte. Sollte er hinfahren und Robinson bitten, ihn zu Lukretia zu führen?

Ja, zum Teufel, er würde es tun. Es gab einfach keine andere Möglichkeit. Und sollte Robinson sich weigern, würde er ihn umbringen. Wenn es sein mußte, mit den bloßen Händen.

Jagger startete. Seine Hände umkrampften das Lenkrad. Weiß und spitz traten die Knöchel hervor. Deans Lippen waren zusammengepreßt, und harte Linien hatten sich um seine Mundwinkel gegraben.

Es war früher Nachmittag, und der Verkehr in London hatte bereits seinen ersten Höhepunkt erreicht. Dean wühlte sich durch die Autoschlangen. Er fuhr wild und unkonzentriert und hatte ein paarmal Glück, daß er keinen Unfall baute.

Doch Dean Jagger erreichte unfallfrei das Ministerium. Der Teufel selbst schien sein Schutzengel gewesen zu sein.

Dean stoppte auf dem Parkplatz und blieb einige Minuten sitzen. Seltsam, wie ruhig er jetzt war. Keine Spur von Aufregung mehr. So mußte es Profikillern gehen, die kurz vor einem Mord standen. Aber hatte er nicht auch vor zu morden?

Dean stieg aus. Die frische Luft trocknete seinen Schweiß auf der Stirn. Als die Eingangstür zum Ministerium vor ihm zurückschwang, lag schon wieder ein glückliches Lächeln auf seinem Gesicht. Lukretia! Immer nur konnte er an diesen Namen denken.

Dean Jagger betrat zuerst einen Waschraum und schüttete sich kaltes Wasser ins Gesicht. Er kämmte sich die Haare und rauchte eine Zigarette. Dann nahm er den direkten Kurs auf Robinsons Büro.

Er erwiderte die Grüße der Kollegen nicht. Mit maskenhaft starrem Gesicht lief Dean Jagger durch den hohen Gang.

Die Tür zu Robinsons Zimmer war abgeschlossen. Er mußte durch das Vorzimmer.

Robinsons Sekretärin blickte überrascht auf, als Dean Jagger, ohne anzuklopfen, das Büro betrat.

»Ist er da?« fragte Dean Jagger nur.

Die Sekretärin sprang auf. »Aber da könen Sie jetzt nicht rein, Mister Jagger. Mister Robinson hat eine Besprechung.«

»Das interessiert mich nicht«, erwiderte Dean und stürmte auf die Tür zu.

»Mister Jagger. Es geht nicht!« Die Frau rang die Hände. »Doktor Robinson hat Besuch von einem Oberinspektor von Scotland Yard. Er ist . . .«

Dean Jagger hörte die Worte nicht mehr, denn in diesem Augenblick riß er die Tür zu Robinsons Büro auf . . .

John Sinclairs Plan war durcheinandergeraten. Ein Anruf vom Yard hatte ihn aus dem Schlaf gerissen. Dort schien mal wieder Holland in Not zu sein.

Dem Oberinspektor blieb nichts anderes übrig, als sich in seinen Wagen zu setzen und zu New Scotland Yard zu brausen.

Superintendent Powell erwartete ihn bereits. Doch Johns Chef war nicht allein. Ein hoher Beamter vom Secret Service war bei ihm. Der Typ ähnelte einem Geheimdienstbeamten, wie man ihn aus Filmen kennt, überhaupt nicht. Er war klein, hatte schütteres Haar, und nur die Augen, die kalt wie Kieselsteine waren, warnten den Betrachter davor, diesen Mann zu unterschätzen.

»Das ist Sir Waynbright«, stellte Superintendent Powell vor und bot John einen Platz an.

Sir Waynbright hielt es nicht für nötig, John die Hand zu geben. Er kam statt dessen sofort zur Sache.

»Wir haben bereits die Akten über die Vorgänge der vergangenen Nacht gelesen. Wir wissen demnach, wer die beiden Männer waren und für wen sie gearbeitet haben. Aber das braucht Sie nicht mehr weiter zu interessieren.«

»Moment mal«, sagte John ein wenig irritiert. »Heißt das, daß ich den Fall abgeben soll?«

»Sie können es so auffassen«, sagte Sir Waynbright.

John hob die Schultern und warf Superintendent Powell einen bezeichnenden Blick zu. Doch Johns Chef hatte sich abgewandt und sah aus dem Fenster. Wahrscheinlich paßte ihm das alles auch nicht.

»Darf man wenigstens den Grund erfahren?« erkundigte sich John und bemühte sich, seiner Stimme einen freundlichen Klang zu geben.

Waynbright zupfte an seinen Manschetten. »Das dürfen Sie

nicht. Aber ich kann Ihnen soviel verraten — es geht um gewisse Ölinteressen, und da müssen wir schon mal zurückstecken.«

»Verstehe«, erwiderte John.

»So, Gentlemen«, sagte Waynbright und erhob sich. »Sie sind informiert. Der Fall liegt also jetzt klar.«

Grußlos verschwand der Geheimdienstmann aus dem Raum.

Superintendent Powell und John Sinclair blickten sich an. »Geheimdienst«, sagte John. »Wie konnte es auch anders sein? Erst wird einer ihrer Leute umgebracht, dann spielen sie verrückt, und jetzt müssen wir die Sache sausen lassen. Aber ich denke nicht daran, Sir.«

Powell furchte die Brauen. »Wie soll ich das verstehen?«

»Erinnern Sie sich nicht an diesen Club, der da erwähnt wurde? Es ist doch klar. Wir brauchen nur drei Dinge miteinander zu verbinden. Diesen obskuren Club, einen gewissen Mister Robinson im Wirtschaftsministerium und die beiden Killer der vergangenen Nacht. Die Killer fallen weg. Bleiben Robinson und der geheimnisvolle Club. Hier werde ich den Hebel ansetzen. Und ich habe das Gefühl, als würden wir noch manche Überraschung erleben.«

Powell wiegte den Kopf. »Ich kann Ihnen natürlich keinen offiziellen Auftrag geben.«

»Das brauchen Sie auch nicht. Ich hatte mir sowieso vorgenommen, heute diesen Robinson zu interviewen. Ich werde das ohne große Anmeldung erledigen. Sollte der Mann wirklich mit drinhängen, bin ich gespannt, wie er auf meinen Besuch reagiert.«

Powells Blick war skeptisch. »Doktor Robinson ist ein einflußreicher Mann. Ich an Ihrer Stelle würde vorsichtig sein.«

»Keine Angst, Sir. Sie können sich da voll auf mich verlassen. Ich bin ja schließlich nicht von gestern. Sie hören wieder von mir, Sir.«

John verließ das Büro seines Vorgesetzten. Mittlerweile war es schon bald Mittag, und John verschob seinen Besuch im Ministerium bis nach der Tischzeit.

Erst wollte man ihn nicht vorlassen.

»Nein«, sagte Robinsons Sekretärin, »es ist unmöglich. Sie können den Doktor jetzt nicht sprechen.«

John präsentierte mal wieder seinen Ausweis, wie auch schon

unten in der Halle. »Und dann noch von Scotland Yard«, sagte die Frau. »Aber ich kann ja mal fragen, ob . . .«

In diesem Augenblick öffnete sich die Doppeltür zu Robinsons Büro. Der Mann stutzte, als er John Sinclair sah, doch dann streifte ein verbindliches Lächeln seine Lippen. »Kann ich etwas für Sie tun, Mister . . .?«

»Mein Name ist Sinclair. Oberinspektor Sinclair von Scotland Yard.«

»Scotland Yard?« echote Robinson. »Aber was wollen Sie von mir? Habe ich vielleicht falsch geparkt?« Auch Robinson brachte nur diesen Verlegenheitssatz hervor.

John lachte. »Natürlich nicht, Sir. Aber können wir das nicht besser in Ihrem Büro besprechen?«

»Sicher, Oberinspektor. Entschuldigen Sie. Bitte sehr!«

Paul Robinson machte eine einladende Handbewegung. John nickte dankend und ging an dem Beamten vorbei.

Doktor Robinson deutete auf eine kleine Sitzgruppe neben dem Fenster. »Aber nehmen Sie doch Platz, Oberinspektor. Darf ich Ihnen etwas zu trinken bringen lassen?«

»Nein, danke. Es wird nicht lange dauern. Ich habe nur ein paar Fragen.«

»Na, dann schießen Sie mal los«, sagte Robinson, ließ sich in den John gegenüberstehenden Sessel fallen, schlug die Beine übereinander und setzte ein Zahnpastalächeln auf. Er bot John eine Zigarette an, die der Oberinspektor dankend annahm.

John spielte den verlegenen kleinen Beamten, der sich zum erstenmal einem hohen Tier von der Regierung gegenübersieht.

»Es ist eine dumme Sache, Sir, mit der ich Sie belästigen muß«, sagte John mit leiser Stimme. »Aber es geht nun mal nicht anders.«

»Rücken Sie schon raus mit der Sprache«, meinte Robinson jovial. »Wir alle tun ja nur unsere Pflicht.«

»Danke, Sir, danke. Ich muß Sie nämlich nach Ihrem Alibi für die vergangene Nacht fragen.«

»Oh!« Paul Robinson hob überrascht die Augenbrauen. »Es scheint sich doch nicht um eine Bagatelle zu handeln.«

»Aber Sir . . .«

»Nun ja, ich will es Ihnen sagen. Ich war bei einer Bekannten. Wie Sie wissen, bin ich Junggeselle und da . . .«

»Geschenkt, Sir. Mich interessiert nur, ob Sie in der fraglichen

Nacht überhaupt im Haus waren. Und die Antwort ist ein klares Nein.«

»So ist es.« Paul Robinson beugte sich vor. »Ehrlich gesagt, Oberinspektor, Sie haben mich neugierig gemacht. Sie müssen doch einen Grund für diese Frage haben.«

»Den habe ich auch. Ich habe gestern abend einen Mann beobachtet, der einen Umschlag in Ihren Briefkasten gesteckt hat. Der Mann benahm sich sehr verdächtig. Ich verfolgte ihn bis nach Soho, stellte ihn dort, und anstatt mir meine Fragen zu beantworten, griff er mich an. Nun, ich konnte ihn überwältigen, verhaften, und während wir zu meinem Wagen gingen, wurden wir aus einem anderen Fahrzeug beschossen. Es kam zu einem Feuergefecht, in dessen Verlauf die beiden Killer starben und der geheimnisvolle Mann, den ich von Ihrer Wohnung aus verfolgt hatte, schwer verwundet wurde.«

»Und was hat das alles mit mir zu tun?« fragte Robinson. Seine Stimme klang lauernd.

»Ich möchte von Ihnen wissen, ob Sie den Mann vielleicht kennen.« John holte ein Bild von Slicky hervor, das er im Archiv aufgetrieben hatte.

Doktor Paul Robinson nahm die Fotografie mit spitzen Fingern entgegen. »Tut mir leid, Oberinspektor, diesen Mann kenne ich nicht.« Er reichte John das Bild wieder zurück.

John Sinclair zeigte ihm auch noch die Fotos der beiden erschossenen Killer. Auch die schien Robinson nicht zu kennen.

»Tja, dann tut es mir leid, daß ich Sie gestört habe«, sagte John Sinclair.

Robinson lächelte falsch. »Aber nicht doch, Oberinspektor. Ich schätze, wir müssen uns noch etwas länger unterhalten.«

Robinson stand auf und trat an das Fenster. Der Mann trug einen dunkelgrünen, modern geschnittenen Anzug, mit einer dazu passenden Streifenkrawatte.

Paul Robinson wandte John den Rücken zu, als er sprach. »Sagen Sie, Herr Oberinspektor, Sie erwähnten vorhin, daß Sie diesen Burschen vor meinem Haus gesehen haben.«

»Das ist richtig, Sir.« John freute sich innerlich. Jetzt schien dieser arrogante Pinsel langsam aufs Glatteis zu kommen.

»Was haben Sie dort eigentlich zu suchen gehabt?« Robinson wandte sich ruckartig um und blickte John aus kalten Augen an.

Der Oberinspektor hielt dem Blick gelassen stand. »Ich wollte mit Ihnen reden.«

»Mit mir?«

»Ja.« John warf die Maske des leicht vertrottelten Beamten ab. »Und ich hatte dafür auch einen Grund. Wie Sie wissen, sind in diesem Ministerium gewisse Dinge vorgekommen, die in den Bereich des Geheimnisverrats fallen. Ein Secret-Service-Agent wurde ermordet. Er hatte sich mit dem Fall hier beschäftigt. Gewisse Spuren deuteten auf einen obskuren Club hin, und danach, Mister Robinson, wollte ich Sie fragen. Aber privat, ohne jedes Aufsehen. Es ist etwas dazwischengekommen, und ich muß leider annehmen . . .«

»Was müssen Sie annehmen?« Robinson stand vor John Sinclair wie ein sprungbereites Raubtier. Seine Augen hatten sich zu Sicheln verengt. Sein Blick war lauernd, wenn nicht tödlich . . .

Ehe John Sinclair jedoch eine Antwort geben konnte, wurde die Tür zum Sekretariat aufgerissen, und ein Mann stürzte in das Büro.

»Habe ich dich endlich, du Schwein!« brüllte der Mann und warf sich mit schwingenden Fäusten auf Paul Robinson . . .

John Sinclair und auch Robinson reagierten zu spät. Zwei harte Schläge landeten in Robinsons Gesicht. Er wurde zurückgeworfen und krachte gegen seinen Schreibtisch. Blut schoß aus seiner Nase. Im Nebenzimmer alarmierte die Sekretärin die Wache.

Dean Jagger war wie von Sinnen. Mit beiden Fäusten riß er den verhaßten Gegner hoch. »Wo ist sie?« brüllte er. »Wo ist Lukretia?«

Da war John Sinclair heran. Seine rechte Hand knallte auf Dean Jaggers Schulter. Mit einer blitzschnellen Drehung schleuderte der Oberinspektor den Rasenden quer durch das Büro. Die Wand hielt Jagger auf.

Doch nur für Sekunden. Wie vom Katapult abgefeuert, stürmte Jagger auf John Sinclair zu. Vom Boxen und Kampftechnik verstand der Mann nichts. Außerdem machte ihn sein Haß blind. John ließ Jagger leerlaufen und schlug einmal zu.

Dean Jagger brach zusammen. Er war bewußtlos.

Mehrere Männer stürmten mit schußbereiten Waffen in Robinsons Büro. Es waren die zivilen Aufpasser, die das Ministerium vor Terroranschlägen schützen sollte.

Sie stürmten sofort auf John Sinclair los.

»Stopp«, sagte der Oberinspektor und zeigte seinen Ausweis. Die Männer hielten sich zurück. Ihre Blicke sprachen Bände. Sie verstanden die Welt nicht mehr.

Paul Robinson hatte ein Taschentuch vor seine blutende Nase gepreßt. Mit dem freien Arm deutete er auf den am Boden liegenden Dean Jagger.

»Nehmen Sie diesen Mann fest«, sagte er mit krächzender Stimme. »Er hat mich hier in meinem Büro überfallen.«

»Aber das ist doch Mister Jagger«, widersprach einer der Männer.

»Spielt das eine Rolle?« herrschte ihn Robinson an.

Der Mann zuckte die Achseln und wandte sich Dean Jagger zu, der soeben aus seiner Bewußtlosigkeit erwachte.

»Moment!« John hielt den Aufpasser am Arm fest. »Ich habe noch einige Fragen an den Mann.«

»Was soll das heißen?« Paul Robinson trat einen Schritt vor. »Sie haben selbst gesehen, daß Jagger mich angegriffen hat. Die Sache liegt doch klar.«

John lächelte wissend. »Das schon. Nur bleiben für mich doch noch einige Fragen offen. Dieser Mister Jagger ist Beamter hier im Wirtschaftsministerium.«

»Ja, leider«, knurrte Robinson.

John ging gar nicht auf die Bemerkung ein. »Ich kann mir nicht vorstellen, daß irgend jemand ohne Grund Ihr Büro stürmt, Mister Robinson, und Sie so mir nichts dir nichts angreift. Ein Motiv muß der Mann gehabt haben.«

»Motiv, Motiv«, schrie Robinson und bekam einen knallroten Kopf. »Jagger ist durchgedreht. Das ist es.«

»Nein, Herr Oberinspektor«, sagte Dean Jagger plötzlich vom Boden her. Stöhnend zog er sich an einem Sessel hoch. »Ich – ich hatte ein Motiv. Es geht um Lukretia, die Hexe. Sie hat mich . . .«

»Halten Sie Ihren Mund, Jagger!« brüllte Robinson plötzlich los. »Sie erzählen Unsinn, blühenden Unsinn. Wahrscheinlich hat Ihnen der Schlag geschadet.« Robinson wandte sich wieder an die beiden Wächter. »Schaffen Sie mir diesen Mann endlich aus den Augen, zum Teufel!«

Jetzt wurde es John Sinclair zuviel. »Mister Robinson«, sagte er, und seine Stimme klang scharf. »Ich habe hier das Kommando. Und ich werde mich mit dem Mann beschäftigen. Kommen Sie, Mister Jagger. Gibt es hier einen Raum, in dem man sich ungestört unterhalten kann?«

»Ja, Herr Oberinspektor.«

Paul Robinson schäumte vor Wut. »Ich werde mich bei Ihrem Vorgesetzten beschweren. Welche Methoden sind überhaupt bei Scotland Yard eingerissen? Leben wir in einem Polizeistaat?«

John gab keine Antwort, sondern zog Dean Jagger aus dem Zimmer. Auf dem Gang hatten sich Leute angesammelt. Sie warfen John und Dean Jagger ratlose Blicke zu.

»In meinem Büro können wir ungestört reden«, sagte Dean.

Es lag auf derselben Etage wie das von Paul Robinson. Dean Jagger hatte noch eine Flasche Whisky im Schreibtisch. Er schenkte sich und John Sinclair ein Glas ein.

Dean Jagger trank den Alkohol auf einen Zug. John nippte nur an seinem Glas. Er beobachtete Dean aus den Augenwinkeln. Der junge Mann schien am Ende seiner Nervenkraft zu sein. In seinen Augen flackerte es, und sein Gesicht glänzte vor Schweiß.

Dean stellte das Glas weg und stützte beide Hände auf die Schreibtischplatte.

John Sinclair merkte, daß Jagger reden wollte, und stellte deshalb noch keine Frage.

»Ich — ich weiß nicht, was ich tun soll«, sagte Dean Jagger leise. »Ich war wie in einem Rausch. Sie müssen mich eigentlich verhaften, Herr Oberinspektor. Ich habe versucht, meine Freundin umzubringen.«

»Erzählen Sie«, sagte John.

Und Dean Jagger berichtete. Er ließ keine Einzelheit aus, erzählte auch von Robinsons Erpressungsversuch und vor allen Dingen von Lukretia, deren Bann er nicht entfliehen konnte.

»Es hat mich gepackt, Sir«, sagte Jagger. »Ich sehe plötzlich das Gesicht, höre die Stimme, und dann bin ich nicht mehr ich selbst. Können Sie das verstehen?«

»Ja«, sagte John.

»Aber wieso?« Dean Jagger war durcheinander. »Es gibt keine Erklärung für das Auftauchen der Hexe. Sie ist plötzlich da, und ihr dämonischer Geist dringt tief in mein Hirn ein. Wenn ich das einem anderen erzählt hätte, man würde mich für verrückt halten. Ich habe nicht einmal mit meiner Freundin darüber gesprochen. Stellen Sie sich vor, Sir. Ich wollte Ruth umbringen! Ich wollte die einzige, die ich auf der Welt habe, töten. Ich bin verrückt, ich bin wahnsinnig. So etwas gibt es doch nicht, darf es nicht geben. Lukretia, mein Gott, sie treibt mich noch in den Tod.«

John legte dem Mann die Hand auf die Schulter. »Dazu wird es wohl nicht kommen«, sagte er.

Dean Jagger lachte rauh. »Und wieso nicht?«

»Weil wir Gegenmaßnahmen ergreifen werden.«

»Wie sollen die denn aussehen? Man kann Lukretia nicht einfach töten, mit einer Kugel oder einem Messer. Diese Frau ist ein . . .« Dean suchte nach den fehlenden Worten. »Ein Geist, ein Dämon, was weiß ich.«

»Ich habe nicht zum erstenmal mit Dämonen zu tun«, erwiderte John Sinclair. »Es gibt auch Waffen, mit denen man sie bekämpfen kann.«

»Und die wären?«

»Das lassen Sie mal meine Sorge sein. Aber ich werde es allein wohl nicht schaffen. Sie müssen mir helfen, Dean!«

»Ich?« Dean Jagger begann zu lachen. »Wie sollte ich das je schaffen? Ich werde doch nur ein Hemmschuh für Sie sein, Oberinspektor. Robinson, der kann Ihnen helfen. Er steckt doch in der Sache drin. Sie müßten ihn fragen und festnehmen. Ja, verhaften.«

»Robinson läuft uns nicht weg.«

»Das verstehe ich nicht. Ich an seiner Stelle . . .«

»Sehen Sie die Sache doch mal von einer anderen Seite. Robinson weiß, daß Sie mit mir zusammen sind. Er wird sogar annehmen, daß Sie mir alles berichtet haben. Aber Robinson wird nicht glauben, daß ich Ihnen die Geschichte abnehme. Und das ist unsere Chance. Robinson wird sich genau so verhalten, wie ich es mir vorstelle. Er wird sich mit der Hexe in Verbindung setzen, und dann können wir ihn packen. Vielmehr beide.«

»Sie sind ein Optimist, Herr Oberinspektor«, sagte Dean Jagger. »Ich weiß zum Beispiel noch nicht einmal, wo die Treffen stattfinden. Ich kenne nur die U-Bahn-Station. Dort habe ich die Hexe zum erstenmal gesehen. Ja, ich muß ehrlich zugeben, ich war fasziniert. Auch Ihnen wird es vielleicht so gehen, Herr Oberinspektor.«

John hob die Schultern. »Warten wir es ab.«

»Ja, und dann erhielt ich den Schlag auf den Kopf und erwachte in einem finsteren Verlies.«

»Das ist nicht gerade viel«, meinte John Sinclair, »aber immerhin haben wir die U-Bahn-Station als Ausgangspunkt.«

Stimmen wurden draußen auf dem Gang laut, und dann stieß jemand die Bürotür auf. Zwei Polizisten drangen in das Zimmer. Einer trug die Uniform eines Sergeants.

»Mister Jagger?« fragte er.

Dean hatte sich erstaunt umgewandt. »Ja, der bin ich.«

»Tut mir leid, ich muß Sie verhaften. Gegen Sie liegt der Verdacht des Mordversuchs vor.«

Dean wurde kalkweiß. »Ich habe es geahnt«, flüsterte er. »Ich habe es geahnt.«

Der Sergeant hatte die Handschellen schon parat. Er ging auf Dean Jagger zu. »Machen Sie uns keine Schwierigkeiten, Mann . . .«

»Nicht so eilig, Sergeant«, mischte sich in diesem Moment John Sinclair ein. »Ich bestimme, ob dieser Mann verhaftet wird.« John zog gleichzeitig seinen Ausweis und hielt ihn dem Sergeant unter die Nase. »Liegt ein Haftbefehl gegen Mister Jagger vor? Ich meine, von einem Richter unterschrieben?«

»Nein, Sir«, stotterte der Sergeant.

»Hat jemand eine Anzeige erstattet? Zum Beispiel die Dame, die Dean Jagger überfallen hat?«

»Das ist nicht der Fall, Sir.«

»Sehen Sie. Und aus diesen Gründen bleibt Mister Jagger in meiner Obhut. Ich werde es verantworten.« John griff zum Telefonhörer und wählte Superintendent Powells Nummer. In kurzen Zügen informierte der Oberinspektor seinen Chef über die Geschehnisse.

Powell wußte jedoch schon alles. Paul Robinson hatte bereits seine Beziehungen spielen lassen, den Fall erklärt und sich offiziell über John Sinclair beschwert. Er schien sich sehr sicher zu fühlen. Genau wie John schon vorhergesehen hatte.

Der Oberinspektor dachte einige Sekunden nach. Dann sagte er: »Haben Sie schon irgendwelche Schritte unternommen, Sir?«

»Nein. Ich wollte erst noch Ihre Meinung hören.«

John konnte sich ein Lächeln nicht verkneifen. Das war wieder typisch Powell. Äußerlich gab er sich bärbeißig und unnahbar, doch hinter dieser rauhen Schale steckte ein guter Kern. Powell hatte das schon mehr als einmal bewiesen.

»Wie lange geben Sie mir Zeit, Sir?«

Powell schnaufte durch das Telefon. »Sagen wir, einen Tag. Morgen früh muß ich Ergebnisse sehen. So lange können wir die Stellung noch halten. Man darf diesen Robinson nicht unterschätzen, denn noch können Sie nichts beweisen. Und was die Sache mit Dean Jagger angeht, so haben Sie volle Rückendeckung. Tun Sie das, was Sie für richtig halten.«

»Danke, Sir.«

Superintendent Powell legte auf. John ließ ebenfalls den Hörer auf die Gabel sinken und wandte sich wieder den beiden Polizisten zu. »Mister Jagger bleibt unter meiner Obhut. Für Sie ist der Fall damit abgeschlossen. Und nochmals vielen Dank für Ihre Bemühungen.«

»Wir haben nur unsere Pflicht getan, Sir«, sagte der Sergeant steif, salutierte und verließ mit seinem Kollegen das Büro.

John Sinclair wischte sich über die Stirn. »Puh, das war eine schwere Geburt«, sagte er. »Aber jetzt läuft die Sache.«

Dean war immer noch skeptisch. »Was geschieht, wenn ich wieder in den Bann dieser Hexe gerate?«

»Dann bin ich in Ihrer Nähe, Mister Jagger.«

»Ob ich es wagen kann, meine . . .«

»Sie wollen Ihre Freundin anrufen?«

»Ja.«

»Nun, dem steht nichts im Wege, vorausgesetzt, Sie fühlen sich innerlich stark genug. Wissen Sie denn, wo sie sich aufhält?«

»Ich schätze, bei der Nachbarin.«

»Dann versuchen Sie es.«

Dean Jagger suchte die Nummer aus dem Telefonbuch heraus und wählte dann mit zitternden Fingern.

Doch ehe das Gespräch zustande kam, stürmte Paul Robinson in das Büro. »Ich habe mir doch gedacht, daß ich Sie hier finden werde«, sagte er. Er hatte sein Gesicht noch nicht abgewaschen. Auf der Oberlippe klebten einige Blutspritzer. »Ich habe mich offiziell über Sie beschwert, Oberinspektor. Und glauben Sie mir eins, ich habe meine Beziehungen. Eine Versetzung in irgendeinen abgelegenen Teil der Insel ist das mindeste.«

John ging nicht auf die Schreiereien des Mannes ein. Er sagte statt dessen: »Mister Jagger hat mir da einige interessante Dinge erzählt. Zum Beispiel über die Verbindung zwischen Ihnen und einer gewissen Lukretia. Es rückt Sie nicht gerade in ein gutes Licht, was ich da gehört habe.«

Robinson verzog die Mundwinkel. »Glauben Sie etwa das, was Ihnen dieser irre Schwätzer da unter die Weste gejubelt hat? Ich bitte Sie, Jagger ist reif für eine Heilanstalt.«

»Ich würde Ihnen raten, die Worte etwas sorgfältiger zu wählen«, sagte John. »Es sind haltlose Verdächtigungen, die Sie hier aussprechen.«

»Tun Sie etwas anderes?«

»Kommen Sie mir nicht so«, erwiderte John. »Oder wollen Sie abstreiten, daß es zwischen Ihnen und der Hexe eine Verbindung gibt?«

»Haben Sie Beweise?« fragte Robinson höhnisch.

»Noch nicht.«

Robinson lachte gekünstelt. »Und die werden Sie auch nie bekommen, Oberinspektor.«

Paul Robinson warf noch einen wütenden Blick auf John Sinclair und Dean Jagger. Dann machte er auf dem Absatz kehrt und verließ wütend das Büro.

Dean Jagger atmete tief ein. »Den sehen wir nicht wieder«, sagte er.

»Doch«, erwiderte John. »Wir haben den Tiger gereizt, und jetzt muß er sich aus seiner Höhle wagen.« John blickte auf seine Uhr. »Kommen Sie, Dean, wir fahren zu Ihrer Freundin. Sie muß jetzt einfach zu Ihnen halten. Und dann wird es sich zeigen, wer stärker ist. Die Hexe oder Sie.«

Paul Robinson sah seine Felle wegschwimmen. Aber noch hatte er nicht völlig verloren. Was hatte dieser Sinclair schon gegen ihn in der Hand? So gut wie nichts. Er konnte sich nur auf Dean Jaggers Gerede stützen. Und deshalb war Jagger ein Gefahrenpunkt.

Am heutigen Abend sollte wieder eine Versammlung stattfinden. Gewisse Leute in der Botschaft warteten auf Informationen, die sie unbedingt brauchten. Robinson spielte mit dem Feuer. Er hoffte jedoch, daß ihm seine Freunde genügend Rückendeckung geben würden.

Für heute machte Paul Robinson Schluß. Er setzte sich in seinen Jaguar und fuhr nach Hause. Immer wieder achtete er auf eventuelle Verfolger, doch die Luft schien rein zu sein.

In seinem Arbeitszimmer hängte sich der hohe Beamte zuerst an das Telefon. Er wählte eine gewisse Nummer, die in keinem Telefonbuch verzeichnet war.

Fünfzehn Minuten sprach Paul Robinson mit dem Teilnehmer. Dann ging er nach unten in den Keller.

Feuchte Luft empfing ihn, die mit seltsamen Kräutergerüchen angereichert war. Robinson schloß eine Tür auf und zündete eine Kerze an.

Der flackernde Schein erhellte einen kleinen Raum. Die Wände waren mit schrecklichen Szenen aus dem Reich der Finsternis bemalt. Ein glatter, kopfgroßer Stein lag auf einem Tisch, der, sobald ihn Robinson mit den Händen berührte, rot aufglühte.

Die Konturen eines Gesichts tauchten im Gefüge des Steins auf. Es war das Gesicht der Hexe Lukretia.

Und Paul Robinson begann mit seiner dämonischen Beschwörung. Er rief die Geister der Hölle an, bat um ihren Beistand, um ihm dabei zu helfen, einen Mann zu vernichten.

John Sinclair!

Dumpf hallten die Worte durch das Verlies. Die Luft knisterte. Unsichtbare Ströme − geschickt aus den Dimensionen des Grauens − vereinigten sich mit den beschwörenden Worten.

Und plötzlich erklang eine Stimme. Sie schien aus unendlichen Fernen zu kommen und war doch klar und deutlich zu verstehen. Der Stein leuchtete blutrot. Klar und deutlich stach jetzt das Gesicht der Hexe hervor. Doch es war haßverzerrt. Die Lippen öffneten sich und formten klare Worte.

»Ja, Paul Robinson, ich werde dir helfen, und Satan selbst wird an meiner Seite sein!«

Paul Robinson lachte. Für ihn waren John Sinclair und Dean Jagger schon so gut wie tot . . .

»Hier hat man Sie also zusammengeschlagen«, sagte John einige Stunden später.

Er und Dean Jagger standen vor dem stillgelegten U-Bahn-Schacht in Nähe der Haltestelle Earls's Court.

Sie schienen sich in einer toten Welt zu befinden. Niemand hatte sich die Mühe gemacht, eine Absperrung zu bauen. In den letzten drei Jahren war hier alles vergammelt. Zwar brannten noch einige Lampen, doch der Schein reichte gerade aus, um nicht durch einen Fehltritt auf dem Gleiskörper zu landen. Aus dem Schacht, der wie der Eingang zur Hölle wirkte, zog es. John Sinclair und Dean Jagger fröstelten. John hatte eine Taschenlampe mitgenommen. Er leuchtete in den Schacht hinein, doch der gebündelte Strahl verlor sich schnell in der Dunkelheit.

Dean Jagger sah blaß aus. Er hatte ein langes Gespräch mit Ruth Foster geführt und versucht, ihr alles zu erklären. John Sinclair war dabeigewesen, er hatte in Dean Jaggers Sinn geredet. Es war schwer gewesen, das Girl zu überzeugen, dem noch immer der Schock des Mordversuchs in den Knochen steckte. Doch schließlich hatte sie Dean Jagger geglaubt, nicht zuletzt, da auch John mit Engelszungen geredet hatte.

Die Geräusche der noch im Betrieb befindlichen U-Bahn-Station waren nur gedämpft zu vernehmen. Menschen hatten John und Dean in diesem abgelegenen Teil nicht angetroffen.

»Irgendwie kann ich das alles noch nicht begreifen«, meinte Dean Jagger. »Es ist doch so — ich bin nicht der einzige, der zu diesem Hexenclub gehört. Es waren doch eine Anzahl Personen anwesend. Ich kann mir nicht vorstellen, daß sie alle durch diesen Schacht hier gehen. So was müßte doch auffallen.«

»Vielleicht gibt es einen zweiten Zugang«, erwiderte der Oberinspektor. »Aber den werden wir wohl so leicht nicht finden. Und dieser Schacht dort«, John deutete mit der Hand auf den gähnenden Eingang, »ist der einzige Weg, den wir haben.«

»Damit ist noch nicht gesagt, daß es auch der richtige ist«, sagte Dean.

»Genau. Aber das Risiko müssen wir eingehen.«

Dean Jagger hatte sich während des Gesprächs einige Schritte von John entfernt. Jetzt zog der Oberinspektor den nervösen jungen Mann wieder in die Deckung des Kassenhäuschens.

Sie hatten diesen Platz gewählt, weil man von hier aus einen guten Überblick hatte. Man konnte sowohl den Teil zu der Station Earl's Court einsehen als auch in die Richtung zum stillgelegten Schacht.

Papiertüten segelten über die kahlen Bahnsteige. Sie blieben neben einer gefliesten Wand liegen, in einer windstillen Zone, wo sich auch schon anderer Abfall angesammelt hatte.

John sah auf seine Uhr. Noch eine Stunde bis Mitternacht.

Dean Jagger hatte den Blick bemerkt. »Jetzt wird Robinson wohl nicht mehr kommen. Es ist klar, der hat Lunte gerochen.«

»Dann gehen wir eben allein.«

»Sie meinen – in den Schacht?«

»Natürlich. Irgendwo werden wir den Eingang schon finden. In U-Bahn-Schächten gibt es in gewissen Abständen Türen, die zum Teil in Lagerkammern führen oder den Zutritt zu irgendwelchen elektrischen Anlagen darstellen.«

»Und wie ist es mit Notausgängen?«

»Auch die muß es geben«, erwiderte John. »Aber was soll das lange Rätselraten? Kommen Sie.«

Die beiden Männer lösten sich aus der Deckung des Kassenhäuschens und sprangen auf den verrosteten Gleiskörper.

Sekunden später hatte die Dunkelheit des Schachtes sie verschluckt.

Sie hatten keinen Blick zurückgeworfen und sahen deshalb auch nicht die schwarzhaarige Frau, die ihnen aus stechenden Augen nachblickte.

Lukretia hatte sie schon die gesamte Zeit über beobachtet. Sie hatte miterlebt, wie die beiden in die Falle liefen.

»Narren!« zischte Lukretia. »Hirnverbrannte Narren. Aber ihr seid an eurem Tod selbst schuld . . .«

Der stillgelegte finstere Schacht saugte die beiden Männer auf wie ein Schwamm das Wasser.

Es war unheimlich in der nachtschwarzen Röhre, die an den Eingang zur Hölle erinnerte. Die Dunkelheit empfand besonders Dean Jagger als beinahe körperliche Last. Sie schien ihm sogar das Atmen zu erschweren, aber das bildete er sich wohl nur ein.

Schritt für Schritt gingen die beiden Männer vorwärts. Sie

hielten sich zwischen den beiden Gleiskörpern, und nur ab und zu ließ John Sinclair seine Lampe aufblitzen.

Dann huschten Fledermäuse durch den hellen Schein und verschwanden aufgeregt flatternd in dunklen Regionen des Schachtes. Spinnweben streiften die Gesichter der Männer, und Dean Jagger lief mehr als einmal eine kalte Gänsehaut über den Rücken.

Irgendwo fielen Wassertropfen zu Boden. Ihr monotones Klatschen zerrte an den Nerven.

Wieder leuchtete John mit der Lampe die Wände ab. Eine graugestrichene Tür mit einem nach unten gerichteten roten Zickzackpfeil zeigte die erste Tür an.

»Die kommt für uns wohl nicht in Frage«, meinte Dean Jagger.

John Sinclair ging vor und untersuchte Tür und Schloß genauer. Er konnte nichts Auffälliges feststellen.

»Also weiter«, sagte der Oberinspektor.

Die Sohlen ihrer Schuhe knirschten über Steine und Abfall. Ratten quiekten schrill und aufgeschreckt. Als Dean Jagger sich umwandte, sah er, daß der Tunneleingang nicht mehr als eine kleine, kopfgroße Öffnung war.

Doch plötzlich weiteten sich Jaggers Augen. »Oberinspektor«, rief er, »da, sehen Sie doch!«

John kreiselte herum.

Im ersten Augenblick glaubte er, einer Halluzination zu unterliegen. Doch das Bild blieb.

Der Eingang verschwand.

Von Sekunde zu Sekunde wurde es dunkler. Es war, als würde jemand eine Mauer vor der Öffnung errichten.

Dean Jaggers Nerven spielten nicht mehr mit. »Wir sind gefangen!« brüllte er. »Wir sind gefangen!«

. . . gefangen . . . gefangen . . . Die Worte hallten als schauriges Echo zurück.

Dean Jagger klammerte sich an den Oberinspektor. »Die Hexe hat uns überlistet«, keuchte er. »Ja, sie hat es geschafft. Sie war stärker. Jetzt gibt es kein Entkommen mehr.«

John löste sich aus dem Griff. »Reißen Sie sich zusammen!« fuhr er den jungen Mann an. »Denken Sie daran, was Sie mir versprochen haben.«

»Hat er Ihnen denn was versprochen?«

Die höhnische Frauenstimme peitschte durch den Tunnel. Sie schien von überall her zu kommen, und auch John Sinclair, den so leicht nichts erschüttern konnte, zog unwillkürlich den Kopf ein.

»Das war sie«, flüsterte Dean Jagger. »Das war Lukretia. Ich kenne ihre Stimme genau. Ja, sie wartet auf uns.« Dean Jagger sah sich wild um. »Lukretia?« brüllte er plötzlich. »Lukretia, ich komme. Warte auf mich.«

Dean Jagger wollte losrennen. Wieder einmal war er unter den Einfluß der teuflischen Hexe geraten.

John Sinclair packte mit der freien Hand zu. Er erwischte Dean Jagger gerade noch am Ärmel seines Jacketts. Mit einer wilden Bewegung schleuderte John den jungen Mann zurück.

Doch Jagger war wie von Sinnen. Er heulte auf und drosch mit beiden Fäusten zu.

John – durch das Halten der Lampe gehandicapt – mußte die Schläge hinnehmen. Seine Lippe platzte auf, und er spürte das warme Blut. Unglücklicherweise stolperte er noch über die Schiene, verlor das Gleichgewicht und fiel.

Mit dem Hinterkopf krachte er gegen die Wand. Sterne tanzten vor seinen Augen.

Er sah den Fußtritt nicht, den Dean Jagger auf die Reise schickte. John spürte nur einen höllischen Schlag gegen die Brust und hatte das Gefühl, seine Lunge wäre aus dem Körper gepreßt worden. Ein weiterer Tritt traf seinen rechten Arm.

Der Oberinspektor ließ die Taschenlampe los und warf sich gleichzeitig zur Seite. Er wußte, wenn es ihm jetzt nicht gelang, die Oberhand zu behalten, würde Dean Jagger ihn in seinem Wahn umbringen.

»Ja, Dean, gib ihm den Rest!« dröhnte die Stimme der Hexe durch den dunklen Tunnel. Es hörte sich an, als spräche Satans Tochter persönlich.

Ein helles Splittern zeigte John an, daß Dean Jagger in seiner Wut die Taschenlampe zertreten hatte.

Jetzt wurde es endgültig finster.

Jagger stieß einen Fluch aus. Er war wohl für Augenblicke geschockt.

Das war Johns Chance.

Er zog die Beine an und rammte sie blitzschnell vor. Seine Füße trafen etwas Weiches, und dann erfolgte ein gurgelnder Laut. Der Tritt hatte Dean Jagger mit voller Wucht erwischt.

John Sinclair rappelte sich wieder auf die Füße. An der rauhen Mauer stützte er sich ab. Wie ein Betrunkener schwankte er von einer Seite zur anderen. Jaggers Tritte hatten ihm doch verdammt zugesetzt.

John hörte den jungen Mann in der Dunkelheit keuchen. Dann seine Schreie: »Lukretia? Wo bist du? Warte auf mich, ich komme!«

John ging vorsichtig einige Schritte vor, orientierte sich nach den Rufen.

Er faßte ins Leere. Dean Jagger war instinktiv zur Seite gewichen und lief jetzt weiter in den Tunnel hinein.

Immer wieder brüllte er den Namen der Hexe. Dazwischen mischten sich Jaggers Flüche, wenn er in der absoluten Dunkelheit über irgend etwas gestolpert war.

Doch dann verstummte Jaggers Stimme. Entweder war er stehengeblieben, oder er mußte irgendwo hinter einer Seitentür untergetaucht sein.

John hielt den Atem an und lauschte.

Nichts war zu hören. Nicht einmal das Klatschen der Wassertropfen. Grabesstille lag über dem Stollen.

Mit dem Handrücken wischte sich der Oberinspektor den Schweiß von der Stirn. Er hätte jetzt gern eine Zigarette geraucht, doch er unterdrückte das Verlangen.

Schritt für Schritt schob er sich weiter, tastete mit den Händen immer wieder an der rauhen Tunnelwand entlang. Weit konnte Dean Jagger in der Zeit nicht gekommen sein. Er mußte also den Eingang zu dem bewußten Gewölbe gefunden haben.

»Geben Sie sich keine Mühe, Geisterjäger!«

Die Stimme der Hexe ließ John erstarren. Unwillkürlich griff er nach seiner Waffe.

Es schien, als hätte die Hexe die Bewegung gesehen, denn noch im gleichen Atemzug brandete wieder ihre Stimme auf. »Es hat keinen Zweck, Geisterjäger. Mit Kugeln kannst du mich nicht besiegen. Ich bin stärker. Ich habe die Jahrhunderte überdauert und werde auch dich überleben.«

»Das werden wir erst mal sehen«, erwiderte John kalt. »Zeig dich doch, wenn du Mut hast. Du wärst nicht die erste Hexe, die ich zum Teufel geschickt hätte.«

»Zum Teufel?« Lukretia lachte. »Was meinst du, wo ich herkomme? Der Satan selbst gibt mir die Kraft, um Menschen wie dich in meine Gewalt zu bringen. Aber ich sehe schon, du gehörst zu den Unbelehrbaren. So wird denn meine Strafe dich mit gnadenloser Härte treffen. Deine Minuten sind gezählt, Geisterjäger!«

John hielt längst seine Waffe in der Hand. Er stand breitbeinig da, den Rücken gegen die Gangwand gepreßt.

Welch eine Teufelei hatte sich dieses Hexenweib ausgedacht? Wie wollte sie ihn töten?

Der Oberinspektor setzte sich unwillkürlich in Bewegung, ging tiefer in den Tunnel hinein. Wenn es ihm gelang, im letzten Moment noch den Eingang zum Hexenclub zu finden, dann . . .

Johns Gedanken stockten.

Vier gleißende Scheinwerfer bohrten lange Lichtbahnen in die Dunkelkheit.

Taghell wurde es in dem Tunnel des Grauens, und John Sinclair mußte geblendet miterleben, daß die vier Scheinwerfer ihn erfaßten und auf der Stelle bannten.

Schwere Schritte näherten sich ihm. Das Licht der Scheinwerfer wurde greller. John konnte die Personen nicht erkennen, die diese Marterinstrumente hielten.

John schloß die Augen zu Schlitzen, wandte den Kopf.

»Nun, John Sinclair«, hörte er wieder die Stimme der Hexe. »Bist du immer noch so siegessicher? Ich brauche nur ein Wort zu sagen, und dein Körper wird von Kugeln durchlöchert.«

Lukretia legte eine Pause ein, wollte ihre Worte wirken lassen.

Ihre Helfer waren stehengeblieben. Nach wie vor jedoch nagelten die Lichtkegel John auf der Stelle fest.

Dann sprach die Hexe weiter. Und es waren zynische Worte, die aus ihrem Mund drangen. »Es gibt natürlich noch eine zweite Möglichkeit für dich, John Sinclair. Du kannst mein Diener werden und die Freuden der Hölle erleben. Träte das ein, gäbe es im Reich der Finsternis ein Fest. Viele haben schon versucht, dich zur Strecke zu bringen, Geisterjäger, doch es ist bisher keinem gelungen. Asmodis, der oberste Höllenfürst, hat eine Belohnung auf deinen Kopf ausgesetzt, doch diese Prämie ist nichts dagegen, wenn es mir gelänge, dich umzukehren. Du mußt dich entscheiden, Geisterjäger. Jetzt und hier!«

John Sinclair biß die Zähne zusammen. Die Worte der Hexe hatten ihn geschockt. Wie sollte er sich entscheiden? Kämpfen? Nein, die Helfer der Hexe hätten ihn gnadenlos umgebracht. Für die Hexe? Es käme einem Verrat an der Menschheit gleich. Er sollte mit den Mächten paktieren, die er bekämpft hatte!

»Ich warte nicht mehr länger, Geisterjäger!« hallte die Stimme der Hexe. »Drei Sekunden gebe ich dir Zeit. Dann mußt du dich entschieden haben . . .«

»Ich . . .«

»Eins.« Die Stimme der Hexe schnitt John Sinclair das Wort ab.

Dem Oberinspektor wurde klar, daß Lukretia nicht mehr diskutieren wollte. Sie brauchte jetzt Erfolge, um neben Asmodis auf dem Thron zu sitzen.

»Zwei!« Wie ein Peitschenknall hörte sich das Wort an.

John Sinclair war zu keinem klaren Gedanken mehr fähig. Was sollte er tun?

»Drei!«

John Sinclair stockte der Atem. Würde die Hexe ihre Warnung wahrmachen und schießen, wenn er . . .

»Nun? Wie hast du dich entschieden, Geisterjäger?«

John atmete noch einmal tief durch, ehe er antwortete. Und als dann seine Worte in die Stille des Tunnels tropften, war es, als würde John Sinclair vor sich selbst in den Erdboden versinken.

»Ja«, sagte er, »ich gebe auf. Ich stehe voll zu deiner Verfügung, Lukretia!«

Die Hexe lachte. »So hatte ich dich auch eingeschätzt, Geisterjäger! Feige und erbärmlich!«

John Sinclair ließ seine Pistole fallen. Diesmal hatte er endgültig verloren . . .

Gedanken, Fragen, Vorwürfe – alles stürmte auf einmal auf John Sinclair ein. Die Erkenntnis, daß er sich den Mächten der Finsternis ausgeliefert hatte, lähmte seinen eigenen Willen, seine Widerstandskraft.

Die großen Gegner, die er in seiner dreijährigen Laufbahn schon besiegt hatte, tauchten vor seinem geistigen Auge auf. Da war der Hexer Ivan Orgow, der Dämon Sakuro, dann der Genie-Verbrecher Dämonos und nicht zuletzt Dr. Tod, der Unheimliche, dem es fast gelungen wäre, John Sinclair selbst zur Hölle zu schicken. Ihnen allen hatte er getrotzt, hatte sie letzten Endes doch noch besiegt. John kam es vor, als würden ihn all die Gegner aus dem Jenseits auslachen. Nie hatte ein John Sinclair aufgegeben.

Doch jetzt hatte er kapituliert. Vor einer Hexe, deren Gesicht er noch nicht einmal gesehen hatte. Sie hatte den Geisterjäger in die Knie gezwungen.

Harte Schritte drangen an Johns Ohren. Johns Bewacher näherten sich. Die gleißenden Lichtkegel schwenkten zur Seite.

John konnte wieder besser sehen. Er sah die Gestalten, die sich aus dem Dunkel schälten.

Sie trugen lange Umhänge, ähnlich wie die Kutten von Mönchen. Kalter Waffenstahl glänzte in ihren Händen. Ja, diese Männer hätten John durchlöchert und ihm keine Chance gegeben.

Nur von der Hexe sah John Sinclair nichts. Hatte sie sich überhaupt in dem Tunnel befunden, oder war alles nur Trug und Gaukelei gewesen? Aber dagegen sprachen die drohenden Waffen in den Händen der vier Männer.

Die Unheimlichen traten zur Seite, bildeten eine Linie.

»Los, geh!« tönte eine dumpfe Stimme.

John setzte sich in Bewegung. Noch immer hatte er die Gesichter seiner Bewacher nicht erkennen können. Was er sah, waren nur bleiche Flecken.

John Sinclair mußte die Hände hinter dem Kopf verschränken, und während er sich in Bewegung setzte, wurde er mit flinken Händen blitzschnell nach Waffen abgetastet.

Die Männer fanden nichts.

Der Oberinspektor stolperte vor den vier Unheimlichen her. Noch immer machte er sich schwere Vorwüfe. Er hätte doch lieber kämpfen sollen. Aber vielleicht bot sich ihm noch eine Möglichkeit. Wenn er der Hexe erst einmal von Angesicht zu Angesicht gegenüberstand, dann hatte er unter Umständen die Chance . . .

Johns Gedankenkette riß. Das waren alles Theorien. Wichtig war allein, daß er jetzt nicht in Selbstvorwürfen erging.

»Stopp!« klang in seinem Rücken ein Befehl auf.

John gehorchte.

Ein Bewacher ging an ihm vorbei, tat einige Schritte nach links und stieß eine Tür auf. John hörte es am Quietschen der Angeln.

Jemand bohrte ihm einen Waffenlauf in den Rücken. »Los, da hinein!« schnarrte eine Stimme.

Der Oberinspektor mußte drei Stufen hochsteigen und gelangte in einen schmalen Gang.

Fackeln brannten an den Wänden. Aber es war kein helles Licht. Irgendwie fühlte man, daß von den Flammen eine Bedrohung ausging.

Hinter John wurde die Tür wieder geschlossen. Ein Schlüssel drehte sich knirschend im Schloß.

Die Wände des Ganges waren glatt betoniert. Die Fackeln steckten in eisernen Ringhaltern, die man in den Beton getrieben hatte. Dies hier war alles von Menschenhand vorbereitet und angelegt worden. Und so etwas ging nicht von heute auf morgen. Dazu brauchte man Zeit. John ahnte, daß dieser Hexenclub bestimmt nicht erst seit einer Woche bestand. Es war ein verdammt schmutziges Spiel. Erpressung, Spionage und Okkultismus vereinigten sich zu einem teuflischen Kreis, aus dem es für den Beteiligten kaum ein Entrinnen gab. Wenigstens nicht lebend.

Vor einer hohen, nach oben hin spitz zulaufenden Metalltür mußte John stehenbleiben.

Einer der Kuttenträger klopfte in einem bestimmten Rhythmus gegen das Metall.

Dumpf dröhnten die Schläge.

Dann wurde die Tür aufgezogen. Gerade so weit, daß sich die fünf Personen hindurchschieben konnten.

Für einen Augenblick nahm John Sinclair der Anblick des Gewölbes gefangen. Vielleicht war es das dämonische Licht, das aus den Felswänden strahlte und einen nahezu wohltuenden Schein verbreitete. John sah auch das magische Feuer. Es stand auf einem Podest, zu dem breite Steinstufen hochführten.

Das Feuer schwelte. Rauch bildete sich, der in grauweißen Wolken aufstieg und dann zerfaserte.

Menschen sah John nicht. Außer den vier Kuttenträgern, die hinter ihm standen. Zwei von ihnen traten jetzt zur Seite und verschwanden in kleinen Nischen, die in die Felswände eingehämmert worden waren.

John Sinclair schüttelte den Bann ab, der ihn beim Eintreten in das Gewölbe gefangengenommen hatte. Unwillkürlich ging er weiter, näherte sich dem magischen Feuer.

Das magische Feuer! Es war ein Begriff in der Welt der Dämonologie und des Schreckens. Es hieß, es stamme aus der Hölle selbst, und nur ein Mann des Guten könne es zum Verlöschen bringen. War das Feuer erloschen, so wurde auch der Satan wieder in seine Schranken gewiesen.

John kannte die Geschichten und Sagen. Vieles war natürlich erdichtet, aber hinter allem steckte immer ein Körnchen Wahrheit. Der Oberinspektor wunderte sich, daß keine Menschen anwesend waren. Dean Jagger hatte schließlich von einer ganzen Gemeinde gesprochen. Sollte hier etwas vorgehen, was speziell auf John Sinclair und Dean Jagger ausgerichtet war?

John war sich dessen fast sicher.

Der Geisterjäger hatte die erste Steinstufe erreicht. Er mußte den Blick etwas heben, um in das magische Feuer sehen zu können.

Seltsamerweise schlugen keine Flammen aus dem Metallkorb. Es war nur ein Schwelen, geheimnisvoll und gefährlich. Welche Kräfte barg dieses magische Feuer?

Schritte rissen John aus seinen Gedanken. Er wandte den Kopf nach links — und zuckte im nächsten Augenblick zusammen.

Eine Gestalt war aufgetaucht. Sie trug einen langen pechschwarzen Umhang, der durch eine Spange vorn über der Brust zusammengehalten wurde.

Doch das war es nicht, was John erschreckte. Es war die Teufelsfratze, die die Gestalt vor dem Gesicht trug . . .

Die Gestalt lachte. Es war ein triumphierendes, höhnisches Lachen, das seltsam dumpf unter der Maske klang. Doch John erkannte trotzdem, wer sich unter der Teufelsfratze verbarg.

Es war niemand anderes als Paul Robinson.

Das Lachen brach ab. Dann ertönte eine Stimme, verzerrt und hämisch. »Überrascht, Mister Sinclair?«

»Kaum«, erwiderte John. »Ich habe Sie direkt erwartet. Sie sind ja der große Unbekannte, der ahnungslose Menschen in die Falle lockt und sie für seine Zwecke einspannt.«

»Was heißt seine Zwecke?«

»Profitieren Sie nicht von dem Hexenclub? Die Informationen, die Ihre Leute preisgeben, sind für Sie doch bares Geld. Ich muß

Ihnen ehrlich gestehen, der Dreh ist neu. Ein Hexenclub, ein bißchen Okkultismus, ein schöne Frau . . .«

»Kommen Sie zu mir, Sinclair«, sagte Robinson hinter seiner Teufelsmaske. »Sie werden die Kraft des magischen Feuers spüren. Eine Kraft, die Sie auf eine Begegnung mit Lukretia vorbereitet.«

John betrat die erste Stufe.

Robinson hatte recht gehabt. Der Oberinspektor spürte die magische Strahlung des Feuers. Es waren Ströme des Bösen, und sie versuchten, in Johns Hirn einzudringen.

Sinclair kämpfte dagegen an, bot die gesamte Kraft seines Willens auf. Er wollte einen geistigen Schutzschild aufbauen.

Es gelang. John Sinclair war in vielen Kämpfen gegen die Mächte der Finsternis gestählt worden. Er wußte, wie man die Macht des Bösen brechen konnte.

Ruhig und sicher stieg John die Stufen hoch. Äußerlich war ihm nichts anzumerken, welch eine Auseinandersetzung in seinem Innern tobte.

Paul Robinson zischte einen Fluch. Er hatte sich die Sache anders vorgestellt. Bisher war es noch keinem gelungen, dem Bann des magischen Feuers zu trotzen.

John Sinclair lächelte kalt. »Nun, Mister Robinson, überrascht?«

»Nein!« Das Wort strafte sein Verhalten Lügen. »Sie werden nicht umsonst Geisterjäger genannt, Sinclair. Irgend etwas muß ja dran sein, daß Sie diesen Namen erhalten haben. Aber das spielt jetzt alles keine Rolle mehr. Nun gehören Sie zu uns.«

Robinsons Stimme klang gehässig. Mit einem Ruck riß er sich die Maske ab.

John sah in ein schweißnasses Gesicht. Die Haare klebten feucht auf Robinsons Kopf. Ein wildes Feuer leuchtete in seinen Augen. Nichts war mehr von dem sonst so eleganten Mann übriggeblieben. Paul Robinson stand völlständig unter dem Einfluß des Bösen.

John Sinclair hob die Schultern. »Gut, Sie haben gewonnen, Mister Robinson. Und da ich ja jetzt zu Ihnen gehöre, wie Sie schon sagten, hätte ich einige Fragen.«

»Was wollen Sie wissen?«

»Die Spielregeln. Was genau geschieht mit den Leuten, die sonst hier sind? Wie werden Sie unter Druck gesetzt?«

Robinson lachte. »Es ist doch ein Kinderspiel. Den Dienern wird der Trank der Hexe eingeflößt. Es ist ein Gebräu, dessen Zusammensetzung nur Lukretia kennt. Die Menschen verfallen in einen Rauschzustand und sind bereit, alles zu tun, wenn Lukretia es verlangt.«

»Und Ihnen fiel es nicht schwer, Informationen zu erhalten, an die Sie auf dem normalen Dienstweg schwerlich herangekommen wären.«

»Genau.« Robinson sonnte sich im sicheren Gefühl des Sieges. »Wollen Sie sonst noch etwas wissen, ehe Sie Ihre erste Prüfung bestehen müssen, Sinclair?«

»Ja. Wer ist Lukretia?«

»Das werde ich Ihnen lieber selbst sagen, Geisterjäger!«

John wandte den Kopf. Aus dem Schatten einer Nische löste sich die Gestalt einer Frau. Mit langsamen, wiegenden Schritten trat sie auf die Treppe zu. Und je mehr sie sich John Sinclair näherte, um so besser konnte der Oberinspektor die Menschen verstehen, die Lukretia verfallen waren. Auch Dean Jagger.

Schwarz wie die Seele des Teufels war ihr Haar, das in langen Wellen bis auf die Schultern floß. Das rote seidige Gewand lag wie eine zweite Haut auf ihrem Körper. Jede Bewegung war geschmeidig, erinnerte an eine Raubkatze, die jeden Moment zum tödlichen Sprung ansetzen konnte.

Weiß stach das Gesicht aus der schwarzen Haarflut hervor. Wie unergründliche, dunkle Brunnenschächte wirkten die Augen, und John erkannte darin ein verhaltenes wildes Feuer.

Das war also Lukretia!

John Sinclair atmete schwer. Auch ihn hatte die Frau in ihren Bann geschlagen. Selten hatte er ein Weib von solch einer berückenden Schönheit und Ebenmäßigkeit gesehen. Doch man durfte sich hier von der Äußerlichkeit nicht täuschen lassen. Lukretias Seele gehörte dem Teufel.

Ein unergründliches Lächeln spielte um ihre Lippen, als sie vor John Sinclair stehenblieb. Ihre nackten Arme fuhren schlangengleich aus dem dunkelroten Gewand hervor. Sanfte Fingerspitzen spreichelten Johns Gesicht und ließen Schauer über den Rücken des Oberinspektors rieseln.

John hielt den Atem an. Unzählige Schweißtropfen klebten auf seiner Stirn.

Laß dich nicht fertigmachen! hämmerte er sich ein. Dieses Weib will dich umgarnen, dich fesseln, damit sie dich um so sicherer in ihren Fingern hat!

»Der berühmte John Sinclair!« Die blutroten Lippen flüsterten die Worte, und es schwang ein nicht überhörbarer Triumph mit. »Viele haben versucht, dich in ihre Gewalt zu bekommen. Doch mir allein ist es gelungen. Ich werde in der Rangleiter der Dämonen aufsteigen und gleichberechtigt neben Asmodis, dem Höllenfürst, sein.«

John ließ seine Arme schlaff herabhängen. Sein Körper versteifte sich, und auch äußerlich ging der Oberinspektor auf Distanz.

Die Hexe merkte dies genau, und für Augenblicke glomm ein gefährliches Funkeln in ihren Augen auf, das jedoch schnell wieder verlosch.

»Wer bist du, Lukretia?« fragte John Sinclair. Seine Stimme glich mehr einem Krächzen.

Die Hexe lachte und trat einen Schritt zurück. Sie breitete die Arme aus. Das blutrote Gewand floß auseinander, und John erkannte, daß Lukretia darunter ein hautenges schwarzes Trikot trug mit einer giftgrünen Teufelsfratze in der Mitte.

»Ich bin Lukretia, die Hexe und Gefährtin des Teufels. Vor über sechshundert Jahren hat mir der Satan das ewige Leben gegeben, damit ich in seinem Sinne auf die Menschheit einwirken kann. Ich habe die Geschichte miterlebt und bestimmt. Ich war zugegen, als die Menschen sich gegenseitig umbrachten. Der Keim des Bösen war gesät, und ich habe die Früchte geerntet. Leider gab es immer wieder Männer, die mir trotzten. Es waren Gelehrte und Kenner der Weißen Magie, die mich zurückdrängten. Doch ich kehrte zurück und säte erneut das Böse. Ich wartete ab, war Zeuge bei deinem Kampf gegen die Mächte der Finsternis und mußte miterleben, daß Asmodis verlor. Bis ich an der Reihe war. Ich habe alles gelenkt. Denk nur an Slicky, diesen Motorradfahrer. Es war kein Zufall, daß er gerade zu dem Zeitpunkt auftauchte, als du vor dem Haus gewartet hast. Mein Geist hat ihn gelenkt. Und er hat es gar nicht einmal bemerkt. Alles war nur darauf angelegt, dich zu fassen, doch es mußte so natürlich aussehen, daß niemand Verdacht schöpfte. Und du, John Sinclair, bist genau den Weg gegangen, den ich mir vorgestellt habe. Du hast nicht den leisesten Verdacht geschöpft, und dies beweist mir, daß auch du nur mit

Wasser kochst, wie ihr Menschen immer sagt. Nun, Geisterjäger, wie gefällt dir das?«

John Sinclair senkte den Blick. »Ich gebe zu, Lukretia, du hast gewonnen.«

Die Hexe lachte. »Mehr hast du nicht zu sagen? John Sinclair, ich traue dir nicht. Dein Ruf ist zu schrecklich bei den Mächten der Finsternis. So leicht gibt sich ein John Sinclair nicht geschlagen. Ich weiß es.«

John zuckte die Achseln. »Ich sehe ein, wenn ich verloren habe.«

Lukretia schüttelte den Kopf, daß ihre pechschwarzen Haare wild hin und her flogen. »Nein, Geisterjäger, ich glaube dir nicht. Ich glaube dir so lange nicht, bis du die Prüfung abgelegt hast.«

Johns Augen zogen sich zu Schlitzen zusammen. Auch Paul Robinson hatte schon von einer Prüfung gesprochen. »Was meinst du damit, Lukretia?«

Die Hexe lächelte hintergründig. Das magische Feuer bedeckte ihr Gesicht mit einem roten Schimmer. »Du wirst es erleben, John Sinclair, schon in den nächsten Minuten!«

Lukretia rief einen Befehl, den John Sinclair nicht verstehen konnte.

Sekunden später tauchten die vier Kapuzenmänner wieder auf. Sie kamen aus einem Seitengang und trugen einen leblosen Körper in das Gewölbe.

Für einen Moment stockte John der Atem. Er hatte Dean Jagger erkannt.

Die Kapuzenmänner stiegen die Stufen hoch. Sie legten Dean Jagger vor die Füße der Hexe.

John wandte den Kopf. »Du hast ihn getötet?« fragte er die Hexe.

Lukretia lachte. »Nein, soweit ist es noch nicht. Das überlasse ich einem anderen.«

»Und wer soll das sein?« fragte John Sinclair, in dem eine dunkle Ahnung hochstieg.

»Du, Geisterjäger. Du wirst ihn töten!«

Sekundenlang lag eine fast körperlich zu spürende Stille in dem Gewölbe. Jeder der hier Anwesenden hielt den Atem an. Wie eine Drohung standen die Worte der Hexe im Raum. Wie würde John Sinclair sich entscheiden?

Am nervösesten war Paul Robinson. Er stand mit zu Händen geballten Fäusten, hatte den Mund halb geöffnet und atmete flach. Die vier Kuttenträger waren zurückgetreten. Ihre Gesichter waren ausdruckslos, ohne Gefühl.

»Entscheide dich, Geisterjäger!« zerschnitt die Stimme der Hexe die Stille.

John hob den Kopf. Fest und klar blickte er der Frau in die Augen. »Ich werde es tun!« sagte John Sinclair.

Einen Herzschlag lang war Lukretia überrascht. »Du — du willst tatsächlich?« fragte sie.

»Ja. Es bleibt mir nichts anderes übrig.«

»Nun gut, Geisterjäger«, erwiderte Lukretia. »Ich hätte nicht gedacht, daß es so leicht sein würde.« Dann wandte sie sich an Paul Robinson. »Gib ihm das magische Schwert!«

Robinson griff unter seinen Umhang. Als seine Hand wieder zum Vorschein kam, hielt sie den Griff eines Schwertes umklammert.

Es war eine prächtige Waffe. Geschmiedet von einem Meister seines Fachs. Die Klinge war schmal und bestand aus geschmeidigem Damaszenerstahl. Sie war an beiden Seiten geschliffen und höllisch scharf. Am oberen Ende des Griffes waren kostbare Edelsteine eingearbeitet, die das Licht des magischen Feuers funkelnd brachen.

»Es ist das Schwert des Mirakolus, einem Magier aus dem Mittelalter«, erklärte die Hexe. »Diese Waffe wurde in der Walpurgisnacht geschmiedet und verschwand nach dem Tod des Magiers unter rätselhaften Umständen. Ich habe sie wieder hervorgeholt, um sie durch deine Hand, John Sinclair, entweihen zu lassen. Denn bis zum heutigen Tag hat das Schwert nur dem Guten gedient. Doch jetzt wirst du es den Mächten der Finternis weihen. Nimm es!«

Paul Robinson reichte John die Waffe. Der Oberinspektor hatte kaum mit seiner rechten Hand den Griff umklammert, als er die Strahlung spürte, die von der Waffe ausging. Es war ein Prickeln, das sich durch Johns rechten Arm fortsetzte und dann von seinem ganzen Körper Besitz ergriff.

John Sinclairs Gestalt straffte sich. Tief atmete er ein.

Die vier Wächter hatten sich noch weiter zurückgezogen. In ihren Händen lagen schwere Pistolen, deren Mündungen auf den Oberinspektor zeigten. So ganz traute Lukretia der Sache doch nicht.

In den nächsten Sekunden würde sich entscheiden, was stärker war. Die Macht des Guten — oder die Kraft des Bösen.

John Sinclair senkte den Blick. Er sah auf den am Boden liegenden Dean Jagger. Der junge Mann lag auf dem Rücken. Er hatte Arme und Beine von sich gestreckt. Seine Brust hob und senkte sich unter schwachen Atemzügen.

»Du wirst ihm das Schwert durch sein Herz stoßen!« sagte die Hexe, und ihre Stimme klang schrill. »Aber vorher wirst du den Trank der Lukretia zu dir nehmen, damit er dir die Kraft gibt, meine Befehle durchzuführen. Den Becher, Paul Robinson!«

Robinson verschwand in einer Nische. John Sinclair hatte noch eine kurze Galgenfrist.

Lukretia lächelte rätselhaft. »Wie fühlst du dich, Geisterjäger? Spürst du nicht, wie die Kräfte der Hölle versuchen, von dir Besitz zu ergreifen? Willst du nicht dagegen ankämpfen?«

John schüttelte den Kopf. »Nein«, sagte er entschieden. »Ich gehöre dir. Genau wie dieses Schwert, das bald den Mächten des Bösen geweiht sein wird.«

»So ist es richtig, Geisterjäger. Ich verlange absoluten Gehorsam, mehr nicht.«

»Der Trank, Lukretia«, sagte Paul Robinson und reichte der Hexe den Becher.

John sah, daß aus dem Gefäß heiße Dämpfe stiegen und vor seinem Gesicht auseinanderfächerten. Sie reizten seine Schleimhäute. John drehte den Kopf weg.

Lukretia lachte. »Was ist? Willst du den Trank nicht? Ich würde es dir nicht raten, denn wenn du den Becher nicht leerst, werden wir dich töten!«

Die Hexe streckte den Arm aus und reichte John Sinclair den Becher. Der Oberinspektor nahm ihn in die linke Hand, in der rechten hielt er das Schwert.

Über den Rand des Bechers hinweg blickte er Lukretia an. In den

Augen der Hexe stand unverhohlener Triumph. Ihr war es gelungen, John Sinclair den Mächten der Finsternis zuzuführen. Nur noch ein winziger Schritt, dann . . .

»Trink!« forderte die Hexe. »Leer den Becher auf einen Zug, und dann töte den Mann!«

John Sinclairs Gesicht wurde zur Maske. Langsam führte er den Becher zum Mund . . .

Alle Blicke waren auf John Sinclair gerichtet. Jeder wartete darauf, daß der Hexentrank durch die Kehle des Oberinspektors floß. Eine fast greifbare Spannung lag in dem Gewölbe.

John Sinclair spannte die Muskeln, und urplötzlich – als niemand mehr damit rechnete – explodierte er.

Blitzschnell beschrieb sein linker Arm einen Halbkreis. Die Flüssigkeit schwappte aus dem Becher, und das Gebräu klatschte in das magische Feuer.

Im nächsten Augenblick puffte eine Wolke auf. Ein Blitz raste von der Decke, bohrte sich durch den Qualm in das verlöschende magische Feuer.

Lukretia kreischte auf.

John Sinclair hatte sich zur Seite geworfen, rollte über den Boden, hielt aber nach wie vor das Schwert umklammert.

Schüsse peitschten. Die Wärter hatten geschossen, doch die Kugeln sirrten einen halben Yard über John hinweg, prallten gegen die Felsen und jaulten als Querschläger durch das Gewölbe.

Der Rauch wurde dichter. Größere, dichtere Wolken breiteten sich aus. Es herrschte ein völliges Durcheinander.

Lukretia schrie noch immer. Schattenhaft sah John ihre Gestalt, wie sie sich in wilden Krämpfen wand. John stürzte auf die Hexe zu. Seine Finger krallten sich in ihr Gewand. Mit einem gewaltigen Ruck schleuderte er Lukretia gegen die Felswand.

Die Hexe brach zusammen. John sah kleine Flammen auf ihrem Körper tanzen, die sich wie gierige Hände ausbreiteten.

Für Augenblicke paßte John nicht auf. Ein schwerer Körper stürzte auf ihn.

Paul Robinson!

»Du Bastard!« brüllte der Mann und umklammerte Johns Kehle.

402

Der Oberinspektor warf sich herum, schüttelte Robinson ab wie ein Hund die Wassertropfen.

Doch der Mann war sofort wieder auf den Beinen und hechtete mit einem gewaltigen Sprung auf John Sinclair zu.

John empfing ihn mit einem knallharten Uppercut.

Robinson wurde in der Luft gestoppt. Seine Augen verdrehten sich, und er ruderte haltlos mit beiden Armen. Dann krachte er zu Boden.

Im selben Moment zuckte ein greller Strahl von der Decke des Gewölbes. Instinktiv sprang John Sinclair zur Seite. Der Blitz raste dicht neben ihm der Erde entgegen – und traf Paul Robinson mitten in die Brust.

Ein unmenschlicher Schrei gellte durch die Höhle. John hatte das Gefühl, das Blut würde in seinen Adern gefrieren. Er wandte sich ab. Die Hölle hatte sich an Paul Robinson gerächt.

Aber noch lebte die Hexe.

Schwer angeschlagen hockte sie auf dem Boden. Ihr sonst so schönes Gesicht war eine Grimasse. Immer noch tanzten die Höllenflammen über ihren Körper, doch sie fügten ihr nur Schmerzen zu, keine direkten Verbrennungen.

John hob sein Schwert auf, das er fallen gelassen hatte. Von den vier Kapuzenmännern war nichts mehr zu sehen.

»Geisterjäger!« Die Stimme der Hexe zitterte. »Du – du hast nun doch noch gewonnen. Und jetzt gib mir den Gnadenstoß. Nimm das Schwert und bohre es mir durch das Herz.«

John blieb dicht vor der Hexe stehen und sah auf sie hinab. Lukretia mußte unsägliche Schmerzen haben. John hatte den Teufelstrank in das Feuer gekippt und damit eine Kettenreaktion ausgelöst, die er selbst nicht vorhergesehen hatte. Die Schrecken der Hölle, die Lukretia für sich in Anspruch genommen hatte, hatten sich nun gegen sie gewandt.

John Sinclair schüttelte den Kopf. »Nein, Lukretia«, sagte er, »diesen Wunsch erfülle ich dir nicht. Ich werde dich nicht töten. Du sollst durch deine eigenen Freunde der Hölle bestraft werden. Asmodis kann keine Diener gebrauchen, die versagt haben. Ich kenne ihn genau. Er wird mit dir abrechnen!«

»Neiiinnnn!« Der schaurige Schrei der Hexe jagte durch das Gewölbe. Sie warf sich auf den Boden, bettelte, flehte . . .

John wandte sich ab. Er mußte sich um Dean Jagger kümmern, der noch immer bewußtlos am Boden lag.

Der Oberinspektor packte den jungen Mann an den Schultern. Er zog ihn zur Seite, weg aus dem unmittelbaren Gefahrenbereich. Noch immer drangen Rauchwolken aus dem Metallkorb. Wie Schleier zogen sie durch die Höhle, tanzten wild auf und nieder und vermischten sich dann, um in eine bestimmte Richtung zu ziehen.

Sie nahmen Kurs auf die Hexe.

John stockte der Atem. Er sah genau, daß sich die Schleier verdichteten, Figuren bildeten, die an Grausamkeit und Häßlichkeit kaum zu überbieten waren.

Es waren Geister aus dem Jenseits und − John konnte kaum glauben, was er sah − er kannte diese Spukgestalten. Es waren die Gegner, die er im Laufe der Zeit schon erledigt hatte.

Schaurige Laute drangen aus den Mäulern der Unheimlichen. Nebelschlieren wurden zu Krallenhänden, die nach der Hexe griffen, sie hochzogen und eins werden ließen mit den Geistern der Hölle.

Lukretia löste sich auf. Ihr Körper wurde durchscheinend. Schwach verwehte der letzte Schrei. Sie, die Angst und Grauen über die Menschen gebracht hatte, ging endgültig ein in das Reich des Schreckens.

Sie vereinigte sich mit den Geistern des Bösen zu einem wilden, makabren Tanz.

Der Höllenreigen formierte sich gegen John Sinclair.

Furchtbare Laute stießen die Mäuler aus. Es waren Racheschwüre, die dem Geisterjäger ins Gesicht geschleudert wurden.

John Sinclair ließ sich nicht beeindrucken. Er wußte, daß ihm die Gestalten nichts anhaben konnten. Sie waren bereits tot, nur ihre Geister waren aus den Dimensionen des Grauens zurückgekehrt.

Wie lange John diesem makabren Reigen zugesehen hatte, konnte er später nicht mehr sagen, denn urplötzlich brauste ein Windstoß auf, und das magische Feuer erlosch.

Stille kehrte ein. Eine Stille, die nur durch John Sinclairs Atem unterbrochen wurde.

Der Oberinspektor ließ Dean Jagger los, den er bisher krampfhaft festgehalten hatte.

Allein Paul Robinson war zurückgeblieben. Ihn hatte die Rache der Hölle getroffen. Und John erkannte wieder einmal, daß mit den Mächten der Finsternis kein Pakt zu schließen war.

»Mister Sinclair!«

John hörte die schwache Stimme und wandte den Kopf. Soeben war Dean Jagger wieder zu sich gekommen. Er setzte sich hin und preßte beide Hände gegen die Stirn.

»Was — was ist geschehen?«

John lächelte. »Nichts, was Sie beunruhigen müßte, Dean. Kommen Sie, wir werden diese Höhle so schnell wie möglich verlassen.«

Der Oberinspektor reichte Dean die Hand und zog ihn vom Boden hoch. Er mußte den jungen Mann stützen, als sie sich dem Ausgang zuwandten.

Das Tor war offen. Vorsichtig tasteten sich die beiden Männer weiter. Sie mußten bald die Tür erreicht haben, die nach draußen in den stillgelegten U-Bahn-Schacht führte.

Plötzlich blendete sie ein greller Lichtschein. Sekundenlang schloß John die Augen und packte unwillkürlich das Schwert fester.

Ein irres Kichern ertönte hinter dem Lichtkegel. Dann tanzte der Strahl auf und nieder.

John machte kurzen Prozeß. Er sprang vor, bekam einen Arm zu fassen und wand der Person die Lampe aus der Hand. John drehte sie herum.

Vor ihm stand einer der Kapuzenmänner. Sein Gesicht war verzerrt, und in seinen Augen flackerte der Wahnsinn. Die anderen drei Kuttenträger hockten auf dem Boden. Ihre Köpfe wiegten sich zu unhörbaren Melodien.

Die Menschen hatten die Konfrontation mit der Hölle nicht überstanden. Sie waren wahnsinnig geworden. Wie Spielzeuge hielten sie ihre Schußwaffen in den Händen. John nahm ihnen die Pistolen ab.

Die Tür, die zum U-Bahn-Schacht führte, war offen. John Sinclair hoffte, daß er mit Hilfe der Lampe seine Pistole auf dem Gleiskörper wiederfand. Er zog Dean Jagger in den Gang.

»Was geschieht mit den Leuten?« fragte Dean Jagger leise.

»Ich werde sie abholen lassen«, erwiderte John. »Aber jetzt kommen Sie. Ich kenne da jemanden, der auf Sie wartet.«

Ruth Foster war überglücklich, als sie ihren Dean in ihre Arme schloß. Von den vergangenen Stunden wurde nicht mehr gesprochen. Die Sache war erledigt, vergessen.

Allerdings nicht für den Oberinspektor. Er hatte noch eine Menge Papierkrieg zu erledigen. Über den Hexenclub wurde der Mantel des Schweigens gedeckt. Schließlich waren Personen daran beteiligt gewesen, die im Rampenlicht der Öffentlichkeit standen. Paul Robinsons Tod wurde einem Herzversagen zugeschrieben.

Etwa vier Wochen später – John Sinclair hatte längst wieder einen anderen Fall übernommen – fand er eine Einladung in seinem Briefkasten.

Er sollte den Trauzeugen bei einer Hochzeit spielen. Ruth Foster und Dean Jagger hatten beschlossen, zu heiraten.

Selbstverständlich nahm John die Einladung an. Und es wurde ein rauschendes Fest. Von der Vergangenheit sprach niemand, nur gegen Mitternacht kam Dean Jagger kurz zu John Sinclair an die Bar.

»Ich wollte es Ihnen immer schon mal sagen, Herr Oberinspektor. Ich weiß nicht, wie ich es Ihnen danken soll, daß Sie mich damals . . .«

John unterbrach den jungen Bräutigam mit einer Handbewegung. »Lassen Sie es gut sein, Dean. Aber wenn ich Ihnen einen Vorschlag machen darf, dann würde ich sagen, wenn Sie einen Taufpaten benötigen, stelle ich mich hiermit freiwillig zur Verfügung.«

Dean Jaggers Gesicht strahlte. »Das soll ein Wort sein, Herr Oberinspektor! Darauf müssen wir einfach anstoßen.«

Sie taten es. Und man muß ehrlich sagen, es blieb nicht bei einem Glas.

ENDE

Das Phantom von Soho

Sie hatten ihn gestellt!

Vier starke Scheinwerfer warfen ihre Lichtspeere in die Dunkelheit und vereinigten sich dicht vor der rissigen Backsteinmauer zu einem grellweißen Kegel.

Im Zentrum des Kegels stand das Opfer.

Monty Parker, Massenmörder und Psychopath!

Doch unter seinem richtigen Namen kannte ihn kaum jemand. Nur der Spitzname ging flüsternd von Mund zu Mund.

Das Phantom von Soho!

»Geben Sie auf, Parker!«

Überlaut hallte die Megaphonstimme durch das schmale Geviert des Hinterhofes. Irgendwo oben in der Dunkelheit wurde ein Fenster aufgerissen. Eine Frauenstimme keifte: »Schieß ihn doch zusammen, diesen Hund!«

Monty Parker lachte irr. Sein Gelächter war gellend, teuflisch. Es schien aus den tiefsten Winkeln der Hölle zu kommen. Ja, so konnten nur Wahnsinnige lachen. Manch einem der abgebrühten Polizeibeamten lief eine Gänsehaut über den Rücken.

Parkers Gesicht war zu einer Fratze verzerrt. Das strähnige schwarze Haar klebte schweißfeucht auf seinem Kopf. Die Finger der rechten Hand umklammerten ein Messer. Die Klinge war noch blutig.

Blut von seinem letzten Opfer!

Es war eine Frau gewesen. Monty Parker hatte ihr aufgelauert, in einer trostlosen Seitengasse. Die Frau hatte Spätschicht gehabt und wollte nach Hause.

Urplötzlich war das Phantom aus einem Hauseingang aufgetaucht, ein gespenstischer Schatten mit einem Messer in der Hand. Die Frau konnte nicht einmal schreien. Wie wild hatte Monty zugestochen. Er war wie schon so oft von seinem Rausch gepackt worden.

Doch dann hatten ihn zwei Männer überrascht. Das Phantom war geflüchtet. Einer der Männer hatte die Polizei alarmiert, der andere war Parker auf den Fersen geblieben.

Bis zu jenem Hinterhof, der sich als Falle erwiesen hatte.

Jetzt standen sie vor ihm. Mindestens ein Dutzend Uniformierte. Dazu noch Beamte von Scotland Yard. Angeführt von einem blutjungen Inspektor namens John Sinclair. Dieser Mann war erst sechs Monate beim Yard. Und er wollte sich in diesem Fall die ersten Sporen verdienen.

John Sinclair hockte hinter einem Streifenwagen, in der rechten Hand ein Sprechfunkgerät. Er gab einige Kommandos an die Beamten, die außerhalb der Mauern den Hof umstellt hatten. Die Polizisten wollten kein Risiko eingehen.

Der Beamte neben John senkte die Hand mit dem Megaphon. Er wischte sich über das Gesicht. »Wir sollten schießen!« preßte er hervor. »Diese Bestie hat zwölf Menschen auf dem Gewissen. Nein, dreizehn«, korrigierte er sich sofort, »die Frau ist gestorben. Die Ärzte haben es nicht mehr geschafft.«

John Sinclair nickte. Seine Lippen waren zusammengepreßt, und seine Stimme klang rauh, als er sagte: »Schießen kommt nicht in Frage. Ich hole ihn mir so!«

»Aber Sir. Sie wollen ganz allein . . .?«

»Ja.« John übergab dem Beamten das Sprechfunkgerät. Dann erhob er sich aus seiner Deckung.

Seine Anordnungen waren knapp, als er aus dem Schutz des Streifenwagens trat.

Noch einmal atmete John Sinclair tief durch. Er wußte, dies hier war seine erste große Bewährungsprobe.

»Ich komme jetzt, Monty Parker!«

Laut hallte seine Stimme an den rauhen Backsteinwänden des Hofes wider.

John spürte, daß seine Handflächen schweißnaß waren. Er hatte keine Waffe, wollte das Phantom von Soho nicht noch mehr reizen. Die Streifenwagen blieben hinter ihm zurück. Stille senkte sich über den Hinterhof. Selbst Monty Parker sagte keinen Ton. Er hatte nur seinen Arm angewinkelt und vor die Augen gepreßt, um sich gegen das grelle Licht zu schützen.

Bei dem jungen Inspektor war jeder Nerv bis zum Zerreißen gespannt. Starr war sein Blick auf den Psycho-Killer gerichtet.

Monty Parker brüllte plötzlich auf. Dann warf er sich mit einem weiten Satz aus dem Bereich der Lichtkegel.

Augenblicklich folgten ihm die Scheinwerfer, nagelten ihn fest.

Monty Parker hatte sich in eine Ecke verkrochen. Er war nicht einmal groß, reichte John Sinclair höchstens bis zum Kinn. Sein Alter war schwer zu schätzen. Er konnte fünfundzwanzig, aber auch dreißig Jahre alt sein.

Ein böses Knurren drang aus Monty Parkers Mund. Wie ein Wolf fletschte er die Zähne. Leicht geduckt stand er da, das Messer mit der blutigen Klinge hielt er in der rechten Hand.

Er hatte seinen Schock überwunden, war jetzt wie ein in die Enge getriebenes wildes Tier, das sich nur noch von seinem Instinkt leiten läßt.

»Komm nur her, du!« keuchte das Phantom.

John Sinclair blieb stehen. Er sah in das haßverzerrte Gesicht, das nichts Menschliches mehr an sich hatte, und für einen Moment dachte er daran, den Schießbefehl zu geben.

Nein, so einfach wollte er es sich nicht machen.

Und da sprang Monty Parker vor. Der messerbewehrte Arm fuhr heran wie eine Schlange, blitzschnell, ansatzlos.

John Sinclair sprang zurück. Der Messerstoß wischte dicht an seiner Magengrube vorbei.

Monty Parker stieß einen enttäuschten Laut aus und griff wieder an. Diesmal kam die Klinge von oben. Und damit lief das Phantom von Soho genau in John Sinclairs Karateschlag.

Das Messer flog aus Parkers Fingern, klirrte mit einem metallischen Geräusch auf das schmutzige Kopfsteinpflaster.

Johns Linke war wie ein Dampfhammer. Krachend explodierte sie an Monty Parkers Kinn.

Der mehr schmächtige Mann wurde fast aus seinen Schuhen gehoben. Mit flatternden Armbewegungen segelte er zurück, prallte gegen die Mauer und rutschte bewußtlos an ihr hinab.

John Sinclair blieb schweratmend stehen. Er fühlte plötzlich, daß seine Knie zitterten.

Irgend jemand reichte ihm eine Zigarettenschachtel. Dankbar nahm John ein Stäbchen und steckte es sich zwischen die Lippen. Ein Feuerzeug schnippte auf, und gleichzeitig zuckten die Blitzlichter der Fotografen. Die Leute von der Presse hockten auf der Mauer, die für Monty Parker zu hoch gewesen war, um sie zu überklettern.

Jemand schlug John auf die Schulter. Einige Leute begannen zu klatschen.

John Sinclair war der Held des Tages. Ein junger Inspektor hatte das Phantom von Soho gefaßt. Etwas, das nie jemand für möglich gehalten hatte. Am wenigsten John Sinclair selbst.

Dann wurde plötzlich eine Gasse gebildet. Zwei bärenstarke

Beamte führten Monty Parker ab. Das Phantom von Soho war aus seiner Bewußtlosigkeit erwacht, und nach wie vor verzerrte der Haß sein Gesicht, das unterhalb des Kinns eine blaugelbe Färbung aufwies.

Monty Parker hob die gefesselten Hände. So dicht es ging, hielt er sie vor John Sinclairs Augen.

Der Inspektor hielt dem Blick stand.

»Du hast mich gefangen!« stieß Monty Parker zwischen zusammengebissenen Zähnen hervor. »Aber merke dir eins, Polizist: Du hast mich nicht besiegt. Irgendwann werde ich wieder frei sein. Vielleicht in einem Jahr, vielleicht in fünf Jahren oder in zehn Jahren. Ich habe Zeit für meine Rache. Man kann keinen Teufel töten! Verstehst du, Polizist? Man kann keinen Teufel töten!«

Den beiden Beamten wurde es zuviel. Sie zogen das Phantom von Soho zu einem Streifenwagen, wo ihre Kollegen Mühe hatten, die lynchwütige Menge in Schach zu halten.

Bevor Monty Parker in den Streifenwagen gestoßen wurde, wandte er John Sinclair noch einmal voll sein Gesicht zu.

Zwei, drei Lidschläge lang starrten die Männer sich an. Und dann sah John Sinclair plötzlich, wie sich eine makabre Teufelsfratze über das Gesicht des Mörders schob.

John wollte etwas rufen, doch genauso schnell, wie er erschienen war, verschwand der Spuk wieder.

Nur das Gesicht des Teufels blieb John Sinclair in steter Erinnerung.

Die Verhandlung gegen Monty Parker fand bereits acht Wochen später statt. Es brauchten keine umfangreichen Recherchen angestellt zu werden, die Fakten lagen klar und deutlich auf dem Tisch.

Dreizehn Morde schrieb man Parker zu. Über zwei Jahre lang hatte das Phantom von Soho die Weltstadt in Atem gehalten.

Schon Tage vorher beschäftigten sich die Schlagzeilen der Gazetten nur mit dem bevorstehenden Prozeß. Noch einmal wurden die Taten aufgerollt, Fortsetzungen erschienen und erzeugten bei den Lesern sanfte Schauer.

Der Tag der Verhandlung war auch ein großer Tag der Presse.

Wer das Glück gehabt hatte, eine Zulassungsbescheinigung zum Prozeß zu erhalten, war König. Die Scheine wurden sogar zu hohen Schwarzmarktpreisen gehandelt.

Menschen drängten sich in den hohen Fluren des altehrwürdigen Gerichts Old Bailey. Noch war der Verhandlungssaal verschlossen. Zwei Polizisten hielten vor der dicken Holztür mit unbewegten Gesichtern Wache.

Dann wurde Monty Parker gebracht. Ein besonders gut gepanzerter Kastenwagen fuhr in den Hof des Gerichts. In Windeseile sprach sich die Nachricht herum.

Blitzlichter flammten auf. Parker hob beide Arme schützend vor den Kopf. Er haßte Fotografen.

Vier Polizisten drängten die Reporter zur Seite. Durch eine schmale Tür verschwanden sie mit Monty Parker im Innern des Gerichtsgebäudes.

Noch eine Stunde bis zum Beginn des Prozesses.

Nervosität breitete sich aus. Selbst unter den abgebrühten Journalisten. Schließlich war Monty Parker nicht irgendwer, nein, er war ein Massenmörder, und manche behaupteten, er stünde mit dem Teufel im Bunde. Das war natürlich nur Geschwätz, aber immerhin, wenn jemand erst nach dreizehn Morden gefaßt wurde, konnte das nicht mit rechten Dingen zugehen.

Inspektor John Sinclair erschien. Er war der Mann gewesen, der Monty Parker gefaßt hatte.

Kaum stieg er aus dem Dienstwagen, war er von Reportern umringt. Einer packte ihn am Arm. John Sinclair wollte schon unwillig reagieren, als er in ein grinsendes Gesicht blickte.

»Mensch, Bill«, sagte er.

Bill Conolly zwinkerte ihm zu. Anscheinend wollte er, daß seine Kollegen auch etwas erfuhren, denn er sagte statt einer Begrüßung: »Ein paar Fragen, Inspektor.«

»Nein«, wehrte John ab. »Ich sage nichts. Alles, was zu sagen war, haben Sie auf der Pressekonferenz gehört.«

»Da wird doch nur gelogen«, erwiderte Bill Conolly und zwinkerte abermals.

»Also gut. Was wollen Sie hören?« John blickte die Reporter der Reihe nach an.

Die hatten schon ihre Recorder eingeschaltet. Eine Frau fragte: »Sagen Sie, Inspektor, hatten Sie eigentlich Angst?«

»Und wie. Schließlich war Monty Parker nicht irgend jemand. Er war das Phantom von Soho.«

»Sie hätten ja auch schießen können.«

»Ja, aber wenn es eben geht, sollte man den Verbrecher nur überwältigen. Und zwar unblutig.«

»Kleiner Idealist, wie?« rief ein anderer.

»Sicher. Aber das allein ist es nicht. Ich hasse das Verbrechen, nicht die Verbrecher.« John gab Bill Conolly mit dem Kopf ein kurzes Zeichen und begann dann, sich einen Weg durch die Zeitungsleute zu bahnen.

Erst als diese sahen, daß sie dem Inspektor nichts mehr entlocken konnten, gaben sie auf, und John war mit Bill Conolly allein, nachdem er die Halle des Gerichtsgebäudes erreicht hatte.

Sie drückten sich die Hand.

»Du hast dich verdammt lange nicht mehr gemeldet, Bill«, sagte John.

Bill war die Freude über das Wiedersehen am Gesicht abzulesen.

»Die Arbeit«, sagte er achselzuckend. »Man muß immer am Ball bleiben, wenn man in meinem Job etwas erreichen will.«

John nickte. »Das ist wohl in jedem Job so.« Er legte Bill Conolly die Hand auf die Schulter. »Ich muß in den Gerichtssaal, Bill. Wartest du drüben in der Kneipe auf mich? Wir haben uns eine Menge zu erzählen.«

»Okay, John. Bis gleich.«

John wandte sich ab. Er ging die breite Treppe hinauf und betrat den hohen Gang, von dem die Türen zu den einzelnen Verhandlungssälen abzweigten.

Seine Gedanken waren noch bei Bill Conolly. Sie hatten sich als Studenten kennengelernt, als sie ihre Bude zusammen bei einer gewissen Mrs. Gilda Osborne gehabt hatten. Damals hatte John praktisch seinen ersten Fall gelöst, denn der Mann der Osborne war ein Zombie gewesen und hatte im Keller des Gebäudes gehaust.

Danach war John wieder zu seinen Eltern gezogen. Später dann hatte er sein Studium in Oxford fortgesetzt. Mit Bill Conolly jedoch hatte er sich immer wieder getroffen, wenn sich die Gelegenheit ergeben hatte. John nahm sich vor, ihn ab jetzt häufiger zu treffen, denn er wußte, daß er nie einen besseren Freund gehabt hatte als Bill.

Die Verhandlung gegen Monty Parker fand in Saal drei statt. Der Eingang war bereits freigegeben worden. Vor der Tür kontrollierten die beiden Polizisten und ein Zivilist peinlich genau Personalausweise und Zulassungsbescheinigungen. Auch John Sinclair mußte sich ausweisen und wurde erst dann eingelassen.

Der Verhandlungssaal war groß. Man hatte noch einige Stuhlreihen für Presseleute aufgestellt. Fotografieren war verboten. Ein Saaldiener mit dunklem Talar und langer Perücke führte John zur Zeugenbank.

Der Staatsanwalt war ebenfalls schon anwesend. Er hieß Sir William Mansing und war in London als harter Gesetzesvertreter bekannt. Er hatte schon einige aufsehenerregende Prozesse geführt, unter anderem auch eine große Spionagesache gegen Mitglieder der Regierung.

Mansing war von kleiner Statur, hatte ein verknittertes Gesicht und trug eine dicke Hornbrille mit starken Gläsern. Seine Hände waren lang und schmal, und er hatte die unangenehme Angewohnheit, sich an den Fingern zu ziehen. Der Staatsanwalt nickte John Sinclair kurz zu und widmete sich wieder seinen Akten.

Man hatte Monty Parker einen Pflichtverteidiger gegeben, einen schon älteren Juristen namens Paul Willow. Der Verteidiger saß auf seinem Platz und blätterte in einem Stapel Papieren. Dreißig Minuten später erschien das Hohe Gericht.

Den Vorsitz hatte Sir Hugh Crayton, ein in Ehren ergrauter Richter, der zwei Jahre vor der Pensionierung stand.

Sir Hugh Crayton war ein hochgewachsener Mann, mit strengen Gesichtszügen und dichten weißen Augenbrauen. Ihm zur Seite standen Mrs. Paula Adderly und Ronald Warren, zwei Schöffen. Außerdem noch sechs Geschworene, die sorgfältig ausgesucht worden waren.

Der Prozeß begann.

Der erste Tag verging mit rein formal-juristischen Gepflogenheiten. Personalien wurden aufgenommen und die Vergangenheit des Täters ein wenig transparenter gemacht.

Monty Parker saß während dieser Zeit irgendwie verloren auf der Anklagebank. Man hätte ihn eher für einen erfolglosen Handelsvertreter halten können als für das berüchtigte Phantom von Soho.

Parker trug einen Anzug, dessen Jacke viel zu weit war, so daß er förmlich darin verschwand. Sein dunkles Haar war glatt gekämmt und das Gesicht bleich. Nur die Augen loderten in einem unheimlichen, fanatischen Feuer. Diesem Blick konnte der Betrachter ungefähr entnehmen, was Monty Parker für ein Charakter war.

Nach der Verhandlung ging John Sinclair zu der Kneipe hinüber, die dem Gerichtsgebäude gegenüberlag.

Bill Conolly saß an einem kleinen Tisch am Fenster und winkte ihm zu.

John setzte sich und bestellte sich einen Kaffee. Während er auf den Kaffee wartete, erzählte er Bill, was alles geschehen war, seit er bei Scotland Yard angefangen hatte.

Auch Bill Conolly berichtete von sich.

John hatte das Gefühl, nie länger als einen Tag von Bill getrennt gewesen zu sein. Er konnte es nicht erklären, aber er verstand sich mit Bill wie mit jemandem, den er seit ewigen Zeiten kannte – wie mit einem Bruder, mit dem man aufgewachsen war.

Die Zeit verging wie im Fluge. Sie verabredeten, daß sie sich schon am nächsten Tag wieder treffen wollten, dann trennten sie sich, weil Bill Conolly in seine Redaktion mußte.

Der Prozeß wurde fortgesetzt. Gutachter kamen zu Wort, hielten lange Referate, die nur ein Fachmann verstehen konnte.

Am fünften Tag, es war an einem Freitag, sollte das Urteil verkündet werden.

Schon Stunden vorher war das Gerichtsgebäude umlagert. Selten hatte ein Prozeß die Öffentlichkeit so beschäftigt. Sperren wurden aufgebaut, um allzu Neugierige fernzuhalten.

Fernsehkameras surrten, Blitzlichter zuckten, Vertreter in- und ausländischer Presseagenturen und Zeitungen waren permanent im Einsatz. Wie würde das Urteil ausfallen?

Auch die Menschen im Gerichtssaal hatte eine ungeheure Spannung erfaßt.

Der einzige, der ziemlich gleichgültig blieb, war Monty Parker selbst. Mit stoischer Ruhe hockte er auf seiner Anklagebank. Er hatte auf jede Frage geantwortet, nur als man ihn nach dem Motiv seiner Taten fragte, da hatte er nur die Schultern gehoben. Bis auf einmal, da hatte er gesagt: »Der Teufel hat es so gewollt!«

416

Um genau 12 Uhr 22 verkündete Richter Sir Hugh Crayton das Urteil.

»Der Mörder Monty Parker wird lebenslänglich in eine Anstalt eingewiesen.«

Es folgte die Begründung.

Die gespitzten Bleistifte der Journalisten flitzten über das Papier. Die meisten von ihnen hatten mit einer Hinrichtung gerechnet, doch dieses Urteil konnte man schon als kleine Sensation bezeichnen.

Zuletzt hatte der Angeklagte noch das Wort.

Langsam erhob er sich von seiner harten Anklagebank. Sekundenlang sah er dem Richter in die Augen. Dann begann er zu sprechen: »Ich habe das Urteil vernommen, doch auch die dicksten Mauern einer Anstalt werden mich nicht davon abhalten können, das zu tun, was mir der Satan befohlen hat. Ich werde zurückkehren und euch der Reihe nach zur Hölle schicken.«

Monty Parker legte eine kleine Pause ein, ehe er weitersprach. »Zuerst wird es Sie, Crayton, treffen. Mein Messer wird Ihrem Leben ein Ende setzen.« Parker drehte den Kopf und wandte sich dem Staatsanwalt zu. »Der nächste werden Sie sein, Mansing. Auch Sie können meiner Rache nicht entgehen. Genau wie die beiden Schöffen, Mrs. Adderly und Mister Warren. Und bis zuletzt hebe ich mir den Mann auf, der mich gefaßt hat. Inspektor Sinclair!«

Monty Parkers haßgetränkte Stimme erfüllte wie das Grollen eines Gewitters den Saal und trieb den entsetzten Zuhörern den kalten Schweiß auf die Stirn. Viele spürten, daß die Worte keine leere Drohung waren, und selbst der hartgesottene Staatsanwalt wurde bleich und preßte die Lippen zusammen.

Nur John Sinclair stand plötzlich auf. Laut sagte er: »Ich nehme die Herausforderung an, Monty Parker. Aber wäre es nicht besser, wenn Sie bei mir anfangen würden?«

»Nein, Inspektor, die Reihe ist vorgeschrieben, und Sie werden nichts dagegen tun können. Das Phantom von Soho ist nicht tot. Es lebt weiter. Schlimmer und stärker als zuvor!«

Ein gellendes, teuflisches Gelächter drang aus dem Mund des Mörders und hallte schaurig durch den hohen Saal.

Für manch einen klang es wie der Willkommensgruß der Hölle . . .

Noch am selben Tag wurde Monty Parker in die Anstalt am Stadtrand von London eingewiesen. Richter, Staatsanwalt und Schöffen standen unter Bewachung.

Doch nichts geschah.

Nach einigen Wochen zog man die Bewachung ab. Aber Monty Parker wurde Tag und Nacht unter Kontrolle gehalten. Doch der Mörder unternahm nichts, was seinen Racheschwur auch nur im entferntesten gerechtfertigt hätte.

Stumm saß er in seiner Zelle und grübelte vor sich hin. Nur ab und zu bewegten sich seine Lippen im Selbstgespräch. Nachts hörte man ihn öfter sprechen, und wenn einer der Wärter durch das Guckloch sah, saß Monty Parker auf seinem Stuhl und redete mit sich selbst. Manche Leute meinten auch, daß ihn die Seelen seiner Opfer im Traum quälen würden und er deshalb keine Ruhe fände.

Bald geriet Monty Parker in Vergessenheit, nur noch in den Polizeiakten war er vermerkt.

Auch John Sinclair dachte nicht mehr an ihn. Er war weiterhin in seinem Job sehr erfolgreich und wurde nach zwei Jahren Superintendent Powell unterstellt, der eine Kommission leitete, die sich mit übersinnlichen, außergewöhnlichen Fällen beschäftigte. Auch hier hatte Sinclair große Erfolge zu verzeichnen und verdiente sich schon bald den Spitznamen Geisterjäger.

Über Monty Parker wurde wohl noch ab und zu an Nostalgie-Abenden gesprochen, sonst dachte keiner mehr an ihn.

Fünf Jahre sollten vergehen, und John Sinclair war inzwischen zum Oberinspektor befördert worden, als Monty Parker sich wieder in blutige Erinnerung rief.

Es geschah am zehnten Dezember 1975, genau zwei Wochen vor Weihnachten . . .

Ein bleigrauer Himmel hing über London. Die Temperaturen lagen um null Grad, und es war naßkalt. Wer nicht eben hinaus mußte, blieb in seiner Wohnung hinter dem warmen Ofen oder der Heizung.

Am Nachmittag fing es an zu schneien. Es war ein wäßriger Schneeregen. Die dicken, nassen Flocken fielen auf das Pflaster und schmolzen auf der Stelle.

Ein kalter Wind pfiff durch die Straßen und trieb die Schneeflokken wie unzählige weiße Federn vor sich her. Schon bald lag in den Hinterhöfen der Häuser und auf den Dächern eine dünne weiße Schicht, und auf den Straßen hatte sich ein Matschfilm gebildet.

Und doch herrschte viel Betrieb. Die Menschen kauften für Weihnachten ein. Sie vergaßen Wirtschaftskrise und Inflation und gaben manchen sauer ersparten Schilling aus.

Zu den Menschen, die an diesem Tag zu Haus geblieben waren, gehörte auch Sir Hugh Crayton.

Der ehemalige Richter war vor drei Jahren pensioniert worden und lebte mit seiner Frau in einem kleinen Häuschen im Londoner Vorort Hoxton. Er hatte das Haus nach seiner Pensionierung bezogen und fühlte sich pudelwohl.

Untätig war Hugh Crayton nie gewesen. Oft wurde er als Berater für juristische Fragen hinzugezogen, und auch für das Gericht war er noch manchmal tätig, wenn es um Fälle ging, die weit in die Vergangenheit hineinreichten.

An diesem naßkalten Frühwinterabend war Sir Hugh Crayton allein in seinem Haus. Er saß in seinem Arbeitszimmer, las in einem Buch, und aus den Lautsprechern der Stereoanlage ertönte Musik von Chopin.

Hugh Craytons Frau war verreist. Sie besuchte den Sohn in Liverpool, der dort in einer Anwaltskanzlei tätig war. Mrs. Crayton wollte drei Tage wegbleiben, und ihr Mann gönnte ihr den Kurzurlaub von ganzem Herzen.

Die alte Standuhr in der Ecke schlug sechsmal.

Der ehemalige Richter blickte unwillkürlich hoch. Noch eine halbe Stunde, dann würden seine beiden Bridgepartner kommen.

Es waren ebenfalls ehemalige Juristen, sogar Studienkollegen von Hugh Crayton. Die Abende fanden einmal in der Woche statt, und jedesmal war ein anderer der Gastgeber. Heute war Hugh Crayton wieder an der Reihe.

Die Getränke hatte er schon bereitgestellt. Meist wurde zwölf Jahre alter Whisky getrunken. Es war eine Marke, die es kaum zu kaufen gab, und der pensionierte Richter bezog die Flaschen direkt aus Schottland.

Hugh Crayton fühlte sich wohl in der Atmosphäre seines Arbeitszimmers. Hohe Bücherregale bedeckten die Wände, Wandleuchten verbreiteten einen gemütlichen Lichtschein. Das Arbeitszimmer war groß, so daß außer dem antiken Schreibtisch auch noch ein Bridgetisch Platz hatte.

Chopins Klavierkonzert näherte sich dem Ende, und der automatische Tonarm schwang zurück.

Hugh Crayton wollte keine neue Platte mehr auflegen, dazu reichte die Zeit bis zur Ankunft seiner Bridgepartner nicht.

Crayton erhob sich aus seinem Sessel und trat ans Fenster. Der ehemalige Richter trug einen grauen Anzug und ein Hemd, das am Kragen offenstand. Um den Hals hatte er sich einen Seidenschal gebunden. Das schlohweiße Haar war sorgfältig gekämmt und ließ den Vergleich mit einer Löwenmähne zu.

Insgesamt war Crayton eine imposante Erscheinung, die Respekt einflößte.

Crayton zog die dunkelblauen Vorhänge zur Seite und blickte durch die Scheibe.

Draußen schneite es. Die Laterne vor dem Haus strahlte einen milchig verwaschenen Schein ab, in dem die Schneeflocken wild umhertanzten. Der kleine Vorgarten war bereits von einer weißen Schicht bedeckt, und der ehemalige Richter dachte daran, daß er wohl am nächsten Morgen Schnee schaufeln konnte. Das Haus lag in einer wenig befahrenen Straße, und wenn die Scheinwerfer eines Wagens aus den Schneeflocken auftauchten, wirkten sie wie Boten aus einer anderen Welt.

Hugh Crayton liebte dieses Wetter. Er freute sich dann immer auf sein gemütliches Zuhause und bedauerte die Menschen, die draußen sein mußten.

Die Fensterscheibe beschlug unter Craytons Atem. Der ehemalige Richter wischte den Film mit dem Handrücken weg. Er war so in Gedanken versunken, daß ihn die Stimme regelrecht aufschreckte.

»Crayton, ich hole dich! Denk an das Versprechen!«

Der pensionierte Richter wirbelte herum. »Hallo«, rief er, »ist da jemand?«

Keine Antwort.

Crayton schüttelte den Kopf. Sollte er schon so alt sein, daß er Stimmen hört, wo keine waren? Na ja, das sind vielleicht die Nerven, sagte er sich.

Wieder wandte sich Crayton dem Fenster zu, dann ließ ihn ein böses Kichern herumfahren.

Im selben Augenblick wurden Craytons Augen weit vor Entsetzen. Wie ein Magnet wurde sein Blick von dem Schreibtisch angezogen. Mitten in der Platte steckte ein Messer mit blutverschmierter Klinge . . .

Der Knauf der Waffe zitterte noch unmerklich. Das Messer mußte erst gerade in das Holz hineingestoßen worden sein.

Aber von wem?

War jemand hier gewesen? Ein Einbrecher? Crayton schüttelte den Kopf. Nein, dann hätte er etwas gehört.

Doch das Messer konnte schließlich nicht aus der Luft gekommen sein!

Langsam trat Hugh Crayton näher an den Schreibtisch. Er streckte seine Hand aus, wollte die Waffe berühren, doch dann durchjagte ihn ein heißer Schreck.

Er kannte die Waffe! Er hatte sie schon dutzendemal in der Hand gehalten. Dieses Messer, das in seiner Schreibtischplatte steckte, gehörte Monty Parker, dem Phantom von Soho!

Augenblicklich fielen dem Richter die Ereignisse der Vergangenheit ein. Er dachte an seinen letzten, großen Prozeß, an Monty Parker und an dessen Versprechen.

Er stand ganz oben auf der Todesliste des Mörders!

Hugh Crayton begann zu zittern. Er wischte sich über die Augen, blickte dann wieder auf die Schreibtischplatte – und erstarrte.

Das Messer war verschwunden!

»Das gibt es doch nicht«, stöhnte der ehemalige Richter, taumelte zu einem Sessel und ließ sich rücklings hineinfallen. Der Mann zitterte am gesamten Körper. Immer wieder blickte er zu seinem Schreibtisch hin, doch das Messer war und blieb verschwunden.

»Eine Halluzination«, versuchte sich Hugh Crayton einzureden, doch er glaubte nicht so recht daran.

Sollte an dem Schwur tatsächlich etwas Wahres gewesen sein?

Hugh Crayton spielte mit dem Gedanken, in der Anstalt anzurufen, doch dann erschien ihm dieses Vorhaben zu lächerlich.

Monty Parker saß hinter ausbruchssicheren Mauern, das wußte er genau. Er hätte sich mit dem Anruf nur blamiert. Und wenn Parker tatsächlich eine Flucht gelungen sein sollte, hätte er bestimmt davon gehört.

Nein, das alles war eine Einbildung.

Das Brummen eines Automotors schreckte ihn aus seinen Gedanken. Türen klappten zu, und Männerstimmen waren zu hören.

Dann fuhr der Wagen wieder weg. Die beiden Bridgepartner waren mit einem Taxi gekommen.

Hugh Crayton stand auf. Tief atmete er durch. Nur nichts anmerken lassen, nahm er sich vor.

Der ehemalige Richter machte Licht. In der kleinen Diele hing neben der Garderobe ein Wandspiegel mit einem meisterlich geschnitzten Holzrahmen.

Hugh Crayton warf einen Blick in den Spiegel und erschrak darüber, wie bleich er war.

Schon schellte es.

Crayton öffnete.

Die beiden Freunde lachten ihn an. »Teufel, Hugh, hast du ein Wetter bestellt«, sagte Simon Blocker, nahm seinen Hut ab und schüttelte den Schnee ab. Schnell drückte er sich an Hugh Crayton vorbei ins Haus.

»Na, wie geht's dir denn so als Strohwitwer?« fragte Abe Foremann grinsend und ging ebenfalls ins Haus. Er schlüpfte aus seinem Mantel, hängte ihn an die Garderobe, rieb sich beide Hände und meinte: »Hoffentlich hat wenigstens der Whisky die richtige Temperatur. Ah, ich rieche schon das herrliche Aroma, sehe Weizenfelder vor mir und . . .«

Lachend gingen die Neuankömmlinge in das Arbeitszimmer. Nur Hugh Crayton blieb ungewöhnlich ernst.

Simon Blocker fiel Hughs Zustand als erstem auf. »Sag mal, hast du was?«

»Wieso?«

»Du bist irgendwie anders, so ruhig, fast verängstigt. Außerdem bist du blaß wie ein Leichentuch. Ehrlich, ist dir irgend etwas über die Leber gelaufen? Hast du dich geärgert?«

»Der gute Hugh wird wohl seine Frau vermissen«, meinte Abe

Foremann. »Ich kenne das. Ist nicht jedermanns Sache, sein Essen allein zu kochen.«

Crayton lächelte gequält. »Das wird es wohl sein.«

»Kinder«, sagte Simon Blocker plötzlich, »bald wäre ich gar nicht gekommen. Ich sollte meiner Frau unbedingt helfen, die Weihnachtspakete zu packen.«

»Und wie hast du's geschafft?«

»Ich bin heimlich verschwunden. Wie ein Hühnerdieb.«

Die Männer lachten. Dann tranken sie den ersten Whisky, und wenig später war auch das Spiel in vollem Gang.

Abe Foremann und Simon Blocker waren in Hochform. Sie gewannen jede Runde, und nach einer Stunde schob Simon Blocker plötzlich die Karten zur Seite. Prüfend blickte er Hugh Crayton an. »Mit dir stimmt doch etwas nicht, Hugh.«

Der ehemalige Richter schreckte hoch. »Wie kommst du darauf?«

»Du hast bisher noch kein Spiel gewonnen.«

»Das ist eine Pechsträhne. Ich . . .«

»Laß mich ausreden, Hugh. Eine Pechsträhne sieht anders aus. Du spielst unkonzentriert. Du hast Spiele verloren, die du sonst mit der linken Hand gewonnen hättest. Raus mit der Sprache, alter Junge, was ist los mit dir?«

Hugh Crayton lehnte sich in seinem Stuhl zurück. Sicher hatten die Freunde etwas bemerkt. Es wäre auch unnatürlich gewesen, wenn nicht. Nur – was sollte er ihnen sagen? Daß er eine Halluzination gehabt hatte? Daß plötzlich ein Messer in seiner Schreibtischplatte gesteckt und nicht einmal Spuren hinterlassen hatte? Unmöglich, die beiden würden ihn für verrückt halten. Und das zu Recht.

»Mir steckt irgendwas in den Knochen«, log Hugh Crayton. »Ich weiß auch nicht was, nehme aber an, es ist die Grippe. Ihr kennt das ja. Da ist man lustlos und möchte sich am liebsten selbst nicht mehr sehen.«

»Dann ist es am besten, wir hören auf«, schlug Simon Blocker vor. »Was meinst du, Abe?«

»Meinetwegen. Wenn Hugh wirklich die Grippe hat. Aber du solltest deine Frau anrufen, daß sie sofort zurückkommt. Allein ist man da verdammt hilflos.«

»Ich werd's schon überstehen, keine Bange.«

»Du legst dich am besten ins Bett«, sagte Simon Blocker. »Wir rufen ein Taxi an und verschwinden.«

Hugh Crayton wollte die Freunde noch überreden zu bleiben, doch er stieß auf taube Ohren. Und seine Angst zugeben, das wollte Crayton auch nicht.

Das Taxi kam nach zwanzig Minuten. Während sich die Männer ihre Mäntel überzogen, gaben sie Hugh noch einige gute Ratschläge. Simon Blocker wollte sogar noch einmal anrufen.

»Ja, tu das«, sagte Crayton und brachte seine Bridgepartner zur Haustür.

Die Männer stellten ihre Mantelkrägen hoch und liefen durch das Schneegestöber auf den Wagen zu.

Hugh Crayton sah dem Taxi nach, bis es verschwunden war, und zog dann die Haustür zu. An diesem Abend schloß er besonders gut ab, drehte den Schlüssel zweimal im Schloß. Dann wandte er sich um und lehnte sich aufatmend mit dem Rücken gegen das Türblatt. Sekundenlang schloß Hugh Crayton die Augen. Er versuchte, die Angst zu unterdrücken, doch es gelang ihm nicht. Zu tief hatte sich das unheimliche Geschehen in seinem Innern festgesetzt.

Mit müden Schritten ging der ehemalige Richter zurück in sein Arbeitszimmer. Im Aschenbecher qualmte noch eine Zigarre. Simon Blocker hatte sie vergessen.

Automatisch drückte Crayton die Zigarre aus und schüttete sich noch einen doppelten Whisky ein. Er trank ihn in langsamen Schlucken.

Die Stille, die er sonst so liebte, strapazierte jetzt seine Nerven. Selbst das Ticken der alten Standuhr machte ihn nervös. Hugh Crayton trank sein Glas leer und spürte, wie der Alkohol seine Wirkung entfaltete. Hugh Crayton fühlte sich von Minute zu Minute besser. Er sah jetzt alles in einem anderen Licht, schrieb das Vorhandensein des blutigen Messers seiner Einbildung zu.

Er warf einen Blick auf die Uhr. Noch eine Stunde bis Mitternacht. Zeit für ihn, schlafen zu gehen.

Das Schlafzimmer lag in der oberen Etage. Eine freischwebende Holztreppe führte dort hin. Als Hugh Crayton die Stufen hochging, mußte er sich am Geländer festhalten.

Mit der linken Hand stieß er die Tür des Schlafzimmers auf und machte Licht.

Das Zimmer war leer.

Hugh Crayton lachte befreit auf. Im Unterbewußtsein hatte er schon damit gerechnet, auf den Killer zu treffen.

Die rechte Hälfte des Ehebettes war aufgedeckt. Dort schlief Hugh Crayton.

Gemächlich zog er sich aus. Im Pyjama ging er ins Bad, wusch sich und putzte die Zähne.

Als er in den Spiegel sah, erschrak er über sich selbst. Tiefe Ringe lagen unter seinen Augen. Er sah aus, als hätte er nächtelang durchgefeiert. Die Haut war bleich geworden, und das sonst so sorgfältig gekämmte Haar hing ihm wirr in die Stirn.

Hugh Crayton löschte das Licht und ging wieder zurück in sein Schlafzimmer. Aufstöhnend legte er sich ins Bett. Die Nachttischlampe ließ er brennen.

Der ehemalige Richter lag auf dem Rücken, die Augen hatte er geöffnet. Obwohl er sich ziemlich erschöpft fühlte, fand er keinen Schlaf, sondern starrte nur die Decke an.

Die Stille war erdrückend. Sie wurde nur durch Claytons Atemzüge unterbrochen. Vom nahen Friedhof schlug die Kirchturmuhr zwölfmal.

Mitternacht!

Hugh Crayton, der ein wenig eingeschlafen war, zuckte zusammen. Angespannt lauschte er auf die Schläge. Unwillkürlich kam ihm der Begriff Geisterstunde in den Sinn.

Der letzte Schlag verhallte. Und gleichzeitig bewegte sich die Tür des Schlafzimmers.

Zoll für Zoll wurde sie nach innen gedrückt.

Hugh Crayton hielt den Atem an. Angst überkam ihn. Sein Herz begann zu hämmern. Hart und wild schlug es gegen die Rippen. Schweiß bedeckte die Stirn, sammelte sich zu Tropfen und floß in die Augenbrauen.

Hugh Crayton ahnte, daß der Tod gekommen war.

Jetzt war die Tür schon zur Hälfte aufgeschwungen. Crayton lag so ungünstig, daß er nicht sehen konnte, wer sich draußen auf dem Flur verbarg.

Und dann hörte er wieder das Kichern. Bösartig, teuflisch hallte es durch das Zimmer.

»Ich komme, Euer Ehren!« zischte eine Stimme. »Ich komme, wie ich es versprochen habe . . .«

Angstschauer jagten über den Rücken des pensionierten Richters. Er wußte plötzlich, daß er verloren war, daß das Phantom von Soho seine Drohung wahrgemacht hatte.

Ein Schatten tauchte auf! Groß, drohend.

Wie ein riesiges Ungeheuer fiel der Schatten an die Wand des Schlafzimmers und zerfloß in wilden, ruckartigen Bewegungen.

Hugh Crayton spürte den Hauch der tödlichen Gefahr, der ihn umschwebte. Mit Gewalt mußte er seinen Blick von dem Schatten an der Wand loslösen, sah wieder zur Tür, und im selben Augenblick stockte sein Herzschlag.

Im Raum stand Monty Parker, das Phantom von Soho!

Die Finger seiner rechten Hand umklammerten das Messer mit der blutbefleckten Klinge.

»Deine Zeit ist um, Richter!« hörte Hugh Crayton die heisere Stimme des Phantoms.

Crayton wollte etwas sagen, wollte sich wenigstens verteidigen, doch seine Kehle war wie zugeschnürt. Nicht ein einziges Wort drang über seine Lippen.

Und das Phantom kam immer näher.

In einer instinktiven Abwehrbewegung streckte Hugh Crayton beide Arme aus, wollte den Mörder fassen, doch seine Hände griffen ins Leere.

Ja, sie griffen sogar durch die Gestalt hindurch.

Hugh Crayton fand nicht einmal mehr die Zeit, über diese Ungeheuerlichkeit nachzudenken, denn das Phantom war plötzlich über ihm, und der messerbewehrte Arm raste mit ungeheurer Wucht nieder. In Craytons Brust.

In diesem Augenblick läutete unten im Arbeitszimmer das Telefon.

»Au, verdammt, daß ich das auch vergessen mußte!« Mit diesen Worten sprang Simon Blocker aus seinem Bett. Rasch knipste er die Nachttischlampe an.

Seine Frau, die schon geschlafen hatte, blinzelte verstört in das Licht.

»Was ist denn los, Simon?« fragte sie, als sie sah, daß Simon sich den Bademantel über die Schultern warf und in seine Pantoffeln schlüpfte.

Simon Blocker schlang den Gürtel vor dem Bauch zusammen. »Ich habe dir doch von Hugh Crayton erzählt. Daß sich Hugh heute nicht wohl fühlte. Und daß seine Frau verreist und er ganz allein im Haus ist.«

»Ja, sicher hast du mir davon berichtet. Ist das der Grund, weshalb du jetzt aufstehst? Schließlich haben wir . . .«, Mrs. Blocker drehte sich auf die Seite und warf einen Blick auf den Wecker. »Mitternacht ist schon vorüber. Du kannst doch jetzt nicht bei anderen Leuten anrufen.«

Simon Blocker war schon an der Tür. »Hugh Crayton ist kein Fremder. Und außerdem habe ich es ihm versprochen. Glaub mir, Lydia, es ging ihm wirklich nicht gut.«

»Na, meinetwegen.« Lydia Blocker ließ sich wieder in die Kissen fallen. Wenn sich ihr Mann einmal etwas in den Kopf gesetzt hatte, ließ er sich so leicht nicht umstimmen.

Simon Blocker ging in den Living-room. Er machte Licht und klappte das lederne Telefonverzeichnis auf, das neben dem Telefon lag.

Er hatte Hugh Craytons Nummer schnell gefunden. Telefonnummern konnte sich Simon Blocker nie merken. Die mußte er immer notieren.

Achtmal ließ Blocker durchläuten. Und als beim neuntenmal niemand abhob, warf er verärgert den Hörer auf die Gabel. »Der hat einen Schlaf wie ein Bär im Winter«, murmelte er.

Blocker zog fröstelnd den Bademantel enger und ging wieder zurück ins Schlafzimmer.

Seine bessere Hälfte war noch wach. »Na, hast du Erfolg gehabt?«

Blocker schloß die Tür und schüttelte den Kopf. »Es hat niemand abgehoben. So einen guten Schlaf möchte ich auch mal haben.« Simon Blocker zog den Bademantel aus und setzte sich auf die Bettkante.

»Vielleicht konnte er auch nicht an den Apparat gehen, Simon.«

»Wie meinst du das?« Blocker schwang herum und blickte seine Frau an.

»Es kann doch sein, daß ihm was zugestoßen ist. Ich habe neulich erst in einem Roman gelesen . . .«

»Ach, hör auf mit deinen Krimis. Was sollte Hugh denn zustoßen? Und so krank war er nun auch nicht. Nein, ich kann dir genau sagen, was geschehen ist. Hugh hatte bestimmt zwei Tabletten genommen und sich hingelegt. Und er schläft außerdem in der oberen Etage. Da kann man das Läuten des Telefons schon mal leicht überhören.«

»Du mußt es ja wissen«, sagte Lydia Blocker spitz.

»Und ob ich das weiß«, knurrte Simon, löschte das Licht und drehte sich auf die rechte Seite, die er immer als seine Schlafseite bezeichnete.

Doch einschlafen konnte er nicht. Simon Blocker hatte das unbestimmte Gefühl, etwas falsch gemacht zu haben.

Gleich nach dem Frühstück hielt es Simon Blocker nicht mehr länger aus.

»Ich fahre zu Hugh«, sagte er zu seiner Frau.

»Sieh lieber mal nach draußen.«

Simon Blocker blickte durch die Scheibe. Fußhoch lag der Schnee auf den Straßen und Bürgersteigen. Manch wackerer Mann war dabei, seinen Hauseingang freizuschaufeln. Das Ratschen der Schneeschieber fiel Simon Blocker auf die Nerven.

»Meinetwegen kann es Ziegelsteine regnen«, sagte er zu seiner Frau. »Ich fahre.«

Blocker zog sich den Mantel über und ging nach draußen. Schwer und grau hingen die dicken Wolken am Himmel. Es konnte jeden Augenblick wieder anfangen zu schneien.

Zum Glück konnte Blocker noch seine Garage erreichen. Er klappte das Tor hoch und stieg in den Austin. Der Anlasser orgelte ein paarmal, dann sprang der Wagen an.

Für die Strecke nach Hoxton benötigte Simon Blocker knapp dreißig Minuten. Streu- und Räumfahrzeuge waren unterwegs, um wenigstens den größten Schneematsch zu beseitigen.

Blocker parkte vor Craytons Haus. Er stieg aus, ging durch den kleinen Vorgarten und schellte.

Nichts rührte sich.

In Simon Blocker machte sich ein komisches Gefühl breit. Er trat einige Schritte zurück und ließ seinen Blick an der Hausfassade entlang wandern.

Die Fenster waren geschlossen, sämtliche Scheiben beschlagen. Sollte Hugh Crayton noch schlafen?

Noch einmal schellte Simon Blocker. Wieder vergebens.

»Da stimmt was nicht«, sagte der Mann, setzte sich in den Wagen und fuhr zum nächsten Polizeirevier. Dort erklärte er dem Dienststellenleiter die Situation und sprach auch den Verdacht aus, daß Hugh Crayton unter Umständen etwas zugestoßen sein könnte.

Der Dienststellenleiter schickte einen Beamten mit. Mit einem Spezialwerkzeug öffnete dieser das Schloß der Haustür.

Stille empfing die beiden Männer.

»Hugh«, rief Simon Blocker. »He, Hugh, hörst du mich?«

Keine Reaktion.

»Das Schlafzimmer liegt oben«, sagte Blocker. »Kommen Sie.«

Der Polizist wiegte den Kopf. »Wohl ist mir bei dieser Aktion nicht«, meinte er. »Wir können Schwierigkeiten bekommen, wenn . . .«

Blocker winkte ab. »Das lassen Sie mal meine Sorge sein. Nein, nein, Mister Crayton wird unser Vorhaben schon gutheißen, keine Angst.«

Simon Blocker ging schnell die Stufen hoch. Es wunderte ihn, daß die Tür des Schlafzimmers halb offen stand.

Blocker stieß sie ganz auf und betrat das Schlafzimmer. Nach zwei Schritten blieb er stehen, als sei er gegen eine Wand gelaufen. Das nackte Entsetzen sprang ihn an, als er das Bild sah, das sich seinen Augen bot.

Hugh Crayton, der ehemalige Richter, lag auf seinem Bett – inmitten einer großen Blutlache . . .

Oberinspektor Sinclair ärgerte sich genau wie viele andere Berufstätige auch über das Wetter. Er hatte an sich nichts gegen den Winter, ganz im Gegenteil, nur die Großstadt sollte seiner Meinung nach von Schnee und Matsch verschont bleiben. Da man sich jedoch mit so vielen Dingen abfinden mußte, spielte das auch keine Rolle mehr.

Im Schneckentempo fuhr der Oberinspektor zum Dienst. Das Gebäude von New Scotland Yard lag direkt an der breiten Victoria Street. Im Westen und Norden wurde es vom Broadway und der Dacre Street eingekreist. Über den Namen Broadway hatten nicht nur die Beamten vom Yard gelacht, schließlich war die Straße nicht länger als die Westseite des Yard-Gebäudes.

Während der Oberinspektor sich seiner Arbeitsstelle näherte, rauchte er die Morgenzigarette. Es gehörte schon zu seinen Gewohnheiten, auf der Fahrt den Polizeifunk abzuhören.

Und plötzlich horchte John auf.

Es war von einem Mord an einem gewissen Hugh Crayton die Rede. Der Leiter der Mordkommission forderte über Funk einige Beamte zur Verstärkung an.

Crayton, überlegte John. Irgendwo hatte er den Namen schon mal gehört. Aber nicht in der letzten Zeit, das wußte er genau. Doch John Sinclair wollte es genau wissen. Er fuhr in eine Parklücke, griff zum Autotelefon und ließ sich über die Zentrale mit dem Leiter der zuständigen Mordkommission, einem Inspektor Palmer, verbinden.

Nach drei, vier Fragen wußte John Bescheid. Richter Hugh Crayton war der Mann gewesen, der Monty Parker, das Phantom von Soho, verurteilt hatte. Fünf Jahre war das nun schon her, und John, der damals gerade am Beginn seiner Laufbahn gestanden hatte, erinnerte sich noch gut an den Racheschwur, den Parker damals ausgesprochen hatte. Sollte dieser Mann seine Drohung wahrgemacht haben? Aber soviel John bekannt war, saß Parker in einer geschlossenen Anstalt, und von einem Ausbruch hatte er auch nichts gehört. Nein, dieser Mord mußte ein anderes Motiv haben.

John Sinclair fuhr weiter. Er hatte eigentlich mit diesem Fall gar nichts zu tun, sein Gebiet war das Übersinnliche, das Okkulte. Im Augenblick beschäftigte er sich mit Nachforschungen über einen Club von Teufelsanbetern, die angeblich auf einem Schiff ihre Treffen abhielten. Scotland Yard hatte einen Tip bekommen, und John wollte der Sache nachgehen.

Trotzdem ging ihm der Mord an dem Richter nicht aus dem Kopf. Auch nicht, als er in seinem Büro saß und sich bei seinem Chef, Superintendent Powell, anmelden ließ.

Powell hatte schon von diesem Mord gehört, und so sparte sich John Sinclair große Erklärungen.

»Sie glauben an den Racheschwur?« fragte Powell säuerlich lächelnd und nahm einen Schluck von seinem berühmten Magenwasser.

»Es ist durchaus möglich, Sir.«

»Aber Monty Parker sitzt!«

»Ist das sicher?«

Powell blickte John durch seine dicken Brillengläser an. »Ich weiß, man muß Sie immer erst überzeugen«, sagte er, drückte auf den Hebel der Sprechtaste und schnarrte: »Bitte eine Verbindung mit dem McCarthy-Sanatorium!«

»So, Oberinspektor, jetzt werden wir Ihre letzten Zweifel aus der Welt räumen.«

»Vielleicht.«

»Sie wittern doch wieder etwas, nicht wahr?« fragte Powell lauernd.

John lächelte. »Sagen wir mal, ich habe einen Verdacht. Es sind zwar fünf Jahre vergangen, aber man sollte diesen Racheschwur nicht zu sehr auf die leichte Schulter nehmen. Machen wir uns doch nichts vor, Sir. Sie und ich, wir wissen doch beide, was alles in dieser Welt möglich ist. Ich brauche meine zurückliegenden Fälle erst gar nicht aufzuzählen. Theoretisch besteht die Möglichkeit, daß Monty Parker der Täter ist.«

Superintendent Powell wollte zu einer Gegenfrage ansetzen, doch da summte das Telefon.

Powell hob ab, deckte die Sprechmuschel mit der Hand zu und sagte zu John Sinclair gewandt: »Es ist der Direktor des Sanatoriums!«

Powell sagte dem Mann, worum es ging, und hörte anschließend zu, ohne irgendwelche Zwischenfragen zu stellen. Und als er den Hörer wieder auf die Gabel legte, blickte er John triumphierend an. »Wie ich es Ihnen gesagt habe, Oberinspektor, Monty Parker sitzt in seiner Zelle. Diesmal haben Sie sich geirrt.«

»Möglich«, gab John zu, »aber überzeugt bin ich nicht. Ich habe nämlich in diesem Job, wie man so schön sagt, schon Pferde kotzen sehen. Und ich würde deshalb die Überwachung der anderen gefährdeten Personen wieder aufnehmen.«

»Nein.« Superintendent Powell schüttelte den Kopf. »Wir würden uns lächerlich machen, glauben Sie mir.«

»Und wenn der zweite Mord geschieht? Ich meine, außer mir standen ja noch mehr Personen auf der Liste. Zum Beispiel der Staatsanwalt und die Schöffen.«

Powell schlug mit der flachen Hand auf den Tisch. »Lassen Sie doch endlich Ihre Monty-Parker-Theorie fallen«, sagte der Superintendent. »Der Mord an dem Richter wird ein völlig anderes Motiv haben. Vielleicht Raub oder irgend etwas anderes. Wer kann das jetzt schon sagen! Am besten, wir warten die ersten Ergebnisse ab. Und Inspektor Palmer ist ein alter Routinier und Praktiker.«

»Das bestreitet niemand, Sir«, sagte John, »aber Sie gestatten doch, daß ich mich auch ein wenig um den Fall kümmere?«

»Und Ihre andere Sache?«

»Kommt schon nicht zu kurz.«

Powell grinste säuerlich. »Ich kenne Ihren Dickkopf, Sinclair. Meinetwegen verbrennen Sie sich die Finger. Aber kommen Sie dem anderen Kollegen nicht ins Gehege. Das könnte nur Ärger geben.«

»Keine Angst, Sir, ich packe den Fall von der anderen Seite an. Ich halte Sie aber auf dem laufenden, Sir.«

John stand auf und war schon fast an der Tür, als ihn Powells Stimme noch einmal zurückhielt. »Ich wünsche mir wirklich, daß Sie in diesem Fall unrecht hätten«, sagte der Superintendent leise. »Sonst ist hier der Teufel los.«

»Ehrlich gesagt, das wünsche ich mir auch, Sir«, erwiderte John und verließ das Büro seines Chefs.

Er hatte kaum seinen eigenen Raum betreten, als das Telefon schrillte. Bill Conolly war am Apparat.

»Mensch, John, hast du schon gehört, man hat Hugh Crayton, den ehemaligen Richter, umgebracht.«

»Woher weißt du das denn?« fragte der Oberinspektor.

Bill lachte. »Du hörst doch nicht als einziger den Polizeifunk ab. Aber Scherz beiseite. Glaubst du, daß dieser Monty Parker dahintersteckt?«

Der Reporter hatte also die gleichen Gedankengänge gehabt wie John Sinclair. »Man weiß es nicht, Bill«, sagte der Geisterjäger. »Powell hat inzwischen schon in der Klinik angerufen, aber Parker sitzt in seiner Zelle.«

Jetzt schwieg Bill Conolly. Dann meinte er: »Und das ist für dich Beweis genug?«

»Ich merke schon, du willst mich aufs Glatteis führen. Nein, es ist für mich nicht Beweis genug. Ich werde der Anstalt einen Besuch abstatten und am besten auch mit Monty Parker reden.«

»Da komme ich mit.«

»Nein, Bill, ich will keine Pferde scheu machen. Sollte sich mein Verdacht bestätigen, bist du selbstverständlich mit von der Partie. Das ist doch klar.«

»Okay, John, vergiß es aber nicht.«

Der Reporter legte auf. John Sinclair zündete sich eine Zigarette an, ließ sich eine Tasse Kaffee bringen und suchte die Adresse des McCarthy-Sanatoriums heraus.

Es lag in der Nähe des alten Flughafens Croydon, am südöstlichen Stadtrand von London. Das McCarthy-Sanatorium war eine staatliche Anstalt. Es beherbergte keine Privatpatienten und war vor zwanzig Jahren von einem Politiker namens McCarthy gegründet worden.

Als John in seinem Wagen saß, begann es wieder zu schneien. Dicke Flocken fielen vom Himmel, tupften gegen die Frontscheibe, schmolzen zu kleinen Wassertropfen und wurden von den Wischblättern weggefegt.

John hatte Heizung und Gebläse angestellt und quälte sich durch den Londoner Vormittagsverkehr. Erst als er den Stadtkern hinter sich gelassen hatte, konnte er etwas schneller fahren. Der Schnee auf den Straßen war getaut, doch schmutzige Schneehügel flankierten die Fahrbahn zu beiden Seiten.

Die Gegend wurde waldreicher, und alte, abgeblätterte Schilder wiesen noch auf den ehemaligen Großflughafen Croydon hin. Ein kleines Hinweisschild, das den Weg zum Sanatorium wies, entdeckte John auch. Dem Wegweiser nach waren es noch drei Meilen.

Das Schneetreiben war dichter geworden. Die bleigrauen Wolken hingen so tief, daß man das Gefühl haben konnte, sie würden die Wipfel der Bäume berühren.

Der Weg führte durch ein kleines Wäldchen. Die kahlen Äste und Zweige der Bäume waren mit einer Schneeschicht bedeckt und bogen sich unter der nassen Last. Die schmale Fahrbahn war rutschig, und John Sinclair war froh, daß er erst vor drei Wochen nagelneue Reifen hatte aufziehen lassen.

Der Wald wurde lichter, trat schließlich völlig zurück, und dann sah John die Mauern des Sanatoriums aus dem Schneetreiben auftauchen.

Es waren wuchtige graue Steinmauern, die auf den Betrachter

einen deprimierenden Eindruck machten. Wer einmal in dieser Anstalt saß, konnte wirklich lebensmüde werden.

John stieg aus. Neben dem großen grauen Eisentor entdeckte er einen Klingelknopf mit dazugehörigem Lautsprecher.

John legte seinen Daumen auf den Knopf, und wenig später tönte eine kratzige Geisterstimme aus dem Lautsprecher.

John gab seine Personalien an und kam auch auf den Zweck seines Besuches zu sprechen.

»Sind Sie beim Herrn Direktor angemeldet?« fragte die Stimme des Unbekannten.

»Nein.«

»Dann wird es nicht einfach sein.«

»Ich werde es trotzdem versuchen.« Johns Antwort klang ungeduldig. Dieser komische Torwärter schien sich verdammt viel einzubilden.

Wenig später glitt das Tor zur Seite. John setzte sich rasch in seinen silbergrauen Bentley und fuhr langsam in den Hof. Der Wärter hockte in einem kleinen Steinhaus und tippte grüßend gegen seine Mütze. Im Innenspiegel sah John, daß das Tor hinter ihm langsam wieder zuglitt.

Der schmale, asphaltierte Fahrweg endete vor einem großen, grauen Steinbau, der die Höhe eines vierstöckigen Mietshauses hatte und in dem die zahlreichen Fensterhöhlen wie tote Augen wirkten. Schneebedeckte Rasenflächen kreisten den trostlosen Bau ein, der schon allein durch seinen Anblick bei einem sensiblen Menschen Unwohlsein erzeugte.

John parkte den Wagen vor der Eingangstür. Als er ausstieg, wurde die Tür geöffnet, und ein glatzköpfiger, bulliger Wärter in einem weißen Kittel kam ihm entgegen.

Der Wärter verzog das Gesicht zu einem freudlosen Grinsen. Er ärgerte sich wohl, daß einige Schneeflocken sein Gesicht streiften.

»Oberinspektor Sinclair?« fragte er mit einer überraschend hellen Stimme, die gar nicht zu seinem Äußeren paßte.

John nickte und präsentierte seinen Ausweis.

»Bitte folgen Sie mir.«

John betrat die Anstalt, die im Innern genauso trist wirkte wie von außen. Eine große Halle, graue, verputzte Wände und eine abgenutzte Ledergarnitur für Besucher. In einer kleinen Glaskabine war die Anmeldung untergebracht. Das neugierige Gesicht einer Schwester starrte John durch die Scheibe an.

»Doktor Conrad erwartet Sie«, sagte der Wärter und führte John zu den Aufzügen.

Der Direktor hatte sein Büro im zweiten Stock. Die beiden Männer verließen den Lift und gingen über den langen Gang. Der Boden war blank gewienert, und es roch noch nach Wachs. Von irgendwoher ertönten gellende Schreie, die sich anhörten wie das Heulen eines waidwunden Tieres.

Der Wärter führte John durch eine Glasschwingtür und klopfte nach ein paar Schritten gegen eine dunkel gebeizte Holztür.

»Herein«, ertönte es.

Der Wärter öffnete die Tür, und John trat ein.

Dr. Conrad erhob sich hinter seinem Schreibtisch. Der Direktor der Anstalt war ein mittelgroßer Mann mit scharfgeschnittenen Gesichtszügen und sorgfältig gekämmten schwarzen Haaren. Sein Kittel war blütenweiß und seine Zähne so falsch wie sein Lächeln.

»Sie sind also Oberinspektor Sinclair«, sagte er und drückte John die Hand. »Ich habe übrigens schon einiges von Ihnen gehört. Die Werwolfgeschichte oben im Norden hat ja großes Aufsehen erregt. Ich hoffe, Sie suchen bei uns keine Werkatzen.« Der Direktor lachte gekünstelt.

»Nein, nein, Doktor«, wehrte John ab. »Ich hätte nur gern einmal nach Monty Parker gesehen.«

»Natürlich. Ihr Chef hat mich schon angerufen. Anscheinend hat ihm meine Auskunft doch nicht gereicht. Macht ja nichts, Sie können sich selbst überzeugen, daß Monty Parker in seiner Zelle sitzt. Bitte kommen Sie mit.«

Der Direktor verließ mit John das Büro, und über die Steintreppe erreichten sie das nächste Stockwerk.

Vor einer weißlackierten Eisentür blieb der Direktor stehen. Er deutete auf das kleine Guckloch in der Tür.

»Bitte, Oberinspektor, überzeugen Sie sich selbst.«

John dankte lächelnd, sah das Namensschild Monty Parker neben der Tür an der Wand und preßte sein rechtes Auge gegen das Guckloch.

John erkannte den Mörder sofort. Er hockte auf dem Bettrand und blickte mit verzerrtem Gesicht auf die Tür. In seinen Augen lag noch immer der teuflische Ausdruck.

435

Plötzlich hatte John Sinclair das Gefühl, von einem eiskalten Wasserstrahl getroffen zu werden. Monty Parker griff hinter seinen Rücken, und als die Hand wieder zum Vorschein kam, umklammerte sie ein Messer.

Die Klinge war blutverschmiert!

Wie hypnotisiert starrte John Sinclair auf das Messer. Er kannte es, hatte es vor fünf Jahren schon gesehen und war auch jetzt davon überzeugt, daß der ehemalige Richter mit genau dieser Waffe umgebracht worden war.

John hielt den Atem an, starrte unverwandt durch das Guckloch, das ihn die Szene in der Zelle wie auf einer Leinwand sehen ließ.

Plötzlich hob Monty Parker den Kopf. Seine Augen stierten direkt das kleine Guckloch an. John Sinclair hatte das Gefühl, von Monty Parkers stechendem Blick durchbohrt zu werden. Und der Oberinspektor war sicher, daß das Phantom von Soho genau wußte, wer hinter der Tür lauerte.

Demonstrativ hob Monty Parker den Arm mit dem Messer, hielt die blutverschmierte Klinge dicht vor sein Gesicht, und aus dem offenen Mund drang ein satanisches Hohngelächter, das auf John Sinclairs Rücken einen kalten Schauer erzeugte.

Der Oberinspektor gab sich einen Ruck, löste seinen Blick von dem Guckloch und wandte sich um.

Schreckensbleich starrte Direktor Conrad den Geisterjäger an. Auch ihm war das fürchterliche Gelächter unter die Haut gefahren.

»Schließen Sie die Zelle auf!« herrschte John Sinclair den Mann an. »Denn dort sitzt der Killer! Er hält das blutverschmierte Messer noch in der Hand. Von wegen ausbruchsicher.«

Der Direktor hob die Schultern. »Ich besitze keinen Schlüssel«, sagte er mit leiser Stimme.

»Dann besorgen Sie einen!«

Der Anstaltsdirektor war völlig durcheinander. Zum Glück tauchten einige Wärter auf. Sie waren durch das Gelächter alamiert worden. Der Wärter mit der Glatze, der John hergeführt hatte, war ebenfalls dabei. Fragend sahen die Männer den Direktor an.

»Schließen Sie die Zelle auf, Miles«, sagte der Direktor.

Der Glatzkopf griff in die Hosentasche. Seine Hand kam mit einem Schlüsselbund wieder zum Vorschein.

»Nun beeilen Sie sich«, drängte John.

Das Gelächter war verstummt. Die folgende Stille war bedrückend.

Der Wärter fummelte am Schloß herum, seine Finger zitterten. Doch schließlich hatte er es geschafft.

Die Tür schwang auf.

John betrat als erster die Zelle. Die entsicherte Pistole lag schußbereit in seiner Rechten.

Monty Parker hockte auf dem Rand seines Bettes. Lächelnd blickte er den Männern entgegen.

John Sinclair starrte auf Parkers Hände. Sie waren leer.

»Wo ist das Messer?« John Sinclairs Augen funkelten, als er Monty Parker anblickte.

Parker breitete beide Arme aus. »Wovon sprechen Sie?«

»Das wissen Sie ganz genau. Ich rede von der Waffe, die Sie vorhin in der Hand gehalten haben.« John trat einen Schritt vor. »Los, stehen Sie auf, und dann an die Wand!«

Monty Parker erhob sich langsam. Vorschriftsmäßig ließ er sich mit beiden Händen voran gegen die Wand fallen.

Schnell und geschickt tastete John den Mörder ab. Doch das Messer fand er nicht.

»Bleib so stehen«, sagte John, steckte die Waffe weg und begann, das Zimmer zu durchsuchen.

Die Einrichtung war kärglich. Ein Bett, ein Stuhl, ein Waschbecken und eine Toilette. Über dem Bett befand sich das Fenster. Ein kleines, vergittertes Rechteck.

John sah überall nach. Sogar in der Toilette, doch von dem Messer fehlte weiterhin jede Spur.

Langsam stieg in John Sinclair die Wut hoch. Dieser Kerl hatte es tatsächlich geschafft, ihn zum Narren zu halten. Zuletzt hob der Geisterjäger die Matratze hoch.

Außer verrosteten Bettfedern befand sich nichts darunter. Der Boden der Zelle war glatt und fugenlos. Eine Falltür gab es demnach auch nicht.

Doch plötzlich stutzte der Oberinspektor. Direkt neben dem Fenster hatte jemand etwas auf die Wand gekritzelt. John trat näher heran und betrachtete die ungelenken Buchstaben.

Es waren fünf Namen!

Fünf Namen auf der Todesliste.

Als erster stand dort Hugh Crayton, der ehemalige Richter. Und durch seinen Namen war ein Strich gezogen worden.

Hugh Crayton war tot . . .

Eine Gänsehaut lief über Johns Rücken. Er las den zweiten Namen. William Mansing, Staatsanwalt. Dann folgten Paula Adderly und Ronald Warren, die beiden Schöffen. Und als letzter Name stand dort John Sinclair.

Tief atmete der Geisterjäger ein. Er drehte sich um.

Monty Parker hatte den Kopf gewandt und ihn aus schmalen Augenschlitzen beobachtet.

»Kann ich mich wieder hinsetzen?« fragte er.

»Ja.«

Monty Parker ging zu seinem Bett und nahm auf der Kante Platz.

Der Anstaltsdirektor und die Wärter hatten Johns Tun bisher schweigend beobachtet. Jetzt aber wandte sich Direktor Conrad an den Geisterjäger.

»Könnte es sein, daß Sie sich geirrt haben, Herr Oberinspektor? Ich meine, ich will Ihnen nicht zu nahetreten. Aber Sie haben sich da in eine Sache verrannt, die Sie bestimmt sehr beschäftigt. Und da ist es leicht möglich, daß Sie Halluzinationen haben. Sie wären nicht der erste. Wir haben da so unsere Erfahrungen.«

John lächelte knapp. »Das kann ich mir denken, Doktor. Aber soweit ist es mit mir noch nicht gekommen. Ich will Ihnen mal was zeigen, kommen Sie.«

John trat an die Wand und deutete mit dem Zeigefinger auf die Stelle, wo er die Namen gelesen hatte.

Doch die Stelle war leer!

Doktor Conrad griff in die Kitteltasche, holte seine Brille hervor und setzte sie auf.

»Tut mir leid, ich sehe nichts!« Verständnislos wandte er sich dem Geisterjäger zu. »Was sollte ich denn dort zu sehen bekommen?«

»Schon gut.« John winkte ab. »Es hat sich erübrigt.«

Aus den Augenwinkeln fing er Monty Parkers Blick auf. John erkannte deutlich den Ausdruck des Triumphes in den Augen des

Mörders. Und Haß las er darin. Haß auf John Sinclair und die Menschen, die Monty Parker in diese Anstalt gebracht hatten.

»Dann sind Sie wohl hier fertig?« fragte der Direktor.

»Ja.«

Die Wärter hatten die Zelle schon verlassen. Bevor John Sinclair auch hinausging, blieb er noch einmal vor Monty Parker stehen. Die Narbe auf seiner Wange brannte wie Feuer. Ein Zeichen, daß John Sinclair erregt war.

»Ich weiß, daß du es warst, Monty Parker«, sagte John Sinclair leise. »Doch eins versichere ich dir: Ich werde nicht ruhen, bis ich dich überführt habe. Du stehst mit dem Satan im Bunde. Aber diesen Pakt haben viele vor dir auch geschlossen. Es hat ihnen nichts genützt. Das Gute war stärker. Merk dir das, Monty Parker!«

Dann machte John auf dem Absatz kehrt und ging wieder hinaus. Der glatzköpfige Wärter drückte die Tür zu und schloß sie sorgfältig ab. Der Direktor gab ihm mit einer Handbewegung zu verstehen, daß er verschwinden könne.

John ging mit dem Direktor in dessen Büro zurück.

»Einen Cognac auf den Schreck, Oberinspektor?« fragte Doktor Conrad.

»Nein, danke. Aber wenn Sie vielleicht eine Tasse Kaffee hätten?«

»Sicher.«

Der Direktor sagte seiner Sekretärin Bescheid, und zwei Minuten später stand das heiße Getränk vor John Sinclair.

Der Geisterjäger nippte daran und zündete sich eine Zigarette an. Doktor Conrad lehnte ein Stäbchen ab.

»Und Sie glauben immer noch, daß dieser Monty Parker hinter dem Mord steckt?«

»Das glaube ich allerdings.«

»Ich verstehe das nicht. Dieser Mann kann nicht aus seiner Zelle. Es ist unmöglich.«

»Das Wort unmöglich habe ich aus meinem Sprachschatz gestrichen, Doktor.«

»Ich kann Sie verstehen, Oberinspektor. Sie beschäftigen sich mit okkulten Phänomenen. Aber daß sich ein Mensch in Luft auflöst, wie es in diesem Fall ja nur sein kann, das erscheint mir doch ein wenig zu weit hergeholt. Eine andere Erklärung gibt es für mich nicht. Tut mir leid. Schließlich bin ich Wissenschaftler und kein Zauberer oder Scharlatan.«

John unternahm erst gar nicht den Versuch, den Direktor mit seinen Argumenten zu überzeugen. Es hatte doch keinen Sinn. Nur eine Bitte hatte der Geisterjäger noch.

»Tun Sie mir einen Gefallen, Doktor«, sagte John Sinclair. »Halten Sie Monty Parker unter ständiger Kontrolle. In manchen Anstalten gibt es Fernsehkameras. Haben Sie hier so etwas auch?«

»Leider nicht. Man hat uns diese technische Neuheit zugesagt, aber im Augenblick hat der Staat kein Geld. Sie kennen ja selbst die Finanzmisere.«

»Ich weiß, Doktor. Dann setzen Sie aber wenigstens einen Aufpasser vor die Tür. Es können ja mehrere Männer sein, die sich gegenseitig ablösen. Es ist enorm wichtig. Die Leute sollen Monty Parker immer unter Kontrolle haben. Schärfen Sie es ihnen ein.«

»Ich werde mein Bestes tun, Oberinspektor. Aber jetzt müssen Sie mich entschuldigen. Ich habe noch einiges zu erledigen.«

»Ich wollte sowieso fahren«, sagte John und verabschiedete sich von Dr. Conrad.

Den Weg nach unten fand er allein. Draußen schneite es noch immer, und John mußte die Scheiben des Bentley freiwischen. Bevor er sich in seinen Wagen setzte, sah er noch mal an der grauen Fassade der Anstalt hoch.

Plötzlich stockte ihm der Atem.

Eine Hand ragte aus einem der Zellenfenster. Und die Finger umklammerten ein Messer, dessen Klinge blutverschmiert war.

John schloß für Sekunden die Augen. Dabei murmelte er: »Noch hast du nicht gewonnen, Monty Parker . . .«

John Sinclair fand den Staatsanwalt in der Kantine des Gerichtsgebäudes.

Er saß allein an einem Tisch und rauchte eine Zigarette. Vor ihm dampfte eine Tasse Kaffee.

»Ah, hoher Besuch«, sagte William Mansing, als John Sinclair an den Tisch trat.

Die beiden Männer kannten sich. John war in den letzten Jahren schon öfter bei Gerichtsverhandlungen, in denen Sir William die Anklage vertrat, als Zeuge aufgetreten.

Der Staatsanwalt wischte sich den Mund mit einer Serviette ab und faltete sie dann sorgfältig zusammen. »Aber nehmen Sie doch Platz, Oberinspektor.«

John rückte sich den Stuhl zurecht. Er war mit rotem Kunststoff bezogen.

Die Bedienung – eine dralle Person mit Säbelbeinen – erschien und fragte nach Johns Wünschen. Der Oberinspektor bestellte ebenfalls einen Kaffee.

William Mansing blickte John Sinclair an und lächelte. Das Gesicht des Staatsanwaltes war im Laufe der Jahre noch faltiger geworden, doch nach wie vor funkelten die Augen wachsam hinter den dicken Gläsern der Hornbrille. Und das Fingerziehen hatte Sir William Mansing noch immer nicht abgelegt. Gerade eben zog er sich die Finger seiner linken Hand zurecht, daß die Gelenke nur so knackten.

John verzog das Gesicht.

Die Bedienung brachte den Kaffee, und der Oberinspektor nahm eine von den Zigaretten, die ihm der Staatsanwalt anbot.

»Ich kann mir denken, weshalb Sie gekommen sind, Oberinspektor«, sagte Sir William. »Der Mord an unserem guten Hugh Crayton bereitet Ihnen Kopfzerbrechen.«

»Ihnen nicht?«

Mansing lachte und ließ eine Reihe nikotinbrauner Zähne sehen. »Warum sollte ich? Oder glauben Sie an diesen komischen Racheschwur des Phantoms? Das war vor fünf Jahren, und wenn ich all die Leute aufzählen sollte, die mir schon Rache geschworen haben, säßen wir heute abend nicht hier. Nein, nein, mein lieber Oberinspektor, die Zuchthauszelle kühlt so manche Rachegedanken ab.«

»Da mögen Sie recht haben, Sir. Aber hier liegt der Fall anders.«

Mansing schüttelte den Kopf. »Glaube ich nicht. Der Irre sitzt doch. Oder täusche ich mich da?«

»Nein, Sir. Aber ich bin überzeugt, daß er trotz allem den Mord auf dem Gewissen hat.«

»Jetzt komme ich nicht mehr mit.«

»Deshalb bin ich ja hier, um Ihnen den Ernst der Lage vor Augen zu führen. Aus den Untersuchungen der Mordkommission geht eindeutig hervor, daß Hugh Crayton mit einem Messer umgebracht worden ist. Ich war heute in der McCarthy-Klinik, um nach dem Phantom von Soho zu sehen. Monty Parker saß in seiner Zelle, doch in der Hand hielt er ein Messer mit blutverschmierter Klinge.«

Sir Mansings Gesicht hatte einen nachdenklichen Ausdruck angenommen. »Dann hätte er also doch der Mörder sein können?«

»Ja und nein, denn als ich mit einigen Zeugen die Zelle betrat, war das Messer verschwunden. Ich habe die Zelle praktisch auf den Kopf gestellt, doch das Messer wurde nicht gefunden. Ungewöhnlich ist das mindeste, was man zu diesem Fall sagen kann.«

»Und Sie haben sich nicht getäuscht, Oberinspektor?«

»Nein, Sie kennen mich, Sir William. Ich beschäftige mich zwar mit übersinnlichen Dingen, bin aber weiterhin mit beiden Beinen auf dem Boden der Tatsachen geblieben.«

Sir William Mansing drehte die leere Kaffeetasse zwischen den Fingern. »Dieser Parker könnte einem Ihrer Zeugen das Messer zugesteckt haben. Womöglich steckt er mit jemandem unter einer Decke.«

»Das hätte ich sehen müssen. Ich habe schließlich als erster die Zelle betreten. Und was Ihre zweite These anbelangt, so ist es durchaus möglich, das Monty Parker unter dem Anstaltspersonal einen Helfer hat.«

»Aber daran glauben Sie nicht so recht, wie ich Sie kenne, Oberinspektor.«

»Genau.«

»Und wie lautet Ihre Theorie?«

Johns Gesicht blieb ernst, als er die Antwort gab. »Ich denke, daß Monty Parker die Gabe hat, seinen Körper verdoppeln zu können. Er kann einen zweiten Körper, einen Astralkörper, schaffen. Exteriorsation hat man dieses Phänomen genannt.«

»Ich weiß, Oberinspektor. Aber daran glaube ich nicht. Auch wenn Sie mir mit noch so vielen Erklärungen kommen. Dieses Phänomen würde ich als nüchtern denkender Mensch als optische Halluzination bezeichnen. Aber auch das sind Hirngespinste, entschuldigen Sie, Oberinspektor, wenn ich das so einfach dahersage. Nein, ich bleibe bei meiner Meinung. Sollte Monty Parker tatsächlich aus der Anstalt entwischt sein, muß er einen Helfer gehabt haben. Eine andere Erklärung gibt es für mich nicht. Tut mir leid.«

»Gut, Sir«, sagte John. »Lassen wir eine Interpretation dieses rätselhaften Falls mal dahingestellt sein. Tatsache ist, daß Sie als nächster auf seiner Killerliste stehen.«

Jetzt lachte der Staatsanwalt. »Der Kerl soll nur kommen. Ich werde ihm einen heißen Empfang bereiten. Angst habe ich nicht.«

»Erlauben Sie trotzdem, daß ich in der nächsten Nacht bei Ihnen bleibe?«

»Warum nicht? Wenn es Ihnen Spaß macht. Ich muß Ihnen allerdings sagen, ich bin Junggeselle und kann Ihnen außer einem guten Whisky nichts weiteres anbieten.«

»Auch der Whisky wäre schon zuviel, Sir.«

John stand auf.

»Moment noch, Oberinspektor. Ich will Ihnen nur eben meine Anschrift geben.«

»Danke, nicht nötig. Ich weiß, wo Sie wohnen.«

»Um so besser. Ich erwarte Sie dann heute abend.«

John Sinclair verließ das Gerichtsgebäude und fuhr in die Gresse Street. Dort wohnte Mrs. Paula Adderly, eine der Schöffen.

Das Haus war vierstöckig, ziemlich alt, und ein verwilderter Vorgarten zierte den Eingang. Ein paar Kinder saßen auf den Stufen und blickten John Sinclair mißtrauisch entgegen.

»Darf ich mal vorbei?« fragte John und lächelte.

»Zu wem wollen Sie denn, Mister?« fragte ein etwa elfjähriger Steppke mit braunem Kraushaar.

»Zu Mrs. Adderly.«

»Da haben Sie Pech gehabt, Mister. Die Adderly ist verreist. Schon vor einer Woche.«

»Und weißt du wohin?«

»Wenn ich fünf Schilling hätte, könnte es mir schon einfallen.«

John gab ihm das Geld.

»Also, sie ist nach Brighton gefahren. Mit ihrem Sohn, der hatte eine Lungenentzündung gehabt und braucht Seeluft, das hat wenigstens meine Mutter gemeint.«

»Und du weißt auch nicht, wann sie zurückkommen?«

»No, Mister. Aber Sie wissen ja selbst, solche Kuren dauern mindestens vier Wochen«, erwiderte der Steppke altklug.

»Dank dir«, sagte John und ging wieder zu seinem Wagen. Er wunderte sich, daß die Kinder bei dieser Kälte auf der Treppe saßen, aber wahrscheinlich war es bei ihnen so, daß beide Elternteile arbeiteten und sie für ihre Sprößlinge keine Zeit hatten.

John setzte sich hinter das Lenkrad und holte sein Notizbuch hervor. Ronald Warren, der zweite Schöffe, wohnte in der Hollen Street, im nördlichen Soho.

John steckte das Buch wieder weg und drehte den Zündschlüssel. Der Motor sprang sofort an. John blickte in den Rückspiegel, sah, daß die Fahrbahn frei war, und scherte aus der Parklücke.

In diesem Moment spürte er den Druck einer Messerklinge im Nacken, und eine höhnische Stimme sagte: »Fahr ruhig weiter, John Sinclair!«

Der Geisterjäger kannte die Stimme. Sie gehörte Monty Parker, dem Phantom von Soho . . .

»Miles soll zu mir kommen«, blaffte Direktor Conrad in das Mikrophon.

»Ich werde ihm augenblicklich Bescheid geben«, erwiderte seine Sekretärin, die an der Stimme ihres Chefs erkannt hatte, daß er schlechte Laune hatte.

Nervös trommelte Dr. Conrad mit den Fingerspitzen auf der Schreibtischplatte herum. Dieser verdammte Inspektor hatte ihm überhaupt nicht in den Kram gepaßt. Solch ein Besuch gab immer nur Unruhe und schürte das Misstrauen.

Als Miles eintrat, hatte er sich wieder beruhigt.

»Sie übernehmen die Wache, Miles«, sagte Conrad zu dem glatzköpfigen Wärter.

»Welche Wache, Sir?«

»Stellen Sie sich doch nicht so dumm an, Mensch. Die Bewachung von Monty Parker.«

»Aber der sitzt doch in seiner Zelle.«

»Ja, das stimmt. Aber denken Sie, ich lasse mir hinterher etwas nachsagen? Dieser komische Oberinspektor mit seinen spinnigen Ideen soll den denkbar besten Eindruck von uns bekommen. Sie brauchen das natürlich nicht allein zu machen. Lösen Sie sich mit Reeves ab. Ihr beiden habt die beste Kondition. Holt euch zwei Stühle und setzt euch vor die Tür. Und ab und zu werft ihr einen Blick durch das Guckloch. Aber es schläft nur jeweils einer, verstanden?«

»Natürlich, Sir. Dann kann ich gehen?«

»Ja. Ach so, da wäre noch etwas. Ich werde euch ab und zu kontrollieren.«

»Ich habe verstanden, Sir.«

Draußen ließ Miles richtig Dampf ab. Seine Wut entlud sich in Flüchen, die sogar noch einem Seemann Spaß gemacht hätten.

Perry Reeves lag in seiner Bude auf dem Bett und las ein Comic-Heft.

Er sah ärgerlich auf, als Miles in das Zimmer polterte. »Was ist denn, zum Teufel? Ich habe Feierabend.«

»Einen Dreck hast du, Reeves. Los, hoch mit deinem Bierhintern. Wir haben Wache.«

Reeves, der Miles an Körpergröße in nichts nachstand, bekam Stielaugen, als er hörte, daß sie die Nacht über vor der Zellentür hocken sollten. Doch alles Fluchen half nichts, die beiden holten sich ihre Stühle und übernahmen die Wache.

Ab und zu warfen sie einen Blick durch das Guckloch. Es war noch Nachmittag, und Monty Parker wanderte unruhig in seiner Zelle hin und her.

»Der ist harmlos wie ein Kind«, sagte Miles und ließ sich wieder auf den harten Holzstuhl fallen.

Sein Kollege hob nur die Schultern. Er hatte sich mit einem Stapel Comic-Hefte eingedeckt und war so für die Nacht versorgt.

Als Miles mal wieder aufstand und einen Blick in die ausbruchsichere Zelle warf, lag Monty Parker auf dem Bett.

Er lag auf dem Rücken und hatte die Augen geschlossen.

»Der pennt tatsächlich«, sagte Miles und schüttelte den Kopf. »Na ja, manche haben eben eine Bärennatur.«

Der gute Wärter ahnte allerdings nicht, daß sich Monty Parker in einer tiefen Trance befand. Denn er mußte seinen Zweitkörper aufrecht erhalten, der soeben wie ein Schatten hinter John Sinclairs Rücken aufgetaucht war . . .

John Sinclair blieb ruhig sitzen. Die Überraschung hatte nur den Bruchteil einer Sekunde gedauert. Jetzt zahlte sich die hervorragende Nervenkraft des Oberinspektors aus. Er war auf einmal eiskalt bis ins Mark.

Ruhig lagen seine Hände am Steuer. Er fuhr in seinem

gleichmäßigen Tempo weiter, hütete sich davor, den Wagen zu beschleunigen. Er wollte erst einmal abwarten.

Monty Parker hatte das Messer durch den Raum zwischen der verstellbaren Nackenstütze und der Oberkante des Vordersitzes gesteckt. Er hatte dabei noch so viel Bewegungsfreiheit, daß er die Hand drehen und wenden konnte.

Ein kleiner Stoß nur, und die Klinge würde in John Sinclairs Hals dringen.

»Und nun?« fragte John Sinclair mit ruhiger Stimme.

Monty Parker kicherte. »Fahr weiter!«

»Wohin?«

»Es ist egal.«

»Sie sind am Drücker«, sagte John und stoppte an der Einmündung zur Oxford Street.

Diese breite, mehrspurige Hauptstraße durchzog die Millionenstadt London von Osten nach Westen und führte direkt an der Nordflanke des Hyde Parks vorbei. John wollte später in den großen Park einbiegen. Vielleicht gab es dort eine Chance, den Killer in seinem Rücken zu überwältigen.

»Und laß beide Hände ruhig am Lenkrad liegen«, zischte Monty Parker.

»Keine Angst«, erwiderte John. »Ich bin nicht lebensmüde.«

Der Asphalt der breiten Straße glänzte naß. Hier war der Schnee schon getaut. Die Wärme der Auspuffgase und die Streusalze hatten dafür gesorgt.

Es herrschte lebhafter Verkehr, und John mußte so konzentriert fahren, daß er den Killer in seinem Rücken fast vergaß. Nur wenn er eine etwas zu hastige Bewegung mit dem Kopf machte, rief sich Monty Parker wieder in Erinnerung. Denn dann berührte jedesmal die Spitze der Messerklinge John Sinclairs Nacken. Ein schmaler Blutfaden rann ihm bereits in den Kragen seines Hemdes.

John hatte seinen Mantel ausgezogen und auf den Nebensitz gelegt. Die Heizung arbeitete auf Hochtouren.

»Wollen Sie mich eigentlich umbringen?« fragte John nach einer geraumen Weile.

»Ja.«

»Und warum haben Sie es noch nicht getan?«

»Weil ich erst die Reihenfolge einhalten will. Der Staatsanwalt, die beiden Schöffen, und dann bist du dran, Oberinspektor.«

»Da habe ich ja noch einige Zeit zu leben«, meinte John, und es schwang eine Spur von Sarkasmus in seiner Stimme mit. »Ich frage mich nur, warum Sie sich die Mühe machen und mich hier durch die Gegend fahren lassen?«

»Um dir meine Macht zu demonstrieren. Um dir zu zeigen, daß du gegen mich so wehrlos bist wie ein Stück Eis in der Sonne.«

»Ich kann Sie nicht hindern, Parker«, sagte John. »Aber was geschieht, wenn Sie Ihre Rache vollendet haben?«

»Ich werde ein begehrter Killer sein.«

»Und was haben Sie davon? Nichts. Sie haben keine Chance, das Geld auzugeben, man wird Sie überall erkennen, wo Sie auch auftauchen. Vielleicht wird man Sie auch hinrichten.«

»Das geht nicht. Ich habe immer ein Alibi.«

»Sie meinen die Klinik? Das läuft auf die Dauer nicht gut, Parker. Irgendwann wird auch der letzte Dummkopf begreifen, was mit Ihnen los ist. Dann wird man Ihnen den Kopf abschlagen.«

»Auch damit bin ich nicht zu töten. Fünf Jahre lang habe ich zum Satan gefleht. Jetzt endlich hat er mich erhört. Ich werde Unglück über die Stadt bringen und selbst daran meine Freude haben. Doch vorher muß ich meine Rache vollenden. Vor fünf Jahren schon hatte ich den Satan angerufen, aber damals bin ich noch nicht erhört worden. Doch die Zeit war auf meiner Seite. Auf Sie, Oberinspektor, freue ich mich ganz besonders. Sie werde ich nicht mit einem Messerstich töten. Nein, Sie werden langsam sterben. Heute ist der Staatsanwalt an der Reihe. Und da ich mir vorstellen kann, daß Sie ihn schützen wollen, werde ich Sie erst mal aus dem Verkehr ziehen.«

»Dann haben Sie Angst vor mir?« stellte John die etwas provozierende Frage.

»O nein, das nicht. Aber ich will es mir so leicht wie möglich machen.«

Monty Parker stieß wieder sein widerliches Kichern aus. Er war wirklich nicht mehr normal, doch er hatte mit der Hölle einen Pakt geschlossen. Und das machte ihn so gefährlich.

John Sinclair biß die Zähne zusammen. Fieberhaft suchte er nach einer Möglichkeit, aus dieser Klemme herauszukommen, doch der Irre hatte alle Trümpfe in der Hand.

Trete ich auf die Bremse, wird er nach vorn geschleudert, und das Messer dringt durch meinen Hals, dachte John. Er spielte auch schon mit dem Gedanken, sich einfach zur Seite zu werfen und gleichzeitig auf die Bremse zu treten. Vielleicht hätte er eine Chance, aber es war auch durchaus möglich, daß bei dieser Aktion Unschuldige in Gefahr gerieten. Wie leicht konnte dabei ein Auffahrunfall entstehen, und das durfte John auf keinen Fall riskieren. Dann lieber noch abwarten und auf eine Chance lauern.

Das Marble-Arch-Denkmal, das den Nordostzipfel des Hyde Parks ziert, kam in Sicht. Die vier wuchtigen Säulen wurden von unzähligen kleinen Schneeflocken umtanzt.

John befand sich noch immer auf der breiten Oxford Street. Wenn er in den Hyde Park wollte, mußte er bald abbiegen. Aus sämtlichen Himmelsrichtungen führten kleine Straßen in den Park. Manche waren nur für Fahrzeuge zugelassen, Fußgänger hatten ihre eigenen Wege.

»Wohin nun?« fragte John Sinclair.

»Fahr links ran und halte an!« befahl der Killer.

Es war schwer, eine Parklücke zu finden, und so mußte John in eine kleine Seitenstraße einbiegen, in der er dann einen Platz fand. Die Reifen malmten durch den dicken Schneeberg am Straßenrand.

John Sinclair stoppte. Er spürte, daß die Sekunde der Entscheidung gekommen war. Noch immer hatte der Irre nicht mit der Sprache herausgerückt, was er eigentlich wollte.

Nach wie vor drückte die Spitze der Klinge gegen Johns Hals. An den permanenten Schmerz hatte sich der Oberinspektor inzwischen gewöhnt.

»Wie lange soll ich denn noch hier sitzen bleiben?« fragte John Sinclair.

»Bis das Gift gewirkt hat!«

»Welches Gift?«

»Mit dem ich die Messerklinge präpariert habe. Es ist ein Langzeitgift, mit dem ich dich aus dem Verkehr ziehe, John Sinclair. Du wirst erst wieder leben, wenn ich dich brauche.«

Gift! Tod! Leben! Diese Begriffe schossen John durch den Kopf. Und plötzlich konnte er nicht mehr länger untätig dasitzen.

Ansatzlos warf er sich nach links. Die Messerklinge fuhr glühend heiß an seinem Hals vorbei und hinterließ eine breite, blutige Schramme.

448

John hatte noch nicht das Polster des Nebensitzes berührt, als seine Hand schon unter die Achsel fuhr, um die Pistole hervorzureißen.

Mitten in der Bewegung stockte John Sinclair. Sein Arm fühlte sich plötzlich an, als wäre er mit Blei gefüllt worden. Blitzschnell breitete sich die Lähmung über den gesamten Körper aus.

Das Gift! schoß es John durch den Kopf. Dieses verdammte Höllengift hat gewirkt.

Über sich sah er das zu einem triumphierenden Grinsen verzogene Gesicht des Killers.

John wollte noch etwas sagen, doch selbst die Stimme gehorchte ihm nicht mehr.

Das letzte, was er wahrnehmen konnte, war Monty Parkers Gestalt, die sich langsam zu einem durchsichtigen Nebelschweif auflöste.

Dann wußte John Sinclair nichts mehr.

Der grüne Schnellhelfter klatschte auf die Schreibtischplatte.

Staatsanwalt William Mansing lachte freudlos, legte den Hefter zur Seite und starrte auf die tote Fliege.

»Wo gibt's denn so was«, knurrte er, »im Dezember noch dieses Ungeziefer.«

William Mansing war kein bißchen nervös. Er fühlte sich diesem unheimlichen Killer gewachsen. An Mansing hatten sich schon andere die Zähne ausgebissen. Er brauchte nur an so manchen Gangsterkönig zu denken, der ihm schon blutige Rache geschworen hatte, doch im Endeffekt war Sir William Mansing immer Sieger geblieben. Man traute es diesem Mann gar nicht zu, daß er schon vier Mordanschläge überstanden hatte. Drei davon hatten irische Terroristen verübt, und bei einem hatte der Boß einer internationalen Waffenhändlerorganisation seine Finger im Spiel gehabt.

Mansing nahm den Aschenbecher, hielt ihn gegen den Schreibtischrand und schob mit der freien Hand die tote Fliege zwischen die Zigarettenkippen. Dann leerte er den Ascher im Papierkorb.

Es war schon nach Dienstschluß, und William Mansing wollte nur noch eine Akte aufarbeiten, um dann nach Hause zu fahren. Dieser Oberinspektor hätte sich die Bewachung wirklich schenken können, dachte Mansing, aber weil das jetzt nicht zu ändern war, wollte er Sinclair wenigstens informieren, daß er sich in einer Viertelstunde auf den Weg nach Hause machte.

John Sinclair war jedoch in seinem Büro nicht zu erreichen. Es hieß, der Oberinspektor sei in einer dienstlichen Angelegenheit unterwegs. Welche Angelegenheit das war, konnte sich Sir Mansing gut vorstellen.

»Dann ist es gut«, sagte der Staatsanwalt und legte den Hörer wieder auf die Gabel.

Mansing nahm an, daß John Sinclair direkt zu seiner Wohnung fahren würde.

Automatisch griff der Staatsanwalt zur Zigarettenschachtel. Er wollte sich gerade ein Stäbchen zwischen die Lippen klemmen, als er das Kichern hörte.

Irritiert legte Mansing die Zigarette weg.

Langsam stand er von seinem Stuhl auf. Er spürte, daß sein Herz plötzlich schneller schlug.

»Ich komme, William Mansing«, hörte er eine zischende Stimme. »Heute abend noch wirst du sterben, du Bluthund. Mach dich bereit.«

»Hallo!« rief Mansing. »Wo sind Sie denn, zum Teufel! Zeigen Sie sich!«

»Ha, ha, ha.« Das Gelächter des irren Killers erfüllte den Raum. »Noch bin ich unsichtbar, doch schon bald wirst du mich sehen können, William Mansing. Schau mal zum Fenster!«

Automatisch folgte Mansing dem Hinweis.

Er sah, daß die Luft dort flimmerte, als wäre sie mit Elektrizität geladen.

Der Staatsanwalt schloß für Sekundenbruchteile die Augen. Jetzt nur nicht die Nerven verlieren! hämmerte er sich ein. Nur die Ruhe bewahren.

»Zeigen Sie sich doch!« rief Mansing. »Los, dann können wir von Mann zu Mann miteinander reden!«

Der Staatsanwalt hatte kaum das letzte Wort ausgesprochen, als die Tür geöffnet wurde. Eine Putzfrau mit einem bunten Tuch auf dem Kopf schaute herein.

»Haben Sie mich gerufen, Sir?«

William Mansing wischte sich den Schweiß von der Stirn. »Nein, ich habe Sie nicht gerufen, aber wenn Sie schon mal hier sind, können Sie auch anfangen zu putzen. Ich gehe sowieso gleich.«

»Ist schon recht, Sir. Ich hole nur noch meinen Staubsauger.«

Die Putzfrau verschwand.

William Mansing aber warf noch einen Blick zum Fenster hin, doch dort war nichts mehr zu sehen. Nur noch eine leise Stimme, die wie ein letzter verwehter Hauch klang, drang an William Mansings Ohren.

»Wir sehen uns noch, Bluthund. Heute abend . . .«

Dann war es still.

Als Sir William Mansing wenig später seine Handschuhe überstreifte, merkte er, daß seine Hände zitterten . . .

Das Liebespaar kam aus dem Hyde Park und ging engumschlungen. Er hatte seinen Arm um ihre Taille gelegt, sie hatte ihren Kopf gegen seine Schulter gelegt. Sofern es die Zeit erlaubte, gingen die beiden spazieren. Meistens in den Hyde Park, der um diese Zeit ein weißes Paradies war. Besonders die Kinder freuten sich über den Schnee. Rodelschlitten und Schneeballschlachten waren Trumpf.

Die beiden jungen Leute studierten. Cora beschäftigte sich mit Literatur und Jim mit Mathematik. Sie gehörten zu den Studenten, die mit ihrem Studium schnell fertig werden wollten.

Cora und Jim waren auf dem Weg zu ihren Zimmern. Sie wohnten beide zur Untermiete bei einer sehr strengen Wirtin, die jedoch nicht verhindern konnte, daß sich die beiden nähergekommen waren.

Die dicken Sohlen unter den hohen Stiefeln platschten durch den Schnee. Cora und Jim trugen Parkas, die mit imitiertem Fell gefüttert waren. Die grüngrauen Mäntel waren naß, und auf den Kapuzen lag ein dünner Schneefilm.

Noch immer rieselte feiner Schnee vom Himmel. Es war Pulverschnee, und der blieb liegen. Die Menschen, die auf der Straße waren, hatten ihre Mantelkrägen hochgestellt, Schirme aufgespannt oder die Hüte tief in die Stirn gezogen.

Cora und Jim bogen in die Green Street ein, wo sie auch wohnten.

Das Haus war alt und hatte hohe Fenster, durch deren Rahmen

der Wind pfiff. An Renovierung dachte die Wirtin nicht im Traum, zum Glück erhöhte sie aber auch nicht die Mieten. Acht Pfund betrug die Monatsmiete für ein Zimmer.

Cora und Jim schlenderten an kleinen Geschäften vorüber, blieben vor manchen Schaufensterscheiben stehen und sahen sich die Auslagen an.

»Den werden wir uns bald auch leisten können«, sagte Cora und deutete auf einen metallicfarbenen Bentley, der am Straßenrand parkte und von einer fingerdicken Schneeschicht bedeckt war. Nur die Scheiben waren noch frei.

Die beiden blieben stehen. »Wirklich ein toller Schlitten«, bestätigte Jim und nickte anerkennend. Er löste sich von Cora, sprang über einen schmutzigbraunen Schneehügel und sah durch die Scheibe in das Innere des Wagens.

Plötzlich zuckte der Student zurück. »Cora«, rief er, »komm doch mal her.«

Das Mädchen lief zu ihm. »Was ist denn los?«

Jim wischte sich über das Gesicht. Er sah ziemlich ratlos aus.

»Sag doch endlich, was los ist, Jim!«

»Sieh in den Wagen.«

Cora zuckte die Achseln, bückte sich und peilte angestrengt durch die Scheibe.

»Himmel«, flüsterte sie, »da liegt ja einer drin. Du, ich glaube, der ist tot, Jim!«

Cora war kreidebleich geworden. Unwillkürlich preßte sie ihre Hand gegen den Mund, als hätte sie Mühe, einen Schrei zu unterdrücken.

Jim riß sich zusammen und blickte genauer hin. Der ›Tote‹ war gegen die Fahrertür gerutscht. Sein Hinterkopf lehnte an der Scheibe, die Augen waren weit aufgerissen.

»Wir müssen die Polizei verständigen«, sagte Jim. »Das machst am besten du, Cora. Ich bleibe solange hier.«

»Aber gib auf dich acht«, erwiderte Cora mit zitternder Stimme.

»Keine Angst, Tote können nichts mehr tun.«

Cora lief weg, um den nächstbesten Polizisten aufzutreiben. Jim trat ungeduldig auf der Stelle. Langsam kroch Kälte in seinen Körper. Ab und zu warf der junge Student einen Blick durch die Scheibe auf den Körper des Mannes.

Immer wieder blickte Jim rechts und links die Straße entlang.

Die Zeit, bis Cora zurückkehrte, verging ihm viel zu langsam. Doch schließlich sah er die dunkelblaue Uniform eines Polizisten auftauchen.

Der Polizist war ein hagerer Mann mit einem schneidigen Lippenbärtchen. Er sah Jim prüfend an und warf dann einen Blick durch die Scheibe des Bentley.

Schon drei Sekunden später zuckte er zurück. »Das ist der Wagen eines Polizeibeamten«, sagte er mit frostiger Stimme. »Ich erkenne es an dem Sprechfunkgerät.«

»Dann ist der Tote ein . . .« Jim schluckte, bevor er weitersprach. »Ein Polizist?«

»Ja. Es ist Oberinspektor Sinclair, sogar ein sehr bekannter Mann hier in London.«

Der Beamte holte seine Trillerpfeife hervor, steckte sie zwischen die Lippen und stieß einen grellen Pfiff aus.

Es ist immer wieder beeindruckend, wie schnell bei solch einem Signal die Polizisten in London zur Stelle sind. Sie riegelten den näheren Umkreis ab und drängten auch die Neugierigen zur Seite.

Cora und Jim mußten als Zeugen dableiben.

Minuten später waren die Mordkommission und ein Wagen der Ambulanz da.

Der Bentley wurde aufgebrochen. Als die Tür aufschwang, kippte John Sinclair den Polizisten entgegen.

Sie fingen ihn auf und legten ihn auf die Erde. Ein Arzt beugte sich über den Leblosen.

Dann fuhr ein schwarzer Bentley vor. Kaum stand der Wagen, wurde die Tür aufgestoßen, und ein kleiner Mann mit einer dicken Hornbrille stieg aus.

Superintendent Powell!

Man hatte ihn augenblicklich benachrichtigt. Die Beamten nahmen Haltung an.

Noch immer kniete der Arzt neben dem leblosen Oberinspektor. Er hatte Johns Hemd aufgeknöpft und horchte mit dem Stethoskop die Herztöne ab.

»Wie sieht es aus, Doc?« fragte Powell, und in seiner Stimme schwang Angst mit, etwas, was man bei diesem Mann kaum gehört hatte.

Der Arzt richtete sich auf. Seine Augen blickten besorgt. Mit einer müden Bewegung hob er beide Hände. »Ich kann noch nichts sagen«, meinte er.

»Was heißt das?«

»Ich – ich höre keine Herztöne. Der Patient ist klinisch tot!«

Sekundenlang schloß Superintendent Powell die Augen. Ein Schwächeanfall drohte ihn zu überwältigen. Dann riß er sich gewaltsam zusammen.

»Sie und Sie!« rief er zwei Polizisten an. »Sie legen den Oberinspektor in den Wagen. Verstanden?«

»Ja, Sir!«

Die Türen des Ambulanzwagens klappten auf. Es war ein moderner Kastenwagen mit den wichtigsten medizinischen Apparaturen.

Eine Trage wurde gehoben. John Sinclair wurde daraufgelegt und in den Ambulanzwagen gebracht. Der Arzt und Superintendent Powell stiegen ebenfalls zu.

»Herzmassage«, ordnete der Arzt an. Ein mitgefahrener Sanitäter begann mit der Massage, während der Arzt ein herzstärkendes Mittel in seinem Koffer suchte.

Superintendent Powell hatte die Hände zu Fäusten geballt. Er starrte auf John Sinclairs wachsbleiches Gesicht und kam sich ziemlich verloren vor. Er war nicht einmal in der Lage, einen klaren Gedanken zu fassen.

John Sinclair tot? Da war unmöglich, das durfte einfach nicht sein! Powell nahm die Brille ab und wischte sich über die Augen. Doch plötzlich zuckte er zusammen.

John Sinclairs Augendeckel hatten sich bewegt.

»Doc«, rief Powell, »Sinclair lebt!«

Der Doktor, der gerade die Spritze aufgezogen hatte, drehte sich um. »Was sagen Sie da?«

»Zum Teufel, seine Augenlider haben geflattert. Sagen Sie dem Fahrer Bescheid. Sofort in die Uniklinik. Ich werde die besten Spezialisten mobil machen, die es gibt. Wenn mich nicht alles täuscht, ist da eine ungeheure Schweinerei passiert.«

Das Haus, in dem Sir William Mansing wohnte, hatte ihm der Staat zur Verfügung gestellt. Es war vor zwanzig Jahren gebaut worden und lag in einer ruhigen Seitenstraße. In den anderen

Häusern wohnten ebenfalls fast nur Staatsdiener, und so kam es, daß diese Straße im Volksmund nur Beamtenallee genannt wurde.

William Mansing war Junggeselle und hatte auch vor, es bis an sein Lebensende zu bleiben. Den Haushalt versorgte eine Aufwartefrau, und was sonst noch anfiel, konnte der Staatsanwalt allein bewältigen. Außer seinem Beruf hatte er noch ein Hobby. Er sammelte Münzen. Allerdings nur aus Europa.

Diesem Hobby frönte er schon zwanzig Jahre, und er galt unter den Numismatikern als anerkannter Fachmann.

Mansing fuhr einen dunklen Mercedes 250 SE. Der Wagen war schon acht Jahre alt, lief aber immer noch wie geschmiert.

Die kleine Straße war nicht vom Schnee geräumt worden, und aus diesem Grund glich die Fahrbahn schon mehr einer Rutschbahn. Entgegenkommenden Wagen auszuweichen, glich einem Glücksspiel.

Trotzdem schaffte William Mansing es, unbeschadet zu seinem Haus zu gelangen. Er fuhr den schmalen Weg zur Garage hin, stieg aus und öffnete das Tor. Mit quietschendem Geräusch klappte es hoch.

»Na, haben Sie es auch ohne Unfall geschafft?« rief William Mansing ein Nachbar zu, der einen leitenden Posten im Verkehrsamt hatte.

»Es ging gerade noch«, meinte Mansing und stieg wieder in seinen Wagen. Er mochte den Nachbarn nicht besonders. Seiner Meinung nach gab er zuviel an.

Eine Minute später klappte Mansing das Garagentor wieder zu. Der neugierige Nachbar war zum Glück verschwunden.

Durch den kleinen Vorgarten ging Mansing auf die Haustür zu. Er holte den Schlüssel aus der Manteltasche und wollte ihn gerade ins Schloß führen, als er stutzte.

Wenn er nun schon im Haus auf dich lauert? sagte eine innere Stimme.

»Quatsch«, knurrte Mansing, schüttelte den Kopf und schloß auf. Er machte Licht und zog seinen Mantel aus.

Der Flur war eng. Direkt neben der Tür führte eine schmale Treppe in die obere Etage.

Mansing ging in den Living-room, den er sich als Arbeitszimmer eingerichtet hatte. An der Wand tickte eine Uhr. Es war ein altes

Modell aus der Schweiz, das Mansing für viel Geld erstanden hatte.

Automatisch fiel sein Blick auf das Zifferblatt.

19 Uhr war schon vorbei.

Also war der Oberinspektor auch nicht pünktlich. Mansing schob die Verspätung auf die schlechten Wetterverhältnisse. Er drehte die Heizung höher, goß sich einen dreistöckigen Whisky ein und ließ sich in seinen bequemen Ohrensessel fallen.

Die Zeit verging.

Still war es im Haus. Draußen fiel der Schnee in einem dichten, weißen Schleier. Geräusche wurden verschluckt, und Mansing kam sich vor wie in einem Traumland.

Langsam wurde der Staatsanwalt nervös. Nicht daß er Angst gehabt hätte, aber er hatte fest mit John Sinclairs Besuch gerechnet. Mansing trat an seinen Schreibtisch, zog die oberste linke Schublade auf und holte eine Pistole hervor.

Nachdenklich sah er auf die Waffe. Konnte sie ihn schützen?

Mansing ließ die Pistole in seiner Rocktasche verschwinden. Das Gewicht der Waffe zog die Jacke nach rechts.

Mansing stellte den Fernsehapparat an. Es liefen gerade die Nachrichten.

William Mansing zündete sich eine Zigarette an und nahm auch noch einen Schluck Whisky.

Die Nachrichten bekam er nur am Rande mit. Seine Gedanken kreisten um die folgende Nacht.

Doch plötzlich horchte Mansing auf. Der Sprecher griff gerade zu einem neuen Blatt und sagte: »Wie wir soeben erfahren haben, ist der bekannte Oberinspektor Sinclair von Scotland Yard einem Mordanschlag zum Opfer gefallen. Zeugenaussagen zufolge . . .«

William Mansing hörte die weiteren Worte nicht mehr. Die Zigarette war ihm aus den Fingern gefallen und verbrannte den teuren Teppich. Es interessierte Mansing nicht mehr. Denn plötzlich hatte er Angst.

Für ihn gab es keinen Zweifel, wer hinter dem Mord steckte. Und der nächste auf der Liste des Phantoms war er . . .

Bill Conolly sprang aus seinem Sessel hoch, als wäre eine Sprengladung explodiert. Mit ungläubigem Blick starrte er auf den Fernsehapparat. Schockartig hatte ihn die Nachricht des Sprechers getroffen.

John Sinclair tot?

»Sheila.« Bill wollte den Namen seiner Frau rufen, doch nicht einmal ein Krächzen drang aus seiner Kehle. Das Fernsehbild verschwamm vor seinen Augen, die Knie wurden weich wie Pudding.

Bill fiel wieder in den Sessel. Automatisch drückte er die Aus-Taste der Fernbedienungsanlage. Das Bild verlosch.

John Sinclair tot! Bill Conolly konnte das einfach nicht glauben. Wenn es tatsächlich der Fall war, warum hatte man ihn dann nicht angerufen? Es war doch bekannt, daß er Johns bester Freund war. Andererseits, weshalb sollte der Nachrichtensprecher eine Lüge verbreiten? Mit solchen Dingen spaßte man wirklich nicht.

Die Whiskyflasche stand in greifbarer Nähe. Mit zitternden Fingern kippte sich Bill einen Dreifachen ein. Danach leerte er das Glas in einem Zug.

»Aber Bill, was ist denn los mit dir? Entwickelst du dich langsam zum Säufer?«

Sheila Conolly stand im Türrechteck. Sie hielt eine Illustrierte unter dem Arm und sah ihren Mann verwundert an.

Bill stellte das Glas weg und drehte sich im Sessel.

»Himmel, Bill, du bist ja ganz blaß. Was ist denn geschehen?« Sheila ließ die Illustrierte fallen und lief auf ihren Mann zu. Mit beiden Händen umfaßte sie seinen Kopf.

Bill Conolly mußte zweimal ansetzen, ehe er sprechen konnte. Dann preßte er nur drei Worte hervor. »John ist tot!«

»John Sinclair?«

Bill nickte.

Sheila lachte, doch dieses Lachen klang eine Spur zu schrill. Auch sie hatte diese Nachricht getroffen, obwohl sie es noch längst nicht glaubte.

»Nun mal ganz ruhig, Bill. Woher weißt du, daß John tot ist?«

Der Reporter setzte zweimal an, ehe er antwortete. »Der Sprecher hat es während der Zwanzig-Uhr-Nachrichten durchgegeben. Demnach kann es kaum noch einen Zweifel geben.«

Jetzt wurde auch Sheila richtig bewußt, was ihr Mann da gesagt hatte.

»Nein«, flüsterte sie und barg den Kopf in beide Hände. »Das kann doch nicht stimmen. Bill, du bist einer Fehlmeldung aufgesessen. Sag, daß es nicht wahr ist, Bill. Sag es!«

Der Reporter hob nur die Schultern.

Automatisch strich er über Sheilas blondes Haar. Dann sagte er: »Ich werde beim Yard anrufen.«

Bill Conolly stemmte beide Hände auf die Sessellehnen und stand auf. Seine Schritte waren schleppend, als er zum Telefon ging. Mit zitternden Fingern wählte er die Nummer und räusperte sich erst die Kehle frei, ehe er sprechen konnte.

»Hier spricht Conolly. Bitte verbinden Sie mich mit Superintendent Powell.«

»Tut mir leid, Sir, aber Superintendent Powell ist im Augenblick nicht zu erreichen.«

Bill preßte die Lippen zusammen. Das hatte er sich fast gedacht. Bestimmt wußte der Mann an der Telefonzentrale auch nichts über Johns Schicksal, aber Bill fragte trotzdem.

»Wissen Sie, was mit Oberinspektor Sinclair geschehen ist? Ich hörte in den Nachrichten, daß . . .«

»Darauf kann ich Ihnen keine Antwort geben, Sir«, sagte der Mann. »Haben Sie sonst noch Fragen?«

»Nein, vielen Dank. Schon gut.«

Bill legte den Hörer auf.

»Und?« Sheila sah ihren Mann aus großen Augen an.

»Sie wollen keine Auskunft geben. Anscheinend stimmt die Sache doch. Aber verdammt noch mal, ich glaube es nicht eher, als bis ich Johns Leiche mit eigenen Augen gesehen habe. Und ich werde hier auch nicht untätig herumsitzen. Ich weiß zufällig, an welchem Fall John zuletzt gearbeitet hat. Es ging um das Phantom von Soho. Ich habe dir die Geschichte doch erzählt, Sheila. Dieser Kerl hat gedroht, die Leute umzubringen, die damals vor fünf Jahren maßgeblich an seiner Verurteilung beteiligt waren. Mit dem pensionierten Richter hat er angefangen. Als zweiter stand der Staatsanwalt auf seiner Liste. Ich glaube, zu dem wollte John heute hin. Er heißt Mansing, William Mansing.«

Bill hatte schon während der letzten Worte das Telefonbuch aufgeschlagen und Mansings Nummer herausgesucht. Sheila war neben ihren Mann getreten und sah zu, wie Bills Finger die Wählscheibe drehten.

»Verdammt, besetzt«, sagte Bill Conolly.

»Und jetzt?« fragte Sheila leise.

Bill blickte seine Frau an. Er sah, daß sie verweinte Augen hatte. »Ich fahre zu Mansing.«

»Bill!« Sheila krallte ihre Finger in Bill Conollys Hemd. »Fahr nicht, Bill. Bitte. Wenn dieses Phantom John wirklich umgebracht haben sollte, dann ist es gefährlicher als alle bisherigen Gegner. Sogar noch schlimmer als Doktor Tod. Du kannst es nicht schaffen. Bleib hier und überlasse es anderen.«

Bill Conolly schüttelte den Kopf. »Nein, Sheila, das werde ich nicht. John ist mein Freund, und ich . . .«

»Du sprichst, als würde er noch leben, Bill.«

»Ich habe dir doch gesagt, solange ich nicht seine Leiche gesehen habe, glaube ich nicht daran, daß John tot ist. So, und jetzt werde ich fahren. Dieses verdammte Phantom soll nur kommen. Ich werde ihm schon die Zähne zeigen.«

William Mansing war wie vor den Kopf geschlagen. Der Mann, der ihn schützen sollte, war tot.

Das Phantom hatte gesiegt!

Für Mansing gab es keinen Zweifel, daß nur das Phantom von Soho den Mord auf dem Gewissen haben konnte. Und wenn sich ein Mann wie John Sinclair schon nicht dagegen wehren konnte, hatte er erst recht keine Chance.

Mansing stöhnte auf.

Aber so einfach ließ er sich nicht umbringen. Nein, er mußte etwas unternehmen.

Polizeischutz! Wie ein Blitz zuckte dieser Gedanke in seinem Hirn auf.

Aber war es nicht schon zu spät? Vielleicht war das Phantom schon im Haus?

Mansing sprang aus seinem Sessel. Mit flackerndem Blick sah er sich in seinem Arbeitszimmer um. Jede dunkle Ecke kam ihm verdächtig vor. Mansings Finger legten sich um das kühle Metall seiner Pistole. Er wurde etwas ruhiger, trat an das Telefon und legte die Waffe daneben, während er wählte.

»Hier Mansing«, rief er in den Hörer, als auf der anderen Seite abgehoben wurde. »Verbinden Sie mich augenblicklich mit Superintendent Powell.«

»Tut mir leid, Sir, aber Superintendent Powell ist im Moment nicht zu erreichen.«

Mansing holte tief Luft. Er wollte sich nicht so einfach abspeisen lassen. »Dann geben Sie mir den Stellvertreter!« brüllte er los. »Was glauben Sie, mit wem Sie hier reden. Hier spricht Staatsanwalt Doktor Mansing. Und kein dummer Junge.«

»Moment, Sir.«

Es knackte ein paarmal in der Leitung, und Mansing hatte Zeit, sich den Schweiß von der Stirn zu wischen.

Er bekam den Chef der Einsatzleitung, Oberinspektor Torring, an den Draht. Mansing kannte ihn flüchtig.

»Hören Sie zu, Oberinspektor«, sagte er. »Ich brauche Polizeischutz. Mein Leben wird von einem wahnsinnigen Mörder bedroht. Es ist der Killer, der auch Oberinspektor Sinclair auf dem Gewissen hat. Wenn Sie einen weiteren Mord verhindern wollen, dann kommen Sie so schnell wie möglich mit Ihren Leuten. Ich gebe Ihnen jetzt die genaue Anschrift durch.«

Mansing sagte seine Adresse und verlangte nochmals, daß sich die Beamten beeilen sollten.

»Sir, ich kann nicht mehr als zwei Leute abstellen«, sagte Torring. »Die Beamten sind im Einsatz. Es ist vor einigen Minuten eine Bombendrohung eingegangen, und wir müssen uns darum kümmern.«

Mansing holte tief Luft. Auch das noch. »Wann können Ihre Beamten denn bei mir sein?«

»Ich muß sie erst abziehen, Sir. Das kann noch mindestens eine Stunde dauern. Sie müssen das verstehen, Sir.«

»Ja, schon gut. Ich habe verstanden. Ich hoffe nur, daß es dann nicht zu spät ist.«

»Haben Sie denn eine Waffe, Sir?« fragte der Oberinspektor.

»Ja. Aber glauben Sie, ich kann damit einen Geist erschießen? Mann, Torring, Sie sind vielleicht lustig.«

William Mansing unterbrach das Gespräch. Er nahm wieder seine Pistole und trat ans Fenster.

Der Staatsanwalt preßte sein Gesicht gegen die Scheibe. Wenn der Killer nun schon draußen lauerte und sich über seine verzweifelten Bemühungen lustig machte?

Mansings Augen versuchten, die Dunkelheit zu durchdringen. Doch es war unmöglich. Noch immer rieselte ein weißer Schneevorhang vom Himmel und beschränkte die Sicht auf ein paar Schritte.

William Mansing begann plötzlich zu lachen. Er, der sich nie von einem Gangsterboß hatte unterkriegen lassen, spürte, was es heißt, Angst zu haben. Ja, er hatte hundsgemeine Angst vor diesem gefährlichen Killer. Noch vor wenigen Stunden hatte er über Oberinspektor Sinclairs Warnungen gelacht, und jetzt bereitete er sich schon innerlich auf seinen Tod vor.

Wie oft hatte man sein Leben schon auslöschen wollen, doch Mansing hatte sämtliche Attentatsversuche überstanden.

Ein kompakter Schatten fegte vor seinem Fenster herab. Mansing sprang unwillkürlich einen Schritt zurück, riß die Pistole hoch.

Als er das Klatschen hörte, begann er zu lachen. Vom schrägen Dach des Hauses hatte sich der Schneematsch gelöst und war zu Boden gefallen.

Und er hatte schon gedacht, der Mörder wäre gekommen. Seine Nerven waren wirklich nicht mehr die besten.

Hastig steckte er sich eine Zigarette an. Seine Augen waren rotumrändert, der Rauch brannte. Irgendwann kam Mansing der Gedanke an sein Testament. Er hatte es noch gar nicht gemacht. Wenn er jetzt starb, würden sich einige entfernte Verwandte um sein Vermögen und um die Münzsammlung reißen.

Ein Wagen fuhr die kleine Straße herauf. Mansing sah die Scheinwerfer wie übergroße Augen aus dem Schneevorhang auftauchen.

Der Fahrer fuhr langsam, es schien so, als suche er etwas.

Der Staatsanwalt dachte an die beiden Polizisten, die man zu ihm abstellen wollte. Sollten sie tatsächlich schon eingetroffen sein?

Es sah so aus. Der Wagen hielt vor seinem Haus. Die Scheinwerfer verlöschten.

Eine Tür klappte zu.

Noch konnte Mansing nicht erkennen, wer ausgestiegen war, doch dann sah er die Umrisse eines hochgewachsenen Mannes.

Der Unbekannte ging mit raschen Schritten durch den Vorgarten, und Sekunden später hörte Mansing die Klingel.

Im ersten Augenblick wollte der Staatsanwalt nicht öffnen. Er kannte den Mann nicht. Aber vielleicht war es ein Bote von Oberinspektor Torring, der ihm etwas ausrichten sollte. Mansing dachte plötzlich an Schutzhaft. Sicher, warum hatte er sich nicht in Schutzhaft begeben? Alles wäre viel leichter gewesen. Aber was nicht war, konnte man ja noch nachholen.

Wieder schellte es.

Mansing steckte die Waffe in die Rocktasche und ging zur Tür.

»Wer ist da?« fragte er sicherheitshalber.

»Mein Name ist Bill Conolly. Ich bin der Freund von Oberinspektor Sinclair. Bitte, öffnen Sie, Sir.«

»Augenblick.«

William Mansing schloß auf und zog auch die Sicherheitskette zur Seite.

»Guten Abend, Sir«, sagte Bill höflich und trat ein.

Mansing musterte den Ankömmling mit einem kurzen, aber alles umfassenden Blick.

Bill Conolly war ein Typ, der Vertrauen einflößte. Er war hochgewachsen, braungebrannt und hatte dichtes dunkelbraunes Haar. Seine Augen blickten kühl und ehrlich.

Der Reporter reichte William Mansing die Hand. »Ich weiß, was vorgefallen ist«, sagte er zur Begrüßung. »Und ich werde versuchen, John Sinclairs Aufgabe zu übernehmen.«

Mansing schloß die Tür. »Aber bitte, kommen Sie doch herein.« Er führte Bill ins Arbeitszimmer und bat ihm einen Platz an, den der Reporter dankend annahm.

»Ich verstehe nicht, Mister Conolly, wieso Sie sich um die Aufgaben der Polizei kümmern. Entschuldigen Sie mein Mißtrauen, aber so etwas ist zumindest ungewöhnlich.«

»Da haben Sie recht«, gab Bill Conolly zu. »Aber zwischen John Sinclair und mir bestand zuerst eine Partnerschaft, die sich hinterher zur echten Freundschaft entwickelt hat. Ich habe den Oberinspektor bei den meisten seiner Einsätze begleitet, und ich habe sogar meine Frau während eines geheimnisvollen Falles kennengelernt. Aber das gehört nicht hierher. Es war auch nur zur Information gedacht, damit Ihr berechtigtes Mißtrauen aus der Welt geschafft wird.«

»Sie wissen, was passiert ist, Mister Conolly?«

Bills Gesicht war sehr ernst, als er zustimmend nickte. »Ich weiß es, Sir. Aber ich kann mir noch immer nicht vorstellen, daß John wirklich tot sein soll. Ich bin nicht mehr dazu gekommen, genau zu recherchieren, aber so einfach macht es John Sinclair keinem Gegner.«

»Wie wollen Sie sich denn gegen eine Kugel aus dem Hinterhalt schützen?« stellte Mansing die Frage.

»Man kann sich nicht gegen eine Kugel aus dem Hinterhalt schützen. Aber Sie vergessen, Sir, daß wir es hier nicht mit normalen Gangstern zu tun haben, sondern mit Phänomenen, die unserem Verstand unbegreiflich sind. Dämonen und Geister schießen nicht mit Kugeln.«

»Dann halten Sie Monty Parker also für einen Geist?« fragte der Staatsanwalt.

»Nein.«

»Dann raus mit der Sprache.«

»In Monty Parkers Fall beruht die Entstehung eines Doppelkörpers auf Schwarzer Magie. Das Phantom von Soho muß – soviel ich weiß – mit dem Teufel einen Pakt geschlossen haben. Wir müßten diesen Pakt durch einen Gegenzauber lösen, um den Zweitkörper ein für allemal in die Dimensionen des Wahnsinns zu verbannen.«

William Mansing schaute Bill ungläubig an.

Der Reporter lachte. »Zugegeben, das hört sich ziemlich märchenhaft an, aber verlassen Sie sich darauf, Sir, bei gewissen Dingen muß der menschliche Verstand mal zurückstehen. Wir müssen uns dann gewisser Mittel bedienen, die uralt sind und doch nichts von ihrer Wirkung verloren haben.«

»Trauen Sie sich das denn zu, Mister Conolly?«

Bill lächelte. »Ich hatte einen guten Lehrmeister, Sir.«

»Und wie wollen Sie das machen?«

»Wir werden eine magische Falle bauen, in der sich Monty Parkers Geist verfängt. Durch eine Beschwörung wird es uns dann hoffentlich gelingen, ihn dorthin zu treiben, wo sein Platz ist.«

»Ihr Wort in Gottes Ohr«, sagte der Staatsanwalt. »Wann fangen wir an?«

»Am besten sofort.«

»Das geht noch nicht, Mister Conolly.«

Sir William Mansing war am Fenster stehengeblieben und zeigte mit dem Finger gegen die Scheibe. »Mein amtlich angeordneter Polizeischutz kommt. Ich hatte Oberinspektor Torring angerufen und darum gebeten.«

»Dann bin ich ja beruhigt«, sagte Bill, der sich gelassener gab, als er in Wirklichkeit war. John Sinclairs Schicksal ging ihm doch an die Nerven. Er hätte wer weiß was darum gegeben, wenn der Oberinspektor jetzt hier gewesen wäre.

Die Männer waren gerade in Mansings Arbeitszimmer zurückgekehrt, als das Telefon läutete.

Mansing hob ab, lauschte ein paar Sekunden und übergab Bill dann den Hörer. »Es ist für Sie, Mister Conolly. Ihre Frau.«

»Ja, Sheila, was gibt's?«

»Bill! Superintendent Powell hat mich soeben angerufen. Man hat John in die Universitätsklinik gebracht.«

»Ja und?« Bill spürte plötzlich, wie sein Herz schneller schlug. »Laß dir doch nicht jedes Wort aus der Nase ziehen.«

»John lebt, Bill.«

Der Reporter atmete auf. »Ich habe es ja gewußt.«

»Aber John liegt in einer Art Starre, für die man bis jetzt noch keine Erklärung gefunden hat. Die bekanntesten Spezialisten bemühen sich um ihn. Es steht noch nicht fest, ob sie es überhaupt schaffen, John aus dieser Starre wieder herauszuholen. O Bill, es ist so schrecklich.« Sheila begann wieder zu weinen.

»Beruhige dich, Darling«, sagte Bill Conolly. »Es wird schon alles wieder gut werden. So leicht ist ein John Sinclair nicht totzukriegen.«

»Das sagst du so.«

»Nein, davon bin ich fest überzeugt. Und noch etwas Sheila. Ruf mich an, wenn es was Neues gibt.«

»Ja, mach' ich, Bill. Und gib auf dich acht. Denk an John.«

»Klar, Sheila. Kopf hoch.«

Bill Conolly legte auf.

»Ihrem Gesicht nach zu urteilen, haben Sie eine gute Nachricht erhalten«, sagte William Mansing.

»Teils – teils. Erst mal, John Sinclair lebt.«

Die Augen des Staatsanwalts weiteten sich ungläubig.

»Ja«, sagte Bill, »es ist kein Witz. Allerdings liegt er in einer todesähnlichen Starre, die selbst für die Ärzte ein Rätsel ist. Sie hoffen jedoch, daß sie John Sinclair durchbekommen.«

»Das glaube ich doch«, sagte William Mansing zuversichtlich. »Die Wissenschaft ist heute so weit fortgeschritten, daß sie fast jedes Problem lösen kann.«

»Aber auch nur fast«, erwiderte Bill. »Manchmal ist die Schwarze Magie stärker.«

Bill blickte auf seine Armbanduhr. Es ging schon auf zweiundzwanzig Uhr zu.

»Wissen Sie was, Mister Conolly«, sagte der Staatsanwalt plötzlich.

»Nein.«

»Ich glaube, der Posten draußen vor der Tür kann wegfahren. Er nützt uns nichts. Wenn wirklich etwas geschieht, dann in diesem Haus. Oder was meinen Sie, Mister Conolly?«

»Sie haben recht, Sir. Der Mann kann uns nicht viel nützen. Soll ich ihm Bescheid sagen?«

»Wenn Sie so freundlich sein wollen.«

»Okay, ich gehe dann.«

Bill zog sich einen Mantel über und öffnete die Haustür. Es schneite noch immer, war aber etwas wärmer geworden und die Flocken dicker und wäßriger.

Der Schnee pappte unter Bills Fußsohlen. Der Polizist hatte seinen Wagen zwischen zwei Bäumen auf dem Bürgersteig geparkt. Bill rutschte durch das kleine Vorgartentor und ging auf den Wagen zu. Sein eigener Porsche war kaum noch zu sehen. Über ihm wölbte sich ein dicker Schneehaufen.

Der Polizist saß hinter dem Lenkrad. Sein Hinterkopf lehnte an der Nackenstütze. Anscheinend war der gute Mann eingeschlafen.

Bill klopfte gegen die Scheibe.

Der Beamte rührte sich nicht.

»He, Mann, wachen Sie auf.«

Wieder keine Reaktion.

Bill Conolly beschlich ein ungutes Gefühl. Er holte seine Kugelschreiberlampe aus dem Jackett und ließ den feinen Strahl gegen die Scheibe blitzen, die er vorher vom Schnee befreit hatte.

Da sah Bill das Blut!

Der Polizist konnte nie mehr eine Antwort geben.

Die kleine weiße Tablette rollte aus dem Röhrchen auf Superintendent Powells Handfläche. Der Mann nahm die Pille zwischen Daumen und Zeigefinger und schob sie zwischen die Zähne. In Ermangelung von Wasser kaute er mit säuerlichem Gesicht auf der Tablette herum und schluckte sie dann mit Todesverachtung hinunter.

Das war schon die fünfte Tablette, die an diesem Abend den Weg in Powells Magen gefunden hatte. Seitdem der Superintendent die Nachricht bekommen hatte, daß John Sinclair ›tot‹ sei, hatte sein Magen verrückt gespielt.

Drei Ärzte kämpften um Sinclairs Leben. Unter anderem auch ein Toxikologe, ein Mann, der sich mit Giften beschäftigte. Die seltsame Starre des Geisterjägers konnte nur von einem Gift herrühren.

Superintendent Powell saß auf dem Gang. Mehrere Wartebänke standen nebeneinander. Sie waren braun gestrichen, kontrastierten zu den grünen Wänden. Eine Normaluhr tickte über der Tür, die zum OP führte, in dem die Ärzte jetzt um John Sinclairs Leben kämpften.

Vor einigen Minuten hatte Superintendent Powell bei den Conollys angerufen, um die beiden über den gegenwärtigen Stand zu informieren. Daß der Reporter bei dem Staatsanwalt war, beruhigte ihn, denn er hätte nicht gewußt, wer sich um Mansing kümmern sollte. Die Terroraktion am Hauptbahnhof hatte alles durcheinandergeworfen.

Eine hübsche Krankenschwester kam mit einem Teewagen den Gang entlanggefahren. Sie gehörte zur Station und wußte, wer Superintendent Powell war.

Vor Powell hielt sie den Wagen an. »Möchten Sie auch einen Schluck, Sir?«

»Ja, wenn Sie etwas übrig haben, Schwester.«

»Aber natürlich.« Die Schwester lächelte und schenkte eine Tasse ein.

Powell leerte sie in einem Zug und ließ sich wieder einschenken.

»Sagen Sie, Schwester, hat der Mann dort im OP noch eine reelle Chance? Ich meine, Sie sind doch auch nicht erst seit drei Tagen hier. Sie kennen doch den Laden.«

»Eine Chance gibt es immer, Sir. Man hat dem Patienten den

466

Magen leergepumpt, sein Blut untersucht und was weiß ich noch alles.«

»Aber dieses verdammte Gift . . .«

»Es ist analysiert worden, Sir!«

»Was?« Powell sprang auf. »Dann ist ja alles wieder in Ordnung.«

»Nein, Sir, noch nicht. Der Name des Giftes ist zwar bekannt. Allerdings fehlt uns bisher das Gegengift, um die Wirkung des ersten Giftes aufzuheben.«

Powell sank wieder auf die Besucherbank zurück. »Verdammt«, knurrte er, und prompt mußte er wieder eine Magentablette nehmen. Er spülte sie mit einem Schluck Tee hinunter.

Die Schwester mußte weiter, und so war Powell wieder mit seinen trüben Gedanken allein.

Unerbittlich rückte der Uhrzeiger weiter vor. Noch wenige Minuten, dann war es zweiundzwanzig Uhr. Nur noch zwei Stunden bis Mitternacht.

Um Mitternacht hatte das Phantom von Soho schon einmal zugeschlagen. Aus dem Autopsiebericht ging eindeutig hervor, daß der ehemalige Richter Sir Hugh Crayton um Mitternacht gestorben war. Sollte Mansing das gleiche Schicksal widerfahren? Und war Bill Conolly überhaupt in der Lage, den Staatsanwalt zu schützen?

Selten hatte Superintendent Powell so pessimistisch in die Zukunft gesehen. Immer wenn er unmittelbar an einem Fall beteiligt war, spielten seine Nerven oder sein Magen verrückt.

Die Tür des OP schwang zurück. Professor Gardener, der Toxikologe, betrat den Gang.

»Ah, Sie sind ja noch immer hier, Superintendent«, sagte der Spezialist, hob seinen grünen Kittel hoch und suchte in der Hosentasche nach Zigaretten.

Er fand ein zerknautschtes Päckchen. »Ich brauch' mal eine Zigarette«, sagte er und strich seinen buschigen Schnauzbart in Richtung der beiden Mundwinkel.

»Sagen Sie, Professor, hat John Sinclair eine Chance?« Powells Frage klang drängend. Es war zu spüren, welche Angst er um seinen besten Mann hatte.

Professor Gardener stieß den Rauch durch die Nase aus. »Er hat eine Chance«, erwiderte er. »Wir haben das Gift analysiert, und augenblicklich sind wir dabei, das entsprechende Gegengift herzustellen. Der Destillationsvorgang dauert etwa eine halbe Stunde. Wenn dieses Mittel allerdings versagt, weiß ich auch keinen Rat mehr.«

Powell nickte verdrossen. Dann fragte er: »Was ist das für ein Gift gewesen, das man Sinclair eingegeben hat?«

»Ein Pflanzengift. Wir kennen es hier gar nicht. Es stammt aus Südamerika und wird von den Eingeborenen benutzt. Ich habe vor zwei Jahren einmal eine Reise nach Brasilien gemacht und die indianischen Gifte dort studiert. Daher ist mir dieses Toxin auch bekannt. Es hat allerdings einige Zeit gedauert, bis ich herausgefunden hatte, womit man den Inspektor vergiftet hat.«

»Bleibt die Frage offen, wie ein Mann, der in seiner Zelle sitzt, an dieses Gift herankommt.«

»Das herauszufinden, ist Ihre Sache, Superintendent«, sagte der Professor und drückte seine Zigarette in einem an der Wand befestigten Aschenbecher aus.

Dann reichte er Superintendent Powell die Hand. »Wir sehen uns dann später. Ich hoffe, daß ich Ihnen gute Nachrichten bringen kann.«

»Das hoffe ich auch«, erwiderte Powell und versuchte zu lächeln, doch es wurde nicht mehr als eine Grimasse.

Bill Conolly spürte den tödlichen Hauch der Gefahr, der ihn streifte. Sein in vielen Kämpfen und Auseinandersetzungen entwickelter Instinkt ließ ihn richtig reagieren.

Bill schnellte zur Seite, stützte sich mit der linken Hand an der Kühlerhaube des Wagens ab und riß seine Pistole hervor.

Das irre Kichern zerrte an seinen Nerven. Vor sich erkannte Bill eine verschwommene Gestalt. Sie hielt ein Messer in der Hand und wurde von den Schneeschleiern fast verschluckt.

»Willst du mich mit einer Kugel töten, du Wahnsinniger?« hörte er eine zischelnde Stimme.

Für Bill gab es keinen Zweifel, daß er es mit dem Phantom von Soho zu tun hatte. Und daß es tatsächlich ein Unding war, wenn er versuchte, den Geist mit einer Kugel umzubringen.

Langsam ließ Bill den Arm mit der Waffe sinken. »Wer bist du?« fragte er halblaut. »Zeig dich!«

»Du wirst mich schon früh genug zu Gesicht bekommen«, erwiderte das Phantom, gerade so laut, daß Bill es noch verstehen konnte. »Die Zeit ist noch nicht reif. Um Mitternacht werde ich William Mansing töten. Niemand kann mich aufhalten, auch nicht eine Armee von Polizisten und erst recht kein billiger Detektiv, wie du einer bist.«

Diesmal liegst du falsch, dachte Bill. Das Phantom hielt ihn für einen Schnüffler, der von dem Staatsanwalt engagiert worden war. Daß Bill in Wirklichkeit mit John Sinclair unter einer Decke steckte, das ahnte das Phantom nicht. Und Bill wollte den Irren auch in seinem Glauben lassen.

»Ja«, sagte der Reporter, »der Staatsanwalt hat mich zu seinem Schutz angeheuert. Er zahlt mir Geld, viel Geld, dafür.«

»Lohnt es sich auch, für ihn zu sterben?« fragte das Phantom. »Den Tod kann man nicht bezahlen. Du hast noch genau zwei Stunden Zeit, es dir zu überlegen. Bist du um Mitternacht noch im Haus, werde ich dich ebenfalls zur Hölle schicken. Überlege es dir gut, noch hast du Zeit.«

»Und warum mußte der Polizist sterben?« fragte Bill Conolly. »Du hättest ihn am Leben lassen können.«

Das Phantom kicherte wieder. »Es sollte eine Warnung sein. Genausogut hätte es dich treffen können. Wärst du einige Minuten früher aufgetaucht, dann hätte mein Messer dich durchbohrt. Sie kommen alle an die Reihe. Der Staatsanwalt, die Schöffen und Oberinspektor Sinclair, der einzige, der meine Kreise hätte stören können. Auch bei ihm kenne ich keinen Pardon. Nur nehme ich mir ihn als letzten vor. Aber bis es soweit ist, wird John Sinclair keine Zeit mehr haben, in das Geschehen einzugreifen. Ich habe ihn ausgeschaltet. Er wird wehrlos sein, wenn ihn mein Messer trifft.«

Bill deutete wieder auf den toten Polizisten. Mit keinem Wort ließ er sich anmerken, daß ihm John Sinclair ein Begriff war. »Wir müssen die Mordkommission alamieren«, sagte er. »Der Polizist kann hier nicht bleiben.«

»Doch, er kann!« zischte Monty Parker. »Zwei Stunden sind es nur noch, dann kann die Mordkommission zwei Leichen untersuchen. Vielleicht auch drei, wenn du nicht vernünftig bist.«

Bill versuchte immer noch, das Phantom zu entdecken. Er merkte nicht, daß ihm die Schneeflocken ins Gesicht schlugen und auf seinem Mantel schon eine fingerdicke weiße Schicht lag. Bill hatte sich ganz auf das Phantom konzentriert. Er überlegte fieberhaft, wie er es überwältigen konnte, doch es gab keine Chance.

Wenigstens nicht jetzt und nicht hier.

»Ich werde mich zurückziehen«, sagte das Phantom. »Denk an meinen Rat und daran, daß ich einen stärkeren Verbündeten habe. Den Teufel.«

Bill steckte seine Waffe weg. Mit müden Schritten ging er auf das Haus zu.

William Mansing erwartete ihn an der Tür. »Himmel, was ist denn mit Ihnen los, Mister Conolly? Sie waren fast zehn Minuten draußen. Sie sind ja völlig durchnäßt.«

Bill winkte ab, zog den Mantel aus und fuhr sich mit allen zehn Fingern durchs Haar.

Mansing hatte die Tür wieder abgeschlossen. »Und?« fragte er. »Was sagt der Polizist?«

»Nichts, Sir. Er konnte nichts sagen. Er ist tot. Man hat ihn bestialisch umgebracht.«

Der Staatsanwalt wurde blaß. »Das – das Phantom?« fragte er.

»Ja. Ich selbst habe mit Monty Parker gesprochen und wundere mich, daß ich noch lebe.«

»Mein Gott«, flüsterte der Staatsanwalt, »dann haben wir keine Chance.«

Bill gab darauf keine Antwort.

»Und was haben Sie mit diesem irren Mörder besprochen?«

»Er hat mir den Zeitpunkt Ihres Todes genannt, Sir. Um Punkt Mitternacht sollen Sie sterben, und ich ebenfalls.«

»Sie auch?« staunte der Staatsanwalt. »Aber was haben Sie denn mit der Sache zu tun gehabt?«

»Fragen Sie mal, was der arme Polizist damit zu tun gehabt hatte. Es ist ein Teufelskreis, Sir. Das Phantom scheint mich sogar gut leiden zu können. Es hat mir immerhin eine Chance gegeben. Wenn ich bis Mitternacht verschwunden bin, geschieht mir nichts.«

»Und? Sind Sie darauf eingegangen?« In Mansings Frage lag eine unterdrückte Spannung.

Bill lächelte sparsam. »Nein, ich habe noch nie in meinem Leben gekniffen. Noch haben wir fast neunzig Minuten Zeit. Und ich

470

hoffe, daß mir bis Mitternacht etwas einfällt. Außerdem sehe ich da noch eine Chance.«

»Und welche?«

»John Sinclair ist nicht tot. Das steht nun mal fest. Das Phantom sprach von ausgeschaltet. Aber wie ich Superintendent Powell, Sinclairs Chef, kenne, wird der sämtliche Hebel in Bewegung setzen, um John wieder auf die Beine zu bringen. Und das noch vor Mitternacht.«

»Sie setzen sehr viel auf John Sinclair. Glauben Sie, daß er mehr Chancen hat als wir?«

»Das hoffe ich zumindest«, sagte Bill. »Aber jetzt kommen Sie, Sir, wir werden mal in der Klinik anrufen. Vielleicht erleben wir eine angenehme Überraschung . . .«

»Sie werden am Telefon verlangt, Sir«, sagte die Krankenschwester zu Superintendent Powell. »In meinem Zimmer, bitte.«

»Wer ist es denn?« fragte Powell. Er hatte die Hände in den Taschen seines offenstehenden Mantels vergraben und ging hinter der Schwester her.

»Ein gewisser Mister Conolly.«

»Teufel«, brummte Powell, »hoffentlich ist da nicht auch was passiert.«

Das Aufenthaltszimmer der Schwester war klein. Ein Bett, und an der Wand hingen Schränke mit Medikamenten. Eine Leuchtstoffröhre spendete Licht.

Das weiße Telefon stand auf einem kleinen Tischchen. Powell meldete sich.

»Das Phantom wird um Mitternacht zuschlagen«, berichtete Bill Conolly. »Es hat mich sogar gewarnt.«

»Erzählen Sie genauer.«

Als der Reporter auf den toten Polizisten zu sprechen kam, wurde Powells Gesicht hart. Das war also schon das zweite Opfer auf der Liste des Phantoms. Andere würden folgen, wenn man diesen Massenmörder nicht endlich dingfest machte.

»Und wie geht es John?« fragte Bill Conolly, nachdem er seinen Bericht beendet hatte.

»Nach wie vor unverändert. Die Ärzte versuchen, was in ihrer

Macht steht. Aber haben Sie eine Idee, wie man den Staatsanwalt schützen kann? Ich denke vielleicht an Schutzhaft.«

»Das hätte keinen Sinn, Sir. Monty Parker kann sein Opfer überall packen. Außerdem beobachtet er das Haus. Es wird unmöglich sein, Mansing ungesehen hinauszuschaffen. Nein, Sir, so geht es auf keinen Fall.«

»Und eine andere Lösung fällt Ihnen auch nicht ein?«

»Im Moment nicht.«

Powell atmete geräuschvoll aus. »Eine verdammt miese Situation, das will ich Ihnen mal sagen, Conolly. Wir wissen, daß das Phantom einen weiteren Mord durchführen will, kennen sogar den genauen Zeitpunkt und sind trotzdem machtlos. So ist es doch, oder?«

»Ich kann Ihnen da nicht widersprechen, Sir. Ich setze meine ganze Hoffnung auf John Sinclair.«

»Der Oberinspektor ist auch kein Supermensch. Und außerdem zur Untätigkeit verdammt. Nein, Conolly, wir müssen uns was einfallen lassen. Sie haben oft genug mit Sinclair zusammengearbeitet. Lassen Sie mal Ihre Verbindungen spielen. Es muß doch eine Chance geben, dieses Mordungeheuer zu packen.«

»Sir, einer der Ärzte will Sie sprechen.«

Die Krankenschwester kam aufgeregt in das kleine Zimmer gelaufen.

»Conolly? Hören Sie mich noch?«

»Ja, Sir.«

»Ich muß jetzt Schluß machen. Jemand aus dem Ärzteteam will mit mir reden. Vielleicht hat sich etwas getan.«

»Gut, Sir. Rufen Sie mich dann zurück?«

»Ja.«

Superintendent Powell legte auf. Auf dem Flur wurde er von Professor Gardener erwartet. Die Tür zum OP stand offen.

Powell überlief eine Gänsehaut. Jetzt entschied es sich. Entweder war John Sinclair tot – oder aber . . .

Professor Gardener grinste, als er den Superintendenten anblickte. »Da will Sie jemand sprechen, Sir.«

»Sie meinen . . .« Powell war völlig durcheinander. »Sie meinen Oberinspektor Sinclair?«

»Sehen Sie selbst nach.« Der Professor wischte sich über die

472

Augen. »Ich für meinen Teil genehmige mir jetzt einen anständigen Whisky. Gute Nacht, Sir.«

Powell hörte die letzten Worte schon nicht mehr. Er hatte die Tür des OP bereits erreicht und wollte den Saal gerade betreten, als ihm ein blondhaariger junger Mann entgegenkam.

John Sinclair!

Powell konnte den Stein förmlich aufprallen hören, der ihm vom Herzen gerutscht war. Er sah nur John Sinclair an und schüttelte immer wieder den Kopf.

»Sieht so jemand aus, der von den Toten auferstanden ist?« fragte er und drückte dem Oberinspektor die Hand, wie er es noch nie getan hatte.

John verzog das Gesicht. »Mann, Sie haben ja einen Händedruck wie Tarzan«, sagte er und grinste.

Powell zog John auf den Gang. »Jetzt erzählen Sie mal, Oberinspektor. Was war überhaupt los?«

»Ganz einfach, Sir. Ich wollte zu Mrs. Adderly. Sie war jedoch nicht zu Hause. Und als ich mich wieder in meinen Wagen gesetzt hatte, hockte plötzlich jemand hinter mir.«

»Monty Parker.«

»Genau, Sir. Er kitzelte mich mit seinem berühmten Messer am Hals. Ich blieb erst mal ruhig und tat genau das, was er wollte. Wir fuhren in Richtung Hyde Park, unterhielten uns sogar noch, und ganz nebenher brachte der Bursche mir bei, daß er seine Messerklinge mit einem Langzeitgift präpariert habe. Den Schreck, den ich bekam, können Sie sich vorstellen, Sir. Es half aber nichts. Ein paar Minuten später fiel bei mir die Klappe. Und ich wachte erst auf, als mich einige Kittelträger anstarrten. Als einzige Erinnerung an das Phantom habe ich den Schnitt im Nacken, wo liebe Menschen ein Pflaster draufgeklebt haben.«

»Und wie fühlen Sie sich jetzt, Sinclair?«

»Ich könnte in der Wüste Bäume ausreißen.« Als John Powells zweifelnden Blick bemerkte, sagte er: »Spaß beiseite, ich fühle mich prächtig, wie nach einem Schlaf rund um die Uhr.«

»Dann bin ich zufrieden«, erwiderte Powell. »Ich hatte schon Angst gehabt, daß wir nicht mehr auf Sie zählen können.«

»Dann steht mal wieder das Königshaus in Brand, was?«

»So ungefähr. Das Phantom war in der Zwischenzeit natürlich nicht untätig. Es hat einen Polizisten umgebracht.«

»Aber das hatte doch gar keinen Sinn.«

»Eben. Aber lassen Sie mich der Reihe nach erzählen. Die paar Minuten Zeit haben wir noch. Sie werden sich nur wundern können, John.«

Wenn der Alte ihn mit John ansprach, dachte der Geisterjäger, dann ist wirklich dicke Luft.

Zehn Minuten später wußte er Bescheid. Und jetzt war auch John Sinclairs Gesicht lang geworden.

»Fällt Ihnen vielleicht eine Lösung ein, John?« fragte der Superintendent.

»Im Augenblick nicht. Wieviel Zeit haben wir denn noch?«

Powell blickte auf seine Uhr. »Noch genau eine Stunde. Dann ist für William Mansing und Ihren Freund Bill Conolly die Uhr abgelaufen.«

Zur Unterstreichung seiner Worte machte Superintendent Powell die Geste des Halsabschneiders.

»Eine Stunde«, murmelte John Sinclair, »das ist verdammt knapp«, und der Fluch, den John seinen Worten hinterherschickte, der war nicht von schlechten Eltern.

»Ihr Aufschlag, Ronny«, sagte die rothaarige Frau ein wenig atemlos und wischte sich mit dem Handgelenkschweißband über die Stirn.

Ronald Warren wog den Tennisball auf der linken Handfläche, warf ihn dann ein kleines Stück in die Höhe und schlug zu.

Hart traf die Bespannung des Schlägers den Ball. Der Ball flog linksseitig angeschnitten über das Netz. Im Gegenfeld tickte er kurz auf und bekam dann einen Drall zur anderen Seite.

Doch die Rothaarige retournierte geschickt. Mit der Vorhand versuchte sie einen Stop, der dicht hinter dem Netz aufprallte.

Ronald Warren rannte dem Ball entgegen, schaffte es aber nicht mehr und schlug ein Loch in die Luft.

Die Rothaarige lachte perlend. Für einen kurzen Moment strich ihre Zunge über die vollen, sinnlichen Lippen, und ein spöttisches Funkeln trat in ihre Augen.

Sie merkte, daß Ronald Warren sich ärgerte. Wenn er diesen Satz auch noch verlor, war der Abend für sie vertan. Er hatte nämlich mit der Rothaarigen eine Wette abgeschlossen. Sollte er gewinnen, würde sie die Nacht in seiner Wohnung verbringen. War es aber umgekehrt, konnte Ronald Warren höchstens Trost bei einer Flasche suchen und auf eine Revanche hoffen.

Die Rothaarige spielte Warren gegen die Wand. Er bekam kein Bein mehr auf die Erde und verlor den Satz hoch.

Obwohl Ronald Warren für sein Leben gern Tennis spielte, hatte er an diesem Spätnachmittag kein Glück. Die Rothaarige war erst seit einigen Tagen im Verein. Sie war Französin, kam direkt aus Paris und wirkte auf die männlichen Mitglieder des Tennisclubs wie das rote Tuch auf einen Stier.

Der Verein hatte Geld und konnte daher auch im Winter eine Halle mieten, um seinen Mitgliedern Gelegenheit zum Spielen zu geben.

Ronald Warren war die Frau schon beim erstenmal aufgefallen. Da er immer noch Junggeselle war, kam ihm diese Rothaarige gerade richtig. Heute hatte er sie endlich soweit gehabt, doch da hatte sie das Spiel vorgeschlagen, und prompt hatte Ronald Warren verloren.

»Das wär's wohl«, sagte die Rothaarige und warf ihre Tennisbälle einem Balljungen zu. »Sehen wir uns nachher noch?« fragte sie.

»Ich weiß noch nicht«, brummte Warren, dem der Ärger über das entgangene Vergnügen die Galle hochtrieb.

»Dann eben nicht«, sagte die Rothaarige. Im Weggehen rief sie dann noch: »Ich gebe Ihnen selbstverständlich Revanche, Mister Warren. Das ist doch klar. Übrigens bleibt mein Angebot auch bestehen.« Wenig später fiel die Tür der Duschkabine hinter ihr zu.

»Verdammtes Biest«, knurrte Warren. »Aber dich kriege ich noch klein. Warte nur ab.«

Ronald Warren ließ nichts anbrennen. Er war vor einigen Tagen 50 geworden und somit in ein Alter gekommen, in dem man noch alles mitnehmen mußte. Er hatte eine gute Position in einer Stahlfirma, entsprechend dotiert, und danach richtete sich auch sein Leben. Ronald Warren liebte den Luxus. Er mußte immer das beste haben, und das bezog sich auch auf die Frauen. Das Penthouse in der Hollen Street war eine Wucht. Er bewohnte es seit einem Jahr.

Warren sah für sein Alter noch sehr gut aus. Das Haar war grau, wellig und bedeckte halb die Ohren. Ein privates Solarium sorgte immer für die nötige Sonnenbräune. Insgesamt gesehen war Ronald Warren eine sehr gepflegte Erscheinung.

Selbst eine Heiß- und Kaltdusche konnte seinen Ärger über das verlorene Spiel und den somit verpatzten Abend nicht vertreiben. Fünf Minuten blieb Warren unter der Dusche. Dann trocknete er sich ab und fönte die nassen Haare. Schließlich streifte er den beigen Rollkragenpullover über und stieg in seine Sportkombination. Bevor er nach Hause fuhr, wollte er in der Bar noch einen kleinen Schluck trinken.

Bis auf zwei Männer, die in ein Gespräch vertieft waren, war die Bar leer. Die hufeisenförmige Theke glänzte im Licht der Punktstrahler. Der Mixer langweilte sich und las in einer Zeitung.

Als Ronald Warren auf dem lederbezogenen Hocker Platz nahm, legte er die Zeitung weg, setzte sein Berufslächeln auf und fragte nach den Wünschen seines neuen Gastes.

»Einen Manhattan!«

»Sofort, Sir.«

Ronald Warren zündete sich eine Zigarette an, stieß den Rauch durch die Nasenlöcher aus, und da fiel ihm auf einmal ein, daß er den gesamten Tag über noch nicht dazu gekommen war, in eine Zeitung zu sehen.

»Sie gestatten doch«, sagte Warren und griff nach der Zeitung des Mixers.

»Natürlich, Sir.« Der Mixer servierte Warren den Manhattan, was dieser mit einem Kopfnicken quittierte.

Die erste Seite – sie beschäftigte sich mit Politik – überflog Warren nur. Ihn interessierten mehr die Wirtschaftsberichte.

Warren hatte sich inzwischen einen zweiten Manhattan bestellt, als er den Londoner Lokalteil vor sich liegen hatte.

Und da sprang ihm die Schlagzeile ins Auge.

FEIGER MORD AN EINEM EHEMALIGEN RICHTER

Ronald Warren wurde zusehends blasser, als er den Artikel las. Aufgeregt huschte seine Zunge über die spröden Lippen. Was er dort las, ließ ihm die Haare zu Berge stehen.

Richter Hugh Crayton! Als wäre es erst gestern gewesen, so gut konnte er sich noch an den Mann erinnern. Plötzlich sah er die Szene im Gerichtssaal wieder vor sich, den Angeklagten Monty

Parker, und er erinnerte sich auch an den Racheschwur, den das Phantom ausgestoßen hatte.

Warren trank hastig sein Glas leer und legte die Zeitung weg. Automatisch zündete er sich eine Zigarette an.

Der Mixer kam und faltete die Zeitung zusammen. Prüfend sah er Warren ins Gesicht. »Ist Ihnen nicht gut, Sir?«

»Wie?«

»Entschuldigen Sie. Ich fragte, ob Ihnen etwas fehlt?«

»Ach so, nein danke, mir geht es prächtig. Geben Sie mir doch die Rechnung.«

Ronald Warren zahlte, nickte dem Mixer gedankenverloren zu und verließ die Bar.

An der Garderobe zog er sich seinen Pelzmantel über. Hier traf er auch die Rothaarige wieder. Sie war ebenfalls im Begriff aufzubrechen. Sie trug eine weiße Pelzjacke und eine flotte, dazu passende Mütze, die das lange rote Haar nicht bändigen konnte. Es floß bis auf die Schultern.

Der kirschrot geschminkte Mund lächelte Ronald Warren an. »Sie nehmen es mir doch nicht übel, Mister Warren, daß ich das Spiel gewonnen habe. Sie müssen wissen, ich war mal Studentenmeisterin. Es ist genau wie beim Schwimmen. Das verlernt man auch nicht.«

Ronald Warren ahnte, daß es ihn nur ein einziges Wort kosten würde, und der Abend war gerettet. Doch jetzt war er nicht in der Stimmung.

»Es tut mir leid«, sagte er und ließ die verdutzte Französin stehen, der so etwas noch nicht passiert war. Wütend stampfte sie mit dem Fuß auf und schimpfte auf die Männer.

Ronald Warren hörte das nicht mehr. Er war bereits nach draußen getreten und ging, so schnell es der fußhoch liegende Schnee erlaubte, auf seinen Jaguar zu.

Dicke weiße Flocken fielen vom Himmel und verzauberten die Grünfläche vor der Tennishalle in eine herrliche Winterlandschaft. Einige Laternen brannten, und in ihrem Licht glitzerte die Schneeoberfläche, als wäre sie mit unzähligen Diamanten übersät.

Hastig befreite Ronald Warren die Scheiben seines Wagens vom Schnee und schloß dann die Tür auf. Aufatmend ließ er sich in den Schalensitz sinken.

Der Motor orgelte dreimal, dann kam er.

Warren drückte die Lichttaste. Zwei gleißende Scheinwerferkegel zerschnitten die Dunkelheit und streiften den Eingang zur Tennishalle. Sekundenlang sah Ronald Warren die Gestalt der Französin, dann setzte er den Wagen rückwärts aus der Parkbucht.

Etwas wie Bedauern machte sich in ihm breit, wenn er an die Frau dachte. Durch sein Benehmen hatte er sich wahrscheinlich alle Chancen verspielt.

Warren fuhr zu seiner Wohnung. Sie lag im nördlichen Soho, nahe des Soho-Square. Dieses Gebiet hatte die Stadt saniert und dort Wohnungen für zahlungskräftige Mieter gebaut.

Als Ronald Warren sein Penthouse erreichte, war es zwanzig Uhr. Er fuhr mit dem Privatlift das letzte Stück hinauf und ging anschließend sofort an die Hausbar, um sich einen Drink zu mixen.

Mit dem Glas in der Hand trat er an die große, bis zum Boden reichende Scheibe und schaute über das abendliche London. Unzählige Schneeflocken wirbelten durch die Luft. Früher hatte er sich über den Schnee gefreut, doch heute hatte er andere Sorgen.

Ronald Warren dachte nur noch an den Racheschwur. Haargenau hatte er den Wortlaut im Kopf. Erst sollte der Richter an die Reihe kommen, dann der Staatsanwalt und anschließend die beiden Schöffen. Es war ein höllisches Spiel, was sich das Phantom von Soho ausgedacht hatte.

Fünf Jahre waren vergangen. Fünf lange Jahre, in denen keiner mehr an den Schwur gedacht hatte. Und jetzt traf die Rache des Phantoms um so grausamer.

Warren trank sein Glas leer. Zwei harte Kerben hatten sich um seine Mundwinkel gebildet. Zum Teufel, er wollte nicht sterben. Nicht jetzt, wo das Leben erst richtig angefangen hatte. Nein, er wollte diesem Phantom die Zähne zeigen. Eigentlich war es doch unmöglich, daß dieser irre Killer den Mord an dem Richter begangen haben konnte. Monty Parker saß schließlich in einer Anstalt. Ausbruchsicher war dieser Komplex, wie man ihm versichert hatte. Nein, da mußte ein anderer dahinterstecken, jemand, der sich die Masche des Phantoms angeeignet hatte.

Warren überlegte. Wie hieß denn nur gleich der Staatsanwalt, der auch auf der Liste des Mörders stand?

»Verdammt noch mal, mir fällt doch der Name wieder ein«, brummte Warren.

Und plötzlich kam ihm die Erleuchtung. Mansing, William Mansing. Und ein Staatsanwalt hatte Telefon.

Ronald Warren hatte schon den dicken Wälzer unter dem Arm, als er stutzte. Nein, wozu sollte er den Staatsanwalt anrufen? Er konnte doch viel besser hinfahren. Solch ein Gespräch war auch immer persönlicher.

Ronald Warren suchte sich nur noch die Adresse aus dem Buch, dann löschte er das Licht und fuhr mit dem Lift nach unten in die Tiefgarage, wo in einer reservierten Box sein flaschengrüner Jaguar parkte.

Ronald Warren ahnte nicht, daß er dem Tod genau in die Arme fuhr!

Tief atmete John Sinclair die frische Winterluft ein. Sie tat ihm gut, belebte den Kreislauf . . .

Superintendent Powell stand neben seinem Oberinspektor und hatte die Hände in den Manteltaschen vergraben. Als grauweiße Wolke stand der Atem der beiden Männer vor ihren Lippen. Die Temperatur war zwar etwas gestiegen, doch ein naßkalter Wind pfiff von Westen und schnitt wie mit Messern durch die Kleidung.

»Ich habe Ihren Wagen zur Klinik fahren lassen«, sagte Powell. »Kommen Sie, er steht auf dem Parkplatz.«

Die beiden Männer setzten sich in Bewegung. Dicke, wäßrige Schneeflocken klatschten in ihre Gesichter. Parallel zur Klinik führte eine Straße entlang. Die fahrenden Wagen tauchten wie Geister aus einer anderen Welt aus dem Schneegestöber auf.

»Wir müssen diesen Irren einfach stoppen«, sagte Powell. »Und die Zeit rinnt uns zwischen den Fingern hindurch.«

John hob als Antwort nur die Schultern. Er fror. Sein Mantel lag im Wagen, und das Jackett hielt so gut wie keinen Wind ab.

Der Bentley war unter einem Schneeberg vergraben. Sogar Powell half mit, den Wagen von der weißen Schicht zu befreien. John kratzte die Scheiben blank.

Superintendent Powell putzte umständlich seine Brille, als er auf dem Beifahrersitz Platz nahm. Sein Gesicht hatte einen sorgenvollen Ausdruck angenommen.

»Gibt es denn keine Möglichkeit mehr, zum Teufel?« blaffte er. »Ich setze sämtliche Hebel in Bewegung, aber wir müssen diesen verdammten Killer fangen.«

John hatte sich eine Zigarette angezündet und blies den blaugrauen Rauch gegen die Frontscheibe. Es war ihm anzumerken, wie sehr er über eine Lösung nachgrübelte.

»Wir müssen verhindern, daß Monty Parker wieder in seinen eigentlichen Körper zurückkehren kann«, murmelte John versonnen, »dann können wir ihn durch eine Beschwörung in das Reich der Hölle zurückschicken. Es steht doch fest, daß Monty Parker einen Pakt mit dem Teufel geschlossen hat.«

»Natürlich«, erwiderte Powell. »Aber sehen Sie denn da einen Weg?«

»Vielleicht.«

»Was heißt das?« Superintendent Powell wandte John das Gesicht zu.

»Wir müssen zurück in die Klinik.«

»Und dann?«

»Wir werden Monty Parker ein geweihtes Kreuz auf die Brust legen. Dann wird es dem Zweitkörper nicht mehr gelingen, in die Hülle zurückzukehren.«

Powells Blick war zweifelnd. »Glauben Sie an den Erfolg, Oberinspektor?«

»Dann hätte ich die Möglichkeit nicht vorgeschlagen. Es ist wirklich die einzige Chance. So, wir dürfen keine Minute mehr verlieren. Leiten Sie bitte alles in die Wege.«

Während John startete, griff Superintendent Powell bereits zum Autotelefon. Er verlangte eine Verbindung mit dem McCarthy-Sanatorium.

Anscheinend war Dr. Conrad von dem Besuch nicht gerade begeistert, das konnte man Powells Antworten ohne weiteres entnehmen. Als Powell schließlich mit einer dienstlichen Verfügung drohte, gab sich der Direktor geschlagen.

»Alles klar«, meinte der Superintendent und lehnte sich im Sitz zurück.

John Sinclair fuhr so schnell es ging. In manche Kurven rutschte er hinein, doch mit sicherem Gegenlenken fing der Geisterjäger den Bentley immer wieder ab.

Und die Minuten verrannen.

Als John Sinclair in den kleinen Waldweg vor dem Sanatorium einbog, war es wenige Minuten vor halb zwölf. Noch eine knappe halbe Stunde bis Mitternacht.

Johns Gesicht glich einer Maske aus Konzentration. Er sprach kein Wort, sondern achtete nur auf die Fahrbahn, auf der sich an manchen Stellen Eisschichten gebildet hatten.

Direktor Dr. Conrad hatte schon alles vorbereitet. Als sie vor den Mauern des Sanatoriums hielten, brauchte John nur kurz auf die Hupe zu drücken, und ihnen wurde geöffnet.

Direktor Conrad erwartete sie in der Eingangstür. Er begrüßte Superintendent Powell mit ausgesuchter Höflichkeit, während er für John nur ein knappes Kopfnicken übrig hatte.

»Haben Sie das Kreuz besorgt?« fragte der Oberinspektor.

Conrads Gesicht verschloß sich. »Ja, ich habe es besorgt. Aber fragen Sie mich nicht, unter welchen Schwierigkeiten. Der Wächter unserer Leichenhalle ist ein sehr gläubiger Mann, und er dachte erst gar nicht daran, das Kreuz herauszugeben. Was ich durchaus verstehen kann.«

John faßte den Direktor am Ärmel. »Ich will Ihnen mal was sagen, Doktor Conrad. Sie können mich für einen Spinner halten, das ist mir egal. Aber wenn Sie meine Arbeit torpedieren wollen, bekommen Sie ernstlich Schwierigkeiten. Wir sind hier, um einen Mord zu verhindern. Verstehen Sie? Einen Mord!«

»Natürlich, Oberinspektor, natürlich. Aber deshalb brauchen Sie sich doch nicht künstlich aufzuregen. Sie haben doch das Kreuz.«

»Und wo ist es?«

»In meinem Büro.«

»Mitarbeiter haben Sie«, sagte Conrad. Diese Bemerkung war an Superintendent Powell gerichtet.

»Oberinspektor Sinclair ist mein bester Mann«, erwiderte Powell knapp.

Von nun an zog es Dr. Conrad vor zu schweigen.

Ein paar Minuten später hielt John Sinclair das Kreuz in der Hand. Es war etwa armlang und aus dunklem Eichenholz.

»Führen Sie mich zu Monty Parkers Zelle«, sagte der Geisterjäger.

Sie gingen den gleichen Weg wie schon einmal. Die beiden Wärter hockten auf dem Gang. Reeves war über seinen Comics eingeschlafen, während Miles, der Glatzkopf, auch nur mit Mühe die Augen aufhielt. Als er die Männer sah, stieß er Reeves an und sprang von seinem Stuhl hoch.

Er dachte sofort an eine Kontrolle. »Es ist wirklich nichts passiert, Sir. Der Gefangene liegt weiter in seiner Zelle und rührt sich nicht. Man könnte bald annehmen, er sei tot.«

»Ja, ja, schon gut, Miles«, sagte der Direktor und fuhr nervös über sein Gesicht.

»Schließen Sie bitte auf«, wandte sich John Sinclair an den glatzköpfigen Wärter.

Reeves, der zweite Aufpasser, war mit seinem Stuhl ein Stück zur Seite gerückt. Er wischte sich immer noch den Schlaf aus den Augen.

Der Schlüssel knirschte im Schloß, dann zog Miles die schwere Tür auf.

John Sinclair betrat als erster die Zelle. Er ging bis dicht an das Bett und betrachtete Monty Parker genau.

Das Phantom von Soho lag auf dem Rücken. Parker hatte die Augen geschlossen und die Arme dicht an den Körper gelegt. Sein Mund stand halb offen, und erst als John seinen kleinen Taschenspiegel gegen die Lippen hielt, war überhaupt zu bemerken, daß Monty Parker atmete.

Die Spiegelfläche beschlug.

John steckte den Spiegel wieder weg und legte seine Hand auf Monty Parkers linke Brust.

Ganz schwach spürte er den Herzschlag. Durch die Bildung seines Zweitkörpers war Parker so geschwächt, daß die Funktionen seines normalen Körpers bis auf ein Minimum beschränkt waren.

Superintendent Powell trat dicht an John Sinclair heran. Fragend sah er den Oberinspektor an.

»Er lebt«, sagte John leise. »Wir können den Versuch wagen.« Dann wandte er den Kopf und bat die beiden Wärter, nach draußen zu gehen.

Nur Direktor Conrad konnte bleiben.

»Und was haben Sie mit dem Kreuz vor?« fragte er.

»Das werden Sie gleich sehen«, erwiderte John.

Der Oberinspektor blickte auf seine Uhr. Noch vierzehn Minuten bis Mitternacht.

John beugte sich über den schlafenden Monty Parker und legte ihm behutsam das Kreuz auf die Brust. Im nächsten Moment ging ein konvulsivisches Zucken durch den Körper, und aus dem halb geöffneten Mund drang ein grauenhafter Schrei, der den drei anwesenden Männern durch Mark und Bein ging.

John nahm das Kreuz wieder weg.

Augenblicklich verstummte der grelle Schrei.

»Schnallen Sie den Mann an«, sagte er zu Direktor Conrad, und ein knappes Lächeln spielte um seine Lippen, als er Superintendent Powell anblickte.

Es hat also geklappt, sollte es signalisieren.

An jedem Bett in der Anstalt gab es breite Gurte, mit denen man die Patienten anschnallen konnte. Die Gurte waren – wurden sie nicht gebraucht – unter dem Bett befestigt.

John Sinclair übergab Powell das Kreuz und half dem Direktor, die Gurte zu lösen. Bevor Monty Parker jedoch festgezurrt wurde, legte John das Kreuz auf seine Brust.

Wieder drang der markerschütternde Schrei aus dem Mund des Phantoms von Soho.

»Und jetzt?« fragte Powell.

»Wir haben hier nichts mehr verloren.« John blickte auf die Uhr.

Zwei Minuten vor Mitternacht.

»Kommen Sie, Sir«, sagte er zu seinem Chef, »wir müssen so schnell wie möglich zu Staatsanwalt Mansings Haus. Dort werden wir dann den Zweitkörper beschwören.«

Auf dem Gang wandte sich John Sinclair noch mal an den Direktor, dessen Gesicht eine kalkige Blässe angenommen hatte. »Sie werden diesen Mann nicht aus den Augen lassen. Egal, was auch geschieht, nehmen Sie auf keinen Fall das Kreuz weg!«

Doktor Conrad nickte.

»Diese Anordnungen gelten auch für Sie«, wandte sich John an die beiden auf dem Gang stehenden Wärter. »Vielleicht wird Monty Parker flehen und betteln. Vielleicht verspricht er euch auch ein Riesenvermögen. Laßt euch nicht darauf ein. Dieser Mann steht mit dem Teufel im Bunde. Und wer sich an den Satan verkauft hat, ist noch nie gut dabei gefahren.«

»Wir werden uns an Ihre Anordnungen halten, Sir«, sagten die beiden Wärter fast synchron.

»Dann bin ich ja beruhigt.«

Der Abschied fiel hastig aus, denn John Sinclair hatte es plötzlich mehr als eilig.

Er und Powell liefen mit langen Schritten auf den Bentley zu. Sie sahen nicht das teuflische Lächeln auf den Lippen des Direktors, als er ihnen nachblickte . . .

Die Wischer des Jaguars zirkelten Halbkreise über die getönte Frontscheibe. Heizung und Gebläse liefen auf Hochtouren, und Ronald Warren hatte sich entspannt in seinem Schalensitz zurückgelehnt.

Unter den breiten Reifen des Wagens knirschten Schneematsch und Streusalz. Während Ronald Warren den Jaguar über die breite Straße lenkte, schweiften seine Gedanken ab.

War es überhaupt richtig, daß er um diese Zeit noch zu dem Staatsanwalt fuhr? Vielleicht lebte er schon gar nicht mehr. Aber wenn das Phantom ihn noch nicht erwischt hatte, dann stand er bestimmt unter Bewachung. Warum sich also nicht mit anhängen? sagte sich Warren und fuhr weiter.

Er drehte den Kopf des Radios. Tanzmusik schallte ihm entgegen. Warren stellte das Radio wieder ab. Er war jetzt nicht in der Stimmung, sich diese Art von Musik anhören zu können.

Auf den Nebenstraßen lag der Schnee knöcheltief. An der Oberfläche war er noch weiß und glitzerte. Doch dicht über dem Asphalt war er nur noch Matsch. Tückisch für die Wagen.

Auch Ronald Warren geriet zweimal etwas ins Schleudern, doch er konnte den Jaguar immer wieder abfangen. Außerdem herrschte kein Gegenverkehr. Wer bei diesem Wetter nicht unbedingt nach draußen mußte, blieb in den eigenen vier Wänden. Selten hatte man die Londoner Straßen so leer gesehen.

Und immer noch wirbelten die Flocken, klebten an der breiten Fensterscheibe und wurden in der nächsten Sekunde von den breiten Gummiwischern weggefegt.

Ronald Warren hatte immer angenommen, London zu kennen, mußte sich jedoch diesmal eines Besseren belehren lassen. Zweimal fuhr er an den Straßenrand, um im Stadtplan nachzusehen. Die kleine Straße, in der Staatsanwalt Mansing wohnte, lag auch zu versteckt.

Schließlich hatte Ronald Warren sein Ziel erreicht. Im Schritttempo bog der Jaguar in die ruhige Seitenstraße ein, und wenig später hatte Warren auch die Hausnummer 16 gefunden.

Er stoppte.

Vor dem Haus parkten zwei Wagen. Sie waren unter einem Schneeberg versteckt.

Nach Polizeischutz sieht das aber nicht gerade aus, dachte Warren, griff nach seinem Mantel und stieg aus.

Das dunkelbraune Nutriafell hielt die Kälte ab. Ronald Warren ging auf das kleine Tor des Vorgartens zu. Schneeflocken klebten auf dem Mantel.

Im Haus brannte Licht. Zwei erleuchtete Fenster schimmerten wie gelbe Flecken aus dem tanzenden Schneewirbel und gaben dem Betrachter das Gefühl von Wärme und Geborgenheit.

Ronald Warren schob den Riegel des Tores zurück, betrat den dickverschneiten Plattenweg und schloß das Tor wieder hinter sich ab.

Nach zwei Schritten hatte er plötzlich das Gefühl, nicht mehr allein zu sein.

Warren blieb stehen.

»Ist da jemand?« fragte er. Seine Stimme klang zaghaft.

Nichts rührte sich. Und doch war Ronald Warren sicher, sich nicht getäuscht zu haben. Trotz des wärmenden Mantels fror er plötzlich. Instinktiv spürte er die Gefahr, die in der Dunkelheit auf ihn lauerte. Seine Nerven arbeiteten wie empfindliche Sensoren.

Ronald Warren drehte sich im Kreis. Er wischte sich die Schneeflocken aus dem Gesicht, versuchte die Dunkelheit mit seinen Blicken zu durchdringen.

Tanzender Flockenwirbel hüllte ihn ein, und schon bald brannten seine Augen.

»Jetzt mach' ich mir schon selbst was vor«, brummte Warren und ging weiter.

Da hörte er das Kichern!

Abrupt blieb der Mann stehen.

Das Geräusch war von rechts gekommen, dort, wo einige Bäume standen, deren kahle Äste sich unter der Schneelast bogen.

Warren zögerte. Er konnte jetzt zum Haus laufen, und er wäre in Sicherheit gewesen. Doch das Handeln wurde Ronald Warren aus der Hand genommen.

Plötzlich sah er die Gestalt vor sich. Es war nicht mehr als ein

Schemen, der im Schneegestöber lauerte und bald eins mit den wirbelnden Flocken wurde.

Die Gestalt stand vor ihm, hatte den Weg zum Haus versperrt. Und Ronald Warren sah das Messer in der Hand des Geistes. Da wußte er, daß er das Phantom von Soho vor sich hatte.

Warren begann zu zittern. »Weg, weg!« flüsterte er. »Los, geh weg.« Er wischte mit beiden Händen durch die Luft, als könne er so das Spukbild vertreiben.

Das Phantom kicherte. »Du bist freiwillig in meine Arme gelaufen, Ronald Warren. Ich wollte dich jetzt noch gar nicht töten. Du bist eigentlich erst später an der Reihe. Aber da du von selbst zu mir gekommen bist, werde ich dich auch zur Hölle schicken.«

Ronald Warren schüttelte den Kopf. Er konnte und wollte nicht glauben, was er dort sah. Für einen Moment schloß er die Augen in der Annahme, daß er einem Spukbild erlegen war.

Doch als er die Augen wieder geöffnet hatte, war die Gestalt noch immer da.

Plötzlich hielt es Warren nicht mehr aus. Mit einem krächzenden Schrei warf er sich auf dem Absatz herum und wollte zu seinem Wagen rennen.

Ronald Warren rechnete nicht mit der Glätte des Bodens. Noch halb in der Drehung rutschte er aus und fiel hin.

Der Schnee dämpfte seinen Fall, drang ihm in Mund, Nase und Ohren. Warren hustete, rappelte sich wieder hoch, wischte sich den klebrigen Schnee aus dem Gesicht und stolperte auf allen vieren in die Dunkelheit hinein.

Ohne es zu wollen, näherte er sich der Baumgruppe. Zwischendurch fiel Warren immer wieder hin. Schließlich klammerte er sich an den ersten Baumstamm.

Sein Atem ging keuchend. Tränen liefen aus seinen Augen und erschwerten die Sicht.

Warren zog sich an dem Stamm hoch.

Und plötzlich war wieder das Phantom da.

Warren sah die Gestalt, erkannte jede Einzelheit, und er sah das Messer mit der breiten Klinge, das das Phantom in der rechten Faust hielt.

Der Arm mit dem Messer schwang hoch.

Warren hob schützend beide Hände. Die nackte Angst leuchtete

486

in seinen Augen. In einer letzten verzweifelten Reaktion warf er sich herum und taumelte weiter.

Ein irres, siegesreiches Kichern klang hinter seinem Rücken auf. Und dann spürte Ronald Warren einen mörderischen Stoß zwischen seinen Schulterblättern. Eine kochendheiße Schmerzwelle schoß in seinem Körper hoch. Die Welt wurde zu einem rasenden, alles verzehrenden Wirbel.

In einem letzten Reflex taumelte Ronald Warren weiter. Während sich sein Mantel auf dem Rücken dunkelrot färbte, wankte er genau auf die Eingangstür des Hauses zu. Er hielt seine Arme wie in einer bittenden Geste ausgestreckt.

Und dann sackten ihm die Knie weg. Warren fiel nach vorn, prallte mit dem Gesicht gegen das Holz der Eingangstür und rutschte langsam daran hinunter.

Als Ronald Warrens Arme den Boden berührten, war er bereits tot.

Bill Conolly und William Mansing hatten schon seit einigen Minuten kein Wort mehr miteinander gesprochen. Jeder der Männer hing seinen eigenen Gedanken nach.

Mitternacht rückte immer näher. Schier unerträglich wurde die Spannung. Bill Conolly hatte sich zum Kettenraucher entwickelt, und William Mansing ging es nicht anders.

Vor Bill auf dem Tisch lag eine Pistole. Obwohl dem Reporter klar war, daß er einen Geist nicht mit Kugeln töten konnte, gab sie ihm doch ein etwas beruhigendes Gefühl.

»Glauben Sie, daß es Oberinspektor Sinclair schafft?« brach William Mansing plötzlich das Schweigen.

»Er muß es«, erwiderte Bill, doch seine Stimme klang nicht sehr überzeugend.

Noch 25 Minuten bis Mitternacht.

Bill Conolly schwitzte und fror gleichzeitig. Die Ungewißheit zerrte an seinen Nerven.

»Haben Sie vielleicht einen Schluck Wasser?« fragte er.

»Natürlich. In der Küche. Warten Sie, ich hole es Ihnen.«

»Danke, ich finde den Weg allein.« Bill stand auf.

»Von der Diele die zweite Tür rechts«, rief ihm Mansing noch nach.

Bill betrat die Küche und machte Licht. Gläser standen auf einem kleinen Regal. Bill drehte den Wasserhahn auf, füllte das Glas zur Hälfte und trank es leer. Das Wasser spülte den pelzigen Geschmack aus seinem Mund. Bill stellte das Glas wieder weg und ging zurück in den Living-room.

Der Staatsanwalt war aufgestanden und hatte sich einen Whisky eingeschenkt. Er leerte das Glas in einem Zug. Auch Mansing war nur noch ein Nervenbündel. Er hatte den Krawattenknoten gelockert und die beiden obersten Knöpfe des Hemdes geöffnet. Seine Hand, die das Glas hielt, zitterte.

»Sie sollten nicht soviel trinken«, mahnte Bill.

Mansing hob die Schultern. »Ist doch jetzt auch egal. Ich habe mal gehört, wenn man betrunken ist, soll sich's leichter sterben.«

»Der Philosophie kann ich leider nicht folgen«, bemerkte Bill. Er starrte das Telefon an, als wollte er es hypnotisieren. Der Reporter wartete auf eine Nachricht von John Sinclair. Noch war Zeit, noch . . .

Plötzlich wurden Bill Conollys Augen weit.

»Was ist?« fragte Mansing, der Bills Reaktion ebenfalls bemerkt hatte.

»Haben Sie nichts gehört?«

»Was denn?«

»Da hat doch jemand gegen die Tür geschlagen. Ich sehe nach.«

»Lieber nicht. Vielleicht ist es eine Falle.«

Bill Conolly schüttelte den Kopf und nahm seinen Revolver an sich. Dann schlich er zur Haustür.

Bill legte seine Ohren gegen das Holz. Nichts war zu hören. Und trotzdem war der Reporter sicher, daß er sich vorhin nicht getäuscht hatte.

Die Tür war von innen verschlossen. Bill drehte den Schlüssel, drückte die Klinke nach unten und zog die Tür auf.

Etwas drückte von außen dagegen, das merkte er sofort. Bills Magen krampfte sich zusammen, als er sah, was geschehen war.

Vor der Tür lag ein Toter. Im nach draußen fallenden Licht konnte Bill Conolly die tiefe Wunde im Rücken des Mannes sehen. Ein dunkelroter Blutfleck hatte sich dort über den Pelz verteilt. Ohne ein Arzt zu sein, erkannte der Reporter sofort, daß der Mann nur durch einen Messerstich umgebracht worden war.

Der Tote lag mit dem Gesicht auf dem Boden. Bill packte die

Leiche unter den Achselhöhlen und zog sie in den Flur. Dann drehte er sie auf den Rücken.

Blicklose Augen starrten ihn an. Noch immer war der Schrecken der letzten Minuten auf dem Gesicht des Toten zu lesen. Der Mantel war vorn aufgeklafft. An der Kleidung erkannte Bill, daß der Mann zu Lebzeiten nicht gerade zu den Armen gehört hatte.

Aber wie kam er hierher?

Ein Aufschrei ließ Bill Conolly herumfahren.

William Mansing stand in der Diele und hatte beide Hände zu Fäusten geballt. Aus weit aufgerissenen Augen starrte er auf die am Boden liegende Leiche.

Bill, der vorher gekniet hatte, erhob sich. »Kennen Sie den Mann, Sir?«

Der Staatsanwalt nickte. »Ja«, preßte er hervor, »ich kenne ihn. Es ist niemand anderes als Ronald Warren, einer der beiden Schöffen, die damals vor fünf Jahren beim Prozeß gegen Monty Parker zugegen gewesen waren.«

Bill atmete tief aus. »Ich hatte mir fast so etwas gedacht«, sagte er. »Bleibt nur die Frage, wie kommt dieser Mann hierher? Was wollte er von Ihnen? Standen Sie vielleicht in Kontakt miteinander?«

William Mansing schüttelte den Kopf. »Nein, nichts von allem. Ich habe ihn das letzte Mal vor fünf Jahren gesehen, bei der Verhandlung.«

»Aber es muß doch eine Erklärung geben«, sagte Bill.

»Vielleicht hat ein Unbekannter ihn zu meinem Haus gelockt.«

»Sie denken an Monty Parker?«

»Ja.«

»Das glaube ich nicht. Dann hätte Parker Sie ja auch zu Hugh Crayton locken können. Nein, das ist nicht seine Art. Ich nehme an, daß Ronald Warren aus eigenem Antrieb gekommen ist. Er wird die Zeitungen gelesen haben. Schließlich ist lang und breit über den Mord an Hugh Crayton berichtet worden. Ronald Warren brauchte nur eins und eins zusammenzuzählen. Den Racheschwur von damals wird er bestimmt nicht vergessen haben.«

»Aber er hätte doch wenigstens anrufen können«, sagte der Staatsanwalt.

Bill hob die Schultern. »Hinterher ist man immer schlauer.«

»Und was machen wir jetzt mit der Leiche?« fragte William Mansing.

Bill Conolly sah sich schnell um. »Wir legen sie vor den Treppenaufgang. Für die Mordkommission spielt es sowieso keine Rolle mehr, da wir die Lage schon verändert haben. Fassen Sie bitte mit an.«

Die beiden Männer hoben den Toten hoch und legten ihn ein Stück weiter nieder.

Die Leiche war schwer, und William Mansing geriet ziemlich außer Atem.

Bill Conolly zog den Ärmel seines Jacketts zurück und blickte auf die Uhr.

»Wissen Sie eigentlich, wie spät es ist?« fragte er.

Der Staatsanwalt schüttelte den Kopf.

»Fünf Minuten vor Mitternacht.«

William Mansing schloß sekundenlang die Augen. Bill sah, daß der Mann in den letzten Stunden um Jahre gealtert war.

»Demnach haben wir noch fünf Minuten zu leben«, sagte Mansing leise.

Bill Conolly nickte.

Mit Riesenschritten hastete Dr. Conrad zurück in sein Büro. Das Hämmern der Schuhabsätze wurde durch das von den kahlen Wänden zurückgeworfene Echo noch verstärkt. Dr. Conrads Kittel stand offen. Wie eine weiße Fahne flatterte er hinter ihm her.

Der Arzt hatte seine Chance erkannt. Schon zu lange versauerte er auf dem jetzigen Posten. Er war nur ein schlecht bezahlter Staatsdiener, mehr nicht. In einem Privatsanatorium, da hätte er gern eine leitende Stellung übernommen, doch diese Posten waren alle besetzt. Nun spielte ihm der Zufall eine große Chance in die Hand. Einen Mann wie Monty Parker steuern zu können, das bedeutete Macht.

Und dabei war alles so einfach. Er brauchte nur hinzugehen, und Monty Parker das Kreuz von der Brust zu nehmen. Der Bann wäre gebrochen, und dann . . .

Dr. Conrad lachte freudlos, als er sich die Folgen vor seinem geistigen Auge vorstellte. Er malte sich aus, wie er diese Kreatur lenken konnte, wie sie nur seinen Befehlen gehorchte. Natürlich mußte John Sinclair von der Bildfläche verschwinden. Genau wie der Staatsanwalt und der komische Superintendent. Aber das war alles eine Kleinigkeit. Wenn Monty Parkers Geist wieder freie Bahn hatte, konnte ihn niemand mehr aufhalten.

Das Phantom von Soho würde die Riesenstadt London wieder in Atem halten . . .

Mit vor Aufregung zitternden Fingern schloß Dr. Conrad seine Bürotür auf. Hastig warf er sie hinter sich zu und machte Licht.

Jetzt konnte er von niemandem mehr gesehen werden.

Dr. Conrad trat an die Wand, hob ein Bild zur Seite und legte einen Safe frei. Aus der Hosentasche holte er den dazu passenden Schlüssel. Es war eine Spezialanfertigung, beste Feinmechanik.

Dr. Conrad drehte den Schlüssel zweimal leicht nach links. Dann konnte er die Safetür aufziehen.

Der Safe war in zwei Hälften unterteilt. Auf der oberen standen einige versiegelte Flaschen. Sie enthielten Giftstoffe, die auf keinen Fall in fremde Hände gelangen durften. Die interessierten Dr. Conrad aber nicht.

Er kümmerte sich um das untere Fach. Unter einigen Schnellheftern mit geheimen Krankheitsberichten hatte er eine Waffe versteckt. Es war ein stupsnasiger Revolver, Kaliber 38. Der Arzt brauchte erst gar nicht nachzusehen, die Waffe war geladen. Er steckte sie in die Kitteltasche, die von dem Gewicht nach unten gezogen wurde, und schloß sorgfältig die Tür des Safes.

Dr. Conrad sah auf die Uhr. Mitternacht war schon vorüber. Jetzt mußte er sich beeilen. Die Waffe hatte er eigentlich nur mitgenommen, um sich unter Umständen unliebsame Beobachter vom Hals zu schaffen. Er dachte da besonders an die beiden Wärter, die zwar auf ihn hörten, aber oft doch sehr neugierig waren.

In der Klinik war es um diese Zeit sehr ruhig. Zum Glück hatte auch keiner der Kranken einen Anfall bekommen. Conrad kam es vor wie die Ruhe vor dem Sturm.

Für den Rückweg ließ sich der Arzt mehr Zeit, obwohl alles in ihm brannte, doch schneller zu gehen. Er hatte beide Hände in die Kitteltaschen gesteckt und hielt mit den Fingern der rechten Hand den Kolben des Revolvers umklammert.

Miles und Reeves hockten wieder auf ihren Stühlen. Die Wärter waren überrascht, als sie ihren Chef sahen. Automatisch standen sie auf.

»Es hat sich nichts ereignet, Sir«, meldete Miles. »Sie können sich selbst überzeugen.«

Dr. Conrad blieb stehen. Mit der linken Hand strich er sich über sein Kinn. Dann produzierte er ein falsches Lächeln. »Sie können gehen«, sagte er, »alle beide. Ich übernehme den Rest der Nacht die Wache.«

Miles und Reeves blickten ihren Chef ungläubig an. So etwas hatten sie noch nie erlebt.

»Habt ihr nicht gehört, was ich gesagt habe?« zischte Conrad. »Ihr könnt gehen.«

Miles hob die breiten Schultern. »Wenn das so ist. Danke, Sir, wir freuen uns wirklich. Komm, Jim.«

Die beiden Wärter zogen ab. Dr. Conrad blickte ihnen nach, bis sie hinter einer Gangecke verschwunden waren.

»Ihr Idioten«, murmelte er, schob die Klappe des Spions zur Seite und blickte durch die Linse.

Monty Parker lag nach wie vor auf seinem primitiven Bett. Dr. Conrad veränderte den Blickwinkel ein wenig und hatte das Phantom von Soho jetzt genau im Visier.

Im ersten Augenblick erschrak er, als er sah, welch eine Verwandlung Parker durchgemacht hatte. Sein Gesicht war bläulich angelaufen, genau wie der Hals und die Arme. Sein Mund war in ständiger Bewegung. Er öffnete und schloß sich wie von einem unsichtbaren Faden gezogen.

Doch kein einziger Laut drang über seine Lippen.

Nach wie vor lag das Kreuz auf seiner Brust, und über dem Symbol des Guten schwebte, für das menschliche Auge kaum zu erkennen, ein heller Schemen.

Monty Parkers Zweitkörper!

Er war gebannt worden.

Dr. Conrad konnte nicht vermeiden, daß ihn ein nie gekanntes Angstgefühl packte. Eine eiskalte Knochenhand schien seinen Rücken zu streifen. Hier waren Kräfte am Werk, die er bisher nicht gekannt hatte und die stärker waren als der menschliche Verstand.

Conrad merkte, daß sein Herz schneller schlug. Er preßte sein Auge fester gegen die kleine Öffnung. Er sah, daß der Schemen über dem Kreuz in wilde Zuckungen verfiel, wie er versuchte, in den Körper einzudringen und doch von der Kraft des Kreuzes gebannt wurde.

Es war ein lautloser, aber dennoch mörderischer Kampf. Und Dr. Conrad wurde plötzlich klar, daß das Böse verlor.

Der Schemen zerfaserte, löste sich in seine Bestandteile auf, denen es nur schwerlich gelang, wieder zusammenzukommen.

»Wenn ich jetzt nicht eingreife, ist alles verloren«, flüsterte Dr. Conrad.

Er löste sein Auge von der Optik und fingerte nach dem Türschlüssel.

Ein schneller Blick zeigte ihm, daß er nach wie vor allein auf dem Gang war. In seiner Eile stieß er gegen den linken Stuhl, und der daraufliegende Stapel Hefte kam ins Rutschen.

Die Hefte, die Jim Reeves vergessen hatte, fielen zu Boden. Dr. Conrad kümmerte sich nicht darum.

Mit einem Ruck riß er die Tür auf.

Augenblicklich zog sich der Geist zurück und stieß ein zischendes Geräusch aus.

Dr. Conrad blieb auf der Türschwelle stehen. »Ich – ich will dir nichts«, sagte er mit zitternder Stimme. »Ich bin gekommen, um euch zu helfen.«

Der Schemen löste sich aus der Ecke, und jetzt konnte Dr. Conrad erkennen, daß das Gesicht Monty Parkers Züge trug. Wie aus dem Nichts hatte das Phantom plötzlich ein Messer in der Hand. Mit Schrecken sah Conrad, daß die Klinge blutverschmiert war.

Der Geist schwebte auf ihn zu. »Wie willst du uns helfen?« fragte Monty Parkers Stimme, die jedoch aus dem Munde des Geistes kam.

Dr. Conrad spürte, daß sich Schweiß auf seiner Stirn gebildet hatte. Er wagte es nicht, ihn wegzuwischen, aus Angst, der Geist könnte dies als falsche Bewegung auslegen.

»Ich werde das Kreuz von seinem Körper nehmen«, sagte Conrad mit schwerer Stimme. »Dann bist du wieder frei und kannst deine Rache vollenden.«

Der Geist lachte. »Und das willst du wirklich tun?«

»Ja.«

»Was hast du davon? Warum hilfst du einem Diener der Hölle? Du machst so etwas doch nicht selbstlos?«

Jetzt stand Dr. Conrad vor seiner schwersten Entscheidung. Er mußte nun seine Worte sorgfältig wählen. Ein falsches nur, und es war aus.

»Nein«, sagte der Arzt. »Ich tue es nicht umsonst. Ich will Macht und Geld, und du, Monty Parker, sollst mir dazu verhelfen. Du hast dich der Hölle verschrieben, ich werde dich der Hölle erhalten, und aus diesem Grunde wird mir der Teufel seine Dankbarkeit beweisen müssen.«

Stille kehrte nach diesen Worten ein. Das Phantom überlegte.

»Ich könnte dich töten«, sagte der Geist plötzlich, und die blutige Klinge wischte dicht vor Conrads Augen vorbei.

Der Arzt zuckte mit keiner Wimper. Er hatte sich völlig unter Kontrolle.

»Ja«, sagte Conrad, »das kannst du. Aber denke an eins, du würdest nie wieder in den Körper zurückkehren können. Das Kreuz bannt dich wie eine Eisenfessel. Du würdest zugrunde gehen, jämmerlich verrecken.«

Der Geist wischte zurück. »Sprich das Wort Kreuz nie wieder aus!« drohte er. »Ich kann sonst für nichts mehr garantieren.«

Dr. Conrad lachte spöttisch. Er hatte zusehends Oberwasser bekommen. »Also, wie hast du dich nun entschieden? Soll ich noch lange hier warten?«

»Nein«, erwiderte der Geist. »Ich gebe dir, was du willst!«

»Gut. Dann werde ich den Körper jetzt von den Fesseln befreien.«

Ein paar Schritte waren es nur bis zum Bett. Nur noch ein kleines Stück, das Dr. Conrad von dem von ihm so lange ersehnten Reichtum trennte.

Der Doppelkörper schwebte über dem Fußende des Bettes. Dr. Conrad sah deutlich die Augen in der durchscheinenden Gestalt glühen.

Die Schnallen waren an der Bettkante befestigt. Sie steckten in einem gebogenen Haken, der nur zur Seite gedreht werden mußte.

Dr. Conrad packte die erste Schnalle, drehte den Haken nach links.

Das starre Band schnellte zurück. Monty Parkers Beine lagen frei.

Die zweite Schnalle.

Jetzt war schon Monty Parkers Unterkörper befreit.

Dr. Conrad hätte das Kreuz wegziehen können, doch er wollte auch noch die dritte und letzte Schnalle lösen.

Plötzlich zuckte er zusammen.

Er hatte Schritte gehört. Sie waren auf dem Gang aufgeklungen.

»Mach weiter!« heulte der Geist, der bereits schreckliche Qualen auszustehen hatte.

»Da kommt aber jemand!« flüsterte Dr. Conrad.

»Ich werde mich schon darum kümmern.«

Der Arzt packte die letzte Schnalle. Ein Ruck nur noch, und Monty Parker war wieder frei.

Das Band schnellte zurück. Jetzt brauchte Conrad nur noch das Kreuz wegzunehmen. Seine Fingerspitzen berührten bereits das Holz, da ließ ihn eine Männerstimme mitten in der Bewegung einhalten.

»Aber Chef, was machen Sie denn hier?«

Dr. Conrad stieß pfeifend den Atem aus. In der offenen Tür stand Jim Reeves, einer der beiden Wärter. Er hatte seine vergessenen Comic-Hefte unter den Arm geklemmt, und ein entsetzter Blick flog zwischen Conrad und dem Geist hin und her.

Jim Reeves brauchte Sekunden, um alles zu erfassen.

Und dann öffnete sich sein Mund zu einem gellenden Schrei . . .

Mitternacht!

Zwei Männer hielten den Atem an. Männer, deren Schicksal sich genau in dieser Sekunde entscheiden sollte. Wie hypnotisiert starrten sie auf das Zifferblatt der schwarzen Standuhr.

Jetzt mußte der Mörder erscheinen!

Die Stille war körperlich spürbar, lastete wie ein unsichtbarer Druck auf den beiden Menschen. Schweiß perlte auf ihren Gesichtern, sammelte sich zu Tropfen und lief in kleinen Bächen an den Gesichtern entlang bis in die Kragen der Hemden.

William Mansings Wangen zuckten, die Augendeckel flatterten. Der Staatsanwalt hatte die Hände zu Fäusten geballt und die Zähne aufeinandergepreßt.

Angst breitete sich aus.

Endlos dehnten sich die Sekunden, sie kamen den Männern vor wie Ewigkeiten.

Dann stieß Bill Conolly mit einem pfeifenden Geräusch den Atem aus und wischte sich über die Stirn. Als er seine Hand zurückzog, war die Innenfläche schweißnaß. »Es ist geschafft«, sagte der Reporter. »Das Phantom hat verloren!« Seine Stimme klang rauh.

William Mansing fiel in einen Sessel. Seine Arme baumelten zu beiden Seiten der Lehnen herab. Und plötzlich stieß er ein glucksendes Gelächter aus. Er hatte den Kopf in den Nacken gelegt und den Mund weit geöffnet.

»Ja, es ist geschafft«, kicherte er. »Es ist geschafft. Das Phantom konnte mich nicht töten!«

Das Lachen brach so schnell ab, wie es aufgeklungen war. Mansing sank in seinem Sessel zusammen. Einige Minuten blieb er so sitzen. Eine Zeitspanne, in der keiner der beiden Männer ein Wort sprach.

Plötzlich drehte William Mansing den Kopf. Er versuchte ein Lächeln, das jedoch schon im Ansatz zerfaserte. »Entschuldigen Sie, Mister Conolly. Aber ich konnte nicht anders. Die Nervenanspannung, ich mußte mir irgendwie Luft verschaffen.«

»Ich wäre der letzte, der dafür kein Verständnis hätte«, erwiderte Bill. »Jeder von uns reagiert anders. Denken Sie, mir wäre es nach Singen zumute gewesen? Glauben Sie ja nicht. Nur . . .« Bill hob die Schultern. »Ich habe schon oft in haarsträubenden Situationen gesteckt, und da lernt man unwillkürlich, sich besser unter Kontrolle zu halten.«

»Ich danke Ihnen«, sagte der Staatsanwalt.

Bill lachte und schlug seinem Leidensgenossen auf die Schulter. »Was wir jetzt brauchen, das ist ein anständiger Schluck. Den haben wir uns redlich verdient.«

»Augenblick«, sagte Mansing. »Nicht so voreilig, guter Freund. Für bestimmte Gelegenheiten habe ich immer etwas Besonderes parat.« Mansing stand auf und trat an sein Bücherregal. Er räumte ein paar dicke Wälzer zur Seite und hielt plötzlich eine bauchige, dunkel getönte Flasche in der Hand.

»Bester Whisky, über zwanzig Jahre alt.« Seine Stimme klang beinahe andächtig. Mansing holte noch zwei Gläser und schenkte ein.

»Cheerio! Auf unsere Gesundheit!«

Die Männer tranken sich zu. Warm und belebend rann das edle Getränk durch die Kehlen. Wenig später breitete sich im Magen ein wohliges Gefühl aus.

Und dann klingelte das Telefon.

Mansing versteifte sich. »Wer kann das sein?«

»Ich weiß nicht. Vielleicht John Sinclair? Wollen Sie nicht abheben?«

»Nein, nein, Mister Conolly, machen Sie das.«

»Bei Mansing«, meldete sich Bill.

»Du bist auch nicht totzukriegen, was?« schallte dem Reporter John Sinclairs Stimme entgegen.

»Mensch, John, wo bist du jetzt?«

»Auf der Fahrt zu euch, Superintendent Powell ist auch bei mir. Schließlich muß ich ja wissen, ob sich mein Einsatz gelohnt hat.«

»Und ob, du alter Geisterjäger. Hier hat sich weit und breit kein Phantom blicken lassen. Wie hast du das nur geschafft?«

»Erzähl ich dir gleich. Im Augenblick besteht keine Gefahr. Und ich denke, daß wir in ungefähr zwanzig Minuten bei euch sein werden. Halt die Ohren steif und trink nicht soviel . . .«

»Woher weißt du, daß . . .«

»Ich kenne dich doch.«

John Sinclair unterbrach die Verbindung. Bill ließ ebenfalls den Hörer auf die Gabel sinken und nahm noch einen kleinen Schluck, den er genüßlich auf der Zunge hin- und herrinnen ließ.

»Oberinspektor Sinclair wird in ungefähr zwanzig Minuten hier eintreffen«, informierte er den Staatsanwalt.

Mansing nickte. »Das ist gut. Sie hätten ihm auch gleich von dem Toten berichten können. Schließlich muß die Mordkommission . . .«

Bill winkte ab. »Daran habe ich vorhin wirklich nicht gedacht. Aber das kann John selbst machen.«

Es dauerte genau siebzehn Minuten, bis John seinen Bentley vor Mansings Haus stoppte. Bill und der Staatsanwalt hatten die Ankunft schon vom Fenster aus beobachtet.

»Ich öffne«, sagte Bill und ging zur Haustür.

Die beiden Freunde begrüßten sich per Handschlag. Auch Superintendent Powell grinste erfreut, was bei ihm selten vorkam.

Und dann sahen John und Powell die Leiche.

Die Neuankömmlinge brauchten erst gar keine Fragen zu stellen. Bill erzählte den Vorgang, noch während sie im Flur standen.

»Also doch noch ein Opfer«, sagte John leise und preßte die Lippen hart aufeinander. »Aber das war das letzte, das schwöre ich dir, Monty Parker.«

Die Männer gingen in den Living-room. »Wir müssen die Mordkommission verständigen«, sagte Powell gleichzeitig und begrüßte den Staatsanwalt.

»Aber erst erzähl mal, wie du es geschafft hast, das Phantom zu bändigen«, wandte sich Bill an seinen Freund.

John lächelte. »Es war ganz einfach. Schließlich habe ich Erfahrung mit Geistern und Dämonen. Ich habe Parker ein Kreuz auf die Brust gelegt. Dadurch ist es für den Geist nicht mehr möglich, in den Erstkörper zurückzukehren.«

»Er ist aber nicht ausgeschaltet worden«, warf Bill ein.

»Doch. Das geweihte Kreuz verbreitet eine Aura, die den Astralleib bannt, und – was sehr wichtig ist – ihm ein Großteil seiner Kräfte raubt. Das heißt, er kann aus dieser Zelle nicht mehr heraus, ist gefangen wie in einem Gefängnis. Ich hoffe, daß der Geistkörper im Laufe der nächsten Stunden zerfällt. Trotzdem werde ich noch in dieser Nacht wieder zum Sanatorium fahren und durch eine magische Beschwörung den Geist endgültig zum Teufel schicken.«

»Hoffentlich hast du recht, John. Wenn du mich fragst, habe ich so ein komisches Gefühl. Ich glaube, die Sache ist noch nicht ausgestanden.«

»Ihr Freund hat recht, Oberinspektor«, sagte plötzlich eine heisere Stimme. »Ich bin noch nicht ausgeschaltet, und mein Messer wartet auf neue Beute!«

Die Köpfe der Männer ruckten herum. Was niemand für möglich gehalten hatte, war eingetreten.

Das Phantom von Soho stand vor ihnen!

Dr. Conrad wußte, daß es jetzt auf den Bruchteil einer Sekunde ankam. Wenn es Reeves gelang, einen Alarmschrei auszustoßen, konnte der gesamte Plan ins Wanken geraten.

Wie ein Torpedo flog Conrad vor. Er hatte beide Arme ausgestreckt und rammte die Fäuste in Reeves' Magengrube.

Der Wärter war viel zu überrascht, um reagieren zu können. Niemals hätte er mit einer solchen Attacke seines Chefs gerechnet.

Reeves wurde zurückgeschleudert und krachte gegen den Türrahmen. Sein Schrei erstickte schon im Ansatz. Die Comic-Hefte rutschten ihm unter dem Arm weg und klatschten zu Boden.

Wieder schlug Conrad zu. Seine Faust schrammte an Reeves' Stirn vorbei. Der Schlag ließ den Wärter aufstöhnen.

Doch Reeves war hart im Nehmen. Er hatte sich Tag für Tag mit widerspenstigen Kranken herumzuschlagen. Jetzt zahlte sich dieses Training aus.

Ein blitzschneller Tritt krachte gegen Conrads Schienbein. Der Arzt heulte auf und wankte zurück.

»Du Hund«, ächzte Reeves und kam schwankend auf die Füße. Mit blutunterlaufenen Augen stierte er Conrad an. Der Arzt kannte seinen Untergebenen und wußte, wenn man ihn zu sehr reizte, dann drehte Reeves durch.

Conrad verbiß sich den Schmerz und sprang zurück. Plötzlich fiel ihm die Pistole in seiner Kitteltasche ein. Er riß die Waffe hervor und richtete sie auf den Wärter.

»Bleib ja stehen!« keuchte Conrad. »Einen Schritt noch, und ich schieße dich ab wie einen räudigen Schakal.«

Reeves lachte heiser. »Das willst du wirklich tun, Conrad? Du feige Memme, du bringst es doch nicht einmal fertig, auf einen Vogel zu schießen. Du . . .«

Im selben Augenblick verzerrte sich das Gesicht des Wärters zu einer Fratze des Grauens. Weit quollen die Augen aus seinen Höhlen. Er wollte noch etwas sagen, doch nur ein Stöhnen drang aus seinem Mund.

Langsam kippte er nach vorn und fiel aufs Gesicht.

Zwischen seinen Schulterblättern steckte ein Messer!

Das Phantom von Soho hatte den Kampf entschieden.

Aber auch der Geist zeigte Schwächen. Dr. Conrad merkte, daß er sich nur noch mit letzter Kraft aufrecht halten konnte. Der Einfluß des Kreuzes war zu stark.

Dr. Conrad schüttelte seine Panik ab, sprang auf das Bett und riß das Kreuz von Monty Parkers Körper. Er lief zu dem schmalen, weißgestrichenen Spind, schloß die Tür auf, legte das Kreuz in den Schrank und knallte die Tür wieder zu.

Das Phantom lachte. »Ja, so ist es gut, Conrad. Jetzt werde ich mir die anderen holen.«

Mit einem Ruck zog er das Messer aus dem Rücken des Toten, und ehe Dr. Conrad sich versah, war das Phantom von Soho verschwunden.

Monty Parker wollte seine Rache vollenden!

Jede der vier anwesenden Personen reagierte verschieden auf das Erscheinen des Phantoms.

Bill Conolly wurde weiß wie ein Leichentuch. Sein Gesicht hatte den Ausdruck ungläubigen Staunens angenommen, und er flüsterte immer wieder: »Das ist doch nicht möglich, John. Du hast es doch ausgeschaltet, John.« Der Reporter konnte nicht begreifen, daß das Phantom aufgetaucht war, und all seine Hoffnungen zerplatzten wie eine dicke Seifenblase.

Anders William Mansing. Der Staatsanwalt hatte beide Hände vor die Augen gepreßt. Er hielt die Erscheinung für ein Spukbild, für eine Halluzination. Er wagte allerdings nicht, die Hände vom Gesicht wegzunehmen, aus Angst, er werde doch enttäuscht und damit das Spukbild eine Realität.

Am besten hatte sich noch Superintendent Powell in der Gewalt. Er stieß John Sinclair leicht in die Rippen und fragte: »Ist er das?«

»Ja.« Der Oberinspektor nickte zur Bekräftigung seiner Antwort. Er hatte den Blick unverwandt auf das Phantom gerichtet, das im Türrechteck zum Living-room stand.

Tausend Gedanken schossen John durch den Kopf. Es war normalerweise nicht möglich gewesen, daß sich das Phantom befreit hatte. Wenigstens nicht aus eigener Kraft. Es mußten also noch Helfer im Spiel sein.

Der Geist war wie ein Abziehbild des wahren Mörders. Jede Einzelheit war genau zu erkennen. Das eingefallene Gesicht mit den hohen Wangen und die dunklen Augen, die in einem gefährlichen Feuer loderten.

Das Messer hielt das Phantom in der rechten Hand. Die Klinge zeigte nach oben und war wieder blutig. Blut eines neuen Opfers? John Sinclair nahm es fast an.

Die Gestalt des Phantoms war durchscheinend. Hinter ihr konnte John ein Stück der Flurwand sehen.

Und das Phantom war siegessicher. Es war deutlich an seinem triumphierenden Blick zu erkennen.

»Nun, wer will sich als erster opfern?« Monty Parkers Stimme klang hohl. Sie hörte sich an, als stiege sie aus einem Grab.

»Darauf wird dir wohl niemand eine Antwort geben, Parker!« erwiderte John Sinclair. »Du mußt dich schon selbst entscheiden.«

»Dann werde ich mit dir den Anfang machen, Oberinspektor!«

»Ich kann dich nicht hindern. Hast du die Spitze der Klinge wieder mit einem Gift präpariert?« fragte John. »Feiglinge suchen doch immer nach solch einfachen Lösungen.« Der Geisterjäger provozierte das Phantom bewußt, um es von den anderen Personen abzulenken.

»O nein, Oberinspektor. Diesmal werde ich dir das Messer durch dein Herz stoßen. Fünf Jahre sind eine lange Zeit. Ich war immer allein. Und ich hatte Gelegenheit, den Teufel anzurufen. Der Satan hat zu einer Großoffensive auf die Welt angesetzt. Überall sucht er seine Diener. Und er stattet sie mit Kräften aus, denen kein Mensch gewachsen ist. Damals hast du mich gefangen, John Sinclair. Es war der Beginn deiner Karriere. Heute wird abgerechnet. Du hast viele Feinde im Dämonenreich, die sich deinen Tod wünschen. Ich bin dazu auserkoren worden, dich endgültig zu vernichten.«

»Das hättest du aber leichter haben können«, erwiderte John. »Warum hast du mich nicht umgebracht, als ich in meinem Wagen saß?«

»Ich gebe zu, es war ein Fehler von mir. Aber ich wollte die Reihenfolge einhalten. Denk an meine Worte, die ich vor fünf Jahren vorausgesagt habe. Der Richter, der Staatsanwalt, die beiden Schöffen und dann du, John Sinclair. Aber das spielt jetzt keine Rolle mehr. Die Umstände haben eine andere Lösung ergeben. Vielleicht war es auch meine Eitelkeit gewesen, die mich so hat handeln lassen. Aber jetzt kann mich niemand mehr daran hindern, meine Rache zu vollenden. Ich habe Helfer gefunden, John Sinclair. Diener, die mithelfen, das Reich des Satans aufzubauen. Die Menschen spüren, daß die Hölle auf dem Vormarsch und durch nichts aufzuhalten ist. Siehst du nun ein, John Sinclair, daß du nur ein kleiner Wicht bist?«

»Ich glaube, darüber ist noch nicht das letzte Wort gesprochen, Monty Parker.«

Das Phantom lachte. Es sonnte sich in seiner Eitelkeit, hielt sich für unbesiegbar.

»So tun Sie doch was, John!« zischte der Superintendent. »Wir können doch nicht zulassen, daß uns dieses Phantom der Reihe nach tötet.«

»Abwarten«, sagte John und zog mit einer schellen Bewegung seine Pistole.

Es war eine Beretta, sechs Schuß fassend, und außerdem eine Spezialanfertigung, die sowohl mit normalen Kugeln als auch mit Silberkugeln geladen werden konnte. Im Moment steckten normale Kugeln im Magazin.

Das Lachen des Phantoms brach ab. »Glaubst du wirklich, mich mit einer Kugel töten zu können?« fragte es. »Ich hätte dich für schlauer gehalten, John Sinclair. Auch deine geweihten Silberkugeln können mir nichts anhaben. Die Kugeln würden durch mich hindurchgehen.«

»Ich weiß«, sagte John.

»Und warum hast du die Waffe dann gezogen?« Die Stimme des Phantoms klang plötzlich lauernd. Parker wußte, daß ein John Sinclair nie etwas ohne Grund tat.

Die Füße des Astralleibs berührten nicht einmal den Boden, als er sich aus der Türöffnung löste und auf John Sinclair zuschwebte.

John hob den Arm mit der Waffe. Jetzt kam es darauf an, daß er haargenau zielte.

Drei Schritte trennten ihn noch von Monty Parker.

Das Phantom hatte den Arm mit der blutverschmierten Messerklinge erhoben. Es wollte den tödlichen Stoß von oben nach unten führen.

John Sinclair blieb stehen, rührte sich um keinen Millimeter.

Bill Conolly, William Mansing und Superintendent Powell waren zurückgetreten. Mit fiebernden Blicken beobachteten sie den Kampf der beiden Todfeinde.

John Sinclair mußte einen Trumpf in der Hinterhand haben, denn sich einfach dem Phantom zu stellen, das wäre Selbstmord gewesen.

Das Gesicht des Phantoms verzerrte sich zu einem siegessicheren, höhnischen Grinsen.

Jetzt mußte es zustoßen!

Da peitschte der Schuß.

Die Bleikugel fegte aus dem Lauf und klirrte gegen die Messerklinge. Es gab ein helles singendes Geräusch.

Die Wucht des Kugelaufpralls fegte dem Phantom die Messerklinge aus der Faust. Die Waffe wirbelte durch die Luft und fiel dicht neben einem Sessel zu Boden.

Bill Conolly bückte sich gedankenschnell und steckte das Messer ein.

Monty Parker war von dieser Aktion völlig überrascht. Er stieß einen irren Wutschrei aus und drehte sich im Kreis.

Und jetzt wurde John Sinclair aktiv. Seine Hand fuhr in die Jackentasche und kam mit einem Stück Kreide wieder zum Vorschein. Es war eine grüngelb schimmernde magische Kreide, die John von seinem Freund Mandra Korab aus Indien bekommen hatte, genau wie den silbernen Nagel, mit dem der Geisterjäger vor nicht allzu langer Zeit Dr. Tod ausgeschaltet hatte.

John Sinclairs Bewegungen waren kaum zu verfolgen, so schnell ging alles.

Ehe das Phantom sich von seiner Überraschung erholt hatte, zog John um den Astralleib einen magischen Kreis.

Dann sprang er zurück.

»Licht aus!« rief er Bill Conolly zu.

Der Reporter hetzte zum Schalter. Sekunden später war es dunkel.

Das Phantom heulte auf, versuchte, aus dem magischen Kreis auszubrechen, doch sobald es die Linie berührte, wurde es wieder von einer unsichtbaren Wand zurückgeworfen.

Der magische Kreis hielt!

Eine wutentbrannte Schreckensfratze starrte die Anwesenden an. Das Phantom heulte und jammerte. Es wußte, daß es dem magischen Kreis nicht entfliehen und damit nicht mehr zurück in seinen Erstkörper gelangen konnte.

Der Kreis begann zu strahlen, beleuchtete die Gesichter der Männer mit einem grünlich-gelben Schein.

»Du hast verloren, Monty Parker!« sagte John Sinclair. »Auch der Pakt mit dem Teufel hat dir nichts genützt. Das Gute ist stärker!«

»Nein!« brüllte das Phantom. Der durchscheinende Körper

zuckte wie unter Stromstößen. All die bösen, teuflischen Kräfte, die in ihm wohnten, lehnten sich gegen den Bann auf und waren doch zum Scheitern verurteilt.

Denn John Sinclair sprach die magischen Worte. Sie entstammten einer uralten Beschwörungsformel, die entstanden war, als auf der Welt noch Magier, Dämonen und Geister regierten.

Johns Stimme klang ruhig. Er betonte jede einzelne Silbe. Es war eine gefährliche Beschwörung. Ein falsches Wort nur, und der magische Kreis löste sich auf.

Schweiß lag auf Johns Stirn. Der Geisterjäger hatte die Augen halb geschlossen, konzentrierte sich mit all seinen Kräften auf seine Aufgabe.

Und die Beschwörung gelang!

Das Schreien des Phantoms wurde leiser, erstickte in einem Wimmern. Der durchscheinende Körper war zusammengesackt, bewegte sich ekstatisch in dem magischen Kreis.

Das Gesicht des Phantoms war nur noch eine Fratze. Ein Schleier wischte darüber weg, formte es zu einem hellen, verwaschenen Schemen.

Und noch immer sprach John die uralten Formeln. Die Worte drangen wie kleine unsichtbare Pfeile in den Astralleib und rissen ihn auseinander.

Längst wand sich das Phantom am Boden. Und plötzlich schoß aus der Mitte des Kreises eine kalte, bläulich schimmernde Flamme, die nach oben hin zu einem Gesicht auslief.

Zu einer Teufelsfratze.

Deutlich war das Gesicht des Teufels zu sehen, mit den beiden Hörnern links und rechts der Stirn. Sekundenlang flimmerte das Gesicht auf und bohrte sich in die Erinnerung der anwesenden Personen.

Dann fiel die Flamme zusammen.

Nichts blieb zurück, und auch der magische Kreis, den John gezogen hatte, war verschwunden.

Der Oberinspektor wankte zurück. Mit einem Ächzlaut ließ er sich in den hinter ihm stehenden Sessel fallen. Die Beschwörung hatte ihn physisch und psychisch geschafft.

»John, du bist ein Teufelskerl«, lachte Bill Conolly und schlug seinem besten Freund auf die Schultern, daß dieser schmerzhaft zusammenzuckte.

»Laß mich mit dem Teufel in Ruhe«, erwiderte John Sinclair und griff dankbar nach dem Whiskyglas, das ihm Bill an die Lippen hielt.

»Aaahhh!«

Der unmenschliche Schrei ließ Dr. Conrad herumzucken. Aus schreckgeweiteten Augen stierte er auf Monty Parker, der sich in wilden Zuckungen auf seinem Bett hin und her warf.

Immer noch gellte der Schrei durch die Zelle. Er schien aus den dunkelsten Tiefen der Hölle zu stammen, denn so konnte einfach kein Mensch schreien.

Dr. Conrad wußte nicht, daß er hier einen Todeskampf beobachtete. Denn genau zu diesem Zeitpunkt nahm John Sinclair einige Meilen entfernt die Beschwörung des Astralleibs vor.

Obwohl Dr. Conrad Arzt war, wagte er nicht, den Körper des Phantoms zu berühren. Er ahnte instinktiv, daß hier Kräfte im Spiel waren, denen er nichts entgegenzusetzen hatte.

Parkers Körper fiel auf die linke Seite. Sein Gesicht war nicht mehr als menschlich zu bezeichnen. Es war von einem unsagbaren Grauen gebrandmarkt.

In einer letzten Bewegung streckte Monty Parker die rechte Hand aus. Die fünf Finger waren zu einer Kralle verformt.

Dr. Conrad wich zurück. Angst und Panik hatten ihn übermannt.

»Nein!« keuchte er. »Nein . . . ich . . .«

Hastig riß er beide Hände vor das Gesicht. Er konnte dem Grauen einfach nicht mehr ins Auge sehen.

Während Dr. Conrad wie ein Kind zu schluchzen begann, bäumte sich Monty Parker noch einmal auf und sackte dann zusammen.

Das Phantom von Soho war tot.

Diesmal für immer!

Minuten später fand Miles, der glatzköpfige Wärter, seinen Chef zusammengesunken auf dem Boden liegend. Dicht neben dem toten Jim Reeves.

»Doktor Conrad!« schrie Miles und ging neben dem Arzt in die Knie. »Was ist geschehen?«

Conrad gab keine Antwort.

Miles drehte ihn auf den Rücken und hob ihn hoch. Er schüttelte ihn wie eine Puppe.

»Was ist passiert, Doktor?« schrie er. »Wer hat Reeves umgebracht?«

Und da begann Conrad zu lachen. Es war ein irres, schlimmes Gelächter, wie es nur ein Wahnsinniger ausstoßen konnte. Ja, Dr. Conrad, Chef des McCarthy-Sanatoriums, war dem Wahnsinn verfallen. Sein Geist hatte die unheimlichen Vorgänge nicht verkraften können.

Und plötzlich hatte der Wärter Angst. So schnell es ging, zog er Dr. Conrad nach draußen. Er verriegelte die Zellentür und schleppte den Arzt zu seinem Zimmer, wo er ihm eine Zwangsjacke anlegte. Es war die sicherste Möglichkeit.

Dann rief Miles die Polizei an.

Etwa eine Stunde später trafen Superintendent Powell, John Sinclair und Bill Conolly in der Klinik ein. Es hatte aufgehört zu schneien. Die Wolken waren vom Nordwind weggewischt worden, und ein kalter Mond schimmerte am Himmel.

Frost kündigte sich an. In ein paar Stunden würde der Schnee auf den Straßen gefroren sein und sie in eine Eisfläche verwandeln. Aber das waren Probleme, um die John Sinclair sich nicht zu kümmern hatte.

Dr. Conrad war nicht anzusprechen. Er hockte auf einem Stuhl und murmelte unverständliche Worte vor sich hin.

Superintendent Powell hob die Schultern. »Wir können ihn nicht zur Rechenschaft ziehen«, sagte er. »Er wird wohl sein gesamtes Leben in dieser Anstalt verbringen müssen. Aber diesmal in einer Zelle.«

John Sinclair nickte. Er konnte einen Mann wie Dr. Conrad nicht verstehen. Doch gleichzeitig wurde ihm auch bewußt, welch eine Macht das Böse in der Welt besaß, und wie schnell völlig normale Menschen in diesen tödlichen Kreislauf gelangen konnten. Er fragte sich, wie es Monty Parker gelungen sein mochte, Dr. Conrad zu beeinflussen. John Sinclair selbst hatte das Kreuz gefunden, und für ihn war es keine Frage gewesen, wer es in den Spind getan hatte.

Superintendent Powell wandte sich seinem besten Mann zu. »Kommen Sie, John«, sagte er. »Hier gibt es für uns nichts mehr zu tun.«

Sekunden später fiel die Tür hinter den beiden Männern zu. Auf dem Gang wartete Bill Conolly.

Fragend hob er die Augenbrauen.

John zuckte nur die Achseln. »Es ist erledigt, Bill«, sagte er. »Wir können den Fall zu den Akten legen. Monty Parker ist gestorben und nur noch ein Kapitel in der Kriminalchronik.«

Mit müden Schritten gingen die drei Männer den langen Gang entlang und atmeten draußen die kalte, reine Winterluft in ihre Lungen.

Der Kastenwagen der Mordkommission stand vor dem Sanatorium. Als der zuständige Leiter John Sinclair eine Frage stellen wollte, winkte der Geisterjäger ab.

»Später«, sagte er nur, »später.«

Dann setzte sich John Sinclair in seinen Bentley und fuhr davon . . .

ENDE

Die Drachenburg

Es war eine unheimliche Gegend!

Schwarz und drohend ragten die dunklen Felsen in die Höhe, berührten mit ihren zackigen Graten den tiefhängenden blaugrauen Himmel.

Ein steifer Nordwind pfiff über das Land, fing sich zwischen den Felsen und jaulte eine schaurige Melodie. Es gab keine Vegetation. Nicht einmal anspruchslose Krüppelkiefern gediehen auf diesem Boden.

Hier schien der Vorhof der Hölle zu sein, ein Gebiet, in dem sich Geister und Dämonen zu einem unheilvollen Reigen vereinigten. Diese Landschaft strahlte eine Beklemmung aus, die ängstlichen Gemütern das Atmen erschwerte.

Und deshalb wurde die Gegend auch von den Einheimischen gemieden. Niemand ging freiwillig in das Areal des Teufels, wie es oft genannt wurde, es sei denn, er war lebensmüde.

Sandra Lee war es nicht!

Die Orkney-Inseln hatten sie schon immer fasziniert. Bereits in der Schule hatte sie von diesem wilden Eiland nördlich von Schottland gelesen. Sie kannte die Geschichte der Inseln, die Sagen und Legenden, die sich darum rankten.

Ja, es war die Vergangenheit, die Sandra nicht in Ruhe gelassen hatte. Die Zeit der Kelten, jenes Volksstammes, der auf den Orkney-Inseln seine Spuren hinterlassen hatte. Überall noch fanden Historiker Ruinen aus der Keltenzeit – und Opferstätten, wo die Kelten die heidnischen Druidengötter gnädig gestimmt hatten. Schaurige Rituale waren damals vollzogen worden, die über Generationen hinweg weitererzählt worden waren.

Und in all den Erzählungen tauchte immer wieder ein Name auf.

Die Drachenburg!

Tok-El, ein schrecklicher Druidengott, soll der Baumeister gewesen sein und sie anschließend verflucht haben. Ein magischer Zauber bannte die Drachenburg in eine andere Dimension, und nur in Vollmondnächten tauchte sie aus dem Zeittunnel auf und stand als trutzige Festung hoch auf der Spitze eines Berges.

Es war die Zeit des Vollmondes, die Sandra Lee sich ausgesucht hatte.

Sie hatte die Reise lange vorbereitet. Während ihres Geschichtsstudiums hatte sie sich intensiv mit dem Land beschäftigt und soviel Geld gespart, daß sie ihr Studium für ein Semester unterbrechen konnte, um sich an Ort und Stelle umzusehen.

Sandra Lee wollte die Drachenburg finden – wollte das Geheimnis dieser Festung lüften, und wenn es ihr eigenes Leben kosten sollte!

Sandra hatte nirgendwo Unterstützung gefunden. Sie war ausgelacht worden. Selbst ihr Freund Peter hatte an ihrem Verstand gezweifelt. Doch was sich Sandra einmal in den Kopf gesetzt hatte, das führte sie auch durch.

Sie wohnte auf einer Nachbarinsel in einem kleinen primitiven Gasthaus. Von einem Fischer hatte sie sich ein Boot gemietet und war zur Dracheninsel gefahren, diesem felsigen Eiland, auf dem der Sage nach in Vollmondnächten die unheimliche Burg auftauchen sollte.

Gesehen hatte die Burg angeblich noch niemand. Stets war sie von einem grau-violett schimmernden Nebelschweif umlagert, den nicht einmal der stärkste Wind vertreiben konnte.

Sandra hatte das Boot in einer kleinen Bucht vertäut und sich auf den Weg gemacht. Sie war ein hübsches Mädchen, einundzwanzig Jahre jung, und hatte braunes, lockiges Haar. Dominierend waren in ihrem Gesicht die meergrünen Augen, die ihren Freund Peter so faszinierten. Sandra hatte vor und während ihres Studiums Sport getrieben. Deshalb bereitete ihr auch die mühevolle Kletterei keine großen Schwierigkeiten.

Ein schmaler, kaum erkennbarer Pfad schraubte sich vor Sandra in die Höhe. Noch war es Tag, und die gelb schimmernde Januarsonne stand tief am Himmel. Es herrschte eine gesunde trockene Kälte, etwas, was in diesen Breitengraden selten genug vorkam.

Sandra schnürte die Kinnbänder ihrer pelzgefütterten Parkakapuze fester und wich einem großen Findling aus, der den schmalen Weg versperrte.

Zwei Stunden war Sandra schon unterwegs, und als sie zurückblickte, sah sie tief unter sich die Brandung gegen die Felsen donnern. Gischt spritzte auf. Unzählige Wassertropfen brachen das Sonnenlicht und zauberten sämtliche Farben des Spektrums.

Es war ein schönes, wildromantisches Bild, das sich den Augen der Abenteuerin bot.

Sandra ging weiter. Yard um Yard schaffte sie, und je höher sie kam, um so beklemmender wurde das Gefühl, das plötzlich von ihr Besitz ergriffen hatte.

Kehre um! sagte eine innere Stimme. Noch ist es Zeit.

Einen Augenblick lang wollte Sandra der Stimme ihres Gewissens folgen, doch dann schüttelte sie entschlossen den Kopf. Nein, sie würde weitergehen. Die Arbeit von Jahren sollte nicht umsonst gewesen sein.

Es war kalt, und Sandras Atem stand als helle Wolke vor ihren Lippen. Felsen, auf denen Wind und Wetter ihre Spuren hinterlassen hatten, türmten sich vor Sandra in die Höhe. Der schmale Pfad führte auf eine Schlucht zu, deren Eingang ihr wie das riesige Maul eines urweltlichen Ungeheuers erschien.

Sandra holte tief Luft, ehe sie sich in die Schlucht hineinwagte.

Dunkelheit nahm sie gefangen.

Sandra fühlte sich als der einsamste Mensch auf der Welt. Nichts war zu hören, außer ihren Schritten. Die Felsenwände zu beiden Seiten der Schlucht wuchsen nach oben hin zusammen und ließen kaum einen Schimmer Tageslicht hindurch.

Plötzlich zuckte Sandra zusammen. Etwas war dicht über ihren Kopf hinweggesegelt. Einen Atemzug später hörte sie ein heiseres Gekrächze.

Sandra lächelte und atmete auf. Eine Krähe oder ein Rabe war in die Schlucht geflogen und hatte sie so erschreckt.

Dieser Vogel war das erste Lebewesen, das Sandra auf der Dracheninsel entdeckte, obwohl die ringsum liegenden Inseln als Vogelparadies galten. Doch hier auf der Dracheninsel schien alles anders zu sein. Spürten die Tiere etwa die Drohung, die von diesem Eiland ausging? Waren sie sensibler als Menschen, die oft den Warnsignalen der Natur keine Beachtung schenkten?

Sandra Lee ging weiter, drang immer tiefer in die enge Schlucht hinein, die kein Ende zu nehmen schien.

Sandra beschleunigte ihre Schritte. Endlich – nach etwa einer halben Stunde – tauchte das Ende der Schlucht auf.

Sandra lief schneller – und stand plötzlich vor einem grandiosen Panorama.

Ein kleines Tal breitete sich vor ihr aus, umgeben von wuchtigen Felstürmen, deren schroffe Grate riesigen Bastionen glichen. Die letzten Sonnenstrahlen wurden wie glitzernde lange Speere von

Westen her in das Tal geworfen und übergossen die üppige Vegetation mit goldenem Schein.

Ein kleiner See lag still und verlassen vor Sandras erstauntem Blick. Seine Oberfläche war dunkel, fast schwarz und zeugte von einer unergründlichen Tiefe. Birken, Kiefern und Fichten wuchsen bis an die Felswände heran und bildeten einen natürlichen, sattgrünen Wall.

Doch kein Tier, kein einziges Lebewesen war zu sehen. Über der Landschaft lag eine unnatürliche, beinahe drohende Stille.

Sandra glaubte, ihren eigenen Herzschlag hören zu können, und wußte mit einemmal, daß sie nicht mehr weit von ihrem eigentlichen Ziel entfernt war.

Schritt für Schritt ging sie weiter, betrat den federnden Grasboden, dessen Halme sich unter ihren Sohlen bogen.

Sandras Blicke wanderten an den majestätischen Felswänden hoch, und plötzlich zogen sich ihre Augen zu schmalen Schlitzen zusammen.

Über der höchsten Erhebung lag ein dichter Nebelring!

Verbarg sich dort die Drachenburg? Hatte sie das sagenumwobene Gemäuer endlich gefunden?

Die langen Schatten der Dämmerung krochen stetig und unaufhaltsam in das kleine Tal und umhüllten alles mit einem dunklen Schleier.

Sandra Lee ging schneller. Sie wollte die Drachenburg noch vor der Dunkelheit erreichen.

Schnell hatte sie das Tal durchquert und stand schließlich vor der Felswand, deren Spitze von dem geheimnisvollen Nebelschweif vor ihren Blicken verhüllt wurde.

Wie konnte sie diese Höhe überwinden? Es war unmöglich, die steile Wand hinaufzuklettern. Sandra schob einige Zweige eines Strauches zur Seite, und plötzlich begannen ihre Augen zu glänzen.

Sie hatte eine schmale Treppe gefunden!

Die einzelnen Stufen waren ziemlich hoch und führten in einer geraden Linie den Berg hinauf.

Wer hatte diese Treppe in den Fels gehauen?

Sie schien schon uralt zu sein. Das Gestein war teilweise verwittert, und Sandra hatte Angst, daß die Stufen ihr Gewicht nicht tragen würden. Doch sie schüttelte das beklemmende Gefühl ab und begann mit dem Aufstieg.

Die junge Studentin zählte die Stufen nicht, doch schon bald spürte sie ihre Beine nicht mehr. Der Weg vorher war im Vergleich zu diesem Treppensteigen ein Kinderspiel gewesen.

Sandra sah nicht ein einziges Mal zurück, aus Angst, sie könnte das Gleichgewicht verlieren und abstürzen.

Sie wußte nicht, wieviel Zeit vergangen war, als sie die erste Pause einlegen mußte.

Sandra Lee ließ sich kurzerhand auf eine Stufe sinken und schlug die Hände vors Gesicht. Die Dunkelheit hatte das Land jetzt völlig zugedeckt, und Sandra dachte mit Schrecken an den Rückweg. Was war, wenn sie die Drachenburg nicht fand? Dann mußte sie die Treppenstufen in der Finsternis zurücklegen. Ein lebensgefährliches Unterfangen. Und jetzt bereute Sandra, daß sie allein auf diese Insel gekommen war. Sie hätte doch lieber in London bleiben oder wenigstens jemanden mitnehmen sollen. So aber war sie völlig auf sich allein gestellt.

Sandra stand auf und ging weiter. Stufe für Stufe näherte sie sich ihrem eigentlichen Ziel.

Einmal blieb sie stehen und hob den Blick.

Ein rotviolettes Licht schimmerte ihr entgegen, gedämpft durch einen verwaschenen Nebelschleier.

Das Licht war gar nicht weit entfernt. Sandra hatte das Gefühl, es mit den Händen greifen zu können.

Sie ging weiter. Erregung hatte sie gepackt. Sie sah sich schon am Ziel ihrer Wünsche.

Die ersten Nebelschleier griffen nach ihr, umtanzten ihren Körper, hüllten sie ein.

Es wurde kälter!

Sandra begann zu frieren. Es war eine seltsame Kälte, nicht aus der Natur geboren, sondern aus einer . . .

Sandras Gedanken stockten.

Die Treppe war zu Ende.

Vor ihr lag undurchdringlich wie dicke Watte die Nebelwand. Sandra meinte Stimmen zu hören, Raunen und Wispern. Die Stimmen schienen von überall herzukommen, hatten sie regelrecht eingekreist.

Zögernd ging Sandra weiter.

Und plötzlich stand sie vor einer Mauer. Sie streckte die Arme vor. Ihre Hände tasteten über rissiges Gestein.

Sandras Herz machte einen Freudensprung. Sie war am Ziel ihrer Wünsche angelangt. All die Mühe, all die Forschungen hatten sich ausgezahlt.

Vor ihr lag – die Drachenburg!

Im ersten Augenblick stand Sandra Lee unbeweglich. Unzählige Gedanken strömten auf sie ein, doch sie alle wurden von einem Gefühl übertroffen: von der Freude, endlich am Ziel zu sein.

Wie hatte sie sich abgemüht, welche Strapazen lagen hinter ihr! Belächelt worden war sie, sogar als Spinnerin verschrien. Selbst die engsten Freunde hatten sie mit bezeichnenden Blicken angesehen und hinter ihrem Rücken getuschelt. Doch sie hatte es allen gezeigt, hatte die sagenumwobene Burg gefunden.

Sandras Hände lagen auf dem rauhen Gestein. Es strömte eine Kälte aus, die sie schon einmal gespürt hatte und die nicht von dieser Welt sein konnte.

Der dichte Nebel ließ sie kaum die Hände vor Augen sehen. Sandra tastete sich an der Wand entlang und stand plötzlich vor einem hohen Holzportal.

Sie hatte den Eingang gefunden!

Sandras Hände drückten gegen die Torflügel. Es war nur ein Versuch, und das Mädchen war überrascht, als das schwere Tor lautlos nach innen schwang.

Zögernd überschritt Sandra die Schwelle.

Von einem Augenblick zum anderen war der Nebel verschwunden. Ein Burghof breitete sich vor den Augen der Studentin aus. Er war nur klein, und mitten auf dem Hof stand ein alter Brunnen.

Mit einem Knall schlug das Tor hinter Sandra wieder zu.

Sandra Lee fuhr erschreckt herum, tastete nach der wuchtigen gußeisernen Klinke und rüttelte daran.

Das Tor blieb geschlossen.

Sandra war gefangen!

Nur zögernd begann sie sich mit der neuen Situation abzufinden und unterdrückte das aufkeimende Gefühl der Panik. Aber sie hatte ja vorher gewußt, auf was sie sich einlassen würde.

Sandra drehte sich wieder um, zog die Kapuze vom Kopf und

wischte sich über die schweißnasse Stirn. Plötzlich war sie gar nicht mehr so davon überzeugt, richtig gehandelt zu haben. Hier wurde sie mit Kräften konfrontiert, denen sie nichts entgegenzusetzen hatte.

Naturabläufe waren auf den Kopf gestellt worden. Während draußen Dunkelheit herrschte, konnte Sandra jede Einzelheit auf dem Schloßhof erkennen. Sie sah die rohen, buckligen Pflastersteine, zwischen denen Gras und Unkraut wucherte. Ein überdachter Wehrgang führte in etwa drei Meter Höhe an den Mauern entlang rund um den Innenhof der Burg. Der Gang war zugemauert worden und nur durch schmale Schießscharten unterbrochen. Eine Holztreppe, die durch einen Hebelmechanismus hochgezogen werden konnte, führte von außen zu ihm hinauf.

Linker Hand, an der Westseite des Burghofes, konnte man über eine Treppe das Eingangsportal erreichen. Die Stufen waren aus Stein und sehr breit und ausladend.

Sandra ging auf die Treppe zu. Ihre Gedanken flossen weiter, und sie gelangte zu der Überzeugung, daß diese Burg bewohnt sein mußte. Alles machte einen gut erhaltenen Eindruck. Sandra hatte das Gefühl, als würden jeden Augenblick Ritter und Knappen durch das Tor jagen und ihre Lanzen und Schwerter zu einem heißen Gefecht schwingen.

Sandra ging die breite Treppe hoch, deren Seiten durch schräglaufende Mauern abgestützt wurden.

Und dann sah Sandra die beiden Ungeheuer! Sie flankierten die Eingangstür und ähnelten Fabelwesen aus einer Märchenwelt.

Die steinernen Figuren hockten auf Sockeln und hatten einen schuppigen gekrümmten Körper, dessen obere Hälften mit einem gezackten Kamm überzogen waren. Flügel saßen rechts und links der Körper. Sie waren übernatürlich groß und mußten eine enorme Spannweite haben. Auf den langen dünnen Hälsen saßen zwei geierähnliche Köpfe mit langen spitzen Schnäbeln. Diese Figuren waren eine Kreuzung aus Echse und Drachen und täuschend ähnlich nachgebildet worden.

Doch am meisten flößten Sandra die Augen Angst ein. Sie wirkten auf sie wie übergroße rote Murmeln. Und obwohl sie starr aus dem Augenbett hervorquollen, hatte Sandra das Gefühl, sie würden in das Zentrum ihrer Seele blicken können.

Zum erstenmal spannte sich eine Gänsehaut über den Rücken der jungen Studentin, und Sandra ging schneller, um dem Blick dieser Augen zu entfliehen.

Dann stand sie vor der großen Tür. Sie war aus dickem, schwerem Eichenholz, in das allerlei seltsame Figuren und Symbole eingeschnitzt worden waren.

Sandra, die sich während ihrer Forschungen auch mit der Kultur der Kelten vertraut gemacht hatte, erkannte Abbildungen der grausamsten und schrecklichsten Götter. Dazwischen standen in beschwörender Haltung Priester bei ihren finsteren Ritualen. Alles war so echt nachgebildet, daß Sandra unwillkürlich das Gefühl hatte, die Figuren würden im nächsten Augenblick zu unheilvollem Leben erwachen.

Die Tür hatte einen dicken Knauf, der golden schimmerte und auf dessen gekrümmter Oberfläche eine Schlange abgebildet war, die sich selbst in den Schwanz biß.

Sandra zögerte, ehe sie den Knauf berührte, doch schließlich umfaßten ihre Finger das Metall.

Es fühlte sich kühl und glatt an, und Sandra drehte den Knauf nach rechts.

Es gab ein knackendes Geräusch, und dann konnte die junge Studentin die rechte Hälfte der Tür nach innen stoßen.

Sandra hielt den Atem an, als sie die Burg betrat. Sekundenlang war sie von der Pracht geblendet, die sich ihren Augen darbot.

Sie stand in einem großen Saal, dessen Decke von schweren Säulen gestützt wurde. An den Wänden und an den Säulen waren Leuchter befestigt, in denen dunkle Kerzen steckten und deren brennende Dochte ein violettes Licht verbreiteten.

Automatisch schob Sandra die Tür wieder hinter sich zu. Auf Zehenspitzen ging sie weiter. Gemälde bedeckten Wände und die Decke. Die Bilder zeigten schreckliche Szenen aus der Vergangenheit. Sie waren phantastisch und naturgetreu gemalt, und Sandra Lee schauderte vor dieser kalten Pracht.

Im Mittelpunkt des Saales stand ein langer Tisch, an dem Stühle mit hohen Rückenlehnen aufgereiht waren.

Sandra trat dicht an den Tisch heran und strich über die dunkelbraune Platte.

Sie glänzte im Widerschein der Kerzen. Nicht ein Stäubchen blieb an Sandras Fingerspitzen haften.

Ein weiteres Anzeichen, daß die Burg bewohnt war.

Aber von wem?

Aus alten Aufzeichnungen ging hervor, daß der letzte Besitzer der Drachenburg ein gewisser Count of Blackmoor gewesen war, ein rüder Geselle, dem man den Spitznamen ›Der Schreckliche‹ gegeben hatte. Count of Blackmoor hatte kein Gesetz und keinen Gott gekannt, sondern nur sich selbst. Außerdem – so stand es in den alten Chroniken – habe er sich mit Schwarzer Magie und Hexerei beschäftigt und für seine grausamen Rituale viele Opfer, vor allem junge Frauen, gefordert. Über den Tod dieses Mannes gab es mehrere Versionen. Eine berichtete, daß der Count of Blackmoor im betrunkenen Zustand vom Wehrturm seiner Burg gefallen sei und sich das Genick gebrochen habe. Eine andere Version sagte, daß der Teufel persönlich aus dem Berg gekommen sei und seinen Diener zu sich in die Hölle geholt habe.

Aber all das lag schon fast achthundert Jahre zurück, und in der Zwischenzeit hatte angeblich niemand mehr die verfluchte Burg betreten, von der es hieß, sie sei von einem Druidenpriester gebaut worden als Hort der Dämonen und finsteren Mächte.

Sandra Lee strich sich über die vor Aufregung heiße Stirn. Was würde sie in den nächsten Minuten erwarten? Würde ihr der Burgherr entgegentreten – oder dessen Geist?

Obwohl Sandra damit gerechnet hatte, erschrak sie doch, als sie hinter ihrem Rücken eine tiefe, etwas spöttisch klingende Männerstimme hörte.

»Willkommen auf der Drachenburg, Sandra Lee!«

Die junge Studentin stand einige Sekunden lang unbeweglich und lauschte der fremden Stimme nach.

»Was ist, Miss Lee, wollen Sie sich nicht umdrehen?« Schritte klangen hinter Sandra auf und näherten sich ihr. Eine Hand legte sich auf ihre rechte Schulter.

Sandra drehte den Kopf. Die Hand war weiß, wirkte knochig und erinnerte Sandra an die Hand eines Toten.

Sie schauderte.

Der Druck auf ihrer Schulter verstärkte sich, zwang Sandra, sich umzudrehen.

Ein bärtiges Gesicht starrte sie an. Unwillkürlich hielt die junge

Studentin den Atem an, als ihr Blick die hochgewachsene breitschultrige Gestalt abtastete.

Der Mann überragte sie um Haupteslänge. Er hatte rabenschwarzes Haar, das wirr und lockig auf seinem Schädel wucherte und fast die Schultern berührte. Der struppige Bart bedeckte die untere Gesichtshälfte und ließ nur zwei Lippen frei, von denen die Oberlippe gespalten war. Der Mann hatte kalte, hervorquellende Augen, die denen glichen, die Sandra draußen bei den beiden Fabelwesen gesehen hatte. Ein langer brauner Umhang umwallte die Gestalt des Fremden. Die Ärmel waren weit geschnitten wie bei einer Mönchskutte.

Noch immer war Sandra von diesem Anblick gebannt, und erst als der Unheimliche seine Hand von ihrer Schulter nahm, löste sich die Erstarrung.

»Wer sind Sie?« flüsterte Sandra.

Der Fremde lächelte. Es war ein wissendes, aber auch diabolisches Lächeln. »Man nennt mich den Count of Blackmoor«, erwiderte er, und seine Gestalt straffte sich.

Sandra wankte einen Schritt zurück. »Aber – aber der Count ist tot«, ächzte sie.

»Wirklich?«

Dieses Wort klang aus dem Munde des Mannes so überheblich und wissend, daß es Sandra vorzog zu schweigen. Sie begriff nichts mehr. Sicher, sie hatte die Drachenburg gefunden und wollte auch das Geheimnis dieser Burg lösen, aber daß sie auf einmal einem Toten gegenüberstehen sollte, das ging doch über ihr Begriffsvermögen.

Plötzlich drehte sich alles vor ihren Augen, und hätte der Count nicht schnell genug reagiert und sie aufgefangen, so wäre Sandra zu Boden gestürzt.

Als wäre sie eine Feder, so leicht hob der Count sie hoch. Sandra öffnete die Augen und begegnete dem Blick des Unheimlichen. Er war abschätzend und forschend, und Sandra hatte plötzlich das unbestimmte Gefühl, in den Armen eines Vampirs zu liegen.

»Sie werden hungrig und durstig sein«, sagte der Count. »Gedulden Sie sich einige Minuten. Es ist bereits alles vorbereitet.«

Sandra wollte fragen, wieso der Mann von ihrer Ankunft gewußt hatte, doch sie traute sich auf einmal nicht mehr. Alles war so selbstverständlich geworden, daß Sandra bereits mit dem Gedanken spielte, so schnell nicht mehr fortzulaufen.

Der Count trug sie zur Stirnseite des langen Tisches und setzte sie dort auf einen Stuhl. Er nahm ihr gegenüber Platz und klatschte zweimal in die Hände.

Lautlos öffneten sich die Türen. Sandras Augen wurden weit, als sie die Frauen sah, die den Saal betraten. Sechs waren es insgesamt, die hier als Dienerinnen auftraten.

Alle Frauen trugen eine Tracht, die vor rund achthundert Jahren modern gewesen war. Die einfachen Kleider reichten bis hinunter zum Boden und wurden durch Stoffgürtel gehalten. Weiße Hauben bedeckten die Köpfe und ließen die Gesichter der Frauen strenger erscheinen, als sie in Wirklichkeit waren. Wie festgefroren saß das Lächeln auf den Lippen, als sich die Frauen schweigend vor Sandra verbeugten.

Die junge Studentin hatte das Gefühl, im Mittelpunkt eines Märchens zu stehen. Zu unwirklich war das, was sie erlebte, und dabei geschah dies mitten im zwanzigsten Jahrhundert.

»Unser Gast ist hungrig und durstig«, unterbrach die Stimme des Counts die Stille. »Bringt ihm zu essen und zu trinken!«

Die Dienerinnen verneigten sich abermals und verschwanden ebenso lautlos, wie sie erschienen waren.

Sandra wischte sich über die Augen. War das überhaupt noch Realität, was sie eben erlebt hatte, oder befand sie sich in einem Traum, der irgendwann einmal zu Ende gehen würde?

»Ich sehe, Sie sind etwas verwirrt, meine Liebe«, sagte der Count, stützte die Ellenbogen auf den Tisch und legte beide Hände gegeneinander.

Sandra atmete erst einmal tief durch, ehe sie antwortete. »Ja, Sir, ich bin sogar sehr verwirrt. Es ist alles unfaßbar. Die geheimnisvolle Burg, die Frauen, Ihre moderne Sprache, Sir, obwohl Sie doch aus einer Zeit stammen, die . . .«

Der Count lachte. »Ja, ich gebe zu, es klingt etwas seltsam, aber wenn Sie mich jetzt ausreden lassen, wird alles sehr natürlich für Sie sein. Sehen Sie, ich habe einen Pakt geschlossen.«

»Einen Pakt?«

»Ja, mit Tok-El, dem Druidengott und Baumeister dieser Burg.«

»Um Himmels willen«, flüsterte Sandra und wurde blaß.

Der Count fuhr fort. »Wie ich bemerke, sagt Ihnen der Name

Tok-El etwas, und dann wissen Sie sicherlich auch, daß sich die Druidengötter schon immer des Menschen bedient haben, um ihre Macht auszuweiten. Ich habe von Tok-El die Unsterblichkeit erhalten und mußte ihm nur als Gegenleistung einen Opferaltar errichten. Er befindet sich tief im Berg, auf dem die Burg gebaut worden ist. Doch leider hat jede Sache zwei Seiten. Tok-El, auch ›der Drachengott‹ genannt, ist durch einen Bann in seiner Macht eingeengt worden. Ein Priester hat sich vor vielen Jahrhunderten zu ihm vorgekämpft und diesen Bannfluch ausgesprochen, während der Mann selbst sein Leben lassen mußte. Seit dieser Zeit ist Tok-El in die unterirdischen Gewölbe verbannt und hat auch einen Teil seiner Macht eingebüßt. Aus diesem Grund ist es auch nur möglich, daß ich und meine Dienerinnen immer nur in Vollmondnächten aus dem Tunnel der Zeiten auftauchen und Tok-El huldigen. Jahrhundertelang gilt dieser unselige Fluch schon, doch die Zeit ist nicht mehr weit, in der er aufgehoben wird. Drei Menschen müssen die Drachenburg betreten, um den Fluch aufzuheben. Erst dann wird Tok-El die Freiheit haben, die ihm zusteht. Du bist die erste, die freiwillig den Weg zur Drachenburg gefunden hat.«

Sandras Augen waren bei der Erzählung immer größer geworden, und da sie klar und nüchtern überlegen konnte, wußte sie auch, was der Count mit seinen letzten Worten sagen wollte.

»Ich soll dann also für immer hier bleiben«, sagte Sandra Lee leise.

»Genauso ist es, meine Liebe.«

Würgende Angst schnürte Sandra die Kehle zu, doch sie bezwang tapfer das Gefühl und stellte weitere Fragen.

»Woher kennen Sie meinen Namen?«

Der Count lachte. »Ich weiß so manches. Ich bin zwar auf dieser Burg gefangen, doch die Vorgänge in der Welt sind mir nicht unbekannt. Ich habe in den vielen Jahrhunderten nur immer gewartet und beobachtet, habe miterlebt, wie Kriege die Menschheit dezimiert haben, und kenne auch ihre Sternstunden. Viele haben versucht, in die Geheimnisse des Lebens einzudringen, und vor allen Dingen in letzter Zeit versuchen die Menschen, das Rätsel der Schwarzen Magie zu lösen. Doch bis auf ein paar Auserwählte sind sie zu schwach, um den Hütern des Kosmos und der Hölle auf die Spur zu kommen. Aber diese Philosophie wird Sie wohl kaum interessieren. Was Sie persönlich betrifft, so waren Sie vom Schicksal dazu ausersehen, Tok-El zu dienen. Bei Ihrer Geburt standen die Sterne in einer so günstigen Konstellation zueinander, daß Sie gar keinen anderen Weg einschlagen konnten, Sandra Lee. Und nun sind Sie am Ziel. Tok-El wartet. Sie werden ihm Ihr Leben geben müssen!«

Ihr Leben geben müssen . . .

Die Worte hallten wie Gongschläge in Sandras Kopf wider, und ihr wurde klar, daß sie sich freiwillig in die Hände eines Satans begeben hatte.

Doch kampflos wollte sie sich nicht ergeben. Noch lebte sie!

Mit einer heftigen Bewegung sprang Sandra Lee auf. Der Stuhl wankte und kippte zu Boden.

»Ich werde diese Burg wieder verlassen!« schrie Sandra. »Und auch Sie können mich nicht daran hindern!«

Ehe der Count of Blackmoor reagieren konnte, war Sandra zur Seite geglitten und rannte auf die Tür zu. Während ihre rechte Hand auf die Klinke schlug, dröhnte ihr das Lachen des Count in den Ohren. Es war ein siegessicheres, teuflisches Gelächter, das er ausstieß, denn von der Drachenburg war noch nie jemand entkommen.

Sandra riß die Tür auf. Sie sah den Schloßhof vor sich liegen und blieb plötzlich wie angewurzelt auf der Türschwelle stehen.

Die beiden Steinmonster, die die Treppe flankierten, waren zu unseligem Leben erwacht. Zwei gräßliche Augenpaare starrten Sandra Lee mit tödlicher Grausamkeit an . . .

Träge hoben die Fabelwesen die Flügel. Sie hatten eine Spannweite von mindestens zwei Metern, und die schuppige Haut glänzte im kalten Licht des Mondes. Die langen Schnäbel waren geöffnet. Nach Pest und Schwefel riechende Wolken zischten daraus hervor.

Sandra Lee stand schreckensstarr auf dem Fleck. Ein Drachenwesen stieß sich plötzlich von seinem Sockel ab und segelte wie ein Pfeil der runden Scheibe des Mondes zu. Unwillkürlich folgten Sandras Augen dem Wesen.

Die Studentin sah, wie es umkehrte, eine Schleife flog und dann mit ungeheurer Geschwindigkeit wieder dem Boden entgegen-stieß.

Genau auf Sandra Lee zu!

Einem lebenden Geschoß gleich jagte die unheimliche Echse auf die Studentin zu. Noch ein paar Sekunden, dann würde der lange Schnabel das Mädchen wie ein Speer durchbohren.

Sandra schrie!

Im selben Augenblick tauchte hinter ihr die Gestalt des Count auf. Während Sandra Lee schreiend dem heranrasenden Unge-heuer entgegenblickte, wurde sie gepackt und in das Innere der Burg gezogen. Der Schnabel des Drachenmonsters verfehlte sie nur um Haaresbreite. Mit einer kaum wahrnehmbaren Bewegung änderte die unheimliche Flugechse die Richtung und stieß wieder in die Höhe.

Der Count schloß die Tür.

Sandra lehnte an einer der dicken Säulen und schluchzte. Erst jetzt kam der Schock, den die vorher empfundene Todesangst mit sich gebracht hatte.

»Ich habe Ihnen doch gesagt, Sie kommen hier nicht mehr raus. Nicht als normaler Mensch. Und jetzt hören Sie auf zu weinen, das Essen wartet. Sie hätten sich alles ersparen können.«

Der Count faßte Sandra an der Schulter und führte sie wieder zu ihrem Platz. Den Stuhl hatte er aufgehoben.

Auf dem Tisch standen die erlesensten Speisen. Blutroter Wein funkelte in geschliffenen Kristallgläsern. Ein dreiarmiger Leuchter stand in der Mitte des Tisches. Brennende Kerzen steckten in den Vertiefungen.

Der Count hob sein Glas. »Trinken wir auf das Wohl und die Rückkehr Tok-Els, dem Drachengott, der vor Tausenden von Jahren einmal Herrscher dieser Inseln war und dem unsere Vorfahren, die Kelten, ihre Opfer gebracht haben.«

Der Count wartete, bis Sandra ebenfalls ihr Glas erhoben hatte, und nahm dann einen tiefen Schluck von dem blutroten Wein. »Es ist das Feuer des Lebens«, sagte er. »Dieser Wein wird auch dich, Sandra Lee, in den Kreis der Auserwählten um Tok-El einbezie-hen. Genieße ihn wie eine Kostbarkeit. Er ist der Diamant unter den Weinen.«

Sandra hatte getrunken, und Sekunden später schon merkte sie die Wirkung. Das Blut rauschte in ihren Ohren. Sie fühlte sich leicht beschwingt, Farben wallten vor ihren Augen auf, sie sah den Count of Blackmoor in einem Farbenwirrwarr zerplatzen, und als ihr Bewußtsein wieder vollständig da war, erkannte sie den Drachenkopf auf den Schultern des Count.

Das war zuviel für Sandra Lee.

Ohnmächtig sank sie vom Stuhl.

Wie aus unendlich weiter Ferne hörte sie den Gesang. Es waren helle Frauenstimmen, die sich zu einem eintönigen Singsang vereinigten und die finstere Druidengottheit in einer unbekannten, längst vergessenen Sprache beschworen.

Sandra öffnete die Augen. Sie lag mit dem Rücken auf einem kalten Stein. Man hatte sie ausgezogen, und ihr Körper wurde von violettem Licht übergossen, das aus den Augen eines Ungeheuers drang.

Noch begriff Sandra nicht. Erst als das funkelnde Schwert über ihrem Kopf schwebte, kehrte die Erinnerung wieder.

Man wollte sie töten!

»Bleib liegen«, sagte der Count of Blackmoor, und jetzt sah Sandra, daß er es war, der das Schwert hielt.

Der Count hatte sich umgezogen. Er trug ein schwarzes Gewand, auf dem dunkelrote, gräßlich anzusehende Drachenköpfe gestickt waren. Der Griff des Schwertes war ebenfalls in der Form eines Drachenkopfes gefertigt, und die Spitze schwebte dicht über Sandras Kehle.

»Sie – Sie wollen mich töten?« hauchte die junge Studentin, und in ihren Augen glomm die Todesangst.

Der Count schüttelte den Kopf. »Nein, ich nicht. Tok-El wird dich töten und dir anschließend wieder das Leben schenken. Doch dieses Schwert, das ich hier in der Hand halte, wird dich nach deiner Wiedererweckung begleiten. Es ist das Drachenschwert, das dich so gut wie unbesiegbar macht, denn es wird ein Stück von dir sein.«

»Wie – wie soll ich das verstehen?«

»Warte es ab. Noch ist die Zeit nicht gekommen.«

»Und wo bin ich hier?« fragte Sandra, die sich darüber wunderte, daß ihre Angst wie weggeflogen war.

»Du befindest dich im Tempel des Tok-El, tief in den Gewölben der Burg, wohin der unselige Fluch den Drachengott verbannt hat. Sieh dich nur um, es wird bald deine Heimat sein, denn wenn Tok-El nicht mehr ist, bist auch du nicht mehr.«

Der Count of Blackmoor trat einige Schritte zur Seite und gab Sandra den Blick auf das unheimliche Gewölbe frei.

Es war eine kuppelförmige riesige Höhle, in die man Sandra Lee gebracht hatte. Beherrscht wurde die Höhle von einer gewaltigen Steinfigur, die das Aussehen eines urwelthaften Drachen hatte. Der Steingötze reichte bis zur Decke. Das große Drachenmaul war weit aufgerissen, und eine gespaltene rotglühende Zunge stach meterweit daraus hervor. Der Drache stand hoch aufgerichtet und hatte die Vorderpranken angewinkelt. Das Licht, das aus den hervorquellenden Augen drang, übergoß die gesamte Höhle mit seinem unheimlichen Licht.

Es war ein schauriges Bild, das sich Sandra Lees Augen bot, doch seltsamerweise hatte das Mädchen keine Angst vor dem Drachenungeheuer. Sandra sehnte sich geradezu nach einer Berührung mit diesem schrecklichen Götzen aus finsterer Vorzeit.

Jeweils drei Dienerinnen standen zu beiden Seiten des Drachen. Es waren dieselben Frauen, die auch im Rittersaal der Burg die Speisen und Getränke serviert hatten.

Immer noch drang der seltsame fremdartige Singsang aus ihren Mündern, und Sandra merkte, daß die eigenartige Melodie sie einlullte und schläfrig machte.

Dann trat der Count of Blackmoor vor den Drachengötzen hin und breitete beide Arme aus. Die Finger der rechten Hand hatten sich um den Schwertgriff geklammert. Die Spitze der Schneide schien die linke Pranke des Drachen zu berühren.

»Großer Tok-El!« Die Stimme des Count hallte in dem riesigen Gewölbe wider. »Großer Tok-El, dich, den ein Fluch über Jahrhunderte gebannt hat, rufe ich an. Dort auf dem Altar liegt deine erste Dienerin, die dazu ausersehen ist, den Bann zu brechen. Nimm sie als Opfer in dein Reich der Finsternis und des Grauens und schicke sie als Sendbotin hinaus in die Welt, um dir wieder den Weg auf die Erde zu ebnen, von der du vor langer Zeit verstoßen warst.«

Stille kehrte nach den Worten des Count ein. Noch immer stand der Mann vor dem Drachenmonster, dessen urwelthafter Körper plötzlich in Bewegung geriet.

Es knackte und knirschte, als Tok-El seine linke Pranke bewegte. Ein höllisches Fauchen fegte aus dem weit geöffneten Mund, und eine helle Flammenzunge leckte tief in das weite Gewölbe hinein.

Tok-El lebte!

Die Beschwörung war gelungen – und der Drachengott nahm das Opfer an.

Die Klauen zogen dem Count of Blackmoor das Schwert aus der Hand. Der Drache senkte den Kopf.

Gelbgrauer Rauch quoll aus dem schrecklichen Rachen und hüllte den nackten Körper der jungen Studentin ein.

Sandra sah das gräßliche Maul dicht über sich, sah das Licht aus den großen Augen strahlen und die Klinge des Schwertes funkeln.

Alle Angst war verflogen.

Die Pranke mit dem Schwert senkte sich.

»Nimm dieses Opfer, o großer Tok-El«, dröhnte die Stimme des Count. »Nimm es, und deine Rückkehr auf die Erde wird zu einem riesigen Triumph.«

Sandra Lee sah das Schwert über ihrem Körper schweben. Immer tiefer senkte es sich ihrer Brust entgegen, und nur noch wenige Herzschläge trennten sie von ihrem Tod.

Dann stieß das Drachenmonster zu!

Himmelblauer Brokatstoff wölbte sich über Sandras Kopf. Ein weiches Daunenbett lag auf ihrem Körper, und ihr Gesicht verschwand in dem tiefen Kopfkissen.

Sandra streckte sich wohlig und öffnete die Augen.

Im ersten Augenblick blinzelte sie verwirrt, wußte nicht, wo sie war, doch dann erinnerte sie sich wieder.

Sie befand sich auf der Drachenburg. Wie im Zeitraffer liefen noch mal die vergangenen Erlebnisse vor ihrem geistigen Auge ab, und seltsamerweise empfand sie nicht einmal den leisesten Schrecken.

Der Geist eines vorsintflutlichen Götzen war in ihr!

Sandra setzte sich auf. Sie wußte nicht, wie sie in das prachtvolle Himmelbett gekommen war, es störte sie auch nicht weiter. Sie verspürte nur ein wildes Hungergefühl.

Wie auf Kommando öffnete sich die Tür, und eine der

Dienerinnen betrat den Raum. Sie blieb vor dem Bett stehen, knickste und fragte nach Sandras Wünschen.

»Ich habe Hunger«, sagte die Studentin lachend.

»Das Frühstück kommt sofort«, erwiderte die Dienerin, verbeugte sich und lief hinaus.

Sandra ließ sich wieder zurück in die Kissen fallen. Solch ein Leben würde ihr schon gefallen. Als Herrin auf der Drachenburg. Gar nicht mal so schlecht.

Sandra kam nicht mehr dazu, weiter über ihre Zukunft nachzudenken, denn die Tür wurde wieder geöffnet, und der Count of Blackmoor betrat das Schlafzimmer.

»Na, wie fühlst du dich?« fragte er und setzte sich auf das Bett.

»Gut.«

»Das freut mich wirklich. Dann bist du also für deine Aufgabe gerüstet.«

»Ja, ich weiß. Ich muß noch zwei Menschen holen, damit Tok-El zurückkehren kann. Aber warum nimmt er sich nicht einfach eine von den Dienerinnen?«

»Das geht nicht.«

»Und warum nicht?«

Der Count runzelte die Stirn. »Sie führen nur ein Schattendasein. Genau wie du. Du bist tot, meine liebe Sandra!«

»Tot?«

»Ja, du hast dich Tok-El hingegeben, hast ihm dein Leben gewidmet. Deine Lebenskraft ist auf ihn übergegangen. Und doch hat Tok-El dir die Gnade erwiesen, weiterzuleben. Du solltest ihm dankbar sein.«

»Ich weiß von Tok-El, aber ich kann nicht tot sein. Ich spreche doch mit dir – und . . .«

»Ich werde es dir beweisen«, sagte der Count of Blackmoor. »Du glaubst mir ja sonst doch nicht. Einen Augenblick.«

Der Count griff in die Rocktasche und holte einen kleinen Spiegel hervor. Er beugte sich vor und hielt die blanke Fläche gegen Sandras Mund.

»Versuche zu atmen«, sagte er.

Sandra Lee öffnete die Lippen. Die Spiegelfläche beschlug nicht.

Die junge Studentin war eine lebende Tote . . .

Die See war bewegt, und Sandra Lee hatte Mühe, das kleine Boot auf Kurs zu halten. Immer wieder rollten Wellen von der Seite her gegen das Boot an und ließen es wie eine Nußschale schaukeln.

Gischtfontänen spritzten vor dem Bug hoch und schäumten gegen die Verkleidung des kleinen Steuerstandes.

Mit beiden Händen hielt Sandra das Rad umklammert. Sie hatte wieder ihre normale Kleidung angezogen und die Kapuze des Parkas hochgestellt. Nichts an ihrem Äußeren erinnerte daran, was sie in den letzten Stunden erlebt hatte, daß sie in Wirklichkeit gar nicht mehr lebte, sondern ein untotes Dasein führte.

Noch etwas hatte sich verändert. Hinter Sandra auf der kleinen Sitzbank lag ein länglicher schmaler Koffer, einem Geigenkasten ähnlich. Darin befand sich das wichtigste Requisit, das sie als eine Dienerin Tok-Els auszeichnete.

Das Schwert des Drachen!

Solange sich dieses Schwert in ihrem Besitz befand, war sie unbesiegbar, denn der magische Zauber der Waffe ging gleichzeitig auch auf die Trägerin über. Das Schwert sollte Sandra helfen, gegen die Gefahren zu bestehen, die auf sie lauerten. Obwohl Sandra noch nie mit solch einer Waffe in Berührung gekommen war, konnte sie das Schwert jedoch führen, als hätte sie schon jahrelang damit geübt. Es schien sogar, als wäre es extra für sie geschmiedet worden.

Sandra hatte südlichen Kurs eingeschlagen. Sie wollte die Insel Sanday anlaufen, um dort in dem kleinen Gasthaus ihre Sachen abzuholen und auf die Fähre zu warten, die sie nach Schottland brachte. Die Fähre fuhr zweimal in der Woche, und wenn Sandra sich beeilte, kam sie gerade noch rechtzeitig.

Schon tauchten die felsigen Gestade der Insel Sanday auf. Von ihrem Standpunkt aus wirkte das Ufer wie eine wuchtige Mauer, die jemand mitten in das Meer gerammt hatte.

Die Hafeneinfahrt war schmal und in jahrelanger Arbeit der Natur abgetrotzt worden.

Von Backbord sah Sandra einen vollbeladenen Fischkahn herantuckern. Zwei Männer standen an Deck und winkten ihr zu.

Die Studentin winkte zurück und dachte daran, was die Männer wohl sagen würden, wenn sie erführen, daß sie eine Tote vor sich hatten.

Sandra erreichte den Hafen ohne weitere Schwierigkeiten. Die

Fähre hatte bereits angelegt. Sie würde Thurso anlaufen, den nördlichsten schottischen Hafen.

Der Bootsverleiher stand am Kai. Er hatte die Arme in die Hüften gestützt und beobachtete Sandras Anlegemanöver mit Interesse. Er hatte über vierzig Jahre auf See zugebracht und nickte jetzt anerkennend, als er sah, wie geschickt Sandra das Boot manövrierte.

Der breitschultrige Schotte half ihr beim Aussteigen. »Sie könnten direkt Kapitän werden«, sagte er in seiner rauhen, aber herzlichen Art und deutete dann auf den schmalen Kasten unter Sandras rechtem Arm. »Was ist das denn? Haben Sie unterwegs Geige gespielt?«

Sandra lächelte. »So ähnlich.« Dann verabschiedete sie sich mit ein paar hastigen Worten von dem Bootsverleiher. Den Mietpreis hatte sie schon im voraus bezahlt.

Kopfschüttelnd blickte ihr der alte Seemann nach. »Was sie nur hat«, murmelte er. »Bei ihrer Abfahrt war sie noch wesentlich freundlicher gewesen. Na ja, ist nicht meine Sache.«

Sandra war schon unterwegs zu dem kleinen Gasthaus. Die Menschen, die ihr begegneten, blickten sie scheu an. Fremde waren hier nicht immer willkommen.

Die Hauptstraße des Ortes war schlecht gepflastert. Zum Teil waren die kopfgroßen Steine auch herausgerissen worden und lagen neben den Häusern.

Vor dem Gasthaus brannte eine trübe Laterne. SKIPPERS HOME stand auf einem Schild über der Eingangstür.

Der Wirt putzte gerade die Tische, als Sandra eintrat. Als er die junge Studentin sah, begann sein Gesicht zu strahlen. »Ah, Sie sind ja schon zurück, Miss. Wie war denn die Fahrt?«

»Gut, Sir. Aber darf ich jetzt um meine Rechnung bitten?«

»Selbstverständlich, Miss.«

»Ich hole dann inzwischen meine Sachen aus dem Zimmer.«

»Wie Sie wünschen.«

Der Wirt war über Sandras knappe Antworten verblüfft. Er hatte sie als freundliches, natürliches Mädchen kennengelernt, und jetzt reagierte sie auf einmal so komisch. Natürlich hatte Sandra nichts von ihrem eigentlichen Reiseziel erwähnt. Auf entsprechende Fragen hatte sie nur ausweichende Antworten gegeben.

Sie kam schon wieder die schmale Treppe hinunter, als der Wirt immer noch addierte. Rechnen war nicht seine Stärke. Das übernahm immer seine Frau, aber die war im Moment nicht da.

»Ja, also«, sagte er und strich sich über seine schütteren hellblonden Haare.

»Hier haben Sie zehn Pfund«, sagte Sandra, stellte ihre Reisetasche ab und drückte dem Wirt die Banknote in die Hand.

»Aber – aber das ist doch zuviel.«

»Es reicht«, sagte Sandra, »und behalten Sie mich in guter Erinnerung. Ich muß zusehen, daß ich die Fähre noch erreiche.«

»Ja, dann, äh, auf Wiedersehen, Miss.«

Sandra war schon draußen, als der Wirt die letzten Worte sprach. Mit schnellen Schritten bewegte sie sich in Richtung Hafen. Die Überfahrt würde bald einen halben Tag dauern. Das Schiff legte noch an mehreren Nachbarinseln an, ehe es die Küste Schottlands ansteuerte.

Das Heck der Fähre war noch aufgeklappt, und eben bemühte sich ein altersschwacher, hochbeladener Lastwagen, die Schräge hinaufzufahren. Der Kapitän stand daneben und gab dem Fahrer einige Kommandos, die anscheinend nicht viel halfen, denn der Wagen rollte immer wieder ein Stück zurück.

Sandra kümmerte sich nicht darum, sondern ging über eine schmale Gangway an der Backbordseite auf das Schiff.

Neben der Reling lehnte ein langer dürrer Mann mit einer Schiffermütze auf dem Kopf, die ihm viel zu groß war. Er kontrollierte die Karten.

Sandra hatte sicherheitshalber eine der sechs Kabinen gemietet, die es auf dieser Fähre gab. Das war zwar teuer, aber sie fühlte sich auch sicherer.

Der Seemann erklärte ihr den Weg. »Gehen Sie den Niedergang hinunter und dann bis zu der rotgestrichenen Tür. Dahinter liegt der Gang mit den Kabinen. Sie können ihn gar nicht verfehlen.«

»Danke«, sagte Sandra.

Der Seelord sah ihr nach und schob seine Mütze in den Nacken. »Flotte Seejungfrau«, murmelte er.

Er ahnte zu diesem Zeitpunkt nicht, wie sehr ihn diese Seejungfrau noch überraschen würde.

Sandra hatte inzwischen ihre Kabine erreicht. Sie glich mehr einer Abstellkammer, in die man ein primitives Holzbett gestellt hatte. Einen Schrank gab es nicht, dafür einen Tisch mit einem wackligen Stuhl davor.

Sandra stellte ihr Gepäck ab und legte das Schwert auf das Bett. Sie suchte nach einem Lichtschalter und fand ihn neben der Tür. Eine nackte, mit Fliegendreck verklebte Glühbirne schaukelte an der Decke.

Die junge Studentin knipste das Licht an. Abschließen konnte sie die Tür nicht. Sie zuckte die Achseln, setzte sich aufs Bett und öffnete den schmalen länglichen Kasten, in dem das Schwert lag.

Die lange, beidseitig geschliffene Schneide funkelte ihr entgegen.

Behutsam nahm Sandra das Schwert des Drachen aus dem Kasten. Es lag in ihrer Hand wie angegossen. Der Griff in Form eines stilisierten Drachenkopfes war etwas gebogen und mit Edelsteinen verziert. Ein wissendes Lächeln umspielte Sandras Lippen, als sie mit der Waffe einige Streiche gegen einen unsichtbaren Gegner führte.

Ja, dieses Schwert gab ihr Macht und Selbstvertrauen. Es würde ihr helfen, die Herrschaft des schrecklichen Druidengottes auf dieser Erde zu festigen.

Es waren böse Gedanken, die sich in Sandras Hirn eingenistet hatten. Gedanken, die nicht von ihr stammten, sondern von dem grauenhaften Tok-El gesteuert wurden.

Minutenlang saß Sandra auf dem Bett. Dann vernahm sie draußen auf dem Gang plötzlich laute Männerstimmen. Es mußten zwei Personen sein, die ihre Witze rissen und wohl nicht mehr ganz nüchtern waren.

Schnell packte Sandra das Schwert wieder weg und schob den Kasten unter das Bett.

Die beiden zogen weiter. Sandra hörte eine Tür schlagen, und dann wurde es still.

Die junge Studentin legte sich auf das Bett und verschränkte die Arme über dem Kopf. Sie konnte es jetzt kaum erwarten, bis sie wieder in London war. Dort wartete ihr Freund, Peter Lorimer. Ihn hatte sie als erstes Opfer ausersehen.

Peter Lorimer war fünf Jahre älter als sie und hatte vor drei Monaten sein Jurastudium beendet. Er wollte Privatdetektiv werden und hatte auch schon entsprechende Kurse mit Erfolg belegt.

Das Brummen der Schiffsmaschine unterbrach Sandras Gedanken. Der gesamte Rumpf vibrierte, als die Fähre Fahrt aufnahm.

Sandra schloß die Augen. Sie wollte etwas schlafen. Es dauerte nicht lange, da war sie eingenickt.

Sandra Lee lag auf dem Bett wie eine Tote. Nicht ein Atemhauch drang über ihre Lippen. Sie hatte die Hände über der Brust zusammengelegt und bot einen makabren Anblick.

Das Bimmeln der Schiffsglocke riß sie aus dem Schlaf. Augenblicklich war Sandra hellwach. Sie wußte, was das Läuten zu bedeuten hatte. Es gab eine Mahlzeit.

Sandra, die keinen Hunger verspürte, blieb auf dem Bett liegen. Zwei Kabinen weiter randalierten die beiden Männer. Sie stritten sich, wer das Essen holen sollte. Schließlich gingen beide.

Sandra hatte ihren Parka ausgezogen. Sie trug nur noch ihren roten, weitfallenden Pullover und eine schwarze enge Hose, deren Beine unter den Füßen mit Gummibändern befestigt waren.

Sandra stand auf und trat an das runde Bullauge. Dicht vor ihrem Gesicht schwappte die grüngraue See. Land war nicht zu sehen. Schwer stampfte die Fähre durch das rauhe Meer.

Sandra wandte sich wieder ab, nahm ihre Reisetasche und zog den Reißverschluß auf. Unter ihren Sachen befand sich auch ein Päckchen Zigaretten.

Sie riß es auf und wollte sich gerade ein Stäbchen zwischen die Lippen stecken, als sie stutzte.

Die beiden Kerle aus der Nachbarkabine kamen zurück.

Ein unbestimmtes Gefühl warnte Sandra. Sie warf die Zigaretten wieder in ihre Reisetasche und holte den Kasten mit dem Schwert unter dem Bett hervor.

Sie nahm die Waffe heraus und versteckte sie unter der ehemals weißen Bettdecke.

Gerade noch im rechten Augenblick, denn mit einem wilden Ruck wurde plötzlich ihre Kabinentür aufgerissen.

Zwei nicht mehr ganz nüchterne Männer standen auf der Schwelle. Aus rotunterlaufenen Augen stierten sie Sandra Lee an.

»Hol's der Teufel, Budd«, sagte der eine. »Ich glaube, die Reise wird doch noch zu einem Vergnügen . . .«

Die beiden Typen waren Ausgeburten an Häßlichkeit. Der mit Budd Angeredete hatte brandrotes Haar und ein breites, sommersprossiges Gesicht, das durch eine dicke lange Narbe verunstaltet wurde. Seine kleinen Schweinsaugen glotzten tückisch und verschlagen. Er hatte Hände wie Kohlenschaufeln, trug einen gestreiften Rollkragenpullover und eine fleckige ausgebeulte Hose.

Sein Kumpan war das genaue Gegenteil. Klein, hager und mit dem Gesicht einer Ratte. Seine beiden Schneidezähne standen weit vor und waren gelb vom Nikotin.

Budd, der noch Essensreste am Mund kleben hatte, wischte sie mit dem Hemdsärmel fort. Dann stieß er seinen Kumpan gegen die Brust. »Paß du draußen auf, daß niemand kommt. Ich werde die Kleine hier mal von den Qualitäten eines alten Seemannes überzeugen.«

Das Rattengesicht verzog sich, nicht ohne vorher einen bedauernden Blick auf Sandra geworfen zu haben.

Die junge Studentin verspürte nicht den leisesten Anflug von Angst. Seitdem sie als Untote lebte, waren ihr Gefühle fremd geworden. Und ihr wurde klar, daß sie diese beiden Männer töten mußte, wollte sie nicht ihre Mission gefährden.

Der Rothaarige ging auf sie zu. Tapsend wie ein zottiger Bär. Seine beiden Pranken waren halb geöffnet, und er leckte sich schon in sichtlicher Vorfreude die Lippen.

Sandra stand auf. Sie tat dies mit einer schnellen gleitenden Bewegung.

Budd hob überrascht die buschigen Augenbrauen. »Du willst wohl nicht«, sagte er, blieb stehen und nahm eine drohende Haltung ein.

»Ich würde es an deiner Stelle nicht versuchen«, sagte Sandra leise, und es war ihre Stimme, die Budd stutzig werden ließ. Er spürte plötzlich den Hauch der Gefahr, der von dieser Frau ausging, und eine innere Stimme warnte ihn, es nicht weiter auf die Spitze zu treiben. Doch dann siegte die Lust in ihm, außerdem hätte er sich unsterblich vor seinem Kumpan blamiert.

»Du bist wohl noch Jungfrau, was?« röhrte er und packte zu.

Sandra Lee konnte nicht schnell genug ausweichen. Wie Schraubstöcke umklammerten die Pranken des Mannes ihre Handgelenke.

Der Bulle lachte. »Was sagst du jetzt?« rief er und drückte Sandra dem Bett entgegen.

Da riß die Untote das Knie hoch.

Budd brüllte auf. Tränen schossen ihm in die Augen. Der harte Griff lockerte sich, und Sandra schlüpfte aus der Umklammerung.

Während der Rothaarige mit seinem Schmerz zu kämpfen hatte, griff Sandra unter die Bettdecke und zog mit einer schnellen Bewegung das Schwert hervor.

Die Spitze blitzte vor Budds Augen, der im nächsten Sekundenbruchteil begriff, daß die Frau ihn töten würde.

Er konnte sich nicht einmal mehr verteidigen. Die Schwertspitze, von sicherer Hand geführt, zerfetzte seinen Pullover und zeichnete eine blutige Schramme über seine Brust.

Budds Gesicht verzerrte sich in unendlicher Qual. Ein gepreßtes Stöhnen drang aus seinem halb geöffneten Mund. Er hatte das Gefühl, von innen zu verbrennen. Ruckweise sackte er in die Knie. Gleichzeitig zerfiel sein Körper zu Staub. Er hatte kaum den Boden berührt, als auch der letzte Rest von ihm endgültig verschwand.

An Budd, den rothaarigen Seemann, erinnerten nur noch die Kleidungsstücke.

Sandra Lee war zurückgewichen. Mit glänzenden Augen hatte sie den Todeskampf des Mannes verfolgt. Nie hätte sie für möglich gehalten, daß eine Berührung mit dem Schwert solch fatale Folgen für ihre Gegner haben würde.

Dieses Schwert machte sie praktisch unbesiegbar!

Sandra Lee stieß ein leises teuflisches Lachen aus. Nicht ein Spritzer Blut klebte an der Klinge.

Plötzlich hörte Sandra ein knarrendes Geräusch. Unangenehm drang es durch die Stille.

Daumenbreit war die Tür aufgestoßen worden.

Siedendheiß fiel Sandra der zweite Mann ein.

Soeben lugte das Rattengesicht durch den Türspalt. Es konnte von seinem Standpunkt aus nicht die gesamte Kabine überblicken. Der Winkel war zu schlecht.

Mit zwei langen Schritten war Sandra an der Tür, krallte ihre linke Hand in die Haare des Mannes und zog ihn mit einem gewaltigen Ruck in die Kabine.

Das Rattengesicht schrie überrascht auf. Es wurde bis zum Bett geschleudert und krachte schwer auf die Matratze.

Sandra Lee schwang das Schwert wie eine Sense.

Das letzte, was das Rattengesicht in seinem Leben sah, war die mörderische Klinge. Dann kam der glühende Schmerz, und innerhalb von Sekunden war von dem Mann nur noch Asche übrig.

»Tok-El, ich danke dir«, sagte Sandra Lee höhnisch und schloß die Tür.

Ausdruckslos blickte sie auf die Kleidungsstücke der Männer. Sie empfand kein Bedauern, kein Mitleid – nichts. Die Kerle hatten es nicht anders gewollt.

Sekunden später erwachte Sandra zu einer fieberhaften Aktivität. Zuerst verstaute sie das Schwert wieder in dem Kasten, dann entriegelte sie das Bullauge und zog die runde, dick verglaste Klappe nach innen.

Frische Seeluft wehte in die Kabine und wirbelte die Asche der toten Männer durcheinander.

Sandra bückte sich, hob die Kleidungsstücke auf und stopfte sie durch das Bullauge.

Die See schluckte die letzten Andenken der beiden getöteten Männer.

Sandra schloß das kreisrunde Fenster und fegte die Asche des Rothaarigen unter das Bett. Dann schüttelte sie die Bettdecke aus und wischte die zurückgebliebene Asche des zweiten Seemanns ebenfalls unter das Bett.

Jetzt erst war die Untote zufrieden. Siegessicher war das Lächeln, das sich in ihre Mundwinkel gegraben hatte. Sie dachte an London und an die weitere Zukunft, die von Tok-El beherrscht werden sollte.

Sandra hoffte nur, daß das Verschwinden der beiden Männer nicht so schnell bemerkt werden würde, denn eine polizeiliche Untersuchung war das letzte, dem sie sich aussetzen wollte.

Die Schiffssirene tutete und kündigte die nächste Anlaufstelle an. Laut Plan war es die Insel Stronsay.

Sandra öffnete die Tür und trat auf den Gang. Niemand war zu sehen. Nur oben vom Deck her hörte sie das Trampeln von Schritten. Ab und zu drangen auch Stimmen hinunter.

Sandra ging wieder zurück in ihre Kabine und setzte sich auf das Bett. Die Fähre verlangsamte ihre Fahrt und legte schon wenige Minuten später an.

Eine halbe Stunde dauerte die Wartezeit. Niemand von den Neuankömmlingen hatte eine Kabine gebucht, und so blieb Sandra ungestört. Dann legte die Fähre wieder ab. Sie hatte kaum die offene See erreicht, als gegen Sandras Kabinentür geklopft wurde.

Die Untote spannte sich. Wer konnte das sein?

»Herein«, rief sie.

Auf ihren Ruf betrat der dürre Mann die Kabine, der sie an Deck in Empfang genommen hatte. Er trug noch immer die viel zu große Mütze, nahm sie jetzt vom Kopf und drehte sie verlegen zwischen den Fingern.

»Sie wünschen?« fragte Sandra förmlich.

Der Mann bekam einen roten Kopf. »Entschuldigen Sie die Störung. Miss, aber es geht um eine etwas seltsame Sache.«

»Ja, bitte, reden Sie.«

»Außer Ihnen hatten wir noch zwei Passagiere, die zusammen eine Kabine gebucht hatten. Es war die Nummer fünf, die übernächste Kabine, von Ihnen aus gezählt.«

»Und was habe ich damit zu tun?«

»Das möchte ich Ihnen ja gerade erklären. Die beiden Männer sind verschwunden. Sie hätten in Stronsay von Bord gehen sollen. Der Kapitän hatte noch etwas mit ihnen zu regeln, und jetzt sind die Männer nirgendwo mehr aufzutreiben.«

»Denken Sie etwa, ich hätte sie gefressen?« Sandras Stimme klang ärgerlich.

»Um Himmels willen, Miss, so war das nicht gemeint. Nur – es ist seltsam, daß die beiden so mir nichts, dir nichts verschwunden sind, und ich dachte, daß Sie vielleicht etwas gesehen hätten.«

»Nein, das habe ich nicht«, log Sandra Lee. »Ich bin nur in meiner Kabine gewesen und habe sie nicht einmal während der Mahlzeit verlassen. Genügt Ihnen das als Erklärung?«

Der Dürre nickte. »Selbstverständlich, Miss. Und entschuldigen Sie bitte die Störung. Ich – ich werde dann weitersuchen.«

»Tun Sie das, Mister.«

Der Dürre deutete noch eine linkische Verbeugung an und verließ rückwärtsgehend die Kabine. Leise drückte er die Tür ins Schloß. So ganz zufriedengestellt hatte ihn die Erklärung der Frau nicht. Die beiden Männer mußten bei ihr gewesen sein. Denn wie sonst sollten die Fußspuren mit den geriffelten Sohlen auf den Boden der kleinen Kabine gelangt sein . . .?

Der frische Seewind wühlte in Sandras Haaren und drückte ihren weitgeschnittenen Pullover gegen den schlanken Körper.

Sandra genoß den Wind. Sie hatte beide Hände auf der Reling liegen. Der Kasten mit dem Schwert stand zwischen ihren Beinen. Noch zwei Stunden Fahrt, und sie würden Thurso anlaufen.

Sandra Lee hatte es in ihrer Kabine nicht mehr ausgehalten. Sie war sich darin vorgekommen wie in einem Gefängnis. Eingeschlossen, beengt. Kurzentschlossen hatte sie das Schwert genommen und war nach oben an Deck gegangen.

Soweit Sandra erkennen konnte, war sie die einzige Frau auf dem Deck der Fähre. Und sie hatte auch innerhalb weniger Zeit die Blicke der Männer auf sich gezogen. Etwas, das ihr gar nicht gefiel.

Natürlich blieb es nicht bei den Blicken. Ein anderer Fahrgast, der eine pelzgefütterte Jacke trug, stellte sich neben Sandra.

Die Untote nahm von dem Mann keine Notiz, sondern blickte weiter auf die gischtenden Wellenkämme, die ununterbrochen gegen die Fähre anliefen.

»Ist solch eine Fahrt allein nicht langweilig?« fragte der Mann, und Sandra erkannte am Akzent, daß sie einen Iren vor sich hatte.

»Nein, ganz und gar nicht, Mister. Ich bin sehr oft allein und fühle mich auch so am wohlsten.«

Der Mann lachte. »Ich habe verstanden. Aber sagen Sie bloß, Sie spielen Geige.« Seine behandschuhte Hand deutete auf den Kasten zwischen Sandras Füßen.

»Ja.«

»Phantastisch, ich bin auch ein Freund von Geigenmusik. Sie könnten mir mal etwas vorspielen. Am besten, wir gehen in meine Kabine, und dann hole ich . . .«

»Sie holen gar nichts!« Sandra bückte sich und hob den schmalen Koffer hoch. »Sie werden entschuldigen, aber ich bin auf Ihre Gesellschaft nicht unbedingt erpicht.«

Der Mann zuckte die Achseln und grinste etwas dümmlich hinter Sandra her, die auf die Tür zuging, die zum Niedergang führte, wo auch ihre Kabine lag.

Die See war rauher geworden, und die Fähre begann zu

538

schlingern. Sandra stützte sich mit der Hand an der Gangway ab, als sie auf die Kabine zuging.

Und plötzlich weiteten sich ihre Augen.

Die Tür stand einen Spalt offen.

Sandra war ganz sicher, daß sie die Tür geschlossen hatte, bevor sie an Deck gegangen war.

Jemand befand sich also in ihrer Kabine. Ein ungebetener Besucher.

Sandra stieß die Tür auf.

Der ungebetene Gast hatte sie gar nicht gehört. Er kniete auf der Erde und leuchtete mit einer Taschenlampe unter das Bett.

Sandra blieb stehen und warf mit einem Ruck die Tür ins Schloß.

Wie von der Tarantel gebissen, flog der Eindringling herum. Es war niemand anderes als der dürre Kartenabreißer mit der viel zu großen Mütze, der Sandra schon mal besucht hatte.

Der Mann schaute Sandra an wie einen Geist. Und im übertragenen Sinne war sie das ja auch.

»Darf ich wissen, was Sie in meiner Kabine suchen?« fragte Sandra und lächelte schmal.

Der Dünne stand auf. Er hatte sich vorgenommen, die Wahrheit zu sagen.

»Ja«, erwiderte er, »ich werde Ihnen erklären, was ich hier gesucht habe. Ich wollte eine Antwort auf die Frage finden, weshalb Sie mich belogen haben.«

»Belogen?« Sandra hob die Augenbrauen.

»Genau. Sie haben mir erzählt, die beiden Männer wären nicht in Ihrer Kabine gewesen.«

»Sie waren es auch nicht.«

Der Dünne begann zu lachen. »Und die Fußspuren auf dem Boden? Stammen die vielleicht von Ihnen? Ich wußte gar nicht, daß Sie solch eine große Schuhgröße haben. Nein, Miss, Sie haben mich eiskalt belogen. Und ich will wissen, warum!«

Sandra Lee behielt ihr Lächeln bei, doch es erreichte ihre Augen nicht. »Sie sind ein guter Beobachter, Mister«, sagte sie. »Die beiden Männer waren tatsächlich hier.«

»Ja, warum haben Sie denn das nicht vorher gesagt? Es ist doch nichts dabei.« Der Dünne begann zu grinsen. »Die beiden sind zwar etwas rauh, aber ich kenne Frauen, die . . .«

»Halten Sie Ihren Mund!« zischte Sandra.

»Ja, ja, schon gut. Dann sagen Sie mir wenigstens noch, wo die beiden hingegangen sind. Sie hätten für uns etwas erledigen sollen, wie ich Ihnen schon sagte.«

Sandra begann zu lachen. »Die beiden werden nie mehr etwas für Sie tun können.«

»Was heißt das?«

»Sie sind tot!«

»Tot . . .?«

»Ja, und ich habe sie umgebracht.« Sandra lachte wieder. Sie weidete sich an dem Schrecken des Mannes und klappte gleichzeitig ihren schmalen Koffer auf.

Der Blick des Mannes fiel auf das Schwert. Seine Augen wurden kreisrund. »Was – was hat das zu bedeuten?« stotterte er.

Sandra nahm das Schwert an sich. Die Spitze deutete auf die Brust des Eindringlings. »Mit dieser Waffe habe ich Ihre beiden Kumpane umgebracht. Und durch dieses Schwert werden auch Sie sterben. Was jetzt folgt, haben Sie sich selbst zuzuschreiben.«

Todesangst packte den Mann, gleichzeitig aber auch der Wille, nicht kampflos unterzugehen. Nicht bei dieser Frau.

Der Dürre schnappte sich den Stuhl, sprang vor und hieb brüllend mit dem Möbelstück auf Sandra ein.

Die Untote riß das Schwert hoch. Es gab ein singendes Geräusch, und der Stuhl zerfiel in seine Einzelteile.

Mit leeren Händen stand der Mann vor seiner Mörderin.

»Du Narr«, flüsterte Sandra. »Du hast es dir selbst zuzuschreiben. Warum warst du auch so neugierig?«

Blitzschnell stieß das Schwert vor.

Der Eindringling konnte nicht einmal mehr einen Schrei ausstoßen. Die Klinge traf ihn dicht über der Gürtelschnalle.

Noch im gleichen Atemzug spürte er den Schmerz. Er durchpulste den Körper des Mannes wie ein Strom glühender Lava. Und dann packte der Tod mit seinen Klauenhänden zu.

Der Mann zerfiel zu Asche.

Wieder hatte die Untote ein unschuldiges Opfer auf dem Gewissen. Gleichgültig fegte sie die Asche unter das Bett und warf die Kleidung ins Meer.

Sandra blickte auf ihre Uhr. Nicht einmal mehr dreißig Minuten, dann würde die Fähre in Thurso anlegen. Die Zeit war auch noch zu überstehen.

540

London!

Ein schneidend kalter Januarwind pfiff durch die Straßen, brachte den Frost mit sich und zauberte Eisblumen an die Fenster. Die meisten Menschen blieben in ihren warmen Wohnungen und drehten die Heizungen auf die höchste Stufe.

Zu den Menschen, die unterwegs waren, gehörte auch Jane Collins. Die junge Privatdetektivin wollte noch etwas besorgen. Sie war für den folgenden Abend eingeladen worden. Ein junger begabter Kollege, Peter Lorimer, hatte sein Examen als Privatdetektiv bestanden und wollte das im Freundeskreis feiern. Da Jane Collins zu Lorimers guten Bekannten zählte, war sie natürlich mit von der Partie. Jetzt brauchte sie nur noch ein passendes Geschenk.

Jane wickelte sich enger in ihren Fuchsmantel und überquerte eine schmale Straße. Sie hatte ein kleines Spirituosengeschäft entdeckt, das sich auf Whisky spezialisiert hatte. Und Peter Lorimer war Whiskykenner.

Jane ließ sich etwa fünfzehn Minuten lang beraten und entschied sich dann für eine Flasche schottischen Whisky, der zwanzig Jahre gelagert hatte.

Die Augen des Verkäufers glänzten, als er die Flasche einpackte. »Sie haben eine wirklich gute Wahl getroffen«, sagte er und leckte sich genießerisch die Lippen. »Ihr Freund ist zu beneiden. Eine hübsche junge Frau, ein guter Tropfen – was will man mehr?«

Jane Collins lachte. »Es ist nicht mein Freund, sondern ein guter Kollege.«

»Macht auch nichts. Bitte schön.« Der Verkäufer reichte Jane die Flasche.

Die Detektivin zahlte und verließ das Geschäft. Ihr kleiner flaschengrüner Morris parkte einige Straßen weiter. Jane blickte auf die Uhr und stellte fest, daß sie sich beeilen mußte. Sie hatte versprochen, um neunzehn Uhr pünktlich einzutreffen und nicht allein. Ein guter Freund sollte sie begleiten.

Und das war niemand anderes als John Sinclair, Oberinspektor bei Scotland Yard.

Jane Collins hatte John auf einer Horror-Tour nach Transsylvanien kennengelernt, und wenn er damals nicht gewesen wäre, wäre Jane in die Fänge eines Vampirs geraten. John Sinclair hatte sie noch im letzten Augenblick gerettet.

Der Kontakt zu ihm war nie abgebrochen, und Jane Collins hatte im Laufe der Zeit gespürt, daß sie für John Sinclair mehr empfand als eben nur reine Freundschaft. Aber der Oberinspektor war ein Mann, der sich schon von Berufs wegen auf keine feste Verbindung einlassen wollte. Zu gefährlich und haarsträubend waren seine Fälle, die ihn in die gesamte Welt führten.

Mit einem Seufzer schloß Jane die Wagentür auf und ließ sich hinter das Lenkrad fallen. Sie hatte versprochen, bei John Sinclair vorbeizufahren.

Der Oberinspektor wohnte in einer Zweieinhalb-Zimmer-Wohnung in einem modernen Apartmenthaus. Er hatte Jane Collins geschworen, einmal pünktlich Feierabend zu machen.

Und er hatte Wort gehalten.

Als Jane Collins klingelte, drang Johns Stimme aus der Gegensprechanlage.

»Hier ist die Königin der Vampire«, sagte Jane mit dumpfer Stimme. »Ich bin gekommen, um den Geisterjäger zu killen.«

»Dann komm mal rauf«, erwiderte John ebenso dumpf. »Aber nimm dich in acht. Ich habe seit kurzer Zeit kein Blut mehr im Körper, sondern Alkohol, und seitdem sehe ich nur noch betrunkene Vampire herumtorkeln.«

Jane Collins lachte noch, als sie oben den Fahrstuhl verließ.

John stand in der Tür und begrüßte die Privatdetektivin mit einem Kuß.

»Komm rein, der Baum brennt noch«, sagte er und ließ die blonde Jane vorgehen.

Der Oberinspektor war schon fix und fertig angezogen. Er trug einen schwarzen Blazer aus Kaschmirwolle, eine graue Hose, ein gestreiftes Hemd und eine französische Seidenkrawatte.

Jane Collins schlüpfte aus dem Pelzmantel. »Fünf Minuten wärme ich mich noch bei dir auf«, sagte sie und schüttelte ihre langen, bis auf die Schultern fallenden blonden Haare.

Jane ging in den Wohnraum, und John konnte nicht umhin, sie gebührend zu bewundern.

Es gab selten Frauen wie Jane Collins, bei denen Intelligenz und Schönheit in gleichem Maße vertreten waren. Jane hatte die schönsten blauen Augen, die John je gesehen hatte, und ihr feingeschnittenes Gesicht hätte ein berühmter Maler nicht besser auf die Leinwand bringen können. Zwischen Nasenwurzel und

Augenbrauen gruppierten sich keck ein paar Sommersprossen, was John oft zu der Bemerkung veranlaßte: Ich bin ja so verschossen in deine Sommersprossen.

Jane trug an diesem Abend einen weitschwingenden, grauen Rock und einen grasgrünen Pullover, der an ihrem Körper lag wie eine zweite Haut.

Sie ließ sich John gegenüber in einem Sessel nieder und nahm eine Zigarette aus dem Etui.

Der Oberinspektor gab der Detektivin Feuer und lehnte sich zurück. »Sag mal, so ganz geheuer ist mir das nicht, daß du mich zu dieser Party schleppst. Schließlich kenne ich den Gastgeber nicht einmal.«

»Das macht nichts, John. Peter ist ein netter Kerl, er wird dir bestimmt gefallen.«

»Hast du denn keine Angst vor der Konkurrenz?«

Jane lachte. »Du meinst als Detektiv? Nein, Peter ist in erster Linie Jurist. Detektiv spielen ist praktisch sein Hobby. Außerdem haben wir uns so geeinigt, daß er mir ab und zu ein paar Aufträge zuschiebt, damit ich nicht verhungere.«

»Aha, ein Komplott also.«

»Du weißt doch, John. Jeder muß sehen, wo er bleibt. Außerdem bin ich ja kein Beamter wie du. Da kommen die Beförderung und die Gehaltserhöhung ja automatisch.«

»So schlimm ist es ja nun auch nicht«, erwiderte John, blickte auf seine Armbanduhr und fragte: »Sollen wir uns nicht auf den Weg machen? Ich glaube, es wird Zeit.«

»Einverstanden.« Jane drückte ihre Zigarette aus. »Hast du ein Taxi bestellt?«

»Ja, es müßte gleich da sein.«

Wie auf ein Stichwort hin schellte es. John half Jane in den Mantel, und während er seinen pelzgefütterten Wildledercoat überstreifte, fragte er: »Wieviel Gäste sind denn noch zu dieser Party eingeladen?«

»Ich weiß es nicht. Aber die einzigen werden wir nicht sein.«

»Dann bin ich ja beruhigt.«

Die beiden fuhren mit dem Lift nach unten. Der Portier winkte ihnen zu, als sie die moderne Halle verließen.

Das hochrädrige Londoner Taxi wartete mit laufendem Motor. Jane gab die Adresse an, und der Fahrer dampfte ab. Er war ein schweigsamer Zeitgenosse, der nicht einmal über die Kälte schimpfte.

Peter Lorimer wohnte in Mayfair in der Grafton Street. Es war eine bürgerliche Wohngegend. Die Häuser waren im Durchschnitt zehn bis fünfzehn Jahre alt und hatten kleine Vorgärten, die von den Mietern mit viel Liebe gepflegt wurden.

Das Taxi stoppte. John beglich die Rechnung und stieg mit Jane aus.

Die Wohnung lag in der ersten Etage. Sämtliche Fenster zur Straße hin waren erleuchtet.

»Da scheint ja schon was los zu sein«, sagte John.

»Ja, es wird ein lustiger Abend«, erwiderte Jane und klingelte.

Sekunden später wurde die Tür aufgedrückt.

Peter Lorimer erwartete die beiden Neuankömmlinge oben an der Treppe. Er streckte beide Hände aus und schloß Jane in die Arme. »Mein Ehrengast!« rief er und hauchte Jane einen Kuß auf die Wange.

»Hör auf«, lachte die Detektivin und drückte Peter ihr Geschenk in die Hand. »Stell sie weg und trink sie in einer ruhigen Stunde.«

»Das werde ich tun.« Peter schnupperte an der eingepackten Flasche. »Whisky«, sagte er, und seine Augen begannen zu glänzen.

»Woher weißt du das?« fragte Jane.

»Das rieche ich.« Peter Lorimer nahm die Flasche in die linke Hand und wandte sich dem Oberinspektor zu. »Das ist also der berühmte John Sinclair«, sagte er und reichte John die Rechte, die dieser kräftig drückte. »Freut mich, Sie kennenzulernen, Oberinspektor.«

»Den Oberinspektor lassen wir mal weg«, sagte John, »und so berühmt bin ich auch nicht.«

»Na, wenn ich bedenke, was Jane alles erzählt hat.«

»Sie übertreibt.« Für diese Antwort erhielt John von der Detektivin einen Rippenstoß.

»Aber kommt doch rein, Kinder«, rief Peter Lorimer, »oder sollen wir im Flur feiern? Ich habe auch eine Überraschung.«

»Da bin ich mal gespannt«, sagte Jane und betrat als erste die Wohnung.

Tanzmusik füllte die Zimmer. Peter Lorimer hatte sich seine

Stereo-Anlage etwas kosten lassen, und die Wiedergabequalität gab ihm recht.

In der kleinen Diele machte sie Peter Lorimer mit zwei Pärchen bekannt. Es waren Kollegen von ihm. Sie waren John auf Anhieb sympathisch.

»Und wo bleibt die Überraschung?« fragte Jane Collins.

»Warte es ab«, sagte Peter Lorimer. Dann rief er: »Sandra, komm mal her.«

Durch die offene Tür zum Wohnraum trat ein junges Mädchen. Es hielt ein gefülltes Cocktailglas in der Hand und fragte: »Was ist denn, Peter?«

Lorimer nahm Sandra in die Arme und sagte stolz: »Das ist Jane Collins, eine wunderbare Kollegin, von der ich dir schon viel erzählt habe. Und den Mann, den du da siehst, vor dem mußt du dich in acht nehmen. Es ist der berühmte John Sinclair.«

Für den Bruchteil einer Sekunde verschloß sich Sandras Gesicht, doch dann zauberte sie wieder ein gewinnendes Lächeln auf ihre Lippen.

Nur John war diese Reaktion nicht entgangen. Er sagte aber nichts.

Sandra streckte die Hand aus. »Ich freue mich, Sie kennenzulernen. Peter hat wirklich viel von Ihnen erzählt«, sagte sie.

»Hoffentlich nur Gutes«, meinte John.

»Ganz bestimmt.«

Jane Collins blickte Peter Lorimer verwundert an. »Aber Peter, ich dachte, Sandra wäre auf einer Tour nach Schottland oder zu den Orkney-Inseln.«

Lorimer strich sich eine Haarsträhne aus der Stirn. Er war ein etwas schlaksiger Typ mit dunklen, langen Haaren und einer schmalen Nase, die wie der Rücken eines Messers wirkte. »Das hatte ich auch gedacht, aber Sandra hat mich einfach überrascht. Ist das nicht fabelhaft?«

»Ich freue mich für dich mit«, sagte Jane.

»So, Schluß mit den Förmlichkeiten, jetzt wollen wir erst mal was essen. Das kalte Buffet ist in der Küche aufgebaut worden.«

Mit Beifall wurde der Vorschlag aufgenommen. Auch die anderen beiden Paare drängten sich in der kleinen Küche.

Neben John stand ein junger Mann, der über seine Brillengläser hinwegschielte. »Da weiß man ja gar nicht, was man zuerst nehmen soll. Wenn ich so an die Mensa denke . . .«

»Sie studieren?« fragte John und pickte sich mit der Gabel eine Scheibe Roastbeaf vom Teller.

»Ja, und zwar Zeitungswissenschaften. Ich will mal später Reporter werden. Genau wie Ihr Freund Bill Conolly.«

»Sie kennen Bill?«

»Wer kennt ihn nicht? Fragen wir mal so. Und auch Ihr Name ist ja nicht ganz unbekannt. Sagen Sie mal, kämpfen Sie wirklich gegen Geister und Dämonen?«

John befand sich in einer Zwickmühle. Einerseits wollte er den jungen Mann nicht vor den Kopf stoßen, andererseits hatte er keine Lust, den gesamten Abend nur von seinem Job zu erzählen. Zum Glück wurde ihm eine Entscheidung abgenommen. Die Begleiterin des jungen Mannes erschien und zog ihn weg. »Los, Harry, kümmere dich mal um deine einsame Jungfrau.«

»Jungfrau ist gut«, lachte Harry und rief: »Wir reden aber noch mal darüber, Mister Sinclair.«

John hob die Hand. »Wird gemacht.« Dann widmete er sich weiter dem kalten Buffet. Er nahm noch zwei Matjes-Heringe, etwas Salat und setzte sich auf einen freien Stuhl.

Jane Collins konnte er nicht entdecken. Sie befand sich wahrscheinlich im Wohnraum.

Dafür gesellte sich eine andere zu John Sinclair. Sandra Lee, Peter Lorimers Freundin.

»Sie gestatten doch, Mister Sinclair.«

»Aber bitte.«

Sandra setzte sich neben John und häufte etwas Salat auf ihre Gabel. Sie paßte jedoch nicht auf, und etwas von dem Salat fiel zu Boden.

»Ich bin aber auch eine dumme Gans«, sagte sie und bückte sich, um den Salat mit ihrer Serviette aufzuheben.

Auch John hatte sich gebückt. Zwangsläufig befanden sich ihre Gesichter nur eine Handbreit voneinander entfernt.

Und plötzlich hatte John das Gefühl, jemand würde ihm eine Rasierklinge über den Rücken ziehen. Zu ungeheuerlich war die Entdeckung, die er gemacht hatte.

Sandra Lee atmete nicht . . .

John Sinclair setzte sich auf. Er mußte sich gewaltsam beherrschen, um nicht bei Sandra Lee aufzufallen. Das Lächeln, mit dem er die Frau ansah, wirkte dennoch gequält, denn Sandra hob die Augenbrauen und fragte: »Ist was?«

»Nein, nein, alles in Ordnung.«

Sandra hob die Schultern, balancierte den aufgehobenen Salat zu dem in der Ecke stehenden Abfalleimer. Dann wusch sie sich die Hände und trocknete sie mit einem Papierhandtuch ab.

Plötzlich erschien Jane Collins in der kleinen Küche. »Hier seid ihr also«, rief sie und drohte scherzhaft mit dem Finger. »Zwischen euch beiden bahnt sich doch wohl nichts an?«

»Um Himmels willen«, erwiderte Sandra. »Ein Beamter von Scotland Yard ist mir viel zu trocken.«

Jane wiegte den Kopf. »Wenn du dich da nicht mal täuschst.«

»Weißt du das so genau?«

Die Detektivin lachte. »Der Mensch genießt und schweigt.«

John folgte der amüsanten Plauderei der beiden Frauen nicht so recht. Ihn beschäftigte seine vorhin gemachte Entdeckung. Sandra Lee hatte nicht geatmet. Wenigstens nicht in dem bewußten Moment, das stand einwandfrei fest. John Sinclair war schon zu oft mit Untoten und Vampiren zusammengetroffen, um über solche Entdeckungen einfach hinwegzugehen. Der Oberinspektor war ein Mensch, der die Welt und die Vorgänge, die sich darauf abspielten, mit anderen Augen sah als ein normaler Sterblicher. John wußte, daß die Mächte der Finsternis zu einem Generalangriff auf den Planeten Erde angesetzt hatten. Die Hölle wollte siegen, und dazu war ihr jedes Mittel recht. Und gäbe es nicht Männer wie John Sinclair, hätte es manchmal schon böse ausgesehen. John hatte den Mächten des Bösen schon oft genug einen harten Schlag versetzt und war dadurch im Laufe der Zeit zu ihrem Erzfeind geworden.

Der Oberinspektor war aber auch ehrlich genug zuzugeben, daß er sich bei Sandra Lee durchaus geirrt haben konnte. Sie hätte genausogut in diesem Moment einfach auch nur den Atem anhalten können, etwas, was Menschen oft genug tun. Trotzdem, das Misstrauen war bei John Sinclair geweckt.

»Träumst du, John?« Jane Collins Stimme riß den Oberinspektor aus seinen Gedanken.

»Entschuldige, Jane. Ich war nur gerade in Gedanken.«

»Du hast doch hoffentlich nicht schon wieder an Geister und Dämonen gedacht?«

»Nicht direkt«, wich John aus.

Ehe die Privatdetektivin eine weitere Frage stellen konnte, streckte Peter Lorimer den Kopf zur Küchentür hinein. »Also, Kinder, kommt doch. Wir wollen ja schließlich keine Grüppchen bilden.«

»Peter hat recht«, rief Sandra und hängte sich bei ihrem Freund ein.

Auch Jane Collins zog John mit in den Living-room.

Peter Lorimer hatte die Möbel etwas zur Seite gerückt und so eine kleine Tanzfläche geschaffen. Sanfte Soulmusik füllte den Raum.

»Darf ich bitten, großer Geisterjäger?« sagte Jane und schlang ihre Arme um Johns Nacken.

»Wer könnte da nein sagen.«

Jane Collins schmiegte sich eng an John Sinclair. Ihr Blick war leicht verschleiert und ließ darauf schließen, daß für sie der Abend auch nach der Party noch nicht zu Ende war.

John, der wirklich einem Flirt nie abgeneigt war, konnte sich heute nicht so recht konzentrieren. Jane hatte das schnell herausgefunden. Sie legte den Kopf in den Nacken und blickte dem Oberinspektor prüfend ins Gesicht.

»Was ist los mit dir, John? Du bist so ungewöhnlich ernst. So kenne ich dich nicht.«

»Mir geht da nur etwas durch den Kopf.«

»Bestimmt hat es doch wieder mit deinem Job zu tun.«

»In gewissem Sinne – ja.«

»Was ist es? Sage es mir, vielleicht kann ich dir helfen.«

»Ich denke gerade über Sandra Lee nach.«

Jane runzelte überrascht die Stirn. »Willst du mir untreu werden?« fragte sie, und ihre Stimme klang leicht spöttisch.

»Unsinn. Nein, mir geht es da um etwas anderes. Sag mal, was hat diese Sandra eigentlich für eine Reise hinter sich? Wo war sie? Wie ich aus den bruchstückhaften Erzählungen mitbekommen habe, hat sie sich in Schottland oder auf den Orkney-Inseln herumgetrieben.«

»Ja, sie wollte zu den Inseln fahren. Du mußt wissen, Sandra war schon immer etwas versponnen. Sie hat sich für Geschichte interessiert, für Völkerkunde und die nichtchristlichen Religionen. Manchmal war sie direkt besessen. Peter hat mir oft sein Leid geklagt. Ihr Traum war, einmal die versunkene Insel Atlantis wiederzuentdecken.«

»Und weshalb ist sie auf den Orkney-Inseln gelandet?«

»So genau kann ich dir das auch nicht sagen. Da müßtest du eigentlich mal Peter Lorimer fragen. Ich weiß nur so viel, daß sie dort nach einer geheimnisvollen Burg gesucht hat. Aber Einzelheiten kenne ich auch nicht. Bist du nun zufrieden?«

»Nicht ganz.«

Jane stöhnte auf. »Nun laß doch endlich mal deinen Job sausen. Dir ist das Misstrauen schon bis in die Zehennägel hineingewachsen.«

John schmunzelte. »So schlimm ist es nun auch wieder nicht.«

»Partnerwechsel«, rief Peter Lorimer plötzlich und klatschte in die Hände.

Mit zwei Schritten stand er neben John Sinclair und Jane Collins und deutete eine Verbeugung an. »Jane, komm an meine breite Hühnerbrust.« Der junge Jurist war schon leicht angeschlagen.

Auch die anderen beiden Pärchen hatten ihre Tanzpartner schon gewechselt. Übrig blieben Sandra Lee und John Sinclair.

»Nun, Oberinspektor?« fragte die Studentin. »Wollen Sie es mit mir wagen?«

»Es wird mir ein Vergnügen sein.«

»Vielleicht bin ich aber ein Vampir«, sagte sie und ging bei John auf Tuchfühlung.

Der Oberinspektor wiegte den Kopf. »Dazu fehlen Ihnen die beiden spitzen Eckzähne.«

Sandra lachte. Sie öffnete dabei den Mund, und John konnte eine perlweiße Zahnkette blitzen sehen. Doch er hatte dafür keinen Blick. Ihn schockierte am meisten, daß Sandra tatsächlich nicht atmete. Er hatte sich vorhin in der Küche nicht getäuscht. John Sinclair hielt in diesen Augenblicken eine Untote in den Armen!

Ihn wunderte nur, daß Peter Lorimer noch nichts bemerkt hatte. Aber wahrscheinlich hatte ihn die unverhoffte Wiedersehensfreude so mitgenommen, daß er darauf gar nicht geachtet hatte.

John Sinclair ließ sich mit keiner Reaktion etwas anmerken. Er lächelte Sandra weiter an und fragte: »Sie waren auf den Orkney-Inseln, wie ich hörte?«

»Ja.«

»Darf man fragen, was Sie dort hingetrieben hat?«

»Die Geschichte der Inseln. Ich interessiere mich einfach für die Vergangenheit. Die Kelten haben dort ihre Spuren hinterlassen. Man findet die Zeichen noch überall.«

»Die Kelten interessieren Sie also«, sagte John. »Haben Sie dann auch schon mal etwas von den Druiden gehört?«

Sandras Augen verengten sich. »Wie meinen Sie das?«

»Die Götter- und Blutkulte der Kelten waren berüchtigt und die Druidenpriester wahre Meister der Magie.«

»Ja, ich habe davon gehört«, wich Sandra aus. »Aber ich glaube an so etwas nicht.«

»Das ist Ansichtssache. Man sollte es allerdings nicht zu weit von sich weisen.«

»Haben Sie denn sonst noch Fragen, Herr Oberinspektor?« Sandra betonte das letzte Wort dabei besonders ironisch.

»Ja, eine noch.«

»Gut, die erlaube ich Ihnen.«

»Wie heißt die Insel, die Sie besucht haben? Oder waren es mehrere? Schließlich sind die Orkney-Inseln sehr zahlreich.«

»Dragon Island lautet der Name.«

»Drachen-Insel? Wieso das?«

»Das war nun schon die zweite Frage, Oberinspektor. Eine hatte ich nur zugelassen.«

»Pardon, aber Sie wissen ja. Die berufliche Neugierde läßt sich auch nach Feierabend nicht abschütteln.«

»Haben Sie einen bestimmten Grund, weshalb Sie mich ausfragen?«

»Aber nein. Ich finde Sie nur sehr interessant. Es gibt nicht viele Mädchen, die sich für alte Kulturen interessieren. Noch dazu so hübsche.«

»Mich können Sie nicht hinters Licht führen. Ihr Interesse an mir ist rein beruflicher Art. Eigentlich schade, für einen Oberinspektor sind Sie ganz passabel. Aber vergessen Sie es. Ich habe das nur so dahingesagt.«

Du Luder, dachte John. Um nicht noch mehr Misstrauen zu erwecken, hörte er mit seiner Fragerei auf. Obwohl ihn brennend interessierte, was Sandra Lee wieder so schnell nach London geführt hatte. Brauchte sie Opfer? Hatte sie durch Schwarze Magie mit den alten keltischen Druidenpriestern Kontakt aufgenommen, und war sie durch sie zu einer Untoten geworden? Gefährliche Fragen, und John hatte schon längst beschlossen, dieses Rätsel zu lösen. Der Zufall hatte ihn hier auf eine brandheiße Spur gebracht.

Die Stimmung wurde ausgelassener. John Sinclair hielt sich zurück. Er trank kaum und merkte deshalb auch, daß ihn Sandra Lee verstohlen beobachtete.

Kurz vor Mitternacht verabschiedeten sich die ersten Gäste, und auch für John Sinclair wurde es Zeit, die Party zu verlassen. Als Sandra Lee ihm zum Abschied die Hand gab, sagte sie: »Bestimmt sehen wir uns irgendwann mal wieder, Herr Oberinspektor.«

»Davon bin ich fest überzeugt.« John lächelte gewinnend, legte seinen Arm um Jane Collins' Schultern und betrat mit ihr das Treppenhaus. Augenblicklich war sein Lächeln weggewischt.

»Also, ich wußte gar nicht, daß du solch ein Schürzenjäger bist«, sagte Jane mit schon etwas schwerer Zunge. »Diese komische Sandra hat dich ja direkt angehimmelt. Daß die sich nicht schämt, wo doch ihr Freund dabei war.«

»Angehimmelt hat sie mich?«

»Ja«, erwiderte Jane trotzig. »Und das lasse ich mir auch nicht ausreden.«

»Das will ich auch gar nicht.«

»Ha, dann gibst du es zu, daß diese Person einen Narren an dir gefressen hat?«

John lächelte. »So, meine liebe Jane, kann man es auch ausdrücken.«

Peter Lorimer schloß die Tür, wandte sich um und lehnte sich mit dem Rücken gegen das Holz. »Puh«, stöhnte er, »endlich allein.«

Sandra stand im Living-room und rauchte eine Zigarette. Ihre Gedanken kreisten um Oberinspektor Sinclair, den sie instinktiv als ihren größten Feind einschätzte. Sie wußte, daß sie noch mal mit dem Mann zusammentreffen würde.

Peter Lorimer öffnete die beiden Fenster. Frische Nachtluft wehte in den Raum und wirbelte die Rauchschwaden durcheinander. Sie wurden zu tanzenden Figuren und zogen dann träge nach draußen.

Peter Lorimer ließ sich in einen Sessel fallen und wischte sich eine Haarsträhne aus der Stirn. Sein Gesicht war gerötet. »Ich glaube, ich habe zuviel getrunken«, sagte er und streckte die Beine aus.

Sandra lächelte. Mit dem Handrücken strich sie über Peters Gesicht. »Hoffentlich nicht *zuviel*?«

Peter lachte und faßte nach ihren Fingern. »Nein, nein, Darling. Zuviel nicht.«

»Dann bin ich ja beruhigt.«

»Eine Zigarette will ich aber noch rauchen«, sagte Peter. »Gib mir mal die Schachtel.«

Sandra nahm die Packung vom Tisch und warf sie ihrem Freund zu.

Peter Lorimer legte den Kopf zurück und stieß mit gespitzten Lippen die blaugrauen Rauchringe aus. Minutenlang sprach keiner der beiden ein Wort. Schließlich sagte Peter: »Ich habe dich noch gar nicht gefragt, warum du so plötzlich zurückgekommen bist. Das ging alles so schnell. Du warst ja kaum da, schon kamen die ersten Gäste.«

»Nimm an, mir hätte es nicht so recht gefallen.«

»Das nehme ich dir nicht ab. Weißt du – du bist irgendwie verändert.«

»Wie meinst du das?«

»Nun«, Peter drückte die Zigarette aus, »ich finde nicht so die richtigen Worte. Du bist stiller geworden, als hättest du etwas erlebt, was dein Leben beeinflußt hat.«

»Ach, das bildest du dir nur ein.«

»Nein, Sandra, soviel Menschenkenntnis habe ich. Aber ich bin auch nicht in der richtigen Stimmung, um darüber zu diskutieren. Wenn du es mir nicht sagen willst – bitte. Ich dränge dich jedenfalls nicht.« Peter Lorimer erhob sich aus dem Sessel. »Komm, laß uns schlafen gehen.«

Der junge Jurist ging schon vor und bemerkte nicht den kalten Blick, mit dem seine Freundin ihm nachsah. Wäre er Gedankenleser, hätte er auf der Stelle kehrtgemacht und wäre davongelaufen. So aber nahm das Schicksal seinen unheilvollen Lauf.

Peter Lorimer lag schon im Bett, während Sandra sich noch im

Bad aufhielt. Über dem Kopfende des Bettes brannte eine kleine Lampe und tauchte das Zimmer in anheimelndes Licht. Peter lag auf dem Rücken, den Blick hatte er auf den länglichen Kasten gerichtet, der an der Wand lehnte. Er hatte Sandra schon fragen wollen, was sie darin verbarg, hatte es aber dann immer vergessen.

Jetzt, als Sandra das Schlafzimmer betrat, erkundigte er sich danach.

Sandra setzte sich auf das Bett und lächelte. Sie trug nur einen knappen BH und einen winzigen Slip. »In diesem Kasten habe ich eine Überraschung für dich aufbewahrt, Peter«, sagte sie.

»Und wann zeigst du sie mir?«

»Wenn die Zeit gekommen ist.« Sandra lehnte sich zurück und präsentierte Peter ihren Rücken. »Mach mir doch mal den BH auf«, sagte sie.

Peter schnippte den Verschluß auf, und der knappe Büstenhalter fiel auf das Bett.

Schnell kroch Sandra unter die Decke. Peter hatte für seine Freundin nicht einen Blick. Sie war ihm in den letzten Stunden fremd geworden, und Peter Lorimer überlegte, ob es nur an ihr oder vielleicht auch an ihm lag. Er wußte noch keine Antwort. Er hatte sogar schon mit dem Gedanken gespielt, Schluß zu machen, Sandra quasi den Laufpaß zu geben.

Obwohl die beiden jungen Leute dicht nebeneinander im Bett lagen, schien zwischen ihnen doch eine unsichtbare Mauer zu bestehen, und niemand fand sich bereit, den ersten Schritt zu tun.

Die Minuten verstrichen.

Draußen von der nahen Kirche schlug die Uhr einmal. Durch das offene Fenster im Living-room kroch die Nachtkühle und breitete sich in der gesamten Wohnung aus.

Sandra Lee war es, die die Stille unterbrach. »Peter, ich muß dir jetzt etwas sagen.«

»Bitte.«

»Weißt du eigentlich, daß du mit einer Toten im Bett liegst . . .?«

John Sinclair und Jane Collins hatten Glück gehabt und an der nächsten Straßenecke schon ein Taxi bekommen. Als Fahrtziel hatte John Janes Adresse angegeben.

Der Oberinspektor und die Privatdetektivin saßen im Fond des Wagens. Jane hatte ihren Kopf gegen Johns rechte Schulter gelehnt und hielt die Augen halb geschlossen.

»Kommst du noch mit rauf?« fragte sie mit rauchiger Stimme.

John Sinclair hatte die Frage erwartet und war sich klar darüber, wie schwer ihm die Antwort fiel, die er jetzt geben mußte. »Nein, Jane«, sagte er, »ich fahre nach Hause.«

Janes Kopf ruckte hoch. »Ist das dein Ernst, John?«

»Ja.«

Die Detektivin biß sich auf die Unterlippe. »Das verstehe ich nicht. Ich habe mich wirklich auf die Nacht mit dir gefreut, und du mußt mir schon einen triftigen Grund nennen, weshalb du mir einen Korb gibst.«

John atmete schwer aus. Er konnte Jane nachfühlen, wie enttäuscht sie jetzt war, aber die Wahrheit konnte er ihr unmöglich sagen. Denn wie er Jane kannte, hätte sie ihn nicht allein gelassen.

»Ich bin einfach zu müde«, erwiderte John und wußte selbst, daß diese Ausrede mehr als lahm klang.

»Du glaubst doch nicht, daß ich dir das abnehme.«

John hob die Schultern.

»Steckt eine andere Frau dahinter?« wollte Jane wissen.

»Nein.«

»Was denn, zum Teufel?« Jane Collins wurde ärgerlich.

»Gib mir einen Tag Zeit, dann erkläre ich es dir«, sagte John eindringlich. »Du mußt mir vertrauen, Jane. Es ist nichts, was du denkst oder auch annimmst.«

»John Sinclair, ich kenne dich«, sagte die Detektivin. »Wenn keine andere Frau dahintersteckt, dann läßt dich mal wieder irgendein Fall nicht los. Habe ich recht?«

John schwieg.

»Hat das vielleicht etwas mit dieser Sandra Lee zu tun? Du hast ja schon auf der Party so komische Fragen gestellt.«

»In gewissem Sinne – ja«, erwiderte John ausweichend.

»Und du willst mir nichts Genaues sagen.«

»Später.«

»Falls es noch ein Später gibt.« Jane Collins war eingeschnappt, was ihr John nicht einmal verübeln konnte.

Das Taxi stoppte vor Janes Haus. Der Abschied fiel mehr als frostig aus, und John Sinclair bedauerte es zutiefst, daß der Abend so enden mußte. Aber wenn sich sein Verdacht bestätigte, dann bereiteten die Mächte der Finsternis durch Sandra Lee wieder eine gefährliche Attacke vor, und nicht nur Peter Lorimer befand sich in Gefahr, sondern andere Menschen auch.

John schaute Jane noch nach, bis die Haustür hinter ihr zugefallen war.

Der Taxifahrer drehte den Kopf. »Also wenn Sie mich fragen, Sir, ich hätte die Kleine nicht laufenlassen. Mann, die wäre doch ein Erlebnis gewesen.«

»Ich habe Sie aber nicht gefragt«, sagte John und gab das neue Fahrtziel – seine Adresse – an.

»Entschuldigen Sie. Ich dachte ja nur.«

Der Fahrer gab wieder Gas und hielt wenig später vor dem großen Apartmenthaus, in dem John wohnte.

Der Oberinspektor zahlte, stieg aus und fuhr mit dem Lift nach oben.

Er hatte vorsichtshalber so gut wie nichts getrunken, denn er wollte mit seinem eigenen Wagen noch einmal zu Peter Lorimers Wohnung zurückfahren.

Seine Beretta lag in der Schublade des Nachttisches. John steckte auch noch ein mit geweihten Silberkugeln gefülltes Magazin ein und magische Kreide.

Dann fuhr er nach unten in die Tiefgarage, wo sein silbergrauer Bentley parkte. Der Wagen war frisch überholt und eingewachst worden. Er stand in der Parkbox wie ein zum Sprung bereites Raubtier.

John klemmte sich hinters Steuer und fuhr los. Die Schranke zur Ausfahrt hob sich auf einen Lichtkontakt hin.

John Sinclair fuhr zügig, ohne jedoch das Tempolimit zu überschreiten.

Vor Lorimers Haus fand er einen Parkplatz. Mit gemischten Gefühlen blickte John an der Fassade hoch. Oben in der Wohnung rührte sich nichts. Die beiden Fenster zum Living-room standen offen. Im Zimmer war es dunkel.

John blickte auf seine Uhr. Es ging schon auf halb zwei zu. Eine nicht gerade normale Zeit, jemandem einen Besuch abzustatten. Aber hier galten andere Spielregeln.

Die Haustür war verschlossen. Einen Augenblick dachte John daran, es mit seinem Spezialschlüssel zu versuchen, verwarf diesen Gedanken aber wieder. Sein Eindringen wäre ungesetzlich gewesen, und es hätte ihm Schwierigkeiten einbringen können.

Ein Klingelbrett befand sich in der Türnische.

Johns Blick saugte sich an dem Namen Lorimer fest.

Der Oberinspektor atmete noch einmal tief durch und legte seinen Zeigefinger auf den weiß schimmernden viereckigen Kunststoffknopf . . .

Mit einer heftigen Bewegung drehte sich Peter Lorimer auf die linke Seite. Die Bettfedern protestierten quietschend unter dem plötzlichen Gewichtswechsel.

Lorimer starrte seine Freundin an.

Sandra lachte leise. »Du liegst mit einer Toten im Bett!«

Peter atmete tief aus. »Langsam glaube ich, daß du spinnst. Du weißt, ich bin ein witziger Mensch, der jeden Ulk mitmacht und sich für nichts zu schade ist. Bei so etwas jedoch verstehe ich keinen Spaß.«

»Es ist kein Spaß, Peter. Ich kann dir sogar beweisen, daß ich nicht mehr lebe, wenigstens nicht so, wie man es im normalen Sinne versteht.«

Peter Lorimer richtete sich auf und stützte sich auf die Ellenbogen. Aus einer Handbreit Entfernung starrte er Sandra Lee ins Gesicht. »Du willst es mir beweisen?« fragte er.

»Hast du eigentlich den ganzen Abend über nicht bemerkt, daß ich nicht atme?«

Sandra öffnete den Mund. Peter Lorimer drückte seine Lippen gegen die ihren, und plötzlich zuckte er wie unter einem Stromstoß zurück.

Sandra hatte recht.

Angst, Entsetzen und Schrecken beherrschten den jungen Juristen. Er hatte in einer instinktiven Abwehrreaktion die Hand gegen sein Gesicht gepreßt. Ein dumpfes Stöhnen drang aus seiner Kehle.

Die Wahrheit war für ihn furchtbar, und das teuflische Lachen, das Sandra auf einmal ausstieß, beseitigte auch noch die letzten Zweifel.

»Dein Gesicht müßtest du sehen«, sagte Sandra und schlüpfte aus dem Bett. Während sie nach ihrer Kleidung griff und die Sachen überstreifte, befahl sie ihrem Freund: »Los, zieh dich auch an!«

Peter schüttelte den Kopf.

»Du sollst dich anziehen!«

»Nein. Erst will ich wissen, was geschehen ist!« Peters Stimme klang schrill.

Sandra fletschte die Zähne. Peter Lorimer wurde unwillkürlich an das Bild einer sprungbereiten Tigerin erinnert.

»Jetzt will ich dir mal was sagen, mein lieber Peter. Die Zeiten, in denen wir uns wie ein Liebespaar aufgeführt haben, sind vorbei. Ich gehöre jetzt einem anderen, der so stark und mächtig ist, daß kein Mensch gegen ihn etwas ausrichten kann. Er gibt mir seine Befehle, sein Geist wohnt in mir.«

Peter schüttelte den Kopf. »Nein, nein, Sandra, so etwas darfst du nicht sagen. Du redest irre!«

»Irre? Du armer Narr. Mir würde es nicht einmal etwas ausmachen, dich zu töten, Peter!«

Lorimer war aus dem Bett gesprungen. Er kam sich lächerlich vor in seiner viel zu weiten Schlafanzughose, und doch wurde ihm der Ernst der Situation völlig klar. Er brauchte nur in Sandras kalte, leblose Augen zu sehen, um zu wissen, daß sie nicht spaßte.

»Du willst mich also umbringen«, flüsterte er. »Hast du dir das auch genau überlegt? Die Polizei schläft nicht. Du würdest zum Kreis der Verdächtigen gehören. Man . . .«

»Hör auf mit dem Quatsch!« zischte Sandra den jungen Mann an. »Das ist doch alles Unsinn, was du redest. Mir kann keine Polizei etwas anhaben, verstehst du? Ich bin schon tot. Und dann will ich dir noch einen Beweis geben, damit du siehst, wie ernst es mir in dieser Sache ist. Hier!«

Sandra trat an die Wand und öffnete den schmalen länglichen Kasten. Als sie sich Peter wieder zuwandte, hielt sie das Schwert des Drachen in der Hand.

Die Spitze der Klinge zeigte auf Peter Lorimers Kehlkopf!

Der junge Jurist war starr vor Entsetzen. Sandra hatte sich über das Bett gebeugt, der rechte Arm mit dem Schwert war ausgestreckt, ein kleiner Stoß genügte, und die Waffe würde Peters Kehle durchbohren.

Lorimer schielte auf die funkelnde Klinge. Sein Hals war trocken, die Angst schnürte ihm die Kehle zu. Kein Zweifel, Sandra würde ihn ohne Erbarmen umbringen. Und das Seltsame war, daß er sie dafür nicht einmal hassen konnte. Mitleid war das, was er für sie empfand. Sandra mußte in die Klauen einer Person geraten sein, die mächtiger war als die meisten Menschen, und in diesen Augenblicken schwor Peter Lorimer sich, Sandra Lee zu helfen. Koste es, was es wolle.

»Nimm das Schwert weg«, sagte er. Seine Stimme klang ruhig und gelassen.

»Und du wirst keine Schwierigkeiten machen?«

»Nein!«

»Nun gut!« Sandra senkte die Waffe. »Aber laß dir eines gesagt sein: Eine Berührung nur mit diesem Schwert, und du zerfällst zu Staub und Asche. Es ist das magische Schwert der Druiden, dieser mächtigen Zauberpriester, die den geheimnisvollen Göttern gedient haben, und die Waffe begleitet mich auf all meinen Wegen. Versuche nie, mich zu überwältigen, Peter Lorimer. Es würde dein Tod sein. Ich bin stärker als du!«

Der junge Jurist nickte. »Schon gut, Sandra. Und wie hast du dir die Sache weiter vorgestellt?«

»Wir werden gemeinsam eine Reise unternehmen. Hinauf zu den Orkney-Inseln. Tok-El, der mächtige Druidengott, braucht drei Opfer, um auf dieser Erde wieder sein Reich aufbauen zu können. Ich war die erste, du wirst der zweite sein.«

»Und das dritte Opfer?«

Jetzt lächelte Sandra teuflisch. »Du hast doch eine so nette Kollegin.«

»Jane Collins?«

»Genau die!«

»Nein«, sagte Peter, »das lasse ich nicht zu. Du wirst Jane in Ruhe lassen. Sie hat mit der Sache nichts zu tun. Du hast mich, und das reicht.«

»Wir werden Jane Collins mitnehmen. Oder ich werde sie umbringen. Du hast die Wahl.«

Peter senkte den Kopf. »Ich bin einverstanden.«

»Du hattest auch keine andere Möglichkeit. Und jetzt zieh dich endlich an.«

Langsam streifte Peter Lorimer seine Kleidung über. Sein Gesicht blieb dabei unbewegt.

Sandra Lee beobachtete ihren Freund aus schmalen Augenschlitzen. Noch traute sie ihm nicht, und ihr würde erst wohler werden, wenn sie sich auf der Drachen-Insel befand.

»Ich bin fertig«, sagte Peter und zog sein Jackett über den Rollkragenpullover.

»Gut, dann rufe bei Jane Collins an.«

»Jetzt?«

»Ja.«

»Aber . . . das ist unmöglich. Jane wird nicht allein sein. Sie und dieser Oberinspektor Sinclair sind liiert. Wir werden sie stören. Wir . . .« Peter suchte krampfhaft nach weiteren Ausreden, doch Sandra Lee schüttelte unbeirrbar den Kopf.

»Du tust, was ich dir gesagt habe, Peter!«

»Schön, ich werde Jane Collins anrufen.« Vielleicht war die Idee auch gar nicht so schlecht, dachte Peter. Unter Umständen konnte er der Detektivin eine Warnung zukommen lassen.

Peter Lorimer ging in den Living-room. Sandra folgte ihm. Das Schwert hielt sie nach wie vor in der rechten Hand.

Lorimer suchte Janes Nummer im Telefonbuch, blickte noch einmal Sandra an, die zwei Schritte neben ihm stand und jede seiner Bewegungen verfolgte.

Peters Zeigefinger zitterte, als er ihn in die Löcher der Wählscheibe klemmte. Er mußte sich vorbeugen, um die Zahlen zu erkennen, denn im Zimmer brannte kein Licht.

Jane Collins hob schon nach dem dritten Läuten ab.

»Hier ist Peter«, sagte Lorimer und hörte einen Atemzug später Janes enttäuschten Seufzer. Sie hatte mit John Sinclairs Anruf gerechnet.

»Was gibt es denn, Peter?«

»Wir kommen heute noch bei dir vorbei, Jane. Ich meine Sandra und ich. Es wird höchstens eine halbe Stunde dauern, dann sind wir da.«

»Aber hat das denn nicht Zeit?« fragte Jane Collins zurück.

Da es im Zimmer sehr leise war, konnte auch Sandra verstehen, was Jane sagte.

Die Untote schüttelte den Kopf. Ein Zeichen für Peter.

»Nein, Jane, es hat keine Zeit. Sandra möchte es gern.«

»Na, wenn es wirklich so dringend ist, meinetwegen.« Jane Collins gähnte. »Also, dann bis gleich, Peter.«

Peter Lorimer und Jane Collins legten fast gleichzeitig die Hörer auf. Peter schalt sich im Innern einen Idioten, daß er der Detektivin keine Warnung hatte zukommen lassen. Aber er war plötzlich zu feige gewesen, und er hatte Sandras Blicke wie Dolchstöße gespürt.

»Ich sehe, Peter, du reagierst prächtig«, lobte Sandra ihren Freund. »Wir werden bestimmt noch ein gut eingespieltes Paar. So, und jetzt wollen wir keine Zeit mehr verlieren. Nimm schon Abschied von deiner Wohnung, Peter, du wirst sie nie mehr wiedersehen. Geld brauchst du auch nicht einzustecken. Ich habe genug.«

Peter Lorimer ging an der Untoten vorbei in die kleine Diele und zog sich seinen Mantel über. Aus der Manteltasche holte er seinen Wohnungsschlüssel, betrachtete ihn sekundenlang und steckte ihn dann ins Schloß.

In diesem Augenblick schrillte die Türklingel!

Sekundenlang blieb Peter Lorimer in seiner gebückten Haltung stehen. Über die Schulter hinweg warf er Sandra einen fragenden Blick zu.

»Wer kann das sein?« zischte die Untote.

»Ich weiß es nicht.« Peter richtete sich auf.

Sandra biß sich auf die Lippen. Dann sagte sie: »Mach auf, egal, wer es ist. Mitten in der Nacht wird ja niemand ohne triftigen Grund zu dir kommen. Du wirst ihn in die Wohnung lassen. Ich verstecke mich im Schlafzimmer.«

»Willst du ihn umbringen?« fragte Peter Lorimer stockend.

»Vielleicht.«

Da schellte es zum zweiten Mal. »Los, öffne«, sagte Sandra Lee und verschwand in Richtung Schlafraum.

Peter Lorimer blieb nichts anderes übrig, als ihrem Befehl nachzukommen . . .

Erst nachdem John zum zweitenmal geläutet hatte, ertönte der Summer. Der Oberinspektor drückte die Tür auf. Oben im Flur schaltete gerade jemand das Licht ein.

Man roch noch die Spuren, die die Party hinterlassen hatte. Selbst im Hausflur stank es nach kaltem Rauch.

Peter Lorimer erwartete den Detektiv vor der Wohnungstür.

»Aber Herr Oberinspektor«, rief er, »was treibt Sie denn noch einmal zu mir?«

»Die Neugierde, Mister Lorimer. Darf ich hereinkommen?«

Peter Lorimer zögerte. Er blickte John flehentlich an. Geh weg, signalisierten seine Augen. Doch John Sinclair dachte gar nicht daran.

John lächelte. »Wollen wir uns wirklich hier draußen im Treppenflur unterhalten?«

»Nein, natürlich nicht. Entschuldigen Sie. Bitte sehr!«

Peter Lorimer gab den Weg frei.

John ging in den Living-room. »Sie haben es aber kalt hier«, sagte er.

»Ich kann das Fenster ja schließen.«

Nachdem Peter Lorimer dies getan hatte, setzte er sich John Sinclair gegenüber in einen Sessel und schlug die Beine übereinander. Dem Oberinspektor entging nicht, wie nervös der junge Jurist war. Er konnte nicht ruhig sitzen bleiben und knetete seine Finger.

»Darf ich Ihnen etwas anbieten, Herr Oberinspektor?«

Auf dem Tisch stand noch eine Flasche Tonic, aus der John sich bediente.

Peter Lorimer trank hastig einen Whisky. Tiefe Ränder hatten sich unter seine Augen eingegraben, und seine Mundwinkel zuckten. Peter Lorimer war auf dem besten Weg, ein Wrack zu werden.

John Sinclair bot Lorimer eine Zigarette an, die dieser jedoch ablehnte. Dafür gönnte sich John selbst ein Stäbchen. Gelassen sah er den Rauchwolken nach, die träge zur Decke stiegen.

Peter Lorimer konnte es nicht mehr länger aushalten. »Weshalb sind Sie noch einmal gekommen, Herr Oberinspektor?«

»Weil ich mit Ihnen reden will!«

»Worüber?«

»Über Sandra Lee.«

»Das hätten Sie doch schon auf der Party tun können.«

»Nein, der Zeitpunkt war zu schlecht. Sagen Sie, wo steckt sie eigentlich?« wechselte John das Thema.

»Sie – sie ist nicht da!«

John Sinclair merkte genau, daß Peter Lorimer log, sagte aber noch nichts.

»Sie ist nach Hause gefahren. Mit einem Taxi. Und ehrlich gesagt, ich bin auch müde. Können wir dieses Gespräch nicht auf später verschieben?«

»Das geht nicht, Mister Lorimer. Dann ist es vielleicht schon zu spät.«

»Wie meinen Sie das denn?«

John drückte seine halbaufgerauchte Zigarette aus. »Reden wir doch mal Klartext miteinander, Mister Lorimer. Wir beide sind nicht blind. Sicher haben auch Sie schon bemerkt, daß mit Ihrer Sandra etwas nicht stimmt. So, wie sie sich benommen hat, benimmt sich kein normaler Mensch. Sandra Lee ist kein Mensch mehr, um es genau zu sagen. Sie steht unter dem Einfluß einer unheilvollen Macht. Sie ist eine lebende Tote!«

Peter Lorimer ließ sich in seinem Sessel zurücksinken und atmete tief aus. »Sie wissen es also?«

»Ja. Ich habe es sehr schnell bemerkt, konnte nur nichts unternehmen, weil ich die anderen Gäste nicht in Gefahr bringen wollte. Sie müssen damit rechnen, daß Sandra versuchen wird, auch Sie unter ihre Knute zu zwingen. Und deshalb muß dieses lebende Ungeheuer ausgeschaltet werden.«

Peters Augen wurden groß. »Sie wollen sie töten?«

»Wenn es nicht anders geht – ja!«

»Das wäre Mord!«

»Nein, Mister Lorimer. Sandra Lee ist schon tot. Das andere wäre nur eine endgültige Erlösung. Und nun sagen Sie mir bitte, wo sich Sandra Lee versteckt hält. Im Schlafzimmer? Oder im Bad?«

»Sie brauchen mich gar nicht erst lange zu suchen, Herr Oberinspektor«, hörte John hinter seinem Rücken eine spöttische Stimme. Gleichzeitig streifte ein kalter Hauch seinen Nacken.

John Sinclair sprang aus dem Sessel und wirbelte herum.

Der Schock traf ihn und Peter Lorimer wie ein Hammerschlag.

Im offenen Türrechteck stand Sandra Lee. In der rechten Hand hielt sie das Schwert, und auf ihrem Hals saß statt des Kopfes der häßliche schuppige Schädel eines Reptils . . .

Tückische Augen funkelten die beiden Männer an. Augen, in denen die nackte Mordlust schimmerte.

Der unheimliche Schädel war langgezogen, und die grüngrauen Schuppen glänzten wie kleine Platten. Das Maul stand offen, eine gespaltene rote Zunge züngelte daraus hervor. An der obersten Stelle des Schädels begann ein gezackter Kamm. Er zog sich bis hinunter in den Nacken.

Mit Sandra Lee hatte dieses Untier überhaupt nichts mehr gemein. Die Frau war zu einer Schreckensgestalt geworden, wie sie nur in den Dimensionen der Finsternis und des Grauens wohnte.

Peter Lorimer verlor als erster die Nerven.

Sein Angstschrei zerriß die Stille und trieb auch John Sinclair aus seiner Erstarrung.

»Verschwinden Sie, Sinclair!« brüllte Lorimer. »Das Schwert. Sie hat das Schwert. Wenn es Sie berührt, werden Sie zu Staub!«

John hatte blitzschnell in die Tasche gegriffen, die magische Kreide hervorgeholt und einen Kreis um sich gezogen.

Im selben Augenblick hob die Schreckensgestalt das Schwert, wollte John mit einem einzigen Hieb den Schädel spalten.

Die Waffe zischte durch die Luft und wurde plötzlich wie von einer Wand gestoppt und zurückgeschleudert.

Der magische Ring hatte gehalten!

Peter Lorimer hatte sich abgewandt. Als er jetzt den Kopf drehte, sah er Sandra Lee zurücktaumeln und John Sinclair wie ein Fels in der Brandung mitten im Kreis stehen.

Und wieder schlug die Unheimliche zu.

Abermals wurde der Schlag gebremst.

John hatte schon daran gedacht, seine Pistole zu ziehen und zu schießen, doch gegen diese Geschöpfe konnten auch Silberkugeln nichts ausrichten. Sie waren nur durch besondere Waffen und Beschwörungen zu töten.

Sandra Lee wurde wütend. Aus dem Rachen drangen fauchende Laute, die von nach Schwefel riechenden Dämpfen begleitet wurden.

Es war eine höllische Situation. John Sinclair konnte den Kreis nicht verlassen. Eine Berührung mit dem Schwert, und er würde zu Staub zerfallen.

Wieder war es die Untote, die handelte. Sie sprang plötzlich vor und packte den vor Angst und Entsetzen erstarrten Peter Lorimer. Der junge Mann schrie auf, als er die Berührung an seinem Arm spürte. Dumpfe, drohende Laute drangen aus dem Maul der Unheimlichen. Sie zog sich mit dem zitternden Peter Lorimer zurück und zeichnete mit dem Schwert ein paar magische Zeichen in die Luft.

Aus dem Nichts fauchte eine Flammenwand empor.

Instinktiv wich John Sinclair zurück, hob beide Arme vor die Augen, um nicht geblendet zu werden.

Das Feuer breitete sich rasend schnell aus.

John Sinclair sah noch die Schatten der beiden Fliehenden, dann fiel mit einem dumpfen Knall die Wohnungstür ins Schloß.

John Sinclair sprang aus dem magischen Kreis. Der Weg zur Tür war ihm versperrt. Die Flammen reichten bis zur Decke, leckten mit gierigen Zungen nach der Kleidung des Geisterjägers.

Irgendwo im Haus schrien Stimmen. Jemand rief nach der Feuerwehr. John Sinclair hörte dies im Unterbewußtsein, während er verzweifelt nach einer Möglichkeit suchte, aus dieser Feuerhölle zu entkommen.

Das Fenster!

Dieser einzige Weg war ihm noch offengeblieben.

Schon schwelte sein Mantel. Rauch drang ätzend wie Säure in seine Atemwege.

John stürzte vor, bekam den Fenstergriff zu fassen, riß ihn herum.

Nachtluft fegte in den Raum, schürte die Flammen noch mehr.

Aus der Ferne drang das Jaulen einer Feuerwehrsirene an Johns Ohren. Aber John konnte nicht warten, bis die Rettungsmannschaften eintrafen. Bis dahin wäre er längst verbrannt.

Ein Sprung brachte ihn auf die Fensterbank. Mit der linken Hand hielt er sich am Fensterkreuz fest.

Unter ihm glänzte der Asphalt.

Menschen waren zusammengelaufen und starrten zu der brennenden Wohnung hoch.

Die Scheibe des zweiten Fensters zerplatzte von der Hitze.

Ein Aufschrei aus vielen Kehlen schallte John entgegen, als er auf dem schmalen Fenstersims balancierte.

»Springen Sie!« rief jemand.

John spürte die mörderische Hitze im Nacken. Er durfte jetzt nicht mehr zögern.

Der Geisterjäger sprang!

Kraftvoll stieß er sich ab, der angesengte Mantel flatterte im Fallwind. Unheimlich schnell raste John dem Pflaster entgegen.

Dann kam der Aufprall!

John Sinclair spürte ihn bis in die Haarspitzen. Er wurde nach vorn geschleudert, zog den Kopf zwischen die Schultern und rollte sich zusammen wie ein Igel.

Die Zuschauer waren zur Seite gesprungen.

John Sinclair überschlug sich dreimal, hörte das schrille Jaulen der Sirene, wurde von zwei starken Scheinwerferstrahlen erfaßt und knallte plötzlich mit der Stirn gegen etwas Hartes.

Es war ein parkender Wagen, der John Sinclair im Weg gestanden hatte.

Der Oberinspektor sah eine Unzahl von Sternen vor seinen Augen aufsprühen, spürte noch, wie ihn hilfreiche Hände zur Seite rissen, und dann nichts mehr.

Sandra Lee und Peter Lorimer liefen auf die Straße, bevor im Haus die ersten Türen aufgerissen und die Schreie nach der Feuerwehr laut wurden.

Sandra hatte wieder ihre normale Gestalt angenommen. Blitzschnell war die Verwandlung vor sich gegangen, so rasch, daß man ihr kaum mit den Augen folgen konnte.

Sandra hielt Peter am Ärmel fest. »Wo steht dein Wagen?«

»In der Garage.«

Das Heulen der Feuerwehrsirenen traf ihre Ohren, und Sandra stieß ein hartes Lachen aus. Wahrscheinlich kam für diesen Sinclair jede Rettung zu spät.

Mit zitternden Fingern schloß Peter das Garagentor auf, klappte es hoch, setzte sich in seinen Wagen – einen beigen Renault R 6 – und fuhr ihn nach draußen.

Sandra schwang sich auf den Beifahrersitz. Das Schwert des Drachen lag vor ihr auf den Knien.

»Den Weg kennst du ja«, sagte sie.

Die Brandstelle blieb hinter ihnen zurück. Sandra achtete darauf, daß Peter Lorimer vorschriftsmäßig fuhr. Sie hatte keine Lust, sich einer Polizeikontrolle stellen zu müssen.

»Wie weit ist es denn noch?« fragte sie nach zehnminütiger Fahrt.

»Wir sind gleich da.«

Peter Lorimer hatte nicht übertrieben. Zwei Minuten später stoppte er auf dem großen Parkplatz, der zu dem Apartmenthochhaus gehörte, in dem Jane Collins wohnte.

Das breite gläserne Eingangsportal war verschlossen. Bestimmt an die hundert Namensschilder leuchteten auf dem Klingelbrett.

Die Detektivin wohnte im siebten Stock.

Peter Lorimer schellte.

Sekunden später schon tönte ein fragendes ›Ja?‹ aus der Sprechanlage.

»Wir sind es«, sagte Peter.

»Augenblick, ich mache auf.«

Der Türsummer ertönte, und wenig später standen Sandra und Peter im Lift auf der Fahrt nach oben.

»Hüte dich, ihr eine Warnung zukommen zu lassen«, sagte die Untote. »Ihr würdet es dann beide nicht überleben.«

»Keine Angst, ich werde mich genau nach deinen Wünschen richten«, erwiderte Peter.

»Dir bleibt ja auch keine andere Wahl.«

Der Lift stoppte, und Sandra drückte die Türen auf.

Jane Collins' Apartment befand sich dem Lift schräg gegenüber. Die Detektivin stand in einem offenen Türrechteck. Sie trug einen bequemen Hausanzug aus Seide, der sich eng um ihre Figur schmiegte. Jane hatte die Haare ausgekämmt, sie fielen ihr in langen Wellen bis auf die Schultern.

»Kommt rein«, sagte sie zur Begrüßung, und ihr fiel sofort auf, wie blaß Peter Lorimer war.

Sandra Lee hatte das Schwert des Drachen hinter ihrem Rücken versteckt. Die Detektivin sollte die Waffe nicht schon draußen auf dem Flur bemerken.

Jane schloß die Tür und führte die beiden in den Living-room. Long-Drink-Gläser standen auf dem Tisch, und Jane fragte, ob sie etwas zu trinken anbieten könne.

Ihr Angebot wurde abgelehnt.

Plötzlich schwang Sandra Lee den Arm mit dem Schwert herum. Eine Handbreit von Janes Brust entfernt kam die Spitze zur Ruhe.

Die Detektivin war bleich geworden. »Was soll der Unsinn?« fragte sie und schielte auf die Klinge.

»Sie setzen sich hin«, befahl die Untote.

Jane warf Peter Lorimer einen verständnislosen Blick zu, doch der junge Jurist hob nur die Schultern.

Jane Collins ließ sich in den grasgrünen Cordsessel fallen. Sandra stand vor ihr. Wie festgeschmiedet lag das Schwert in ihrer Hand. Sie war bereit, bei der geringsten verdächtigen Bewegung zuzustoßen.

Jane Collins Miene vereiste. »Ich darf doch wohl um eine Erklärung bitten«, sagte sie mit frostiger Stimme.

»Sicher dürfen Sie das«, erwiderte Sandra Lee. »Aber vorerst rate ich Ihnen, keine Dummheiten zu machen. Eine Berührung mit diesem Schwert reicht, und Sie zerfallen zu Staub.«

Jane Collins drehte den Kopf in Peters Richtung. »Stimmt das?« fragte sie.

Der junge Jurist nickte. Er hatte die Lippen zusammengepreßt. Sein Gesicht war wachsbleich. Schweißperlen glitzerten auf seiner Stirn. Seine Hände öffneten und schlossen sich krampfhaft.

»Mit ihm können Sie nicht rechnen«, sagte Sandra. »Er ist genauso ein Gefangener wie Sie. Und damit wir uns klar verstehen. Sie werden von nun an in meiner Gewalt bleiben. Wir drei werden gemeinsam eine kleine Reise unternehmen. Man erwartet uns bereits. Der Count of Blackmoor wird sich freuen, wenn er neue Gäste in seiner Burg empfangen kann.«

»Sie meinen die Orkney-Inseln?« sagte Jane.

»Das soll Sie jetzt nicht interessieren. Wichtig ist nur, daß Sie mich begleiten.«

»Und Sie glauben, daß ich unterwegs nicht die Chance zur Flucht nützen werde?«

»Das wird Ihnen kaum gelingen«, erwiderte Sandra mit einem wissenden Lächeln. Sie deutete mit der freien Hand auf das Schwert. »Dieses Schwert ist nicht nur eine Waffe, sondern es wurde durch die Schwarze Magie geweiht. Es ist in der Lage, Zeit und Raum zu überwinden, die Reise wird nicht länger als einen Lidschlag dauern. Danach seid ihr die Diener Tok-Els, des mächtigsten Druidengottes, der je gelebt hat, und dessen Rückkehr ihr mit mir zusammen vorbereiten sollt. Ihr werdet seine Diener sein und nur ihm gehören. Niemand wird euch noch retten können, selbst ein John Sinclair nicht mehr.«

Jetzt wurde Jane Collins vieles klar. John Sinclair hatte also doch den richtigen Riecher gehabt. Er wußte, daß mit Sandra Lee etwas nicht stimmte. Aber was war mit ihm geschehen?

Die Untote dirigierte die Detektivin und auch Peter Lorimer bis dicht vor das Fenster des Living-room.

»Genießen Sie noch einen letzten Blick und denken Sie dabei an Ihren Sinclair, der den Flammentod sterben wird«, sagte Sandra und begann, über den Köpfen der beiden mit dem Schwert magische Figuren zu malen. Dabei murmelte sie dumpfe Beschwörungen. Worte, die so schrecklich und grauenhaft klangen, daß sie nicht von dieser Welt stammen konnten. Sandras Gesicht hatte sich zu einer bösen Fratze verzerrt, und dort, wo die Klinge des Schwertes die Zeichen gemalt hatte, begann die Luft zu flimmern.

Sie verdichtete sich. Es knisterte, als würden elektrische Funken gegeneinander schlagen. Ein bläulich schimmernder Reif legte sich über Jane Collins und Peter Lorimer.

Jane hatte das Gefühl, als würde ihre Brust zusammengepreßt. Nur noch verschwommen sah sie die Gestalt der Untoten, schwach drangen die schrecklichen Beschwörungen an ihre Ohren.

Neben ihr stöhnte Peter Lorimer. Er hatte den Mund aufgerissen, erinnerte an einen Fisch auf dem Trockenen, der verzweifelt nach Sauerstoff schnappt.

Immer stärker wurden die Schmerzen, und plötzlich hatte Jane Collins das Gefühl, unter ihren Füßen würde sich ein Schacht auftun, der sie mit in eine unheilvolle dunkle Tiefe riß.

Das letzte, was sie hörte, war Sandra Lees höhnisches, triumphierendes Gelächter, dann hatte sie und Peter Lorimer der Tunnel der Zeiten verschlungen . . .

»Au, verdammt!«

Das waren John Sinclairs erste Worte, die er nach seiner Bewußtlosigkeit ausstieß. Sein Kopf fühlte sich an, als wäre er durch ein Mühlrad gedreht worden, und als John die Hand hob und nach seiner Schläfe tastete, spürte er etwas Klebriges zwischen seinen Fingerkuppen.

Blut!

»Bleiben Sie ruhig liegen, Mister«, hörte er eine dunkle, sympathische Stimme, und dann schien sein gesamter Kopf plötzlich in Flammen zu stehen.

Pfeifend zischte der Atem durch Johns Zähne.

»Ja, ja, Jod war noch nie angenehm, aber geholfen hat es immer. So, und jetzt können Sie meinetwegen die Augen öffnen.«

Der Oberinspektor ließ sich das nicht zweimal sagen. Blaue Augen, die hinter einer dicken Brille blinzelten, sahen ihn an. Die Augen gehörten dem Arzt, der John behandelt hatte. Der Oberinspektor selbst lag auf einer Bahre neben einem Ambulanzwagen.

Der Oberinspektor blickte sich um.

Zwei Feuerlöschwagen, ein Krankenwagen und ein Streifenwagen versperrten die Straße. Dahinter ein dichter Ring von Neugierigen.

John Sinclair ging auf den Streifenwagen zu. Neben der Kühlerschnauze stand ein Polizist mit vor der Brust verschränkten Armen und schaute interessiert den löschenden Feuerwehrbeamten zu.

John Sinclair tippte den Uniformierten an und präsentierte seinen Ausweis.

Augenblicklich nahm der Beamte Haltung an. »Was kann ich für Sie tun, Sir?«

John, der in seinem angesengten Mantel einem Landstreicher mehr glich als einem Oberinspektor vom Yard, deutete auf ein Telefon. Es befand sich am Armaturenbrett des Streifenwagens. »Ich brauche mal Ihren Klingelkasten.«

»Bitte sehr, Sir.«

John kletterte in den Streifenwagen und wählte Superintendent Powells Privatnummer.

Powell nahm schon beim dritten Läuten ab, und seiner Stimme merkte John an, daß er hellwach war.

Sinclair entschuldigte sich auch nicht erst groß für die Störung und kam sofort zur Sache. Knapp und präzis berichtete er über seine Abenteuer in den vergangenen Stunden. Powell unterbrach ihn mit keinem Wort. Erst als John geendet hatte, fragte der Superintendent: »Und was haben Sie jetzt vor, Sinclair?«

»Ich muß so schnell wie möglich zu den Orkney-Inseln. Noch in dieser Nacht.«

»Wird schwierig werden.«

»Ich weiß, aber die Zeit drängt. Ich denke auch nicht an einen normalen Passagierflug, sondern diesmal muß das Militär mal was für uns tun. Lassen Sie Ihre Verbindung spielen, Sir. Wir haben doch oben auf den Inseln einen Luftstützpunkt. Von dort ist es nur ein Katzensprung bis zur Dracheninsel.«

Nach John Sinclairs Vorschlag entstand erst einmal eine kurze Pause. Dann meinte der Superintendent: »Gut, Sinclair. Sie haben mich überredet. Ich werde sehen, was sich machen läßt. Wo kann ich Sie erreichen?«

»Ich fahre zu meiner Wohnung und warte dort.«

»Verstanden, bis später dann.« Powell legte auf.

John kletterte aus dem Streifenwagen. Die Menschenmenge hatte sich inzwischen verflüchtigt. Es gab doch keine Sensationen mehr zu sehen. Die Feuerwehr hatte es geschafft, daß der Brand sich nicht weiter ausweiten konnte. Allerdings von der Wohnung hatten sie auch nichts mehr retten können. Sie war ein Opfer der Flammen geworden. Jetzt ging es einigen Experten noch darum, die Brandursache festzustellen. John Sinclair wollte eine Erklärung geben, ließ es aber dann bleiben, da man ihm bestimmt nicht glauben würde. Er konnte es außerdem auch gar nicht verlangen.

Sicherheitshalber gab er bekannt, wo er im Yard später zu erreichen war, und setzte sich dann in seinen Bentley, der von den Wassermassen einiges abbekommen hatte.

John fuhr zu seiner Wohnung. Dort wechselte er seine Kleidung und wartete auf Superintendent Powells Anruf.

Die Zeit vertickte. Es ging schon auf vier Uhr morgens zu, als endlich das Telefon klingelte.

Es war Powell.

»Hören Sie zu, Sinclair«, sagte der Superintendent. »Es hat geklappt. Sie können mit einer F 104 mitfliegen. Die Maschine startet vom Croydon Airport um genau fünf Uhr. Zielbasis St.-Barbara-Field auf den Orkney-Inseln. Der Commander weiß Bescheid, der Pilot hält sich bereit. Viel Glück, Oberinspektor.«

»Danke, Sir, ich kann's gebrauchen.«

Aufatmend legte John den Hörer auf die Gabel. Das hatte ja gerade noch geklappt. Wieder einmal mußte er Powells Organisationstalent bewundern. Was dieser Mann – den viele mit dem Wort Schreibtischmuffel abqualifizierten – alles schaffte, war schon sagenhaft. Powell machte manchmal das Unmögliche wahr, wie auch diesmal wieder.

John trat an die Wand und öffnete seinen kleinen Safe. Hier verwahrte er Waffen besonderer Art, die ihm schon manchmal geholfen hatten, wie zum Beispiel den geweihten silbernen Nagel, mit dem er Doktor Tod zur Hölle geschickt hatte.

Doch dieser Nagel interessierte John nicht. Er steckte sich den silbernen Dolch noch ein, in dessen Griff magische Symbole eingraviert worden waren. Er ähnelte einem malaiischen Kris. Die beiden Seiten der Klinge liefen wellenförmig aufeinander zu und vereinigten sich an ihrem Ende zu einer scharfen Spitze.

John steckte den Dolch in eine dafür eigens geschaffene Lederscheide. Er nahm außerdem noch genügend Munition mit und auch magische Kreide, die ihm schon oft einen großen Dienst erwiesen hatte.

John hatte den Bentley vor dem Haus geparkt. Der Nachtportier machte große Augen, als er den Oberinspektor noch einmal weggehen sah. »Nanu, Sir, immer noch im Dienst?«

»Leider.«

»Wo geht's denn hin, wenn ich mal neugierig sein darf?«

John stand schon an der Tür. Jetzt wandte er sich noch einmal um. »In den hohen Norden. Zu den Orkney-Inseln.«

»Um diese Zeit? Nee, das ist nichts für mich. Ich ziehe Spanien vor.«

»Ich eigentlich auch«, sagte John Sinclair und stieß die weite Glastür auf.

Immer wenn die beiden Flügel hinter ihm zufielen, hatte er das Gefühl, es wäre etwas Endgültiges. Selbst ein Geisterjäger blieb vom Aberglauben nicht verschont.

Dann fuhr John ab. Die Augen des Nachtportiers starrten den Rücklichtern nach, bis sie verschwunden waren. Der Portier wußte von Johns Job und träumte oft genug davon, sich auch mal mit Verbrechern herumschlagen zu können. Aber ihm reichte schon seine Ehefrau.

Inzwischen rollte John durch die Nacht. Er fuhr auf der

Ausfallstraße und konnte anständig aufdrehen. John fuhr konzentriert, ließ sich durch nichts ablenken. Aus diesem Grunde rauchte er auch während der Fahrt keine Zigarette.

Croydon Airport, der ehemalige Zivilflughafen, war zu einem Militärflughafen umfunktioniert worden. John mußte mehrere Sperren passieren, ehe er die langgestreckten Gebäude der Flughafenkontrolle erreichte.

Ein junger Lieutenant führte ihn zu Commander Holden. Der Händedruck des Offiziers war kräftig. Holden bat John, Platz zu nehmen, und ließ den Piloten kommen.

Der Pilot hatte schon seine Kombination angelegt und wurde John als Jack Sturgess vorgestellt.

»Sie müssen sich auch umziehen, Sir«, sagte der durchtrainiert wirkende schwarzhaarige Mann mit dem jungenhaften Lächeln. »Wir haben schon eine Kombination für Sie bereitgelegt.«

Sie paßte sogar. John kam sich darin vor wie ein Marsmensch. Der Oberinspektor verstaute seine Zivilkleidung in einen von der Armee ausgeliehenen Koffer und begab sich dann mit Jack Sturgess zu der F 104.

Die Maschine stand schon startbereit, die Düsen liefen bereits warm.

»Na, dann steigen Sie mal ein«, sagte Jack Sturgess und klopfte John auf die Schulter. »Ich wünsche Ihnen Hals- und Beinbruch.«

»Danke, gleichfalls«, erwiderte John Sinclair und setzte seinen Fuß auf die erste Sprosse der Einstiegsleiter.

Es war ein phantastisches Farbenspiel, mit dem die Sonne im Osten über den Horizont kroch. Sie überzog das Meer mit einem goldenen Schleier, auf dem die gischtenden Kämme der Wellen wie unzählige Diamanten funkelten.

Für Sekunden ließ sich John Sinclair von diesem grandiosen Sonnenaufgang gefangennehmen. Er war in der Stadt groß geworden, und es war für ihn immer ein besonderes Erlebnis, einem Naturschauspiel zuzusehen.

John hatte den Flug bisher gut überstanden. Wie ein blitzender Pfeil war die F 104 über die Britische Insel gehuscht. In fünfzehntausend Fuß Höhe hatten sie die schottische Grenze überflogen und hielten Kurs Norden, auf die Orkney-Inseln zu.

Der Pilot stand in ständiger Sprechverbindung mit den Militärbasen und gab John Sinclair jetzt durch Zeichen zu verstehen, daß er mit dem St.-Barbara-Field auf der Insel Sanday Kontakt hatte.

Der Oberinspektor atmete auf. Soviel Spaß ihm auch der Flug bereitet hatte, er war doch froh, bald wieder festen Boden unter den Füßen zu haben.

Noch war die Sicht klar, aber von Westen kommend schob sich eine dunkle Wolkenwand der Inselgruppe entgegen. Es würde Schnee, Regen und Sturm geben, eigentlich das normale Wetter um diese Jahreszeit.

Der Pilot ging tiefer. Erste Wolkenfetzen huschten an den Sichtfenstern der Kanzel vorbei. Schon war die grüngraue Fläche des Meeres zu sehen. Ein Kriegsschiff pflügte durch die anrollenden Wellen.

Die Insel Sanday geriet in Johns Blickfeld. Aber nicht nur sie. Auch die anderen Inseln tauchten auf. Sie sahen aus wie große grüne Flecken mit braunen Tupfen.

Rasch verlor die F 104 weiter an Höhe. Jack Sturgess war jetzt vollauf mit der Landung beschäftigt. Laufend gab er Positionsmeldungen durch. John Sinclair wurde in den Sitz gepreßt. Schon war die Militärbasis zu erkennen. Die Baracken wirkten wie Streichholzschachteln, die Menschen wie Ameisen.

Die Betonpiste der Landebahn erschien vor der Schnauze des Düsenjägers.

Dann setzte der silbrig glänzende Vogel auf. Die negative Beschleunigung preßte John Sinclair in die Gurte. Für Sekunden schloß der Oberinspektor die Augen.

Der Pilot betätigte den Hebel für die Ausklinkung des Bremsfallschirms. Sekunden später flatterte die Seide hinter dem Flugzeug auf. In einer endlos scheinenden Kette flitzten draußen die Positionsleuchten vorbei. Schon sah John Sinclair den Radarturm der Flugüberwachung auftauchen. Die Düsentriebwerke der F 104 heulten ein letztes Mal auf. Immer geringer wurde die Geschwindigkeit. Und dann stand der Jäger.

Der Pilot schnallte sich los. Und auch John Sinclair öffnete die Verschlüsse der Anschnallgurte.

Jack Sturgess grinste den Oberinspektor an. »Na, wie fühlen Sie sich?«

John grinste zurück. »Etwas wackelig, aber immerhin.«

Der Pilot lachte. Er half John beim Lösen der Sicherheitsgurte. Auf der Rollbahn warteten bereits die Mechaniker. Als John hinter Jack Sturgess aus dem Flugzeug kletterte, fauchte der Wind durch seine Haare. Das Wetter hatte sich verschlechtert, und John sah schon schwarz für seinen Ausflug zur Dracheninsel.

In der Kommandeursbaracke machte der Pilot Meldung. Der Commander, ein mittelgroßer Mann mit glattrasiertem Schnäuzer, nickte wohlwollend. Dann wandte er sich John Sinclair zu.

»Ihre Ankunft ist uns bereits avisiert worden. Seien Sie willkommen am Ende der Welt, wie wir sagen. Was den Grund Ihres Besuches betrifft, hat man sehr geheimnisvoll getan. Sind Sie mit einem Spezialauftrag unterwegs?«

»So ungefähr, Sir.«

»Na, ich will nicht weiter in Sie dringen. Sie ziehen sich jetzt am besten um. Draußen wartet bereits ein Wagen, der Sie zum Hafen bringt. Ich wünsche Ihnen für Ihre Aufgabe viel Glück.«

»Danke, Sir!«

Wenige Minuten später hockte John mit angezogenen Beinen in dem grünen Militärjeep. Der Fahrer fuhr wie der Teufel persönlich. John sah nicht viel von der Landschaft. Wiesen, Felsen und ab und zu eine weidende Schafherde.

Sie passierten einige Dörfer und hatten die kleine Hafenstadt St. Barbara erreicht. Hier legte auch die Fähre an, das einzige Verbindungsglied zwischen den Inseln.

John schnappte sich seinen Koffer und stieg aus. Der Fahrer tippte noch mal kurz gegen seinen Mützenschirm und fuhr ebenso schnell zurück, wie er auch gekommen war.

John stand nicht weit von der Kaimauer entfernt. Die grüngrauen Wellen der See klatschten gegen die Betonfestung. Fischerboote schaukelten auf den Wellen. Ab und zu sah John auch einen Motorkahn zwischen den Holzbooten auftauchen.

Nach einem Bootsverleih suchte er vergebens. Wenigstens konnte er kein Schild entdecken.

»Suchen Sie was, Mister?« hörte John plötzlich neben sich eine helle Jungenstimme.

Der Oberinspektor wandte den Kopf. Ein pfiffiges sommersprossiges Gesicht sah ihn an. Der Junge trug eine viel zu große Mütze, und hätte er keine abstehenden Ohren gehabt, wäre ihm die Mütze sicherlich über die Augen gerutscht. Die Hände hatte der zukünftige Seemann in den Taschen seiner weit ausgestellten Hose vergraben.

»Du hast eine gute Beobachtungsgabe, wie?« fragte John zurück.

»Man tut, was man kann, Mister.«

John lächelte. »Ich suche tatsächlich etwas. Und zwar ein Boot. Ich möchte mir eines leihen.«

Die Augen des Jungen wurden groß. Er legte den Kopf schief und fragte: »Sind Sie lebensmüde, Mister?«

»Nein, wieso?«

»Weil hier bald der Teufel los sein wird. Da braut sich im Westen ein Unwetter zusammen, das sich gewaschen hat. Also, wenn Sie mich fragen, Mister, ich würde mich in ein Gasthaus verkriechen und vollaufen lassen.«

»Ich brauche das Boot aber.«

»Sagen Sie hinterher nur nicht, ich hätte Sie nicht gewarnt, falls Sie das noch können.« Der Junge schob die Mütze aus der Stirn und zeigte mit dem rechten Arm schräg über seine Schulter. »Da hinten in der Holzbude wohnt Old Kilroy, der verleiht Boote. Bestellen Sie ihm einen schönen Gruß von mir.«

»Brauche ich gar nicht. Du hast dir deine Provision schon so verdient.« John drückte dem Jungen zwei Geldstücke in die Hand.

»Schade, Mister, daß Sie bald bei den Fischen sind. Ich hätte mich gerne noch mit Ihnen unterhalten.«

John lachte noch, als er bereits an die Tür der Holzbude klopfte. Bude war wirklich der richtige Ausdruck. Die Bleibe war aus rohen Fichtenstämmen zusammengezimmert worden. Aus dem Schornstein stieg ein graugelber Rauchfaden, der augenblicklich vom Wind zerfasert wurde. Über der Tür hing ein Blechschild mit der Aufschrift: Kilroy's Bootsverleih.

»Kommen Sie rein, die Tür ist offen«, rief im Inneren des Hauses eine rauhe Stimme. »Ich hab schon gesehen, wer Sie geschickt hat, Mister.«

John öffnete die Tür und mußte gleich den Kopf einziehen. Ein Fischernetz baumelte vor seinen Augen. Es war nicht das einzige. Wohin das Auge auch sah, überall lagen nur Netze. Und Old Kilroy hockte auf einer Bank und flickte ebenfalls an einem Netz.

Es dauerte einige Sekunden, bis sich Johns Augen an die herrschenden Lichtverhältnisse gewöhnt hatten. Dann aber konnte er den Bootsverleiher genauer sehen. Eigentlich bestand

Old Kilroys Gesicht nur aus einem Bart, zwischen dem zwei kleine lustige Äuglein funkelten. Selbstverständlich saß eine Schiffermütze auf Old Kilroys Schädel, und zwischen seinen Zähnen klemmte eine kurze Stummelpfeife.

»Wollen Sie ein Boot mieten?« fragte er zur Begrüßung.

»Das hatte ich vor«, erwiderte John.

»Großer Lord, schon wieder ein Lebensmüder.«

»Wieso?«

»Vor ein paar Tagen hat bei einem Kumpel von mir eine Lady ein Boot gemietet. Sie wollte zu einer Insel fahren, und sie ist sogar zurückgekommen. Bei Ihnen glaube ich nicht so recht daran. Ich wette, Sie werden schon nach fünf Meilen Fahrt mit den jungen Nixen Dauerschwimmen üben können.«

»Man hat mich bereits gewarnt«, sagte John, der die ganze Geschichte nicht noch einmal hören wollte.

»Keine Angst, ich sage nichts. Habe es ja nur gut gemeint.« Der Alte rutschte von seiner Holzbank. »Was darf's denn für ein Kahn sein? Ich habe da noch ein frisch überholtes Schätzchen liegen mit einem Sechzig-PS-Motor. Der Kahn sieht zwar nicht gerade gut aus, ist aber völlig in Ordnung.«

»Wenn Sie das sagen, dann nehme ich ihn«, sagte John.

Der Alte grinste geschmeichelt und sagte: »Kommen Sie mit.«

Hinter der Baracke führte ein schmaler Pfad zum Kai. John, der sich noch auf der Militärbasis umgezogen hatte, trug einen Parka, durch den auch der Wind nicht pfeifen konnte.

Eine Treppe führte zum Wasser hinunter. Die auslaufenden Wellen klatschten gegen die Stufen. Gischt spritzte hoch. »Hier, direkt das erste, das ist es«, sagte Old Kilroy.

Der Kahn sah wirklich nach nichts aus. Bei genauerem Hinsehen erkannte John, daß er mit Rostschutzfarbe gestrichen war. »Wieviel kostet der denn an Leihgebühr?«

»Geben Sie mir hundert Pfund, damit ist auch die Kaution gesichert.«

John zahlte.

Der Alte steckte das Geld ein. »Ich hoffe, daß wir nach Ihnen wieder Ruhe haben«, sagte er. »Erst das Mädchen, dann das Theater mit der Polizei . . .«

John wurde hellhörig. »Polizei?«

»Ja. Die haben uns Löcher in den Bauch gefragt. Von der Fähre nach Thurso rüber sind drei Besatzungsmitglieder spurlos verschwunden. Einfach so. An Ertrinken haben die Polizisten nicht geglaubt, dafür waren die Boys zu gute Seefahrer. Ich schätze, die sind irgendeinem Verbrechen zum Opfer gefallen.«

»Und wer sollte hier so etwas tun?« fragte John.

»Das weiß ich auch nicht. Manchmal kommen Fremde her, wie Sie, zum Beispiel.« Old Kilroy war ziemlich direkt.

»Sie trauen also den Fremden einen Mord zu.«

»Nun ja, nicht unbedingt.«

»Dann müßten Sie ja die junge Lady auch in Verdacht gehabt haben.«

»Aber doch nicht die«, entrüstete sich der alte Seelord. »Also, da liegen Sie aber schief, Mister. Wie sollte eine Person wie die junge Lady mit drei eckigen Burschen fertig werden? Nein, nein, da steckt etwas anderes dahinter.«

Du ahnungsloser Narr, dachte John. Er ahnte, was mit den dreien geschehen war. Sie waren mit der jungen Lady – in diesem Fall niemand anderes als Sandra Lee – aneinandergeraten. Bestimmt hatte Sandra die Wirkung des magischen Schwertes ausprobiert. Klar, daß die Polizei vor einem Rätsel stand. Die Asche hatte Sandra bestimmt ins Meer geschüttet.

»Wo wollen Sie eigentlich hin?« fragte der Alte den Oberinspektor noch, als John bereits mit beiden Beinen im Boot stand.

»Zur Dracheninsel!«

»Großer Lord.« Der Alte schlug zwei Kreuzzeichen schnell hintereinander. »Sie wollen zu der verhexten Insel? Jetzt glaube ich tatsächlich, daß Sie lebensmüde sind.«

Old Kilroy machte auf der Stelle kehrt und rannte, so schnell ihn seine kurzen Beine tragen konnten, zu seinem Schuppen hinüber.

John zuckte die Achseln und drehte den Zündschlüssel. Der Motor des Bootes tuckerte ein paarmal, kam dann aber. John löste die Leine und manövrierte den Kahn behutsam aus dem kleinen, künstlich angelegten Hafen.

Old Kilroy stand in der Tür und schaute ihm kopfschüttelnd nach, während seine Lippen Gebete murmelten.

Kaum hatte John den kleinen schützenden Hafen verlassen, da bekam er einen Vorgeschmack von dem, was ihn erwartete.

Die See war rauh geworden. Lange Wellen rollten gegen das Boot an, hoben es an, bis auf den Wellenberg, um es dann mit doppelter Geschwindigkeit in das Wellental rasen zu lassen. John hatte die Seekarte mit dem eingezeichneten Kurs mit Hilfe einer Heftzwecke an der Armaturenkonsole befestigt. Ihm kam es erst einmal darauf an, den richtigen Kurs zu halten.

Am Himmel ballten sich dunkle Wolken zusammen. Der Wetterumschwung war da. Die Temperatur sank. Bald würden die ersten Schneeböen über Land und Meer pfeifen. John hoffte, daß er bis dahin die Insel erreicht hatte.

Immer wieder spritzten Gischtfontänen über. Die Schutzscheibe hielt nur das Nötigste ab.

Zum Glück wurde John nicht seekrank. Mit eisernen Fäusten hielt er das Ruder umklammert.

Die Zeit verrann. Eine Stunde, zwei . . .

John hatte schon Angst, vom Kurs abgekommen zu sein, da sah er plötzlich die Umrisse eines wildzerklüfteten Geländes aus den tiefhängenden Wolkenschleiern auftauchen.

Die Dracheninsel.

John Sinclair hatte sein Ziel erreicht . . .

Es war gar nicht so einfach, das Boot zwischen den der Insel vorgelagerten Klippen hindurchzusteuern, doch John schaffte mit Geschick und Geduld auch diese schwierige Hürde.

Eine kleine Bucht fiel dem Oberinspektor ins Auge. Sie schnitt wie ein langer Finger in das Innere der Insel ein und war auch gegen die stetig anrollende Brandung geschützt.

John Sinclair brachte die schäumenden Brandungswellen hinter sich und lenkte das Boot schon bald in das ruhige Wasser der kleinen natürlichen Bucht.

Er fand eine Stelle, wo er das Boot an Land ziehen konnte. Es war eine Höllenarbeit, und John stand bis zu den Knien im kalten Wasser. Doch dann hatte er den Kiel auf das kleine Stück Strand geschoben und band die Bootsleine sicherheitshalber noch einmal um einen in der Nähe liegenden Felsblock.

Jetzt sah sich John Sinclair um.

Der erste Eindruck von der Dracheninsel war deprimierend. Es herrschte eine kalte, unheimliche Atmosphäre. Nicht ein Vogel kreiste über den Klippen. Es wuchs kein Baum, kein Gras – nichts. Nur von Wind und Wetter blankgefegte Felsen.

Und der ewige Wind, der seine schaurige Melodie jaulte.

John fröstelte, aber das kam nicht nur allein von dem kalten Wetter. Es hatte mittlerweile zu regnen begonnen. Fast waagerecht fegte der Wind die Regenschleier vor sich her. Es war schon mehr ein Schneeregen, und die kleinen Tropfen drückten wie winzige Messerstiche gegen Johns Gesicht.

Der Oberinspektor zog die gefütterte Kapuze seiner Windjacke über den Kopf und machte sich auf den Weg, um die Drachenburg zu finden.

Er hatte so gut wie keine topographischen Angaben. Die Militärs hatten ihm zwar einen Grundriß der Insel gezeigt, das war aber auch alles. Über Geländeformen und -arten wußte John gar nichts. Auch über die Burg hatte man ihm nichts sagen können. Gesehen hatte sie niemand, meistens lagen die Gipfel der Berge sowieso im Nebel.

John suchte nach einem Pfad oder schmalen Weg und fand ihn auch. Es war derselbe Weg, den auch Sandra Lee benutzt hatte und der direkt zur Drachenburg führte.

Regenböen ließen nur eine geringe Sichtweite zu. John Sinclair, der das Terrain nicht kannte, hatte Mühe, voranzukommen. Immer wieder mußte er Felsbrocken ausweichen und geriet dabei oft an die bedrohliche Nähe des Abgrundes.

Der schmale Pfad stieg weiter an. Felszinnen türmten sich vor John Sinclair in den verwaschenen Nebelhimmel. Sie waren mit Moos und Flechten bewachsen und durch die Nässe glitschig geworden.

Der Oberinspektor hatte eine Stablampe mitgenommen, die er ab und zu anknipste. Der helle Strahl kämpfte gegen die milchigen Schleier an und gestattete dem einsamen Mann wenigstens, das Nötigste zu erkennen.

Zeit spielte keine Rolle mehr. John war nur noch von dem Gedanken beseelt, die Drachenburg zu finden.

Und dann gähnte John plötzlich der Eingang der finsteren Schlucht entgegen.

Der Oberinspektor verhielt seinen Schritt. Wie auch Sandra Lee bereitete es ihm körperliches Unbehagen, die Schlucht zu betreten. Aber es ging kein Weg daran vorbei. Zu beiden Seiten türmten sich haushohe Felsen. Steinerne Giganten am Tor zur Hölle.

Nicht ein einziger Schimmer Tageslicht drang in die finstere

Schlucht. Die Felswände rückten enger zusammen, und John hatte mehr als einmal das Gefühl, von ihnen erdrückt zu werden.

Eine nie gekannte Beklemmung breitete sich in ihm aus. Was würde ihn am Ende der Schlucht erwarten?

Still war es. Selbst das Heulen des Windes drang nicht mehr an Johns Ohren. Es schien, als halte sogar die Natur den Atem an, als bereite sie sich auf etwas Schreckliches vor, das unweigerlich kommen mußte.

Yard für Yard schritt John weiter. Dabei hatte er das Gefühl, die Schlucht würde überhaupt kein Ende nehmen. Die brennende Taschenlampe hielt er in der rechten Hand. Der Strahl tanzte über basaltschwarzes Felsgestein, tupfte gegen schroffe Kanten und verlor sich in der Schwärze.

Auf einmal sah der Geisterjäger den hellen Schimmer.

Der Ausgang?

John beschleunigte seine Schritte. Tatsächlich, schon nach gut fünfzig Yard hatte er die schlauchartige Schlucht hinter sich gelassen.

Und plötzlich hatte er das Gefühl, im Paradies zu stehen. Zu gewaltig war der Unterschied zwischen der hinter ihm liegenden Schlucht und dem, was vor ihm lag.

Es war ein wunderbares Tal, umringt von wuchtigen Felsmassiven. Ein See bildete den Mittelpunkt des Tales. Die Oberfläche war dunkel, beinahe schwarz. Eine üppige Vegetation bedeckte den Boden, hohes Gras, Sträucher, Bäume.

John steckte die Lampe weg. Er brauchte sie nicht mehr. Langsam wanderten seine Blicke durch das Tal, tasteten sich an den hohen Felswänden empor – und . . .

Scharf zog John Sinclair den Atem ein.

Über dem höchsten Felsgrat lag eine dichte Nebelwolke. Sie sah von Johns Standort aus wie ein riesiger Wattebausch, der alles versteckte, was hinter seinen grauweißen Wänden lag.

John Sinclair war sich hundertprozentig sicher. Er hatte die Drachenburg gefunden, und es mußte auch einen Weg geben, um zu ihr hinauf zu gelangen.

Entschlossen setzte sich der Oberinspektor in Bewegung. Er sah sich zwar immer wieder sichernd nach allen Seiten um, doch er vergaß, nach oben zu blicken.

Denn als John gerade die ersten Schritte gegangen war, lösten sich aus dem Nebelring zwei schwarze Punkte, die wie Pfeile in das Tal hinabstießen.

Die beiden Drachenmonster hatten die Ankunft des Fremden bemerkt!

Die steinernen Hüter der Drachenburg waren zu einem unheilvollen Leben erwacht. Jetzt, wo der große Tok-El dicht vor seiner Rückkehr stand, konnten und durften sie es nicht zulassen, daß ein Fremder das grausame Ritual störte.

Lautlos segelten die Flugungeheuer auf John Sinclair zu.

Der Oberinspektor war ahnungslos, wußte nichts von der tödlichen Gefahr, in der er schwebte.

Er hatte sich der Felswand schon so weit genähert, daß er bereits den Weg ausmachen konnte, der hoch zur Drachenburg führte.

Hinter seinem Rücken formierten sich die vorsintflutlichen Riesenechsen zu ihrem Angriff. Sie flogen nebeneinander wie zwei Piloten bei einem Kunstflug.

Ihre gestreckten Körper zerschnitten die Luft, die gefährlichen Krallen an den Beinen waren gekrümmt.

Noch wenige Yard, dann . . .

Vielleicht war es der in tausend Gefahren geschulte Instinkt, der John Sinclair warnte. Urplötzlich wandte der Geisterjäger sich um.

Er kam zu keiner Gegenwehr mehr.

Unheimlich schnell waren die Flugmonster bei ihm, stießen ihm die gekrümmten messerscharfen Krallen in den Rücken. John Sinclair spürte einen mörderischen Ruck und wurde dicht vor der Felswand in die Höhe gerissen . . .

Es war wie in einem Alptraum!

Riesig wölbte sich die Kuppel des Gewölbes über den Köpfen der beiden Gefangenen. Aus grausamen Augen stierte Tok-El, der steinerne Götze, auf die Menschen. Das rote Licht aus den hervorquellenden Pupillen füllte die gesamte Höhle aus und gab ihr den Anschein eines geisterhaften unwirklichen Lebens.

Jane Collins und Peter Lorimer lagen auf dem Boden. Noch befanden sie sich in tiefer Bewußtlosigkeit, hatten eine Gnadenfrist, bevor das Grauen mit ungeheurer Kraft auf sie einstürzen würde.

Noch war die Platte des Altars leer, doch schon bald würde der schreckliche Tok-El wieder auf zwei neue Opfer lauern, um auch den letzten Schritt zu tun.

Als erste erwachte Jane Collins. Die Detektivin bewegte murmelnd die Lippen, drehte sich unruhig auf die Seite.

Dann schlug sie die Augen auf. Ungläubiges Erstaunen lag in ihrem Blick. Ihr Gehirn konnte nicht erfassen, was ihre Augen sahen. Es war zu schrecklich, zu grauenhaft.

Über ihr stand hochaufgerichtet der steinerne Götze. Eine finstere Drohung aus längst vergangenen Zeiten. Das Maul war weit aufgerissen, die gespaltene Zunge sprang hervor, und Jane hatte das Gefühl, der Götze würde sie jeden Moment verschlingen. Die steinernen Pranken waren angewinkelt. Es waren gräßliche Mordwerkzeuge, die mit einem Schlag sogar ein Haus zerschmettern konnten.

Jane kam sich unsagbar hilflos und klein vor, und sie wunderte sich, daß sie nicht einmal schreien konnte. Die Angst schnürte ihre Kehle zu.

Jane wußte, daß sie sich in den finsteren Gewölben der Drachenburg befand. Sie und Peter Lorimer hatten mit Hilfe der Schwarzen Magie eine Zeitreise unternommen und waren in dieser Höhle des Schreckens gelandet.

Aber wo steckte Sandra Lee? Hatte sie die beiden neuen Opfer bewußt den Klauen des steinernen Götzen überlassen? Würde die Untote erst wiederkommen, wenn Jane genauso war wie sie? Und was hatte sie mit Peter Lorimer vor? Sollte auch er geopfert werden? Nur langsam kehrte die Erinnerung zurück, und Jane fiel ein, daß der Götze drei Opfer brauchte, um auf die Erde zurückzukommen. Noch hielt ihn ein Fluch gebannt, noch war er ein steinernes Monument, aber wehe dem, der später in seine Klauen geriet.

Jane fragte sich, ob es überhaupt noch eine Chance für sie gab, doch kampflos wollte sie sich nicht unterkriegen lassen.

Jane stand auf. Bis auf ein leichtes Schwindelgefühl war sie okay. Sie trat zu Peter Lorimer und ging neben ihm in die Knie.

Der junge Jurist lag auf der Seite. Jane fühlte seinen Puls. Er schlug regelmäßig. Die Detektivin tätschelte das Gesicht des Mannes und hatte nach einigen Bemühungen auch Erfolg.

Peter schlug die Augen auf.

Verständnislosigkeit beherrschte seinen Blick. Peter Lorimer richtete sich auf und murmelte: »Wo bin ich hier?«

Jane Collins lächelte verloren. »Wir sind in der Drachenburg. Tief in irgendwelchen unterirdischen Gewölben, und ich will dir gleich reinen Wein einschenken, Peter. Es gibt keine Chance, aus eigener Kraft zu entkommen.«

Peter schluckte. »Du meinst – wir – wir werden geopfert?«

Jane nickte und hatte auf einmal Mühe, ihre Tränen zu unterdrücken. »Ja, zumindest geschieht das gleiche mit uns wie mit Sandra Lee.«

»Mein Gott«, flüsterte Lorimer. »Das kann ich einfach nicht glauben. Nein, Sandra kann das doch nicht zulassen. Wir haben uns doch geliebt, wir wollten sogar heiraten, sie muß doch irgendwann zur Besinnung kommen.«

»Peter!« Janes Stimme klang eindringlich. Die Detektivin faßte Lorimer an den Schultern. »Sandra kann nicht mehr so werden wie früher. Sie ist kein Mensch mehr. Begreife das doch. Sie ist eine Dienerin dieses grausamen Götzen, den du hier siehst.«

Lorimer lachte schrill. »Das glaube ich nicht. Niemals, der Götze ist aus Stein, er kann nicht leben und irgend jemanden beeinflussen. Das kannst du mir nicht weismachen, Jane.«

»Du armer Narr«, erwiderte die Detektivin. »Der Götze ist stärker, als du glaubst. Seine äußere Hülle ist zwar aus Stein, doch sein unseliger Geist lebt weiter. Zum Beispiel im Körper von Sandra Lee. Sie ist eine Marionette, führt seine Befehle aus, bereitet den Weg für seine Rückkehr vor. So sieht es doch aus. Und du kannst dich den Tatsachen nicht verschließen.«

Peter senkte den Kopf. Man merkte ihm die Verzweiflung an, und selbst Jane Collins fand nicht ein Wort des Trostes.

»Hast du denn gar keine Hoffnung mehr?« fragte Lorimer.

Jane schüttelte den Kopf.

»Und John Sinclair? Was ist mit ihm? Vielleicht kann er uns helfen?«

»Woher soll er denn wissen, daß wir hier sind?«

»Das kann er sich doch leicht ausrechnen. Soviel ich weiß, hat er sogar mit Sandra während der Party über die Dracheninsel gesprochen.«

Jane Collins wiegte den Kopf. Ihre langen blonden Haare bedeckten das Gesicht wie ein Vorhang, und selbst Peter Lorimer konnte nicht die Tränen sehen, die aus den Augen der Detektivin rannen. »Ich glaube nicht so recht daran«, sagte Jane leise. »Sollte John den Flammen entkommen sein, so wird er bestimmt schwere Verbrennungen haben und liegt im Krankenhaus. Nein, Peter, wir sind diesmal auf uns allein angewiesen. Damit müssen wir uns abfinden.«

»Wir könnten aber nach einem Fluchtweg Ausschau halten. Vielleicht hat diese Höhle einen geheimen Ausgang? Es ist jedenfalls besser, als untätig herumzusitzen und das Schicksal zu beweinen.«

»Ja, das wäre eine Idee!«

»Sie brauchen sich gar nicht erst zu bemühen«, sagte plötzlich eine dunkle Männerstimme.

Jane und Peter wandten die Köpfe.

Neben der steinernen Götzenfigur kam plötzlich eine Gestalt zum Vorschein.

Der Count of Blackmoor!

Seinen Körper umhüllte ein schwarzes Gewand, auf dem blutrote Drachenköpfe gestickt waren. Der Mann war überdurchschnittlich groß. Sein Gesicht wurde von einem dunklen Bart umrahmt. In seinen Augen funkelte ein kaltes satanisches Feuer.

Die Blicke der beiden Gefangenen hingen gebannt an der unheimlichen Gestalt. Von ihr ging eine Ausstrahlung aus, die Jane eine Gänsehaut über den Rücken jagte.

»Wer sind Sie?« hauchte Jane Collins und spürte kaum den Händedruck, mit dem sich Peter Lorimer an ihre Schulter klammerte.

Der Count blieb stehen. »Ich bin der erste Diener Tok-Els. In meinem früheren Leben nannte man mich den Count of Blackmoor. Der Name wird Ihnen nicht viel sagen. Doch ich habe die Zeiten überdauert. Tok-El hat mir das ewige Leben geschenkt, eine Gabe, für die ich ihm immer dankbar sein werde.«

Jane Collins wischte sich über die Augen. »Dann sind Sie also derjenige, der Sandra Lee getötet hat.«

»Nicht getötet. Ich habe sie zu einer Dienerin gemacht. Doch genug davon, Tok-El wartet auf seine Opfer.«

Wie auf ein Stichwort hin erschienen plötzlich sechs Frauen zu beiden Seiten der Götzenfigur. Sie trugen lange, bis zum Boden reichende Gewänder und sahen Jane und Peter aus starren, blicklosen Augen an.

Auch Sandra Lee erschien. Sie hielt das Schwert des Drachen in der Hand, streckte jetzt den Arm aus, und die Spitze der Waffe zeigte auf Peter Lorimer.

»Ihn zuerst!« befahl sie.

Peter begriff nicht sofort. Doch als es soweit war, hatten ihn die sechs Frauen schon eingekreist.

Zwölf weiß schimmernde Hände griffen nach ihm. Panik flackerte in Peters Blick auf. Der Mann wollte hochspringen, weglaufen, doch da griffen die Hände schon zu.

Wie eiserne Klauen legten sie sich um Peters Gelenke.

Lorimer schrie. »Sandraaaa!« gellte sein Schrei durch das Gewölbe. »Sandra, hilf mir doch. Du kannst doch nicht zulassen, daß . . . ahhh . . .«

Eine Faust verschloß seinen Mund, erstickte den Schrei.

Peter wurde hochgezerrt.

Jane, die ihm helfen wollte, erhielt einen harten Schlag gegen die Brust, der sie taumeln ließ.

»Du bist gleich an der Reihe!« hörte sie die Stimme des Counts.

Peter Lorimer wehrte sich verzweifelt. Er versuchte um sich zu treten, doch augenblicklich hielten zwei der lebenden Toten seine Beine fest.

Sandra Lee beobachtete das Geschehen mit leuchtenden Augen. Sie dachte nur noch in Tok-Els Sinn, wartete fiebernd auf das zweite Opfer.

Peter Lorimer wurde zum Altar gezerrt. Die schwarze Platte wurde von dem rötlichen Schein übergossen.

Die sechs Dienerinnen drängten Peter auf den Altar. Ihre Gesichter blieben unbewegt. Lorimer wand sich wie ein Aal, er keuchte, rang nach Luft, doch die Frauen ließen ihm nicht die geringste Chance.

Schon spürte er den Stein unter seinem Rücken. Er war seltsam weich, schien von einem pulsierenden Leben erfüllt zu sein.

Peters Arme hingen zu beiden Seiten des Altars hinab. Harte Fäuste hielten die Gelenke umklammert. Selbst um die Fußknöchel spannten sich die weißen Würgefinger.

Peters Nerven machten nicht mehr mit. Über seine Lippen

drangen unverständliche Worte, Speichel sprühte vor seinem Mund.

Aber auch Jane Collins hielt das Entsetzen umklammert. Die Detektivin hockte auf dem felsigen Boden, hatte die linke Hand zur Faust geballt und sie fest gegen ihren Mund gepreßt, um einen Schrei zu unterdrücken.

»Tu deine Pflicht!« dröhnte die Stimme des Counts durch das Gewölbe.

Der Befehl hatte Sandra Lee gegolten, die mit leuchtenden Augen nickte und sich langsam in Bewegung setzte.

Direkt auf den Altar zu!

Jane Collins hielt den Atem an. Sie ahnte, was kommen würde, und doch war es so unglaublich, so unmenschlich, daß sie es einfach nicht glauben konnte.

Sandra Lee würde Peter Lorimer töten!

Doch noch war es nicht soweit. Ein schreckliches Fauchen drang plötzlich aus dem weit geöffneten Rachen des Götzen. Die lange Zunge zuckte wie unter Stromstößen. Nach Schwefel riechende Dämpfe drangen in das Gewölbe, hüllten das Opfer ein.

Die Hölle feierte Triumphe!

Furchtbare Beschwörungen drangen aus dem Mund des Count. Die Augen des steinernen Götzen begannen noch stärker zu funkeln, immer urwelthafter wurden die Laute, die aus seinem Rachen drangen. Noch konnte Tok-El nur den Schädel bewegen, noch hielt der Bann des Priesters.

Peter Lorimer bemerkte von alldem kaum etwas. Die Angst hatte sich in seinen Körper gefressen und trieb ihn langsam zum Wahnsinn. Er sah auch nicht, daß sich Sandras Kopf plötzlich zu einem Drachenschädel verwandelte und sie mit beiden Händen das Schwert hob.

»Neiiinnnn!«

Janes gellender Schrei übertönte das Fauchen des Götzen und die dumpfen Beschwörungen.

Doch auch sie konnte das Schicksal nicht aufhalten!

Sandra Lee hatte zugestoßen. Der Geist des grausamen Tok-El war stärker gewesen als jedes menschliche Gefühl . . .

Der Schrei blieb John Sinclair in der Kehle stecken. Er verlor den Boden unter den Füßen, ruderte wild mit den Armen, und für den Bruchteil von Sekunden dachte er, sein Ende wäre gekommen.

Doch so leicht gab ein John Sinclair nicht auf. Schon mehr als einmal hatte er in haarsträubenden Situationen gesteckt, und er hatte immer wieder eine Möglichkeit gefunden, sich herauszuwinden.

Über sich hörte John das Klatschen der Flügel. Er drehte den Kopf, sah die häßlichen schuppigen Leiber, und für einen Moment war er geschockt.

Was waren das für Ungeheuer, in deren Krallen er sich befand? Jetzt konnte John auch die langen Schnäbel sehen, die wie Speere aus den Echsenköpfen hervorragten.

Flugechsen! schoß es John durch den Kopf. Du befindest dich in der Gewalt dieser vorsintflutlichen Ungeheuer. John hatte mehr als einmal Bilder von diesen Tieren gesehen, und er mußte sich gestehen, daß ihm schon beim Betrachten der Fotos Schauer über den Rücken gelaufen waren.

Und jetzt war er diesen Ungeheuern ausgeliefert!

Die scharfen Krallen hatten sich in seinen Rücken gebohrt. Zum Glück war der Parka dick genug, daß ihm die messerscharfen Spitzen nicht auch die Haut zerfetzt hatten. Die Ungeheuer hatten jeweils ihre beiden Krallen in den Stoff der Windjacke gebohrt. John konnte Arme und Beine bewegen, und das war gut.

Freistrampeln hatte keinen Sinn. Sie waren schon zu hoch über dem Boden. Unter sich sah John die Kronen der Bäume. Einen Fall aus dieser Höhe hätte er kaum lebend überstanden.

Aber was hatten die beiden Ungeheuer mit ihm vor? Wohin brachten sie ihn? Zur Drachenburg? Oder wollten sie ihn fallen lassen?

Egal, was auch immer. John mußte zusehen, daß er diese höllische Situation überstand.

Die beiden Drachenmonster hatten gedreht, weg von der Felswand. Hoch zogen sie ihre Kreise, und krächzende Laute drangen aus ihren Schnäbeln. John Sinclair kam es vor wie ein triumphierendes Hohngelächter.

Tief unter sich sah er das Tal, und wenn er den Kopf etwas anhob, konnte er auch die Drachenburg erkennen, die nach wie vor von einem Nebelring umgeben war.

Waren die beiden Monster vielleicht die Hüter der Burg? Hatten sie den Auftrag, jeden ungebetenen Gast abzufangen und umzubringen? John wollte nicht erst auf die Lösung warten. Er mußte vorher etwas unternehmen.

Die beiden Drachen schienen den höchsten Punkt ihres Fluges erreicht zu haben. Nahezu unbeweglich blieben sie in der Luft stehen. Für Sekunden hatte John die beklemmende Vorstellung, jetzt würden ihn die Krallen loslassen . . .

Der Oberinspektor hielt den Atem an.

Nichts geschah.

Mit trägen Flügelschlägen setzten sich die Drachenungeheuer wieder in Bewegung, steuerten jetzt direkt die Burg an.

Da tauchte schon die Nebelwand dicht vor John Sinclairs Augen auf, und Augenblicke später hatte ihn das wattige Grau umfangen.

Und dann lichtete sich der Nebel. John Sinclair konnte alles deutlich erkennen.

Glasklar sah John Sinclair den Burghof unter sich. Er sah die dunklen verwitterten Mauern, die sich gegen den Himmel reckten, und erkannte auch den Brunnen in der Hofmitte.

Johns rechte Hand glitt unter den Parka, umklammerte den Griff des geweihten Dolches.

Der Geisterjäger wollte nicht erst warten, bis die beiden Flugmonster die Initiative ergriffen, nein, er wollte sich jetzt zum Kampf stellen.

Lautlos segelten die Ungeheuer dem Burghof entgegen. Und plötzlich lockerte sich der Griff des einen Monsters.

Ein heißer Schreck durchzuckte den Oberinspektor.

Jetzt lassen sie dich fallen! schrie es in ihm.

John krümmte den Körper. In diesen Augenblicken wurde er nur von seinem reinen Überlebenswillen geleitet. In seiner rechten Faust blitzte der geweihte Dolch.

Der eine Flugdrachen flatterte träge zur Seite. Jetzt löste sich auch die linke Kralle des anderen Ungeheuers.

Sekunden nur noch, dann würde John Sinclair wie ein Stein in die Tiefe segeln.

Blitzschnell schwang er beide vorgestreckten Arme hoch, bekam mit der linken Hand den schuppigen Hals des Flugmonsters zu fassen.

Da löste sich auch die letzte Kralle von seinem Rücken.

Mit einer Hand hing John Sinclair am Hals des Flugmonsters. Er schwebte zwischen Himmel und Erde. Dicht vor sich sah er den gräßlichen, messerscharfen Schnabel, der nach ihm hackte.

John nahm den Kopf zur Seite. Dicht neben seinem linken Ohr klappten die Schnäbel zusammen.

Dann war John Sinclair an der Reihe. Er holte mit dem rechten Arm aus und rammte den geweihten Dolch tief in die Flanke des Ungeheuers. Der Dolch drang durch die Schuppenhaut, als wäre sie aus Butter. Wahrscheinlich wäre eine normale Klinge abgebrochen, nicht jedoch diese geweihte Waffe.

Das Drachenmonster stieß einen röhrenden Schrei aus. Schwarzes Dämonenblut quoll aus der Wunde. Wild schlug das Monster mit den Flügeln, und John hatte Glück, daß er nicht getroffen wurde.

Noch einmal hieb er zu.

Das Flugungeheuer begann zu torkeln, fiel der Erde entgegen.

Verzweifelt klammerte sich John fest. Rasend schnell sah er die Mauern der Burg an sich vorbeihuschen.

Und dann geschah das Wunder. Wenige Yard über dem Boden gelang es dem Monster, sich abzufangen. Mit klatschenden Schlägen flog es auf der Stelle.

John atmete auf. Die Entfernung war nicht mehr so groß. Jetzt konnte er unter Umständen sogar springen.

Den riesigen Schatten sah er im letzten Augenblick. Pfeifend und pfeilschnell schoß das zweite Ungeheuer auf ihn zu. Und es war nicht angeschlagen.

Der Flugdrachen hatte beide Flügel angelegt, der Schnabel war zusammengepreßt, bildete eine höllisch scharfe Speerspitze, die John Sinclair wie Teig durchbohren würde.

Der Oberinspektor ließ sich fallen.

Genau im letzten Augenblick. Über seinem Kopf spürte er noch den Luftzug, und dann rammten die beiden Ungeheuer zusammen.

Hart prallte John auf den Boden des Burghofes, rollte sich geschickt ab und federte auf die Beine.

Über ihm tobte der Kampf der Giganten.

Das verletzte Ungeheuer war in Panik geraten. Durch Johns Dolchstiche hatte es die Kontrolle verloren. Wilde, unkontrollierte Flügelschläge peitschten die Luft. John Sinclair suchte hinter dem

Brunnen Deckung. Er hatte Angst, die beiden Ungeheuer würden abstürzen und ihn unter sich begraben.

Es war ein mörderischer Kampf, dem John Sinclair zusah. Die beiden Flugdrachen hatten sich ineinander verbissen. Aus den großen Wunden tropfte das schwarze, nach Pech und Schwefel riechende Dämonenblut zu Boden und versickerte in den Spalten und Ritzen der Steine. Schrille Laute drangen aus den Schnäbeln, und fast sah es so aus, als würde es bei dem Kampf keinen Sieger geben.

Doch plötzlich prallten die beiden Ungeheuer gegen die Burgmauer und sackten von einer Sekunde zur anderen in die Tiefe. Wie ein Stein klatschten sie auf den Burghof und blieben dicht vor der Treppe liegen.

John Sinclair atmete auf. Er wartete noch einige Minuten ab, erhob sich dann aus seiner Deckung und ging mit stoßbereitem Dolch auf die schuppigen Körper zu.

Er brauchte nicht mehr einzugreifen.

Die Drachenmonster waren tot.

John Sinclair hatte die erste Hürde genommen!

Angespannt starrte der Oberinspektor auf die schuppigen Körper. Sie waren von Wunden bedeckt, aus denen schwarzes Dämonenblut floß. Diese Ungeheuer kamen nicht von dieser Erde. Es waren Schreckensgestalten aus einer anderen, finsteren Welt, aus einem Paralleluniversum, in dem Geister und Dämonen herrschten.

Aber wie waren sie hier auf diese Burg gelangt?

War die Drachenburg wirklich ein verhextes Terrain, auf dem die Mächte der Finsternis herrschten? Alle Anzeichen deuteten darauf hin.

John legte den Kopf in den Nacken und blickte nach oben. Nach wie vor lag der Nebelring über der Burg. Die Zinnen und Turmspitzen verschwanden in dem hellgrauen Watteschleier.

Johns Augen durchforsteten den Burghof. Sein Blick glitt über die alten Mauern, Zeugen der Jahrhunderte. Alles war noch sehr gut erhalten, auch die verdeckten Wehrgänge, aus denen die Schießscharten wie große Augen glotzten.

Stille lag über dem Burghof. John Sinclair kam die Stille

beklemmend vor, wie die Ruhe vor dem Sturm. Was würde ihn in der Burg erwarten? Noch mehr von diesen Monstern?

Der Oberinspektor ging auf die steinerne Treppe zu, die zu dem Eingangsportal hochführte. Zwei Sockel flankierten die Stufen. Auf ihnen hatten die Drachenmonster gesessen, die John attackiert hatten. Aber das wußte der Geisterjäger nicht.

Er wunderte sich, daß die große Eingangstür offen war. Ein leichter Druck, und sie schwang nach innen.

John Sinclair hatte den silbernen Dolch weggesteckt und hielt dafür seine mit geweihten Silberkugeln geladene Pistole in der rechten Hand. Er hatte sie bei dem Kampf mit den beiden Ungeheuern nicht benutzen können, seine Lage war so ungünstig gewesen, so daß er nicht an die Waffe herankommen konnte.

Ein großer Saal nahm den Oberinspektor auf. Wuchtige Steinsäulen reichten bis zur Decke und stützten sie ab. An den Wänden und der Decke waren bombastische Gemälde zu sehen. Meist zeigten sie Schreckensszenen aus der blutigen Vergangenheit des Schlosses. Es gab kein christliches Symbol in diesem Saal. Alles wirkte kalt und gefährlich, wozu letzten Endes auch die schwarzen Kerzen mit beitrugen, deren brennende Dochte ein seltsames, violett schimmerndes Licht verbreiteten.

John Sinclair ging bis zu dem großen Tisch, um den eine Anzahl hochlehniger Stühle standen. Die Tischplatte war blankgefegt, als hätte noch vor Minuten jemand Staub gewischt.

Jetzt waren bei John auch die letzten Zweifel beseitigt. Die Burg mußte bewohnt sein! Aber von wem? Und wo verbarg sich der Burgherr?

John Sinclair ging weiter, durchstreifte Raum für Raum. Überall begegnete ihm die kalte Pracht, untermalt von schrecklichen, phantastisch schaurigen Gemälden.

Eine Ahnengalerie fiel John auf. Die Burg hatte viele Herren gehabt, und etwas hatten sie alle gemeinsam. Die Grausamkeit, die ihnen förmlich im Gesicht geschrieben stand.

Das Bild des Count of Blackmoor war das letzte in der illustren Reihe. John sah sich das Gemälde genauer an.

Der Mann, der das Bild auf die Leinwand gebracht hatte, war wirklich ein Künstler gewesen. Er hatte den schrecklichen Count of Blackmoor so natürlich gemalt, daß der Betrachter meinen konnte, der Mann würde leben. John Sinclair hatte das Gefühl, jedes einzelne Barthaar zählen zu können. Die kalten, grausamen Augen des Count blickten den Beschauer an, und ein wissendes Lächeln umspielte die Lippen des Unheimlichen.

John Sinclair räusperte sich, bevor er weiterging. Sein Gehirn begann fieberhaft zu arbeiten. Dieser Count hatte vor rund neunhundert Jahren gelebt. Unter jedem Bild in der Ahnengalerie stand das jeweilige Geburts- und Sterbedatum der betreffenden Person. Nur bei dem Count of Blackmoor nicht. Was hatte das zu bedeuten? Sollte der Count etwa noch leben? John zog diese Möglichkeit durchaus in Betracht, denn er hatte im Laufe der Zeit schon Dinge erlebt, die solch eine Theorie durchaus rechtfertigten. Der Count konnte einen Pakt mit Mächten der Finsternis geschlossen und somit sein unheilvolles Dasein auf dieser Burg weitergeführt haben.

Natürlich interessierten John die unterirdischen Verliese der Burg, doch die Tür zu diesen Gewölben war fest verschlossen.

Der Oberinspektor verließ die Burg und trat wieder hinaus auf den Hof.

Nach wie vor herrschte die beklemmende Stille, und auch die toten Drachenmonster lagen noch an ihrem Platz.

John lenkte seine Schritte auf den Brunnen zu, der in der Hofmitte stand.

Die Mauer war etwa hüfthoch und bestand aus verwitterten zolldicken Quadern. John beugte sich über den Rand und starrte in die dunkle, gähnende Tiefe.

Modriger Geruch wehte ihm entgegen.

Der Oberinspektor hob einen Stein auf und ließ ihn in den Schacht fallen.

Er hörte den Aufschlag nur schwach. Der Brunnen mußte sehr tief sein. John Sinclair fiel ein, daß die Burg auf der Spitze eines Berges errichtet worden war. Deshalb bestand durchaus die Möglichkeit, daß der Brunnenschacht sich durch das gesamte Felsmassiv zog. Und John entdeckte noch etwas.

Steigeisen, die in die Tiefe führten!

Der Oberinspektor schaltete seine Lampe an. Die Eisen hatten im Laufe der Jahrhunderte Rost angesetzt, der rötlichbraun im Licht der Lampe schimmerte.

John beugte sich vor und prüfte mit der linken Hand den Sitz der Eisen.

Das Metall schien zu halten, jedenfalls ließ es sich nicht bewegen.

Und dann vernahm John Sinclair den Schrei!

Es war eigentlich nur ein verwehender Hauch, der seine Ohren traf, und doch konnte John hören, daß er aus der Tiefe des Brunnens gekommen war. Und daß es eine Frau gewesen war, die den Schrei ausgestoßen hatte.

Eine Frau, die sich in Not befand!

John Sinclair zögerte nicht eine Sekunde länger. Er wagte den gefährlichen Abstieg in die rätselhafte, gefährliche Tiefe . . .

Triumphierend schwenkte Sandra Lee das Schwert über ihren Kopf. Sie hatte sich als würdige Dienerin erwiesen.

Jane Collins hielt die Augen geschlossen. Grell peitschte das Hohngelächter des Count durch das Gewölbe. Er war um keinen Deut besser als der schreckliche Götze, weidete sich an den Qualen der Detektivin.

Jane Collins versuchte auch gar nicht erst, den Vorgang zu begreifen. Hier war etwas geschehen, das über einen normalen menschlichen Verstand hinausging. Jane war schon oft in ihrem Beruf mit dem Verbrechen konfrontiert worden. Aber bei allen Fällen hatte es doch noch immer eine Spur von Menschlichkeit gegeben, doch die Frau, die Jane hier bei ihrer Tat erlebt hatte, war nicht mehr als eine grausame Mordmaschine.

Das Siegesgelächter des Counts war verstummt, dafür drang ein nervenzerfetzendes Knirschen an Janes Ohren.

Die Detektivin öffnete die Augen.

Im ersten Augenblick hatte sie das Gefühl, schon dem Wahnsinn verfallen zu sein.

Der steinerne Drachengötze bewegte sich!

Unendlich langsam hob er seine rechte Pranke. Das Knirschen des Gesteins erzeugte bei Jane Collins kalte Angstschauer.

Der Count of Blackmoor stand mit weit ausgebreiteten Armen vor der zum Teil schon lebenden Figur und murmelte dumpfe Beschwörungen. Immer wieder stieß der Götze urwelthafte röhrende Laute aus, die von einer Schwefelwolke begleitet wurden.

Die Pranke wischte durch die Luft. Sie war jetzt so beweglich, daß nicht einmal mehr das Knirschen zu hören war. Auch änderte die Haut ihr Aussehen. Sie wurde glatter. Glänzende Schuppen bildeten sich, über die der Widerschein des roten Lichtes zuckte.

Noch war die linke Seite gelähmt. Sie war weiterhin aus Stein, und Jane Collins brauchte keine große Künstlerin zu sein, um sich ausrechnen zu können, daß sie das Opfer sein sollte, das den Götzen endgültig zu Leben erweckte.

Eine schreckliche Vorstellung!

Doch noch war es nicht soweit.

Die sechs Dienerinnen waren von dem altarähnlichen Stein zurückgetreten und hatten einen Halbkreis gebildet. Die Augen der Frauen waren starr auf Peter Lorimer gerichtet.

Und dann geschah das Unglaubliche.

Peter Lorimer bewegte sich.

Er winkelte beide Arme an, stützte sich an den Kanten des Altars ab und stand auf. Seine Bewegungen waren noch etwas abgehackt, nicht so fließend wie sonst, doch es bestand kein Zweifel, daß Peter Lorimer wieder »lebte«. Genau wie Sandra Lee. Er existierte, um dem Götzen zu dienen.

Deutlich konnte Jane Collins die Brust des Mannes sehen. Doch keine Wunde war zu erkennen, obwohl ihm Sandra Lee das Schwert in die Brust gestoßen hatte. Auch war Peter nicht zu Staub verfallen bei der Berührung des Schwertes. Die magische Ausstrahlung des Götzen mußte es verhindert haben.

Jane Collins war geschockt. Sie war unfähig, überhaupt ein Wort zu sagen, starrte immer nur in die glanzlosen Augen des lebenden Toten.

Peter Lorimer und Sandra Lee gingen aufeinander zu. Sie hatten den linken Arm ausgestreckt, blieben einen Schritt voreinander stehen und berührten sich an den Händen.

»Jetzt gehörst du zu Tok-El«, sagte Sandra und überreichte Lorimer das Schwert des Drachen. »Nimm es, denn damit wirst du deine erste Prüfung ablegen!«

Beinahe ehrfürchtig umfaßte Lorimer den Griff der Waffe. Seine Augen waren auf die blitzende Scheide gerichtet. »Wie soll die Prüfung aussehen?« fragte er und hob den Kopf.

Sandra Lee lächelte wissend. »Noch ist Tok-El nicht aus seinem Fluch erlöst. Erst das dritte Opfer wird diesen Bann brechen. Und

594

du, Peter, wirst ihm dieses Opfer bringen. Die Frau, die dort auf dem Boden liegt, wird Tok-Els Gabe sein.«

Peter Lorimer blickte die Detektivin an. Seine Augen waren so kalt und grausam, daß sich Janes Herz verkrampfte.

»Ja«, sagte der lebende Tote. »Ich werde tun, was Tok-El von mir verlangt!«

Jane Collins senkte den Kopf. Sie zitterte am gesamten Körper. Ihre Lippen bebten. Tränen füllten ihre Augen, und sie sah das gesamte Geschehen wie durch einen milchigen Schleier.

Der Tod war gekommen. In Gestalt eines grausamen Götzendieners, der sämtliche menschlichen Gefühle abgelegt hatte.

Die sechs Dienerinnen wußten, was sie zu tun hatten. Sie bewegten sich auf Jane Collins zu. Wie Roboter, menschliche Marionetten.

Im ersten Moment wollte sich Jane wehren, doch dann sagte sie sich, daß Widerstand zwecklos war. Eine seltsame Lethargie hielt sie umklammert.

Willenlos ließ sie sich zu dem Altar führen.

Peter Lorimer stand schon bereit. Wie der Count of Blackmoor, dem der Triumph in diesen Augenblicken deutlich im Gesicht geschrieben stand.

»Legt sie hin!« befahl Lorimer, umfaßte den Griff des Schwertes mit beiden Händen und hob die Waffe hoch.

Jane spürte den warmen, pulsierenden Stein unter ihrem Rücken. Die Dienerinnen ließen sie los, traten zur Seite.

Die Spitze des Schwertes hing nur eine Armlänge entfernt über Jane Collins Brust.

Sekunden noch, dann würde der tödliche Stoß auch sie treffen . . .

Ein gefährliches Knirschen zeigte John Sinclair an, daß die nächste Sprosse nicht halten würde.

Und so war es auch.

Plötzlich brach das Steigeisen ab. Einen Herzschlag lang schoß die Panik in dem Oberinspektor hoch. Mit beiden Händen klammerte er sich an dem über seinem Kopf befindlichen Steigeisen fest.

Es hielt!

John atmete auf.

Aber noch war die Gefahr nicht gebannt. Es würde schwierig werden, das nächste mit den Füßen erreichbare Steigeisen zu treffen.

Johns Körper spannte sich. Die Taschenlampe hatte sich der Oberinspektor zwischen die Zähne geklemmt. Wenn er einen Blick nach oben riskierte, so war die Brunnenöffnung kaum noch zu erkennen. John sah sie nur noch als eine helle, stecknadelgroße Öffnung leuchten.

Mit den Zehenspitzen erreichte der Geisterjäger die nächste Sprosse. Behutsam verlagerte er sein Gewicht.

Das Eisen brach nicht.

John spürte, wie ihm der Schweiß über den Rücken rann. Die Luft in dem Brunnenschacht war stickig und roch nach Moder. Das Atmen wurde schon zur Qual. Doch nie war John Sinclair die Idee gekommen, aufzugeben. Er wußte, daß sich ein Mensch in Gefahr befand. Und John Sinclair hatte schon mehr als einmal sein eigenes Leben riskiert, um andere zu retten.

Wie lange er schon unterwegs war, konnte er nicht sagen. Der finstere Brunnenschacht schien überhaupt kein Ende nehmen zu wollen.

So sehr John die Zeit auch auf den Nägeln brannte, seine Vorsicht vergaß er nie.

Und schließlich hatte er den Boden des Schachtes erreicht.

John atmete auf.

Er nahm die Taschenlampe in die rechte Hand und ließ den Strahl umherwandern.

Er befand sich in einer winzigen Grotte, war eingeschlossen von dicken Steinwänden.

Sekundenlang verließ den Geisterjäger der Mut. War die Kletterei völlig umsonst gewesen? Fast schien es so, doch da entdeckte er auf dem Boden eine Klappe. Sie war aus Holz und paßte fast fugenlos in den Felsboden.

John ging in die Knie und untersuchte die Klappe genauer. Er entdeckte eine Metallöse, doch der dazugehörige Ring fehlte.

Der Oberinspektor wußte sich zu helfen. Er klemmte den silbernen Dolch in die Öse und benutzte ihn als Hebel.

Es klappte.

Die Falltür hob sich ein winziges Stück. John packte nach und schob sie mit den Fingern ganz auf. Sie bekam das Übergewicht und prallte mit einem dumpfen Geräusch nach hinten auf den felsigen Boden.

Nach Schwefel riechender Qualm drang aus der Öffnung, und John sah die ersten Stufen einer Leiter, die in die Tiefe führte.

Augenblicklich machte sich John an den Abstieg. Nach zehn Sprossen hatte er bereits wieder festen Boden unter den Füßen.

Die Taschenlampe blitzte auf. Nur schwach durchdrang der Lichtschein die nach Schwefel riechenden Schleier, doch John konnte erkennen, daß ein Gang weiterführte.

Die Luft war kaum noch zu atmen. Der Gang war ziemlich niedrig, und John mußte gebückt weitergehen.

Unwillkürlich beschleunigte er seine Schritte, denn eine Ahnung sagte ihm, daß Sekunden zählten.

Und dann hörte er die Stimmen. John Sinclair konnte nicht verstehen, was gesprochen wurde, glaubte aber, in einer der Stimmen die von Peter Lorimer herauszuhören.

Jetzt wußte John Sinclair, daß er auf dem richtigen Weg war!

Der Gang wurde breiter und höher, und plötzlich lag ein riesiges Gewölbe vor John Sinclair, das von einem gewaltigen steinernen Götzen beherrscht wurde.

Der Anblick raubte John den Atem. Der Götze war eine Ausgeburt der Hölle. Die Schwefeldämpfe, die John entgegengedrungen waren, drangen aus seinem Rachen, in dessen Mitte eine gespaltene Zunge hin- und herzuckte.

Als John genauer hinsah, erkannte er, daß der Götze zum Teil lebte. Seine rechte Hälfte befand sich in Bewegung. Die riesige Pranke zuckte auf und nieder. Nur die linke Seite der Schreckensgestalt war starr.

Johns Blick irrte weiter.

Er sah einen Mann, der mit erhobenen Händen vor der Schreckensfigur stand und dumpfe Beschwörungen murmelte. Der Mann wandte John das Profil zu, und der Oberinspektor konnte erkennen, daß er es hier mit dem Count of Blackmoor zu tun hatte.

Und dann tauchte Sandra Lee auf. Neben ihr stand Peter Lorimer, der ein Schwert in der Hand hielt. Beide starrten sie auf etwas, was John von seinem Standpunkt aus nicht erkennen konnte.

Der Oberinspektor trat einige Schritte vor. Noch war er nicht bemerkt worden. Er hatte die Taschenlampe weggesteckt und dafür die Pistole mit den geweihten Silberkugeln gezogen.

Sinclair schob sich dicht an der Felswand entlang, um einen besseren Ausblick zu bekommen. Noch verdeckten sechs Frauenkörper die weitere Sicht. Doch jetzt traten die Dienerinnen zurück, schafften Platz für das grausame Ritual, das beginnen sollte.

Da traf es John wie ein Schock!

Deutlich konnte er erkennen, was die Anwesenden so in den Bann gezogen hatte. Es war ein Altarstein, auf dem eine Frau lag. Das lange blonde Haar fiel wie ein Vlies zu beiden Seiten des Steins herunter.

John Sinclair kannte die Frau. Sehr gut sogar.

Es war keine andere als Jane Collins!

John dachte nicht darüber nach, wie Jane in dieses finstere Gewölbe gelangt war, denn im selben Moment hob Peter Lorimer das Schwert, um der Detektivin den tödlichen Stoß versetzen zu können . . .

»Halt!«

John Sinclairs Stimme peitschte durch das Gewölbe, ließ die Anwesenden für Sekunden vor Überraschung erstarren.

Die Zeit reichte dem Oberinspektor.

Aus dem Stand hechtete er vor, riß mit einer blitzschnellen Bewegung Jane Collins aus dem unmittelbaren Gefahrenbereich.

Da zuckte das Schwert herab!

Peter Lorimer hatte noch zugestoßen. Er war so von dem Gedanken des Tötens beseelt gewesen, daß er die veränderte Situation noch gar nicht begriffen hatte.

Die Spitze des Schwertes klirrte gegen den Stein.

Es gab ein helles, singendes Geräusch. Peter Lorimer brüllte auf. Der Stoß war mit solch einer Wucht geführt worden, daß die Klinge in der Mitte durchbrach.

Das magische Schwert war zerstört!

Ein vielstimmiger Entsetzensschrei brandete gegen die Decke des Gewölbes. Das magische Schwert, das Symbol der Macht, war nicht mehr. Die Diener des Götzen waren verwirrt, genau wie Tok-

El selbst. Die riesige Pranke wischte durch die Luft. Ein urwelthaftes Grollen entrang sich dem riesigen Maul.

Das Chaos war perfekt.

Tok-El hatte die Kontrolle über sich verloren. Eine irrsinnige Zerstörungswut hatte ihn gepackt.

Unbarmherzig schlug die Pranke zu. Peter Lorimer wurde getroffen und wie eine Puppe davongewirbelt. Hart krachte er mit dem Rücken gegen die Felswand.

Sandra Lee hatte sich durch einen Sprung retten können. Bei ihr hatte wieder die Verwandlung eingesetzt. Der monströse Drachenkopf war auf ihren Schultern gewachsen. Schreiend drehte sie sich im Kreis, hatte völlig die Kontrolle über sich verloren.

Aber auch die Dienerinnen bekamen die grausame Rache des furchtbaren Götzen zu spüren. Die gnadenlose Pranke traf auch sie.

Es war die Hölle!

Jane Collins lag auf dem Boden und hatte das Gesicht in ihre Hände vergraben. John Sinclair deckte sie mit seinem Körper. Zum Glück lagen sie soweit in Deckung, daß die Pranke des Götzen sie nicht erreichen konnte.

Sie mußten hier weg. John hatte Angst, daß das gesamte Gewölbe einstürzen würde, denn schon zeigten sich in der Decke die ersten Risse.

Den Count of Blackmoor konnte John nicht entdecken. Schemenhaft nur tauchten die Gestalten der Dienerinnen aus den Schwefelschwaden auf. Einige waren schon nicht mehr am Leben.

John riß die am ganzen Körper bebende Jane Collins hoch. »Wir müssen hier raus!« brüllte er. Er riß die Privatdetektivin einfach mit sich.

Schon tauchte der Stollen vor ihnen auf. Keuchend und hustend schob John die Gerettete in den Gang.

Im selben Augenblick hörte er den Aufschrei.

Geduckt wirbelte John Sinclair herum.

Eine Schreckensgestalt rannte auf ihn zu: Sandra Lee. Die Augen in dem grünlich schimmernden Drachenkopf funkelten haßerfüllt. Sandra hatte sich der unteren Hälfte des Schwertes bemächtigt. Sie hielt die zerstörte Waffe mit beiden Händen umklammert, um sie John Sinclair in die Brust zu stoßen . . .

Reaktionsschnell sprang der Geisterjäger zurück. Sandra Lee befand sich schon im Sprung, konnte die Stoßrichtung nicht mehr ändern.

Hautnah wischte die Klinge an John Sinclair vorbei.

Mit der Schulter prallte Sandra gegen John. Der Oberinspektor taumelte zurück und stieß mit dem Hinterkopf gegen die Felswand des Ganges.

Aus den Augenwinkeln sah er, daß die drei übriggebliebenen Dienerinnen Sandra Lee zu Hilfe eilen wollten.

John warf Jane Collins die Pistole zu. »Halt sie uns vom Leib!« brüllte er.

Jane fing die Waffe geschickt auf. Und während die Detektivin feuerte, mußte John Sinclair den zweiten Angriff der Höllenbestie über sich ergehen lassen.

Sandra Lee war rasend. Ihre Arme wirbelten durch die Luft. Immer wieder tauchte die breite Klinge vor John Sinclairs Augen auf, und jedesmal gelang es John buchstäblich im letzten Moment, den Stößen auszuweichen.

Doch dann sah er eine Chance.

Sandra Lee war über eine Bodenunebenheit gestrauchelt. Sofort setzte der Geisterjäger nach. Seine Fäuste umklammerten die Handgelenke der Bestie.

Ein mörderisches Ringen begann.

Dicht vor seinem Gesicht befand sich Sandras schuppiger Drachenkopf.

John biß die Zähne zusammen und hielt den Atem an. Sein Gesicht war von der ungeheuren Anstrengung verzerrt, während er Stück für Stück die Gelenke der Bestie nach innen bog.

Erst jetzt merkte die Götzendienerin, was John vorhatte. Sie mobilisierte noch einmal sämtliche Kräfte, stemmte sich gegen Sinclairs Griff an.

Es nutzte nichts. Der Oberinspektor war stärker. Da berührte die Spitze des Schwertes ihre Haut.

John Sinclair hatte zugestoßen.

Die Bestie sank zusammen, die Klinge des magischen Schwerts steckte in ihrer Brust. John Sinclair sprang zurück, wollte Jane Collins zu Hilfe eilen.

Es war nicht mehr nötig. Die Detektivin hatte sich verteidigt. Die geweihten Silberkugeln hatten dem unseligen Leben der drei Dienerinnen ein Ende gesetzt.

»Sie waren keine Menschen«, sagte John Sinclair, der ahnte, was in Jane vorging, und daß sich jetzt ihr Gewissen melden würde.

Die Detektivin nickte. »Ja, John, du hast recht. Es waren keine Menschen.«

Und bei genauerem Hinsehen konnte Jane erkennen, daß auf den Gesichtern der Frauen ein friedlicher Ausdruck lag, genau wie bei Sandra Lee, die sich wieder in einen normalen Menschen zurückverwandelt hatte.

Ein mächtiges Brüllen ließ Jane und John zusammenzucken.

»Himmel, Tok-El«, flüsterte Jane. »Er lebt noch, und er wird uns . . .« Jane sprach nicht weiter. Ihr Gesicht war plötzlich angstverzerrt.

Sinclair handelte. Er riß der Detektivin die Pistole aus der Hand und lud sie fieberhaft nach.

Sechs Silberkugeln steckten jetzt im Magazin. Seine letzten . . .

»Bleib du hier, Jane«, rief der Oberinspektor und lief mit ein paar Schritten wieder in das Gewölbe.

Tok-El tobte.

Seine mächtige Pranke fegte durch die Luft, krachte gegen die Felswände und brachte sie zum Erbeben. Die Augen in seinem häßlichen Schädel glühten wild, und das Licht übergoß auch John Sinclair mit seinem violetten Schein.

Jetzt hatte Tok-El seinen Gegner entdeckt. Er beugte sich, so weit es ging, vor und hob die Pranke.

John feuerte.

Die Kugel klatschte in die schuppige Haut des Götzen, konnte ihn aber nicht stoppen.

John hechtete zur Seite.

Der Prankenschlag fegte an ihm vorbei. John spürte noch den Luftzug, der seinen Körper streifte.

Augenblicklich war der Oberinspektor wieder auf den Beinen. Graugelber Dampf quoll aus dem Rachen des Götzen, nebelte das Gewölbe ein.

»Du mußt auf die Augen schießen!« brüllte Jane Collins dem Oberinspektor zu, der sich wieder einem neuen Angriff des Götzen gegenübersah.

Das war leichter gesagt als getan. Die Sicht war so schlecht geworden, daß John unmöglich genau zielen konnte. Nein, wenn er den Götzen ausschalten wollte, mußte er nah an ihn herankommen, bis dicht vor die Augen.

Wieder fauchte die Pranke heran.

Diesmal hatte John gut aufgepaßt und rannte unter dem Schlag hindurch. Hinter ihm krachte die Pranke zu Boden und ließ die Felsen erbeben.

Es war wie der Kampf einer Maus gegen einen Elefanten. Nur daß John Sinclair – die Maus – in diesem Falle schlauer und geschickter war.

Ehe der Götze seine Pranke zu einem erneuten Schlag erhoben hatte, war John Sinclair zu seiner linken, noch steinernen Seite hinübergelaufen. Gewandt wie eine Gemse kletterte er an dem Bein des Götzen hoch.

Der Stein war schuppig und verwittert. Es gab genügend Kanten und kleinere Vorsprünge, wo John Halt finden konnte.

Der Götze bemerkte das Manöver des Geisterjägers und brüllte vor Wut. Wild warf er den mächtigen Schädel hin und her, die gespaltene Zunge züngelte hervor, doch John nutzte so geschickt seine Möglichkeiten, daß ihn auch die Zunge nicht erreichen konnte.

Dicht vor sich sah er die linke steinerne Pranke.

John klemmte sich den Kolben der Pistole zwischen die Zähne, hob beide Arme, bekam die Klauen der angewinkelten Pranke zu fassen und zog sich daran hoch.

Jetzt konnte er genau in den häßlichen Rachen sehen. Er kam John vor wie der Schlund der Hölle, und Tok-El holte noch zu einem letzten verzweifelten Kraftakt aus.

Er schleuderte die rechte, bewegliche Hälfte des Körpers hin und her, versuchte John abzuschütteln.

Der Geisterjäger klammerte sich fest. Selbst die rechte Pranke konnte ihn nicht erwischen. Sie fegte etwa einen Meter an ihm vorbei.

Wieder schoß die Zunge vor.

Da feuerte John.

Die blitzende Kugel verschwand in dem weit aufgerissenen Rachen des Götzen.

Tok-El stieß ein schauriges Gebrüll aus. Sekundenlang war er aus dem Konzept gebracht worden, dachte er nicht mehr an seinen menschlichen Gegner.

John visierte die Augen an.

Dann schoß er.

Er jagte die restlichen fünf Kugeln aus dem Magazin. Und jedes der Geschosse traf.

John überzeugte sich nicht davon, ob er mit seiner Methode Erfolg gehabt hatte, er verließ schnell den luftigen, gefährlichen Platz.

Und das war gut so.

Die letzten Meter sprang der Oberinspektor. Er hatte kaum den Boden berührt, da trieb ihn Janes Angstschrei wieder hoch.

Ein gewaltiges Krachen und Knirschen erfüllte plötzlich die Höhle. Während John auf die Detektivin zurannte, blickte er sich noch einmal um.

Tok-El lag im Sterben.

Sein Drachenschädel war auseinandergeflogen. Eine Feuersäule schoß gegen die Decke des Gewölbes. Die steinerne linke Seite des Götzen platzte weg wie eine dünne Haut. Kopfgroße Felsbrocken zischten durch die Luft, und John zog unwillkürlich den Schädel ein.

Dann hatte er Jane Collins erreicht und zog sich mit ihr sofort tiefer in die Höhle zurück.

Das Brüllen des unheimlichen Götzen steigerte sich noch um ein Vielfaches. John und Jane hatten das Gefühl, den Weltuntergang mitzuerleben.

Steine, Staub und Feuer vermengten sich zu einem höllischen Inferno. Die Erde bebte, und dann klafften plötzlich die ersten dicken Risse im Felsgestein.

Ein Teil der Decke stürzte hinein in den lodernden Feuerschlund des Götzen.

»Weg!« schrie John Sinclair. Er packte Jane an der Hand und rannte mit ihr den Gang entlang. Mit der Linken zog John die Taschenlampe hervor, und während hinter ihnen das Gewölbe und auch ein Teil des Ganges zusammenstürzte, erreichten sie unbeschadet die Falltür. Sie kletterten durch die quadratische Öffnung und gelangten in den Brunnenschacht.

»Kannst du klettern?« fragte John und grinste erleichtert.

»Mal sehen.«

Jane Collins packte die erste Sprosse. John stützte die Detektivin etwas ab, um ihr den Anfang zu erleichtern. Jane Collins schaffte es. Vielleicht war es auch die Angst, hier unten doch noch lebendig begraben zu werden, die ihr diese Kräfte verlieh.

Noch drei Steigeisen, dann hatte Jane es geschafft. John schob die Detektivin in die Höhe, kippte sie förmlich über den Brunnenrand.

Ermattet blieb Jane Collins neben dem Brunnen liegen. Gierig saugte sie die frische Luft in ihre Lungen.

John Sinclair ging es auch nicht viel besser. Er ließ sich neben Jane fallen und flüsterte mit heiserer Stimme: »Ich glaube, wir haben es geschafft!«

»Ja!« Janes Antwort war nur ein Hauch. Sie stützte sich mit beiden Händen ab und gelangte auf die Knie.

Ihr Blick irrte über den Burghof. Sie sah die beiden toten Drachen, und plötzlich hatte sie das Gefühl, von einer eiskalten Knochenhand berührt zu werden. Ihre Nackenhaare stellten sich quer, und in ihrem Magen schien ein dicker Kloß zu sitzen.

Auf der Treppe zum Schloßportal stand eine Gestalt.

Der Count of Blackmoor!

»John!«

Janes angstvoller Ruf riß den Geisterjäger aus seiner Lethargie. Er stemmte sich hoch und sah die Gestalt im selben Augenblick.

Der Count blickte sie an und verzog das Gesicht zu einem satanischen Lächeln.

»Noch lebe ich!« donnerte seine Stimme auf. »Ihr habt einen Teilsieg errungen. Tok-El wird sterben. Ich spüre bereits seinen Todeskampf in mir. Doch ich werde zusammen mit dieser Burg in das Reich der Geister und Dämonen eingehen, um meine erneute Rückkehr vorzubereiten. Irgendwann, John Sinclair, werden wir uns wiedertreffen.«

Der Oberinspektor war aufgestanden.

Aus fünf Yard Entfernung sahen sich die beiden Todfeinde in die Augen.

Und während John noch darüber nachdachte, wie er den Count of Blackmoor packen konnte, begann dessen schreckliche Verwandlung.

Der Kopf veränderte sich, er wurde lang und bekam eine grüne schuppige Haut. Die Augen quollen hervor, die Hände wurden zu Klauen, genau wie die Füße. Ein gezackter Kamm erschien auf dem Schädel des Unheimlichen, die Kleidung platzte weg. Flügel wuchsen aus der Hüfte, und eine lange rote Zunge wischte aus dem Maul.

Vor John Sinclair stand der Count of Blackmoor in seiner wahren Gestalt.

Langsam breitete er die Flügel aus. Die Augen waren unverwandt auf den Geisterjäger gerichtet.

»Du wirst es nicht mehr schaffen, John Sinclair«, sagte der Count mit menschlicher Stimme, und die Flügel begannen sich langsam zu heben und zu senken.

»John!« flüsterte Jane Collins. »John, so tu doch was. Du kannst dieses Ungeheuer doch nicht laufenlassen.«

»Das habe ich auch nicht vor«, erwiderte der Geisterjäger scharf und setzte sich in Bewegung.

Das Drachenmonster schlug zweimal mit den Flügeln und flog ein Stück zur Seite.

Wieder drang das satanische Lachen aus dem häßlichen Maul. »John Sinclair, du Erdenwurm, willst du tatsächlich einen Kampf? Du kannst ihn haben, aber nicht hier und nicht jetzt. Den Zeitpunkt bestimme ich. Denke daran, ich komme zurück!«

Wieder breitete das Fabelwesen die Flügel aus. Diesmal jedoch stieß es sich ab und segelte der Nebelwand entgegen.

Der Oberinspektor folgte dem Ungeheuer mit seinen Blicken. Es wollte ihm einfach nicht in den Kopf, daß der Count of Blackmoor so schnell aufgab, Dämonen und Geister waren immer heimtückisch. Man konnte ihnen nicht trauen.

Wie berechtigt sein Misstrauen gewesen war, bemerkte John Sekunden später.

Das Drachenmonster drehte sich plötzlich in der Luft, setzte zu einem Sturzflug an und jagte auf Jane Collins zu.

»Jane!« Johns Warnschrei trieb die Detektivin auf die Füße. Sie begann zu rennen.

Doch das Ungeheuer war schneller.

Wie ein Blitz fegte es auf sie zu, schnitt ihr den Weg ab.

John Sinclair war zu weit von Jane Collins entfernt, um sich selbst dem Drachenmenschen zu stellen.

John rannte gleichzeitig los, und während er über den Burghof hetzte, fiel ihm der silberne Dolch ein.

Nur er konnte Jane noch retten.

John riß den Dolch aus der Scheide, nahm die Spitze zwischen Daumen und Zeigefinger.

John riß den rechten Arm weit zurück und schleuderte den Dolch aus dem Schultergelenk.

Die silberne Waffe flirrte durch die Luft, bohrte sich mit einem dumpfen Laut in den Hals des häßlichen Monsters.

Das Ungeheuer zuckte zusammen. Mitten im Flug wurde es gestoppt.

Im selben Augenblick hatte Jane die Treppe erreicht, stolperte über die erste Stufe und fiel hin.

Dicht hinter ihr prallte das Drachenmonster zu Boden. Wild schlug es mit den Flügeln. Schwarzes Blut tropfte aus der Wunde an der Kehle, wo die geweihte Waffe getroffen hatte.

Es war ein Meisterwurf gewesen, wie ihn nur wenige Menschen fertigbrachten.

John lief zu Jane Collins und half ihr auf die Beine. »Es ist alles in Ordnung, kleine Detektivin«, sagte er und strich ihr über das lange Haar.

Jane nickte und warf sich schluchzend an Johns Brust.

Gemeinsam gingen sie zu dem am Boden liegenden Drachenmonster. John stieß das Ungeheuer mit dem Fuß an. Es war, als hätte diese Berührung eine Kettenreaktion ausgelöst.

Das unheimliche Fabelwesen zerfiel zu Staub. John Sinclair bückte sich und hob seinen Dolch auf. Mit einer müden Bewegung steckte er ihn weg.

Plötzlich erhob sich ein Windstoß. Der Nebelring über der Burg wurde aufgerissen und gab die Sicht auf einen klaren Himmel frei.

John Sinclair und Jane Collins blickten sich an. »Komm«, sagte der Geisterjäger. »Hier haben wir nichts mehr zu suchen.«

Arm in Arm verließen sie das Tor und gingen gemeinsam den Weg hinunter, der in das kleine, wildromantische Tal führte. Bevor sie in die Schlucht eintauchten, warf John Sinclair noch einen Blick zurück.

»Da, sieh doch«, sagte er zu Jane Collins.

Die Burgmauern oben auf der Felsspitze begannen zu wanken. Wie im Zeitlupentempo stürzten sie zusammen. Nicht ein Laut

drang zu den beiden Menschen hinunter. Der Tod der Drachenburg war eine gespenstische Szene. Sie, die Jahrhunderte überdauert hatte, wurde innerhalb von Sekunden zu Staub und Asche.

Ein Fluch war endgültig getilgt worden!

»Sag mal, John, wie bist du eigentlich auf die Insel gekommen?«
fragte Jane, als sie den schmalen Pfad zu der kleinen Felsbucht
hinunterkletterten.

»Ganz einfach«, grinste John, »ich habe eine Zeitreise gemacht.«

»Nimm mich nur nicht auf den Arm.«

»Das hätte ich zwar gerne getan, aber jetzt ist dafür nicht der
richtige Zeitpunkt. Ich komme aber bestimmt bald auf dein
Angebot zurück.«

»Schweif nicht vom Thema ab, sondern beantworte mir meine
Frage.«

»Mit einem Boot bin ich zur Insel gekommen. Da liegt es und
sagt nichts.«

John deutete mit der Hand zu dem schmalen Strand, auf den er
das Boot gezogen hatte.

»Hat der Kahn das denn geschafft?« fragte Jane.

»Wäre ich sonst hier?«

»Kannst du denn nicht mal vernünftig sein?«

»Bin ich doch. Ich werde dir sogar beweisen, daß es geht. Wir
fahren nämlich mit diesem Boot zurück. Komm, hilf mir mal. Du
kannst die Leine lösen, die ich um den Felsblock gewickelt habe.
Schließlich brauchst du ja für die Überfahrt nichts zu bezahlen.«

»Scheusal!« erwiderte Jane Collins.

Wenige Minuten später befanden sie sich bereits auf See. Die
Regenwolken waren schnell vorbeigezogen, und ein strahlend
blauer Himmel spannte sich über dem graugrünen Meer. Die
Dracheninsel verschwand in der Ferne. John Sinclair und Jane
Collins warfen keinen Blick mehr zurück. Johns Gedanken weilten
bereits in der Zukunft. Er wußte, daß ihn die Mächte der Finsternis
nicht lange in Ruhe lassen würden.

Jane Collins stand neben John Sinclair. Der Wind spielte mit
ihrem langen blonden Haar. Trotz ihres ramponierten Aussehens
erinnerte die Detektivin John an eine Meerjungfrau. Als er daran
dachte, mußte er grinsen.

»Grinst du über mich?« fragte Jane.

»Nicht direkt«, log John.

»Worüber dann?«

»Ich hatte daran gedacht, daß ich mich von dir nie mehr zu einer Party einladen lasse.«

»Du Schuft!« zischte Jane. Daß sie es nicht so ernst meinte, bewies der lange Kuß, mit dem sie sich bei John Sinclair für ihre Rettung bedankte . . .

ENDE

Das
Todeskabinett

Gelbrot flackerte die Flamme des Zündholzes auf, beleuchtete für Sekunden das harte, männliche Gesicht eines jungen Mannes. Eine Zigarette glühte, der Mann räusperte sich.

Das Streichholz verlosch. Würziger Rauch fächerte durch die Zweige des Strauches, hinter dem der Mann sich verborgen hielt.

Er wartete. Wartete auf Milly Day, ein bezauberndes, junges Mädchen mit langen, weizenblonden Haaren. Seit drei Tagen kannte er sie jetzt, und sie hatten sich von Beginn an sofort ausgezeichnet verstanden.

Rasch hintereinander glühte die Spitze der Zigarette auf, zeugte davon, wie hastig der junge Mann rauchte.

Ja, er war tatsächlich aufgeregt. Eine unerklärliche Angst hielt ihn umklammert. Eine Angst, die ihn jedesmal packte, wenn er sich mit einem Girl verabredete. Er wußte auch nicht, woher diese Angst kam, und niemals vorher hatte er sich wirklich mit dem Mädchen getroffen. Der junge Mann war immer kurz vor der verabredeten Zeit verschwunden. Die Angst in ihm hatte gesiegt.

Doch heute sollte es anders werden!

An diesem Abend wollte er dieses belastende, unselige Gefühl endlich einmal unterdrücken. Er wollte leben und lieben wie ein normaler junger Mann.

Schritte drangen an seine Ohren!

Das war Milly. Endlich!

Der Mann leckte sich aufgeregt über die Lippen. Wieder war der Drang in ihm, wegzulaufen, doch er kämpfte dagegen an.

Und diesmal mit Erfolg.

Die Schritte stockten, eine Schuhsohle raschelte über verfaultes Laub.

»Larry?«

Die Frage war nur ein Hauch. Unsicher, ängstlich.

»Hier bin ich, Milly!« Larry Harker warf die Zigarettenkippe zu Boden und trat sie mit dem Absatz aus. Mit beiden Händen schob er die Zweige zur Seite und drängte sich aus dem Gebüsch. Nasse Spinnweben blieben an seiner Stirn kleben. Es störte ihn nicht.

Milly hatte ihm das Profil zugewandt, suchte ihn in einer anderen Richtung.

»Ich bin hier«, sagte Larry Harker und breitete gleichzeitig die Arme aus.

Milly flog ihm an die Brust. »O Larry«, flüsterte sie. »Du ahnst gar nicht, wie sehr ich mich danach gesehnt habe, endlich mit dir allein sein zu können.«

Der junge Mann preßte das blondhaarige Mädchen fest an sich. Seine Finger streichelten ihren Rücken, das Gesicht hatte er in dem weizenblonden Haar vergraben.

Minutenlang genossen die beiden jungen Menschen das Glücksgefühl, völlig allein zu sein. Sie sagten kein Wort, sondern standen nur dicht aneinandergeschmiegt beisammen.

Milly war es, die sich löste. Sie hob den Kopf und blickte Larry an. »Wohin gehen wir?« fragte sie mit belegter Stimme, obwohl sie die Antwort schon vorher wußte.

»In das Gartenhaus.«

»Und du meinst, wir sind wirklich allein?«

»Ja.«

»Dann komm, und laß uns nicht länger warten.«

Milly zog den jungen Mann einfach mit sich fort. Sie hielt seine Hand fest umschlossen, als hätte sie Angst, ihren Larry wieder zu verlieren. Wie ein Blitzstrahl hatte sie die Liebe getroffen. Mein Gott, wie würden sie die anderen Schülerinnen beneiden, wenn sie von Larry erzählte. Schließlich war sie nicht die einzige, die ein Auge auf den gutaussehenden jungen Mann geworfen hatte.

Der Weg war schmal, über den sie gingen. Wäßriger Schneematsch klatschte unter ihren Sohlen. Es war stockdunkel. Die Bäume zu beiden Seiten des Weges waren kaum zu sehen, glichen unförmigen, drohenden Schatten.

Und plötzlich war die Angst wieder da. Laß sie laufen! warnte Larry eine innere Stimme. Noch ist es Zeit!

Larry Harker wischte sich über die Stirn. Sein Schritt stockte.

»Ist was?« fragte Milly, die ebenfalls stehengeblieben war.

»Nein – ich . . .«

»Komm weiter, Larry, bitte.«

»Ja, ja, schon gut.«

Larry Harker setzte sich wieder in Bewegung. Milly ließ seine Hand los und legte dafür ihren Arm um Larrys Rücken. Selbst durch den dicken Mantel spürte Larry die Wärme des Mädchenkörpers. Verlangen stieg in ihm hoch, verdrängte die Angst.

»Wie weit ist es denn noch?« fragte Milly. Sie drehte den Kopf, und ihr Blick hing an Larrys Lippen.

Der junge Mann lächelte. »Wir sind gleich da.«

»Hoffentlich. Du weißt, ich muß noch vor Mitternacht in der Schule sein. Die Kontrollen sind streng.«

»Keine Angst, ich werde dich pünktlich abliefern.«

Der Weg gabelte sich. Links ging es zum Moor, rechts führte der Pfad zu einer kleinen Lichtung, auf der die bewußte Hütte stand.

›Gartenhaus‹, nannte Larry es. Dorthin zog er sich immer zurück, wenn er allein sein wollte. Allein mit sich und der Musik, die er über alles liebte.

Das Haus war aus dicken Holzbohlen zusammengefügt worden, die auch einen Teil der Kälte abhielten. Die Fenster waren klein, die Scheiben blind.

Larry fingerte nach dem Türschlüssel und schloß auf.

»Warte hier«, sagte er zu Milly. »Ich muß erst Licht machen. Wir müssen uns leider mit Kerzenschein begnügen. Es ist alles eben noch etwas primitiv.«

»Ich finde es romantisch.«

Larry Harker ging ins Haus. Kerzen standen auf einem Holzbrett an der Wand. Larry zündete eine an, hielt seine Hand schützend um die Flamme und deutete Milly mit einer Kopfbewegung an, einzutreten.

Das Mädchen streifte sich den Schneematsch von den Füßen und folgte seinem Freund in den einzigen großen Raum.

Larry zündete noch weitere Kerzen an, und das Licht reichte aus, um sogar ein Buch lesen zu können.

Milly blickte sich um. »Gemütlich ist es hier. Und sogar ein Klavier hast du«, sagte sie und blickte staunend auf das schwarze Instrument mit dem zugeklappten Deckel. »Spielst du mir etwas vor?«

»Vielleicht.«

Larry hatte seinen Mantel ausgezogen und ihn an einen in der Wand eingelassenen Haken gehängt. Er trug jetzt noch einen dicken, dunkelroten Pullover und seine verwaschenen Jeans. Sein Gesicht wurde vom Kerzenschein beleuchtet, er flackerte über die dunkelbraunen, melancholisch blickenden Augen, die nicht so recht zu den harten, sehr männlich wirkenden Zügen passen wollten. Und gerade Larrys Blick war es, der in Frauen und Mädchen immer wieder Mutterinstinkte weckte.

Larry streckte die Arme aus. »Gib mir deinen Mantel.«

»Gerne.« Milly schlüpfte aus ihrem Parka, den Larry ebenfalls über den Haken hängte.

»Ich habe leider kein Heizmaterial«, sagte er, »außerdem ist der alte Ofen verstopft.«

»Das macht nichts. Wir werden es uns schon gemütlich machen.« Milly dehnte und streckte sich. Larry sollte erkennen, daß sie unter dem dünnen T-Shirt keinen BH trug.

»Möchtest du etwas trinken?« fragte der junge Mann und strich eine Strähne des langen dunklen Haares aus der Stirn.

»Was hast du denn da?«

»Whisky.«

»Gut, ein Glas, da komme ich immer so leicht in Stimmung.«

Larry lächelte und kramte in einem schmalen, wackeligen Schrank herum.

Milly interessierte mehr das Bett. Es war ein altes, breites Metallbett mit einem stabilen Rahmen und einem rotweiß karierten Bezug.

»Schläfst du auch ab und zu hier, Larry?«

»Ja. Besonders im Sommer.«

»Auch immer allein?«

Larrys Augen wurden groß. »Natürlich. Hattest du etwas anderes angenommen?«

»Das ist ja schließlich nicht von der Hand zu weisen. Du bist immerhin vierundzwanzig Jahre alt.«

»Das ist doch kein Grund.« Larrys Stimme klang ungeduldig. »Ich schlafe eben nicht mit jeder.«

»Entschuldige, ich wollte dich nicht beleidigen.«

»Hast du auch nicht.« Larry zuckte mit den Schultern und hielt die Whiskyflasche gegen eine Kerzenflamme. »Reicht gerade noch für uns beide«, sagte er. »Gläser stehen neben dem Bett auf dem Nachttisch.«

Es waren saubere Trinkgläser. Larry Harker verteilte den Rest des Whiskys und stellte die leere Flasche in eine Ecke. Dann reichte er Milly ein Glas.

»Auf uns«, sagte das blonde Mädchen, leerte das Glas in einem Zug und mußte sich schütteln.

Larry hatte an der goldbraunen Flüssigkeit nur genippt. Er stellte sein Glas weg und nahm Milly in beide Arme. Fordernd preßten sich seine Lippen gegen die ihren. Milly hatte die Augen geschlossen, spürte nur Larrys tastende Hände, die plötzlich überall an ihrem Körper zu sein schienen.

Automatisch bewegten sich die beiden jungen Menschen dem Bett zu.

Doch plötzlich zuckte Larry zusammen.

Milly nahm den Kopf zurück. »Was ist?« fragte sie.

»Hast du das Geräusch nicht gehört?«

»Das Geräusch?«

»Ja, draußen.«

»Ach, laß doch, es wird irgendein Tier gewesen sein. Wir brauchen uns darum doch nicht zu kümmern.« Milly nahm Larrys Kopf in beide Hände, doch der junge Mann schob sie von sich.

»Erst muß ich nachsehen, Milly. Dieses Geräusch, es hatte sich angehört wie – Schritte.«

»Du bist verrückt. Du willst mich nur ärgern.«

»Nein. Da, jetzt wieder.«

Milly war blaß geworden. Nervös kaute sie auf ihrer Unterlippe. Sie hatte das Geräusch tatsächlich gehört. Sofort dachte sie an irgendwelche Spanner oder Sittlichkeitsverbrecher. Schon allein bei diesem Gedanken spannte sich eine Gänsehaut über ihren Rücken.

»Ich seh' mal nach«, sagte Larry.

Milly hielt ihn fest. »Bleib hier, bitte. Ich habe Angst. Wir verhalten uns ruhig, löschen die Kerzen und . . .«

»Ach, Unsinn.« Larry Harker schob das junge Mädchen kurzerhand zur Seite und näherte sich der Tür. Kurz davor wandte er sich noch einmal um. »Du bleibst auf jeden Fall hier«, sagte er, und Besorgnis schwang in seiner Stimme mit.

Milly nickte tapfer.

Larry lächelte ihr aufmunternd zu und verschwand nach draußen. Die Tür zog er nicht ganz ins Schloß.

Milly Day fröstelte. Sie ging auf das Klavier zu und hob den Deckel hoch. Sinnend sah sie auf die hellen und dunklen Tasten. Fast wie von selbst glitten ihre Finger über die Tastatur. Die Melodie eines alten englischen Kinderliedes schwebte durch den Raum. Sie war irgendwie beruhigend, und Milly begann zu lächeln.

Sie ahnte nicht, daß hinter ihrem Rücken schon das Grauen lauerte.

Daumenbreit wurde die Tür aufgestoßen. Die Melodie des Liedes übertönte das leise Quietschen.

Eine bleiche Knochenhand umfaßte das Türholz.

Ein Arm folgte, umhüllt von einem blutroten Samtärmel. Halboffen stand die Tür jetzt, und lautlos schlich die unheimliche Erscheinung in die Hütte.

Groß war sie, reichte bis zur Decke.

Ein beinerner Totenschädel schimmerte unter der hochgezogenen Kapuze. Die blutrote Samtkutte reichte bis zum Boden, bedeckte die Füße. Die Arme des Unheimlichen waren vorgestreckt. Seine Fäuste umklammerten den Griff einer riesigen Sense. Silbrig schimmerte das scharfe, gebogene Blatt. Die Augen in dem Schädel waren leer, wirkten wie finstere Schächte.

Der Tod war gekommen . . .

Im selben Augenblick schlug der Tod die Tür zu. Milly Day war seine Gefangene . . .

Der Nachtwind kühlte Larry Harkers Gesicht, trocknete den klebrigen Schweiß. Larry fror. Er hatte seinen wärmenden Mantel im Haus hängen gelassen. Jetzt ärgerte er sich darüber, hatte aber keine Lust, wieder hineinzulaufen.

Larry trat zwei Schritte von der Tür weg und blieb, mit dem Rücken an die Hauswand gepreßt, stehen.

Er lauschte.

Alles blieb still.

Und doch hatte sich Larry vorhin nicht geirrt. Er hatte die Schritte deutlich vernommen.

Dann hörte er plötzlich die Melodie eines Kinderliedes aufklingen. Fast hätte Larry mitgesummt. Er lächelte und freute sich, daß Milly Klavier spielte. Sicher wollte sie damit ihre Angst unterdrücken.

Larry löste sich von der Hauswand und ging ein Stück in die Dunkelheit hinein. Seine Augen hatten sich schon einigermaßen an die herrschenden Lichtverhältnisse gewöhnt, und Larry konnte die Konturen der Bäume sehen.

Eine Gänsehaut lief über seinen Rücken. Wie leicht konnte sich jemand hinter den Stämmen verstecken. Er dachte an seine beiden Tanten, die ihn gewarnt hatten, nachts einfach loszuziehen. Doch zum Teufel mit den alten Schachteln. Die hätten am liebsten gehabt, wenn er den ganzen Tag im Haus geblieben wäre, damit sie ihn verwöhnen konnten. So wie sie es früher immer getan haben.

Vielleicht waren ihm die beiden auch nachgeschlichen. Zuzutrauen war denen alles. Sie hatten ihn vor zwei Jahren sogar mal von einem Detektiv beobachten lassen, als er für einige Tage in London gewesen war.

»Lydia! Emily! Seid ihr es?«

Larry sprach die Namen flüsternd aus, er hatte Angst, daß Milly ihn hören konnte, und sie war von den Tanten nicht gerade begeistert.

Larry erhielt keine Antwort. Nur der Nachtwind strich durch die Bäume und rieb die Zweige schabend aneinander. Larry zuckte die Achseln. »Ich werde mich wohl getäuscht haben«, murmelte er, drehte sich um und wollte sich wieder auf den Heimweg machen.

Da traf ihn der Schlag!

Larry hatte das Gefühl, der Kopf würde ihm von den Schultern gerissen. Sterne platzten vor seinen Augen auf, begannen sich in einem wilden Kreisel zu drehen.

Larry Harker sackte in die Knie. Er fiel lang aufs Gesicht, spürte den kalten Schneematsch auf der Haut. Seine Finger gruben sich in den weichen Boden. Er war nicht bewußtlos, nur gelähmt. Larry schmeckte Dreck auf den Lippen, drehte mühsam den Kopf zur Seite. Sein Atem ging japsend. Übelkeit würgte ihn.

Dann sah er die Füße. Sie standen dicht vor seinem Gesicht. Bleiche, skelettierte Füße, die kaum den Boden zu berühren schienen.

»Narr«, sagte eine dumpfe Stimme. »Blutiger Narr!«

Die Füße verschwanden. Zweige raschelten, dann war es still. Nicht einmal das Klavierspiel war mehr zu hören.

Larry versuchte sich hochzustemmen. Es ging nicht. Er war zur Bewegungslosigkeit verdammt.

Tränen der Wut und Hilflosigkeit traten in seine Augen. Er dachte an Milly und daran, daß sie sich jetzt schutzlos in der Hütte befand.

Larry Harker versuchte zu kriechen. Er schaffte es nicht. Der heimtückische Schlag hatte sein Nervenzentrum, seine Reflexe gelähmt.

»Milly!« Larry Harker hatte das Gefühl zu schreien, doch es war kaum ein Krächzen, das aus seiner Kehle drang.

Er fühlte, wie die Kälte durch seinen Pullover zog. Die Sicht auf die Hütte war ihm versperrt.

Eine schreckliche Ahnung stieg in ihm hoch.

Angst und Grauen schnürten Milly Day die Kehle zu und bannten das Mädchen auf der Stelle.

Die Gestalt, die vor der Tür stand, sah aus wie aus einem Horrorfilm entsprungen. Sie war riesig, reichte bis zur Decke.

Magisch wurde Millys Blick von der Sense angezogen. Sie sah die blitzende, höllisch scharfe Klinge, auf der sich das Licht der Kerzen brach.

»Was – was wollen Sie?« hauchte Milly, die sich einzureden versuchte, daß alles nur ein Scherz war, den sich Larry ausgedacht hatte.

Der Sensenmann verzog das knöcherne Gesicht. »Dein Leben«, sagte er mit dumpfer Grabesstimme.

Millys Augen wurden weit. Panikartig schüttelte sie den Kopf. »Sie – Sie wollen mich töten?«

»Ja.«

Milly begann plötzlich zu lachen. »Der Spaß war gut, wirklich. Doch jetzt gehen Sie bitte, und sagen Sie Larry, daß Sie mich wirklich erschreckt haben.«

»Ich werde gehen«, antwortete der Tod. »Aber erst nachher.«

»Was heißt das?« Millys Stimme zitterte.

»Nachdem ich dich getötet habe.«

Erst jetzt schien dem jungen Mädchen die ganze Tragweite der grausamen Wahrheit bewußt zu werden. Das war kein Scherz, das war blutiger Ernst. Warnungen von Freundinnen kamen ihr in den Sinn. Laß dich nicht mit Larry Harker ein, hatten sie ihr gesagt. Der hat so etwas Komisches an sich. Gelacht hatte sie über die Warnungen, doch jetzt war es zu spät.

Der Tod hob die Sense.

Die gekrümmte Klinge der Spitze zeigte auf Millys Brust.

Im selben Augenblick warf sich das Mädchen herum. Das federnde Stahlblatt verfehlte sie um wenige Millimeter und jagte in die Tastatur des Klaviers. Die Tasten zerbarsten, flogen durch die Luft. Dumpf schlugen einige Saiten an.

Milly hatte sich über das Bett gerollt, kam auf die Füße und hetzte auf die rettende Tür zu.

Der Tod lachte hohl, schwang die Sense über den Kopf und ließ sie durch die Luft pfeifen.

Diesmal hatte Milly keine Chance.

Ihre Hand befand sich nur noch Millimeter vom Türgriff entfernt, als sie einen mörderischen Schlag im Rücken verspürte. Noch im selben Augenblick folgte der Schmerz, doch den nahm Milly Day schon nicht mehr wahr . . .

Urplötzlich wich die Lähmung von Larry Harker. Der junge Mann konnte es im ersten Moment nicht begreifen, doch dann sprang er auf die Füße.

Mit langen Schritten hetzte er dem Haus entgegen.

Milly! Das war sein einziger Gedanke. Larry übersah eine tückische Baumwurzel, rutschte aus und fiel hin. Er spürte den Aufprall bis in die Haarspitzen, doch die Sorge um Milly ließ ihn den Schmerz vergessen.

Er raffte sich wieder hoch.

Schon sah er den Lichtschein, der aus der halb offen stehenden Tür fiel.

Larry fiel ein, daß er bei seinem Weggang die Tür bis auf einen kleinen Spalt geschlossen hatte.

Sein Herz hämmerte wie verrückt. Larry warf sich gegen die Tür. Sie klemmte. Etwas Schweres mußte dahinter liegen.

Larry wand sich durch den Türspalt.

Und da packte ihn das Entsetzen.

Milly Day lag auf dem Boden.

Tot!

Larry Harker sah das Blut und glaubte plötzlich, den Verstand zu verlieren. Schreiend warf er sich über die Tote. Tränen rannen an seinen Wangen entlang. Seine Finger strichen über das wachsbleiche verzerrte Gesicht.

»Milly!« flüsterte er weinend. »Milly, bitte, du darfst nicht tot sein. Nein, du nicht.«

Larrys Worte wurden immer wieder von einem krampfhaften Schluchzen unterbrochen.

Doch seine Milly gab keine Antwort.

Larry erhob sich auf die Knie und schob die Arme umter Millys Körper. Er achtete nicht darauf, daß er blutverschmiert war, er hatte nur Augen für Milly.

Behutsam legte er die Leiche auf das Bett, setzte sich auf die Kante und hielt Millys Hand.

Lange starrte er in ihr Gesicht, und nur langsam begann er zu begreifen, daß Milly Day tot war.

Larrys Gesicht war zu einer Grimasse verzerrt, seine Lippen bebten, die Augen waren voll Tränen. »Ich werde den Mann finden, der das getan hat, Milly«, flüsterte er. »Ich werde ihn finden und ihn genauso umbringen, wie er dich umgebracht hat. Alle halten mich für einen Schwächling, aber das bin ich nicht. Ich werde es ihnen zeigen.« Larry wischte sich über die Stirn, holte ein Taschentuch hervor und schneuzte sich die Nase. »Sie sollen mich noch kennenlernen«, flüsterte er. »Ja, ich werde deinen Tod rächen.«

Larry Harker stand auf, nahm zwei Kerzen von der Fensterbank und stellte sie auf den Nachttisch.

»Die Totenkerzen«, sagte er. »Sie werden dich begleiten. Ich werde sie immer erneuern. Jedesmal, wenn sie heruntergebrannt sind, komme ich und wechsle sie aus.«

Aus Larry Harkers Worten sprach in diesen Augenblicken der Wahnsinn. Er hatte den Tod seiner Freundin einfach nicht verkraften können.

Behutsam strich Larry der Toten das weizenblonde Haar aus der Stirn und schloß mit einer zärtlichen Geste ihre Augen. »Ich sage niemandem, daß du tot bist, Milly. Auch nicht meinen Tanten. Sie brauchen es nicht zu wissen. Weißt du, sie haben mir nicht gegönnt, daß du zu mir gehört hast. Aber ich habe mich diesmal nicht beirren lassen. Ich habe meinen Willen durchgesetzt. Ich bin stärker geworden, Milly, und das verdanke ich ganz allein dir.«

Wieder putzte sich Larry Harker die Nase. Er hatte das Taschentuch kaum weggesteckt, als er plötzlich eine Stimme hinter seinem Rücken hörte.

»Aber Larry, mit wem redest du denn da?«

Wie vom Blitz getroffen fuhr Larry Harker herum. Sein Gesicht verzerrte sich in panischem Schrecken, doch die Züge glätteten sich rasch, als er erkannte, wer dort gekommen war.

»Tante Lydia«, sagte der junge Mann erstaunt. »Was willst du denn hier?«

Lydia Bradford lachte schrill. »Was ich will? Ich will dir helfen, mein Kleiner.«

Larry verzog das Gesicht. Da war es wieder. Mein Kleiner, hatte sie gesagt. Oh, wie er diese verdammten Kosenamen haßte!

Wild schüttelte Larry den Kopf. »Nein, mir braucht keiner zu helfen. Ich kann auf mich allein achten.« Verzweifelt versuchte er, mit seinem Körper die Tote zu decken. Es gelang ihm nicht.

Lydia Bradford kam näher. Sie trug ein enges kariertes Kostüm und eine Stola um die Schultern. Ihr Gesicht war hager. Tiefe Falten ließen die Haut wie rissiges Mauerwerk erscheinen. Die Nase stach wie ein Pfeil hervor, und der schmallippige Mund war nach unten gebogen. Die grauweißen Haare hatte Lydia Bradford hochgesteckt und sie auf dem Kopf zu einem Knoten gebunden. Hinter den Brillengläsern funkelten kalte, wache Augen, die jeden Menschen, den Lydia kennenlernte, sofort negativ einstuften. Nur bei Larry Harker hatte Lydia Bradford eine Ausnahme gemacht. Ihm allein galt ihre ganze Sorge.

»Was ist geschehen?« fragte sie, und ihre Stimme klang jetzt weich und beruhigend.

Larry hob die Schultern. »Ich . . .«

»Du hast sie umgebracht, nicht wahr?«

Larry sprang auf. »Nein!« kreischte er. »Ich habe sie nicht getötet. Es war ein anderer. Ich habe sie doch geliebt, mein Gott.«

»Setz dich wieder hin, Darling.« Die siebzigjährige Frau sprach mit Larry wie mit einem kleinen Kind. »Wir wollen gemeinsam überlegen, wie wir uns aus dieser Situation herauswinden können.«

»Aber ich habe sie doch nicht getötet!«

»Mein armer Junge.« Lydia Bradfords knochige Finger umfaßten Larrys Schultern. »Ich weiß doch, daß du mich nicht anlügst. Aber ob dir die Polizei auch glaubt, das ist fraglich.«

»Die Polizei?«

»Natürlich. Wir müssen sie verständigen. Das ist unsere Pflicht als Bürger.«

»Ja – aber.« Larry blickte auf seine Hände, die blutverschmiert waren. Millys Blut. Auch auf seiner Kleidung befanden sich die dunklen rostfarbenen Flecken. »Was soll ich denn tun, Tante Lydia? Wenn das so ist, werden sie mich doch einsperren.«

»Nein, mein Junge. Dich wird niemand einsperren. Laß mich nur machen. Allerdings mußt du von nun an deinen beiden Tanten in allem gehorchen.«

Larry nickte eifrig. Sein Vorsatz, auf eigenen Füßen zu stehen, war vergessen. Er stand wieder völlig unter dem Bann der alten Frau.

»Was geschieht nun, Tante Lydia?«

»Gar nichts. Du mußt mir nur einige Fragen beantworten.«

»Ja.«

»Warum hast du sie getötet?«

Larrys Kopf ruckte hoch. Er fletschte die Zähne wie ein Wolf. »Aber ich habe sie doch nicht getötet!« schrie er. »Ich habe sie nicht umgebracht!« Er wiederholte den Satz mehrere Male und schlug sich dabei mit beiden Fäusten auf die Oberschenkel.

Lydia Bradford ließ ihn toben. Aus kalten Augen beobachtete sie den jungen Mann. Ein zynisches Lächeln umspielte ihre Mundwinkel. Sie wußte, daß Larry Wachs in ihren Händen war.

»Warum glaubst du mir denn nicht?« heulte Larry Harker. »Ich habe sie doch nicht getötet. Es war ein anderer. Ich habe ihn sogar gesehen.«

»So?« Lydia Bradford lachte spöttisch. »Wie sah er denn aus?«

Larry wischte sich über das Gesicht. »Ich – äh – also genau kann ich das nicht sagen. Es war schließlich dunkel draußen. Also, die ganze Sache war so. Ich bin mit Milly hier in die Hütte gegangen, um einige Stunden . . .«

»Was du wolltest, kann ich mir denken«, sagte die Alte. »Erzähle das Wesentliche.«

»Wir waren hier, und plötzlich hörte ich Schritte. Draußen vor dem Haus. Ich bin hinausgelaufen, um nachzusehen, und habe mich auch vom Haus entfernt. Und dann hat mich jemand niedergeschlagen. Ich lag auf dem Boden, Tante Lydia, konnte mich nicht bewegen und bekam doch alles mit. Ich war nur gelähmt, doch mein Geist arbeitete weiter. Eine dunkle Stimme sagte dann: Narr oder so ähnlich, und dann sah ich einen Fuß. Aber das war kein richtiger Fuß, sondern ein Skelettknochen. Die Knochen schimmerten bleich, und der Fuß schien die Erde kaum zu berühren. Ich hatte Angst um Milly, wollte ihr helfen, konnte mich aber nicht bewegen. Und plötzlich ging es dann wieder. Ich sprang auf, rannte zum Haus und fand sie. Tot.« Larry Harker fing wieder an zu weinen. »Alles andere weißt du ja, Tante.«

Lydia Bradford schüttelte den Kopf. »Diese Version wird dir niemand abnehmen. Vielleicht war es so – vielleicht aber auch nicht.«

»Was soll das heißen?«

»Du weißt doch selbst, daß du anders bist als die übrigen jungen Männer in deinem Alter. Du bist sehr sensibel und sogar krank, mein Junge.«

»Krank? Aber davon habe ich ja gar nichts gewußt.«

Lydia Bradford nickte. »Wir haben es dir auch immer verschwiegen. Es ist keine Krankheit im körperlichen Sinne, sondern sie ist mehr geistig bedingt. Es gibt in deinem Leben oft Stunden, wo dein Gedächtnis dich verläßt, und dann wirst du zu einem Risikofaktor. Aus diesem Grunde haben wir dich auch immer behütet wie unsere Augäpfel. Du hast es oft als Last empfunden, aber es war nur zu deinem Besten. Heute abend bist du weggelaufen, zu einem Mädchen. Tante Emily und ich, wir hatten uns große Sorgen gemacht und dich überall gesucht. Bis ich die Idee mit dieser Hütte hatte. Leider bin ich ein paar Minuten zu spät gekommen, sonst hätte ich alles noch verhindern können.«

»Ich verspreche dir, daß ich von nun an nur auf euch hören werde«, erwiderte Larry Harker mit leiser Stimme und senkte den Kopf.

»Dann laß uns die Sache hier vergessen und hilf mir, das Haus anzuzünden. Draußen steht mein Fahrrad. Auf dem Gepäckträger ist ein Kanister mit Benzin. Hol ihn doch bitte herein.«

»Ja, Tante.«

Larry Harker erhob sich und ging nach draußen. Er war noch so durcheinander, daß er gar nicht auf die Idee kam, sie zu fragen, wieso seine Tante schon einen Benzinkanister mitgebracht hatte. Er führte automatisch jeden Auftrag aus.

Lydia Bradford blieb allein im Haus zurück. Sie hatte die knochigen Arme in die Hüften gestemmt und sah sich um. Ohne Erbarmen blickte sie auf das tote Mädchen. Sie erschrak nicht einmal über den grauenvollen Anblick. Schließlich hatte diese dumme Gans sich ihren Tod selbst zuzuschreiben. Sie hätte die

Finger von Larry lassen sollen. Der Junge gehörte ihr und ihrer Zwillingsschwester allein.

Larry Harker kam zurück. In der rechten Hand trug er den Kanister. Der junge Mann bot ein Bild des Jammers. Sein Blick flackerte unruhig. Auf seinem Gesicht lag die nackte Angst. Er zitterte.

»Komm, gib den Kanister her!«

Lydia Bradfords Stimme klang weich, beruhigend. Die Frau nahm Larry den Kanister ab, öffnete den Verschluß und goß Benzin über die Mädchenleiche.

Es gluckerte, als die Flüssigkeit aus dem Kanister floß. Lydia Bradford kippte auch Benzin über die Wände, benetzte den alten Schrank und verteilte es sogar auf dem Fußboden.

Dann war der Kanister leer.

»Hier, halte ihn solange«, sagte sie.

Aus ihrer kleinen Handtasche kramte Lydia eine Packung Zündhölzer. Dann schob sie Larry nach draußen und stellte sich sebst an die Tür. Schon füllten die Benzindämpfe den Raum, machten das Atmen zur Qual.

Lydia Bradford verließ ebenfalls das Haus, zog ein Kopftuch aus der Handtasche, riß das Zündholz an und setzte das Tuch in Brand.

Sie öffnete die Tür spaltbreit und warf das brennende Stück Stoff in den Raum.

Blitzschnell zog sie die Tür wieder zu. Im Innern des Zimmers puffte eine Stichflamme hoch und wurde innerhalb von Sekunden zu einer Feuerwand.

Lydia Bradford hatte Larry vom Haus weggezogen. Der junge Mann hielt das Fahrrad und starrte aus weit aufgerissenen Augen auf das brennende Haus.

Schon zerplatzten die ersten Scheiben.

Flammen leckten aus den Öffnungen. Lydia Bradford und Larry Harker mußten ein Stück zurücktreten, als der Gluthauch der Hitze sie streifte.

»Mein Klavier«, sagte Larry und bewies gleichzeitig, daß er Milly schon vergessen hatte.

»Keine Angst, wir schenken dir ein neues. Wir werden dir sogar einen richtigen Konzertflügel kaufen, und es wird nicht lange dauern, da feierst du Triumphe. Ich sehe deinen Namen schon in allen großen Städten der Welt. Larry Harker spielt Chopin. Die Welt wird aufhorchen, glaube mir.«

Der zuckende Flammenschein ließ den fanatischen Glanz in den Augen der Alten noch intensiver erscheinen.

Das Feuer hatte jetzt das gesamte Haus erfaßt. Eine Wand brach zusammen. Lange Flammenzungen leckten aus dem Dach. Funken wurden hochgewirbelt, stiegen in den Nachthimmel und verglühten.

Es war ein schaurig-schönes Bild, das sich den Blicken der beiden Menschen bot.

»Komm, Larry, wir haben hier nichts mehr verloren.«

Larry Harker stieg in den Sattel, und Lydia Bradford nahm auf dem Gepäckträger Platz. Der leere Benzinkanister schaukelte in ihrer rechten Hand.

Es war schwierig, durch den dicken, glitschigen Schneematsch zu fahren. Larry hatte Mühe, das Rad in der Spur zu halten, und fuhr Schlangenlinien.

Er war froh, als er nach einer Viertelstunde eine asphaltierte Straße erreichte, die in einigen Windungen auf Weybrigde zuführte.

Weybridge ist ein kleiner Ort zwischen London und Southampton, nicht weit von London entfernt. Der Ort zählt sechstausend Einwohner und liegt in einer idyllischen Hügelgegend. Industrie gibt es kaum. Viele der männlichen Einwohner arbeiten in London und kommen nur am Wochenende nach Hause.

Larry Harker lebte mit seinen beiden Tanten am Stadtrand von Weybridge in einem alten Haus, das um die Jahrhundertwende erbaut worden war. Es war zweistöckig, und Larry hatte die gesamte obere Etage für sich, während die Tanten unten ihr Reich besaßen.

Als sie über den schmalen Plattenweg fuhren, der den Vorgarten teilte, wurde eine Haustür geöffnet.

Eine Frau, die Lydia Bradford aufs Haar glich, stand in dem offenen Türrechteck.

»Da seid ihr ja endlich«, rief sie, »ich hatte mir schon große Sorgen gemacht.«

Auch die Stimme war mit Lydias identisch.

Lydia Bradford sprang zu Boden. Ein heimlicher Beobachter hätte sich gewundert, wie gelenkig die Frau noch war.

»Es ist alles in Ordnung, liebe Emily«, sagte sie und schlüpfte ins Haus. »Bring du doch das Fahrrad in den Schuppen«, rief sie über die Schulter dem jungen Larry Harker zu.

»Ja, Tante Lydia.«

Die beiden Frauen gingen in den Wohnraum. Lydia zog ihre Kostümjacke aus und hängte sie über eine Sessellehne.

»Es hat alles geklappt«, flüsterte sie ihrer Zwillingsschwester zu. »Larry wird wohl nie mehr etwas mit einem Mädchen anfangen.«

Emily Bradford rieb sich die knochigen Hände. »Du bist wunderbar, Lydia«, sagte sie. »Ich hätte das kaum gekonnt.«

»Bedanke dich nicht bei mir, sondern bei ihm. ER hat uns geholfen.«

»Du meinst, wir haben es geschafft?« Emilys Augen leuchteten fanatisch.

»Ja. ER ist gekommen. Ich habe ihn sehen können. Oh, es war phantastisch. Er war riesig, und in den Händen hielt er eine scharfe Sense, genau wie wir es uns immer gewünscht haben. ER hat uns nicht im Stich gelassen, wir werden ihm noch heute nacht dafür danken. Wir . . .«

»Still, Lydia. Larry kommt zurück.«

Schon wenige Sekunden später stand der junge Mann im Living-room. Er hielt den Kopf gesenkt, machte einen niedergeschlagenen Eindruck.

»Aber was ist denn mit dir, mein Junge?« rief Emily Bradford, trat auf Larry zu und nahm seinen Kopf in beide Hände. »Du darfst jetzt nicht mehr daran denken. Es wird alles wieder in Ordnung kommen. Vergiß dieses Mädchen, denke an dich und an uns.«

»Ja, Tante Emily.«

»Du bist ja müde«, sagte Lydia Bradford. »Am besten, du legst dich hin. Warte, ich gehe mit dir hoch.«

»Ja.« Larry drückte sich aus dem Sessel, hauchte Emily einen Kuß auf die faltige Wange und stieg mit Lydia die schmale Treppe hinauf. Das Geländer und die gedrechselten Stäbe waren aus Holz und wurden jeden Tag von den beiden alten Frauen poliert.

Larry hatte drei Zimmer für sich. Einen kombinierten Schlaf- und Wohnraum, ein Hobbyzimmer und das kleine Bad, in dem es auch eine Dusche gab.

Emily Bradford hatte Larrys Bett schon aufgeschlagen. Die

Nachttischlampe brannte bereits, und neben ihr lag aufgeschlagen ein Buch über Chopin, Larrys Lieblingskomponisten.

Im Gegensatz zum Living-room der beiden Alten war Larrys Zimmer modern eingerichtet. Die Möbel waren teuer und entstammten dem besten Anbauprogramm. Larry besaß einen Farbfernseher, eine Stereoanlage und ein Tonband der Spitzen-klasse.

»Gute Nacht, mein Junge«, sagte Lydia Bradford und gab Larry einen Kuß auf die Wange.

Der junge Mann schreckte instinktiv vor der Berührung zurück. Lydia bemerkte es mit Erstaunen.

»Was hast du?«

»Ach nichts, Tante, ich bin nur noch etwas durcheinander.«

»Das kann ich gut verstehen. Und deshalb ist es am besten, du legst dich hin und schläfst bis morgen mittag. Wir werden dich schon zum Essen wecken. Vielleicht fahren wir auch nach London und suchen dir einen neuen Flügel aus. Mal sehen.«

Larrys Augen leuchteten. »Das wäre wunderbar, Tante.«

Lydia Bradford lachte, zwinkerte Larry zu und verließ den Raum.

Larry Harker starrte noch einige Sekunden auf die Tür, dann zog er sich aus und ging ins Bad.

Fünf Minuten später – nach einer wohltuenden Dusche – betrat er wieder sein Zimmer und legte sich aufs Bett. Er wollte erst noch etwas lesen, merkte aber, daß ihm die Konzentration fehlte.

Larry Harker löschte das Licht und versuchte zu schlafen.

Emily Bradford erwartete ihre Schwester Lydia unten an der Treppe. »Schläft er?« fragte sie mit flüsternder Stimme.

Lydia schüttelte den Kopf. »Nein, er will sich noch duschen.«

Emily lächelte. »Er ist ein braver Junge. So haben wir es uns auch immer vorgestellt.«

Die beiden Frauen gingen zurück in den Living-room. Lydia holte eine Flasche Likör und zwei Gläser aus dem Schrank. Es war ein grüner Pfefferminzlikör, klebrig und bitter.

Die Frauen tranken ihn mit großem Genuß.

»Wie hat er es denn aufgenommen?« fragte Emily und stellte ihr leeres Glas auf den Tisch.

»Besser als ich dachte. Er saß neben der Leiche und schwor Rache. Ich konnte ihm dieses Vorhaben aber schnell ausreden. Jetzt glaubt er sogar, er hätte diese Milly umgebracht.« Lydia kicherte, als hätte sie einen guten Witz gehört.

»Das ist ja prächtig. Ich sag' ja, Lydia, du bist die Größte. Übrigens, ich habe Erkundigungen über diese Milly Day einholen lassen.«

»Und?«

»Ihr Vater bekleidet einen hohen Posten im Innenministerium. Er scheint mächtig viel Einfluß zu haben und wird Himmel und Hölle in Bewegung setzen, um das Verschwinden seiner Tochter aufzuklären.«

»Die Hölle steht auf unserer Seite«, erwiderte Lydia knapp. »Und was die Nachforschungen angeht, so muß man uns erst mal etwas beweisen. Larry hält sowieso dicht. Schließlich will er ja nicht als Mörder eingesperrt werden. Außerdem haben diese Dorfpolizisten nicht viel Ahnung. Ich kenne mich da aus.«

Emily war nicht so optimistisch. Sie verzog das Gesicht, und ihre Stirn nahm Waschbrettfalten an. »Wenn so etwas passiert, wird meistens Scotland Yard eingeschaltet«, gab sie zu bedenken. »Und bei denen müssen wir vorsichtig sein.«

Jetzt wurde Lydia wütend. »Seit wann bist du so ängstlich?« fauchte sie. »Wer mit der Hölle einen Bund geschlossen hat, braucht die Menschen nicht zu fürchten. Nein, uns kann keiner etwas. Wir sollten in den Keller gehen und unsere Dankbarkeit zeigen. ER hat uns gerettet, vergiß das nie, Emily.«

»Schon gut, Lydia, aber ich bin nun mal eben etwas ängstlicher als du.«

Lydia Bradford winkte ab. Ruckartig erhob sie sich aus dem Sessel, öffnete die Tür und lauschte in den Flur.

Das Rauschen der Dusche war verstummt. Um Lydias strichdünne Lippen spielte ein Lächeln. Die Luft war rein.

»Komm, Emily.«

Auf Zehenspitzen schlichen die beiden alten Frauen durch den Flur, gingen an der Treppe vorbei und standen schließlich vor der stabilen Kellertür.

Sie war abgeschlossen. Wie immer. Keiner außer den beiden Frauen durfte den Keller betreten. Auch Larry nicht. Er hatte natürlich oft nach dem Grund gefragt, doch Lydia hatte ihm immer gesagt, daß es dort unten nicht mit rechten Dingen zuginge. Und Larry – schon als Kind ängstlich und scheu – hatte sich strikt daran gehalten. Bis heute.

Den Schlüssel trug Lydia bei sich. Das Schloß war gut geölt und sprang sofort zurück. Lydia drückte die Klinke nach unten und zog die Tür auf.

Muffige, verbrauchte Luft schlug den beiden Frauen entgegen. Elektrisches Licht gab es hier nicht. Dafür lagen in einer Mauernische immer mehrere Kerzen sowie Zündhölzer bereit.

Lydia und Emily zündeten zwei Kerzen an und gingen die schmalen, hohen Steinstufen hinunter.

Die Treppe war lebensgefährlich, doch die Frauen kannten den Weg im Schlaf.

Das Licht der Kerzen zuckte über dicke Mauerwände, auf denen weißer Schimmel wie eine Puderschicht lag. Mehrere Türen zweigten zu beiden Seiten des Ganges ab. Es waren einfache Lattenroste, durch Vorhängeschlösser gesichert. Dahinter befanden sich die Vorratsräume der beiden Frauen. Dort lagerten Konserven, Heizmaterial und vieles andere mehr.

»Ob ER wach ist?« fragte Emily und hatte Mühe, das Zittern in ihrer Stimme zu unterdrücken.

»Bestimmt«, gab Lydia flüsternd zurück. »Bisher hat ER immer auf uns gewartet.«

Und dann standen sie vor der geheimnisvollen Tür. Sie war aus dicken Holzbohlen angefertigt, befand sich am Ende des Ganges und war mit drei Schlössern gesichert.

»Halt mal die Kerze«, sagte Lydia, kramte die passenden Schlüssel hervor und schloß auf.

Aufregung hatte die beiden Frauen gepackt. Obwohl sie schon unzählige Male hier unten waren, war es doch immer wieder ein prickelndes Erlebnis. Nie ließen sich die Reaktionen der finsteren Mächte vorausberechnen, es gab immer wieder neue Überraschungen.

Lydia zog die Tür auf.

Grabesluft wehte den Frauen entgegen und ließ sie frösteln.

»Henry?« rief Lydia leise. »Bist du da? Wir sind es. Wir wollen dir einen Besuch abstatten.«

Henry gab keine Antwort.

Lydia zog ihre Zwillingsschwester mit in das Verlies. Die Kerzen flackerten, bekamen zu wenig Sauerstoff. Und doch reichte der Schein aus, um das unheimliche Verlies zu erleuchten.

Die Mauern waren mit schwarzen, langen Tüchern verhängt, die bis auf den Boden reichten. Die Tücher waren mit seltsamen Zeichen bestickt. Symbole und Formeln der Schwarzen Magie. Selbst an der Decke waren die gefährlichen magischen Symbole zu sehen. Die Kälte und Beklemmung, die dieser Kellerraum ausströmte, war körperlich fühlbar. Selbst das Atmen wurde hier unten erschwert.

Das Zentrum des Verlieses jedoch bildete ein hochlehniger Stuhl. Er stand mit dem Rücken zur Tür, und von der Person, die auf dem Stuhl saß, war nur der Hinterkopf zu sehen und ein Teil der strähnigen grauen Haare.

Lydia blieb stehen. Die rechte Hand mit der Kerze hielt sie ausgestreckt. Der rotgelbe Schein tanzte über dem Stuhl, auf dem der Unheimliche saß.

»Henry?« rief Lydia. »Bist du da, Henry?«

Hohl klangen die Worte und wurden von den dicken Vorhängen verschluckt.

Atemlos warteten die beiden Frauen auf eine Reaktion.

Sie sollten nicht umsonst gewartet haben.

Die Person auf dem Stuhl gab plötzlich ein langgezogenes Ächzen von sich und schwang dann unendlich langsam herum . . .

Larry Harker fand keinen Schlaf. Zu sehr hatten ihn die Ereignisse der vergangenen Stunden innerlich aufgewühlt. Immer wieder sah er das Bild der Toten vor seinem geistigen Auge und spürte die Anklage, die ihm Milly entgegenschleuderte. Doch dann war wieder die Angst vor seinen beiden Tanten da. Eine Angst, die sich seit seiner Kindheit in ihm eingefressen hatte.

Schweißgebadet stand Larry auf. Er zog seinen Morgenmantel über, trat ans Fenster und öffnete es.

Die kühle Nachtluft tat ihm gut. Am Himmel hingen schwere Wolken, und es roch nach Schnee. In der Ferne sah Larry in unregelmäßigen Abständen Lichtpunkte aufblitzen und wieder verschwinden. Dort führte der Highway entlang, der die beiden Städte London und Southampton miteinander verband. Die

Schnellstraße lief an Weybridge vorbei, war aber durch einen Zubringer gut zu erreichen.

Er schloß das Fenster, wollte sich wieder hinlegen und überlegte es sich dann aber anders.

Nein, er würde noch einmal mit den Tanten reden. Bestimmt waren sie noch wach. Sie gingen nie vor Mitternacht schlafen, und die Tageswende war noch nicht erreicht.

Kurzentschlossen öffnete Larry seine Zimmertür und trat in den Gang. Er beugte sich über das Holzgeländer und blickte nach unten. Aus dem Living-room fiel schwacher Lichtschein in den Flur. Demnach waren die Tanten noch auf.

Larry ging die Treppe hinab und bemühte sich dabei nicht einmal, besonders leise zu sein.

Dann stand er vor der Tür zum Living-room.

»Tante Lydia! Tante Emily!« rief er und drückte die Tür ganz auf.

Keine Antwort, das Zimmer war leer.

Larry überlegte. Sollten die beiden schon im Bett liegen und vergessen haben, das Licht zu löschen? Es war möglich.

Larry wandte sich dem Schlafraum zu, klopfte an die Tür, und als er keine Antwort erhielt, trat er kurzentschlossen ein.

Im Schlafzimmer war es dunkel. Larry machte Licht. Keine der beiden Tanten lag im Bett. Wie große Wolken lagen die glatten Daunenoberbetten auf den Matratzen.

Larry löschte das Licht und zog die Tür wieder zu. Sinnend stand er in der Dunkelheit. Wo konnten die beiden sein? Waren sie noch mal weggegangen? Aber mitten in der Nacht? Unmöglich, so etwas taten sie nicht. Nein, sie mußten sich noch irgendwo im Haus aufhalten.

Der Keller fiel Larry ein.

Schon allein der Gedanke daran ließ ihn frösteln. Es war ihm immer verboten worden, den Keller zu betreten, und er hatte sich auch in den langen Jahren an das Verbot gehalten, obwohl er nicht verleugnen konnte, daß der Keller irgendwie eine gewisse Anziehungskraft auf ihn ausübte.

Larry raffte allen Mut zusammen. Ja, er wollte heute in den Keller gehen.

Wie ein Dieb schlich er sich an der Treppe vorbei und erreichte die Kellertür.

Stockfinster war es um ihn herum. Das Licht, das aus dem Living-room fiel, reichte nicht bis hierher.

Larry atmete schneller. Aufgeregt huschte seine Zunge über die spröden Lippen.

Er tastete die Tür ab und stellte fest, daß sie nicht verschlossen war.

Unendlich langsam zog er sie auf. Wenn sie jetzt ein Geräusch machte, dann war er entdeckt.

Alles ging gut.

Larry schlüpfte durch den entstandenen Spalt und schob sein rechtes Bein vor.

Die Fußspitze ertastete eine Stufe. Sie war ziemlich steil. Larry, der nur Pantoffeln trug, fühlte die Kälte des Steins durch die dünnen Sohlen.

Er breitete die Arme aus und stützte sich mit den Händen rechts und links an der Wand ab, als er die steilen Stufen hinunterging. Seine Augen waren weit aufgerissen, bohrten sich in die Dunkelheit. War dahinten nicht ein heller Schimmer zu sehen?

Larry blieb stehen und starrte so lange in die Schwärze, daß seine Augen schon anfingen zu tränen. Aber er hatte sich nicht getäuscht. Der helle Schimmer war tatsächlich da. Es war nur ein schmaler Lichtstreifen unter einer Tür.

Larry wischte sich über das Gesicht. Jetzt war er sicher, daß er seine Tanten gefunden hatte.

Obwohl er schon jahrelang in diesem Haus wohnte, bewegte er sich doch in dem Keller wie ein Fremder. Unter seinen Fingern spürte er die feuchten, schimmeligen Wände, und als er unbeschadet das Ende der Treppe erreicht hatte, atmete er erst einmal auf.

Die erste Hürde war genommen.

Schritt für Schritt ging Larry Harker weiter. Die Arme hatte er ausgestreckt, um ein eventuelles Hindernis schnell genug zu ertasten.

Doch er kam gut voran und hatte etwa die Hälfte des Weges hinter sich gebracht, als er die Stimmen hörte.

Larry blieb stehen. Lauschte.

Die Stimmen drangen aus dem Raum, unter dessen Tür auch der Lichtbalken hervorkroch.

Deutlich erkannte Larry die Stimmen seiner beiden Tanten. Aber mit wem sprachen sie da? Oder unterhielten sie sich nur miteinander? Sätze oder Worte konnte Larry nicht verstehen, dafür war er noch zu weit von dem Raum entfernt.

Larry setzte sich wieder in Bewegung. Vorsichtig, nur auf Zehenspitzen.

Jetzt wurden die Stimmen lauter, waren besser zu verstehen.

Larry hörte Worte wie Satan, Teufel und Hölle. Es waren Begriffe, die ihn erschreckten, vor allen Dingen deshalb, weil seine Tanten es waren, die sie ausstießen.

Was hatte das zu bedeuten? Weshalb verkrochen die beiden sich hier? Welches Geheimnis verbarg der Raum?

Larry spürte, wie sein Herz gegen die Rippen hämmerte, und er hatte das Gefühl, man müsse das Geräusch meilenweit hören.

Der junge Mann mußte sich überwinden, weiterzugehen, und als er die Tür erreicht hatte, legte er sein Ohr gegen das Holz.

Die Stimmen waren verstummt.

Dafür vernahm er ein grauenhaftes Stöhnen. Es war so schrecklich und unheimlich, wie Larry es noch nie gehört hatte. Es schien geradewegs aus den Tiefen der Hölle zu steigen.

Eine Gänsehaut rieselte über Larry Harkers Rücken, und der junge Mann spürte die Angst und das Grauen wie eine drückende Last.

Immer noch klang das Stöhnen auf, doch jetzt mischte sich ein Kreischen und Kichern darunter, daß es in Larrys Ohren schrillte.

Was ging hinter der Tür vor?

Larrys Körper war verkrampft, seine Hände hatten sich zu Fäusten geballt, die Fingernägel schnitten in das Fleisch. Er spürte den Drang in sich, die Tür zu öffnen, doch dann hielt ihn wieder die Angst davon ab.

Er hatte plötzlich die Vision, in dem Verlies würden gräßliche Ungeheuer auf ihn warten, um ihn umzubringen.

Larry richtete sich auf. Die kreischenden Geräusche waren verstummt, dafür vernahm er jetzt einen monotonen Singsang aus dumpfen, für Larrys Ohren unheimlichen Lauten, die ihm von Beginn an Angst und Grauen einflößten.

Larry Harker hielt es nicht mehr aus. Er wollte plötzlich gar nicht mehr wissen, was hinter der Tür geschah, für ihn gab es nur noch eins.

Weg von hier! Weg aus diesem unheimlichen Keller, in dem es nicht mit rechten Dingen zuging und in dem die Angst nistete.

Larry lief so schnell es ging zurück. In der Dunkelheit übersah er die erste Stufe und stieß mit dem rechten Schienbein gegen die Kante.

Larry verzog das Gesicht. Er hätte schreien können, doch er verbiß sich den glühenden Schmerz. Die Angst vor seiner Entdeckung war noch größer.

Auf allen vieren kroch Larry die Treppe hoch und erreichte unbeschadet die Tür.

Wie ein Betrunkener wankte er durch das Erdgeschoß des Hauses, erreichte die Treppe zum ersten Stock und stolperte sie hinauf.

Er warf sich gegen die Tür seines Zimmers und ließ sich auf das Bett fallen.

Schweratmend lag er auf dem Rücken und zitterte am ganzen Körper. Was er erlebt hatte, war so ungeheuerlich, daß er mit niemandem darüber reden konnte. Sicher, seine Tanten waren schon immer etwas schrullig gewesen, und er hatte sich auch immer darüber gewundert, daß die Tür zum Keller verschlossen war, aber was die beiden Frauen dort im Keller trieben, darüber hatte er nie nachgedacht. Er hatte die entsprechenden Gedanken einfach verdrängt.

Plötzlich hörte er Stimmen. Sie kamen aus dem Erdgeschoß, und Larry hörte deutlich, wie Tante Lydia sagte: »Ich sehe mal nach.«

Mit einem Satz sprang Larry Harker vom Bett. Er riß sich den Morgenmantel vom Körper und hängte ihn in den Schrank. Dann löschte er das Licht und kroch unter die Decke.

Schritte pochten auf der Treppe.

Larry hielt den Atem an, tat, als ob er schliefe.

»Larry?« Das war Tante Lydias Stimme.

Der junge Mann gab keine Antwort. Er hatte sich auf die Seite gedreht.

Trotz der schlechten Sichtverhältnisse erkannte Larry, wie die Klinke nach unten gedrückt wurde, und wenig später stand Tante Lydia in seinem Zimmer.

»Schläfst du schon, Larry?«

Der junge Mann gab keine Antwort, er versuchte nur, tief und regelmäßig zu atmen.

»Warum verstellst du dich, Larry?« Lydia Bradford drückte den Lichtschalter, und die Deckenleuchte flammte auf.

Zwei Schritte und Lydia stand neben Larrys Bett. Den linken Arm hatte sie auf dem Rücken verborgen.

Larry wußte, daß er seiner Tante nichts vormachen konnte, und öffnete die Augen.

Lydia Bradfords Lächeln war falsch wie ihre Zähne, als sie fragte: »Warst du noch einmal unten, Larry?«

»Ich? Wieso? Nein . . .«

»Warum lügst du, Larry? Du warst unten. Und ich kann es auch beweisen. Hier.«

Im gleichen Atemzug nahm Lydia Bradford ihre Hand hinter dem Rücken hervor. Zwischen den Fingern hielt sie Larrys Pantoffel. »Du hast ihn verloren, Larry . . .«

Jetzt ist alles aus! Wie eine Flamme schoß der Gedanke in Larry Harker hoch. Er wurde rot und konnte es nicht verhindern. Schon als kleiner Junge hatte er nicht dagegen angekonnt.

»Willst du mir nicht die Wahrheit sagen, Larry?«

Der junge Mann setzte sich im Bett auf. Noch immer starrte er auf den Pantoffel, während sich hinter seiner Stirn fieberhaft die Gedanken jagten.

»Das war so, Tante Lydia. Ich – ich konnte nicht schlafen. Ich war einfach zu aufgewühlt. Und plötzlich bekam ich riesigen Durst. Ich bin aufgestanden, habe nach euch gerufen, und als ich keine Antwort erhielt, bin ich nach unten gegangen. Ich . . .«

»Und dann hast du dir etwas aus dem Kühlschrank genommen«, unterbrach Lydia Bradford ihn.

»Ja«, sagte Larry schnell und erleichtert. »So war es.«

Lydia Bradford ließ den Pantoffel fallen. »Ich habe ihn unten an der Treppe gefunden. Du mußt sehr schnell hochgelaufen sein.«

Larry senkte den Kopf. »Ja, ich hatte ein schlechtes Gewissen«, sagte er leise.

»Aber das brauchst du doch nicht. Was uns gehört, das kannst du dir doch auch nehmen. Wir waren zu der Zeit gerade im Keller und haben unseren Konservenvorrat nachgezählt. Deine Tante Emily ist plötzlich auf den Gedanken gekommen. Und du weißt ja selbst, wenn sie sich einmal etwas in den Kopf gesetzt hat, ist sie so leicht nicht mehr davon abzubringen.«

Larry hörte gar nicht mehr hin, was seine Tante noch alles sagte.

Er war unsagbar erleichtert und dankte Gott, daß er den Pantoffel nicht unten im Keller verloren hatte. Hätte Tante Lydia den Pantoffel dort entdeckt, hätte er nicht gewußt, wie er sich aus der Sache rauswinden sollte.

Lydia Bradford beugte sich vor und hauchte Larry noch einen Kuß auf die Stirn. »Dann schlaf mal, mein Junge«, sagte sie. »Mitternacht ist schon vorüber, und du brauchst die Ruhe.«

»Ja, Tante, ich werde es versuchen.«

Lydia Bradford lächelte noch einmal beruhigend und verließ das Zimmer. Leise schloß sie die Tür und Larry Harker konnte den Stein förmlich poltern hören, der ihm da vom Herzen fiel.

Diesmal war es gutgegangen. Doch Larry Harker war von der Neugierde gepackt worden, und tief in seinem Inneren nagten schon die ersten Zweifel an der Redlichkeit seiner Tanten . . .

BEAUTY SCHOOL stand auf dem Messingschild, das an einem Torpfeiler befestigt war. Darüber blinkten die Rillen eines Lautsprechers, und einen Klingelknopf gab es auch.

Das Haus selber wirkte wie eine Festung. Die Mauern waren dick und die Fassade mit Putz und Stuck überhäuft. Die Fenster waren schmal und hoch und hatten Doppelscheiben. Zwei gewaltige Ulmen standen links und rechts des Einganges. Ihre knorrigen, dicken Äste wirkten wie mahnende Finger.

Das Haus und der Park strahlten eine gewisse Solidität aus, und das war es auch, was der Direktor der BEAUTY SCHOOL bezweckte. Schießlich zahlten die Eltern der Mädchen horrende Summen, um ihre Töchter hier in den ›feinen Umgangsformen‹ ausbilden zu lassen.

Auch an diesem trüben Wintervormittag wirkte das Haus wie eine uneinnehmbare Trutzburg. Doch hinter der Fassade begann es langsam zu bröckeln, und das lag besonders an Frederic Stafford, dem Direktor der Schule.

Stafford saß hinter seinem Eichenschreibtisch wie ein griechischer Rachegott. Sein Gesicht war hochrot, und seine Augen schienen fast aus den Höhlen zu quellen.

Etwas Ungeheures war geschehen!

Eine Schülerin war über Nacht fortgeblieben und auch am Vormittag nicht erschienen. Das Girl hieß Milly Day und war im allgemeinen als stilles, strebsames Wesen bekannt und beliebt. Daß sie einfach über Nacht weggeblieben war, damit hätte niemand gerechnet. Und doch mußte sich Frederic Stafford mit den Tatsachen abfinden.

Eine umfangreiche Suchaktion war vergebens gewesen. Stafford hatte bewußt noch nicht die Polizei eingeschaltet und auch den anderen Schülerinnen nichts davon gesagt. Er wollte Ärger und Unruhe vermeiden. An der Suche hatte nur das Lehrpersonal teilgenommen, und die einzelnen Kollegen hatten sich in Staffords Augen auch nicht viel Mühe gegeben.

Immer wieder wischte er sich mit einem blütenweißen Taschentuch über die hohe Stirn.

Im Augenblick spielten seine Finger mit einem Bleistift. Allein diese Geste zeugte davon, wie nervös Stafford war. Schließlich gab er sich einen Ruck und drückte mit dem Zeigefinger der rechten Hand auf die Taste der Gegensprechanlage.

»Ja, Sir?« ertönte eine weibliche Stimme.

»Bitten Sie Miss Folsom zu mir, Brenda.«

»Sofort, Sir.«

Frederic Stafford lehnte sich zurück. Miss Folsom war die Hausmeisterin und gleichzeitig die Anstandsdame in der Schule. Sie war eine alte Jungfer und von den Schülerinnen mit dem Namen Nebelkrähe versehen worden. Miss Folsom war eine giftige Person und gönnte den Schülerinnen nicht einmal das kleinste Vergnügen. Nur Frederic Stafford war ihr heimlicher Schwarm, was aber wiederum nicht auf Gegenseitigkeit beruhte.

Als zaghaft gegen die Tür geklopft wurde, rief Frederic Stafford »Herein«. Seine Stimme durchbrach die Stille wie ein Pistolenschuß.

Miss Folsom schob sich in das Zimmer.

»Sie haben mich rufen lassen, Sir?«

»Ja. Kommen Sie näher, und bleiben Sie nicht an der Tür stehen.«

»Danke, Sir, danke.«

Miss Folsom blieb mit hinter dem Rücken verschränkten Händen in leicht gebückter Haltung vor dem großen Schreibtisch stehen und blinzelte hinter ihrer Brille her dem Direktor fragend in die Augen.

Der Begriff ›graue Maus‹ war für Miss Folsom schon ein

Kompliment. An ihr war aber auch gar nichts Auffälliges. Das Gesicht war immer bleich, und sie trug nur weiße, gestärkte und hochgeschlossene Blusen. An diesem Tag hatte sie ein graues Tweedkostüm an, das sie noch farbloser erscheinen ließ. Ihre Füße steckten in Schuhen mit flachen Absätzen.

Frederic Stafford betrachtete die Hausmeisterin etwa eine halbe Minute lang.

Dann räusperte er sich und sagte: »Wir haben keine Spur von Milly Day gefunden, Miss Folsom. Ich sehe mich leider gezwungen, die Polizei einzuschalten.«

»Mein Gott.« In einer Schreckreaktion preßte Miss Folsom ihre rechte Hand vor den Mund.

Stafford lächelte maliziös. »Ich kann mir denken, daß Ihnen das nicht recht ist, Miss Folsom. Schließlich hatten Sie gestern bis Mitternacht Dienst. Sie hätten Milly Day ja sehen müssen, wie sie die Schule verlassen hat.«

»Sir, ich . . .«

»Ach, schweigen Sie, diese Mädchen sind schlauer als Sie, Miss Folsom. Wahrscheinlich ist Milly Day durch ein Fenster geklettert, und dann ist alles andere nur noch ein Kinderspiel. Wir wollen uns aber nicht lange mit Selbstvorwürfen aufhalten, sondern zum Thema kommen. Ich hatte Ihnen den Auftrag gegeben, sich einmal unauffällig nach Milly zu erkundigen. Was ist dabei herausgekommen?«

Miss Folsom wurde rot, was bei ihr nur selten und nur in Gegenwart ihres Chefs vorkam. »Sir, ich habe es versucht, aber die Schülerinnen haben mir entweder gar keine oder nur patzige Antworten gegeben. Sie wissen ja selbst, heutzutage gibt es keine Respektspersonen . . .«

»Ja, ja, schon gut.« Stafford winkte ab. »Beinahe hatte ich mir so etwas gedacht. Dann werde ich es versuchen. Eine Frage: Sind die Schülerinnen alle im Haus?«

»Selbstverständlich, Sir.«

»Gut. Dann berufen Sie in einer halben Stunde eine Versammlung in der kleinen Aula ein. Schaffen Sie das?«

»Ja, Sir.«

»Danke, das war's.«

Miss Folsom verneigte sich und ging mit steifen Schritten zur Tür. Frederic Stafford mußte daran denken, daß sie von den

Schülerinnen Nebelkrähe genannt wurde, und trotz der ernsten Situation huschte ein schmales Lächeln über seine Lippen.

Er zündete sich eine Pfeife an und verbrachte die nächsten fünfundzwanzig Minuten in dumpfen Grübelein. Er hatte Angst davor, Millys Vater zu benachrichtigen. Jonathan Day bekleidete einen einflußreichen Posten im Innenministerium und konnte auch einem Mann wie Stafford die Hölle heiß machen.

Fünf Minuten vor der verabredeten Zeit verließ Frederic Stafford sein Arbeitszimmer und begab sich in die kleine Aula.

Etwa vierzig junge Mädchen saßen auf den harten Stühlen und blickten ihn spöttisch an. Die meisten kicherten, als Stafford den Saal betrat. Der Direktor war das gewohnt, er nahm es nicht zur Kenntnis. Sein Blick glitt auch gleichgültig über die provozierend engen Pullover der Schülerinnen hinweg, er konnte sich in seiner Stellung keine Gefühle leisten. Wenigstens nicht, was die weiblichen Reize betraf.

»Meine Damen«, sagte Stafford. »Sie werden vielleicht schon bemerkt haben, daß jemand aus Ihrer Mitte fehlt. Milly Day ist in der vergangenen Nacht nicht in die Schule zurückgekehrt. Und bis zum jetzigen Zeitpunkt haben wir auch keine Spur von ihr.«

In der ersten Reihe begann eine Blondine mit langer Pferdemähne zu kichern. »Die kleine Milly wird sich bestimmt jemanden geangelt haben«, sagte sie. »Schließlich muß jeder mal anfangen, und ich . . .«

»Ihre Bemerkungen können Sie sich sparen«, unterbrach Stafford die Schülerin. »Ich habe wohl vergessen, Ihnen zu sagen, daß es sich hier um eine todernste Angelegenheit handelt. Milly Day kann etwas passiert sein, und deshalb möchte ich Sie bitten, mit mir zusammenzuarbeiten. Wer von Ihnen weiß, wo Milly Day gestern abend hingegangen ist?«

Schweigen. Die Mädchen sahen sich an und zuckten mit den Schultern. Manche machten auch ein übertrieben gelangweiltes Gesicht, und Stafford konnte ihnen ansehen, daß sie auf seine Frage bewußt keine Antwort gaben.

»Gut, dann fragen wir anders«, sagte Frederic Stafford, der sich so leicht nicht aus der Ruhe bringen ließ. »Wer von Ihnen teilt mit Milly Day das Zimmer?«

Ein schwarzhaariges Mädchen mit einer wilden Lockenfrisur

stand auf. Provozierend stemmte sie ihre Arme gegen den Gürtel der verwaschenen Jeans und sagte: »Ich teile mit ihr das Zimmer.«

»Schön. Dann werden Sie uns sicher sagen können, Miss Sturgess, was Milly am gestrigen Abend vorgehabt hatte. Sie wird doch mit Ihnen darüber geredet haben.«

Janet Sturgess schüttelte den Kopf, daß die Locken nur so hin und her wirbelten. »Da sind Sie aber auf dem falschen Dampfer, Sir. Über Vergnügungen haben wir nie geredet.«

Janet Sturgess hatte kaum ausgesprochen, als die anderen Mädchen anfingen zu lachen, und es dauerte einige Zeit, bis die Ruhe wieder hergestellt war.

»So kommen wir doch nicht weiter«, sagte Frederic Stafford. »Ich sehe, Sie wollen mir nicht helfen, das wird es sein, aber ich appelliere noch einmal an Ihren gesunden Menschenverstand. Sie . . .«

Das harte Klopfen an der Tür unterbrach den Direktor. Irritiert wandte er den Kopf.

»Ja?«

Miss Folsom streckte ihren Kopf in die Aula. Ihr Gesicht war noch bleicher als sonst.

»Entschuldigen Sie, bitte, Sir, aber da möchte Sie ein Herr sprechen.«

»Hat das nicht Zeit?«

»Nein, Sir.«

Stafford atmete tief aus und blickte auf seine Uhr. »Gut, aber nur ein paar Minuten.«

Während er auf die Tür zuging, begannen die Mädchen schon zu kichern und ihre Witze zu reißen.

Draußen auf dem Gang mit der hohen gewölbten Decke und den baumdicken Säulen flüsterte Miss Folsom: »Der Herr ist von der Polizei, Sir.«

Ein heißer Schreck durchzuckte den Direktor. Er beherrschte sich aber und fragte mit ruhiger Stimme: »Wo ist der Mann?«

»Hier, Sir.«

Ein Mann in einem grauen Sportsakko und einer dunklen Hose trat hinter einer der Säulen hervor. Über dem Arm hatte er einen gefütterten Mantel hängen, und hinter den Gläsern der dunklen Hornbrille blitzten zwei wache Augen.

»Ich bin Inspektor Talbot«, sagte er.

»Schon gut, Inspektor, ich kenne Sie vom Ansehen«, erwiderte Frederic Stafford und sagte im gleichen Atemzug: »Danke, Miss Folsom, Sie können gehen.«

Die Hausmeisterein verschwand lautlos.

»Womit kann ich Ihnen dienen, Inspektor?« fragte Frederic Stafford.

»Es geht um eine etwas rätselhafte Sache, Sir«, sagte der Beamte und griff in die linke Sakkotasche. »Hier in der Nähe des Ortes ist eine Waldhütte abgebrannt. Der Mann, der uns benachrichtigt hat, hat außerdem noch in der zerstörten Hütte eine völlig verkohlte Leiche gefunden. Eine Frauenleiche, wie wir festgestellt haben.« Der Inspektor tat einen tiefen Atemzug, ehe er weitersprach. »Die Leiche ist natürlich kaum zu identifizieren, nur eine Uhr hat den Brand überstanden. Auf der Rückseite des Deckels ist ein Name eingraviert. Bitte, Sir, sehen Sie sich die Uhr an, und sagen Sie mir dann, ob Sie den Namen kennen.«

Frederic Stafford faßte die Uhr so vorsichtig an, als wäre sie ein kostbarer Diamant. Er drehte sie herum, sah auf die Rückseite und hatte plötzlich das Gefühl, von einem Schock getroffen zu werden. Die Buchstaben verschwammen vor seinen Augen, und der Direktor brauchte einige Zeit, um wieder klar sehen zu können.

MILLY DAY. 10. 4. 1974.

Das waren die Worte und Zahlen, die in den Deckel eingraviert worden waren.

»Sie kennen die Uhr, Sir?« fragte der Inspektor.

»Nein, die Uhr nicht. Aber den Namen, der dort eingraviert worden ist.« Frederic Stafford kannte seine eigene Stimme nicht wieder. »Milly Day ist, nein, war eine von unseren Schülerinnen.«

»Das tut mir leid«, sagte der Inspektor. »Aber wir können die Augen nicht verschließen. Es ist ein Mord geschehen. Es werden zahlreiche Unannehmlichkeiten auf Sie und Ihre Schülerinnen zukommen, aber das kann ich leider nicht ändern.«

»Natürlich nicht, Inspektor. Sie tun ja nur Ihre Pflicht. Sind die Eltern des Mädchens schon benachrichtigt worden?«

»Ja.«

»Danke. Sie nehmen mir eine große Last ab.« Der Direktor stützte sich an eine Säule, als ihm schwindelig vor Augen wurde.

»Wann kann ich mit Ihren Schülerinnen reden, Sir?«

»Wann immer Sie wollen. Aber lassen Sie mich zuerst mit ihnen sprechen.«

»Selbstverständlich.«

Frederic Stafford ging den Weg zurück als ein gebrochener Mann. Er hörte kaum das Lachen, das ihm entgegenschallte, als er die Aula betrat.

Die Mädchen mußten wohl am Gesicht des Direktors abgelesen haben, daß etwas nicht stimmte, denn plötzlich breitete sich eisiges Schweigen aus.

Mit Gewalt mußte sich Frederic Stafford zusammenreißen. Sein leerer Blick ging durch die Schülerinnen hindurch, als er sagte: »Milly Day ist ermordet worden!«

Larry Harker schreckte zusammen, als es unten an der Haustür klingelte.

Das ist die Polizei! schoß es ihm durch den Kopf. Mein Gott, was mach' ich bloß? Larry wurde rot und blaß zugleich. Ausgerechnet jetzt waren seine beiden Tanten nicht da. Sie waren in den Ort gefahren, um einzukaufen.

Larry kaute nervös auf seiner Unterlippe.

Wieder schellte es. Diesmal länger, fordernder.

Dem jungen Mann blieb fast das Herz stehen. Trotzdem raffte er allen Mut zusammen und lief die Treppe hinunter.

Durch das kleine Fenster neben der Haustür konnte man nach draußen sehen. Larry schob vorsichtig die Gardine zur Seite und peilte durch die Scheibe.

Es waren keine Polizisten, die vor der Tür standen, sondern ein junges Mädchen. Larry konnte es nur im Profil sehen, erkannte aber in ihm eine der Freundinnen von Milly.

Ehe das Girl zum dritten Mal seinen Finger auf den Klingelknopf legen konnte, öffnete Larry die Tür.

»Ja?« fragte er leise und ein wenig abweisend.

»Ich muß dich mal sprechen.« Das Gesicht unter dem lockigen, dunklen Haar wirkte sehr ernst. Larry sah, daß das Girl grüne Augen hatte. Seine Hände hatte es in den Taschen des offenstehenden Parkas vergraben.

»Wer bist du?« fragte Larry.

»Ich bin Janet Sturgess. Ich habe mit Milly Day auf einem Zimmer gewohnt.«

»Und was willst du von mir?«

»Das kann ich dir besser im Haus sagen, Larry!«

Der junge Mann zögerte. Er hatte eigentlich nicht vor, Janet Sturgess hineinzulassen, außerdem hatten die Tanten ihm verboten, jemanden mitzubringen, wenn sie nicht da waren. Doch Janet Sturgess gab nicht so leicht auf. Sie quetschte sich kurzerhand an Larry vorbei in die kleine Diele.

»He, was . . .«

»Mach die Tür zu, Larry.«

Der junge Mann folgte automatisch dem Befehl. Dann gingen die beiden in den Living-room. Janet verzog das Gesicht, als sie die Einrichtung sah. »Und zwischen solch einem Kram kannst du leben?« fragte sie.

»Man gewöhnt sich daran.«

Janet wandte Larry ihr Gesicht zu. »Du bist komisch«, sagte sie, »aber das ist ja egal. Ich bin nicht gekommen, um mit dir über dich zu sprechen, sondern über Milly. Sie ist tot.«

»Nein!« Larry taumelte zurück und ließ sich in einen Sessel fallen. »Das – das ist unmöglich.«

»Es ist wahr, Larry. Mit solchen Sachen treibe ich keine Scherze.« Janet beobachtete den jungen Mann genau, und sie erkannte, daß er ein wenig schauspielerte, daß er von Millys Tod schon gewußt hatte.

Larry Harker schluckte ein paarmal und fragte dann: »Und was habe ich damit zu tun?«

»Du warst mit ihr zusammen!«

Larry sprang auf. »Woher willst du das wissen?« schrie er. »Außerdem ist es gelogen. Ich war in den letzten Tagen und Nächten hier im Haus. Das werden meine Tanten auf jeden Fall bezeugen können.«

»Die Aussagen kenne ich, Larry. Aber mir kannst du ja viel erzählen. Die Frage ist nur, ob dir auch die Polizisten glauben werden.«

»Was habe ich denn mit den Polizisten zu tun?«

»Larry, du bist ein schlechter Schauspieler«, stellte die Schwarzhaarige fest. »Alle Schülerinnen der Beauty School sind schon vernommen worden. Oder wenigstens fast alle. Natürlich habe ich den Beamten gesagt, daß mir Milly erzählt hat, mit wem sie die Nacht verbringen wollte.«

Larry Harker begann zu lachen, doch es klang ziemlich unecht. »Natürlich bestreite ich nicht, daß ich Milly gekannt habe, aber ich war in der Nacht hier zu Hause.«

Jetzt wurde Janet wütend. Sie sprang auf. »Sei doch nicht so stur, verdammt.« In ihren Augen glitzerten Tränen. »Milly Day ist in einer Waldhütte umgebracht worden, die deinen Tanten gehört. Wer sonst hätte dort hineinkommen können, außer dir?«

»Jeder! Das Schloß ist einfach zu knacken. Das kannst du sogar mit einer Sicherheitsnadel schaffen, wenn du geschickt bist. Und ich weiß auch, was du willst. Du hältst mich für den Mörder, nicht wahr?«

»Wenn du es genau wissen willst – ja!«

Larry Harker hob den rechten Arm. »Du bist ein Miststück. Du bist . . .«

»Ja!« schrie Janet Sturgess. »Schlag doch! Hast du Milly auch geschlagen? Du kannst mich ja gleich umbringen, oder macht dir das keinen Spaß, du Bestie, du!«

Larry Harker war bleich wie ein Leichentuch geworden. Doch plötzlich ließ er den Arm sinken und fiel zurück in den Sessel.

»Geh«, flüsterte er. »Verschwinde von hier. Ich will dich nicht mehr sehen.«

Janet Sturgess war erregt. Ihre Hände hatten sich zu Fäusten geballt, und die Brust hob und senkte sich bei jedem Atemzug. »Ja, Larry Harker, ich gehe. Aber ich werde wiederkommen, verlaß dich darauf.«

Janet machte auf dem Absatz kehrt, rannte aus dem Zimmer und riß die Haustür auf. Fast wäre sie mit den beiden Zwillingsschwestern zusammengestoßen, doch im letzten Moment konnte sie zur Seite springen.

Verblüfft sahen ihr Lydia und Emily Bradford nach.

Lydia fing sich als erste. »Da ist was passiert!« stieß sie hervor und lief ins Haus.

Larry Harker saß totenbleich im Living-room. »Tante Lydia«, rief er, »gut, daß du da bist.«

»Mein Junge!« Lydia Bradford zog Larry aus dem Sessel. »Was ist geschehen?«

»Diese Janet Sturgess, sie – sie ist eine Freundin von Milly Day.

Sie hält mich für den Mörder und hat es mir mitten ins Gesicht gesagt.«

»So ist das also«, meinte Lydia Bradford. »Ich glaube, wir müssen uns um die Kleine mal kümmern«, sagte sie, zu ihrer Schwester gewandt, und nur Emily konnte das teuflische Funkeln in ihren Augen sehen . . .

Die Ansichtskarte aus Tunesien zeigte einen strahlendblauen Himmel und einen weißgelben Sandstrand, auf dem sich unzählige Bikinimädchen tummelten.

Oberinspektor Sinclair drehte die Karte um und sah auf die Rückseite.

Viele Grüße, Deine Jane, stand dort.

John Sinclair legte die Stirn in Falten. Jane Collins hatte die Karte geschrieben. Die Detektivin tummelte sich momentan am Strand des Mittelmeeres, um sich von dem letzten haarsträubenden Abenteuer zu erholen. Sie war zusammen mit John Sinclair auf den Orkney-Inseln gewesen. Gemeinsam hatten sie dort gegen die Ungeheuer der Drachenburg gekämpft, und während Jane ein paar Wochen ausspannen konnte, hockte John Sinclair in seinem Büro und wagte vom Urlaub nicht einmal zu träumen.

Manchmal waren im Leben die Karten ziemlich ungerecht verteilt.

Der jüngste Oberinspektor im Yard tippte an seinem Bericht über den letzten Fall. Und das schon seit drei Tagen, denn Schreibtischarbeit haßte John wie ein Vampir die Sonne.

Wenn er nach draußen sah, tat der trübe Januartag noch sein Übriges, um Johns Laune um einige Grade zu verschlechtern. Selbst die Zigarette schmeckte ihm nicht, und da es im Büro ziemlich stickig war, drehte John die Heizung ab.

Er hatte sich gerade wieder hingesetzt, als das Telefon läutete.

John war über jede ›Störung‹ dankbar und meldete sich mit einem forschen: »Sinclair!«

»Kommen Sie doch mal rüber, Oberinspektor«, schallte John die Stimme seines Chefs, Superintendent Powell, entgegen.

»Gut, Sir, ich bin in wenigen Minuten bei Ihnen.«

John Sinclair stand auf und schlüpfte in sein Jackett. Der Oberinspektor war ein großer, durchtrainierter Mann mit stahlblauen Augen und kurzgeschnittenen blonden Haaren. Seine Mundwinkel schienen immer zu einem Lächeln verzogen zu sein, und auf seiner rechten Wange prangte eine rechteckige Narbe. Ein Andenken an Dr. Tod, seinen bisher stärksten Gegner.

John Sinclair war ein As auf seinem Gebiet. Ihm wurden die Fälle zugewiesen, die ins Übersinnliche, Okkulte spielten. Und da ließ es sich nicht vermeiden, daß er dann und wann auf Vampire, Dämonen oder Werwölfe stieß. Doch John Sinclair – scherzhaft auch Geisterjäger genannt – hatte im Laufe der Zeit Methoden entwickelt, um auch den Mächten der Finsternis zu trotzen.

Das Büro seines Chefs befand sich auf derselben Etage.

Superintendent Powell war nicht allein. In dem Besuchersessel saß ein Mann, den John Sinclair vom Bildschirm her kannte. Er spielte in der Politik eine Rolle und galt als ziemlich aggressiv und unbequem. John mochte ihn nicht besonders, ließ es sich aber nicht anmerken.

Der Oberinspektor brauchte nur in Powells Gesicht zu sehen, um zu merken, daß der Superintendent von dem Besuch auch nicht gerade angetan war.

Als John die schalldichte Tür hinter sich geschlossen hatte, blickte der Besucher hoch. Er hatte ein leicht gerötetes Gesicht mit einer kleinen, schon fast weiblichen Nase und flachem Kinn. Sein dunkler Nadelstreifenanzug saß wie angegossen, das Hemd war blütenweiß, und John erkannte, daß der Mann eine schwarze Krawatte trug.

Superintendent Powell machte die Männer miteinander bekannt.

»Doktor Day, das ist Oberinspektor Sinclair, von dem ich Ihnen berichtet hatte.«

Dr. Day blickte John prüfend an und nickte. Dann sagte er: »Hoffentlich sind Sie wirklich so gut, wie Ihr Chef es mir gesagt hat.«

»Ich weiß leider nicht, worum es geht«, erwiderte John und warf Powell einen verstohlenen Blick zu. Doch der Superintendent hob nur die Schultern.

»Es geht um meine Tochter, Oberinspektor«, sagte Dr. Day. »Sie ist ermordet worden. Man hat sie bestialisch umgebracht. Verbrannt in einer alten Hütte. Und ich will, daß sich Scotland Yard in den Fall einschaltet. Milly war auf einer Schule in

Weybridge, und den Dorfpolizisten, die dort arbeiten, traue ich nicht.«

»Das sagen Sie den Kollegen besser nicht«, erwiderte John, in dem der Ärger hochstieg und der am liebsten wieder in sein Büro gegangen wäre. »Ich habe schon unter den Dorfpolizisten, wie Sie sie nennen, sehr fähige Kollegen kennengelernt.«

Dr. Day blickte ein paar Sekunden irritiert, hatte sich dann aber wieder gefaßt. »Nun gut, lassen wir das. Ich will nur, daß der Mörder meiner Tochter gefunden wird. Und ich möchte mir nicht hinterher sagen müssen, daß ich nicht alles getan habe, was in meinen Kräften steht. Ihr Chef, Superintendent Powell, hat Sie mir als besten Mann empfohlen, und wenn Sie sich normalerweise auch um andere Fälle kümmern, wie ich gehört habe, werden Sie diesmal eine Ausnahme machen. Das ist eine Anordnung, Herr Oberinspektor. Ich selbst kann leider in den nächsten zwei Tagen nicht nach Weybridge kommen, da ich dienstlich verhindert bin. Fahren Sie in den Ort und klären Sie das Verbrechen. Ich habe bereits die entsprechenden Anweisungen erlassen. Das wär's, Herr Oberinspektor.«

Dr. Day stand auf, nickte den beiden Männern noch einmal zu und verließ das Büro.

John Sinclair sah ihm kopfschüttelnd nach. Dann ließ er sich auf den Besucherstuhl fallen. »Das finde ich gar nicht nett, was Sie mir da eingebrockt haben, Sir«, sagte er zu Superintendent Powell. »Bisher hatte ich immer gedacht, normale Mordfälle fallen nicht in mein Ressort.«

»Es ist ja auch nur eine Ausnahme.« Powell nahm einen Schluck von seinem Magenwasser und verzog das Gesicht. Dann rückte er sich die Brille zurecht und blinzelte John Sinclair hinter den dicken Gläsern her an. »Ich habe nicht ablehnen können. Doktor Day hat zuviel Einfluß, glauben Sie mir. Und da Sie im Moment sowieso leidige Büroarbeit erledigen, dachte ich, dieser Fall käme Ihnen gelegen.«

»Dann lieber Büroarbeit«, erwiderte John. »Denken Sie daran, ich pfusche den Kollegen nicht gerne ins Handwerk.«

»Ich weiß selbst, daß der Job mit Unannehmlichkeiten verbunden ist. Aber Sie besitzen das gewisse Fingerspitzengefühl, das man für solch eine Sache eben braucht.«

»Danke für die Blumen, Sir.« John grinste. »Und wann soll ich fahren?«

»Am besten gleich. Die paar Meilen haben Sie doch in nicht mal einer Stunde heruntergerissen.«

»Okay, dann.« John erhob sich. »Eine Akte über den Mordfall haben Sie ja wahrscheinlich nicht, oder?«

»Nein. Es ist am besten, Sie setzen sich sofort mit Inspektor Talbot von der Mordkommission in Weybridge in Verbindung. Er kann Ihnen alles sagen und ist bereits darüber informiert, daß Sie kommen.«

John fletschte die Zähne. »Ich freue mich schon auf den herzlichen Empfang.«

»Seien Sie doch mal Optimist, Sinclair«, sagte der Superintendent.

»Das, Sir, fällt mir bei meinem Job ehrlich gesagt schwer. Aber ich trage es mit Fassung. Sie hören dann von mir.«

»Viel Erfolg, Sinclair«, wünschte Superintendent Powell noch.

Mist, dachte John. Da muß man sich doch noch mit einem normalen Mordfall herumschlagen.

Wie sehr sich der Oberinspektor jedoch irrte, konnte er zu diesem Zeitpunkt noch nicht ahnen . . .

»Sie haben mir gerade noch zu meinem Glück gefehlt«, sagte Inspektor Talbot zur Begrüßung. Sein Lächeln fiel dementsprechend mehr als gequält aus.

John Sinclair hob die Schultern. »Sorry, Kollege, aber ich konnte es nicht ändern. Sie wissen ja selbst, wie das ist. Befehl von oben.«

Inspektor Talbot war von seinem Schreibtischstuhl aufgestanden. John Sinclair schien ihm nicht unsympathisch zu sein. Ein Lächeln stahl sich auf sein Gesicht. »Ich kann es Ihnen nachfühlen, Sir. Ich kenne das.«

Talbot reichte John die Hand. »Auf gute Zusammenarbeit.«

Der Oberinspektor schlug ein. Dann meinte er: »Sagen Sie John zu mir, Kollege.«

»Einverstanden. Aber nur, wenn Sie mich Will nennen.«

»All right, Will.«

Nachdem die ›Fronten‹ geklärt waren, bat Talbot den Oberinspektor, Platz zu nehmen. Der Besucherstuhl war genauso hart wie in unzähligen anderen Polizeibüros auch. Er paßte zu der spartanischen Einrichtung. Ein Schreibtisch, zwei Stühle, zwei Aktenschränke und einige Garderobenhaken bildeten das Mobiliar. Die Polizeistation lag an einer Hauptstraße, und draußen rollte unablässig der Autoverkehr vorbei. Talbot bestellte zwei Tassen Tee, die von einer älteren Sekretärin gebracht wurden. John trank den Tee wie immer nur mit Kandiszucker.

Die Mittagszeit war eben vorbei. John hatte die Strecke nach Weybridge in einer wirklich guten Zeit geschafft. Gegessen hatte er unterwegs in einer Raststätte.

Inspektor Talbot strich sein flachsblondes Haar zurück und griff nach seiner Hornbrille, die vor ihm auf der Schreibtischplatte lag, direkt neben einem roten Schnellhefter. Talbot setzte die Brille auf und reichte den Hefter John Sinclair hinüber. »Hier finden Sie die Aussagen der Schülerinnen, die wir bisher befragt haben. Achten Sie bitte nicht auf die Form, es wird alles noch einmal getippt. Meine Beamten haben in der Schule eine Art Stützpunkt eingerichtet und protokollieren laufend weiter. Ich erhalte die Aussagen immer schubweise hereingereicht.«

»Danke, Will.« John nahm den Hefter, lehnte sich auf seinem Stuhl zurück und begann zu lesen.

Er hatte schon nach der dritten Seite Glück. John war auf die Aussage einer gewissen Janet Sturgess gestoßen. Die junge Dame hatte mit der Ermordeten auf einem Zimmer gelebt und war ihr auch privat nähergekommen. Janet berichtete von einer Verabredung, die Milly in der Mordnacht gehabt haben sollte. Und zwar mit einem Mann namens Larry Harker.

John ließ die Akte sinken und wies Inspektor Talbot auf die Aussage hin.

Talbot nickte. »Ja, ich weiß Bescheid. Über diese Sache bin ich ebenfalls gestolpert.«

»Haben Sie sich diesen Larry Harker schon einmal vorgenommen?« fragte John.

»Nein, noch nicht. Ich wollte es im Laufe des Tages noch tun.«

»Hm.« John legte seine Stirn in Falten. »Kennen Sie denn Larry Harker?«

Inspektor Talbot spielte mit seiner kurzen Shagpfeife. »Ich kenne ihn nicht persönlich. Aber Sie wissen ja, wie das in einer Kleinstadt ist. Hier spricht jeder über jeden. Manchmal ist das sogar von Vorteil. Man hört so einiges. Soviel mir bekannt ist, wohnt Larry Harker mit seinen zwei Tanten zusammen. Am südlichen Ortsrand besitzen sie ein kleines Haus.«

»Sonst wissen Sie nichts über ihn?«

»Nein, nichts Konkretes. Nur eben, was die Leute so reden.«

»Und was reden die so?«

Talbot winkte ab. »Ach, wissen Sie, John, ich will Sie nicht beeinflussen. Man spricht viel über Larry Harker. Er ist eben nicht so wie die anderen. Ist kein Rocker, hat keine langen Haare, schwärmt nicht für Popmusik – er lebt halt sehr zurückgezogen. Und dabei soll er – wenn man auf das Gewäsch der Teenager hören kann – sogar sehr gut aussehen.«

John grinste. »Das ist doch schon immerhin etwas.«

»Nun machen Sie mal keinen großen Wind um die Sache, John. Was ich Ihnen gerade erzählt habe, sind Klatschgeschichten. Ich persönlich würde Larry Harker nie für den Mörder des Mädchens halten.«

»Und wer hat das Ihrer Meinung nach getan?«

»Ein Penner vielleicht. Und der ist bestimmt längst über alle Berge. Es gab kein Motiv für den Mord.«

John wiegte den Kopf. »Ich habe doch selbst die Protokolle gelesen. Wie ist diese Milly Day denn in die Hütte gelangt, die den Harkers gehört?«

»Der Mörder kann sie schon als Leiche hineingeschleppt haben. Das Schloß konnte bald jeder knacken. Nein, John, diesen Mord muß ein Irrer begangen haben.«

Der Oberinspektor stand auf und legte den Hefter wieder auf Talbots Schreibtisch. »Wir werden sehen, Will.«

Talbots Augen wurden groß. »Aber was ist denn los? Wollen Sie nicht erst noch die weiteren Protokolle lesen?«

»Jetzt nicht. Ich halte mich lieber an Larry Harker. Bitte geben Sie mir die genaue Adresse.«

Talbot kramte einen Zettel hervor, den John einsteckte. Dann erklärte er seinem Kollegen noch den kürzesten Weg.

»Ich werde hier die Stellung halten«, sagte Talbot. Er begleitete John bis nach draußen und warf einen anerkennenden Blick auf den silbermetallicfarbenen Bentley. »Verdient man beim Yard so viel, daß man sich diesen Wagen leisten kann? Wenn das so ist, wechsle ich auf der Stelle.«

John lachte. »So schlimm ist es nicht. Der Wagen ist mein Hobby, und ich muß dafür auf so manches andere Vergnügen verzichten.«

»Wie heiraten, zum Beispiel, was?«

»Genau. Aber ob das ein Vergnügen ist . . .«

Talbot winkte ab. »Ich führe jetzt bald zwanzig Jahre einen Ehekrieg. Da gibt es Sachen, sage ich Ihnen . . .«

John lachte noch, als er bereits hinter dem Lenkrad saß.

Eine Gruppe von Kindern hatte sich um das Polizeigebäude versammelt. Natürlich hatte sich der Mord in Windeseile herumgesprochen, und jetzt warteten manche Menschen auf neue Sensationen.

John steuerte aus der für Polizeifahrzeuge reservierten Parktasche und fädelte sich in den Verkehr ein.

Der Bentley fuhr durch eine typische englische Kleinstadt. Die Häuser waren aus hellen Ziegelsteinen erbaut worden, und die Fensterscheiben der Häuser und Geschäfte blitzten vor Sauberkeit.

Der Verkehr war ziemlich stark für eine Kreisstadt wie Weybridge.

Als John vor einer Ampel stoppen mußte, erkundigte er sich bei einer Frau noch einmal nach dem Weg, erhielt eine präzise Auskunft, bedankte sich und fuhr weiter.

Schon bald wurde es ländlicher. Die Häuser lagen weiter auseinander, oft getrennt durch Gärten und Wiesen. Ein Überlandbus hielt an einer Haltestelle und spie einige Fahrgäste aus.

Das Haus, in dem Larry Harker wohnte, lag in einer Seitenstraße. Es war praktisch das letzte Gebäude, das noch zu Weybridge zählte. Dahinter begannen Wiesen, Wälder und eine unwirtliche Moorgegend, die aber schon bald industriell erschlossen werden sollte.

John stoppte seinen Bentley einige Yard vor dem Haus und hatte kaum den Motor ausgeschaltet, als sich aus der Deckung eines Baumes eine Mädchengestalt löste, über die Straße lief und John zuwinkte.

Der Oberinspektor ließ die Seitenscheibe des Bentley heruntersummen.

Etwas atemlos blieb das Girl stehen. Es hatte lockiges, pechschwarzes Haar und grüne Augen.

»Sie sind von der Polizei, nicht wahr?« Diese Frage war mehr eine Feststellung.

John lächelte. »Ja. Sieht man mir das an?«

Das Girl schüttelte den Kopf. »Nein, aber ich habe an Ihrem Nummernschild gesehen, daß Sie aus London kommen . . .«

». . . und da haben Sie angenommen, daß ich ein Polizist bin«, vollendete John den Satz.

»Genau.«

»Sie haben wirklich eine bestechende Logik. Und was kann ich für Sie tun?«

Das Gesicht des Mädchens nahm einen verschwörerischen Ausdruck an. »Sie wollen doch da rein«, sagte sie und deutete mit dem Daumen über die Schulter in Richtung des Hauses.

»Das hatte ich vor. Ich verstehe nur nicht, warum Sie sich dafür interessieren.«

»Das will ich Ihnen sagen. Milly Day ist doch ermordet worden.«

Als John keine Antwort gab, sprach das Girl weiter. »Und ich, wissen Sie, ich habe mit Milly auf einem Zimmer gelebt.«

»Dann sind Sie Janet Sturgess«, sagte John.

»Stimmt. Haben Sie meine Aussagen schon gelesen und auch den Verdacht, den ich habe, Inspektor . . .?«

»Oberinspektor Sinclair«, stellte John sich vor.

Janet bekam große Augen. »Der Geisterjäger?«

»Bin ich schon so bekannt?« fragte John.

»Bei mir schon. Ich interessiere mich unwahrscheinlich für Kriminalistik und habe auch zahlreiche Fachzeitschriften gelesen. Ihr Name ist oft erwähnt worden.«

»Na ja, lassen wir das«, sagte John, dem das Ganze peinlich war, und der es nach Möglichkeit vermeiden wollte, daß er zu bekannt wurde. »Was wollen Sie also von mir, Miss Sturgess?«

»Sie müssen Larry Harker verhaften, Herr Oberinspektor. Er ist der Mörder!«

»Nun mal langsam, liebes Kind. Wenn Sie so sicher sind, dann haben Sie bestimmt auch Beweise.«

»Beweise? Aber ich bitte Sie. Larry Harker war doch in der Mordnacht mit Milly zusammen.«

»Wissen Sie das genau?«

652

»Wenn Sie mich so fragen, nicht. Milly hat wenigstens am Abend vorher davon gesprochen.«

»Sehen Sie.« John ließ die Scheibe wieder hochfahren und stieg aus. »Nur auf einen reinen Verdacht hin kann man einen Menschen doch nicht einsperren, Miss Sturgess. Das müßten Sie doch wissen, wo Sie schließlich so viele Zeitschriften lesen.«

Janet senkte den Kopf. »Na ja, so habe ich es ja nicht gemeint.«

»Trotzdem, vielen Dank für Ihre Hilfe. Ich werde nachher noch mit Ihnen reden. Sie können solange auf mich warten, falls es Ihnen nichts ausmacht.«

»Wo denken Sie hin, Herr Oberinspektor? Schließlich beobachte ich das Haus schon seit einigen Stunden.«

»Na, dann passen Sie mal auf, daß Ihnen nichts entgeht.«

»Ich glaube, Sie nehmen mich nicht ernst, Herr Oberinspektor.«

»Doch, doch«, sagte John lächelnd. »Das scheint nur so. Bis später dann.«

John Sinclair ging mit langen Schritten auf das Tor des kleinen Vorgartens zu.

Janet Sturgess blickte ihm nachdenklich hinterher. »Und dieser Harker ist doch der Mörder«, flüsterte sie. »Davon lasse ich mich nicht abbringen.«

Lydia und Emily Bradford standen hinter der Gardine. Aus schmalen Augenschlitzen starrten sie auf die Straße hinaus, wo diese Janet Sturgess mit einem Mann sprach, der in einem Bentley saß.

»Der will bestimmt zu uns«, sagte Lydia und schob die Gardine ein kleines Stück zur Seite.

»Der Wagen hat ein Londoner Kennzeichen«, bemerkte Emily und faßte nach dem Arm ihrer Zwillingsschwester. »Ob der Kerl vielleicht von der Polizei ist?«

»Wahrscheinlich.«

»Und was machen wir jetzt?« Emilys Stimme klang belegt. Ihre Zungenspitze huschte aufgeregt über die trockenen Lippen. Ein Zeichen, daß die Frau nervös war.

Lydia wandte ihrer Schwester kurz das Gesicht zu. »Abwarten und die Ruhe behalten. Vor allen Dingen du. Du gehst jetzt zu

Larry hoch und schärfst ihm noch einmal ein, was er zu antworten hat, falls der Polizist ihm Fragen stellen sollte.«

»Ja, Lydia, das werde ich sofort tun.« Emily Bradford war froh, von hier unten verschwinden zu können. Mit schnellen Schritten lief sie die Treppe hoch.

Lydia beobachtete weiter. Der Mann hatte den Bentley verlassen. Er sah gut aus, das mußte selbst Lydia Bradford anerkennen. Er war groß, blond und hatte breite Schultern. Sein blaugrauer Anzug saß wie angegossen, und die einfarbige Seidenkrawatte zu dem leicht getönten Hemd vervollständigte den guten Gesamteindruck.

Der Mann sprach noch einige Worte mit Janet Sturgess und trennte sich dann von ihr.

Lydias Bradford atmete auf. Sie hatte schon gedacht, er würde das Girl mitbringen. Es hätte unter Umständen Schwierigkeiten bereiten können.

Der Fremde steuerte geradewegs auf das Haus zu. Sein Gang war kraftvoll und federnd, und auch die Narbe im Gesicht des Mannes wirkte keineswegs störend. Das Gegenteil war eher der Fall. Der Fremde sah aus, als könne man ihm so leicht nichts vormachen.

Es klingelte.

Lydia Bradford ließ ein paar Sekunden verstreichen, bevor sie zur Tür ging. Es sollte nicht so aussehen, als hätte sie auf Besuch gewartet.

Zwei blaue Augen musterten Lydia freundlich, als sie die Tür öffnete.

»Miss Bradford?« fragte der Mann mit einer angenehm dunklen Stimme.

»Ja, ich bin Lydia Bradford. Kann ich etwas für Sie tun, Mister?«

John Sinclair zückte seinen Dienstausweis. »Ich bin Oberinspektor Sinclair von Scotland Yard und hätte einige Fragen an Sie und an Larry Harker. Er wohnt doch hier, oder?«

»Sicher, Sir. Bitte kommen Sie herein.«

»Danke.«

Während des kurzen Dialogs hatte John die Frau schnell gemustert. Lydia Bradford trug einen grauen Pullover und einen Rock in der gleichen Farbe. Sie hatte ein hageres Gesicht, kleine, kalte Augen und einen schmalen Mund, dessen Winkel leicht nach unten hingen.

Lydia Bradford führte ihren Gast in den Living-room. John nahm in einem Sessel Platz und lehnte ein angebotenes Getränk dankend ab.

Lydia Bradford setzte sich ihm gegenüber auf die Couch und plazierte beide Hände auf ihre Knie. Erwartungsvoll blickte sie den Geisterjäger an.

»Sie werden sich den Grund sicherlich denken können, weshalb ich hier bin«, begann John.

»Ja, Sir. Es geht um den Mord an der Schülerin.«

»Richtig.« John Sinclair nickte bestätigend. »Milly Day soll laut Aussagen ihrer Klassenkameradinnen mit Ihrem Neffen Larry befreundet gewesen sein und sich sogar für die vergangenene Nacht verabredet haben. Stimmt das?«

Lydia Bradford lächelte. »Ich weiß nicht, was man sich so in der Stadt erzählt. Wahr ist jedoch, daß Larry die vergangene Nacht hier im Haus verbracht hat.«

»Er hat sich also nicht mit Milly Day getroffen und ist mit ihr zu der Waldhütte gegangen?«

»Nein. Das können meine Schwester Emily und ich bezeugen.«

»Gut. Aber kann es sein, daß Larry heimlich das Haus verlassen hat? Ich meine, als Sie schon im Bett lagen?«

Lydia Bradford lachte auf. »Unmöglich. So etwas tut ein Larry Harker nicht. Er hätte es außerdem gar nicht nötig gehabt. Nein, diese Vorstellung schlagen Sie sich mal aus dem Kopf, Herr Oberinspektor.«

»Sie erlauben aber, daß ich Ihren Neffen selbst danach frage?« sagte John.

»Aber bitte schön. Einen Augenblick nur.« Lydia Bradford stand auf und ging zur Tür. »Larry! Emily!« rief sie. »Kommt doch bitte mal runter.«

Lydia Bradford nahm wieder auf der Couch Platz. »Sie werden gleich hier sein«, sagte sie und nestelte mit ihren spitzen Fingern an einer gehäkelten Decke herum. »Wissen Sie, Herr Oberinspektor, die Leute hier reden viel, und gerade Larry wird als Sonderling bezeichnet, weil er etwas anders ist als die anderen. Es ist musisch sehr begabt, und wir fördern seine Ausbildung. Er treibt sich nicht herum wie andere, und da er auch sehr gut aussieht, hat so manches Mädchen ein Auge auf ihn geworfen. Vielleicht hatte er Milly Day mal abblitzen lassen. Sie wollte es sich dann nicht eingestehen, besonders nicht vor ihren Klassenkameradinnen, und hat aus diesem Grunde erzählt, sie hätte mit Larry ein Rendezvous, während sie in Wirklichkeit mit einem ganz anderen ausgewesen war. Aber das sind alles nur Vermutungen, Herr Oberinspektor.«

»Sicher«, gab John zu, »so könnte es auch gewesen sein.« Er wollte noch etwas hinzufügen, doch in diesem Augenblick betraten Larry Harker und Emily Bradford den Linving-room.

Emily sah genauso aus wie ihre Schwester. Die beiden glichen sich wie ein Ei dem anderen.

Johns Blick glitt schnell weiter zu Larry Harker, und der Oberinspektor stellte augenblicklich fest, daß der junge Mann Angst hatte. Er merkte es an dem krampfhaften Lächeln und an der etwas übertriebenen Zurückhaltung.

John Sinclair war aufgestanden. Er reichte Emily Bradford und dann Larry Harker die Hand. Die Handfläche des jungen Mannes war schweißfeucht.

Larry Harker setzte sich zwischen seine beiden Tanten. Er hielt den Blick gesenkt und beantwortete Johns Fragen nur einsilbig.

»Aber Larry«, sagte Lydia Bradford vorwurfsvoll, »etwas gesprächiger kannst du ruhig sein. Der Herr Oberinspektor tut doch nur seine Pflicht.«

»Ich kann aber nichts dazu sagen, Tante Lydia«, erwiderte Larry. »Ich – ich weiß doch nichts.«

»Schon gut, mein Junge. Sie sehen selbst, Herr Oberinspektor, Larry weiß wirklich nichts. Er ist auch von diesem Mord geschockt worden. Sie müssen etwas nachsichtig sein.«

»Schon gut.« John erhob sich. »Dann will ich Ihre Zeit nicht länger in Anspruch nehmen. Es kann aber durchaus sein, daß ich wiederkomme und Ihnen noch einige Fragen stellen muß.«

»Aber das ist doch selbstverständlich, Sir«, entgegnete Lydia Bradford.

Die beiden Frauen und Larry Harker hatten sich ebenfalls erhoben.

John verabschiedete sich mit Handschlag. Als er Larry Harker die Hand drückte, spürte er plötzlich einen Zettel zwischen seinen Fingern. John ließ sich nichts anmerken und ging zur Haustür.

Lydia Bradford begleitete ihn noch und beteuerte immer wieder, daß Larry unschuldig sei.

John ging nicht weiter darauf ein, sondern verließ das Haus. Es war kälter geworden, und der Wind pfiff durch Johns Jackett. Nach Janet Sturgess hielt der Geisterjäger vergeblich Ausschau.

John faltete sich wieder in seinen Bentley und fuhr ab. Er mußte in der Straße drehen, und als er einen schnellen Blick zum Bradfordschen Haus hinüberwarf, sah er Lydias Gesicht hinter der Scheibe. John hatte das Gefühl, als wäre es zu einer triumphierenden Grimasse verzogen.

John Sinclair lenkte den Bentley außer Sichtweite des Hauses und hielt an. Er hatte den Zettel beim Einsteigen in die Rocktasche gesteckt und holte ihn jetzt hervor.

Mit spitzen Fingern entfaltete John das Papier.

Jemand hatte etwas mit einer schnellen, krakeligen Handschrift niedergeschrieben.

John las die Zeilen.

ICH MUSS SIE UNBEDINGT SPRECHEN! KOMMEN SIE UM NEUNZEHN UHR ZU DER ABGEBRANNTEN WALD-HÜTTE! ICH WERDE SIE DORT ERWARTEN, ICH WEISS, WER MILLY DAYS MÖRDER IST!

Larry Harker

John lächelte. Sein Gefühl hatte ihn also nicht getrogen. Larry Harker und die beiden Frauen schienen mehr zu wissen, als sie zugeben wollten.

John blickte auf seine Rolex. Bis zum vereinbarten Zeitpunkt hatte er noch fast vier Stunden. Er beschloß, noch einmal Inspektor Talbot aufzusuchen. Schließlich mußte er wissen, was der Besuch bei den Bradfords ergeben hatte.

Larry Harker brütete dumpf vor sich hin. Nachdem der Oberinspektor verschwunden war, hatten ihn die Tanten nach oben in sein Zimmer geschickt, mit der Begründung, er solle sich erst einmal ausruhen.

Aber Larry wollte nicht. Er war innerlich zu aufgewühlt. Immer wieder mußte er an die seltsamen Geräusche denken, die aus dem

Kellerverlies gedrungen waren. Die Zweifel an der Redlichkeit seiner Tanten waren stärker geworden. Er hatte sich zwar äußerlich nichts anmerken lassen, doch er war schon so weit, daß er nur noch sich selbst traute und dem Oberinspektor, der auf ihn einen beruhigenden, vertrauenserweckenden Eindruck gemacht hatte.

Immer wieder überlegte Larry, ob er richtig gehandelt hatte. Aber er hatte den Zettel nun einmal geschrieben und ihn dem Polizisten zugespielt. Sicher, er hatte seine beiden Tanten hintergangen, und ein paarmal schon war er nahe dran gewesen, alles zu verraten. Doch schließlich hatte er den Mund gehalten.

Zwei Seelen kämpften in Larrys Brust. Unruhig wanderte der junge Mann in seinem Zimmer auf und ab. Manchmal blieb er vor dem Fenster stehen und blickte nach draußen.

Eine blaugraue Wolkendecke bedeckte den Himmel. Der Wind hatte aufgefrischt und bog die kahlen Zweige der Büsche wie Federn.

Wenige hundert Yard von dem Haus entfernt begann der Sumpf. Er bildete einen grünbraunen Gürtel, und Larry Harker fiel wieder die Hütte ein, in der Millys Leiche gelegen hatte. Er sah den blutüberströmten Mädchenkörper vor seinem geistigen Auge, preßte die Hände zu Fäusten und murmelte: »Ja, ich habe richtig gehandelt. Ich werde mich mit diesem Oberinspektor treffen und ihm alles sagen.«

Larry setzte sich aufs Bett. Er fieberte nach einer Zigarette, doch ihm fiel ein, daß er keine mehr hatte. Plötzlich hellte sich sein Gesicht auf. Er würde seinen Tanten einfach sagen, daß er sich Zigaretten holen wollte, so brauchte er nach keiner Ausrede zu suchen, um das Haus verlassen zu können.

Larry sprang auf und holte seinen Mantel aus dem Schrank. Es war ein dicker Stoffmantel mit hohem Pelzkragen.

Schnell lief Larry die Treppe hinab.

Vor der untersten Stufe stand seine Tante Lydia. Sie hatte die Schritte des jungen Mannes gehört, als sie sah, daß Larry sich den Mantel übergeworfen hatte.

»Du willst weg?« fragte sie.

Larry Harker blieb auf der zweituntersten Stufe stehen. »Ja, Tante Lydia. Ich möchte mir nur Zigaretten holen.« Larry wunderte sich, wie glatt ihm die Lüge über die Lippen kam. Nicht einmal rot war er geworden.

Lydia Bradford lächelte falsch. »Aber Junge«, sagte sie. »Du brauchst doch jetzt nicht mehr nach draußen zu gehen. Tante Emily wird dir welche besorgen. Geh wieder hinauf in dein Zimmer.«

»Nein!«

»Du widersprichst mir?« Lydia Bradford trat vor Schreck einige Schritte zurück. »Aber so kenne ich dich ja gar nicht. Was ist los mit dir?«

»Ich will endlich mal allein entscheiden, was ich zu tun habe«, sagte Larry. »Und nun laß mich durch.« Er ging auch die letzte Stufe hinunter.

»Du bleibst hier!« Lydia Bradfords Stimme klang scharf wie ein Peitschenhieb. Ihre Augen hatten sich hinter der Brille zu Schlitzen verengt, und in den Pupillen tanzte ein böses Funkeln.

Larry war zusammengezuckt und blieb unwillkürlich stehen. »Du kannst mir das nicht verbieten, Tante Lydia«, sagte er gefahrlich leise und mit zusammengepreßten Zähnen. »Ich mache, was ich will.«

»Das wollen wir doch mal sehen, du undankbares Subjekt!« kreischte Lydia Bradford. Sie hatte die Worte kaum ausgesprochen, da machte sie auf dem Absatz kehrt und lief zur Haustür, um abzuschließen und den Schlüssel einzustecken.

Doch Larry war schneller.

Er schnellte sich vom Boden ab, und erreichte seine Tante kurz vor der Haustür. Hart riß er Lydia an der rechten Schulter herum.

Lydia Bradford schrie auf. Es war kein Schmerzschrei, sondern ein Schrei der Wut.

Aber noch gab sie nicht auf. Wieder warf sie sich auf die Tür zu.

Da schlug Larry mit der flachen Hand zu. Er traf die Frau an der Brust. Lydia Bradford wurde zu Boden geschleudert. Im selben Augenblick öffnete sich die Schlafzimmertür, und Emily stürzte – durch den Lärm angelockt – in den Flur.

Sie sah ihre zappelnde Schwester am Boden liegen und wurde kreidebleich.

»Halte ihn auf!« schrie Lydia. »Los, tu doch was!«

Es war zu spät. Larry hatte längst die Tür erreicht und sie

aufgerissen. Ohne sich noch einmal umzudrehen, rannte er nach draußen.

Emily Bradford blieb im Türrechteck stehen und starrte ihm nach. Sie wollte etwas sagen, doch sie brachte keinen Ton hervor.

Lydia hatte sich inzwischen wieder aufgerappelt. Ihr Gesicht war haßverzerrt. Mit ausgestrecktem Arm stand sie da und hatte die rechte Hand zur Faust geballt. Wie eine wilde, von Haß und Rachsucht zerfressene Furie.

»Das wird er uns büßen!« schrie sie. »Ja, Larry Harker, das wirst du uns büßen.«

Sie gab der Tür einen Tritt, so daß sie krachend ins Schloß flog.

»Was ist denn geschehen?« fragte Emily. Sie hatte beide Hände auf ihre magere Brust gepreßt, als könne sie dadurch den pochenden Herzschlag abmildern.

»Was geschehen ist?« höhnte Lydia. »Er hört nicht mehr auf uns. Dieser Oberinspektor hat Larry Flausen in den Kopf gesetzt, Emily, jetzt müssen wir aufpassen. Es liegt was in der Luft, ich habe so ein komisches Gefühl.«

»Und was willst du dagegen tun?«

Lydia Bradford lachte schrill. »ER wird uns helfen. Wir werden in den Keller gehen und Henry beschwören. Es wird eine Nacht des Teufels werden. Der Tod wird umgehen, denn seine Sense lechzt nach Blut . . .«

Wie von Furien gehetzt, rannte Larry Harker in die beginnende Dämmerung hinein. Seine Schritte hallten auf dem Pflaster wider, und mancher Fußgänger drehte sich nach dem jungen Mann um.

Erst nach etwa fünfhundert Yards ging Larry wieder im Schritt. Er keuchte. Seine Lungen arbeiteten wie Blasebälge. Immer wieder blickte er sich gehetzt um, doch keine der Tanten verfolgte ihn.

Erschöpft lehnte sich Larry gegen einen Holzzaun. Schweiß bedeckte seine Stirn. Larry wischte ihn ab.

Er blickte auf seine Uhr. Bis zu dem vereinbarten Treffen hatte er noch über eine halbe Stunde Zeit. Er ging ein Stück weiter und fand neben einem Lebensmittelgeschäft einen Zigarettenautomaten. Geld hatte Larry bei sich. Er zog sich ein Päckchen, zerfetzte die Cellophanhülle und klemmte sich ein Stäbchen zwischen die

Lippen. In seiner Hosentasche fand Larry Zündhölzer. Zwei brachen ihm ab, erst beim dritten flackerte die Flamme auf.

Tief sog Larry den Rauch in die Lungen. Er mußte husten. Und wieder machte sich die Angst in ihm breit. Er hatte nicht voraussehen können, daß sich seine Tanten so anstellen würden. Noch vor zwei Stunden hätte er es nicht gewagt, gegen eine von ihnen die Hand zu erheben – und doch hatte er es getan.

Larry schloß die Augen, wollte das dumpfe Gefühl, das in seinem Schädel nistete, loswerden. Er schaffte es nicht.

Vielleicht brachte ein Gespräch mit dem Oberinspektor die nötige Klärung.

Larry trat die Glut mit dem Absatz aus und machte sich dann auf den Weg zum vereinbarten Treffpunkt.

Er ging durch einige Gassen und erreichte bald das freie Feld.

Wie ein großes, schwarzes Tuch legte sich die Dunkelheit über das Land. Die Bäume und Büsche wurden eins mit der Finsternis, verwischten zu konturenlosen Schatten.

Larry kannte den Weg im Schlaf. Schon bald schmatzte es unter seinen Sohlen, ein Zeichen, daß der Sumpf nah war.

Krähen wischten von Baum zu Baum und stießen hin und wieder ihr häßliches Krächzen aus. Überall schmatzte und gluckerte es, manchmal übertönt vom Abendkonzert dicker Frösche.

Larry ließ den Sumpf links liegen und tauchte in den Wald ein, in dem die verkohlten Überreste der Hütte lagen.

Der Schneematsch war mittlerweile getaut, und doch war der Boden glatt und glitschig.

Eigentlich war es eine Schnapsidee gewesen, den Oberinspektor zu der Hütte zu bestellen. Aber Larry war in der Eile nichts anderes eingefallen.

Und wenn Sinclair gar nicht kam! Er kannte ja noch nicht einmal den Weg, auch wenn er ihn sich beschreiben ließ, war es trotzdem schwer, den Treffpunkt zu finden.

Dann erreichte Larry die Stelle, wo der Weg sich gabelte. Er beschleunigte seine Schritte und ging den schmalen Pfad weiter, der zur Hütte führte.

Schon bald spürte Larry den kalten Rauchgeruch, der immer noch in der Luft lag.

Und dann stand er vor den Trümmern.

Selbst in der Dunkelheit war zu erkennen, daß alles restlos zerstört war. Larrys Füße schritten über kalte Asche, die durch die Bewegung hochgewirbelt wurde und sich wie Schneeflocken in der Luft verteilte.

Mit den Schuhspitzen stieß Larry ein verkohltes Brett zur Seite. Als er sich bückte, sah er, daß es ein Teil des Klaviers war.

Polizei und Feuerwehr hatten nach Spuren gesucht. Larry erkannte es an einigen Markierungen. Pflöcke waren dort in die Erde gerammt worden.

Wieder blickte der junge Mann auf seine Uhr. Noch zwanzig Minuten bis zum vereinbarten Zeitpunkt.

Hoffentlich war der Oberinspektor pünktlich. Eine halbe Stunde wollte Larry ihm noch zugeben, wenn er dann nicht erschienen war, wollte er wieder zurückgehen.

Janet Sturgess fiel ihm ein. Das Mädchen hielt ihn für Millys Mörder. Larry nahm sich vor, es ihr irgendwann einmal auszureden. Eigentlich war sie ja ein patentes Girl. Vielleicht würde sie mal mit ihm ausgehen. Es gab auch in Weybridge einige Diskotheken.

Wenn Larry allerdings geahnt hätte, in welch einer Situation sich Janet Sturgess im Augenblick befand, hätte er auf dem Absatz kehrtgemacht und wäre zurückgerannt.

So aber nahm das Schicksal seinen Lauf . . .

Janet Sturgess hatte gesehen, wie Larry Harker aus dem Haus gerannt war. Im ersten Augenblick wollte sie ihm nachlaufen, bezwang sich aber dann.

Janet stand hinter einer Hausecke. Das Mädchen war durch den Vorgarten geschlichen und hatte die Hinterseite des Hauses in Augenschein genommen. Wie eine Diebin war sie durch den kleinen Garten geschlichen und hatte immer wieder darauf geachtet, daß sie nur nicht entdeckt wurde.

Sie hatte sich allerdings sehr gewundert, daß die Kellerfenster mit Stahlplatten verriegelt waren. Das tat nur jemand, der sich entweder sehr fürchtete – oder etwas zu verbergen hatte.

Die Fenster lagen zu ebener Erde. Janet hatte mit dem Fingerknöchel gegen die Platte geklopft und erkannt, daß sie dreimal so dick wie normales Autoblech war.

Die Kellerfenster hatten natürlich die Neugierde des Mädchens noch mehr geweckt. Jetzt war sie ganz sicher, daß es in dem Haus nicht mit rechten Dingen zuging. Sie hatte auch die Verabredung mit dem Oberinspektor fallengelassen. Sie wollte diesen ›Fall‹ allein aufklären. Aber erst mußte sie mal die Dunkelheit abwarten. Und dann würde sich schon eine Möglichkeit ergeben, ungesehen in das Haus zu gelangen. Janet hatte dabei an die Hintertür gedacht, deren Schloß nicht besonders stabil aussah.

Die Haustür knallte zu. Das Geräusch hörte sich an wie ein Pistolenschuß, und Janet zuckte unwillkürlich zusammen. Sie hörte im Haus eine der beiden Frauen keifen, konnte aber nicht verstehen, was gesagt wurde.

Janet sah, wie im Living-room der beiden Alten das Licht ausgeschaltet wurde.

Gingen sie jetzt schon zu Bett?

Wenn das stimmte, dann waren die Voraussetzungen natürlich ideal. Janet versuchte, durch die Scheibe zu peilen, doch es ging nicht. Die Fenster lagen zu hoch.

Sie wartete noch einige Minuten. Und während dieser Zeit hatte sie nicht einmal mehr die Stimmen der Frauen vernommen. Wahrscheinlich hatten Larrys Tanten sich hingelegt.

Jetzt war die Gelegenheit günstig. Janet Sturgess huschte um die Hausecke, schlich durch den Garten und stand dann vor der Hintertür.

Neben dem Haus war ein Holzstall angebaut worden. Die Bretter waren windschief und verwittert. Hier lagerten die Gartengeräte. Vor dem breiten Türriegel hing ein stabiles Vorhängeschloß.

Janet dachte daran, daß sie unbewaffnet war. Wenn sie sich auch durchaus zutraute, mit den beiden Alten fertig zu werden, so fühlte sie sich mit einem Schlaginstrument doch sicherer.

Janet entdeckte neben dem Schuppen eine handliche Latte. Das Mädchen hob sie auf und wog sie prüfend in der Hand. Ja, die Latte mußte reichen.

Jetzt galt es, das Schloß zu knacken. Janet kam gar nicht in den Sinn, daß das, was sie hier vorhatte, ungesetzlich war. Sie war von der Idee besessen, die beiden Frauen und auch Larry Harker als Verbrecher zu überführen.

Die Hintertür war nicht sehr stabil. Das Holz war schon verwittert und der Lack abgeblättert.

Janet drückte auf die Klinke. Wie sie erwartet hatte, war die Tür verschlossen. Aber das Girl wußte sich zu helfen. Janet kramte in ihren Parkataschen und holte einen Dietrich hervor. Den hatte sie sich in weiser Voraussicht besorgt.

Vorsichtig führte sie das Instrument in das Schloß. Sie drehte den Dietrich ein paarmal herum und hätte fast einen Freudenschrei ausgestoßen, als das Schloß zurückschnappte. Hastig ließ Janet den Dietrich wieder verschwinden und packte ihre Latte, die sie solange gegen die Hauswand gelehnt hatte.

Dann stieß sie die Tür auf.

Atemlos verharrte Janet auf der Schwelle, lauschte auf jedes verdächtige Geräusch.

Doch alles blieb still.

Janet schlüpfte ins Haus und drückte die Tür hinter sich behutsam wieder ins Schloß.

Im Haus herrschte ein trübes Halbdunkel, an das sich Janets Augen erst gewöhnen mußten. Langsam schälten sich die Konturen aus dem Zwielicht.

Janet erkannte einen Flur, den schrägen Treppenaufgang und darunter eine Tür, die höchstwahrscheinlich in den Keller führte.

Janet biß sich auf die Unterlippe. Sie dachte an die mit Stahlplatten versiegelten Kellerfenster, und ihrer Meinung nach mußte der Keller ein Geheimnis verbergen.

Janet wollte es herausfinden.

Die Tür war nicht verschlossen. Vorsichtig zog Janet sie auf und war überrascht, daß sie nicht einmal in den Angeln quietschte.

Gähnende Finsternis tat sich vor ihr auf, aus der muffige, verbrauchte Luft in Janets Nase drang.

Janet setzte behutsam den rechten Fuß vor und ertastete eine steile Treppenstufe.

Jetzt hieß es aufpassen, daß sie auf der Treppe nicht stürzte und sich womöglich noch den Hals brach.

In der linken Hand hielt Janet die Holzlatte, mit der rechten tastete sie sich an der feuchtkalten Kellerwand entlang, bis sie das Ende der Treppe erreicht hatte.

Und jetzt hörte sie auch die Stimmen. Sie klangen seltsam

dumpf und stöhnend. Janet hatte sich vorhin zu sehr auf die Treppe konzentriert, so daß sie die Geräusche nicht gehört hatte.

Janet lauschte.

Eine Gänsehaut rieselte über ihren Rücken, als sie die Laute vernahm. Sie klangen schrecklich und unheimlich. Janet konnte genau die Stimmen der beiden alten Frauen unterscheiden. Sie sprachen mit irgend jemandem, manchmal schrien sie auch schrill auf.

Was ging da vor?

Janets Augen bohrten sich in die Dunkelheit. Mit ausgestreckten Armen ging sie weiter. Doch nach ein paar Schritten blieb sie stehen und riß ein Zündholz an.

Sie führte die kleine Flamme im Kreis und erkannte einige Bretterverschläge, hinter denen Konserven und einige andere Dinge lagerten.

Das Streichholz verlosch.

Wenigstens hatte Janet erkannt, daß der weite Weg frei von Hindernissen war, wenn sie auch noch nicht die Tür gesehen hatte, hinter der die schrecklichen Geräusche aufgeklungen waren.

Ein zweites Streichholz flackerte auf.

Und jetzt konnte Janet die bewußte Tür sehen. Sie hielt den Atem an und zuckte plötzlich wie unter einem Peitschenhieb zusammen, als sie die furchtbaren Laute hörte, die wie die Melodie der Hölle durch den Keller geisterten.

Angst erfaßte Janet Sturgess. Sie fühlte sich trotz ihrer Waffe unendlich klein und hilflos. Am liebsten hätte sie kehrtgemacht und wäre wieder nach oben gerannt.

Doch dazu sollte sie keine Gelegenheit mehr erhalten. Janet Sturgess mußte für ihre Neugier bezahlen.

Mit einem heftigen Ruck flog die Kellertür auf.

Janets Schrei erstickte in der Kehle, als sie sah, wer plötzlich auf der Schwelle stand.

Es war der Tod!

Riesig schraubte er sich vor ihr in die Höhe, bis an die Kellerdecke. Ein dunkelroter Umhang wehte um seinen beinernen Körper. Über dem blanken Schädel saß eine Kapuze, und die leeren Augenhöhlen waren auf Janet Sturgess gerichtet. Zwischen seinen knöchernen Fingern hielt der Tod eine Sense. Die Schneide funkelte in dem Licht, das aus dem Kellerverlies drang.

Janet hatte sich gegen die Wand gedrückt. Die Angst hielt ihr Herz umkrampft. Janets Augen waren schockgeweitet.

In einer lächerlich wirkenden Geste hatte Janet den Arm hochgerissen. Es war eine instinktive Abwehrreaktion, mehr nicht.

»Närrin«, sagte der Tod, und seine dumpfe Stimme füllte den gesamten Kellerraum.

Dann hob er die Sense . . .

»Neiiiinnnn . . .!«

Ein gellender, aus höchster Verzweiflung geborener Angstschrei entrang sich der Kehle des Mädchens.

Tränen stürzten aus ihren Augen. Die Gestalt verschwamm.

Schon befand sich die Spitze der Sense dicht über Janets Kopf. Noch eine Sekunde, dann . . .

»Nicht, Henry!«

Wie aus weiter Ferne hörte Janet die Stimme von Lydia Bradford. »Du kannst sie haben, aber erst später. Sie wird uns bestimmt noch gute Dienste erweisen. Geh jetzt, du weißt, man wartet auf dich.«

Der Tod drehte sich herum. Sein blutroter Umhang schwang bei jeder Bewegung mit. Dicht über Janets Kopf pfiff das Blatt der Sense hinweg. Noch hatte das Mädchen eine Gnadenfrist. Aber wie lange?

Janet Sturgess war zusammengesunken. Sie hockte auf dem kalten Boden und schluchzte. Die Holzlatte lag neben ihr.

Lydia Bradford stieß sie mit einem schnellen Fußtritt weg.

»Steh auf!« herrschte sie Janet an, und als das Mädchen nicht sofort gehorchte, wurde es brutal hochgerissen.

»Sie tun mir weh!« schrie Janet.

Lydia Bradford lachte nur. »Du Miststück!« keifte sie. »Das hast du nicht umsonst getan. Du hättest deine Nase nicht in unsere Angelegenheiten stecken sollen. Jetzt ist es zu spät. Los, du wirst Henry Gesellschaft leisten!«

Lydia Bradford hob den Fuß und trat Janet ins Kreuz.

Das Mädchen flog auf die offene Tür des Verlieses zu, stolperte und fiel zu Boden.

Wimmernd blieb sie liegen. Schlagartig verlöschte das Licht.

Hinter ihr knallte Lydia Bradford die Tür ins Schloß. Dann blickte sie ihre Schwester an. »So, die Kleine macht uns keinen Ärger mehr«, sagte sie und kicherte teuflisch . . .

John Sinclair hatte sich von Inspektor Talbot den Weg zu der abgebrannten Hütte beschreiben lassen.

›Aber was wollen Sie denn da?‹ hatte der Inspektor gefragt.

›Larry Harker wartet dort auf mich.‹

›Du meine Güte. Hätte er sich keinen besseren Treffpunkt aussuchen können? Also, mit dem Wagen kommen Sie nicht bis dorthin. Den können Sie mal vorher abstellen.‹

So ungefähr war das Gespräch verlaufen, das John mit seinem Kollegen geführt hatte.

Talbots Männer hatten inzwischen sämtliche Schülerinnen verhört und das Lehrpersonal natürlich auch nicht vergessen. Aus den zahlreichen Mosaiksteinchen konnte sich Talbot ein Bild von Milly Day machen. Demnach war sie ein stilles Mädchen gewesen, das Männerbekanntschaften nicht gerade ablehnte, sie aber auch nicht unbedingt suchte. Milly wartete immer auf die große Liebe, und die hatte sie angeblich in Larry Harker gefunden, wenn man nach den Aussagen der Schülerinnen ging.

Auch John hatte sich in der Zeit, die ihm noch blieb, mit den Protokollen beschäftigt, und gerade als er sich von Talbot verabschieden wollte, klingelte auf dem Schreibtisch des Inspektors das Telefon.

»Talbot«, meldete er sich und nach ein paar Sekunden: »Ach, Sie sind es, Sir.«

Talbot deckte die Sprechmuschel mit der Hand ab und flüsterte zu John Sinclair gewandt: »Es ist Frederic Stafford, der Direktor der Schule.«

John nickte.

»Nein, Sir«, sagte Talbot, und dann, als er wieder zugehört hatte: »Ach, Unsinn, da brauchen Sie sich keine Sorgen zu machen. Ja, ja, ich rufe Sie an. All right. Gut. Auf Wiederhören.«

Talbot legte auf.

»Was hat es denn gegeben?« fragte John.

»Anscheinend grassiert jetzt die große Panik. Stafford vermißt eine seiner Schülerinnen. Die Mädchen sollten bis sechs Uhr alle in der Schule sein. Und jetzt fehlt jemand.«

John Sinclair rieb sich nachdenklich sein Kinn. Ein Verdacht keimte in ihm hoch. »Heißt die junge Dame vielleicht Janet Sturgess?«

Talbot machte ein erstauntes Gesicht.

»Zum Teufel, ja. Woher wissen Sie das, John? Sind Sie Hellseher?«

»Das nicht, aber ich habe Janet getroffen. Vor dem Haus der Bradfords. Ich hatte in dem Trubel vergessen, es Ihnen zu erzählen.«

»Und was wollte sie da?« fragte der Inspektor.

»Das Haus beobachten und sich nach meinem Besuch bei den Bradfords mit mir treffen. Ich habe sie dann aber nicht mehr gesehen.«

»Schon wieder jemand, der sich mit Ihnen treffen wollte. Sie scheinen in Weybridge sehr beliebt zu sein, John.«

Der Geisterjäger machte ein nachdenkliches Gesicht. »Ich würde die Sache nicht so sehr auf die leichte Schulter nehmen. Ich halte diese Janet Sturgess eigentlich nicht für eine Spinnerin.«

»Ach, die hat sich die Sache anders überlegt. Das ist es.«

»Glaube ich nicht. Vielleicht hat man sie auch entdeckt.«

»Wer? Die beiden Alten?«

»Ja.«

»Und dann?«

»Keine Ahnung. Aber Sie sollten den Bradfords mal einen Besuch abstatten, Will.«

»Hm.« Talbot dachte nach. »Sie halten die beiden Schwestern auch nicht gerade für Engel?«

»Nein. Die wissen mehr, als sie zugeben wollen. Hätte mir Larry Harker sonst den Zettel zugesteckt?«

»Das ist auch wieder wahr. Machen wir es so, John. Sie treffen sich mit Larry Harker, und ich fahre zu den beiden Schwestern. Mal sehen, was sie mir zu erzählen haben.«

»Sie nehmen mir das Wort aus dem Mund, Kollege«, sagte John, »aber jetzt wird es Zeit, sonst komme ich womöglich noch zu spät.«

John verabschiedete sich mit einem Händedruck von seinem

Kollegen, verließ die Dienststelle und schwang sich in seinen Bentley.

Die langen Finger der Dämmerung strichen bereits durch die Stadt, und John schaltete die Scheinwerfer ein. Langsam rollte er aus dem Ort. Ab und zu sah er auf den Zettel, den ihm der Inspektor gegeben hatte und auf den er den Weg gezeichnet hatte.

John fuhr bis zu der Stelle, wo der Seitenweg begann, der am Moor vorbei und dann in den Wald führte.

Hier parkte John und ging zu Fuß weiter. Während sich seine Füße über dem sumpfigen Untergrund bewegten, mußte er an Larry Harker denken. Dieser junge Mann war von seinen alten Tanten völlig falsch erzogen worden. Er steckte voller Komplexe, er war frustriert. John Sinclair hielt Larry nicht für Milly Days Mörder, schloß aber die Möglichkeit auch nicht aus, daß Larry genau wußte, wer diese schreckliche Tat vollbracht haben konnte. Es war sogar möglich, daß seine beiden Tanten dahintersteckten, die mit rasender Eifersucht über ihren Zögling wachten.

Mittlerweile war es dunkel geworden, und John Sinclair orientierte sich mit Hilfe seiner Taschenlampe.

Der Lichtspeer schnitt durch die Dunkelheit und riß die kahlen Bäume und Sträucher aus der Finsternis.

Dann tauchte das Waldstück auf, das John durchqueren mußte. Am Himmel wurden gewaltige Wolkenberge vom Wind wie leichte Federn vorangeschoben. Nur ab und zu leuchtete die schmale Sichel eines bleichen Halbmondes auf.

Jetzt konnte der Treffpunkt nicht mehr weit sein. Ein Blick auf die Uhr zeigte John, daß er noch zehn Minuten Zeit hatte. Er würde also gerade richtig kommen.

Kalter Brandgeruch zeigte John, daß er die abgebrannte Hütte bald erreicht haben mußte.

Und tatsächlich tauchte im Schein der Taschenlampe plötzlich eine Gestalt auf.

Larry Harker!

John knipste die Lampe aus und steckte sie weg. Larry war geblendet worden und hatte den rechten Arm schützend vor sein Gesicht gehalten. Jetzt ließ er ihn sinken.

»Herr Oberinspektor?« Larrys Stimme klang schwach und ängstlich.

»Sie sehen, ich bin pünktlich«, sagte John und hielt dem jungen Mann die Hand hin.

»Gott sei Dank.« Larry erwiderte den Händedruck. »Ich hätte auch sonst nicht mehr gewußt, was ich machen sollte.«

»Jetzt ist ja alles in Butter«, sagte John optimistisch. »Aber sagen Sie mir eins: Warum haben Sie mich eigentlich in diese gottverlassene Gegend bestellt? In Weybridge gibt es schließlich genügend Lokale, in denen man wesentlich bequemer sitzt.«

»Entschuldigen Sie, Sir, aber mir fiel nichts anderes ein. Und in ein Lokal wollte ich nicht gehen. Man kennt mich in Weybridge, und die Menschen hätten sich bestimmt die Mäuler zerrissen.«

»Schon gut«, sagte John, »ich kann Sie verstehen.«

Die beiden Männer waren während des Gesprächs weitergegangen und standen plötzlich vor der abgebrannten Hütte.

»Hier hat man also die Leiche des Mädchens gefunden«, sagte John und blickte Larry von der Seite her an.

»Ja, Sir«, preßte Larry hervor, dessen Gesicht seltsam bleich war, das konnte John sogar in der Dunkelheit erkennen.

»Sie waren doch mit Milly zusammen?« fragte John. Er wollte den jungen Mann überrumpeln.

»Ja.« Larry senkte den Kopf.

»Demnach haben Ihre Tanten etwas Falsches behauptet?«
Larry nickte.

»Können Sie mir auch den Grund nennen?«

»Sie wollten wohl nicht, daß ich in die Sache mit hineingezogen werde«, erwiderte Larry mit leiser Stimme. »Auf mich sollte kein Verdacht fallen.«

»Und wer hat Milly Day ermordet?« fragte John.

Larry Harker drehte sich ruckartig um und wandte John sein Gesicht zu. »Sir, was ich Ihnen jetzt sage, ist so unwahrscheinlich und unglaubhaft, daß Sie es mir kaum abnehmen werden.«

»Versuchen Sie es trotzdem«, sagte John.

»Es war der Tod, der Milly ermordet hat. Ein riesiges Skelett in dunkler Kutte, und es hielt eine Sense in der Hand.«

John trafen die Worte wie Hammerschläge. Mit allem hätte er gerechnet, nur damit nicht. Sollte ihm der Zufall hier einen Fall beschert haben, in dem wieder die finsteren Mächte mitmischten? Ein anderer hätte vielleicht über die Aussage des jungen Mannes gelacht oder ihn für einen Irren gehalten. Nicht so John Sinclair. Er hatte im Laufe der Jahre schon zu viele Dinge erlebt, die unbegreiflich waren, und die der menschliche Verstand kaum erfassen konnte. Und jetzt sah es so aus, als würden auch hier wieder übersinnliche Dinge und Schwarze Magie im Spiel sein.

»Erzählen Sie«, bat John den jungen Mann. »Von Anfang an, und lassen Sie nichts aus.«

Larry berichtete. Zuerst mit stockender Stimme, dann immer flüssiger. Und er erzählte auch von seiner Tante Lydia, die plötzlich aufgetaucht war und das Benzin in der Hütte vergossen hatte.

»Dann wußte sie also, daß der Sensenmann unterwegs war«, folgerte John.

»Ich glaube ja.«

»Und wie erklären Sie sich das, Larry? Haben Ihre Tanten Verbindung zur Schwarzen Magie? Gehören sie vielleicht einem spritistischen Zirkel an?«

»Das letzte nicht – aber . . .« Larry stockte.

»Was ist? Reden Sie doch weiter.«

»Bei uns im Haus gibt es einen Keller, den ich nie betreten durfte. Ich habe es trotzdem getan. Meine Tanten waren unten in einem der Räume. Ich habe an der Tür gelauscht. Es war schrecklich, kann ich Ihnen sagen. Ich hörte Laute, wie ich sie noch nie vernommen habe. Gräßliche Schreie, Stöhnen, Kichern. Es war grauenhaft.«

»Sie wissen nicht, was für ein Raum hinter der Tür liegt?«

»Nein, ich sagte Ihnen doch schon, ich habe nie in den Keller gedurft. Und ich habe mich auch immer an das Verbot gehalten.«

»Sind die beiden Schwestern Ihre wirklichen Tanten?« wollte John wissen.

Larry schüttelte den Kopf. »Nein, sie haben mir mal erzählt, sie hätten mich als Baby aus einem Waisenhaus in London geholt. Mehr weiß ich auch nicht. Ich habe auch nie danach gefragt, außerdem sprachen meine Tanten nicht gern darüber.«

»Dann wissen Sie also nicht, wer Ihre Eltern sind?«

»Ich habe keine Ahnung.«

»Ich glaube, Larry, wir beide müssen uns mal mit Ihren Tanten unterhalten«, sagte John. »Und die Geschichte von dem Sensenmann, die nehme ich Ihnen auch ab.«

»Aber, Sir, ich . . . ich finde keine Erklärung. Ich habe hier draußen gelegen. Ich wollte Milly helfen, ich konnte nicht. Und dann sah ich ihn. Er kam ja auf mich zu. Ich sah die Füße. Es waren Knochen, wie bei einem Skelett. Was hat das alles zu bedeuten, Sir? Bitte, sagen Sie es mir.«

»Ich weiß es nicht, Larry. Noch nicht. Aber können Sie mir den Unheimlichen näher beschreiben, Larry?«

»Ja, er sah . . .«

Larry Harker brach mitten im Satz ab. Seine Augen weiteten sich in maßlosem Schrecken. »Sir«, keuchte er. »Hinter Ihnen! Der Tod! Er ist da, Sir!«

John Sinclair wirbelte herum.

Larry Harker hatte nicht gelogen.

Vor dem Geisterjäger stand eine unheimliche Gestalt. Sie war doppelt so groß wie ein normaler Mensch. Unter der Kapuze der dunklen Kutte grinste ein bleicher Totenschädel, und in den knochigen Fingern hielt der Unheimliche eine zum Schlag erhobene Sense.

Es gab keinen Zweifel, wen sich der Tod als Opfer ausgesucht hatte.

John Sinclair!

Janet Sturgess hörte, wie die Tür des Verlieses hinter ihr ins Schloß knallte, und dann hielt die Dunkelheit das junge Mädchen umfangen.

Sie lag auf dem Steinboden. Die Kälte kroch durch ihre Kleidung, doch Janet hatte nicht die Energie, sich zu erheben.

Ihre rechte Wange blutete. Janet war beim Sturz mit dem Gesicht über den Boden gerutscht und hatte sich das Gesicht aufgerissen. Sie tastete mit den Fingern nach der Wunde und fühlte, wie klebrig ihr eigenes Blut war. Sie hatte sich immer vor Blut geekelt, konnte auch keine Verletzten sehen, und jetzt war sie es, die aus einer Schramme blutete.

Am liebsten hätte Janet ihre Angst laut hinausgeschrien. Aber es hätte sie niemand gehört, wenigstens keiner, der ihr hätte helfen können. Sie machte sich die bittersten Vorwürfe, und ihr kriminalistischer Jagdeifer war wie weggeblasen. Janet wußte, daß es jetzt ernst wurde, daß dies kein Spiel mehr war und auch keine Krimiserie aus dem Fernsehen, in der sie die Hauptrolle zu spielen hatte und sich die Geschichte hinterher in einem Happy-End auflöste. Nein, Janet Sturgess war zum erstenmal in ihrem Leben völlig auf sich allein gestellt, und das in einer außergewöhnlichen Situation.

Langsam nur konnte sie Ordnung in ihre Gedanken bringen, und schließlich kehrte auch ein Teil ihrer Kräfte zurück.

Janet Sturgess stützte sich auf, zog die Knie an und quälte sich auf die Beine.

Im ersten Augenblick war ihr schwindelig, doch nachdem sie ein paarmal tief durchgeatmet hatte, ging es besser.

Janet begann, ihr Gefängnis zu durchsuchen. Sie dachte an einen Lichtschalter, der vielleicht irgendwo an der Wand befestigt war. Denn wenn sie Licht hatte, war schon einiges gewonnen.

Janet hatte die Arme weit vorgestreckt. Vorsichtig machte sie die ersten Schritte.

Etwas Weiches, Fließendes berührte ihre Fingerspitzen. Janet erschrak, packte aber dann fester zu.

Sie fühlte dicken Stoff zwischen ihren Fingern. Er war weich und geschmeidig wie Samt.

Janet ging ein paar Schritte nach links. Nach wie vor hielt sie den Stoff fest, und sie begriff, daß in diesem Verlies ein Vorhang hing. Ein Vorhang, der irgend etwas verdeckte.

Janet bückte sich. Ihre Hände tasteten weiter, berührten den Boden, schlüpften unter den Vorhang, und dann spürte Janet die kalte, nackte Mauer.

Enttäuscht stand sie wieder auf. Tief im Winkel ihres Gehirns hatte sie damit gerechnet, daß sich hinter dem Vorhang eine Tür oder ein Ausgang befinden würde.

Sie ließ die Hände sinken und blieb mit hängenden Armen stehen. Tränen traten in ihre Augen, und die Hoffnungslosigkeit drohte sie zu übermannen.

Minutenlang blieb sie auf einem Fleck stehen. Die absolute Stille und die drückende Finsternis belasteten ihr Gemüt. Janet hatte sich noch nie in einer Situation befunden, wo sie ganz auf sich allein gestellt war. Wenn sie bisher Sorgen gehabt hatte, waren immer ihre Eltern da gewesen, die sie davon erlöst hatten. Es waren nur immer die anderen gewesen, die in schlimme Situationen geraten waren. Und auch in der Schule oder bei ihren Freunden hatte Janet alles leicht und sicher geschafft.

Aber in diesem Verlies herrschten ganz andere Voraussetzungen. Dieser Raum strahlte eine Bedrückung aus, daß Janet angst und bange wurde. Und – was noch schlimmer war – sie hatte plötzlich das Gefühl, nicht mehr allein zu sein.

Es war auf einmal über sie gekommen, und Janet merkte, wie sie am ganzen Körper zitterte.

»Hallo«, rief sie. »Ist hier jemand?«

Keine Antwort.

Janet schluckte. Sie hatte die Augen weit aufgerissen, starrte in die rabenschwarze Dunkelheit.

Das Mädchen ging ein paar Schritte vor, näherte sich der Mitte des Verlieses.

Und plötzlich stieß sie gegen etwas Weiches.

Janet zuckte zurück, ein eisiger Schreck durchrieselte ihren Körper, doch dann riß sie sich gewaltsam zusammen und untersuchte das Hindernis genauer, gegen das sie gelaufen war.

Janet ertastete ein Stück Holz. Es war ziemlich schmal und an den oberen Enden abgerundet.

Ein Stuhl! Ja, das ist es! Ich habe die Rückenlehne eines Stuhles erfaßt, dachte Janet.

Das Mädchen legte ihre rechte Hand auf die Oberkante der Lehne und ging um den Stuhl herum.

Und plötzlich hatte sie das Gefühl, ihr Herz würde stehenbleiben.

Auf dem Stuhl saß jemand!

Janet Sturgess spürte Stoff unter ihren Fingern, ein Jackett, ein Hemd.

Sie hatte jetzt auch die andere Hand zu Hilfe genommen. Fieberhaft fuhren die Finger über die Kleidung.

»Hallo«, sagte Janet. »Sagen Sie doch etwas. Hält man Sie hier auch gefangen?«

Keine Antwort.

In Janet keimte ein schrecklicher Gedanke. War sie vielleicht mit einem Toten zusammengesperrt worden?

Janet wollte es jetzt genau wissen. Sie beugte sich vor. Ihre Hände fuhren über die Schultern der Gestalt, erreichten den Hals . . .

Janet hielt den Atem an.

Sie fühlte die Haut unter ihren Fingerspitzen. Sie war kalt und erinnerte sie an Pergament. Sie fühlte deutlich das vorgestreckte Kinn, über das sich die Haut wie ein Papierbogen spannte. Strähnige Haare glitten über ihren Handrücken.

»So sagen Sie doch was!« schluchzte sie. Noch wollte sie die gräßliche Tatsache nicht wahrhaben.

Janets Hände glitten hinab, fühlten nach dem Herzschlag.

Nichts.

Und jetzt konnte auch Janet Sturgess die Augen vor den makabren Tatsachen nicht mehr verschließen.

Als ihr diese Erkenntnis bewußt wurde, stieß sie einen gellenden, markerschütternden Angstschrei aus.

Sie war allein mit einem Toten!

John Sinclairs Argumente waren bei Inspektor Talbot doch auf fruchtbaren Boden gefallen. Mit Lydia und Emily Bradford schien einiges nicht zu stimmen. Anscheinend hatten die beiden Alten es faustdick hinter den Ohren.

Talbot blickte auf seine Uhr. In einer halben Stunde wollte sich Sinclair mit diesem Larry Harker treffen. Talbot dachte daran, daß er an diesem Tag noch keine ruhige Minute gehabt hatte. Er war noch nicht einmal dazu gekommen, etwas zu essen. Er hatte sich nur mit schwarzem, ungesüßtem Kaffee auf den Beinen gehalten. Zweimal hatte seine Frau angerufen, und Talbot hatte ihr nur immer wieder sagen können, sie solle das Essen warmhalten.

Sein Büro erinnerte ihn manchmal an eine Bahnhofshalle. Laufend kamen Beamte mit neuen Meldungen. Viele Einwohner wollten den Mörder angeblich kennen. Es gab reihenweise falsche Verdächtigungen, und – was bald noch schlimmer war – die Beamten mußten jeder Spur nachgehen. Auf Talbots Schreibtisch stapelte sich der Papierkram, und der Inspektor ahnte schon, daß er auch in der nächsten Nacht kein Bett sehen würde.

Sicherheitshalber rief er seine Frau an.

Mrs. Talbot war natürlich nicht begeistert und fragte mal wieder, ob ihr Mann mit der Polizei verheiratet wäre. Talbot versicherte, daß es so schlimm nicht sei, und legte dann auf.

Anschließend zündete er sich eine Pfeife an und sah für eine Minute den blaugrauen, aromatischen Rauchwolken nach.

Schließlich rief er Sergeant Tirey, seinen Stellvertreter, zu sich.

Der Sergeant stand kurz vor der Pensionierung, hatte einen Bauch wie ein kleines Bierfaß und lustige kleine Augen.

»Sie übernehmen jetzt hier die Leitung, Sergeant«, sagte der Inspektor und legte seine Pfeife in den großen Aschenbecher. »Ich werde den Schwestern Bradford einen Besuch abstatten.«

Der Sergeant öffnete staunend seinen Mund. »Was wollen Sie denn da?«

»Ich will den beiden mal einige Fragen stellen.«

»Sie meinen, die haben mit dem Mordfall an Milly Day zu tun?«

Talbot hob die Schultern. »Kann sein. Aber das will ich ja gerade feststellen.«

Sergeant Tirey schüttelte den Kopf. »Das glaube ich nicht. Die alten Schachteln sind zwar Giftzangen, aber nur mit dem Mund. Nee, einen Mord traue ich den beiden nicht zu.«

»Das hat ja auch keiner gesagt.« Talbot stand auf. »Sie wissen also Bescheid, wo ich im Notfall zu erreichen bin.«

»Gut, Inspektor. Haben die Bradfords Telefon?«

»Nein.« Der Inspektor war schon an der Tür und nahm seinen Mantel vom Garderobenständer. »Also, bis später dann.«

Als die Tür hinter Talbot ins Schloß gefallen war, murmelte Tirey: »Ideen hat der Mann, na ja, ist ja nicht mein Bier.« Dann bestellte sich der Sergeant erst einmal eine Riesentasse Tee.

Talbots Dienstwagen, ein froschgrüner Morris, stand auf dem Parkplatz. Als Talbot den Wagen ansteuerte, schossen zwei Reporter wie Bluthunde auf den Beamten zu.

»He, Inspektor, haben Sie schon eine Spur von dem Killer?«

Talbot winkte ab. »Kein Kommentar.«

»Stimmt es denn, daß extra ein Mann vom Yard gekommen ist?«

»Wenn Sie es wissen, warum fragen Sie dann?« Talbot schloß seinen Wagen auf. »So, und nun lassen Sie mich bitte fahren. Ich habe es eilig.«

»Aber die Bevölkerung hat ein Recht auf . . .«

Talbot hörte gar nicht mehr hin. Er knallte die Tür zu und startete.

Enttäuscht und wütend blickten die Reporter dem grünen Wagen hinterher.

Inspektor Talbot kannte in Weybridge jeden Stein. Er fuhr eine Abkürzung, um zu dem Haus der beiden Schwestern zu gelangen.

Er parkte fast an der gleichen Stelle, wo auch John Sinclair seinen Wagen einige Stunden vorher abgestellt hatte.

Als Talbot ausstieg, blickte er sich nach Janet Sturgess um, doch er konnte sie nirgendwo entdecken. Achselzuckend ging er auf das einstöckige Haus zu. Über der Tür brannte eine Kugellampe. Sie gab kaum Licht. Höchstwahrscheinlich mußte die Schale mal vom Dreck befreit werden.

Talbot schellte.

Schnelle Schritte näherten sich der Tür. Dann wurde sie sehr heftig aufgerissen. Sekundenlang sah Talbot in Lydia Bradfords überraschtes Gesicht, dann verschloß es sich wieder und nahm einen etwas abweisenden Ausdruck an.

Talbot hatte das Gefühl, daß die beiden Schwestern jemanden erwartet hatten – aber ihn bestimmt nicht.

»Guten Abend, Miss Bradford«, sagte der Beamte und zeigte seine Dienstmarke. »Ich bin Inspektor Talbot von der hiesigen Mordkommission und hätte gern einmal mit Ihnen gesprochen.«

Lydia Bradford blickte erst die Marke an und dann den Inspektor. »Ist es sehr wichtig?«

»Ja.« Talbot hatte instinktiv erfaßt, daß die Schwestern von seinem Besuch nicht begeistert waren, daß er ihnen ungelegen kam. Und wenn Talbot so etwas merkte, schaltete er auf stur. Dann konnte er anhänglicher sein als ein Kettenhund.

»Also gut, Inspektor, treten Sie ein.«

»Lydia, wer ist es denn? Ist es Larry?« Emilys Stimme erklang aus dem Living-room.

Lydia verzog das Gesicht. Die Frage hatte ihr wohl nicht gepaßt. »Nein, es ist nicht Larry, sondern Inspektor Talbot.«

Daraufhin schwieg Emily.

Talbot lächelte schief. »Ich scheine nicht gerade sehr willkommen zu sein«, meinte er.

»Welcher Polizeibeamte ist das schon?« kam die Gegenfrage.

»Da haben Sie recht, Miss Bradford. Denn irgendwo hat jeder ein schlechtes Gewissen.«

Lydia Bradford gab keine Antwort. Statt dessen deutete sie auf die offenstehende Tür des Living-rooms.

Talbot betrat das Zimmer. Er war noch nie hier gewesen und wunderte sich darüber, daß es noch Menschen gab, die sich soviel Kitsch in ihre Wohnung stellten.

»Nehmen Sie Platz, Inspektor«, sagte Lydia und machte Talbot mit ihrer Schwester Emily bekannt, die auf dem Sofa gelegen und sich bei Talbots Eintritt erhoben hatte.

Lydia setzte sich ebenfalls. Über ihre Brille hinweg peilte sie den Beamten an.

»Ich bin aus zwei Gründen hier«, sagte Talbot. »Erstens habe ich noch einige Fragen bezüglich des Mordes an Milly Day, und zweitens interessiert mich eine gewisse Janet Sturgess. Sie war eine Klassenkameradin von Milly.«

»Ich wüßte nicht, wie wir Ihnen helfen könnten, Inspektor«, erwiderte Lydia Bradford reserviert. »Wir haben bereits alles gesagt, was wir wußten. Es war ein Kollege von Ihnen hier, ein gewisser Oberinspektor Sinclair. Was allerdings den zweiten Teil Ihrer Frage angeht, so muß ich Sie enttäuschen. Ich kenne keine Janet Sturgess. Und meine Schwester auch nicht. Es tut mir leid.«

Talbot knetete nachdenklich sein Kinn. »Das ist allerdings seltsam, Miss Bradford. Janet Sturgess müßten Sie eigentlich gesehen haben. Sie hat einige Zeit vor Ihrem Haus verbracht und sich auch mit meinem Kollegen unterhalten. Ich frage nur deshalb, weil Miss Sturgess verschwunden ist und wir Grund zu der Annahme haben, daß ihr unter Umständen etwas zugestoßen ist.«

Lydia Bradford lachte schrill. »Da hört sich doch alles auf, Inspektor. Sind wir denn plötzlich zu Hüterinnen der jungen Mädchen geworden? Reicht es nicht, daß sie sich an Larry heranmachen? Wieso beobachtet das Weibsbild überhaupt unser Haus? Schon allein das ist eine Unverschämtheit.«

Talbot ließ sich nicht aus der Ruhe bringen. »Vielleicht hatte sie einen Grund.«

Lydia Bradford wurde blaß. »Verdächtigen Sie uns etwa?« fragte sie gefährlich leise.

»Jeder ist verdächtig, Miss Bradford.«

»Hast du das gehört, Emily?« kreischte Lydia. »Dieser Mensch wagt es, uns zu verdächtigen. Das ist eine Unverschämtheit. Ich halte dieses Gespräch für beendet.«

Emily Bradford nickte bestätigend.

Talbot schüttelte den Kopf. »Sie werden mich nicht aus dem Haus werfen können. Ich bleibe so lange hier, bis Ihr Neffe Larry zurück ist.«

Lydia Bradford schnappte nach Luft wie ein Fisch auf dem Trockenen. »Sie wissen, wo Larry steckt?«

»Ja.«

»Und wo?« Die Frage der Frau klang lauernd, doch Talbot hatte das Gefühl, als würde Lydia Bradford längst Bescheid wissen.

Trotzdem beantwortete er die Frage. »Larry trifft sich mit Oberinspektor Sinclair. Er wollte ihm so einiges erzählen. Ich glaube, daß wir nach dem Gespräch wissen, wer Milly Day ermordet hat. Die beiden treffen sich übrigens an der abgebrannten Waldhütte, und außerdem kam der Vorschlag von Larry.«

Lydia Bradford hatte die Hände zu Fäusten geballt und den Kopf angriffslustig vorgeschoben. »Larry wird Ihrem Kollegen nichts sagen. Weil er gar nichts weiß. Und falls er in seinem Leichtsinn wirklich etwas ausplaudern sollte, dann müssen Sie erst mal beweisen, daß es stimmt.«

»Das werde ich auch«, sagte Talbot. »Und noch etwas möchte ich Ihnen sagen. Sollte Janet Sturgess ebenfalls tot sein, dann werde ich Ihnen die Hölle heiß machen, darauf können Sie sich verlassen. Ich bin sicher, daß in diesem Hause so einiges vorgeht, und verlassen Sie sich darauf, ich werde es auch herausfinden.«

»Haben Sie denn einen Durchsuchungsbefehl?« erkundigte sich Lydia Bradford höhnisch.

»Nein.«

»Na also. Dann würde ich an Ihrer Stelle nicht so eine große Lippe riskieren, Inspektor. Wissen Sie, was für ein Gefühl ich habe? Sie wollen uns etwas anhängen. Darauf allein kommt es Ihnen an. Sie brauchen einen Mörder, und da haben Sie in uns Opfer gefunden, die sich nicht dagegen wehren können.«

»Es tut mir leid, wenn Sie das so sehen«, erwiderte Talbot.

»Es tut Ihnen leid?« Lydia Bradford lachte. »Sie entschuldigen, daß ich Ihnen das nicht abkaufe. Nein, Inspektor. Sie brauchen einen Mörder, und die Wahl ist auf uns gefallen.«

»Reden Sie doch nicht solch einen Unsinn. Daß ich Sie verdächtige, haben Sie sich selbst zuzuschreiben. Warum haben Sie eigentlich gelogen, als Sie gefragt worden sind, wo Larry Harker in der fraglichen Mordnacht gewesen ist?«

»Larry war hier. Emily kann es bezeugen. Ich habe nicht gelogen.«

»Ja, das stimmt«, sagte Emily Bradford.

»Warum hat Larry dann etwas anderes behauptet?« bluffte der Inspektor, der selbstverständlich von Larry Harkers Gespräch mit John Sinclair nichts wissen konnte.

Emily Bradford schwieg.

»Nun, hatte ich recht?«

»Ja und nein, Inspektor. Vielleicht hat Larry das behauptet, aber kein Gericht der Welt würde es anerkennen. Larry ist – das muß ich leider sagen – nicht ganz richtig im Kopf. Er ist schizophren. Das ist auch der Grund gewesen, weshalb wir immer so auf ihn geachtet haben. Auch in der fraglichen Nacht. Vielleicht hat er sich eingebildet, in der Hütte gewesen zu sein – ich weiß es nicht.«

»Gut, das werden wir ja nachprüfen können«, sagte Talbot und blieb plötzlich stocksteif sitzen.

»Ist was, Inspektor?«

Talbot sprang auf. »Ich habe einen Schrei gehört. Ganz schwach nur, aber es war ein Schrei.«

Lydia Bradford lächelte. »Aber, Inspektor, jetzt leiden Sie an Einbildungen. Hier hat niemand geschrien. Oder hast du etwas gehört, Emily?«

»Nein.«

»Zum Teufel, ich habe mich nicht geirrt. Und dieser Schrei ist höchstwahrscheinlich aus dem Keller gekommen. Sie werden mich jetzt dort hinunterführen.«

»Das werden wir nicht.«

»Es tut mir leid, daß ich zu solchen Maßnahmen greifen muß«, sagte Inspektor Talbot und zog seine Dienstpistole. »Aber der Ernst der Situation rechtfertigt diese Lage. Gehen wir, Myladies . . .«

John Sinclair sprang zurück. Gleichzeitig stieß er Larry Harker zur Seite, daß er in ein Gebüsch flog und liegenblieb.

Da pfiff die Sense schon heran!

John tauchte im rechten Moment weg. Die höllische Klinge wischte an ihm vorbei und jagte mit der Spitze in einen Baumstamm.

Der Geisterjäger riß seine Pistole hervor. Er hatte die Waffe kaum auf den Tod angelegt, da fiel ihm ein, daß in dem Magazin ja keine Silberkugeln steckten, sondern nur normale Bleigeschosse.

Schließlich hatte John nicht ahnen können, daß sich dieser ›normale‹ Fall zu einem übersinnlichen entwickeln würde. John, der die Schwarze Magie kannte, hätte genausogut mit einer Wasserpistole auf die unheimliche Gestalt schießen können. Die Wirkung wäre in etwa die gleiche gewesen.

Und doch feuerte John. Er wollte wenigstens nichts unversucht lassen.

Rasend schnell hintereinander betätigte er den Abzug, jagte Kugel auf Kugel aus dem Lauf.

Die Bleigeschosse zerfetzten den Umhang des Sensenmannes, prallten gegen die bleichen Knochen und sirrten als Querschläger davon.

Und dann war das Magazin leer.

Fluchend steckte John die Waffe ein. Larry Harker hatte sich aus dem Gebüsch gearbeitet. Auf allen vieren kniete er am Boden und schrie. Für ihn war es unbegreiflich, daß der Sensenmann selbst Bleigeschossen getrotzt hatte.

»Verschwinden Sie!« brüllte John den jungen Mann an. Doch Larry hörte nicht, sondern schrie weiter.

Und dann begann das Skelett zu lachen. Es klang hohl und schaurig und rollte wie ein langgezogener Donner durch den Wald.

Mit einem Ruck riß der Sensenmann die mörderische Waffe aus dem Baumstamm, drehte sich, so daß die weite Kutte aufschwang, und schlug wieder zu.

John hechtete zur Seite. Im allerletzten Augenblick. Hautnah fegte die Sense an ihm vorbei. Die Spitze fing sich in seinem Jackett. Knirschend zerriß der Stoff.

John Sinclair war gegen einen Baum geprallt und hatte sich den Kopf an einem Ast gestoßen. Sekundenlang sah er bunte Sterne, doch instinktiv versuchte er, sich von dem Unheimlichen zu entfernen.

Wieder hörte er das Pfeifen des Sensenblattes.

Diesmal ließ sich John einfach fallen. Über ihm wurden kleinere Äste vom Baum gefegt wie welke Blätter.

Sofort war John wieder auf den Beinen.

Da packte die linke Knochenhand des Sensenmannes zu.

Jäh zuckte in dem Geisterjäger der Schmerz auf. Er wollte sich aus dem gnadenlosen Griff winden, doch das Skelett hielt eisern fest. Mit ungeheurem Druck zwang es John Sinclair in die Knie.

Vergebens stemmte sich John Sinclair gegen die Umklammerung an. Die Kraft des Sensenmannes war jedoch ungebrochen. Sie konnte nur in der Hölle geboren sein.

John ächzte. Sein Oberkörper wurde dem Boden entgegengedrückt. Schon roch er den fauligen Geruch der Erde.

Dann preßte der Unheimliche Johns Gesicht in den Schlamm, hob das rechte Bein und setzte den knöchernen Fuß auf John Sinclairs Rücken.

Weit holte der Tod mit der Sense aus.

Noch ein paar Atemzüge, dann würde die höllisch scharfe Schneide den Geisterjäger töten . . .

Lydia Bradford sprang aus ihrem Sessel, als hätte man sie mit einer Bombe hochgescheucht.

»Sind Sie wahnsinnig, Inspektor? Sie bedrohen uns hier in unserem eigenen Haus? Das ist eine Unverschämtheit. Was sagst du dazu, Emily?«

»Ich schließe mich ganz deiner Meinung an«, kreischte Emily Bradford. »Wir dürfen uns das nicht gefallen lassen.«

»Zwingen Sie mich nicht, unhöflich zu werden«, sagte Talbot. »Ich will in den Keller, und Sie werden mich begleiten!«

»Gut!« Lydia Bradford richtete sich kerzengerade auf. »Wir beugen uns der Gewalt, Inspektor. Aber diese Sache wird für Sie ein Nachspiel haben, verlassen Sie sich darauf.«

Talbot hob die Schultern. »Ich bin Kummer gewohnt.«

Lydia Bradford gab ihrer Schwester mit den Augen ein Zeichen. Emily umrundete den Tisch und ging steif in Richtung Tür.

Trotz der ernsten Situation konnte sich Talbot ein Lächeln nicht verkneifen. Die beiden Alten machten eine zu komische Figur.

»Haben Sie auch den Schlüssel?« fragte Talbot, als sie in den Flur einbogen.

»Den trage ich immer bei mir«, erwiderte Lydia Bradford.

»Um so besser.«

Talbot blieb immer zwei Schritte hinter den Alten. Die Waffe lag locker in seiner Hand. Das Magazin war voll, und Talbot konnte sich nicht einmal daran erinnern, wann er zum letztenmal mit der

Pistole geschossen hatte. In Weybridge geschah selten etwas. Und wenn, dann löste Talbot den Fall auch ohne Waffe.

Vor der Kellertür blieben die beiden Alten stehen. Lydia holte den Schlüssel aus der Tasche und schloß auf.

Dunkelheit gähnte den drei Personen entgegen. Der Schrei, den Talbot gehört hatte, war verstummt. Eine bedrückende Stille lag über dem Keller.

»Gibt es hier kein Licht?« fragte der Inspektor.

»Wir müssen eine Kerze anzünden«, sagte Lydia Bradford.

»Dann tun Sie es. Aber schnell, wenn ich bitten darf.« Talbot wollte keine Sekunde verlieren. Wahrscheinlich befand sich ein Mensch in Lebensgefahr, und da konnte jede Sekunde entscheidend sein.

Lydia Bradford riß ein Zündholz an. Wenig später flackerten zwei Kerzen auf.

Lydia und Emily Bradford hatten je eine Kerze genommen. »Gehen Sie schon.« Der Inspektor drängte zur Eile.

Die Alten schritten die Treppe hinunter. Talbot mußte aufpassen, daß er nicht stürzte, denn die Stufen waren hoch und steil. Der Inspektor war froh, als die Treppe zu Ende war und sie durch den Kellergang gehen konnten.

Talbots Blick flog nach links und rechts. Er sah die einzelnen Verschläge und auch die aus Latten gefertigten Türen davor. Die Frauen mußten in jeden Raum hineinleuchten, so gut es ging.

In den stockdunklen Verliesen befand sich alles mögliche, nur kein Mensch.

»Na, Inspektor, Sie haben sich wohl geirrt«, sagte Lydia Bradford und wandte Talbot das Gesicht zu.

In dem zuckenden Flammenschein sah es seltsam gespenstisch aus. Lydia Bradford hatte die schmalen Lippen zu einem höhnischen Grinsen verzogen, und die Augen hinter der Brille funkelten.

»Gehen Sie weiter«, sagte Talbot, der auch den letzten Winkel des Kellers ausgeleuchtet haben wollte.

»Aber Sie finden nichts mehr, Inspektor«, sagte Emily. »Wir haben Ihnen alles gezeigt.«

»Ich habe gesagt, Sie sollen weitergehen!« zischte Talbot, dem der Keller irgendwie unheimlich erschien. »Los, machen Sie schon.«

»Komm, Emily, dieser Mann ist nicht zu überzeugen«, sagte Lydia und faßte ihre Schwester am Arm.

»Aber wir . . .«

»Komm schon!«

Dieser kurze Dialog bewies dem Inspektor, daß die beiden doch etwas zu verbergen hatten. Er war schon bereit gewesen, die Waffe wegzustecken, doch jetzt behielt er sie in der Faust.

Die Decke des Kellers war ziemlich hoch. Auch ein großer Mann konnte bequem aufrecht stehen.

Sie erreichten das Ende des Kellerganges, und dann sah der Inspektor die Holztür.

Sie war im Gegensatz zu den anderen Verschlägen massiv gebaut und mit einem modernen Schloß versehen.

»Aufschließen!« befahl Talbot.

Da wandte Lydia Bradford sich um. »Inspektor«, sagte sie mit eindringlicher Stimme. »Ich werde die Tür aufschließen. Aber glauben Sie nicht, daß Sie damit gewonnen haben. Sie begehen einen großen Fehler, den Sie nie wieder ausgleichen können. Diese Tür verbirgt ein Geheimnis, das nur Eingeweihte kennen. Jeder Außenstehende, der das Geheimnis gelüftet hat, lebt nicht mehr.«

Talbots Gesicht wurde zur Maske. »Was soll die Rederei? Wollen Sie mich warnen und gleichzeitig neugierig machen? Mit dieser Rede haben Sie sich doch selbst beschuldigt. Also, öffnen Sie!«

»Gut, Inspektor!«

Lydia Bradford bückte sich, gab Emily ihre Kerze und holte einen Schlüssel hervor. Er war ziemlich lang und seltsam geformt.

Lydia drehte den Schlüssel herum.

Sie drückte die Klinke nach unten und stieß die Tür auf. »Bitte, Inspektor, gehen Sie Ihrem Tod entgegen!«

Talbot wollte etwas sagen, doch im selben Augenblick hörte er den Aufschrei einer Frauenstimme. Und dann taumelte eine Gestalt aus dem Dunkel des Verlieses. Als der Kerzenschein ihr Gesicht streifte, erkannte Will Talbot in ihr das Mädchen Janet Sturgess. Sie war mit ihren Kräften am Ende.

»Inspektor«, röchelte sie. »Helfen Sie mir! Bitte!« Janet warf sich in Talbots Arme. Unwillkürlich fing der Inspektor die völlig Erschöpfte auf. Die Hand mit der Pistole geriet dabei aus der Richtung.

Lydia Bradford sah es und handelte wie ein Profi. Sie huschte in die schützende Dunkelheit und hob blitzschnell die Holzlatte auf, die Janet Sturgess bei ihrem Kommen verloren hatte.

Talbot war zu langsam. Außerdem wurde er von Janet behindert, die in seinen Armen lag, das Gesicht an seine Schulter gepreßt hatte und weinte.

Lydia Bradford war mit zwei Schritten hinter dem Inspektor.

Sie hatte die Latte mit beiden Händen umklammert, holte weit aus.

Talbot ahnte die Gefahr, wollte sich wegducken – er schaffte es nicht mehr.

Die Latte knallte auf seinen Kopf.

Es gab ein dumpfes Geräusch. Talbot zuckte zusammen, stöhnte vor Schmerz auf, war aber noch nicht bewußtlos.

Wieder schlug die Alte zu.

Talbot stieß einen röchelnden Laut aus. Janet Sturgess entglitt seinen Armen.

»Ja, schlag zu, Lydia!« kreischte Emily Bradford. Sie war wie vom Wahnsinn besessen. »Los, schlag weiter.«

Der Inspektor war auf die Knie gesackt. Der Kopf war nach vorn gesunken, das Kinn lag auf der Brust. Er stand am Rand einer Ohnmacht. Der Boden vor seinen Augen wogte wie ein Wellenmeer. Übelkeit stieg in Talbot hoch.

Da traf ihn der letzte Schlag und löschte sein Bewußtsein aus. Mit dem Gesicht nach unten fiel er auf den Steinboden.

Lydia Bradford lachte hämisch, bückte sich, riß dem Inspektor die Waffe aus der Hand und steckte sie hinter den Gürtel ihres Kostümrocks.

»Der macht uns keinen Ärger mehr«, flüsterte sie mit heiserer Stimme. Ein paar Haarsträhnen waren Lydia Bradford in die Stirn gerutscht. Sie wischte sie mit einer Bewegung weg.

Janet kauerte an der Wand. Sie war dorthin gekrochen, kurz bevor die Alte den Inspektor bewußtlos geschlagen hatte. Janets Augen waren angstgeweitet, ihre Stimme kaum mehr zu erkennen.

»Nein«, schluchzte Janet, als Lydia Bradford auf sie zukam. »Ich will nicht mehr zurück. Ich will nicht mit einem Toten zusammensein. Ich will . . . ahhh . . .«

Lydia Bradfords linke Hand klatschte gegen Janets Wange. »Halt den Rand, du verdammte Schlampe! Schließlich hast du dir dein Schicksal selbst zuzuschreiben.«

Janet lag wimmernd am Boden.

Ungerührt blickte Lydia auf die hinab. »Blödes Weibsbild«, sagte sie. »Du hattest wohl auch vorgehabt, dir Larry zu angeln, wie? Aber daraus wird nichts. Du mußt bei Henry bleiben und ihm Gesellschaft leisten. Ihm und dem Tod, der gleich erscheinen wird. Was meinst du, wird Henrys Geist sagen, wenn ich ihm erzähle, was du mit Larry vorgehabt hast, du kleine Schlampe.«

Lydia Bradford begann zu kichern. Dann wandte sie sich an ihre Schwester. »Los, Emily, hilf mir, wir müssen alles vorbereiten. Wir sind Henry einen würdigen Empfang schuldig . . .«

»Neiiinnn! Nicht!« Die Stimme des jungen Larry Harker gellte auf, überschlug sich und brach ab.

Der unheimliche Sensenmann zögerte. Noch schwebte die Spitze der Waffe etwa einen halben Yard über John Sinclairs Körper.

Larry Harker brach taumelnd aus den Büschen. Sein Gesicht war verzerrt, sein Atem flog. Er hatte die Arme abwehrend und bittend zugleich vorgestreckt. Seine Füße schleiften über den Boden, als er auf den Tod zuging.

Dicht vor dem Sensenmann brach Larry in die Knie. »Bitte nicht!« keuchte er. »Verschonen Sie das Leben dieses Mannes. Er hat Ihnen doch nichts getan. Er wollte doch nur mir helfen! Reicht denn ein grausamer Mord nicht schon? Ist denn nicht schon genug Blut geflossen? Auch Milly Day konnte nichts dafür. Sie wollte nur mit mir allein sein, das war alles. Wenn Sie unbedingt jemanden töten wollen, dann töten Sie mich!«

Larrys Finger krallten sich in der Kutte fest. Sein Gesicht befand sich nicht mehr weit von dem dunkelroten Stoff entfernt, und Larry roch den Modergeruch, der von der Kutte ausging.

Er schauderte.

Larry Harker spürte, wie sein Herz gegen die Rippen hämmerte und das Blut in seinem Kopf rauschte.

Dann trat der Sensenmann einen Schritt zurück, schulterte seine gefährliche Waffe und nahm auch den Fuß von John Sinclairs

Rücken. Der Tod beugte sich vor und wandte Larry Harker sein Gesicht zu.

Der junge Mann sah das Schimmern der Knochen, die fleischlosen Zahnreihen und die leeren Augenhöhlen, die wie tiefe, geheimnisvolle Schächte wirkten.

»Gut, Larry«, sagte der Tod mit seiner hohlen Grabesstimme, »Ich verschone ihn, weil *du* mich darum gebeten hast. Aber merke dir eins: Noch einmal werde ich dir solch einen Wunsch nicht erfüllen. Ich habe nicht dir zu gehorchen, sondern anderen, obwohl du ein Stück von mir bist. Vergiß das nie, Larry Harker. Du bist ein Stück von mir!«

Larry schaute den Sensenmann aus weit geöffneten Augen an. Er hatte zwar die Worte gehört, sie jedoch nicht begriffen. So etwas wie ein Lächeln umspielte die beinernen Mundwinkel des Tods, und er streckte seine rechte Skeletthand aus, um Larry Harker über den Kopf zu streicheln.

Der junge Mann spürte die Eiseskälte, und eine Gänsehaut rieselte über seinen Rücken.

Dann wandte der Tod sich ruckartig um und verschwand mit weiten, raumgreifenden Schritten. Sekunden später hatte ihn die Nacht verschluckt, und es war, als hätte es ihn nie gegeben.

Larry Harker kniete starr vor Staunen und Entsetzen auf der feuchten Erde.

»Habe ich das alles geträumt?« fragte er mit rauher Stimme.

»Nein, Larry, du hast nicht geträumt«, erwiderte John Sinclair. »Ich habe alles mitbekommen.«

John stützte sich auf die Knie. Er sah aus, als hätte er ein Schlammbad genommen. Sein Mantel, sein Jackett waren völlig verdreckt und von den Sensenhieben zerrissen. Der Geisterjäger holte ein Taschentuch hervor und säuberte, so gut es ging, sein verschmutztes Gesicht.

»Ich begreife es nicht«, flüsterte Larry immer wieder. »Warum hat er Sie verschont?«

»Weil du ihn darum gebeten hast.«

»Aber was habe ich mit ihm zu tun?« schrie Larry und schlug auf seine Brust. »Und was hat er alles zu mir gesagt? Ich wäre ein Stück von ihm. Das geht doch nicht. Der hat gerade so getan, als wenn er mein Vater wäre.«

Vielleicht ist er das auch, wollte John sagen, schwieg aber dann vorsichtshalber. Er wollte nicht noch mehr Zweifel in dem jungen Mann erwecken. Statt dessen sagte er: »Ich glaube, Larry, wir müssen die Lösung des Rätsels in deiner Vergangenheit suchen. Und bei deinen Tanten. Denn sie spielen eine mehr als undurchsichtige Rolle in diesem höllischen Spiel. Ich habe fast das Gefühl, daß sie die wahren Beherrscher des Todes sind. Es müssen in eurem Keller Dinge geschehen sein, die so teuflisch und grausam waren, daß man es kaum wagt, sie auszusprechen.«

John Sinclair suchte in seinen Taschen nach Zigaretten, fand ein Stäbchen und zündete es an.

John sog den würzigen Rauch in die Lungen und blies ihn durch die Nasenlöcher aus. Dann sagte er: »Larry, auf dich kommt es jetzt an. Du mußt mir helfen. Willst du das tun?«

»Selbstverständlich, Herr Oberinspektor. Schließlich bin ich auch daran interessiert, das der wahre Mörder von Milly Day zur Rechenschaft gezogen wird.«

»Gut, dann paß auf.« John Sinclair erkärte dem jungen Mann mit ein paar Sätzen seinen Plan. Larry hörte zu, ohne eine einzige Gegenfrage zu stellen. Ab und zu nickte er zur Bestätigung.

»Du hast also alles verstanden?« fragte John.

»Ja.«

»Gut, dann laß uns jetzt gehen.«

John warf die Zigarette fort, knipste seine Taschenlampe an und suchte den Boden nach seiner Pistole ab. Er fand sie neben einer aus der Erde getretenen Baumwurzel.

John steckte die Waffe weg. Sie war zwar leergeschossen, aber Reservemagazine befanden sich im Handschuhfach seines Wagens.

Mit schnellen Schritten gingen die beiden ungleichen Partner den Weg zurück. John Sinclair hatte es auf einmal sehr eilig, als befürchte er, zu spät zu kommen.

Es war eine gespenstische Atmosphäre!

Dicke schwarze Kerzen standen in schweren eisernen Leuchtern. Dunkelrote Flammen zuckten von den Dochten hoch, tanzten über die dunklen Vorhänge und schienen sie zu einem geisterhaften, unwirklichen Leben zu erwecken.

Sieben Kerzen hatten die beiden Schwestern angezündet. Sie

waren die magischen Wegweiser des Sensenmanns zu seinem Gastkörper der Mumie, die in der Mitte des Verlieses auf einem Stuhl saß.

Die Mumie war ein Mann.

Er sah schrecklich aus. Seine Haut war nach dem Tod mit Salben und Ölen bestrichen worden, um den Prozeß der Verwesung aufzuhalten. Auf den Kopf hatten die beiden Schwestern dem Toten eine strähnige Kunsthaarperücke gesetzt und dem Mann nach der Einbalsamierung wieder die Kleidung angezogen, die er noch Minuten vor seinem Tod getragen hatte.

Die Haut des Mannes war faltig. Die langen Jahre hatten ihre Spuren hinterlassen. Sie war runzlig und welk. Die Zähne waren ausgefallen, und der Mund klaffte wie eine häßliche Wunde in dem Gesicht.

Der Stuhl, auf dem der Tote saß, war auch zu Lebzeiten sein Lieblingsplatz gewesen.

Ja, die beiden Schwestern hatten wirklich für alles gesorgt. Lydia und Emily Bradford waren Spezialisten. Sowohl was das Verbrechen betraf als auch die Kunst des Übersinnlichen. Sehr lange schon hatten sich die beiden mit Schwarzer Magie beschäftigt. Sie gehörten dem Zirkel der Schwarzen Brüder an, einer Sekte, die auf der gesamten Welt ihre Anhänger hatte und die immer mehr Mitglieder bekam und von Tag zu Tag stärker und gefährlicher wurde.

Mit ihrer Hilfe und mit Hilfe des Satans hatten die beiden Schwestern es geschafft, den Tod auf die Erde zu holen. Als Gastkörper diente ihnen dabei der mumifizierte Henry, ein Mann, der im Leben der Zwillingsschwestern die größte Rolle gespielt hatte.

Der höllische Triumph war perfekt. Jahrelange Mühe und Arbeit hatten sich gelohnt. Der Sensenmann hatte das Opfer angenommen. Er hatte die finsteren Dimensionen des Schreckens verlassen, hatte Henrys Geist in sich aufgesaugt und war bereit, ein Diener der teuflischen Schwestern zu werden.

Aber all die Zusammenhänge kannten Inspektor Talbot und Janet Sturgess nicht, die gefesselt am Boden lagen und denen das blanke Entsetzen die Kehle zuschnürte.

Sie hatten den Kopf gedreht, um die Mumie nicht ansehen zu müssen.

Vor ihnen stand Lydia Bradford. Sie hatte sich umgezogen. Um ihren mageren Körper schlotterte ein grünes Gewand, auf das häßliche Teufelsfratzen gestickt waren. Das Haar hing der Frau aufgelöst und strähnig bis auf die Schultern. Sie hatte die Brille abgesetzt, und aus ihrem Blick strömte eine Menschenverachtung, wie sie ihr nur der Satan persönlich eingegeben haben konnte.

»Auch ihr werdet sterben«, kicherte die Alte und zeigte mit ihren mageren Fingern auf die beiden Gefesselten. »Der Tod wird blutige Ernte halten!«

Inspektor Talbot raffte all seinen Mut zusammen. »Es wird Ihnen nicht gelingen«, preßte er hervor. »Vielleicht können Sie uns töten. Aber das ist auch alles. Dem Gesetz können Sie nicht entkommen. Jeder meiner Kollegen weiß, wo ich mich aufhalte. Sie werden dieses Haus auf den Kopf stellen und Ihnen Ihre scheußlichen Verbrechen Punkt für Punkt nachweisen. Nein, Miss Bradford, dem Gesetz ist bisher noch niemand entwischt. Alle kommen sie an die Reihe. Da werden auch Sie keine Ausnahme sein.«

Lydia Bradford begann zu lachen. »Sie armer Irrer. Was werden Ihre Leute denn hier finden? Zwei alte Damen, die friedlich ihren Lebensabend verbringen. Dieses Verlies hier wird man nicht entdecken, dafür sorgen wir. Die Schwarze Magie ist so stark, daß die Polizisten, die das Haus betreten, völlig unter ihrem Bann stehen werden. Sie können den magischen Kräften nichts entgegensetzen. Sie werden all das vergessen, was sie hier gesehen haben, und nur das in Erinnerung behalten, was wir wollen, Inspektor. Und auch ein Mann wie John Sinclair kann diesem Zauber nicht trotzen. Ich kenne wohl den Ruf, den dieser Oberinspektor hat. Man nennt ihn auch den Geisterjäger, und er hat viel Schaden angerichtet. Aber der Tod ist ihm auf den Fersen, und dem Sensenmann ist noch niemand entkommen. Auch ein John Sinclair wird es nicht schaffen.«

»Und wenn doch?«

»Ich sagte Ihnen ja schon, dieses Haus hat seine eigenen Gesetze.«

Lydia Bradford hatte kaum ausgesprochen, als sie den eiskalten Hauch spürte, der durch das Verlies wehte.

Der Tod war zurückgekehrt!

Drohend stand er in dem offenen Türrechteck, die Sense in

seiner Hand funkelte gefährlich. Die leeren Augenhöhlen waren auf die Gefangenen gerichtet.

Talbot bäumte sich in seinen Fesseln auf. Er ahnte, daß seine und Janet Sturgess' letzte Stunde geschlagen hatte.

Lydia Bradford kreiselte herum. »Hast du ihn getötet?« zischte sie. Sie war gierig nach einer Antwort wie ein Durstiger auf Wasser.

»Nein. Ich habe ihn nicht getötet.«

»Was?« kreischte die Alte. »Du hast ihn am Leben gelassen? Bist du denn wahnsinnig! Warum hast du es getan?«

»Weil er mich darum gebeten hat.«

»Wer – er?«

»Larry.«

»Zum Henker mit Larry!« schrie die Alte. »Larry gehört zu uns. Er hat dir nichts mehr zu sagen. Wir haben Larry großgezogen, nicht du. Merk dir das. Aber noch ist nicht alles zu spät«, hechelte die Alte. »Er wird bestimmt herkommen und den Oberinspektor mitbringen, dann kannst du das vollenden, was du vorhin nicht getan hast. Und da«, Lydia zeigte auf die beiden Gefangenen, »da liegen deine nächsten Opfer. Auch sie müssen sterben. Sie wissen zuviel. Sie wollten unsere Kreise stören.«

Der Sensenmann lachte hohl. »Ja«, sagte er. »Ich werde sie umbringen.« Der Tod trat einen Schritt vor, und Inspektor Talbot spürte, wie ihm der Angstschweiß aus allen Poren brach. Auch Janet Sturgess zitterte am gesamten Leib. Sie hatte nicht einmal mehr die Kraft, zu schreien.

»Noch habt ihr eine Galgenfrist«, sagte der Tod mit dumpfer Stimme, »denn auch meine Kräfte sind nicht unbegrenzt. Ich muß sie immer wieder erneuern.«

Und dann geschah etwas Seltsames.

Die Gestalt des Todes schrumpfte plötzlich zusammen, wurde immer kleiner und durchsichtiger, bis sie nur noch ein Schemen war, der durch die Luft tanzte und in dem offenstehenden Mund der Mumie verschwand.

Inspektor Talbot kam aus dem Staunen nicht mehr heraus. Er hatte einmal ein Foto gesehen, auf dem ein Medium abgebildet war und aus dessen Mund eine Plasmawolke quoll. Genauso war es hier gewesen, nur in umgekehrter Reihenfolge.

Lydia Bradford lachte, als sie das zum Teil ungläubige und entsetzte Gesicht des Polizisten sah.

»Es ist unbegreiflich, nicht wahr, Inspektor?«

Talbot gab keine Antwort. Er hätte sowieso keine vernünftige Erklärung gefunden und mußte sich eben mit den Tatsachen abfinden.

Plötzlich ertönte Emily Bradfords schrilles Organ. »Lydia«, rief sie. »Komm nach oben. Larry ist wieder zurück.«

Lydia rannte aus dem Verlies. »Ist er allein?« schrie sie zurück.

»Ja.«

»Gut, ich warte hier.«

In der selben Sekunde schrillte auch schon die Türklingel . . .

Erschöpft lehnte sich Larry Harker gegen die Haustür. Die letzten zweihundert Yard war er gelaufen. Sein Atem flog, und Larry war in Schweiß gebadet.

Der junge Mann war zwar erschöpft, aber nicht willenlos. Larry war bereit zu kämpfen – auch gegen seine Tanten, die ihn erzogen hatten. Larry wollte endlich das Geheimnis seiner Herkunft lüften. Bisher hatten ihm die Tanten immer nur auf diesbezügliche Fragen erwidert, sie hätten ihn aus dem Waisenhaus geholt. Mehr nicht. Kein Wort über die Eltern.

Larry gönnte sich eine Minute Ruhe und wartete ab, bis sein Atem wieder normal ging.

In der kleinen Seitenstraße war es ruhig. Hier fuhr kaum ein Auto hindurch, und die einzelnen Häuser wirkten hinter den Vorgärten wie Schutzburgen.

Larry hatte keinen Schlüssel bei sich.

Er schellte.

Sekunden später riß Emily Bradford die Haustür auf. »Aber Larry«, sagte sie und preßte ihre Hand auf die Brust. »Wie siehst du denn aus?«

»Das ist egal«, erwiderte Larry. »Laß mich rein.« Als Emily zögerte, schob er sie kurzerhand zur Seite. »Wo ist deine Schwester?«

Larry hatte bewußt nicht Tante Lydia gesagt. Für ihn war dieser Name gestorben.

»Sie ist . . . sie ist . . .«

»Im Keller?«

Emily nickte.

»Dann führ mich hin.«

»Aber ich . . .«

»Los, mach schon, verdammt.«

Larry packte Emily mit beiden Händen an den Schultern. »Die Zeiten, wo ihr mich behandelt habt wie einen Säugling, sind ein für allemal vorbei. Merkt euch das.«

»Aber Larry, so kannst du doch nicht reden«, kreischte Emily. »Was ist denn plötzlich in dich gefahren?«

»Gar nichts. Ich will nur endlich wissen, woran ich bin. Ihr habt mich über zwanzig Jahre hinters Licht geführt. Und jetzt komm endlich mit in den Keller, oder muß ich dich erst hinschleifen?«

»Wie sprichst du überhaupt mit mir?« Emily Bradford wollte aufbegehren, doch Larry hielt sie eisern fest und schob sie tiefer in den Flur hinein.

Erst dicht vor der Kellertür ließ er sie los. »So, meine liebe Tante, jetzt geh mal brav voran.«

Emily Bradford versuchte es ein letztes Mal. »Larry«, sagte sie mit flehender Stimme. »Sei doch vernünftig. Noch hast du Zeit dazu. Stell dich nicht gegen uns. Geh in dein Zimmer und überlaß alles andere uns.«

Der junge Mann nickte wild. Er zog die Lippen auseinander und zeigte ein wölfisches Grinsen. »Keine Angst, liebe Emily, ich werde schon vernünftig, aber auf meine Weise.«

Emily Bradford hob die Schultern.

»Schade, Larry. Wenn du dir nicht helfen lassen willst, dann mußt du auch die Folgen ausbaden.«

»Ihr wollt mich wohl auch killen, ihr Bestien?«

Darauf gab Emily Bradford keine Antwort. Ruhig und mit festen Schritten ging sie auf die offenstehende Kellertür zu und tauchte in das Halbdunkel des langen Ganges.

Larry folgte seiner Tante auf dem Fuß.

Die Tür zu dem geheimnisvollen Verlies stand offen. Ein flackernder Lichtschein drang aus der Öffnung und erleuchtete noch einen kleinen Teil des Kellerganges.

In dem offenen Türrechteck stand Lydia Bradford. »Da seid ihr ja endlich«, rief sie den Ankömmlingen entgegen. »Emily, ich freue mich, daß du Larry doch mitgebracht hast. Ich hatte schon Angst, er würde auf sein Zimmer gehen.«

»Der und Angst?« zischte Emily. »Der tanzt aus der Reihe, Lydia, das wirst du schon noch merken.«

»Ach, rede doch keinen Unsinn. Larry ist immer noch ein lieber, braver Junge.«

Für diese Worte hatte Emily nur ein häßliches Kichern übrig.

Larry war dem Dialog der beiden Alten nicht bewußt gefolgt. Die Worte waren an seinen Ohren vorbeigerauscht. Sein Blick haftete wie ein Magnet auf Lydia Bradford. Er sah den giftgrünen, mit schrecklichen Fratzen bestickten Umhang, die strähnigen langen Haare und die rotunterlaufenen Augen. So hatte er Lydia Bradford noch nie gesehen, und ihm fielen John Sinclairs Worte ein, die ungefähr gelautet hatten: ›In dem Keller muß etwas Schreckliches, Grauenhaftes vorgegangen sein.‹ Bestimmt hatte der Oberinspektor recht. Larry versuchte, einen Blick in das Verlies zu werfen. Es gelang ihm nicht, sein Standort war zu ungünstig. Außerdem deckte seine Tante einen Teil der Öffnung mit ihrem Körper ab.

Lydia Bradford lächelte. »Was starrst du mich so an, Larry?« sagte sie und trat einen Schritt auf den jungen Mann zu. »Gefalle ich dir?« Sie versuchte, seine Hand zu greifen, doch Larry sprang zurück.

»Faß mich nur nicht an!« schrie er.

»Gut, wie du willst.«

»Ich habe es dir doch gesagt«, hetzte Emily. »Er steht nicht auf unserer Seite.«

Lydia Bradford warf Larry einen undefinierbaren Blick zu. »Das solltest du dir besser überlegen, mein Junge.«

»Nenn mich bitte nicht mein Junge!« Larrys Stimme erinnerte an das Knurren eines Wolfes.

»Gut, lassen wir das!« Lydia Bradford sprach plötzlich völlig anders. »Du wolltest immer das Geheimnis des Kellers kennenlernen. Bitte schön, du darfst das Verlies betreten.«

Die Alte machte eine einladende Geste.

Larrys Blick flackerte unsicher zwischen den beiden Tanten hin und her. Dann gab sich der junge Mann einen Ruck, atmete noch einmal tief ein und ging mit festen Schritten auf das Verlies zu.

Er hatte es kaum betreten, da blieb er geschockt stehen.

Er konnte nicht fassen, was er sah. Zuviel stürmte in diesen Sekunden auf ihn ein.

Die Mumie auf dem Stuhl glotzte ihn aus toten Augen an. Larry sah die welke Haut, und ein nie gekanntes Grauen packte ihn. Der flackernde Kerzenschein zuckte über sein Gesicht und ließ es aussehen, als wäre es in Blut getaucht.

Larry schluckte. Seine Hände hatten sich zu Fäusten geballt, und ein lautes Stöhnen drang aus seinem Mund.

»Ja, sieh nur genau hin«, sagte eine Stimme. »Es sind deine Tanten gewesen, die dieses gräßliche Spiel angefangen haben.« Inspektor Talbot hatte die Worte gesagt. Er lag noch immer gefesselt am Boden. Genau wie Janet Sturgess.

Aber der junge Mann hatte für Talbot keinen Blick. Er sah nur noch das Mädchen.

»Janet!« schrie er und warf sich neben dem Girl auf die Knie. »Himmel, was haben sie mit dir gemacht?«

Larry nahm ihren Kopf in beide Hände und blickte in ihre Augen, die ihn flehend ansahen. »Hol uns hier raus, Larry«, sagte das Mädchen mit schwacher, kaum zu verstehender Stimme. »Ich – ich kann nicht mehr. Du mußt uns helfen.«

»Warte, gleich. Ich nehme dir die Fesseln ab.«

Larry wollte Janet auf den Bauch drehen, um an ihre auf dem Rücken gefesselten Handgelenke zu gelangen, doch Lydia Bradfords scharfer Ruf stoppte ihn.

»Laß die Finger von ihr!«

Langsam wandte Larry den Kopf. »Du wirst mich nicht daran hindern können, du mieses Weibsbild, du!«

Lydia Bradford begann zu lachen. »Sieh an, der Kleine wird aufsässig«, höhnte sie. »Na warte, ich werde dich schon wieder zurechtstutzen, du Waschlappen.«

Das war zuviel.

Larry Harker schnellte plötzlich hoch, wollte sich auf seine Tante stürzen, doch diesmal ließ sich Lydia Bradford nicht überraschen. Blitzschnell wich sie aus.

Larry stolperte ins Leere. Er prallte gegen einen der Vorhänge an der Wand, wirbelte herum und wollte sich wieder vorwerfen, als er plötzlich stocksteif stehenblieb.

Lydia Bradfords Hand war blitzschnell in die Tasche ihres Umhanges geglitten, und als sie wieder zum Vorschein kam, glotzte das häßliche Loch einer Pistolenmündung Larry an. Es war die Waffe, die Lydia Bradford dem Inspektor weggenommen hatte.

Larry wurde totenblaß. »Willst du mich erschießen?« fragte er schweratmend.

Lydia Bradford lächelte kalt. »Wenn es nicht anders geht – ja. Aber ich hoffe, du wirst auch so vernünftig. Ich habe dir nämlich einiges zu erzählen. Hör genau zu, damit du auch jedes einzelne Wort verstehst. Diese Mumie da«, Lydia deutete mit der freien Hand auf den einbalsamierten Körper, »ist niemand anderes als dein Vater . . .!«

Der Plan hatte geklappt. John Sinclair huschte wie ein Schatten in das Haus.

Er hatte mit Larry Harker vereinbart, daß dieser die Haustür nicht ins Schloß drücken sollte, und Larry hatte sich daran gehalten.

John hatte kaum die erste Stufe betreten, als er bereits die Stimmen hörte. Deutlich konnte er die von Larry Harker und die von Lydia Bradford unterscheiden.

Er konnte zwar nicht hören, was sie sagten, doch es war deutlich zu sehen, daß sie sich stritten.

Für einen Moment dachte John daran, ohne Rücksicht darauf, daß man ihn hätte hören können, in den Keller zu stürzen und die beiden Frauen zu überrumpeln. Doch dann ließ er den Plan wieder fallen. Noch bestand für Larry keine unmittelbare Gefahr, und John konnte sich durchaus vorstellen, daß das Gespräch der beiden auch für ihn interessant sein würde.

Vorsichtig stieg der Oberinspektor die Stufen hinunter. Das herrschende Halbdunkel schluckte seine Umrisse. Johns Rechte glitt unter das Jackett und holte die frischgeladene Pistole wieder hervor.

Jetzt hatte der Geisterjäger das Ende der Treppe erreicht. Dicht an die Wand gepreßt blieb er stehen.

Lydia Bradfords Stimme war lauter geworden, sie klang triumphierend und siegessicher.

Und was John Sinclair in den nächsten Minuten hörte, war eine der unheimlichsten und faszinierendsten Geschichten, die er je in seinem Leben vernommen hatte . . .

Larry Harker stand da, als hätte ihn der Schlag getroffen. Sekundenlang verschwamm alles vor seinen Augen. Das Verlies drehte sich in einem tosenden Wirbel. Das Blut rauschte in seinen Ohren, und tief in seinem Hirn hämmerte nur ein Gedanke:

Er ist dein Vater! Die Mumie ist dein Vater! Die Nachricht hatte Larry geschockt wie nie eine Sache zuvor in seinem Leben.

Larry Harker stöhnte auf. Er bewegte die Lippen, doch kein Laut drang aus seinem halbgeöffneten Mund.

Nur langsam ging der Anfall vorüber, und Larry konnte wieder einigermaßen klar denken.

»Damit hast du wohl nicht gerechnet, was, mein Junge?« drang Lydia Bradfords höhnische Stimme in sein Bewußtsein.

Larry schüttelte stumm den Kopf. Dann fragte er: »Warum ist er mein Vater?« Er kannte seine Stimme selbst kaum noch wieder, so rauh und verändert klang sie. Larrys Augen blickten ins Leere, schienen auf irgendeinen imaginären Punkt in unendlicher Ferne gerichtet zu sein.

»Das wollte ich dir ja gerade erklären«, erwiderte Lydia Bradford. »Aber es ist eine ziemlich lange Geschichte, und du mußt genau zuhören. Außerdem spielt meine Schwester Emily eine große Rolle dabei. Aber ich werde für sie mitreden.«

»Ja, tu das, Lydia«, schnappte Emily.

Larry biß sich auf die Lippen. »Fang endlich an!«

»Nun gut. Es war vor ungefähr zwanzig Jahren. Wie du weißt, haben deine Tante Emily und ich immer allein gelebt. Unsere Eltern sind früh gestorben, und wir mußten schon in der Jugend lernen, uns durchs Leben zu schlagen. Da war für Männerbekanntschaften kein Platz. Außerdem hatten wir geschworen, nie auseinanderzugehen. Wir hatten ein Hobby. Und das war Okkultismus und Spiritismus. Wir gehörten geheimen magischen Zirkeln an und einer Teufelssekte. Doch die meisten waren Scharlatane und wollten nur unser Geld.«

»Und was hat das alles mit mir und meinem . . .«, Larry stockte, ». . . meinem Vater zu tun?«

»Warte ab, mein Junge. Eines Tages lernten wir Henry De Camp kennen. Er war ein faszinierender Mensch. Obwohl wir beide viel älter waren als er, hat uns doch das Feuer der Liebe überrannt. Wir wollten Henry besitzen. Aber das konnte nur eine von uns. Wir haben Tage und Nächte über dieses Problem gesprochen und sind doch nie zu einer Lösung gekommen. Dabei haben wir in unserem blinden Liebeseifer nicht bemerkt, daß Henry nur mit uns spielte. Er hatte noch andere Frauen nebenbei. Zufällig habe ich ihn mal in London gesehen. Doch dann beschlossen wir, uns zu rächen. Henry sollte von der Bildfläche verschwinden, uns aber gleichzeitig für immer gehören. Ein schwieriges Problem, das gebe ich zu. Andererseits hatten unsere magischen Forschungen aber auch Fortschritte gemacht, und wie es der Zufall wollte, brauchten wir für unsere Beschwörungen eine Leiche. Was lag näher, als an Henry zu denken?«

»Ihr habt ihn umgebracht?« preßte Larry zwischen zusammengebissenen Zähnen hervor. Die Abgebrühtheit, mit der Lydia Bradford über einen eiskalten Mord sprach, erschreckte ihn zutiefst.

»Immer der Reihe nach, mein lieber Larry«, sagte die Alte. »Wie gesagt, Henry mußte sterben. Wir haben ihn in dieses Verlies gelockt. Er ahnte natürlich von nichts und dachte an einen Spaß. Das wurde es auch. Allerdings für uns. Sogar ein Mordsspaß. Ich habe Henry getötet, mit einem Messer. Ich habe ihn . . .«

»Hör auf!« schrie Larry. »Verdammt, hör auf!« Trotz der drohend auf ihn gerichteten Pistole wollte er sich auf Lydia Bradford stürzen. Doch die Alte war auf der Hut. Sie sprang zur Seite und drosch Larry den Pistolenlauf ins Gesicht.

Larrys Angriff wurde gestoppt. Haut platzte an seiner Wange. Ein roter Blutfaden lief bis zum Hals und versickerte im Kragen seines Pullovers.

»Wenn du das noch einmal machst, schieße ich!« drohte die Alte. »Hör mir lieber zu. Die Geschichte ist noch längst nicht zu Ende.«

»All right, erzähle weiter.« Larry hatte sein Taschentuch hervorgeholt und preßte es auf die Wunde.

»Henry war also tot«, sagte Lydia. »Aber er konnte uns auch noch als Leiche auf Jahre hinaus dienlich sein. Wir haben die Kunst des Einbalsamierens nicht nur gelernt, sondern noch vervollkommnet. Wir haben es geschafft, den Körper so einzubalsamieren, daß er auch in einem nicht hermetisch abgeschlossenen Raum existieren konnte. Natürlich hat uns die Schwarze Magie dabei geholfen, und – was noch sehr wichtig war – die Geister hatten jetzt einen Gastkörper. Der Sensenmann selbst war es, der sich dessen bediente. Er kam auf die Erde und hat schon oft blutige Ernte gehalten. Viele haben ihn schon gesehen, wenn er nachts über das Land ging und seine Opfer holte. Doch die meisten hielten die Bilder für Einbildungen. Nur wir wußten es besser. Aber zurück zu dir, Larry. Eines Tages lasen wir eine Anzeige in der Zeitung, in der eine Frau einen gewissen Henry De Camp suchte. Wir wurden natürlich sofort mißtrauisch, setzten uns mit der Frau in Verbindung, und es kam auch zu einem Treffen. Und dann erfuhren wir die Wahrheit. Die Frau hatte von Henry ein Kind! Es war deine Mutter, Larry!«

Die letzten Worte waren haßerfüllt, und Lydia Bradford schleuderte sie Larry nur so entgegen.

»Ihr habt also meine Mutter gekannt«, sagte Larry.

»Ja, gut sogar.«

»Und was habt ihr mit ihr angestellt?«

»Kannst du dir das nicht denken, Larry?« Lydia Bradford sprach mit dem jungen Mann wie ein Lehrer mit einem sechsjährigen Schüler.

»Ihr – ihr habt sie also auch umgebracht?«

»Das lag doch wohl auf der Hand.«

»Oh, ihr verfluchten Bestien. Ihr . . . ihr . . .« Larry fehlten die Worte. Er erstickte fast an seinem Haß auf die beiden teuflischen Schwestern.

»Beruhige dich. Du wolltest die Geschichte doch zu Ende hören. Wie gesagt, diese Frau war deine Mutter. Aber sie taugte nichts. Sie war eine billige Barhure, und dich hatte sie einem Waisenhaus übergeben. Weshalb sie Henry suchte, hat sie uns nie gesagt. Wahrscheinlich waren wir ihr nicht geheuer. Aber sie hatte doch so viel Vertrauen zu uns gehabt, daß sie uns in diesem Haus besuchte. Wir haben sie dann vergiftet und sie bei Nacht und Nebel im Garten vergraben.«

»Wenn du willst, kannst du dir die Stelle sogar noch ansehen, Larry«, mischte sich Emily Bradford ein.

Der junge Mann schluckte. »Seid ihr überhaupt noch Menschen?«, flüsterte er. »Haben nicht Tiere mehr Gefühl und Barmherzigkeit als ihr?«

»Das mußt du uns gerade sagen«, fuhr Lydia ihm in die Parade. »Wer hat dich denn aus dem Waisenhaus geholt? Wir doch – oder?«

»Hättet ihr mich mal dort gelassen!«

»Ach, auch noch undankbar, der Junge. Das haben wir gern. Aber anscheinend ähnelst du sehr deiner Mutter. Wir haben dich doch hier zu dem gemacht, was du bist. Wir haben dich erzogen und dafür gesorgt, daß es dir an nichts fehlt.«

»Ja«, sagte Larry verächtlich. »Das habt ihr wahrhaftig. Ich durfte nie etwas allein tun. Ihr habt mir vorgeschrieben, mit wem ich verkehren soll. Ihr habt mich verhätschelt und verpäppelt, und hinterher wolltet ihr mir sogar noch einreden, ich wäre nicht ganz richtig im Kopf. Oh, dafür bedanke ich mich vielmals.«

»Warum regst du dich überhaupt so auf? Du mußt auch uns verstehen.«

Larry lachte hart. »Das ist doch der größte Hohn. Eine dreckige Mörderin bittet um Verständnis. Ausgerechnet den Mann, dessen Eltern sie umgebracht hat. Nein, tut mir leid, aber das kann ich beim besten Willen nicht verstehen.« Larry Harker spuckte plötzlich aus. »Damit du siehst, was ich von dir halte.«

»Das ist mir bereits klargeworden«, sagte Lydia Bradford. »Ich weiß, daß du nicht mehr zu uns gehörst. Und du wirst das gleiche Schicksal erleiden wie deine Eltern. Aber ich wollte dir noch etwas sagen. Du hast gefragt, warum wir dich großgezogen haben. Darauf gibt es eine ganz simple Antwort. Wir beiden hatten Henry nie vergessen. Und wir wollten immer etwas bei uns haben, was von ihm war. Und das warst nun mal du, Larry. Wir haben dir den Namen deiner Mutter gegeben. Harker hieß sie. Den Vornamen habe ich allerdings vergessen, er ist auch nicht wichtig.«

»Genügte euch denn nicht die Mumie?« fragte Larry tonlos.

»Nein.«

»Und was ist mit diesem Sensenmann? Was hat er mit allem zu tun?«

Lydia hob die Schultern. »Das ist ein Rätsel der Schwarzen Magie. Wie ich schon erwähnte, wir haben viele Beschwörungen gebraucht, um den Tod aus den Dimensionen des Schreckens zu holen. Aber denke nicht, daß er nur einfach ein Schattenwesen ist.

Nein, in ihm steckt der Geist deines Vaters. Der Geist, der in den Tiefen der Unendlichkeit umherirrte und sich erst durch die magische Beschwörung mit dem Sensenmann vereint hat.«

»Deshalb hat er mich also verschont«, sagte Larry krächzend.

»Genau. Es muß noch ein Funken Gefühl in ihm gesteckt haben. Aber weshalb er diesen Sinclair nicht getötet hat, das weiß ich auch nicht.«

»Darauf kann ich dir aber eine Antwort geben«, erwiderte Larry. »Ich habe den Sensenmann darum gebeten. Ich habe ihn angefleht, und er hat den Oberinspektor verschont.«

»Das ist also des Rätsels Lösung«, sagte die Alte. »Na ja, es ist aber nicht mehr so wichtig. Sinclair bekommen wir auch noch. Wir werden diesen gesamten Keller verhexen, wie man so schön sagt. Jeder, der ihn betritt und ihn hinterher lebend wieder verläßt, hat vergessen, was er gesehen hat. Aber das habe ich Inspektor Talbot schon erzählt. Ich will mich nicht wiederholen.«

»Das ist auch gar nicht nötig«, meldete sich Talbot. »Was Sie eben von sich gegeben haben, Miss Bradford, waren zwei hundertprozentige Mordgeständnisse. Und der Mord an Milly Day, dem armen Geschöpf, kommt noch hinzu.«

»Armes Geschöpf, sagen Sie? Machen Sie sich nicht lächerlich, Inspektor. Milly Day ist ein durchtriebenes Luder, wie all die Weibsbilder in dieser Schule. Die eine ist genauso schlecht wie die andere. Schauen Sie sich nur diese Schlampe an. Sie wollte sich an Larry heranmachen. Ha, da ist sie aber an den Falschen geraten.«

»Wissen Sie, was ich glaube, Miss Bradford?« sagte der Inspektor.

»Bitte, reden Sie.«

»Sie sind wahnsinnig, nicht mit normalen Maßstäben zu messen. Ihre Eifersucht ist schon krankhaft. Sind Sie eine . . .«

»Bitte, schweigen Sie«, flüsterte Janet Sturgess. »Vielleicht lassen sie uns dann am Leben.«

»Die? Niemals.«

»Da hat der Inspektor recht, Miss Sturgess. Ich habe noch nie jemanden mit einer Pistole getötet. Heute probiere ich es an Ihnen aus. Sie werden diesen Keller nicht lebend verlassen.«

»Dann mußt du mich erst töten, Tante Lydia«, sagte Larry Harker, tat zwei schnelle Schritte und stand so zwischen Lydia Bradford und Janet Sturgess.

Die Alte lachte und schwenkte den Waffenarm herum. Die Pistolenmündung zeigte jetzt auf Inspektor Talbot. »Willst du ihn auch schützen, Larry? Paß genau auf, ich gebe dem Bullen noch drei Sekunden, dann schieße ich.«

Larry Harkers Blicke irrten zwischen dem Inspektor und seiner Tante hin und her. Im Hintergrund stand Emily Bradford und kicherte vor teuflischer Freude.

»Eins!«

Larry schloß die Augen. Mein Gott, dachte er, warum kommt denn dieser Sinclair nicht. Warum nicht?

»Zwei!«

»Nun, Larry? Immer noch so mutig?« hetzte Emily den jungen Mann auf.

»Drei!«

Larry stand wie festgeklebt. Er sah die aufgerissenen Augen des Inspektors, in denen sich die Angst spiegelte. Unendlich langsam krümmte sich Lydia Bradfords Zeigefinger.

Aus! dachte Larry. Aus!

Und dann peitschte der Schuß!

In das Echo des Schusses mischte sich Lydia Bradfords gellender Wutschrei.

Die Kugel hatte ihr die Pistole aus der Hand gefegt. Sie war gegen die Wand geprallt, zu Boden gefallen und neben Inspektor Talbot liegengeblieben.

Der Beamte erfaßte die Situation blitzschnell und rollte sich auf das Schießeisen.

»Ich glaube, jetzt drehen wir den Spieß einmal um«, sagte eine metallen klingende Stimme.

John Sinclair stand im Türrechteck. Er hatte sich unbemerkt herangeschlichen und hielt in der rechten Hand seine Beretta. Er schwenkte die Waffe hin und her, so daß er sowohl Lydia als auch Emily Bradford immer wieder vor der Mündung hatte.

In Lydia Bradfords Augen stand der blanke Haß. Hätten Blicke getötet, so wäre John Sinclair nicht mehr am Leben gewesen. Es war für die Frau glasklar, daß der Geisterjäger ihre höllischen Pläne durchkreuzt hatte. Jahrelange Arbeit und Mühe waren umsonst gewesen. Und John Sinclair war nicht der Typ, mit dem man sich arrangieren konnte.

Aber kampflos wollte Lydia Bradford das Feld nicht räumen. Wenn sie es selbst schon nicht schaffen konnte, dann mußte ihr wenigstens die Schwarze Magie beistehen.

Emily Bradford war vor Schreck wie erstarrt. Ihr Mund stand halb offen, und mit stierem Blick sah sie die Pistole in Johns Rechter an.

Larry Harker war ein Stein vom Herzen gefallen. »Endlich«, murmelte der junge Mann. »Ich hatte schon Angst, Sir, Sie würden nicht mehr rechtzeitig auftauchen. Mein Gott, was ich in den letzten Minuten ausgestanden habe, das glaubt mir kein Mensch.«

John lächelte ihm und auch den beiden gefesselten Gefangenen beruhigend zu.

Sogar Talbot konnte wieder grinsen, während Janet Sturgess vor Erleichterung weinte.

»Und was haben Sie nun vor, Herr Oberinspektor?« fragte Lydia Bradford lauernd.

»Ich werde Sie verhaften und Sie einem Gericht übergeben«, erwiderte John. »Die Anklage lautet auf Mord. Ihr Geständnis war ja bühnenreif. Und verjährt sind die Taten auch nicht.«

»Glauben Sie denn, das ginge so einfach!« zischte die alte Hexe. »Nein, mein Lieber, dieser Keller steht unter dem Einfluß der Schwarzen Magie. So leicht werden wir es Ihnen nicht machen, auch wenn Sie der berühmte Geisterjäger Sinclair sind.«

Lydia Bradford hatte die Worte kaum ausgesprochen, als sie zwei schnelle Schritte zur Seite tat.

»Bleiben Sie stehen!« schrie John.

Die Frau kümmerte sich nicht darum, sondern packte die Hand der Mumie.

»Sie schießen ja doch nicht, Sinclair!« kreischte Lydia. »Nicht auf eine Wehrlose.«

John wußte, daß die Gefahr plötzlich übergroß wurde. Von einem Augenblick zum andern veränderte sich die Atmosphäre in dem Verlies. Ein schauriges Heulen jagte durch die Luft, und John, der sich auf Lydia Bradford werfen wollte, wurde wie von einer unsichtbaren Wand gestoppt.

Janet Sturgess begann zu schreien.

»Bring das Mädchen weg, Larry!« brüllte John gegen das Heulen an.

Dann mußte er sich um Emily kümmern. Sie hing plötzlich an seinem Waffenarm, kreischte und schrie wie eine Furie.

John schlug mit der flachen Hand zu, doch er konnte Emily Bradford nicht abschütteln. Mit den Zähnen hackte sie nach Johns Handgelenk.

Aus den Augenwinkeln sah der Oberinspektor, wie aus dem Mund der Mumie eine Plasmawolke quoll, auseinanderfächerte und die Konturen einer Gestalt annahm.

Lydia Bradford hatte durch ihre Berührung den Sensenmann materialisiert!

Endlich gelang es John, Emily Bradford abzuschütteln. Sie fiel gegen einen Kerzenständer. Der schwere Leuchter bekam das Übergewicht, neigte sich zu Boden, und innerhalb von Sekundenbruchteilen leckte die Flamme über Emily Bradfords Körper und setzte die Kleidung in Brand.

Die Frau schrie wie am Spieß!

John hatte keine Zeit, sich um sie zu kümmern. Er mußte sich dem Tod zuwenden, der seine volle Gestalt angenommen hatte und die Sense schwang.

Zum Glück hatte Larry Harker das Mädchen aus der unmittelbaren Gefahrenzone gebracht.

Nur noch Inspektor Talbot war da. Mühsam kroch er dem Ausgang entgegen.

Lydia Bradford hatte sich auf die Mumie geworfen, sie mit beiden Armen umschlungen und schrie finstere magische Beschwörungen.

Die Sense zischte John entgegen.

Der Geisterjäger warf sich zur Seite.

»Ja, töte ihn!« kreischte Lydia Bradford. »Töte ihn!«

Der Sensenmann wurde rasend. Seine Waffe fegte durch die Luft, beschrieb flirrende, glitzernde Halbkreise.

John Sinclair wurde immer weiter zurückgedrängt. Schon spürte er den Vorhang in seinem Rücken, der die Wand verbarg.

Wieder holte der Tod aus.

Eigentlich war es nur eine Frage der Zeit, wann sich John Sinclair den tödlichen Sensenhieb einfangen würde.

Im letzten Moment ließ er sich fallen.

Die Sense fegte über ihn hinweg, ratschte in den Stoff und verfing sich darin.

Atempause für John, die aber durch einen gellenden Schrei unterbrochen wurde.

Emily Bradford hatte die Flammen nicht löschen können. Und sie war zu nahe an den Vorhang geraten, der augenblicklich Feuer fing.

Der Stoff brannte wie Zunder.

Emily geriet in Panik.

»Lydia!« brüllte sie. »Lydia, hilf mir!« Mit wirbelnden Armen rannte sie auf ihre Schwester zu.

»Zurück!«

Lydias Schrei kam zu spät. Emily hatte sich in ihrer Angst bereits auf ihre Schwester geworfen.

Die Flammen fanden neue Nahrung!

Im selben Augenblick schoß John vom Boden hoch und packte in einer verzweifelten Aktion den Knochenarm des Sensenmannes.

Plötzlich hörte John hinter sich ein mörderisches Gebrüll. Er drehte sich um seine eigene Achse, wirbelte den Sensenmann mit herum, den auf einmal die Kräfte zu verlassen schienen.

Johns Augen bot sich ein Inferno!

Die Mumie und die beiden Frauen standen in hellen Flammen. Die Schwestern machten keine Anstalten, sich von dem Körper zu lösen, an dem die Feuerzungen prasselnd ihre Nahrung fanden.

Und genau wie die Mumie, so zerfiel auch der Sensenmann.

John spürte plötzlich nicht mehr den Arm zwischen seinen Fingern. Der Tod löste sich buchstäblich auf und vereinte sich mit den dicken Rauchschwaden, die durch den Keller zogen.

John keuchte und hustete.

Er sprang in das Zentrum der Flammen, wollte die Frauen noch retten, doch es war zu spät.

Es war ein erschreckender Anblick. Die beiden Zwillingsschwestern hatten den Tod gefunden, den sie selbst gesucht hatten.

Das Verlies war eine einzige Flammenhölle. John konnte nichts mehr von dem Sensenmann sehen. Er war endgültig eingegangen in die Dimensionen der Finsternis.

Dafür hörte John aber Talbots Hilferuf.

Der Inspektor hatte es gerade bis zur Tür geschafft. Dann hatten ihn die Kräfte verlassen. Er keuchte und hustete. Seine Augen tränten.

John packte den Inspektor unter den Achseln und zog ihn aus dem Keller.

Draußen auf dem Gang war die Luft besser. Jetzt merkte John auch, daß seine Kleidung schwelte. Ein paar Sekunden länger in dem Verlies, und er hätte ebenfalls in Flammen gestanden.

John Sinclair hatte keine Zeit, die Fesseln des Inspektors zu lösen. Er mußte so schnell wie möglich aus dem Keller.

Kurzentschlossen warf sich der Geisterjäger Talbot über die rechte Schulter und wankte mit seiner menschlichen Last los.

Auf halber Treppe kam ihm Larry Harker entgegen. Er packte mit an und half, den Inspektor ins Freie zu tragen. Dort legten sie ihn auf den Boden, und John schnitt mit seinem Taschenmesser die Fesseln durch.

»Was ist mit meinen Tanten?« fragte Larry. Schon am Klang seiner Stimme war zu hören, daß er mit dem Schlimmsten rechnete.

Er erhielt dann auch wenige Sekunden später von John die Bestätigung.

Larry senkte den Kopf. »Vielleicht war es für sie besser«, sagte er mit leiser Stimme. Dann wechselte er blitzschnell das Thema. »Die Feuerwehr ist übrigens alarmiert, Herr Oberinspektor.«

Das Haus konnte gerettet werden.

Während aus den Rohren noch die armdicken Wasserstrahlen schossen, standen John Sinclair, Inspektor Talbot, Janet Sturgess und Larry Harker auf der anderen Seite der Straße.

Larry hatte seinen Arm um Janets Schulter gelegt. Die Stunden der Gefahr hatten die beiden Menschen zusammengeschweißt, und John hatte das Gefühl, als würde dies ein Leben lang anhalten.

In das Haus wollte Larry nicht mehr zurück, das hatte er John bereits gesagt. Er wollte es – wenn es eben ging – verkaufen und mit dem Geld einen Teil seines Musikstudiums finanzieren.

»Und was machen Sie jetzt, John?« fragte Inspektor Talbot.

»Ich werde nach London fahren.«

»Aber nicht in dieser Nacht.«

»Wieso? Haben Sie noch etwas Bestimmtes vor?«

»So kann man es auch nennen. Ich bin ja praktisch von den

Toten auferstanden. Und so etwas müßte eigentlich gefeiert werden. Wir fahren zu mir nach Hause. Ich habe dort noch einen phantastischen Whisky für besondere Anlässe. Und daß dies ein besonderer Anlaß ist, darüber gibt es wohl keine Diskussion.«

»Der Meinung bin ich allerdings auch«, sagte John Sinclair.

Einige Minuten später saßen sie bereits in Johns Bentley, den der Geisterjäger etwas abseits des Hauses geparkt hatte.

Zwei junge Menschen sahen den Männern nach. »Wenn John Sinclair nicht gewesen wäre . . .«, murmelte Larry Harker gedankenverloren.

Janet Sturgess schmiegte sich an ihn. »Komm, Larry, laß uns davon nicht mehr reden. Für uns gibt es nur noch die Zukunft, keine Vergangenheit mehr.«

»Ja«, sagte Larry, »die Vergangenheit ist mit den Flammen endgültig ausgelöscht worden . . .«

ENDE

Irrfahrt
ins Jenseits

TT 93

Mike O'Shea stützte seine schwieligen Hände auf das schmale Fensterbrett. Mit leerem Blick starrte er durch die Scheibe nach draußen, wo zwischen den Häusern die Dunkelheit lastete.

O'Shea seufzte schwer. Der Atem traf auf die Scheibe, und sie beschlug.

In dem kleinen Zimmer war es bullig warm. Die Platte des alten Kanonenofens glühte, und trotzdem jagte Mike O'Shea ein kaltes Frösteln den Rücken hinab.

Von der nahen Kirchturmuhr schlug es zwölfmal.

Mitternacht, Geisterstunde . . .

Hinter O'Shea wurde ein Stuhl gerückt. Mary O'Shea, die bisher ruhig am Tisch gesessen hatte, stand auf. Sie ging zu ihrem Mann, blieb hinter ihm stehen und legte ihm beide Hände auf die Schultern.

»Warum quälst du dich so, Mike?« fragte sie mit leiser Stimme. »Komm, laß uns ins Bett gehen, du kannst nichts dagegen tun. Sie werden uns schon nicht holen.«

»O nein!« Starrsinnig schüttelte Mike O'Shea den Kopf. »So leicht werde ich es ihnen nicht machen. Ich will dir mal was sagen, Mary. Ich bin Ire und dazu noch ein verdammter Dickschädel. Ich lasse mich von niemandem terrorisieren. Auch nicht vom Teufel.«

»Aber der Satan ist stärker.«

O'Shea lachte bitter auf. »Das werden wir mal sehen.« Ruckartig wandte er sich um. Mary O'Shea sah in das kantige, wetterge-gerbte Gesicht ihres Mannes mit den tief eingegrabenen Sorgenfal-ten und den blauen, hellwachen Augen, in denen die Kampfeslust schimmerte. Mikes Haar war brandrot und kaum zu zähmen. O'Shea war überdurchschnittlich groß, und unter seinem karierten Hemd spannten sich die Muskeln. Er war ein Kämpfer und hatte noch nie in seinem Leben aufgegeben.

Mike O'Shea wandte sich um und nahm seine Frau in die Arme. »Mary«, sagte er leise, »wir können uns nicht mehr ducken. Hier in diesem Ort geschehen Dinge, wie sie im Mittelalter passiert sind. Und die Menschen nehmen alles hin. Sollen wir warten, bis sie das Dorf ausgerottet haben? Fünf Einwohner sind schon verschwunden. Und immer, wenn diese teuflische Kutsche kam. Ich werde mich dagegen auflehnen, und ich tue es nicht nur für mich, sondern auch für die anderen.«

Mary O'Shea nickte. »Ich weiß es ja, Mike. Aber wenn dir etwas passiert?«

»Dann weißt du, was du zu tun hast. Ich habe dir alles aufgeschrieben und den Brief versiegelt. Du brauchst ihn nur noch abzuschicken.« Mike O'Shea lächelte plötzlich. »Aber soweit wird es wohl kaum kommen, schätze ich.«

Mary hob den Kopf und blickte ihren Mann an. Tränen schimmerten in ihren Augen. Die Finger der Frau strichen über Mikes Wangen. Mary O'Shea spürte, daß es ein Abschied werden würde.

Ein Abschied für immer . . .

Mary war eine zarte Frau. Sie reichte ihrem Mann kaum bis zu den Schultern. Das Leben hatte seine Spuren in ihrem Gesicht hinterlassen. Trotz ihrer fünfunddreißig Jahre wirkte Mary O'Shea wie eine Fünfzigjährige. Sie hatte es nie leicht gehabt, und doch war für sie die Zeit mit Mike eine Erfüllung gewesen.

O'Shea räusperte sich. Dann sagte er: »Ich sehe noch mal nach den Kindern.«

Mary nickte stumm.

O'Shea strich seiner Frau über das schon graue Haar und verließ das Zimmer. Eine schmale Holztreppe führte in die obere Etage des Hauses. Hier lagen die Schlafräume. In einem schliefen Pat und Edna, die beiden Kinder.

Leise öffnete Mike die Tür.

Er hörte das regelmäßige Atmen der beiden und trat an das große Doppelbett.

Pat war sieben und ein richtiger Lausejunge. Er hatte das Naturell seines Vaters geerbt, während Edna mehr ihrer Mutter ähnelte.

Mike O'Shea strich den Kindern über das Haar und murmelte ein Gebet. Pat und Edna rührten sich nicht. Auf ihren Gesichtern lag ein glückliches Lächeln.

Minutenlang stand Mike vor dem Bett. Dann wandte er sich ab und verließ mit leisen Schritten den Raum. Behutsam schloß er die Tür hinter sich.

Mary wartete unten an der Treppe. Fragend blickte sie ihren Mann an.

Mike O'Shea nickte. »Sie schlafen«, sagte er.

Mary unternahm einen letzten Versuch. »Willst du es dir nicht noch einmal überlegen, Mike? Warte doch ab und sprich erst mit der Polizei. Warum soll ich den Brief abschicken, wenn du keinen Erfolg hast? Warte doch, bis jemand kommt.«

»Nein, Mary!« Mike schüttelte stur den Kopf. »Wir haben lange darüber geredet, und du weißt, daß ich nicht anders handeln kann. Ich werde mit diesem Spuk aufräumen. Gib mir mein Gewehr!«

»Ja, Mike.« Die Frau hatte resigniert.

Mary O'Shea schloß einen klobigen Schrank auf. Versteckt hinter einem Kittel stand die Schrotflinte. Mike O'Shea hatte die doppelläufige Waffe von seinem Vater geerbt und sie in den Jahren immer gut in Schuß gehalten. Er hatte sie gepflegt wie ein Soldat, und immer war sie geladen.

O'Shea packte die schwere Flinte, als wäre sie leicht wie ein Streichholz. Dann ging er mit schweren Schritten zur Tür. Er nahm die gefütterte Jacke vom Haken und schlüpfte hinein.

Mike O'Shea zog die Tür auf. Ein kalter Wind fegte in das kleine Haus.

»Leb wohl, Mike«, sagte Mary O'Shea mit tränenerstickter Stimme. »Leb wohl.«

Mike versuchte zu lächeln, doch es verunglückte. »Bis später dann«, sagte er, und plötzlich glaubte er selbst nicht an die Worte. Er ließ sich jedoch nichts anmerken, sondern trat auf die Straße. Gebeugt und leicht gegen den Wind gestemmt, stapfte er mit schweren Schritten über die Fahrbahn dem Ausgang des kleinen Dorfes zu.

Mary O'Shea schloß die Tür. Und dann war es aus mit ihrer Beherrschung. Sie rannte zurück in die kleine Wohnstube und fiel schluchzend auf das Sofa.

Der Wind schnitt wie mit tausend kleinen Messern in Mike O'Sheas Gesicht. Hier im Norden von Schottland war der Februar noch einer der kältesten Monate im Jahr. Auf den Bergen lag der Schnee wie eine dicke Puderschicht und reflektierte das kalte Mondlicht.

Mike O'Shea fühlte sich wie der einsamste Mensch auf der Welt. Der Boden war gefroren, die tiefen Fahrrillen, die die Reifen der Traktoren und Wagen auf der Fahrbahn hinterlassen hatten, hart wie Stahl. In den Rillen knackte das Eis, wenn Mike O'Shea mit seinen schweren Stiefeln darauftrat.

Die Schrotflinte hielt der einsame Mann in der rechten Hand. Die Fassaden der einfachen Steinhäuser kamen ihm drohend und abweisend vor, und Mike wußte, daß in den Häusern Menschen wohnten, die Angst hatten.

Angst vor den Mächten des Bösen!

Die Bewohner hier in Schottland hatte der Aberglaube geprägt. Geister und Dämonen waren Gestalten, mit denen man leben mußte und die immer wieder in das tägliche Leben eingriffen. Das wußte auch Mike O'Shea, aber er gehörte zu den wenigen, die sich nicht damit abfinden konnten. Er hatte den bösen Mächten den Kampf angesagt.

Mike hatte das Ende des Dorfes erreicht. Linker Hand sah er die halbhohe Mauer des Friedhofes. Mike warf einen scheuen Blick zu dem Gottesacker hinüber. Gespenstisch leuchteten die Grabsteine im Mondlicht. Trauerweiden und Erlen beugten ihre Zweige fast bis zum Boden, und auf einem der Gräber flackerte ein einsames Windlicht.

Mike O'Shea dachte an die Teufelskutsche. Würde sie in dieser Nacht kommen?

Er hoffte es, denn er wollte das grauenvolle Geheimnis lösen, das diese Kutsche umgab.

Jeder wußte, daß sie von Rock Castle kam, der geheimnisumwitterten, verfluchten Burg. Sie kam in den Vollmondnächten, jagte durch das Dorf und hielt vor irgendeinem Haus. Eine unbekannte Macht trieb die Bewohner des Hauses dann nach draußen, und einer von ihnen mußte zu ihr in die Kutsche steigen.

Freiwillig.

Die Kutsche jagte dann wieder zur Burg. Was mit dem Unglücklichen geschah, der mitgefahren war, das wußte niemand.

Zwei pechschwarze Pferde zogen die Kutsche, und auf dem Bock saß eine Gestalt, die in eine graue Kutte gehüllt war. Zwei Totenköpfe prangten auf den Türen der lackschwarzen Kutsche.

Das Zeichen des Sensenmanns . . .

Mike O'Shea atmete schwer, als er an die Kutsche dachte. Er würde heute auch freiwillig einsteigen und mit in das Schloß fahren, um das Geheimnis der Teufelskutsche endgültig zu lüften.

Mike war stehengeblieben. Hinter einem knorrigen Baum hatte

714

er Deckung gefunden. Hier wollte er die Ankunft der Kutsche abwarten.

O'Shea fror. Es war nicht nur das kalte Wetter, das ihn schaudern ließ, sondern auch die Angst vor der Zukunft. Für einen Augenblick kam ihm der Gedanke, einfach wegzulaufen, doch dann schüttelte O'Shea den Kopf.

Nein, er hatte etwas angefangen und würde es auch zu Ende bringen. Egal wie.

Plötzlich spannte sich die Haltung des Mannes.

Mike O'Shea hatte ein Geräusch vernommen.

Es war das Klappern von Hufen auf dem gefrorenen Boden und das harte Rollen der Räder.

Die Teufelskutsche kam!

Jetzt gab es für Mike O'Shea kein Zurück mehr.

Er verließ die Deckung des Baumes und stellte sich mitten auf den Weg. Die Schrotflinte hielt er mit beiden Händen umklammert, der Kolben lag in seiner Armbeuge.

Mikes Augen hatten sich zu schmalen Schlitzen verengt. Vor ihm wand sich der Weg in Serpentinen in die Höhe. Er führte geradewegs zur Burg. Wie ein Band zog er sich durch die felsige Landschaft, die von dem fahlen Mondlicht wie mit einem Schleier übergossen wurde.

Noch war die Kutsche nicht zu sehen. Noch wurde sie von den Felsen verdeckt.

Mike hatte das Gefühl, der Boden unter seinen Füßen würde vibrieren.

Die Geräusche wurden lauter und dann donnerte die Kutsche um die letzte Kehre.

Es war ein unheimliches Bild.

Die Räder schienen kaum den Boden zu berühren. Die vermummte Gestalt saß auf dem Bock und schwang eine Peitsche, deren Leder über die Köpfe der Pferde pfiff. Flammen stießen aus den Nüstern der Pferde, und das Gefühl der Angst wurde in Mike O'Shea übermächtig.

Ein teuflisches Gelächter drang an seine Ohren. Noch einmal knallte die Peitsche des Unheimlichen.

Riesengroß wuchsen die Rappen vor Mike O'Shea hoch. Der Ire riß in einer instinktiven Abwehrbewegung den linken Arm vors Gesicht.

Jetzt werden sie dich überrennen, schoß es ihm durch den Kopf. Doch O'Shea täuschte sich.

Der Unheimliche auf dem Kutschbock zerrte an den Zügeln. Auf der Hinterhand stiegen die Tiere in die Höhe, ein trompetenhaftes Wiehern jagte durch die Nacht, und dann standen die Pferde still.

Eine Armlänge nur von Mike O'Shea entfernt.

Die schwere Waffe in der Hand des Mannes zitterte. Der Herzschlag hämmerte gegen Mikes Rippen.

Sekundenlang geschah nichts. Dann schwang sich der Unheimliche vom Bock der Kutsche. Der Wind spielte mit seiner grauen Kutte. Vergeblich versuchte Mike das Gesicht unter der Kapuze zu erkennen.

Es war nicht vorhanden.

Mike O'Shea hatte einen Gesichtslosen, einen Geist, einen Dämon vor sich. Der Unheimliche hielt nach wie vor seine Peitsche in der Hand. Neben einem der Pferde blieb er stehen.

»Was willst du?« Die Stimme des Gesichtslosen hallte durch die Nacht.

Mike O'Shea packte das Gewehr fester. »Ich werde heute mit dir fahren«, sagte er.

Der Kuttenmann begann zu lachen. »Freiwillig?«

»Ja.«

»Warum hast du das Gewehr mitgebracht?«

Die Frage kam überraschend, und Mike O'Shea fiel so schnell keine Antwort ein.

»Willst du uns damit besiegen?«

Unwillkürlich nickte O'Shea.

»Du Narr! Du Tölpel!« Wieder begann der Gesichtslose zu lachen. »Weißt du denn nicht, daß Geister gegen solche Waffen immun sind? Wie kann man nur so dumm sein! Aber gut, du sollst deinen Willen haben. Ich werde dich mit ins Schloß nehmen. Du mußt dir jedoch darüber im klaren sein: ein Zurück gibt es nicht.«

Mike O'Shea nickte.

Er wollte noch etwas sagen, doch er brachte keinen Ton hervor. Es war alles ganz anders, als er es sich ausgemalt hatte. Mike hatte vorgehabt zu schießen. Aber jetzt war er dabei, den Befehlen des Gesichtslosen zu folgen. Er würde mit auf das Schloß fahren und dort . . .

»Steig ein! Ich habe nicht viel Zeit!« Die Stimme des Unheimlichen unterbrach seine Gedanken.

Mike O'Shea trat auf die Kutsche zu. Der Unheimliche lachte und öffnete ihm sogar die Tür.

O'Shea ging dicht an dem Mann vorbei. Und wieder konnte O'Shea kein Gesicht erkennen. Unter der Kapuze befand sich nur ein dunkler, verwaschener Fleck.

Mike blickte auf die Hände des Unheimlichen, die den Türgriff hielten. Sie waren normal wie bei jedem Menschen. Vielleicht etwas schmaler, klauenhafter . . .

Mike O'Shea bestieg das Innere der Kutsche.

Er sah zwei Sitzbänke. Sie waren mit schwarzem Leder bezogen. Von derselben Farbe waren auch die Vorhänge, die die Fenster verdeckten.

Mike O'Shea nahm Platz. Die Schrotflinte legte er über seine Knie. Die Waffe erschien ihm plötzlich lächerlich, trotzdem hielt er sie fest umklammert.

Der Gesichtslose knallte die Tür zu.

Das Geräusch wirkte auf Mike O'Shea irgendwie endgültig, und er war sich bewußt, daß es jetzt kein Zurück mehr gab.

Die Pferde drehten auf dem Weg.

Und dann zogen sie an.

Mike O'Shea wurde in die Polster gepreßt. Er hörte das Knallen der Peitsche. Die Räder tanzten über den unebenen Boden, und O'Shea wurde durchgerüttelt bis in den letzten Knochen.

Der Ire zog die Vorhänge beiseite. Schemenhaft flog die Landschaft vorbei. Sich jetzt aus der Kutsche werfen zu wollen, wäre Selbstmord gewesen.

Trotzdem suchte Mike nach dem Türriegel.

Er fand keinen.

Mike O'Shea war gefangen. Überdeutlich spürte er die Angst. Er wünschte sich, daß alles nur ein Traum sein möge, doch dieser Wunsch blieb eine Illusion.

Was Mike O'Shea erlebte, war grausame, brutale Wirklichkeit. Ein seltsamer Geruch lag in der Kutsche. Mike war er schon beim Einsteigen aufgefallen, doch er dachte erst jetzt darüber nach. Es roch nach Moder, nach Verwesung . . .

O'Shea stöhnte auf. Er dachte an die Warnungen seiner Frau.

Warum nur hatte er sich auf dieses wahnsinnige Unternehmen eingelassen? Warum nur?

Die Pferde behielten die höllische Geschwindigkeit bei, und wenig später donnerten die Hufe über die Bohlen der Zugbrücke.

Die Kutsche war am Ziel!

Ein heiserer Ruf stoppte die Pferde. Sekunden später wurde die Tür aufgerissen.

»Steig aus!« befahl der Gesichtslose.

Mike O'Shea erhob sich von seiner Bank. Einladend wurde die Tür aufgehalten.

Mike sprang nach draußen.

Hohe Mauern türmten sich vor ihm auf. Mike O'Shea befand sich auf Rock Castle.

Der Unheimliche packte seinen Arm. »Komm mit«, sagte er. Seine Stimme klang scharf und drängend.

Mike O'Shea bekam kaum mit, daß er durch eine Tür in das Innere der Burg geschoben wurde. Dann ging es eine Treppe hinunter in den Keller. An den Wänden brannten Fackeln, deren Licht geisterhaft durch das unterirdische Gewölbe zuckte.

Vor einer Tür blieben sie stehen.

Der Gesichtslose schloß sie auf.

»Geh hinein«, sagte er, gab Mike einen Stoß, daß er über die Schwelle taumelte, und knallte die Tür hinter ihm zu.

Sein Lachen gellte noch sekundenlang in Mikes Ohren.

Der Ire sah sich um. Auch dieses Verlies wurde durch Fackeln erhellt. Dicke wuchtige Mauern umschlossen ihn. Sie verjüngten sich nach oben zu einer Kuppel.

Irgendwo tropfte Wasser.

Unbewußt ging Mike O'Shea ein paar Schritte vor. Und plötzlich weiteten sich seine Augen.

Genau in der Mitte des Gewölbes stand ein steinerner Sarkophag!

Er war groß, mindestens zwei Meter lang. Der Deckel war schwer und mit seltsamen Zeichen bemalt. Moos und Algen hatten im Laufe der Zeit eine grüne Kruste über dem Sarkophag gebildet.

Mikes Hände krampften sich um die Schrotflinte. Er ahnte, daß er dicht vor der Lösung des Geheimnisses dieser unheimlichen Burg stand. Vielleicht noch ein kleiner Schritt, dann . . .

Mikes Gedanken stockten.

Der Deckel des Sarkophages hatte sich bewegt. Unendlich langsam schob er sich zur Seite. Das schabende Geräusch, das entstand, als Stein über Stein kratzte, erzeugte bei Mike O'Shea eine Gänsehaut.

Aus weit aufgerissenen Augen starrte er auf den Sarkophag. Und plötzlich öffnete sich sein Mund zu einem Schrei.

Langsam schob sich aus dem Innern des Sarkophags eine knöcherne Hand . . .

Namenlose Panik hielt Mike O'Shea umklammert. Sein Verstand weigerte sich zu glauben, was seine Augen sahen.

O'Shea begann plötzlich am gesamten Körper zu zittern. Seine Zähne klapperten. Ihm wurde heiß und kalt zugleich.

Doch das Grauen war längst noch nicht vorbei. Im Gegenteil, es hatte gerade erst begonnen.

Die Hand wand sich wie eine Schlange aus dem Spalt zwischen Deckel und Sarkophag. Gekrümmte Finger wischten durch die Luft. Ein gräßliches Stöhnen zerteilte die Stille. Es schien aus den Tiefen der Hölle zu stammen.

Mike O'Shea begriff, daß er sich zuviel vorgenommen hatte. Ihm wurde in diesen schrecklichen Sekunden bewußt, daß es für ihn keinen Ausweg mehr gab.

Oder doch . . .?

Der Ire starrte auf seine Schrotflinte, die er nach wie vor in den Händen hielt. Der gesichtslose Kutscher hatte sie ihm nicht abgenommen. Er hatte hier auf der Burg nicht ein Wort über die Waffe verloren. Sie war einfach nicht zu gebrauchen. Sie war kein Werkzeug, mit dem man Geister und Dämonen zu Leibe rücken konnte. Nein, da brauchte man spezielle Waffen, und die hatte Mike O'Shea nicht. Er wußte auch gar nicht, wie er sich die hätte besorgen können.

Plötzlich schwang der schwere Deckel hoch. Für einen Augenblick lang stand er auf der Kante, dann kippte er langsam nach hinten und fiel leicht wie eine Feder zu Boden.

Wie ein Phänomen, das Mike O'Shea nicht begriff. Hier in diesem schrecklichen Verließ waren sämtliche Naturgesetze auf den Kopf gestellt worden.

Mike O'Shea atmete schwer. Magisch wurden seine Augen von der Gestalt angezogen, die in dem nun offenen Sarkophag zu sehen war.

Es war eine Ausgeburt der Hölle!

Ein giftgrünes, schrecklich anzusehendes Skelett schraubte sich aus dem Sarkophag. Strähnige weiße Haare hingen bis auf die Knochenschultern. Die Augenhöhlen waren tiefe Schächte, in denen es gelblich leuchtete, der Mund eine klaffende Höhle und die Zahnreihen lückenhaft.

Wie eine Marionette bewegte sich das Skelett. Die Augen fixierten den schreckensstarren Mike O'Shea. Ein Blick wie ein Bannstrahl traf den Iren, der zitternd einige Schritte zurückwich, bis er mit dem Rücken gegen die kalte Mauer stieß.

Das Skelett begann zu lachen. »Du entkommst mir nicht, du Elender. Lange genug habe ich auf meine Stunde gewartet. Längst haben die Menschen den Namen Kelem vergessen, doch ich werde sie wieder daran erinnern. Sieben Opfer müssen es sein. Fünf habe ich mir schon geholt, und du wirst das sechste sein.«

Das Skelett schwang das rechte knochige Bein über den Rand des Sarkophages, umrundete die steinerne Totenkiste und kam mit ausgestreckten Armen auf Mike O'Shea zu.

»Bleib stehen!« keuchte der Ire. »Bei allen Heiligen, bleib stehen!«

Das Skelett zuckte zusammen, als Mike das Wort Heiligen erwähnte, doch der Ire achtete nicht auf diese Reaktion. Statt dessen hob er die Schrotflinte. Er wollte es doch noch einmal versuchen. Kampflos würde er sich nicht ergeben.

Das Skelett begann zu lachen. Gellend und teuflisch drang das Gelächter aus seinem Mund.

»Du willst es wirklich versuchen? Du willst . . .?«

Mike O'Shea schoß.

Donnernd entlud sich der rechte Lauf der Schrotflinte. Die Rehpostenladung fauchte aus der Mündung und prasselte gegen die Knochen des Skeletts.

Wie von einer Riesenfaust wurde das unheimliche Wesen herumgestoßen, ein paar Yards weitergeschleudert und krachend gegen eine Wand gefegt.

Mike O'Shea brüllte auf. »Dich habe ich, du . . . Ich . . .« Der Ire rannte vor, wollte mit seinem Gewehr die Knochen des Skeletts zerschmettern, doch im selben Augenblick erhob sich das Gerippe vom Boden.

Mit einem Schrei fuhr O'Shea zurück.

Die Rehpostenladung hatte dem Unheimlichen nicht geschadet. Im Gegenteil, sie hatte die Wut des Gerippes angestachelt.

Ein häßliches Fauchen drang aus dem Mund. Mike O'Shea dachte gar nicht daran, auch die zweite Ladung abzufeuern, die Angst überschwemmte ihn wie eine Springflut.

Mike schrie auf, als er die stahlharten Klauen an seinem rechten Oberarm spürte. Wie eine Puppe wurde er herumgerissen. Er spürte die Kälte, die von dem Skelett ausging, und wurde starr wie ein Eisblock.

Dann legten sich die Finger um seinen Hals . . .

Zwei Tage waren vergangen, und Mike O'Shea war nicht zurückgekehrt. Mary O'Shea hatte sich während dieser Zeit nicht aus dem Haus getraut. Sie lief nur mit verweinten Augen herum und wich den bohrenden Fragen ihrer beiden Kinder aus.

Mary wußte, daß ihr Mann nicht mehr am Leben war. Er hatte sich geopfert. Für sie, für ihre Kinder und für die anderen Menschen im Dorf. Manchmal war Mary versucht, hinauf zur Burg zu laufen, doch dann verwarf sie den Plan immer wieder. Wenn auch sie noch getötet werden würde, war niemand mehr da, der sich um die Kinder kümmern konnte.

Nein, sie mußte im Haus bleiben!

Am schlimmsten waren die beiden Nächte gewesen. Unendlich lang hatten sie sich hingezogen, und Mary O'Shea war von unheimlichen Alpträumen gegeißelt worden. Manchmal hatte sie auch geglaubt, jemand hätte an die Tür geklopft. Sie war dann immer aufgestanden und hatte nachgesehen, doch es war niemand da gewesen.

Selbstverständlich hatten die Nachbarn Mike O'Sheas Fehlen bemerkt. Schließlich arbeitete O'Shea in einer kleinen Kesselschmiede. Auf die Fragen des Besitzers hatte Mary erwidert, daß ihr Mann wegen einer Erbschaftsangelegenheit nach Glasgow gefahren sei und erst später zurückkehren würde.

Der dritte Vormittag nach dem Verschwinden ihres Mannes zog

sich für Mary genauso lang hin wie die anderen. Die Kinder waren in der Schule und kamen erst am Mittag zurück.

Mary saß am Küchentisch, hatte den Kopf in beide Hände vergraben und weinte. Wieder dachte sie an ihren Mann, und plötzlich fielen ihr seine letzten Worte ein. Sie dachte an den Brief, den Mike geschrieben hatte und den sie nach seinem Verschwinden abschicken sollte.

Mein Gott, sie hatte das Schreiben völlig vergessen.

Mary sprang auf und lief in das kleine Schlafzimmer. Hastig schloß sie den Schrank auf, räumte ein paar Wäschestücke zur Seite und holte eine kleine Kassette hervor. Den passenden Schlüssel trug sie in der Schürzentasche.

Mary O'Shea schloß die Kassette auf und klappte den Deckel hoch.

Der Brief lag direkt obenauf. Auf einigen Geldscheinen, der eisernen Sparreserve.

Mary nahm den Brief an sich, stellte die Kassette wieder weg und ging zurück in die kleine Küche.

Murmelnd las sie die Anschrift auf dem Brief. Oberinspektor John Sinclair, Victoria Street, London, Scotland Yard.

Mary O'Shea starrte für einige Augenblicke auf den Brief. Fragen schossen ihr durch den Kopf. Wie kam Mike an diese Adresse? Er hatte mit ihr nie über den Empfänger, geschweige denn über den Inhalt des Briefes gesprochen.

Im ersten Moment war sie versucht, das Kuvert aufzureißen, doch dann schüttelte sie den Kopf.

Nein, so etwas hatte sie noch nie getan und würde sie auch nicht tun. Sie wollte den Brief aber abschicken und somit Mikes letzten Wunsch erfüllen.

Marys Blick glitt zu der alten Standuhr. Bis die Kinder aus der Schule kamen, waren es noch zwei Stunden. Sie hatte Zeit genug.

Mary O'Shea ging schnell. Sie wollte auch nicht aufgehalten werden und mit niemandem sprechen. Sie hatte eine Hand in die Manteltasche gesteckt, und die Finger umklammerten den grauweißen Briefumschlag.

Dann wurde sie doch noch angesprochen. Ausgerechnet von der alten Irle McCally.

Die Alte stand neben einem Handwagen und kicherte. »Nanu,

Mary«, sagte sie mit ihrer hohen Fistelstimme. »Man hört ja so einiges im Dorf.«

Mary O'Shea war stehengeblieben. »Was hört man denn so?« fragte sie scharf.

Wieder kicherte die Alte. Sie war schon fast achtzig Jahre alt und in der ganzen Umgebung nur als das Kräuterweib bekannt. Tag für Tag zog sie durch die Wälder, sammelte Kräuter, um sie dann zu verkaufen. Manchmal wurde sie auch hinzugezogen, um Krankheiten zu heilen, denn man sagte ihr nach, daß sich selbst der Satan vor ihr fürchten würde. Das waren natürlich alles Gerüchte, doch Irle McCally tat nichts, um sie zu dementieren.

Die Alte hob die Schultern. Die wieselflinken Augen in dem faltigen Gesicht huschten über Mary O'Sheas Gestalt. »Dein Mann ist nicht da, was? Ja, ja.« Die Alte nickte und drohte mit dem mageren Finger. »Gib nur acht, daß er in Glasgow nicht in schlechte Gesellschaft gerät.«

Mary O'Sheas Gesicht nahm einen abweisenden Ausdruck an. »Da brauche ich keine Angst zu haben.«

»Wie wohl, wie wohl. Aber vielleicht ist er gar nicht in Glasgow. Vielleicht hat ihn der Unheimliche mit der Teufelskutsche geholt?«

»Was sagst du da? Du . . .«

»Nichts, nichts. Ich meine ja nur. Aber denke daran, meine Tochter, die alte McCally weiß viel. Sehr viel.« Sie kicherte noch einmal hämisch, packte ihren Handkarren und ging weg.

Im ersten Impuls wollte Mary O'Shea ihr nachlaufen, ließ es dann jedoch bleiben, sie hätte unter Umständen nur noch mehr Aufsehen erregt, und das wollte sie auf keinen Fall.

Zwei Minuten später betrat sie das kleine Postgebäude. Hinter dem Schalter döste ein müder Beamter. Mary kannte den Mann gut, doch ehe er sie in ein Gespräch verwickeln konnte, kam sie sofort zur Sache.

»Bitte, Curd, dieser Brief muß noch heute nach London weitergeleitet werden.«

Wieder begann der Mann zu fragen, doch Mary gab nur ausweichende Antworten oder überhaupt keine. Schließlich klebte der Beamte die Marken auf den Umschlag, kassierte und warf den Brief in einen Postsack.

Mary O'Shea atmete auf, als sie wieder draußen auf der Straße stand. Sie hatte getan, was ihr Mann verlangt hatte. Auf die weiteren Ereignisse hatte sie keinen Einfluß mehr. Sie war nur auf diesen Oberinspektor Sinclair gespannt . . .

Die Zigarette gehörte ebenso zu Leo Lunt wie der Schnaps zum Trinker. Immer hing ein Glimmstengel zwischen Leos schmalen Lippen, und manche Leute behaupteten, Lunt würde auch die Zigarette beim Schlafengehen nicht aus dem Mund nehmen.

Momentan war der Sargnagel erloschen und Lunt aufgeregt wie eine Fünfzehnjährige vor der ersten Verabredung. Lunts Nervosität war daran zu erkennen, daß er seinen Glimmstengel mehrmals in der Minute von einem Mundwinkel in den anderen wandern ließ und dabei ab und zu einen Fluch in seinen nicht vorhandenen Bart murmelte. Seine Finger trommelten einen arhythmischen Takt auf dem Lenkrad, und seine Füße scharrten unruhig auf der am Boden liegenden Gummimatte.

Im Fond des dunkelgrünen Volvo saß Cora Benson.

»Du sollst nicht so nervös sein«, sagte sie, blickte in ihren Taschenspiegel und schminkte sich gelassen die herzförmigen Lippen nach.

»Du hast gut reden!« Lunt wandte den Kopf. »Ich muß ja schießen und nicht du.«

Cora Benson verstaute gelassen die Schminkutensilien in ihrer Handtasche. »Wer von uns beiden ist denn der Killer-Profi? Ich habe das Schießen schließlich nicht gelernt.«

»Deine Ausreden kenne ich.«

»Das kannst du halten wie der Weihnachtsmann. Mit dem Sack auf dem Rücken.«

Cora Benson war eiskalt. Äußerlich zwar sehr attraktiv, doch in ihrem Innern gefühllos wie ein Roboter. Cora hatte lackschwarzes Haar. Es war zu einer Pagenfrisur geschnitten, die das schmale Gesicht noch mehr betonte. Cora hatte ein Faible für Hüte. Heute trug sie einen himbeerroten modernen Hut, der die Form einer großen Praline hatte. Coras Make-up war perfekt. Ein unauffälliger grüner Lidschatten, rasierte Augenbrauen und eine teure Hautcreme, die die ersten Falten verdeckte. Das sandfarbene Kostüm stand ihr ausgezeichnet und betonte die Figur. Nie hätte man in Cora Benson eine Verbrecherin vermutet.

Leo Lunt zündete die erloschene Zigarette wieder an. Er war das glatte Gegenteil zu der Frau. Ein Bürstenhaarschnitt krönte seinen Schädel. Darunter befand sich eine hohe, viereckige Stirn. Die dichten Brauen wuchsen über den farblosen Augen fast zusammen, und die beiden Wangenknochen sprangen vor wie Haken. Leos Lippen waren dick und aufgeworfen. Insgesamt gesehen war er vom Typ her ein Mann, dem eine Frau nicht allein im Dunkeln begegnen wollte.

Das Schicksal hatte ihn und Cora Benson zusammengeführt. Cora war die Frau eines Mithäftlings in Dartmoor gewesen, und wie das Leben so spielte, hatte Leo die Frau nach seiner Entlassung besucht. Coras Mann dagegen saß immer noch. Fünfzehn Jahre würde er noch gesiebte Luft atmen.

Cora und Leo hatten festgestellt, daß sie gemeinsame Interessen besaßen. Beide wollten reich werden. Egal wie.

Die Frau hatte dann den raffinierten Plan gehabt, von dem sie glaubten, daß er ihnen hunderttausend Pfund Sterling bringen würde.

»Jetzt müßten sie eigentlich kommen«, sagte Leo Lunt und schaute wieder auf seine Uhr.

»Vielleicht dauert die Schule länger.«

»Ausgerechnet heute?«

»Möglich ist alles. Wir sollten trotzdem die Nerven behalten.«

»Ja, ja, ich weiß schon, du hast immer recht.« Wütend drückte Lunt die Zigarette im Aschenbecher aus und klemmte sich sofort eine neue zwischen die Lippen.

»Mal gespannt, wann deine Lunge kaputt ist«, sagte Cora.

»Dann rauch' ich eben auf der Leber weiter.«

Die Frau lachte. Sie wußte, daß sich Leo darüber ärgerte, daß sie die Intelligentere von beiden war. Aber das konnte er nun mal nicht mehr ändern. Wenn die Sache gelaufen war, dann würde sie Leo abservieren wie ein benutztes Hemd.

Wieder vergingen einige Minuten. Der dunkelgrüne Volvo stand auf einem breiten Privatparkplatz, auf dem Gelände der Schule. Bäume lockerten das Bild auf. Außer dem Volvo parkten noch ein Bentley und ein Rolls-Royce zwischen den wuchtigen Stämmen.

Eine strahlende Wintersonne stand über Glasgow. Sie war schon recht warm und taute auch schon die letzten liegengebliebenen Schneereste weg.

»Sie kommen«, sagte Cora plötzlich in das lastende Schweigen hinein.

Leo Lunt zuckte herum. »Wo?«

»Jetzt behalte um Himmels willen die Nerven!« fauchte die Schwarzhaarige.

»Keine Angst, Süße, ich war noch nie so gut in Form wie heute.« Leo Lunt kicherte. Seine Hand tastete zum Beifahrersitz und umklammerte die Pistole. Beinahe liebevoll strich Lunt über den klobigen Schalldämpfer, den er auf den Lauf geschraubt hatte. Dann kurbelte er gelassen die Seitenscheibe herunter.

Ein Blick in den Innenspiegel zeigte ihm, daß Cora sich nicht getäuscht hatte. Das Opfer kam tatsächlich.

Ein neunjähriges blondes Mädchen sprang an der Hand eines bulligen Mannes ausgelassen hin und her. In der anderen Hand trug der Mann eine rote Schultasche, während sein Blick mißtrauisch hin- und herschweifte.

Der Mann war ein Leibwächter. Engagiert hatte ihn Sir Horace Paine, um seine Tochter Alice bewachen zu lassen.

Paine war mehrfacher Millionär. Er galt als einer der Bergwerkskönige von Schottland. Er hing mit abgöttischer Liebe an seiner Tochter, das einzige Kind, das er und seine verstorbene Frau zusammen gehabt hatten.

Paine würde jede Summe ausspucken. So hatte sich Cora Benson das vorgestellt.

Die beiden hatten jetzt den parkenden Volvo erreicht. Leo hörte das helle Kinderlachen des Mädchens. Die Pistole hatte er unter seinem Jackett versteckt.

Mißtrauisch blickte der Leibwächter in den Wagen.

Cora Benson nickte ihm lächelnd zu, und der Mann war beruhigt. Für ihn mußte es so aussehen, als warte der Fahrer mit seiner Chefin.

Auch Alice warf einen Blick in den Wagen. Sie winkte Cora zu, und die Schwarzhaarige winkte zurück.

Der Leibwächter ließ seinen Schützling los und suchte mit der freigewordenen Hand nach dem Autoschlüssel. Alice hatte einen auf dem Boden liegenden Kieselstein entdeckt und kickte ihn weg. Das Gangsterpärchen in dem Volvo verständigte sich mit einem Blick.

Langsam holte Leo Lunt die Pistole unter seinem Jackett hervor.

Cora Benson klinkte die Tür auf.

Aufreizend schwang sie ihre schlanken Beine aus dem Wagen.

Der Leibwächter hielt inzwischen den Autoschlüssel in der Hand und war im Begriff, ihn in das Türschloß des Bentley zu stecken.

»Mister?«

Der Leibwächter kam aus seiner gebückten Stellung hoch und hob den Kopf.

»Bitte, Madam?«

»Ich hätte gern eine kleine Auskunft von Ihnen. Sie bezieht sich auf die Schule.«

Der Leibwächter war abgelenkt. Cora stützte sich an der offenen Tür ab und schwang sich so geschickt aus dem Wagen, daß ihr Rock in die Höhe rutschte. Der Leibwächter wäre kein Mann gewesen, wenn er darauf nicht geachtet hätte.

Und das genau war sein tödlicher Fehler.

Leo Lunt war ein Stück auf den Beifahrersitz gerutscht. Der Lauf der Waffe lag auf der Unterkante der Seitenscheibe.

Lunt zielte genau.

Alice Paine bemerkte etwas. »Guck mal, Jim, der Mann da . . .«

Der Leibwächter ruckte herum, wandte Lunt die Vorderseite seines Körpers zu.

Leo drückte ab.

Plopp machte es. Und dann noch einmal.

Die Geschosse stießen den Leibwächter zurück. Beide waren ihm ins Herz gedrungen.

Der Mann kippte gegen den Wagen und rutschte unendlich langsam an der glänzenden Karrosserie herunter. In seinen Augen stand ein ungläubiges Staunen.

Lunt lachte leise. Dann sprang er aus dem Wagen.

Cora Benson war inzwischen auch nicht untätig geblieben. Mit zwei schnellen Schritten hatte sie die schreckensstarre Alice Paine erreicht und preßte ihr die Hand auf den Mund.

»Los, pack dir den Toten!« schrie sie Leo zu.

Lunt gehorchte. Er hetzte zur Rückseite des Volvo, hob den Deckel des Kofferraumes, lief wieder zurück und packte den Toten unter den Achseln.

»Verdammt, ist der schwer«, fluchte er.

Lunt schleifte ihn über den Parkplatz. Keuchend verstaute er die

Leiche in dem großen Kofferraum. Das Gangsterpärchen hatte vor, sich unterwegs des Toten zu entledigen.

Mit einem dumpfen Laut fiel die Haube des Kofferraums wieder zu.

Leo sah, wie sich Cora im Fond des Wagens mit dem neunjährigen Mädchen abmühte.

Alice Paine wehrte sich. Sie versuchte zu treten, kratzte und biß.

»Verdammte Göre!« zischte die Schwarzhaarige und wollte dem Kind eine Ohrfeige geben.

Doch da war Lunt schon heran. Er hatte die andere Tür aufgerissen und sich das Mädchen gepackt. Seine Pranke legte sich auf den Mund.

»Das Chloroform«, sagte er.

Wattebausch und das Betäubungsmittel lagen auf dem Rücksitz. Cora Benson träufelte einiges von der Flüssigkeit auf die Watte, gab sie Leo Lunt, und dieser preßte sie gegen das Gesicht des Mädchens.

Alice atmete das Betäubungsmittel ein. Es wirkte schon nach einigen Sekunden.

Der Körper des Kindes wurde schlaff.

Leo grinste. »Das wär's.« Er knallte die Tür wieder zu und setzte sich hinter das Steuer.

»Jetzt aber nichts wie weg«, sagte Cora atemlos. Sie blickte sich immer wieder um, doch niemand hatte den Vorfall bemerkt. Der Parkplatz und die Schule waren zu abgelegen.

Der Motor sprang erst beim zweiten Startversuch an. Leo Lunt fuhr mit durchdrehenden Reifen aus der Parklücke zwischen den beiden Bäumen und jagte davon.

Das Kidnapping war geglückt und die hunderttausend Pfund Sterling in greifbare Nähe gerückt.

Allerdings hatte das Schicksal etwas ganz anderes mit den drei Personen vor . . .

Es hatte alles fabelhaft geklappt. Ohne irgendwelche Schwierigkeiten war das Gangsterpärchen mit seinem neunjährigen Opfer aus Glasgow verschwunden. Schon eine halbe Stunde nach der Tat rollte der dunkelgrüne Volvo über die gut ausgebaute Straße nach Aberdeen. Diese Stadt hatte Cora als vorläufiges Hauptquartier

728

ausersehen, denn sie stammte aus Aberdeen und kannte sich dort aus wie kaum eine zweite.

Alice Paine war noch immer bewußtlos. Das Mädchen lag auf dem Rücksitz, und Cora Benson hatte eine Decke über sie gebreitet. Gefühllos blickte die Frau in das Gesicht des Kindes.

Alice war ein hübsches Mädchen. Sie hatte blondes lockiges Haar und blaue Kulleraugen. Zwei Grübchen zierten ihre Mundwinkel und gaben Alice den Anschein, als würde sie immer lächeln.

Die gefütterte Jacke hatte Cora dem Kind ausgezogen. Alice trug jetzt nur noch einen roten Rollkragenpullover und die dunkle Hose. Das Mädchen hielt die Augen geschlossen. Die langen Wimpern berührten beinahe die etwas zu bleiche Gesichtshaut. Alices Atem ging schwach, aber regelmäßig. Sie würde wohl noch zwei Stunden bewußtlos bleiben.

Leo Lunt saß am Steuer und freute sich diebisch. Der eiskalte Mord bereitete ihm keinerlei Gewissensbisse. »Wir waren wirklich großartig«, sagte er und stieß den Zigarettenrauch durch die Nase aus.

»Und dabei hättest du dir vor Angst fast in die Hosen gemacht«, erwiderte Cora.

»Red doch kein Blech. Meine Hand hat nicht ein bißchen gezittert, als ich den Kerl zur Hölle geschickt habe.«

»Da wir gerade beim Thema sind, Leo. Wo sollen wir den Knaben denn abladen?«

»Laß uns noch ein paar Meilen fahren, dann stoßen wir ihn in irgendeinen See.«

Das Gangsterpärchen hatte bewußt nicht die Schnellstraße nach Aberdeen genommen. Sie hätten dann kaum eine Möglichkeit gehabt, den Toten loszuwerden. So aber konnten sie immer von der gut ausgebauten Überlandstraße abbiegen und in wenigen Minuten die oft versteckt liegenden Seen erreichen.

Der Volvo fraß Meile um Meile. Er bewegte sich durch eine wildromantische Gegend mit hohen felsigen Bergen, tiefen verschwiegenen Tälern und prächtigen Grasmatten, auf denen noch die letzten Schneereste lagen. Sogar ein Schäfer war schon unterwegs. Er führte seine Herde parallel zur Straße. Zwei gefleckte Hunde umsprangen die Schafe und kläfften sie an.

Cora Benson hatte die Autokarte auf den Knien liegen und

konnte die Strecke, die sie fuhren, genau nachsehen. »Der nächste Ort ist Rockford«, sagte die Schwarzhaarige.

»Müssen wir da hindurch?«

»Nein, wir lassen ihn rechts liegen. Ich habe dir den Ort nur genannt, weil er ungefähr auf halber Strecke zwischen Glasgow und Aberdeen liegt.«

»Dann hätten wir die Hälfte also hinter uns«, sagte Leo.

»Ich bewundere deinen Scharfsinn.« Manchmal ist Leo auch zu blöde, dachte Cora. Aber immerhin konnte er gut schießen, und das wog so manches auf.

Cora blickte nach draußen. Sie hatten die Schafherde überholt, und die Straße wand sich wie eine riesige graue Schlange durch ein schmales Tal.

Rechts und links der Fahrbahn türmten sich Felsen hoch. Sie waren mit Gras und Moos bewachsen. Ein museumsreifer Traktor kam dem Volvo entgegen. Der Fahrer warf dem ausländischen Wagen einen mißtrauischen Blick zu.

Das Tal weitete sich. Die Felsen traten etwas zurück und wichen einem welligem Hügelland.

Die Dächer eines Dorfes waren zu sehen. Das mußte Rockford sein.

Und dann – wie aus heiterem Himmel – begann der Motor des Volvos zu stottern. »Mist«, sagte Leo Lunt, knüppelte den vierten Gang rein und trat aufs Gaspedal.

Der Wagen wurde um keinen Deut schneller. Im Gegenteil, die Geschwindigkeit nahm immer mehr ab.

»Was ist denn?« Cora Benson war aufmerksam geworden. Ihre Stimme klang ärgerlich.

»Weiß ich doch nicht, verdammt!«

Der Volvo fuhr inzwischen kaum noch zwanzig Meilen.

»Sag bloß, wir haben keinen Sprit mehr.«

»Der Tank ist noch mehr als halbvoll. Daran liegt es nicht«, erwiderte Leo.

»Wir kommen also nicht bis nach Aberdeen«, stellte Cora trocken fest.

»Wahrscheinlich nicht.«

»Das hat uns gerade noch gefehlt.« Cora lachte wütend. »Herrje, bin ich denn nur von Idioten umgeben?«

Leo gab keine Antwort. Er hatte den Wegweiser am Straßenrand gesehen. ›Rockford – one mile‹, stand darauf.

»Wir fahren in das nächste Dorf und lassen den Wagen nachsehen«, sagte Leo. »Bestimmt wird es dort irgendeine Werkstatt geben.«

»Aber nicht für einen Volvo.«

»Auto ist Auto. Sollen die Knaben sich doch was einfallen lassen. Wir geben ihnen ein paar Scheine mehr, und fertig ist die Sache.«

»Meinetwegen.«

Leo hatte schon den Blinker betätigt und bog nach rechts in einen schmalen Weg ein.

»Was machen wir denn mit dem Toten?« fragte Cora.

»Vielleicht können wir ihn hier irgendwo loswerden.«

»Das glaubst du doch selbst nicht. Sieh mal richtig hin, da vorn kommen zwei Radfahrer. Hier ist mehr Betrieb als in Glasgow«, übertrieb die Schwarzhaarige. »So ein Mist, uns bleibt auch gar nichts erspart.«

Der Motor hatte jetzt fast seinen Geist aufgegeben. Zum Glück war der Weg leicht abschüssig, so daß der Volvo von allein rollte.

Die beiden Radfahrer blickten verwundert auf das dunkelgrüne Fahrzeug, das ihnen entgegenkam.

»Die Bauern tun so, als hätten sie noch nie ein Auto gesehen«, meinte Leo.

Cora gab keine Antwort. Sie blickte an Leos Schulter vorbei durch die breite Frontscheibe.

Das Dorf tauchte auf. Ein paar Bauernhäuser, dazwischen Wiesen, einige Hühner und Schafe. Ein alter Mann schleppte zwei Milchkannen. Auch er schaute den Wagen verwundert an.

Im Schrittempo rollte der Volvo über die Dorfstraße. Ein paar Hühner stoben gackernd davon.

»Siehst du eine Werkstatt?« fragte Leo Lunt kleinlaut.

»Nein. Und wenn, dann hätte ich es dir schon gesagt. Nicht einmal 'ne Tankstelle habe ich entdeckt. Wo mögen wir nur gelandet sein?«

»Da vorn ist ein Gasthof. Da halten wir und fragen mal nach«, sagte Leo.

»Gut.«

Das Gasthaus war ein windschiefer Bau und trug den bezeichnenden Namen ROCK INN. Über der Eingangstür schaukelte eine Laterne, die aber nicht brannte. Unter einem Fenster standen zwei Klappstühle, von denen die Farbe bereits abgeblättert war.

Leo Lunt trat vor dem Gasthaus auf die Bremse. Mit einem letzten Blubbern gab der Motor seinen Geist ganz auf.

Probehalber drehte Leo den Zündschlüssel.

Der Wagen sprang nicht an.

»Also gut«, sagte Cora Benson, »ich gehe mal rein. Wenn jemand fragt, wir geben uns als Ehepar aus. Und die Göre ist unser Kind. Paß gut auf sie auf. Wenn sie aufwacht und Ärger machen will, gib ihr noch eine Ladung.«

»Du kannst dich auf mich verlassen.«

Cora Benson schwang sich aus dem Wagen. Sie fröstelte, als sie in der kalten Luft stand und sich umsah. Einige Dorfbewohner waren stehengeblieben und betrachteten die elegant gekleidete Frau mit mißtrauischen Blicken.

Cora hob die Schultern und ging die paar Schritte zur Tür des Gasthauses.

Sie drückte auf die Klinke. Die Tür war abgeschlossen.

Cora fluchte nicht gerade ladylike und trat an eines der kleinen Fenster, um in das Wirtshaus sehen zu können. Sie konnte nichts erkennen, die Scheiben spiegelten zu sehr.

Leo hatte die Tür geöffnet. »Nichts zu machen, wie?«

»Scheint so.«

Ein Mann trat aus einem Haus an der gegenüberliegenden Straßenseite. Er hatte einen wiegenden Gang, trug eine Jacke, ein buntes Hemd und eine blaue Hose. Zwischen seinen Zähnen steckte eine kurze Stummelpfeife.

Der Mann kam auf Cora zu. Er war etwa fünfzig Jahre alt, hatte eine Knollennase und müde Augen.

»Suchen Sie etwas, Miss?«

»Oh!« Cora tat, als wäre sie überrascht. Dann setzte sie ihr bestes Lächeln auf, und das Gesicht des Mannes hellte sich augenblicklich auf.

»Es ist mir furchtbar peinlich, Mister. Aber – unser Wagen, er tut's nicht mehr. Plötzlich, kurz vor diesem Ort, gab der Motor seinen Geist auf. Und jetzt sitzen unser Kind, mein Mann und ich in der Klemme. Wir müssen unbedingt nach Aberdeen zu meinen

Eltern. Wichtig ist jedoch, daß wir eine Werkstatt finden, in der unser Wagen repariert wird. Gibt es hier so etwas?«

»Tja.« Der Mann kratzte sich am Kopf und legte seine Stirn in nachdenkliche Falten. »Wir sind nur ein kleiner Ort, und Autos reparieren . . .?« Er zog die Nase hoch. »Was ist das überhaupt für ein Fabrikat, das Sie fahren?«

Bist du ein Trottel, dachte Cora, sprach ihren Gedanken jedoch nicht aus, sondern erwiderte: »Es ist ein schwedischer Wagen, ein Volvo.«

»Aha.« Der Mann nickte. Dann sagte er: »Ich bin übrigens der Wirt von diesem Lokal. Wollen Sie vielleicht etwas trinken?«

»Später bestimmt. Aber erst müssen wir sehen, daß der Wagen wieder flottgemacht wird.«

»Ach so, ja, hatte ich völlig vergessen, 'ne Werkstatt suchen Sie. Die haben wir hier nicht. Aber Sam Bassum, der versteht was von Autos. Der repariert auch unsere Landmaschinen. Den müßten Sie mal fragen.«

»Und wie finden wir ihn?« Cora kochte innerlich vor Wut. Dieser Mann fiel ihr auf die Nerven.

»Also, da müssen Sie . . . Unsinn, Ich schicke am besten meinen Neffen. Der kann Sam mal holen.«

»Wenn Sie das tun wollen.«

»Natürlich, Madam. Sie können ja solange bei mir in der Gaststube warten. Ich habe einen selbstgebrannten Schnaps. Ich sage Ihnen, der ist . . .«

»Schon gut, Mister«, sagte Cora und ging zum Volvo zurück.

Leo hatte seinen Kopf durch das Fenster gesteckt und ein Großteil der Unterhaltung mitbekommen. »Mist, was?«

»Das kann man wohl sagen.« Cora wiederholte mit ein paar Sätzen, was der Wirt gesagt hatte. Dann meinte sie: »Steig aus. Und denk daran, wir sind ein Ehepaar mit Kind.«

»Werd's schon nicht vergessen.«

Während Leo sich aus dem Volvo faltete, dachte Cora: Hoffentlich gibt es in diesem Nest Telefon, damit ich wenigstens den alten Paine anrufen kann.

Leo Lunt hatte sich eine Flasche Whisky bestellt und auf ein Glas verzichtet. Er trank direkt aus der Flasche. Cora hatte eine Tasse Kaffee getrunken, eine bessere Spülbrühe, wie sie sagte.

Leo Lunt wischte sich über den Mund und rülpste.

»Du sollst nicht soviel saufen!« zischte Cora Benson erbost.

»Ach, laß mich doch in Ruhe.« Lunt schlug mit der flachen Hand auf den Tisch. »Wir sitzen hier in dem beschissenen Kaff fest, und die hunderttausend Pfund sind . . .« Er sprach nicht weiter, sondern nahm wieder einen Schluck.

Cora trat Leo unter dem Tisch auf den Fuß. »Wenn du so denkst, dann kannst du gleich abhauen. Und jetzt reiß dich endlich zusammen, der trottelige Wirt beobachtet uns schon.«

»Soll er doch«, knurrte Leo, fummelte mit seinen nikotingelben Fingern in der zerknautschten Zigarettenschachtel herum und zog ein Stäbchen hervor. Er bog es gerade, steckte es sich zwischen die Lippen und zündete es an.

Das Gangsterpärchen saß schon eine halbe Stunde in dem Gasthaus. Es war ein dunkles Loch. Das Mobiliar schien aus einem Museum zu stammen. Die meisten Tische wackelten. Mit den Stühlen war es nicht viel besser. Eine Duftmischung aus verschütetem Bier, kaltem Rauch und Schweiß lag über dem Raum. Die Kälte zog in alle Knochen.

Cora Benson und Leo Lunt hatten am Fenster Platz genommen, weil es dort einigermaßen hell war. Alice Paine hatten sie auf eine Bank gelegt. Das Kind schlief noch immer. Der Wirt hatte schon neugierige Fragen gestellt, und Cora hatte ihn mit dem Hinweis abgewimmelt, daß das Kind eine Erkältung habe.

Dann ging die Tür auf, und ein Mann betrat das Lokal. In seinem Schlepptau hatte er einen mageren Typ, der laufend hustete und krumm ging.

Der Mann sah sich kurz um und trat dann auf den Tisch der beiden Fremden zu. Sein Begleiter folgte ihm wie ein Hund.

»Noch so ein Waldschrat«, sagte Leo und grinste.

»Halt's Maul!« zischte Cora, setzte aber in der Sekunde ein gewinnendes Lächeln auf.

Der Mann war vor dem Tisch stehengeblieben. Er trug eine graue Schiebermütze auf dem Kopf. Seinen tonnenförmigen Körper hatte er in einen fleckigen Arbeitsanzug gezwängt. Der Dicke hatte ein rotes Gesicht und einen breiten Mund.

Er nahm nicht einmal die Mütze ab, als er sich unaufgefordert an den Tisch setzte. Cora sah den Mann an. »Sind Sie Sam Bassum?«

»Ja, natürlich.« Bassum hatte eine kratzige Stimme. Er wedelte mit der Hand und sagte zu seinem Gehilfen. »Hol mir mal 'nen anständigen Schluck, Willy.«

Willy trabte in Richtung Theke.

Bassum wartete, bis er einen Whisky vor sich stehen hatte, und meinte dann: »Der Wagen da draußen gehört ja wohl Ihnen.«

»Stimmt«, erwiderte Cora. »Und wir möchten gern, daß Sie ihn wieder fahrtüchtig machen.«

Bassum wiegte den Kopf. »Das ist natürlich so eine Sache. Sie fahren schließlich einen Volvo, ein ausländisches Modell.«

Cora Benson sprang auf. Sie sah schon einen Teil ihrer Felle wegschimmern. »Soll das heißen, daß Sie ihn nicht reparieren können?«

»Das habe ich nicht gesagt. Aber . . .«

»Was aber?«

»Es wird wohl etwas dauern.«

Cora setzte sich wieder. Ruhig fragte sie: »Wie lange denn?«

»Das hangt davon ab, was dran ist. Wenn wir erst Ersatzteile beschaffen müssen, können Sie mit zwei Tagen rechnen. Wir müssen einen Mann nach Aberdeen oder Glasgow schicken . . .«

»Ja, ja, hören Sie schon auf.« Cora unterbrach Sam Bassum mitten im Satz. Der Wirt, der das Gespräch verfolgt hatte, kam an den Tisch. »Ich habe Gästezimmer. Sie können bei mir wohnen, das macht gar nichts.«

Cora Benson blickte Leo Lunt an. »Was meinst du denn?«

Leo grinste schief. »Es wird wohl nicht anders gehen.«

»Ihr Mann hat recht«, meinte Bassum. »Seien Sie froh, daß Sie bei Kinney Unterschlupf finden können. Nicht jedes Dorf hat ein Gasthaus mit Fremdenzimmern.«

»Okay, denn«, sagte Cora, erhob sich und strich ihren Kostümrock glatt. Zu Leo sagte sie: »Ich gehe mit der Kleinen nach oben. Du kannst ja Mister Bassum zur Werkstatt begleiten.«

»Ich zeige Ihnen jetzt die Zimmer, Mrs. . . . Der Wirt zögerte.

»Lunt«, sagte Cora schnell. »Aber wir brauchen nur ein Zimmer. Das Kind schläft bei uns.«

»Meinetwegen.«

Leo Lunt ging inzwischen mit Sam Bassum und Willy nach

draußen. Es war Nachmittag, und einige Sonnenstrahlen spiegelten sich auf dem Lack des Autos.

Lunt versuchte den Wagen zu starten. Ohne Erfolg. Sie mußten schieben.

Sam Bassum winkte noch ein paar von den Zuschauern herbei. Während Lunt steuerte, schoben sie den Wagen durch das Dorf.

Es war eine ziemliche Quälerei, und die Leute mußten manch hämischen Zuruf einstecken.

Bassums Werkstatt bestand aus einer langgestreckten Holzbaracke, die inmitten eines Schrottplatzes stand. Verrostete Landmaschinen, auseinandergenommene alte Autos und eine Menge Reifen gaben sich hier ein Stelldichein.

Der Wagen wurde bis dicht vor die Baracke geschoben, deren Torflügel offenstanden.

Lunt stieg aus und gab den Helfern ein paar Geldstücke. Dann wandte er sich an Bassum. »Am besten, Sie sehen jetzt gleich nach. Ich bleibe solange hier. Sollte es wirklich nur eine Kleinigkeit sein, können Sie es ja sofort erledigen.«

»Wie Sie wünschen, Mister.« Bassum öffnete die Motorhaube und beugte seinen Oberkörper in das Innere.

Leo Lunt kaute nervös auf seiner Zigarette herum. Er dachte an den Toten im Kofferraum. Hoffentlich kam niemand auf die Idee, dort nachzusehen.

Leo tippte Bassum auf die Schulter. »Sagen Sie mal, gibt es hier eigentlich auch eine Bahnstation?«

Der Automechaniker hob den Kopf. »Da haben Sie Pech, Mister.«

»Und eine Busstation?«

»Auch die nicht. Das heißt, einmal am Tag hält hier wohl ein Bus. Der Postbus. Das ist aber auch schon alles. Wollen Sie etwa mit dem weiterfahren?«

»Es wäre immerhin eine Möglichkeit.«

»Sie müßten aber trotzdem zurück, um den Wagen zu holen. Sie sind viel zu ungeduldig. Wenn ich den Fehler gefunden habe, geht es schnell. Ersatzteile lassen sich auch beschaffen. Aber mal etwas anderes.« Bassum begann plötzlich zu grinsen. »Weshalb tragen Sie eigentlich eine Kanone?«

»Ich – wieso?«

»Unter Ihrer linken Achsel. Denken Sie, ich bin blind? Mich geht's ja nichts an, aber komisch ist es schon.«

Lunt suchte fieberhaft nach einer Ausrede. »Ich bin Privatdetektiv«, sagte er schließlich.

»Meinetwegen. Und jetzt lassen Sie mich wieder arbeiten.«

Sam Bassum versteckte seinen Kopf abermals unter die Haube. Dann rief er Willy etwas zu, und der Gehilfe holte Werkzeug aus der Baracke.

Leo Lunt wanderte inzwischen auf und ab. Ab und zu fluchte er leise oder kickte mit der Fußspitze gegen einen Autoreifen. Sie mußten unbedingt heute noch den alten Paine anrufen. Am besten war, man hielt den Kerl erst mal hin.

Eine Viertelstunde verging. Sam Bassum wühlte immer noch unter der Motorhaube herum.

»Immer noch nichts?« fragte Leo.

»Nein. Ich sagte doch schon, ausländische Wagen haben ihre Tücken. Gehen Sie wieder zu Kinney und warten Sie dort. Das ist am besten. Sie machen mich nervös.«

In einer anderen Situation hätte Lunt dem Knaben den Kopf von den Schultern gerissen, aber heute saß er am kürzeren Hebel. Zähneknirschend machte er sich auf den Rückweg.

Auf der Straße kam ihm die alte McCally entgegen. Das Kräuterweib zog wieder seinen Wagen hinter sich her. Sie hatte ihn mit Kohlen beladen.

Als sie Leo Lunt sah, blieb sie stehen. »Nanu, Mister, ein Fremder hier in Rockford?«

Lunt, der schon fast an der Alten vorbeigegangen war, blieb stehen und wandte sich um.

»Ist das so etwas Besonderes?«

Die Alte öffnete den zahnlosen Mund und kicherte. »Sie sind gut, Mister. In Rockford ist keiner gern. Dieses Dorf ist nicht geheuer, verstehen Sie?«

Lunt runzelte die Stirn. »Nein.«

Die Alte fuchtelte mit ihrem mageren Zeigefinger herum. »Hier spukt es. Nachts tanzen die Geister und Schattenwesen. Und um Mitternacht kommt die Teufelskutsche. Nehmen Sie einen gutgemeinten Ratschlag von der alten McCally an. Verlassen Sie Rockford. So schnell wie möglich. Es ist in Ihrem Interesse.«

Leo Lunt tippte sich gegen die Schläfe. »Ich glaube, in eurem verdammten Kaff wohnen nur hirnlose Irre. Ich wußte ja, daß ihr hier oben nicht gerade mit Geist gesegnet seid, aber Dämonen, die gibt es höchstens in deiner Phantasie, du alte Hexe. Teufelskutsche, wenn ich das schon höre.«

Leo Lunt drehte sich grußlos um und ging weiter. Das hatte ihm gerade noch gefehlt, daß er mit solchen dummen Spukgeschichten belästigt wurde. Die Leute wurden wohl nie gescheit.

Wütend stampfte Leo Lunt die Straße hinauf. Sein Blick schweifte durch das Dorf und glitt auch über die Berge und Hügel, die es einrahmten.

Und dann sah er die Burg.

Die stand auf der Zinne eines Felsens. Selbst von seinem Standpunkt aus sah das Gemäuer drohend und unheimlich aus, und Leo Lunt konnte nicht vermeiden, daß ihm eine Gänsehaut über den Rücken kroch . . .

Fauchend pfiff der Wind um den Wachturm und fing sich in den Lücken des Zinnenkranzes. Der Turm ragte wie ein übergroßer dicker Bleistift vom Burghof hoch. Um den Hof herum zog sich die wuchtige dicke Mauer mit den vier kleineren Wachtürmen, Wehrgängen und Schießscharten. In die Mauer eingefaßt war das Torhaus mit dem armdicken Fallgitter, dessen Stäbe nach unten spitz zuliefen. Die breite Zugbrücke hing in ihrer Verankerung. Sie würde erst wieder herunterfallen und den Torgraben überbrücken, wenn die Teufelskutsche unterwegs war.

Drohend stand die Burg auf dem Kegel des Berges. Nicht eine Fahne flatterte im Wind, kein Leben erfüllte die uralten Mauern, denn ein unseliger Geist hatte die Herrschaft über Rock Castle.

Der Gesichtslose stand auf dem Turm und stemmte sich gegen den von Nordwesten kommenden Wind.

Weit im Westen ballte sich schon das fahle Grau der Dämmerung zusammen, und es würde nicht mehr lange dauern, dann hatten die ersten Ausläufer auch das Gebiet um Rock Castle erreicht.

Der Gesichtslose lachte. Er freute sich auf die Dunkelheit, denn dann würde wieder die Teufelskutsche fahren und sich ein neues Opfer holen. Tief im Verlies der Burg wartete der Kelem auf ein frisches Opfer, auf das letzte Opfer, das er brauchte, um seine Wiedergeburt feiern zu können.

Der Kelem war selbst in der Schwarzen Magie ein Phänomen.

Sein Geist war strikt vom Körper getrennt worden. Beide lebten, der Körper als Skelett und der Geist als Gesichtsloser. Gefährliche Beschwörungsriten hatten diesen Zustand erreicht, und niemand ahnte, daß der Gesichtslose und der Kelem ein und dieselbe Person waren. Gelang es nun, die beiden wieder zusammenzuführen, konnte die Schwarze Magie einen gewaltigen Triumph feiern. Denn dann wäre es nicht mehr schwer, die Toten aus den Gräbern zu holen und sie mit ihren früheren Seelen wieder zu vereinigen.

Eine schreckliche Vorstellung!

Noch ahnten die Menschen auf der Welt nichts davon. Noch wußten sie nicht, daß ihr Schicksal auf des Messers Schneide stand, daß sich die Entscheidung über Fortbestand oder Untergang auf Rock Castle entscheiden würde.

Der Gesichtslose war sich seines Sieges sicher. Wer sollte ihn jetzt noch aufhalten?

Natürlich gab es überall auf der Welt Menschen, die das Böse bekämpften, doch diese Streiter des Guten ahnten ja nicht, was sich über ihren Köpfen zusammenbraute. Sie waren abgelenkt, mit anderen Fällen beschäftigt.

Besonders einen Mann fürchteten die Helfer der Schwarzen Magie besonders.

Oberinspektor Sinclair von Scotland Yard.

Doch dieser war weit entfernt. John Sinclair saß in London und stellte zur Zeit keine Gefahr dar.

Der Gesichtslose genoß das Gefühl, Macht zu besitzen. Macht über die Menschen dort unten in dem kleinen Dorf, das dazu ausersehen war, in das Weltgeschehen einzugreifen und der Schwarzen Magie zum Sieg zu verhelfen . . .

In London war das Wetter wesentlich schlechter als in Schottland. Ein unangenehmer Nieselregen hüllte die Millionenstadt ein und verwandelte den Schmutz auf den Straßen zu einem glitschigen Brei. Die Temperatur war gestiegen. Viele Menschen nahmen ihre jährliche Grippe.

Oberinspektor Sinclair gehörte nicht dazu. Seitdem dieses

Wetter vor zwei Tagen begonnen hatte, krönte er sein morgendliches Frühstück jeweils mit einer Vitamin-C-Tablette. Er wollte nicht das gleiche Los erleiden wie sein Chef Superintendent Powell.

Der Alte war krank und lag zu Hause. Zum erstenmal, seit John Sinclair ihn kannte. Powell hatte sogar Fieber, was ihn jedoch nicht davon abhielt, mindestens viermal am Tag im Büro anzurufen und sich zu erkundigen, ob der Laden überhaupt noch lief.

John konnte ihn jedesmal beruhigen.

Superintendent Powell war der Chef einer Sonderkommission, die sich mit okkulten, übersinnlichen Fällen befaßte. Die Kommission bestand praktisch nur aus zwei Leuten, aus Powell und John Sinclair, dem jüngsten Oberinspektor des Yard. Unterstellt waren sie direkt dem Innenministerium, so daß bei brandeiligen Fällen Entscheidungen nicht erst über den Dienstweg liefen, sondern sofort getroffen werden konnten. Das hatte sich in der Vergangenheit schon mehr als einmal bewährt, und John Sinclair, der am Anfang oft von seinen ›normalen‹ Kollegen belächelt worden war, hatte eine Aufklärungsquote zu verzeichnen, die an die 100-Prozent-Marke herankam.

Während Superintendent Powell wie eine Spinne im Netz die Fäden in der Hand hielt, war John Sinclair die Feuerwehr. Er wurde an den Brennpunkten der Gefahr eingesetzt und stand an vorderster Front im Kampf gegen Geister und Dämonen.

Dabei war John Sinclair kein finsterer Geisterbeschwörer oder Exorzist im landläufigen Sinne. Er stand durchaus mit beiden Beinen auf dem Boden der Tatsachen, doch er wußte, daß es Dinge in der Welt gab, die nicht so ohne weiteres mit dem menschlichen Verstand zu begreifen waren. In einem Zeitalter, das hochtechnisiert war und in dem die Menschen nur noch an Computer und Zahlen glaubten, hatten finstere Mächte zu einem Generalangriff auf die Menschheit angesetzt. Das zeigte sich immer wieder, und es gab nur wenige, die die Zeichen lesen und deuten konnten.

Zu ihnen gehörte Oberinspektor Sinclair.

Er war noch relativ jung, hatte die Dreißig um drei Jahre überschritten, war Junggeselle und das, was man im landläufigen Sinne einen gutaussehenden Mann nennt. John war ziemlich groß, sportlich durchtrainiert und hatte blondes kurzgeschnittenes

Haar. Auf der rechten Wange trug er eine rechteckige Narbe, ein Andenken an seinen bisher stärksten Gegner, Dr. Tod.

Als John an diesem Morgen sein Büro erreichte, wäre er fast rückwärts wieder hinausgelaufen. Eine Bullenhitze strahlte ihm entgegen. Die Heizung war voll aufgedreht worden. John drehte sie erst einmal ab und riß das Fenster auf. Dann bestellte er sich einen Kaffee und hatte kaum Platz genommen, als schon das Telefon schrillte.

Natürlich war es Superintendent Powell.

John konnte seinen Chef innerhalb von zwei Minuten beruhigen, daß nichts Außergewöhnliches vorgefallen war.

Dann kam die Post.

Neben den täglichen Routinemeldungen war es eigentlich nur ein Brief, der Johns Interesse besonders in Anspruch nahm.

Der Brief war direkt an ihn gerichtet. Der Absender hatte eine ungelenke, etwas steife Schrift und hieß Mike O'Shea.

Mit dem Brieföffner schlitzte John das Kuvert auf. Er nahm die beiden Bogen heraus, faltete sie auseinander und begann zu lesen.

Er las den Brief einmal und noch ein zweites Mal. Seine Augen hatten sich zu Sicheln verengt, und John Sinclair ahnte, daß mit diesem Brief ein neuer Fall auf ihn zugekommen war.

Der Absender berichtete von einer Teufelskutsche, die in Vollmondnächten auftauchte, hinunter ins Dorf fuhr und dort Menschen gezwungen wurden, in die Kutsche zu steigen. Die Bedauernswerten waren nie wieder aufgetaucht. Entweder wurden sie getötet oder auf Rock Castle, der geheimnisvollen Burg, festgehalten. Diese Burg war verflucht und wurde von den Menschen gemieden.

Dieser Mike O'Shea hatte auch eine genaue Wegbeschreibung angegeben, damit John Sinclair ohne Schwierigkeiten das Dorf und die Burg erreichen konnte. Den Namen John Sinclair kannte er aus einem Zeitungsbericht. Eine schottische Tageszeitung hatte vor gut anderthalb Jahren über John Sinclairs Kampf mit dem Schädeljäger Cyrus Quant berichtet.

Der Oberinspektor ließ den Brief sinken. Für ihn stand jetzt schon fest, daß er nach Schottland fahren würde. Sollten sich auf Rock Castle tatsächlich Dämonen eingenistet haben, so hatten sie jetzt einen unerbittlichen Gegner auf ihrer Fährte.

Diesmal rief John seinen Chef an. Powell war sofort am Apparat. Er mußte das Telefon wohl auf der Bettdecke stehen haben.

John berichtete in Stichworten, und er erhielt von Superintendent Powell sofort grünes Licht.

Fünf Minuten später hatte John Sinclair sein Büro schon verlassen. Er meldete sich bei Powells Sekretärin ab, setzte sich in seinen silbermetallicfarbenen Bentley und fuhr wieder nach Hause, um noch einige Sachen einzupacken.

John Sinclair ging nie unvorbereitet einen Fall an. Dämonen und Geister waren nicht mit normalen Waffen zu bekämpfen. Während man einen Werwolf zum Beispiel mit Silberkugeln töten konnte, gelang es bei Dämonen oft nur durch Beschwörungen der Weißen Magie und den dazugehörigen Hilfsmitteln wie magische Kreide, gnostische Gemmen oder geweihte Amulette. Diese Erfahrung hatte John im Laufe der Zeit gesammelt, und doch war es nie gleich. Er mußte sich immer wieder neu auf einen Gegner einstellen, und manches Mal fragte John Sinclair sich, wann der andere stärker sein würde. Oft genug war er nur um Haaresbreite dem Tod entgangen.

Als John den Moloch London hinter sich gelassen hatte und nach Norden fuhr, spürte er das Brennen der Narbe auf seiner Wange. Ein Zeichen, daß ihn bereits das Jagdfieber gepackt hatte.

Als Leo Lunt das Gasthaus betrat, trat der Wirt auf ihn zu. »Ihre Frau ist oben im Zimmer«, sagte er und wischte sich die nassen Hände an seiner Hose ab. »Was hat es denn gegeben? Hat Sam Bassum den Fehler gefunden?«

»Nein«, erwiderte Lunt einsilbig.

»Keine Angst, Mister. Bassum ist ein guter Mann. Der schafft es schon.«

»Hoffentlich.« Lunt zündete sich eine Zigarette an, hustete trocken und fragte: »Wo ist denn das Zimmer?«

»Warten Sie, ich bringe Sie hoch!«

Über eine altersschwache Stiege ging es in die erste Etage. Elektrisches Licht gab es nicht, und durch die Fenster fiel auch kaum Helligkeit.

Lunt stieß sich einmal den Fuß und fluchte wütend. Der Holzfußboden wellte sich schon, er konnte wahrscheinlich die

Witterung nicht vertragen. Mit jeder Stufe, die Lunt höher schritt, wurde seine Laune schlechter.

Dann stand er vor der Zimmertür. »Hier ist es«, sagte der Wirt und verzog sich wieder.

Lunt stieß die Tür auf, ohne anzuklopfen.

Cora Benson saß auf dem Bett. Sie sprang auf, als Lunt das Zimmer betrat.

»Na, was hat es gegeben?«

»Mist. Dieser Salzknabe hat noch nicht einmal den Fehler gefunden. Ich bin vielleicht sauer, kann ich dir sagen. Jetzt sitzen wir in diesem Nest fest, und das Geld geht uns flöten.«

»Wieso das denn?«

»Unser Plan ist doch durcheinander.«

»Unsinn, ich habe mir das schon wieder anders überlegt. Paß auf. Wir werden den Alten zappeln lassen und fordern anstatt der einhunderttausend jetzt zweihunderttausend Pfund. Wir brauchen schließlich eine Entschädigung.«

Leo Lunt grinste. Er hockte sich auf einen wackeligen Stuhl und rieb sich die Nase. »Für zweihunderttausend Pfund lasse ich mir den Aufenthalt hier schon gefallen. Die Frage ist nur, wo willst du anrufen? In diesem Kaff gibt es ja kaum Strom.«

»Ich habe mich schon erkundigt. Ich rufe von der Post aus an. Dort gibt es ein Telefon.«

»Und ich hatte schon gedacht, hier würde getrommelt.«

Cora stand auf. »Bleib du am besten bei der Göre. Chloroform und Watte sind in meiner Handtasche. Ich bin spätestens in einer halben Stunde wieder zurück.«

»Und paß auf, daß dich die Geister nicht erwischen.«

Cora, die schon fast an der Tür war, wandte sich um. »Was soll das denn schon wieder heißen?«

»Ich habe vorhin auf der Straße eine Hexe getroffen, die hat mich vor Geistern gewarnt, die hier angeblich herumspuken sollen. Wo sind wir nur gelandet?«

»Reg dich wieder ab und denk lieber an das Geld«, sagte Cora, bevor sie die Tür von draußen schloß.

Die Stufen der Treppe knarrten erbärmlich, als sie nach unten ging. Der Wirt war neugierig wie eine alte Jungfer. »Wollen Sie noch mal weg, Mrs. Lunt?«

»Ja, telefonieren.« Cora rang sich ein Lächeln ab.

»Da müssen Sie sich aber beeilen, sonst schließt die Post. Den Weg habe ich Ihnen ja erklärt.«

»Ich werde ihn schon finden.«

Cora verließ das Lokal. Es war kälter geworden, der Wind hatte aufgefrischt, und die Frau fror in ihrem Kostüm.

Cora Benson fühlte sich in diesem Dorf wie ein Fremdkörper. Sie war ein Kind der Großstadt und es gewohnt, die Vorzüge der Zivilisation zu genießen. Aber hier war alles anders. Hier mußte man noch selbst mit anpacken, und das behagte Cora Benson nicht.

In einigen Häusern waren schon die Lichter angezündet worden, und aus Richtung Westen krochen bereits die ersten Schatten der Dämmerung herauf. Sie umhüllten die Berge wie mit einem großen dunklen Tuch, und es würde nicht mehr lange dauern, bis es völlig dunkel war.

Die Post war in einem alten Steinhaus untergebracht. Die Tür quietschte, als Cora sie aufdrückte.

Sie war die einzige Kundin.

Vor dem Schalter hing das Schild *Geschlossen*. Aber der Beamte war noch da. Er klebte gerade eine Mitteilung auf das Schwarze Brett.

»Eigentlich ist ja schon Schluß«, sagte er zur Begrüßung.

Cora überspielte den aufkeimenden Ärger und lächelte. »Aber für mich machen Sie doch eine Ausnahme.«

Der Beamte hob die Schultern. »Meinetwegen«, sagte er. »Was wollen Sie denn?«

»Telefonieren.«

»Auch das noch. Haben Sie die Nummer? Es geht nämlich hier noch über das Fernamt.«

»Die habe ich.«

»Dann melde ich das Gespräch an.«

Cora schüttelte den Kopf. »Das möchte ich lieber selbst machen.«

»Warum das denn? Haben Sie Angst, daß ich mithöre? Ich bin schließlich an das Dienstgeheimnis gebunden.«

»Trotzdem.«

»Schon gut, tun Sie, was Sie nicht lassen können.«

Der Beamte führte Cora hinter die Holzbarriere, die den Raum teilte. In der hintersten Ecke hing ein Telefonapparat an der Wand. Über ihn war eine geräuschschluckende Haube gestülpt.

Cora hatte dem Mann die Telefonnummer bewußt nicht genannt. Die Nachricht von der Entführung würde bis in den letzten Winkel des Landes dringen, und sicher würde sich der Postbeamte an den Namen Paine erinnern und sofort seine Schlußfolgerung ziehen.

Der Postangestellte sagte Cora die Nummer des Fernamtes und verzog sich dann in den vorderen Teil des Dienstraumes.

Cora wählte, und es meldete sich eine Frauenstimme. Die Schwarzhaarige gab Paines Nummer durch, dann die Nummer des Postamtes – Cora hatte sie von dem Beamten erfahren – und wartete.

Sie hatte sich gerade eine Zigarette angezündet, als es klingelte. Cora hob ab.

»Hier bei Paine«, meldete sich eine weibliche Stimme.

»Geben Sie mir Mister Paine.«

»In welcher Angelegenheit, bitte?«

Cora wollte gerade zu einer scharfen Antwort ansetzen, als eine Männerstimme ihr Ohr traf. »Hier Paine.«

»Na endlich«, sagte die Schwarzhaarige. »Jetzt hören Sie genau zu, Paine. Vermissen Sie nicht irgend jemanden?«

Cora hörte den Mann schwer atmen. »Ja, ich vermisse meine Tochter und ihren Leibwächter.«

»Sie sind clever, Mister, wirklich. Hoffentlich bleiben Sie auch so clever. Was Ihre Tochter angeht, sie befindet sich in guten Händen. Das heißt, solange Sie auf unsere Bedingungen eingehen.« Cora legte geschickt eine Pause ein, um ihre Worte wirken zu lassen.

»Sie haben meine Tochter?« kam es aus dem Hörer. Jetzt klang Paines Stimme schrill.

»Genau. Und nun hören Sie mir mal zu. Halten Sie zweihunderttausend Pfund bereit, Mister, und keine Polizei, haben Sie verstanden?«

»Ja.«

»Gut. Dann weiter. Ich werde mich noch einmal melden und Ihnen die genauen Übergabebedingungen diktieren. Sollte ich merken, daß Sie mich reinlegen wollen, werden wir Ihrer Tochter das Leben sauer machen. Und das wollen Sie doch nicht.«

Paine stöhnte auf. »Sie sind eine Bestie. Aber Sie sitzen am längeren Hebel. Ich werde auf ihre Bedingungen eingehen und dafür sorgen, daß sich die Polizei zurückzieht.«

»Sie haben sie also schon benachrichtigt.«

»Was sollte ich anders tun? Ich habe auch eine Vermißtenanzeige aufgegeben. Und was ist mit dem Leibwächter?«

»Der pokert mit den Engeln«, gab die Schwarzhaarige gefühlskalt zurück. Dann legte sie auf.

Cora Benson senkte den Kopf und atmete tief ein. Die erste Hürde wäre genommen.

Die Zigarette war zwischen ihren Fingern verqualmt. Cora steckte sich eine neue an. Jetzt geht es mir bereits wie Leo, dachte sie.

Der Postbeamte tauchte wieder auf. Er hatte sich schon seinen Schafsfellmantel übergezogen. »Gespräch beendet?« fragte er.

»Ja.«

»Warten Sie noch einen Augenblick. Ich muß wegen der Gebühren rückfragen.«

Cora nickte. Sie war mit ihren Gedanken ganz woanders. Jetzt kam es ihr gar nicht mehr so schlimm vor, daß sie steckengeblieben waren. Der alte Paine war auf die Bedingungen eingegangen, und nur das zählte.

Dann brachte der Postbeamte die Rechnung. Cora Benson mußte dreißig Pence bezahlen.

Sie tat es, bedankte sich noch einmal und ging dann nach draußen.

Der Beamte blickte kopfschüttelnd hinter ihr her. »Komische Frau«, murmelte er. »Aber ist ja nicht meine Sache.« Dann zog er die Vorhänge vor die Fenster und verließ seine Dienststelle.

Mittlerweile war auch das letzte Tageslicht geschwunden. In den Häusern brannten die Lichter, und auf der Straße war kaum ein Mensch zu sehen.

Cora Benson ging mit raschen Schritten in Richtung Gasthaus. Sie wollte Leo von ihrem Erfolg berichten und mit ihm die weiteren Schritte absprechen. Leo hatte sich gut gehalten. Sie hatte schon Angst gehabt, er würde herumtoben.

Cora Benson hatte das Gasthaus noch nicht erreicht, als sie plötzlich vom Licht zweier Scheinwerfer getroffen wurde.

Die Frau wandte sich um und kniff die Augen zusammen.

Ein Wagen rollte auf sie zu, wurde langsamer und stoppte neben ihr.

Am Steuer saß ein blondhaariger junger Mann, der jetzt seinen Kopf aus dem Seitenfenster streckte.

»Entschuldigen Sie, aber können Sie mir sagen, wo ich einen gewissen Mike O'Shea finde?«

Cora Benson hob bedauernd die Schultern. »Tut mir leid, Mister, aber ich bin hier fremd.«

»Danke sehr, und nichts für ungut.« Der Mann lächelte noch einmal und fuhr weiter.

Unwillkürlich blickte Cora auf die Autonummer. Der Mann kam aus London. Er fuhr einen Bentley, einen nicht gerade billigen Wagen.

Was hatte der Mann hier zu suchen? War man ihnen schon auf der Spur? Unmöglich! Und doch begannen in Cora Benson erste Zweifel zu nagen. Ein drückendes Gefühl breitete sich in ihrer Magengegend aus. Auf jeden Fall mußten sie und Leo sehen, daß sie so schnell wie möglich aus diesem Ort verschwanden.

Sam Bassum klappte die Motorhaube zu und wischte sich die schmutzigen Finger an einem Lappen ab. »Du kannst Feierabend machen, Willy«, sagte der Automechaniker zu seinem Gehilfen.

Willy nickte. Haben Sie denn den Fehler gefunden?«

»Ja, ich glaube schon. Aber das regeln wir morgen. Sollen die beiden ruhig noch mal 'nen Tag warten. Die sind mir sowieso viel zu arrogant.«

Willy grinste verunglückt. »Sie sind eben aus der Stadt.«

»Das heißt nichts. Mich wundert nur, daß sie den Kofferraum verschlossen haben. Die tun gerade so, als würden wir etwas stehlen.«

»Vielleicht haben Sie 'ne Leiche darin«, vermutete Willy und begann wieder zu husten.

»Du liest zuviel Kriminalgeschichten«, erwiderte Sam Bassum.

Willy kicherte blöde. »Ich kann gar nicht lesen.«

»Stimmt, das hätte ich bald vergessen.« Sam Bassum lachte. »So, und jetzt geh nach Hause.«

»Bis morgen dann, Chef.« Willy zögerte.

»Ist noch was?«

»Chef, was meinen Sie? Ob heute nacht wieder die Kutsche kommt?«

Sam Bassums Gesicht verschloß sich. »Denk nicht darüber nach. Und wenn sie kommt, dann bete, daß nicht du es bist, der geholt wird.«

»Ja, Chef.«

Willy ging. Sam Bassum sah ihm noch nach, bis ihn die Dunkelheit verschluckt hatte.

Bassum war froh, daß er Willy hatte. Er war zwar keine Leuchte, aber doch gut genug für einige Handreichungen. Willys Eltern waren bei einem Unfall ums Leben gekommen, und Willy war seit dem zweiten Lebensjahr bei einer Tante aufgewachsen. Die Schule hatte er kaum besucht. Willy begriff einfach nicht, doch bei Bassum fühlte er sich wohl.

Sam Bassum räumte noch einige Sachen weg und löschte dann das Licht. Er selbst war Junggeselle und bewohnte zwei Räume in der Baracke. Es waren kleine Zimmer, aber Bassum war nicht anspruchsvoll. Er wusch sich und bereitete dann das Abendessen. Es bestand aus Speck, Brot und einem guten Schluck Whisky. Später wollte Sam noch ins Gasthaus gehen, um einen Schlummertrunk zu nehmen. Auf einem Bord an der Wand stand ein uraltes Radio, und während Sam sich die Speckstreifen und das Brot in den Mund steckte, hörte er Musik. Es waren schottische Volkslieder, und Bassum summte dann und wann die Melodien mit.

Die Musik war so laut, daß sie andere Geräusche übertönte. Wie das Knarren des Barackentores, das vorsichtig aufgezogen wurde.

Sekunden später huschte eine Gestalt in das Innere der Baracke.

Es war Willy, Sam Bassums Gehilfe.

Willy war nicht nach Hause zu seiner Tante gegangen. Der verschlossene Kofferraum hatte ihm keine Ruhe gelassen. Willy hatte eine blühende Phantasie, und er konnte sich vorstellen, daß diese beiden Fremden durchaus etwas zu verbergen hatten.

Auf leisen Sohlen schlich Willy durch die Baracke. Er brauchte kein Licht, er fand sich im Dunkeln so gut zurecht wie eine Fledermaus.

Geschickt umging er einige herumliegende Gegenstände und stand schließlich vor dem Volvo.

Mit einem spitzbübischen Lächeln auf den Lippen holte Willy

einen zurechtgebogenen Draht aus der Hosentasche und führte ihn vorsichtig in das Schloß des Kofferraumes ein.

Das Stück Draht war stabil, und Willy konnte es zur Seite drehen, ohne daß es verbog.

Er werkelte einige Zeit an dem Schloß herum und lauschte immer wieder, ob ihn auch der Meister nicht hörte.

Doch die Musik war zu laut.

Und dann schnappte das Schloß zurück.

Willy lachte leise und hob vorsichtig den Kofferraumdeckel an. Ein süßlicher Geruch wehte ihm entgegen.

Willy rümpfte die Nase. Aus weit aufgerissenen Augen starrte er in den Kofferraum.

Er konnte nichts erkennen.

Doch wofür hatte er Zündhölzer mitgenommen? Willy holte die Packung aus der Tasche und riß ein Hölzchen an.

Die Flamme flackerte auf, zuckte hin und her und brannte dann ruhig.

Willy senkte die Hand mit dem Streichholz in den Kofferraum.

Noch im gleichen Atemzug hatte er das Gefühl, von einem Stromstoß getroffen zu werden.

Ein verzerrtes Gesicht starrte ihn an.

Willy ließ das Zündholz fallen und stieß einen gellenden Schrei aus.

Der Schrei übertönte selbst die Musik und trieb Sam Bassum von seinem Stuhl hoch.

Bassum schluckte das Stück Speck hinunter, das sich gerade in seinem Mund befand, und rannte zur Tür. Ruckartig riß er sie auf und stürmte in die Werkstatt.

Zuerst sah er nichts. Seine Augen mußten sich an die Dunkelheit gewöhnen.

»Ist da jemand?« rief er und griff gleichzeitig nach einem schweren Schraubenschlüssel, um sich gegen einen eventuellen Einbrecher verteidigen zu können.

»Ja, ich, Chef«, antwortete eine weinerliche Stimme.

»Du, Willy? Aber, verdammt noch mal, ich dachte, du wärst zu Hause.«

Sam Bassum drehte den Lichtschalter herum, und es wurde hell.

Willy stand vor der geöffneten Kofferraumhaube des Volvo. Der Junge war kreidebleich und hatte beide Hände gegen das Gesicht gepreßt.

»Aber was ist denn passiert, zum Teufel noch mal?« Bassum ging mit schnellen Schritten auf Willy zu.

Willy brauchte gar keine Antwort zu geben, Bassum sah es selbst. Im Kofferraum lag ein Toter. Seine Brust war von zwei Einschüssen durchbohrt worden. Gebrochene Augen starrten gegen die Decke der Baracke.

»O verdammt«, ächzte Sam Bassum und hatte Mühe, die aufsteigenden Wogen der Übelkeit zu unterdrücken.

John Sinclair hatte das Haus der O'Sheas gefunden. Es war ein schmales Gebäude, aus grauen dicken Steinen erbaut mit kleinen Fenstern und blitzsauberen Scheiben. Aus dem schmalen Schornstein stieg eine Rauchwolke in den Himmel.

Die Eingangstür war aus Holz und hatte im oberen Drittel ein Milchglasfenster. Eine Klingel gab es nicht.

John wollte gerade klopfen, als die Tür geöffnet wurde.

Eine Frau stand dem Oberinspektor gegenüber.

John brauchte nur eine Sekunde, um sie einzustufen. Die Frau hatte ein verhärmtes Gesicht mit vielen Falten, verweinte Augen, abgearbeitete Hände und ehemals schwarzes Haar, das schon zum Teil ergraut war. Zwei Kinder drängten sich an der Frau vorbei und starrten John neugierig an.

Die Frau trug ein graues Kleid und darüber eine Schürze.

»Ja bitte?« fragte sie mit leiser Stimme.

John setzte sein freundlichstes Lächeln auf. »Sie sind Mrs. O'Shea, wenn ich mich nicht irre?«

»Ja.«

»Ich bin John Sinclair von Scotland Yard. Ihr Mann hat mir geschrieben, und da ich . . .«

Die Augen der Frau wurden fast tellergroß. »Das gibt es doch nicht, Sir. Sind Sie wirklich aus London gekommen?«

»Ja.«

»Gütiger Himmel.« Mary O'Shea krampfte die Hände über der Brust zusammen. Dann scheuchte sie mit ein paar Worten die beiden Kinder weg. »Aber kommen Sie doch ins Haus, Sir. Ich kann Ihnen zwar nicht viel bieten, aber . . .« Sie verstummte und trat zur Seite, so daß John an ihr vorbeigehen konnte.

Das Haus war schmal, und dementsprechend eng waren auch die Zimmer. John wurde in den Wohnraum gebeten, der zwar einfach möbliert, aber blitzsauber war. Über den beiden Sesseln und dem Sofa lagen Decken. In einer Ecke glühte die Platte eines Ofens.

John zog seinen Trench aus, nahm Platz und lehnte auch die angebotene Tasse Tee nicht ab.

Während Mary O'Shea in der Küche hantierte, schlich der Junge in das Zimmer und fragte John nach seinem Bentley.

Der Oberinspektor beantwortete die Fragen bereitwillig und versprach dem Jungen auch, einmal mit ihm eine Probefahrt zu machen.

Dann brachte Mary O'Shea den Tee und schickte ihren Sohn weg.

John lächelte, als er sich Kandiszucker in die Tasse tat. »Sie haben nette Kinder, Mrs. O'Shea.«

Die Frau bekam einen roten Kopf und setzte sich verlegen auf die Kante eines Sessels.

John Sinclair lehnte sich zurück und sagte: »Dann erzählen Sie mal, Mrs. O'Shea.«

Die Frau senkte den Kopf. Trotzdem erkannte John, daß sie mit den Tränen kämpfte. Sie zerknüllte nervös ein Taschentuch in den Händen und wußte wohl nicht so recht, wie sie anfangen sollte.

John half ihr auf die Sprünge. »Ihr Mann schrieb in seinem Brief etwas über eine Kutsche, die in Vollmondnächten immer um Mitternacht auftaucht und ahnungslose Menschen mit auf die Burg nimmt.«

»Das stimmt«, sagte Mary O'Shea.

»Und wo ist Ihr Mann jetzt?«

Mary O'Shea konnte die Tränen nicht mehr aufhalten. »Wahrscheinlich ist er tot«, sagte sie mit erstickender Stimme. »Er – er ist freiwillig in die Kutsche gestiegen. Er wollte mit dem Spuk dort oben auf der Burg aufräumen. Einer muß es ja tun, hat er gesagt. Ich habe ihn immer gewarnt, habe ihn gefragt, warum gerade er diese Aufgabe übernehmen wollte. Aber er konnte es nun mal nicht leiden, wenn Leute geknechtet oder unterdrückt wurden. Er war ein irischer Dickschädel.«

»Wann war das, Mrs. O'Shea?«

Die Frau schneuzte sich die Nase. »Lassen Sie mich nachdenken. Vor fünf Tagen. Eine Stunde vor Mitternacht. Und seitdem habe ich nichts mehr von ihm gehört.«

»Was sagen denn die anderen Dorfbewohner dazu?«

»Ach die.« Mary winkte ab. »Die beten nur, daß sie nicht geholt werden. Ich habe ihnen auch gar nicht erzählt, daß Mike freiwillig in die Teufelskutsche gestiegen ist. Ich habe gesagt, er wäre nach Glasgow gefahren, in einer dringenden Erbschaftsangelegenheit. Geglaubt hat mir natürlich keiner, und im Dorf kursieren die seltsamsten Gerüchte.«

»Das kann ich mir vorstellen«, sagte John. »Aber etwas anderes. Ist die Burg bewohnt?«

»Nicht von Menschen. Die Rockfords sind ausgestorben. Das war – lassen Sie mich nachdenken. Vor ungefähr zweihundert Jahren. Man sagt dem letzten Rockford nach, daß er Schwarze Magie betrieben habe. Er hat ein Schreckensregiment geführt. Hat sich gegen alles gestellt, bis Truppen des englischen Königshauses den Grafen erhängt haben. Aber das ist schon lange her. Natürlich soll der Graf immer noch auf seinem Schloß herumspuken, und anscheinend stimmt das Gerücht auch. Denn diese Teufelskutsche, die in Vollmondnächten kommt, war damals das Lieblingsgefährt des Grafen.«

»Wer lenkt denn heute die Kutsche?« wollte John wissen.

»Das weiß ich nicht.«

»Aber die Kutsche hält doch hier im Ort.«

»Sicher. Sie bleibt vor irgendeinem Haus stehen. Und das Familienoberhaupt – der Mann also – muß die Wohnung verlassen und einsteigen. Wenn nicht, stirbt seine gesamte Familie.«

»Ist das schon vorgekommen?«

»Noch nicht. Bisher hat jeder gehorcht.« Mary O'Shea wischte sich über die Augen. »Nur Mike wollte es eben wissen. Und jetzt ist er tot.«

»Nun – das steht noch nicht fest«, sagte John.

»Doch. Mister Sinclair. Ich spüre es. Ich habe ein Gefühl für so etwas. Mike und ich – wir waren so eng aneinandergekettet, daß jeder merkte, wenn es dem anderen schlechtging. Glauben Sie mir, Sir, Mike lebt nicht mehr.«

John Sinclair trank seine Tasse leer. »Wann sind denn die Menschen mitgenommen worden?«

»Das hat sich über Jahre verteilt. Aber in den letzten Tagen war es besonders schlimm. Erst ein Landarbeiter hier aus dem Dorf und dann Mike. Ich habe das Gefühl, daß die finsteren Mächte auf eine Entscheidung drängen.«

»Warum ist man denn noch nie auf die Idee gekommen, die Polizei einzuschalten?«

»Denken Sie, man hätte uns geglaubt?«

»Aber die Vermißten sind doch eine Tatsache.«

Mary O'Shea hob nur die Schultern. »Wir leben hier unser eigenes Leben«, sagte sie. »Hier herrschen andere Gesetze, Sir. Dieses Tal ist nicht mit normalen Maßstäben zu messen. Wir sind hier noch rückständig. Aber das wird Ihnen als Großstädter wohl kaum etwas sagen.«

»Sie irren sich, Mrs. O'Shea. Ich bin nicht das erste Mal hier oben in Schottland. Ich habe in dieser Gegend schon manches Abenteuer erlebt, vor kurzem erst etwas weiter nördlich von hier, auf den Orkney-Inseln. Aber lassen wir das. Mich interessiert die Teufelskutsche. Ist damit zu rechnen, daß sie auch in der folgenden Nacht kommt?«

»Das kann möglich sein«, erwiderte Mary O'Shea. »Sicher ist es nicht. Sie müßten die Mitternachtsstunde abwarten. Sie werden es hören, wenn die Kutsche kommt.«

John strich über sein blondes Haar. »Dann kann ich mich bei Ihnen aufhalten. Ich möchte nämlich nicht, daß meine Anwesenheit zu bekannt wird.«

»Selbstverständlich können Sie hierbleiben, Sir.«

»Gut.« John erhob sich. »Ich muß nur noch mal zu meinem Wagen und einige Sachen holen.«

Mary O'Shea war ebenfalls aufgestanden. »Und was wollen sie unternehmen, Sir?«

»Ganz einfach.« John lächelte. »Ich werde der nächste Fahrgast in der Teufelskutsche sein . . .«

»Was – was machen wir denn jetzt?« fragte Willy stotternd.

»Das weiß ich auch nicht.« Sam Bassum war kalkweiß im Gesicht. Er hatte Mühe, das Essen in seinem Magen zu behalten.

Bassum hatte den Kofferraumdeckel wieder zugeknallt und suchte in seinen Taschen nach Zigaretten.

Er bot Willy auch ein Stäbchen an.

»Dann haben wir einen Mörder unter uns«, sagte Willy und erschauderte.

»Oder zwei.«

»Am besten ist, wir tun so, als hätten wir gar nichts gesehen«, meinte Willy. »Sie reparieren den Wagen, nehmen das Geld, lassen die beiden fahren und benachrichtigen anschließend die Polizei.«

Sam Bassum blickte seinen Gehilfen überrascht an. »Du kannst ja sogar denken.«

Willy grinste geschmeichelt und strich verlegen über sein Haar. »Ich habe mal einen Film gesehen, da ist auch so was passiert. Da haben die Leute das gleiche gemacht.«

»Und was ist hinterher mit ihnen geschehen?«

Willy drehte verlegen an seinen Fingern. »Die Kumpane der Gangster haben sich allerdings an den beiden gerächt.«

Sam Bassum winkte ab. »Ach, hör mir doch mit dem Quatsch auf. Nein, ich werde in das Gasthaus gehen und die beiden zur Rede stellen. Mal sehen, was sie sagen. Außerdem zählt die Frau ja nicht. Und mit dem Kerl werden wir immer noch fertig. Schließlich bin ich ja nicht allein.«

»Soll ich mitgehen?« fragte Willy schüchtern.

Meinetwegen.«

»Dann komm.«

Sam Bassum verschloß sorgfältig das Tor der Baracke hinter sich. Er wollte nicht, daß ungebetener Besuch die Leiche entdeckte. Allerdings sahen beide den Mann nicht, der sich auf dem Platz versteckt hielt.

Leo Lunt hatte es sich inzwischen überlegt. Die Leiche weiterhin im Kofferraum zu lassen, war ihm zu risikoreich erschienen. Er wollte sie herausholen und sie am Ortsausgang in irgendeinem Gebüsch verstecken. Bis sie gefunden wurde, waren sie längst über alle Berge.

Lunts Rechnung schien aufzugehen. Bassum und sein Gehilfe verließen den Hof.

Der Mörder grinste.

Die Dunkelheit war sein Komplize. Am Himmel stand ein

fahlgelber Vollmond, dessen bleiches Licht von den Wolken verschluckt wurde. Vorsichtig bewegte Leo Lunt sich über den Platz. Einmal stieß er gegen eine leere Konservendose.

Das scheppernde Geräusch schien seiner Meinung nach meilenweit gehört zu werden.

Doch alles blieb ruhig.

Lunt schlich weiter. Er hatte Cora zurückgelassen. Sie sollte in der Gaststätte die Stellung halten. Lunt hatte für sein Vorhaben nicht mehr als eine Stunde einkalkuliert.

Das Barackentor tauchte vor ihm auf. Lunt knipste eine kleine Taschenlampe an und ließ den Strahl über das Holz wandern. Er verbiß sich einen Fluch, als er sah, daß das Tor durch ein Vorhängeschloß gesichert war. Diese Dinger konnte man zwar knacken, doch das ging nicht ohne Lärm über die Bühne. Aber hinein mußte Lunt, da führte kein Weg dran vorbei.

Er probierte die Fenster, und siehe da, er hatte Glück. Ein Flügel ließ sich leicht aufstoßen. Lunt grinste, als er sich durch die Öffnung schwang. Er brauchte sich dabei noch nicht einmal besonders anzustrengen.

Nur die Landung ging nicht so glatt. Lunt stieg mit dem linken Fuß in einen unter dem Fenster stehenden Blecheimer, verhakte sich darin und fiel der Länge nach hin. Er spürte unter seinen Händen etwas Klebriges.

Bestimmt Öl oder Schmiere, dachte er und fluchte wütend, weil er damit rechnete, daß seine Kleidung auch etwas abbekommen hatte und man ihm ansehen konnte, wo er gewesen war.

Es half nichts. Er mußte weiter.

Lunt rappelte sich auf und knipste wieder die Taschenlampe an. Der dünne Strahl wanderte über allerlei Werkzeug und erfaßte schließlich den Volvo.

Lunt ging auf den Wagen zu. Probehalber drückte er auf den Verschlußknopf des Kofferraumdeckels.

Die Haube sprang hoch.

Unwillkürlich ging der Mörder einen Schritt zurück. Er hatte sich erschrocken wie selten in seinem Leben. Aber zum Teufel, wie konnte das sein? Er hatte den Kofferraum doch abgeschlossen! Es gab keine andere Möglichkeit. Die beiden Automechaniker mußten den Toten entdeckt haben.

Der Gedanke daran trieb Leo Lunt den kalten Schweiß auf die Stirn.

Doch jetzt mußte er die Leiche erst recht wegschaffen. Hoffentlich blieb ihm noch genügend Zeit. Sollten die ihm hinterher erst mal was beweisen. Außerdem taugten die Dorfpolizisten sowieso nichts, falls es hier überhaupt einen Konstabler gab.

Leo Lunt wuchtete sich den Toten über die Schulter und schloß den Deckel des Kofferraums wieder. Dann ging er den gleichen Weg zurück.

Die Leiche kippte er kurzerhand durch das Fenster, stieg hinterher, lauschte einen Moment, und als er nichts Verdächtiges hörte, warf er sich den Toten wieder über die Schulter.

So schnell es ging, verließ er mit seiner makabren Last den dunklen Hof.

Über die Hauptstraße des Ortes traute er sich nicht. Er nahm den beschwerlichen Weg durch Gärten und über Zäune. Schließlich hatte er einen Platz gefunden. Es war eine kleine Mulde, in die er die Leiche hineinlegte und sie anschließend mit ein paar Steinen zudeckte.

Keuchend richtete sich Leo Lunt wieder auf.

Niemand hatte ihn beobachtet, und Lunt mußte grinsen, wenn er daran dachte, wie elegant er das Problem aus der Welt geschafft hatte.

Aufatmend machte er sich wieder auf dem Weg zum Gasthaus. Diesmal ging er über die Hauptstraße und blieb unwillkürlich stehen, als er den Bentley sah, von dem ihm auch schon Cora Nelson erzählt hatte.

Lund zündete sich eine Zigarette an und betrachtete sich den Wagen genauer.

Tatsächlich, der Bentley kam aus London. Aber was hatte der Fahrer hier zu suchen?

Leo Lunt hatte sich gerade nach dem Nummernschild gebückt, als die Tür des Hauses aufgezogen wurde, vor dem der Bentley parkte. Ein Lichtbalken durchschnitt die Dunkelheit, und Leo Lunt konnte sich gerade noch rechtzeitig verdünnisieren.

In sicherer Entfernung blieb er stehen und beobachtete, wie ein Mann das Haus verließ, den Kofferraumdeckel des Bentley hochklappte, eine Tasche herausnahm, den Deckel wieder verschloß und auf das Haus zuging.

Und dann hörte Leo Lunt eine Frauenstimme. »Ich habe Ihnen eine Decke bereitgelegt, Herr Oberinspektor. Wenn Sie sich hinlegen wollen, dann . . .«

Leo Lunt hörte die weiteren Worte nicht mehr. Er hatte das Gefühl, plötzlich einen Tiefschlag erhalten zu haben.

Oberinspektor, hatte die Frau gesagt. Das konnte nur bedeuten, daß ein Polizist in ihrem Haus war und daß man ihm und Cora bereits auf der Spur war.

Der Mörder hatte es plötzlich mehr als eilig.

Alice Paine war es schlecht. Das Kind spürte die Nachwirkungen des Betäubungsmittels. Ihr Magen rebellierte, und Alice konnte einen Brechreiz nicht länger unterdrücken.

Weinend blieb sie auf dem Bett liegen. Sie hatte schreckliche Angst. Das Zimmer kam ihr fremd und unheimlich vor, außerdem war es nicht beheizt, und die Kälte ließ Alice am gesamten Körper zittern. Nur allmählich kehrte die Erinnerung des Kindes zurück.

Deutlich sah sie den Mann mit der Pistole vor ihrem geistigen Auge, und sie erinnerte sich auch daran, wie Jim, der Leibwächter, tot zusammengebrochen war. Eine Frau hatte sie dann in einen fremden Wagen gezogen, ihr irgend etwas vor den Mund gehalten – und danach wußte Alice nichts mehr.

Aber wo befand sie sich jetzt?

Dieser dunkle Raum, in dem nicht einmal eine Lampe brannte und durch dessen Fenster schwaches Mondlicht fiel, flößte dem neunjährigen Mädchen Angst ein. Schreckliche Geschichten fielen ihr ein, die sie mal von ihren Klassenkameradinnen gehört hatte. Vielleicht war aber alles auch nur ein Scherz oder ein Traum?

Wenn sie die Augen öffnete, lag sie in ihrem Bett und . . .

Alice kniff sich in den Arm. Sie spürte den Schmerz und wußte im selben Moment, daß es kein Traum war. Man hatte sie also einfach mitgenommen.

Aber was wollten die Leute von ihr? Sie hatte ihnen doch nichts getan. Von Kidnapping und Lösegeldforderungen wußte Alice nichts. Sie war in einem wohlbehüteten Haus aufgewachsen, in dem man jede Gefahr und jede Aufregung von ihr ferngehalten hatte. Deshalb konnte sie mit ihrer jetzigen Situation kaum fertig werden.

Alice Paine setzte sich auf. Die Matratzen quietschten, und Alice spürte eine Sprungfeder des Bettunterteils.

Alices Blicke versuchten das Halbdunkel des Zimmers zu durchdringen. Sie dachte daran, daß auch der Mann und die unbekannte Frau hier sein mußten, doch Alice konnte niemanden entdecken.

Eigentlich war sie froh darüber, denn wenn sie an das Gesicht des Mannes dachte, überfiel sie nachträglich noch ein kalter Schauer.

Sie stand auf und mußte sich im nächsten Moment am Bettpfosten festhalten, da ihr schwindelig wurde.

Minutenlang blieb sie so stehen. Die Augen hielt sie geschlossen, und sie atmete tief durch, so wie man es ihr im Balettunterricht beigebracht hatte.

Es wurde ihr langsam besser.

Jetzt dachte sie auch daran, das Zimmer zu verlassen. Denn solange der Mann und die Frau noch nicht wieder zurück waren, konnte sie unbemerkt verschwinden.

Auf Zehenspitzen schlich Alice Paine zur Tür.

Sie hatte Glück, denn die Tür war offen. Das Kind machte sich darüber keine Gedanken. Es nahm es einfach als gegeben hin. Alice wußte nicht, daß es in diesem Haus bis auf die Gaststube überhaupt kein Zimmer gab, das man abschließen konnte.

Sie schlüpfte durch den Türspalt in einen finsteren Gang. Es war so dunkel, daß sie nicht einmal die Hand vor Augen sehen konnte.

Alice blieb stehen und lauschte. Sie hörte ihr eigenes Herz pochen. Es kam ihr laut vor.

Unter ihr mußte wohl gefeiert werden. Sie hörte laute Stimmen und grölendes Gelächter.

Alice tastete sich an der Wand entlang, als sie weiterging. Sie hatte unbewußt genau die Richtung eingeschlagen, die zur Treppe führte. Zum Glück hatten sich ihre Augen inzwischen an die herrschenden Lichtverhältnisse gewöhnt, so daß sie Umrisse erkennen konnte. Außerdem fiel von unten her ein schwacher Lichtschein auf die Treppenstufen.

Alice sah die Treppe rechtzeitig genug. Mit der linken Hand umfaßte sie den runden Handlauf des Geländers. Dann setzte sie den Fuß vorsichtig auf die erste Stufe.

Das Holz knarrte unter ihrem Gewicht, und Alice hatte Angst, jeder könne sie hören.

Doch nichts geschah.

Unbehelligt schaffte sie auch die fünf Stufen bis zum ersten Absatz. Hier blieb Alice erst mal stehen und sah die restlichen Stufen hinunter. Das Licht, das die Treppe beleuchtete, stammte von einer trüben Lampe, die über einer Tür hing. An der Tür war ein Schild befestigt worden. Was darauf stand, konnte Alice aus dieser Entfernung nicht lesen.

Sie wollte gerade weitergehen, als die Tür plötzlich geöffnet wurde und ein Mann den Gang betrat.

Alice zuckte zurück. Plötzlich fing sie an zu zittern.

Der Mann sah das Kind nicht. Er hatte die Hände in den Hosentaschen vergraben und ging mit wiegenden Schritten auf eine Tür zu, die zu den Toiletten führte.

Alice wartete, bis der Mann wieder zurückgekommen war, und ging dann weiter.

Ungesehen erreichte sie das Erdgeschoß.

Sie blickte sich schnell um.

Ein Gang glich dem in der ersten Etage aufs Haar. Am Ende befand sich eine Tür, die ein wenig offenstand und vom Wind hin und her bewegt wurde.

Alice huschte auf die Tür zu. Die Neunjährige hatte eine schnelle Auffassungsgabe. Sie ging bewußt nicht in den Gastraum, denn sie nahm an, daß sich dort unter Umständen ihre Entführer aufhielten.

Alice gelangte in einen Garten.

Sie trug nur ihren Pullover und die Hose. Der kalte Nachtwind pfiff durch ihre Kleidung, und das Kind begann zu frieren.

Obwohl es ihr kalt war, trieb es sie von dem Haus weg, in dem sie gefangengehalten worden war.

So schnell sie konnte, lief sie durch den Garten, sprang über einen Zaun und erreichte nach mehreren Umwegen die Hauptstraße des Ortes.

Hier blieb sie erst einmal stehen.

Dunkel und verlassen lag die Straße vor ihr. Die Häuser verschmolzen mit der Finsternis, und nur hinter wenigen Fenstern brannte Licht.

Alice Paine kam sich unsagbar verlassen vor. Sie begann zu

weinen. Und doch traute sie sich nicht, in einem der Häuser Zuflucht zu suchen. Sie rannte einfach los, wollte sich irgendwo verstecken, den neuen Tag abwarten und dann jemanden um Hilfe bitten.

Das Mädchen hatte das Dorf schnell hinter sich gelassen. Ein schmaler Weg zweigte von der Straße ab. Er war von Büschen und Sträuchern flankiert.

Alice nahm den Weg und ahnte nicht, daß es der Pfad war, der direkt zur Burg führte . . .

Willy hatte durch eines der Fenster gepeilt. Jetzt winkte er seinem Meister aufgeregt zu.

»Sie sind beide da«, sagte er. »Der Mann und auch die Frau.«

Bassum nickte. »Das ist gut. Wieviel Leute sind denn noch in der Gaststube?«

»Ich habe sie nicht gezählt. Aber allein sind wir nicht.«

Sam Bassum hatte vor Aufregung feuchte Handflächen. Noch nie im Leben hatte er sich in solch einer Situation befunden. Für ihn waren die beiden Mörder, und er wollte sie stellen. Sicher, wenn es im Ort eine Polizeistation gegeben hätte, wäre alles viel einfacher gewesen, aber so mußte man eben das Gesetz des Handelns selbst in die Hand nehmen.

Ich hätte ja auch eigentlich in Glasgow oder Aberdeen anrufen können, dachte Sam, aber dann hätte er den Ruhm teilen müssen, und dabei sah er sich schon im Geiste auf den Titelseiten der Zeitungen.

»Was überlegen Sie, Chef?« fragte Willy und begann wieder zu husten.

»Nichts«, erwiderte Bassum. »Wir gehen rein.«

Willy schüttelte den Kopf. »Ich bleibe lieber draußen.«

»Angst?«

»Ja, Chef. Die haben eine Pistole. Denken Sie an den Toten. Der hatte die Kugeln in der Brust.«

Solche Worte waren natürlich nicht dazu angetan, Sam Bassums Mut zu steigern, trotzdem gab er sich einen Ruck und ging mit festen Schritten auf den Eingang zu.

Willy blieb zurück. Er drückte seinem Meister wenigstens die Daumen.

Sam Bassum atmete noch einmal tief durch, legte die Hand auf die Klinke und stieß dann entschlossen die Tür der Gaststätte auf. Eine Rauchwolke wehte ihm entgegen.

Kinney, der Wirt, stand hinter dem Tresen und füllte Gläser mit Bier. Er hatte Sam Bassum noch nicht bemerkt.

Vier Tische waren besetzt. An dreien davon saßen Männer aus dem Dorf. Der letzte Tisch – er stand am Fenster – war von dem Pärchen in Beschlag genommen worden.

Die beiden hatten die Köpfe zusammengesteckt und flüsterten. Ab und zu lachte die Frau auf. Zwischen ihnen stand eine Whiskyflasche und vor ihnen zwei Gläser.

Sam Bassum beobachtete die beiden eine Weile.

»He, Sam, träumst du?« Die Stimme des Wirtes riß Bassum aus seinen Gedanken.

Auch die übrigen Gäste waren aufmerksam geworden. Leo Lunt winkte Bassum sogar zu und rief: »He, Wirt, geben Sie dem Gentleman einen Whisky auf meine Kosten. Wenn er auch keine Autos reparieren kann.« Lunt begann zu lachen.

Bassum ignorierte den Mann, ging zum Tresen und winkte Kinney.

»Was ist denn?« fragte der Wirt ungehalten. »Siehst du nicht, daß ich zu tun habe? Selten ist das Geschäft so gut gelaufen.«

»Ich habe mit dir etwas zu bereden.«

»Und?«

»Komm mal näher ran, ich kann nicht so laut sprechen.« Bassum warf einen vorsichtigen Blick in die Runde. Dann beugte er sich über den Tresen und flüsterte dem Wirt einige Worte ins Ohr. Kinney wurde langsam blaß, und seine Augen immer größer.

Als Bassum geendet hatte, fragte er: »Stimmt das denn wirklich mit der Leiche?«

»Ja, Willy und ich haben sie mit eigenen Augen gesehen.«

»Und was willst du jetzt machen?«

»Mir den Kerl schnappen.«

»Allein?«

»Natürlich nicht. Ihr sollt mir dabei helfen.«

Kinney kratzte sich am Kopf. »Der wird aber bewaffnet sein und . . .«

»Schläfst du, Kinney!« brüllte einer der Gäste. »Ich habe Durst, zum Teufel.«

»Ja, ja, ich komme schon.« Kinney warf Bassum einen bedauernden Blick zu und schnappte sich das Tablett mit den gefüllten Bierkrügen.

Bassum hielt nichts mehr an seinem Platz. Er hatte seinen Entschluß längst gefaßt.

Zielstrebig schritt er auf den Tisch zu, an dem die beiden Verdächtigen saßen.

Leo Lunt und Cora Benson hoben die Köpfe.

Bassum blieb vor dem Tisch stehen. Er sah, daß Lunt schon einen leicht glasigen Blick hatte.

»Was gibt es, Meister der Schraube?« rief Lunt jovial.

Sam Bassum holte tief Luft. Dann sagte er mit lauter Stimme, so daß jeder im Gastraum es hören konnte: »Im Kofferraum Ihres Wagens liegt ein Toter. Und ich halte Sie für den Mörder, Mister.«

Von einem Augenblick zum anderen trat Totenstille ein. Ungläubigkeit und fassungsloses Staunen spiegelten sich auf den Gesichtern der Anwesenden wider.

Und plötzlich begann Leo Lunt zu lachen. Er lehnte seinen Oberkörper zurück und schlug sich schreiend auf die breiten Schenkel. »Wenn ich das ja nicht als Witz auffassen würde, hätte ich Ihnen beide Ohren abgerissen, mein Lieber.« Dann wurde Lunt schlagartig ernst. »Machen Sie öfter solche Scherze?«

»Das ist kein Scherz.«

Lunt schlug mit der Faust auf den Tisch und sprang auf. »Ich verbiete mir Ihre Anschuldigungen!« schrie er. »Ich werde Sie . . .«

»So beruhige dich doch, Leo«, sagte Cora Benson und legte dem Mann die Hand auf den Arm. »Es ist bestimmt alles nur ein Missverständnis.«

»Ich will mich aber nicht beruhigen«, kreischte Leo Lunt. Er machte eine weitausholende Armbewegung. »Was sollen diese Gentlemen von uns denken? Die Anschuldigung ist ungeheuer, mein Lieber. Und«, Lunts Stimme senkte sich zu einem Flüstern, »die müssen Sie beweisen.«

»Das werde ich auch.« Sam Bassum nickte entschlossen. »Sind Sie damit einverstanden, daß diese Gäste hier mit zu meiner Werkstatt gehen, um sich dort von der Richtigkeit meiner Anschuldigung zu überzeugen?«

»Und ob ich damit einverstanden bin«, trompetete Leo Lunt.

»Sollte sich Ihre Behauptung jedoch als Lüge erweisen, werde ich mir überlegen, ob ich Sie nicht wegen übler Nachrede anzeige.« Er wandte sich an Cora Benson. »Kommst du mit?«

»Nein, ich bleibe bei dem Kind.«

»Gut, es wird ja nicht lange dauern.«

Die anderen Gäste waren von ihren Stühlen aufgesprungen. Sie wußten immer noch nicht, was sie sagen sollten. Während Cora nach oben ging, führte Leo weiterhin das große Wort. Er wollte sofort losmarschieren, doch einige Leute mußten erst noch ihre Gläser austrinken.

Zwei Minuten später wurde Leo Lunt schlagartig ruhig. Dann nämlich, als Cora zurückkam und er ihr Gesicht sah. An dem Ausdruck erkannte er, daß etwas passiert sein mußte.

»Komm mal mit!« zischte Cora und faßte Lunt am Arm.

»Was ist denn?«

»Die Göre ist verschwunden!«

Lunt fielen bald die Augen aus dem Kopf. »Du machst doch Witze?«

»Nein.«

»Und was jetzt?«

Cora hob die Schultern. »Lange kann sie ja noch nicht weg sein. Ich war ja vor einer halben Stunde noch oben. Ich werde sie suchen. Geh du mit den Männern, das ist im Moment auch wichtig.«

»Okay.« Lunt quälte sich ein Grinsen ab und sagte betont forsch: »Los, Kameraden, auf geht's! Bin mal gespannt, ob wir noch mehr Leichen finden werden.«

Lunt lachte laut und unecht.

Draußen schloß Willy sich der Gruppe an, und wenig später standen sie in Sam Bassums Werkstatt.

Die Männer hatten sich um den Volvo versammelt. Eine kaum zu unterdrückende Spannung lag auf ihren Gesichtern.

»Schließen Sie den Kofferraum ruhig auf, Bassum«, sagte Leo Lunt und verschränkte provozierend die Arme vor der Brust. Er fühlte sich schon ganz als Sieger.

»Das brauche ich gar nicht.« Bassum drückte auf den Verschluß-knopf und zog den Deckel hoch.

Elf Augenpaare starrten in den Kofferraum.

Er war – leer.

Cora Benson hatte sich nur eine Jacke übergeworfen und war dann nach draußen gelaufen.

Mitten auf der Straße blieb sie stehen. Im ersten Augenblick wollte sie den Namen des Kindes rufen, doch dann kam sie sich lächerlich vor. Nein, sie und Leo Lunt hatten schon zuviel Aufsehen erregt. Bisher wußten die Menschen aus dem Ort noch nicht, daß das Kind verschwunden war. Und dabei sollte es auch bleiben.

Cora begann zu überlegen. Wo konnte Alice sich versteckt haben? Bei fremden Leuten? Nein, soweit sie das Mädchen einschätzte, war es viel zu schüchtern, um so etwas zu tun. Andererseits hatte das Kind auch Angst, und da reagierte man wohl nicht ›normal‹. Trotzdem konnte Cora nicht glauben, daß sich Alice in einem der Häuser versteckt hielt. Bestimmt hätten die Leute etwas unternommen und Cora einige unangenehme Fragen gestellt.

Ich muß sie finden, dachte Cora. Koste es, was es wolle.

Mit schnellen Schritten ging Cora Benson die Hauptstraße entlang und näherte sich dem Ende des Dorfes. Vor einem Haus parkte der Bentley aus London, dessen Fahrer Cora angesprochen hatte.

Leo Lunt hatte ihr erzählt, daß der Mann ein Oberinspektor war. Also ein Bulle. Aber was hatte er hier in dieser gottverlassenen Gegend zu suchen? Er war bestimmt nicht ihr und Leo auf den Fersen, denn wäre das der Fall gewesen, hätte er sicher schon zugeschlagen. Der Besuch konnte durchaus einen harmlosen, verwandtschaftlichen Grund haben. Ein schlechtes Zeichen war es dennoch. Cora und Leo hatten beschlossen, den Bullen im Auge zu behalten.

Cora warf einen mißtrauischen Blick auf das Haus. Hinter den erhellten Fenstern sah sie die Schattenrisse einer Frau und eines Mannes. Gerade zog der Mann die Gardine zur Seite.

Die Schwarzhaarige tauchte schnell in der Dunkelheit unter und hatte nach wenigen Minuten das Ende des Dorfes erreicht.

Sie blieb stehen und blickte auf ihre Uhr.

Nicht einmal mehr dreißig Minuten bis Mitternacht.

Unwillkürlich dachte sie an den Begriff Geisterstunde, und Cora verspürte ein leichtes Frösteln auf dem Rücken.

Der Weg führte bergauf. Er war gespickt mit spitzen Steinen, die manchmal schmerzhaft durch das Leder ihrer Schuhe drangen.

»Verdammt noch mal«, fluchte die Schwarzhaarige nicht gerade ladylike. »Wo hat sich das Balg denn nur versteckt?«

»Alice! Komm zurück. Dir geschieht nichts. Du kannst doch nicht die ganze Nacht hier draußen bleiben. Du holst dir ja noch den Tod.«

Diese Sätze aus dem Mund der Frau waren der blanke Hohn.

Plötzlich sah sie den Schatten. Nur wenige Meter von ihr entfernt sprang er auf den Weg.

Kein Zweifel, das war Alice Paine.

Mit schnellen Schritten rannte das Kind den Weg hoch.

Cora lachte teuflisch. »Paß auf, jetzt kriege ich dich, du Kröte!«

Alice Paine hatte die Frau gehört, wie sie ihren Namen rief. Von einer Sekunde zur anderen hatte das Kind die Angst angefallen. Alice hatte sich noch tiefer in ihr Versteck geduckt, doch die Frau kam ihr immer näher.

Dann hatte es Alice nicht mehr ausgehalten.

Panikartig hatte sie ihr Versteck verlassen und rannte den Weg hoch.

Doch die Frau war schon dicht hinter ihr. Alice hörte bereits das Keuchen, spürte den heißen Atem in ihrem Nacken und versuchte, noch schneller zu laufen.

Für Sekunden vergößerte sich der Abstand.

Cora Benson fluchte laut. Sie hatte sich bereits vorgeworfen, um Alice zu packen, doch jetzt mußte sie selbst darauf achten, daß sie nicht ausrutschte.

Einmal knickte sie um und hatte Glück, daß sie sich nicht den Fuß verstauchte.

Das Kind rannte noch immer. Die langen blonden Haare flogen wie eine helle Fahne.

Doch dann war Cora Benson heran.

Mit der linken Hand packte sie Alice an der Schulter, riß das Mädchen herum.

Alice Paine schrie.

»Hab' ich dich endlich, du Kröte!« Wut, Haß und Anstrengung hatten das Gesicht der Frau zu einer Grimasse verzerrt.

Alice war ein paar Schritte getaumelt. Tränen rannen aus ihren Augen.

Cora holte aus und schlug dem Kind mitten ins Gesicht.

Alice brach weinend zusammen.

Cora riß sie wieder hoch. »Und jetzt kommst du mit!« keuchte sie nach Luft schnappend. »Ich werde dich lehren, uns einfach wegzulaufen. Anketten werden wir dich, du . . . du . . .«

Cora fiel im Moment das passende Wort nicht ein.

Alice begann zu betteln. »Nicht schlagen«, wimmerte sie. »Bitte, nicht schlagen. Es tut so weh.«

»Warte mal, bis Leo dich sieht«, sagte die Frau. »Der wird noch ganz andere Sachen mit dir anstellen.«

Cora riß das Kind mit sich. Ihre Finger hatten sich um Alices linkes Handgelenk geklammert, schleiften das Mädchen mit sich wie einen Sack.

Cora kam genau zehn Schritte weit, als ein Geräusch sie herumwirbeln ließ.

Wie aus der Hölle entsprungen, raste eine pechschwarze Kutsche den Weg herab. Zwei Pferde zogen das Gefährt, und aus ihren Nüstern drangen Feuer und Rauch.

Auf dem Bock der Kutsche saß eine unheimliche Gestalt und schwang eine Peitsche.

Cora Benson war vor Schreck wie festgeleimt. Ihr Gesicht war eine Grimasse des Entsetzens, ihre Hand hatte Alices Gelenk losgelassen.

Und die Teufelskutsche raste genau auf die beiden zu . . .

John Sinclair blickte auf seine Uhr. »Noch eine halbe Stunde bis Mitternacht«, sagte er.

Mary O'Shea nickte stumm. Sie saß im Sessel und hatte rotgeränderte, übermüdete Augen. Sie war schon mehrere Male eingeschlafen, doch immer wieder aufgeschreckt. John hatte sie dazu bewegen wollen, ins Bett zu gehen, aber Mary O'Shea dachte gar nicht daran.

»Ich will dem Mörder meines Mannes Auge in Auge gegenüberstehen«, hatte sie gesagt, doch gerade das wollte John Sinclair vermeiden.

»Kommen eigentlich häufig Fremde in diesen Ort?« fragte der Geisterjäger.

Mary O'Shea schüttelte den Kopf. »Vielleicht alle Jubeljahre einmal. Und dann haben sich die Leute verfahren. Rockford ist kein Ort, in dem man sich erholen kann. Wir haben noch nicht einmal ein Hotel. Nur ein altes Gasthaus ohne Komfort. Die Menschen hier wollen auch keine Fremden. Aber warum fragen Sie?«

John drückte die Zigarette aus. »Ich habe mich nur gewundert, denn als ich hier eintraf, hatte ich mich bei einer Frau nach Ihrer Adresse erkundigt. Die Dame war allerdings fremd hier, wie sie mir sagte.«

»Tut mir leid, aber ich werde sie wohl nicht kennen. Ich habe mich auch in den letzten Tagen kaum aus dem Haus gerührt.«

John erhob sich und streckte seine Glieder. »Aber ich werde mich jetzt aus dem Haus rühren. Ich will nicht warten, bis diese Kutsche kommt, sondern sie abfangen. Und zwar noch vor der Ortschaft, damit nicht noch andere Menschen in Gefahr geraten.«

»Aber Sie sind ja dann ganz allein.«

John schlüpfte in sein Jackett. Den Mantel zog er nicht über, er würde ihn nur behindern. »Glauben Sie denn, Mrs. O'Shea, mir würde jemand helfen?«

»Da haben Sie auch wieder recht.«

»Sehen Sie. Sie können aber eins tun.«

»Und?« Mary O'Shea war ebenfalls aufgestanden.

»Mir die Daumen drücken.«

Die Frau blickte den Oberinspektor ernst an. »Das werde ich auch. Und ich werde für Sie beten, Mister Sinclair.«

»Tja, das wär's dann wohl.« John Sinclair verließ das Zimmer, lächelte Mary O'Shea noch einmal aufmunternd zu und ging dann aus dem Haus.

Mary O'Shea hatte dem Oberinspektor den Weg beschrieben, den die Kutsche nehmen mußte.

John setzte sich augenblicklich in Bewegung. Mit schnellen Schritten ging er durch den verlassenen, nachtdunklen Ort. Es war alles ruhig, und John spürte das Brennen seiner Narbe, das immer dann einsetzte, wenn eine Gefahr in der Luft lag.

John Sinclair hatte die letzten Häuser kaum hinter sich gelassen, da hörte er den Schrei.

Einen Atemzug lang blieb der Oberinspektor stehen, doch dann begann er zu rennen.

Noch zehn Yards – noch fünf Yards – dann . . .

Das Mädchen und die Frau standen immer noch wie angewachsen. Riesengroß wuchsen die Pferde vor ihnen auf. In der nächsten Sekunde mußten sie von den Hufen zerschmettert werden.

Doch im letzten Augenblick wurden die beiden pechschwarzen Höllenboten gezügelt.

Schrill wiehernd und fauchend stiegen sie mit den Vorderbeinen hoch. Die Hufe zuckten dicht vor Coras Gesicht, die Eisen funkelten im Mondlicht.

Ein höllisches Gelächter drang an die Ohren der beiden Menschen. Plötzlich schwang sich die Gestalt vom Bock der Kutsche. Die dunkle Kutte wehte, und dann fegte das Leder einer Peitsche durch die Luft.

Züngelnd ringelte sich die Schnur um Coras Hals.

Die Frau kam nicht einmal mehr dazu, einen Schrei auszustoßen.

Innerhalb eines Atemzuges wurde ihr die Luft knapp. Sie riß beide Hände zum Hals hoch, wollte die Schnur lockern, doch ein kräftiger Ruck schleuderte Cora zu Boden.

Die Frau wand sich auf der Erde. Sie röchelte zum Steinerweichen. Doch der Unheimliche kannte keinen Pardon.

Während Cora Benson mit dem Tode kämpfte, jagte das schaurige Gelächter des Unheimlichen wie der Grabgesang des Teufels durch die finstere Nacht.

Alice Paine hatte dem Schauspiel aus schreckgeweiteten Augen zugesehen. Sie bekam alles gar nicht richtig mit, es erschien ihr wie ein böser Traum.

Sie wunderte sich nur, daß die Frau nicht mehr aufstand, als die Peitschenschnur sich von ihrem Hals löste.

Da erst wurde dem Kind bewußt, daß es hier wegmußte. Alice warf sich herum und rannte schreiend den Weg zurück.

Sie kam genau zehn Yards weit.

Etwas pfiff dicht über dem Boden durch die Luft, und dann ringelte die Schnur sich wie eine Schlange um ihre Waden.

Alice wurden die Beine unter dem Körper weggerissen.

Wie ein Brett fiel das Kind der Erde entgegen.

Zum Glück konnte Alice den Fall im letzten Moment mit den Ellenbogen etwas abfangen, und doch ging ihr der Aufprall durch Mark und Bein.

Alice Paine lag auf dem Bauch. Sie schmeckte den Dreck im Mund und fühlte, wie heiße Tränen an ihren Wangen entlangrannen.

Sie hörte den Gesichtslosen nicht kommen, er war plötzlich da und löste die Schnur von ihren Waden. Dann spürte Alice eine kalte Hand auf ihrer Schulter.

Ohne daß sie sich wehren konnte, wurde sie hochgezogen und herumgedreht.

Sie starrte den Gesichtslosen an, sah die leere Kapuze und hörte doch aus der Höhlung eine Stimme sprechen.

»Wie alt bist du?«

Alice schluchzte. »Neun Jahre«, sagte sie unter Tränen.

Der Gesichtslose lachte, und sein Griff, mit dem er Alice festhielt, wurde stärker, schmerzhafter.

»Neun Jahre also. Noch ein Kind bist du. Schade, daß du schon sterben mußt, aber der Kelem freut sich über jedes Opfer.«

Alice Paine begriff die Worte gar nicht richtig. Und das war vielleicht gut so, denn wenn ihr die Tragweite voll zu Bewußtsein gekommen wäre, hätte sie unter Umständen durchgedreht.

Der Gesichtslose schob Alice auf die Kutsche zu. »Komm«, flüsterte er, »steig ein, mein Täubchen. Der Kelem wartet nicht gerne. Und es dürstet ihn nach deiner Lebenskraft.«

Alice spürte den Schmerz an ihren Waden, die Knie wurden weich, und wenn der Unheimliche sie nicht festgehalten hätte, wäre sie hingefallen.

Der Gesichtslose riß die Tür auf.

Ein seltsamer Geruch drang aus der Kutsche. Alice wußte nicht, wonach es roch, fürchtete sich instinktiv davor.

Der Gesichtslose drückte gegen ihre Schulter. »Steig schon ein«, sagte er.

Plötzlich begann das Kind zu schreien. »Nein, nein, ich will nicht. Ich . . .«

Der Gesichtslose hob sie kurzerhand hoch und stieß sie in die Kutsche hinein.

Dann knallte er die Tür zu.

Vergeblich versuchte Alice Paine die Tür von innen zu öffnen. Sie trommelte mit beiden Fäusten gegen das Holz, aber auch das half nichts.

Der Gesichtslose lachte nur und schwang sich wieder auf den Bock.

Er wollte die Kutsche gerade wenden, als er die Schritte hörte.

Der Gesichtslose blieb starr sitzen.

Jemand hastete den Weg herauf.

Und da sah er schon die Gestalt. Es war ein Mann, und er hielt eine Pistole in der Hand.

John Sinclair sah die Kutsche im selben Augenblick und auch die unheimliche Gestalt, die auf dem Bock hockte. Er sah eine Frau in seltsam verrenkter Haltung auf dem Boden liegen und hörte das Schreien im Innern der Kutsche.

Da wußte John, daß der Unheimliche sich schon sein Opfer geholt hatte.

Der Geisterjäger zögerte keine Sekunde.

»Halt!« gellte seine Stimme auf, und gleichzeitig zog er den Stecher der Waffe durch.

Ein orangefarbener Blitz fegte aus der Mündung. Die Kugel jagte durch die Brust des Unheimlichen, dessen Gestalt sich vor dem Mondlicht deutlich abhob.

»Du Narr!« brüllte der Gesichtslose. »Mit Kugeln kannst du nichts gegen mich ausrichten!«

Er hatte die Worte kaum ausgesprochen, da hob er den Arm mit der Peitsche.

In diesem Moment hatte John Sinclair die Pferde erreicht und packte sie am Zaumzeug.

Da schrie der Gesichtslose einen Befehl.

Die Pferde rissen die Köpfe herum. Feurige Lohen schossen aus ihren Mäulern, und daß Johns Gesicht nicht verbrannt wurde, verdankte er nur dem Umstand, daß er bei der Aktion die Hände hochgehalten und seine Haut somit geschützt hatte.

Als wäre es aus glühendem Eisen, so schnell ließ John das Zaumzeug los und hechtete zur Seite, da die Hufe der Tiere nach ihm zielten.

Haarscharf nur zischten sie an seinem Kopf vorbei.

John verlängerte den Hechtsprung in eine Rolle, war gerade wieder auf den Füßen, da wischte die Schnur heran.

John Sinclair konnte unglaublich schnell reagieren.

Er tauchte weg und warf sich gleichzeitig nach hinten.

Die Schnur klatschte auf seine linke Schulter, riß einen Streifen aus dem Stoff.

Und dann spürte John die Peitschenhiebe.

Er lag im Staub, als das Leder über seinen Körper gezogen wurde.

Vergeblich versuchte der Oberinspektor, den mörderischen Schlägen zu entgehen. Während er sich um die eigene Achse rollte, hörte er das Schreien des Opfers aus der Kutsche. John Sinclair hatte sich die Sache zu einfach vorgestellt und mußte jetzt Lehrgeld bezahlen.

Er wußte nicht, wieviel Hiebe er hatte hinnehmen müssen, als er plötzlich über den Rand des Wegs hinwegrollte und eine kleine Böschung hinunterpurzelte.

Und wieder pfiff das Leder heran, doch diesmal verfing es sich in einem Strauch.

John hörte das wütende Schreien des Gesichtslosen, dann wurde der ganze Strauch mit einem Ruck aus dem Boden gerissen.

John versuchte aus der Gefahrenzone zu kriechen, doch es war nicht mehr nötig.

Der Gesichtslose wendete die Kutsche auf dem schmalen Weg und raste in einem wahren Höllentempo zurück zur Burg.

Auf der Strecke blieb ein geschlagener John Sinclair.

Es war wohl der reine Selbsterhaltungstrieb, der John wieder auf die Beine brachte.

An einem Strauch zog er sich hoch. John fühlte sich, als hätte er in flüssiger Lava gebadet. Sein Anzug war zerfetzt. Die Peitschenhiebe hatten ihn durchschnitten wie Papier und auf Johns Haut blutige Streifen hinterlassen. Zum Glück hatte John sein Gesicht schützen können. Es war von keinem Peitschenhieb getroffen worden.

Jeder Atemzug tat dem Geisterjäger weh. Seine Rippen schmerzten, und der Magen rebellierte. Mühsam kroch Sinclair die kleine Böschung zur Straße hoch.

Dort blieb er wankend stehen. Tief pumpte er die kalte Nachtluft in seine Lungen und fühlte, daß es ihm langsam besserging. Er sah an sich hinab, und ihm fiel der Vergleich mit einer Vogelscheuche ein.

Zum Glück hatten die Hiebe auf seiner Haut nicht allzu tiefe Wunden hinterlassen. Der Stoff hatte doch manchen Schlag gedämpft. Die Pistole hatte John verloren. Er machte sich auf die Suche und fand sie im Gras am Straßenrand.

John ließ die Waffe in der Halfter verschwinden. Die Kutsche war natürlich längst über alle Berge. John hätte sich gern noch einmal mit dem unheimlichen Kutscher unterhalten, diesmal jedoch nach seiner Methode. Er dachte an das Opfer. John hatte es nicht gesehen, doch hatte er das Schreien gehört, und es jagte ihm im nachhinein noch eine Gänsehaut über den Rücken.

Johns Blick fiel auf die tote Frau. Sie lag in seltsam verrenkter Haltung auf dem Weg.

Der Geisterjäger ging neben der Leiche in die Knie und beugte sich dicht über sie. Glanzlose Augen starrten ihn an, und auf dem Gesicht lag das Entsetzen wie eingemeißelt. Die Frau mußte schrecklich gelitten haben, bevor ihr der Unheimliche das Genick gebrochen hatte. Deutlich konnte John die Würgemale am Hals erkennen.

Der Oberinspektor kannte die Tote. Es war die Frau, die er nach dem Weg zu Mary O'Shea gefragt hatte. Aber was hatte sie um diese Stunde hier auf dem Weg zu suchen gehabt? Welche Rolle spielte sie in diesem höllischen Drama? Gab es eine Verbindung zwischen ihr und der geheimnisvollen Teufelskutsche?

Viele Fragen auf einmal, und John nahm sich vor, sie der Reihe nach zu beantworten. Das allerdings später. Erst wollte er sich um das unbekannte Opfer kümmern, das der Gesichtslose mitgenommen hatte. John Sinclair wollte Rock Castle einen Besuch abstatten.

Doch diesen Vorsatz mußte er vorerst beiseite schieben, denn der Teufel selbst schien in diesem Fall die Karten gemischt zu haben.

John hörte plötzlich laute Stimmen.

Er stand auf und drehte sich um.

Vom Dorf her kamen Menschen den Weg hoch. Sie hielten Fackeln in den Händen und sprachen erregt durcheinander.

Der Oberinspektor ging ihnen einige Schritte entgegen.

Anführer der Truppe war ein Mann mit grauer Schiebermütze. Sein dicker Oberkörper steckte in einem verwaschenen, fleckigen Overall. Als der Mann John sah, blieb er stehen, und sein Gesicht nahm einen abweisenden Ausdruck an.

Hinter ihm waren auch die anderen Leute stehengeblieben. Drohendes Gemurmel klang John Sinclair entgegen.

»Was suchen Sie hier, Mister?« fragte der Mann mit der Schiebermütze, der niemand anderes als Sam Bassum war.

John versuchte zu lächeln. »Das werde ich Ihnen später erklären. Jetzt habe ich keine Zeit. Ich muß . . .«

Sam Bassum unterbrach John Sinclair mit einer Handbewegung. »Sie müssen höchstens in eine Zelle, Mister. Allein wie Sie aussehen. Was ist hier passiert?«

John brauchte gar keine Antwort zu geben, denn in diesem Augenblick schrie eine Stimme: »Da liegt ja eine Tote!«

Sekundenlang war es still. Dann aber stürzten die Männer vor.

Der Oberinspektor wurde kurzerhand zur Seite gestoßen. Schreie wurden laut, Flüche, und plötzlich fühlte sich John gepackt und in einem mörderischen Griff festgehalten.

»Er ist der Mörder!« jaulte eine überschnappende Stimme.

»Ja, killen wir ihn auch!« schrie ein anderer.

Die Horde stand nur wenige Schritte vor dem Oberinspektor. Der Fackelschein tanzte über verschwitzte, erhitzte Gesichter, die zu Grimassen verzogen waren.

Blanker Haß leuchtete John aus den Augen entgegen. Fäuste wurden geschüttelt. Von einer Sekunde zur anderen war aus friedlichen Bürgern ein lynchwütiger Mob geworden.

Johns Magen zog sich zusammen. Mit allem hatte er gerechnet. Nur nicht mit solch einer Wendung des Falls.

»Laßt mich los!« brüllte er. »Ich habe mit dem Mord nichts zu tun. Ich bin Polizeibeamter!«

Die Männer lachten. Jemand schlug John die Faust in den Magen. »Du Schwein! Eine Frau umzubringen!«

John krümmte sich. Der Schmerz jagte heiße Wogen in ihm hoch. Er wollte etwas sagen, doch seine Stimme erstickte unter einem neuen Fausthieb.

Da griff Sam Bassum ein. »Ruhe!« brüllte er. »Verdammt noch mal, seid doch ruhig!«

Die Männer verstummten.

Bassum hob John Sinclairs Kopf an. Nach wie vor wurde der Oberinspektor von vier Männern festgehalten. Sie hatten Hände wie Schraubstöcke.

»Was haben Sie mit dieser Frau zu tun gehabt, und wo ist das Kind?«

John holte tief Luft. »Ich – ich kenne die Frau nicht«, ächzte er. »Ich habe sie gefunden, da war sie schon tot. Aber ich kenne den Mörder.« Im selben Augenblick zuckte ein schrecklicher Gedanke in dem Oberinspektor auf. Der Mann hatte etwas von einem Kind gesagt. Sollte vielleicht ein Kind in der Teufelskutsche gewesen sein?

John Sinclair hatte das Gefühl, sein Herz würde stehenbleiben. Ein Kind in den Klauen des Gesichtslosen! Das war schlimmer als . . .

»Wer ist dieses Kind?« fragte er.

»Die Tote war seine Mutter«, sagte Sam Bassum.

John schluckte. »Dann ist das Kind in der Kutsche«, erwiderte er mit rauher Stimme.

Die Männer schwiegen. Entsetzen breitete sich aus. Unwillkürlich flogen die Blicke der Anwesenden in die Richtung, in der die Burg lag.

Jemand stöhnte auf.

»Haben Sie gesehen, wie das Kind in die Kutsche gestoßen wurde?« fragte Sam Bassum.

»Nein, ich . . .«

John verstummte, denn ein Mann lief den Weg herauf.

Die Männer machten Platz. John hörte Bemerkungen wie: »Wenn er sie sieht, dreht er durch.«

Der Mann, der sich der Gruppe näherte, hatte einen Bürstenhaarschnitt und ein brutales Gesicht. Er sah die Tote und blieb plötzlich stehen, als wäre er gegen eine Wand gelaufen. Sekundenlang starrte er die Leiche an. Dann wandte er sich langsam um.

»Wer war das Schwein?« fragte er.

John blickte genau in die Augen des Ankömmlings. Es waren eiskalte, brutale Mörderaugen.

Ein Yard trennte die beiden Männer. Obwohl sie noch kein Wort miteinander gesprochen hatten, wußte John, daß er einen Todfeind vor sich hatte.

»Du warst es«, sagte der Mann plötzlich.

»Nein!« John Sinclairs Antwort war klar und deutlich. »Und wenn diese Männer mich loslassen würden, könnte ich auch den Beweis erbringen.«

»Den brauche ich gar nicht«, erwiderte Leo Lunt, der plötzlich die Chance sah, einen Polizisten loszuwerden. Niemand von den Leuten hier wußte, daß sie einen Polizisten in den Klauen hielten. Und hinterher war es dann eben zu spät. Der Tod seiner Komplizin war Lunt im Prinzip egal. Dann konnte er das Lösegeld wenigstens für sich allein behalten.

Bedächtig schüttelte Lunt den Kopf. Sein Blick glitt über die Männer. Jeden einzelnen sah er an, und er war sich sicher, daß ihm niemand in den Rücken fallen würde.

»Braucht ihr denn noch Beweise?« fragte er.

Die Männer schwiegen.

»Okay, die Antwort reicht mir. Dieses Schwein hat meine Frau umgebracht, und so etwas lasse ich mir nun mal nicht gefallen.«

Lunts rechte Hand verschwand unter dem Jackett.

John Sinclair hielt den Atem an. Er wußte, was dieser Mann plante. Leo Lunt wollte ihn erschießen.

Und John sollte recht behalten.

Als Lunts Hand wieder zum Vorschein kam, hielt sie eine Pistole. Es war eine belgische FN.

John Sinclair starrte auf die Waffe.

Leo Lunt lächelte kalt. Ganz dicht trat er an John Sinclair heran. Dann setzte er dem Oberinspektor die Mündung der Waffe gegen die Stirn.

John verdrehte die Augen. Er sah die Schweißperlen auf der Stirn des Mannes glitzern und roch den schlechten Atem.

Um die beiden herum hatte sich eine fast fühlbare Stille ausgebreitet.

Diese Männer würden Zeuge einer Hinrichtung werden. Es waren normale Menschen, die Mord und Totschlag eigentlich nur aus der Zeitung kannten. Und jetzt sollten sie erleben, wie ein Mann einfach gekillt wurde.

»Wie fühlst du dich, Bulle?« zischte Leo Lunt. Er sprach so leise, daß nur er und John die Worte hören konnten.

»Du weißt also Bescheid?« Der Geisterjäger bewegte beim Sprechen kaum die Lippen.

»Aber sicher doch, Bulle. Es paßt mir nicht, daß du hier bist. Du versaust mir mein Geschäft.«

»Sag mir wenigstens deinen Namen«, verlangte John mit gepreßter Stimme.

»Leo Lunt, Bulle.« Der Mörder kicherte. »Und jetzt gebe ich dir noch genau einen Atemzug . . .«

Der Schlag kam mit der Wucht eines Dampfhammers. Er traf Lunts Pistolenhand, schleuderte den Arm hoch.

Der Schuß krachte, doch die Kugel fauchte in den Nachthimmel.

Sam Bassum hatte zugeschlagen. »Hier wird niemand erschossen!« brüllte er. »Es steht noch nicht fest, daß dieser Mann Ihre Frau ermordet hat.«

»Du Idiot!« heulte Leo Lunt. Er kreiselte herum und legte auf Sam Bassum an.

Der Automechaniker starrte wie hypnotisiert auf die Waffe.

Da griff John Sinclair ein.

Sein rechtes Bein jagte hoch. Die Fußspitze knallte gegen das Handgelenk des Mörders.

Leo Lunt schrie auf. Die Pistole wurde ihm aus den Fingern geprellt. Im hohen Bogen segelte sie davon.

Lunt verlor sekundenlang den Überblick. Er stand wie ein Denkmal und stierte auf seine rechte Hand.

»Laßt mich los!« schrie John den Männern zu, die ihn festhielten. Die Männer gehorchten automatisch.

John hechtete aus dem Stand.

Wuchtig prallte er gegen den Mörder. Beide Fäuste rammte er in den Leib des Killers.

Lunt gurgelte auf und stürzte. John fiel auf ihn.

Doch Lunt war mit allen Wassern gewaschen. Er hatte im Zuchthaus die bösesten und gemeinsten Tricks gelernt.

Eine Faust zuckte vor. Der Oberinspektor drehte aber im letzten Augenblick den Kopf zur Seite. Die Faust traf seine linke Wange, und John hatte das Gefühl, ihm würden die Zähne aus dem Kiefer gestoßen.

Durch seine Aktion hatte er den Griff gelockert. Leo Lunt gelang es, John das Knie in die Magengrube zu rammen.

Der Geisterjäger stöhnte auf. Der Schmerz explodierte bis in sein

Gehirn hinein, für Sekunden verschwamm alles vor seinen Augen. Instinktiv rollte er sich von Lunt weg.

Mit einem Schrei setzte der Mörder nach. Seine Pranke krallte sich in Johns Hemd fest. Lunt riß den Oberinspektor ein Stück hoch, holte mit der anderen Hand aus, um John die Faust in das Gesicht zu schmettern.

Doch Sinclair war wieder voll da. Er duckte sich.

Die Faust rasierte seine Schulter.

Leo wurde nach vorn geworfen, geriet aus dem Gleichgewicht.

John packte Lunts Hüfte, riß den Mörder herum und warf ihn die kleine Böschung hinunter.

Augenblicklich hetzte John hinterher.

Lunt hatte sich in den Zweigen eines Strauches verfangen. Mühsam versuchte er, sich daraus zu befreien. Er bewegte die Arme wie ein Taucher, der an die Oberfläche des Wassers schnellen will.

John Sinclair schlug gezielt zu. Es war ein Schlag, den man genau dosieren mußte.

Der Geisterjäger beherrschte diese Kunst.

Leo Lunt zuckte noch einmal und blieb dann mit verdrehten Augen liegen.

Keuchend und ausgepumpt kniete John Sinclair neben ihm. Obwohl der Kampf nur eine knappe Minute gedauert hatte, hatte er John doch alles abverlangt.

Der Oberinspektor drehte den Kopf.

Am Wegrand standen die Männer. Noch immer brannten die Fackeln, und das zuckende Licht tanzte über den Oberinspektor und seinen bewußtlosen Gegner.

»Holt ihn hoch«, sagte John Sinclair. »Und fesselt ihn, er ist wahrscheinlich ein Verbrecher.«

Vier Männer schleiften den bewußtlosen Leo Lunt auf die Straße. Sam Bassum streckte John die Hand entgegen und half ihm hoch.

»Da hätten wir wohl bald einen Fehler gemacht«, sagte Bassum verlegen und nannte seinen Namen.

John nickte. »Das stimmt. Hier, sehen Sie.« John griff in die Tasche und präsentierte seinen Ausweis. »Ich bin Oberinspektor Sinclair von Scotland Yard.«

Betretenes Schweigen folgte seinen Worten. Sam Bassum fing

sich als erster. »Ich glaube, ich spreche für alle, wenn ich mich hier bei Ihnen entschuldige, Herr Oberinspektor. Aber warum haben Sie uns nichts von Ihrer Ankunft mitgeteilt?«

»Ich bin ja erst vor einigen Stunden eingetroffen. Ein Mitbürger hatte einen Brief an mich geschrieben. Mike O'Shea bat mich um Hilfe.«

Sam Bassum senkte den Kopf. »Wir – wir haben Mike schon seit fünf Tagen nicht mehr gesehen.«

»Ich weiß. Ich habe ja mit seiner Frau gesprochen. Wahrscheinlich hat sich Mike O'Shea für euch geopfert. Er ist freiwillig in die Teufelskutsche gestiegen, um dem Spuk ein Ende zu bereiten. Bestimmt ist er nicht mehr am Leben.«

Die übrigen Männer hatten einen Kreis um Sam Bassum und John Sinclair gebildet. Leo Lunt war noch immer bewußtlos und mit seinem eigenen, in Streifen gerissenen Hemd gefesselt worden.

Sam Bassum schüttelte den Kopf. »Das verstehe ich nicht. Mary hat uns doch gesagt . . .«

»Sollte sie zugeben, daß ihr Mann sich für alle geopfert hat? Für ein ganzes Dorf, das leider nur von Feiglingen bewohnt wird.«

Johns Worte trafen die Männer wie Nadelstiche.

»Aber was hätten wir tun sollen?« begehrte Sam Bassum auf.

»Wenigstens der Polizei Bescheid sagen. Schließlich sind sechs eurer Mitbürger nicht mehr am Leben. Aber das müßt ihr mit eurem Gewissen selbst ausmachen. Für mich geht es jetzt um dringendere Probleme. Wer sind diese Fremden, und wie kamen sie in das Dorf?«

»Wir wissen nur, daß sie Lunt heißen. Sie hielten hier wegen einer Autopanne. Der Wagen steht noch bei mir. Ich hätte ihn morgen repariert. Das heißt heute, wir haben ja schon nach Mitternacht.« Sam Bassum hob die Schultern. »Ganz astrein sind die uns ja auch nicht vorgekommen. Vor allen Dingen hat mein Gehilfe Verdacht geschöpft. Er wunderte sich, daß der Kofferraum abgeschlossen war. Mein Gehilfe ist sehr neugierig, wissen Sie. Er hatte den Kofferraum heimlich geknackt und eine Leiche gefunden.«

»Was?«

»Ja, Herr Oberinspektor. Da lag ein Toter im Kofferraum.« Sam Bassum wischte sich über die Stirn.

»Das sind ja immer neue Sachen«, wunderte sich John. »Und was haben Sie danach gemacht?«

»Wir haben Mister Lunt zur Rede gestellt. Er aber behauptete, von einer Leiche nichts zu wissen. Wir sind dann gemeinsam mit den Männern hier zu dem Volvo gegangen – und die Leiche war tatsächlich verschwunden.«

»Wie war das möglich?«

»Ich weiß es nicht. Vielleicht hat der Mörder auch Lunte gerochen und den Toten in der Zwischenzeit weggeschafft. Wir haben natürlich dumm aus der Wäsche geguckt. Und dann stellte sich anschließend heraus, daß das Kind und die Frau verschwunden waren. Wir haben uns sofort auf die Suche gemacht und Sie hier gefunden, Herr Oberinspektor, mit der toten Frau.«

John Sinclair mußte diese Worte erst verdauen. Aber er sah immer noch nicht klar. Er glaubte nicht, daß Lunt mit der Toten verheiratet gewesen war. Aber was war mit dem Kind? Und weshalb hatte das Paar einen Toten im Kofferraum? John begnügte sich vorerst mit der Erklärung, daß hier zwei verschiedene Fälle parallel gelaufen und sich plötzlich überschnitten hatten. Doch für ihn ging es in erster Linie um die Teufelskutsche und damit um das Kind.

»Ich habe die Kutsche gesehen«, sagte John Sinclair. »Sie ist wieder zurück zur Burg gefahren. Doch der Gesichtslose hat ein neues Opfer.«

Sam Bassum schluckte. »Sie – Sie meinen das Kind?«

»Ja.«

»Mein Gott. Aber – was machen wir denn jetzt?«

»Sie unternehmen gar nichts. Ich werde versuchen, das Kind aus den Klauen des Teufels zu befreien. Falls das noch möglich ist«, schränkte John Sinclair ein und spürte, wie sich ein bitteres Gefühl in ihm ausbreitete.

Alice Paine hatte Angst!

Das Mädchen zitterte am ganzen Körper. Es hockte ganz in die Ecke gekauert auf der Bank, hatte die Hände zu Fäusten geballt und starrte mit weit aufgerissenen Augen in die Finsternis.

Nicht ein Lichtstrahl drang in das Innere der Kutsche. Die

Fenster waren durch schwarze Vorhänge verdeckt, und Alice hatte nicht gewagt, sie aufzuziehen.

Das Kind hörte das Hämmern seines eigenen Herzens. Wo die Frau es geschlagen hatte, brannte die Wange. Längst hatte Alice aufgehört zu weinen. Sie hatte keine Tränen mehr.

Und dann dieser Geruch, der wie ein lastender Druck über der Kutsche lag. Zuerst hatte Alices Magen dagegen revoltiert, jetzt aber hatte sie sich an die Mischung aus Moder und Verwesung gewöhnt.

Die Pferde jagten mit einem Höllentempo über den Weg. Die eisenbeschlagenen Räder der Kutsche sprangen über Unebenheiten und Steine und rüttelten das Gefährt bis in die letzten Federn durch.

Alice hatte inzwischen einen Haltegriff gefunden, an dem sie sich mit der rechten Hand festklammerte.

Die Pferde jagten in eine Kurve, und die Fliehkraft preßte Alice zur Seite. Sie war so stark, daß es dem Mädchen nicht mehr gelang, den Haltegriff weiter festzuhalten.

Alice Paine rollte über den Sitz und fiel auf den Boden zwischen den beiden Sitzbänken.

Dort blieb das Mädchen liegen.

Alice preßte den Kopf in ihre angewinkelten Arme. Sie wollte nichts sehen und nichts hören. Es war eine instinktive Schutzgeste, die Alice gesucht hatte, und in der sie stundenlang liegenbleiben konnte.

Sie hörte nicht mehr das Lachen des Kutschers und das Knallen der Peitsche. Sie erhob sich erst wieder aus ihrer Stellung, als die Kutsche stand.

Alice lauschte.

Alles war still.

Waren sie am Ziel?

Vorsichtig stützte sich das Mädchen an der Sitzbank hoch, ging zum Fenster und liftete ein Stück des schwarzen Vorhangs.

Angestrengt sah Alice nach draußen.

Viel konnte sie nicht erkennen. Aber immerhin so viel, daß sich die Kutsche auf einem Hof befinden mußte, der von dicken Mauern umgeben war und auf dem das Mondlicht wie ein silbriger Schleier lag.

Alice war ein intelligentes Mädchen. Sie erinnerte sich daran, daß sie im Geschichtsunterricht schon einmal etwas über die Burgen des Mittelalters gehört hatten. Und diese hier sah so ähnlich aus wie die auf den Zeichnungen und Bildern in ihren Büchern.

Alice wußte aber auch etwas über Verliese und Folterkammern, und sie verdrängte den Gedanken schnell wieder aus ihrem Gedächtnis.

Alice hörte einen dumpfen Aufprall, und dann tauchte eine Gestalt vor dem Fenster der Kutsche auf.

Der Türriegel wurde bewegt.

Instinktiv zog sich Alice zurück. Angst flackerte in ihren Augen auf.

Dann wurde die Tür aufgezogen.

Alice starrte den Gesichtslosen an.

Ein höhnisches Lachen drang unter der Kapuze hervor. Der Gesichtslose streckte den Arm aus und versuchte Alice zu packen.

»Nein!« Alice preßte sich gegen die gegenüberliegende Tür der Kutsche und hob abwehrend die Arme.

Der Gesichtslose zischte einen Fluch. »Es kann dir sowieso keiner mehr helfen. Oder muß ich erst die Peitsche holen?«

»Nein, nicht die Peitsche«, flüsterte Alice tränenerstickt und schob sich ein Stück vor.

Der Gesichtslose packte zu. Es war ein harter Griff, der Alice wehtat.

Das Mädchen stolperte aus der Kutsche, sprang auf den Burghof und wäre fast gefallen, wenn der Gesichtslose sie nicht festgehalten hätte.

Dicht vor sich sah Alice die Mauern des Hauptturms in den Himmel ragen. Eine außen angebaute Steintreppe ohne Geländer führte an der Mauer entlang nach oben, machte einen rechtwinkligen Knick und endete vor einer Holztür.

Der Gesichtslose zog Alice die Stufen hoch. Sie waren steil und ausgetreten. Einmal stieß sich das Kind schmerzhaft sein Schienbein, und der stechende Schmerz trieb Alice die Tränen in die Augen.

Vor der Tür blieb der Gesichtslose stehen. Unter seinem Vorhang holte er eine Art Schlüssel hervor. Er steckte das gebogene Metall in das dafür an der Tür vorgesehene Loch.

Eine kurze Drehbewegung, und die Tür schwang auf.

Ein finsterer Gang gähnte Alice entgegen.

»Da hinein«, sagte der Gesichtslose.

Alice zögerte. Sie hatte Angst und fröstelte vor der Kühle, die aus dem Gang hochwehte.

Der Gesichtslose packte Alice an der Schulter und stieß sie in den Turm.

Alice prallte gegen eine Wand und blieb ängstlich stehen. Der Gesichtslose stand noch in der Türöffnung, seine Gestalt zeichnete sich deutlich auf der Schwelle ab.

Ein Gedanke zuckte in Alice auf. Wenn sie jetzt den Unheimlichen die Treppe hinunterstieß und dann weglief, war vielleicht alles gerettet.

Zu spät.

Der Gesichtslose hatte die Tür schon geschlossen.

Dann flammte ein Zündholz auf, brannte nach einigen Sekunden ruhig und wurde an eine vorbereitete Pechfackel gehalten.

Das Pech fing Feuer und begann zu stinken.

Der Gesichtslose nahm die Fackel aus der Halterung und reichte sie Alice Paine.

Das Mädchen hielt den Arm mit der Fackel ausgestreckt. Der tanzende Lichtschein riß eine Steintreppe aus der Dunkelheit, die nach unten in die Tiefe führte.

In gewissen Abständen befanden sich eiserne Halter an den Wänden. Die Halter waren gleichfalls mit Fackeln bestückt.

»Die Treppe runter!« befahl der Gesichtslose.

Alices Lippen zitterten, als sie fragte: »Wo sind wir hier?«

Der Gesichtslose lachte. »Im Hauptturm der Burg. Darunter befindet sich das Verlies, und dort lebt der Kelem, dessen Opfer du sein wirst.«

Alice erschauderte. »Wer ist der Kelem?«

»Du wirst ihn noch früh genug kennenlernen«, erwiderte der Gesichtslose und kicherte diabolisch.

Alice Paine stieg vorsichtig die Stufen hinunter. Sie waren glitschig – die Feuchtigkeit hatte einen Film gebildet. In den Mauern waren fingerdicke Risse, und Alice sah mancherlei Getier in den Spalten verschwinden.

Sie ekelte sich nicht einmal mehr davor. Sonst hatte sie immer beim Anblick einer Spinne Zeter und Mordio geschrien, aber jetzt war alles anders. Da kamen ihr die Tiere sogar wie Freunde vor. Freunde aus einer Welt, die sie hinter sich gelassen hatte.

»Muß ich sterben?« fragte das Mädchen plötzlich.

Der Gesichtslose wurde von der Frage überrascht, denn es dauerte einige Sekunden, bis er antwortete.

Dann sagte er: »Ja, du mußt sterben.«

Alice weinte nicht. Sie erwiderte nur mit leiser Stimme: »Dann muß ich noch beten. Mein Dad hat immer gesagt . . .«

»Hör auf damit!« kreischte der Gesichtslose. »Nimm dieses Wort nie mehr in den Mund!«

Der Gesichtslose war – wie alle Dämonen – allergisch gegen Worte, die in einem Zusammenhang mit den Mächten des Guten standen. Diese Begriffe bereiteten ihm körperliche Schmerzen.

Immer tiefer ging es in den Berg hinein, auf dem die Burg gebaut worden war.

Die Treppe war gerade, wie mit einem Lineal gezogen. Und je tiefer sie kamen, um so schlechter wurde die Luft. Sie war kaum noch zu atmen und mit einem Geruch geschwängert, den Alice schon aus der Kutsche kannte.

Dann lagen die letzten Stufen vor dem Mädchen. Sie mündeten in ein Verlies, das so groß war, daß das Licht der Fackel nicht ausreichte, um es zu erhellen.

Alice ging einige Schritte in das Verlies hinein.

Und dann blieb sie abrupt stehen.

Kreisförmig zueinander standen sieben offene Steinsärge. Sechs Särge waren belegt. Der siebte war frei.

Das Grauen streifte das neunjährige Mädchen wie ein kalter Hauch. Mit kaum zu verstehender Stimme fragte Alice Paine: »Weshalb ist der eine Sarg leer?«

Hinter ihr war der Gesichtslose stehengeblieben. »Dieser Sarg ist für dich«, erwiderte er . . .

»He, Bulle!«

John, der gerade dabei war, seine Waffe zu überprüfen, wandte den Kopf.

Leo Lunt lag auf dem Boden, hatte die gefesselten Hände erhoben und lachte. Er hatte die letzten Worte des Oberinspektors gehört. »Du brauchst dir keine Mühe zu geben, Bulle, die Göre kriegst du sowieso nicht mehr lebend.«

Johns Gesicht wurde hart. Er stieß die Waffe zurück in die Halfter und war mit drei schnellen Schritten neben dem Gangster. »Noch eine Bemerkung, und ich vergesse mich!«

Lunt schwieg erschrocken. Doch nur für wenige Sekunden, dann glitt wieder ein herausforderndes Grinsen über sein Gesicht. »Ich mache dir einen Vorschlag, Bulle. Ich habe nichts mehr zu verlieren. Mein Job ist geplatzt. Nimm mich mit. Ich helfe dir. Vier Hände sind besser als zwei. Außerdem hätte ich mit diesem komischen Typ auch noch ein Hühnchen zu rupfen. Schließlich hat er meinen Kompagnon umgelegt.«

John Sinclair schüttelte entschieden den Kopf. »Keine Geschäfte, Lunt.«

»Schade.« Der Gangster grinste. »Ich hätte in diesem Fall sogar einem Bullen geholfen.«

Die übrigen Männer hatten sich um John Sinclair und Leo Lunt geschart. Sam Bassum hatte sich die Waffe des Schießers angeeignet. Der Automechaniker deutete mit der Mündung auf den am Boden liegenden Leo. »Was haben Sie mit der Leiche gemacht?« fragte er.

Lunt lachte. »Okay, ich kann's ja zugeben. Ich habe sie aus dem Kofferraum geholt und sie hier irgendwo verscharrt. Wenn ihr richtig sucht, werdet ihr sie bestimmt finden.«

»Und wer war der Tote?« wollte John wissen.

»Ich kenne noch nicht einmal seinen Namen. Oder vielmehr nur den Vornamen. Jim wurde der Knabe genannt, und er war als Leibwächter bei Horace Paine angestellt.«

»Dem Bergwerkskönig?«

»Richtig, Bulle, du hast es erfaßt. Und die Göre ist die Tochter von dem alten Paine. Cora und ich, wir haben sie uns geschnappt, als sie mit ihrem Gorilla aus der Schule kam. Ich habe den guten Jim gekillt, ihn in den Kofferraum gepackt, und Cora hat sich mit der Kleinen beschäftigt. Wir wollten den Toten unterwegs irgendwo loswerden, und dann streikte der verdammte Wagen. Wir sind mit Mühe und Not hier in diesem Kaff gelandet, das andere kennen Sie ja. Solch ein Mist, und dabei wollte der alte Paine zahlen. Zweihunderttausend Pfund. Ein Vermögen, damit hätte ich mich zur Ruhe setzen können, aber diese blöden Bauern hier haben alles kaputtgemacht.«

Die Männer nahmen eine drohende Haltung gegen den Mörder ein, und John hatte Mühe, die Leute zu beruhigen.

»Also, was ist nun, Bulle? Nehmen Sie mich mit?«

»Nein!«

Der Mörder fluchte.

John Sinclair wandte sich ab und zog Sam Bassum ein Stück zur Seite. »Wie weit ist es bis zur Burg?«

Bassum wiegte den Kopf. »Nicht ganz drei Meilen.«

»Eine ziemliche Strecke. Kann man mit dem Wagen dorthin fahren?«

»Das müßte gehen. Aber wollen Sie wirklich allein gegen die Höllenmächte kämpfen? Das Mädchen ist nicht mehr zu retten. Sie müssen sich damit abfinden. Die anderen sind stärker.«

»Das, mein lieber Mister Bassum, steht noch längst nicht fest. Sollte ich das Kind tatsächlich nicht mehr retten können, werde ich jedoch den Mächten des Bösen eine Niederlage bereiten. Ich habe in meinem Beruf gelernt, nie aufzugeben, und wenn die Chance auch noch so klein ist. Sie wissen ja, was Sie zu tun haben. Kümmern Sie sich um den Mörder, und schaffen Sie die Tote weg. Außerdem muß noch nach der Leiche des Leibwächters gesucht werden. Kann ich mich da fest auf Sie verlassen, Mister Bassum?«

»Sie können, Herr Oberinspektor.« Bassum senkte verlegen den Kopf. »Und das von vorhin, ich meine, als wir Sie . . .«

John lächelte schmal. »Schon vergessen.«

Der Geisterjäger nickte dem Mann noch einmal zu, drehte sich um und lief dann mit schnellen Schritten den Weg hinunter ins Dorf.

Als er den Bentley aufschloß, trat Mary O'Shea aus dem Haus. »Was ist geschehen, Herr Oberinspektor?«

John zog die Tür auf. »Das erzähle ich Ihnen später. Bleiben Sie in Ihrer Wohnung.«

Mary O'Shea schüttelte verständnislos den Kopf. »So etwas habe ich noch nie erlebt. Das Dorf ist in heller Aufregung. Sie sehen es ja selbst.«

John nickte. Er hatte die Unruhe tatsächlich bemerkt. Hinter den meisten Fenstern brannte Licht. Einige Bewohner standen auf der Straße und redeten erregt. In solch einem Ort sprach sich schnell etwas herum, und auch der Aufbruch der Männer war nicht unbemerkt geblieben.

John setzte sich hinter das Lenkrad, startete, wendete den Wagen und fuhr aus dem Dorf.

Die beiden Scheinwerfer des Wagens stachen helle Lichtbahnen in die Nacht.

Es war wie so oft in John Sinclairs Leben. Ein Mann war allein unterwegs, um den Terror der Dämonen zu brechen . . .

Alice Paine begann plötzlich am ganzen Körper zu beben. Die Angst war übermächtig in dem Kind geworden. Alice wurde hier mit Dingen konfrontiert, die sie sich in ihrer kühnsten Phantasie nicht vorgestellt hatte, die selbst bei einem Erwachsenen einen Nervenschock ausgelöst hätten.

Die Fackel entfiel den zitternden Fingern des Mädchens und brannte auf dem Steinboden weiter.

Auf dem Absatz warf sich Alice herum, prallte gegen den Gesichtslosen und schrie: »Nein! Ich will da nicht hinein! Ich will nicht sterben! Ich will nicht! Ich will nicht!« Verzweifelt trommelte sie mit ihren kleinen Fäusten gegen den Körper des Gesichtslosen, bis eine kalte Hand ihren Schrei erstickte.

Der Gesichtslose schüttelte das Kind durch. »Bist du verrückt!« schrie er. »Du gehörst dem Kelem, du kannst ihm nicht entgehen! Hast du verstanden?«

Alice hatte sich wieder beruhigt. Ihr Schreien war in ein trockenes Schluchzen übergegangen.

Mitleidslos stieß der Gesichtslose den schmalen Mädchenkörper mit brutaler Gewalt von sich.

»Hör auf!« zischte der Unheimliche. »Sei froh, daß du in das Reich der Finsternis eingehen darfst. Es ist eine große Sache, für den Kelem zu sterben. Sieh dort die Tür.« Der Gesichtslose streckte den Arm zur Seite und deutete auf eine Holztür, die in ein anderes Verlies führte. »Dort wartet der Kelem auf dich. Er lechzt nach deiner Lebenskraft, und du wirst sie ihm geben, ob du nun willst oder nicht.«

Das Mädchen schüttelte den Kopf. »Ich will aber nicht sterben«, schluchzte es unter Tränen. »Ich will nicht!«

Der Gesichtslose packte das Kind und drehte seinen Kopf so,

daß Alice in einen offenen Steinsarg blicken konnte. Es war der erste in der Reihe.

Eine Frau lag darin. Sie lag auf dem Rücken und hatte die Arme über der Brust verschränkt. Selbst im Licht der Fackel konnte man erkennen, wie bleich ihr Gesicht war. Die Tote hatte die Lippen halb geöffnet. Sie gaben eine Reihe weißer Zähne frei.

Alice Paine starrte die Leiche an. Sie sah zum erstenmal in ihrem Leben eine Tote. Sie kannte den Anblick nur aus Erzählungen, hatte sich aber immer davor gefürchtet. Doch nun wunderte sie sich, wie friedlich diese Tote dort lag.

Der Gesichtslose ging weiter.

Jede Leiche mußte sich das Kind ansehen. Alice Paine wurde abgestumpft. Sie sah zwar die Toten, doch der Anblick prägte sich nicht mehr in ihr Gedächtnis ein. Es hatte sich eine Art natürliche Schutzbarriere gebildet, und das war gut so.

Alice ging wie eine Marionette, die am Faden ihres Vorführers hing.

Im letzten Sarg lag Mike O'Shea. Sein Gesicht war eine Grimasse des Grauens. Er hatte in den letzten Sekunden seines Lebens all den Schrecken und das Grauen kennengelernt, das Alice Paine noch vor sich hatte.

Dann blieb sie vor dem für sie reservierten Sarg stehen.

Er war genauso groß wie die anderen und ebenfalls aus Stein. Es gab kein Kissen, kein Leichentuch – nichts. Nur die Kälte des Todes strahlte aus diesem schrecklichen Sarg.

Alices Lippen bewegten sich wie im Selbstgespräch, doch es drang kein Laut aus ihrem Mund.

»Nun, hast du genug gesehen?« ertönte hinter ihr die Stimme des Gesichtslosen.

Alice Paine gab keine Antwort. Sie stand stur auf dem Fleck und starrte in den für sie vorgesehenen Sarg.

Der Gesichtslose beugte sich vor. »Ich werde dich jetzt allein lassen«, sagte er. »Der Kelem wird bald kommen und dich holen. Nutze die Zeit, die dir noch bleibt.«

Alice hörte die Worte zwar, verstand sie aber nicht.

Unhörbar zog sich der Gesichtslose zurück, öffnete die Tür und verschwand.

Dumpf fiel sie wieder ins Schloß.

Alice Paine war allein.

Allein mit sechs Toten . . .

Nicht ein Laut unterbrach die Stille in dem makabren Verlies. Immer noch stand das Kind unbeweglich auf dem Fleck. Die Fackel lag am Boden und brannte weiter. Ihr Schein geisterte über die Wände und übergoß auch das starre schreckensbleiche Gesicht des Kindes mit einem rötlichen Schimmer.

Die Zeit verging.

Und plötzlich vernahm Alice Paine ein grauenvolles Stöhnen.

Die Haltung des Mädchens spannte sich.

Das Stöhnen kam nicht aus diesem Verlies, nein, es mußte hinter der Tür gewesen sein, die zum Reich des Kelems führte.

War es jetzt soweit? Kam der Kelem jetzt, um sie zu holen?

Alice Paine starrte auf das Holz der Tür. Überlaut schlug ihr kleines Herz. Das blonde Haar klebte ihr in der Stirn. Ihr Gesicht war tränenfeucht.

Eine Spinne krabbelte über den Boden. Ihre dünnen Beine bewegten sich schnell, und Alice hatte das Gefühl, als hätte auch die Spinne Angst vor dem Kelem.

Das Tier verschwand im Spalt einer Mauerritze. Alice Paine wünschte sich, auch eine Spinne zu sein, dann wären ihre Fluchtchancen größer gewesen.

Wieder hörte sie das Stöhnen. Diesmal lauter, gefährlicher . . .

Wer war dieser Kelem? Wer verbarg sich hinter dem Namen?

Etwas polterte gegen die Tür.

Alice Paine schrak zusammen. Wie hypnotisiert hing ihr Blick an der nach oben spitz zulaufenden Tür.

Und dann bewegte sich die schwere Klinke langsam nach unten.

Alice schrie unterdrückt auf, hielt aber sofort den Atem an.

Knarrend wurde die Tür aufgezogen. Das Geräusch drang dem Mädchen durch Mark und Bein.

Alice hatte die Hände zu Fäusten geballt. Sie konnte ihren Blick nicht von der Tür wenden.

Und dann sah sie plötzlich eine Knochenhand aus dem Spalt auftauchen. Jetzt gab es keine Rettung mehr für sie.

Der Kelem kam, um sich auch das letzte Opfer zu holen . . .

Plötzlich ging es nicht mehr weiter!

Es gab zwar noch den Weg, doch er war mit Steinen und Geröll übersät, so daß John um den Unterbau seines Wagens fürchtete.

Der Oberinspektor lenkte den Bentley an den Wegrand und stieg aus. Sekundenlang ließ er die nächtliche Atmosphäre auf sich einwirken. Fast greifbar nahe türmten sich die dicken Mauern der Burg in den Nachthimmel. Geschützt wurde die Burg von einem Graben, der sich um das gesamte Gemäuer zog. Eine heruntergelassene Zugbrücke verband die Zugangsstraße mit der Burg.

John ging bis dicht an den Rand des Grabens und warf einen Blick in die Tiefe. Dunkelheit gähnte ihm entgegen. Der Oberinspektor nahm einen Stein und warf ihn hinunter.

Er hörte keinen Aufschlag.

Der Graben mußte eine höllische Tiefe haben. Wer da hineinfiel, von dem blieb so gut wie nichts übrig.

John trat von der gefährlichen Stelle zurück und näherte sich der herabgelassenen Zugbrücke. Sie sicherte das Burgtor und wurde von zwei Ketten gehalten, die über dem Tor in Schießscharten verschwanden, in denen dann auch die Aufrollwinden steckten. Die Bohlen der Brücke waren aus stabilem Holz und lagen eng nebeneinander. Die kleinen Räume zwischen den einzelnen Bohlen hatte man mit Pech verdichtet. Die Brücke würde auch die nächsten Jahrhunderte noch überdauern.

John Sinclair überprüfte seine Ausrüstung. Er hatte einige Dinge mitgenommen, die für eine Dämonenbekämpfung unentbehrlich waren. Zum Beispiel die mit geweihten Silberkugeln geladene Pistole, dann die magische Kreide, mit deren Hilfe man einen Dämon einkreisen und somit hilflos machen konnte, und John hatte auch nicht den silbernen Dolch, mit dem Griff in Form eines stilisierten Kreuzes vergessen. Die Waffe hatte ihm schon auf der Drachenburg einen großen Dienst erwiesen.

Dank seiner ausgezeichneten Konstitution hatte John Sinclair die Peitschenhiebe gut verdaut. Er sah zwar noch aus wie ein Landstreicher, aber das kümmerte ihn nicht.

Die Burg lag ziemlich hoch, und ein kühler Wind wehte um das alte Gemäuer. John Sinclair fragte sich immer wieder, welch ein Motiv hinter den Entführungen stecken mochte. War es nur eine reine Lust auf menschliches Leben – was bei Dämonen oft der Fall war –, oder hatten die Mächte der Finsternis etwas anderes mit den Menschen vor?

Auf diese Frage hoffte John eine Antwort zu erhalten.

Bis jetzt schien seine Ankunft noch nicht bemerkt worden zu sein. Vorsichtig betrat er die Zugbrücke. John trug Schuhe mit Gummisohlen, so daß seine Schritte nicht zu hören waren.

Die Brücke schwankte keinen Zentimeter, als der Geisterjäger über die Bohlen schritt. Als John mit der Hand über die Haltekette strich, spürte er den dicken Rost auf der Innenfläche.

Wachsam näherte sich John Sinclair dem Burgtor. Es hatte ein spitzgiebliges Dach, und darunter befanden sich einige Schießscharten. John schritt durch das Tor und sah auf halber Höhe das hochgezogene Fallgitter mit den unten zugespitzten Eisenstäben.

Er ging schneller, hatte das Tor passiert und stand auf dem Burghof.

Der Mond gab genügend Licht, um auch Einzelheiten erkennen zu können.

Wie ein übergroßer Bleistift ragte der Wachturm in die Höhe. Er wurde eingekreist von der Mauer, dem Frauenhaus, dem Palast und den Wirtschaftsgebäuden.

Und mitten auf dem Hof stand die Kutsche.

John blieb stehen, als er die glühenden Augen der Pferde sah. Sie starrten ihn an, schienen ihn durchbohren zu wollen. John wußte, daß diese Tiere nur durch die Hilfe der Schwarzen Magie lebten, er wollte aber die Probe aufs Exempel machen.

Der Geisterjäger zog seinen geweihten Dolch aus der Scheide. Das Silber lag warm und beruhigend in seiner Hand.

Die Pferde verfolgten jeden seiner Schritte. Sie mußten John als Eindringling betrachten.

Zornig warfen sie die Köpfe hoch, und plötzlich sprühte Feuer und Rauch aus ihren Mäulern.

John wich dem Höllenfeuer aus und preßte den geweihten Dolch gegen die Flanke des rechten Tieres.

Ein schmerzvolles gepeinigtes Wiehern stieg in den Nachthimmel. Das Pferd bäumte sich auf, stieg mit den Vorderbeinen hoch und brach dann, wie vom Blitz getroffen, zusammen.

Innerhalb von Sekunden zerfiel es zu Staub.

Das andere Tier drehte durch. Es schoß plötzlich los, von wilder

Panik er füllt, verfehlte jedoch das Burgtor und prallte gegen die Mauer.

Das Pferd hatte schon so viel Schwung gehabt, daß es von der noch in Fahrt befindlichen und nach vorn gestoßenen Kutsche überrollt wurde.

John Sinclair rannte los und preßte die flache Scheide seines geweihten Dolches gegen den Körper des Tieres.

Auch dieses Tier zerfiel innerhalb kurzer Zeit zu Staub.

Die Kutsche hatte den Aufprall ebenfalls nicht überstanden. Sie war zusammengestaucht wie ein Auto in der Presse. Die beiden Vorderräder waren abgebrochen, die Türen aufgesprungen und die rechte davon aus den Angeln gefallen. Der kastenförmige Aufbau war zersplittert, als hätte er nur aus Streichhölzern bestanden.

Einen Teilsieg hatte John Sinclair errungen. Zufrieden betrachtete er die Trümmer der Kutsche.

Aber wo befand sich der Gesichtslose? Die Peitsche hatte er nicht mehr. Sie steckte in der Halterung des Kutschbocks. John wollte sie erst an sich nehmen, doch dann ließ er es bleiben. Sie wäre ihm nur hinderlich gewesen, und so gut, daß er sie hätte als Waffe einsetzen können, beherrschte er sie auch nicht.

Jetzt galt es, den Gesichtslosen und das entführte Kind zu finden. Aber wo konnte er sich mit seinem Opfer versteckt haben? John Sinclair stand mitten auf dem Burghof und blickte sich um. Nirgends brannte Licht. Alles war dunkel, nur der Mond spendete etwas Licht. Natürlich kam John der Gedanke an Verliese und Folterkeller. Bessere Verstecke gab es auf diesen Burgen gar nicht.

Zwangsläufig hatte sich John Sinclair mit dem Aufbau von Burgen und Schlössern beschäftigen müssen, und meistens befanden sich die Verliese unter dem Wachturm.

So konnte es auch hier sein.

Eine Steintreppe erstreckte sich außen an der Mauer entlang und dann im rechten Winkel weiter zu einer Tür, die in das Innere des Wachturms führte.

Johns Gedanken stockten plötzlich.

Die Tür wurde aufgezogen.

Blitzschnell huschte der Oberinspektor in den toten Winkel hinter der Treppe.

John hielt den Atem an, als er über sich einen Schatten vernahm.

791

Der Gesichtslose.

Lautlos stieg er die Stufen der Treppe herab, blieb unten auf dem Burghof abrupt stehen und stieß einen Wutschrei aus.

John hatte sich vorgebeugt, um besser sehen zu können. Jetzt verließ er seine Deckung und stand im Rücken des Gesichtslosen, dessen ›Blick‹ auf die zerstörte Kutsche gerichtet war.

Noch hatte der Unheimliche John Sinclair nicht bemerkt.

Der Oberinspektor zog seine Pistole. Nur fünf Schritte trennten ihn von dem Gesichtslosen.

»Der Anblick ist dir wohl ganz schön in die Knochen gefahren, was?« sagte John so laut, daß der Gesichtslose es gerade noch verstehen konnte.

Der Unheimliche wirbelte herum.

John ließ ihn genau in die Mündung der Waffe blicken.

»Wo ist das Kind?«

Sekundenlang war der Gesichtslose überrascht, doch dann drang ein heiseres Lachen aus der dunklen Höhle unter der Kapuze.

»Du wirst es nicht mehr retten können! Der Kelem hat es sich geholt!«

Der Kelem? John Sinclair überlegte blitzschnell. Er hatte den Namen noch nie gehört. Aber das mußte nichts bedeuten. Es gab im Bereich der Dämonen immer wieder Mächtige, die versuchten, sich die Menschen zu Diensten zu machen. Und so mußte es auch hier sein.

»Wer ist der Kelem?«

»Ein Größerer als du«, erwiderte der Gesichtslose. »Er steht vor dir und doch wieder nicht. Er lebt in den Verliesen der Burg und ist doch gleichzeitig draußen. Der Kelem und ich sind ein- und dieselbe Person, obwohl wir vor Urzeiten getrennt wurden. Eine Strafe aus unserer eigenen Dämonenfamilie hat uns getroffen. Jahrtausende lebten wir in zweierlei Gestalt, doch nun ist die Strafe vorbei, und wir können wieder vereint werden, aber nur unter der Bedingung, daß wir die Lebenskraft von sieben unschuldigen Menschen zu uns nehmen. Es gibt uns die Kraft, wieder eins zu werden und so zu leben, wie es die Gesetze der Schwarzen Magie vorschreiben. Ich bin ein Teil des Kelems, der Geist gewissermaßen. Ich konnte mich frei bewegen, doch der andere, der Hauptkörper, lebt tief unter der Erde, im Verlies des

Schreckens. Dort, wo auch seine Opfer aufgebahrt worden sind. Es gibt niemanden auf der Erde, der uns besiegen kann, und auch du nicht, wer du auch bist.«

»Das steht noch nicht fest«, sagte John. »Meine Waffe ist mit geweihten Silberkugeln geladen, die auch deinem unseligen Leben ein Ende setzen werden.«

Der Gesichtslose lachte wieder. »Du Narr, so kannst du den Kelem nicht besiegen. Versuche es nur. Schieß auf mich!«

Da drückte John ab.

Die Silberkugel flirrte aus dem Lauf, doch sie fegte durch den Gesichtslosen hindurch, als wäre er gar nicht vorhanden.

Noch einmal schoß John. Und wieder geschah das gleiche.

»Du vergeudest deine Munition«, sagte der Gesichtslose. »Man kann einen Geist nicht töten.«

Das war auch John Sinclair klargeworden, doch er mußte das Kind aus den Klauen des Kelems holen. Aber wie? Wenn er sich jetzt auf einen Kampf mit dem Gesichtslosen einließ, würde er zuviel Zeit verlieren. Also handeln.

»Ich werde dich jetzt töten«, sagte der Gesichtslose und setzte sich in Bewegung.

Da tat John Sinclair etwas, was der Dämon wohl nie von ihm erwartet hätte.

Er machte auf dem Absatz kehrt und gab Fersengeld.

Der Gesichtslose war zu überrascht, um sofort die Verfolgung aufnehmen zu können.

Dadurch gewann John einigen Vorsprung.

Mit Riesenschritten hetzte er auf die Wachturmtreppe zu, jagte die Stufen hoch, und als der Gesichtslose endlich bemerkte, was John vorhatte, war der Geisterjäger schon durch die offenstehende Tür im Innern des Turms verschwunden.

Hart knallte die Tür zu.

Dunkelheit umfing den Oberinspektor. Er preßte sich gegen die Tür, holte seine kleine Lampe aus der Tasche, ließ sie aufflammen und entdeckte die beiden schweren Riegel.

Sie waren zwar verrostet, doch John schlug mit der Faust dagegen, so daß sie in die Sperre einrasteten.

Draußen tobte der Gesichtslose. Er schlug wütend gegen die Tür, doch das Holz hielt.

Trotz der ernsten Situation gestattete sich der Geisterjäger ein

Grinsen. Noch nie hatte er einen Dämon mit solch einem simplen Trick hereingelegt.

Doch schnell wurde der Geisterjäger wieder ernst. Er hatte sich umgedreht und erkannte im Strahl der Lampe eine Steintreppe, die in die Tiefe führte. An den Wänden hingen Pechfackeln. John nahm sich nicht erst die Zeit, eine davon anzuzünden. Er verließ sich auf seine Taschenlampe.

Die Stufen waren steil und von der Feuchtigkeit glitschig. Je tiefer John kam, um so schlechter wurde die Luft. Wie ein Nagel bohrte sich der helle Lichtfinger in die Dunkelheit.

Immer tiefer drang der Oberinspektor in den unterirdischen Bereich der Burg ein. Die Zeit saß ihm im Nacken. John ahnte, daß es jetzt auf jede Sekunde ankam.

Und dann hörte er den gellenden Angstschrei!

Die Hand war schrecklich anzusehen!

Sie schimmerte grünlich, als hätte sich eine Haut aus Flechten und Moos über die Knochen gelegt. Knackend bewegten sich die Finger, und weiße Knöchel sprangen vor.

Der Hand folgte ein Arm. Knochig, mit der grünen Schuppenhaut überzogen.

Wieder wurde die Tür ein Stück aufgezogen. Das häßliche Knarren durchschnitt die Stille.

Alice Paine zitterte am gesamten Körper. Sie ahnte nicht, daß das, was sie bisher erlebt hatte, ein Kinderspiel gegen das gewesen war, was noch vor ihr lag.

Der Kelem hatte die Tür jetzt weit aufgestoßen. Langsam trat er über die Schwelle.

Alice Paine hatte beim Anblick dieser Gestalt das Entsetzen wie ein Tiefschlag getroffen. In namenloser Panik hatte das Kind beide Hände vor das Gesicht geschlagen. Sie konnte diese grauenerregende Gestalt nicht länger ansehen.

Der Kelem fixierte sein Opfer.

Das gelbliche Flimmern in seinen leeren Augenhöhlen wurde stärker. Jetzt, wo er dicht vor dem Ziel stand, spürte er auch die Unruhe, die ihn erfaßt hatte.

Der Kelem bewegte sich mit der Geschmeidigkeit eines Raubtieres. Lautlos umrundete er die Särge. Er warf keinen Blick mehr auf die Toten, für ihn zählten nur noch die Lebenden.

Alice Paine hatte sich mit dem Rücken gegen die Wand gepreßt. Zwischen ihren gespreizten Fingern hindurch sah sie die Schrekkensgestalt immer näher kommen.

Noch vier Schritte, dann . . .

Plötzlich blieb der Kelem stehen. Lauschend drehte er den knochigen Schädel.

Irgend etwas hatte ihn gestört. Aber was?

Bekam Alice Paine jetzt noch eine Gnadenfrist? Auf einmal fauchte der Kelem wütend auf. Da er und der Gesichtslose eine Person waren, spürte er, daß oben was Unvorhergesehenes geschehen sein mußte. Er hatte von seinem Zweitkörper eine telepathische Warnung erhalten.

Gefahr hieß die Warnung!

Der Kelem schüttelte unwillig den Kopf. Jetzt hatten die Signale aufgehört. War die Gefahr vorbei?

Der Kelem hoffte es, war aber weiterhin beunruhigt. So dicht vor dem Ziel wollte er sein Opfer nicht mehr verlieren.

Er streckte seinen häßlichen, von grüner Schuppenhaut überzogenen Arm aus.

Die knochigen Finger krallten sich in die linke Schulter des angststarren Mädchens. Alice Paine spürte die Kälte, die von der gekrümmten Klaue ausging. Ihr Körper krampfte sich zusammen, wehrte sich gegen den gnadenlosen Griff, doch der Kelem zog sie mit einem Ruck zu sich heran.

Mit der freien Hand schlug er die Hände von ihrem Gesicht weg.

Aus einer Handbreit Entfernung sah Alice Paine dem Schrecklichen in die Augen.

Fest prägte sich dieser Anblick in Alice Paines Gedächtnis ein, und all die Angst und Panik, die immer wieder in ihr hochgestiegen waren, entluden sich in einem gellenden Schrei . . .

John Sinclair hörte den Schrei, der ihn traf wie ein Messer.

Das Kind befindet sich in höchster Gefahr! Dieser Gedanke hämmerte in John Sinclairs Gehirn.

Der Geisterjäger gab jede Vorsicht auf. Jetzt zählte nur noch die Rettung dieses unschuldigen Kindes.

John jagte die restlichen Stufen hinunter und hatte Glück, daß er nicht hinfiel und sich die Knochen brach.

Mit einem gewaltigen Sprung nahm er die letzten fünf Stufen, kam gut auf und schnellte aus der Hocke hoch.

John Sinclair war im letzten Augenblick aufgetaucht. Nur eine Minute später, und mit Alice Paine wäre es vorbei gewesen.

Ein grünschimmerndes Skelett hatte das blondhaarige Mädchen gepackt. Alice wehrte sich verzweifelt unter dem gnadenlosen Griff, doch der Kelem zog sie auf den letzten, noch freien Steinsarg zu.

Der Kelem war so mit seinem Opfer beschäftigt, daß er John nicht bemerkt hatte.

John hatte die Pistole weggesteckt. Mit leeren Händen stand er im Verlies des Schreckens.

»Laß das Mädchen los!« peitschte die Stimme des Geisterjägers . . .

Der Kelem stieß das Kind weg, als hätte ihn der Blitz getroffen.

John Sinclair packte sofort zu, bekam Alice Paine am Oberarm zu fassen und zog das schreckensbleiche Kind hinter seinen Rücken in Deckung.

Alice hatte noch gar nicht richtig begriffen, daß sie wenigstens vorläufig gerettet war. Ihr Blick war leer, ausdruckslos und das Gesicht ein Abziehbild des Schreckens.

Der Kelem war zur Seite gesprungen und wandte Sinclair jetzt seinen häßlichen Schädel zu. In den tiefen Augenhöhlen flammte ein gelbrotes Feuer, ein Zeichen, wie erregt der Kelem war.

»Wer bist du?« zischte der Dämon.

»John Sinclair. Man nennt mich auch den Geisterjäger!«

Der Kelem wankte einen Schritt zurück. Für Bruchteile von Sekunden wurde das Leuchten in seinen Augen schwächer. John Sinclair hatte den Kelem mit seiner Antwort überrascht.

Natürlich kannte er den Namen des Geisterjägers. John Sinclair war in Dämonenkreisen gefürchtet. Sein Name war ein Begriff. Davon zeugten auch die zahlreichen Niederlagen, die John den Mächten des Bösen schon beigebracht hatte. Seit fast vier Jahren kämpfte er gegen die Ungeheuer aus der Dämonenwelt, und bisher hatte John Sinclair sie noch alle überlebt. Selbst Dr. Tod, seinen Supergegner, der ihm als Andenken die Narbe auf die Wange gezeichnet hatte, die immer dann anfing zu brennen, wenn sich John Sinclair in ungewöhnlichen Streßsituationen befand.

Wie jetzt, zum Beispiel.

John spürte die Narbe, und er hatte das Gefühl, seine rechte Wange wäre in glühende Lava getaucht.

Der Kelem starrte John an. »Wie hast du den Weg hierher gefunden?«

John grinste. »Zufall. Aber diese Antwort wird dich wohl nicht befriedigen.«

»Das stimmt. Wer hat dich also hergerufen?«

»Das binde ich dir nicht auf die Nase.« John Sinclair sprach bewußt provozierend. Er wollte den Kelem aus der Reserve locken, ihn angreifen lassen, um dann zurückzuschlagen. Wichtig war, daß dem Kind nichts geschah.

Der Kelem hatte sich wieder gefangen. Sein Skelettarm wischte durch die Luft, und aus seinem Rachen drang ein böses Lachen. »Auch wenn du der Geisterjäger bist, wirst du mich nicht daran hindern können, mir mein letztes Opfer zu nehmen. Jahrtausende habe ich darauf gewartet. Ich bin damals von mächtigeren Dämonen grausam bestraft worden und hatte viel Zeit, mir meine Rache auszudenken. Ich habe die Strafe widerspruchslos hingenommen und auch die Teilung, obwohl dadurch viel Kraft verlorenging. Aber ich habe gebüßt, bin Zeuge von Siegen und Niederlagen meiner Brüder geworden und habe nur auf meine Stunde gewartet. Und dann war es endlich soweit. Die Strafe wurde aufgehoben. Doch erst mußte eine Bedingung erfüllt werden, damit die beiden Körper wieder eins werden. Sieben Opfer sollten es sein. Ich stehe dicht vor dem Ziel. Doch die Vereinigung wirst du nicht mehr miterleben. Sie wird erst nach deinem Tod stattfinden, Geisterjäger!«

Der Kelem hatte John die Worte haßerfüllt ins Gesicht geschrien. »Ich hatte Zeit zu lernen«, fuhr er fort. »Glaub nur nicht, daß du mich mit geweihten Silberkugeln besiegen kannst. Nein, auch die Dämonen haben sich weiterentwickelt, um im Kampf gegen die Menschheit bestehen zu können. Und nun werde ich dich töten, du verdammter Erdenwurm. Denk daran, du hast es nicht mit einem Gegner zu tun. Wir sind zu zweit.«

»Irrtum«, erwiderte John kalt. »Der Gesichtslose wird dir nicht helfen können. Er befindet sich auf dem Burghof. Ich habe ihn, wie man so schön sagt, ausgesperrt.«

»Wirklich?« höhnte der Kelem. »Du müßtest doch wissen, daß ein Dämon Kraft seines Geistes ein normales Schloß sprengen kann. Dreh dich nur mal um.«

John Sinclair glaubte an einen Bluff, doch dann hörte er hinter seinem Rücken Alice Paine aufschluchzen.

John wirbelte um die eigene Achse.

Der Kelem hatte nicht gelogen.

Auf der untersten Treppenstufe stand der Gesichtslose. Und er hielt seine Peitsche in der Hand.

John Sinclair sträubten sich die Haare. Seine Chancen sanken auf ein Minimum. Er war von zwei zu allem entschlossenen Gegnern eingekreist, und er konnte nicht einmal sagen, welcher der Gefährlichere der beiden war.

Sein Blick streifte das gefangene Mädchen. Alice Paine war an der Wand zusammengesunken und kauerte auf dem Boden. Sie hatte die Beine angezogen, hielt den Körper geduckt und ihre Hände gegen das Gesicht gepreßt.

Sekunden verrannen.

Mit einer kaum wahrzunehmenden Bewegung schüttelte der Gesichtslose die Peitschenschnur aus. Sie ringelte über dem Boden wie eine Schlange.

John erkannte unter der Kapuze kein Gesicht, glaubte aber, die Ausstrahlung des Bösen beinahe körperlich zu spüren.

Welchen Dämon sollte er zuerst angreifen? Den Kelem, den Gesichtslosen?

Einer war so gefährlich wie der andere.

Und womit sollte er ihn besiegen? Seine mit geweihten Silberkugeln geladene Pistole war wertlos, und auch der Dolch würde ihm nicht viel helfen.

Ihm vielleicht nicht, aber dem Kind!

Der Griff des Dolches hatte die Form eines Kreuzes. Und bisher hatte ein geweihtes Symbol noch immer gegen die Mächte der Finsternis geholfen. Es schreckte sie ab und bereitete ihnen oft körperliche Schmerzen.

Mit einer blitzschnellen Bewegung zog John den Dolch, und ehe einer der beiden Dämonen reagieren konnte, hatte er die Waffe dem Mädchen in die Hand gedrückt.

Und zwar so, daß das Kreuz zu sehen war.

»Halt ihn gut fest«, sagte John.

Alice hatte nicht begriffen, folgte aber automatisch Johns Anordnungen. John hoffte, daß sich das Mädchen an der scharfen Schneide nicht zu sehr verletzte.

Da schlug der Gesichtslose zu.

John Sinclair sah es aus den Augenwinkeln, machte einen grotesk anmutenden Sprung nach vorn und entging dem Leder um Haaresbreite.

Wieder pfiff das Leder heran, ringelte sich plötzlich um Johns Körper, und dann wurde der Oberinspektor mit mörderischer Wucht auf den Gesichtslosen zugerissen.

Einen Arm hatte John Sinclair noch frei, aber damit würde er sich die beiden Gegner kaum vom Leibe halten können. Der Kelem hatte sich neben den Gesichtslosen gestellt, erwartete John Sinclair mit gekrümmten Klauenhänden.

John stemmte sich gegen den Zug.

Ohne Erfolg. Der Gesichtslose hatte übermenschliche Kräfte.

Der Geisterjäger fiel zu Boden, hielt sich mit einer Hand am Rand eines Steinsarges fest, wurde weitergezogen und rutschte mit der Hand ab, deren Innenfläche sofort zu bluten begann.

Der Gesichtslose und der Kelem lachten. Ihnen war etwas gelungen, wovon die meisten Dämonen nur träumten. Der Geisterjäger befand sich wehrlos in ihren Klauen.

Die Hälfte des Weges hatte John schon hinter sich. Vergeblich bemühte er sich, der Umklammerung zu entgehen. Bäuchlings wurde er über den Steinboden gezogen, immer näher an die Höllenboten heran.

Nur noch Sekunden, dann war es aus.

Und dann sah John Sinclair die brennende Fackel. Vielleicht zum erstenmal bewußt.

Augenblicklich hatte er die rettende Idee.

Den linken Arm hatte der Geisterjäger frei, der rechte war ihm durch die Schnur an den Körper gepreßt worden.

John streckte den Arm aus, spreizte die Finger – und kriegte die Fackel zu fassen.

Hart packte er zu.

Im Liegen noch hob er den Arm, sah die unheimliche Gestalt des Gesichtslosen und Kelems Skelettgesicht vor sich. Kelem ahnte wohl, was geschehen würde, und brachte sich plötzlich in Sicherheit.

Der Gesichtslose schaffte es nicht.

John Sinclair schleuderte den Arm vor.

Die Kutte fing Feuer. Von einer Sekunde zur anderen leckten die Flammen hoch.

FEUER!

Das war es, was die Dämonen am meisten fürchteten. Denn dagegen hatten sie noch kein Mittel gefunden.

Der Gesichtslose brüllte infernalisch auf. Die Flammen hatten jetzt die gesamte Kutte erfaßt, ringelten hoch bis zur Kapuze.

Die Hand des Gesichtslosen, die den Peitschenstiel hielt, öffnete sich.

Der kurze Stiel klatschte zu Boden.

Rasch packte John ihn und rollte sich aus der gefährlichen Fesselung.

Er war für einige Sekunden abgelenkt und sah deshalb nicht, was sich hinter ihm abspielte.

Der Gesichtslose war in das Verlies hineingerannt. Schreiend und als lebende Fackel jagte er durch das Gewölbe. Er schlug die Arme hin und her, versuchte vergeblich, die Flammen zu löschen.

Aber auch der Kelem schrie. Der Gesichtslose war ein Teil von ihm, und wenn er Schmerzen erlitt, fühlte sie auch der Kelem.

Doch der Gesichtslose wollte nicht allein sterben. Nein, er wollte die andere Hälfte seines Seins mit in die finstere Dämonenhölle nehmen.

Aus dem Paar waren plötzlich tödliche Gegner geworden. Der Gesichtslose jagte den Kelem durch das Verlies, und John Sinclair, der sich der Schnur entledigt hatte, nutzte die Gelegenheit, sprang auf, packte Alice Paine, jagte mit ihr einige Stufen hoch und legte das Mädchen dann nieder.

Er wandte gerade noch rechtzeitig den Kopf, um den Todeskampf des Gesichtslosen mitzuerleben.

Die Kutte war jetzt völlig verbrannt. Ein letztes Aufflackern der Flammen noch, dann war es vorbei. Grüne Asche lag auf dem Boden. Mehr war von dem Gesichtslosen nicht übriggeblieben.

Aber noch lebte der Kelem.

Obwohl er um die Hälfte seiner Kraft beraubt worden war, dachte er nicht daran, aufzugeben.

Doch auch John Sinclair war kein Waisenknabe.

Er beobachtete den Kelem genau, bückte sich in einem günstigen Augenblick und hielt dann wieder die Fackel in der Hand.

Der Lichtschein zuckte über John Sinclairs angespanntes Gesicht, ließ seine Züge aussehen, als wären sie aus Granit gemeißelt.

Das Skelett heulte auf. Der Schädel wischte hin und her, der Kelem suchte nach einem Ausweg.

Und fand ihn plötzlich.

Blitzschnell jagte er auf die Tür zu, die zu seinem eigenen Verlies führte. Ehe John reagieren konnte, hatte er sie aufgerissen.

Sinclair flog durch die Luft, prallte gegen das Holz, stieß die Tür auf und fiel in das dahinterliegende Verlies.

John prallte hart auf die Erde, wälzte sich auf den Rücken, wollte wieder hochschnellen, doch da blieb ihm fast das Herz stehen.

Der Kelem hielt einen schweren Sarkophagdeckel mit beiden Händen umklammert und war bereit, ihn John Sinclair in der nächsten Sekunde auf den Schädel zu schmettern . . .

John Sinclair sah den schweren Sarkophagdeckel herabsausen und rollte sich zur Seite.

Er drehte sich ein paarmal um die eigene Achse, wußte für Sekunden nicht, wo links und rechts oder oben und unten war – dann knallte der schwere Deckel neben ihm zu Boden.

Es gab einen mörderischen Krach.

Singend sprang der Deckel in tausend Stücke. Die Brocken flogen wie Geschosse durch das Verlies, klatschten gegen die dicken Steinwände und wurden nochmals zertrümmert.

John Sinclair hatte die Fackel fallen lassen. Er lag auf dem Boden und deckte mit beiden Armen seinen Kopf. Ein Splitter fetzte ihm den Jackenärmel auf und riß eine blutige Furche in seinen Oberarm.

Jetzt hatte der Kelem die Chance, seinen Todfeind zu erledigen, doch das Gegenteil war der Fall.

Der wütende Schrei des Kelems jagte durch das Verlies.

Der Dämon war geschockt, er hatte geglaubt, daß der schwere Deckel John Sinclair zerschmettern würde, und nicht damit gerechnet, daß der Geisterjäger ein in Hunderten von Auseinandersetzungen erprobter Kämpfer war, der seine Schnelligkeit und Kraft immer wieder erneut beweisen mußte.

Mit einem gewaltigen Satz war John Sinclair auf den Beinen. Er wollte sich nach der Fackel bücken, um sie als Waffe gegen den Kelem einzusetzen, doch da sah er, daß es nicht mehr nötig war.

Der Kelem war schon besiegt!

Von einer Sekunde zur anderen brach er in die Knie. Wie eine Marionette, deren Fäden durchgetrennt worden waren. Der Kelem kniete auf dem Boden, schwankte hin und her. Sein Schädel pendelte, als gehöre er nicht mehr zum Körper.

John Sinclair wußte nicht, weshalb der Kelem so reagiert hatte. Er konnte sich aber vorstellen, daß der Tod des Gesichtslosen auch den Kelem geschwächt hatte. Schließlich gehörten die beiden zusammen, hatten ein Doppeldämonenpaar gebildet.

Auf einmal begann der Kelem zu brüllen. Grauenhafte Schreie drangen aus seinem Maul. Der Kelem mußte alle Schmerzen der Hölle verspüren. Ein kalter Windzug pfiff plötzlich durch das Verlies, preßte John gegen die Steinwand und heulte eine mißtönende Melodie.

Der Kelem wurde von der Bö gepackt.

Wild drehte er sich im Kreis, wurde zu einer grün schimmernden Spirale, die sekundenlang handbreit über dem Boden schwebte, sich dann auflöste und als Nebelschwaden davonwehte.

John Sinclair stand wie erstarrt. Seine Augen waren immer noch auf den Fleck gerichtet, wo er die Nebelspirale zum letztenmal gesehen hatte.

Es war für ihn ein unbegreiflicher Vorgang gewesen. Hier hatte die Schwarze Magie in das Geschehen eingegriffen und es an sich gerissen.

Und dann brandete die Stimme auf. Sie war plötzlich da, schien von überall herzukommen und war gewaltig wie der Donner eines Sommergewitters.

»Er hat versagt«, sagte die Stimme. »Die lange Strafe hat nichts genutzt. Er hat wieder einen Fehler gemacht. Der Kelem ist nicht würdig, ein Dämon zu sein, und nur deshalb ist er ausgelöscht worden.«

Die Stimme verstummte so plötzlich, wie sie aufgeklungen war.

Stille senkte sich über das Verlies des Schreckens. Nur John Sinclairs heftiges Atmen war zu hören.

John hatte nicht mehr einzugreifen brauchen. Ein mächtiger Dämon hatte den Kelem vernichtet. Und wieder einmal hatte der Geisterjäger erlebt, wie gnadenlos im Reich der Finsternis reagiert wurde. Wer versagte, wurde ausradiert.

Die Hölle kannte kein Erbarmen!

John Sinclair wischte sich den Schweiß aus dem Gesicht. Er war über und über mit Staub bedeckt, und der Handrücken hinterließ auf seiner Haut einen feuchten Schmierfilm.

Mit schleppenden Schritten ging John aus dem Verlies, das ihm beinahe zum Grab geworden wäre. Einige Sekunden blieb er vor den offenen Särgen stehen.

Im vorletzten Sarg lag Mike O'Shea. John Sinclair wußte, wie der Mann aussah. Mary O'Shea hatte ihm ein Bild gezeigt.

Mikes Gesicht war eine Grimasse des Entsetzens. Er mußte in den letzten Sekunden seines Lebens grausam gelitten haben.

Dann wandte der Geisterjäger sich ab.

Er fand Alice Paine auf der Treppe sitzend. Sie hielt den geweihten Dolch immer noch fest umklammert und blickte John aus ihren großen blauen Augen an.

Der Oberinspektor lächelte. Behutsam strich er dem Kind über das blonde Haar. Dann sagte er leise: »Komm, Alice, laß uns gehen. Dein Dad wartet schon.«

John streckte dem Kind die Hand hin. Alice ergriff sie, und der Oberinspektor nahm das Mädchen auf den Arm. Vorsichtig drehte er ihr den Dolch aus den Fingern und steckte ihn wieder in die eigens dafür vorgesehene Scheide.

Alice Paine legte den Kopf an Johns Schulter. Und plötzlich begann sie zu weinen. Aber es waren Tränen der Erleichterung.

Langsam ging John mit dem blondhaarigen Mädchen den Weg zum Dorf hinunter.

An der ersten Kurve kam ihnen bereits Sam Bassum entgegen. Der Automechaniker hatte eine Decke mitgebracht.

»Mein Gott, sie lebt«, sagte er, nahm John das Kind ab und wickelte es in die Decke.

Alice merkte davon nichts. Sie war eingeschlafen.

Die anderen Männer hatten gewartet. John redete ein paar Worte mit ihnen, und man kam überein, daß Alice so lange, bis ihr Vater sie abholte, bei Mary O'Shea bleiben sollte.

John sprach aber zuerst allein mit der Frau. Mit behutsamen Worten setzte er sie vom Tod ihres Mannes in Kenntnis.

Mary O'Shea blickte dabei aus dem Fenster. »Sie brauchen nichts mehr zu sagen, Herr Oberinspektor«, sagte sie mit spröder Stimme. »Ich habe gespürt, daß Mike nicht mehr zurückkommt. Er hat sich geopfert, aber vielleicht ist das Opfer nicht ganz umsonst gewesen, denn wenn man bedenkt, was noch alles hätte passieren können . . .«

Sie verstummte und wandte sich um. »Sie denken doch auch so, Herr Oberinspektor?«

»So ungefähr, Mrs. O'Shea.«

John blieb noch einige Minuten und verabschiedete sich dann.

Inzwischen war aus Glasgow die Polizei eingetroffen, gleich mit zwei Mannschaftswagen.

John setzte die Beamten kurz ins Bild und berichtete von den sechs Leichen, die noch abgeholt werden mußten. Einen genauen Bericht wollte er dem Leiter der Abteilung später zuschicken.

Dann ging der Geisterjäger telefonieren. Er wollte Horace Paine anrufen, der noch nicht wußte, daß seine Tochter gerettet worden war. Er dachte sie ja noch immer in den Fängen der Kidnapper.

John Sinclair telefonierte von einem Polizeiwagen aus. Er sprach zehn Minuten mit Horace Paine, und der Bergwerksdirektor versprach, sofort zu kommen.

John hatte selten einen so erleichterten Mann gesehen, als er Paine zwei Stunden später gegenüberstand. Lange betrachtete Paine seine schlafende Tochter, dann gingen er und John Sinclair in das kleine Gasthaus des Ortes.

Behutsam weihte der Oberinspektor Horace Paine in die Details des Falles ein.

Paine wurde von Minute zu Minute bleicher. Zum Schluß sagte John: »Sie wissen, was Ihre Tochter durchgemacht hat. Versuchen Sie ihr zu helfen, daß sie das Schreckliche vergißt. Sie ist noch jung und wird darüber hinwegkommen.«

»Ich werde tun, was in meinen Kräften steht, Mister Sinclair«, sagte Horace Paine. »Da ist aber noch etwas. Diese Mrs. O'Shea – sie ist ja jetzt allein mit ihren Kindern. Ich könnte für meinen

Haushalt eine Frau gebrauchen. Was meinen Sie, Mister Sinclair, würde Mrs. O'Shea wohl bereit sein, zu mir zu ziehen?«

»Das kann ich Ihnen auch nicht sagen«, erwiderte John achselzuckend.

Horace Paine hielt sein Versprechen, und Mrs. O'Shea war mit seinem Vorschlag einverstanden.

John erfuhr davon durch Horace Paines Brief, aber da hatte er schon längst einen anderen Fall am Hals. Trotzdem war er froh, daß die Sache mit der Teufelskutsche doch noch ein gutes Ende gefunden hatte.

ENDE

Band 13 407
Robert Bloch

Psycho-Haus
**Deutsche
Erstveröffentlichung**

Norman Bates ist tot, aber sein Geist lebt weiter . . .
Geschäftstüchtige Männer haben das Motel, das durch Hitchcocks Film
bleibenden Ruhm erlangte, in eine Touristenattraktion verwandelt. Zwei
Wachsfiguren – der ein Messer schwingende Norman Bates und die Frau
in der Dusche – bevölkern dieses Schauerkabinett. Kurz vor der offiziellen
Eröffnung jedoch kommt das Bates-Motel ins Gerede: Ein Kind ist darin tot
aufgefunden worden – brutal erstochen.
Eine ehrgeizige Reporterin bemüht sich um die Aufdeckung des Falles.
Doch wo soll die junge Amy Haines anfangen mit ihren gefährlichen
Recherchen? Bei jenen beiden gewitzten Männern, die das Psycho-
Haus für touristische Zwecke renovierten? Oder bei dem skurrilen
›Dämonenforscher‹, der unablässig beteuert, der Geist Norman Bates'
herrsche immer noch über das Psycho-Haus? Verdächtige Gestalten gibt
es mehr als genug . . .

Band 13 454
Robert Bloch/Andre Norton

Dr. Jekylls Erbe
Deutsche
Erstveröffentlichung

Eine Zeitungsannonce in dem Lieblingsbuch ihres soeben
verstorbenen Vaters bringt es an den Tag: Die junge Hester
Lane kann Anspruch auf das Erbe des berühmten Dr. Jekyll
anmelden, der unter mysteriösen Umständen den Tod fand.
So verläßt Hester Lane ihre kanadische Heimat und taucht ein
in das London des ausgehenden 19. Jahrhunderts.
Am liebsten würde Hester, Journalistin eines Frauenmaga-
zins, den dunklen Geheimnissen der Weltstadt nachspüren.
Aber in ihrer Umgebung überstürzen sich die Ereignisse.
Unvermittelt sieht sie sich haarsträubenden Drohungen aus-
gesetzt. Und schon bald munkelt man, daß der tote Mr. Hyde
wieder auferstanden ist und von neuem sein Unwesen in den
Straßen von London treibt.

**Sie erhalten diesen Band
im Buchhandel, bei Ihrem
Zeitschriftenhändler sowie
im Bahnhofsbuchhandel.**

"Einer der besten
Horror-Romane,
die ich je
gelesen habe."
Stephen King

**BASTEI
LÜBBE**

Band 13 459
Thomas M. Disch

Der Merkurstab
**Deutsche
Erstveröffentlichung**

Minneapolis in den frühen Siebzigern: Billy Michaels, einen
Jungen, der immer schon etwas anders war, ereilt in heftigem
Schneegestöber eine bizarre Vision. In ihr erscheint der Nikolaus
als einer von vielen Gehilfen Merkurs, der Gottheit des Handels und
der Arzneikunst. Und da Billy die Vision annimmt und geheimhält,
findet er bald auch, zwischen all dem wertlosen Gerümpel auf dem
Dachboden, den Zauberstab dieser Gottheit – einen von zwei
Schlangenhäuptern umwundenen Merkurstab.
Was Billy mit diesem Talisman anstellt, gereicht seiner Mutter,
seiner schönen Halbschwester, seinen Schulkameraden und Leh-
rern nicht immer zur reinen Freude, multipliziert der Merkurstab
doch reichlich wahllos Billys gute wie böse Regungen. Aber je älter
Billy wird, desto größer scheinen die Verlockungen, sich zum Herrscher über Tod und Leben aufzuschwingen.

**Sie erhalten diesen Band
im Buchhandel, bei Ihrem
Zeitschriftenhändler sowie
im Bahnhofsbuchhandel.**